上：在《杀人的情书》片场。
中：在片场测光。
下：与林黛一起。

上:《安琪儿》片场。丁宁(左)与胡金铨。
下:在片场看取景器。

与女儿在片场。

荣获亚洲影展12项大奖的《江山美人》海报。

上:《江山美人》载誉归来。
下:《江山美人》庆功会。

上：李丽华主演的《武则天》海报。
左下：与李丽华（中）、严俊（右）一起。
右下：与朱牧（右）一起。

上：引领黄梅调电影热潮的《梁山伯与祝英台》海报。
左下：亲自在《梁山伯与祝英台》片场制作道具。
右下：在《梁山伯与祝英台》片场指导演员。

上：与女儿们一起。
下：给儿女拍照。

右：与儿子一起。

全家福。

上：全家福。
下：与夫人张翠英在宴席上。

在香港家中书房。

自画像。(创作于1979年在美国做完心脏手术后)

目　录

代序：由揭幕到内幕——剖介李翰祥的大作 ⋯⋯⋯⋯⋯⋯⋯ 谢家孝　13

三十年细说从头 ⋯⋯⋯⋯⋯⋯⋯⋯⋯⋯⋯⋯⋯⋯⋯⋯⋯⋯⋯⋯⋯ 1

抱羊上树与骑虎难下 3　"书卷气"与"输倦气" 5　在天台游乐场听评弹 8　东窗事发，溜之乎也 10　天无绝人之路遇沈浮 12　登台念文告，声泪俱下 14　参加游行，终于被开除 15　想参观片厂，别找舅舅 17　下午逛马路好过上课 19　怪声叫好惹下了大祸 21　人不走运喝凉水也塞牙 22

初到香港，举目茫茫 24　我是黑旋风李逵后代 28　白云的一段风流韵事 30　《满城风雨》走下银海 35　初次登场化"本妆" 37　扑粉画眉竟是耍活宝 39　第一次上镜心惊胆战 40　桥头铜牛没被"吹"走 46　大明星正在埋头苦干 47　男明星一掀轿帘而出 49　开膛破肚，挖心取肺 51

1

当"街头画家"去！ 53　吃了七天的"皇家饭" 56　在港主演"铁窗红泪" 58　姜南也来个僵尸复活 60　果真是个短命特写 62　"后脑勺子"与"特写" 64　顾伯伯抽屉里的故事 66　永华应考，大堂会审 68　又遭开除，说来话长 72　为二十四岁生日"补寿" 74　顾影自怜，想做大明星 77

五女二男，竹林七贤 79　做演员的"八字真言" 81　给训练班学员一封信 83　当年大明星安步当车 85　《生与死》叫我演嫖客 87　全武行三本铁公鸡 89　果真是"公子落难"了 91　"伊拉"把我开除了 93　忍辱负重，回头"要饭" 96　三个说法"烧脱伊"！ 98　卜万苍果真"大"导演 100　我有我的"忘不了" 102　光天化日活见"鬼"？ 104　大小万亲自上阵 106

马徐自打三耳光 108　侬也是个讨饭坯 112　一龙头水倒在马徐头上 113　《夜半歌声》吓死人喽！ 115　借金焰，气魄惊人 117　马徐的刷牙与洗脸 119　马徐维邦的"妈咪" 123　马路上辗死了马徐 125　小九儿布下了铜网阵 127　小老鼠难敌大导演 129　太阳等得太多了 131

周哭李哭，周笑李笑 133　反正都是褪了色的 135　刘恩甲元宝大翻身 138　我管刘恩甲叫"二哥" 139　侯王庙下藏龙卧虎 142　失之毫厘，谬之千里 144　只有我傻B呆立一旁 146　写"数来宝"劲头儿足 149　"数来宝"洋洋洒洒 151　和周璇演戏真是舒服 152　红卫兵把赵丹拳打脚踢 155

十八般武艺，件件稀松 157　我成了二哥的"场记" 161　朱牧偷看林黛洗澡？ 163　一班女将把朱牧恨入骨 165　为什么一定是朱

2

牧？167　掉脸盆儿的是谁？169　窥浴的原来是刘琦 171　因祸得福，朱牧蹿红 173　女星群中白光最坦率 175　新闻界上了白光的当 177　您以为白光真迷糊？179　白光的"老实讲" 181　粗中有细的白光 183　三十大庆，醉了白光 185　红的时候不争排名 187　包拍，要钱不要命 189　李英这个妙人！190　李英竟然泪洒东瀛 192

"七大闲"结拜一段情 194　胡金铨是"半空少爷" 196　小胡变成了孩子王 198　马四爷弃影从商致富 200　偷龙未成倒转了凤 202　演员坐在栏杆上等发薪 204　作揖磕头接财神 206　紫气东来，天官赐福 208　拆了电扇做道具 211　"发明家"变"国术家" 213

尔光比李祖永派头还大 217　还是先由《翠翠》谈起 219　搭"河街"布景惟妙惟肖 220　灵感得自作家的笔杆 222　一声"开麦拉"整夜兴奋 224　我们是当铺里的老主顾 226　老板和一屋子人等着我 228　在《嫦娥》里演月下老人 231　不少人服侍老田上马 233　曲作好了，不"摇"怎样成 235　如此这般铸"文艺巨铸" 237

严二爷钟情慕容婉儿 239　严俊绝不浪费一分一毫 241　好事不出门，坏事传千里 243　在圆山大饭店洞房花烛 245　林黛终于考到车牌 247　天天往黑房溜达偷师 249　好半天心里不是滋味 251　剪接易，剪辑易懂难精 253　严俊做导演是身先士卒 255

程寨主的怪异行动 256　程刚一生不忘搞剧运 259　当年很多女人暗恋程刚 260　一提表哥程刚就咬牙切齿 263　程刚和童真有两个儿子 264　拍《十四女英豪》有段古 266　电影圈里真是五颜六色 268　十四女英豪人仰马翻 269　这出辕门斩子没白唱 272

电影圈缺德事罄竹难书 274　有一次险些出了洋相 276　广东话的拍拖还真有道理 278　饱汉子不知饿汉子饥 280　给我印象最深的画面 282　她有一种说不出的魅力 284　在乐宫楼摆结婚酒 286　天下无难事，只怕有心人 288　听君一席话，胜读十年书 290　敬完酒以为功德圆满 292　此时此地宁愿缩头了 294

李祖永先生做五十大寿 295　朱九小姐是永华的股东 298　以为守得云开见月明 300　李祖永先生有三种嗜好 302　在兴头儿上如何停得下手 304　永华屋漏偏逢连阴雨 306　受宠若惊，不识抬举 308　星星之火，可以燎原 311　永华职演员分为三派 313　又杀出了个程咬金 315　结束了自拍自买的喜剧 317

准备大展拳脚开拍新戏 319　可圈可点的宣传口号 321　杨柳没青，脸儿都青了 324　为樊樊山彩云曲添两句 325　赛金花病死居仁里寓所 328　写《赛金花》剧本前前后后 330　严二爷约我谈谈《赛金花》 332　《赛金花》胎死腹中 334

第一部正名编导的电影 336　准备拍第一个镜头 338　我拍《雪里红》异常顺利 340　天桥八大怪之一大金牙 342　勾起了小时候的回忆 345　天桥其实不止八怪 347　鼓姬先认干爹后上床 349　掼交是谐趣功夫片鼻祖 352　王四爷聊天桥津津有味 354　天桥卖药的花样百出 356　天桥布摊卖布不用尺 358　修理破瓶子找我也行 359　算命相面的种类繁多 361　李丽华唱的都是流行曲 363　姚敏提拔了很多歌星 365　每次找道具都特别着急 367　严化所有子女都学有专长 369

二老板和二小开看试片 371　尔爷还直往我脸上贴金 373　一下子

变得会说话了 375　建议在香港加印拷贝 377　《七仙女》拷贝被移花接木 379　底片扔在片仓垃圾堆里 381　电影界有过一桩奇案 383　跟邵氏订了八年合同 385

倒有一个现成的剧本 387　主张全部用外实景拍摄 389　出海实地见习捕黄花鱼 391　表演推舢板下海的情况 393　我和赵雷合作第一部戏 395　我和罗维合作过不少 397　罗维曾经到香港表演过 399　要到内地做巡回表演 401　罗晶桃色新闻层出不穷 402　送儿子赴美国，泪洒机场 404　新加坡对《水仙》批评好 406

进父子公司的第二部戏 408　金殿楼里人们鸦雀无声 410　电影圈就是这么一回事 412　特别注意选择特约演员 414　杨群、朱牧要离船上岸 416　电影圈利害分得很清楚 418

情急智生，岳枫唱《武家坡》 419　岳枫祖籍龙潭，生在上海 421　艺华公司准备大量拍片 423　《中国海的怒潮》获好评 425　觉得《逃亡》还过得去 427　岳老爷也穿上了军装 429　去到上海后没回天津 431　组织独立制片公司 433　《小楼春晓》的糊涂账 434　欧德尔专程去一趟台湾 436

王冲有个最恰当的绰号 437　《窈窕淑女》变成四不像 439　不一定北京土话才加儿 441　尤敏脸型适宜演古装戏 443　掀起近二十年的黄梅浪潮 445　石挥第一个导黄梅调片 447

看《红楼梦》表演愈看愈过瘾 448　始终没参与拍《红楼梦》 450　树大招风，他们乘虚而入 452　小娟改艺名凌波的经过 453　没有完美的《红楼梦》电影 455　改拍《大军阀》的原因 457　大家斗好斗快，争财争气 459　老友直称我为"红学家" 462　想拍一部《曹雪芹传》464　一件非局外人可知的事 466　拍黄梅调《红楼梦》始末 468　林青霞由黛玉变宝玉 470　四个导演拍《红楼春梦》473　张翠英饰金钏记趣 475　打消到韩国拍外景计划 476　前往日本收音乐 479　前后示范了二十九次 482　最欣赏蓝马的演技 484

拍《貂蝉》增加预算 485　服装设计抓到锅就是菜 487　送给"阿姨"西江月 489　马蹄袖原叫"挖杭" 491　两只五彩缤纷大凤凰 493　袁美云负责舞术指导 495　袁美云处女作《小女伶》496　五项"最佳"莫名其妙 498　丁宁原名叫邓琴心 500　洋人大笑外二十七种笑 503　没想到获得最佳导演奖 505　欢迎荣归团，大吹大打 507　难免有些不可告人内幕 509

当年谣传林黛在美待产 511　六个男人追求林黛 513　林黛知悭识俭兼孝顺 515　严俊出洋相的故事 516　契仔契女应运而生 519　林黛掉下眼泪来 521

林黛送龙五公子回大陆 523　严俊财大气粗身子虚 526　严俊忽变了蒙古人 529　传严俊因股票亏损不确 530　严俊曾想集资开餐馆 532　严俊演李秀成奠定地位 534　胡金铨跟严俊做过副导 542　拉严俊一起合组公司 545　严俊一向演小人物著称 547　严俊死于"痰堵门儿" 548　姜南想起严俊的往事 549　严俊卖片损失二十一万元 551

《江山美人》果然获奖 553　《游龙戏凤》源于武宗遗事 555　最佳影片的最佳乌龙 557　乐蒂的乳名叫六弟 559　乐蒂生来是个丫头命 561　王月汀是快手编剧家 564　神仙老虎狗的来历 566　《红

娘》拍一半便出事 567　防人之心不可无 569　可恨之人也有可怜时 571　电影界"道具大王" 575

电影界有千王之王 576　三三不断，九九连绵 581　影城二宿舍闹鬼 582　影城捉鬼，妙人妙事 584　李迪能叫方小姐叩头 586　秦剑宿舍鬼话变笑话 588

林翠恋秦剑时十九岁 590　"馄饨面导演"应运而生 592　艺术表演者的妙人妙事 593　秦剑教戏七情上面 596　《大马戏团》卖座不佳 597　艺术上赌本所余无几 599　秦剑死前认对不起林翠 601　陶秦的死对秦剑影响大 603　秦剑日记诉衷情 605

李婷穿红衣上吊 608　电影界是七彩大染缸 610　姜南忆述上吊的滋味 612　请明星喝酒要付钱 615　江青冷手执热煎堆 617　"翻脸子"的笑话 618　艾黎美容出了毛病 620

《倾国倾城》在北京放映 622　李莲英曾救过光绪帝 623　李莲英共有四个儿子 625　太监生前不说高升 627

饮下午茶时发现白小曼 630　白小曼母女形同姐妹 632　《声色犬马》布景早搭妥 634　光芒四射的白小曼 636　正式开拍仍要提词儿 639　白小曼忘记台词哭出来 641　改艺名笔画少占上风 643　白小曼上契有段古 645　明星衔头带来金银 646　看绍兴戏上了瘾 648　对一般星妈印象并不好 650　当年电影界有四大星妈 652

洪波的脾气够怪 654　因误会而结合 657　洪波得到佳人青睐 659　洪波在街头卖钢笔 661　孙敬绰号是牛奶导演 663　洪波

被踢昏达三小时 664　拍《天堂美女》惹火 666　一把火破旧立新 668　洪波是个好戏之人 671　连开四部黄梅调影片 673　一失足成千古恨 675　洪波执导惹风波 677　债的雪球越滚越大 679　《地下司令》叫国联关门 680　洪波跳火车自杀 682

情势已成骑虎难下 684　中国人做事莫测高深 686　被骗了三百三十三元 688　分镜头交给特技导演 690　有人趁机挑拨离间 692　风水轮流转 693　终于完成拍《西施》夙愿 695　陆运涛一律答OK 697　钱未送到，鸡飞蛋打！698　把乐蒂冷落在一边 700　硬着头皮签了约 702　黑白的《七十二家房客》704　国联冒出三个发起人 706　三人六只手紧握一起 707

两父子举行百岁寿诞 709　剧本边拍边改 711　周蓝萍不下于贝多芬 713　《七仙女》不叫江青演 715　傻小子睡凉炕 716　国联片厂说来话长 718　文艺片无人问津 720　国联四凤变五凤 721　大爷们爱写女星介绍信 723　张曾泽颇具才华 725　艾黎裸照起风波 727

被迫放假有因由 730　"秀"雪都没有看到 732　在洛杉矶见到朱元福 734　一位二十多年未见的老朋友 737　小惠生与艾黎一段情 739　佩佩的婚姻天缘巧合 740　大明星也光顾当铺 742

陶金有点北人南相 744　陶金白杨成银幕情侣 745　导演大叫加重感情 747　对白改成有血有肉 748　周璇的命运苦到极点 750　订婚文章令人莞尔 752　小山东真的回了上海 753　陶金演而优则导 755　赶工完成广告画 757

永不倒的长春树 759　一番滋味在心头 760　见到陶金和张水

华 762　风华绝代艳光照人 763　当年林翠是学生情人 765　林翠的花名叫癫妹 767　李湄经营三温暖店 768　"焕然一新"有段古 770　自古美人如名将 772　嘉林边道上的李湄 774　为陶金画速写 775　各人签名留念 778　《秋海棠》上座差强人意 779　真是一生中最快乐的日子？781　小咪姐的日本契爷 782　人生分几个阶段 784　筷子比刀叉和平 786　参加川喜多先生葬礼 788

到了美国谣言起 790　结婚快离婚也快 791　欧威小柯两个大不透 793　欧威大赞小柯 795　小柯心思思"掘坑" 797　片厂小工变成了明星 798　象征式赔一块钱 800　小柯有演戏天才 802　一块烙铁一块伤 804　傻蛋上了聪明人的当 806　李允中抱定了独身主义 807　"性格大明星"李允中 810　撞车后脾性大变 812　李大哥终寻短见 813

《千王之王》与跟风 815　识以防骗非教骗 817　林青霞"垂帘听政" 819　《垂帘听政》的计划 821　看上我这篇游戏文章 823　拿到秘本像取到真经 825　拍电影像鬼上身一样 826　吴性栽老先生谈文艺 828　韩非是个好喜剧演员 830　观众口味很难捉摸 832　粤语有丰富趣味性 834　有科学根据的预言 835　粤语片在电视生了根 837　观众永远是年轻人 839　发誓要帮助被踩的人 841　帮助了很多新导演成长 843

"影"迷如今成"视"迷 844　《杨门女将》的服饰 846　五颜六色随便涂 848　《中国怪谈》与王菊金 850　节奏如文章没有逗点 853

武松打的是母老虎 854　三绝诗书画 856　一个影圈中的怪人 858　到曼谷喝泰国五味汤 860　天一创业作《立地成佛》 862

职业与事业的分别 864

老虎待产要延期 866　在泰国找到了景阳冈 868　一手抱三虎 871　狄龙与老虎 873　柳娘这头老虎 875　老虎有三威 876　景阳冈上打醉虎 878　汪萍毛遂自荐 880　再把武松的老虎打一打 882　"白相人"严春堂 883　读《水浒传》如看电影剧本 885　尽信书不如无书 887　人算不如天算 889　饱汉不知饿汉饥 891

"二华"胜过"才华" 893　美国老虎够凶猛 895　租老虎讨价还价 896　两家公司争生意 899　减了磅的老虎 900　在美国过三次圣诞 903　"看不见的钱" 907　与狄龙第二次合作 909　"沙包"的巧妙用途 911　一套一勒驯虎法 913　保险公司敲竹杠 915　老虎嘴下留情 916　化装不用留洋 918　嗲声嗲气叫小清哥 919　吴绪清是江苏常熟人 921　小清也许是用脑过度 923　人有旦夕祸福 925　救人要紧! 927　他不是我们亲生骨肉 929　四十三年的家庭秘密 930　小清港台多学生 932　一般化装术分为两种 934

大学生出身的胡芝风 936　鬼是这个模样的 938　承袭梅兰芳的神髓 940　源于唐朝的"判舞" 942　戏界的"七科" 943　黄梅戏剧团在港演出 946　故事简单唱得精彩 948　不见乐队的闷葫芦 950　全团共五十九人 951　音乐方面的改革 955　韩非与王丹凤 956　一根伞把子的故事 958　朱石麟导戏铁石心肠 960　韦伟突觉额头一凉 961　模样不同的亲兄弟 963

假作真时真亦假 964　默片时代与武侠片 966　打开新武侠片的大门 968　少林寺创建者是弥陀佛 971　少林寺的练武坑 972　火烧少林寺 974　着起袈裟事更多 976　新式武侠片的演变 978

《牧马人》与《邻居》979　两部电影同时看 981　电视人与电影人 982　唯有合作才能生存 984　最优秀的中国电影 986　林碧琪演她自己 988　《靓妹仔》的辩论 991　千里马与伯乐 992　影坛新贵雨后春笋 994

侯宝林是语言学教授 996　一句北京土话 997　说相声的学问 999　搭地摊演相声 1000　小蘑菇的相声 1002　北京的土话 1004　不跟气与外祖母 1006　侯老师吃涮羊肉 1008　侯宝林论相声 1009　侯宝林演过话剧和京剧 1013　拍一部《侯派相声》1013　相声要稳准狠 1015　成功人士有他的道理 1017　河南坠子曾是靡靡之音 1019

《倾国倾城》内部放映 1021　国孝与红萝卜 1022　有关西太后 1024　叶赫那拉的故事 1025　慈禧父亲有各种说法 1026　慈禧的家庭背景 1028　慈禧的兄弟姊妹 1030　慈禧的档案 1032　慈禧的真名成谜 1035　《清史稿》也多错误 1036　清朝重视避讳 1038　《国朝宫史》的记载 1040

附录　　　　　　　　　　　　　　　　　　　　　1043

我与林黛 1045　《街头巷尾》观后 1053　细说从头——《火烧圆明园》《垂帘听政》的台前幕后（苏诚寿）1056

出版后记　　　　　　　　　　　　　　　　　　　1075

代序

由揭幕到内幕

剖介李翰祥的大作

　　相信谁也不能否认，李翰祥对中国电影有阶段性的影响，有代表性的贡献。正由于他熟知近三十年的中国影坛，不仅记忆力强，又博学深思，在他笔下写的《三十年细说从头》，更是内容丰富、精彩十足，任何一篇，都有他顺手拈来皆成绝妙文章的可读性。更因为这部大作先在报上连载了近两年，再出书，实际上正如他全盛时期的电影一样，早已是有口皆碑、有目共睹的了。

　　被李大导指定，要我在此大著出书前写几页，不是名人，不敢言序；但正如李翰祥的电影，他在分派角色指定演员的时候，总是有他的道理，而被指定的演员不仅是求之不得，更多的是"受宠若惊"之感，而我也有情不可却的特殊理由。

　　基于我是这部大著的"催生者"，说起来可以有数以万字计的内情，读者在欣赏李大导的鸿文之前，不妨先看看我的拙文，由揭幕谈到内幕，读者都喜欢看内幕，势必有助于了解，增加读者的话题与谈资。

　　一九七九年我自美国应聘到香港《东方日报》（以下皆简称《东

---

* 本文作者系时任香港《东方日报》记者的谢家孝，原收录于《三十年细说从头》初版第一册（香港天地图书公司，1983）。

方》）工作，《东方》是港九销路最广的日报。读者广大的报纸，除了新闻要快、要详、要独家、要突出之外，副刊的文章更是要合读者的口味。没想到，来到香港上班，《东方》的周石总编辑，出了一个题目，给我的第一件任务就是要约请李翰祥大导演给《东方》的副刊写稿，不是一篇而是连载稿。

其实，《东方》的负责人与李翰祥早有交情，周老总也曾经请李大导演写过一篇《我与林黛》，在报上连载了十一天，当时就很受欢迎。但李大导演视此为游戏文章，他拍电影一忙，就不理已经吊起了读者的胃口，搁笔就如剪片子一样，喀嚓一声，戛然而止。

这就是周老总仍要请李大导写稿的原因。一位成功的报人，总其事者贵在能"知人善用"。周老总对我必然也有一番调查了解，居然知道我与李翰祥够交情，别人拉不到他的稿，我可以请得动他。周老总的构想仍循以前受读者欢迎的方式，请李翰祥写《我与江青》《我与白小曼》《我与……》一系列的写影坛名人、掌故、内幕，必然是读者爱看的连载。

李翰祥导演与我结识于台湾，由于我自始就是个影迷，尤其关心中国电影，所以我在电影界中倒交了不少朋友。虽然我与李导演认识颇有一段时间，但比起他身边很多老朋友来说，我们之间的交往既不密切，也没有什么几"同"的渊源，自始至终我都以李导演对他作尊称，从未与他称兄道弟（他倒是对我有直呼其名的亲切），这就是表示我对他的认识与尊敬，都是介缘于电影。

周老总给我这个约稿的任务，他虽然认定我会马到成功，但我自知并不简单，因为像李大导这样的忙人，即使他不忙拍片，他又要剪片，又要写剧本，稍停不开工，就要游埠，去赌城松弛一下，寻古董，看字画，找旧书，他的生活多姿多彩，安排得密密麻麻；他就算给我面子，应酬的游戏文章，一篇两篇，三篇五篇，最多十篇了不起了。想要他写长篇连载，这责任可大了。我想要说服他不是易事，而且不能单就报纸的立场来要求他，人情应酬不能是长期性的，必须要代他想，要他动心，要他认为值得花精神耗时间去写才成。

到了李大导演清水湾的松园，看他满屋是书画是古董，我已经有了做"说客"的启示，就地取材，开门见山，道明来意。

"我哪里能写？开玩笑，我可不成！一篇两篇还可以凑合。哪能连载？什么？在《东方》的龙门阵，这一版个个都是高手如林的大作家，我怎么可以上阵！"

谈了一阵，我仍坚持我的战略先攻其心。我说："以您的经验，以您的记忆，以您在中国电影圈的贡献，不写实在可惜了！再说，您看看，您搜集了多少藏书，这其中没有一本是您自己写的岂不遗憾？不要为报上的连载稿把您吓回去了，您不要当它一回事，以您之才，只要您肯写，大笔一挥，倚马可待，每天写一段，很快，在您不知不觉中就是一本书的字数了！我保证您写的不止出一本书，而是一套书，将来精装起来，您家里可得要一个书柜装您写的书！"

说着我用手指指他四壁，遥指那些装在二三楼之间墙壁高高在上装满了的书架，我也知道他讲究的习惯，不论他搜集来的什么残本，普通的电影杂志、月刊，他都要重新装帧过，用硬皮精装烫金的字，成套成套地放入书架就更壮观。

"您开玩笑，我还出书哩，一本都没有还说成套！"李大导口里虽然这么说，他的眼光也随着我的手指，望看书架浏览。我知道他的心已经动了，我的心战见效了，赶紧乘胜追击，再上紧发条，将他一军！

"我未仔细计算过您拍过多少部电影了，最少七八十部了吧！就算是您当年国联公司的出品,也不一定版权就是属于您的,就算版权属于您的,家里也有拷贝,可是您的后人要看您的作品,放一部电影哪有看一本书方便。我自己虽然是影迷,但我深知道报纸的读者,远比您的电影观众多。我相信中国电影史上您一定占有不止一页的地位。可是不管谁来写您的事,总不及您自己清楚,与其让一知半解的人来写,不如您自己写自己;何止是消闲性的娱乐笔墨、游戏文章,我相信您写出来的是这一阶段中国电影的重要文献。我说的话是站在知己朋友的立场为您着想,您不久就会知道,您做了一件最有意义的事,就赖长久的眼光来看,这比您拍了一部称心满意的杰出电影,还有意义!"

李大导演完全同意我了,虽然他说是却不过我的面子,但我真不是以拉稿的立场来说服他,虽然《东方》是香港销路最好的报纸,对李大导愿意付出最特殊的最高稿费,但这些话我一字未提。因为我知道,李翰祥写个剧本在当时就是十万港币,在他来说是驾轻就熟,剧本又全走对话,空格子多,报社出的稿费哪能相提并论?

"您看用什么题目好?我看《我与林黛》《我与什么》这样的题目不好。"他边思索边问我的意见。我说:"那当然完全尊重您的意思,我建议以您自己在电影圈的事做主线,旁及您所知的影坛秘辛,由香港到台北,再由国联回邵氏,您有过成功也有过失败,力求存真的分析检讨,前后总有一二十年了吧?"

"岂止!我今年在电影圈也正好三十年了,对,就用'三十年细说从头'吧!"他很起劲的立刻就有了总题。我连声应和着说:"好!"

但也在心里捉摸,这真是好大的题目,只怕他写一阵没有兴趣了要搁笔,对这个题目就不好交代,难以自圆其说。可是我当时暗喜他自出这个大题目,哪敢浇冷水,打了半天气焉能泄气?再讨论一下细节，希望每天配张照片。说了就动手，我在他书桌架上，翻得到的，我自认为陆续可以用得到的照片，先装了一大盒，又逼他立刻签名，再自他家中各家所画李翰祥的画像选几幅做刊头。

又促他题自己的签名式，李大导就写得手软，由毛笔、钢笔、原子笔，写了厚厚的一大叠纸他还不满意，我不等了，一概收入袋中拿走，我说我会选最好的，用于设计连载刊头。

他也给我有责任，稿子先送给我由我负责校正。我也在想，如果他真的是拍片很忙的时候，报纸的连载又不能断，来日免不了要为他捉刀，只要他口述内容，必要时代写发刊，但此一招非到万不得已时不用。

谈后第三天就要发稿见报，李大导的开场白一出，果然是不同凡响，不仅电影圈人人注目，读者也大感兴起！我立刻对他说，他的文笔与任何作家不同，谁也难代笔捉刀。事实上不但读者不好骗，作者是更难满意，正如旁人导的电影要打他李翰祥的招牌，相信他必然是老大不乐意的。写文章与拍电影也有其共通处，就在表现自己与众不同的风格，也满足自己的发表欲。

尽管李大导的《三十年细说从头》在《东方》的副刊龙门阵上，以最显著的地位、最大的连载篇幅登场了，他也蛮起劲而且很认真地在写，但一位最了解他的专栏作家林冰小姐，在他报写了一大篇，认为李大导只是一时热乎劲，尽管曾称《三十年细说从头》，但最长也写不过三个月，就会托词太忙，鞠躬下台！

李翰祥自称他的性格是吃葱吃蒜不吃姜（将）的，林冰这一激，虽不能说是他赌气要写下去的主因，实际上是读者有口皆碑的欢迎。他自觉肚子里的东西多，有一处适当供他发表议论的固定园地，他确有如鱼得水的愉快，倒是极为认真地在写，没有断过稿。当然，我每天例必电话催稿、要图片，有时也在电话中同他斟酌研究。至少在前半年中，我尚未有过缺稿要开天窗的威胁。由联络到配图编校，每天我个人花在李大导这篇连载上，最少三四十分钟，也就成了我于公于私都难以旁贷的责任。

再就我是第一个读到李大导原稿的读者立场来看，谈谈李稿的特点，我个人的看法可以分几方面来说：

第一是"口语鲜活"。李文这一特点，是基于李翰祥多年来，他拍的电影多是自己写的剧本，剧本以对白为主，他对口语化、生活化十分注意。就是写这篇回忆录式的长文，他也着力在一定要念起来顺口。多次我们在电话中复校他的稿，或因字迹潦草认不清，或因涂改删增接错行，每次询问都听他在电话那边念念有词，要念顺了口他才说可以；如愈念愈拗口打结不顺时，他会说待一会儿再打回电话给我。就让他自己去琢磨了再复。

除了他基于写剧本的要求之外，更由于他对中国民间艺术，如相声、弹词之类的欣赏，必然影响他至深；尤其是相声、数来宝，他不止一次在《三十年细说从头》中即兴来数段，顺笔而下，既押韵又合题，这常是他游戏之间见才华的得意之笔。

他是北方人又在香港这个南方的天下住得最久，所以他在运用方言上，更是南北俚语糅合，如果广东话、北方话都通的读者，相信读他这部著作更觉趣味盎然。鲜活的口语甚至他连译音的英文都用上了，所以他的文字是生动活泼的，铿锵有力，掷地有声。

其次，我觉得他的文章尽管嬉笑怒骂，但具见真性情；虽然笔锋锐利，但谑而不虐，尚不失其幽默。中国文人笔下，见诸于尖酸辛辣者多，真富有幽默感令人会心莞尔的少，李翰祥在这方面表现相当高的驾驭文字技巧：过一分就失诸刻薄，欠一分似又不够劲。连载至今，被他写过的人士不少，相信绝大多数的都会心于搔到痒处，进而付诸一笑。与他关系最密切的严俊，李文中写严甚多，很多电影圈的朋友反映，认为李不应该"臭"严俊，可是在严俊故世之前，严在纽约亲口对一位朋友说："他妈的，还是李黑这小子最了解我！"究其反应，只有亲切实无忤意。

香港法律对文字毁谛罪罚得很厉害的，李文在报纸上连载以来，坦白地说也不是没有遭遇过麻烦，读者绝对想不到，首先提出不满抗议的是李大导的夫人张翠英女士。

很多朋友也直接间接问过我，李文这样写会不会有麻烦？我总是辩解说应以幽默的态度来看；固然，他有时笔下开人玩笑，消遣别人，可是他首先消遣讽嘲他自己，他挖苦他自己比谁都厉害，连太太都要抗议了，所幸算好没有什么真要打官司的麻烦，总是本着大事化小、小事化无的原则来消弭。我也经常要提醒李大导笔下留意，有时来不及，为赶时间，我也自作主意，为他做善意的删修。

我不止一次问他，你写的真人真事尚有多少保留？他略一思考，很审慎地回说："写出来的总有七成。"但我看只有五六成。这就是做编者的矛盾处，为读者的好奇心着想，当然希望看到赤裸裸的内幕。但事涉人家隐私，就算当事人过世了，还有后人在，于法于情于理都不能彻底揭露。如何在既要尽可能让读者满足，又要不失其真，又要与人为善，即使有批评、揭发也不能过分，把握这样的分寸确是不容易的事。这是李大导笔下文字另一成功之处。

至于内容丰富，古今中外无所不谈，显现李大导的腹笥甚广。他下笔常是天马行空，旁征博引，我说他是意识流，想到哪儿写到哪儿，常提醒他尽可能也维持住一条主线，循编年次序发展。他的好处在能放能收，必然也是他具有电影专业上的看家本领，一会儿割切,一会儿溶入,一会儿倒叙,一会儿跳接,文章剪裁犹如剪辑电影,尤其是在报纸上逐日见刊地连载,每篇独立而不冷场,确见精彩;但若是出版成书,优点就变成缺点了,恐怕读者会觉得内容杂而欠缺主线。时到今日,我才觉得,早知李大导如此写法,篇名应叫《三十年细说》就好了,因为他很少"从头"。

在香港《东方日报》连载之后,经由周石总编辑热心安排,台湾《民生报》也取得了转载权。星马原有一家报纸不尊重版权,擅自转载,后来又由那边销路最大的《南洋商报》总编辑来港,经周老总的介绍与李大导谈妥取得星马地区的转载权。美洲地区也有报纸整版汇集刊出。所以李大导这篇大作,真是够大的了,刊载转载的都是大报,读者面更是广大,遍及海内外华人聚居的地方。他的心血没有白费,在写作兴趣上他也就越来越高。作为一位连载的专栏作家来说,他真也算是很尽责任的作家,每在拍片时,都趁打光的时候在影棚里的导演椅上,拿着分镜头的硬纸夹写;再不就是回家睡了一觉醒来,写一两篇稿再回去睡。他命他的司机天天开宾士车送稿,司机休息时,太太小姐都曾开车送过稿。所以尽管说《东方》送李大导的最高稿费,较诸这位大导的排场,比之他的其他收入,也是不能相提并论的了。他所获得的报偿是满足他的发表欲、读者的好评等精神方面的收获,而更重要的是他写下了成套的著作。

这一年多来,我最怕他离开香港去拍外景或是游埠,虽然我经常啰唆他,不要管有没有存稿,每天尽可能有时间就多写,可是他写作如花钱,不会有储蓄的习惯。

李大导在拍片工作的日子,反而交稿正常。他在摄影棚里,等打光排位的时候,与演员聊天的话题,都是人文的题材。倒是他不拍片的时候,我可时时要以电话追踪追稿,除了李府松园之外,他的好友朱牧、珠珠夫妇也常是我追踪的方向，不止一次托他们传话代催，说是："《东方》今天还在等稿！"

逢到他要离开香港的日子，我就不免紧张，最多一次，行前他赶了八篇稿子给我，也就是近一万字了。去年他说他要到美国入院检查心脏，这是大件事了，平常我追稿得再急迫，此刻也不好意思逼他住在医院里也要写稿，我只说："最好您的专栏不要停，还是事先多写蓄足了稿再去。"他说："让我抖一口气吧，松动一下，我有时实在赶稿赶得头昏眼花。这样好了，你代我约一批认识我的朋友，由大家各写几篇，从你开始，维持这个栏的版位，算是客座文章。平常总是我在这儿写朋友，有人说我拿朋友开玩笑，有人说我臭朋友；现在我让出地位来，也让朋友来臭臭我，开开我的玩笑！我相信读者也爱看的！"

李大导出的点子当然是高明主意，但站在报社的立场总希望最好是原作家不断稿，可是他已经决定了，要去美国，也体谅我有本位工作在忙，不能为他的专栏花费太多时间。结果他请在邵氏工作对影剧圈又最熟悉的专栏作家林冰小姐代他填档，除了由林冰写她熟知的李翰祥之外，也约了白韵琴、尹怀文、汪晓嵩等几位，以"客座文章"的方式，代了李大导十九天的专栏。他们几位都写得妙趣横生，作者、编者均应表示感谢。我说："您自己的专栏断稿，对读者总是不好的，除非万不得已，勿轻用这个法宝。如今用过一次了，可一不可二。"他也深然其说。

未料到他在一九八〇年底，再去美国，走时也留下几篇稿，说是会托航空公司陆续带稿回来，或付快邮专递。我想到他过去一年一直都很有责任感，虽然有些担心，但绝没有料到，他这临时动议，即兴式的旅游，一走就走了三个月之久！这期间他先去赌城，也托香港朋友带过稿回来，另由"中华航空公司"带过一次，可是再就无以为继了。他倒是没有停笔在写，可就是没有那么直截了当的邮递方法，可以如时把稿子专送到编辑台上来。

这件事可伤了我的脑筋，"客座文章"的法宝似乎也不能再用，又未经他本人的拜托安排，我在他的朋友中间也不知道谁能写，而且还要有兴趣执笔才行。周老总"政策性"的决定，不惜任何方法与代价，总之李大导的稿不要断，专栏不能停！

唯一的办法我只有靠长途电话追踪他了，由旧金山到洛杉矶再纽约，又折回头到洛杉矶。他开始住的都是旅馆，请他主动给我联络。要在国外的人以长途电话报稿，那除非是大报有财力对重大新闻的采访可以如此处理，没有对副刊上的连载稿也用这个方式的。他知道我比他更急，那么，他倒是以逸待劳写好了稿在等我的电话，接通了拿起电话他就念，报社装有附在电话上的录音机，一边录，我一边听，还得用笔记下人名、地名、译名、北方俚语、广东土话之类同音不同字的关键。李大导没有新闻记者的训练，念报人名地名的时候，他不一定会点明草头黄，或是三横王，诸如此类的细节，在录音完了匆忙收线，听带子再写时也常有写不下去的地方，名字倒是管不了音同字不对，所以这段时期的稿，错误不少，李大导不满意，自作更正。我自己实在忙不过来了，挂电话追踪，听电话由我；由录音带搬上稿纸，后来就麻烦另外的同事代劳来写了。

足足有三个月的时间，李大导滞美乐而忘返。传说他要在那边拍片，他在看房子，要搬到美国定居。邵氏公司也急了，不停催归的新闻屡见。他人在美，但香港《东方》的连载却从来未断，或许有人在奇怪，但很少人知道内情。直到李大导夫人张翠英都先回香港来了，他仍未归，而且租了房子，不住旅馆，看来真有做较长居留的打算。

　　我在电话中追问他归期，总说快了。如是一天通话可有两三天的稿量，我再尽可能把照片插图放大，节省这来之不易的文字，每次都要在电话中追问他，如要离开，下一站到哪里？至少要先告诉我联络的电话。读者或许随着李大导的旅游在欣赏他的"细说"，我这个做编辑的幕后工作者，可就真是既烦且恼，苦不堪言。

　　有一天他在洛杉矶自租的寓所里，我们通了电话，可是只写了一篇，他答应继续再写，明天同一时间再打过去。换言之，我手边没有多的存货，次日等着要稿再写发排。可是到了第二天，我的电话打过去了，李大导的声音说："我因有事到旧金山去了，找我的，请留话，我大概明天晚上回来……"一再重复这几句话，原来是附在电话上的录音带。他有急事去了旧金山！不理会我的约定？不管报社等稿急如星火？我真是急得有被吊起来了的感觉。

　　放下电话虽急又气，但所幸录音带上他提到去了旧金山，只是我等不到他明天晚上才回来，可能回来了也没稿，我势必要在旧金山找到他才行。所幸旧金山有位梁兄哥，是李翰祥、朱牧的共同朋友，我也认识，身边恰好有梁家的电话，我猜李大导有可能到旧金山住在梁兄哥的家，即使不是，梁氏伉俪也可能知道李大导住在哪家旅馆。

　　想着我就请长途台再挂旧金山，在喂喂连声中，我还正在想如何与梁先生寒暄几句，再打听我要追踪的人，没想到接电话的竟然就是李大导。他也有点吃惊我追到他了，我可就憋不住气真急了，对着电话哇啦哇啦叫嚷起来。我生平最看重的是信义二字，作为自己交友处事的最高原则。我觉得他失我的信事小，实际上是误了他的专栏断稿，等于失信于广大读者，固然也是"皇帝不急太监急"！我抱怨他说："如要断稿早就断了，早就该刊出'作者未归，本栏暂停'

几个字，岂不大家省事？辛辛苦苦用长途电话写稿都维持了这么久，两个多月了，如此这般吃力，如果最后还是断稿，岂不太冤枉了？"

李大导也知我真的恼了急了，他也自知理亏，连问我怎么办。他现在还没有写哩，手边没有写成的稿，他也无从念起。我长长叹了口气说："那我再隔两小时再打电话给你……"

周老总告诉我说，第一个月李大导这篇稿的长途电话费就是六千多港币，换言之，以三个月汇计，就是近两万港币！《东方》是赚钱的报纸付得出，李大导也是大手笔，他曾表示过电话费由他出，当然报社不会如此。所以，若再有人问我李大导的最高稿费是多少，我不会答复，但我倒是把为李大导这为专栏稿维持不断、《东方》所花费的人力财力这段秘闻写出来，也足见《东方》对李大导的大作之看重，间接也可以让转载这篇鸿文的其他友报知道，他们的编辑在毫不伤神费力的情况下，乐"剪"其成，实在轻松。

《东方》就算是赚钱的大报，但《东方》也绝不肯对他的每一位作家都花如此大的电话费来维持一篇专栏，就算在中国报业史上，这也是绝无仅有的例子，足证《东方》对李大导专栏的看重，对作者与读者来说，都是莫大的敬意。

以后，李大导又到泰国去拍打老虎的外景，我们仍沿用电话录音写稿的老办法。可是泰国的电讯设备就太差劲了，线路少，杂音多，一个电话，接了三四个钟头都通不到话；就算通了话，很不清楚，稍为一犹豫未继续发言，泰国接线生就以为话讲完了，截断，重新要求再接，又是一两个钟头以后的事了。

读者可以自这部图文并茂的大著作中，循作者的妙笔带引，不仅看到中国电影界的秘闻，更会发现中国电影的太多问题，扩而大之，超出电影范畴，对中国人关注的好多问题，大是大非，李翰祥都有他敢言敢写的评论，喜恶分明，针砭毫不容情。读者会惊佩作者的才华、丰富的学识，绝不仅局限于电影戏剧，读者不一定同意他所有的看法与持论，但我相信都会欣赏李翰祥多面的内涵。

由于《三十年细说从头》是一部前所未见的著作，我受命写在前面的开场白，也不免在潜意识中受了作者的影响"细说从头"，以期略近于李文，统一全书的风格。这一套文图并茂的书具备畅销的因素，也是这一代有关中国电影的重要文献。

李翰祥已经表示过对电影的"倦勤"，但他对著述还正在开端的兴头上。给他以时间，把他拍过的电影剧本、分镜头本，加以通盘的整理，配合这部《三十年细说从头》，可以出版成为李翰祥全集，可作为有志电影编导青年的参考教材。到那个时候，李翰祥其名，因著作而流传，绝不会像电影一般导演而为观众所淡忘、后世所不知。他会记得当初我所鼓动他去做的事，真实意义之所在，绝非拉稿说客的立场，把他"放上虎背""抱羊上树"这样简单。

赘语近万言，至此告结，请诸君欣赏正戏揭幕。

谢家孝
一九八一年盛夏于九龙望山居

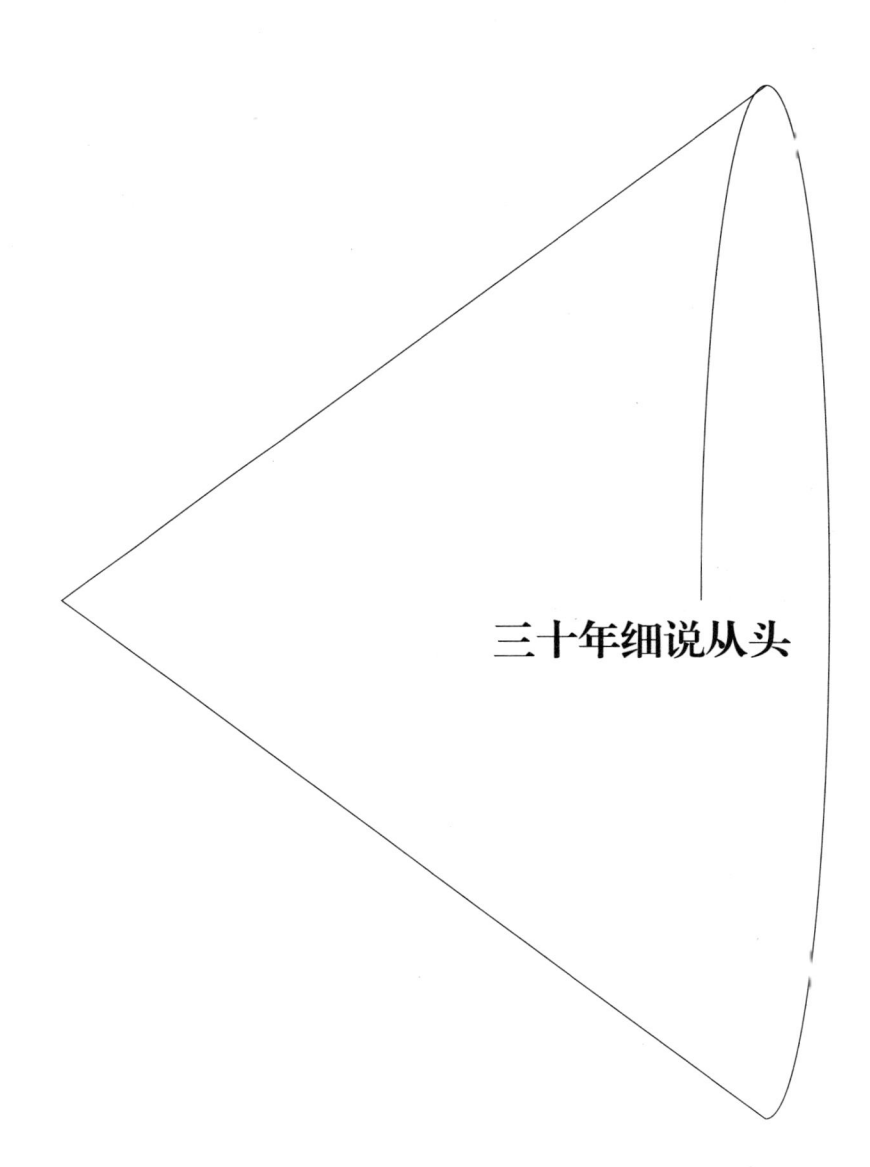

三十年细说从头

抱羊上树与骑虎难下

小时候喜欢听相声(上海人叫滑稽),经常是两个人说的对口相声,不过,也有一个人说的"单口",和三五个人合说的"多口"。相声讲究四个字:"说""学""逗""唱"。"学"又讲究:"进""做""象""真";"唱"又讲究:"精""巧""短""美"。两个人在台上一说一逗,台下就笑声震耳,笑不可仰,笑得上气不接下气,笑破肚皮是假,但真能笑得肚子痛。

记得相声里有一段儿《羊上树》,甲乙两人都说乡下话,连说带唱,客(读如切)声客调:

甲:闲来无事下南乡。
乙:树木榔林长成了行。
甲:松柏枝叶多么好看。
乙:树上站着一只羊。
甲:你若问那只羊它怎么上的树啊!
乙:怎么上的树呢?
甲:……

于是甲就开始卖关子了,山南海北,东拉西扯,张家长、李家短,七个碟子八个碗,叫听众一边纳闷儿,一边笑着听他白话。这一段不长也不短,最后当然要说明"羊是怎么上的树",不过要在乙认了师傅，叫了无数声"爹"之后，才抖这个包袱。

  甲：你若问这羊是怎么上的树呢？
  乙：啊，它不会爬，不会跳，怎么上的树呢？
  甲：是啊，它不会爬，不会跳，怎么上的树呢？
  乙：爹啊，它到底儿——怎么上的树呢？
  甲：傻小子，俺的儿啊！
  乙：啊！爹！
  甲：是俺把它"抱"上去的！

  其实台下的听众，都数不清听过多少次了，甚至于自己都会说了，但是，听到此处仍是笑不拢嘴，看着两个傻小子在台上出"羊"相，真有点不亦乐乎。

  说到此地，一定有人不明白，李翰祥的《三十年细说从头》，怎么说起《羊上树》来了？众位有所不知啊，我写《三十年细说从头》，正是"羊上树"啊。你若问我这"羊"是怎么上的树呢？说瞎话是孙子，我是如假包换的，叫拜托我写稿的老朋友谢家孝连拉带扯"抱"上呢！抱上树还好，偏偏抱我上了虎背，如今骑虎难下，不从头细说，恐怕还会有大刑侍候呢！"居必择邻，交必择友"，此之谓也。诸君交朋友可要当心哪，尤其是新闻界的朋友，动不动就叫你"羊上树"，让你出洋相。

  两年前写了一篇《我与林黛》，替"我"惹了周身蚁，有很多人咬文嚼字，拿着鸡毛当令箭，大兴问罪之师；有许多人鸡蛋里挑骨头，说我用"鹤立鸡群"这句成语另有所指；又有一位专栏作家老气横秋地说：李翰祥的那篇"嘢"（广东话，"东西"之谓）如何如何。这一次重上虎背,免不了横冲直撞,尤其是"羊上了树"更比鸡犬升天厉害,那位专栏作家如果站在树下的话,可真要领点"嘢"了。而今算算自己来香港入影圈,不多不少的正好三十年,就用这个大题目,写写小文章吧!所见所闻,免不了风花雪月、声色犬马。为了读者的兴趣,行文或许略带戏言,但绝无诳语;文中必然有涉及同业诸"公"诸"婆"小姐先生,在下敬业乐群,谑而非虐,绝无不敬之意,就算幽了一默,何妨一笑置之。好,闲话就此打住,听我细说从头吧!

一九四八年的七月,熊佛西校长主持的上海市立剧校,委托马彦祥先生在北平招考,正式考取了多少名我不清楚,只知道马先生特别推荐了三个学生:一个是在蓝鹰剧团演《清宫外史》光绪皇的张之伟,一个是在《结婚进行曲》中演黄宗英丈夫的钟高年,另一个是在综艺剧团演《棠棣之花》中的侠累和盲叟的李翰祥。

以前和马彦祥先生有过接触,因为他是全国剧作家协会驻北平的代表,我是艺专综艺剧团的团长,剧团演出陈白尘的《岁寒图》和《离离草》,都曾为了版权问题找过他,但都是以电话联络的,三言两语就把问题解决了,大家从没有见过面。不过,对他的身世倒也略知一二:马彦祥,字燕翔,浙江鄞县人,前"北平故宫博物院"院长马衡之子,一九三一年毕业于复旦大学,是著名剧作家洪深的得意弟子。在上海时,与潘汉年、袁牧之从事戏剧运动,曾在"中央电影摄影场"任编导、"国立戏剧学校"任教授,著作有《械斗》《讨渔税》等。

"书卷气"与"输倦气"

第一次见到马先生是在一个晚上,为了投考剧校的事特别去听听他的意见。他家住在东城，是一所清静古朴的四合院。一个男佣人招呼我到他的书房，房里布置得相当雅致，紫檀的座椅，衬着方台、条案，完全依照传统的摆法，靠墙是十几个红木镶玻璃的书柜，都摆满了线装书，中间圆台下铺着蓝底白花的地毯。还没等看清墙上的字画，他已经由后院出来了。他穿着黑色长袍踏着白千层底的黑呢鞋，中等身材，不胖也不瘦，大概四十多岁，好像听说他一度是影星白杨的丈夫，于是觉得他文静潇洒之外，更显得格外的风流、俊俏，尤其当他坐在红木书架前的时候，更加的满脸都是书卷气。

这印象较深刻，所以我到了四十多岁的时候，也喜欢穿黑色的长袍，也买了十几个红木书架，坐在前边问张翠英："怎么样，够不够潇洒，有没有书卷气？"张翠英是杭州人，说话直爽，答得干脆："你呀，潇洒不足，草莽有余，直截了当地说，就是强盗扮书生。人么长得傻大黑粗，还喜欢穿黑衣服，难怪张彻要在报上写你不会穿衣服了，我宁愿你穿得跟他一样的老阿飞似的，还显得像个导演样，至于书卷气么，现在嘛！倒没有，不过你由澳门回来那几天倒满脸的输侉气。"

闲言少叙，书归正传。我把来意告诉马先生，他笑了笑，很简单地说了一句："你还要考什么？我介绍你去吧！"

我心里想，大概我们几次演出的剧本版权费，交得既清楚而又迅速的关系吧！就凭这句话，我到了上海。

可能是周璇的一首时代曲给予了我莫大的影响，总觉得上海不仅是一个十里洋场、灯红酒绿的地方，还是个不折不扣的天堂，不信，有歌词为证：

　　上海呀，本来呀，是天堂。

于是我在一九四八年的九月二十三日，打点行囊，辞别了高堂，乘火车到天津，转搭四川轮到了纸醉金迷不夜天的天堂——上海。

天堂是有钱人的天堂，我这个穷学生，只能进学堂。在学校里认识了同班上的金蕾，又由金蕾认识了他的女朋友、田汉的女儿田玛莉，再由田玛莉的关系认识了田汉。于是我发现了田汉的一个秘密。

是影片《一江春水向东流》在大光明戏院首映的那天[①]，剧校的先生同学都在被请之列。学校租了两辆没棚的公共汽车，说穿了就是大卡车，不过车上多了两排长凳，学生们站着，先生们坐着。田玛莉替我介绍他爸爸田汉，我毕恭毕敬地鞠了个躬，他笑都没笑地点了点头。他的脸好长，嘴也好长。对这位风流才子，可真是久闻大名，如雷贯耳了，不过今日一见，也不觉得怎么样，相比之下，那可是凌波的丈夫"金"汉好看得多了。不过我始终不明白，他的脸拉得那么长干嘛，难道要演西门庆（西门庆的脸倒不长，演西门庆的杨群，脸可不短）？后来我才明白，坐在他身边的一位胖太太，原来是田玛莉的母亲、田汉的正夫人。何以有"正夫人"之称？因为前几年田老大（剧校的先生们叫的）大谈恋爱，和安娥女士同居过一个时期，虽然在桂林写过话剧《秋声赋》，结束了这一段情，可他身边的胖太太仍怀恨在心地嘟着嘴，不时用眼瞪着他。所以他也拉长了脸，好像欠他多还他少似的气乎乎地正襟危坐，我想他心里一定在那儿念《正气歌》呢。

《一江春水向东流》，的确拍得回肠荡气，感人肺腑。看完了，很多人都热泪盈眶。瞧田汉的脸拉得更长了，执行导演郑君里慌忙

[①] 此段疑为作者记忆有误。据文献记载，《一江春水向东流》于1947年10月在上海公映，作者前文曾提及1948年才到达上海，所以应该是无法赶上该片首映的。（若无特殊说明，本书脚注皆为编者注。）

迎上去，想听听田老大的意见。田老大紧握着穿米黄色西服的郑君里的手："很好，很好。"郑君里用手一拢长发："哪里，哪里。"手一放，头发又掉了下来，等再说"哪里，哪里"的时候又拢一拢。我当时想，如果他的头发不掉下来怎样"哪里"，多干得慌。

玛莉的妈哭得最伤心，眼圈都肿了。郑君里赶紧上前招呼，他刚一拢头发，胖太太就给了他一句："男人都不是好东西！"然后瞪了田汉好几眼，把胖拳头捏得好紧，好紧。

在天台游乐场听评弹

在大厅堂里看见了吴茵，看见了舒绣文，看见了蓝马和上官云珠，也看见了白杨。她们个个都打扮得花枝招展、雍容华贵。吴茵看样子也不过三十七八，白白胖胖，珠圆玉润，和银幕上苦口苦面的"老太婆"完全两个人。她们身边都围满了人，握手的、道贺的，对着白杨一把鼻涕一把眼泪的。也难怪，白杨的确演得太好，自然，淳朴，像真有其人、实有其事，简直可以说炉火纯青。吴茵和舒绣文，当然也演得不错，不过偶尔仍有些舞台腔、斧凿痕，而白杨没有。记得在北平看过曾是她丈夫张骏祥所导的《还乡日记》，她也演得好。

提起了张骏祥先生，又想起马彦祥，他们二位在当时的戏剧界还真是"一时俊彦"。我名字里倒也有个"祥"字，不过家谱的排行是"翰"，如果不是"翰"，我也俊彦一番了。

我没有看过白杨和赵丹合演的《十字街头》，但经常注意她的花边新闻，我为她的演技倾倒，成了她的影迷，像集邮一样存她的照片，记她的小传。她原名叫杨君莉，是出了名的三小姐，在北平考进联华演员训练班第五期,和陆露明同学,也进过唐槐秋的中旅剧团,演过《少奶奶的扇子》。

最近看见香港《大公报》登着他们全家福的照片,喜气洋洋,温暖可羡。照片上白杨仍是笑眯眯的和蔼可亲,一共四个人,她与她现任的丈夫蒋君超和两个孩子,在"四人帮"的浩劫之余,仍能如此这般"天伦乐",真不容易。

在剧校上课的时候少,逛马路的时候多,南京路由头走到尾,再由尾走到头,四大公司的天台游乐场,出一家,进一家,大世界里听完了双簧,看完了杂耍,再听听梆子腔。

有一天逛到霞飞路,一家百货公司外围满了人,店里灯光闪闪,好像在拍电影。挤到前边一看,果然不错,导演何非光,正在拍《出卖影子的人》。演员是严俊,只见他穿着大礼服,戴着大礼帽、白丝巾、白手套,鬼鬼祟祟地由后边跑出来,东张西望了一会儿,骤然间身形一矮,躲过迎面走来的小姐,然后一个箭步,溜到墙角,探头窥视。动作干净,举止潇洒,难怪后来在香港红了半边天,形成"一王四后"的局面。

自从那天,接连跑了几家片厂(敌伪时期,上海的片厂有四家:丁香花园的新华,福理履路的国华,康脑脱路金司徒庙的艺华,和徐家汇的联华。后来合并为"中华电影公司",改为一二三四厂。胜利后丁香花园归还业主,国华改为中影,艺华改为中制,联华则租给昆仑和文华),不管有戏没戏,我都像观光客似的,按图索骥,一家家的游览,有陈迹,也有新貌。可是,上得山多终遇虎,有一天在徐家汇的片厂里,险些惹上麻烦。

经验告诉我,片厂门口都故作神秘地写着:"片厂重地,谢绝参观"。不过,不必管它,只要你说得出名堂,照样可以通行无阻。所以我到了门口,故作熟门熟路地吹着口哨,昂首阔步朝里就走,把门儿的对我还挺客气,把手一拦:"找谁?"

"剧校的。"

"我问你找谁?"

"我是剧校的学生!"

"学生,学生不念书,到这儿来干嘛?"

"啊……我……我找人。"

"谁?"我朝院里看了看,远远走出一个人,我认得出他是经常在电影里演乡绅、经理、县太爷之类角色的姜修,于是我顺口就诌了一句:"找姜修。"

"什么关系?"

"干嘛,查户口啊,他……他是我舅舅。"说着朝里一招手,大声地叫了一声——"舅舅",故意把语音合混成"舅舅"与"姜修"之间。这一声果然有效,远处的姜修也没等看清楚是谁,反正礼多人不怪,也把手举了举。他这一"高抬贵手",我就混进去了,此一去非同小可,嘿嘿,塞翁得马,焉知非祸!

东窗事发,溜之乎也

每个片厂门里,都有一个通告牌,注明哪棚拍哪组戏,何时开拍,摄影师、演员、导演的名字。今天牌上只有两张通告,一张是昆仑公司的《一江春水向东流》的"特技",布景是黑衬布,导演是蔡楚生,执行导演是郑君里,演员只有一个人,陶金。另一张通告是文华公司的《太太万岁》,旁边注着"补戏",布景是"监房一角",导演是桑弧，演员是崔超明。在北平看过陶金、白杨的《八千里路云和月》，是史东山先生导演的，所以对陶金的印象比较深。崔超明也恍惚有些印象，好像在石挥、张伐、童芷苓演的《夜店》里饰演赖皮匠，因为戏份不多，也就记不大清楚了。

首先进了《一江春水向东流》的影棚，没有布景，只有一块又高又长的黑衬片；陶金穿着一身漂亮的白西装，打着黑领花，留着小胡子，跪在地上张着垂涎三尺的嘴，嬉皮笑脸地举目前视，忽然像有人召唤，他应了一声，爬行几步。可能是位置很难吻合，这镜头拍了有十几次，陶金也就爬了十几次；他循规蹈矩、一声不响地依着导演的要求，爬来爬去，敬业乐群的精神，实在可佩。（以后看了戏，才知道他原来爬向舒绣文手中的皮包里。）

再到《太太万岁》的棚里，布景只有一酒吧那样大小，搭的是个监房，崔超明站在里边，好像和探监的什么人讲话。导演桑弧，矮矮小小斯斯文文，穿着长袍，手里拿着剧本，态度和蔼可亲，没有神圣不可侵犯的满脸霸气。他轻声细语地问了问摄影师："好了吧？"摄影师点了点头，他说了一声"好"，又说了一声"来"，机器就开始转了。和我后来看见程步高先生沉着脸，一脑门子法国留学生的"摩托"（motor），李萍倩先生神清气爽的"锐地"（ready，预备），以及方沛霖先生大喊大叫的"开——麦——拉"，迥然不同。

崔超明站在铁窗后面，讲了几句话，这镜头很顺利就拍完了。导演说了声收工，大伙儿刚准备走，忽见姜修气急败坏地由外跑了进来。

"桑弧，看见我外甥了吗？"

我知道东窗事发，赶紧溜之乎也，躲在布景板后面。

"怎么，八爷，你外甥不见了，什么样儿？"

"说是剧校的学生,长得瘦瘦高高、黑咕隆咚的。我从小就六亲不靠,由天津到上海,一直是孤家寡人,不知道哪儿冒出个外甥来,我又成了舅舅了?真他妈的遭改,×他舅舅的。"

我在布景板后大气都没敢出,反正我只有一个舅舅,外加着死了十几年了,你爱怎样办就怎么办吧。

后来,要不是沈浮导演出来解围,我还真够瞧老大半天的。

天无绝人之路遇沈浮

我一直躲在布景板后面,直到人都散了,才敢出来。不过,在门口附近转了几个圈儿,都没敢往外走,因为我舅舅——姜八爷——在门口"候"着我呢,大有死约会——不见不散——的意思。那时候还没有地下火车,要有,我真希望片厂里有个车站。

还好,天无绝人之路,这时候从门外进来三位先生,为首的身材高大,雄赳赳,气昂昂,原来是导演《圣城记》和《追》的沈浮先生,与布景师一起来看《希望在人间》街道搭景。我忙不迭地赶上一鞠躬,叫了声沈先生。他看了看我,像见了亲人似的,手握得紧,脸笑得欢。

"好嘛你了,好久不见了啊?"

一口尖圆音不分的天津话,听着还真亲切。

"可不是,好久没见了。"

"你……你是这个……你姓……姓这个……"好,原来不认识!

"我姓李。"

"噢!对,你是这李……李……李嘛玩意来的?"

我差点没笑出声来，我成了"玩意儿"了。

"李翰祥。"

"噢！李——翰——祥？李翰这个祥！咦！真哪！真王八蛋！"

"啊？"

还真吓了我一跳，我想这回可糟了，不知道什么地方把沈先生给得罪了。

"真王八蛋，你看我这记性！对了，我想起来了，你是国立艺专的，你演过《棠棣之花》的盲叟，有一套，装瞎子还真像，是韩涛给你们导演的不是？服装还是中电三厂徐昂千厂长借给你们的，是吗？徐悲鸿校长亲笔写信借的，昂千把那封信裱起来挂在墙上呢！你们演完戏，还服装的时候衣服全叫汗水给沤烂了，没烂的也成了估衣了，上边还全是老碱，绣花的，洗都没办法洗。你还真会说：'徐厂长，马马虎虎吧，改天叫我们校长画幅马给你。'后来别说马了，马尾巴都没看见哪！你可真会打马虎眼哪！对不对呀！"

他这一篇旧账，记得熟，说得快，如数家珍，如话家常，像快书里的"连珠串词"，说得我眼圈儿都红了！

"对，完全对！"

"可说呢！你跑到上海干嘛来，艺专毕业了吗？"

"没有，我叫艺专开除了！"

"开……开除了？……为嘛？逛窑子？"

"不是，好出风头啊！搞学生运动啊，艺专学生分两派，一左一右，我什么都不是，不过一出事，哪边对我站哪边。"

"好嘛，墙头草，两边倒，那也不至于开除啊？"

登台念文告，声泪俱下

"你听我说呀！东北闹大鼻子，满街上强奸妇女，逼得大姑娘、小媳妇都剃光了头，东藏西躲，可是，他们连七八十岁的老太太都不放过。三青团①的学生们说：'东北的同胞们，站起来吧，咱们游行吧，反苏！'我听着对，就领头反苏！"

"干嘛你领头呢？"

"我是东北同学会驻艺专的代表啊。"

"噢，李代表！"

"游行之后，训导处的李德三主任，约我当面嘉奖一番，然后叫我加入三青团。"

"你加入了吗？"

"加入就不会被开除了。我说，我爱国，但没有政治认识，也缺乏政治兴趣，所以我不想入团。他倒也没勉强，只笑着说：'以后再谈吧。'后来在一个圣诞节的晚上，听说美国大兵喝醉了酒，在东单把北大的女同学沈崇给强奸了，这还了得？于是北大同学会向全国各大专同学，发出了文告。艺专的同学们，推我做临时主席，叫我在大礼堂把这篇文告当众宣读。"

"干嘛你宣读呢？"

"我喜欢演话剧嘛！于是，我登上了讲台，打开文告，情绪激昂，声泪俱下地由头读到尾。文告比林黛玉的诗写得更好，不仅'一生心血结成字'，而且，一字一滴血，一句一行泪，说服力够，煽动性强，听得大家咬牙切齿，义愤填膺，当场全体议决：艺专与全国各地大专

---

① 三青团："三民主义青年团"的简称，当时系国民党下属的青年组织。

同学会，采取一致行动。并且当场推举我为北平国立艺术专科学校学生自治会的主席（幸好只是主席，只遭到开除的处分，要是选我当总统，说不定会像朴大统领[①]一样，那么这篇《三十年细说从头》，也就无从写起了。读者幸甚，编者幸甚，作者更幸甚矣），当天晚上我参加了在北大红楼文学院举行的全体学生代表大会，议决了反美大游行，于是我又领头'反美'！"

"你干嘛又领头呢？"

"我是学生自治会主席嘛。"

"噢，李主席！"

（后来才知道，很多地下党员在幕后推波助澜，提绳扯线，我这个主席，和逊清皇帝溥仪差不多，傀儡一名而已。再说沈崇事件，从法律观点来看，也并非严重到举国沸腾，各省各市都要大游行的地步，说来说去不是那篇文告写得好，而是我念得太有感情了！）

"这之后，又参加了六月二日的'两反''三罢'：'反内战，反饥饿；罢工，罢课，罢市'。"

"你饥饿吗，李主席？"

参加游行，终于被开除

"不，不饥饿，学校发我全公费，吃的是白面馒头、大米粥，四菜一汤，我既不饥也不饿。可是，为了打内战，多少人流离失所，多少人妻离子散，中国人打中国人，老百姓吃苦挨饿，总不是好事吧，

[①] 指1979年被暗杀的韩国大统领（总统）朴正熙。

所以我要反内战、反饥饿。"

"对，我们反吧，傻小子睡凉炕，全凭火力壮嘛！"

"大游行之前，我们代表大会计划得非常周密，同学们三五成群，化整为零，在红楼的民主广场集合，然后整队出发。队伍一成了形，军、警、宪就大气儿都不敢出了。队伍里有演戏的，有唱歌的，有演讲的，有发传单的，有画宣传画的。我和几个艺专的同学，每人提了一桶红土子，拿着粉笔，见墙就画，运笔如飞，有如神助，一大幅宣传画，一挥而就。愈来愈起劲儿，墙上画完画地下，画在柏油马路上，画在金鳌玉蝀桥中间汉白玉的石板上，画在商店的招牌上，画在电车的车厢上，画在故宫的宫墙上……不！宫墙上没画！"

"为什么不画呢？"

"宫墙和红土子一个颜色，画了也看不见。我们一路上，通行无阻，警察不敢拦，车队不敢管，真是八面威风，威风八面。红土子用完了，看见颜料店就往里跑，好像奉了圣旨一样，'快！红土子。'伙计们还真听话，马上回身就拿了两包红土子，帮我倒在桶里；掌柜的一回手，端了碗水也倒在我桶里了（我想后来的红卫兵跟我们也差不多，我长得黑一点，算是黑卫兵吧）。掌柜的一边替我倒水，一边还帮腔：'对，内战应该反，枪杆子朝里不行啊；饥饿也要反，急了抓蝎子，饿了啃石头吗？吃饭了吗，黑同学？''没呢，这么忙怎么吃啊，有任务嘛！'于是提桶就走，后边的掌柜的送到门口，还来了一句：'对，反对吃饭嘛，不，不对，反饥饿嘛！'"

沈先生半天没插嘴，大概看我说个没完，于是用手一拦："行了，行了，那时候我还在北平，游行的事我清楚，学校怎么把你开除了呢？"

"我们游行完了，倒一直风平浪静，李德三见了我比以前更客气了。不过，没几天就愈来愈不对了，很多同学走路被人盯梢，很多旧同学的家长，被传到警察局去问话，可是，对我这个主席反倒放任得很，大概他们也一目了然，看得出我是个傀儡，所以抓鱼先抓头，先整我背后拉绳扯线的。几个平时最用功的，什么活动都不参加的，在我的心目中他们一直是老实人，有一天都被披枷带锁的'请'走了（他们大概都是些'幕后英雄'，放在电影里就是制片编剧、导演、剪接之流的人物）。于是，风声越来越紧了，有几位服装、道具、场务一类的英雄们，也失踪不见了，后来才知道他们去了张家口的鲁迅艺专。最后，终于轮到我了，布告栏里贴了张布告，把我和另外三个给我陪榜的同学一起开除了！"

"为甚？反饥饿？反内战？"

想参观片厂，别找舅舅

"不是，他们说我伪造文件，说我投考艺专时候的高中文凭是假的！"

"是不是假的？"

"假倒不假，也是教育部发的，不过是我花钱买的。"

"那就是假的！你们艺专不是高中毕业和同等学历就行了吗？有初中毕业证书也可以呀！"

"我是在三中念完了高二考的艺专。已经念到高二了，再拿初中文凭多没面子。"

"现在不是更没面子？"沈先生不赞成我的想法，把眼睛瞪得像个包子。

"其实艺专里百分之九十九都跟我一样,不过我太好出风头了,凡事皆因强出头嘛!"

沈先生也不大以为然:"有正义感是好的。不过正义感跟热心过度可不一样,热心过度就十三点儿了。你不搞政治,政治搞你,你正义感越浓,就越容易被人利用,你给人卖了,都不知道到哪儿领钱去;等你知道那是政治了,人家老早站在你头顶上了,怎么样?你现在是左还是右啊?"

"我,中,还是中,中国人嘛!"

"行!咱们的脾气差不多,我念书的时候也一样,年轻人都一样,谁不一样呢?那你到上海,怎么打算呢?"

我把来龙去脉一说,最后告诉他,姜八爷还在门口等着我呢,沈先生听了直乐:"好嘛,你真行,你的事儿还真不少,早知道我不拍《希望在人间》了,拍你得了。不过,没关系,八爷跟我同乡,也是天津卫的,再说多个外甥有什么不好呢,一会儿你就说找我得了,我是你舅舅!"

也只好如此,不过我没敢告诉沈先生,姜八爷在门口等着要×我舅舅呢!

这之后电影圈就多了句行号,有人见了姜八爷就叫舅舅,然后大伙儿就异口同声地:"×你舅舅。"

所以读者诸君如果想参观片厂的话,到了门外,仍旧可以依我的办法,照方抓药,不过找谁都行,千万别找舅舅。舅舅在电影圈里可不是句好话,所以张翠英叫杨志卿哥哥,孩子们也跟着叫他舅舅,我还真有点不大好意思!

如今这句话可越传越广,由圈里到圈外,如若不信,可以去看午夜场,等剧终字幕一推出,观众们朝起一站,不约而同异口同声地大叫一句："××××"。

人多嘴杂，也许听不大清楚，我告诉你吧，那就是："×你舅舅！"

下午逛马路好过上课

剧校每天的课程，早晨是"表演实习"。讲课的是我们的班主任、剧作家吴天先生，改编过曹禺的《家》，和编过电影《春归何处》，说得是一口江浙腔的国语，我还算听得懂，又加上对"表演"也有兴趣，所以倒从不缺课；下午可就逛马路好过上课了，不信，听我道来！

下午的课是"声乐""国语""舞台装置"。"声乐"上过一堂，以后就没法子上了，因为先生说的是上海话，换了今天也倒罢了，我娶这杭州老婆，连苏州评弹都听到津津有味，何况几句"闲话"？当时可不行啊，对上海话只会一句"阿拉弗晓得"，其他的就通通"弗晓得"了。那位先生讲了五十多分钟，我只听懂了一句："高矮屋。"高的房子，矮的屋子。向同学一夸耀，才知侯景吃麻花——满拧。"高矮屋"者，"讲闲话"是也。我一句"闲话"不懂，只好在马路上看看野草"闲花"了。

"国语"课是严工上老先生教的，慢条斯理地用注音符号教北平话，我这个从小就住在北平的"泡儿将"，听着笑既不好，不笑也忍不住，也不得不逛马路了。

教"舞台装置"的是丘熹先生，另外他也教三年级的"素描"。我看过他替学生们改画，也看过他示范的教材。说实在的，凭他那两下子，我真能教他。不管怎么样，我总是徐悲鸿先生的得意门生、对素描还真有两把洋刷子（如今可全还给徐先生了）。所以素描课也不必上了，还是到马路上，看看红装"素裹"吧！

有一天闲游散逛之后，打道回校，刚好丘先生在大礼堂里上"舞台装置"课，他见我一进门口，就假装没看见似的，高声地"鼓励"我几句："李翰祥这牛学生也怪，大老远地由北平跑到上海，不上课，整天逛马路，不知道他算哪路的学生？"

大伙儿把眼睛对着我，不知道是羡慕还是嫉妒，有的窃窃私语，有的掩着嘴儿笑。我脸一热，还真有点"烧盘儿"，坐在后边不敢响。丘先生知道我是在艺专学画的，至于画得怎么样，他可没见过，好吧，改天有机会，露一手儿。

忘了是哪一天，反正是剧校成立的周年纪念，请了很多位大导演、大编剧和大明星到学校的实验剧场，举行了一个筹款义演晚会。晚会上没有预备什么布景，但要画十几幅活动立屏，每幅是四块三六尺的布景板，分成两摺。学校里本来有一位画宣传海报的同学，但对画屏风却没有经验，知道我学过西画，特别找我帮忙。他已经画了几幅，但都不大满意，叫我先替他画一幅《爱与死的决斗》，说是一首诗改的名字，将由编剧家李健吾先生和影星白杨女士一起朗诵。如此阵容，当然义不容辞了。我画了一个维那斯女神的立像，然后在她周围加了些被砸碎了的枷锁，刚一画完，画海报的同学把他已经画好的几张，全部重新涂上白粉！

"老李，你一个人包办了吧！"

第二天晚上演出的时候，这些立屏，经灯光一照，还真有个样儿，丘先生知道是我画的。

"啊！嗯……人不可貌相，难怪他要逛马路了。"

怪声叫好惹下了大祸

这个筹款义演晚会，因为是明星大会串，所以门票早就卖光了。开幕之前，连甬道和出入口的地方，都站满了人。我属于幕后工作人员，站在台角上，表面是帮忙，实为看"蹭"戏。别说实验剧场没有包厢，有包厢也没台角上看得清、听得明。

第一位上场的是赵丹。他朗诵屈原剧中的《雷电诵》。我在立屏上一边画着乌云黑龙和太司令，一边画着东皇太一。赵丹披了件黑斗篷，朗诵的姿态和抑扬顿挫、高低疾徐的声调，三十年后的今天仍历历在耳。他左手拿着《雷电诵》，卷得和关老爷手里的《春秋》一样，右手一张，斗篷顺势飘起，他低沉苍劲地念道："风！你吹吧！你用力地吹吧……"

我还真有点山雨欲来风满楼的味道，脊梁沟儿一阵发麻，不由得打了一个寒战。听说《屈原》在重庆上演的时候，由金山饰屈原，张瑞芳饰婵娟，风靡一时，轰动朝野，票房门口挤得人山人海、水泄不通不说，居然出了很多个人上人，站在别人的头顶，踩过别人的肩膀买票。今天我能够很悠闲地站在台角看赵丹先生既念且表，既舞且蹈，可真是眼福不浅！

下来是石挥的单口相声，慢声慢语，娓娓道来，脸上一本正经，台下却笑不绝耳。我在立屏上画着一哭一笑的脸谱图案，台上的石挥两眉下垂，台下的观众嘴角上翘，正好与立屏相映成趣。

跟着就是李健吾与白杨朗诵《爱与死的决斗》了。李先生的脑袋又光又亮，长长的有点像冬瓜，长相介乎吴耀汉与矮冬瓜之间，看着就想笑；嗓门儿顶尖，有点像《法门寺》里的贾桂儿，一张嘴，一口字正腔圆的"京片子"，利落清脆，分外惹人好感。他老先生装"死"，白杨扮"爱","爱"一启齿，不由你不爱，娇滴滴，文雅隽秀，不仅听出耳油，简直是中人欲醉。一段演完，台下掌声雷动，还居然有人怪声叫好。叫好就叫好吧，真不明白，大伙儿都把眼睛盯着我干嘛？后来才知道，原来那一嗓子是我喊的。喊了就喊了吧，又没有杀人放火，有什么了不起！站在台角上接着往上看，忽然有人一拍我肩膀，意思是叫我让一让。我回头一看，黑影子里站着个大胡子，若是女同学让让倒也无所谓，大胡子！啥个好——不让——我站在那儿连窝都没动。没想到那老家伙老羞成怒，用力一拉，我脚下一绊，咕咚一声，由台角一个"元宝翻身"，滚倒在台下。想挣扎着站起来，大腿就是不听使唤，看了看原来是脚上缠了条电线，没电着就算走运。我不问青红皂白，三把两把，把电线扯在一边，朝着大胡子刚要发作，我的妈，还好那一声午夜场的术语没开口，原来大胡子是我们校长熊佛西！

"李翰祥！我就知道是你，丘先生告诉我，你常常不上课，整天逛马路，现在又怪声叫好，你以为在大世界听京戏看杂耍哪！"

我一声没敢言语，还好轮到金嗓子周璇上台，看熊校长忙着招呼，我就趁机会溜之乎也，谁知惹下了滔天大祸还不知道！

人不走运喝凉水也塞牙

金嗓子周璇，体态轻盈，娇小有如香扇坠，到了台上一鞠躬，台下掌声雷动。周小姐等人静下来，朝台后的乐队一领首，音乐开始，只见她启伶牙，张俐齿，开始唱了。不知为了什么，金嗓子忽然变成了蚊嗓子，任你如何地侧耳倾听，也听不清楚唱什么东西。于是台下一阵鼓噪，台上一片慌张，弄得司仪也不明所以，等他低头一看，才恍然大悟，原来麦克风的线被拉断了。最窘的还是周璇，唱又不是，不唱也不是，只得硬着头皮继续唱下去。观众们听歌变成了看歌，只见人张嘴，不闻声出来。周璇不时地回头求救，熊校长急得满头大汗，叫人忙着接线。很多人到后台帮忙，人多手杂，越帮越忙，越忙越乱，一直到周璇唱完，接着是白虹唱了，那条线还没接好。不过白虹小姐唱歌用的是真嗓子，不在乎有麦没有麦，第一声就响遏行云，还真吓了观众一跳，突然像由默片看到声片，如何不兴奋，满堂轰动地来了个碰头好，接下来也是句句有彩。相形之下，周璇的金嗓子成了锡（细）嗓子，从此砍了招牌，令人如何不伤心？气得她在后台直跺脚，用手绢蒙脸，"吼"的一声哭了起来。石挥急忙上前安慰一番，可是，你献你的殷勤，大不该把我扯在里边："我看见了，一个黑大个儿，刚才由台角上摔下来，把麦克风的线踩断的！"

熊校长一听，恍然大悟，不由得七孔生烟，差点气炸了肺。

"又是李翰祥！"

晚会完了，大家都对那些活动的立屏赞不绝口，尤其对《爱与死的决斗》的维那斯女神立像最为欣赏。熊校长听了很开心，嘴旦边客气一番之后，回头低声问丘熹是谁画的。丘先生说："李翰祥。"

"李翰祥，怎么会？怎么会是李翰祥？"

看起来坏事全是我，好事就不应该有我的份。人不走运，喝凉水都塞牙。我可真成了唐僧取经了，九九八十一难，难难不同。于是，我发现我不喜欢剧校了，甚至想马上离开上海。

有一天看了香港出品的一部影片《767号女间谍》，是王豪与邬丽珠合演的，记得好像还有曹达华、顾文宗，和一大堆不见经传的名字。戏拍得马马虎虎，有几位国语说得好像嘴里含着冰块。我当时想，上海人才济济，想从事电影的话，排队也轮不到自己身上，不如到香港碰碰运气吧！不管长相怎么样，话总还会说吧，加上王豪又是我同班同学王鸿纪的哥哥，凭这点关系，也许会帮帮忙吧。我把这个念头向沈浮先生讲了一下，沈先生不大赞同："还是在上海等着吧，我的《希望在人间》就要开拍了，有你的戏！"

我还真等了一个多月，可是《希望在人间》一直希望在人间，左等没消息，右等没动静，我再去问沈先生，他告诉我："没有希望了，剧本没通过，改了《万家灯火》啦！再等几天吧！"

好嘛！由《希望在人间》，等到《万家灯火》，紧跟着《夜半歌声》《天亮前后》，岂不又是一个《八年离乱》？那还得了，越想越恐怖，最后下定决心，还是到香港吧！

万没想到，香港洋人多过上海，我的"洋相"出得也比上海还"洋"！

初到香港，举目茫茫

我把我要到香港发展的想法，再次地请示沈浮先生，他听了笑了笑："好吧，人各有志。"于是很热心地替我写了两封介绍信。一封给影星王豪，一封给导演朱石麟。

同学们知道我要到香港，都纷纷给我送行。一个叫范宝文的同学，也有意到香港谋发展，希望和我结伴同行。我知道他也是由北平来的，就一口答应："好吧，咱们一块儿希望在人间吧！"

赴港的前一天晚上，班上的全体同学，公请我们俩，在学校对面的一个小弄堂里，吃大闸蟹，喝"老婆酒"（后来娶了杭州老婆之后，才知道是"老白酒",是糯米酿造的,因为酒是奶白色,故名)。

有个同学到过香港,很热心地告诉我们香港一些情况:"在香港'喝'茶叫'饮'茶,吃饭叫'塞(食)'饭。"

"干嘛塞呢,慢慢吃不好吗?"

"慢慢吃,就叫慢慢塞(食)。吃面叫塞(食)面,面和上海的阳春面、北方的打卤面都不同。黄色,细条的,因为碱落得重,所以吃着有点涩、有点硬。看电影和坐公共汽车一样要买票,不过票不叫票,叫'飞'。在香港丢了东西,不能说丢,说'丢'就要挨揍,要说母(唔)见着。"

"爹见着行不行?"

"母见着,爹见不着。"

好,原来爹是大近视眼。称呼人叫"代楼"(大佬),或"捞油"(老友),可千万不能叫"落腰",落腰是屁股。

我听了直乐,记了半天,结果印象最深的还是"飞"。票跟"飞"实在差得太远了,东三省有个地方叫"北票",岂不要叫"北飞"?天桥晚期的八大怪之中,有个耍单杠的叫飞飞飞,岂不要叫票票票?

三杯酒下肚,同学们一个个面红耳热,越聊越投机,越说越起劲儿。田玛莉和金蕾连连和我干杯,更加觉得依依不舍,千叮咛,万嘱咐:"假如有一天,演了电影,上了银幕,可别忘了对着镜头招招手,表示和老同学们招呼,也好让大家开心开心!"

我当时满口应承,不过真抱歉,三十年来一直都没有这种机会。这也不能怪我,因为就算导演允许,剪接师也不答应。

一九四八年十一月十八日,早晨七时半,我带着简单的行囊——一个手提箱,和母亲替我缝的一床棉被和一条蓝底白花、家机布的褥子,跟范宝文一起登上了长江轮,三天之后到了东方之珠——香港。

我们初到香港,觉得奇热无比。可不是,十一月尾上海已经下过雪了,香港人还衬衣单裤地满街跑,热得我们满头大汗,加上身上的三件厚呢子西装,穿着浑身不得劲,脱了又唯恐礼貌不周,只好硬着头皮提包背裹,朝码头上一站,望望太平山两眼麻黑,可真有点举目无亲,茫茫不知所之的味道。

我们来香港的路费,是同学们凑起来的,所以到了香港,两个人的全部财产还有港币十四大元。想想也真是初生牛犊子不怕虎,好像香港真是遍地黄金,马路长高粱,天上掉烙饼。一出码头,就像到了外国,听听人声,唧唧啾啾,一句不懂;看看街招——牛津良、半日安、靓次伯、西瓜刨,不知所云;"如要停车,乃可在此",更是莫名其妙。还好有人叫了声:"上海佬,啥地方去?"

"我们是北方人。"

"噢,山东佬,到哪里去呀?"

倒是一口好纯正的国语,人家说少不入广,老不入川;一入广,不论什么年纪都"佬"了。我有沈先生写的介绍信,信封上的地址是:九龙,北帝街,大中华影业公司。他看了看:"你们住在哪里呀?"

"随便在九龙找家旅馆就行了。"

他还挺热心,叫了两个苦力,替我们把行李抬到旺角码头的渡海轮上,又替我们买了船票,过了海又替我们叫"的士",一直送我们到弥敦酒店,替我们订了房间。我们心中暗自庆幸,我们碰上"贵人"了。等到一切安顿好了,他和我们一算账,我的妈呀,用了港币七块六——可不是碰上"贵人"了嘛!还真贵,用了我们全部财产的一半儿还挂点零儿。

那时的弥敦酒店,还是用玻璃门隔成的房间,房里没有卫生设备,要洗澡得到厕所去;北方人有个习惯,到了一个新地方,拜望朋友之前,总要洗个澡,剃个头,洗洗尘,去去晦气,我们也当然不例外。

其实这是前清旗人留下来的规矩，八旗子弟月月都有钱粮，吃饱了无所事事，就立了很多无聊的规矩。我们俩口袋里，一共只剩六块四，摆什么穷谱儿？真是少不更事。

刚好弥敦酒店对面，有一家砀山池。砀山是徐州的地名，记得敌伪时期在北平有个花名叫砀山梨的女人，闹了一件很轰动的风月案子。据说砀山梨和水蜜桃一样，一咬一嘟水儿，我想那花名和清末的土娼小白菜的意思一样吧。到砀山池一看，有三个小姐，不仅有个小白菜，还有个砀山梨，另一位大概是水蜜桃吧！

在北平、上海都洗过澡，上至老板，下至伙计，搓澡的，修脚的，清一色的全男班儿。有雅座和大池两种，不过没什么人在雅座洗盆子，多数洗大池，分冷、温、暖、热四池。热池多数是供有脚气（香港脚）的人烫脚用的，一烫一呲牙，两烫两咧嘴，还真有个乐儿。没想到砀山池只有盆池雅座，一人一屋不说，还一屋一女，多了个女招待。我想她领我进房也就算了，"师傅领进门，修行在个人"，没想到她要跟我一块儿"修行"，替我放好水，又替我宽衣解带。我还真有点难为情，我说我吃自助餐吧，她还非要请我吃大菜。万没想到来香港的第一天，就在女人面前加入了天体会，彻头彻尾地把自己的秘密全部来个大公开，赤裸裸地写起坦白书来。

她见我手足无措，不应该发脾气的地方发起脾气来，扑通一声把我推到盆里，然后拿起了两瓶滴露："怕唔怕？"

我以为要不要，连忙摆手，她以为"唔怕"，把瓶塞一拔，咕嘟嘟……统统倒在盆里。等洗完了澡一算账，我的妈，俩人差点儿没破产，港币六元整，还好没有"马杀鸡"。

如果两人"马杀鸡"一番，那就不用杀鸡了，先把我们杀了吧！一问那两瓶"怕唔怕"，每瓶五毫，四瓶两块。

唉，本来要洗洗晦气的，谁知反倒弄了一身晦气。

我是黑旋风李逵后代

我俩拿着沈先生的介绍信，像"通行证"一样，满街一打听，居然叫我们摸上了一号公共汽车（那时香港还没有双层巴士），每人一毫买了飞（票），坐到九龙城，司机朝现在飞机场的地方一指，我们就顺着方向，边走边问。

那时的北帝街，可不像如今这样的热闹，宋王台公园的石头，还原封未动地堆在山上，旁边围着石头栏杆，就像北平景山明思宗殉国处那棵吊死皇上的槐树锁着铁链一样，都有戴罪在身的意思。当年的宋王，做梦也想不到，后世的人们可以在他跳海的地方，乘着飞机，直上云霄，否则一定带着陆秀夫、杨侯爷他们，一同搭七四七飞到国外要求政治庇护，也就不必叫陆秀夫背着他，纵身入海，葬身鱼腹了。

宋王台下就是北帝街，我们终于找到了大中华，门房看了看我们的"通行证"，带我们到剧务室。那时的主任是陈焕文，剧务是魏鹏飞，他们都说得一口刮拉松脆的京片子，听着真有"如鱼得水"的劲儿。不是套近乎，他们两位看着还真有点面熟。原来陈主任也兼任演员，经常在抗日影片里，演演日军大佐、大尉之类的角色，人头太次郎啊、犬养龟太郎啊什么的，后来也当了导演，拍了很多部国、粤、厦语的影片，是出了名的"打鼾导演"。因为他比现在的楚原还要忙，经常一天连赶三组戏，根本就没有时间睡觉，所以一喊过"开麦拉"之后，即刻鼾声震天，神游梦府。那时候还是现场收音，录音师在耳机里听见如此的声音，焉能不动肝火！即刻响铃喝止，推开录音室的隔音玻璃，朝棚里大叫大跳："×那妈，边个困觉啊，返屋企困了！"

陈导演由梦中惊醒，不问青红皂白，也跟着用上海话帮忙："操那去勒，啥人？啥人打鼾？娘个西皮，滚侬娘个五香茶叶蛋！"

片厂里的演职员都笑不拢口，陈导演方知道打鼾的原来就是自己，一打马虎眼，也就过去了。可是，这之后"打鼾导演"之名就不胫而走，跟"云吞导演"一样地名震影坛了。

剧务魏鹏飞的来头，可就更大了，默片的时候，就已经是天一公司的当家小生，喜欢俚嬉①。我们刚通名道姓，他老先生就向我开玩笑，问我爸爸是不是印度人！我开始还真一愣，后来陈主任一乐，我才明白过来，原来他是挖苦我长得黑。俗语说得好："京油子，卫嘴子。"我这个在北京土生土长的"油子"，当然要露一手儿。于是我告诉他我爸爸是在门头沟挖煤的，我妈是煤球大王的千金，我们不是李太白的陇西李，而是李太黑黑旋风李逵的后裔，替我接生的产婆姓包，是包公的十八代耷拉孙儿，我刚一落地，她把我错放在和煤球儿的盆子里，所以我才如此这般的健康，黑里俏。不过黑虽黑，但绝对是纯种的中国人，一点杂毛儿都没有，绝对没有串过秧儿！说得魏老和陈主任哈哈大笑，马上叫人去找王豪先生，叫我们暂时到院子去溜达溜达。没想到在这儿碰见白云先生，以前虽然没见过，可是想起他在北平一段风流韵事，还真够瞧的，而且够瞧老大半天的。

---

① 俚嬉：又作"俚嘻"。北方方言，开玩笑，打趣儿的意思。

白云的一段风流韵事

院子里的通告牌上，贴着几张通告，一张是《玉人何处》，导演：朱石麟，演员：吕玉堃、孙景璐、洪波、姜南；另一张是《桃花依旧笑春风》，导演：杨工良，演员是陈娟娟、白云。

看到白云的名字，就想到他在北平的一段风流韵事。那是在敌伪时期，北平刚演过他和周曼华、徐风主演的《红杏出墙记》，因为原著是天津名作家刘云若的畅销小说，所以轰动一时，白云也就跟着红透了华北半边天。新新大戏院[1]的老板脑子动得快，马上约他和慕容婉儿一起组团到北京，演出话剧《潘金莲》。他演西门庆。海报一贴出，戏票在三天前就全卖光了，外加一张赠券也没有。等上演的时候，戏院里加凳子都没地方加了，站也站满了，就差没卖挂票了。泰山不是堆的，火车不是推的，那时候的白云，还真有两把洋刷子！

开演之前，台口已经围满了一大堆荡妇淫娃，个个都像火轮船打滚儿——浪吹的一般。描眉画鬓，奇装异服，打扮得妖妖艳艳。看样子，不是书包里夹着羊肉的女学生，就是八大胡同头二三等的窑姐儿，再不就是哪位缺德带冒烟儿王八大爷的姨太太。哗！看见白云一出场，人人都像中了邪似的，前推后拥，群雌争艳，搔首弄姿，荡气冲天，就差点没和潘金莲一样叫达达[2]了。台上的白云在演"潘、驴、邓、小、闲"五德俱备的西门庆，台下围着的太太们，恨不得马上把脚裹得瘦、小、尖、弯、香、软、正，变成潘金莲，即刻谋杀亲夫，和西门庆一块儿大闹葡萄架。有的甚至摘下手上的钻戒朝

---

[1] 新新大戏院：现位于北京西单的首都电影院前身，1937年由艺术家马连良等筹资修建而成。
[2] 达达：床帏间女性对男性的昵称，常见于旧小说。

台上扔，丑态毕露，不知羞耻，那份儿德行，可真是养孩子不叫养孩子——下（吓）人。这当然怪不得白云，可是叫北平的男士们把脸往哪儿搁？

　　终于，有位记者先生看不过眼了，在社会版发了一则访问白云的头条新闻，用特号大字标题：

　　妖星白云，口出狂言：故乡无美女，平津皆无盐。

　　不漂亮还则罢了，个个都像半阴半阳脸的钟无盐还得了？当天北平的妇女界就炸了营了，太太小姐，七姑八姨，隔壁的二大妈，窑姐儿，女招待，全体出动。那时候虽然没有妇联会之类的组织，可是众人齐心，黄土变金，三个女人便成墟，你看三十个，三百个成个什么？还得了？大伙儿堵在长安街新新大戏院的门口，等白云散场。看他刚一出门口，就一窝蜂似的拥上前去，七嘴八舌大兴问罪之师，上下其手，群起而攻之，好像到了澳门的葡京赌场大小的台上，摸摸他开大开小，牌九的档口，看看他是短是长。"白云"在一阵无定向的"黑风"一吹之下，慌忙地抱头鼠窜，逃之夭夭。刚跑到四牌楼底下，还没喘过大气来呢，就碰见一队宪兵，掏出手枪把保险钮一勾，截住他的去路，要查他的良民证。

　　这真是从何说起？查良民证一向都是警察的事啊，宪兵查的是哪门子？这岂不是狗拿耗子，多管闲事吗？四牌楼的巡警，你管得着这一段吗？不过白云心里明白，这是锯碗儿的戴眼镜，没碴儿找碴儿。不过，刀枪无眼，好汉不吃眼前亏，乖乖地把身份证掏出，双手呈上。那位宪兵大爷，接到手中一看："叫什么名字？"

　　"白云！"

为首的那位，朝他一瞪眼，举起手来，左右开弓就是两巴掌。

"明明写着杨维汉，为什么报称白云？"

"白云是我的艺名，本名叫杨维汉！"他捂着脸，摸摸下巴，这两巴掌还真不轻！

"他妈的，这上面明明写着艺名罗汉嘛！"

"罗汉是我在香港的艺名。"

"《西厢记》里你叫什么？"

"张珙！"

"《三笑》里呢？"

"唐伯虎！"

"《潘金莲》里呢？"

"西门庆！"

"他妈的，你小子名字还真不少。"

一听"西门庆"，后边上来一位山东哥儿们："你个×养的就是西门庆？你可给我们山东老乡丢尽了人！你是无恶不作啊！你叫潘金莲毒死了武大郎，叫李瓶儿气死了花子虚，弄得来旺老婆宋蕙莲上了吊，还把我们山东的打虎英雄武二郎，打了个从军发配！你是专欺侮老实人，踹寡妇门，刨绝户坟，淫人妻女，占人田财（跟'四人帮'的王洪文差不多）！"

白云一听，好嘛！红萝卜的账，全记在蜡烛上了，急忙分辩："你说的是《金瓶梅》里的西门庆，他是山东人。"

"你是什么地方人？"

"我是广东人！"

"广东的西门庆，也不是什么好东西，一会儿叫罗汉，一会儿又叫白云，你个×养的花样还真不少，罗汉有五百多个呢，你是降龙，还是伏虎？白云满天都是，你是他妈的哪一块？杨维汉，汉，对！汉奸，一定是重庆分子，带到宪兵队去！"

这句话还真吓人。敌伪时期，进了宪兵队，准是肉包子打狗，有去无回；能够九死一生地活着出来，就算你万幸。所以一听宪兵队，罗汉当场就吓弯了腰，成了"罗锅儿"，白云差点成了"白晕"了。后来还是剧团的一位同事，打躬作揖地把好话说尽，才算大事化小，小事化无。可是这段新闻以后就传开了，传遍了里九外七皇城四，传遍了东四西单鼓楼前，上自达官贵人，下至贩夫走卒，男女老少，五行八作，听着打心眼儿里解恨。你看，白云这点人缘，还真不含糊。其实他招谁惹谁了？没有啊！他一点都没错啊！错就错在他投错了胎，脸蛋儿长得太漂亮了。大伙儿都是一个上帝、一个老天爷啊！你得天独厚，岂不是太不公平了？不平则鸣嘛！你好言好语，别人说你是拆白党，你低声下气，别人说你是吃软饭，总之，女人看着你顺眼，男人看着你就别扭。潘金莲跟你一起腻，李瓶儿马上就起痰！不为别的，这世界上太完美了就遭嫉。

提起白云，二十岁以下的年轻人，恐怕是毫无所知，可是我认为，中国电影有史至今，真正配得上称"风流小生"的，恐怕非白云莫属了。长相是长相，个头是个头，神采奕奕，风度翩翩，衣着举止，潇洒飘逸，内涵外表，无一不佳。所以，当年能红透全中国，绝非偶然！

咱们闲言少叙，书归正传罢。真是无巧不成书，说起曹操，曹操就到，只是白云先生披着件外套，从化装间一步三摇地走了过来。

说实在的，我这位黑先生，跟我们的白先生，除了银幕上，还从没见过面；今日一见，可非同小可，我差点没叫出来："妈的妈，我的姥姥！"

白云的妆，化得实在太浓了，两个腮帮子擦得红里透紫，嘴也抹得像刚吃了死耗子，唇边还画了一圈轮括线，下巴颏儿底下，有一道很深的沟儿，像个桃儿似的，把下颏分为两半儿，若是那条沟生高那么一丁点，他可就像八月十五的大兔儿爷了。

这个模样，若搁在满清末年的北京，可值了银子了，往小李纱帽胡同里一溜达，人家还一定以为是哪个相公堂子里的像姑①，到饭庄去出堂差呢！

所以直到今天，一提起白云，就令人想到故乡，因为只有故乡的古都北京，才有过相公，不然怎么老说"白云故乡"呢，就是这个意思！

四年之后，赵树燊先生在大观片厂拍《貂蝉》，白云饰吕布，赵夫人丽儿女士演貂蝉，黄楚山演王司徒，我是布景师兼服装和美术设计。有一天拍完凤仪亭之后，他对我画的布景图还挺欣赏，也不知道他是心血来潮呢，还是兴之所至，叫我把行李搬到他的酒店里去，哥儿俩个近乎近乎！一块……一块儿研究研究，对布景啊、服装啊，一块儿研究研究。好家伙，先别一块儿，我自己先研究研究吧。我心里一琢磨，还真没敢去，岂不知，饿死事小，失节事大，万一他老哥带着我"白云故乡"走上一番，九门八点一口钟地乱逛一气，再由钟楼、鼓楼逛到后门，一不留神，进了雾茫茫的葫芦谷，那可就够瞧老大半天的了。你没看见《杨门女将》里的佘太君吗，都一百多岁了，想起葫芦谷来也不禁要提心吊胆地大喊一声："噢……葫芦谷嘛！"

大破天门阵的穆桂英也是谈虎色变："葫——芦——谷！"

我那时候年轻不懂事，怎么知道他老哥葫芦里卖的是什么药？

---

① 像姑：旧时少年男伶旦角的俗称，也指男性伶人充当的男妓。

万一来个"炮打旗杆顶,雷轰小和尚",那就跳到黄河里也洗不清了。

《满城风雨》走下银海

后来和白云交谈了几次,才知道以前对他的一切印象,都是传闻之误。讲起来,电影圈里能有他那样修养的,还真是凤毛麟角。他不仅可以说流利的国、沪、粤语,对福建话、潮州话、马来话、英语、日语……也无一不精;对音乐绘画也有独特的见地,对历史、文物也有一定的研究。人总不能十全十美,有时他可能恃才傲物一点儿,那也算不了什么啊!他是有才而傲,如今有些影坛新血,大写的一念扁担,还不是一样的眼睛长在头顶上?有时白云也想客气一下,可是越客气越糟糕:本来人与人之间称兄道弟是常情,可是白云一叫"大哥",那位"大哥"一定马上就避开他,为什么呢?还是那句话,人长得太漂亮了,就会引起别人的非非之想。其实,我敢保证,白云在光天化日之下,绝对是小葱拌豆腐——一清二白,青天是青天,白云是白云;至于晚上,因为我们哥儿俩没有正式上过契,所以无可奉告。

等了快一个钟头了,王豪才由香港赶过来。原来那时候的影人,全在香港大酒店饮下午茶,比现在的半岛酒店还热闹。上流社会中的名男人、名女人,每天一空都在大酒店亮亮相。那地方龙盘虎踞,非比寻常,所以告罗士打大酒店的别名又叫"鳄鱼潭"。

王豪看过沈先生的介绍信之后,把我们带到他的家里。那时他住在大中华公司的演职员宿舍里,一间约有五百余尺的大梗房,没有隔间,客厅兼卧室,饭厅带书房。

见过王太太胡瑛女士，看样子她好像晚上打了通宵的卫生麻将，如今刚起床，一边对镜梳妆，一边很客气地招呼我们，还替我们介绍一位穿着草绿军装、短小精悍的朋友、建国剧艺社的演员——姜明琛先生。他也经常在大中华拍拍电影，艺名是姜南，刚到香港，人生地不熟的。还多亏姜南的照应，所以一直到现在，我都当他亲哥哥一样。

当然，白云也是哥哥，不过不能一概而论，朋友有远近，亲戚有厚薄嘛！

王豪一听我们住在弥敦酒店，马上叫我们搬出来，介绍我们暂时住在大中华隔壁，袁耀鸿先生的写字间里。等知道我们每人用过两瓶滴露后，又好气，又好笑："下回再有女人给你们倒滴露，最好喝下去，免得出洋相。"说完了之后，在身上掏出三十元，交给我们。并且吩咐姜南，马上帮我们搬出来，不然离砀山池太近，一朝生，两朝熟地上了瘾，明知山中有虎，偏向虎山行还得了！

就这么着，我们搬到北帝街四十二号A二楼袁伯的写字间里。本来，这儿是冯敬文的住家，袁伯因为要拍《地狱天堂》和《朱门怨》，所以暂时租了前边骑楼的一间作为写字楼；名为写字楼，可是一个月也看不见他们几次，大概旧戏已经拍完，新戏还在筹备。

于是，我们和在上海等《希望在人间》一样，每天在人间希望，可是一点希望都没有。终于上天不负苦心人，盼了二十天，总算接到了第一张通告《满城风雨》，从此正式走下银海。在影圈里，还真搞得"满城风雨"！

初次登场化"本妆"

《满城风雨》的导演是文逸民先生。他也住在宿舍里,和王豪对门儿,每次看见他,都是穿着睡衣,头上戴着女人丝袜子改的压发帽,手里拿着一把小茶壶,优哉游哉;说起话来,慢声慢语,字正腔圆,一口标准的北京旗话。听他说,早在默片时代,就当上小生了,演过《儿女英雄传》的安公子,导演了很多戏,最容易记的,就是李丽华、贺宾主演的《千里送京娘》,因为戏里的一首插曲,到现在还有人会唱:

柳叶青又青,妹坐马上哥步行,长途跋涉劳哥力,举鞭策与动妹心,哥啊……

当时在北平可流行得很,拉洋车的、蹬三轮儿的都会唱,大概是曲谱得好,词也填得好的关系吧。不过我总觉得"坐"在马上的"坐"字,值得再推敲推敲,从古到今只听说骑马的,哪有"坐"马的?大概填词的李隽青先生,为了音韵的关系,不骑而坐了。这种例子京剧里可就多了,《空城计》的司马懿,一听诸葛亮的琴音不乱,他可慌了:"坐立在雕鞍传将令……"

司马懿不只坐着,还立着呢,又坐又站的,多闹得慌!

这个问题,我也请示过文先生,他也觉得有理,所以今日个一开戏,就想起我和范宝文来了。到了片场一打听,才知道这部戏的两位女主角来头还真不小,一位是上海小姐谢家骅,一位是香港小姐李兰。男主角是严化。因为是两位小姐会师,所以片名也叫《小姐,小姐》,还好是两位小姐,要是全世界小姐都参加演出,片名就麻烦了,

成了《小姐，小姐，小姐……》

至于我们演什么呢，总要弄个剧本看看吧，魏鹏飞一听我们要剧本，笑得他见牙不见眼！

"你们也要剧本？那公司拍一部戏，得印多少本啊！"

"我们总要刻画刻画角色的性格吧！年纪啊，教育程度啊，家庭背景啊……"

"得了吧，你们在这儿跟我背《演员自我修养》（*An Actor Prepares*）哪！用不着那么费事，告诉你们吧！你们演严化的邻居！"

"化什么妆啊！"

"本妆！"

"本妆？日本妆啊？"

"日本妆干嘛呀，本妆，本来的妆！你什么样就什么样，明白了吗，叫你化白云行吗？"

我们一听，倒也有理，好吧，化本妆吧！一进化装室的门，好家伙，烟雾腾腾，原来今天有四组戏，化装间里老早就挤得水泄不通了。但见化装师们一个个手忙脚乱，侍候大明星还来不及呢，哪辈子轮到我们这些小萝卜头儿啊！正在手足无措的时候，姜南跑了进来，好像挺急，对着镜子扑了扑粉就出去了，我们忙着问他："哪位化装师，给我们化呀？"

"哪位化装师都不给你们化，老太太拉胡琴，你们自顾自吧！"说罢推门就出去了。

这回可砸瓷儿了，我虽然演过话剧，可没拍过电影啊！怎么化呢？正在为难的时候，救星来了！

扑粉画眉竟是耍活宝

北方人信佛的多，所以我在四岁就会念经了："南无佛，南无法，南无救苦救难，广大灵感观世音菩萨……"

平时万一有点急难，临时抱佛脚，在心中默念几声大慈大悲、救苦救难，还真管事，冥冥中如有神助，多么过不得门的事，都像菩萨在暗中保佑一般，大事化小，小事化无，脱灾免难，迎刃而解。今天我也祷念了几句，果然灵验，不过下凡的不是菩萨，而是罗汉——原名杨维汉的白云先生。我们一看他老哥的脸，对，那不明明就是电影化装吗？行了，这么好的样板戏，照着唱呗（所以很多人说李翰祥拍电影抄袭，其实，这毛病由加入电影圈的第一天，刚一粉墨登场，就开始了）。

于是我们找了个凳子，挤着坐下，也不管是几号油彩，拿起来就往脸上乱抹一通，然后抄起口红，像齐白石老先生画寿桃似的，朝腮帮子两边一搽，一抹，一揉，一搓，再挤点蓝色油彩，用手指捻了捻，朝眼皮上轻轻一抹，嘿，还真立竿见影，两只小眼睛，既妩且媚，直追当年神秘女郎——谈瑛女士的黑眼圈。

然后再用眉笔，在上下眼皮里勾勾眼线，没想到，迎风流泪的眼睛，经不起刺激，当时泪流满面，真不争气，又不是大姑娘上轿，哭的是哪门子？把眼泪用化妆纸轻轻地拭了拭，最后画了画眉，扑了扑粉，等大功告成，朝镜子里一打量，嗯，行！不像白云道长，也像黑风大仙！

刚要洗手，发觉下颏还少一道沟儿，朝"样板"看了看，依样葫芦地画了一笔；此一笔不仅有如神助，简直就是神来之笔。行了，第一天拍戏，点到为止吧，再描下去，谁还看严化呀！

范宝文画得慢，更不会画下巴颏的那道"白云沟"，没学过素描嘛！我只好能者多劳了，也替他补上那么一笔，相对地看了看，还真有个模样儿，他像关公，我像张飞。

姜南一推门，差点吓一跳："干什么你们，唱《虎牢关》哪？这是拍电影！"

"是拍电影啊！白云不也这么化吗？"我还有点不服气。

"世上有几个白云哪！洗掉洗掉，擦干净了，扑点粉，只要不反光就行了。"说完拿了包香烟，正想出门，又回来了："李翰祥，你黑咕隆咚的，拍黑白片正好，粉也不用扑了，就算扑也扑不上，扑上去不像冬瓜皮，就像驴粪蛋儿上霜了。"

你瞧瞧，把我比成驴粪蛋了，以后我还怎么演小生啊！

拍电影在我来说，今天还是大姑娘养孩子——头一回。又刚巧遇上新片开镜，拍的又是第一个镜头，早知道该像现在一样，供上猪头、三牲和白菜，烧炷高香，拜拜神就好了，可是那时候还不时兴呢！我的天哪，可耍了活宝喽！

第一次上镜心惊胆战

因为是第一天开镜，所以选服装，检道具，一直乱到下午三点多，才开始拍第一个镜头。

副导演看着场务把场门口的一串长鞭炮挂好，回身向我们讲了讲剧情：我与范宝文和另外的七男八女，算是严化的邻居，戏一开始，看见他由外面，步履艰难、踉踉跄跄地进了院子，左手拿着卷报纸，右手捂着肚子，脚底下一绊蒜，扑通一声，跌倒在地，大伙儿慌忙拥上前把他扶起。我和范宝文,因为份属特约,应该开口(开口说话的算特约演员,当时的日薪是港币二十元,不用说话的算临时演员,日薪只有五块),所以我们一马当先,一个拦腰,一个抱腿,一拉,一拽,把他抱在我的怀里。此时摄影机在轨道上推前,由远景变成我们三个人的中景。严化慢慢地苏醒过来,只见他满头大汗,呲牙咧嘴,上气不接下气地:"水……水。"然后作口干舌燥状。

范宝文连忙问道:"是不是肚子疼?"

严化半睁开眼,歇歇喘喘地点了点头。我马上说:"看样子,恐怕是盲肠炎,你们把他扶到房里,我去找医生!"

我说完匆忙起身出镜,此一开镜镜头就算功德圆满了,厂门外的剧务,就要燃放鞭炮,庆祝一番。

如此这般地试了几遍,直至文导演认为满意了,说了句:"好,正式来吧。"于是,全场肃静。因为是《小姐,小姐》的第一个镜头,所以大家都特别认真,也是我和范宝文"先生,先生"的第一次上镜,我们也就特别紧张,不由得一阵头昏脑胀、心惊肉跳,默念了几遍大慈大悲也不管用。副导演看看摄影师准备好,大声地叫了句:

"正——式。"

(糟糕,我的手……我的手怎么抖起来了!)

场务在厂门口扯嗓子喊了一句:"唔好吵(不要吵)!"

(怪了,平常腿肚子没有转筋的毛病啊!怎么会……)

楼上的录音师把棚顶的红灯亮起,然后是一阵惊心动魄的长铃(以后才知道,那叫"夺魂铃",怪不得我像三魂出了窍呢),场记举起了黑色的拍板(俗称"勾魂板"),上写着:《满城风雨》,三场,NO.7。我的心可不管他三七二十一,都快跳到嗓子眼儿了。

导演把声音提高,叫了声:"预——备!"

外边还有零星的杂声，所以场务老爷又斯斯文文地喊了一嗓子："×你老母，冚家铲，唔好吵。"

当时，我也听不大懂，还以为他跟我一样，念大慈大悲的经文呢！

录音师也把"夺魂铃"摇得像火车进站的汽笛儿一样，范宝文怎么样，我不太清楚，不过我的魂已经被夺去了。一刹时，万籁俱寂，什么声音都听不见了。（可能我后来的心脏病，就是那天吓出来的。）

导演又一声："预——备！"

还没等"开麦拉"呢，我最亲密的战友——范宝文先生就冒了场了，用颤抖的声音，说了一句："你……你是不是肚痛！"

全场顿时哄堂大笑，本来作状捂着肚子的严化，真的笑得捂起肚子来，还好文导演一声不响，依旧慢声慢语、和和气气地："不要忙，等我喊过'开麦拉'之后，拍板打了再做戏，不要紧张，来——预——备。"

副导演又叫了声"莫吵"，场务也跟了一嗓子，其实谁都没吵，就他们俩在那乱叫，紧接着又是一阵"夺魂铃"。我忽然把心一横，一咬牙，一跺脚："来吧，伸头是一刀，缩头也是一刀，越想越对，上海话'横竖横'，太有道理了，竖着一样长短，横着也一样短长，听天由命吧！"

说也奇怪，这个念头一生，心里反而镇定了。等导演叫完了"开麦拉"，拍板一敲，机器一响，我们都和试的时候一样，甚至还要好。范宝文也挺争气，演得和真事似的。

"你，你是不是肚子疼？"

严化半睁着眼点了点头，还没等我开口呢，导演就喊了一声卡，大家都莫名其妙！

"严化的额头忘了喷汗了。"

文导演一解释,大家才明白,真!这不是存心跟我开玩笑吗!

场务拿着喷水壶,朝严化额头上喷了点"汗水",然后又是一声预备,又是几声"莫吵",加上一阵"夺魂铃",听见文导演的"开麦拉"之后,我们照作如仪。范宝文说完了:"你是不是肚子疼啊?"严化满头是汗,呲牙咧嘴地点了点头,我急忙地吩咐他们:"看样子大概是盲肠炎,你们把他扶到房里去,我去喷点汗!"说完站起朝外就走。我想这回做得不错。大家都看着导演。文导演笑眯眯的,依旧是慢声慢语、和和气气地:"李翰祥,你喷汗干什么,你应该赶快去找医生!"这时我才知道说错了对白,汗也不用喷了,满身都是,再来过吧。

这个镜头终于顺利地拍完了,听见鞭炮声响,心里的石头才落了地。行了,总算拍过电影了,等收工的时候,文导演特别把魏鹏飞叫到棚里,当着我的面嘱咐他:"今天,李翰祥演得不错,给他的酬劳加二十块。"

这可真是意想不到的事,头一天拍戏,就拿了双份人工,兴奋得话都不会说了,也忘了向文导演致谢,更忘了看一看跟我由上海一块儿到香港来的范宝文是什么反应。

兴奋之余,忽然孝思满溢,想起我的高堂老母来了,离家远游,由北到南,还没有写过平安家书。过去不是不想写,实在是乏善可陈,如今,不仅拍过电影,做了明星,更受导演赏识,值得提笔大书特书,以慰慈心,于是乎:

"母亲大人膝下敬禀者:拜别慈颜,迄未呈函问安,罪该万死。儿于十一月二十一日由沪抵港,并已参加电影工作,今幸略有所成,参加大中华影业公司拍摄文逸民导演之《满城风雨》。女主角由上海小姐谢家骅、香港小姐李兰饰演,男主角则由严化与我分别担任,双生双旦联合主演,堪称珠联璧合也。演出后,儿的演技大获文导演赏识，嘉勉儿为电影界不可多得的新秀隽才。今特驰报佳音，以慰亲心……"

如是这般，自吹自擂一番。吹牛当然是不犯法，可是我忘了当时香港拍的影片，还可以在北平上演，好嘛，乐子可大了！

一个星期之后，接到三叔的一封信，告诉我：家里的人们，知道我当了明星都很高兴，希望很快地能看到这出双生双旦的《满城风雨》。并且说已经写信告诉锦西老家的祖父母，和寺儿堡的二姑、二姑丈，江家沟的老姑、老姑丈，刑家屯的干爹、干妈……总之，应该告诉的全告诉了，就差到大街上去敲锣打鼓了。

妹妹也来信告诉我：母亲已经到翊教寺二青爷的神坛祷告过，将来《满城风雨》在北京卖了大钱，一定用整桌的满汉全席还愿（其实卖多少钱也不关我的事，我只赚了港币四十块）。并且说，除了自己家里的人，要买票请他们去看之外（我们是个大家庭，连大带小足有一百二十多口子），另外远亲近邻也都要请到，还叫妹妹通知了我所有的同学，包括艺专的、三中的，甚至北魏胡同小学的，告诉他们我在香港当了明星，第一部领衔主演的影片，是《满城风雨》，合演的有严化，和上海小姐谢家骅、香港小姐李兰。好嘛，由双生双旦联合主演，一下子又变成了我领衔主演了，《满城风雨》还没拍完，已经搞得北平的东西南北四城，城城风雨了。

过了两天，更热闹了，信如雪片飞来，干爹、干妈的、二姑、三姨儿的，同学、老师的，都是满纸祝贺，满怀期待，期待我能在满城风雨中来个满弓满调，时来风送滕王阁，呼风得风，唤雨得雨。最后连不识字的祖父母，也托隔壁的二大爷写了封信，千叮咛，万嘱咐，上海小姐也好，香港小姐也好，要成亲还是东北小姐最好，因为大家生活环境相同，彼此习惯一样，东北少爷，娶东北小姐，是理所当然，婚后，自会有说有讲，有商有量；再说，香港并非久留之地，一天一"冲凉"，日久大伤元气不说，万一着了凉，如何是好？得！情况还是愈来愈复杂，由领衔主演，又升到"姑爷"了。

有人说：债多了不愁，虱子多了不痒。我是信多了不还，还也"乏善可陈"，反正片子不知何年何日才能拍完；就算拍完了，也不会马上就在北平上演，何必杞人忧天呢！

等人的时候，半个钟头好像半天，可是交房租的时候，月底眨眼就到；不够两个月的工夫，片子居然要在北平公映了。好！没关系，丑媳妇总得见公婆，你公映我就等着公审吧。第一个写信告诉我这个消息的，就是三叔，他说西单牌楼前边的长安戏院，广告牌上已经刊出《满城风雨》的大海报，不过只画着严化和谢家骅、李兰的大头，双生双旦只有一生双旦了，李翰祥这一生是不是滚了蛋，就不得而知了；大堂里挂着的八张剧照里，只见李某一个站着的远景，而且还被一个男人的侧影遮了一半，是不是"千呼万唤始出来，独抱琵琶半遮面"？最奇怪的是：二十多个演员名单里，除了"香港小姐"李兰姓李之外，其他一个姓李的也没有，我们的"东北少爷"哪里去了？最后告诉我一个惊人的消息：颐和园十七孔桥头的铜牛，已经不翼而飞，不知是风吹走的，还是人吹走的！

其实三叔只大我三岁，我们爷儿俩从小一块长大，我身上有几根骨头，他都摸得一清二楚，我这个做侄儿的偶尔吹一句半句牛皮，理应该替我兜着点，何必呢！白光唱得好：做人何必太认真呢！

唉，一波未平一波又起，妹妹的消息：祖父母拖男带女，我们这一房的一家老少七十二口，由山海关外的锦西，坐八个钟头的火车到了北平，专程为了看我领衔主演的《满城风雨》……

桥头铜牛没被"吹"走

老北京有一句土话:"天塌下来有大个儿扛着。"意思是说:就算天塌下来也砸不着你,何必担心!还有一句就更彻底了:"天塌下来当被盖!"本来嘛,是福不是祸,是祸躲不过,那些日子,我一想到《满城风雨》,就想到这几句话。

没几天接到二姑丈的一封信,本来连看都不想看,后来一想,看看又何妨!其实信里什么都没写,只说他们到了北平,一块儿逛了颐和园,由排云殿上了佛香阁,然后由"众香界"翻过后山,因为天寒地冻,所以琉璃塔下,没有桃花,也没有红叶,只见芦苇丛生,古树参天,更显得格外荒凉;下了山,在谐趣园休息了一会儿,然后由知春亭走到十七孔桥,桥头铜牛依然故我。看见铜牛,祖父忽然想到我,摸着牛尾问了二姑丈一句:"翰祥不知又'主演'什么片子呢?"

还好,就挖苦了一句还是暗含着的,风不漏风,雨不带雨。以后的两个月里,再也没有接到其他人的信。我想,他们不是叫我气晕了,就是怕我臊得慌。

不只没接过信,连通告也没接到一张。因为和大中华只隔一个门口,所以每天都到公司一转,常看到后来做了化装师的方圆(那时他管照片间,专门负责放大剧照,满嘴黑胡子,走起路来,腰板儿挺得直,步子迈得快,所以惹人注意)、吕玉堃、王四爷(王元龙)……看见他们聊天说笑话,我也凑上一角,日久天长聊熟了,他们对我的单口相声还挺欣赏。其中有两位小姐更是笑口常开,她们长得都很漂亮,后来才知道是导演但杜宇的女儿(老三就是后来的香港小姐但茱迪)。

也常碰到文逸民先生，有时也到他宿舍望一望，房间里虽然是他一个人住，倒也收拾得干干净净。他喜欢喝两盅，边喝边聊，天南地北，海阔天空；酒很普通，不是玫瑰露，就是五加皮；菜也很简单，有包花生米就成。

写字台上，有一张民初女人的照片，他告诉我是他的太太，也是电影明星——范雪朋（最近在香港演过的《早春二月》，饰演女主角谢芳的母亲），一块儿拍过《儿女英雄传》，如今在上海。喝得差不多的时候，他会展示他的一本纪念册，上边有他导过的电影照片、广告和说明书，除了我知道的《儿女英雄传》和《千里送京娘》之外，还真不少：

《神秘夫人》，路明、徐琴芳、尔光（尔冬升父）、王乃东主演。

《女皇帝》，李绮年、张翼、范雪朋主演。

《秦香莲》，张翠红、王元龙、范雪朋主演。

《欲焰》，陆露明、郑重、严化、杨柳主演。

《薄命佳人》，李丽华、严化、杨柳主演。

《一夜销魂》，陆露明、严化主演。

《奇女子》，李丽华、梅熹主演。

《小姐的秘密》，陆露明、杨志卿主演。

《玫瑰飘零》，李丽华、张翠英、杨柳、上官云珠主演。

大明星正在埋头苦干

大中华的后门，斜对面有一家小型咖啡馆，大家都叫它肥佬刘而不名，经常有些演员和没戏拍的工作人员，凑在一起打打小牌，推推天九。我们住的楼下，也有一间小店，卖卖汽水、香烟及罐头食品之类的东西，也是演员们闲扯淡的地方，所以经常看见场务跑来叫演员，找不到一定会像唱歌似的来一句："×你老母，不知去边？冚家铲！"

如果刚巧碰个正着，也会唱一句："×你老母，拍戏了，契弟！"

起初我还不明白×你老母是什么意思，想起以前看过的章回小说《杨家将》里，有一位梨山老母，是穆桂英的师父，×你老母又是谁呢？难道是场务祖师爷？不然为什么开口闭口老母呢？后来才知道，大概也像鲁迅先生讲的国骂——"他妈的"一样，算是省骂吧！

有一天晚上，大概九点多钟，我在肥佬刘那儿看刘桂康和冯应湘他们打牌，忽然场务老汤气急败坏地跑来，看了看大失所望地："×你老母，冚家铲，这位大明星去边？"

刘桂康问他找谁。他说了个名字我没听清楚，又不好意思问。

冯应湘朝刘桂康望了望，两个人突然哈哈大笑起来。老汤一想，葫芦里有药，急忙趋前讨教。冯应湘低声告诉他，后边配音间的前边，放着一顶道具花轿，无妨去看看，这几天经常有人等不及新娘下轿，就入洞房了。老汤恍然大悟，一声多谢之后鬼鬼祟祟地笑着走去。我在一旁，听得清，看得明，也就跟着老汤走到后院。果然，几张破桌子烂板凳的中间，放着一顶《女大当嫁》用过的老式花轿。晚上没人开工，配音间那盏唯一的门灯，也就没亮。黑灯瞎火的瞧不清楚，一看老汤蹑足行前，轻轻地我也就跟上去。突然听见轿子里"啪"的一声，好像有人在拍蚊子，仔细一想，不对，隆冬腊月哪里来的蚊子？看起来冯应湘还真料事如神。于是老汤和我，一个倾耳，一个注目，但见金色的轿顶下，盖着一张黑色丝条的轿网，轿的四角是凤嘴衔珠，轿身上有几百个红色的小绒球，球上部附着一面小圆镜，轿帘上绣着龙凤呈祥，轿衣和轿顶之间的横沿上，绣着八仙过海和五蝠捧寿。如今轿内是嘘嘘喘喘，轿外是龙颠凤倒，小绒珠上下颤、小圆镜闪光豪，汉钟离捧腹大笑，李铁拐一步三摇，蓝采禾花篮款摆，吕洞宾拂尘飘飘，何仙姑莲花怒放，曹国舅云板紧敲，张果老的毛驴上下跳，哎哟哟韩湘子差点失落了洞箫。轿外边是八仙过海，轿里边是二仙传道。老汤轻轻地用手把轿帘掀开，可不得了喽，轿内的女士虽然面目看不真切，但是那种袒怀露乳，挽颈攀肩的模样，还真够瞧老大半天的；那位大明星，正在埋头苦干。好事不出门，坏事传千里，轿子外不知何时由我们两个，变成了二三十个。老汤一举手，一挤眼儿，大伙儿一拥上前，七手八脚抬起轿子就走。轿内的两位，知道东窗事发了，当即偃旗息鼓，噤若寒蝉。等把轿子抬到摄影棚里，朝布景的大厅间一摆，四只五千火一齐射在轿身上。老汤扯开嗓门："新娘新郎请落轿——"

十八猜你也猜不到，那位女士原来就是后来红透了半边天的大明星，谁呀？明天告诉你。

男明星一掀轿帘而出

昨天，一时笔尖儿痛快，胡诌乱扯了一阵，居然惊动了一位过气影后，一早就打电话给我，叫我笔下留情，千万不要把她的名字写出来。这种没边没影的话，还真弄得我丈二的和尚——摸不着头，接着，她还嗲声嗲气地说："我知道你故意把汽车写成花轿了！"

她说得斩铁断钉，我也回答得干板剁字："明星们在汽车里度蜜月的可大有人在,不过,我写的那位的的确确是在花轿里,而且是《女大当嫁》迎亲的花轿里!"

"什么《女大当嫁》?哪有这么一出戏?"真叫她把鼻子都气歪了。

《女大当嫁》是杨工良导演,李丽华主演的。里面有一首歌,我还记得几句:

春季里花开百色新,
春风阵阵恼煞人,
没事总要找事做,
第一好事:
结——婚……

她听了一阵嘻嘻,几声哈哈,好不叫人汗毛凛凛:"噢!我知道了,你说'她'!不过,听说她是在布景后面,不是在花轿里。"

好,她比我知道的还多,放下电话,还是写那顶花轿吧!你想想,众目睽睽之前,灯光照耀之下,如果换了你在花轿里怎样?出来?门儿都没有啊,门外的蘑菇,泡了!

那天现场的导演,正巧是导《女大当嫁》的杨工良先生,大概开工之前有应酬,喝了两盅,脸上的浅白麻子,红里透紫,用上海话讲了几句:"×伊拉娘去了,侬弗出来,阿拉就进去。"此话一出,只见轿上的绒球乱颤,轿帘上的龙尾高跷,一只男人的手刚要揭帘而出,又被一只白玉无瑕胖手拉了回去。杨导演忽然大吃一惊:"啊!是她?"

老汤不知就里,急忙问道:"边个?"

杨导演看了看他,笑了笑:"你老母!"

于是全场轰动，万众一心，异口同声地尖叫："×你老母。"

紧接着七嘴八舌地："出来，出来，快出来！"

好像《杨门女将》的杨夫人、少夫人、众位夫人们的："发兵，发兵，快发兵！"一样，看热闹的、起哄架秧子的，愈来愈多，大概风闻有"春满花轿"好看，其他的戏都停下来了，里三层，外三层把花轿围了个密不通风。细一看哪，乖乖隆嘀咚，韭菜炒大葱，可不得了喽！阵容比唱大义务戏还要坚强，计开：

大中华的总经理蒋伯英、协理张光宇、助理徐心波；导演朱石麟、王元龙、文逸民、任彭年、黄岱、陈焕文、但杜宇；演员马师曾、林妹妹、邬丽珠、梅绮、伊秋水、冯应湘、严化、谢家骅、周志诚、刘桂康、李英、洪波、魏鹏飞……

你想想，这么多老前辈都在场，我能不据实报道吗？所以读者诸君，对本篇文字若有疑问，可以随便打电话，问他们其中的任何一位。电话号码：香港要加（5）字头，九龙加（3），新界加（0），阴界请问108。

终于，那位男明星一鼓勇气，一掀轿帘，纵身而出。"噢！果然是他！"

开膛破肚，挖心取肺

只见他嘴上黏着的羊毛胡子，已经掉了一半，真毛假毛，弄得乱七八糟，一身长袍马褂的戏装，也早已弄得既脏且皱，大襟的下摆上，湿了一大片，简直是狼狈不堪。一迈出轿门，打躬作揖之余，又来了个双脚靠拢，五指并齐的士兵举手礼，场内居然掌声雷动，发给他一个亚洲影展最佳勇气奖。只见他满脸带笑,鞠躬哈腰(不笑还好,一笑,比哭还难看):"众位大佬,众位手足,帮个忙,我无所谓,人家小姐可难为情啊!诸位父老兄弟姊妹们,网开一面罢!把花轿抬到无人之处!好叫她下台。第日(改天),我在大同酒家全楼请饮!"

他想得倒挺便当,可是压了宝,不揭开盖儿看看大小,哪个肯轻易放过?更何况轿中的大小要好看得多。还没有送检的毛片,哪个不想先睹为快。于是,你一言,我一语,连损带挖苦,插科打诨,冷讽热嘲,不一而足,直闹到轿子里的小姐哭了出声,大家才算慢慢地静下来。结果,还是大中华老板蒋伯英,看不过眼,站出来打了个圆场,总算把轿子抬了出去,并且说:"今朝事体,大家心照不宣,才(都)弗(不)要讲出去,啥人(谁)讲仔(了)出去,叫伊(他)开膛破肚,把伊个心挖出来!"

好家伙,我就不信邪,谁听长虫哨啊!哈!"是非只因多开口",我和张翠英结婚的那天晚上,因为谈起了花轿,就把这段故事当作笑话一样地说出口了。她也劝我嘴下留德,不准再张扬。以后我就一直没有再说过。嘿嘿!不是信不信由你,而是不由你不信,结果我还是逃不过"开膛破肚"这一关。

前年在美国洛杉矶动心脏手术,可不是把心都挖出来了!也许因为只告诉了张翠英一个人,所以罪孽还不十分重,总算落得"心回意转",把心又收到肚子里,不过口袋的钱可挖出去不少!

读者诸君看到此处,一定觉得李翰祥不够意思,又像柏杨说的"李氏的虚脱"一样,有头威无尾阵,干打雷不下雨,卖了两天关子,吊足了大家的胃口,一句心照,就从此不宣了,岂不该死!好吧,哪位读者认为自己有"上不传父母,下不传妻子"的把握,不妨写封信,或是打个电话给我,我一定有问必答,不仅把主演"春满花轿"

的男女主角姓名公开，甚至把打电话给我的那位影后的名字，也一齐奉送。不过，请阁下先记一记，以备不时之需：

一、我在洛杉矶动手术的那间医院,叫西德塞纳（Cedars-Sinai Medical Centre）。

二、替我开刀的医生叫梅德洛夫，身强力壮，四十多岁，"开膛破肚，挖心取肺"有十足把握。

三、主理医师是美籍华人——郎祖望（唐宝云退职丈夫戚维义的姐夫），和蔼可亲，仁心仁术。

四、主张我赴美彻底检查的医生，也是从九死一生把我救回来的医生，是心脏专家郎维庸，医德医术一等一，医所设备头流头，在九龙弥敦道，窝打老道口的康佑大厦六楼，电话（3）八四二二三三。最好记在随身电话簿的首页，万一口风不稳，泄漏天机，有个三长两短的，有个准备，总比措手不及强得多。性命交关，可不是闹着玩的。

看花轿的那一年，我二十三岁。俗语说"二十三，罗成关"，要不是那年坐过监，真可能过不了"罗成关"。为什么坐监？我的罪名是"阻街"：在街边替人家画像，一共坐了七天。这七天不仅度日如年，简直是"洞中方七日，世上几千年"，且听我慢慢道来。

当"街头画家"去！

拍过《满城风雨》之后，就没再接过一张通告。四十块酬劳，好像薛平贵留给王宝钏十担干柴、八斗老米一样，不要说吃，就算每天一张一张地数也数完了。尽管每天风雨无阻地到剧务室穷泡，也泡不出名堂来，常听见剧务老爷们说："怎么！李翰祥，要拍戏啊，好！研究研究吧！"

我当时年纪轻，哪听得到这种话外之音哪！原来研究研究者，烟酒烟酒是也。无烟无酒想接通告？姥姥！什么戏呀？除非"天堂春梦"！

腊月二十三那天，是小年夜。在北方家家祭灶，吃关东糖；我想买块糖，摸摸口袋，没想到一毫子也不毫了，于是饭也没吃，不是不想吃，是没吃，没（有得）吃！在房里闷了一整天，到晚上才看见范宝文由公司里回来，手里拿了份报纸，一进房门，在碌架床的被下，摸出四张大马票，兴高采烈地对了半天，横看竖看，左看右看之后，一声长叹，把马票撕了个粉碎，朝床上一躺，蒙头就睡。我看了看，又好气又好笑，一夜里翻来覆去睡不着，灶王爷都上了天了，干"希望"，不是办法，尽"幻想"，更没有希望。忽然想起，徐悲鸿校长说过，在巴黎很多学画的留学生，在街边替人画像，半工半读。唉！我怎把自己这行本事，忘得一干二净？对呀，求人不如求己嘛。第二天，到大中华的美术部，借好纸、笔、画夹子，就此当"街头画家"去也。

九龙熟人太多，过海到香港，在东方戏院门口，右边墙上窗门的铁栏杆上，夹了两张样子（窗后是英京酒楼的厨房），下边注着"速写人像一元，素描人像二元"。所谓素描也者，也只是在白描的线条上略微涂上一点"调子"巧立名目，多收一块钱而已。

没想到生意还挺不赖，一会儿围了一大群人，大家看着我画完第一张，都笑着点了点头，即刻排成了一条人龙；一分钟一张，比现在的海底隧道收钱还快。好啊，我想这下子可发了！大笔一挥，财源广进，十年八载的，也买个爵士当当。

好嘛！我哪知道这就叫"阻街"呀！本来在北京阻街也没什么大不了，最多你说一声"借光"，我让开就得了，可在香港就不行，"阻街"就是犯法，一律罚款二十大元，没钱交罚款，坐监七天（好！十张素描七天）。不过，我运气好，始终没碰见"走鬼"。你想想，一个钟头能画四十多张，比拍《满城风雨》赚得多得多，干嘛还"满城风雨"呀，咱们"满城画像"吧！

画吧！画中自有颜如玉！

画吧！画中自有黄金屋！

画吧！画中自有……怪了，怎么画中有了两位警察了？你警你的察，我画我的画，朝我瞪眼干嘛？还没等我问他呢，他倒问起我来了："干嘛的？"（听口音是山东老乡）

"画像的，速写一元，素描两元，单人画可以，两位画在一块儿也可以。"

"什么都会画吗？"

"人像拿手一点，其他也可以！"

"会按指模吗？"

"按……"

"对！跟我们到差馆去按个指模吧！"

"嗳，老乡……"

"别老乡了！老乡见老乡，两眼泪汪汪！"

他们还挺客气，特别准备了一辆汽车接我。

吃了七天的"皇家饭"

汽车上还真热闹，男女老少，高矮胖瘦，五行八作，三教九流的各路英雄好汉，齐集一车，比王羲之笔下的"群贤毕至，少长咸集"阵容要复杂得多。他们一律都是文人秀士，哪比得车上的藏龙卧虎，再加上每人都带着自己吃饭的家伙（也就是阻街的证据），更是非比寻常。喏！烤白薯的炉子、臭豆腐的担子、天津良乡栗子的车子、剃头师傅的挑子、阻街女郎身边的老鸨子、我手里的画夹子。往常人多嘴杂，如今鸦雀无声，一个个都是神情沮丧，无语问苍天。不过，偶尔看见坐在剃头挑子旁边的那位，一定会忍俊不禁，大概他老先生刚剃了一半头，就被拉上车的关系，头顶上一边怒发冲冠，一边牛山濯濯，外加一脸肥皂沫，一嘴胡子茬儿，那份德行，比许冠文滑稽得多。也许他也觉得全车人的注意力，都在他脑袋上，他自我解嘲地冒出一句："×你老母，飞发都唔得！"

顿时全车大笑，可不是嘛，剃头也犯法，岂不笑谈？以前倒也听说过不剃头是犯法的，明末，吴三桂冲冠一怒为红颜，引着清兵进了关，在扬州十日、嘉定三屠的浩劫之后，满清的皇帝顺治下了一道旨意："留头不留发，留发不留头。"

不过，像他老先生这样，半留半不留的半吊子，还没听说过。

下了车，向坐堂帮办报了姓氏住所，他问我做何行业阻街，我说画像，他想了想，还是笼统地写了"小贩"二字。

以前，看见很多报纸介绍我的出身，有的说我在街头剪纸，有的说我当过木匠，有的说我是保定军官学校毕业的，就是不知道我做过小贩。其实，做过木匠的是齐白石，保定军官学校毕业的是王元龙，跟我八竿子都打不上。

第二天早晨十点钟过了堂，没有个别问话，来了个集体审讯，根本就无从答辩，有理五八，无理四十，一律罚款港币二十大元；没钱交罚款的，每日折合港币两元多，坐牢七天。

当时我身上只有四块两毛半，全交给了一位山东老乡，问他能不能帮忙，七天减为五天，他冷笑了笑："你以为买青菜萝卜啊，讨价还价？你有没有亲戚朋友啊，我替你跑一趟！"

"那太好了，请你到九龙北帝街……"

一想不对，找谁呢，范宝文？恐怕他除了马票之外还不如我呢。王豪？借过三十元，前账未清，怎么好意思再麻烦他呢！忽然想起了王元龙，听说他一向义薄云天，对电影界的苦哈哈挺照顾。我告诉他："大中华宿舍的王元龙先生。"

"拍电影的王元龙，银坛霸王？"

"对，银坛霸王。"

他接过我的四块两毛半，真的替我跑了一趟，一直等到下午四点半才见他铁青着脸回来。

"你个×养的，王元龙，不要说你认识，我还认识呢，银坛霸王谁不认识？可人家不认识你有个屁用。又坐船，又坐车的，用了我六块多。"

得，我还倒欠他两块，我只好把王豪的名字说给他听，他眼睛瞪得像包子一样："王豪，华南影帝？"

"对，华南影帝。"

"你个×养的倒会捡，不是霸王，就是影帝，一会儿王元龙，一会儿王豪，我看你个龟孙到笼子里去嚎吧！"说完扭头就走。

就这么着，我吃了七天的皇家饭，所以一直到现在，上酒楼饮茶的时候，看见菜单上的"皇牌鸡饭"，还真有点触目惊心。

在港主演"铁窗红泪"

到香港的第一天,曾经摆过老北京的谱儿:剃头、洗澡、刮胡子一番。如今进了赤柱,也是剃头洗澡一番,不过没有砀山池的砀山梨和小白菜似的伴浴女郎,也没有人替我倒五毛钱一小瓶的滴露,剃头也不问"老样子"?而代以:"住几耐?"

"七日!"

"×你老母,七日飞乜嘢发,剪短的啦!"

说罢用剪子在头顶上,喀嚓喀嚓地几剪子,和花王剪草皮的差不多,然后一拍巴掌,一挥手,就算完事大吉。真所谓剃头的拍巴掌,完蛋!照着镜子看了看,他妈的,狗啃的都不如!

澡倒洗得顶痛快,两百多尺见方的大池,水是又清又热,比北平的华清池还要够意思。朝池水里一泡,热气腾腾,遍体舒泰,真想喊一嗓子,来两句二黄①。刚要张嘴,一看门口站着的山东二哥,雄赳赳,气昂昂,二目圆睁,炯炯放光,好像欠他多,还他少的样儿,才意识到此身并非座上客,而是阶下囚,把刚要出口的一声啊,马上咽了下去。

然后换上"号衣",我的冧巴是二五〇,不折不扣的二百五。每人发了一条毛巾、一块肥皂、一把牙刷,外带一包牙粉,比我们公司的外景队还招待周到。不过一进监房门,就给一位大冧巴抢了过去:"×你老母,冚家铲,住几日使乜洗面?"

明抢明夺,一旁的山东老乡眼睁眼闭,大概是司空见惯的缘故。

前两天,特别优待,独门独院,一人一间房,想找个人聊两句

---
① 二黄:中国传统戏曲调名。在京剧、汉剧、徽剧等剧种里,二黄同西皮(调名)并用,合称"皮黄"。

都不行；铁门一关，我的妈，到此处方知自由的可贵。可不是嘛？从小两房隔一子，娇生惯养，奶妈喂，看妈看，自由自在，海阔天空的惯了，喜欢热闹，喜欢信口开河，喜欢逛马路，喜欢……如今倒好，叫天，天不应，呼地，地不语，在北平的高堂老母要得知儿子在香港主演"铁窗红泪"，一定会放声大哭。不过这回倒真是不折不扣的领衔主演，连女主角都没有。

百无聊赖，数墙上砖，量门下地，点门上的铁钉，摸窗上的铁栏杆。记得李后主的词上曾说：独自莫凭栏，春意阑珊。我这李黑主此时倒想找个伴儿，无奈没有，斗室之中，只是"我共影儿两个"。想想李清照独自一人在灯下，凄凄凉凉的境况，再想想李煜被掠被辱，和李白在监中的岁月，一时火起，真想提起我十八代祖宗李逵的两把大斧，杀下山去，替我们姓李的报雪仇恨！

所谓"人善被人欺，马善被人骑"，警察对升斗小民的办法多得是。大概因为这些小人物不敢反抗的关系吧！外加抄牌，可以信手拈来，抄个号码，写张传票，轻而且便；拉小贩，也可以手到擒来，踢两脚，打两巴，这些人也都逆来顺受，不敢出声；可是那些打家劫舍的江洋大盗，和杀人放火的恶贼，抓起来就势比登天了。反正恶人自有恶人磨，由他们自生自灭，不理也罢！

第三天搬到三个人一间的房里，刚好碰见一个湖北人、一个山东人，大概是关了两天的关系，大家天南地北地聊得还挺熟。他们一个是卖烤白薯的，一个是卖臭豆腐的。问我卖什么的，我说卖人头的，他们一听吓了一跳，及至我说清楚了，他们也直替我喊冤。

第四天，在监房外散步的时候，碰见了一个熟人，居然还是一位外国帮办。原来他也叫我画过像，不过画像的时候他穿的是便装，如今换了制服我认不出而已。他倒蛮照顾我，问我需要什么帮助，我说最好有本小说和当天的报纸看看,他马上一一照办;还替我介绍了不少生意,叫我给几个洋帮办画像,画一张五块钱。没想到在监牢里画像比街上还赚得多,而且画的是真正"洋像"。

姜南也来个僵尸复活

过了年,姜南介绍我们搬到青山道二九〇号三楼的建国剧艺社,被安排在尾间的工人房。

建国的团长是王逸先生,编导是章泯(谢韵心的笔名,曾与郑君里合译过《演员自我修养》,及其他多种戏剧理论书籍)、瞿白音(一九七九年十一月一日病逝于上海)二位先生。建国名为剧艺社,但很少演出,所以演员和工作人员,都在电影公司拍拍部头或特约戏。其中高第安的太太季禾子,就曾主演过谭新风导演的《南岛相思曲》。高第安是戴爱莲的学生(以后在永华训练班教过我们舞蹈)。另一对是王季平和郭眉眉夫妇,王季平是搞舞台装置的(一九七九年香港艺术节的舞台设计就是他),眉眉黑黑瘦瘦,他却白白长长,经常穿一件两肩垫得又高又宽的大方格西装。青山道的唐楼,楼梯特窄,本来只够两个人上下摩肩而过的,王先生一下楼,马上要改为"单行道",因为楼梯刚过他的肩膀;还好他的飞机头梳得既高且长,上楼的人可以一目了然,早有个准备,知道王老爷要下楼了,马上侧着身子躲在"避车处"。巴鸿和李露玲夫妇,像一对金童玉女,一个袖珍,一个玲珑。蓝谷和王辛一对,每天忙着拍戏,很少接触。另外单身汉就是蒋锐和姜南了。蒋锐长得人高马大,两腮无肉,颧骨高耸,男低音唱得不错,每天一大早,我们蒋老爷就像喊冤似的扯

开嗓门儿大嚷大叫:

> 回去呀,回去呀,
> 回到我那久别的故乡,
> 整整的八年哪,
> 我们流血,流泪,又流汗……

　　翻来覆去就是这两句,因为当时有位女明星叫蒋天流,所以我给他起了个绰号叫"蒋三流"。后来他果然回去了,听说最近在广州的珠江片厂。
　　我对蒋三流的印象比较深的另一原因,是因从他那儿才知道俄国有一种补药,叫作"鹿茸精"的。他经常振振有词地告诉我们:"补"药和"春"药大大不同,补药像文火,慢慢燃,慢慢补,慢慢滋养,日久天长,真能达到补肾强身的功效;春药是烈火,来得猛,烧得快,等于割肉补疮,结果一定是欲火焚身。讲了半天我们也不懂;不仅不懂,而且有些奇怪:那时,他不过三十多岁,正当壮年,吃补药干嘛?后来一想,才恍然大悟,可能因为整整的八年哪,流血,流泪,又流汗,流得太多的关系吧。
　　记得有一天,很多人在蒋三流的房里,召开增加片酬的会议,与会的有巴鸿、姜南、王季平、蓝谷、高第安……当时他们正在拍任彭年导演、邬丽珠主演的《神鞭奇侠》,觉得每天八十元的片酬太低,所以一致通过,要求加到每日酬金一百五十元,否则,后日起全体罢拍。任导演接到他们的哀的美顿书①之后,倒也能体恤下情,马上给他们几位多加一个镜头,叫他们一齐跪在走廊上,由神鞭奇侠发号司命,一声枪毙,机枪一扫,全部玩完!不要说一百五,连

---

① 哀的美顿书:拉丁文ultimatum的音译,最后通牒之谓。

八十也免。那天姜南迟到，一进门，就由神鞭奇侠给了一鞭子，脑浆和血喷出，即刻成为韩国影帝朴鲁植，外加永不录用。可是任导演一时冲动，忘了后边的戏，已经先拍好了，所以把片子接起来一看，已经枪毙的各路豪杰，又活蹦乱跳地咸鱼翻生，姜南也来个僵尸复活，你看看多热闹。（千万别让方小姐①看见，可真要死得人多啰！）

果真是个短命特写

我第二部参加拍摄的电影——《女勇士》，就是任彭年先生导演的，顾文宗先生帮他做副导演，女主角仍是他的夫人邬丽珠（据说原配任夫人，是邬丽珠的姐姐，姐死妹继，二十余年夫导妻演，合作无间）。

他们夫妻档，是以拍《关东大侠》而一举成名的。中国影坛的武后，应以邬丽珠为始。她大红大紫的时候，演黄飞鸿的关德兴师傅，还叫新靓就哪！

任彭年导演在一九一八年就开始搞电影工作了。那时他在上海商务印书馆的印刷所里，当订装部的工友，因为喜欢京戏，所以经常在舞台上票几出，偶尔兴之所至，也客串几场文明戏。后来印刷所的陈春生搞"活动电影"，就把他调到身边当助手，于是，陈编任导，拍了不少滑稽打斗片。所以任彭年先生可说是中国电影导演的开山始祖之一。不过导演《女勇士》的时候，他只是挂个名字，在场上坐一坐，吃吃豆腐而已，真正的导演工作，完全交给了顾文宗先生（他

---

① 即方逸华（1931— ），邵逸夫的第二任妻子，时为邵氏资深行政人员。

是任导演的同事，以前在商务印书馆，帮王云五先生编过四角号码字典）。

那时拍武侠片，还没有武术指导一职，只不过袁小田、周小来等北派师傅共同拆招而已；打斗场面也是以群打为主，经常二三十人打作一团。只见邬丽珠女士，用一根三节鞭，左打一鞭，右扫一棍，嘴里不住喃喃有声，细听起来与李小龙的哇哇大叫，又别有一功，原来句句都是上海闲话："操那去勒！操那去，操那！操！"

虽然语汇不多，但是词句精简，逻辑性强，清脆有力。但见她，威风凛凛，杀气腾腾，横眉立目，操那连声，实不逊当年公孙大娘舞剑的威风！

任导演手持拍板，随着邬女士三节棍的节奏，把拍板敲得啪啪山响，随着邬女士的一声"操那"，也附和一句："娘个西皮。"

所以我知道，任导演不止二黄唱得好，"西皮"[①]也不错。一时之间，妇唱夫随，好不热闹。

"操那。"

"'啪'（拍板声），娘个西皮！"

"'操那'去勒！操那操！"

"啪啪啪！"

"娘个西皮！娘西皮！西皮！娘！"

有时邬女士情绪高涨，节奏也就加快，任导演的嗓门也就跟着提高，有一次大概是声音太大了，录音师打铃喊，任导演还不知就里："啥体？"

"有人讲闲话！"当时录音师大名叫张华，毫不买账。

---

① 西皮：中国传统戏曲调名。在京剧、汉剧、徽剧等剧种里，西皮同二黄（调名）并用，合称"皮黄"。

"导演讲闲话！"

"娘西皮，我格闲话弗要收好了。"

"已经收进去了。弗来事，再来过。"

任导演还拿他没办法。

记得那天我演个酒店的仆役，穿了一身白制服，大概老板娘对我的长相有意见："操那去了，哪能加黑？阿是红头阿三啊！"

当时我的脸热烘烘的一阵，头没红，脸还真有点烧盘儿。顾文宗对摄影师说："来，换七五镜头，拍李翰祥的特写！"我马上整整衣襟，朝镜前一站，把手中的托盘举好。忽然听见邬丽珠女士在一旁冷言冷语："操那去勒！仆役拍啥个短命特写。"

顾文宗一听老板娘有意见，马上改口："李翰祥手里托盘的特写，由镜前托远，然后李翰祥的背景，走到女勇士的台前，放下托盘！"

好，真是短命特写，连一分钟都不到就改成背影了，妈勒个巴子，大概东北人后脑勺子值钱！

"后脑勺子"与"特写"

虽然特写变成了背影的后脑勺子，我还越想越有意思。非但不介意，反而洋洋自得起来！

我的挚友朱牧是湖北人，有谓"天上九头鸟，地下湖北佬"，可是，十个九头鸟，抵不过一个东北人的后脑勺！此话怎讲？小孩没娘，说起来话长！

民国十五年，岁在丙寅（一九二六年），三月初七申时，我降生在辽宁锦西的小苏家屯。同年十二月一日下午三时半，东北王张作霖在天津蔡家花园就任安国军总司令，二十七日由天津专车入京，俨然以北方第一人自居。此其时也，俺们东北老乡个个沾了光，"妈勒巴子"扬名四海，"后脑勺子"威震三江，不信？有诗为证：

> 妈勒巴子瘪犊操！
> 老爷坐车不打票，
> 妈勒巴子是护照，
> 后脑勺子是免票。

原来东三省人，一向喜欢睡硬枕头，别人在枕头里装棉花、装鸭绒，甚至装茶叶、装绿豆，东北人却在枕头里装得满满的荞麦皮，所以每人都把后脑勺子睡得既扁且平，因而有别于他省份的人。故而在奉军的势力范围之内，一拍后脑勺子，说一句"妈勒巴子"，等于长期的电车、火车的月票。此一"历史文物"，在银幕上出现一下，焉能不意得志满？

因此我子我女英文名，都用M打头，玛嘉烈（Margaret）、玛丽（Mary）、玛丽莎（Merisa），我子马可（Michael）。有人问老妻张翠英的英文名，她答以也是M打头——妈咪（mother），故而成了众人妈咪，多了数不清的契女。人家问我的英文名，我答也是M打头——妈勒巴子，不信，有后脑勺子为证！

说完后脑勺，再说特写，邬丽珠女士为何反对仆役用特写呢？当然有道理，原来中国电影初期都是男扮女装，林楚楚女士的丈夫黎民伟先生即曾反串过《庄子戏妻》中的田氏。自从民国十年（一九二一年），但杜宇、周展清、管际安三位先生，发起上海影戏公司，第一部出品由殷明珠（上海交际花FF女士、但杜宇夫人、世界小姐但茱迪母亲）主演《海誓》之后，很多人对特写就开始重视。千金容易得，特写最难求，片中女主角往往为了多拍几个特写，上至老板、导演、制片、摄影师，都要研究研究（烟酒）之外，可能还要用一些其他的手段，如此这般，才能争到一个半个特写。若如《满城风雨》之双生双旦（谢家骅、李兰、严化和我），情况就更为复杂，可能还要因特写而争风吃醋起来。余生也晚，电影到了我们这辈儿，特写已如磕瓜子，吃毛豆一般，谁还管什么仆役经理！

"特写"与"后脑勺"都已一一交代清楚，让我再把任彭年先生的小传表一表。

民国六年，商务印书馆的鲍庆甲由美国回来想经营电影事业，恰好美国一个片商，携巨资十万，及各种摄影器材、底片等物携眷来华，开设公司于南京。不料对我国民情风俗，缺乏认识，又无人协助，所以不到两年资本亏蚀殆尽，把器材售与商务印书馆，悄然返国。商务印书馆又以三千元购得百代摄影机一架、放映机一台，自办摄影部，由鲍庆甲主持，以陈春生编剧，任彭年导演，廖思青摄影，摄制过梅兰芳主演的《天女散花》《春香闹学》；时装戏有《死要钱》《柴房女》《李大少》《车中盗》《猛回头》《得头彩》《清虚梦》《孝妇羹》《荒山拾金》等。

顾伯伯抽屉里的故事

至于《关东大侠》，更是与我同年同月生，因为它的摄制日期刚好是民国十五年三月。是任导演用"月明公司"名义摄制的。和暨南的《江湖廿四侠》，昌明杨小仲、陈趾青联合导演的《火烧平阳城》，友联徐碧波导演的《儿女英雄》等同时摄制。在民国二十五年出版的《中国电影年鉴》，曾经如是写道：

> （武侠片和火烧片：）民国十五年，上海电影检查委员会成立，各公司乃改头换面，竞摄武侠片，怪装异服（如《古宫魔影》及《海外奇缘》等）仍属怪诞，于社会以不良影响。当那个时期，非武侠蛮打，或机关巧妙，便不卖钱，所以摄成之武侠片，不下数百部。

看一九二六年的上海银色世界，几以为是一九七九年的香港影画。

拍《女勇士》的时候，任先生住在九龙的界限街，拍戏是在侯王庙后的世光片厂。他喜欢聊天说地，更愿意别人跟他聊《关东大侠》，他说关东州有三宗宝：人参、貂皮、乌拉草（其实，数来宝的已经唱了不止一次）。我没有吃过人参，可是戴过貂皮帽子，穿过乌拉草的靴子。他跟我说："知道长白山的故事吗？写几个来看看！"

一句话，引起我写剧本的兴趣，于是买了两百张打字纸，每天在青山道的"南庐酒楼"大写《白山黑水血溅红》《女侠驼龙》《雪里红》《小白龙》等故事。当时一盅两件是三毫钱，为了节约，每日两毫净饮，一坐就是四五个钟头，一个星期之后，居然把老板"饮"了出来，请我这位大编剧迁地为良。他哭喑糊啦地还挺可怜："大佬啊，我哋要做生意㗎，大家都像你一样净饮两毫，坐四五个钟头，我哋食乜嘢！"

好，原来我不是生意经！

写好的故事，一个个地交给任导演。他老先生一转手，又交给了顾文宗先生。顾家伯伯忙得不可开交，哪有空余时间看这些莫名其糊涂的"故事",一拉写字台的抽屉,朝里一放,我的大作就被打入十八层地狱,再也见不着天日。虽然我明知如此,但仍然毫不气馁,又把几个故事换上另一种颜色纸,重新抄写一遍,再送给任先生。他一转手,又关在顾伯伯的抽屉里。

日久天长,我给任先生的故事,比秦桧给岳武穆的十二道金牌还要多。大概他也不好意思起来,一天,特别把我请到他的府上,好酒好菜的款待我又吃又喝之后,"李翰祥,你的故事写得很好,内容很丰富,稿纸也多彩多姿,不过顾先生说,都要改一改,否则不大适合拍电影(根本没看,怎样适合),有两个改好了(才怪),已经送到新加坡去了(新抽屉),大概很快就有回音了,等着听好消息吧!以后,咱们暂时停一停吧。喏!这是二十块钱,给你的,不能说是故事费,意思,意思!先甜甜手!"

我看着那二十块呆了半天,想不到我辛辛苦苦,再接再厉地日写夜抄,终于有了报酬,真是皇天不负苦心人哪!我居然除了拍特约戏、画速写人像之外,又用一种新的本事赚到二十块钱了。心一酸,不禁热泪盈眶,差点没哭出声来!虽然两毫净饮也用了不少,虽然明知那些故事都堆在顾伯伯的抽屉里,虽然明知这二十块是任先生可怜我的同情钱,但他终于鼓励我走上日后从事电影编导的道路。我正式编导的《雪里红》,也就是顾先生抽屉里的故事。我用颤抖的手接过任先生那珍贵的二十块,甜的不是手,是心!

永华应考,大堂会审

一九四九年初,李祖永先生创办的永华影业公司,分在北平、上海、香港招考训练班学员。班主任由顾仲彝先生担任，主考官有卜万苍、朱石麟、张骏祥、欧阳予倩、吴祖光、程步高、周贻白等诸位先生。在香港报名投考的有五六百人，仅在照片中选出六分之一参加考试，可能我的照片比本人像样些，所以也入了围。

考试那天，连件像样的衣服也没有，只好向朋友借了一件灰色恤衫，将就地穿在身上，头上还是在赤柱剪的英国皇家发，长短不齐，脚下穿着旧货摊上买来的美国军靴：虽然不能说是"衣貌堂堂"，也还算过得去。等进永华大门一看：糟，其他来应考的人，个个打扮得有型有款。男的是：西其装，革其履，油其头，粉其面；女的是：钗光鬓影，珠光宝气。相形之下，我的英国头、美国脚，真是洋相百出、宝气十足，若不是刚好有人发面试的题目，我还真想溜之乎也！

题目分两项：一、读台词；二、《给房东的电话》。台词的第一段，是《原野》里仇虎听到白傻子告诉他，焦阎王死了之后的自言自语：

仇：（忽然地回转头，愤怒地）可是，他怎么会死，他怎么没等我回来才死！他为什么不等我回来，（顿足，铁镣相撞，疯狂地响）不等我，（咬紧牙）不等我，抢了我们的地，害了我们的家，烧了我们的房子，你诬告我是土匪，你送了我进衙门，你叫人打瘸了我的腿，为了你，我在狱里整整熬了八年。你藏在这个地方，成年地想害我们，等到我来了，你伸伸脖子死了，你会死了！（见曹禺著《原野》第一幕。）

第二段是《大马戏团》慕容天锡的对白：

慕容天锡：（真有他的）教我告诉你，虽说我先人倒了运，败了家产，你可别不把红脸的当作关公。第一，我祖上做过官；第二，我慕容天锡，行不更名，坐不改姓，在世面上混了半辈子，大风大浪经过，可从来不要含糊，"我拐骗人家女人"！单凭这个词，我一张状子，把你送进衙门，足够办你个破——坏——名——誉！有你吃不了兜着走的。

至于，《给房东的电话》，对白自己编，姿态自己选，任意发挥。我没有演过《原野》和《大马戏团》，但在北平看过陈方千演的仇虎，也看过影人剧团里石挥演的慕容天锡，所以，对这两个人物的性格还算了解。坐在走廊上把对白熟读，也设计了一下应有的抑扬顿挫、疾徐快慢，又想了想《给房东的电话》内容，已经有人叫我的名字了。

考试的地方，是永华的录音及试片间。那人告诉我：没有人问话，走到银幕前开始表演好了。我抱着反正也考不上的心情走进试场，倒反而显得神态自若起来。试场周围黑麻麻一片，只有两只射灯，照在银幕前的一台、一椅、一电话上。回身望了望，隐约看见对面一个凹字型的长台，正中和左右分坐着十二位全国知名的编、导、教授们，无声无息，庄严肃静，比三堂会审的阵势大得多（以为又要罚我二十块呢）。我一鞠躬之后，慢慢地把身转向银幕，闭目宁神，开始想着仇虎，一个被焦阎王送进监狱打瘸了腿的仇虎，每天都想着找焦阎王算账的仇虎，在狱里熬了八年，好容易盼着出了狱，也找到了阎王家的仇虎；可是，阎王已经死了。于是我（仇虎）怒火中烧，咬牙切齿，突然一转身，用低沉、沙哑、由牙缝里喷出来的气口儿："可是,他怎么会'死',他怎么没等我'回来,才死'！（单引号处重音）"

我激动万分地把仇虎那段表演完，中间又是咬牙，又是跺脚，忽而坐，忽而立，现在想想，狗血还洒了不少。

略微停了停，把身子又转向银幕，一边喘气，一边想着慕容天锡：他不同于仇虎，他是一个久经风霜的老奸巨猾的人，说话时胸有成竹，十拿九稳，经常挖苦人、吓唬人，虚晃一招，然后乘虚而入。所以他永远保持冷静，从不激动，说话慢声慢语，眼睛盯着别人的反应，觉得抓紧别人小辫子的时候，也会口沫横飞地来一段快板，然后给你四个字的评语，叫你吃不了兜着走。

我开始说话了，但并没有转身，好像指着谁的鼻子。

"教我告诉你……"

我指指点点，好像把他迫转了身，然后一口气把那段情节演完，到"破——坏——名——誉"时，把语气加强，一句一指，然后一声冷笑："哼哼，有你吃不了兜着走的！"

与"走"字同时，一屁股朝椅子上一坐，然后掏出包香烟，慢条斯理地划根火柴把香烟点着，吸了一口，把火柴棒一弹，然后把烟吐成一条条直线，好不得意。

由上衣口袋抽出本电话簿，翻了翻，走到台前，坐在台上，拿起电话，拨了几个号码："喂，刘太太吗……六三一一三六啊……啊！殡仪馆？"（大概对方放电话的声音太响，我把听筒离开耳边老远。）

"他妈的，你没打错过电话？你一辈子不打错电话？"再看了看电话簿，自言自语地，"他妈的，六一三三一六。"

再把电话拨好，等了一下："喂，刘太太吗？……我找你那儿打麻将的陈太太……啊！有三位陈太太？……她先生是位船长……对……谢谢。"（等刘太太去找人，我把听筒略微离开一点，心里算盘，脑子里在编瞎话，突然，听筒有了声音。）

"对，我姓李！……对……李翰祥！……我今天回家，看见你把我的东西都搬在厅里，把房门反锁了！……啊？知道！怎么不知道，你写明非眷莫问嘛……啊……有！怎么会没有呢！你看我像没有太太的吗？……啊！像……不像……我不是跟你说过吗，一个月之后她一定来！……两个半月？我知道两个半月啦，我不是跟你说过，我太太刚到上海，忽然接到家里的电报，说她母亲病重，又折回去了……鬼话连篇，怎么会……我……当然！……我知道陈先生航海，半年都不回来一趟，孤男寡女不方便……不过……啊？我！我看你洗澡？……我（想不到这句话把看表演的编导们，逗得直乐）我……我敢发誓，我不知道你在那里边……喂……喂……喂……"（对方挂了线，我看着听筒。）

"呸！臭娘们，肚皮都松下来了，有什么好看！他妈的！"我把听筒用力放下，朝主考席上一鞠躬，走了出去。

一个礼拜之后，接到顾仲彝先生的一封信，叫我到公司问话，告诉我，此次训练班在北平、上海、香港考试的结果，一共考取了八个人，北平是一男一女，上海二女，香港是三女一男，那一男就是我！

真想不到，我还是一枝独秀呢，他们大概看上我那双美国靴子了。

又遭开除，说来话长

听说今年金马奖颁奖典礼上，最佳影片得主、大众公司的导演李行，曾说了一句可爱的话（我的朋友个个都直爽得很，心里想什么就说什么），子达说："这是公平的！"

小胡（金铨），得了最佳导演，在台上说："合乎情理，出于意料。"

我当时被永华录取，却只有傻笑，一句话都不会说。不过，几个月后，我却遭到极不公平也极不合乎情理，而出于意料的事，我被永华训练班开除了！嘻，我又被开除了，你看看我这个命！

在艺专被开除，是为了搞学生运动，在永华被开除，是为了刘琼主演的《公子落难》。说明白一点，就是刘公子害得我这李公子落了难，听起来简直像个绕口令，说起来也足有一匹布那么长，咱们还是先由布头说起吧。

我没考永华之前，也就是刚由赤柱"毕业"没多久，我最亲密的战友范宝文同志已经不知所踪。听姜南说是跟一个跑单帮的朋友回了上海，一方面以为我真是画出了汽车洋房发了财，弃他而去；一方面见财化水，差一个号码就中了大马票①的头奖。所以觉得香港不仅人情薄如纸，马票也是张张废纸，一气之下就不辞而别了。

建国剧艺社的诸位君子，因此还好好地批评了姜南一顿，怨他不该介绍两个来无影去无踪的"小捣乱"到剧社里来。我还真有些过意不去，于是，把我的"街头历险记"向他叙述了一遍之后，就把放在建国剧团走廊上的行李，搬到香港阿唐的家里去。

阿唐是我在东方戏院门口画画的朋友，他是摆摊卖外国旧杂志的。所谓杂志是用四块钱一斤买回来的，然后经过整理，分本卖出，有时碰到裸女月历，每本可以卖十二元（一斤大概称个七八本），所以利润还不错。我可比他赚得多，因为我不仅是无本生意，而且是一种"新兴事业"。

阿唐单名一个辉字，比我大八岁，长得短小精悍，因为从小得过小儿麻痹症，所以左腿有些毛病，更显得瘦弱不堪。由于他说得

---

① 马票：香港的赛马博彩形式，分大马票和小搅彩两种，1975年被六合彩（Mark Six）所取代。

一口不错的普通话,也受过不错的教育,所以大家很聊得来。有时他收了摊子,大家一块儿到修顿球场的小摊儿上,切两盘牛杂,弄一碟猪红,外加一瓶红牌双蒸,边饮边聊,纵横十万里,上下五千年,中外古今、天南地北的一阵,还真有个乐子。我知道他住在大道西、石塘咀的一间唐楼里,却想不到他只是租人家板房外边的一个床位。他看着我手上的行李,马上就手足无措、张口结舌起来,那种狼狈尴尬的样儿,至今难忘。把行李放好,一起吃了饭,他塞给我五块钱,叫我先到中环海皮的小旅馆租间房住一宵再说。

第二天只好仍旧重操旧业,拿起画板,继续我的一元速写、两元素描,也仍旧毫无计划,过一天算一天,赚多少花多少。想想也好笑,记得小时候有个算命的瞎子替我批八字说:"你是左手拿着个搂钱的耙子,右手拿着个没底儿的匣子,搂多少,漏多少!"可能真是命中注定,所以一直到现在仍是如此!

一天看见报纸登着永华训练班招考学员的消息,因为我一直志在电影,所以又跃跃欲试起来。人要衣装,佛要金装,于是到湾仔的一间服装店花一百二十元定了一套咖啡色的西装,先付了二十元订金,估计以后每天存二十元,一个礼拜可以去取了!没想到人算不如天算,第五天就出了毛病。

为二十四岁生日"补寿"

每天下午我和阿唐喝完了茶,一齐去开工,他摆摊,我画画;到五点半钟,总有一位大佬来"收规",阿唐占的地方大,每天三毫,我只是立足之地,所以只缴一毫。每次有个风吹草动的,收规钱的大佬都会先来知呼一声。满以为从此不再会有什么冬瓜豆腐，其实不然，真正执法如山的时候，可就不是两三毫的规钱可以解决问题的了。一九四九年旧历三月初七（刚好是我生日），下午五点二十七分，一辆差馆的猪笼车一阵风似的开来停在东方戏院门口，我因为有过一次作战经验，所以把墙上的"样板"一摘，假装站在一旁看热闹。但是阿唐可是措手不及了，叫他们老鹰捉小鸡一样地拖到车上，画报也装在纸盒中带走。旁边一位用龟壳算金钱卦的四川佬也被拉走了，那位洋帮办字正腔圆的广东话还说得很有礼貌："×你老母，你的金钱卦好灵咩？点解你算不出我今天来拉你！冚家铲，上车了，契弟！"阿唐临上车时向我求助的眼神，我永生难忘！

我向收规钱的那位打听到阿唐的下落，知道他当天晚上被拉到湾仔第二差馆。天一亮等他过完堂，替他缴了五十元罚款（因为他以前被拉过一次，所以罚款加重），然后用身上余下的三十元，叫了四菜一汤和一瓶陈年茅台，和他到海景楼，开怀畅饮一番，算是为我二十四岁的生日"补寿"。酒过三巡，又啃了几个天津狗不理的包子，一杯在手，不要说狗不理，什么都不理，今朝有酒今朝醉。看着包子，想起北方的一句至理名言："包子有肉不在褶上。"对，只要咱肚子里有料就行了（四菜一汤都吃得差不多了，当然有料），何必穿西装！再说穿着一身笔挺西装站在街头卖人像也不像样。

喝得七荤八素，站也站不稳的时候，我和阿唐一步三摇地在海边对面的骑楼底下看"大姑娘"（阻街女郎是人家叫的，我们两个阻街男郎不好叫）。看她们在旅馆门口，三个一群五个一伙地搔首弄姿，丑态百出，乳波臀浪，神情冶荡，听她们满口粗言秽语地打情骂俏，看她们满脸庸脂俗粉地强颜欢笑，一阵恶心，差点没把肚子里的"狗不理"吐了出来。

顺着电车路走向石塘咀的坚尼地城，两个人脚底下直"绊蒜"，于是把肩膀搭起来，你揽着我我揽着你地前进。人家说二人齐心黄土变金，两人倚靠着走一定稳当些，谁知更糟糕，正在百思不得其解的时随，忽然看见阿唐一瘸一点的左腿，这才恍然大悟，不禁一阵仰天长啸，若不是对面走过来两位穿着制服的山东老乡，酒还醒不了那么快！

半夜了，我把存在阿唐床下的被褥，抱到他的天台上，在靠围墙处，铺好褥子枕头，看了看满天星斗，放心地拉被蒙头大睡。

老天爷还真对得起我，知道我没有冲凉，半夜来了一阵倾盆大雨，替我洗得干干净净。我身旁紧紧靠着下水道，水在褥子旁边，分由两路流向沟里，我这个黑大个儿，一时变成李白诗中的白鹭洲：

三山半落青天外，二水中分白鹭洲。

不过李白登的是凤凰台，我李黑登的是天台而已。马上由被窝爬起，抱着铺盖往下跑，谁知一推天台门，方知由里面下了锁。只好再放下被褥，把隔壁天台木屋檐前，用油布蒙着的八块旧门板，暂时借用一下，一块块地搬过来，斜倚在围墙上。那时还没有《风从哪里来》那首歌，不过我深切了解，雨可是不打一处来，上边遮住了，下边渗过来，脚底挡住了，头上流下来，我想不仅刘阮到过天台，李白也一定睡过天台，不然怎么写得出"黄河之水天上来"的名诗句。

顾影自怜，想做大明星

　　我闭着眼睛体验到刘阮到天台的滋味，什么"蘸着些儿麻上来"，什么"鱼水得和谐"；其实怎止些儿麻上来，简直有些浑身不自在，千万不要再"鱼水得和谐"了，水已经够了，再来条鱼，岂不吓煞人也。

　　《一江春水向东流》是上下两集，我经过《八年离乱》之后，好容易挨到《天亮前后》，想了一夜诗，也做了一夜诗，如今真是不折不扣的"大湿人"了。刚睁开眼，就看见眼前站着一条大汉，两手叉腰，横眉竖目。好嘛，原来我惹下了滔天大祸还不知道！

　　原来他就是天台木屋的主人，那八块"门板"上都裱满了十五湖的纸牌，他是以此为生的。如今看见吃饭的家伙不翼而飞不说，连辛辛苦苦裱好的纸牌，也被风吹雨淋得一一脱落，如何不气！看着我把眼睛瞪得比包子还大，半天没说话，眼睛朝我眨了又眨，大概也惊异于我这位天台大湿人，居然能在滂沱大雨之下，安枕无忧。（没有这点山崩于前不变色、海啸于后不动声的定力，临危不乱、处变不惊的耐性，怎能获得一九六六年十大杰出青年金手奖！所以我要高举双手说：金手奖评判诸公是公平的。）只见他怒气渐消，无可奈何地嘘了口长气，摇了摇头，把门板又一一地搬了回去。我还想着刚才梦中掉在冰窟窿里的滋味，连应该帮帮手也忘记了，只望着泡在水里的纸牌发愣！

　　以后，任彭年导演介绍我认识了北河戏院广告部的梁君显先生，帮着他画了几天看板，又由他介绍进了朱丹广告公司。朱先生原是一位粤语制片家，由于和屈臣氏汽水公司的宣传人员很熟，所以接下了他们的路牌广告，在九龙窝打老道近火车桥的地方，开了一家小型广告公司，除了我还有区涛，每人每月薪金两百元，管吃管住，所谓管吃就是另外津贴两块钱饭钱，管住也不过是晚上睡在工厂的画台上而已。

永华招考训练班学员的广告登出，我报了名之后一直如石沉大海，原来公司里趁张骏祥导演赴北平拍摄《火葬》(《小丈夫》)外景之便，先在北平招考，然后上海，最后才轮到香港。我前边说过，考永华时和朋友借过一件灰色恤衫，就是区涛的。

考上了永华之后，一心想做大明星，每天照着镜子顾影自怜，一会儿看看自己瘦瘦高高有些像刘琼，一会儿看看，单眼皮小眼睛有点像石挥，蒜头鼻子有点像陶金，愈看愈美，连老板朱丹什么时候进来的都不知道。我问区涛，下巴颏像不像赵丹，阿区没说话，朱丹却答了腔："对，你的下巴颏像赵丹，很像赵丹。"

"谢谢你夸奖。"

"我还没说完呢，像赵丹的脚后跟！"

这算什么话，身为制片人不奖掖影坛后进，反而打击新血，一气之下，没等他卷我铺盖，我反而炒了他的鱿鱼。第二天和永华宣传部经理朱旭华先生讲好，两百元一个月，暂时帮美工部做点零星事务，等北平、上海同学一到，训练班开了课再说。于是我搬进了庙街的永华宿舍。（庙街很长，永华宿舍离开庙街皇后的公馆，还有相当长的一段距离，读者诸君不要误会。）

永华宿舍是相对的四所楼宇，分层住着男女演职员们。当时卜万苍、李萍倩、顾仲彝、周贻白各位编导先生都住那儿。我开始和美工韩肇祥、剧务赵大刚住在一起，等北平和上海的同学一到，训练班开始，我也就搬到对面的地下训练班宿舍。

五女二男，竹林七贤

训练班宿舍的二楼，住着班主任顾仲彝老师和师母，我们七个学生住在楼下（本来是八个，因为香港录取的一位吴姓女同学没有报到，八仙过海变成了竹林七贤）。五女二男，同处一室，好嘛，有热闹看了，我的生活也跟着多姿多彩起来。要用电影发展史来譬喻，那就是由无声到有声，由黑白进入了彩色世纪。五女二男，虽有别于"十三男与一女"，也够瞧老大半天的。

顾仲彝和周贻白两位先生分别在北平、上海替永华训练班考取了四个学生。北平是梁达人（男）和周晓晔（女）。梁是先在北平的广东人，二十一岁，长得白白净净，文质彬彬，很有点像《忆江南》的冯喆（凤凰女星冯琳之兄，故于西安）；周晓晔，二十岁，辽宁省人，是长春电影制片厂前身"满映"的基本演员，和刘恩甲、章凤（甄珍母）、张冰玉同期，长方脸，尖下颏，柳叶眉，杏核眼，肤色深深，微有几点雀斑，十足东北大姑娘的味道。（一定有人奇怪，李翰祥的记忆力还真不错！当然了，我跟周晓晔女士不仅同学，而且同乡，不仅同乡，而且还公开地请过两桌客，正式地订过婚，怎会不记得。）

上海考取的两位女同学是冷仪和汪瑞莲。冷仪，十九岁，眼睛滴溜溜滚圆，二眸子乌黑甑亮，很有点像亚洲影后林黛，个头儿也蛮高，身材也够窈窕，美中不足的是嘴角上翘，笑时露齿，所以上镜不如本人漂亮；汪瑞莲，二十岁，也是高头大马人物，胸围高耸，玉腿修长，很有点像《战地钟声》(*For Whom the Bell Tolls*, 1943) 的英格丽·褒曼（Ingrid Bergman），外加走路有如风摆柳，更显得婀娜多姿。相形之下在香港考取的一男三女，就失色得多了。不说别人，我已经马马虎虎了（绝非自谦，是自知）。三位女同学，只有一位姓吴的还有个明星样儿，可惜家里反对她放下教鞭拍电影，所以连到都没报过。另两位是陈榴霞和陈家树。前者，大概只有四尺八寸半高，腰长腿短，走起路来，步子小而快，看起来好不替她忙得慌，有时故作青春玉女状，又跳又蹦的，唱着树上小鸟啼，吱吱喳喳的，还真像个小麻雀，颇有滑稽感，长得倒也不算难看，不过想做独当一面的明星，还差得远；另外那位陈家树，喜欢舞蹈，思想相当前进，经常看些《大众哲学》之类的书籍，瘦瘦小小，面色苍白，要是把徐訏先生著的《精神病患者的悲歌》改编成电影剧本，她做女主角倒是颇能胜任的，至于片子卖不卖钱，发行和老板们愉不愉快，就另当别论了。训练班就是如此这般的男女七大贤！别人怎么看法不知道，电影界可就纷纷议论起来，顾周两位老夫子千挑万选的，怎么弄来这么几块料？无怪李祖永先生看看我们，连训话的精神都提不起来了。所以训练班一直没有正式开过课，除了和顾老师一起吃饭时，听他讲讲中国电影剧的发展史外，就是在天台上上武术和舞蹈课。教武术的是永华的基本演员邹雷，他老先生是个不折不扣的武夫，讲话粗俗不堪，而又专好咬文嚼字，显点学问，经常提他的"当年勇"，告诉我们《木兰从军》的陈云裳就是他的学生，还有很多大明星都出自他的门墙；口沫横飞，洋洋自得，和北京天桥卖大力丸、狗皮膏药的张宝忠差不多，不过张宝忠那张大弓拉得又圆又满，恐怕我们的邹老师办不到吧！

　　公司发给我们每人每月薪金一百元，扣了六十块的饭钱，只剩下四十元零用，仅比当时一脚踢的女工好一点（女工每月三十元）；每天由宿舍到公司搭巴士的车钱两毫，买包香烟七毫，算起来每月还剩十三块，另外还要洗洗衣服、剃剃头，买底裤背心都不够。每天象征式地上一堂课，余下的时间就无所事事，既有时间，又没钱，五女二男又都正当情窦初开,你看看怎不出事?

做演员的"八字真言"

有一天训练班来了一位湖南客人——游岱,很坦诚地表示,他是由上海来跑单帮的,顺便来看看他的表妹冷仪。看他的样子,顾长俊秀,倒很有些像胡锦的丈夫张冲。我和梁达人招呼他到我们住的房间坐了一会儿,等冷仪和他一见面,倒真吓了我们一跳,冷仪成了"热态"了,抱着游岱就咬起乖乖(接吻)来了,像天津老乡说的:一揽脖子,嘴对嘴就来了条鱼。好嘛,像触了电的一般,两个人一边接吻一边热泪双流,完全是落难公子和相府千金在关王庙幽会的劲头儿!我一拉梁达人马上就溜了出去。当然了,做电灯泡干嘛?所以他们两位有没有接唱二本的"花园赠金"和"私定终身"就不得而知了,不过他们两位也真行,居然鹊巢鸠占了两个多钟头都没出门口,害得我们两个房客在外面腿都站酸了。

当天晚上,游岱在厚德福请我们训练班全体吃砂锅鱼头,临别还送了我一条床单,他说两人一时感情冲动把我的床单都哭湿了,特意给我买条新的。要搁到现在,我一定在床单上写几个"情人的眼泪"以留念,可不是吗,"要不是有情人,眼泪怎会掉下来,掉下来"——不过,还好是眼泪!

第二天陈榴霞也不让冷仪专美于前,把她的表哥也带来了。我一看原来认识,是和我们一块儿考训练班的一位小白脸,他虽然没考上,可是认了位表妹,也算成绩不错。没多久游岱又游了来,陈家树一看他们双生双旦那股热火劲儿,马上夹着《大众哲学》过了海。

周晓晔和汪瑞莲也躲到我们房里,四个人贴着板墙看隔壁戏。

洪波没死之前常说,做演员要记住八个字的真言:"旁若无人,死不要脸。"依此标准则他们隔壁的双生双旦,都是最佳演员。但见他们先是单抱软偎,口噤色战,后是四体横陈,双舌互嘬。老天爷,这哪儿是庙街的训练班哪,简直就是北平石头胡同的清吟小班了。看得我们四位观众,也不禁心荡神摇起来,于是顺理成章地,也就配成了两双!

梁达人一直教汪瑞莲广东话,把着手儿教,总觉得发音不正,如今索性由把着手儿教,变成了咬着舌头"交"了;我跟周晓晔是东北老乡,老乡见老乡,两眼泪汪汪,也就有样学样的流起"情人的眼泪"来了。俗语说得好,同乡是"人不亲土还亲呢",既然土都亲了,人又怎能不亲呢!亲吧!像电视台上的竹叶青广告一样:"你精我都精,饮杯竹叶青。"

我们是:"你亲我也亲,天下一家亲。"无形中顾老师又多了两位得意门生,以后除了陈家树是单吊平胡之外,我们四男四女总是出双入对,就差没举行集体结婚了。

现在想想,电影界的训练班办得还实在不少,也算出了些人才,但真正说得上怎样成功的,可还谈不上。如今香港的训练班更是愈来愈商业化了,不是巧立名目地骗些报名费和学费,就是想增加些廉价明星,以对抗那些不听话的特约演员(比任彭年先生枪毙演员要进步得多了)。

永华训练班,等于半途而废,说半途而废还算客气的,要不是当初招考时搞得浩浩荡荡,举国皆知,早就胎死腹中了;因为李祖永先生一看各地来到的"得意门生",原来个个都是稀松、平常、二五眼,早就泄了气,只不过是骑虎难下,不得不每月花七百块港币敷衍而已。七百块对当时永华的李先生来说，只不过是他茶余酒后的几个烟泡钱而已，可是误人子弟事小，令年轻人误入歧途可就罪莫大焉了。他没有想到，把这些血气方刚，精力充沛的年轻人放在一起，不能谆谆善诱，加以教导，而竟移干柴，近烈火，任由其燃，怎会有好结果？后来冷仪和汪瑞莲双双在平安舞厅下海伴舞，濒临堕落的边缘，他们这些大人物、名编导们多少都要负些责任！

给训练班学员一封信

有鉴于此，我在台湾组织国联公司的时候，也成立了一个演员训练班，考取了男女学员二十余名。开课之前，我以书面形式要求他们每人写一篇五千字的自传，让我对他们有更深一层的了解，也让同学们彼此之间有一个认识。信的内容是：

各位同学：

你和你的朋友，现在已经开始一种新的职业。这新职业本来是你们所热切盼望的，但我不认为你们已经达到了愿望，而应该说这是你们可能达到愿望的起点，因为这只是供给你成为一个好演员的机会，而不是说你已经成了一个好演员，更不是受人注意的电影明星。在这个起点上我不仅与你有雇主与雇员的关系，而且我自觉担负了为中国影业培养新血的责任，也接受了你们父母兄长的托付，须尽监护指导之责，希望你们成长成熟，而有成就，因此，我有几句极重要的话忠告你们：

第一，电影的形式和内容日益广泛，而必然受知识的领导，纯商业化的发展已经钝化，以致纯商业意味的明星时代已经过去。这是世界性的商业明星趋势。就中国电影来说，本不宜于商业明星的发展。过去某些搞电影的人，不很深察这个道理，以捧明星为要务，不单是制片工作做不好，中国电影的品质也蒙受其害，这是我们要引以为戒的事。

第二，中国电影如果要有明星，应该是有文化意味的好演员；在气质、仪态上富有发自内在的魅力，他可以经历时间和各种角色演出考验，而能继续保持他的光彩。所以，你们必须多读好书，慎择交游、慎思明辨，你必须是个好知识分子，才可能是个好演员。

第三，电影演员这个职业，一般想象是最轻松写意的职业；其实，这是一些陋习加上一些误解所造成的错误。今后的电影演员，要能崭露头角，他必须有长时间的自我训练，不单是要有成为一个演员的知识和技能方面的训练，而且他必须训练自己尊重社会道德，培养耐心和毅力，能辨别是非好坏；然后，他在工作中要守时、守信，忠于职务上的要求。我个人以为，电影演员即使不是最辛苦的行业，也应该不是光会吃喝玩乐，没事制造桃色新闻的一群。在你们学习期间，我要慎重地考虑你们每一个人的将来，你们必须是个好演员，至少，你们是个好青年，我个人能容忍你们在学习上的困难，但如果你们中间有谁在人格上有缺点，我不姑息。

第四，你们在实习期中的工作训练，百分之九十依赖你自己的约束检点，我不选择你们，而是你们自己选择自己。你们同时起步，将来自有先后，一方面靠你自己的本事，一方面你必须遵守纪律。电影工作者的主从关系，较任何行业严格，无论多么大的明星，在摄影场都循规蹈矩，小心谨慎；你们在工作上如果油滑、随便、满不在乎，你会知道这结果是无情而决绝的结果。

我随时准备了解你们，也希望你们让我有真实的了解。在二十号以前，我首先要看一看你们的自传，希望你们对自己做一个详细的叙述，要提出你们的希望，这自传不是几句概括性的话，它最好不要少于五千字，尤其是要有忠实而具体的描写。

我真诚地愿意做你们的朋友，祝福你。

当年大明星安步当车

尽管我的抱负挺大，尽管也用了不少心血，花了不少钱，但国联训练班也一样维持不了多久，随着国联的解体而风消云散了。不过，我在经营国联的时期，仍为影界造就了不少编、导、演及幕后工作人员。虽然仅是短短的八年，但在这方面的成就，并不输于任何大公司，同时对台湾的电影事业也产生了不少启发和带头作用。我主持国联和龚弘先生主持"中影"[1]是同一时期，别人只知道李翰祥不善经营不善理财而使国联功败垂成，却忘了龚弘先生替"中影"卖了多少家戏院和负了多少债务？我虽然没有戏院可卖，但拍戏的数量和质素并不输于"中影"。

永华在九龙大坑东的九龙仔，我们七个人每天在九龙饭店前搭一号巴士到太子道口下车，然后沿界限街经花墟道，大约六七分钟

---

[1] 全称为"中央电影企业股份有限公司"。

就可以走到公司了。周璇、白杨、刘琼、陶金等大明星也是"沿此路过",照样地安步当车。这些位之中给我印象最深的还是白杨,记得她每天都穿一件蓝布长衫,脚底下是白袜子黑布鞋,手里提个书包一样的手袋,活像北平的女学生,淡扫娥眉,朴素无华,粉颈低垂地踽踽独行,北方的大姑娘走路老是眼睛看着自己的脚尖,白杨小姐就是那股劲儿。

据说那时她的酬金是每部港币两万元,周璇最高是三万。当时的三万大概可以买邵氏清水湾厂的全部地皮,而她们仍然如此节省,实在难能可贵。

当时永华公司的有车阶级,实在寥寥可数,除了老板李祖永的一辆黑色卡迪拉克之外,另外只有三辆,凑起来刚好和绕口令里的"四辆四轮大马车"一样。每辆还都有个绰号,卜万苍导演的那辆黑色轿车叫"卜二手",一听就知是个二手货;舒适的那辆浅蓝色的喜临门叫"舒分期",分期付款现在是平常事,当时却是被人讥讽的对象;另一部是绰号"邓大眼"(邓经理)的那部摩利士叫"邓长修",他那辆老爷车除了喇叭不响之外,处处都响,所以他老先生是"每日必三修我车"。后期的永华多了林黛的"气死巴士"(七四八四)和严俊的那辆人力自行车。

一天,我和同学们在公司看张骏祥先生导演《火葬》(《小丈夫》),白杨演小丈夫的童养媳,暗恋家中的长工陶金,拍的镜头是男女主角的手在地上和一块手绢儿的特写。剧情是白杨掉了手绢,陶金想帮她捡,白杨手快抢先了一步,所以陶金没捡到手绢却攥到白杨的手上,于是白杨的手一颤,陶金的手一抖,像触了电一般的,把隐在两人内心中的爱情火花,爆了出来,就此他们的手攥在一起,心也靠在一起。就这样一个镜头,NG了十几次,每次,导演都把不满意的理由加以分析，可是越拍越僵，越拍与导演的要求越远。最后拍得白杨不耐烦起来，悻悻然把手绢朝地下一扔，向张导演说了句："你来。"然后就嘟着嘴站在一旁。张导演视而不见，一点脾气也没有，当即蹲下身和陶金一块儿作了一次示范，果然不同，细腻有致，精彩绝伦。张骏祥先生是一位出了名的严肃导演，工作既认真，到厂又准时，每天八点钟通告，他总是准七点钟到厂，搬张藤椅，坐在AB两厂中间，所以他那组戏的演员和工作人员都是七点钟以前准到，和如今的导演越迟越显得大牌的情况，真是不可同日而语。

《生与死》叫我演嫖客

另一位惹人注目的导演是朱石麟先生。听说民国二十年他就在联华公司写剧本，编过《恒娘》《玉堂春》《续故都春梦》和《良宵》等剧。原先还是位足球健将，后来因为尿酸过多，双膝不能任意弯曲而不良于行。每天都是由他的两位副导演岑范和白沉扶着进厂，所以好开玩笑的朋友，称岑、白二位是"扶"导演。

可能因为双腿不便，朱先生很少拍外景，戏的风格也就受了相当的限制，多数拍些家庭伦理的故事，布景环境也老是围绕在厅房之间，类似《不求人》《春之梦》《野花哪有家花香》《洞房花烛夜》《同病不相怜》《玉人何处》等等，都是几堂小布景、几个小人物。不过，虽然是些小鼻子小眼儿的爱情故事，但在他手上都能拍得主题意识严谨正确，戏味浓郁，细腻感人；加上人又是和蔼可亲，所以影圈里他是桃李满门，至今任何人提起朱石麟先生还都是尊敬异常的。

记得有一天，牛犇（小丈夫的饰演者，以前曾主演过《圣城记》，当时只不过十二岁）在永华的走廊上，学唐若青在《清宫秘史》中演西太后的台词，舌尖儿顶在牙缝上，说出的每个字眼儿，都是尖音浊浊的："我叫你做皇上你才是皇上，我要不叫你做皇上！哼哼！"

学罢，双手一叉腰，把嘴一撇！要是没有耳朵拦着，真能把嘴撇到脑袋后边去，逗得大家笑不可仰，然后又把双腿并拢，脚尖一跷一点地学朱先生走路，还真是惟肖惟妙。万没想到，岑、白二位扶着朱先生由外边进来，看见牛犇在前边一瘸一跷地学他，一声不响地也夹在人群中看热闹。牛犇走到尽头，一个急转身，故意地一仆一跌，险些跌倒，本想这个动作能引得哄堂大笑，出乎意料，大家的脸都很尴里、尴尬，他知道出了漏子，把小眼睛朝人群一扫，看见朱先生笑眯眯地望着他，一声："我的妈呀！"抱头鼠窜地跑进了宣传部。这一下大伙儿可是不能不笑了，但朱先生一点不以为忤的，笑了笑走进了编导室。

我们训练班的同学，第一次在永华拍戏，就是朱石麟先生导演的《生与死》。除了我之外，每人都演"自杀者"，大概是做片头衬底用的吧。他（她）们各有各的遭遇，各有各样的自杀方法——服毒、上吊、抹脖子、跳楼、跳海、卧轨道。我乱蹦乱跳的大概一看就令人觉得生命力很强，生活的意志也很坚定，外加嘎渣子琉璃球儿，所以叫我演嫖客，在一间小旅馆里叫妓。其实还真是冤哉枉也，我活了那么大从来没在旅馆里叫过妓。在北平逛窑子倒是有几回，不过，那是打茶园，大家一块儿起哄的集体行动。单独地在旅馆找女人，以后也试过，不过当时可是一点生活体验都没有，所以还不如一个叫高锦铭的场务演得好呢。他的绰号叫"大腔"（大声公），上海话听起来像杜强，所以我一直称呼他杜先生，他几次跟我解释："不要开玩笑，大先生还可以，杜先生可弗来事，杜先生是阿拉爷叔。"原来他嘴里的杜先生是杜月笙先生。

周晓晔演一个在香闺中自杀的小姐，白沉对她关怀备至，替她搽粉，替她点眼药水，一会又拿着眉笔在她眼眉上画两道儿，眼皮上加两笔。我在旁边是越看越不舒服，嘴里直冒酸水儿，心里说：这小子，潘驴邓小闲，别的不够格，"小"倒学会了。当时他净顾了献殷勤，大概没看见我的黑脸已经拉了八丈长，他妈的，净顾了他白沉了，看不到我黑沉。其实再看看他在拍陈榴霞、汪瑞莲、冷仪的时候，也是一样地照顾一番，我才知道是自己瞎多心，真是十二分抱歉。以后的日子里，心里直替他祷告，快点升吧！升成导演吧，替中国电影拍几部好戏吧，别老沉着啦，沉也是白沉哪！

还挺灵，后来他还真拍了一部好戏！好像叫《渡江侦察记》吧！①

全武行三本铁公鸡

最近的几家娱乐报，又旧话重提，写我和老妻张翠英上演全武行的事。林冰还挺向着我，说那已经是三年前的事了。由于二人同属虎，就难免针锋相对，几杯老酒一下肚，就难免把杯酒言欢变成了杯酒不欢。我一喝了酒，就喜欢说、学、逗、唱，一逗就出毛病，由一个老虎的单口相声，变成两个老虎的对口相声，本来是酒逢知己千杯少，就变成话不投机半句多了。于是公老虎猛虎下山，母老虎恶虎扑羊（总是母老虎恶一点），她那边"蛇形刁手"（她刁），我这里"笑拳怪招"（我笑），于是一场"醉拳"，打得是山河变色，日

---

① 《渡江侦察记》（1954）为汤晓丹导演代表作。白沉1952年由香港返回内地，导演代表作为《大桥下面》（1984）。

月无光。恍如那：上山虎遇见了下山虎，云中龙碰上了雾中龙、又亚赛：铜锤撞上铁刷子，丧门神遇见了吊客星，真是棋逢对手，将遇良材，杭铁头碰上东北老乡的后脑勺，真还够她呛！第二天看看她是鼻青脸肿，我是血迹斑斑。所以有人说二虎相争，必有一伤，还不大正确，应该是互有所伤才对！

床头打架床尾和，等到酒醒之后，彼此都有一份内疚，老夫老妻不说，外加儿女成群，真是何苦来哉！于是她替我擦红药水，我替她揉揉青鼻头，那份恩爱劲儿，还真是巧笔难描！

不过，这都是前几年的事了，自从到美国开膛破肚之后，由于心脏里多加了几条血管，也就想通了；再加上老胳膊老腿儿的，打也打不动了，心有余而力不足。想当年，哈！可真有点像《打渔杀家》中的萧恩所说："……提起打架，好像小孩儿过新年，穿新鞋戴新帽一般，如今嘛，老了，打不动了啊！"可不是在训练班的时候喽！想当年，与我们东北老乡周晓晔小姐还真是打过不短日子的"内战"，一月之内是三日一小吵，五日一大吵，大吵之后紧跟着就是全武行的三本铁公鸡。周小姐这位"武后"，尽管身手矫健，到底敌不过我李大虎的连环三脚。那年头，李小龙还穿开裆裤呢。不过我的脚还没踹着她，她已经是撒泼打滚，吱哇乱叫了，天地君亲师，爹妈姥姥娘，全都叫遍了。不止永华宿舍的九十五、六、七、八号的四层楼，人人惊动，街坊邻里也个个争先推窗张望，她一个人比"四人帮"闹得还要厉害！

开始我们只限于口齿之争，碎嘴子，给她唠叨两句也就算了，大不了给她个充耳不闻，不过她愈说愈难听，越骂越起劲："你们姓李的全是孬种。"（我没出声，李氏宗亲会的众位叔叔、大爷、兄弟姐妹也不要激动。）

"东北人都不是好人！"

"……"（我可把火儿撩着哪，东北同乡会的众公也千万别动气！）

"男人没有一个好东西！"（众位大佬！咱们好男不跟女斗！）

"※○×△……※○×△"（请参考王泽先生的漫画《老夫子》。）他妈的老夫子都动气了，我还能忍得住吗？我一举手，来了个武松打虎的架势，还没把拳打下去哪，我的妈呀，我们的"武后"马上变成"舞后"了，手舞足蹈，嘴里还不住地唱山歌。

我一想不对，惹不起躲得起，迈步要走，她一个箭步，窜到我的面前："你小子有种就别走！怎么？想打我？香港政府打女人是犯法的，要坐监的，你小子不要以为只有画画才坐监，打女人也要坐监的，臭要饭的。"

"啪、啪、啪！"我左右开弓给了她三脖拐。"救——命——啊——"人猿女泰山应该找她演。

果真是"公子落难"了

这些陈谷子烂芝麻的事儿，已经隔了三十多年了，听说周晓晔女士现在也是子女成群了，而且相夫教子还相当地贤惠。如此看来，当年一定是我不好，不过倒也不是故意的，从小在北平长大的人好要贫嘴是真的。"京油子，卫嘴子"嘛，没事就口外的蘑菇——小泡着，罐里的蛐蛐——小逗着，以致惹得我们善良的周女士一个轱辘车——翻儿了，酱肘子出锅——蹦盘儿了，所以才忍无可忍地大叫一声而已。若说此一声大叫获得全世界的同情，未免有点夸张，但获得永华全体同仁的一致支持，可是千真万确的。

有一天我刚进永华厂的大门,守卫室的老郝(郝履仁,《倾国倾城》中饰演恭亲王)一见着我就把我押到一旁:"李翰祥,你怎么打女人?"

"啊,谁说的?"我还假装不知道呢。

"全永华的人都在聊你呢,说你把周晓晔打得鼻青脸肿直叫救命,是不是真的?"

"事情倒是不假,不过没有他们说得那么严重。"老郝真是个老好人,苦口婆心地劝了我半天,又怕我挂不住,最后,装作同情的口吻:"唉,也难怪,我小时候在东北待过,东北的娘儿们够厉害!够瞧的,够瞧老大半天的。"

以后倒是很久都相安无事,一直到李萍倩先生拍《公子落难》的时候,才有了麻烦。

《公子落难》是由刘琼主演的,女主角一直没找到适当的人选。大概也因为戏的发展偏重在公子身上,小姐的戏是个陪衬,找大明星酬劳太高,戏份儿也不够,导演、制片和老板商量,都认为不如找个新人。一提新人就想起训练班来了,陈家树、陈榴霞太矮,和六尺二寸的刘琼,配起戏来不大登样;冷仪、汪瑞莲又太高,洋味儿又太浓;倒是周晓晔高矮适中,模样也还合乎小家碧玉的标准,所以大家一致通过由她来演"小姐"。消息虽然传了很久,可是周晓晔始终没得到正式通知;但见每天她神情恍惚,坐立不安的样子,就知道她有多兴奋了。果然有一天剧务主任周老夫子(汝杰),通知她到公司,说是厂长陆元亮找她谈话。她听了紧张万分,叫我陪着她到公司,生怕一听到消息证实会当场晕了过去。于是刻意地打扮了一番,描眉画鬓,擦胭脂抹粉儿之后,端坐在一旁,既温柔又文雅地微笑着问我:"像不像小家碧玉?"我假装上下打量一番之后,不得不捧她两句:"嗯!大家闺秀就差一点,刚好是不折不扣的小家子气!"

"什么小家子气?"她又蹦盘了。

"不是气,是小家闺秀,不,小家碧玉。"还好她心里高兴,否则我又要遭殃。

到了公司门口,她又三心二意地不肯进门口,我也不知所以地看着她。原来她在考虑我和她一齐进门好不好,这样会不会影响她的前途。最后还是叫我在永华对面的山上等(如今的又一村,那时还是一片荒山野岭)。我当然遵命,在山坡上坐了一个半钟头,才看见她兴高采烈地由厂门口走了出来。万没想到一见到我,突然悲从中来,放声大哭起来。我还以为《公子落难》的女主角换了别人,一问之下,才知道陆厂长告诉她三件事:

第一件,公司当局决定起用她做《公子落难》的女主角。恭喜,恭喜,我忙不迭地拍马屁。第二件,公司决定拿出一笔钱,把她的四颗门牙换一换。好,好极了,我也觉得门牙有小小不好。第三件呢?第三件她说是关于我的。

"关于我的,怎么,《公子落难》的男主角换了我?"我还真有点心跳。

"不是,公司当局决定……"

"决定……"

"决定把你开除了!"

"伊拉"把我开除了

我一听真是无名火起三丈高,蓦地朝起一站,迈步就走,周晓晔一把拉住我,问我干嘛。

"找他们评评理去！"

"什么理？"

"为什么开除我？"

"不为什么！"她坐在石头上，双手抱膝，漫不经心，外加义正词严的那份儿德行，居然成了永华公司的全权代表了。

我这才茅塞顿开："噢！我明白了，为了捧你做大明星，怕我连累了你，怕我碍事耽误了你的前程，是不是？"

"不是。"

"那为什么？"

"为了你行为不检！"

我知道她指的是什么事，问她岂不多余，问厂长去。于是乎像张飞闯帐似的跑到厂长室。陆厂长大概也料到我有此一"闯"，心平气和地跟我打了一阵太极拳，然后一推六二五，说"完全是老板的意思"，老板有什么大不了？咬不咬啊？问他去。隔着总经理的玻璃窗看见李老板一个人在写东西，我照方抓药夺门而入，他看了看我，朝椅背上一指，用力地吸了一口手上的红锡包儿："啥人？侬是啥人？"好！不认识，每月发我一百块钱人工，在他的宿舍住了几个月，他居然不认识我！

"李翰祥！"

"啥体？"

"啥体！我问你啥体，你啥体要无缘无故地开除我？啥体？啥侬体？"

"是伊拉要开除侬格，关我啥事体。"

"伊拉是谁？"

"伊拉大家格意思！侬去问伊拉，去！出去，阿拉要办公！"他看着我怨气冲天,怒不可遏地站着不动,又续了一根红锡包,烟头对烟屁点着火,我还以为他替我点烟呢,忙不迭说了一声:"谢谢,我不抽英国烟!"

他连眼皮都没抬,顺手把烟头一扔,接着猛吸了一口之后,朝窗外叫了声:"阿陈!"

阿陈是他写字间的男工,以前训练班没开课的时候跟我和韩肇祥、赵大刚一块儿住在庙街九十五号地下的宿舍里。平常大家有说有笑,如今他在窗外已经瞄了半天了,听见老板一叫马上推门而入。

"叫佢出去,我唔得闲。"我一看李老板的脸色铁青,由鼻孔里钻出两条清鼻涕,好嘛,气得他烟瘾都上来了。阿陈低声下气地朝我一笑:"李先生,帮帮手。"要是别人还真劝我不动,阿陈嘛,大家老朋友了,有什么办法哪,算了。

我刚一出门,李先生"砰"的一声就把门关上了,我成了西厢外的红娘了:"他们把门儿关了,我只好走!"

不走又怎么样?口外的蘑菇穷泡啊?跟谁呀?跟伊拉呀?伊拉是谁呀?所以上海人有一句口头禅最有学问了(不同于我拜弟金铨的那种禅):"操伊拉去来!"

不过公司还算照顾我,多发了我一个月的薪水,叫我马上搬出宿舍。我连个冷战都没打把铺盖卷了卷就搬走了。没多久,顾仲彝老师和顾师母回上海了,所以陈家树不训了,陈榴霞也不练了;汪瑞莲、冷仪一看周晓晔当了女主角,李翰祥被开除了,一个升天,一个入地,兔死狐悲的,她们也没多大指望了,加上一百块钱的月薪,吃不饱又饿不死,待在公司阴阳怪气的,有什么意思,和她们的两位表哥一商量,双双到金殿舞厅伴舞去了。梁达人和游岱两位,每人买了双绣花拖鞋,在家里穿着睡衣看家。我没有拖鞋穿,光着脚巴丫子,他妈的,光脚不怕穿鞋的,顶硬上吧!

忍辱负重,回头"要饭"

我搬到九龙仔后边的一间木屋里,每月租金是十二元。周晓晔倒是蛮有良心的,每天到永华打个照面之后,就偷偷摸摸地颠啊颠儿地走到我的"府上"来。她还没开始拍《公子落难》呢,我这位李公子早就落了难了,每天学着自己洗衣服,自己做饭,准备十年生聚,十年教训,来个卧薪尝胆。无奈日久天长,一百块眼看就要用光了,连胆都没钱买了,还尝什么胆,卧什么薪,简直伤心!

还好永华的剧务赵大刚及时雨似的给我送了一张通告,叫我去永华拍《公子落难》。我开始还真想好马不吃回头草,后来一想,不对,真要不拍可真连草都没得吃了。好吧,忍辱负重吧,听说有八天戏哪!四十块钱一天,也有三百多块呢,不过得先问明白喽,李老板知不知道?若是他不知道,拍了一天又叫他轰出来我可不干。

"就是老板叫我来找你的,说你是个'港督',人倒没啥。"

我一听怎么叫我"港督",港督岂是人人可以做的。赵大刚忙着解释:"不是港督,是'戆大',北方话就是'傻瓜'。老板说你傻小子睡凉炕全凭火力壮!"

"是否老板说的?"

"不是,这是我说的,走吧走吧,拍戏去。"他拉着我就走,我总得问清楚了演个什么哪。

"臭要饭的。"

"你才臭要饭的呢!"

他一看我误会了，忙着解释："唉！你这位戆大，我说你戏里演个臭要饭的，跟刘琼一样，大家都是臭要饭的。刘琼这位公子落了难，流落在花子窠里，大家一块儿唱莲花落，要饭！"

"好，他妈的，要饭吧！"就这么着，我又在永华要了十五天的饭。本来是八天，怎么一下子又变成了十五天呢？这是中国影坛上的一件大事，我可要仔细地说说。

《公子落难》的拍摄时期，不仅我多灾多难，这部片子也是多灾多难。由于永华的顾问张善琨先生，正在筹备组织长城影业公司，引得永华的编导演都有点心怀二志，个个都想弃旧迎新，于是《落难公子》除了本身的困难之外，再加上人为的留难、故意的刁难，就更难上加难了，终于搞到停止拍摄。原因还是人言言殊，像《罗生门》一样，各有各的一面之词，加上传话的人画枝添叶的，更令人有点满天神佛之感。咱们先表第一种说法：

原来拍《公子落难》的时候，刚好是李萍倩先生和永华的旧约将满而新约还没有谈好的节骨眼儿上，大概李导演认为手上正拍着戏，有机可乘，就来了个漫天要价，可是没想到李老板就地还钱，于是大家就不愉快起来，以致越谈越僵，终于搁浅，最后双方索性都避而不谈了，于是明争变成暗斗。

《公子落难》本来每天拍二十多镜头，到后来拍十多个，再到后来每天一个。如此一来他们鹬蚌相争，我们这群"臭要饭的"倒是渔人得利，照剧本上看来我们的戏份拍个十年八年也不稀奇。如此一来，可急死了我们的小家碧玉周晓晔女士，因为我们的饭要不完，这位小家碧玉也就不能登场。本来在永华的走廊前正搭着一条街道布景，中间有一座洋式门楼，就是戏中周小姐的"府上"。周晓晔每天必到公司看看布景搭好了没有。开始的时候，木工师傅的钉锤，敲得和《公子落难》的进度一样,也是大家磨洋工。大概多数是老板的意思,你的戏拍得快,我的景搭得快,相反,大家都慢。好嘛,争气不争财,大家逗上闷子了。

三个说法"烧脱伊"!

有一天,木工组突然来了一个大加班,一会儿来了四十多口子,只见李老板站在走廊上把手一挥,好嘛,众人齐心,金变黄土。有人说李翰祥写错了,众人齐心,黄土变金才对呀!那你错了,这次偏偏是金变黄土。不,我们李老板争气不争财,搭了一个多月的布景,在他老先生的一声号令之下,起钉拔榫,搬柱移梁,拆窗卸瓦,倒壁推墙,如砍瓜削瓠,如浪卷浮萍,片刻之间,尘土飞扬,没等李老板吸到第五支红锡包的时候,一条洋古式的大街,变成了空前绝后的一片黄土,不是金变黄土是什么?

等公司的巴士把李萍倩导演接到厂里,连拆下的布景板都抬光了。李导演一下车,愣没发现有什么不对(你看那条街道拆得多干净),但只见广场上围着一大圈人,不知发生了什么事,于是也拥到圈子里看了看,那些人大概故意等他呢,见他一到,不知哪位捉狭鬼学着李导演的语气,喊了一声"锐地,开麦拉!"跟着有人划了一根洋火朝中间堆着的底片上一扔,登时"砰"的一声,火焰冲天地烧了起来。李导演还莫名其妙呢:"啥事体?"

"烧底片。"

"啥体要烧底片?"

"老板叫烧脱伊。"

"啥个底片？"

"《公子落难》！"

"公……"李导演目瞪口呆，半晌无言。

以上是第一种传说，单纯合约问题，和第二种传说还出入很大，不是合约问题，而是剧本问题。《公子落难》开拍了几天，剧本一直没改好，老板和导演之间各持己见，大家都据理力争，谁也不肯让步。有一天李导演几杯老酒下肚，说了几句不中听的话，传到老板的耳朵里，就弄得一发不可收拾了。

别的我不知道，所谓酒言酒语我倒是亲有所闻，亲目所睹：是晚上的事儿，都快夜里十二点，永华宿舍的庙街已经是夜静人稀了，突然有人推开九十七号三楼的窗门朝天大骂："×你李××的祖宗，我李×××你李××的祖宗。"（都是大人物，直言谈相不大好意思。）声音清脆有力，语气肯定坚决，真有点君子一言驷马难追的味道。

不过，一笔写不出两个李字，就算大家同姓不宗，在没有经过历史考据和科学鉴定之前，还是保留一点的好，万一大家全是陇西李，岂不是唐突了"先人板板"？再说"祖宗虽远，祭祀不可不诚"，何苦来哉？（不过，我的祖宗是黑旋风李逵，大家是桥归桥，路归路，完全两码事。）

虽然是酒言酒语，传到李祖永先生的耳朵里总是好说不说好，于是李老板在怒火中烧之余，也就来了两句："烧脱伊，烧脱伊！"他嘴里的"伊"当然指的是《公子落难》，实际被烧脱的却是周晓晔。底片真烧假烧都不是问题，反正戏总是停了下来，底片早晚要处理的，可是周晓晔的前途却没人理了，经过了这次打击之后，她还真是一蹶不振！

第三个说法，如果是真的就更不大好了，不是合约问题，也不完全是剧本问题，最主要的是有人施压力，令《公子落难》无法完成。这种压力，使公子哥儿脾气的李祖永，大光其火，借着剧本未曾整理好，把戏暂予停拍。李导演也就正中下怀，放下了永华的《公子落难》，到长城去拍他的《一代妖姬》去了。

卜万苍果真"大"导演

当时永华的情况，套句广东话说，就是"七国咁乱"，有左有右，有中间偏左，也有中间偏右，另外还分上海帮和重庆帮。上海帮以张善琨、朱石麟及李萍倩先生为首，刘琼、李丽华、孙景璐等副之；重庆帮以张骏祥、吴祖光、程步高三位导演为首，陶金、白杨、顾而已、舒绣文、高占非、钱千里、郑敏等副之。起初两帮还仅限于钩心斗角，暗地里使劲儿，后来发展到真刀真枪赤膊上阵的时候，被李祖永先生压了下来，永华才能多维持了一阵子（重庆帮曾经打算租借大中华成立永华二厂）。

其中不左不右、不偏不倚的要算大导演卜万苍了。卜先生一口的标准扬州话，拍戏永远稳如泰山（所以后来开了间公司也叫"泰山"）。迄今为止，若说中国影坛真有大导演，那卜先生认第二，没人敢认第一了。因为他才是不折不扣的够"大"，不仅姓氏笔画占了便宜，身量也不吃亏，宽肩大背，肚大腰圆不说，身高还是六尺有余，头也不小啊！头大如斗，脚也够瞧的，脚大如扇，外加眼"大"有神，耳"大"有轮，鼻"大"有准，嘴"大"有唇，嗓门儿也够"大"，一声"开麦拉"山摇地动，口气也够"大"，大话一出鬼神皆惊，有一句口头语，至今传遍影圈："慢慢仆（扬州话'拍'有如'仆'），早晚要仆完的。"（还好拍的是国语片，要是粤语片，容也易整条街都叫他仆完！）还有一句大话，也是脍炙人口："我的戏，是三分钟一个笑料，五分钟一个高潮！"

自从拍了《国魂》之后，他更是大红大紫，所以他自成一派，自认老大（不是老大徒伤悲的那种老大），所以他戏里的演员包罗万象，只要角色合适就行（当然他也有点私心，罗维是他的干儿子，戏也就比人家多一点）。

《公子落难》就是这种复杂情况下的牺牲品。我是因祸得福，多赚了十几天的酬劳；周晓晖却是因福得祸，眼看着吃到嘴边的鸭子，又展翅摇翎地飞了，不只心灰意冷，简直痛不欲生。几天没见面，还真替她担着一份心思，她大概怕见公司的同仁，更怕听那些冷言冷语，甚或怕我口无遮拦地给她来两句，唉，怎么会呢，事到如今，安慰她都来不及呢！

半个月过去了，周晓晖一直都没露面。我还真惦着她，又不好意思向人家打听，更不愿意到永华宿舍里去找她。于是日思夜盼，变成了寝食难安，最后终于忍无可忍，不顾一切地跑到庙街，站在永华宿舍旁边的小巷子里，闪闪缩缩地由早等到晚，再由晚等到夜。都快十一点了，我还滴水未进呢，生怕错过了和她见面机会，看样子她若没搬走，就是一天没出门。于是我由小巷绕到她宿舍的后面。那儿是一条窄窄的长巷，地下湿湿滑滑，果皮纸屑、废木头烂箱子的，好不肮脏。阴沟里还真像文天祥的台词一样，躺着两个死老鼠，一阵扑鼻的怪味，还真够呛。终于皇天不负苦心人，隔墙听见周晓晖和女工说话的声音，然后又听她进了洗手间。当时我还是一阵心跳，手足无措，不知怎样演这出"墙里墙外"，编好的一肚子情话也不知由何说起。我把靠墙的一个四尺多高的木箱移到窗下，蹑足爬上窗外，满以为站在窗外可以说几句比琼瑶女士《窗外》还"窗外"的文艺腔，或者来两句"月下对口"："窗外的明月光啊，我爬在那窗儿上。"没想到我搬箱爬窗的声音，早已惊动了周女士。她正睁大眼朝窗外望，猛然间看见一个黑脸爬了上来，如何不惊。马上站了起来，花容失色地大喊大叫："鬼——呀，大黑鬼呀！救命——命——啊——"一边大叫一边跑了出去。

我有我的"忘不了"

这一声吓破了胆的尖叫，还真是石破天惊，一刹时左邻右舍，开灯的开灯，推窗的推窗，人声嘈杂，狗吠连连的乱成一片，恰似军队里炸了营一般。弄得我目瞪口呆，六神无主，像被人点了穴道似的，站在木箱上寸步难行。突然间宿舍的院墙上窜出一个人头来，看见我也是一愣。我认得他——永华的电工曹××。当时正在泡宿舍的女工阿好，所以整天痴在工人房里，和阿好做些儿童不宜观看的动作，我曾经当面挖苦过他，如今是仇人见面分外眼红："李翰祥！这小子看女人××！"（其实他岂止看人××。）

"打！打这个瘪三！"听声音还不止三五个。好汉不吃眼前亏，我跳下箱子扭头就跑。地湿脚滑，加上心慌意乱，刚好踩在一块香蕉皮上，前脚一滑，后脚蹬空，扑通一声，摔倒在地。只觉得眼前一阵发黑，双耳嗡嗡作响。听见后面的人声、脚步声、谩骂声，乱成一片，我拼了命地挣扎起身，连滚带爬地踉跄前奔，好容易跑到巷口，已是上气不接下气，还好没被人追到。转到庙街，顺着一间楼梯，爬上了天台，惊魂未定地伏在天台围墙上下望，只见永华宿舍门口黑压压的一大圈子人,把周晓晔围在中间,听她一把鼻涕一把眼泪地细述原委,抽抽咽咽地说她见鬼的经过(真是活见鬼)。那群人里有赵大刚、韩肇祥、阿陈、屠梅卿、曹××,还有女工阿好。曹××的话最多,只见他义愤填膺地在那里大发谬论:"李翰祥这小子,下三烂,没有人格,趴在厕所窗口看女人解溲,王八蛋,手里还拿着一面小镜子。"(好,他妈的,替我加了一面小镜子。)

叫我记得最清楚的一句话,是卜万苍导演的场记查××说的:"李翰祥这小子,我看透了他,你们看着好了,这小子一辈子也不会有出息!"我含着眼泪在心里重复他这句话,一遍又一遍,一直到街上的人们都散了,邻居们的窗关了,灯暗了,我才如梦初醒地走下天台。事过境迁之后,我没有什么"不了情",但我有我的"忘不了"。

忘不了——李翰祥这小子没有人格。

忘不了——李翰祥这小子一辈子没有出息。

人格没有标准,出息也没有止境,从小国华叔就告诉我,做人不要气,只要记。第二天起,我不再迟疑,也不再怨天尤人,更不再自暴自弃,我不只要"有"出息,更要出人头地。首先我要面对现实下定决心搬出九龙仔,我不要老窝在那儿,"隐云峰享受清闲"的隐士生活不是我过的。

那时候长城公司已经开始拍戏了,永华的宣传主任朱旭华先生,也到了长城,掌的仍是宣传部。在永华的时候,他看过我的素描,所以对我的印象还不错。我硬着头皮去见他,希望他能帮助我在宣传部安插一个职位,譬如画画广告之类的。朱先生很客气地一口答应,还很热心地替我找出一张王丹凤的照片,叫我马上画一张给老板看看。于是替我找了一块快巴板,正巧张善琨先生由楼上的写字间走下来,看了看我的"试卷",向朱先生点了点头就走出去了。朱先生笑着告诉我:"考试及格,当即录用。"月薪是港币二百八十元,并且说空下来的时候还可以拍拍特约戏。在我说来,这当然不是什么了不起的出息,更谈不到什么出人头地,但我总算朝这方向迈开了第一步。我感谢朱旭华先生,给予我重新做人的机会,真的,衷心地感谢!

光天化日活见"鬼"?

我在世光片厂的何家园租了一间房,房租每月四十二块,管水管电。房东是曹达华先生的妈妈。房子是两层的石屎楼。二楼住着两伙,张善琨和杜道勤夫妇,姜明和童毅夫妇;楼下一边住着大中华的场务先生,另一边住着永华的演员王斑先生。我的房在中间,大概是后来加出来的,四周除了屋门之外,一只窗户也没有,所以白天也是黑咕隆咚的,做剪接室和冲印间倒是蛮合适的;不过总算是楼房中的梗房,比木屋区要强得多了。

进长城一开工,就是替李萍倩先生导演的《一代妖姬》画看板广告(我和李导演还真有缘,有缘千里来相会嘛)。《一代妖姬》好像是由舞台剧《金小玉》改编的,主演的是白光和严俊两位,戏里有首歌流行了很久,我一说你一定记得,喏:"扁豆花开麦梢子黄啊,哎唷!手指着媒人我骂一场啊!哎唷!只说那女婿呀比奴强!谁知他呀又是秃子又尿炕,啊咿嗬呀呼嘿。"

作曲好像是王福龄先生,歌的名字也顶特别——《秃子尿炕》(戴头套的不算)。大概李导演刚在永华尿了一坑,又到长城接尿二本的关系吧!北方人有一句缺德带冒烟儿的话:"这小子没种,尿了!"

其实有种的一样尿，一个筋斗十万八千里的齐天大圣孙悟空总算有种了吧，能七十二变呢，一样在五指山下尿了五泡"猴儿尿"，不过尿来尿去都在如来佛的掌心里罢了！

我在长城公司友侨片厂的大门里，搭了二十四尺见方的快巴板，前边搭了个竹棚，每天像猴儿爬竿儿似的攀上竹棚，拿起大排笔上下左右那么一抡，还真有个意思（我本来有点"恐高症"，若不是为了出人头地，一爬二十四尺，我才不干呢）！

画完了一看，好嘛，白光小姐还真是"挺大的面子"，当然了，四尺的快巴板上只画一个大头，面子怎么会小？只见她戴了个高高的貂皮帽子，半睁着水盈盈的凤眼，还真是千娇百媚，风华绝代（我再送白小姐一顶高帽，越高越好，戴高乐嘛）！

在角上画了一个严俊的全身立像，他演的是个军阀，穿着马靴，一手摸着光头（听说石挥在舞台上演金小玉的时候，就是这个姿势。后来严俊把《一代妖姬》改成了《元元红》，又拍了一次彩色片，演军阀的朱三爷（朱牧），也是一手摸着光头。前几年我拍《大军阀》，许冠文也是一手摸着锃光瓦亮的脑袋。也不知道谁学谁啦，反正天下文章一大抄吧）。画完了自己看看，还真像；退远一点看看：蛮好；再退远一点看看，简直是纳鞋底不用锥子——针（真）好，再退远……

"哎哎哎，瞧着，瞧着，有人。"我马上止步回头望了望，一位六十来岁的老先生，笑眯眯的还顶喜相，朝我一挑眉毛，还透着滑稽！

"对不起。"我连忙道歉。"没关系，我看了你好几天了！我姓万。""万先生，我姓李……""我知道，李翰祥嘛！谁不知道？你今天带着小镜子了吗？"老先生单刀直入，口无遮拦，说得我脸都紫了。

"……""没关系，我小时候常看大姑娘洗澡，不错，你画得不错，明日个见。"说着嘴里一边嚼着花生米，一边唱着二黄地走了出去。

我明明看着他走出了大门，慢慢地没有影了，然后继续又退后看我的画。

"哎哎哎，瞧着，瞧着，有人。"我马上回头一看，我的妈，可真是活见鬼了，他老先生又笑眯眯地站在我身后，又朝我一挑眉毛："我看了你好几天，我姓万。""我知道，万先生。""你叫李翰祥是不是，今天带着小镜子了吗？"

光天化日的这是怎么了？我马上咬了咬中指，痛啊，不是做梦啊！还好，我那时候年轻，"少年见鬼还有三年"，要搁到现在，那可麻烦了，"老年见鬼可就在眼前哪"，那咱们这篇三十年还说不说了？

大小万亲自上阵

我慌慌张张地跑到宣传部，歇歇喘喘地把这怪事告诉李书唐和冯树富，他们两位听了哈哈大笑，问我有没有看过中国第一部长篇卡通片《铁扇公主》，我才恍然大悟，知道碰见了鼎鼎大名的万氏兄弟，孪生的万籁鸣和万古蟾先生。大万籁鸣是长城公司的布景师，小万古蟾是美术部主任，两位不只模样儿相同，连说话的声音语气都一样，哥儿俩都喜欢打哈哈，说笑话，所以，在两个月之内，我居然分不出他们谁是谁。不过日久天长一旦认清楚了，还觉得他们的性格，各异其趣，面貌，迥然不同。大万先生，比较轻松，随便，处处大大咧咧；小万先生似乎就显得严肃，拘谨，事事条理分明。所以大万专搞艺术，小万兼搞行政，相信后来的《大闹天宫》也是古蟾先生负责策划而总其成的。

有一天棚里搭了一堂《琼楼恨》的山路布景（马徐维邦先生导演，王丹凤、顾而已、顾也鲁联合主演），画衬片的那位，画来画去都不合两位万先生的理想，于是哥儿俩个亲自上阵，一时传遍了全厂，我也赶忙跑去偷师。只见两位老英雄都光着膀子，只穿一件背心、一条底裤，每人脖子上还围了条"祝君平安"的毛巾，助手替他们搬好梯子，提好色筒，哥儿俩的手上一人拿了只排笔，在筒里调了调颜色，然后朝天片上一阵乱扫，如风卷残荷的一般，刹那间一片苍松翠柏、怪石嶙峋的山阴道移到了摄影棚里。

起初籁鸣先生用淡笔勾山石轮廓，古蟾先生用单线写树木枝干，大万润笔点叶，小万焦墨勒岩，贤昆仲心意相通，合作无间。但见他们潇潇洒洒，意到笔到，断断续续，一气呵成，如怀素作狂草，墨沈淋漓，飞舞龙蛇；如八大写山石，笔简意繁，元气充沛。片刻间古木参天，矫立挺秀，千岩万壑，色泽莹然，自有一种浑茫清逸之气，望之令人神耸。画完之后，两位并肩地站在远处望了望，意得自满地把手中的排笔一扔，摘下脖子上的手巾，擦了擦汗，助手送了两支香烟，替他们点好火，老哥儿俩猛吸了一口之后，居然野调无腔地唱起山歌来了："闲来自写青山卖，不使人间造孽钱！"

那种神情，那种逸态，看得我如醉如痴，直到棚里关了灯，我才知身在何处，不禁感慨万千，想想我那两笔洋刷子，比两位万先生，何止差上两万里！

布景里需要衬片，是为了将视野扩大，要在"咫尺之间，望之有千里之趣"。对于绘画，齐白石老先生的见解是："画得太像——媚俗，画得不像——欺世"，难得的是万氏昆仲衬片画得极似而又不露俗态。也许老哥儿俩每天看我画"大广告"看出瘾来，所以也要在大幅天片上发泄发泄。以后他们也没有时间再画，也就不会再看见如此好的衬片，再说微不足道的薪水，哪里去请如此功力深厚的画家来画衬片？所以拆景的时候，我看见漆工在天片上重新糊上牛皮纸，还真替它惋惜。

《琼楼恨》的导演是马徐维邦先生。这部黑白片前后拍了六个月的工作天，拍得张善琨先生上气不接下气，拍得天怒人怨，鬼哭神嚎，差点儿就拍掉了长城的半条命，哪儿是《琼楼恨》哪，简直是"长城恨"！到后来张善琨先生不得不在报纸上大登破产广告，多半也是为了《琼楼恨》！

提起马徐维邦，就会令人联想到他的得意成名作——《夜半歌声》。提起《夜半歌声》，又会想到田汉先生写的歌词：

　　……人儿伴着孤灯，梆儿敲着三更，风凄凄，雨淋淋，花乱落，叶飘零，在那漫漫的黑夜里，谁同我等待着天明，谁同我等待着天明？唯有那夜半歌声。

这么多年，偶尔在电视上或电台里仍听得见有人在唱，一唱，我不只想起《夜半歌声》，也想起了"琼楼恨，恨锁长城"！

马徐自打三耳光

《琼楼恨》还没有恨完，我已经开始替它画两棚广告了，先画十指箕张、口噤色战的王丹凤，后画白发苍苍、恐怖万状的顾而已。当时《琼楼恨》是长城重点宣传的影片，预算比《荡妇心》和《一代妖姬》要多得多，但票房成绩却差得远得远。名为恐怖片，拍得一点不恐怖,可是老板一看戏院收入记录表的那张脸,却恐怖得很。

马徐先生也是学美术的,我看过他画的一本中学教材铅笔画,说不上有什么了不起,但也算有相当的基础了。

百家姓里的复姓有司徒、司空、闻人、东方、上官、欧阳,可是没有马徐。马徐只此一家,并无分号。他本来叫徐维邦,因为天生下来就有两个老婆的命,"一子双祧",所以"奉旨重婚"。所谓平妻两头大,先娶了一位徐夫人,又入赘给上海马家厅的望族马氏;徐维邦就像我的老妻李张翠英一样,改为马徐维邦了。以后徐夫人生子姓徐,马氏夫人生子姓马(不过李张翠英生子生女都姓李,姓张就天下大乱了)。

我和张翠英结婚的第一年,租太子道三楼的一间梗房,尾房的住客刚好是马徐先生。那时候他的两位夫人都在上海,听说有一位"女朋友"在香港,不过因为名不正言不顺所以没住在一起,他老先生是孤家寡人一个。我看他每天形只影单地独来独往,还真替他凄凉得慌,想起那句:"一个和尚提水吃,两个和尚抬水吃,三个和尚没水吃。"还真有点道理。

有一天我到马徐先生的房里坐了一会,虽然他一个人住,倒也整理得有条不紊,干干净净。一看书桌上的摆饰,还真吓了我一跳,都是些排列得整整齐齐的小石头,和摆得大小有序的各种贝壳。米芾拜石,讲究石头的瘦、透、露、皱,他老先生的石头,个个都和生煎馒头似的,不透也不露,无型无款,倒是他又矮又小,脸上又瘦又皱。贝壳也是普普通通,沙滩、海边遍拾皆是。还有怪的呢,书桌上一本书也没有,全是各种牌子的香水、头油、香露、染发水、肥皂、发蜡、雪花膏等等。绝不是说瞎话,有一天我在门缝儿看他坐在"书桌"前对镜"梳妆",一个头左梳、右梳、前梳、后梳地梳了有三个钟头,居然还没梳好;维邦先生的头发真不知道梳到何时才"维民所止",不过梳好一看,飞机头高高长长,还真有点"邦畿千里"的意思。

希区考克(Alfred Hitchcock)拍恐怖片出名,世称"紧张大师",我们马徐先生也是拍恐怖片起家,拍起戏来还真是紧张万分,从进厂开始,眉头就皱得二郎神的三只眼一样,演员吃NG,他倒是不骂人,可是比骂人还叫人难过,我亲眼看见顾也鲁在拍戏中间忘了台词,马徐喊了"卡"之后,铁青着脸,狠狠地打了自己三个耳光,一边打一边骂:"该死,该死,我该死。"(该死是他的口头语。)打得场中的人个个张口结舌,鸦雀无声;顾也鲁比充军到耶鲁还惨,当时还真是呆若木鸡,无地自容。人家说母亲打孩子是"打在儿身,痛在娘心",我看他比"娘心"还痛,热泪盈眶,望着马徐直运气。我想他若是属狗的话,恨不得咬马徐一口。

马徐维邦先生生于光绪三十年(甲辰,一九〇五年),殁于一九六一年二月十四日,刚好是旧历除夕,享年五十七岁。

他可以说是中国影坛迄今为止唯一的恐怖片大导演,誉为中国的希区考克紧张大师绝不为过,因为他拍戏非只一丝不苟,简直是严肃得紧张,认真得恐怖。

他是杭州人,早年毕业于上海美专,民国十四年(一九二五年)入明星影片公司当演员,十六年转入朗华公司当导演,时年二十一岁。为了纪念他,我把他的年表,约略记载如下:

《情场怪人》(1927),马徐维邦自编、自导、自演。
《混世魔王》(1929),马徐维邦、陆剑芬、张择锋主演。
《暴雨梨花》(1933),陈燕燕、高占非、谈瑛主演。

《寒江落雁》（1935），陈燕燕、貂斑华、罗朋主演。

《夜半歌声》（1937），胡萍、金山、施超、王为一主演。

《古屋行记》（1938），谈瑛、韩兰根主演。

《冷月诗魔》（1938），王引、谈瑛主演。

《麻疯女》（1939），谈瑛、梅熹主演。

《夜半歌声续集》（1939），谈瑛、刘琼主演。

《刁刘氏》（1939），顾兰君、孙敏主演。

《寒山夜雨》（1940），李丽华、黄河主演。

《现代青年》（1941），李丽华、严化、杨志卿、文逸民主演。

《鸳鸯泪》（1942），上官云珠、严化主演。

《秋海棠》（1944），李丽华、吕玉堃、仇铨、杨志卿主演。

《天罗地网》（1947），乔奇、欧阳红樱主演。

《美艳亲王》（1949），焦鸿英、黄河主演。

《琼楼恨》（1950），王丹凤、顾而已、顾也鲁、洪波主演。

《狗凶手》（1952），鹭红、神犬爱乐主演。

《酒色财气》（1954），葛兰、罗维、王元龙主演。

《新渔光曲》（又名《烽火渔舟》，1954），上官清华、陈厚、罗维主演。

《卧薪尝胆》（1954），李丽华、王元龙、张瑛主演。

《毒蟒情鸳》（1957），钟情、苏力宝主演。

此外还有三部厦门片：

《红拂私奔》（1959），白云、江帆主演。

《六月雪》（1959），江帆主演。

《胭脂井》（1960），江帆主演。

侬也是个讨饭坯

马徐维邦先生一生不苟言笑，拍戏的态度更是严肃得六亲不认。有一次在拍《秋海棠》的时候，戏里的吕玉堃刚被大帅仇铨侮辱之后，怒气满腹地回到玉振班里，摘下头上三块瓦的皮帽，狠狠地扔在台子上，马徐忽然对那顶帽子起了疑心，走到台边拿起来，里里外外、上下左右地仔细检查了一遍，然后往台子上左扔一次看看，右摔一回瞧瞧，全场的演职员都肃穆地望着他，生怕他老先生发现什么不对，再来一个左右开弓的两记耳光。约莫十五分钟之后，他把管服装的叫到面前："这是连戏的帽子吗？"

"是，马徐先生。"

"是？"

"这个……好像是！"

"到底是不是？"

"服装间的帽子有几百顶，这种三块瓦的也有几十顶，不过这顶大概是……"

"用不着好像、或者、大概是，到底是还是不是？"

"我，我去服装间看看去！"

一个钟头之后，只见那位管服装的满头大汗，手里拿着一顶呢帽，歇歇喘喘，呼吸紧促，脸色苍白，大有阻塞了血管，心力衰竭的样儿："对不起，马徐先生，是伊拉搞错了，是这一顶，的的确确，老老实实是这一顶，其实看看也差不多，难怪伊拉要搞错。"

马徐接过帽子，验明正身之后，狠狠地朝台子上一摔，气冲牛斗地："讨饭坯，伊拉才是讨饭坯！"

"是个呀，伊拉才是讨饭坯！"

"侬也是个讨饭坯！"

"是格，是格，大家才是讨饭坯。"好，连马徐也变成讨饭坯了，还好，他没听出来，也没打嘴巴。不过，在拍《现代青年》的时候，他居然要杀人，要把一个小囝（小孩），活活掼（摔）死！《现代青年》是粤籍的李绮年小姐到上海的第三部影片，因为第一部《女皇帝》和第二部《风流寡妇》的成绩都差强人意，所以出品公司的艺华对之相当重视。男主角是严化、杨志卿、文逸民。第一天拍街道景拍出了毛病。

一龙头水倒在马徐头上

那天所拍镜头的剧情大概是——开豆腐店的老者（杨志卿），千辛万苦供儿子到北京上大学，儿子（严化）却被一个荡妇（李绮年）勾引而堕入情网，一年多灯红酒绿的糜烂生活，色令智昏得连平安家信都忘了写，老父到京寻子不遇，抑郁地回到安徽老家，刚走到豆腐店门口，遇到了一阵狂风暴雨，淋得白发苍苍的杨志卿遍体湿透。

豆腐店搭在艺华片厂，马徐叫摄影组摆了一条七十二尺的长轨．镜头在风雨中横跟杨志卿踉踉跄跄地走进豆腐店。制片严幼祥向消防局借来两辆消防车，由八个消防队员分举四条水龙头朝天喷射，算是下雨。再由剧务高茫生向联华公司借来两台大风扇，两个人管开关，算是刮风。试好戏，马徐一声正式，工作人员聚精会神地各就各位之后，导演喊"开麦拉"，机器开始转动，只见杨志卿忧心忡忡、步履维艰地行来，马徐先生看看雨，雨够暴，瞧瞧风，风够狂，望望杨志卿，演技无懈可击；工作人员紧张万分地看着杨志卿一步三跌地走进豆腐店，眼看着就要大功告成了，突然间一个十来岁的孩子由远处跑了出来，全场人员一愣，马徐更是目瞪口呆。

却原来是场记钱美英（布景师包天鸣夫人）小姐的弟弟，跟着姐姐看拍戏，他看着杨志卿走进豆腐店，以为已经拍完了，因为每次试戏到此为止；但他不知道正式拍的时候，不只要看着老头进门，还要看着他把门关好，还要看着店前的雨倾盆流下，还要看着风把雨吹打在豆腐店的木门上，然后才算完美结束，如今是功亏一篑了。钱美英一望马徐那张"恐怖"的脸，怎会不吓得她魂飞天外？工作人员也个个木雕泥塑般的看着导演。不巧不成书，消防员收水龙头时候一个不小心，一龙头的水全倒在马徐的头上，他搭了三个钟头的飞机，一下子降到飞机场，把双眼梳遮了个严丝合缝。一刹间他比《夜半歌声》里的宋丹萍还恐怖，只见他用手把头发猛然朝后一拢，暴跳如雷地指着那孩子骂了几句："啥人格小囝（谁的小孩）？掼（摔）死伊，掼死迭个小赤佬！"然后像发了疯的一样，指着那孩子猛追。吓得钱美英手足无措，最后跪在地上求饶，还是杨志卿上前把马徐劝住，但他依旧大叫大跳，一直叫到老天爷真的打了雷下了雨才算收工。

有一次也是拍《现代青年》，杨老带着叶小梅（饰严化幼年）回家，布景还是那条街道，只是过场戏的一个镜头。可是他却要求得特别严格，下雨不能拍。是天公地道的，天阴当然也不能拍，可是有一天大太阳他也没拍。只见他看着镜头望望天，然后是捶胸跺脚摇头叹息，隔一会又望望镜头，望望天，又是一声长叹，大家都有点莫名其妙，最后杨志卿等得不耐烦了："马徐先生，今天天好啊，正是拍外景的天气呀，你看，万里无云。"

"就是啊，该死！万里无云！有块云就好了。"大家这才明白，原来导演要等块云。等吧！还真怪，"云无心而出岫"，要是有心等它，它就是不出岫。于是收工，明天再拍。

第二天老天爷真给面子，青天白云，大太阳，工作人员个个兴奋万分，摩拳擦掌，认为今天一定马到成功（马徐一到就成功）。反正一个镜头嘛，几分钟就拍完了，拍完了大家打小麻将去。等马徐先生一到，杨志卿一拉叶小梅的手，就准备演戏了，马徐一望天，又摇了摇头，一声长叹。

"该死，真该死！"

《夜半歌声》吓死人喽！

大家一听该死，每个人的心里都凉了半截，杨志卿笑容满面地走到导演身边："马徐先生，今朝天好，青天白云，好！"

"好？什么好？云太多了，少一点就好了。"

大家一听明白了！等吧，把云等少一点吧！怪了，云还是越等越多，等到后来变成大阴天了，收工吧，明天再拍。

第二天太好了，完全是马徐先生拍外景的天气，天上只有一块云，这回可没问题了，嘿嘿，万没想到马徐还是不满意："该死，这块云要在房角的南边就好了。"

有志者事竟成，十八天之后，总算等到了一块白云，刚好在旁角的南方，此一过场镜头，终于顺利完成。

要是今天，邵氏的导演先生也等南边的云哪，一等就十八天哪？门儿都没有啊，方小姐早把你发配到云南去了。

等云没有，等雷倒有一下子，劈了你兔崽子！

马徐先生的成名作——《夜半歌声》，于一九三七年在上海北京路的金城大戏院首映，不仅轰动一时，简直是举"市"皆惊（恐怖片也）。因为观众们看过之后，有口皆碑，奔走相告，影片也就越映越旺，欲罢不能了。加上新华公司的老板张善琨先生又是出了名的"噱头大王"，宣传的花招层出不穷，使得全中国其他各省市都是未映轰动，大家都翘首以待准备先睹为快；等影片一到如何不争先恐后地挤成了全院客满。

据说，有一天全国的报纸都转载了上海市的一则头条新闻，标题是——

马徐维邦影片真恐怖，
夜半歌声广告吓死人。

原来在上海跑马厅对面，新世界与国际饭店中间，挂了一张足有八层楼高的《夜半歌声》大广告，画着金山手拉着胡萍，两人都是二目圆睁、惊恐万分地若有所见，在下角画着一个鸡皮鹤发的老太太（周文珠饰），手举烛台，弯腰驼背。吓死人的就是那支蜡烛，原来广告牌的下角因为日久天长而被风吹裂，一直在那儿微微颤抖，晚上西北风一刮，更是前后摆动，半张半合。那支蜡烛在"风"魂附体之下，摇曳不定，好像烛火忽明忽暗，老太太也就跟着前仰后合，大有脱颖而出从天而降的意思。刚好一位中年母亲拉着十岁大的男孩走过，目睹怪状，吓得三魂出窍，六神无主，两声惨叫，母子俩双双昏倒在地。于是救伤车、救护车，中外的新闻记者、摄影记者、娱乐杂志记者，都闻"风"而至。在众目睽睽之下，把母子二人抬上了救伤车，到了医院经过医治之后，母亲总算是大难不死，儿子却返魂乏术，呜呼哀哉地魂归离恨天了（恨天上那张广告）。

这之后，大街小巷，茶楼酒肆，大世界，小世界，长三堂子，咸肉庄，经常听见有人大叫："吓死人喽，吓死人喽，《夜半歌声》吓死人喽！"其实被吓死的可能是演员，大呼小叫的也可能是演员，编剧导演可能都是张善琨先生，噱头大王还真是名不虚传。

所以说，《夜半歌声》不仅红了马徐维邦，也红了新华公司，更红了制片人张善琨！

可是这之前，同行对新华和张先生都抱着冷眼相看的劲头儿，原因是他们认为新华的出品不够正统，净拍些主题意识不够正确的《红羊豪侠传》之类的武侠片。同时，在他们的眼里，张善琨是一个白相人（其实张先生是交大毕业，中英文都好得很），所以，有一次张善琨和联华公司借演员就被敲了一次很大的竹杠。

借金焰，气魄惊人

一九三五年新华筹拍《新桃花扇》，导演欧阳予倩选的女主角是胡萍，男主角是金焰。胡萍是自由身当然没问题。可是金焰却是当时气焰最盛的联华公司演员，恐怕不易借到，但总要试探一下，于是张善琨亲自到联华去见罗明佑。罗先生一听导演是为人敬仰的欧阳予倩，正统的文艺作家，舞台艺术表演家，没有办法不答应，但又打心眼儿里不愿意，所以先推说要和同人们开个会，才能答复，叫张先生隔天再来听回音。

会议的结果，由大家想出了一个叫新华公司知难而退的办法：把金焰的酬金开得比三十三天还要高，意思就是叫张善琨自动改弦易辙。当时明星一部戏的薪金最高是袁大头（银洋）两千块（黄河奖券头奖只有五百大洋），联华的开价是四千大头（等于如今的港币四十万）。张善琨先生一听，马上站起身向罗明佑一鞠躬。

"谢谢，谢谢罗先生，更谢谢联华诸位同人和金焰先生。"然后即刻掏出支票簿，签了一张四千元的即期支票交给罗明佑，"明天我叫人来量金焰先生的服装。"说罢告辞而去。这种豪爽的作风，这种惊人的气魄，把个罗明佑佩服得五体投地。

事后，逢人便道："了不起，SK（善琨的英文简写，电影界对张先生的称谓）真了不起，不止有噱头，而且有魄力。"SK当然了不起了，又是S又是老K的。可惜，《新桃花扇》公映的时候，生意格外冷清，戏院里的观众每天都是小猫三四只，虽然随票送团扇一面也无济于事，没演几天就下了片，这等于在SK头上泼了一盆冷水！好嘛，面牌是S，底牌是老K，另外来一张黑桃四、方块三、梅花小二子，光杆儿总司令有个屁用？他当然心灰意冷了。本来下一部的《夜半歌声》已经一切准备就绪，剧本早已印好，演职员的合同也都写就，马上准备签字了，即刻命令制片部停止进行，准备把新华解散，向我的朋友——五百年之内白话文写得最好的李敖——学习，改行去卖牛肉面。但翻来覆去地想了一夜之后，总觉得有些不服气，所以第二天又鼓起了勇气，叫办事人一切依原计划行事。所以本来要胎死腹中的《夜半歌声》，才得以顺利开拍，才得以一炮而红，才得以使新华公司在影坛树立起无上的威信！

这之后马徐先生又拍了一部扑朔迷离、清新脱俗的《冷月诗魂》，和一部剧力万钧、感人肺腑的《秋海棠》。当时影坛的十大男明星都争着要演戏中的男主角"秋海棠"，各地的报纸也争先报道，所以片子还没正式开拍，已经全国轰动了。

结果马徐放弃了以《秋海棠》一剧成为话剧皇帝的石挥，而选用了电影演员吕玉堃，因为后者的面型、体态更适宜扮演"青衣"秋海棠。女角是当时最红的李丽华，在戏中分饰罗湘绮和梅宝母女。话剧演员仇铨饰大帅袁宝藩（也是个大冷门），王乃东饰袁绍文，杨志卿饰赵玉昆。

《秋海棠》一九四三年在全国上映，各省市的戏院都是"想当然耳"的满堂红，不止叫座，而且叫好。当时的马徐维邦在观众的心里是恐怖片大导演，也是文艺片大导演，尤其他的名字，怎么看怎么大，马徐维邦四个字笔画平均，字面好看，横写比人宽，竖写比人长，不止特别，简直就出人头地；和他一九六一年死前那种落魄的惨状，可真是天壤之别，简直令人无法相信像他这样的大导演，居然落得如此下场。

马徐的刷牙与洗脸

由于他拍戏的态度太认真，对布景服装道具，一点都不肯马虎，拍起戏来又从来不跳镜头；对演员的要求，也分外严格，一丝不苟，所以 NG 多，进度慢，制片费也就水涨船高；加上后期所拍的影片，与观众要求脱节，生意一部不比一部。俗话说，观众的眼睛是雪亮的，其实，老板的眼睛更亮过雪，片子一不卖钱，什么大导演的名衔都是假的。"马徐维邦"的一切荣耀都已经褪了色，"票房的保证"成了明日黄花，院商和制片商更是毫无商量，一个个闻马徐丧胆，望维邦却步。影界最现实，用着你的时候"契爷"，用不着你的时候"契弟"；当着面假意奉承，背地里笑骂连声。有一个时间他不得不转行拍厦语片，那还是他的学生袁秋枫和罗臻帮他的忙。可是厦语片发行地区更窄，制片成本也就更低，经常都是些七日鲜的货色；马徐先生等一块云都要十八天，怎样拍得下去？可是，为了吃饭，他不得不狠狠良心，眼开眼闭，马马虎虎地拍了三部。以前是该怎么"讲究"就怎么"讲究"，如今是能怎样"将就"就怎样"将就"，拍得他无精打采，唉声叹气，拍得他意志消沉，痛不欲生。还好他的旧老板SK又请他拍了一部国语片，也是他一生中拍的最后一部影片——那就是一九五五年八月，他随新华公司外景队，到日本东京的连合片厂拍摄的奇情恐怖文艺片——《毒蟒情鸳》。因为是新华和泰国的南雁公司合作出品，所以演员除了香港去的钟情、郭嘉、马力、贺宝、林静之外，还有泰国影帝苏力实、影后威莉旺。

新华的外景队准备三部戏交替拍摄，除了马徐导的《毒蟒情鸳》之外，还有王天林导的《凤凰于飞》（钟情、金峰主演），姜南导的《美人鱼》（钟情、金峰主演），所以除了领队张善琨、童月娟夫妇外，随员有三四十口子，浩浩荡荡，可谓阵容坚强。"连合"是一个很小的摄影厂，在东京的世田谷区，所以外景队就在附近的成城学院前找了一间私人别墅作为宿舍，房东是一位日本大戏的演员中江方。本来张善琨夫妇也住在里边，后来因为张先生在东京大医院检查身体，发觉有严重的心脏病，才搬到国际观光酒店的，夫妻二人分住在同楼相对的两间房里。

东京的太阳早上五点钟就升起，到下午四点钟的色温就已经不适宜拍摄彩色片了，所以剧务吴天每天早晨都紧张万分地挨着房门敲门叫人。马徐和副导演郭嘉同住一间房。他每天都像东北老乡一样，"起了个大早，赶了个晚集"，天不亮就起来。磨磨蹭蹭的还是他最后一个上车。虽然不像女人一样的梳头、裹脚、描眉、画鬓那么麻烦，但是也够瞧老大半天的了。起身之后，首先把床铺得整整齐齐，要求得比军人入伍期的"内务"还要严格，床要铺得平如水面，一丝不皱，被要叠如刀切豆腐，见棱见角，然后还要朝上边倒三滴香水，日日如此，与曾子的每日三省吾身异曲而同工。然后是漱口洗脸刮胡子，刷牙是横刷三十六，竖刷三十六，斜刷三十六，倒刷三十六，意思是合乎《易经》上的六冲六合之数。洗脸要依八卦方位，乾坎艮震、巽离坤兑的次序，每处洗八次，擦八次，揉八次，捺八次，合乎八八六十四卦的秘诀。刮胡子更不可马虎，要刮到根根见肉，要刮到光板无毛，然后擦点双妹牌的花露水、双妹牌的雪花膏（新牌子年份太浅），底下才正式进入高潮——梳头。

前边的还算过场戏、小插曲，到了梳头才算上了大轴，主角出场，先拢个岳武穆的怒发冲冠式，把头发擦好发蜡，梳得根根朝天，然后用剪刀一根根地把长出来的修短，再用梳子把头发放倒在"前朱雀"的方位，把不齐的修齐，跟着朝后"后玄武"，朝左"左青龙"，朝右"右白虎"，一一用剪刀修齐治平之后，才算准备好，然后开始正式研究发型。那时男子的发型一律是飞机头，前边的波要翘得又长又高。不过，飞机也有很多种，不用说客机、运输机、战斗机了，像如今的客机就有七〇七、七二七、七四七……机身的长短高低各有不同。马徐先生的三千烦恼丝，每天还真够他烦恼的，永远是数到一千五百多条的时候，剧务吴天就来敲门了。

"马徐先生，快一点，要开车了。"

"忙什么，又不是出丧，赶着下葬啊！"马徐先生对时间还算得挺准，每天数完三千烦恼丝之后再出发，绝不为晚。所以听吴天一催就气，一气就是一句："又不是出丧，赶着下葬啊！"日久天长地这句话就成了外景队人们的口头语。万没想到，那次外景队还真是替张善琨出了丧、下了葬才回到香港。

张善琨每次心脏病发,都是左肩先痛,然后呼吸紧促,冷汗淫淫,不过每次含了硝酸甘油片之后,都能安然无事。可是在一九五七年一月七日的早晨,他心病又发,含药也不能止痛,马上由酒店的仆役请了一位医生,看了看之后马上很有把握的安慰他:"大丈夫,大丈夫(读如带胶布)。"意思就是"没关系,没关系!"然后朝他的左肩处打了针,还真是立竿见影,针到痛除;没想到医生一走,张先生的脸色就由红转白,由白转黑了。原来那位大夫把他的心脏病当成风湿痛了,打的是治风湿的止痛针。你看看多儿戏,心脏痛的针是要血管放大,好使血液通畅无阻;风湿痛的针,刚好效能相反。那位"大丈夫"的日本医生还真有两下子,一针就把中国影坛的"大丈夫"送上天国了。

当时房间里只有张先生的二女儿意虹和三女儿意明,眼看爸爸眉头紧锁,脸色乌黑,马上到对面把正在劝解童月娟的林静和马力叫了过来。林姐进门刚好看见张先生的头一歪,嘴角流涎双眼半睁半合地背过气去。这时是正午十二时。我的拜弟马力用北方的土法子,大按张先生的人中。马力原名马浩中,耗了半天的力气,张先生还是不中,等到川喜多先生带着心脏病专家赶到的时候,张先生在望乡台上已经站了半天了!

童姐在隔壁只知张先生病体垂危,生怕万一有个什么三长二短,所以看都不敢过去看,干躲在一角流泪。等看见林静由张先生的房里走过来,慌忙赶到面前拉着双手紧问:"怎么样?林姐?怎么样?"其实林姐的眼睛都哭红了,还强忍着眼泪:"没事儿,没事儿,张先生没有事,童姐,你……你……你节哀顺变吧!没事!"

童姐一听,好嘛!"节哀顺变"都说出来了,还没有事呢?要怎么样才算有事啊！于是，"哇"的一声，放声大哭！

马力在隔壁听见童姐的哭声，也跑了过来。那时他是外景队的小生兼日文翻译，一见童姐、林姐哭成一团，想安慰几句，可是一时又想不出适合的中国话，马上来了两句日文："带胶布（没关系），带胶布，童姐，带胶布啊。"

好嘛，拍外景把老板都拍死了，还"带胶布"呢！带红药水儿都不管事啊！

马徐维邦的"妈咪"

消息传到了连合片场，也传到了多摩川的外景场地，三部戏马上停工。导演们也都马不停蹄地跑到了张先生的房里，一看，张善琨蒙着白布等候善后呢，又跑到童月娟的房里，童姐一见马徐，更是悲声大放："马徐先生，你真是金口玉言哪，可叫你说中了，你这次可真是来出丧的，真是来下葬的！"

马徐先生张着大嘴一句话都说不出，骤然间猛一扭头，朝墙上就撞。姜南、王天林一把抱住他，他痛不欲生地伸出手来，朝脸上左右开弓地打了两巴掌："该死，我该死，我真该死！"

川喜多、永田雅一，和连合片厂的老板佐伯隆敏，都在"中千方"[①]外景队宿舍里轮班的为张善琨先生"守七"。光艺的何启湘先生赶到东京奔丧，并帮助童姐完成了张先生的未竟工作。

连合片厂佐伯，和"中千方"的主人都把租金减半。很多日方

---

① 此处疑为作者笔误，或为"中江方"，见本书120页。

的工作人员不明白张善琨到底在日本是什么身份,在中国又是何许人也,为什么受到如此的尊敬?川喜多心平气和地告诉他们:"张先生一无所有,但有办法。他没有钱,可以带着三四十人到日本,拍好三部戏;他没有势力,可以左右中国电影的制片路线;没有戏院,可以使很多戏院老板都跟着他走:因为他有的是朋友,遍中国,遍天下!"

其实最主要的,他有一位好太太童月娟;他活着,帮助他的事业,他死后,继承他的遗志,把新华公司一直维持到现在,每年最少有两部出品。

他们又问马徐先生在中国影坛的地位如何。

川喜多答称马徐维邦就是日本的沟口健二(沟口导的《雨月物语》在威尼斯影展得过最佳影片奖[①],导过京町子主演的《杨贵妃》),因为沟口也是工作态度严肃认真、工作进度很慢的导演。

在香港做过马徐先生副导演的一共有三位:罗臻、袁秋枫、郭嘉。那次跟着去日本的是郭嘉,和马徐工作在一起,日常生活也在一起。据郭嘉说:"马徐先生不仅是有洁癖,还是个有怪癖的人,同时也是很重感情的人。如果不拍戏,他多数躲在房里给香港的女朋友写情书。"没人知道他的女朋友姓氏名谁,但郭嘉看过他情书上的昵称——亲爱的妈咪(我老妻的公称也是妈咪,不过我从没向她说过"亲爱的",总觉肉麻),马徐嘴里的阿谈(谈瑛)见过"妈咪",说她长得肌肤白腻眉清目秀,说她皮肤白真是白得来:白过三冬雪,白过六月霜,白过羊脂玉,白过夜来香;不止白,而且还胖,胖得红润酥滑、柔若无骨,走起路来周身的肉都颤颤抖抖的,身高足有五尺七寸半,

---

① 1953年威尼斯电影节未颁发最佳影片奖(金狮奖),《雨月物语》与其他5部影片同时获得优秀影片奖(银狮奖)。

和瘦小枯干的马徐先生走在一起,还真有点妈咪的意思。

马徐先生常说"女人要有三感"——美感、肉感、性感。她那位"妈咪"大概就是三感具备的女人。由三感的女人想到金典戎先生说的"三心"牌儿的太太——看见了恶心,想起来伤心,搁在家里放心。真绝!

马徐先生有时也叫郭嘉陪着到浅草吉原区(公娼所在地)去逛逛,但也只限于在门外品头论足,眼睛吃吃雪花酪,灵魂坐坐沙发椅而已,登堂入室地倒凤颠鸾,倒从未试过;可是有一次,看见一位穿着和服的半老徐娘,婉丽温柔,体态纤瘦,马徐先生忽然眼睛一亮,和郭嘉说:"这个女人,好,病态美,我喜欢。"

郭嘉倒挺直爽:"喜欢你就住在这儿好了,过夜是日币三千,不然来个短叙,我在外边等你,给她三百搞掂。"

马路上辗死了马徐

马徐想了想:"短叙缺少情趣,太商业化,咱们来点艺术的,还是过夜吧。"于是郭嘉遵命上前和那位"东洋美女"把交易谈好。可是,回身请老师入洞房的时候,他老先生已经跑到巷口去了,站在老远地朝郭嘉招手,郭嘉只好向那位"屋内桑"说了一句"失密麻甚",马上跑到马徐先生的面前:"怎么回事?"

"不好意思,对不起妈咪。"老先生的脸一红,暧昧地一笑,不只和蔼可亲,简直有点儿女声气,"娇羞作小女儿态"的劲头儿,唉!嗲是嗲得来!叫"妈"都形容不出来,干脆叫舅舅吧。

一九六一年的二月十四日(旧历除夕),马徐先生已经几年没有拍国语片了,中间只勉强地搞了三部厦语片,生活相当清苦,日常来往的人，只限于三个学生，那年郭嘉又改行去航海，就剩下袁秋枫和罗臻两位了。中午到秋枫家吃过饭，然后到"自由总会"借了三百块钱（影圈比较有地位的可以向总会贷款，一般失业的演职员年终每人可以得到总会发给的周济金港币二十元），买了一篮子水果过海"探母"（妈咪）了。妈咪住在北角，干女儿干女婿的一大群，嘻嘻哈哈的好不热闹。老先生清静惯了，在这种场面下还真有点坐立不安，所以借口去买点东西，就跑下了楼。

那几天，香港的马路上刚画好斑马线，所以有两位交通警察拿着话筒大叫"行人走斑马线"。马徐先生已经走到马路中间了，一听："喂，返哩，行斑马线，返哩，返哩！"

他当时还有点莫名其妙，还没搞清楚什么叫斑马线，但一声"返哩，返哩"，总是有什么不对，所以一边看着交通警，一边后退，后边开上来的那辆巴士司机，打死他都不相信有人过了马路又退着走回来；等到刚一看见，糟！他老先生已经被辗在车轮底下了。就这么着，名震大江南北的中国影坛唯一恐怖片大导演马徐维邦，就死在这斑马线旁边的马路上了。落凤坡战死凤雏，戴山撞死戴笠，马路辗死马徐，好嘛！人一犯上地方，还真没跑儿！

电影界有两个和尚，说出来大家一定觉得挺新鲜，一个就是马徐维邦先生，一个却是林黛小姐。有人说小姐份属尼姑才对，怎么也称为和尚？原来程月如（林黛）小时候剃了个锃光瓦亮的和尚头，因而家里人"和尚""和尚"地叫出名了，至于马徐先生可是真正在杭州灵隐寺出过家的。

马徐这个独养儿子，从小就长得瘦小清癯，九岁那年更加体弱多病，加上特别的早熟，喜欢看女人的纤腰丰臀，喜欢研究女人的三感，所以自己就常常地感冒，整天离不开药罐子。徐老太太怕儿子养不大，把他送进西湖灵隐寺，皈依了我佛如来，法名叫定源，替他受戒的师傅是心融和尚。心融教他礼佛要双手合十，行礼要单手打忏，五指在胸前并拢伸直。想不到我们定源大师的定力不够，佛缘不足，五指并拢之后，经常怒火中烧地朝脸上就打，应该念的阿弥陀佛，也变成"我真该死"。

马徐先生先入赘马家，马氏夫人替他生了三子二女（徐氏夫人无所出），长子姓马名承环，次子姓徐，三子姓马徐，从此不仅马氏、徐氏有后，连马徐氏也有了传人。听说他的长公子马承环如今是艺术学院的教授。马徐大师、定源和尚的在天之灵也该瞑目了。

徐氏夫人原来是马承环的家庭教师，也因为"三感""两感"地和马徐先生发生了感情，背着马夫人在外边请了两桌酒，由马家厅搬到小南门外八十八号的金屋里。听说徐夫人还孔武有力，闺房中夜半"拳"声不绝于耳，害得我们定源大师经常冷月"失魂"。

小九儿布下了铜网阵

据说马氏夫人貌似天仙，真有点沉鱼落雁、闭月羞花的意思；徐氏夫人也有环肥之美，皮肤雪白幼嫩。马徐先生一生喜欢女人皮肤洁白光润，所遇所得也算艳福非浅，唯一遗憾的，大概就是一生没有和白光合作过了。

马徐先生在中国影坛来说，该是一位好导演；但是因为过于认真，过于严肃，反倒过犹不及。我认为导演主场戏无妨刻意求工，尽量考究，过场戏则应"得过且过"，一笔带过。如果个个镜头都是呕心沥血，反倒宾主不分、本末倒置了。马徐先生等云，一等就是十八天，虽然早已脍炙人口，传遍影圈，当然不会是假，可是我却没有亲眼见过，总以为有些言过其实。及至我在韩国的汉城[①]，看见我拜弟小胡（金铨）拍外景的情况，倒认为自己是少见多怪了。

那是一九七七年九、十月份的事，我一位印尼的朋友陈子兴，约晤我们夫妇和朱牧伉俪到汉城参观林青霞拍《金玉良缘红楼梦》。

金铨的《空山灵雨》和《山中传奇》的外景是两片交替拍摄，小胡劳师动众由香港带了三十多口子，在汉城包了一间旅馆，大家不分彼此住在一起，偶尔由张大嫂（张和铮夫人）兼着给大家烧烧饭，做做北方菜。每天拍戏还不觉得什么，一等就是十天半个月的，还真叫人有点毛骨悚然。可不是嘛？每天除了吃住还要付给大家每人十元美金的零用，其他的费用包括器材（摄影机、灯光、发电机），交通（大小巴士、大小货车等），不论拍与不拍都要付钱，每天的开销实在够制片老板受一家伙的。汉城的天气，早晨多数阴云密布，不过一到十一点钟左右一定会开天，可是胡导演每天推窗一看，"密云，无定向风"，马上宣布改期。我兄弟一改期没有事做，蒙头接睡二本。好嘛，白天睡得太多，晚上就睡不着，于是写剧本、分镜头、画画面地动个不停。旅馆的耗子一直在暗地里等他睡着了，好出来活动活动，找点吃的东西！这么一来，耗子也睡不着了。他睡不着写剧本，耗子睡不着满屋里乱窜。胡导演岂可任鼠辈横行？于是乎展开了一场人鼠大战，五鼠闹汉城。小胡属猴的，猫拿耗子是天经地义的，狗拿耗子已经是多管闲事了，猴儿拿耗子你听说过吗？多闹得慌！

我们兄弟打了一夜猴儿拳，耗子就跟他耗了一夜，第二天推窗一望，阴云密布，当然又宣布改期，然后又叫制片添两件道具——

---

① 汉城：首尔旧称。

一是打老鼠的夹子，二是关耗子的笼子。正是：

金铨布下铜网阵，悟空生擒白玉堂！

白玉堂是《五鼠闹东京》的老五锦毛鼠，因为大破铜网阵而命丧九泉。如今小九儿（金铨排行第九）也布下了铜网阵，别说锦毛鼠，御猫展昭来了也照样跑不了！一夜之间胡导演聚精会神地看着耗子洞，口中念念有词："耗子耗，我跟你泡，扔下银钩钓金鳌，任你插翼也难逃！"

小老鼠难敌大导演

老鼠当然不是傻瓜，小眼睛朝洞外一瞧，好嘛，一九七八年度的全世界五大导演之一正在洞外虎视眈眈，再看椅子下的夹子、台子底下的笼子、笼子后边的一碗水，加上洞口其味难闻的耗子药，阵势还真是犀利无比！好家伙，《龙门客栈》曹公公白鹰的由地下飞身上树，《侠女》老和尚乔宏的由天上飘然下降，都是胡导演亲自度招儿教出来的，小小的老鼠，哪里会放在大导演的大眼睛里。不用说，耗子也心知肚明，于是来了一个大门不出，二门不迈，任你用哪个影展的名义来邀我，都一律谢绝参加。大导演与小老鼠各显神通，你有你的张良计，我有我的过墙梯，你百般地诱敌骂阵，我千样地免战高悬。人鼠双方，一直耗到丑末寅出，日转扶桑了，还不分胜负呢！不过时间一久，耗子药熏得小老鼠口干舌燥，无可奈何地趁大导演一个不留神，"吱"的一声窜出洞口，直奔那碗水而去，哈！"鱼见食而不见钩"，此之谓也。耗子是看见碗没有看见笼子，碗在笼子后边，想喝水是必经之路，一经笼子可就有进无出了，于是小老鼠终于陷入了大导演的铜网阵！

等大功告成，天才蒙蒙亮，胡导演挨着门儿把全体演职员敲醒了，让大家看着一夜的成绩和老鼠的下场。小胖子吴明才不知天高地厚地提出了一个问题。

本来胡导演经常教导他们这些后生晚辈"敏而好学，不耻下问"，人不说不知，木不钻不透，砂锅不打一辈子不漏，所以他壮着胆子向前问道："胡叔叔，晚生有一事不明白，想向你请教一二。"

"说，别拽文！"

"有一奇事，我认为比《山中传奇》还奇：老鼠这么一丁点儿小，为什么大家都叫它'老鼠'呢？'老'在什么地方呢？你是世界五大导演之一，他们却叫你'小'胡，你又'小'在何处呢？"

小胡答得倒也满干脆，朝小胖儿的脸上"啪"地就是一巴掌，打得吴明才双眼直冒金星儿！

有一天我和小胡一块儿吃晚饭，问起他等太阳的原因，同时也告诉他我的看法：反正已经惊官动府地来了，吃饭要饭钱，住店要店钱，加上零用钱、器材租金以及交通费，不管改期不改期都一样要付钱，为什么不每天把队拉到外景场地去等太阳呢？拍一个镜头够本，拍两个赚的，何乐而不为呢？小胡当然也有他的理由："货车、巴士不开车，油钱不算哪！

"就为了省几个油钱？"

"拍的是深山野谷里的红叶啊，没有大太阳颜色不漂亮啊！说也白说，好多人不明白。真！皇上不急急死太监，花的是我的钱嘛，他们急什么，真是狗拿耗子！"

得，我成了狗啦！没关系，老哥儿们了，从小一块儿长大的，过得着，想想我年轻的时候不也一样吗？三十三岁那年，在亚洲影展得了《貂蝉》的最佳导演奖，三十四岁又以《江山美人》得了亚洲最佳影片奖，三十五岁再以《后门》得了最佳影片奖，好嘛，差点连我的老祖宗李逵姓什么都忘了，走起路来脚都发飘，眼睛看人都是两影儿，经常分不出南北西东。那年带着四十几个演职员到日本京都今津区拍《杨贵妃》《武则天》《王昭君》三部影片战争场面的外景，十六天半的预算，等太阳等了一个半月。有一天满天乌云，天昏地暗，差点就伸手不见五指了，我们是当然改期了。忽然由京都开来了浩浩荡荡的大映外景队，连人带马的足有五百多口子，我还莫名其妙呢，这不是起哄吗？一问之下，才知道他们等了一个月才等到如今这般最适宜拍战争场面的阴天。

太阳等得太多了

我这才想起以前刘宝全唱《关黄对刀》的那种情况：头一天黄忠马失前蹄，关公放他回营，第二天他箭射盔缨，报关公昨日不斩之情；沙场上，两员虎将越战越勇，只杀得烟尘滚滚，天昏地暗，只杀得飞沙乱舞，日月无光……

原来阴天才能拍出杀气腾腾的气氛，而我们拍战争场面，居然傻老婆等汉子似的等太阳，岂不可笑，岂不惭愧！

不要说阴天了，就算下雨，也不见得拍不出好片子来。不信我举个例子：想当年，英女皇举行加冕大典那天，适逢天降甘霖，原先准备好的七十多架摄影机还是照拍如仪，就在毛毛雨中将女皇登基实况，完美地拍下；剪辑冲洗之后，映在世人眼帘的纪录片，彩色缤纷，有目共睹伊士曼彩色在雨中更显得瑰丽异常，每个镜头都像英国名画家透那（William Turner）的水彩画，雾一般的迷蒙，水一般的玲珑，别有一番情趣。

若是皇太后也跟我们兄弟一样，早晨一看天不好，"改期，我女儿不登基了！"好嘛，那可就热闹了，世界各国来观礼的元首们、贵宾们、随员们，多住一天多大开销啊，那就不仅"空山灵雨"了，简直就会搞得国库空虚了，岂不成了英伦传奇嘛？

所以至今英女皇加冕的纪录片给我的印象，还真有点"空山灵雨"的意思，相反我们兄弟的《空山灵雨》总好像少了点什么，大概就是少了点灵性跟雨气儿吧。难怪，太阳等得太多了嘛！

不管怎么说，咱们讲金铨是现阶段全中国最好的导演之一，那是绝无异议的（起码我个人认为）。中英文都很有水准不说，至今仍好学不倦，日夜钻研（当然也有拿耗子的时候），最难得的就是贯彻始终，我行我素，任你说得天花乱坠，他有他的一定之规。说他一意孤行可以，说他刚愎自用也可以。总之，很多人知道作为一个"好"导演必备的条件，就是：第一"固执"，第二"固执"，第三还是"固执"。一个剧本十个人导一定是十样，如果只有九样，那其中的一个导演就应该被淘汰。

可是能有几个导演固执到底的呢？连誉满全世界的黑泽明都要割腕自杀呢！马徐维邦又怎能不郁郁地死在汽车轮下？所以我们兄弟要容我再狗拿耗子一次的话，我一定劝他"固执"到底，不要拍什么"喜剧"，还是走《龙门客栈》和《侠女》的路，继续拍动作片。如果我说胡金铨可以更恰当地拍出金庸所描写的意境，该不会有人反对吧！

听说有一位年轻人，已经被大陆的影片公司，请去做《骆驼祥子》的影片摄制顾问了，原因是手上有他老师传下来的旧日京华的纪录片。我的老天！难道北京没有这种影片？老北京已经忘记了旧日的生活？那些以前拉过车的哥儿们呢？总不至于请个连窝头都没见过的毛孩子去教他们蒸窝头吧！顾问这一名词也太广泛了，不过我倒知道拉洋车的别称叫"超等顾问"，"超"起车把"等"着，有人"雇"，就"问"一声"哪儿去"，这不是逗闷子玩儿嘛！

说真格的，大陆要拍《李自成》的话，最好还是请我们兄弟胡金铨导演，不然也请他顾问一番（他去不去我可不知道），这还像那么八宗事儿，不然人家一定说他们合作制片公司诸位同志，教"四人帮"的同志们给整糊涂了，到现在还没晃过劲儿来呢，怎么了这是？晕头转向的！

周哭李哭，周笑李笑

话又说回来了，我可不是讲那位老弟没料，老实讲，他的戏我虽然没看过，可是，看过的大都挑大拇指头，当然也错不到哪儿去。（我可不是萧铜兄说的那种"天眼通"。）不过你说他的影片能得明年的奥斯卡金像奖我不反对，说他可以做《骆驼祥子》的顾问，我可不敢苟同（狗拿耗子之谓也）。不信咱们问问他，看过洋车打天秤吗？知道骆驼几个算一把儿吗？知道一毛钱到奉天的典故吗？我敢写保票，小哥儿们一定不知道！因为他们净吃饺子了，小时候人家问我饺子什么样儿，我说上头一个尖，底下一个窟窿，怎么相同呢！大佬。

我这支笔可真是天马行空了，一下子说到三十年外头去了，咱们还是想当年吧。想当年……看看,一下子还忘了,咱们说到哪儿了?对了,咱们还没说我和周晓晔订婚的那档事呢。

我在何家园住着好好的,忽然有一天游岱和冷仪来了。

听说冷仪如今在上海,一九五〇年初一回到大陆就恢复原来的学名——严××,加入了上海人艺剧团为演员,多年来在舞台上有很不错的表现,二十多年来,一直是人艺的台柱。听最近来港的黎萱(黎民伟先生和林楚楚女士的女儿,《迷途的羔羊》童星黎铿的妹妹)讲,她不愿意别人提起她在香港的情况,甚至不希望人家知道她来过香港,所以有一次黎萱叫了她一声冷仪,居然令她郁郁寡欢了几天。

那一天是游岱的朋友介绍他们来租房子的,大家偶尔相遇,都异常高兴,很久没联络了,冷仪以为我跟周晓晔还朝夕相见呢,忙问我她的《公子落难》拍得怎样了。我把详情告诉他们,游岱听了禁不住唉声叹气:"说什么公子落难?简直就是永华训练班落难!"

冷仪和游岱成了我邻居之后不久,周晓晔和陈榴霞捧了鲜花给他们温居贺喜来了。开始她们不知道我也住在这儿,及至大家碰了头,周晓晔和我还挺僵得慌,我只笑着跟她们点了头就匆匆忙忙地上班去了。

晚上,我下了班回家,她们居然没走,不知为了什么,周晓晔哭得跟泪人似的。游岱忙着告诉我那天永华宿舍的事情,开始她不知道是我,等知道了已经惊动了左邻右里,吵醒了所有的同事,形成了骑虎难下。一切也不能恨她,深更半夜的谁不怕?不管怎么样,希望看在同学的份上,能够原谅她。然后又好说歹说地请我们大家一起到福佬村道的乐口福吃饭,两杯酒一下肚,满天云雾散,大家又有说有笑了。

饭后陈榴霞先走了。冷仪留周晓晔到他们那儿再坐一会,本来嘻嘻哈哈谈得蛮好，可是一进房门，她"哇"的一声又哭起来了。冷仪劝没用，拉到我房里劝，开始我一个人拉不动，冷仪和游岱帮忙推，我们连推带拉的，她嘴里还坚决地喊"不要啊！不要啊！"可是因为脚底下的立场不稳，还是半推半就地到了我的房里。

关上房门也劝不好，她还是越想越委屈，越委屈哭得越悲，看样子真能哭倒万里长城。我看劝不是办法，索性也陪着哭吧！没想到，冷仪和游岱就没离开过我的门口，第二天游岱给我看他的日记：

一点十五分周哭李劝。

一点三十分周哭李哭。

一点三十五分周李都不哭。

一点三十八分周笑李也笑。

两点二十二分李打周，李大叫不止，死去活来……

我没等看完，朝他日记簿上用力一扯，整页扯下，然后三把两把撕碎。冷仪和游岱笑得前仰后合。

反正都是褪了色的

以后一个多礼拜，周晓晔都没到何家园来。冷仪告诉我：她不是不来，是不好意思来，以前跟我是同学，现在是什么？一点名义也没有，走在一块儿多难为情？

人不能叫尿憋死啊！没有名义，想一个不就行了。就这么着，我们在报章上登了个订婚启事，在会宾楼请了两桌客，在沙龙拍了一张订婚照，只是没有像鲍立和陈萍那么隆重地穿上结婚礼服而已，不过有一点倒差不多，也是鲍立由陈萍家中搬出去的时候，周女士就无影无踪了。以后，三十年中一直没见过面，还是因为我的"细说从头"里提到她，才托景平、裘萍向她要一张照片。蒙她非常大方，不计前嫌地送给我一张训练班时的照片，我曾经向她通了个致谢的电话，她非常客气地告诉我，她的两个女儿都到加拿大念书去了，如今的称谓是"周太"。我不仅感谢周太送给我照片，更感谢周太在照片后面的题字——

李同学：
二十多年了，一切都褪了色，这张照片也褪了色，送给你留念。

周晓晔

当时也许她还未看到我的这篇"嘢"，希望以后看见了，也不要为小时候的事情生气，反正一切都是褪了色的！

一九五一年的九月，岳老爷（岳枫）在长城的世光片厂拍《南来雁》[①]，主要演员是严俊、陈娟娟、龚秋霞和苏秦、李次玉他们几位，有一天晚上九点多钟，世光片厂的摄影棚前围满了一大圈子人，开始我还没留意，只觉得今天看拍戏的人多了一点而已，也许是什么团体的吧，所以只管和道具间的徐大哥（徐泓）聊天。他是天津人，写得一手好字，颜柳欧赵，无一不会，真草隶篆，样样皆精，所以专门替布景写写招牌、对联和戏用道具来往书信之类文件。我因为

---

① 此处疑为作者记忆有误，《南来雁》于前一年（1950）的年12月28日在香港公映。

住在何家园，一出家门口就是世光片厂，所以晚上吃过饭，多数一边剔着牙一边就溜到徐大哥的道具室里，经常一边看着他"伏案做书"，一边天南海北、上下古今地胡云一通。那天聊着聊着就听围着看拍戏的人哄的一阵大笑，这本来也是司空见惯的情形，也没在意，不过接二连三的笑声不绝于耳，可引起了我的好奇，忙问徐大哥拍的是什么景，演员是些什么人。徐泓告诉我是《南来雁》的一个旅店景，演员还是陈娟娟、苏秦、李次玉他们。我走到通告牌上看了看，发现除了熟悉的几位明星之外，还添了一个新名字，就是敌伪时期东北"满映"（读如央）的滑稽大明星——刘恩甲。"满映"的全名应该是"满洲映画协会株式会社"（如今改为长春电影制片厂，简称"长影"），也拍了很多著名的片子，导演有张天赐和刘国权，明星有李香兰、浦克、李明、周凋和刘恩甲等。

  第一次看"满映"的电影，是在北平长安街的新新大戏院里，戏是李香兰、浦克主演的《蜜月快车》，给我印象最深的就是小胖子刘恩甲。我说他是小胖是他没有上海的殷秀岑、刘继群，甚至于关宏达他们胖。其实真的够上大胖子的只有一个殷秀岑，比罗路的搭档——哈地还要胖一圈儿，中胖子是韩兰根的老搭档刘继群，小胖子是关宏达；刘恩甲比关宏达还要矮半个头，胖倒是差不多，所以叫他小胖子。他天生的滑稽相，是一见"他"就笑的那种人物，一举手一投足都是喜剧感，所以非常地有人缘（和我这姥姥不疼，舅舅不爱的长相恰好相反）。通告上的名字底下注明了"经理"二字，大概是他饰演的角色吧。我相信那笑声是他引起的，所以也想挤到人群里看一看，偏偏地大伙儿都伸长了脖子，跷高了脚看得出神，不要说让，给他当皇上他都不干。

刘恩甲元宝大翻身

我一看院子外边有张旧酸枝椅，马上计上心头，把椅子拿起，举得高高地："让让，让让，道具来了。"还真是立竿见影，大家一躲一闪，我就从从容容地挤到前面，然后把椅子朝下一放，舒舒服服地坐在一旁看拍戏。后边的诸位贤达还直称赞我，众口一词地鼓励我一个字——"挑"！

果然是刘恩甲。看见一个穿黑西装，打着领花的小胖，不是刘恩甲是谁——只见他满头大汗地在柜台边打电话，左拨不通，右拨也不通。试完了戏，岳老爷点头笑了笑，然后朝场务一颔首，场务大声地叫了一句："唔好吵！"接着是一阵长铃，人声静下。

导演叫了声"开麦拉"，拍板一响之后，刘恩甲气急败坏地由外边入镜头，一个不留神，脚底下一滑差点来个倒栽葱，观众又是一阵大笑，刘恩甲的脸当时又红又紫，活像个茄子，惹得岳老爷也笑了起来，忙着安慰他："不要紧，不要紧，再来过，再来过。"

接着又因为种种的原因NG了几回，一直到第八次才算OK，导演吩咐机器换位，刘恩甲才算喘了口气，站在我旁边一个劲儿地擦汗。我忙着站起来："刘先生，请坐。"他看了看我，朝我点了点头，一边擦汗一边坐下。大明星就是大明星，气魄还真不小。没想到我和他的斤两不对，我坐着舒舒服服；他一坐，得，整张椅子大卸八块，啪喳一声，椅烂人跌，摔了他一个元宝大翻身。

看热闹的人这下可有热闹看了，不只哄堂大笑，简直是拍手叫好了，有一位居然还称赞我，一拍我肩膀："得，你系得嘅（你真有一套）！"好嘛，好心叫人家当成驴肝肺了。一看地下呲牙咧嘴的刘恩甲坐在那儿站不起来，忙过去把他扶起。他还真以为我跟他开玩笑呢！瞪了我一眼："好嘛，你这位老弟可真不错，好家伙，屁股捧成四瓣了！"

"刘先生，你可别误会，我是诚心诚意的，说起来，我还是你的影迷呢！"他一听很惊讶地看了看我，想不到香港居然也有"满映"明星的影迷？不过他对我还真有点信不过："你别乱唬了，什么'满映'不'满映'，我今天第一天拍电影。"他老先生还是一口标准的东北话。我马上告诉他："我在北平念书的时候就看过你的《蜜月快车》了，你跟李香兰主演的，给你配戏的有浦克、周凋。"这回他没反对。

"对，对，我跟李香兰主演的。"好嘛，给脸上鼻梁，他照单全收。我一琢磨，好！逗他一下子："对，你和李香兰领衔主演的，你演李香兰新娘的丈夫，小夫妻一块儿，坐着火车度蜜月，演李香兰二哥的那位是'满映'的小胖子何可人……"

"你等等！"

"啊！"

"跟李香兰结婚的那个叫浦克，演二哥的那个是我！"

我管刘恩甲叫"二哥"

"啊！你演二哥？对，是李香兰和浦克领衔主演，你跟周凋是联合主演。"他朝我咽了口吐沫，没言语，我一看挺僵，赶紧得捧两句："对了，二哥！"

"啊！"

"不，我说你二哥演得真好，在戏里还跟浦克打了一场。好，打得好干净，利落，脆！好身手，真有点燕赵男儿的气概。后来你在金山导演的《松花江上》演一个彪形大汉，也演得好，日本人把你老婆强奸啦？"

"日本兵还把你老婆强奸了哪！"他一瞪眼，白眼珠多，黑眼珠少，还挺吓人的。

"我说的《松花江上》那出戏里。"

"那是周㳺！和浦克在《蜜月快车》里打架的那个也是周㳺！我叫刘恩甲，我演香兰的二哥，你这位老弟跟我俚嘻！你是天津人哪，京油子，卫嘴子对不对？"

"不是，二哥，我是东北锦州的。"

"锦州？出卤虾小菜儿的那个锦州？"

"对，锦州鼓楼锦州塔，我跟你是老乡啊。"

"什么老乡，你东北我河北，我祖籍河北！"

"那更老乡了，我祖籍河北乐亭，出乐亭大鼓，出滦州影戏的乐亭。唱醋溜大鼓的王佩老大臣你认识吗？他的醋溜大鼓其实就是乐亭大鼓。"

他上下打量我，忽然吓噗地一笑："行，你老弟真行，你叫什么？"

"姓刘，跟你同姓！"反正套近乎呗！

"姓刘？"

"不，我不姓刘，我姥姥家姓刘。我姓李，我叫李翰祥，翰林的翰，吉祥的祥。我是长城画广告的！"

他一听我是长城的职员，马上又和颜悦色起来！

"噢，对了，怪不得我看着你面善呢！原来在友侨门口画《王氏四侠》大广告的是你呀。"

"对，二哥！将来《南来雁》上演的时候，我给你画个大头！"

"算了，我一个临时演员画什么大头！"

"什么话，你是李香兰的二哥嘛，一首《夜来香》，加一首《卖糖歌》，现在在电台上还唱呢！喏！我爱那夜色茫茫，我爱夜莺歌唱，月色的花儿都入梦，只有那二哥香！"

"嘿！你可真行，不只说学，还来个逗唱！"

就这么着，我跟刘恩甲做了朋友，也就这么着，我就管他叫二哥了，真没想到，以后二哥成了全电影圈的二哥，连乐宫楼的孙大哥（孙盛凯），都叫他二哥！

要讲说、学、逗、唱，我可不是刘二哥的个儿；二哥喜欢说笑话，本来每天晚上世光片场的职员、工友都是我的听众，自从二哥一来，得！全听他的了，我只有随声附和的份儿。

有一次他说："我由'满映'下来，当过火车上的列车长。后来胜利了，我也当过兵，打过仗，官还不小，是七十一军九十师的上尉连长，跟着师长赵霖，在四平街打八路，一打打了好几十天，结果叫八路把我们打得四分五散，落花流水。"

他说："我一不小心，也挂了彩，不过不是枪伤，而是听见大炮的声音我一害怕，由山坡上跌倒在山沟儿里，摔得我鼻青脸肿，遍体鳞伤。一个人落了单儿，越走天越黑，好容易才看见一队人马，我找到指挥官，慌忙上前行了个举手礼：'报告，前面有八路！'那指挥官看了看我，把手朝地下一指：'蹲下，蹲下！'我一看地下蹲了一大帮，再望望那位指挥官，我的妈呀，原来他就是八路！"

大家又是一阵大笑，说完了素的还来一段荤的。说完了，还唱了一段儿，把《长春口哨》的歌词改成："脱下裤子……"好的学不会，坏的还来得个容易上口，没多久，长城公司的小哥儿们全都会唱了。如今张帝唱的毛毛歌，还隔着十万八千里哩！

二哥老是笑口常开，笑话连篇，不过，你可别问他家里的事，一问总是把脸一沉,顾左右而言他。后来间接地向他以前的几位老朋友问了问,才知道他在东北原有位如花似玉的太太,叫王美蓉,长得可真是压西施,赛貂蝉,据说也是"满映"的演员,和周晓晔、章凤(甄珍她妈)、张冰玉一块儿住在大宿舍里。二哥是演员的总干事,王美蓉是女干事,这位总干事一直转女干事的念头,女干事的名义也是我们的总干事"封"的;不过女干事非但不领情,还胳臂肘儿朝外,净跟小白脸去逛公园看电影。刘二哥一看软的不行,好,咱们来硬的。一天晚上,月黑风高,二哥以总干事的名义,去巡视男女宿舍。女宿舍里刚好碰见几个小伙子在王美蓉的房间里打情骂俏,女宿舍一向是除了总干事之外,雄苍蝇都不进门的。二哥一看,这还了得,马上白眼珠儿一翻,把那几个小伙子连骂带吆喝地好好地干了一通,然后撵出门去;把房门一关,又好好地干了女干事一通。就这么着女干事转变成了刘二嫂子。

这些话我也是道听途说,一直没敢向刘二哥求证,否则,触了他的心境,他白眼珠儿一翻,黑眼珠儿一瞪,我还真怕得慌,原因是后来刘二嫂来了个卷包儿会,跟另外一位男干事跑到徐州去了。听说还生了一儿一女,所以有一次徐泓说了一个绝妙的上联:"男干事,女干事,男女干事干男女。"我们的刘二哥还差点没翻脸。

侯王庙下藏龙卧虎

九龙城的侯王庙,本是个小型的好莱坞,片厂林立,大小有五家之多。最靠近侯王庙的两家是国家和南国,上边是租给长城公司的世光和友侨,嘉林边道上还有一家华南,是洪深的兄弟洪仲豪先生主持的。洪深、洪仲豪、洪叔云三位是亲兄弟，都是早期影坛的名编导。洪深先生更是剧校的教授，如今很多名满一时的编、导演都是他的门生，称得上桃李满天下，连戏剧家马彦祥先生都得对他叫老师，不过如今说来都是明日黄花了。说他们老一辈的英雄，知道的人已经是寥寥无几了，不过说起洪仲豪的孙子来，大家一定很熟悉，那就是武侠谐趣片《林世荣》里的洪金宝，和成龙一样都是于占元老师的得意门生，七小福之一，本来做武师时候的名字叫三毛，小时候虽然没像三毛那样流浪过，倒也是个苦孩儿，如今在影圈里可是举足轻重的大明星了。不知为什么，家家有本难念的经，小时候跟着妈妈姓朱，他的外祖父是影界著名的朱老师傅，如今早已退休，在家纳福了，可是徒子徒孙遍影坛，继承了他的手艺。举凡宫殿布景里的雕龙塑凤、歌台舞榭的锦绣文饰、庙宇庵堂布景的观音如来、王公府第门前的文武双狮，以及墓地陵寝的石人石马，都在他老先生的手下片刻而就：左手一块泥板，右手一个"抹刀"，在他的手上如画家的彩笔一般，上下飞舞，运用自如，雕狼像狼，塑虎像虎，刹那间四大金刚威风凛凛，十八罗汉栩栩如生。如今已是九十高龄，仍旧身强体健，举步如飞。洪金宝对这位外祖父可是孝顺得很，一九七九年十二月二十八日为他老人家在乐宫楼全厅做九十大寿，老师傅笑得见牙不见眼。

前边说的五家片厂，都曾日夜灯光不停地热闹过，如今可是一家也不家了，拆的拆了，改的改了，火烧的火烧了。旧日的星光闪闪，灯红酒绿，都成为过眼烟云了。

以前由于片厂林立，侯王庙下也就藏龙卧虎，不仅美术大师万氏兄弟住在木屋区里，连鲍方、徐立、尤光照、严肃、苏秦、李次玉、姜明、王斑、石磊、蓝青、吴景平、裘萍等大明星也都是住在那儿。

这些人给我的印象最深的就是二哥（刘恩甲）嘴里的"大皮包"了。

"大皮包"本名叫赵国起，一直到现在还在拍特约戏，都已经七十多了，还跟十七岁小伙子似的，好抬杠，好打架，前年还在我拍戏的厂子里跟场务小杨干了一架。老先生居然大打北派，一个黑虎掏心打得小杨半天喘不过气来，然后紧跟着来了个海底捞月，仙人摘茄，差点儿把小杨的子孙祠堂给拆了。最后是一记扫堂腿，把三十多岁的小杨踢倒在布景的火坑里，小杨险些成了烧羊。大皮包汗不出，气不喘，还真有点大英雄的气概。不过后来叫公司扣了四天人工，算是赔给小杨的医药费，另记大过一次，算是保留了特约演员的资格。痛定思痛，大皮包愁眉苦脸了半个月，都七十好几了，何苦来哉！

二哥喜欢和他聊天，他自己一个大字不识，连他兄弟"小口袋"都不如；"小口袋"还能把天益齐念成"大盖齐"，孔夫子念成"扎天子"，王曰叟念成"王四嫂"呢，可是大皮包不成，连他自己的艺名大皮包都不认识。

大皮包是他以前唱滑稽戏的艺名。他原籍天津，不过从小就到了上海，在一家娱乐场里开电梯，平常没事好唱两句西皮二黄、梆子腔什么的，后来跟着老冬瓜、大面包，也正式下海唱起北京天桥云里飞的滑稽戏来；也做做经理人，整天夹着个大皮包东走西奔地到处"约角"。

失之毫厘，谬之千里

那年头在天津、北京一带流行的一首窑调（窑姐儿唱的调门），调名就叫《大皮包》："左手拿着个文明棍儿，右手夹着个大皮包，哎哟，哎哟，洋钱票装了不少，哎哟，哎哟。"

所以别人一看见他就："哎哟，哎哟，大皮包。"

日久天长的，人们连他赵国起的本名都忘掉了。大皮包虽然不认识字，倒蛮喜欢"讲学"的，说古道今地可能瞎白话着哪。刘二哥常学大皮包夸他新婚太太的一句话，可让你乐老半天的："我虽然没学问，我这位太太可不含糊，能写能算，北京啊黄埔。"好嘛，黄埔军校不只搬了家，还收了个女官儿。

最有意思的事儿，还不是这句话，而是有一次，大皮包在荔园唱滑稽京戏，编、导、演他一脚踢，另外还是经理人，如今的世界比以前文明多了，什么都进步了，光夹着大皮包不够派头了，总要印个名片什么的，于是花了几块钱，在九龙城的一家小印刷铺里印了一百张名片——赵氏（不是邵氏）滑稽京剧团总裁、董事长、总经理，兼前台经理、后台管事、化装部主任兼编剧、导演——"大皮包"。

头衔还真不少，我这篇《三十年细说从头》是因为写得太潦草，所以难免有几个错字，但他这张名片一共才几个字，不应该出什么毛病啊！当然了，错字倒也没有，只是位置排错了一点，不过这"一点儿"可是失之毫厘，谬之千里喽！所以，每个人接过他的名片一看就笑不拢嘴儿，他还以为自己的滑稽戏唱得好哪！别人一看他的名字就想起他在后台上的滑稽样儿呐！所以他心眼里那份儿美，还真是难画难描，不管看见谁，一见面就由大皮包里掏他名片双手奉上："请多指教，多帮忙，多捧场，这是我的名片。"好嘛，真不是吹牛，真还没有接过他的名片不笑的人，除非是瞎子，因为上面印的三个大字，写的是一清二楚，明明白白：

大包皮

他开始拍电影的时候,面子还挺大呢,王四爷(王元龙)还亲自出马邀请他呢。据他自己说,每天包银是两百块港币(他把酬劳叫包银。角儿嘛,唱惯了二黄,改不了口),比我的日薪四十元可多多了!

特约演员的酬金,不只因人而异,还因片而异,从来没有一个固定的数目,一直到长城公司的沈天荫厂长召集开会议价之前都没有。自从那次会议之后,每个特约演员就有了定价了:头流的是日薪五十元,姜南、刘恩甲、赵国起都是五十元;二流的四十元;三流的是三十元;四流的二十元。那年头袁秋枫是四流,我是二流,我们俩加在一块儿还不如一个大皮包呢。据说给我四十元是长城厂长沈天荫的意思(那时候拍黑白片,厂长的名字叫天荫,好嘛,别出外景了,改期吧)。与会的其他编导制片都说给我五十元,"整天荫"独排众议,说我只值四十元,他当时在会上的对白我还记得:"李翰祥这个赤佬,戏是会演的,不错的,在《花街》里演瞎子还真像,值五十元,不过《一代妖姬》的家丁演得太坏了,白光在大厅里唱《秃子尿炕》,这个小赤佬站在走廊上木雕泥塑,一点反应都没有,照我看他二十块都不值,拉扯下来给他四十元算好大面子了。"

只有我傻B呆立一旁

好嘛,就凭沈天荫先生的金口玉言,我在当特约演员的时候,一直是公价四十块,我还真想改个艺名,印张名片:

大面子

大不了排错了也是个"面子大"。

沈天荫先生说我在《一代妖姬》里演得不好，我绝对承认，不过错不在我。在戏里我演大帅府的一个佣人，我记得清清楚楚，只有一句对白，大概的意思是——白光慌慌张张地进入大帅府，问我大帅在不在，我说："和几个朋友出去了。"本来试戏的时候蛮好，王式拍的时候，忽然王引先生和几个朋友来看拍戏，他还直朝管道具的屠梅卿打听我，虽然是低声耳语，可我还是听得蛮真切："这就是永华训练班的高才生啊！"

"对，就是他，李翰祥！"接着两个人一边用眼瞄着我，一边又嘀咕又笑。你看看，我能不走心嘛！等正式拍的时候，白姐由门外匆匆走入，大明星就是大明星，只见她娇喘嘘嘘地行入，头戴水獭帽，身披黑斗篷，婀娜多姿地朝厅里望了望："怎么，大帅不在？"

我马上满脸带笑地："跟王先生出去了。"糟，我一心想着王引哪！

"卡。"李萍倩先生的嗓门儿还真不小，"啥个王先生！？再来过，再来过。"

我用眼瞟瞟王引，他还朝我直乐。

还好NG了一次就OK了。除了这一句口吐人言之外，以后几天演的都是哑木头，不是在人群里斟茶倒水，就是鞠躬哈腰地跟出跟进，不然就是等在化装间，跟大伙儿闲聊，最后一天的最后一个镜头轮到我了，好嘛，没两下子能唱压轴吗！？

摄影机摆在走廊上，导演叫我站在门口，也没说什么，连试都没试就要正式，我可真忍不住了："导演，我怎么着？"

"站着！"

"什么表情啊！"

"操那去了，站着有什么表情啊，来，正式。"

就那么着李导演的一声"开麦拉"就开始拍了。一拍还足有半分钟，四十多尺。我一想大帅府的佣人，一定要规矩一点，也许大厅里正在举行什么严重机密的军事会议，所以我的面目表情应该严肃一点：侧背着手，目不斜视地盯着前面。拍的时候，导演大概看都没看，差不多的时候喊了声收工就算完事大吉了。

等片子接出来一看，我的天！若不是我脸皮厚，真得像谷名伦一样地跳了楼！原来大厅里绅士淑女，人人衣履鲜明，个个珠光宝气的齐集一堂，或坐或立地围着一角钢琴旁边，听着白光边弹边唱《秃子尿炕》，她一哎哟，大伙儿就跟着随声附和，人人兴高采烈得好不热闹。然后把我站在走廊上的镜头接个四五尺，再一声哎哟，又是一阵附和，又是我傻B（大帅府四个佣人以ABCD排行，我排第二）似的站在走廊上，你看看：

  白光：扁豆花开麦梢子黄啊！哎哟！

  群众：哎哟！

  傻B：（呆立。）

  白光：手指着媒人我骂一场啊！哎哟！

  群众：哎哟！

  傻B：（呆立。）

  白光：只说那女婿呀比奴强，
  谁知他又是秃子又是尿炕啊，
  啊咿嗬呀呼嘿！

  群众：啊咿嗬呀呼嘿！

傻B：（呆立。）

写"数来宝"劲头儿足

其实我只拍了一个镜头，剪接师还真关照我，替我分成十段儿，每段四尺，平均在声带的"哎哟"上一插，接起来一看，哎哟我的妈呀，我成了木乃伊了！还好厅里是秃子尿炕，要是大娘们上炕，或者老妈儿上炕的，那我就不是傻B了，成了上海人嘴里不折不扣的"呆鸾"了！还好李萍倩先生拍的是《一代妖姬》，要是拍《铁公鸡》，配上了大锣大鼓的音乐，加上喊杀连声的叫啸，我也老僧入定地站在走廊上，你也别找我拍戏了，送我到青山疯人院得了。

不要说我演不好，就是李萍倩先生也没法演得好啊。李导演以前也是演员出身，要是碰见一位导演先生，也这么颠三倒四地乱接一通，也受不了啊。假使我请某一位明星演下列的情节："一位老先生饿了三天，看见窗橱里的挂炉鸭作垂涎欲滴状，然后伸出舌头，舔舔嘴唇。"

好嘛，等他演完之后，我接一段"毛"片上去，他站的地方接上汉堡的红灯区，看着橱窗里全裸的洋妞儿，然后镜头推到金丝猫的纤毫毕现之处，再接上他老先生垂涎欲滴，伸舌头舔嘴唇的镜头，你看他演的是个什么？再恶心一点，把他看的地方，接上洗手间，镜头推到WC的近景，然后接上他咽口沫、舔嘴唇的怪状，你想想那是什么德行？这哪是拍电影，简直是存心糟蹋人嘛！

以前，在上海剧校开晚会的时候，我曾经捅过漏子，把周璇小姐唱歌用的"麦线"踩断，以至令她歌不成声，怎么也想不到在香港会跟她同台演戏,所谓同台,是《花街》里群英会的曲艺台上,周璇小姐演个唱小调儿的歌女,我演个替她拉三弦的瞎子。因为我画广告的时候,周小姐也经常在一边儿看看,大概也是看着我似曾相识吧(岂止相识,大家还一条线上呢!麦克风线上的),所以见了面总是朝着我点头微笑。后来严俊给我们一介绍,她才知道我叫李翰祥,所以,以后的日子里,她一看见我总是毕恭毕敬,和颜悦色地叫一声李先生。我还真有点飘飘然。

《花街》里她演严俊的女儿,严二爷戏里的身份是一个说相声的爱国艺人(其实严二爷是挺爱美国的)。我还客串地替他写了一段"数来宝",因为编剧陶秦先生是上海人,平常连北方话都说不大真切,不要说数来宝了,所以和导演岳老爷一研究,就想到我身上来了。

岳老爷对我还蛮熟悉:"李翰祥这小子肚子里是个杂货铺,玩意还真不少,单弦岔曲、京韵大鼓、梆子、落子,他全会;数来宝就是耍贫嘴、流口辙嘛,他行,找他写,他一定行!"好,他这么一说,我若不写还透着不够意思了。所以剧务包古松把这消息一告诉我,我马上一口答应,不过我告诉他,相声里的数来宝我听过,也会唱,不过,以前可没写过,写出来行不行我可不敢打包票。包古松说反正试试嘛,行了就用,不行拉倒(看样子,他对我信心不大)。于是两个人一辆的士,就到了万邦酒店。

写数来宝到万邦酒店干啥呀?你有所不知,那时刘琼、韩非、严俊、陶秦,好像都住在万邦酒店。包古松告诉我,《花街》的编、导、演都在万邦等着我呢。我还真有点洋洋自得,很有点李太白醉写吓蛮书的劲头儿,就差没让岳(枫)力士脱靴,陶(秦)国忠研墨了。

"数来宝"洋洋洒洒

到了万邦酒店一看,好嘛,各路英雄好汉,齐集一堂:陶金、刘琼、严俊、韩非,加上岳枫、陶秦都来看李翰祥这小子出洋相来了。一看这阵势,当时我还真想打退堂鼓,不过转念一想,伸头是一刀,缩头也是一刀,是福不是祸,是祸躲不过。来吧,包古松!包古松端上纸笔墨砚,我朝台前一坐,先向岳老爷了解一下剧情,然后奋笔疾书,不到三十分钟,居然叫我凑合了一篇洋洋洒洒千多字数来宝,虽然不说是字字珠玑,也算有点意思了。我的朋友李敖说他的白话文五百年之内是前三名(第一名李敖,第二名李敖之,第三名OK李),也只是说他的白话文而已,可不包括数来宝。数来宝我"妈勒巴子李"可不比他差劲,因为我以前学过十三道大辙,喏:"中东,一七,言前(天仙),灰堆,梭波,摇条,发花,人长,由求,乜斜,姑苏,江阳,怀来",这十三道大辙传统上有十三个字的口诀"东、西、南、北、俏、佳、人、扭、捏、出、房、来",另外,还有一段十三个月的唱词:

正月里正月正,(中东)

二月里菜芽发,(发花)

三月里桃花开,(怀来)

四月里麦梢黄,(江阳)

五月里端阳节,(乜斜)

六月里暑三伏,(姑苏)

七月里七月七,(一七)

八月里是中秋,(由求)

九月里雁南飞,(灰堆)

十月里小阳春，（人长）

十一月里雪花飘，（摇条）

十二月正一年，（言前）

十三月一年多。（梭波）

除了十三道大辙之外，还有十三道小辙儿，像小言前儿、小人辰儿都是。多数在尾声加个儿音，像：这儿、那儿、盆儿、罐儿。有一个小辙的谜语蛮好玩的："猫头猫脸儿，猫鼻子猫眼儿，猫蹄儿猫爪儿，比小猫儿大不多，比大猫小不点儿"，你猜不着是什么吧？我告诉你——半大猫！

《花街》里数来宝写了些什么呢？说实话，事隔多年我还真记不清楚了，不过大意是说日本人由光绪二十年甲午之战开始就常常欺侮中国人。我还约略记得几句，什么："九一八、一·二八……重庆大轰炸、南京大屠杀"，整篇是由九一八柳河沟事件开始，一直数到卢沟桥事变，再数到全中国奋起抗战的情况。说不上什么有血有泪，倒也算感人肺腑，起码我写的时候就有点心酸。

岳老爷看过之后很满意，陶秦也满口称赞："这萧滋（这小子）磁恩（真）有一特澳（套）。"所以后来陶大编做了导演，不仅导的片子有点洋味，连他平常说话都有点外国人讲中国话的味道。

和周璇演戏真是舒服

严俊是数来宝的表演者，接过词儿来一看："哎呀，宝贝儿！这么大篇儿叫我怎么数啊，再说我也不会唱啊，这么着吧，岳老爷，叫李翰祥代我收音吧！"

好，想不到我还自编自唱呢。不信你留神注意一下，《花街》这部片子有时候还在电视上演哪，到时候你仔细听听，准不是严俊的嗓门儿！沙沙的，不是如今的"大L"，是以前的"妈勒巴子李"！

我又写又唱的，长城公司给我的酬劳是港币一百大元，不然怎么叫"血肉长城"呢！这一百块个个都是由老板肋骨上摘下来的，还真不好赚哪！不过还好那时邵氏的方小姐还没有出山，不然的话，一百块？干嘛？写个剧本才一千五，一百块一个歌词？疯了？反正李翰祥是自己人，抽支烟卷就行了呗。一支香烟要抽好半天哪！对不对，还不能买好彩，小粉包就成！对不？（不然怎么连我们邵老板都叹八〇年代的电影难拍呢，不省行吗？）

和周璇小姐同场演戏，真令人觉得舒服万分，导演讲完剧情之后，叫她试一遍，试完之后总是回头低声地问问我："李先生，你看我演得行吗？不对，你可得给我说说！"

我还真有点受宠若惊，不得不给她点意见："您出场鞠躬的时候，头再低一点就更好了，敌伪时候台下看白戏的汉奸多啊，不虔诚，他们就喊倒彩了！"

"对，您说得对！"她还不是敷衍，真正拍的时候，一出场一亮相还真是毕恭毕敬地向台下行了个九十度的鞠躬礼。

讲过日子，周璇小姐不仅节省得很，差不多已经到了抠门儿的地步了：她每天坐的士到侯王庙的世光片厂拍戏，一定在嘉林边道口下车，因为的士开到那儿刚好是港币一元，再开下去可就跳字儿了。一跳就是两毛，哪儿是跳字啊，简直是跳心。为了节省两毛钱，宁愿多走二里路，你瞧瞧多刻薄自己。

但是，我可不知道周璇小姐包月地住在青山道的××大酒店，我要预先知道，打死我也不去！有一天我带着银星舞厅的一位小姐到那个酒店开房，总以为那么远路不会碰上熟人的，没想到早晨和那位舞小姐勾肩搭背地一出门口，在走廊上和周璇小姐撞个正着，当时可把我窘得不得了。周璇小姐倒是挺大方的，依旧是和颜悦色、细声细语地："怎么，李先生也在这儿包月啊！"

"不，我……我不包月，论天儿的！"一边说一边拉着那位舞小姐朝外跑。好嘛，一晚上就用了我好几百！包月谁受得了！

最早认识周璇，是在北平读三中的时候，一曲《西厢记》的拷红，几乎连蹬三轮儿和拉洋车的都会唱了，大街小巷整天都是：

夜深深，停了针绣，和小姐闲谈心。

这之前也经常听她唱《四季歌》：

春季到来绿满窗，
大姑娘窗下绣鸳鸯。

调子很熟，不过，不知道出处，也不知道什么人唱的，一直到了香港，看了几部重映的旧片，才知道那首《四季歌》，原来是《马路天使》（摄于一九三七年，赵丹、周璇主演，袁牧之导演）里的插曲。卢沟桥事变之后，北平变成了沦陷区，最流行的一首，应该是《三星伴月》（周璇、马陋芬主演）里的《何日君再来》。

红卫兵把赵丹拳打脚踢

一直到现在，每一听到：

好花不常开，
好酒不常在，
愁对解笑眉，
泪洒相思带，
今宵离别后，
何日君再来！

马上就会想到敌伪时期的生活景象，跟着就会想起周璇。相信很多人跟我一样，先听见周璇的歌，后知道周璇的人，所以中国的明星和歌星，一直到现在为止，仍以周璇的唱片销路最多，地区也最广。

周璇最早出身于桃花歌舞团，团里的领班是被称为"桃花太子"的严华（严俊的叔父）。"八一三"的战事一起，桃花歌舞团宣布解散，团员们也都各奔他乡了。周璇跟着严华到了北平，也就顺理成章地同居在一起，就这么着，金嗓歌后变成严二爷的小婶儿了。回到上海，住在极司非而路元善里二十四号。开始夫唱妇随，如鱼得水，还真是羡煞人也。可是，后来就时常传出"桃花宫"夫妻不和的新闻，尤其到了周璇和韩非拍《夜深沉》（张恨水原著改编，张石川导演）的时候，报上的花边新闻可就热闹得很了。终于周璇离家出走，躲在国华的柳老板家中，这一段婚姻也就宣告结束。我二十三岁那年来香港，她正在大中华拍《歌女之歌》。在青山道××酒店碰见那次，正是她跟一位朱先生同居的时候。听说,后来替姓朱的生了一个孩子,回到上海之后,才发现被姓朱的欺骗得人财两失,所以,不堪刺激而神经失常。第一次听见周璇疯了的消息,脑子里马上想到和她同演《花街》的景况,那种楚楚可怜的样儿,那种和蔼可亲的笑脸;也想到影片《渔家女》中,她唱《疯狂世界》时那种疯狂的模样。及至听说她死前神志昏迷的状态中,还被石挥摆布过,我马上恨之入骨,恨石挥,也恨这个世界,我想"弱者,你的名字是女人"应该是指周璇说的。至于从小替人家做姨娘(女佣)而把她带大的母亲,应该属于坚强的人,但最坚强的还是她遗留的儿子!

她儿子叫周明,今年大概三十三岁。周璇死后,一直被赵丹和黄宗英夫妇领养在家里,由吃奶的孩子,到小学、中学、大学的受完教育一直在赵丹的家里。赵丹不仅供他念书,教他写字,跟他研究绘画,也时时刻刻地教他做人的道理,对他可谓爱护备至,视如己出;所以他对赵丹夫妇也奉如父母。

"四人帮"的时候,赵丹和前妻叶露茜生的儿子赵毛,为了他自己的前途,检举他亲生父亲赵丹曾经说过对江青大不敬的话,是个问题人物;带着一群无法无天的红卫兵,闯进了赵家,翻箱倒柜之余,把赵丹五花大绑,私立公堂地审问起来。赵丹气愤填膺地顶撞了小太岁们几句,这些小王八蛋们马上一拥上前,对赵丹拳打脚踢。此其时也,他的养子周明拼命地分开众人,趴在赵丹的身上,双手护着他的头,一边替他养父挨着雨点似的拳头,一边大声疾呼:"不要打,不要打,不要打我爸爸!他没有问题,他是好人!要打打我好了。"接着,他扯开嗓门大叫了一声:"我……我有问题!"他这种奋不顾身的勇敢行为和这种抢地呼天的正义举动,令红卫兵们目瞪口呆,也令告发赵丹的那个孽子赵毛无地自容!我相信,我们都相信,他的养父赵丹没有问题，他也没有问题！那么谁有问题呢？他亲生的爸爸？赵丹亲生的儿子？红卫兵？"四人帮"？还是这个世界？我不清楚！

十八般武艺，件件稀松

我不仅替《花街》画过看板广告，也替《花街》画了海报，想想那时自己也好笑：又演戏，又做美工，又写歌词，卖文，又代人配音卖唱（不过可得说明白了，我可是卖嘴不卖身），真是十八般武艺——件件稀松！

提起配音，还真是差点埋没了后半生！

在《花街》和《一代妖姬》之后，为了沈厂长天荫（一提到他的名字就想笑，电影公司厂长的名字好叫不叫，叫天荫，看样子出外景不带雨伞还不成）给我这个"特约演员"定了价，我连戏都不想拍了。刚好我的姐姐李丹露（不是我一个人的姐姐，是配音大众的姐姐，就好像刘恩甲是电影圈的二哥一样）想组织一个配音班儿，把日本片配成国语，配的还是李香兰（山口淑子）在日本拍的第一部影片——《艳曲樱魔》①，因为是以中日抗战为背景的戏，李香兰演一个苏州姑娘，被一个日本兵（池部良）爱上了，两个人约好了私奔，被城头的日本军官用机枪打死了。戏拍得很好，好像是黑泽明编剧。场面不错，情节也感人。和姐姐一块儿看完试片，就把配音班儿组织起来了，我们分国、粤语两组，领班当然是姐姐李丹露。国语组

---

① 此片日文原名为《晓の脱走》(1950)，又译为《拂晓的逃脱》，黑泽明参与了编剧工作。

的男配音员是姜南、管吾、古森林和我；女配音员是妹妹李丹薇（姐姐的妹妹，不是哥哥的妹妹，所以不关我们事）、郭眉眉（美术二师王季平的夫人，二师者略差于大师之谓也）、颜碧君。粤语组的男配音员是吴桐、姜中平、张生；女配音员也是妹妹李丹薇、眉眉郭眉眉，她们两位属至尊宝的大小通吃。所以正式配国语的时候，我们叫她们两位是眉眉妹妹；正式配粤语的时候，我们叫她们妹妹眉眉，听起来真够贫的！

日文翻译就是大大有名的二哥刘恩甲。刘二哥"满映"总干事出身，平常和我们叽里咕噜地直说日文，我们当然以为他日文很好了。所以当姐姐要找个翻译的时候，我和姜南一致推荐二哥。姐姐看他又胖又蠢，直摇头。认为他吃红烧肉可以，做翻译一定不行，而且也没正式学过，二把刀的日文怎能胜任。我忙替二哥吹牛，说二哥是日本东京帝大的高才生。姐姐将信将疑地用了他，我可搬了块石头朝自己的脚上砸！原来二哥的日文比二把刀还二把刀，外加还是两把修脚刀！他什么帝大呀，简直就是我们的大帝！

第一段放过之后，大家都看着二哥，等他翻译。二哥也看了看我们，然后若无其事地只顾吃他的花生米，姜南实在忍不住了："二哥，怎么样啊！"

"不错！"他的手一扔，一粒花生米进了嘴。动作之熟练，姿态之美妙，还真有个样儿！

"不错，什么不错？"我也钉了他一句。

"啊！"二哥装傻充愣，嘴里直嚼。

"什么不错？"

"这花生米不错，比罐头的好！"

好嘛，站在一旁的姐姐差点给他叫祖宗："二哥！他们问你刚才放的这段李香兰跟池部良在讲什么？"

"噢，这个呀，喏，李香兰跟池部良两人在河边不是说话嘛，他们不是拉着手儿、肩靠着肩地说话吗？"

"是啊，说的是什么话呀！"眉眉、妹妹一齐问。

二哥答得还蛮干脆："真，这种情形还看不出来，说什么话？你们说，两个人手拉着手、肩靠着肩能说什么话，当然是情话啦嘛！"

好，这位东京帝大的留学生，真能把你鼻子气歪喽。

"再放一遍！"

二哥的派头还蛮大，一边往嘴里送花生米，一边通知后面的放映师。放片子的熊哥一声得令，灯一暗，机一开，银幕大放光芒，画面上的李香兰在苏州河边和一群小姑娘、大婶子们洗衣裳。还真有个意思，不知道日本人在什么地方拍的外景，看起来还真像苏州河边的味道：左右两岸一边一溜大柳树，柳丝摇，柳絮飘，加上河里叽哩呱啦乱叫的一群鸭子游来游去，一看就知道是春天。"春江水暖鸭先知"嘛！

李香兰把洗好的衣裳放在石头上，用棒槌这么一敲，正捶得起劲的时候，池部良来了，跟她一努嘴儿，李香兰忙着站起身，和他并肩走到远处，边走边谈。河边的七姑、八姨、大妹子可就嘀咕了三句话。整段的戏重新配音的就是这三句话。

放完了后，灯一亮，二哥的嘴，也跟着一块儿歇下来，张着大嘴，两眼望着天花板"凝思"！等了半天，他都没有言语。姜南比我还急："二哥，她们在讲什么？"

"急什么，等我研究、研究嘛！"说完掏出香烟慢条斯理地抽出一支，我忙着替二哥点火，他来了一个"高射炮"一柱擎天式的，慢慢抽一口。好嘛，不知道还以为他是个道友呢。

我看他吐完了那口烟，忙把语气尽量地又温又柔地，"二哥，第一个七姑儿说……"

"她说阿诺西豆，阿诺就是那个，西豆就是人。她说那个人哪，那个人指池部良，那个人哪'鱼藏珠'！"

全部配音间，国粤两组的人都是一愣，那个人鱼藏珠什么意思？

大伙儿彼此望望，都怕打断了二哥的文思，谁都没敢出声。

"第二位，就是那白发老太太一点头，又说哪，可不是嘛，'表打点'。"

二哥得意地喷了一口烟。我看着姜南，学着二哥的语气说了一遍："那个人哪，'鱼藏珠'！"

"表打点！"姜南也学老太太的声音，然后看着二哥，等二哥把第三句译出来。

只见二哥又来一口烟，想了一想："梳辫子的大姑娘就说啦，'大鱼死了不值钱！'就是这么三句。"

"那个人呀'鱼藏珠'。"

"可不是嘛，'表打点'。"

"大鱼死了不值钱！"就这么三句！

哎，你们配吧，二哥把烟头朝烟罐里一按，又吃他的花生米。

姐姐问我："什么叫'鱼藏珠'呀？"

我说："欠学。鱼藏剑倒是听说过，专诸刺王僚的时候，把剑藏在鱼肚子里，所以叫鱼藏剑。至于鱼藏珠，可就抱歉，我没听过！"

颜碧君配七姑，丹薇配八姨，眉眉配大姑娘，一听这种高深莫测、三分人言七分兽语的话，还真不知道怎么配法。眉眉实在憋不住了。"二哥，大鱼死了不值钱是怎么个意思？"

二哥答得好不耐烦："大鱼死了还值钱嘛？当然是活鱼值钱喽！"

我成了二哥的"场记"

我忽然看见放映室的熊哥儿，隔着大玻璃窗，捂着嘴直乐！我知道他以前跑过船，会一点儿日本话，忙跑到后面跟他一打听，才恍然大悟。

本来，他开始还不肯讲，经不住我千求万说的，他才把他了解的大意告诉我：原来"鱼藏珠"就是少年老成的意思；"表打点"是说做事刻板，丁是丁，卯是卯，一丝不苟，分秒不差，像钟表一样；至于"大鱼死了不值钱"就是有花堪折直须折，莫待无花空折枝的意思。翻成俗语哪，就是——"过了这个村就没有这个店了"。

我要熊哥把片子再放一遍，数了数口形的字数，然后在配音间里，把他们的对话编排了一下，写了下来：

　　七姑：这个日本人哪，可真是少年老成，少见。
　　八姨：可不，一板一眼的。
　　姑娘：要是我啊，可就跟定他了。过了这个村儿，可就没有这个店啰！

写完，毕恭毕敬地递给二哥过目。他看完了之后，"对，完全对！跟我翻得完全一样，行了，就这么配吧！"

好嘛，这位东京帝大的毕业生，说话的派头，还真有"大帝"的意思。

我把台词交给丹薇她们三位看了看，了解剧情之后，"驴唇对马嘴"倒是蛮快的，不到四五分钟国粤两语都配好了。凡事都是开头难，第一段配好了，第二段第三段就容易多了。都是二哥先"鱼藏珠""表打点"一番，然后我再跟熊哥儿一琢磨，照着大概的意思，依着嘴形的字数，写好对白，交给大伙儿照着配。

四天之内，居然把片子对付着配完了。没想到买片子的三位股东老板，居然很满意。为了庆功，他们在乐宫楼请了两桌客。论功行赏，都认为翻译刘二哥的功劳最大，频频举杯向二哥敬酒："刘恩甲先生，你翻得真不错！生动得很哪！"

"嘿嘿！"二哥把杯举了举，在嘴边抿了抿，不过没喝，因为二哥"在家礼"①，抽烟，不喝酒。

第二位老板也忙着举杯。"恩甲兄，了不起，很了不起，第二部影片，还要请你多帮忙！"

"没问题，没问题！"二哥又举了举杯。

第三位老板也不能不表示表示，忙着向二哥敬了杯："你一定得帮忙，再接再厉一番！"

"没问题！"姜南大概实在看不过二哥大大咧咧的派头，有心跟二哥逗闷子："二哥，翰祥说他公司的事儿忙，下一部没空再配音了。我看二哥你就能者多劳，翻译完了对白，他那一份你就替他配吧！"

二哥一听可急了，忙着跟那几位老板说："不行！我这个黑兄弟不配，我也不配了。我翻译日文，都是我兄弟的'场记'。场记不来，我怎么办？"

好嘛，我成了二哥的场记了。

三位老板一听也向我敬了敬酒，二哥用眼瞄着我，见我干了杯，心里的石头才算落了地。

如今想想，我还是挺感激二哥的，由于配音，给了我很多学

---

① 指入了帮会。家礼教为满清乾隆年间在民间兴起的封建帮会组织。

习的机会，还真给我以后从事导演工作打下了基础：因为日本片，那个时候已拍得相当不错了，早已放弃了"淡出"（dissolve out）、"淡入"（dissolve in）的过程，场与场之间的衔接，全部是直接切入，节奏明快得多。加上替二哥做"场记"，更增加了很多编剧方面的认识。

所以一直到现在，提起配音，就想起了刘二哥；想起了刘二哥，就记起他所翻的歇后语："鱼藏珠""表打点""大鱼死了不值钱"。还真不假，菜市场的活鱼就是比死鱼值钱！

朱牧偷看林黛洗澡？

二哥做人有四大原则，也常把他的原则教导我们这些兄弟：

一、吃谁向谁，拿人钱财与人消灾。
二、装傻充愣，大事要清楚，小事装糊涂。
三、抓鱼抓头，事有本末，物有始终，不要没头苍蝇乱钻。
四、头拴秤锤，逢人眉开眼笑鞠躬哈腰。

根据四大原则待人接物，所以二哥的老板喜欢他，上司喜欢他，朋友们喜欢他，我们这些小兄弟姊妹们更喜欢他，因为在他小事装糊涂的原则下，我们经常地敲敲他的小竹杠；在抓鱼抓头的原则下，我们三天两头地替他介绍丈母娘。

二哥很需要个女朋友，我们这些兄弟们更需要个二嫂，不过二哥凡事都要看看皇历（通胜），想找个对劲的对象，还挺不容易，因为什么事都要按照皇历上的既定规律行事，分毫不差。譬如皇历上写着宜沐浴他才沐浴，宜出行他才行；有的时候半个月都不宜沐浴，他也就半个月不洗澡，外加不大换衣服，白衬衫的领子袖口都成了灰的，才肯换一件，不长蚤子已经万幸了，还想找二嫂？所以我们经常跟几位小姐，捏好窝窝给二哥介绍女朋友，在二哥抓鱼抓头的原则下，一定要走"伯母路线"，于是我们在他的宜沐浴的黄道吉日那天，替他先约未来的丈母娘（多数都是冒充的，骗术奇谭），二哥一定大请客，我们众兄弟也一定敬陪末座呀。我呀！姜南哪！朱牧啊！都是每请必到的（不请也自来），白兰地一喝就是三四瓶，那时候年纪轻个个都能喝，丈母娘也一定酒量不差（不喜欢几杯的，才不跟着我们起哄呢）。然后再选个黄道吉日，见见我们未过门的二嫂（放心吧，一辈子过门不了），又是胡吃海喝一番。然后二哥和准二嫂看电影，我们兄弟陪着；下馆子，我们兄弟跟着。在吃谁向谁的原则下，我们替二哥敲边鼓，说好话，一直到我们准二嫂不愿意跟着起哄了，我们就再找一位。西湖美景八大片，看完了一片又一片，日久天长地，二哥一看苗头不对，慢慢地也就咂出滋味不对了。所以再给他介绍丈母娘，他说皇历上不宜访友，不宜探亲，不宜出门，甚至诸事不宜（连看佳视也不宜）。

后来我们才知道，二哥已经找到了"二嫂"的大本营，官涌、红楼的小姐们，都曾经跟我们二哥试过婚，上过床。试婚费是每天二十元（比我们的介绍费便宜得多）。二哥把这种开销叫作人道费，每月照着皇历上"宜房事"的日子分配好，然后随便捡个"二嫂"房事一番。自从二哥有了人道费，我们这帮小兄弟可就没有道儿走，没咒儿念了，对我们来说还实在有点惨无人道。不过二哥对我们这些兄弟，还是爱护备至的，我们有高兴的事儿，二哥一定喜笑颜开；

我们有不愉快的事，二哥也一定愁眉苦脸。偏偏朱牧不争气，惹我们二哥生气，在日本拍《红娃》外景的时候，偷看林黛洗澡，把二哥差点气炸了肺。

事情发生之后，由日本传到香港，当时我还真有点不大相信，因为我知道朱三爷根本不喜欢这一套，你要想请他看春宫电影，除非你把他宰了拉着他的尸首看，外国的裸体杂志送给他都不要；即使偶尔也去过官涌、红楼的，也是进门先关灯，上床先闭眼，否则难为情，也怕人家难为情。这种人会"窥浴"？你说可能吗？不可能啊！可他偏偏地偷看林黛洗澡。王莱、沈云、翁木兰都看得一清二楚：一个剃着平顶头的人，爬在隔壁男浴室的木板上，偷看林黛洗澡。偏偏朱牧剃了个平顶头，还好她们三位女士先出去了，否则连她们的枝啊叶啊的都看在里边了。唉，怎么了这是，朱三爷！

一班女将把朱牧恨入骨

一九五八年八月初，新加坡国泰机构所属的香港国际影片公司，在导演岳枫率领之下，由香港乘总统轮，远赴日本东京的御殿场拍摄《红娃》外景。其中包括制片马叔庸，副导演陈又新、王星磊，翻译马力（兼演员），剧务蓝伟烈（兼演员），以及王引、张扬、刘恩甲、杨群、朱牧、朱少泉、万里、高在芳等四十余人。另外林黛由沈云、王莱等众女将陪同之下，搭乘飞机，后发早至地先到了东京。

由于林黛刚与合作多年的严俊分手，再加上其他的全体演职员都在御殿场等候筹备拍摄工作，只有她和众女将在东京夜夜灯红酒绿，日日游山玩水。听说其中还有人给她穿针引线，介绍了什么小郭、小王、老张、老李,更引起了刘二哥的不满、王老引的不忿。三爷(朱牧)一看也就站在二哥和老头儿(王引)这一边,既不满且不忿起来。

一个礼拜之后,林黛和沈云等一到,外景队就很清楚地划分为两派:一是以王莱、沈云、翁木兰为首的拥林派,一是以刘恩甲为首的倒林派。

二哥一来是看不惯众女将对林黛的前呼后拥、奉承拍马的态度,二来是为我们严二爷抱不平(其实,林黛一换画,严二爷就找小咪姐——李丽华——去了,由妹夫变成了姐夫,也没吃什么亏),所以经常在林黛面前指桑骂槐,连挖苦带损。朱牧是二哥的兄弟,老头儿是二哥的朋友,加上天生的疾恶如仇的性格,眼睛看不惯的事,嘴里就要骂咧子。杨群是个骑墙派,看着哪派占优势就倒向哪一派,墙头草,两头倒嘛!不过,也只是希望哪边都不得罪而已。张扬倒无所谓,老头儿怎么吆喝他就怎么唱,二哥怎么起哄,他就怎么架秧子。两派势成水火,针锋相对,见了面都是皮笑肉不笑。那时朱牧年纪轻,心里凉清清,脸上也就冷冰冰的,表里一致的,皮肉不笑,所以一班女将把他恨之入骨。不过,看在老头儿和二哥的份上,大家都按兵不动,"刀剑收起,仇恨记下"。等到一听林黛在浴室中大叫一声,大家蜂拥而至,只见林黛花容失色,声音颤抖地大叫:"有人看我洗澡!"

"谁?是不是朱牧!"

"没看清楚,只看见一个平顶头,在男浴室的隔扇上一露头,就跳下去了。"

"平顶,对,朱牧就是平顶头,王八蛋,这小子平常看人都嘴歪眼斜!"

"可不是嘛!兔崽子!眼斜心不正,不是他还有谁?蓝伟烈,蓝伟烈！"

剧务蓝伟烈一听几位姑奶奶的声音，还以为有人被强奸了呢，马上跑了出来，听过她们的"投诉"之后，蹑足走到男浴室门口，推开门一看，他妈的，不是朱牧是谁！这小子正光着腿子在里边若无其事地数毛儿呢！蓝伟烈笑了笑。

"怎么？三爷，洗澡？怎么大白天的两点钟就洗澡？"

"冷嘛！没事儿嘛，洗个澡暖和暖和，晚上喝酒舒坦。"

"噢，你舒坦了，嘻嘻，人家可怪别扭的！"

"什么意思，你这是什么意思？"

"没什么，没什么？就你一个人洗吗？"

"朱少泉刚洗完了出去。"蓝伟烈看了看朱牧的平顶头，笑了笑刚要走，忽然发现浴池的窗门开着，窗台儿上还留下一个湿湿的脚印，忙上前推开窗子看了看，外边的石板路上，也一样有几个水淋淋的脚印。蓝伟烈把手放在窗台的脚印上量了量，一拃四分三，用眼眵眵朱牧的脚巴子，他妈的不是一拃四分三是什么？

为什么一定是朱牧？

还没等朱牧离开浴室，整个御殿场酒店已经传遍了他窥浴的消息！跟他同睡一间房的王老引，气得直咬手指头；二哥更是唉声叹气，捶完了前胸捶后背；杨群躺在床上静静地吃水蜜桃儿，虽然没说什么，可多少有点幸灾乐祸的意思；张扬用手直揉下巴："真，花一千块钱日币看什么样的没有？横看成岭，侧成峰！他妈的，窥浴，没出息，真没出息！"本来还想多说两句，一看撅着屁股跪在榻榻米上的二哥，瞪着小眼睛直向他呼哧,就没敢再言语了。于是,整间房顿时静了下来,除了杨群的啃桃儿声、王老引的咬手指头声,就是二哥不时地大喘气了。一直到朱牧端着洗脸盆进来,整间房才算有点生气。

朱牧还装得真像,若无其事地把盆放好,坐下掏出香烟抽了一口,"小坏小儿"(杨群的绰号)瞟了他一眼,唱起二哥改编的青春口哨:"隔着板了看看毛儿,浑身都有毛儿……看她那肚脐子啊……"

"不要唱了!"二哥一吆喝,还真吓了杨群一跳。朱牧一看空气有点儿不大对,还以为二哥跟杨群不愉快呢!忙着低声地劝解:"怎么了二哥,小坏小儿惹你生气了?何必跟他一般见识呢!算了吧!看我了!"

"有什么好看?你有什么好看?"

"怎么了,二哥?"

"我不是你二哥,我没你这么个好兄弟,以后你叫我刘老二得了!"

朱牧一听,二哥的火气还真不小:"得了二哥,你要是刘老二,我不成了朱老三了。"

"朱老三?我看你是猪头老三,简直就是人头猪脑!"

"怎么啦,怎么得罪你了?"

"得罪我有什么关系,就怕你见了佛不烧香,得罪了和尚!"

"得罪和尚?什么和尚?"朱牧还真有点丈二的和尚摸不着头脑!

"别跟我装孙子了,我问你,你大白天的洗澡干什么?"

"洗澡怎么不对了?"

"我知道,蓝伟烈说你冷,洗个澡暖和暖和,晚上喝酒舒坦,对不对?"

"是啊，不对吗？"

"对呀，不只晚上舒坦，我看你白天也够舒坦的了。我问你，你爬在隔板上看林黛洗澡干什么？"到此时朱牧才明白二哥为什么发火！

"我看林黛洗澡？谁说的？"

"我还没说完呢！若要人不知，除非己莫为。你冷？全外景队的人，就你一个人冷？好吧，算我瞎了眼，你哪儿凉快，哪儿待着，你不搬我们搬！"

朱牧一看二哥是铁了心了，水都泼不进了，跑到老头儿面前："怎么回事？老头儿？"

"林黛洗澡，有一个留平头的家伙爬在隔板上看。"朱牧摸了摸自己脑袋："平头？外景队的男人除了岳老爷、朱少泉、杨群之外，为了拍戏，哪个不是平头？你是，张扬是，万里、高在芳、蓝伟烈、陈又新、刘琦、王星磊，连刘二哥都是，怎么单说是我？"

老头一听也对呀。二哥也一个鲤鱼打挺由榻榻米上坐了起来："对呀，为什么一定是朱牧？"

大家都觉得葫芦里有药，正在研究，蓝伟烈推门进来："朱牧，岳老爷找你去一趟。"朱牧一看蓝伟烈的脸，知道事情一定挺严重，咽了口唾沫，硬着头皮跟着蓝伟烈出去。

掉脸盆儿的是谁？

岳老爷住的地方和林黛的房间紧对门。林黛在房里哭得好不伤心，嘤嘤呜呼，声达户外。一班女将围着她边劝边骂。有人在门缝看见朱牧上了楼,更加地不依不饶起来。

"走!叫他马上走,他不走我们都走!"

"不要脸,看人家洗澡,叫他眼睛生大疮,不得好死!"

朱牧声声入耳,也只好装没听见。推门进房,岳老爷倒还客气,不仅笑脸相迎,还替他斟了杯茶。朱牧刚要说话,岳老爷用手拦住他说:"我都知道了,也调查得一清二楚,可是,暂时没有真凭实据,还不能发表。不过林黛她们肯定是你,所以声言叫你马上就走,否则不接通告。"

"好吧,不要因为我,耽误了你的戏。只要你吩咐一声,我即刻回香港。不过事情可要调查清楚,不然我跳到黄河也洗不清!"

"那当然,那当然。我已经问过朱少泉了,他说你进去之前除了他还有一个人,不过他没看清楚是谁,年纪大了,明哲保身;我想他应该知道,只是不肯讲。连你他都说没有看清楚。哼,人老奸,马老猾,问他也是多余!你每天洗澡带不带脸盆?"

"带啊,当然要带呀,大家都带嘛!"

"你的盆儿在吗?"

朱牧一听,话里有话,马上说:"在呀,在我房里,我去拿。"

刚要回身,岳老爷马上摆手儿:"不必,不必,这么说可能另有其人了,刚才我们在冲凉房里捡到一个脸盆儿。"

朱牧迫不及待地:"谁的?"

"我们正在调查。另外,还有一个日本下女看见有个人从浴室的窗户,跳到后院跑掉了。"

"什么人?"

"下女不认识,说是不胖不瘦,中等身材,比你矮得多!"

朱牧一听,心里的石头落了地,感激得差点哭出来了!

"岳老爷，谢谢你，不是你，我可要替别人背一辈子的黑锅了！"

"先别忙谢，我们先把没有脸盆的人找到，问清楚了再谢。"说到这儿，制片马叔庸进来了，看见朱牧忙用上海话安慰他："侬笃定好了，阿拉晓得弗是侬。"然后和岳枫耳语了几句，岳老爷点了点头看了看朱牧："你先回去吧，事情总会水落石出的。"

二哥和杨群、张扬都在门外等消息，一见朱牧走出来，二哥第一个赶上前："怎么样，兄弟？叫你马上回香港啊？"

"对，谁看林黛洗澡，谁就得马上回去，不过，我没看！"

"谁，找到了？"

"人没找到，捡到了一个脸盆儿。"于是朱牧一五一十地把经过情况都告诉二哥他们。大家开始用不胖不瘦、中等身材的标准，推测是谁，结果除了岳老爷和老头儿之外，只有两个人最合标准：一个是特约演员高在芳，一个是摄影助手刘琦。刘琦是拥林派，整天和她们众女将在一起，人又斯斯文文、清靓白净，当然不会是他，那么就肯定是高在芳了。于是由二哥带头，大家都装作若无其事地走到高在芳房里，看看他有盆没盆。

窥浴的原来是刘琦

高在芳正听万里唾沫横飞地讲笑话。

两个人嘻嘻哈哈地在房里挺乐。二哥和朱牧悄悄地走到高在芳睡的地方一看，不免大失所望，原来他的洗脸盆好好地摆在榻榻米上。

如此一来，窥浴的多半是刘琦了。到他的房里一看，刚好蓝伟烈和王星磊都在，只见小山东（王星磊）正在盘问他。他们两个感情一向不错，所以小山东对他相当关怀："那什么，你那个什么……什么地方去了？"

刘琦还真有点莫名其妙："什么？什么什么地方去了？"

"那什么（小山东不说什么开不了口），你那个什么，洗脸的那个什么……盆儿呢？"

"脸盆啊？"

"对，那什么！那脸盆儿什么地方去了？"

"不是在那儿嘛！"

大家朝他指的方向一看，空空如也。彼此交换了个眼色，人人心知肚明。刘琦还真是一愣："怪了，我……我的盆呢？"

蓝伟烈冷冷地看着他："刚才我在冲凉房里捡了一个，八成是你的吧？"

刘琦的脸，刷地一下由红转白："冲凉房？我……我什么时候去过冲凉房？"

朱牧再也忍不住了："你，你没有去过冲凉房，是我拿了你的盆儿去的！"

"你为什么要拿我的盆？"

"为了看林黛洗澡啊！"

刘琦越听越不对路："这……这是什么话？"

二哥也冷冷地来了一句："什么话，……唐伯虎的古画（话），贵妃出浴图！"

"噢！我明白了，你们全是为朱牧解脱，给我栽赃！"

二哥一点笑脸都没有了，小眼睛一瞪："栽赃干嘛！真凭实据，人证物证俱在，还有什么好赖的！"

"什么人证？"

"有个日本下女，看见你由冲凉房的窗口跳出去的！"

"哪个下女，问她去！"刘琦把心一横，想硬到底。可是，事实胜于雄辩，在岳、马叔庸和刘二哥的三堂会审，下女的验明正身之下，也就不得不软了下来。

"走，马上给他买飞机票，今天就走。"岳老爷铁青着脸向小马交代。

王星磊一看想劝也不能劝，只好先把局面缓下来："那什么，今天太晚了，飞机票那什么了！"岳老爷听惯了小山东的话，明白他的意思。

"买不到回香港的机票，马上给我去东京，我不要再看见他！"

说着怒气冲冲地出去。一推房门，被在门外偷听的林黛拦住："算了吧，岳老爷，刚才那个下女直笑话我们，说日本人本来是男女同浴，大家只顾洗澡，一切都是司空见惯的，偏偏我们中国人大惊小怪！"

岳老爷看着林黛半天说不出话，二哥可炸了肺了："怎么着，小林黛，朱牧看你就不依不饶，刘琦看就算了！这样公平吗？"

因祸得福，朱牧蹿红

当天晚上，刘琦在王星磊的陪同下，暂时被安置在另一间小旅馆里。

当天晚上，香港国际公司的总经理钟启文，专程乘机转来御殿场，代表公司正式向朱牧致万分歉意！

当天晚上，刘二哥和张扬、杨群、老头儿和一般日本的工作人员一齐罗汉请观音，为三爷的"平反"举行庆祝大典，宴开两席，杯觥交错，好不热闹！

朱牧一时成为御殿场的大英雄，冤得申，怨得雪，心情是既开朗又愉快，一连喝了两大瓶菊正宗、一打啤酒、三瓶白兰地、四支威士忌，居然连点酒意都没有（三爷怎么说我怎么写，他有没有吹牛就不知道了）。酒过三巡，菜过五味之后，找来两个日本艺妓（并非梳大盘头的艺妓，也不是卖嘴不卖身的艺妓，而是有"艺"在身的妓女），先跳四脱舞，后演十八摸，接着是……

第二天，钟启文亲自押着刘琦回了香港。第三天《红娃》继续开拍，林黛见到朱牧多少有点尴尬，三爷反倒心平气和若无其事。不过二哥可得理不让人了，完全以胜利者的姿态出现，趾高气扬不说，嘴里除了阴阳怪气地指桑骂槐之外，还把他那只改良的"青春口哨"唱得更加"青春"起来。

此一窥浴事件，朱牧是因祸得福，不仅日本的工作人员对朱三爷另眼相看，连香港电影界的同仁也对朱牧敬佩起来。后来朱牧到韩国拍外景，韩国人也对朱牧佩服得五体投地，所以后来娶个美丽贤惠的太太也叫韩佩朱（培珠）。嘿！信不信由你，什么事预先都有个征兆，冥冥之中好像是天生注定。

《红娃》一拍完，上演的时候成绩平平。《红娃》没红，朱三爷反而红了。由日本返港，居然获得当时的天王巨星李丽华亲到机场迎接，也马上接到严俊的聘请，叫他担任《元元红》的助理导演之职，并且剃光了头兼演片中大帅之职。这一角色在《一代妖姬》的时候，原是严俊自己演的，如今退位让贤地让给了朱牧，可见我们三爷当时多红了。

女星群中白光最坦率

到今天为止，电影界最坦率的女明星，白光认第二，大概没人敢认第一了。因为到现在为止，连外国的女明星算在一起，恐怕还没有人做过三十大庆吧，可是，白光做过！

年怕中秋月怕半，星期就怕星期三。漂亮的女人也怕人生之半的三十，小姐到了三十岁虽然说风韵犹存，但总归是徐娘半老了，半老也够恐惧的了，"自古美人如名将，不许人间见白头"，三十一过，眨眼就是四十的烂茶渣了。好好的一朵鲜花，变成了烂茶渣多别扭！所以小姐们一到三十，就来个向后转，二十九，二十八，然后二十七八，二十八九，七上八下的可有得过了。所以，白光能够公然地做三十大庆，实在难得。

一九五二年，我二十六岁，仍旧在长城画广告和拍特约戏，不过晚上多了几个钟头的配音工作。当时白姐是红透了半边天的大明星，声势已经盖过了比她小一岁的"天王巨星"李丽华；而我只是一个小职员、小特约，但她一样地对我客客气气。大家都是在北平长大的，谈起话来格外显着对劲，加上我妹妹和她三妹史永芳，在北平华光女中同学，就更容易套近乎了。

白光的原名叫史永芬，今年五十八岁了，可是依旧驻颜有术，看上去最多也不过四十郎当岁儿。她们老太爷以前在商震手下做过军需处处长（我爸爸也做过军需处处长，更有点亲上加亲的感觉，其实八竿子打不着），敌伪的时候在师范大学当书记。她们老太太倒蛮有"容人之量"，一口气生了他们八个：二男六女。白光是老大，老二是弟弟史永英，三妹史永芳，四弟史永华，底下全是妹妹，名字也都是草字头的，她们是永芹、永苓、永芸、永莘。

白姐从小就很顾家,相信弟弟妹妹都曾经受过她的好处。你想想,当年军需处长的老太爷,什么脑筋哪,能愿意女孩抛头露面演戏吗?小时候我用自己的点心钱积起来买的水彩画的颜色,我那位军需处长的爸爸还给扔到院子里呢!演戏,姥姥也不行啊!无奈白姐演了戏,我也当了导演,子女们的兴趣,岂是做家长的可以干预得了的?

白光小时候也是华光女子中学的。华光女中的同学都比较天真加活泼,捣蛋加摩登,所以当时流行一句话:

养儿上北方,养女上华光。

史永芬艺名白光的光字,可能为了纪念她的母校华光吧!白姐的皮肤够白,在学校也特别光芒四射,风头出尽;社交上也特别活跃,所以初中毕了业就不愿意再念书了,野惯了嘛!偷偷地参加了"北平学生剧团",和石挥、张瑞芳一齐演出过《日出》。你别看白姐如今的块头儿,当年还演《日出》的小东西呢!小东西楚楚可怜,白姐大大咧咧,完全两码子事,大概当年的史永芬小姐身段儿也相当苗条吧!就像我似的,以前也没有如今的大肚子,也是个瘦高挑儿的小东西;如今老喽,不中用喽,好汉不提当年勇喽,加上张翠英张口老东西,闭口老东西的,什么东西不老啊,不老也让她叫老了!

白姐的第一部电影是在北平拍的。那是卢沟桥事变之后了,已经是敌伪时期。北平有一家中和电影公司,登报招考演员,史永芬就用白光的名字去应征,和后来在"满映"的李明一齐被录取了。也就由她们联合主演了一部戏,这部戏马上引起艺华老板严春堂的注意,教人把她请到上海拍《红豆生南国》。我们白姐第一天到上海就给艺华闯下了滔天的大祸!

新闻界上了白光的当

原来严老板特别郑重其事地为她举行了个记者招待会，把全上海的大小报记者全部请到。原定的时间是下午三点半，可是我们的史大姐左等不来，右等不到。坐在艺华"大菜间"的各位记者开始还有说有笑，到后来可都有些不耐烦起来，但都为了看一看这位北京来的白光，如何白，怎样光，虽然已经口出怨言，但还没有离席的。一直等到五点二十二分我们的白光小姐"千呼万唤始出来"，倒是没有什么"犹抱琵琶半遮面"，一进门看见满屋都是人，她哎哟了一声："啊！这么多人，干什么的？"

严老板马上满脸带笑地迎上前："都是新闻界的朋友，来来来让我介绍……"

"啊，新闻记者呀，我不要，我不要看见新闻记者！"说罢一溜烟地跑了出去。弄得个严春堂手足无措，真不知如何是好。

这么一来，可把新闻界的朋友惹火了，于是大家联合起来，你一段，我一段地天天在报上丑化白光，说什么白光未红先骄了，说什么白光是三流舞女一般的货色，甚至有人说她连咸肉庄的姑娘都不如了，又有人说她太任性太随便了，口无遮拦，一天到晚老把生殖器挂着嘴上了。嘿！没想到大家全上了白小姐的当了。俗话说得好，反宣传，正宣传，反正都是宣传。这些新闻界的傻小子们在我们白姐一个激将法之下，全入了她的圈套。你也骂白光，他也骂白光，读者们本来不知道白光是谁，看着看着反而对这位"叛逆女性"特别注意起来，也就跟着纷纷议论，于是男也谈白光，女也谈白光。白光一时成了茶余酒后、歌坛舞榭的话题，好像不谈白光一天就白过了，不谈白光就脸面无光了！

"白光是啥人？"

"电影明星嘛，放电影一定有一个白光嘛。没有白光银幕上哪有电影呢！"

好嘛，一传十，十传百，百传千，千传万；上海谈白光，南京谈白光，报章杂志一转载，天津北京也谈白光，格老子连四川成都都谈白光。一时之间全中国各地都白光闪闪，声声白光。所以《红豆生南国》一公映，白光马上一炮而红。第二部《桃李争春》更是轰动，一曲"窗外海连天，窗内春如海"的插曲，电台天天播，舞厅夜夜唱，连北平拉洋车的、蹬三轮的都会唱了。

我当时还是个中学生，更是朗朗上口。

有一天我二叔喝得醉咕隆冬地回家，我上前一扶，然后问了他一句："你醉了吗？"

"……"

我一看他没言语，马上接着唱："你醉得是——甜甜蜜蜜的酒，我醉得是你——翩翩的风采。"我二叔啪地一下，给了我一个大嘴巴子。

说相声的侯宝林更把白光的名字编在他的《一贯道》里：

甲：他说想看你的亲人。父亲，母亲，死去的人都能看见！

乙：哦？

甲：我说我父亲死啦！

乙：那能看得见吗？

甲：他说，行。你闭着眼睛念一百遍，别睁眼；闭着眼睛往前看，眼前闪出一道白光，白光里一出现人，那就是你的父亲来啦。

乙：你念了没有。

甲：念了，念了足有二百遍。

乙：瞧见了白光没有？

甲：甭说白光，我连周璇也没看见哪！

您以为白光真迷糊？

白光表面看起来随随便便、大大咧咧，可她有她的一定之规：小亏她尽量可以吃，大便宜谁也别想占。你若看她迷哩麻糊，就以为她是个小迷糊，那你就是个大笨蛋。

白姐天真坦率得已经到了放荡不羁了。别的女明星换服装，都是跑到化装间里，锁上门，还要找几个女工或"蜜友"在门口把着；如果拍外景没有化装间的时候，也要想法围个"人墙"，总之要遮遮掩掩，尽量地保守军事机密。可是白姐不然，不论是开音乐会、拍电影，换衣服不管台前台后，一律在众目睽睽之下举行，乳波臀浪，一览无遗，越是老实人在场，她越换得彻底：随手把乳罩一解，三角裤一脱，经常把那些年轻人弄得无地自容（还好是三十年前的事儿，如今的年轻人可大方得多）。

胜利之后，艺华老板严春堂的二公子严克俊请她拍《626间谍网》，导演是屠光启，拍摄的地点是上海南市斜士路的华光片厂。谈合约的时候甲乙双方言明酬劳分三期支付，开镜时付第一期，拍到二十个工作天之后付第二期，拍完最后一个镜头付清尾数。甲方当然是严克俊，乙方是白光。如果甲方不依约付款，乙方可以拒接通告；乙方不依约拍戏，就要赔偿甲方因之而受的一切损失。

戏倒拍得满顺利。屠光启刚拍完了《天字第一号》，对间谍片也是驾轻就熟。很快就拍了二十个工作天，到了第二十一天的早晨，应该付第二期片款的时候，白光化好了装，坐在化装间里聊天，就是不肯到片厂。导演叫剧务请她拍戏，她上了三次洗手间；副导演来催，她又打了八个电话；不得已，老屠亲自进了化装间："白姐啊，光打好了，别人的戏也试过了，就等你哪！"

"我……我有点不大舒服！"

老屠一听，以为她生了病，忙问："怎么了，是不是感冒了，马上请个医生。"

"也不是感冒，是感情！"

"感情？怎么？"

"也不能算感情，是情感……不，不，不是感情，是情绪，我情绪不大好。"

"谁得罪你了？"

"不是谁得罪了我，是我得罪了人！"

"谁？没关系，我跟他去说！"

"也不要外人，是我的秘书毛小姐。早晨她跟我说：房钱两个月没付了，小裁缝的工钱也三个月没给了，电话就要剪线了，家里的米都光了……叫我把她臭骂了一顿。可不是嘛，有什么等不及的？今天我应该拿第二期酬劳了，钱一到手什么事不能解决？"

老屠一听，这才明白过来，原来第二期片款未付，马上把二阿哥（严克俊）找了来。严克俊马上跟白光甜言蜜语地一阵之后："白姐，钱已经叫人到外滩银行去拿了。光打好了，咱们先拍这个镜头吧！"

"不行啊，家里那么多事，毛小姐又哭哭啼啼的，解决不了，我哪有情绪拍戏啊！"

"解决得了,一定没问题!外滩到斜土路,坐三轮车总要半个钟头,就快到了,拍完这个镜头就到了。"

老屠也在一旁敲边鼓:"白姐啊,来来来,咱们边拍边等吧!"白姐不得已懒洋洋地站起来,走到片场,拿起了导演交给她的台词,不巧不成书,刚好和她当时的情绪正相反,剧本中写道:"老实讲,我这人哪一向把朋友放在第一,钱财放在第二。本来嘛,钱财身外物,生不带来,死不带去,有什么关系吧!"没关系?哼!太有关系了。

白光的"老实讲"

白光一看,糟糕!是不是老屠跟二阿哥捏好窝窝儿了,存心不给钱哪,那怎么行?"不对,不对,老屠啊!你现在叫我说这个词儿,不是叫我难过吗?不行,你们硬打鸭子上架,我可是不见兔子不撒鹰,还是等钱来了再说吧!"

老屠还真拿她没办法,只好连央带哄的,总算是把白光说得耳根子软了下来:"不过,我可预先声明,这个镜头我拍,下个镜头钱不来,谁再叫我拍谁就是孙子,丫头养的。"

"当然,当然。"试了一遍之后,白光的词儿说得滚瓜烂熟。老屠还真是打心眼里佩服,一声"开麦拉"喊得好不威风。

依着剧情,白光朝沙发上一靠,抽了口烟:"老实讲,我这个人哪!一向把钱放在第一,朋友……唉,不行,他妈了个B的,钱不来我的情绪就是不行!不稳定!"

"试的时候挺好吗,不要紧,再来,再来。"老屠一边哄着她,一边喊了声"开麦拉"。

白光又朝沙发上一靠,抽了口烟:"老实讲,我这个人哪,一向把朋友放在第一,钱放在第二,本来嘛……哎呀,糟了。"她忽然站了起来,一弯腰就朝外跑。老屠看了,吓了一跳说:"怎么了,怎么了,白妞儿?"

"不行,我成了红妞了,大姨妈(月经)来了,快,快扶我到洗手间。"谁也没看见,不知道什么时候她的秘书毛小姐进了片厂,只见她慌慌张张地把白光扶进化装间。老屠只好把剧本朝导演椅上一摔,坐了下来。

一个钟头之后,会计小姐匆匆忙忙地由外滩赶了回来,白姐也扶着秘书由化装间出来,严克俊马上亲自把钱双手奉上,她一转手就交给秘书:"毛小姐,数一数,对不对。"

毛小姐一五一十地数清楚了之后,朝白光点了点头,她马上像变了个人似的,忽然神采飞扬起来:"你先回去,我现在情绪来了,别打扰我,老屠啊,咱们拍吧,他妈了个B的,我还以为大姨妈来了呢,原来又热又胀的是他妈尿憋的。来来来,大伙儿卖点力气,一大清早的一个镜头还没拍呢,来吧!小爷叔,咱们打铃正式吧,来,别吵啊!正式了,预备,老屠,别愣着,你倒是喊开麦拉呀!"

老屠又好气又好笑,只好喊了一声"开麦拉",白光朝沙发上一靠,轻松,大方,吐了口烟之后:"老实讲,我这个人哪……"一口气把台词念完,既爽快又自然,工作人员都佩服得五体投地,一致地拍手叫好。白光兴高采烈地大发宏论:"是不是?我自己的毛病自己还不知道吗?钱不到手,心就是不定,心不定情绪当然不好,情绪不好怎么不忘词?老实讲,我这个人哪,朋友不朋友还在其次,就是见钱眼开,没钱什么事都免谈,有钱能使鬼推磨,有钱的王八大三辈嘛!朋友几个子儿一斤呢?来来来,王克明(场务),去买咱们的三文治，大饼夹臭豆腐干儿，数一数一共多少人，每人一份，我请客。"说完朝皮包里摸钱。突然她一声大叫，瞪目失声，原来她皮包里的一只钻戒不见了，足有七克半，还是上好的九九成火油钻。

粗中有细的白光

大家都吓了一跳，在场的演职员都有点不大自在起来，因为大家都难避嫌疑。屠导演比谁都急，若是戒指找不到，今天的戏岂不要泡了汤？于是大家分头在四面八方东寻西找；楼上化装间的人更加紧张，因为以前这只戒指就在化装间里出过毛病。

那还是敌伪时间的事，白姐第一次拍戏，就是以前说的《红豆生南国》，导演是曹继鳌（中国的电影导演前前后后的还真不少，这位曹导演我却不大清楚）。那只七克拉半火油钻就在化装间里不见过，当时连杨志卿都在场。

他在戏里演白光的父亲。谈起这件事，他一直对白光佩服得五体投地。当时大家都在化装，白光为了找口红才发现皮包里的钻戒不翼而飞，找了半天才说了声"奇怪"，女工问她她还不肯说，最后偷偷地告诉了杨志卿："哥哥，二爷送我的那只戒指不见了。"

杨志卿一听马上问："是不是那只七克拉半的火油钻？"

"是啊，涂油粉之前我才放在皮包里的。"于是杨志卿把她的皮包来了一个翻身，把里面的东西全倒在台子上，仔细地看了看，果然没有什么戒指。化装师李鸿泉一听在他主持的化装间丢了东西，如何不着急，尤其是那么贵重的东西，又气又急地在房里直转磨。杨志卿也跟着大伙儿一块儿找，犄角旮旯都找到了，就差没把地板掀开了,那只钻戒依然无影无踪。最后李鸿泉看见地板上有一个洞:"白小姐,会不会由这个窟窿掉下去的,把地板撬开来看看好不好?"

白光懒洋洋,慢声慢语地:"算了吧,找不到算了。已经到了别人的口袋里怎么找?"

"谁,什么人,咱们搜!"

"不要,那可不好,明日个我托日本宪兵队那个那克姆拉桑(中村先生)帮我来看看,他研究心理学的,专会察言观色;他的那只警犬受过训练,用鼻子一闻就知道谁拿的。"大伙儿一听,心里都有点别扭。杨志卿可听出她的话音儿来,明知她在那儿吓唬人。要知道敌伪时期的宪兵队可够受的,比"四人帮"好之有限,可真够瞧老大半天的。

第二天,大家刚进化装室,场务王克明就大喊大叫地:"找到了,找到了。"然后歇歇喘喘地由外跑进化装间,手里果然拿着一只钻戒。

"白小姐,你看是不是这个,我在楼梯上找到的。"

白光接过来一看,不是她的钻戒是什么,马上朝手上一戴。

"还是小王的眼睛好,昨天我在楼梯上找了半天就是没看见。"

"白小姐,你可别多心哪,我可真是在楼梯上找到的。"

"我多谢都来不及呢,怎么会多心呢?还好我昨天打电话给宪兵队中村大佐不在,不然他带着他的狗来,说不定真会冤枉了好人。"说完朝杨志卿挤了挤眼。杨志卿凑在她耳项边,低声地:"你疑心谁?"她朝李鸿泉瞟了一眼。杨志卿朝她一挑大指点了点头,白光反倒奇怪地看着他,不了解他怎么知道的。杨志卿笑了笑。

"昨天我问过门房,老韩告诉我,李鸿泉的老婆神色慌张地出去过,今天天刚亮又看见李鸿泉鬼鬼祟祟地跑了来,大概夫妻俩商量了一夜决定的。"

白光哼了一声："就是这点毛病，我若不说宪兵队，这戒指就算永生地入了土了。昨天就是他找得最热心，居然要撬地板，我就看出他明知地板底下没有。"

所以你别看白光粗枝大叶的，其实她粗中有细，所以杨志卿一提白光就赞不绝口："白光！好！是我一直最佩服的女人！"

三十大庆，醉了白光

第二次失钻事件，完全是白姐的无中生有。原来严克俊只付给她四分之三的现款，余下的是一张第二天期票，所以白姐虚晃一招，叫大家跟着折腾了一下午，就拍了早晨的那个镜头，还是第二天上午钱兑了现，那只钻戒才找到。她说昨天早晨交给毛小姐，准备万一片款拿不到，暂时去当铺里应应急，没想到后来一闹情绪给弄糊涂了。其实她一点没糊涂，倒是把严克俊弄了个一塌糊涂！

看到此处，大家一定以为白光不讲人情，那你可错了，电影匿里还真是好人难做，听恬妮讲了一个岳华在台湾拍戏的故事，你就不说白光不对了。

有一部戏，拍到最后一天，出场的演员除了岳华还有客串的罗烈。客串一天酬金一万元。制片老板希望罗烈帮次忙，等拍完了隔天再收钱。罗烈跟白光一样，不见兔子不撒鹰，没有钱来就是不化装。岳华一看老板哭丧着脸如丧考妣的样子，不免动了善念，马上一掏腰包替老板垫了一万元。罗烈看着岳华直摇头，拍完了戏后私下里和恬妮咬了一句耳朵："恬妮，这可是你老公狗拿耗子多管闲事，以后他拿不到钱，可别怪我！"恬妮当时也不好说什么。不过，事后可对罗烈的先见之明赞不绝口，因为那个制片老板的空头支票满天飞，足有两百多万。戏一拍完，他就成了台北银行的"拒绝往来"户了，唯恐生事，带了个酒家女跑到外洋去了。菩萨心肠的梁岳华，只有周身发凉，望洋兴叹了！

所以在电影圈里处事做人，还是像白姐的一样明哲保身好一点。她不想占别人便宜，别人也休想沾她光，沾也是虚无缥缈的白光一道。

一九五二年的旧历五月十八，是白光的三十大庆。她老早就把香港大酒店的二楼全厅包了下来，宴开三十席。那天她打扮得花枝招展，在人群中像个花蝴蝶似的，还真是婀娜多姿，艳光照人。可惜有几个老朋友，该到而全没到，害得她闷闷不乐了半天，还偷偷地弹了几滴眼泪。

酒入愁肠之下，喝得她酩酊大醉，醉得是甜甜蜜蜜的酒，还是谁的翩翩风采就不得而知了。要是我的记忆不差，那天醉了姜南，也醉了当年的香港小姐司马音，醉了王豪，也醉了我。我糊里糊涂地过了海，醉咕隆冬地坐上的士，车子开到何家园，我已经人事不知地沉沉入睡了。那司机对我还真不错，朝我身上就是一桶水，淋得我活像个落汤鸡。不管是钞票还是当票，由袋里摸了一把交给他，然后连滚带爬地回了家。

王豪也醉得人事不知，是李英把他连背带抱地送回去的。按铃叫开了门，对陈燕燕足足那么一教训："燕燕，你老公不会喝酒喝什么酒。白兰地装在瓶子里舒舒服服，一到他肚子就闹得慌，没有量就少喝一点。你看，成个醉猫样，等他酒醒了好好劝劝他！叫他以后少现世！"

陈燕燕只好唯唯诺诺地多谢连声，等把王豪扶进房睡好，眼看着他又吐又呕地一夜没睡。早晨开门拿牛奶，一看，门口还睡着一位：

"谁呀？"

仔细一看，噢！原来是送王豪回家的李英！

红的时候不争排名

初入电影界，本想成为一个演员，也弄个大明星当当，可是越演越不对路，连二三流的角色都轮不到。不用说大明星了，大猩猩都当不上，还不如袁和平呢。吴思远没找他当导演之前，还在《猩猩王》里当过大猩猩呢。邵氏公司还真是藏龙卧虎，可惜方逸华小姐的慧眼还不到识英雄的时候。每天看见袁和平在几个日本特技师的摆布之下，穿起毛绒绒的猩猩皮，戴上假面具，张牙舞爪地埋头苦干。现在想一想还不得不佩服他，不管怎么样，他总算当过《猩猩王》的主角了。我不用说主角，连锅贴也没有落着。从头算起，戏份最重的，要算在《嫦娥》里演的月下老人了，粘了一脸大胡子，眯着一双小眼睛，对了，大概导演但杜宇就是看上我的小眼睛了。

说真格的，不管怎么样，做演员一定要有一双好眼睛。套句文明词："眼睛是灵魂之窗。"而我的眼睛刚好是圣诞节前后的窗子，好像叫谁喷上了一层白雾似的，无精打采的，再加上蒙古人似的单眼皮，外带二百五十度的近视。还好香港的天气比较暖和，换了北方就更糟糕了，到了冬境天儿，西北风一刮，我的二目还经不起刺激，有点迎风流泪。要是导演叫我来个眉目传情的镜头，一使眼神还真能吓人一跳！

影星黄河最喜欢照镜子。大概跟朱自清先生的散文一样，也有些顾影自怜吧："照见了我的朱颜，比什么花枝都美丽。"所以他经常照着镜子拧拧领带、擦擦鼻头儿或者轻轻地理一理鬓角的散发，透着那份"帅"（如今这个动作没有了，因为戴了头套，鬓角儿不听使唤了），走在马路上也不时地朝窗橱里左顾右盼，侧侧脖子仰仰头，好不洋洋自得，大概越看越比什么花枝都美丽的关系吧；而我不行，一照镜子就"顺妞"的姐姐——别扭，所以决定改行做编导。

做编导除了充实自己，和细心地观察生活之外，更要有片场的实际经验。按顺序，第一步该从场记做起，所以我参加了李英导演的《雾香港》场记兼美术。

《雾香港》的编剧是吴铁翼（一九七八年在香港病逝），女主角是和李英导演同居的契妹（不是契女）蓝莺莺小姐，男主角就是喜欢照镜子的黄河了。因为剧务王震（王豪弟）和助导苏诚寿（王震内弟），和我都很谈得来，导演李英也相当地看得起我，所以我提出做场记，他倒满口答应，不过他说有点委屈了我这位美术家，所以除了场记之外，还叫我兼了美术。

提起美术，倒叫我想起了一件相当有趣的事：一九六一年我导的《梁山伯与祝英台》在台湾风靡一时，居然有人一看再看地看了一百多遍，家家电台播送《远山含笑》，人人嘴里歌唱"春水绿波映小桥"，一时台北也被人讥为"狂人城"。所以有几个片商鼓励我离开邵氏，到台北去组国联公司。一下飞机在西门町看见一幅大广告，李翰祥三个字比片名《雨夜歌声》还大。我还真有点丈二的和尚摸不着头，《雨夜歌声》是李英导演的，主演是白光、黄河，可是他们的名字比我小得多。我早已忘记我在《雨夜歌声》里扮演个什么角色。仔细一看上面有两个小字——美术，恍然大悟之余，还真有点啼笑皆非。所以我常劝一些年轻同业，红的时候用不着争排名，不红的时候争排名也没有用。

包拍，要钱不要命

《雾香港》是在南洋片厂拍的。南洋的前身就是大中华，不过改了个门口，把以前宿舍的地方改成了正门。老板就是天一公司的二老板邵邨人。

据说《雾香港》是包拍制度下的一部片子，那时新加坡的邵氏兄弟公司向香港的南洋公司买片子，每部的制片费是港币二十五万元，南洋再以每部二十万元交给SK（张善琨），SK一转手又以十五万一部交给了李英，李英比他们赚得都多，连配音、加印拷贝也没用到七万五。一部《雾香港》一共拍了七个工作天，名正言顺的七日鲜。不过前三天都是二十四小时直落，李英真够英雄的，三天不合眼，居然是越战越勇，第四天他们休息了一天，我刚好接到一张长城公司岳老爷导演，夏梦、严俊主演的《娘惹》通告，叫我和杨诚他们一块儿扮演四个老顽固之一。士为知己者死，蒙人家看得起，当然也就不好推辞。于是第四天的白天做演员，晚上做场记。第五天白天《娘惹》在世光片场连戏，晚上在南洋拍《雾香港》。连拍到七天，我还真的不含糊，连眼都没眨一下。不过拍完《雾香港》的那天早晨，坐巴士回家，下了车走上钻石山路口的斜坡时，忽然一阵头昏脑胀，还真入了梦乡，若不是前边的汽车按喇叭，我还真能够站着睡着喽。

本想做场记学点东西的，不过一部《雾香港》拍完之后什么东西也没学到；当然也算学到了怎么要钱不要命的包拍，学到了日以继夜的拆滥污。不过还好，电影拍了近三十年，还没用过这种本事。

如今，李英已经死了十多年了。忘记最后一次和他见面是几月份了，不过总是大闸蟹的季节。我由台湾回香港和国泰公司结账，请李英一起到我母亲住的地方吃大闸蟹，当时已经觉得他不大对劲了,不仅感觉迟钝,连说话都有点葡萄伴豆腐,一嘟噜一块的有点大舌头了。我当时真替他担心,不过,也没想到他死得那么快。

第一次见李英,是在拍《雾香港》之前,王震介绍我给他写一部《女儿岛》的剧本,据说故事是SK提出的,怪诞得很,很像《西游记》里的女儿国,就差没有猪八戒大肚子了。那时李英和他的"副官"陈宝善一起住在粉岭的青风观旁边,是一间三层的石屎楼[①]。李英住在三楼的东间,我住西间。我居然大门不出二门不迈地把自己关在粉岭写了两个礼拜的《女儿岛》。两个礼拜之中,也就连个女人的影儿都没看见,倒是李英每天一早就穿着西装革履的"进城"(九龙城)。

李英的英文并不怎样,不过嘴边老喜欢带两句洋腔,好像不如此就不够上流的气派似的。所以对我的称呼一直是密斯特李,副官陈宝善也跟着左一声密斯特李,右一声密斯特李地叫个不停。

写《女儿岛》的时候,当然不能再配音了,所以一连推了三部戏,好在身上还有两三百块钱;再说剧本完成之后,总可以拿些比配音高一点的剧本费吧,所以还写得津津有味。万没想到后来剧本非但一毛钱都没拿到,还赔了二十块。

李英这个妙人!

有一天,李英穿好西装,打好领带,在房里吸着烟卷直转磨,到我房间里边看了几次,都欲言又止地走了出去,最后还是他的副官陈宝善开了口:"密斯特李,李导演要进城,身上没有零钱,你那

[①] 石屎楼:用钢筋混凝土建成的楼房。广东话中把混凝土称为"石屎"。

儿有二十块吗?"昨天我还当着他的面数钱呢,怎好说没有。我这位密斯特李也只好掏出二十元,交给他转给我们"大瑞可特"(director,导演)李了。谁叫大瑞可特李没有零钱呢?(其实我知道他除了几张当票是完整的之外,其他还真没有什么完整的了。)

李英是个妙人,以前是个英俊小生,演过《黄天霸》。女主角是早期中国电影中的四大名旦之———顾兰君(其他三位是陈云裳、陈燕燕、袁美云)。听说顾兰君的性格一如男人,尤其是喝起酒来更是豪气万千,爽快得很,也就因为她这种脾气,才在一句玩笑之下嫁给了李英。

李英一向自导自演,搭档多数是顾兰君,日久生情地也就想把顾兰君据为己有。有一天在化装间里当众向她半真半假地求婚,顾兰君也就说一句玩笑话:"李英,你别跟我耍花样,他妈的,我去撒泡尿你若能当众喝下去,我马上嫁给你!"

李英即刻一本正经地:"好,兰君,只要你撒得出,我李英就喝得下!"化装间里的人谁不想看热闹?于是你一言,我一语地还真把顾兰君说"尿"了,拿起脸盆,跑到洗手间里居然撒了小半脸盆儿。李英也真不含糊,端起盆来连气都没换一口,一下子喝了个干净。一时间化装间里群情激动,掌声雷鸣,顾兰君还真有点难为情,一拍胸脯:"他妈的,君子一言驷马难追!"就这么着她就成了李英的太太。

进了李家的门儿,就是李家的人儿。你想想,李英演过黄天霸,又加上天生异禀,有过人之长,顾兰君如何不俯首称臣?叫她趴着不敢仰着,服服帖帖,百依百顺;至于有没有像她演的潘金莲一样,跪着给西门庆喝尿就不得而知了,不过鼻青脸肿的,可是家常便饭。

李英长得满登样,不能说貌比潘安,也总算漂亮的了;唯一的缺点，就是下巴短了一点儿，所以很早就在下巴里打了蜡，美过容，年纪轻的时候还算称得起是个小白脸儿呢。

李英竟然泪洒东瀛

一九六一年我到日本京都今津区拍外景，因为是三部外景一齐拍，所以工作人员和服装道具都带得相当多，不过演员倒只有李英和乔庄两个。乔庄只是《武则天》中的太子，李英可是三部戏里都有份。《杨贵妃》他演造反的安禄山，《武则天》他演造反的李承业，《王昭君》他演叛乱的单于。好，不是造反就是叛乱。原定三部戏的预算是十六天半，结果等天气等了三个多月。今津区是离京都市区一个多钟头的小镇，不拍戏，到京都往返费时费钱，整天地待在小镇上又好不闷气。还好附近的琵琶湖出产鲤鱼，和比黄花鱼还大条的鲫鱼，李英看过之后一直惊叹，承认自己第一次看见那么大条的鲫鱼，做起砂锅鱼头来太好了。而日本人根本不吃鱼头，有多少扔多少，所以他每天都拿着个小篮子，站在鱼铺门口等，看见他们把鲫鱼头扔在桶里，他就朝篮子里捡。然后买几块豆腐、几条粉皮，回到旅馆往锅子里一炖（就差没有砂锅了），真比日本的鱼生好吃得多。别看李英花花太岁的样子，菜还烧得真不错。一边吃酒吃砂锅，一边听他讲荤笑话，还真有个乐儿。

有一天晚上，他发现了一个好去处，在我们住的地方有个黑猫夜总会，名目上是夜总会，其实也不过是间小酒吧而已，里边有红茶咖啡，也有一个妈妈桑和两个日本小姐陪酒、跳舞。有时晚上我也和他去坐一坐，看他和那位徐娘半老的妈妈桑用不咸不淡的日本话吃豆腐,还真解闷儿。白天吃鱼头豆腐,晚上吃黑猫豆腐,他还真有一套。没出两天,三下五去二的,居然把妈妈桑带到他的房里去了。

第二天早晨,看着他老兄和那位妈妈桑春风满面、情话绵绵地相依相偎着走出旅馆。真要命,那天他连鱼头都忘了捡了,害得我们连豆腐都吃不着,他还真有点见色忘义。

外景拍完之后,我到东京配音乐,李英也趁便到东京美容。其实说美容不太恰当,应该说把以前美容过的下巴恢复原状。黑猫的妈妈桑还真放下生意陪他到了东京,他开刀的时候还寸步不离地日夜陪伴在侧,斟茶倒水的体贴入微。

出院的那天,只见他和妈妈桑的两对眼睛,都肿得像桃似的。我开始还假装没看见,搭讪着和妈妈桑说明天李英回香港,妈妈桑也要回今津区了。没想到我的话还没说完,她"哇"的一声就哭了起来;她一哭李英也不禁地悲从中来。女人哭我倒看得多了,习以为常了,大男人的眼泪一对儿一双地往下掉,我还是第一次看见。两人面对面地默默无言,流泪眼望流泪眼,断肠人哭断肠人,差点就唱起黄梅调来。我想,干脆给他们来两句词儿吧:

我为你泪涟涟,京都东京走一番。
我为你泪盈盈,割开了下巴忘了疼!
我为你泪号啕,从此不再回黑猫!
我为你泪如倾,从此不再拍电影!

事后我倒挺感激他们两位的,不然我还不会接着拍《梁山伯与祝英台》呢。好嘛,《远山含笑》原来是他们两位哭出来的。

"七大闲"结拜一段情

算起来"三十年"刚好写到一〇七篇。看见一〇七的数目字，马上就想到使人难以忘怀的九龙界限街一〇七号。那是紧靠花墟道火车桥的一幢旧式花园洋楼，楼高两层，实用面积除花园的四千六尺之外，前后上下足有四千八百尺。我说的难以忘怀，并不是那座洋楼的价值，而是我们影界七兄弟在那儿结拜的"一段情"。

一九五三年，岁在癸巳，旧历除夕的子正（十二时），我和住在那里的六个单身汉，因为志趣相同，情意相投，又都是北方长大的海外游子，大伙儿又全是一筹莫展，怀才不遇，年年难过年年过，每逢佳节倍思亲的时候，所以燃烛跪地结拜，焚香朝地叩头，当时的情景至今仍历历在目。

七兄弟的大哥是柔道七段冯毅，老二是当年的胡琴圣手、如今的歌坛泰斗蒋光超，老三就是区区在下，老四是京剧界南麒北马连良四公子马力（浩中），老五是沈重（庆桢），老六是老好人宋存寿，老七是导演《空山灵雨》的胡金铨。当年的电影圈呼我们为一〇七的"七大闲"，不是竹林七贤的贤，也不是潘驴邓小闲的闲，而是闲游散逛、闲云野鹤、游手好闲的闲。

当年的一〇七可不是因为我们"七大闲"闻名，而是为了两大导、两大家都住在那儿的关系：前院楼下的三房一厅住着言情圣手、小胡子导演李萍倩，和国语讲得不大好的陶秦，另外一间住着长城的厂长沈天荫；楼上住着个后备警察帮办乔治李；中间楼下住着音乐家李厚襄，和作曲家姚敏，以唱黄梅调著名的席静婷和歌后张露住在李厚襄的隔壁；最后的一间就是我们六位孤家寡人的房间了。六个人四张单人床，四张碌架床，绰余的两个床位准备给外地来的朋友们住。

每月的房租饭钱由大家分摊,集中之后交给管家的沈重。煮饭、洗衣服一脚踢的娘姨是如今仍替小胡打工的阿冰。阿冰当时的年纪也不大,可是对付几个单身汉活像个老姑婆,谁要是犯了"号规"(一○七号的规矩),或者有些越轨的行为,阿冰一嘟囔就能叨叨个两天半。

管家的沈重更是一字一板,家用交给他之后,谁也别想由他手上借一毛钱(只有我例外);小宋记账,马力做菜,有时小胡也露两手儿来个他们家乡涿州的红烧肘子,小宋有时也放下账本儿烧个扬州狮子头;光超除了替人调调嗓子、拉拉胡琴之外,其他是一无所长,连做爱的时间都不长,自讽为"蒋一秒";冯大哥没做我们大哥之前,已经是电影界的众人大哥了,连李祖永、张善琨见着他都叫大哥。电影界公认的大哥,除了他之外,还有一位,就是有点口吃的李允中李大哥了。二哥可只有一位胖子刘恩甲。另外爷字辈的有三位——二爷严俊,三爷朱牧,四爷王元龙。没有大爷,因为在北方大爷是王八!

他们六位之中,我最先认识的是蒋光超。一天晚上,我在南国片厂的院子里替五十年代出品的《火凤凰》画大广告,刚好看见他和李丽华在场地上拍《花姑娘》卡车里的戏。我因为赶工而挑灯夜战;他们因为赶戏,也通宵达旦。他拍完一个镜头之后走过来,向我自我介绍。一听口音,知道也是个京油子,所以也就自来熟地无话不谈。他说他有个小表弟是北平艺专的,大家合着搞一间广告公司,最近刚替弥敦道的重庆饭店画了张广告,改天希望我去看一看,多指教指教。一听是艺专的同学,当然很注意。那时我整天都在重庆饭店吃两元一餐的客饭,倒没留意他们换了新广告。第二天下午又到重庆饭店去吃客饭,刚巧光超带着一个白白净净的小弟弟走了过来，只见他穿着一件蓝色长棉袍，卷着白袖口，重眉大眼的活像四小名旦中的李世芳，斯斯文文的还有点怕羞。光超忙替我介绍："这是我的小表弟，小九儿，胡金铨！"

胡金铨是"半空少爷"

俗话说一表三千里，光超和小胡这一表，虽没有三千里，也不怎么近了。原来光超的叔祖公蒋百里（方震）和金铨的六伯父胡海门（源汇）、沈重的祖父沈鼎臣是三位一体的好朋友。沈重的父亲沈强和光超在南京的时候住在一起，虽然份属叔侄，彼此也开过玩笑，等于忘年交了；经常一块儿新街口跳个茶舞，夫子庙打个茶围什么的。就这么着，光超叫庆桢小表弟。庆桢和金铨在北平汇文中学同学，同班不同科（汇文的制度顶特别，初中二就分科了，小胡是理科，庆桢是文科），开始大家都不认识，后来因为放寒假，宿舍着火，把住在学校没回山东老家的三个学生差点儿烧死，其中一个就是沈重（庆桢）。小胡那年跟他爸爸胡海星（源深）到南京度假去了，还是在报上看到学校火烧的消息，他们老太爷才告诉他沈重是山东沈鼎臣的孙子，沈鼎臣是他六伯父的好朋友。寒假之后，金铨再回到汇文和文科的沈重攀上了亲戚，从此，蒋光超小表弟沈重的同学胡金铨，也就成了光超另一个小表弟了，您看看多绕脖子！

提起光超的叔祖父蒋百里，在民国初年的时候，可是顶尖儿的人物，当过保定军官学校的校长，是著名的军事理论家，原是日本留学生，所以娶的太太是日本人；生平最著名的事情，莫过于在学校操场当众举枪自杀的事件了，那是为了北洋政府发不出经费，才迫得他出此下策。蒋光超一位大伯，是"故宫博物院"的院长蒋复璁先生；姨丈是张艾嘉的外祖父魏景蒙，前任的"新闻局"局长、"中央通讯社"社长，博学多才，风趣幽默，更写得一手好字。至于金铨的六伯父胡海门，也是民国元年的风头人物，不仅是政府议员，和丁文江、梁启超又同属研究系的。由于他们老哥儿们过从甚密，这些小弟儿们在异地相逢后也就亲同手足。这是他们表兄弟的由来。没想到遇见我这位东北老乡，大家居然一起烧香叩头变成了八拜之交、金兰之友的把兄弟！

至于光超介绍金铨说他也是北平艺专的，倒也沾上那么一点点。原来小胡在北平汇文读到高三的前半年，也经常到艺专西画组旁听，但不算正式的旁听生，只是偶尔和同学们一同听听蹭戏，画画石膏而已。

小胡高中没毕业就让学联调到华北人民大学去了，不久就跑到了香港。

不过他刚到香港的时候可比我阔气得多了，居然住在九龙最贵族的半岛酒店。倒不是他带来了什么金山银山，而是碰见了一位中俄混血的同学王大勇。王大勇的爸爸王新章是当时"中国航空公司"（TNAC）香港站的总经理，中航宿舍就包在半岛酒店，小胡也就滥竽充数地以中航"空中少爷"的资格住进半岛；其实他才不是什么空中少爷呢，他只是少爷而已。北平把一半有仁儿一半没有仁儿的落花生叫作半空儿，金铨充其量也不过是位"半空少爷"！

在半岛酒店优哉游哉地住了几个月，没想到祸由"天"降，爆出了一件空前绝后的大新闻，原来"中国航空公司"的总经理刘静宜和"中央航空公司"（CATC）的总经理陈卓林，把"中航"和"央航"的七十多架飞机全部开到红色大陆去了。于是王新章被逼辞职。

我们的半空少爷也一下子由半空中摔下来，变成了真空少爷，身不由己地由半岛被迫迁到北角的康复公寓做其寓公了。

不过，天无绝人之路，没想到山穷水尽疑无路，柳暗花明又一村。在康复公寓又碰上了一位上海商人顾浩，告诉小胡发财之道，哈，这笔财可发到姥姥家去了！

小胡变成了孩子王

原来我们兄弟空中不得意，想在路上找补回来，和顾浩合股大做起走单帮的生意，把皮包里所有的财产全部掏出来交给顾先生。顾浩还真有两把洋刷子，三寸不烂之舌那么一打转儿，把康复公寓的另三位寓公也说动了心，每人也交给他一笔可观的款子。于是顾浩拿了钱就回到上海去买货。四个股东等在康复公寓，准备发大财，没想到左等不到，右等不到，顾浩就此自顾自地杳如黄鹤。康复公寓的几个寓公大概一时半会儿也没办法康复了，小胡只好每天遛马路，看招贴和报纸上事求人的广告了。

有一天，看见嘉华印刷公司招校对和管仓，他没头苍蝇似的撞了上去。结果还被录取了，因此认识了在嘉华工作的宋敬斋，也认识了宋敬斋的兄弟宋存寿。当时小宋也是校对，也兼差，不过兼的不是管仓而是管账。金铨是学理科的，数学也不错，不过管仓可不怎么样，还尽出毛病，小宋呲着小虎牙老笑嘻嘻地帮他忙，所以两人成了莫逆。

小胡如今的脾气差一点，想当年更是个愣头青，脾气倔强得要死。偏巧嘉华的胖经理好鸡蛋里挑骨头，所以经常和小胡面左左的，不怎么合得来。一天小胡在英文稿上校正了一个字,却被胖经理指他校错了,小胡有理讲倒人,马上拿出一本英汉字典,一查之下居然没错,弄得胖经理面红耳赤,恼羞成怒之下,居然炒了小胡的鱿鱼。小胡连他令堂大人都没问候一下就搬到一〇七去了,所以才成了日后"七闲"之一。本来庆祯和光超先住在一〇七,三千里外的小表弟一来,正好凑成福禄寿三星。又刚巧有个画图案的小马跟光超是好朋友,本想和光超合组个广告公司,无奈人手不足,所以举棋不定,如今在艺专旁听过的小表弟一来,如鱼得水。于是小马和小胡主内,光超主外;主内的"画"广告,主外的"拉"广告。就这么着开起广告公司来。重庆饭店的那张广告,是他们公司的第一张生意,也是最后一张,因为主外的光超拉广告的本事没有拉胡琴的本事大,所以也只好任由公司关门了。

光超一看小表弟没事干老闲着不是事儿啊,于是给他介绍了龙马公司的经理费鲁易,到龙马公司搞美术去了。不过,也只替《我这一辈子》补画了画海报上石挥穿着的长袍,又闲下来了。

小胡因为是北平汇文的,所以英文还不错,既然闲着没事儿,就替一〇七同院沈厂长的少爷沈家乐补习英文,补得沈家乐还挺乐,不只他一个人乐,沈家上下都乐,一下子全一〇七的小学生都找胡老师补习英文,一下子我们兄弟变成孩子王了。所以一直到现在小胡总愿意和学术界的朋友们在一起,作家啰,教授啰,就是这个道理,因为他也做过教授嘛!

后来沈家乐的爸爸沈天荫厂长知道小胡会画两笔,就把小胡介绍到长城的美工部去,帮万氏兄弟做陈设美术工作。所以我和小胡不仅前后同学,还是前后同事呢!

那时候我已经搬到钻石山的永康中学楼上了,不过时常到长城去聊天儿，看到他为《儿女经》所做的美术陈设，还真惊讶他对戏剧的天才，因为很少有不懂戏的人可以把环境布置得那么好，尽管有万氏兄弟的美术指导，但搞陈设的一点修养没有，也不会像他布置得那样细致的。

可是那时还不知道他是一个好演员，更不知道他是个了不起的好导演！

马四爷弃影从商致富

七大闲之一的马老四，以前也是演员，长相儿和他们老太爷马派宗师马连良还真差不多，最像的应该是他的马派大舌头了，有时候尖团字分不清，还真有点绊蒜；不过日文倒说得不错，所以新华和国际到日本拍外景，都少不了他，因为除了演演戏，还可以帮着搞搞事务，做做翻译，一鸭三吃，物美价廉。

一九五三年以前，马连良和张君秋都在香港，京剧在香港听来听去都是那么几个人儿，一年演不了两次，每演一次又要东作揖西磕头地踹红票；一来二去也就每下愈况，演一场观众少一成，班底跟包文武场的一大堆，每月的开销还真够两位老板呛的。开始听说台湾方面有人和他们接洽，无奈条件谈不拢，只好回了大陆。马老板一走，把大衣箱的一部分交给他的管事宓仁清。老宓（本来念富，大家都念密，日久天长的他就成了老密了）原是戏班经励科的（等于电影公司的制片），跟过四大名旦之一的荀慧生，在北平的时候也帮荀老板开的留香饭店管过事，后来跟马老板到了香港。本来把衣箱变卖了之后，老宓应该分一部分给小粉子（马力乳名）的，无奈马老板头脚一走，后脚儿老宓就来个独占花魁，马力连西北风都没喝着，所以至今马力提起老宓还直摇头："他妈的，老宓这兔崽子，老鼻烟壶！"

老宓是标准的"北京痞人"，整天的嬉皮笑脸，看见谁，谁就是他爹，就像李莲英看见慈禧太后一样，总是喳喳连声。不过你别看他那份德行，肚子里的玩意还真不少，生旦净末丑，神仙老虎狗，缺什么他会什么，少什么他来什么；平常的日子口儿，快书、岔曲儿的无一不精。所以人虽然有点阴奸损坏，还不至于罪大恶极，倒也蛮讨人欢喜的。

以前在《我与林黛》里曾经写过林黛和严俊吵架，一剪刀剪了六套西装的事。后来那六套西装全部由严二爷送给了老宓，老宓拿到了尖沙咀织补了一下，一直穿到他魂归天国还和新的一样呢，还经常嬉皮笑脸地问严俊："严二爷，你和小林黛可老没打牌了，来两圈吧，打完了牌吵一架解解闷儿吧，我好再来两套西装穿。"还真够缺德的。

马力在他们老头儿走了之后，也搬到了一○七。从小跟着爸爸吃惯了，所以煎炒烹炸的还真有一套。不过喜欢在菜里放"料酒"，有一次，我们哥几个请客，买了两瓶拿破仑白兰地，等马四爷把菜端上来的时候，怎么找也找不到了，原来我们四爷都做了料酒了。

马四爷后来弃影从商了，还真能长袖善舞，加上娶了个日本太太，夫唱妇随地先开珠宝店，后开饭馆，如今面团团做其富家翁了，家当少说也该上千万了，如今我们七大闲之中他是最优哉游哉的。不过有一样不大称心，钱越多头发越少，十个光头九个富吗。据说有一天马四爷去理发，和理发师偏分中分的一研究，把原来的三根头发弄掉了两根半，瞪了理发师傅一眼之后："算了吧，这还怎么分哪，我就这样披头散发回去吧！"（其实这是三毛的笑话，我拿来逗老四开心！）

小宋（存寿）本来住在嘉华印刷公司的宿舍里，冯大哥也一直住在九龙窝打老道的青年会。癸巳年的除夕，大家约好了在一〇七吃煮饽饽（水饺），马力、庆桢和小宋在家里包饺子，我和小胡到永华领薪水。读者一定有点奇怪，我不是叫永华开除了吗，怎么又到永华领起薪水来了？小孩没娘，还是说起来话长！

偷龙未成倒转了凤

好像我二十六岁那年，除了学场记，也经常地替挂名编导的导演们写些黑市剧本。有一次姜南替我介绍了一位谢家驹先生，说他要开一家千里影业公司，创业作想拍一部讽刺喜剧片。谢先生把故事大意讲了一下，我替他取了名字叫《偷龙转凤》，由《满城风雨》的上海小姐谢家骅主演。至此我才知道家驹先生原来就是家骅小姐的哥哥。又驹又骅的，他们老太爷想必是个大马主。

电影公司举行开幕典礼的还不多见。千里公司不但举行了开幕典礼，而且还非常隆重，不知跟谁借来的灯光和开麦拉，把九龙总商会照耀得和摄影棚一样。当时电影界的顶尖儿的人物全接到请帖，不过多数送了个花篮应酬应酬，来的都是些小萝卜头儿，大头儿没到；倒是一些留着花白胡子、穿着长袍马褂的老头儿来了不少，看排场噱头还真不是一点点，无奈阵容空虚，来观礼的外行多过内行，大部分是江浙同乡会的阿姨和阿婆们（都是来看李丽华、白光的），也就觉得没有什么噱头了。偏偏请来一位致开幕词的老先生，摇头晃脑地说了足有四十多分钟，一口宁波国语，还真够受。

记得一九五九年邵逸夫先生刚由新加坡到港，在邵氏同人的招待会上宣布二老板邵邨人退休的消息时曾说："天不怕，地不怕，就怕宁波人讲官话。我的官话说得鸦鸦乌（其实这几句还真字正腔圆），请大家不要见笑，我的锅锅邨咯恩……"

后两句听不大懂，问我的杭州老婆张翠英，才知道是"我的哥哥邨人"。不管怎么样，六老板的语言天才比我好得太多了，上海话、广东话、国语、英语，全能说得呱呱叫（不是鸦鸦乌）。可是致开幕词的那位老先生完全不是那么回事，林语堂先生说得好："演说，最好像女人的裙子，越短越好，最好是没有。"可是这位老先生恰恰相反，王大娘的裹脚布是又臭又长，听得大家都要打瞌睡了，不过最后两句倒惹得哄堂大笑："谨祝千里影业公司，一日千里，千里一日。"一日千里，当然是突飞猛进，千里一日，岂不玩完大吉？还真叫他给说中了，千里公司开幕典礼之后，就一直没有下文，听说付给机器租金的支票都退了票，我的《偷龙转凤》剧本费当然也就泡了汤了。不过龙没有偷着，倒真的转了凤了：没想到在影城酒店写剧本的时候，遇见了当时最红的男明星，周璇前夫严华的侄子——严俊。

那时严俊正继黄河之后和林黛拍拖呢。据说林黛的名字和夏梦一样都是长城公司老总袁仰安起的。名字起得还真不错，所以林黛没拍过一天戏，照片就满天飞了，报上天天见，杂志时时登；不过，一年多还没有拍戏的消息，报上的花边新闻可就讽刺起来，说她是什么"照片明星""石膏美人"。林黛怎能不着急！所以天天和严俊嘀咕。我以前替严俊写过《花街》的数来宝，他对我的印象还不错，一听我告诉他千里公司的笑话，他马上叫我替他写《龙女》的剧本，说已经和永华的李祖永先生谈好了，女主角是林黛。我问他可有故事。他说只想了个名字，故事由我去编排吧！就这么着我放下了《偷龙转凤》，写起《龙女》来。

满以为《偷龙转凤》之后，我也转转运了，没想到转的还是腰子。关在影城酒店里一写又写了十八天，把本子交出之后就石沉大海了。那时严二爷又是忙人，见了面，今天天气哈哈哈之后，就一溜烟似的走了。有一次我实在忍不住了，问他《龙女》什么时候开？他总是"快了，快了"，然后又匆匆忙忙地夹着剧本夹子走了。过几天果然听见他开戏了，不过开的不是《龙女》，而是《巫山盟》；女主角也不是林黛，是李丽华。你看这个玩笑开得大不大。要不是林黛先气得吞了安眠药，我一定抹脖子了！

演员坐在栏杆上等发薪

编剧做不成，再捞回配音吧，还好姐姐（李丹露）介绍我到大观片厂做《貂蝉》的布景师，在我做导演之前，又多了一项经验。同时在别处也接了几间独立制片公司的布景设计和美术工作，像洪波导演的《欲魔》、洪叔云导演的《别让丈夫知道》。当时洪导演正和女主角欧阳莎菲大谈恋爱，当然不能让屠光启知道了。还有任雨田的武侠片。

任雨田导演以前是武师出身，经常在武侠片里做做替身。女儿任燕、儿子任大官都是他戏里的主要演员。人很风趣，也永远和颜悦色，大概从小喜欢刀枪棍棒，所以一念书就头痛，也和大皮包差不多，斗大的字认不了一升；不过拿起笔来一样开导演单，而且写演员名字有独特的方法，王元龙的王字容易，三横一竖，元字也还简单，龙（龍）字笔画太多就不好写了，所以王元之后，就在下边弯弯曲曲地画一条龙，王豪就在王字下面画条狼，反正剧务也看惯了，鬼哭狼嚎嘛！有一天拍舞厅布景，他叫我给舞厅起个名字，写两个美术字。

"这个舞厅啊，神仙进来都高兴。李翰祥，你就照这个意思，弄两个'美术字'。"我马上用纸剪成"仙乐"两个字。他看了看朝我一翻白眼，我马上解释："仙乐，仙乐舞厅，神仙来了都乐和！"

"好，有学问，再在门口来几个字，表示这家舞厅的音乐好，越听越美。"我又写了七个字——"仙乐飘飘处处闻"。他听我念完了之后，马上一挑大拇指头："真有两下子，有学问。"好嘛，这就算有学问了？严俊叫我去当他的副导演；刚巧永华公司的制片尔光（尔冬升父），也找我签基本演员合同，同时签约一共五个人，姜南、刘恩甲、陈又新、红薇和我。别人倒都没什么，我是永华轰出来了，再回永华多少有点尴尬的；又不能不去，因为还有一份副导演的差使哪，就这么着我又回到了永华。

开始的几个月还好，到了后来，片子老拍不完交不出，薪水也就发不出了。等到了过年，别家公司都发双粮，我们是浑身发凉，薪水已经欠了四个多月了，大家都当尽卖光，一屁股债了。我们还有日本配音，其他的演职员可就惨了。癸巳年的旧历十二月三十，永华演职员大大小小的二百多口子，全部坐在走廊的栏杆上等发薪水。那时会计主任是一位周先生，说话不只有点口吃，还有点咬舌头，满嘴的尖字。他是大家唯一的目标，因为老板在外边扑水想办法，他在电话旁等消息，所以大家隔着玻璃一看见他拿起电话，就都拥在他的窗前等消息；放下电话之后，他一定走出房门："截……截到现在为己（止）……还没有消息。"

小胡陪着我由下午三点一直等到晚上七点，马力已经由一〇七赶到了永华叫我们回去吃煮饽饽了。我因为革命尚未成功，不得不继续努力，所以叫小胡先回去，我继续伸着脖子等。七点十五分又是一阵电话铃声，大家又一窝蜂地拥上前去，等了几分钟之后，只见周先生笑嘻嘻地走了出来。大家看他的脸色也都心花怒放地笑了起来，只见他结结巴巴地："截到……现在为己（止），还……还没有消息。"

鲍方最生气，因为好几个账主子都在家里等着他呢，所以不客气地问周先生："没什么消息你笑什么？"

"我……我笑……笑他到现在为己（止），还没有消息，嘻嘻！都……都快吃年夜饭了。"可不是嘛？爆竹都响半天了！

作揖磕头接财神

　　爆竹两三声，人家除旧岁。
　　钟敲十一点，我们等发薪。

又是一阵电话铃响，只见周先生拿着电话听筒，连连点头，脸色越来越难看，青一阵，白一阵的，最后听筒离开了耳边两三分钟都没放下。大家一看情况，糟，侯景进冰洞——满凉。周先生一出房门的脸，好不凄凉，完全买大开小、买庄开闲的劲儿："有，有消息了，钱……钱是借到了，不过……数目不……不大理想，只好……大……大家平均分配，每……每人……"大家连大气都不敢吭一下，一想大概先发两个月的。

"每人……七……七……"糟糕，七百块岂不是太少？

"七……七十五块。"这句话一出口，走廊上可就炸了营了，人声嘈杂之下，咕咚一声，有人跌倒在地。大家一看，原来是警卫室老郝（郝履仁）的太太。大伙儿忙把她扶起，只见她目光呆滞，语无伦次，声泪俱下地大喊大叫："不要，我们不要，我们不要，七十五块留着他买烟抽吧！"老郝忙着把她扶走。她一边走还一边吵，就差点像周璇一样地唱《疯狂世界》。

走廊上的人个个哑口无言，也许都在心里想着：

  鸟儿从此不许唱，
  花儿从此不许开。

可是爆竹没办法不叫人家放啊，砰砰砰砰的还真够令人销魂的。鲍方难过，一个人坐在栏杆上默默流泪。你想想，薪水一欠就是四个月，一家大小每天都要开销，柴米油盐的缺一不可，士多米铺欠的都不能再欠了，把所有的债主子都推到年底，如今拿着七十五块怎么回家？给油钱还是给醋钱？不过难过有什么用。唉，年年难过年年过呗！不通，谁会把你留在年底。我倒无所谓，那时还是孤家寡人一个，一个人吃饱了就全家不饿，多赚了多花，少赚少花，不赚不花。

等攥着七十五块走到一〇七的时候，已经是十一点四十五分了。哥儿们还给我留了四十五个水饺呢。大家见到了我，马老四马上关照阿冰，饺子下锅，小胡马上替我倒了一杯五加皮（理应喝白兰地的，不过买不起），光超一听我拿到七十五块钱，还挺羡慕："哇！那么多！"可不是嘛，一〇七的各路英雄好汉，全部财产还不够六十块，算起来，我还是财主呢！财大气粗，外加着饿得晕头转向，饺子左一个右一个地干了三十六个；由三十六饺子想起了《隋唐演义》上的瓦岗寨三十六友，再一听外边的鞭炮齐响、锣鼓齐鸣，马上就想起金兰结拜来。正好这时候跑进来一个生口生面的细佬："送财神来了。"小宋人老实，外加心里烦，马上回了一句："不要！"光超一听马上接了一句："要，要，财神到家，越过越发，怎么能不要！翰祥，给他两块。"好，他还真阔气。光超把财神接到手，叠了个神主牌的样子，毕恭毕敬地供在台上。庆桢到张和铮家借了一对蜡烛、一扎香："来，磕头，磕头。"

"给谁磕，财神爷？"光超还真是财迷，庆桢还挺虔诚地："给老家儿磕头，朝北，朝北磕头。冯大哥最大，你领头。"冯大哥还真听话，拉拉他蓝棉袍儿的衣襟，整整袖口，然后恭恭敬敬地朝北一揖到地，然后跪下，磕了三个头。

接着光超也来了三个，不过每磕一头，就朝财神爷望一望，逗得大家直乐！

紫气东来，天官赐福

第三个轮到我，离家三年，也就三年没行过大礼了。想起十七岁的时候，回老家苏家屯过年，大年初一差点没给我磕晕了，全村三分之二都是李姓的，我们家谱的排行是——先仲文翰殿，德向树国春，我在翰字辈数老大，论起来叔叔大爷的还真不少，每到一家不论大人小孩，跪地下就磕，嘴里还要念道："给大叔大婶拜年，给二叔二婶拜年，给三……"磕到后来都差点站不起来。可是，在一〇七磕头不一样，呆望着北边还有点心酸。等到七个人都磕完了头，已经是一夜连双岁，五更分二年的时候了！

在香港过一个旧历年，也是一生中第一个离开家的年，听见爆竹声还真的勾起了阵阵乡愁，离乡别井的滋味真够受。大年初一到大中华宿舍给王豪拜年，看见他门口的一副对联，还真能把他流浪在外的游子心情表露得入骨三分：

咦！何处放炮？
噢！原来过年！

家在台北的时候，年初二挨门磕头地拜到家孝门口，也看见一副妙联：

寒家除夕无他事，
插枝梅花便过年。

由于对仗并不工整，才觉得另有一番情趣。我问是否他自己撰句的，才知道是他在一位老大娘的词里摘下来的，不禁对那位老人家肃然起敬。

我们七大闲磕完头，拜过老家儿（父母），然后和阿冰借了本皇历（通胜），看明财神西南，喜神正东，我们依长幼顺序排好队，一字长蛇阵地走出一〇七，先往东迎接财神。七个光棍（寡佬）都想开春喜从天降，娶一个炕上一把剪子、炕下一把铲子的大美人做老婆。光超说："明年给你们娶二嫂，不是煤油大王的闺女，就是汽车大王的千金，带几个千万美金过来。"他还真有点穷疯了。

朝东边走了八八六十四步，然后由太子道向后转走向东乐戏院，方向刚好是一〇七的西南。到了东乐门口，庆桢提议，依北方的老妈妈律，可要捡块石头瓦块什么的，算是元宝，藏在衣服里面带回家放在床底下，明年就能时来运转点石成金发得不清不楚的。于是我们七个分头在地下找石头，你想想街上都是柏油马路，哪儿来的石头瓦块。还好一家门口放着一堆耐火砖，可能是人家准备开年修理房子的，我们不管三七二十一，每人拿了一块，朝怀里一塞便打道回府。光超总想比别人发得大一点，所以用他的棉袍兜了两块。一块砖本来也不算什么，谁知越走越重，光超更是连哈哧带喘，大伙儿也都有点步履艰难的样儿，加上长走先，幼走后的一字长蛇阵，一步三摇地走夜路，乍一看还真像湘西的赶尸队。没走多远就遇见了两位警界的山东老乡，还真吓了他们两位一跳，就差点没掏枪了："站住！干什么的。"

这一嗓子还真不轻，比金少山的调门儿低点儿有限，没点儿道行，还真能教他给吓傻喽。我们大哥跟警察最熟，因为很多帮办都跟他学柔道，所以赶着上前："我们是一〇七的。"

"一〇七？什么团体？帮会？"光超一听他们误会了，忙上前赔着笑："我们这是：紫气东来，天官赐福。"

他的意思本来是东边迎喜神，西南接财神。说完还把兜着棉袍下摆朝他们俩比了比。两位山东老乡一听他直说黑话，又不知他比画什么，还好是"三狼案"[①]以前，否则一句"天官赐福"还得了？为首的山东老乡用手一拉他的棉袍，可不好了，两块砖头一落地，刚好砸在老乡的脚上。他不知什么路道，朝后一退就把枪掏出来了，

---

① 三狼案：1959年6月至1961年10月发生在香港的绑架凶杀案，三名主犯于1962年被处以死刑。

再看看我们每人的衣服里有点毛病，又个个把手揣在怀里，喝令我们把手举起。我们唯恐事情闹大，马上都把砖头扔在地上。冯大哥一看大事不好，马上掏出一张名片，把接财神的事向他们两位一说。他们居然听说过他的名字，知道他是青年会的冯教头，也就一笑了之地走了。这么一闹哄，大伙儿的酒都醒了一半了，也没有兴致再捡砖头了；只有马力，仍旧贯彻始终地把那块砖带回家四平八稳地摆在他的床下。不然怎么大家都说"路遥知马力"。还别不信邪，如今我们七大闲发了财的还就是马力一个人，他还真是马力十足！

拆了电扇做道具

七大闲之中，我和金铨相处的时间最久，有一个时期差不多天天在一起。我在永华做严二爷的助导，也在戏里演一个码头的船夫之类的角色；小胡在长城美工部，一天三组戏忙得不亦乐乎。但是一收了工，我们哥儿俩总是聚在一起到重庆饭店，叫个两菜一汤的喝两盅，还都是贪杯量浅，白干就能把我们喝得晃晃悠悠云山雾罩的。

有一天，他一边喝酒，一边心不在焉地两眼望着天花板发愣。原来李萍倩导演的戏里需要一架股票行情发报机，借是根本没办法借，因为哪家股票行都是时时要用的；买又不可能，一架几万块，哪有这预算。小胡把打字机拆拆改改，上面加个玻璃罩子，刻着数目字的纸条只有香港一家最大的股票行有，小胡求爷爷告奶奶地要了一卷，可是怎么由发报机里发出来呢，问我我更没有这种脑子，所以他两眼望着天花板琢磨心事。原来那时的重庆饭店还没装冷气，屋顶三把倒吊的大风扇,死阳怪气打转。小胡把酒杯一放,跑了出去,好家伙,肉包子打狗一去不回,原来他又跑到长城的道具间去研究发报机去了。第二天他还真交了差,不只美工科长万古蟾大赞特赞,连李导演都夸他能干,只有沈天荫铁青着脸,把他叫到了厂长室。

原来沈厂长在写字间里越坐越热,正找不出原因的时候,忽然发现他写字台上的电风扇不见了,叫打扫房间的工友一问,说是小胡借走了。后来厂长在道具间门口找到那台风扇了,拿到写字间把插头插好,一开,怪,动都不动;叫电灯师傅用表试了试,电线没坏,可就是找不出毛病。不得已才把金铨请到他的办公室,沈厂长倒满稳得住地:"小胡,风扇用完了怎么朝道具间门口扔?为什么不给我送回来?"

"送回来?送回来干嘛?"

"干嘛?你热我不热啊?"

"我热干嘛?又不是我用,拿去拍戏了。"小胡还理直气壮。

"拍戏?拍戏要风扇?"

"不要风扇,要股票行情发报机。"

"那你拿风扇干嘛?"

"我没拿风扇啊,我只拿了风扇里边的马达!"

"马……"好嘛!电扇里没有马达怎么转?一波未平一波又起,万籁鸣在楼上扯着嗓子叫小胡。沈厂长一挥手:"你先上楼,这边的账回头再算!"

小胡忙不迭地跑上楼,只见万氏兄弟向他笑眯眯的。

"发明家"变"国术家"

还是小万先开口："侬个小赤佬倒是蛮会白相格。"其实他是南京大萝卜，不过在电影圈待久了，也跟大伙儿说上海话。

小胡知道他们老哥儿俩的脾气随和，所以装不知道："什么事啊，万家伯伯？"

"主任说你发报机改得好，下个月给你加四十块人工！"大万先生也开了腔。

"哟，那，那我……我谢谢两位伯伯！"小胡还当了真。

"不过有一桩，每月扣你八十块，算赔偿公司的损失。"小万先生又加了一句。

"啊？损失，什么损失？"

"好了，小胡，别装胡羊了，你把美工部的大钟放到哪去了！"小胡其实老早就知道他们叫他是为了什么，自己干的事儿能不知道吗？原来他把风扇里的马达拆下来，试了试太快，不得不想办法找个东西加点阻力，想来想去，他想到美工部的那个大电钟了，齿轮套齿轮地一拖，不但慢了，而且也有了规律，所以连夜摘了下来，愣给拆了个粉身碎骨。如今万氏兄弟一问，他只好嬉皮笑脸地："救场如救火，李导演说那架发报机今天一早就用，夜里哪儿去买材料，所以暂时拿去救救急。"

"好，算了，算了，反正是为了公事，算你聪明，将功赎罪吧，可是下不为例啊。"

没等下一次，当天晚上他就给保管间的主任蒋国雄一个大嘴巴，打得还真不轻，一下子把蒋先生玩到沟里去了。他还真会装，躺在沟里口吐白沫，动都没动一下。早晨大家刚给他起了个绰号叫他"发明家"，如今都对他另眼相看了，马上改口叫作"国术家"了。原来导演陶秦要一套鸡尾酒会用的道具，本来保管间里有一套，刚巧叫蒋国雄私自借给南洋片厂，租钱自己袋袋平安了。这种中饱私囊的情况，小胡老早就看不顺眼了，再加上平日里跟他又有点过节，一个陈设，一个保管，日久天长的总会有些摩擦嘛；蒋国雄又是牙尖嘴利的上海滩小捣乱，张口闭口地"操那"连声；小胡是世家子弟，大少爷出身，从小娇生惯养的，怎么能听他那一套啊，所以三言两语地就干了起来。

起初，蒋国雄以为小胡故意跟他为难，明知那套道具刚借出去，而硬挤兑他，所以小胡刚一开口，他就不耐烦起来："没有，喝酒就喝酒，又不是洋人，喝什么鸡尾酒、鸭尾酒！"

小胡一听也火了："又不是我要，陶秦要！"

"老板要也没有，事先又不开导演单，临时要东要西，我是神仙哪，要什么有什么！"

"又不是跟你要，跟保管室要，这套东西《女儿经》的时候我经手买的，怎么你又拿出去收租了？"蒋国雄一听，这不是成心是什么，恼羞成怒，把脸一变："侬讲闲话清爽一点，弗要胡搞！"

"胡搞？你是不是借给了阿苏去拍《喜相逢》去了？"

"煞个《喜相逢》，我看你简直是鬼见愁，操那娘去了。"

"你操谁娘？"

"侬个娘！哪能？"小胡手起掌落，啪喳就是一个大嘴巴子："哪能，我叫你出脓。"蒋国雄的头一歪，脚一滑，刚好歪到栅边的阴沟里，扑通一声，臭水溅了一世界。大概这位蒋大爷平常的人缘也不怎么好，所以片厂外面的人都幸灾乐祸地直拍手。没想到他一头浸了下去，马上就纹丝不动了。大家围上来一看：他的嘴角儿跟绑好的大闸蟹一样,直往外吐白沫。这一下子小胡可愣了。

不知道哪位大爷出了个馊主意:"糟,这小子大概是羊角风,快,把他的手绢儿拿到马桶里蘸一蘸,然后替他蒙在脸上马上就好了。"还真有人朝他怀里摸手绢,没想到这家伙一个鲤鱼打挺就蹦了起来:"小胡,侬个小赤佬,侬弗要跑。"说着他跑出世光的大门,到我住过的何家园楼上,把总务主任张善琨找到片厂(保管间直属总务科),又把万氏兄弟也找来了,又哭又喊地直叫说,千不是,万不是,小胡不该动手打人。可是他若不开口骂人,小胡怎么会打他?张善琨庇护着蒋国雄,万古蟾护着胡金铨。于是公说公有理,婆说婆有理,居然全不相让,越说越僵。最后张善琨一定要美术组把小胡开除,万古蟾一定要总务组叫蒋国雄走路,拿公司的东西出去赚外快,那还得了!此风怎可长?结果小胡卷了铺盖,蒋国雄也炒了鱿鱼。看起来小胡跟我的命运也差不多,嘉华不嘉,长城不长,只好又到一○七做大闲人去了。

我在永华刚好把《翠翠》的结尾工作搞完,严二爷紧接着要为小林黛拍第二部戏了。他说了个故事大纲,叫我替他改编;这么一说他就是原著,我是改编,剧本费他拿两千,我一千。后来一打听,那故事是以前李萍倩拍过的电影——《笑声泪痕》[①]。剧本写好了,严俊当然还是编、导、演一脚踢(能者多劳嘛!)。他演一个小职员,林黛演他的女儿,另外还要替林黛找个弟弟,我想小胡再合适也没有,把我的意思和小胡一说,小胡还有点扭扭捏捏:"不行,我怎么能够演戏呢?"

我一听,还直瞪眼:"你怎么不能演戏呢?有鼻子有眼,不缺胳

---

① 此处指的是1945年在上海,李萍倩导演、严俊主演的《笑声泪痕》,剧本改编自编剧谭惟翰的小说《笑笑笑》。1960年在香港,李萍倩导演再一次改编此小说,拍成电影《笑笑笑》。

臂不少腿的，为什么不能演？"

"你说得那么容易！"

"根本就不难，没听洪波说吗？旁若无人、死不要脸就能做演员。你不是崇拜拿破仑吗？他的字典里没有'难'字，来吧！兄弟。"就这么着，我把金铨"拉"上了银幕。

还没替我的剧本（不，严俊的）起名字呢，总不能叫人家的原名——《笑声泪痕》吧！对，小胡的耳光打得不错，干脆，就叫《吃耳光的人》！

《吃耳光的人》制片是汪晓嵩，他和导演易文、陶秦都是上海圣约翰大学出身的，中英文都很有两下子，人也随随和和，喜欢开开小玩笑，酒量不错。那时候年纪轻，两瓶黑牌威士忌，脸都不红一红，如今差一点啰，但起码也能喝下大半瓶。

永华几个月不发薪，我们几个单身汉，经常到他府上去，祭五脏庙。那时候他的小女才三四岁，我还给她画了一张速写，开始她还蛮听话，叫她怎么做她就怎么做。可是时间一久她就坐不住了，突然之间，"哇"的一声哭了起来，我连抱带哄："不哭！不哭！等你长大了，叔叔也就成了名，那你这张画像可值银子了！"

如今小侄女，不只长大了，都生儿育女了，不知道那张画像她扔到什么地方去了；如果存到现在，还真能换两个钱，起码《东方》的老编肯出十块钱的稿费，在报上登一登！

她哥哥汪岐也很能干，对香港无线电视的贡献还真不少。以前介绍汪岐都说是汪晓嵩的儿子，如今介绍汪晓嵩人家会说是汪岐的老豆。还真不假，晓嵩一直喜欢小逗着，这么多年，他当然成老豆了。

尔光比李祖永派头还大

永华的制片还真不少,但最活跃的只有两位:一位就是汪晓嵩,另一位是尔光尔爷。尔爷是天津人,所以电影界的朋友,都用天津话称呼他尔爷。他长得身高马大,有型有款,大烟斗一叼,比李祖永的派头还大,李先生走前,尔光随后,看样子李老板成了他的跟班了!

第一次见到尔爷,是在长城拍《花街》的时候。大概都夜里十二点了,看见一位西装笔挺,叼着烟斗,戴着灰呢帽的胖绅士,带着两个花枝招展、艳光照人的小姐,身材都是五尺六七,乳波臀浪,玉腿修长。一时间所有拍戏的演职员个个都六神无主,四肢无力,三魂出窍,二目圆睁,看得好不出神。导演岳枫叫了声尔爷,那位胖绅士也回了三声爷:"爷爷爷,来来来我给你引见引见,这是岳老爷,这位是王姬小姐,这位是王水春小姐。"

一听名字才知道两位都是金殿舞厅的红小姐。后来尔爷还把王姬介绍给严俊,在他处女导演的《巫山盟》里饰演一位交际花。等尔爷走了之后,跟大伙儿一打听,才知道尔爷以前也做过演员,在王四爷(元龙)主演的《楚霸王》里演过樊哙,鸿门宴整坛子饮酒的就是他。雄赳赳气昂昂的还真有个大将风度。想不到我第一张的基本演员合同是他介绍给永华的李老板的。更想不到我和邵氏父子公司的第一张基本导演合同又是他做见证人和介绍人。

记得我在大观片厂拍《春光无限好》(林黛、赵雷主演)的时候,何梦华正在华达片厂拍《人约黄昏后》(尤敏、赵雷主演),两部戏的制片都是尔爷。大观在钻石山,华达在荃湾,距离还相当地不近,大家又同是早班(晨九晚六),尔爷只好两边赶厂,不管到华达或是大观,多多少少带点东西给工作人员打打气,慰劳慰劳;不是瓜果梨桃，就是香烟瓜子，绝不会空手而来的。所以大伙儿一听"尔爷到"，一定三呼万岁，高兴万分。不过，这都是新戏开拍前几天的事，十天半月之后就看不见他的影子了。何梦华一旦有事要找制片，他的剧务说尔爷在我这儿；我找不到尔爷，我的剧务告诉我制片在华达那边儿。其实他老先生哪儿都没去，早晨督促着两组戏的演职员上了公司巴士之后，他就到浴德池里叹世界去了。

有一天我跟他来了个喜相逢。刚好那天我提早收工，也刚好去了浴德池，就刚好和尔爷撞个正着，他正躺在雅座的凉榻上仰面朝天地鼾声大作呢。伙计知道我们的关系，还以为有事找尔爷呢，刚要叫醒他，我连忙上前拦住，低声问尔爷什么时候来？伙计不知就里地实话实说："这一个礼拜尔爷可来得勤，每天早上十点半准到，风雨无阻！"

好，这下子西洋镜可叫我拆穿了。第二天我就给他来了首缺脚打油诗，仿《笑林广记》的《甥舅南洋相逢》体，原文是：

发配到南洋，
见舅如见娘，
二人双落泪，
三行！（舅舅一只眼）

我写的是：

春光无限好，
个个要起早，
制片没有事，
洗澡！

还是先由《翠翠》谈起

尔爷是个标准的北方大汉,爽朗热情,豪迈粗犷,但是粗中有细;还非常喜欢生活情趣,养花喂鸟,烹茶煮酒都分外地内行。工作越紧张,他越显得恬静,经常忙里偷闲到浴德池找个擦背的,捏捏脚,捶捶腿儿,伸个懒懒腰,打个盹儿,自在逍遥,南面王不易也。

尔爷也喜欢喝两杯,不过茅台、大曲他不碰,白兰地、威士忌他也不喜欢,独沽一味——红牌双蒸。别人是胡子有两绺,顿顿四两酒,他虽然光着下巴,可一顿照样是一瓶双蒸。

记得我第一次在邵氏父子公司拍彩色古装片《貂蝉》的时候,可不像如今的邵氏影城,服装什么朝代都有,头套也是男女老少俱全,开部新戏,只要添几个主要演员的发饰和衣服就可以了;那时候可没这么便当,除了罗维的董卓、赵雷的吕布和杨志卿的王司徒特别做了发饰和衣服外,拍一个三百多人的街道,起码要一百个头套才像样,做起来不只没有这笔款,时间也赶不及,结果尔爷想出一个绝妙的办法,谁听了都得拍案叫绝,他吩咐剧务:"找一百个老太太,穿男人衣裳,然后给她们贴上大胡子。"

办法是好办法,不过个头儿不对,一个个都像土地爷,外加不能走路,一走路成了姜子牙的坐骑——四不像了!

尔爷是林黛从影第一部影片《翠翠》的制片。我是《翠翠》的副导演。《翠翠》的原剧本是杨彦岐改编自沈从文先生的名著——《边城》,乡土气息非常浓厚,写在湘西茶桐的码头边,摆渡船上的老爷爷(严俊饰)和他外孙女儿翠翠(林黛饰)的故事。翠翠的母亲偷偷地爱上一个军人而怀了孕,后来不幸军人死在战场上,她也在生下翠翠之后,饮了长河里的生水自尽而死,留下遗腹女儿和年迈的老父相依为命。翠翠大了，出落得鲜花一样，引得长顺家的兄弟二人都爱上她。老大是个沉默寡言的人（鲍方饰），对翠翠是暗恋，见了面连响都不敢响；老二（严俊兼饰）和哥哥的性格正相反，既活泼又风趣，时时和翠翠来个"月下对口"什么的。戏里有十多支歌，因为词是绝妙的好词，曲又清新悦耳，所以相当流行过一阵子。作曲是叶纯之，作词是李隽青，都是个中年老手。李先生谢世有年，至今写歌词的大家，据我看还没有几个赶得上他。

搭"河街"布景惟妙惟肖

李隽青形容翠翠的歌词，简直就是大白话：

> 划船的姑娘你真美，
> 茶桐找不到第二位，
> 大大的眼睛弯弯的眉，
> 白白的牙儿红红的嘴，
> 多少人想做媒，
> 茶桐城里哪一个配，
> 不知将来便宜谁？
> 便宜谁！

浅显易明，容易上口容易记，你看看比《月儿像柠檬》怎么样？

隽青先生不只写歌词，还每天躺在大烟榻上陪着李老板研究剧本；躺是躺着，鸦片烟可是口不沾唇。据说当年李隽青先生也是一个世家子弟，名门后裔。杯中酒常满，座上客不空，虽然比不上孟尝君的三千门下客，经常也是筵开四五席了，白兰地每天几箱，芙蓉膏日夜不断，饮酒赋诗，对灯吟哦，每晚还预备下几辆包车送客。不仅如此，还在门口正中摆一个乾隆年制的青花大鱼缸，直径足有三尺半；名为鱼缸，但不养鱼，里面储满了白花花的现大洋，任君自取，你瞧瞧这个派头儿谁能比？

后来家道中落了，所以一咬牙放下烟枪，提起笔杆，写起电影插曲来。从那时候起，烟枪碰也不碰。

隽青先生为人特别随和，李老板怎么说怎么是。老板若说煤是黑的，他马上随声附和："天经地义。"老板说煤是白的，他也跟着改口说："不是门前雪，就是煤上霜。"接下来的一定是老板哈哈大笑。隽青先生明知老板拿他开心，但一样装傻充愣，若无其事。就在这样打着哈哈凑着趣的日子里改好了《翠翠》的剧本（等于重写）。等油印好之后，老板越看越满意，隽青先生当然也就连连赞好，拍节击赏。你看看这样的剧本谁敢改？好嘛！我就傻小子睡凉炕，全仗火力壮，不只改头换面，简直脱胎换骨。首先就是我出主意把原来叫《边城》的片名改成了《翠翠》。可不是嘛，林黛做了三四年的纸上明星，第一部主演《边城》，什么《边城》？谁是《边城》？当然《翠翠》好了，林黛就是《翠翠》，《翠翠》就是林黛。严二爷把这意见交给李隽青，李隽青交给李老板。祖永先生琢磨了半天，吸了两筒大烟都没决定，最后一看烟枪上的翡翠烟嘴："好，翠，翠好！就叫《翠翠》吧。"隽青先生马上附和："对，翠好，好极了，就叫《翠翠》吧，太好了，不能再好了。"

翠字当然好了，不然我怎么会和张翠英结婚呢？

《翠翠》的第一堂布景"河街"是搭在永华的B棚。这"河街"

应该是沈从文先生的老家"镇筸"的样式。镇筸到了民国改为凤凰县。那条长河应该是屈原溯江而行的沅水。据作者的介绍:"那个地方居民只有五六千,而驻防的正规军却有七千余,所以每家都有服兵役的人。兵卒纯善如平民,与人无侮无扰,农民勇敢安分,敬神守法。江西人在此卖布,福建人在此卖烟,广东人在此卖药。"

《翠翠》的布景师是包天鸣先生。不知道他在哪儿找到的参考资料,把"河街"的布景设计在宽五十尺,长一百尺的摄影棚里,搭得还真惟肖惟妙,加上背影放映机配合着放出在常州[①]拍来的港口外景,看着跟实地拍的一样。片子拍出来告诉你在摄影棚里拍的你都会不相信。

灵感得自作家的笔杆

那年月我连做梦都在当导演,走路都喊"开麦拉"(相信如今有很多喜欢电影的年轻人和我一样发烧)。有一次我在尖沙咀边走边叫,身前吓跑了两位大小姐,身后勾来了四个差人,差点没把我送到青山去!

所以,当我好不容易捞到个副导演的工作,如何不紧张万分?接到剧本之后,把沈从文先生所有的著作都买到家,《从文自传》《湘西散记》《长河》《神巫之恋》《黑凤集》《边城》……彻头彻尾地读了又读,然后再看看剧本,总觉得不大对路,缺了点什么呢?原作里的泥土气息吧?

---

① 此处疑为作者笔误,应为"长洲",位于香港大屿山及南丫岛之间的岛屿。

沈从文先生在他《湘西散记》的《老伴》里，有一段这样写道：

　　……他且说"将来做了副官，当天赌咒，一定要回来讨那女孩做媳妇。"那女孩名叫"翠翠"。我写《边城》故事时，弄渡船的外孙女，明慧温柔的品格，就从那绒线铺小女孩脱胎而来，我们各人对这小女孩子，印象似乎都极好……

　　十七年之后，作者又旧地重游，在绒线铺里的柜台后边又看见了翠翠，仍旧十六七岁，仍旧明慧温柔。他奇怪于她的长不大，及至看见那个已经垂老了的"副官"，才知道他真的娶了翠翠。如今柜台后面的只不过是他们的女儿。原来那个翠翠在生下这女孩之后就死了。这不就是《边城》里翠翠的样板吗？所以我提议《边城》正名为《翠翠》，灵感不是得自于翡翠嘴儿的大烟杆儿，而是作家的笔杆。

　　再把我的见解和李祖永先生讲了讲，他很惊异于我对《边城》原著熟悉之外，对《边城》作者的身世更熟悉。两位李先生和一位严先生都不知道沈从文兄弟姊妹有九个之多，也不知道他排行第四，更不知道沈从文只上过小学六年级就进了军校补习班去当兵，十六岁又离开家跑到出辰州府的沅陵，所以他对那条沅水长河特别熟悉，什么地方有多少滩险，什么时候什么石头行船顶危险麻烦，都记得一清二楚。他的父亲在镇守大沽口的罗提督手下做裨将，母亲姓黄……讲深了他们就更不知道了。而我以前也不知道，读过了《从文自传》之后才知道，但我相信《翠翠》的导演严俊先生到现在也不知道。

　　李老板把枪（烟枪，不是盒子炮）放下之后，闭上眼睛养了好一阵子神，蓦地坐起身，用眼睛盯了我半天："李翰祥，以前不是我开除侬个，是伊拉开除侬个。现在伊拉全跑了，侬反而转来了。好，不错，侬不错！《翠翠》的本子是我改过的，不过，你觉得不合适，自管改，弗要客气！"

我才不会客气呢！就这样，我大胆地胡删乱改一通。每天把我改好的本子，一张张交给严二爷，他再在上面用笔画横线（每条横线就是一个镜头）。逢到爷爷、翠翠，或者老二的戏和对话，他就眉开眼笑地画得多几道儿；遇见老大的就一板脸，横三竖四地乱画一通。好嘛！原来他把老大的对白全给删了。这也难怪他，因为演老大的不是严家班底儿的，而是刘苏的丈夫、鲍起静的爸爷——鲍方。

他自己是老二跟爷爷，不，应该说他演老二是爷爷老二，他演爷爷是老二爷爷。至于老大，哼！一向不是"徒悲伤"，就是"嫁做商人妇"了，所以特写姥姥也轮不到鲍方，因为严二爷全鲍（包）圆儿啦！

一声"开麦拉"整夜兴奋

开镜的第一场戏，剧情是五月初五端午节的傍晚，翠翠和爷爷看完了龙舟之后，经后街回家。第一个镜头是林黛演的翠翠连蹦带跳地跑在前面，一回身看不见爷爷（严俊饰），好不焦急。原来爷爷是一个烂好人，逢人便打招呼，没话也找话地聊上几句，最少也要今天天气哈哈哈一番。因为过往行人，和街上做买做卖的都是他摆渡船上的常客。刘恩甲演的杨马兵碰上他就更是聊个没完了，因为马兵不仅和翠翠的爷爷相熟，年轻的时候还追求过翠翠的母亲。别人唱月下对口，歌声嘹亮、悦耳，歌词风趣动听，但马兵只会唱两句京戏:"八月十五桂花香。"当然打了一辈子光棍。所以一碰上老船夫,就想当年一番,陈谷子、烂芝麻地越说越长气。还有我和姜南、古森林几个演的水手,见了爷爷就围上他:"老大爷打了好酒了吗?"

"刚满上一葫芦开坛十里香,来口儿来口儿,大家尝尝!"于是老船夫解下腰间系着的酒葫芦,打开盖,先送到大伙儿的鼻子底下闻闻香儿,然后把葫芦送到别人的手上,轮流着你一口,我一口地尝个没完;要是觉得味道好,喝到葫芦的底儿朝天,他也不心疼(是剧中的老船夫,可不是严俊本人)。喝光了,随便走进哪个酒铺都可以再添上,反正大家都是熟人,也用不着马上付钱,等到三节一起算,或者索性在摆渡钱上折了账。

翠翠买了几朵绢花,在外边不好意思照镜子,满想回家好好地看上一看,所以归心似箭,偏偏爷爷张三李四王老五地聊个没完,所以翠翠跑进镜头,看着迟迟才到的爷爷,不由得娇嗔,一撇嘴,把小辫儿朝后一甩,使劲儿叫了声:"爷爷!你倒是走不走啊!"

"走,怎么不走,老二,谢谢你的粽子,来,尝口我的开坛十里香。"好嘛!他又聊上了。翠翠一跺脚,一屁股坐在大树底的石板凳上。这就是翠翠的第一个镜头,也是我有生以来第一次代导演严俊喊的第一声"开麦拉!"为这一声我曾兴奋得整晚翻来覆去地睡不着,因为不只兴奋,简直有点儿诚惶诚恐了。

一定有读者不以为然,喊声"开麦拉"害什么怕?我不说你也许不知道,还真的有一位新导演在开镜的第一个镜头喊不出声。那部戏是我画的广告,所以我一清二楚。那位新导演也是长城宣传部的同事,名字叫谭仲霞。还不知哪儿噱了一个老板,拍了一部《桃花侠夜探毒龙潭》。男主角是曹达华。开镜的那一天试好之后,谭导演紧张万分,惊魂铃响过之后,人声俱静,他老兄在众目睽睽之下,就是张口结舌地叫不出声!

不要小看这一声"开麦拉",有的导演拍了一辈子戏就是叫不好,不是嗓门儿大不大,也不是精气神儿足不足,而是要"入戏"。所谓入戏是什么剧情什么喊法,文戏要喊得淡雅,武戏要喊得清脆,喜剧要喊得爽快,悲剧要喊得迟缓。要想演员能够流出真眼泪,必须多喊几声预备,要轻声,要慢语,要说些诱导演员情绪的话;看见演员热泪盈眶了,才轻轻地叫一声"开麦拉",否则高声一叫,演员想哭也叫导演给吓回去了,相反的武戏喊得如此地无精打采,演员怎能打得起劲?

导演喊"开麦拉",好像看京戏喊好一样,要喊在节骨眼儿上,不能喊在腰眼儿上;看武戏要喊得带劲,看文戏要喊得斯文,看花脸要喊得洪亮,看花旦要喊得俏皮;不管三七二十一地乱喊一通,一定有好多只眼睛看着你。这跟北京卖夜壶一样,不管哪街哪巷都扯着嗓子,足那么一叫唤:"夜——壶——喔",怎么行!

我们是当铺里的老主顾

《翠翠》虽然不是歌唱片,可是插曲还真不少。林黛的幕后代唱人是王若诗,因为吐字清晰、嗓音响亮,所以听起来十分悦耳。林黛能一炮而红,王若诗的功劳还真不小。所以后来林黛一连串主演了十多部翠翠型的影片,都是梳着大辫子的乡下姑娘,也都有十几个插曲,代唱的也都是王若诗,一直到她结了婚了,不肯再唱了为止。

代严俊在幕后唱的是田鸣恩,一曲《月下情歌》,还真够迷人的。

天上的月亮啊，照白河，
　　地上的人儿啊，来唱歌！

　　还真流行了不少时候。照我看时下的男歌星，虽然多如过江之鲫，但讲韵味之佳、声音之厚，还都比不上田鸣恩。李祖永先生是先听他的歌，后见他的人。没想到一见了田鸣恩的面儿还真吓了他一大跳，上下左右足那么一打量，看得田鸣恩直毛骨，以为自己身上有什么毛病呢。李老板说了一句："哪能会有个种事体？"之后就叫他跟着回府。到家之后，马上找出他年轻念书时的照片给田鸣恩看。这回可轮到田吓了一跳了，原来照片里一位拉着狼狗的年轻人，简直就是他自己。怎么也没想到，自己跟李老板像得离谱，简直就是一对"孖公仔"。祖永先生也兴奋异常，马上叫他演《嫦娥》的男主角后羿。至于早定下演嫦娥的杨明，据说也是因为像极了李先生死去的二姨奶，所以一进公司就主演了《爱的俘虏》。好！一个二姨奶的影子，一个是自己的样板，叫他们俩在《嫦娥》里配对儿去吧！所以有钱开间电影公司也蛮过瘾的。

　　《爱的俘虏》的导演是程步高。编剧是李老板自己。因为故事就是他自己年轻时候的真事，所以男主角选了罗维，大概别的小生不像李老板那么胖吧。罗维肥头大耳的，跟他还真差不多。当然了，论个头儿和脸庞儿田鸣恩比罗维要合适得多，不过那时候田鸣恩还没"鸣"呢，所以也就没有被"爱"所俘虏，不过"嫦娥"也够他受了。

　　《嫦娥》的导演是但杜宇，编剧也是李祖永先生。很多人一定奇怪，怎么李老板那么喜欢写剧本？可不是嘛，若不是他老人家喜欢编剧，永华还不会那么快关门儿哪！

说起来真奇怪，电影公司的老板一做编导，离公司关门就不远了。台湾"中影"公司的前老总龚弘，不仅编剧，还替导演分场、画镜头，最后导了一部《李娃传》，"中影"公司就把他换了下来了！袁仰安一导《阿Q正传》，长城就改组了！杨曼怡一喊"开麦拉"，国泰就关门了。你看邪不邪！所以邵氏公司的方逸华小姐一看剧本，我还真担心她会对编导发生兴趣，那可千万不是闹着玩儿的。

记得陈翼青导演的《一刻春宵》，也是李老板编剧。我在戏里演严俊的一个副官，鹭红演女主角。有一天为了老板在府上改剧本，厂里打好了灯光之后，足足等了四个钟头，差不多到夜里两点半了，李九（李先生的司机）才开着老板的卡迪拉克，送来了几张稿纸。好嘛，老板要过瘾，大伙儿只好傻等了。

《嫦娥》拍到一半，李老板越看越不满意，一拍台子要换导演重拍。那时永华的经济情况已经坏到了家，每天的剧杂费都要老板娘拿出私房的首饰到当铺里去想办法了。每次当当，总是派我和姜南去，因为我们是当铺里的老主顾。人家说有当有赎上等人家，我是当了就不赎，有钱再买新的，所以当铺对我们俩挺熟。不过我们当当每次都是站在柜台外边。那次一进德昌大押（新华戏院斜对面那间），拿出老板娘的钻戒一亮，朝奉眼一眨还真吓一跳，马上走下柜台大开铁闸，把我们两位请到柜台后面。看样子，若是我们不说出是永华老板娘的东西，他们准会马上报警。

老板和一屋子人等着我

朝奉把放大镜往眼睛一搋，拿起钻戒望了又望，只见他忽而摇头忽而叹气。我跟姜南对了个眼神儿,一想糟糕,不是假的也好不了。所以朝奉问姜南要当几多的时候,姜南心里还真是七上八下地直打鼓,咽了口唾沫之后战战兢兢地伸出五个手指头。没想到那位朝奉连连点头:"得,得,再多的都得,钻戒不少,难得一只这么好的。"说着即刻写了一张五万元港币的票子,连钱一块儿交给姜南。

其实那天的剧务杂费只要四千多块钱就全部搞定了,所以姜南才想当五千;既然当了五万,不拿白不拿,反正老板娘的钻戒多得是。(后来才知道,还好当了五万,即使当五千也赎不起!)

你看看,都当当过日子了,我们李老板的少爷脾气还是越来越大,非但一成不改,反而变本加厉了。那时候《嫦娥》已经OK了八九千尺,重拍不但没钱,也找不到导演哪。哪位大爷肯替别人擦屁股啊!非但不讨好,简直就是找挨骂。再说各人有各人的想法,一个剧本十个人导也是一人一样儿,人家拍了一半儿,别人怎么接啊!我正在那幸灾乐祸等着看笑话呢。好,没想到李老板忽然看上我了,大概我黑吧,不然怎么那么倒霉呢。

后来才知道,是制片汪晓嵩出的馊主意,叫当时永华的四个副导演姜南、王震、古森林和我联合导演,李老板不但连连点头,还说:"四个人不行,总要有一个做主的,就叫李翰祥打头儿吧。"

好,想不到我还是敢死队的第一名。屠梅卿通知我们第二天早晨和老板一道看《嫦娥》的毛片,然后听听大家的意见,怎样修改,怎样补戏。我回家沉思了一晚上,越想越不对路,终于一咬牙决定不参加。

第二天早晨都快九点半了,我还赖在床上不肯起身。若不是屠梅卿十二道金牌似的打了八个电话,我还真不会到公司去。

进了永华,我本想等大家看完了试片之后,再进放映间。老屠一看我坐在走廊上即刻告诉我,老板和一屋子人都眼巴巴地等着我呢。我不得不硬着头皮走进了放映室的门,一看黑麻麻地坐了一大片,还真有点手足无措。李老板坐在第一排中间,铁青着脸瞪了我一眼:"哼,从永华开门到现在,这个放映间里只有人等我,我还没等过人呢!"

我连大气都没敢吭,当钻戒归当钻戒,老板还是老板,我只好一哈腰坐在最边儿的椅子上。

九本片子看了足有一个半钟头,难怪老板要重拍,片子还真够闷得慌的,怎么也料不到像但杜宇先生这样资深的老导演会拍得这样砸。有一个镜头还真是怪异得可以:杨明演的嫦娥和后羿讲着讲着话,居然从镜头右边走出,在机器后面兜了一个圈子,又从机器左边进来了,成了戏台上的"出将入相"了!

老板既然下了命令,我们做伙计的只能照办。看完试片之后,我们"四人帮",把汪制片拽到宣传部,提出了三点要求:

一、戏是没办法补,要么就重拍。
二、导演仍是但杜宇先生,我们只是从旁协助。
三、剧本交给我们改,老板不要参加意见;用人不疑,相信我们就做,否则要做也做不好。

老实讲我们的三个条件也是以进为退,老板一拧头,我们马上散伙。没想到李祖永先生全部同意。看起来我们"四人帮"的噱头,还不是一点点,没办法,顶硬上吧!

好嘛,戏还没拍哪,看外景的时候,就差点把射日大英雄后羿摔死在马屁后边儿!

在《嫦娥》里演月下老人

《嫦娥》里除了田鸣恩的后羿、杨明的嫦娥之外，我的戏也不少，演的是替人家说媒拉牵扯红绳的月下老人，粘了一脸大胡子，头戴道冠，足蹬云履，手持拂尘，腰系丝绦，如今看看那时的剧照，是一个十足的杂毛老道，既非道貌岸然，也无仙风道骨！

唐迪演逢蒙，姜南演吴刚，是围绕在后羿身边的两个佞臣。那年头袁秋枫导演还在做二十元一天的特约演员，拿着朝天蹬站在宫门外当御林军；陈思思才十四岁，头上顶着装满水果的银盘，在后羿大宴群臣的场面上演一个宫女，没有对白，没有戏，只在人群里穿花蝴蝶般的走来走去，可是没多久就成了"凤凰"之宝。所以说英雄不论出处，有兴趣从事电影事业的朋友们，只要努力，由什么工作开始都一样可以出人头地。

后羿是有穷国的国王、射日的英雄，英雄要有英雄的气概，持宝剑，跨骏马，雄赳赳气昂昂的才够个意思。偏偏田鸣恩跟我一样，一看见马就跑得远远的，生怕踢着，不要说拉马头了，连马屁都不敢拍，所以拍戏之前，先要练练骑马。

有一天顺着到粉岭看外景之便，和练马场的阿贵租了四匹马，我和姜南、唐迪陪着田大英雄坠镫扶鞍上马，双腿一夹，像连阔如说评书的语气一样："马踏鸾铃响，疆场一团风。"在粉岭的树林中，做起马上英雄来。开始还是小心翼翼地坐稳雕鞍牛刀小试，绕树三匝之后，就放胆地举鞭策马，奔放驰骋起来，耳旁风声声吼起，头上发根根耸动，神清气爽好不洋洋自得。正在兴高采烈飘飘欲仙的当儿，忽然田大英雄的坐骑，和《三国演义》战长沙的老将黄忠一样，前腿一软，马失前蹄，老田大叫一声，一个元宝翻身跌下马来，两腿一伸,当场晕倒在地。我们连忙窜下马来又喊又叫,围在他的身边,把老田叫成老天了,他还人事不知,姜南急得都快哭了,就差点像宝玉哭灵样地唱起绍兴戏来:

老田!老田!我来迟了!我来迟了!
如今是千呼万唤——唤不归——呀——啊——啊!
上天入地难寻觅!

唐迪连忙把老田抱在怀里,用力摸索他的胸口,嘴里还念着老妈妈律儿:"摸摸前心捶后心,多归阳来,少归阴。"于是又捏人中,又擦白花油,虽然用尽八宝,无奈都无济于事,最后只好把老田连搂带抱地拖上汽车,送到九龙医院。

还好吉人天相,第二天总算苏醒过来,不过伤筋动骨一百天,害得他在医院里足足地躺了三个多月,出院之前还像科学怪人似的在肩膀上装了三只两寸长的铆钉(恐怕到现在还铆着呢)。不过也有个好处,若是阴天下雨什么的,他总是未卜先知,因为一变天,他的臂骨就酸得抬不起来,一酸他就知道"晴时多云偶阵雨"了。

一朝经蛇咬,十年怕井绳。以后田鸣恩一听要拍骑马的戏,就吓得面无人色,浑身打战。偏偏《嫦娥》里有一支猎歌,是他率领逢蒙、吴刚骑马打猎时唱的,不骑马怎么行?唱是自己唱的,词是李隽青先生写的。前面的两句是:

风萧萧,路迢迢!

曲是《翠翠》的作曲叶纯之写的。老田唱得慷慨激昂,浑厚有力,尤其是萧萧和迢迢还有那么一颤音，像斯义桂唱《教我如何不想她》一样，抖抖索索的还真有点余音绕梁的意思。可是一拍戏把声带放出来，对着老田的表情动作那么一对嘴，好，那就不用叫老田了，叫老天吧！

不少人服侍老田上马

老田上马之前，已经心惊肉跳了，服侍他的人还真不少，有穷国虽然穷一点，帝王的气派还是一点不穷的。牵马的，坠镫的，扶肩膀的，拿马鞭的，抱腰眼的，托脚巴丫儿的，后边还有两个捧屁股蛋儿的，足有七八口子。刚一上马，他就像骑在虎背上一样，眼神呆滞，嘴唇发僵，两腮乱颤，体似筛糠。音乐过门一响，他老兄就像蝎虎子吃了烟袋油子一般，浑身上下哆哩哆嗦地抖个不停，张嘴一唱，配上他颤抖的录音：

风萧……萧……啊……噢！
路迢……迢……啊……噢！

那种战战兢兢如临深渊如履薄冰的凄凉样儿，引得所有在场的工作人员都禁不住哈哈大笑。不过《翠翠》的歌儿，老田就唱得通俗了一点，没有斯义桂先生一样的歌剧味儿，既轻松又俏皮，譬如《不讲理的姑娘》吧：

有一位姑娘了不起，

十五六岁小年纪，
又天真，又美丽，
又聪明，又伶俐，
姑娘样样了不起，
就是有点不讲理，
你说东来她说西，
你说高来她说低。
一会儿开口笑嘻嘻，一会儿掉头不睬你……

这是老二在摆渡上向翠翠唱的，原著里老二的名字叫作傩送（傩神送来的意思）。沈从文描写傩送是：

……傩送美丽得很，茶峒船家人拙于赞扬这种美丽，只知道为他取出一个诨名为"岳云"。虽无什么人亲眼看到过岳云，一般的印象，却从戏台上小生岳云，得来一个相近的神气。

你看看，我们严二爷像戏台上的岳云吗？乌云倒有点像。再说岳云老二的年纪是十六岁，严二爷当年三十二岁，杠上开花，加了一番。唱起山歌来，一作活泼可爱状，我的妈，眼角儿的鱼尾纹左右各六条，头顶上的抬头纹上下共三道儿，可真是肉麻当有趣，够瞧老大半天的了。老实讲我宁愿看他演的爷爷张横了。

严俊演爷爷虽然学足了石挥演《秋海棠》的腔调（尤其是叫翠翠的声音，颤悠悠的简直就是秋海棠在叫梅宝），但看看还不脊梁沟儿发麻，有几场戏还演得不错；可老二的演法儿就叫人看着寒毛凛凛的了，尤其和林黛唱月下情歌的时候，由树丫上一纵一跳一转身，真有点像当时流行的喳喳喳!

据说拍《翠翠》之前,曾经有人介绍傅奇到永华,可惜严俊没能起用他演老二,否则的话《翠翠》的成绩应该更好一点。不过我们也得替老严想想,要真的叫傅奇演了老二,林黛的情史可能要重写了。严二爷怎么那么傻?不用说演,连唱片的版权他都利不外溢呢!所以很多人因为听了电影里的歌儿唱得不错而去买唱片,一把唱片买回家,在机器上一放,越听越不对劲儿,当然了,电影里是由田鸣恩、王若诗唱的,而片里是严俊、林黛唱的,差之毫厘,失之千里。严二爷的嗓子唱黑头还可以,《法门寺》的刘瑾还真呱呱叫,一声好一个大胆的梅邬知县,还真有味儿;《月下情歌》可不行。那我宁愿看罗维的月下对口了,一副袁世凯的身材,两只手朝西装裤袋里一插,腰板儿一踆一踆的,还真有个小生样,当然胖是胖一点;不过那年头柯俊雄、秦汉、狄龙还没出道的时候,也将就着看了。

曲作好了,不"摇"怎样成

在《翠翠》演出的特刊上,我曾替严俊捉刀写了一篇《导演者言》:

《翠翠》是根据沈从文先生的《边城》所改编的。我喜爱这新的工作,正像我喜爱沈先生的作品一样。他用朴实而清秀的文笔,刻画出湘西人诚实、憨直的生活,写出他们的爱憎与哀乐。所以这该是地方色彩非常浓厚的戏。但为了地理环境的限制,我不得不把这地方扩展为"中国"的,一切风俗习惯也普及为"中国人"的,而不是中国的湘西人,这是我对观众抱歉,更对原著者抱歉的地方。据此，我们没用《边城》做片名，而采用了《翠翠》。

"翠翠"是片中女主人的名字，聪敏、明慧的小姑娘，一个摇渡船老头儿——张横的外孙女儿。在原著者的另一本《湘行散记》里也曾见到过这名字，那是在《老伴》一段里卖绒线的女孩子，沈先生也曾注释这角色是脱胎于此的。

当李祖永先生指定这角色由林黛小姐饰演的时候，我的确曾经为她担心过。这是她第一次在银幕上和观众见面，当然谈不到戏剧经验，以一个都市小姐来饰演乡下姑娘，更谈不到生活经验；但当我知道她偷偷地跑到香港仔，在太阳底下，光着脚学习摇渡船的时候，我暗自地替她高兴，直到她安安稳稳地拍完第一个镜头，才知道过去的替她担心是多余的。以后，希望她这种努力学习的精神，一直保持下去。

在拍摄的过程里，遇到种种天不时地不利的困难，合作的朋友们都任劳任怨地努力工作，是我最应该感谢的。尤其是负责录音的石剑鸣先生，本在别一组工作的，几次大场面的时候，也过来帮忙。所以如果《翠翠》有一点点成就，也该是大家的，而不是我个人的。

在本片中，除了导演工作外，我还担任了两个不同年龄、不同性格的角色。在我从事影剧以来，这是最繁重的一次工作。我曾以最大的努力克服一切表演上的困难，希望观众对我还不致过分失望。最后我诚挚地期待观众们朋友们不客气的批评与指导。

（十二月十六日写于永华）

如今看看着实好笑，其实真是谎话连篇。严二爷对沈先生的作品实在并没有喜欢过,甚至连《边城》也只是不求甚解、走马看花地翻了一遍;至于林黛练摇船的事,更是我编造出来的。老实讲我们所有的工作人员真希望她能练练摇船,如果她自己会摇了,就不用场务肥仔泡浸在海水里推船了;无奈戏拍完了林黛也不会摇,根本没学过嘛,怎么会?

其实"摇"船已经错了,原著者对那条摆渡船交代得清清楚楚:

……小溪即为川湘来往孔道,限于财力不能搭桥,就安排了一只方头渡船。这渡船一次连人带马,约可载二十位搭客过河(翠翠的船最多坐四个人),人数多时则反复来去。船头竖了一枝小小竹竿,挂着一个可以活动的铁环,溪岸两端水面横牵一段废缆,有人过渡时,把铁环挂在废缆上,船上人就引手攀缘那条缆索,慢慢地"牵"船过对岸去……

你看人家写得多清楚,明明是"牵"船,无奈李隽青先生写了一首"摇"船的姑娘你真美,曲作好了,六十人的大乐队也把歌收好了,不"摇"怎么成!如此这般的削足适履,《翠翠》电影和《边城》原著,可就越离越远了。

如此这般铸"文艺巨铸"

老实讲在香港还真找不到沈从文先生所描写的白河,因为除了几条清澈见底的山水之外,其他的都是海水,更找不到《边城》里牵船的碧溪岨。

所以在《翠翠》开拍之前,制片尔光带着我们去青山、粉岭、元朗、南生围,满世界游山玩水找外景,东奔西跑了四五天,看来看去也没有一处合适的。于是,最后姜南提议过海到香港仔去看一看。我们搭了豪华的大巴士,由佐敦道过海,一直开到香港仔最里边,好容易才翻山越岭地找到了一个地方。当然说不上合适,也只是秃子当和尚,将就材料而已。因为一样没有川流不息的河水,只是香港仔的最里边,海岸线刚巧曲折拢成凹字形,缺口处有四十多尺,前有高岗,后有小山,虽非崇山峻岭,也无茂林修竹,不过倒有几棵小树,竹不修长,也倒短粗,总算聊胜于无。因为翠翠是老船夫看见家门的翠竹而命名的,一根儿没有总不像话。

老严前后左右地看了半天之后:"行了!翠翠的家就搭在这儿吧,这地方和原来描写的劲儿差不多了。"姜南随着附和了一句:"对,虽不近亦不远矣!"我也不能太扫兴,马上表示赞成:"可不,不算太远,也就是香港到湘西的路程!"

第二天,把布景师包天鸣先生和美术曹年龙都请到现场。老严把要求说了一下。我提议翠翠家后面的白塔很重要,一定要在外景真的搭出来,而且要真砖真木、真材实料,不能用布景板。因为剧终之前,白塔要在风雨中被雷震塌了的。

"异想天开,搭真塔!那要多少钱哪?等将来你做老板再说吧。"然后回头向包天鸣吩咐了几句:"搭内景的时候,在布景前搭个模型就成了。"一切依导演的既定计划行事。

因为戏要开拍了,所有的演员都定好了,可是戏里有一条黄狗还没找到。那条黄狗在原著里虽是畜生,却很有人情味儿,譬如作者描写渡船时:

翠翠不让祖父起身，就跳下船去，很敏捷地替祖父把路人渡过去，一切皆溜刷在行，从不误事。有时又与祖父、黄狗一同在船上，过渡时与祖父一手牵缆索。船将近岸边，祖父向客人招呼"慢点，慢点"时，那只黄狗便口衔绳子，最先一跃而上，且俨然懂得如何尽职似的，把船绳紧衔着拖船靠岸。

　　严二爷一听，朝我直点手指来："你可真行，我教人演戏还头疼呢？谁去教狗？你以为咱们拍大马戏团哪？别找麻烦，再说李隽青的歌词上也没有黄狗，喏：'热烘烘的太阳往上爬，往上爬，爬上了，爬进我的家，我的家里人两个呀，爷爷爱我，我爱他呀！'那只黄狗，不要不要。取消！"

　　得，你说怎么办就怎么办。于是，宣传上扬言的"永华文艺巨铸"，就如此这般地铸了起来！

　　严二爷的导演态度，一向是能省则省，绝不讲究，得过且过，不找麻烦。一个银板看得比喂马的豆饼还大，别人做老板如是，他自己做老板也如是，绝对是不偏不倚，中庸之道。

严二爷钟情慕容婉儿

　　严俊是南京人，不过小时候先在青岛铁路中学，后转在北京念扶轮中学（因为他们老太爷在铁路局任职），所以口音一点也没有南京大萝卜的味道，道地的京片子，加上嗓音清脆，所以听来特别入耳。后来转到上海大夏大学（据说和北京的中国大学差不多，初中二年级一样可以考取，上不上课没关系，只要交足学费，一样可以毕业）。

大夏原校址在沪西中山路,"八一三"战争的时候,国军西撤,成了日军占领区,所以很多大学都迁到静安寺跑戈登路①的弘毅中学上课了。大概严二爷没念多久就加入了上海剧艺社,和石挥、张伐、韩非、徐立、乔奇他们在一起演出过夏衍的《赛金花》、宋之的《武则天》,不过也只是演演龙套、茄哩啡②而已。剧社迁到辣斐德路③的时候,演出了《祖国》《陈圆圆》《李自成殉国》《大明英烈传》。一九三九年与黄佐临、石挥、张伐等合组上海职业剧团,在卡尔登大戏院演出曹禺的《蜕变》。严二爷饰演马登科,至此才算对了戏路,找着了号头儿。所以好评如潮,一连演出了三十七场,因此引起当时的电影红星李丽华小姐的青睐。这事还是小咪亲口告诉我的:"我和二姐去看《蜕变》,觉得演马登科的油腔滑调得挺有限,没想到下了戏这小子跟在我们后边直吹口哨,盯梢盯了几条马路。"就这样搭嘎上了。

本来,严二爷倒挺喜欢慕容婉儿的(就是前文所说陪白云到北平演潘金莲的那位),因为她很有点西洋美,大大的眼睛,很有点中外混血的味道(眼睛和林黛像得十足)。严二爷是一见倾心,再见钟情,无奈剃头挑子一头热,虽然千方百计地连吃奶的劲都使出来了,可慕容仍是木容,一点笑脸儿都没露,最后终于嫁给了舒适了。好!婉儿舒适了,俊儿可就不大怎么得劲了,一赌气就娶了同台演戏的梅邨。你想想,婚姻大事岂可儿戏?

赌气能有好姻缘吗?没多久就在外面弄了个小公馆,和他住在一起的是上海舞厅的红小姐金蝶。

---

① 戈登路(Gordon Road):现称江宁路。
② 茄哩啡:又作"茄喱啡",carefree 的广东话音译,指临时演员、戏份不多的小演员。
③ 辣斐德路(Route Lafayette):现称复兴中路。

严俊绝不浪费一分一毫

有一次，在香港仔拍《翠翠》外景，那天不仅阴天，而且下雨，其他导演老早就改期了，可是严俊一定叫巴士顶着雨，开到现场，一直等到中午，雨虽然停了，可是天依旧阴沉沉的。他命令大伙儿去吃饭，我和姜南每人拿了两块饭钱，到西餐馆，叫了两客午餐。那时候的物价比现在便宜得多，一顿丰富的午餐不过两块钱，两菜一汤，外加咖啡、红茶和甜品。我们的饭钱刚好是一顿午餐价，俱忘了小账加一了，吃完了一算账，四块四毛，我跟姜南身上都没零钱（整钱也没有），只好硬着头皮和在餐厅里吃叉烧饭的严二爷借四毛。果然不出所料，被他好一顿教训："借四毛钱？你们的饭钱呢？"

"嘻嘻，午餐两块，想不到小账加一！"姜南满脸赔笑，一副李鸿章定《马关条约》的德行。为了四毛钱，何苦呢！

严二爷脸上一点笑容都没有，太严肃了，一点都不严俊："那不会吃省一点嘛？喏，我就吃一碟叉烧饭，才一块二，还剩八毛呢！添两毛可以买一包好彩了，借给你们四毛，我抽什么？小粉包啊？"

我马上假装在袋里一摸："瞧，我给忘了，我这儿还有一块呢。"然后一拉姜南走到剧务赵大刚的台子，借了一块钱，算是过了关。第二天严二爷也吃了客午餐，才一块九毛，因为赵大刚吃完叉烧饭之后想来杯咖啡，那时候一杯咖啡三毛，严二爷把午餐的咖啡省给赵大刚喝，折钱付了账，两块饭钱反而赚了一毛。你能不佩服他那点经济头脑吗！听说他在美国加入了银行界，这真算对了路！

有一天张善琨派人找他拍一部义务戏《满园春色》，据说是为了庆祝新华公司周年纪念的，好多位以前在新华公司拍过戏的大明星都有份。可是严俊斩钉断铁般的一口拒绝了，等那人走后他还有些悻悻然。我知道其中定有缘故，一间之下，果然不错。原来严二爷刚刚拍电影的时候，就是由新华公司开始的，在李萍倩先生导演的《贵妇风流》（黄河、顾兰君主演）里演一个敲竹杠的小流氓，也不过是个三四流的角色。当时的新华，巨星云集，哪里能数到严俊呢，他这号人物，在SK的眼里还真是稀松平常。人不走运，不如意事常八九，和他住在一起的妹妹忽然一个急病死了，停灵在家，没钱安葬。不得已厚着脸皮写了张借条交给新华的会计主任，眼看着他拿进张善琨的总经理室里，严俊在传达室等了一下午，得到的答复是公司没有借支薪水的规矩。严俊接过他那张借条，一阵心如刀绞，手足无措，叫天天不应，叫地地不语，只好含着眼泪忍气吞声地回家，眼巴巴地望着妹妹的遗体哭了一夜。天亮之后，对着刚才升起的太阳发了个毒誓："有生之年不借钱。"因为他深深地领悟到，求人不如求己，所以对着妹妹的尸体啃了三天面包，把仅有的饭钱省下来，雇了一辆洋车，把妹妹的尸身，拉到荒郊野外的乱葬岗子里，自己刨了一个坑，埋了。一抔黄土，插上了一朵野菊花，跪在地上，唤着妹妹的名字，哭到日落黄昏，才一步三摇地走回家去。

他每用一个钱，都要掂掂分量，绝不浪费一分一毫，以致对金钱的重视，发展到极端的吝啬，对人情的淡漠，也演变成了反常的冷酷，真正成了名副其实的严俊。

请他拍《满园春色》的人走了之后，他整天落落寡欢，不停地在房里徘徊，偶尔也会自怨自艾地发泄几句："哼，脑筋动得好，义务拍《满园春色》，哪有什么满园春色？简直是满目疮痍，一屋子的凄凉景色！"我知道他又想起他妹妹停灵在家的境况，也不禁凄然。相信我比小咪姐更了解他，因为彼此相处日久，我不但知道他的风流史，更知道他的伤心事。所以有时觉得他不近人情，也一定会原谅他，因为在他来说那是情理之中、意料之内的事！

好事不出门，坏事传千里

长春树李丽华在美国拍完《飞虎娇娃》，回到香港之后，就和未婚夫千面人严俊展开了一场冷战，始而冷讽热嘲，继而互扬秘史。一个说千面人千变万化，人心难测；一个说长春树叶茂枝横，引蝶招蜂。加上李老太太也在一旁击鼓助阵，猴崽子、兔崽子地叫骂连声，严二爷一咬牙，一跺脚，和刘宝全唱的《丑末寅初》一样："收拾行囊，出离了店房，投奔了前边的那一座村哪庄，一个丫子加两个丫子，他老先生仨（撒）丫子了（丫子者脚丫子是也，仨丫子者走路是也）！"临行之时只说了一句话："解除婚约！"

好事不出门，坏事传千里。电影圈更是个是非圈。小道消息一下子就传到了红宝石。红室馆主杨志卿闻"解"起舞，即刻奔走相告，通知了王老引、屠光启、姜南、刘恩甲、吴家骧、李允中……三十余众，约好第二天在乐宫楼为小咪庆贺。当晚郑重其事还给我打了个电话，希望我也能届时参加，共襄义举。他一定没想到，我居然一口回绝了！

"怎么，拍戏呀？"志卿还纳闷儿呢。

"不是，他们两位的脾气我知道，等过后人家重修旧好，你们几位岂不落得猪八戒照镜子，里外不是人？"志卿当时还不以为然，因为他不知道，拍《雪里红》的时候，严二爷还跟小林黛如胶似漆呢！小咪姐经常地在片厂臭严二爷，什么嘴又歪，眼又斜，好像八月十五的大兔爷啦！什么抠门儿啦，犹太啦！一钱如命啦！有时我也随声附和几句。没料到不出半年,我们这位小咪姐拦了我一板,正式宣布跟她嘴里的大兔爷订了婚,做起未婚的兔儿奶奶来了!有一天在路上碰见他们两位,勾肩搭背甜甜蜜蜜地走了过来,严二爷,一见面,好,给我来了一句:"怎么,兄弟,臭哥哥?"你瞧瞧,所以,人家夫妻吵架,不管男女双方怎么抱怨,外人千万别发表意见。

第二天,乐宫楼头,群"闲"(闲者,爱管闲事之人也)毕至,共集一堂,宴开三桌,杯酒交错,酒过三巡,菜过五味之后,红室馆主杨志卿起立举杯发言:"诸位朋友们,诸位兄弟姐妹们,今天我们共同庆祝小咪解除了束缚,恢复了自由,不再被压迫,也不再被侮辱与损害,我们买了一点小礼物,送给我们的自由女神!"说罢送她一个小锦盒。小咪姐慎重接过来小心翼翼打开一看,原来是一大包日本出品的"脱苦海"。

大家一鼓掌,小咪姐也不得不发表几句致谢言:"诸位大哥老弟,诸位大姐小妹,从今日个起我跟他是兔儿爷招手,散摊子了。过去的事儿也都兔儿爷过河,一摊泥了。我这次算是兔儿爷拿大顶,窝了犄角了。打今日个起,我是兔儿爷吃秤砣,铁了心了。我要再跟他怎么样,那我就……我就,我就是他妈的不折不扣的三瓣子嘴的兔儿奶奶了!"

红室馆主轻轻地一拍手,然后小咪姐按桌敬酒,跟个个干杯,最后大伙儿还把"博爱"歌改了改词儿,共庆小咪脱苦海:

我们是人,应该爱人。
脱离苦海,重庆人生,
长春树青春永驻,千面人哪无面做人!

嘻嘻哈哈的有几位还真一直喝到午夜三点才散，醉得兔儿爷过河，一摊泥了。可是，没出半个月，他们与会的诸位，每人都接了一张红卡，原来是严俊、李丽华的同偕白首的请柬。好，他们个个都是兔儿爷拿大顶，窝了犄角了。

在圆山大饭店洞房花烛

一九五七年十二月一日的早晨，九龙太子道圣德肋撒教堂前贴出一张结婚通告：

将领婚配圣事者，男，严俊，圣名奥斯汀（与林黛的汽车同牌子），年四十一岁，父严文华，母吴士珍，原籍北平人；女，李丽华，圣名德肋撒，年三十二岁，父李桂芳，母张少泉，地址同属界限街一三五号二楼。

新闻报道曰：

教堂门口高悬黄菊花金钟，室内亦布满了鲜花，观礼的来宾充塞于教堂内，计有三四千人（笔者注：比在乐宫楼送脱苦海的人多了何止百倍）。奥斯汀严于十二时十五分到达，三十五分钟后，新娘德肋撒李乘"七七七七"号黑色"劳斯罗斯"（向李士华先生借用的）汽车抵达，由王引（？）伴入教堂。小咪的礼服设计得新颖漂亮，发型采用古典高髻型，发际绕上白钻石，并佩戴尼龙头纱，倍觉仪态万千。六位花女都是特别情邀，礼服七彩缤纷，全部发型向新娘看齐，倍觉甜美可爱，芳名为：王琳玲、李薇薇、高美双、高美莲、王绮德、苏宝玲。

下午一时左右婚礼告成，由王引、邓树勋签署证婚书（李丽华叫邓树励娘舅，还好不是我的舅舅），新婚夫妇即登车回新宅，旋更便服后，径赴机场，飞台北做蜜月旅行。全部婚礼过程由金龙及电懋两公司派员拍摄电影。

当日下午四时二十五分，李、严在斜风细雨中抵达台北松山机场，飞机停妥后，身穿灰色西服的奥斯汀严先出现在飞机舱口，向影迷挥手为礼。

他们的洞房花烛夜在圆山大饭店玉兔厅一号套房内度过，五斗柜上高燃起一对龙凤花烛。

这是二号的报道，不过在三号又有一则更正启事，原来所登的圆山大饭店"玉兔厅"，乃属"金龙厅"之笔误。

我指着报上那张劳斯罗斯给红室馆主杨志卿看："志卿，这号码选得好，应该是严二爷的杰作，大概说你们送脱苦海的哥儿几个呢。"志卿没言语，直摸腰眼儿上贴着的脱苦海。

一路写来，又离题太远了，其实《翠翠》还没写完，严二爷和小林黛仍在"爷爷爱我我爱他"的时候呢。

在《我与林黛》里曾经写过我没认识程月如（林黛）之前，先认识了她的表姐靳丽如，其实最早认识的还是林黛的妈妈——蒋秀华。

那还是我在长城画广告的时候，有一天，原籍广西的票友唐迪（后当演《嫦娥》逢蒙的），带我到北角文华票房去吊嗓子，替我介绍了一位四十来岁，穿着黑旗袍，雍容华贵的太太，说是蒋秀华女士。

后来又偷偷地告诉我，她就是以前程思远的太太。那时程思远正在帮李宗仁搞第三势力，报上经常有他的名字，所以对蒋女士多看了几眼。没多久有人拉胡琴，她居然唱了一段儿《四郎探母》："芍药开，牡丹放，花红一片……"还真是字正腔圆，唱到猜一猜"驸马爷腹内机关"的时候，唐迪和她一对一口地说起道白来，两位广西人说北京话还真是个乐儿！

林黛终于考到车牌

后来和唐迪去过"太太"的家（跟着广西唐迪的口吻），那是太子道靠火车道的一层楼宇地下，只是一间尾房，也就一百尺左右，不过收拾得倒满干净，看样子只是一个人住。一真到拍《翠翠》的时候，看见她陪林黛拍戏，才知道"太太"就是林黛的妈咪，程思远就是林黛的爸爸！

和程思远将军也有一面之缘，那是在林黛搬到金巴利道的时候，我和二哥、姜南都替她搬东西，有一位黑黑皮肤的中年人来送冰箱（雪柜），林黛向他叫了声"爸爸"，我们才知道他就是鼎鼎大名的程思远。记得他当时穿一件深蓝色咖毕甸的干湿褛，手里还拿了把雨伞，重眉大眼，眼窝深陷，显得格外有神。听他的风流史太多，以为总是位格外潇洒俊俏的美男子，一见之下，还真有点失望，谁说闻名不如见面？

他说话的声音很低，看样子对女儿真是关心备至，在房里环顾一周之后非常满意地连连赞好，刚要走，林黛追上他："爸爸，我想买一辆车。"

"你又不会开，雇司机太浪费吧？"

"不会开，学嘛，我已经学了八个钟头喽！"

"好，好，等你考上车牌再说吧！"

就这么着林黛就加紧学起车来，好容易接到考牌的通知，不过乘兴而去，败兴而归，小嘴噘得可以拴一条驴似的进了宣传部。二哥刘恩甲由外面跑进来，没看见她的神色，一片热心地："怎么，小林黛，考上了牌吗？"林黛朝他一瞪眼："考，考你个死人头！"说罢一抽一咽地跑了出去。弄得二哥好下不了台。

第二天拍戏的时候，林黛仍是整日地闷闷不乐，还是姜南说了个红线女考车牌的故事，才把她逗得笑逐颜开了。姜南说以前红线女考了两次都没考上，第三次赴考之前，托亲戚找朋友地走了门路，然后放心大胆地去应试。没想到又在前两次的上坡地方死火，那个外国帮办想帮忙也办不到，只好一摇头，告诉她不合格，不能发牌。红线女一听急得热泪盈眶，一拉帮办的胳膊，小嘴一噘，娇滴滴、脆滴滴地说了一句："唔得！我要啊！"说完，朝帮办的身上一靠，一句我要，两靠又一句我要，弄得帮办也没了办法："好了！好了！你要就给你了。"就这么着红线女成了有牌之人。

说到这儿林黛还有些将信就疑，嘴一噘，说了一句："骗人！"

姜南忙指了指二哥："喏，不信你问二哥，二哥上次去考牌，用的是一样的法子，上坡一死火，二哥一拉胳膊也说了声——我要啊。"

这回林黛倒信以为真了："怎么，帮办也给他了？"

"可不是，给他一排！"

"什么，一排？"

"是啊，一排枪子儿！"

这回可把小林黛逗乐了，乐得她头上的花枝乱抖，乐得她手舞足蹈地直捂肚子。

两个月之后,林黛终于考到车牌,还没等他爸爸替她买车呢,严二爷先替她买了辆奥斯汀(所以后来严二爷的英文名叫奥斯汀,是有来由的),车牌是××七四八四,那时车牌还不值钱呢,如今这个号码也能卖个一两万的吧,因为好口彩——"气死巴士"。

天天往黑房溜达偷师

有人一定纳闷,怎么严二爷居然大方起来了,中了六环彩[①]了(可惜香港那时香港人还没聪明到发明六合彩,只有六神丸)?其实严二爷只不过替那辆车付了首期,以后由林黛每天拍戏的饭钱扣还,早餐一块,午晚各两块,也有五块钱了,小费怕长计,一年三百六十五天,一天五块也有一千八百二十五元了,就算不是天天拍戏,两年也差不多了。再说每天搭搭林黛的顺风车,利钱也就赚回来了。万没想到林黛宁愿让场务肥仔坐也不让他坐,所以才气得严二爷买了辆自行车(单车)。车牌是七四二,严二爷一边踏一边想:你"气死巴士"还要买汽油呢,我连汽油都不用买,哼!气死你。

香港影片摄制时的工作人员,副导演多数是一人。当然也有例外的,朱石麟的助导就是白沉和岑范两位;袁仰安拍《王魁与桂英》的时候,为了屠光启的一部打对台,所以找了四个副导。不过严俊拍《翠翠》的时候,是处女下海做导演的第二部,加上他又抠门惯了,当然不会超额的用两个副导演。开始他找我的原因,还是为了我曾

---

① 六环彩(Six Up):香港赛马博彩(马票)的一种玩法。

经替他白写过《龙女》剧本（分文未取，不是我不取，是他打马虎眼没付），所以才找我的。那时姜南和我差不多天天在一起，大有焦不离孟，孟不离焦的劲头儿，一听我捞到个副导演当，也想跟我一块儿试试。原本他做剧务，我做美术，我当了副导演，他仍是剧务，岂不矮我一头？所以最好还是和我同进退。我把他的意思跟老严一说，严二爷还满口应承："行，多一个帮手当然好，我不反对，只要你愿意就成了！"

"我当然愿意了，大家好朋友嘛！"

"行，那就你们俩一块儿来吧，不过酬劳可只有一份，你那一千块，分五百给姜南吧！"

"……！"

严二爷还真有一套，反正争也争不好了，我不是说过嘛？那时想当导演都发白日梦了，不要说有酬劳，即使分文不付自己贴车钱都干。就这么着我们一个改剧本，一个在场上帮着教戏。《翠翠》由春拍到夏，又由秋拍到冬，前后十个多月，要指望那五百块钱养家糊口，不要说人，连家里的耗子都饿光了。

虽然连裤子都打了补丁，可是对电影的兴趣比现在还浓。那时永华的剪接是王朝曦，《国魂》《清宫秘史》都是他剪的，不过他上边还有一位老头子——（他的启蒙老师）陈翼青导演，他们两位都是扬州人。俗语说"扬州头，苏州脚"，扬州不仅出剃头师傅，除了剃头刀之外，其他的几把刀，也是名闻于世的：厨师傅的菜刀、裁缝师傅的剪刀，另外还有修脚师傅的修脚刀，和陈氏师徒的剪接刀。

王朝曦那时虽说已是位名剪接师了，可是对老头子仍奉若神仙。陈翼青一到黑房的剪接间，先由他带领他的学生起身敬礼，二十多个毛头小伙子，不见老头子落座，谁也不敢坐下。

那时候我为了偷师，天天都往黑房里溜达，帮着倒倒片子、搬搬盒子，总之学生不能做的我就帮助做。和王朝曦更是有一句没一句地套近乎，看见陈翼青先生进了剪接室，也起立鞠躬，随着王朝曦叫老头子。有时也趁王朝曦和老头子都不在的时候，把《翠翠》的Ａ拷贝松的地方接接紧，一朝生，两朝熟，居然还接得头头是道。没想到有一天严俊请陈翼青看《翠翠》的毛片，希望得到他一点剪接上的意见，他一眼就看出我在毛片里弄出来的不少毛病！

好半天心里不是滋味

原来那时的Ａ拷贝和现在不同，如今Ａ拷贝是未曾配过音的，所以无声；可那时是现场录音，Ａ拷贝已经有了声带。我修片子的时候，完全依照演员的动作修剪，根本不知道声带和画面之间还差着十九桢半呢。所以修Ａ拷贝另外有一套修法，要把声带的位置偷留出来，剪去没有声带的地方，再在片子上用铁笔注明，何处剪去多少格，以备将来套底片时参考。我刚入行，哪里知道那么多，不管三七二十一，用手乱揪一气，所以片上演员经常是口动而声不出。这下子可把老头子看火儿了，他当然知道是我的杰作，试片室的灯一亮，老头子陈翼青就朝我瞪上眼睛了："他妈的，李翰祥，是不是你动过片子了？"

我一看马上毕恭毕敬地站起来，低声下气地："是，是我动的，不过，没敢多动，每个镜头只剪了两三尺！"

"你他妈了个Ｂ的懂得个屁（老头子的屁就是不同凡响，出口成章），以后不要乱动拷贝，小猪猡！"说罢怒气冲冲地走了出去！

我当时目瞪口呆地木在放映间里好半天，心里好不是滋味，一阵阵地还分不出酸甜苦辣咸来，直到觉得眼泪快要流出来的时候，才一低头地跑到走廊里，倚在柱子上，头昏脑胀了半天，险些就唱起《剑阁闻铃》来：

　　柔肠儿，百转九结九结欲断，
　　泪珠儿，千行万点万点如倾！

连严俊什么时候站在我身后边的，都不知道。

"翰祥，不用理他，操！有什么了不起，学不会的吗？"他的手一扶我肩膀，我才慢慢地醒过来！

晚上回家，躺在床上翻来覆去的睡不着，想想严俊说的："有什么了不起，学不会的吗？"说得真有道理，不要气，只要记。

第二天仍旧嬉皮笑脸地进了剪接室。见到陈翼青正埋头剪片子，地下的废片一大堆，马上战战兢兢地低头替他一条条捡起。他回头一看是我，宿怒未消的刚要发作，不过一看到我正替他理废片，把嘴上刚要脱口而出的生殖器又咽了下去，然后用脚把地下的一堆废片用力一踢："拿到外边卷起来！"

"是，是，老头子。"我见他不再生气，如奉圣旨一般，把片子全部抱到外间室，一刹时风卷残云般的整理好。然后用"步兵操典"的立正姿势，站在他的身后，留神看他工作。发现他有时剪得很刺激，譬如远景多数是八尺、五尺，最少三尺，反应镜头更是千篇一律，把左手的片子，用右手拉在手腕弯处一比，然后熟练地接好。他的手就是尺，两手分张是五尺，一手伸直是三尺，所以八尺只要一张一伸，准而又准，比北京八大祥的伙计量布还正确。他剪了足有两个钟头，我就挺着腰板儿站了两个钟头。有一次他回头看见我的样儿，又骂了一带生殖器的话："他妈了个屄的拿凳儿，坐着嘛！"

我还真听话，等他走后，我也依样画葫芦地把手一张一合，一伸一直，还真是万无一失。试着将反应的特写不用一尺半，故意的多一点儿或是少一点儿，但是看了试片之后，还真是增之一分则长，"剪"之一分则短。不过如今有了剪接放映机（moviola），也就方便得多了，不必死记这些方程式了。

剪接易，剪辑易懂难精

果然，严俊说得对，世界上没有什么学不会的。所以奉劝一些老师傅们，不要抱着独得之秘，有恃无恐；后生小辈也不必觉得高深莫测，望而却步。电影里不论什么技术，因为都有科学依据，所以一学即会；但是艺术却是一加一可以等于三的，不多多钻研恐怕领悟不到个中三昧。根据我的经验，觉得剪接的技术容易，剪辑的学问却是易懂难精的。

工艺美术再精致也是"工"艺品。譬如苏州刺绣可以把南宋张择端的《清明上河图》绣得惟肖惟妙，不差分毫；把周昉的《簪花仕女图》纺得活灵活现，如影随形，但也只做到形似，而摸索不到神髓，仍追不到张择端和周昉的精神面貌。因为刺绣的工人可以有百、千、万个，而那些古人却后无来者。

记得孙仲刚来香港，开始从事导演工作，每遇见我都是毕恭毕敬地行礼如仪。他说在台湾艺专读戏剧系的时候，就常到"台制"[①]

[①] 全称为"'台湾省政府新闻处'电影摄影场"。

厂看我拍戏了，那时，好羡慕我的成就，心想有天成为"李翰祥"就好了！我听了笑笑，说："我想你将来的成就，一定会超越过我的！"

言犹在耳，如今，他果然已是如日中升，崭露头角，成了众多青年导演中的佼佼者，在观众的心目中有了一定的分量和地位。

另外我告诉他："导演最好能亲自剪接片子，因为那是导演纸上作业，和片场作业之后的再创作，那种趣味绝非局外人可知的，如果只导不剪，一辈子也不知道那种打心眼儿乐出来的味道！"

他津津有味地听我分析："譬如饭馆子里掌勺的厨师，在下手把菜洗净，肉切好，花椒、大料、酱油、麻油、葱姜蒜的准备妥当，他老师傅只要看着下手把东西按他规定的次序一样样地朝锅里送，然后轻描淡写地用铲子搅和搅和。看似容易，其实每一铲子都是多少年经验和心得累积成的。要做到不温不火，恰到好处，增一分焦，减一分嫩，这就是一般人所谓的火候了。所以同样炒韭黄肉丝，有的师傅就炒得干爽可口，有的就弄得稀汤咣当水，越吃越不是滋味。

"不知是谁发明了用爆、烤、涮等法子吃牛羊肉，由头到尾全是自己动手。厨子只是帮你生个炉子，切切牛羊肉，佐料全是你自己配，虾油、香油、芝麻酱、葱花、芫荽、辣椒油，自监自制，外加自导自演，爱吃香的多加芝麻酱，爱吃辣的多放辣椒油，喜欢酸的加醋，尝着咸了加糖，和剪片子有点异曲同工之妙，节奏慢了剪两尺，情绪不足加两格，赶前错后，采长补短，还真是乐在其中。

"每场戏的构思，以至分好镜头之后都还是纸上作业，和现场真刀真枪的拍摄时感觉完全不一样，拍完剪接毛片时又不一样，有时把镜头秩序略一颠倒，会产生你意想不到的效果。所以世界知名的导演，很多是剪辑出身的，而剪辑出身的导演，多数仍旧自导自剪。说真格的，谁愿意买爆竹给别人放？"

严俊做导演是身先士卒

现在，我知道孙仲每片都亲自监督剪接，不过还不是亲自动手，只是坐在一旁，把自己的意思告诉给剪接师。当然那种自得其乐的趣味也就差了一层。譬如叫别人替你抓背，虽然你嘴里不断地告诉他："高一点，低一点，左边，右边，轻点，重点。"总比自己亲手抓要差得多，别人怎能是你肚子里的蛔虫？

如今，我自己剪片子，而且是每天拍完戏之后，回到家中，就剪昨天拍好的片子。多年如一日，从不间断。我除了有兴趣之外，最主要的是挨过老头子的骂。

如今的年轻人幸福得多，和我一起工作的朋友家里有剪接放映机的已经不少，胡金铨和许冠文都在我之后，各买了一部放在家里。

除了自己动手剪片子之外，我对工作的几个原则是：除非特殊原因和需要，一定拍早班，早九晚六，八小时，一点到两点的一个钟头停吃饭，使电影从业员和一般公务员的生活一样，绝不特殊化。无正确的理由，绝不迟到。开镜绝不举行开镜典礼，繁文缛节太无聊。不烧香，不叩头，不放鞭炮。片厂如煤矿，刻刻要当心自己的处境；拍戏如打仗，时时要注意演员的安全。弄个泥菩萨烧香，朝着猪头三牲叩头，岂不是自欺欺人，愚蠢万分。

严俊的工作态度，就令人佩服：做演员从不迟到，开工之前一定把妆化好，在片场一角看剧本；做导演更是身先士卒，比任何工友都先到厂。李丽华的工作态度，更是无人能比，大热天拍古装戏，没有戏也是把服装穿得整整齐齐地等，不仅如此，别人汗流浃背，她却滴汗不出。问她为什么，她轻轻一笑告诉你："心静自然凉。"

如今人心不古了。十几二十年前的邵氏片厂，导演陶秦、岳枫、严俊、何梦华和我，每人都是上早九点钟的班；演员的小通告是早晨八点，经常是七点半就到了化装间；九点钟不只演员依时进了场，连灯光也已打好，准九时打钟拍戏（现场录音）。如果那一组九点不打钟，老板就要问为什么。如今的邵氏片厂可是大大的进步了，不要说九点，下午三点导演都可能没到厂呢。拍戏的班次，也是一锅粥，比七国还乱，有九点的，有十一点的，也有下午三点和五点的，比地铁的班次还多姿多彩。虽然如此，一样地不能准时开拍。有一次，一位三点班的演员到我工作的厂里聊天，那时已经四点多了，还不见他们导演的踪影，一问之下，原来导演投笔从戎，上了沙场了（沙田马场是也）。你看有意思吧！

程寨主的怪异行动

程刚很早就开始写剧本了。中联时期的粤语电影剧本，他起码写了有两百个，不是《原野》《日出》《北京人》，就是《家》《春》《秋》里套出来的。他脑子里起码存着有四十本完整的剧本。请注意我说的是他脑子里，不是书架上。有一次我想把沈浮的话剧本《重庆二十四小时》改编成电影剧本，翻遍了大小书局都没有，最后还是老高提醒我，说程寨主的肚子就是剧本杂货铺，要什么有什么。我只好找到他家里，请他对着录音机把那个剧本背出来。好家伙！不仅剧中人的对话台词，连动作他都一一背出。以前念中学的时候，听见一位代课的国文老师大言不惭地说："我能把十三经带小注儿都背出来！"当时还真以为他吹牛，不过自从听程寨主把《重庆二十四小时》剧本里的小注也倒背如流的时候，还真是不由你不信。

那部戏的名字就是《春光无限好》!

不论任何人,第一眼对程刚的印象,总觉得他是个小滑头,也就是上海人嘴里的小捣乱。他和商务印书馆的王云五先生一样,从小没念过什么书。在家乡安徽寿县读了小学三年级就跑出去了。爸爸程愫泉是以农为业的大地主。生了他们哥仨:老大程仁强,老三程仁义,程刚老二。十四岁跑到汉口,把仁字取消,以不仁的程刚加入了陶行知所办的新安旅行剧团,很有点船王董浩云所办的海上学府的意思,一边旅行,一边演戏,又一边读书。他们的口号是:

生活即教育,社会即学校。

名导演秦剑也是新安旅行剧团的团员。因为所有团员都是十三四岁,所以又叫孩子剧团,分话剧组、京剧组。程刚是脚踩两条船,话剧里的神仙、老虎、狗,京剧里的生、旦、净、末、丑,是个很不错的表演人才。话剧是吕派(吕玉堃那派),京剧是麒派(南麒北马的麒麟童,小时叫七龄童)。我听过他的追韩信(清唱),看过他四进士(响排),虽然不能说十足十的七龄童,三龄、四龄总有的,起码还不至于不三不四。不过念道白的时候忽高忽低,高则高耸入云,低又低沉海底,和他的做人一样,真有点莫测高深,令人捉摸不定。要是请他录唱片,收音师一定能跟他打起来。

他是一个纯粹的艺术家,行事像我写文章一样,云山雾罩,天马行空,想到哪里就是哪里,像孙悟空的跟斗一样,一翻十万八千里,真能有样学样地跑到五指山下来泡尿,然后写上"程寨主到此一游",不过不是如来佛的掌心,而是我们邵逸夫爵士的。

对朋友也是冷热无常，有时热情过度的有点十三点儿，有时又冷口冷面地六亲不认；早晨还兢兢业业地立志重新做人，下午就垂头丧气地看破红尘想到五台山去当和尚。真有点像春天的云彩，悠而且荡，荡而且悠，多姿多彩，千变万化，你看着像只老虎，其实是一头绵羊，看着像条鲤鱼，一会儿又跳了龙门。

有人说他不负责任，也有人说他玩世不恭，其实他完全是情绪主义，跟孩子一样，小时候是小捣乱，捅了马蜂窝就跑，惹得群蜂咆哮，弄得大家抱头鼠窜，他只不过为了找个乐儿，打个哈哈，并无任何目的；大了是个大不透，看见别人交头接耳，就以为人家在议论他，马上能就地打滚，喊地哭天；如今老啦，也是个老顽童，嘻嘻哈哈，不务正业。譬如毛威说："程寨主，咱们来出义务戏吧，你的徐策跑城，不过没有行头。"

好嘛，他能卖了裤子去租行头，放下戏不拍去彩排，对朋友可算仁至义尽了吧，对公司可就没法交代了。所以方小姐看见他就头痛，明知他有翻江倒海的本事，就是不敢碰他，因为他的艺术家脾气一来，谁都拿他没辙，有人能念紧箍咒就好了。

一位灯光领班告诉我一件程寨主的怪异行动，他在片场里看见灯桥上的灯光工友在窃笑，以为是对他轻视，马上暴跳如雷，喝令收工，并且告诉灯光师："替我打远景光，先翻夜景，翻完夜景翻黄昏，翻完黄昏打夜景……"说罢夹起剧本就走。

我问那位领班："你们怎么办，打了没有？"

"边个（哪个）打？理佢都傻嘅！佢一走我哋唔系跟着收工喽！"

程刚一生不忘搞剧运

拍《天网》的时候，他告诉胡锦有十几天戏，结果拍了好几个十几天。有一天夜里在尖沙咀拍街道实景，胡锦因为外边的戏撞期，所以来晚了。程寨主义正词严地大发脾气，骂得胡锦"哇"的一声哭了起来。程刚一看，马上用手一指："好，你哭，你有本事哭！你以为只有你会哭，难道我不会哭？"说罢一跺脚朝地上一坐，一声"我的妈呀"，扯开嗓子大叫，眼泪还真是一对儿一双地往下掉。

胡锦当时吓傻了眼，不知他老先生唱的是哪一出，哭秦庭？还是哭祖庙？胡锦的嘴皮子也够损的，事后对我说："他朝我唱四郎探母呢！"

"那你怎么办哪！"

"我也只好接着唱啦——一见娇儿……泪满腮，点点珠泪洒下来……"

你瞧这份儿乱！

程刚一生老念念不忘搞剧运，总觉得香港人不看话剧有些遗憾，所以把写剧本赚来那点钱全花在戏剧运动上。他曾经在黄大仙山腰的木屋里，组织了一个剧团，容纳了足有四五十人，多数都是由大陆刚来的，也有从调景岭那边翻山过来的。男男女女的全部住在那间木屋里，睡地上（没有地板），吃大锅饭。高立、袁秋枫、范丹、任浩都是他那个剧团出身的，程团长活像个占山为王的寨主爷，所以我们都叫他程寨主。

排完戏之后，千方百计地去租戏院，正经的园子谁肯租给演话剧的？那时既没有艺术馆，也没有大会堂，只好在北角"月园"租了场子。没钱在报上登广告，自己带着团员贴街招；没钱请工人自己钉布景板；没钱做服装自裁自剪。简直比上海的苦干剧团还苦干，然后是自导，自演，差点就自看，自杀了。

月园的场子，虽然只有四五百个座位，很容易就卖个满堂，无奈那时的"国语"在香港还行不通，看话剧连话都不懂谁看？大家化好了装，正要开锣，一看台下只有一个观众，怎么演？如果两位也可以将就开幕了，可一个人不行，万一那一位看到一半上了洗手间怎么办？演员跟他到洗手间去？否则怎么办？演给椅子看哪？程寨主马上一咬牙，一跺脚："好，咱们搞剧运索性就搞到家，老高，大开中门，我们不收门票，谁要看谁看！来来来，把台下那位观众的票也退喽。"

高立跳下台向那位唯一的观众收票，原来误会了，那位是剧场的工友，你看惨不惨！

中门一开之后，还真马上来了个满堂红，座无虚席。程寨主走到台口一鞠躬，声泪俱下地来了一篇《推广香港剧运宣言》，台下的伯爷公、伯爷婆似懂非懂地直拍手。

一位老太太直问那位剧场工友："讲的乜嘢？"

"点知，黐线嘅！"

戏演到一半，台下的观众已经走了三分之二了，你看香港的剧运如何推动？

当年很多女人暗恋程刚

照理说，他总该死心了吧！不然，程寨主又鼓动以前大中华的经理徐心波（徐大川父）出面来组织影人剧团，出钱的老板就是后来嫁给程刚的童真(程小冬母),剧团是和荔枝角的荔园合作的。(月都不圆,荔枝能圆得了吗?)心波特别找我去搞舞台装置,我对话剧也瘾头挺大的,所以也就加入了他们的推广剧运行列。除了设计布景,还当演员,在《秋海棠》里演大帅的副官季兆雄。不管怎么样,总算出了口怨气,因为自从到香港以来,演过的电影都是鸡零狗碎茄哩啡,有对白也只是一两句;如今一演季兆雄,对白多不说,出场的次数也不少,有时和主角秋海棠(陈又新饰)、罗湘绮(红薇饰)单独在台上表演,还真过足了戏瘾。无奈前台、后台的演职员七十多口子,台下的观众不是八仙过海,就是十八罗汉,还真越演越泄气。

有一次和童真、程刚同台演陈白尘的《结婚进行曲》,他们俩演未婚夫妇,我演替他们证婚的杨科长。台下的观众大概也就是十来位,还多一半是电影界的朋友,所以演得也就随随便便。我因为前天拍夜戏,一夜没合眼,不当心打了一个哈欠,弄得热泪盈眶,他忽然来了一句即兴对白:"噢,杨科长出洋相,怎么迎风流泪?"

童真也来了一句:"科长迎风流泪。"

引得我当时怎么忍也忍不住笑了场,只好掏出手绢一捂嘴,由台上走了下来,把他们两个干在台上。反正老板是童真,他那时又和童真谈恋爱,铜的也好,钢的也好,爱怎样就怎样吧!

程刚虽然中等身材,但是眉清目秀,一切都长得四衬,倒有点玉树临风之感。不过对衣着不太考究,难免把他美男子的风度打了个折扣,就这样有很多女人还暗恋他呢(说的是他年轻的时候),穿得再漂亮一点还得了。

他第一个太太是余婉菲,我们都叫她小余。他和小余结婚之前,也是他有生之年最风流的几年,女朋友车载斗量,简直都记不大清楚了，其中只有刘时萍，因为相处得久点，所以还有个影子。

刘时萍那年十七岁，面目姣好，妖冶动人，是他们剧团的女主角，所以她的捧场也就多得不得了，干爹干妈的认了一大堆。有一次跑到一个小镇去演戏，忽然由伤风感冒转了肺炎，荒山野岭的也没有什么好医生，剧团的负责人随便给她找了个中医，开了一剂廿四味的草药。程刚那时已是剧团的团长了，一直在心里暗恋着刘时萍，平时连多看她一眼都不好意思。人家在汉口干爹干妈汽车接汽车送的，程刚还真有点自惭形秽。如今离开了闹市，又加上卧病在床，我们程仁刚又把仁爱之心掏出来了，送茶送水，煮粥煎药，可殷勤着呐，对他爹妈都没这么孝顺过。刘时萍一连病了三个月，程刚也就侍候了三个月，没想到她的病开始有点起色，由汉口追下来的一位表哥（奇怪，还多数是表哥），送了一件名贵的紫貂大衣。好家伙，一个小姑娘哪见过那玩意儿啊，一下子就穿着紫貂大衣跟表哥看电影去了，程刚没有紫貂大衣，低声下气地给人叨着也不行，一个人在家里生闷气。

夜里三点半，刘时萍醉态可掬地回到宿舍，那位惨绿少年型的表哥，总算良心不错，还没有乘人之危的现象。女团员把她扶倒在床上，大概一下车，风一吹，酒性发作起来，又吐又呕，嘴里直吵着要吃广柑。好，那时的广柑是贵族食品，团员们一个月的薪水都不够买一个广柑，程刚马上把身上的一件唯一还值两块钱儿的积架毛衣脱下来，连夜送到当铺（当时的当铺二十四小时恭候），换来了一张当票和四个广柑儿！

一提表哥程刚就咬牙切齿

第二天刘时萍看见台上吃剩的三个半广柑直发愣，也没有人告诉她是谁买的，她开始以为是表哥送的，后来见着表哥一问，才知道会错了意，谁呢？剧团里没有人买得起呀。

有一天零下四度，每个人都冻得直打哆嗦，刘时萍披着紫貂大衣，当然又华丽又暖和了。吃饭时候看见程刚冻得满脸雪白，还讽刺他身子骨单薄呢。最后忽然发现他常穿在身上的那件积架毛衣不见了，还埋怨他不知道保护身子呢，细一观察，程寨主闪闪烁烁的，就起了疑心，再一追问，才知道那件毛衣原来拿去当了。

她当时还直奇怪："为什么要当毛衣？你不是说那是你爸爸知道你的下落之后，托香港的朋友买给你的嘛！有什么急用，要当你唯一的纪念品？"

"……"程刚还不想说。

"到底为什么？"刘时萍不见黄河不死心。

"你那天不是喝醉了嘛？"

"喝醉了怎么样，我喝醉了你当毛衣？"

"你喝醉了，要吃广柑……"

刘时萍一听，半天说不出一句话，但见她嘴唇颤抖，热泪盈眶地跑到房里，哭了一整天。

晚上表哥来找她看电影，被她一口回绝了，并且把那件紫貂大衣包得好好的，交到了表哥手上。同时告诉他，她准备结婚了。表哥一听还真像怒沉百宝箱的杜十娘一样："闻听此言，大吃一惊，好一似凉水浇头，怀里抱着冰！"

马上问道："谁，对象是谁？"

"程刚！"

好，程寨主四个广柑儿，把送紫貂的表哥给打倒了，貂也白貂！

不过后来刘时萍也没有和程刚结婚，又嫁给她另外一个表哥了。所以一提表哥，程刚就咬牙切齿。

程刚和童真有两个儿子

《翠翠》拍完了之后，朱旭华先生请严俊导一部林黛的电影，也是翠翠式的乡下姑娘的故事，取名叫《金凤》。我名为编剧，实是副导，正导演是严俊。但严俊每天晚上都在南洋拍王引的《小凤仙》，所以索性把导演的责任交给我。那时副导演是一千薪金，严俊给了我四千大元，多出来的算编剧也好、导演也好。所以《金凤》的后一半，我全部交给程刚去编。有一场洪波强奸小玉（张翠英饰）的戏，原剧本是我写的，他看了直摇头，撇着嘴问我："你没有强奸过人吧？"

"当然没有，你有？"

"没强奸过人，怎么写强奸的场面？"

他那种大大咧咧的样子，下次报上登"老翁强奸幼女！"我一定不再疑心翁灵文，准是他！

我还没做《翠翠》副导演的时候，程刚已经做上导演了，拍的是白燕、张活游的粤语片，拍摄的地点是北帝街的南洋片厂。有一天我和姜南去看他拍戏，好嘛，差点儿没把我们乐死。原来他拍电影，还忘不了演话剧的那一套，也因为那时粤语片的制作费，实在少得可怜，所以往往A拷贝一样拿到戏院去公映，所以有对白绝对没有音乐，更谈不到效果。于是程寨主搬出在舞台上演《雷雨》的那一套，布景里白燕、张活游在演戏，布景板后面用黄豆作雨，用三夹板打雷，然后叫特约演员万里站在摄影机旁边拉小提琴。要给好莱坞的导演看见了一定吓一跳，中国电影怎么会进步成这个样子？

他有一个毛病，也可说是一种嗜好，由于经常的通宵赶剧本，所以养成了一种吃生化力量片的毛病。我写《金凤》剧本的时候，他介绍我吃过，半片已经使我两夜合不上眼，吃绿豆沙、喝橙汁都解不了那点"力量"，吓得我再也不敢碰它。可是程寨主抓起力量片，一把一把地朝嘴里送，像吃花生米差不多，你看吓不吓人？

有一次他到马头围道来找我（有一阵子我住马头围道的三楼，刘恩甲住二楼，姜南住地下），说是要借我的地方赶剧本。大家老朋友了，他吃了一把力量片之后，趴在写字台上赶剧本，我蒙头睡大觉。天亮之后，他已不知所踪。看看地下全是我刚买的打字纸，五百张一张没剩，全给他糟蹋了，不是写两行，就是画两道儿，刚买的一罐加力克也替我打开了，抽了个精光，地下扔了满世界的烟头儿！

其实程刚人不坏，是吃力量片吃坏了，"我们工人有力量"可以，做编导的要那么多力量干嘛？

程刚和童真结婚之后，生了两个儿子，小冬和小龙。小冬如今在丽视，已是个著名的武术指导了。

童真和程刚结婚，没多久就分开了，小冬在香港跟爸爸，小龙送到上海跟外婆，所以我和小冬接触的机会比较多。

那时程刚住在快乐戏院旁边的龙华酒店，剧本写得多，生活就过得豪华点，小冬也就多两件玩具；剧本接得少的时候，小冬可就惨了，经常交不出房租。程寨主常三、五天不回家，二楼伙计高明，原是我们在太子酒店就认识了的，程刚一出走他就帮助照顾小冬。

拍《十四女英豪》有段古

我重回邵氏公司拍《大军阀》的时候，程刚正在拍《十四女英豪》，武术指导是梁少松，助手兼武师的就是程小冬。

那时我刚由台湾回来，再见小冬时，已经由一个毛孩子变成了英俊少年，举止动作，与他老子年轻时一模一样。听说那时他除了做武师拍拍戏之外，也兼营汽车经纪，介绍旧车换新车。

至于小冬怎么忽然变成了武师，我倒不大清楚，后来问起程刚，才知道他曾经跟唐迪学过戏，练过武。

在香港类似北方科班儿的组织，前后有四个：历史比较悠久的是粉菊花师傅的春秋社，和于占元师傅的中国戏曲学校，再下来就是马承志办的中华戏剧学校和唐迪办的东方影剧学校了。前三位校长都是科班出身的，唐迪只是个警官学校毕业的票友，但一到香港就参加了文华票房，经常也上上台。我看过他的花脸和反串田氏的大劈棺，看他描眉画鬓的大脸蛋子，难怪庄子经常地云游四海，家里放着位张飞似的老婆，怎能待得住？

以前宓仁菁没死的时候，老拿唐迪开玩笑，挖苦他的名字不像个唱戏的，因为京剧界的名角都是科班儿出身的多，譬如北平戏曲学校的排行就用德、和、金、玉的顺序排下来的，宋德珠、王和霖、王金璐、李玉茹；要跟唐迪一样两个字的，成了宋珠、王霖、王璐、李茹，那多别扭。就算票友吧，也多数用四个字的，什么红豆馆主了、红叶馆主了，所以老宓建议唐迪中间加一个字，或也叫个什么馆主，红豆、红叶都有人叫了，干脆叫红薯馆主或者是土豆馆主吧。你瞧老宓够多缺德，不是叫人家烤白薯，就叫人家山药蛋，还好唐迪没听他的。

不管怎么样，小冬总算唐师傅的得意弟子，如今在"丽的"①的武术指导中也数一数二了，看起来还真有点如日初升的架势，相信日后的成就，不会比他老子程刚和同辈的成龙差。

《十四女英豪》写的是杨家将十二寡妇征西的故事，和舞台纪录片的《杨门女将》有点大同小异。怎么由十二寡妇演变成十四女英豪了呢，说起来其中还有段古。

程刚自从拍了《十二金牌》之后，成了当时邵氏公司最卖座的导演，因为在香港的首轮收入是一百五十六万，打破了邵氏的历年纪录，所以非常的意气风发，意得自满。没想到张彻接着拍了一部《十三太保》，他觉得有意和他别苗头，于是愣在十二寡妇里加了两员女将，改成十四女英豪。

张彻导的片子里多数起用男角，所以在影剧记者和影评人的笔下，都称他为阳刚导演。程刚一想我他妈的程刚你阳刚！你哪儿阳啊？好吧！你阳刚我就阴柔吧！于是把当时邵氏公司的女明星一网打尽不说，还由美国请来位卢燕助阵，凑上香港的凌波、李菁、金霏、汪萍、舒佩佩、丁珮、叶灵芝、刘午琪、金翎（王金凤）、夏萍、陈燕燕、欧阳莎菲、林静，刚好十四位，加上反串杨宗保的何莉莉，那就是十五位了。还好那时张彻没拍三十六房，否则程刚一定来一部一〇八将！若是人家拍五百罗汉，他也一定弄一部一千零一夜，你看这位"艺术家"有意思吧！

---

① 丽的："丽的电视有限公司"（Rediffusion Television Limited）的简称，前身为1957年成立的香港第一家电视台"丽的映声"。后易名为"亚洲电视"，于2016年4月2日停播。

电影圈里真是五颜六色

《十四女英豪》的工作天，大概是打破电影史的纪录了，前后一共拍了一百二十多天。武师也换了好几位，开始是袁和平、袁祥仁，到后来换了梁少松、二牛，戏拍到差不多的时候，就剩下程刚和小冬的父子兵。加上劳师动众，人多嘴杂，演职员间经常闹些小意见，有道是"三个女人一个墟"，十四位女英豪，再加上一位反串杨宗保的何莉莉，每天都是十五员女将同上阵，岂不成了五个墟！一个墟已经够瞧老大半天的了，五个谁受得了？加上程刚又好开个小玩笑，每天早晨几辆卡车把各位演员拉到现场，不用说别的，只是化装，梳头就是大半天。有一天程刚一边看着彭姐给李菁梳头，一边和大伙儿开玩笑："我要是当了皇上啊，把你们都收到三宫六院里，卢燕是正宫娘娘，凌波是西后，李菁是菁贵妃，何莉莉是莉贵妃，金霏……对！金霏就是金妃，刘午琪是午妃，欧阳莎菲一天到晚发牢骚，我就封她为牢骚妃。"大家听了不由得哄堂大笑起来。欧阳莎菲本来离得很远，听见程刚叫她名字，不知所以，便跑过来问什么事。偏偏王金凤指着她叫了一声"老骚妃"，程导演封你为老骚妃。若是别人也就问题不大了，偏偏莎菲和王金凤为了陈骏的关系，彼此早有心病。一听程刚封她为"老骚妃"可有点挂不住了，骚已经不好听了，再加个"老"字，怎么可以？打人不打脸，骂人不骂短，于是双手叉腰，柳眉倒竖："程刚，你妈了个×。我什么地方骚了，我哪点儿老了？你说我是老骚妃！我看你妈才是老骚妃！"

程刚忙着解释："不是，不是，我不是说你老骚妃，我说你爱发牢骚，牢骚妃？"莎菲一听，马上就把箭头指向王金凤："人家说我牢骚妃，你干嘛改成老骚妃，噢！我老？你小，你可不小嘛！他妈的小骚×，倒贴小白脸！"

王金凤一向说话慢声细语，一听这话也就还了一句："得了吧，十八世纪的大明星，你还不老呢？还不骚呢？不骚也不整天缠着一个比你儿子还年轻的小白脸！"

好嘛，电影圈里还真是五颜六色、翡翠七彩，两员女将越骂越火，一发可就不堪收拾，由君子动口，一下子就变成小人动手了。一个泰山压顶抓头发，一个进步捞阴咬大腿，把一旁的武术指导，都吓得目瞪口呆！

有一次拍佘太君挂帅，出兵打仗的场面，程刚叫所有的女英豪都要披挂整齐，同跨雕鞍，吓得金霏马上就坐在地上痛哭失声。凌波虽然和张冲在沙田马场练过马，也只是叫阿贵拉着马头，溜了几圈儿，一听要骑马奔驰，也连连摆手。李菁更是花容失色。倒是演杨排风的舒佩佩骑过几天马，一看她们几位女英豪的模样，有意表演两手，所以拉过凌波的那匹"佳节日"，认镫搬鞍上马，双腿一夹，飞一般的奔了出去。跑了两圈儿之后，勒转马头，翻身下马，还真是干净利落。看得其他的女英豪个个面红耳赤，一赌气，一拼命全都上了坐骑。好嘛，这些老夫人、少夫人、众位夫人的队伍，乍一看还真是阵容坚强，浩浩荡荡英姿惊五岳，豪气贯三千。

十四 女英豪人仰马翻

程刚眼望着各位女英豪上了马，坐稳雕鞍之后，一声预备，然后朝摄影师望了望，小董拇指环扣食指表示机器准备OK，程寨主神清气爽地大喊一声——开麦拉。凌波胯下的"佳节日"一马当先，接着欧阳莎菲的"喜鹊批"也争先恐后,金霏的"神童"也一个箭步地飞奔赶上,紧接着王金凤的"大安",舒佩佩的"影城"也相继而下。这些在快活谷淘汰下来的识途老马,匹匹都有了拍片的经验,一听"开麦拉",等于马场上的闸门打开,即刻你追我赶待飞越奔驰。可惜马背上的既非摩加利,也不是告东尼①,而是些只会描眉画鬓、擦胭脂抹粉的女明星,平日里养尊处优的,哪遇见过如此这般的阵势?但则见胯下马四蹄如飞,眼面前尘土飞扬,个个手足无措,体似筛糠,三魂出窍,六神无主。欧阳莎菲的救命喊得喉咙都沙了,不知怎样一勒一带之间,她那匹"喜鹊批"忽地拨转马头,直奔开麦拉而来,到镜头前马身一摆,莎菲活像一个大包袱,由"喜鹊批"上扑通一声跌下来,摔倒在地,纹丝不动。王金凤的"大安"也是大大的不安,一撅屁股,把王金凤颠在马下。最要命的是后边马群紧奔而上,程刚叫了一声妈的妈我的姥姥,双手一掩眼,连瞧都不敢瞧。想不到王金凤一个就地十八滚,让过了马蹄,一反平日慢条斯理的举动。紧接着金霏也像炮弹一样地飞起,在地上一个元宝翻身,居然站了起来,瞪着两只大眼张口结舌,金霏还真有点恍如隔世、今非昔比之感。凌波的"佳节日"仍然带出一条街那么远,这场马连董标都没法儿讲,只见它不管什么大石鼓,也不论什么爆炸弯,一个劲儿地朝前驰骋,凌波的穆桂英吓得比木头还硬了。马夫小王一看可不得了啦,不能再跑了,前面就是五六十尺高的悬崖啦,要是连人带马地摔了下去,恐怕凌波就成了零碎了,连骨头都找不到了。马上的凌波更是心慌意乱,脸上一点儿血色都没有,眼看着就奔到山边儿了,我的妈,临崖勒马收缰晚,船到江心补漏迟啊,要真是

---

① 摩加利(G.W. Moore)和告东尼(Anthony S. Cruz)为当时香港赛马会的冠军骑师。

凌空飞起，顺波而下可如何是好？于是把心一横，双眼一闭，两手把吃奶的劲儿都使出来了，勒紧丝缰，死命不放，难怪穆桂英能大破天门阵，还真把"佳节日"给制住了，居然立在悬崖上，前蹄扬起，一声震天的长嘶。要不是拍剧照的阿霞看傻了眼，还真能拍出一张和"拿破仑"马上英姿一样的杰作来！

全体演职员，看着小王把穆桂英抱下马背，才算一块石头落了地，惊魂甫定之余，忽然响起了一片哭声，原来是十四女英豪，个个抱头痛哭失声，大鸣大放地嚎了起来！

程刚可不敢再主张真人真马了，以后的马戏，也就马马虎虎了，全部用武师和马夫替身。所以你在片中看到的女英豪不是骑在马上的背影，就是拉马步行的前身，骑在马上的特写，全是骑着板凳拍的！

《十四女英豪》前后拍了快两年了，拍到后来，可就不只十四女英"嚎"了，真是天怒人怨、鬼哭狼嚎。大伙儿越拍越泄气，愈拍愈无精打采，最后接通告都不肯来了；不是有事，就是生病，十四女英豪倒有十二个替身。程刚有一天实在忍无可忍了，当着大伙儿把儿子小冬狠狠地骂了一顿，小冬跪地求饶，他依旧没结没了，最后居然扬脚把小冬踢倒，拿起杨宗保的红缨枪一抖枪花，甩枪便刺，小冬吸了一口凉气，翻身躲过，还没滚定身，程刚的第二枪又接连刺下，说时迟，那时快，程寨主的程家枪，不仅比杨家枪厉害，比老舍笔下的五虎断魂枪都有过之而无不及，小冬又是一个枪背，翻了出去，程刚的第三枪又朝小冬的心窝儿刺下，就在此时，程刚的背后窜出一人，双手托枪，双膝跪地，大叫"枪下留人"！

这出辕门斩子没白唱

却原来是梁武帝之后,岳家枪法传人,中华民族优秀子孙,丽的映声长篇电视剧《浮生六劫》的男主角,梁氏岳华是也。那时岳华尚未和恬妮结婚,孤家寡人一个,天不怕,地不怕,毫无后顾之忧,一切行为都可以自己做主,不像如今走一步有人管,花一文有人问,所以奋不顾身,一个箭步窜上前去,一矮身形,双手一举,用力把枪尖按住。接着众女将也一拥而上,把小冬由地上扶起,你一言我一语地替孩子求情。寨主见斩子无望,咬牙切齿地将长枪扔出丈外有余,双拳紧握,两脚乱跳一阵之后,仰天长啸一声,一个屁股墩儿坐在地上喊地哭天起来。所有的演职员一看导演像金庸笔下的老顽童一样,怪态百出,笑又不敢笑,劝也不敢劝,只好一声不响地站在一旁呆望。还好岳华的胆子大,走到程刚的面前低声地和他耳语了几句,把他拦腰抱在导演椅上,叫场务倒了一杯可乐,寨主喝了一口,连忙摇头摆手:"不行,给我加块冰。"岳华又忙着替他加了块冰,之后把地上的枪拾在手中,双手一托郑重其事地向大家说了几句:"诸位,俗语说得好,丈夫有泪不轻弹,只因未到伤心处。程导演为了这部《十四女英豪》,废寝忘食,呕心沥血,可是大家的工作态度越来越不像话,太令他难过了。昨夜他一夜都没合眼,思前想后,痛不欲生。如今,我代表各位向导演致万分歉意,并向导演保证,从今天起,任何人等绝不迟到早退,也绝不借故旷职,若有反悔,有如此枪。"说罢左腿一抬,双手用力把枪朝下一撞,只听嘎嚓一声,那支长枪一分为二。

大家也情绪激昂地说了一句:"若有反悔,有如此枪。"

于是每人都拿起一枝红缨枪,也要依样画葫芦,吓得管道具的小郭慌忙摆手:"诸位,诸位,点到为止吧,方小姐追问起来我可赔不起呀!"

大家一看他那种如丧考妣的德行,只好把枪放下,一场风波,就此结束。之后果真是立竿见影,工作果然积极起来,职员个个争先,演员人人恐后,这出辕门斩子还真没白唱!

明明是真刀真枪,怎么说是唱戏呢?原来其中还有内情。事后岳华告诉我,前一天晚上,程寨主把"辕门斩子"的计划就告诉给他了。为了振奋人心,不得不略施小计,明天上阵父子兵,要上演一出苦肉计,叫岳华加入客串主演一番,教他到第三枪的时候千万要近身拦阻,否则可就无法下台啦。岳华也是为了工作早点顺利完成,所以也就一口答应下来。所以说程刚不仅是编导的能手,演戏也真有一套,眼泪同自来水龙头一样,一开便泪洒相思地,两开便魂断奈何天。古人对女人缠足有一个比喻:"小脚一双,眼泪成缸"。我们寨主的大名就叫作程刚,你想眼泪能少得了吗?

不过,不管怎样,我对程刚的编剧技巧是心服口服的。在电影界三十年,大编剧认识不少,要论编剧的技巧,程刚认第二,还真没有人敢认第一。此外,他说故事的本事更是世界水准。一个极其普通的故事,在他嘴里一样能说得出神入化、天花乱坠,高潮层出不穷,笑料屡见不鲜,能够叫老板听得津津有味,把痔疮带来的痛苦都忘得一干二净。

如果你听了拍案叫绝,好,咱们照样把它写出来吧,过个十天半个月,程大编还真能如期交卷,不过跟他说的那出戏可迥然不同,因为吃了力量片以后,神来之笔太多之故也!

电影圈缺德事罄竹难书

有人说李翰祥的《三十年》经常离题太远，而且是尽说别人，不写自己。其实所谓别人，也是与我相熟的朋友们，和我不熟，我对他又毫无所知的人，无论在影剧界的名气多大，我是连碰都不碰一笔的。

也有人说我下笔尖酸刻薄，经常对朋友连挖苦带损，不过我还是仔细推敲，尽量地点到而已，留有余地的；真的直言谈相，那电影圈的缺德带冒烟的事，可是罄竹难书的。别看那些大制片、大老板一个个的衣冠楚楚、人五人六的，揭揭他们每位的底牌，还真令人叹为观止、丑不可闻。

我写金铨，写程刚，甚至于写严俊，都带有份感情存在的。老实讲，他们的可爱与可敬处，无论如何比缺点要多得多的。不管严俊待我如何，总是他带我走到编导这一行当的。不错，他是有点自私，可是谁又不自私呢？只要也允许别人自私，总还算过得去的。

我记得《翠翠》没拍完，他已接下南洋公司的新片，每天日夜开工，在他来讲，实在大有吃不消之感，所以看完试片之后的补戏工作，完全交给我代他执行。于是引起了圈内人对他的恶意中伤，说严俊根本不会导演，一切分镜指挥全是李翰祥搞的。那可真是冤哉枉也，老实讲，我是比一般副导演做得多一点，但主要的导演工作，还是以严俊为主的。

《翠翠》公映之后，票房收入打破了历来国语片的纪录，在星马尤其轰动一时。林黛一炮而红，成为影迷们心中的偶像。于是梳大辫子的乡下装的影片，如雨后春笋般的接踵而来，像如今的功夫片一样，可是严俊却叫林黛拍起《吃耳光的人》来。

原因何在？还是那句老话，自私！《翠翠》虽然是林黛的女主角，老实讲，老船夫张横的戏，还是最讨好的，加上还有一个会唱山歌的老二，严二爷一箭双雕，哥儿俩打一个儿，当然占尽了便宜！《吃耳光的人》呢，林黛只是演严俊的女儿，而严俊就是那位"吃耳光的人"，又是坐正主位，难怪小林黛日后要起异心呢，老给严二爷挎刀怎么成？

《吃耳光的人》拍完，我不得不听老板李祖永的指示，和姜南、王震、古森林一块儿替但杜宇先生的《嫦娥》擦屁股。严俊拍《红娃》的时候，就找姜南和金铨做副导演了，一方面因我太忙，另一方面也是外边谣言太多，说严俊离了李翰祥就没法导演，所以不得不暂时把我放在一旁。不幸，《红娃》拍了三分之二，永华片仓因通风设备失常，突然地烧了起来，把所有新旧片都化成了灰烬，这回李老板倒没说"烧脱伊"，是片仓伊拉自己要"烧脱伊"的，本来预备保留的一部分《嫦娥》底片，也烟熏火燎了，想不全部重拍也不行了。

演嫦娥的杨明，那时和电影小生兼票友许可同居在九龙城的联合道七十二号二楼。他们家一共四口人，除了他们两位之外，还有杨明的妹妹，和许可的女儿。一层楼是三房一厅，所以把另外一间中间房租了出去。杨明在拍戏打光的时候，常提起她的三房客，说她们是母女二人。母亲年纪也不过二十七八，女儿只有六七岁。母亲是一九五二年五月到香港的，女儿最近才由一个叫吴秀娟的上海婆送到香港。母亲叫赵水珍，女儿叫张目雯，小名叫猫咪。赵水珍以前也是拍电影的！

我还真想不起有个女明星叫赵水珍，杨明说水珍十岁丧母，所以她爹爹把她寄养在她姑妈家里。姑夫姓陆，所以她改名叫陆惠英。十三岁那年她和几个邻居小姑娘一块儿到艺华片厂去看拍戏，无意中叫艺华的老板严春堂看上了，严老板当时眼前一亮，小姑娘长得标致，简直和当时的古典美人张翠红一个模子，所以主动地叫她加入艺华公司签了一张演员合同，替她改了个名叫张翠英。

有一次险些出了洋相

张翠英就张翠英吧，您看这份绕脖子，又姓赵又姓陆又姓张的，后来我也看上她了，也跟她定了一张合同，张冠李戴地也替她改了个名字叫——李张翠英，这张合同已定了二十七年了，您看长不长？

在北平念三中的时候，就看过张翠英和关宏达、韩兰根主演的《学府风光》，主要的还是高脚七、矮冬瓜式的耍宝，张翠英在戏里的角色只是个穿插而已。在《风流寡妇》里演李绮年的女儿，算是她加入电影圈的处女作，之后演过《玫瑰飘零》《新茶花女》《凌波仙子》《春》《复活》，也都是二路角色。挂头牌的除了《学府风光》之外，还有一部《黑衣盗》。提起《黑衣盗》我还记得披着黑斗篷带个黑眼罩的郑重。对张翠英的印象，反倒有些模糊了。

有一天有意无意地跑到杨明家，名义上是找许可一块儿吊吊嗓子，他拉我唱一段《空城计》里司马懿的：

大队人马往西城。

啊！

为何大开两扇门？（我就会这么一段儿）

顺便也看看艺华的大明星，张翠英女士。

一进门，就看见她们正在三娘教子地打麻将，杨明、张翠英，和邻居的一位好婆，把谢少卿（后来改名叫谢之）赢得个晕头转向。杨明坐在牌桌上替我和张翠英介绍了一下，她也就一边摸牌一边点了点头，其实她脸上是有几颗浅白麻子的，不过那时我没戴眼镜，所以一点都看不见（麻子配近视眼，天生的一对）。听说她是杭州人，上有天堂，下有苏杭，杭州山明水秀，自古就是美女的天堂，不像我们老家东北，穷山恶岭出刁民。用眼瞄了瞄张大明星，倒也有点"欲把西湖比西子，淡妆浓抹总相宜"的劲头儿，那位好婆是苏州人，所以她们几位都说上海话，阿拉哪能，侬又哪能，有时还加两句苏白，我伲、呒味的一阵，上海话我还将就听两句，苏州闲话可就一窍不通了，不过吴侬软语嗲声嗲气的，还真是入耳动听。

我站在谢少卿的后面看了三把牌，还真是越看越气，这小子手风真是背得要死，一把鸡和还让好婆给截了去，我实在忍不住了，把他用手一推，代他打了几副，没想到一下来就和了副条子清一色的满贯，接着三番四番地和个不停，三下五去二地替他来了个反败为胜，第五副牌刚一洗就叫好婆给掏了起来。这以后张翠英见了面就叫我"大黑手"，因为在牌桌上一洗牌她们三位女士的手都是雪白粉嫩，唯独我的手像个熊爪子，相形之下，又黑又大，所以她送了我这么一个雅号。

一来二去的大家熟了，也经常地开个小玩笑，加上杨明、许可在旁边一起哄，我居然被他们认为是张翠英的男朋友了，我每次一到他们那儿，杨明一定大叫一声："水珍啦！侬个男朋友大黑手来哉！"

好嘛，我大概是最穷的男朋友了，因为那时永华已经几个月不发薪了，我又编又导的搞了半年《嫦娥》，居然一个子儿都没拿过。哪儿是什么月里嫦娥呀，简直是月月常饿！所以口袋里经常连一毛钱都没有，有一次还真险些出了洋相。

那时严幼祥经常到张翠英家，原来是谈邀她到台湾劳军的事。她那时正在大观拍《莲花仙子》，一连接了半个月的通告，所以不能分身。一天晚上她要去梭亚道严幼祥的家里告诉他不能随团赴台的事，刚好我到杨明家小坐，就要我陪她去，我当然义不容辞，因为有男朋友伴着，所以她连皮包也没带，出门站在街上招手叫的士，我摸口袋，就剩了五分钱，眼看着的士停在眼前，还真吓出我一身冷汗来。

广东话的拍拖还真有道理

司机把车门打开，我又替他关好，然后一挥手叫他开走。

司机瞪了我一眼："有冇搅错啊？"然后悻悻然地将车开走。

张翠英也不明所以地问我干嘛？我假装惊奇地问她："你没看见啦？"

"什么？"

"椅垫子上吐得一塌糊涂，准是哪位大爷喝醉酒了，反正梭亚道也不远，咱们遛遛吧，我当了几天男朋友，还没跟你拍过拖呢。"张翠英一想也对，遛就遛吧，其实由联合道走到梭亚道不远才怪。一走就走了二十多分钟，我又是经常走惯了的，从尖沙咀遛到青山道是常事，张翠英穿着高跟鞋，可真够她受一家伙的，虽然没有叫苦连天，也呲牙咧嘴了。好容易到了梭亚道，我因为和严幼祥不熟，所以没陪她上楼，她叫我在楼下的咖啡馆等她一会儿，说最多一杯咖啡的工夫就下来了。我连连点头，目送她上了楼，看着咖啡馆抿了抿嘴，倒真想来一杯咖啡，无奈袋中无钱，只好眼睛吃冰淇淋，灵魂坐沙发椅了。由东走到西，又由西走到东，也就是十来分钟的光景，见她由楼梯上下来，我一溜烟似的钻进咖啡馆，东张西望作状找人，然后自言自语地摇摇头，又推门走了出来，一出门口刚碰见她（当然了，时间算好的嘛），她本来想坐一会儿的，我一拉她就到了街边，她还觉得挺奇怪的："怎么了？再坐一会嘛，我也想喝杯咖啡！"

"还提咖啡呢，真倒霉，刚才我那杯咖啡里喝出一只苍蝇来！"

"真的！"

"谁说假的？那么大的一个红头绿苍蝇。"说着还故意地吐了两口唾沫，然后用手绢使劲儿地擦了擦嘴。

她大概真有点口干："那咱们去喝啤酒吧，啤酒里，绝不会有苍蝇了吧！"

"啊？你今天没看报纸啊，啤酒厂里浸着一个死人，尸首都泡白啦！"

她还信以为真了，蓦地打了个冷战："哎哟，我的妈！"

这句话不打紧，张翠英到现在还没喝过啤酒，不然怎么说"良言一句三冬暖，恶语伤人六月寒"呢！

车里有人吐，咖啡有苍蝇，啤酒桶又泡着死人，怎么办？只有怎么来怎么去，安步当车地回家了。张翠英一边走一边呲牙咧嘴地摸大腿，心里话，交这么个男朋友，算倒了八辈子血霉了。

走过亚皆老街的一间士多店，张翠英实在走不动了，又说要去喝杯可乐，我一拉她："不行，那只苍蝇弄得我到现在还恶心呢，赶紧回去漱漱口吧。"她一听也对，只好强打精神一步三摇地往前走，最后我都差点拖着她了，仔细一想，广东话的"拍拖"还真有道理！

总算把她拖到家，她扶着楼梯站了一会，楼下没有灯，黑咕隆咚，我想机不可失，马上进前把她拦腰一抱，来个外国礼儿亲她一下，万想不到她怎么也不依，我还以为她半推半就呢，强力地一抱把嘴凑了上去，她突地高声尖叫："救——命——啊——！"

可不好了，楼上的杨明、许可，和来找张翠英的杨柳都跑下来了，楼梯灯也亮了，地下住着的好婆也出来了，街上的人也围上来了，张翠英一擦嘴角跑上了楼，我也耸了耸肩膀脸红脖子粗地走了，事后杨柳还直怪张翠英："真是，接个吻算什么！"

"你不知道，他刚吃了一个苍蝇，还是个红头的呢！"

饱汉子不知饿汉子饥

那时姜南和高宝树住在福佬村道四十二号地下，和联合道只隔一条街，每当我有点高兴和不高兴的事，都去和他聊聊，高兴的向他们俩发表发表，叫他们跟着一块儿乐乐，不高兴的也向他们发泄发泄，解解胸中的闷气，所以由联合道一转弯到了姜南家。

那时他们的大女儿妞妞只有两岁，高宝树又腆了个大肚子，怀了第二胎，我吞吞吐吐地把当天晚上的事，约略向他们说了一下，笑得高宝树前仰后合的。姜南马上给杨明来了个电话，总要有人出来打个圆场嘛，不然怎么下台，于是杨明建议，明天由我请客看电影，晚上，杨明在家里请吃饭。

真是饱汉子不知道饿汉子饥，叫我请看电影？钱从哪里来？老实讲，要是有杯咖啡钱也不至于大话三千地编出一只红头苍蝇来，不过，朋友们的好意，总不能当成耳旁风吧，只好把一只杂牌子的老爷手表到大押里当了二十八块钱。我还以为杨明只安排我和张翠英两个人看电影呢,没想到浩浩荡荡地来了十位,计开:许可、杨明、姜南、高宝树、古森林和杨明的小妹(那时他们也在恋爱)、刘恩甲、杨柳、张翠英,还有一位许可的女儿凤凰,加上我一共十一个。大家一研究,到尖沙咀景星戏院(新声戏院前身,现已改建大厦)看赵丹和黄宗英主演的《乌鸦与麻雀》。

杨明是《嫦娥》的主角,怎样都算大明星;张翠英又正在主演大观公司的《莲花仙子》,还是部彩色片(十六毫米放大三十五),也不能说是小演员哪。请人家看电影,叫他们挤巴士总不像话吧,我站在街边一摸口袋里的二十八块,腰板儿一挺,手一扬,扯着嗓子来了一句:"的士!"

声音洪亮,大有气壮河山的味道,财大气粗,还真是一点也不假。先后叫来了三部的士,由联合道开到汉口道,每辆二块七,我掏出十块交给为首的司机:

"你们分一分吧,剩下的不要找了。"

派头还真不小,可我忘记了买电影票的钱,那时楼上超等三块半,十张票就要三十五块,当然买不起,后座也要二块四,十张也要二十四块呀!我袋里只有十八块怎么办?请人家看前座怎么好意思,唉!实事求是吧,何必打肿脸充胖子呢?一硬头皮挤到前座的售票处买了十张,花了我十七块。张翠英和杨明一进戏院就朝楼上跑,我忙告诉她们是楼下,她们还挺奇怪:"怎么不买楼上?"

"满座了,后座都没有了,前排。"

"啊,前排?"

她们还真是少见多怪,那时我还没戴眼镜,二百五十度的近视,经常看前座。不过那天不只是前座,而且是第一排,所以张翠英一直到现在还提那次看电影的"历史",只要她脖子一有点不舒服,就怨那次看前座弄的。不过，有一次听苏州评弹，好不容易地弄到两张第一排中间的票子，她倒高兴得不得了，还不是一样仰着脖子看？

真糟糕，我哪有心情看电影，脑子里一直嘀咕，看完戏怎么回去呀？口袋里还有一块钱了。

给我印象最深的画面

《乌鸦与麻雀》是上海昆仑公司出品的，是一九四九年拍摄的。编剧是沈浮、王林谷、徐韬、赵丹和郑君里，由陈白尘执笔；导演是郑君里；演员徐了赵丹、黄宗英夫妇之外，还有魏鹤龄、吴茵、孙道临、上官云珠和李天济，其中给我印象最深的要算李天济了，一方面为了他的外形滑稽得有趣，一方面也因为他是《小城之春》的编剧。那时我最喜欢几部国产电影，除了《万家灯光》和《希望在人间》之外，就是费穆导演，韦伟、石羽主演的《小城之春》了。淡淡的哀愁，清新可喜，别具一格，在当时粗制滥造和乌烟瘴气的电影界，还真是不可多得的作品。

《乌鸦与麻雀》整个戏里，给我印象最深的画面是三五万人在一个大楼下拿着面包挤户口米的镜头，我相信那是完全真实情况，否则要花多少钱请那么多演员？一想到钱，又想到散了戏如何回家的问题了。

还是张翠英识趣，大概她看到我那只杂牌手表没戴在手上了，其实是结婚后她告诉我，我付的士钱的时候，连当票一起掏了出来还不知道，所以是她提议大伙儿坐巴士的，她还真会说："大家坐在一辆车里，说说笑笑的热闹，分坐在三辆车里多没意思。"其实我真想提议大家遛马路回去，因为坐巴士十个人都得两块二，所以我一挤上巴士，马上就挤到最里边（因为售票员都是站在门口的），二哥人胖，最后才挤上车，我虽然站在车厢最里边假装争着买票，还叫他近水楼台先得月了，我还给他来了一句："二哥，这可是你不对了，说明今天是我请的嘛！好吧，下回罚你！"张翠英看着我抿着嘴儿直乐！

晚上在杨明家里吃饭，菜是张翠英的工人阿乔买回来的，菜单子可是张大明星自己琢磨了一夜才决定的。一回到家，她马上洗了洗手，带上了围裙，亲自下厨，做了四个冷盘、四个热炒，加上烹大虾、炸八块、红烧河鳗、清蒸鲥鱼，一摆上来，还真是色、香、味俱全，比起我那二十八块前座第一排电影来还真够我脸红脖子粗的！

第二天她带着女儿猫咪，穿了一件银灰色的干湿楼，挂着一架簇新的莱卡照相机，鼻子上还多了一副雷朋的金丝太阳镜，足登一对四寸半的高跟鞋，婀娜多姿地到永华片厂的B棚看杨明拍《嫦娥》。

那是一堂金銮殿的大布景，拍的是后羿得胜班师，大宴群臣的场面。那是一九五三年的十月二日，布景搭的是金碧辉煌，道具也是瓜果梨桃、羊羔美酒，服装更是多姿多彩，因为有各国的使臣，所以把永华服装间里不管是《国魂》，还是《清宫秘史》的，甚至于《大凉山恩仇记》的服装统统搬了出来！现在想想还真够胡闹的，不论唐宋元明，不分春夏秋冬，千奇百怪的还真够唬人。反正是神话故事片，没什么合理不合理。要说考据的话，《嫦娥》根本就胡说八道，美国的人造卫星登陆月球之后，除了一片苍茫之外，何曾看见嫦娥？

那天给我印象最深刻的还不是张翠英，也不是托着盘子演宫女的陈思思，更不是拿着红缨枪在金殿门外饰演御林军的袁秋枫，而是后来也做了电影明星的王玖玲。

她有一种说不出的魅力

一九五三年的九月九号,我一个人在九龙吴淞街的老正兴吃晚饭,忽然看见隔壁台上三男一女,使我眼睛为之一亮,因为那位小姐的仪表、神态,都有一种说不出的魅力,一时还真想不出哪位中国女明星,比她更有吸引力。在她站起身要走到柜台去打电话的时候,更看到她娴娜多姿的身段儿,风飘杨柳一般地走过。看样子是有五尺六寸半。最令我惊奇的是,一开腔满嘴流利的京片子,这在香港倒真是个新鲜事儿。

我看他们付了账,也忙着给了钱跟出去,走到差不多现在伦敦戏院的地方,眼看着他们就要叫的士了,我想机不可失,所以硬着头皮跑上前去:"请问,这位小姐尊姓?"

她止步停身,莫名其妙地看了看我,他旁边那位男士就替她答了腔:"干什么,干什么?没零钱!"

糟,拿我当成要小钱儿的了,一想自己的打扮大概很像个"难民"样儿,我忙着解释:"不是,我听这位小姐说国语……"

"说国语怎么啦,想套乡亲哪!"旁边穿灰西装的矮胖子,也插了句嘴,态度也是傲慢得很,我根本也不是冲着他来的,所以理都没有理他。

"我是觉得这位小姐开麦拉菲斯①不错,拍电影一定是块很好的材料……"

"那还用你说?"又是那个矮胖子,说完了连正眼都没看我一眼,一招手叫了一部的士,我目送他们上了车,呆了半晌,觉得自己太

---

① 开麦拉菲斯:英文 camera face 的音译,上相、上镜的意思。

冒失了。

　　山水有相逢，还真一点不假，想不到十月二日我拍《嫦娥》的金殿景，他们三男一女来永华看拍戏，他们看见坐在导演椅上，人五人六，发号施令的原来是他们眼里的"难民"，满街找零钱花的家伙，倒也惊奇万分，彼此交换了眼色，那个矮胖子刚要朝我一笑，看看我的铁青的脸，跟包大人似的，所以显得尴里、尬尴的。我偷偷地跟姜南咬了句耳朵，叫他把制片汪晓嵩找了来，我把那天晚上的事偷偷告诉晓嵩，他一看原来那个矮胖子是他的朋友，上去嘻嘻一番，然后跑到我身边，神采飞扬地说了句："台湾来的，叫王玖玲，我们谈好了，明天上午来试镜头。"

　　制片就是制片，还是他有办法，以后，看着张翠英拿着那架莱卡照相机，给猫咪拍了几张照片，一看我手脚不得闲，就和杨明跑到化装间去了。

　　第二天，陈翼青替王玖玲试镜，陪她一起试的是王克强（后来改名王冲，做过永华新星、龙马新星、国际新星和国联新星，如今五十七岁，望之仍如徐爹半老三十七岁多，看起来还能将就着做一任新星的），在棚里摆了张公园似的长椅，王克强扮演她的情侣陪她由远处行来，然后坐在椅子上卿卿我我情话绵绵一番。王玖玲倒是若无其事的蛮自然，反而王克强倒吓得满脸发白，两眼乌黑，嘴里直绊蒜，倒好像是王玖玲陪他试镜一样。难怪日后王玖玲都成了大明星，他还在三番四次地做新人呢，拍电影有NG的，没想到我们王先生做新星也NG了五六回。

　　李祖永一看试镜，满意非常，叫汪晓嵩和她签了一纸为期三年的合约，替她起了个艺名——叶枫！

在乐宫楼摆结婚酒

算起来，我和张翠英前后认识了不够二十天，就在乐宫楼摆起结婚酒了。别人是千里姻缘一线牵，说有什么月下老人在当中穿红绳，我们没有系红绳，中间只有一只红头苍蝇，还是我无中生有地编造出来的。

十月三号那天，我和古森林一齐到联合道去看杨明（其实我找张翠英，他找杨明的妹妹，看杨明是幌子而已），无意中谈起每个人的生肖，我和张翠英都是民国十五年（一九二六年）丙寅年出世的，所以都属虎。我的生日是旧历三月初七，阳历是四月十八，她是旧历九月初三，阳历十月十日，所以每年的"双十节"，都是她生日。

我忽然冒出一句："今年'双十节'咱们订婚吧！"

"订婚？"她觉得太突然了。

"是啊，订婚！庆祝你生日啊。"

"不行，你们永华一年半载不发薪，拿什么养活我？何况，我身后还有一个老大老大包袱，女儿要念书，爸爸、妈妈、弟弟妹妹的全靠我每月寄钱养家糊口，你负担得了？"她以为我一定知难而退，料不到我还满不在乎，照单全收："除了拍电影，我还可以配音、写剧本、画广告，大不了把每月赚的钱都交给你！"

"真的？"

"说瞎话干嘛？我是单身汉，你是独身女，合在一起生活，总比现在强得多。"

"结了婚，住在哪儿？你搬到我这儿来？"

"那可不行，是你出阁，不是我入赘，叫人说我吃软饭可不干！"大概是这句话打动了她，觉得我还有点男子气概。

"好吧，订就订吧！"

我还以为她开玩笑呢，没想到她倒蛮认真的，一起身，顺手拿了件外套："走，找姜南去！"

"干嘛？"

"把我们订婚的事，告诉他，研究研究在什么地方请客！"我像喝醉了酒似的，迷里马虎地跟她往外走。杭州人真奇怪，接吻不可以，订婚反而没问题，怪不得人家叫杭州人是杭铁头！

姜南一听还真愣了半天，看着我跟张翠英一本正经的样子，知道不是开玩笑，想了想之后："地点嘛，当然在乐宫楼啦，地方大、人头熟，你们打算请几桌呢？"这倒把我问住了，经常跟我来往的朋友们，最多两桌也就差不多了；可是张翠英在上海就进了电影界，艺华公司的老同学就够坐三四桌的，要是加上我永华公司的同人，和过去长城以及配音间里的朋友，起码要请十几桌。漏一门不能漏一人，礼多人不怪，干脆，所有的朋友们都发一张吧，反正，订婚酒图个热闹，韩信点兵，多多益善。

于是姜南马上通知刘恩甲、小胡、小宋，由刘二哥到乐宫楼拿了二百张帖子，连夜伏案疾书，二哥写得手都麻了，点了一支香烟："唉，这年头，兵荒马乱，还劳师动众地订什么婚，过几天你们一结婚，我又得写一个晚上，真，结婚就结婚好了，订个什么劲，多此一举！"我一听道理也对，看了看张翠英，她也觉得不错，我就来了一句："对，不要麻烦人家两次，不必订婚了，就结婚吧！"张翠英马上附和了一句，姜南和二哥马上放下笔，又跑到乐宫楼拿了三百多张请帖，乐宫楼的孙大哥还直纳闷儿："你们要请多少桌啊？怎么，今年'双十节'在我这儿过啦！"

天下无难事，只怕有心人

不吃拖鞋饭的大话说出了口，结婚的请帖也发出了门，可是房子还没找到，结婚的费用也是一筹莫展，毫无着落，眼看着到十月十号还有五天光景，近在眉睫，如何不急。

我一生做事，都是事先毫无计划，事后就无头苍蝇乱钻，一切都是先斩后奏，办了再说，起头儿还多数是山穷水尽疑无路，末尾也多是柳暗花明又一村地船到桥头自然直了，所以我最相信"置诸死地而后生"的道理。

活人总不能让尿憋死吧，天下无难事，只怕有心人。永华的欠薪借着结婚的大题目，总可以向李老板开口了吧，严俊叫我替他写《金凤》的剧本，多少也可以预支一部分钱吧！所以我十月六号的一大早拿了张请帖，专程地跑到九龙塘禧福道李祖永先生府上，到了门口犹疑了半天都没敢叫门，送请帖，当然冠冕堂皇，可是钱呢？如何开口？要薪水？多难为情，岂不令李先生难堪？所以看着禧福道的路牌直发愣，禧是鸿禧的禧，福是幸福的福，好吧，硬着头皮敲门吧，打开鸿禧路，敲开幸福门。

李先生正在罗汉榻上闭目养神，我一看刚要退出，他忽然开了腔："李翰祥，侬要结婚啦？"

还真吓了我一跳，只好站稳身形，毕恭毕敬地："是，十月十号，在乐宫楼，专程给您送请帖来，希望您给福证。"

"好过，汪晓嵩昨日子同我讲过了，好个，阿拉同侬证婚，以前我没有替人证过婚，善门难开，一开头就麻烦，好吧，我只答应同你一个证婚，侬是第一个，也是最后一个，来来来。"

说着他一伸手，打开枕头旁边的小木盒儿，在当票下面抽出两张五百块大牛："这个……算我送把侬个结婚礼，弗要谢个！"

"谢谢您。"

"我都说弗要谢了，侬去了，我还要困一些。"话刚说完，身子一翻就打起鼾来。我们一个老板一个伙计的脾气倒差不多，他老先生一说困觉就打鼾，快过闪电，我是一谈恋爱就结婚，急如星火！

一千块钱喝咖啡、看电影可是大手笔了，可是要用来结婚还差着一大截呢。由禧福道翻过山头，刚好是严俊住着的秀竹园道，把来意向严二爷一说，他看着我直乐："你小子一撅屁股拉什么屎我都知道，张翠英会嫁给你？什么都可以，谈钱伤感情，反正钱给了侬也是乱用，剧本写好了再说！"

我一听他的话茬儿，还完全为我好，其实倒不怪他，我忘了把请帖掏出来了。等双手呈给他一看，他倒也觉得奇怪："真的？好吧，要真结婚我倒可以帮你个忙，不过你应该先找老板去呀。"

"刚去过，请他给证婚，男方的主婚人，我想请您，女方的张翠英已经请好了严幼祥，老板送了我一千块钱！"

"一千块？那么够了，结婚一千块还不够？老实讲香港政府登记，请一桌客也就可以了，仪式隆重，礼貌周到不就结了，何必浪费？"

"可是总要租间房啊，买点家具啊，你知道我不仅当尽卖光，而且是寅食卯粮的。"

"唉，真作孽，张翠英嫁给你算是有罪受了，好吧，我借你一千块，不过你要叫张翠英到我这儿签个字来拿！"

"……"

听君一席话，胜读十年书

如果可以过得去，我决不会把这件事告诉张翠英，无奈十月七日那天在太子道二百二十号的二楼找到一间三百来尺的中间房，房租每月两百一十元，要先交一个月上期，两个月压租，和半个月介绍人的酬金，合起来共是七百三十五块，再添点零星物品，一千块怎么也过不了门，只好无可奈何地把严俊的要求和翠英提了一下，她倒没觉得什么不对，当天晚上大大方方地去签了个字，还恭恭敬敬谢了谢严二爷，并且请他十号那天早点到。严俊还真像个男方家长样儿，老气横秋地来了几句训话："结了婚之后，对翰祥可要多点照顾，他是艺术家的脾气，放荡不羁得很，再加上个东北的强性子，活像茅厕坑里的砖头，又臭又硬，喜怒无常，没个准稿子，既自私，又任性，说风就是雨，可要好好地看着他。"

好家伙，听君一席话，胜读十年书，跟张翠英一共认识了二十天，要不是刚交了房租，她还真许打了退堂鼓，不过当时她倒也答得蛮得体："有您这样的师父看着，徒弟再坏也不会离谱儿，结了婚可就不像他光棍一个，以后你还要多关照，他有什么不对的地方，还要多管教。"

"管教不敢当，我拿翰祥当亲兄弟一样，有时候话说得重一点，不要见怪就好了。"

出了严府大门，已经快十点了，马上跑到狮子石道的一间家具铺，买了一张双人床和一个五斗柜，本来张翠英倒有一张单人床，当然留给猫咪睡了，我也有一张双人床，还是拍《公子落难》的时候买的，本来我想再用一用，可是张翠英怎么也不肯，新人当然睡新床嘛，谁知道那张旧床上有多少人睡过？

还真不假，在那张床上睡过的人还真不少，床脚儿也活动了，弹弓也坏了，床垫子上还破了一个大洞，要把这张床摆在洞房里，倒真是名副其实的洞床了。

买好家具之后，才想起还没吃晚饭呢，于是到太子道的琪美叫了两份儿客饭，两个人喝了一小瓶人头马，酒逢知己，又加上新婚在望，几杯酒一下肚，难免心旌摇曳起来，酒长厘人胆，我向张翠英提出了要求："今天晚上咱们都别回去了！"

"干嘛？"

"到太子酒店开个房间吧。"

"开房间干什么？"

"啊……这个……那什么……！"

"什么这个那个的，算了吧，不怪人家说你任性呢，你拿我当什么人？"

我已自觉理亏，加上想起那次楼梯口的一声救命，杭铁头还真不能乱碰，所以连响也不敢响送她回了家。

第二天一早，我们一块儿去布置新房，等家具搬了来，摆好了位置，看着阿乔把窗帘装好，然后摆了一盆鲜花。看了看蛮雅致，虽然简简单单，倒也干干净净。

然后去拜了拜邻居，房东李太太带了几个女儿住在临街的头房，下来是画则师[①]陈先生的一家四口住在我们的前边，尾房住着以导《夜半歌声》成名的恐怖导演马徐维邦，后边还有一间独立的房子，窗明几净的，也住着一位电影演员，是我在长城时候的老同事，专演老好人的苏秦。十月十号那天亲戚朋友居然来了三百多口子，一天

[①] 画则师：广东话，建筑师之谓。

半我和张翠英都不认识，原来金铨和小宋写帖子的时候，把他们在嘉华印刷厂里的同事都阖府统请了。

敬完酒以为功德圆满

十号那天，证婚人李祖永夫妇一早就到了乐宫楼，严俊、林黛陪他们坐着。刘二哥管账。尔爷和晓嵩两位制片的总招待。结婚证书是姜南买来的。二哥的毛笔字不错，所以由他把我们的生辰年月、籍贯、姓氏一一填好。晓嵩向我和张翠英拿去了盖图章之后，提醒我们一下："把结婚戒指预备好，一会儿举行仪式的时候要交换饰物的。"

"啊！成……"我一听，糟糕，忙前忙后的，忘了买结婚戒指了。有临上轿现扎耳朵眼的，哪儿有现买戒指的呢？我一发愣，晓嵩马上心明眼亮地："怎么？忘了预备了！"

"可不，怎么办？"我还真有点抓瞎。还是晓嵩脑子快，马上把他手上的戒指，脱下来交给我，然后把我们嵩嫂的也摘下来交给翠英。"好了，你们先做做'道具'吧。"

到底是拍电影的，要是唱京戏的，就叫"切末"而不是"道具"了。

最妙的是仪式开始的时候，还有音乐大师叶纯之的钢琴伴奏结婚进行曲。司仪姜南把主婚人、证婚人请到台上入了席之后，然后是新娘新郎就位。我和翠英在他的伴奏下一步一步地走到台前，大概平日我和小叶玩笑惯了，一向吊儿郎当，他忽然看着我直着脖子，挺着腰板儿，一本正经，道貌岸然的德行，忍俊不住地笑了起来，没等进行曲奏完，就挺着肚子由台上跑下来，逗得全体来宾哄堂大笑。

要是拍电影的话,导演一定会喊NG,重新来过,无奈是真人真事,也只好接唱二本了。等到证婚人致辞的时候,李先生倒是言简意赅地直捧我:"李翰祥做学生的时候,是个好学生(才怪,竟叫学校和训练班开除!),如今做导演,也是个好导演,以后,和张翠英女士结了婚,也希望是一个好丈夫!"

最后,姜南叫新郎报告恋爱经过,我只得脸红脖子粗地吞吞吐吐来了几句:"我和张翠英,由认识到结婚只不过是二十天,可以说是闪电恋爱,闪电结婚,我也只能闪电地报告,以前都是短暂快捷的、速战速决的,但愿以后以长补短,日久天长……"

我刚要鞠躬下台,不知道台下哪位来了一句:"新郎怎么长,新娘怎么短,要好好地报告一下。"

又有人大声喊叫:"新娘新郎行接吻礼。"于是跟着七嘴八舌地闹成一片,我也就嘻嘻哈哈地由台上溜了下来。上过鱼翅之后,杨志卿和蒋光超两位能说会道、嘴尖舌利的哥哥,陪着我们向每桌亲友们敬酒,压阵角的是尔爷、晓嵩两位制片,跟在后面的,是姜南、二哥、古森林、王震,还有一〇七的哥儿们,还真是堂而皇之。

酒后,客人们相继离席,打道回府。照理讲,新郎、新娘应该站在门口,恭送嘉宾,我根本不懂的那么多繁文缛节,敬完酒之后就以为功德圆满了,所以一拉张翠英,由后门溜到街上,叫了一辆的士,立刻回到太子道的洞房,关上屋门,先奉公守法地来了一个开斯(kiss),报了那一声救命之仇,然后一躬到地地唱起徐玉兰的绍兴戏《红楼梦》:

  林妹妹,今天是,从古到今,天上人间,第一件称心满意的事啊……我合不拢笑口把喜讯接,数遍了指头把佳期待,总算是东北的桃杏杭州柳，今日移向一处栽……嗳……栽……

我们两个园丁，正在努力开荒，栽桃种李的时候，忽然一阵惊天动地的拍门声，吓得我们刚领得驾驶执照的两位司机，马上刹车，停火，躺在床上动也不敢动。

此时此地宁愿缩头了

第一个开腔的是光超："翠英，翰祥，慢入洞房，我们哥儿几个给你们温居贺喜来了！"

张翠英还真想起身，我一把拉住她，向她摇了摇手，好嘛，起床，穿衣服，整理内务，就算用军人的动作也要两三分钟，要是新娘子再梳梳头，整整妆，擦擦口红补补粉，起码要十几分钟，那不是明显地告诉他们新娘新郎在这十分钟之前的行动？献丑不如藏拙，索性按兵不动，虽然说伸头是一刀，缩头也是一刀，此时此地宁愿缩头了，接下来是姜南的声音。

"翰祥，我们来送喜账跟贺礼来啦！"

刘二哥也接着来了一句："除去一切开销，还剩两千八百四十五块六。"

底下好像是小胡的声音："不错，这买卖做得过儿！"

时间越久越僵，我们不肯起床，他们不肯走路，最后大概他们七嘴八舌地吵得不像话了，房东李太太由头房走了出来："佢的两个好似冇返来。"

其实，还真没有人看见我们回来，因为我们自己有锁匙，轻轻地开了门，偷偷地进了房，还真是神不知，鬼不觉，可是门外的哥儿几个岂是等闲人物，老早就看出苗头来了，所以刘二哥故意唉声叹气地："唉，走吧，姜南哪，这就叫新人入了房，你这个媒人可就扔过了墙！"

姜南也嘟囔了几句："不做中人不做保，不做媒人代代好。"

说起来，姜南已经替我做了两次媒人了，第一次是我和周晓畔订婚的时候，也是他的介绍人，结果没到半年就你东我西地两分离了，所以我和张翠英结婚的那天，乐宫楼里边还真有人给我们的婚姻下了定论："你们看着好了，这档子事不出半年，一定鸡飞蛋打，玩儿完大吉。"当然也有跟他唱反调的人："满口饭好吃，满口话可不好说！"

"我敢跟你们打赌，老实讲我说半年，还是客气的，不出三个月，他们要是不离婚，我摘脑袋给你们看！"

说这句话的人，还是我张口哥哥、闭口哥哥叫得蛮亲热的人。当然这句话不是当着我和翠英面儿说的。至于谁告诉我的，以及到底是什么人说的，我都姑隐其名了。不过我们夫妻还真应该多谢他这样的一句话，否则我们的婚姻还真许维持不到三个月，因为每当我们有点不愉快而大争大吵的时候，就会想到我们哥哥的脑袋，于是大家就不出声了。如今我们结婚已经过了二十七个年头，我们哥哥的脑袋仍在他脖子上晃来晃去，也依然故我地大言不惭。

李祖永先生做五十大寿

我和张翠英结婚的那一年，刚赶上永华同人为李祖永先生做五十大寿。虽然永华已经是外强中干,虚有其表,大家的薪水都欠了半年以上没发。可是老板的生日,还是办得蛮热闹的,在两座摄影棚里布置了寿堂,也搭了戏台,走廊上既张灯又结彩,迎着片厂的大门口,挂起了一串万头的大鞭炮,连舟(老板的司机)开着卡迪拉克的黑色房车刚进厂门,尔爷拿着一根长香,把鞭炮点着,一霎时,砰砰嘭嘭的连声的山响,加上演职员和来宾的掌声、欢呼声,真俨如金銮殿前的山呼万岁一般,把李氏夫妇前呼后拥地迎进了A棚的寿堂。

于是,由B棚的戏台上走下了八仙,周老夫子(剧务主任周汝杰)秃子当和尚地扮起瘸拐李,一瘸一点的好不惹笑。新订合同的叶枫和制片汪晓嵩唱了一出《鸿鸾禧》,叶枫的金玉奴,晓嵩的莫稽,唐迪的金松。想不到叶枫这位时代女性,把京戏唱得还真是有板有眼的。大轴是俞振飞和他那位姓黄的夫人唱的《凤还巢》。压轴是我和王莱、姜南、马力、陈英杰唱的《打面缸》。跑龙套的四衙役是胡金铨和倪怀德,头二旗、三旗、四旗则是正式戏班里的龙套,我的大老爷,王莱的腊梅,姜南的王书吏,陈英杰的四老爷,马力的张才。马力一出场,右脚一踢鸾带,还来了个碰头好,真不愧将门之后。不过靴子太大,一不留神,连鸾带与靴子齐飞,掌声与通声一色,若是给他们老爷子连良马老板看见,一定把鼻子都气歪喽。

王莱的腊梅一出场,台下的贺宾就给老婆捧场,喊了一嗓子,惹得李老板直乐。只见王莱柳腰款摆,袅娜多姿地手托状纸来到台口,然后启朱唇,展玉齿,娇滴滴地唱了几句:

  手拿状纸朝前走,
  大老爷,做主张,

民女不愿在烟花巷。

虽然是现学现卖现钻锅，唱、做、念、表还样样不含糊，一脸烟视媚行的妖艳邪气样，还真够迷人的。无怪乎现在的贺宾，迷迷瞪瞪的，连我这个老朋友姓什么都忘了，看了半天才说了一句："你是导先生。"

还真吓了我一跳，都是王莱那次唱腊梅的后遗症，搅得他老公丢三漏四的！

总之，那天我们面缸打得挺不错，所以后来又接连地唱了三次，有一次还替白田村大火的灾民筹过款，唱过义务戏。你别瞧我这么一条豆沙喉，居然和小生泰斗俞振飞同过台！

大家替李老板做过五十大寿，本希望他从此转运，风生水起，无奈那时的永华已是强弩之末，不管同人怎样加油，也是力不从心了。

不过，不管永华如何地欠薪，李老板的少爷脾气仍是不减当年，厂不肯出租，机器也不愿出借，宁愿每天没有戏拍，把厂空起来。演职员大眼瞪小眼地伸着脖子，干巴巴地闲着。老板每天优哉游哉地躺在罗汉榻上，喷云吐雾，反正债多了不愁，虱子多了不咬，闭着眼在天上计划，在地下妥协。

永华所有的人们都和老板一样，有着大公司的优越感，没有一个人想背叛李祖永向外边发展，大家都相信老板一定胸有成竹，好像《空城计》诸葛亮的唱词似的："我城内有十万神兵……哪！"

谁也料不到现在的司马懿不听他那一套，有一天居然带领人马闯进了西城！谁呢？原来是"赵四风流朱五狂"的朱五小姐，带着东北军阀吴大舌头的儿子吴幼权闯进永华，兴师问罪。

朱九小姐是永华的股东

> 赵四风流朱五狂,
> 翩翩胡蝶最当行。
> 温柔乡是英雄塚,
> 哪管东师入沈阳。

这是马君武先生的一首歪诗的上半段,所以说是歪诗,是因为他老先生毫不负责地信口胡云,一切都是想当然耳,与事实不大相符。

赵四指的是如今仍和少帅张学良在台北的赵四小姐,朱五则是指桂老朱启钤的第五位小姐,也就是后来嫁给曾经是张学良秘书的朱光沐先生(不是朱牧),也就是名编剧家秦羽小姐的老太爷。

至于秦羽的外祖父朱启钤,民国初年是袁世凯的内务总长。老先生还真是寿比南山,解放后当过一任政协委员,营造学会的会长,一直到"文革"前才寿终正寝。

马君武之所谓赵四风流朱五狂者,也不过因为两位小姐的家庭在当时都比较洋化,有时偶尔在北京饭店跳跳舞而已,以当时卫道之士自命的马君武认为男女授受都不亲,何况是相偎相抱地搂在一起跳舞?所以认为是件大事啦,要是他老先生看见如今的"的士高格",一定吓晕喽!

至于胡蝶就更没么八宗事了,"九一八"事变前夕,胡蝶在上海,当不当行的与少帅何干?也许马先生听说胡蝶曾经到北平拍过《啼笑因缘》的外景,所以愣把他们扯到一块儿去了。以后胡蝶在台湾拍国联《明月几时圆》的时候,曾经和记者讲过,她一生都没有见过张学良，还真是白白地翩翩当行了一阵子，您看冤不冤枉？

李祖永先生跟赵四、朱五、胡蝶都没什么关系，可是跟朱五的妹妹朱九小姐不大不小地有点银钱上的纠纷，说起来朱九小姐还是永华的股东呢！

有人一定说我信口开河，谁不知道永华是李祖永先生用三百七十万美金（一说港币）独资创办的？那当然也不假，不过请听我细细道来。

大概是一九四九年吧，由上海飞香港的一架飞机，因为重雾的关系撞在扯旗山上，机毁人亡，无一生还。以拍歌舞片著名的导演方沛霖，就是死在那架飞机里的，尸身全部烧焦，若不是看见他小肠疝气的铁带子，还认不出是他呢！在殡仪馆瞻仰遗容的遗容，还是我替他用泥捏的，朱九小姐也在那架飞机里。

朱九小姐的丈夫叫吴幼权，是当年和张学良齐名的四公子之一，他的老太爷就是绰号"吴大舌头"的黑龙江督军吴俊升。

民国十七年六月二日，北伐革命军排山倒海地截断京津路交通，直扑北京，自封为东北王安国军总司令的张作霖，不得不向他的奉军下总退却令，紧接着偕同吴俊升和参谋杨毓珠，携带重要文件，乘专车回奉。六月三日晨，火车到达沈阳城外日本租界的沟帮子铁桥，为日人所埋置的地雷炸死，吴俊升当场身亡，张作霖延至五日下午三时半也不治而死。这就是历史上有名的"皇姑屯事件"，幼权吴五爷就是吴俊升的公子。

朱九小姐身后遗下了相当可观的财产，有的存在香港汇丰，有的存在美国银行，都需要有人证明和担保才动得了。于是吴五爷和李祖永先生商量，李先生一口答应，同时认为他是个公子哥，既不会理财，又不会经营，所以劝他把钱存在永华，算是股东之一。吴五爷对安姆赫斯特大学[①]念文科的李祖永，当然是言听计从了，谁想到永华会落到连薪水都发不出的地步？老实讲，如果不是时局变迁，李祖永先生在上海的大业印刷公司的第二厂，是替农民银行印钞票的，怎会欠薪？

以为守得云开见月明

如今很多人都知道电影界里导演比演员多，其实电影制片公司比导演还多，您算算，若是每家公司有一位老板就不得了。不过全是空手套白狼，借本儿开当铺，没有一个是由自己家里带个万儿八千的出来拍电影的，都是先噜噜编剧导演弄个故事，或者是分场大纲，然后像天桥卖把式的一样，人前人后，口沫横飞地足那么一吆喝，每天接机送机，噜几个女明星陪着各地来的片商花天酒地一番，然后把油印的故事拿出来亮一亮，于是星马地区的版权多少，泰国地区的版权若干，一一订了合约，一部戏就算差不多了。片商多数是分三期付款，订约时付首期，拍到一半付中期，交片时付清尾数，这就是一般人所谓的"卖花"，所以多数的电影老板都是不学有术的"耍人儿的"。可是永华的李祖永先生不同，根基好得很，先在南开求学（和周恩来、叶恭绰同一间宿舍），后到美国安姆赫斯特大学念文科，毕业后回国做过教授，也任职过海关，最后主理上海大业印刷公司。大业有两个厂，一厂在上海平凉路，印刷一般的文件、书籍；二厂在斐开二路，专门印农民银行的钞票。李涌芬是他们李家的堂号。

[①] University of Massachusetts Amherst，今多译为玛萨诸塞大学安姆赫斯特分校。

上海跑马地的西藏路，以前就叫李涌芬路。另外还有一座李涌芬堂电台。他们老太爷李屑清排行第七，曾经做过一任北京造币厂厂长。大伯李平舒也是在国内颇具声望的企业家，五伯李征武也是显赫一时，所以提起李家来，真可以称得上名门望族。

有一次，我替朱旭华先生写《吾土吾民》的剧本，其中写到敌伪时期华北政务委员会委员长王克敏，曾经在日本人的面前，卑躬如也地撞过二十四响和平钟。李祖永先生在剧本的草稿上用红笔勾了两行字："王克敏是我舅舅，他从没有做过这样无耻的事！"

您看看这多漏子！这种剧本如何能通过？我当时还真有几天不敢朝公司里溜达，若是碰见李老板，多难为情啊！不过，我始终对他舅舅的行为有点疑惑，我舅舅虽然没有李先生舅舅那么成名，但起码不是汉奸。

永华A厂拍《清宫秘史》选妃的大场面，有两个女佣人扶着一位富富态态的老太太来看拍戏。她慈眉善目的，不笑不说话的样子，看着真是和蔼可亲。据说那位就是李太夫人，李祖永先生的令寿堂。由大业印刷厂调到永华保管服装的乐祖基兄告诉我，老太太年轻的时候常到皇宫内院里去，在养心殿陪着西太后斗过纸牌，您看看人家老太太这点气派！如今咱们电影界里还有谁家的老太太见过西太后的？这倒不吹牛，除了李祖永他们老太太，就属我妈了。我母亲和西太后不止打过八圈卫生麻将，还一块儿看过一场电影呢！她做生日的时候，西太后还给她鞠了三个躬呢！不过不是姓叶赫那拉，小名叫兰儿的那位西太后，是演过西太后的卢燕女士！

就凭李祖永先生的家世，要不是时局变迁，永华哪儿会搞得一塌糊涂？李先生曾经先后在港九买过两块地皮，预备起戏院的，一在九龙弥敦道近荷里活戏院的地方，一在香港皇后大道。不说别的，就这两块地皮如今值多少钱？能发不出薪水嘛，才怪。

所以，当时在永华的演职员，就算当尽卖光也守在原来的岗位上，都以为总有一天"守得云开见月明"，没想到居然有一天，朱夫人（朱五小姐）和吴五爷双双地来到永华，在李老板的总经理室和李祖永先生面红耳赤、声色俱厉地直拍写字台。没多久报上就登了一则启事，具名人是欧德尔，说他代表新加坡的××公司封闭永华公司，因为他是第一债权人，一切永华的动产与不动产，以及生财用具，全部不可移动，当然包括李翰祥在内！

李祖永先生有三种嗜好

物有本末，事有始终，没说永华改组和结束之前，先谈它的来源。

祖永先生除了喜欢芙蓉长寿膏之外，还有三宗嗜好——钻石、沙蟹（showhand）、水晶灯。他买的钻石很少用来镶首饰，多数是在一筒鸦片下肚之后，神清气爽之余，马上在烟榻上铺一块黑丝绒，然后把一罐子钻石全部倒在上面，个个拿着手中玩赏品评一番，然后得意扬扬地再装回罐子里，据说这批钻石后来全都压死在银行。

至于水晶灯，只要一有新品种到港，告罗士打行下边的那间洋行的老板，一定打电话报告给李先生。有一次他穿了件旧长袍跑到店里看灯，刚巧经理不在，新来的伙计又不认识这位大少爷，一看他那一身寒酸的打扮，又东摸摸西碰碰的好不讨厌，于是很不耐烦地拉了他一把："这都很贵的，别乱摸，乱摸的，打烂了你赔还是我赔？"这下可把李先生惹火了，也没和那家伙分辩，只掏出一张名片，朝玻璃柜上一扔："把你们店里挂着的、摆着的，大大小小的，通通给我送回家去。"

所以永华一拍洋古式的大厅布景,水晶灯的道具根本不必到摩罗街去租,只要导演说得出,要哪样有哪样,叫道具小巴到九龙塘的李公馆去车好了。

谈到赌沙蟹,李先生立即会眉飞色舞,精神百倍。那时他经常出入于香港的德记俱乐部,由赌友徐士浩(律师,汪晓嵩夫人的三表哥)、钟可成介绍,认识了上海滩的影剧大王张善琨。那时的SK(张的英文名),已经没有在敌伪"华影"[1]总经理时的那么得意了,只想用新华公司的名义小弄弄,在香港拍拍独立制片,只准备集资港币四十万元而已。徐陈[2]两位允予投资十万元,加上SK自己的十万元,还差二十万,就想动TY(李祖永的英文名)的念头,祖永先生一听,就问SK:"小弄弄嘛,四十万!要是大搞搞要几钿呢?"(多少钱)

"大搞吗,总要自己有厂,有黑房,有制片的流动金,再加上建厂和购买器材的费用,恐怕要两百万!"

"啥个铜钿?"(什么钱)

"当然是港币!"

李先生一听两百万港币,太小儿科了,马上一笑:"两百万嘛,小意思,也不要麻烦你们大家了,就我来搞吧,不过电影我外行,你来帮我。"

就这样祖永先生就写了封信,给当时的港督葛量洪爵士,在九龙申请了一块地皮,结果政府指定了九龙仔的一块菜地,不过已经先被一位葡萄牙的老太太租了去,只得再向她租了过来。李祖永先生用自己名字下拿了个"永"字,张善琨先生也凑了个新华的"华"字,

---

[1] 全称为"中华电影联合股份有限公司"。
[2] 此处疑为作者笔误,或为"徐钟"。

就把李先生独资的有限公司,命名为"永华"。

永华一共建了两个摄影棚,都是长一百尺,宽五十尺,另外有黑白冲印间,和配音间、写字楼(名为写字"楼",其实是个平房)等等。比起现在的邵氏影城,当然算不了什么,但在当时的香港来说算是很具规模了。

另一方面,祖永先生雄心万丈地还想拍彩色片,想搞一间彩色黑房,所以特别把他老友钟秉锋(中央银行广州分行经理,香港分行董事)的公子钟启文,送到美国的柯达公司,专门学习彩色冲印。在李家伯伯的护送之下,于一九五二年四月一日(愚人节)启程赴美。

后来学成回港,做了永华的厂长,因为李家伯伯欠薪而离职,再回永华当经理的时候,永华已被新加坡的国际接管,钟启文先生对李家伯伯也改了称呼,不叫李伯伯而叫李先生了。

在兴头儿上如何停得下手

到九龙仔永华被政府迫迁到牛池湾斧山道的时候,钟先生主持会议,李先生也参加讨论,钟大经理又改口叫李先生为TY,祖永先生即刻来了一句:"YES。"然后毕恭毕敬地站了起来。

钟大经理才不好意思地:"李家伯伯请坐下来讲话。"

还好大经理念旧,否则的话,TY李真会叫他踢到歪理去!

永华的创业作,历史古装巨铸《国魂》,号称是百万金元的大制作,实际的制片费和《清宫秘史》一样,都用了四十万港币。不过《国魂》另外加上了钉制布景板,及雕刻门窗的费用多了二十万而已。两部影片合起来才花了不过百万港元。称金币使人以为是美金,是宣传用语，气魄显得更大一点，但在当时拍一部七日鲜的粤语片，只需四万元，相形之下，也是惊人的手笔了。

至于向美国订购器材的二十万美金，原是祖永先生因为"黄金案"①而被冻结了的外汇，如果不购置对文化事业有关的器材，根本就不能动用。怎么来怎么去，李先生以前因为黄金赚过大钱，后来也因为黄金而赔了老本儿。

原来《国魂》和《清宫秘史》在国内上映，都造成了空前的纪录，尤以《清宫秘史》更为轰动。那时永华的大陆发行人是李大深，这位大爷原是上海电通影业公司的发行。江青和袁牧之都是电通出身的。后来因为张善琨的新华公司采取两面政策，有的影片用新华发行，有的影片用华新出品，所以把李大深聘为了新华的发行，因为SK的关系，他老先生就顺理成章地当上永华的发行人了。当时除了华北和东北地区交给任天竞的大中影业公司发行之外，其他全国各地都是李大深经手。当时大中公司华北的发行人是田家丰，东北的发行人是许佛罗。因为物价波动得太厉害，每天都是一波三折，所以他们都把每天的收入，全部即刻买了黄金、美钞存起来，结账时一次交给李大深。可是李大深并非即刻交给香港的永华，而是等到金圆券都变成银圆券、锡圆券的时候，才依原来总收入的金圆券数目，折成港币交给香港的总公司，好像"矮仔落楼梯"，由天台落到地下室，只剩下五万港币而已。听说最近这位大深先生还在上海，已经是半身不遂了，人算不如天算，祖永先生晚年的日子不好过，大深先生晚年的日子过得更不好。祖永先生对文化事业，倒是有了或多或少

---

① 黄金案：1945年3月因重庆国民政府机密信息外泄而引起的黄金提价舞弊案，时为军火商的李祖永通过抢购、抛售黄金获取暴利。事后，李祖永被政府起诉，其外汇也被冻结。

的贡献，而大深先生却全部贡献给"文化大革命"，搅得他还真是又大又深。我虽和大深先生未谋一面，但他也害得我够深的，不是他的托水龙，我们怎会欠薪。

那时星马的代理发行费，每部也不过五万港币而已，加上一般的发行公司对于影片发行后的结账又另有一套结法，广告费加这个费加那个费，又再加上离了谱儿的宣传费、交际费，不说你欠他钱已经算客气的了（我也曾身受其害，以后慢慢表来）。

台湾虽然也是轰动一时，打破了历年的纪录，一催结账，也是嬉皮笑脸推三阻四，全便宜了那些卖酸枣的、卖布头儿的，和开当铺的家伙们。如此这般的算一算，虽然不能说一百万全泡了汤，也就所余无几了。

经此之后，虽然很多朋友都劝祖永先生壮士断腕，马上改弦易辙，无奈他老先生正在兴头儿上，如何停得下手？老实讲吃喝嫖赌不管哪一样，上了瘾还可以咬一咬牙关把它戒掉，可是电影这行当不行，一上了瘾就是没法戒。君不信，请看有多少位收了山，或嫁了金龟婿的影后们，都想东山重出、银幕再现就知道了，所以有人说你若是跟谁有仇，就叫谁去拍电影，不把他赔死，也把他瘾死的！

永华屋漏偏逢连阴雨

永华的后期，真是屋漏偏逢连阴雨，除了严俊、林黛两位大导演、大明星的片酬一分一毫不差之外（差了马上罢拍），其他的演职员都是叫苦连天，有的家里被剪了电话线，有的家里剪了电灯线，有的甚至自来水都被停了下来。可是每人都敬重祖永先生的为人，对永华都有一份感情，大家都勒紧裤带，所谓有情饮水饱，还是天天上班。严俊也比以前到得更勤，每天都在厂前厂后地四外观察，了解了解黑房，转悠转悠会计室，和管账的冯士龙先生聊聊天儿，然后对着背影放映机也问长问短。大家都以为严二爷转了性，谁都不知道他已另外搭上了线，不仅想过桥抽板，甚至想把那座桥砍回家去当柴烧。

有一天，永华一进门的片仓里，通风设备和冷气机都因为年久失修而坏掉。吃饭都没有钱，怎么会修这些玩意儿？可是大伙儿都忘了，片仓里的底片都是易燃品，关上门没有通风和冷气怎样受得了。果然没有几天，一把火把片仓烧起，还好抢救及时，才没把底片全部烧光，但这些精贵的东西，如何经得起水淋火烤，每盒底片打开来都像一团霉干菜。

有一个场面真感动人，永华大小职员，全部帮着清理片仓的废片，把可用的拷贝，尤其是底片，都一尺尺地绕在倒盘上，一寸寸地擦抹干净，烈日下人人都是汗流浃背，个个恐后争先。如果告诉别人这些都是家无宿粮、身有当票的傻瓜，被老板欠了半年薪水的职员，恐怕谁都不信。

可是世界上不全是傻瓜，自有聪明人在那儿兴风作浪。没两天，永华片厂的大债权人、新加坡的陆运涛先生专程赶来香港，因为他听说烧了的不是永华的片仓，而是永华的片厂。一字之误，还真不得了。至于那位聪明人是谁？我的公仔也就不必画出肠了。

那时，在香港陆运涛的代表是欧德尔，犹太人而能说得一口中国话，不仅懂普通话，连四川话、上海话都说得几可和当地人乱真，和严俊很谈得来。严二爷是位不甘寂寞的人，是特别好强的人，是每天想着指日高升的人。所以演而优则导演，导而优则制片，制而优则老板。一看祖永先生每天云山雾罩的晕晕乎乎、迷迷瞪瞪的，真有点替他急得慌，即使不想取而代之，也要择主而事了。

他知道永华厂已经抵押给新加坡的国际公司，又了解永华的日常情况，所以和欧德尔商量着自组公司，接管永华厂，大概已经谈得八九不离十了，所以有一天问我："假使永华公司改组，你做何打算？"

我不知道他的葫芦里卖的什么药："改组，为什么改组？"

"穷则变，变则通嘛，你不要问为什么，只要告诉我你的打算！"

"我不能对不起李先生，他最近刚和我订了一张四部影片的导演合同。"

"真，自欺欺人，他连你演员的薪水都发不出，还有钱付你导演费。"这话还是真不假，到现在为止，我连《嫦娥》的导演费都没有拿过一毛钱，但我还相信李先生不会差我钱，他有了一定会给我，严俊可是不以为然："他什么时候有？要是永久没有呢，要是他的厂叫人封了门呢？"

我觉得他在危言耸听，很不高兴地问他："谁，谁封永华的门？"

"那我不知道，要真的封了门你怎样？要是改组之后，是我来接收永华，你怎么样？"

"我走路，去配音，去画广告，不做对不起李先生的事。"

想不到没有几天，永华就叫人封了门！

受宠若惊，不识抬举

一九五四年十月九日的早上九点半，我到奥斯汀路严俊和林黛的家里去串门子。严二爷一看见我，劈头就来了一句："看过今天的《星岛》和《华侨》吗？"

"还没呢，有什么新闻吗？"我想一定又是什么人给严二爷和小林黛写捧场文章了！

"去，快去买一份儿看看，好消息，永华马上要发薪水了。"

我一听还真喜出望外，马上跑下楼，到报摊儿卖了张《星岛日报》。急忙地翻到娱乐版看了看，没看见什么，再打开本港新闻版，也没有永华的消息，刚在纳闷儿的时候，忽然看见第一版左下角有一条广告，大字标题，好不触目惊心：

拍卖永华电影制片厂启事

我本来是边走边看的，一下子不仅停了脚步，连呼吸都停了下来。一口气把那段启事读完，比骆宾王写的《讨武曌檄》还厉害，原来是欧德尔代表新加坡的国际公司，向政府要求拍卖永华片厂，因为李祖永以片厂向国际抵押贷款，至今不能依约清还，所以要求政府将厂拍卖，所得款项，首先归还他们大债主（好，比瓦岗寨的寨主，和河间府占山为王、落草为寇的大寨主窦尔敦还厉害十倍，程寨主更是望尘莫及。）。

我拿着报纸上楼，脑子里翻来覆去地寻思，严二爷的态度真正令人不解，李祖永先生对他不错啊。在长城，没有人信任他，放手让他去做导演，李先生给了他第一个机会。《巫山盟》的成绩，仅是差强人意而已，李先生又鼓励他，支持他开了第二部《翠翠》。从来不借给别人拍戏的片厂，借给了他拍《吃耳光的人》和《春天不是读书天》。又因了他的关系，借出厂棚叫他替朱旭华先生导演《金凤》。虽然那时严俊正在应时当令，加了个林黛更是如虎添翼，但李先生对他总算不薄啊。可是,永华厂被人拍卖,他为什么反而幸灾乐祸呢?最奇怪的是,一大清早,相信他还没来得及看报纸,这则启事他怎么会知道的呢?所以,进了门我第一句就问他这个问题,他故作神秘地笑而不答,然后抢过我手中的报纸,一边看一边得意扬扬地摸下巴,哼,他的下巴有什么好,在我眼里,他的下巴还不如李祖永的脚后跟。

我不辞而别地赶到永华,同人们正在三五成群地交头接耳,纷纷议论。看见我到,都马上散开,并且用异类的眼光看我。我莫名其妙地跑到制片部,向汪晓嵩了解一下情况,才知道我被大家看成是严俊的走狗了。而严俊被传成是出卖耶稣的犹大,我听了好不生气,我不信严俊会如此地忘恩负义。

晓嵩告诉我,严俊和国际公司早有默契,将来厂里的制片业务归老严管,发行则交欧德尔,一个主内,一个主外。永华厂里的同事正在议论着黑名单的事,我还是越听越新鲜,忙着问:"什么黑名单?"

"你又没有份,何必问。"

"我为什么没有份?"

"谁不知道你是严二爷的左右手,黑名单里怎么会有你。"

我这才知道,所谓黑名单一定是他们"新公司"要炒鱿鱼卷铺盖的人。

下午,欧德尔带着几个人,像接收大员一样地来到厂里,每个随员的手里都提了个大皮包,其势汹汹地走进了会计室。我一看会计冯士龙对他们几位卑躬如也的样儿,就想出这几天严俊和他交头接耳的原因了,我相信黑名单里一定不会有他。

果然,没多久严俊也匆匆地赶了来,在走廊上看到我,神秘地把我拉到经理室,指了指正中间的写字台。"这是我坐的,"再一指旁边的一张,"喏,你将来坐这张。"我虽然受宠若惊,但还真有点儿不识抬举。

"不,我不坐,怕屁股烧得慌!"

星星之火,可以燎原

早在一九五二年的时候,也就是我经尔光的介绍,和姜南、刘恩甲、陈又新、红薇、高宝树一齐进入永华,签了为期两年的基本演员合约的时候,一度因长城的兴起,而低沉了一阵子的永华,大有中兴的气势。究其原因,是李祖永又和新加坡的陆氏,定了十二部影片合约,并以永华全厂的厂棚及器材作抵,借了港币五十万,如果一年内可以交足十二部影片,则以同样条件再借支港币五十万元,若所代理的影片发行成绩优异,永华还真可以宏图大展的。

无奈到一九五四年的九月底截止,只交了影片六部。那是《拜金的人》《玫瑰玫瑰我爱你》《夫妇之间》《一刻春宵》《嫦娥》和《翠翠》,陆氏虽然函电交催,但永华的经济状况,已是每况愈下,巧妇难为无米炊,片厂里经常为了剧杂费的问题,三天打鱼,两天晒网。陆氏寄予最大希望的影片,是严俊导演、林黛主演的《红娃》,虽断断续续地已经拍了一年,为了军部的马匹不能拉车的关系,也令到制片与导演的头大如斗,有时更是有马没钱,有钱时又密云有雨,吹无定向风,等到眼看着影片快完成的时候,忽然永华片仓失火,把拍竟的底片,付之一炬。再加上原预定严俊、李丽华、罗维主演的《风尘三侠》(马徐维邦导演),也因为没钱的关系,改了白云、马金铃和李英，一下子由头流的配搭，变成了杂牌军，由甲级巨片，降到了丁级出品。可是连这样滥竽充数的片子，也因为经济拮据而胎死腹中，底片也毁在火里。（我不迷信，但影剧界很多事，还真令人疑神疑鬼，在这之前的一部《风尘三侠》也胎死腹中，在这之后，我继《西施》也拍了部《风尘三侠》，由张美瑶、杨群、洪波主演，也拍到中途停了下来。另外哪位导演拍《红梅阁》，就哪位倒霉，粤剧名编剧家唐涤生君就是拍《红梅阁》的时候去世的，您看邪不邪。）

除了火烧片库的意外，还有一件火上浇油的事。本来是芝麻绿豆的小事，却因为祖永先生大大咧咧的脾气，而演变成永华被封闭的导火线。还真是星星之火，可以燎原了。

原来永华宣传部，有位职员叫冯树富的，专门设计影片上演时的广告。人生得斯斯文文，写得一手很不错的美术字，因受了欠薪的苦况，所以在一九五四年一月份，向公司辞职。李祖永给了他两千块钱一个月的期票，作为付清欠薪。结果到时未曾兑现，一再催索，李先生都置之不理，这下子可把老实人逼火儿了，居然聘请律师，告了永华一状。李先生竟连法院的传票也"当他无介事"，结果缺席判决，限李氏一星期之内还冯君的欠薪和负担法院的堂费。想不到李先生牛皮糖到底，根本就没当它是件事儿，于是法院派人到厂，查封了一部分器材。这时，如果公司可以付钱，还不成问题，可是李先生仍是稳坐钓鱼船。法院在一星期之后，立即登报纸拍卖永华器材。也就有人即刻把这则消息告诉给陆氏的代表欧德尔，因为永华的全部器材早已抵押给陆氏。于是欧德尔也就在十月九日，登了一则维护利益的启事。其实法院要拍卖的器材，只是永华的九牛一毛，没想到李先生就是想一毛不拔。

有一件事最微妙，后来，冯树富君经严俊先生的介绍，也入了国际公司。

永华职演员分为三派

我和张翠英是一九五三年十月十日结婚的，当时由李祖永福证。想不到整整的一年之后（一九五四年十月九日），永华突逢巨变，天灾人祸，弄得祖永先生焦头烂额，心力交瘁，一年前的风趣、幽默，早已消失殆尽。

从八一三起（一九五四年的八月十三号，不是一九三七年沪战的"八一三"），永华片仓被焚开始，厄运频生，正所谓福无重至，祸不单行。

十月九日欧德尔率领律师和会计师到达永华，清点全部器材，实行假扣押，并且彻查永华账目，一方面办好接收永华的手续，自任厂长兼经理，名义总经理还留给李祖永，副厂长是好好先生朱旭华。严俊虽然不出面，但明眼人早看出他和欧德尔的关系，实际在幕后操纵大权的正是严俊。所以当时的报章杂志都称严俊是欧的灵魂、欧的影子，想不到演过《出卖影子的人》的他，居然又做了他人的影子。

当时的永华职演员，可分为三派：

第一派是严俊觉得可用之人，及各阶层负责人，尤以保管室、黑房、会计室的首脑人物，都一一受聘于新永华，另外就是严俊认为是自己的马仔，或者看着顺眼的人（我应该算是这一派，无奈他看着我顺眼，我瞧着他别扭）。

第二派是黑名单里的人物，是严俊心目中的"保皇党"，经常和他捣蛋的家伙，其中以尔光为首，黄也白、周世杰等副之，一共有二十一位。新公司正式叫他们卷铺盖之后，当即推出五位代表聘请余叔韶大律师谋求法律保障，向法庭提起控诉。

第三派，新公司既无职务，也不想控告旧公司的，包括李老板的姐夫、妹夫、堂兄堂弟，另外就是小舅子（我记不大清楚了，不是小舅子，也总沾点亲带点故吧）汪晓嵩了。他是个乐天派，随遇而安，与世无争，开始听说新公司有他的份儿，倒也无可无不可，反正骑马找马，再干几个月也无所谓。后来听上海商业银行的一位朋友告诉他，本来的名单里的确有他的，不过后来严二爷在御笔点元的时候，把小舅子勾了去了。好像清末的五经魁首朱汝珍一样，本应是状元，无奈太后老佛爷一看他名字里的珍字，就打心眼儿里讨厌，好叫不叫，偏偏叫个珍妃的珍字儿，于是把底下的刘春霖提升为状元了。

晓嵩是上海圣约翰毕业的，中英文都相当不错，书读得多，事情也就看得化，一听这消息还是外号"怪胎"的吴熹升吴大头讲出来的，这是千真万确了。因为吴熹升是吴性裁先生的长公子，吴先生是《吃耳光的人》的幕后老板，替老先生出面的，正是"怪胎"。所以严俊和他无话不谈，这样的来龙去脉，当然是千真万确的。晓嵩一听，双手一端，肩膀一耸，来了个洋人的无可奈何状，晓嵩，晓嵩嘛，既然晓得了，马上松人。

香港的劳工法，只保证工资四个月，超过四个月以上的欠薪是雇员与东主之间的感情了。周瑜打黄盖，他愿打，你愿挨，劳工署可就不管了。谁都想不到，永华的员工居然挨得起欠薪十个月，而没人吭一句声，所以不管到哪里去告，新公司一律付欠薪四个月。十月十五日，他们听影子的话，先付给永华全体职工，每人半个月的薪水，当然要扣还，实际上每人只拿了三个半月的，仍以不超出三千元为限。

又杀出了个程咬金

我当时的薪水是七百块，三个半月正是两千四百五。另外和李先生订的四部导演合约，因为公司无案可稽，他们根本不承认。我曾经和严俊谈起这件事，但当我把合同拿给他看的时候，他居然来了一句："好家伙，李祖永还跟你捏这个窝窝儿，怎么啦，兄弟，穷疯了！"

我一句话都没说，当着他的面，把那张合约撕个粉粉碎！

清理账目的结果，永华共欠新加坡陆氏港币五十万零四千（借了五十万，交了六部片，仍欠五十万四千，祖永先生在大学里教过经济，可是也不会算这笔账），当然一毛钱也不能少，因为他们是大债主。至于积欠同人的薪金是四十多万港元，虽说发四个月，可是每个人最高限额不得超过三千，若以一百个员工计算，也不会用到三十万元。拿钱的时候，每人还要签一张英文的保证书，保证不再假借名目向公司无理取闹，并放弃一切控诉权利。

以尔光、黄也白、周汝杰为首的二十一位，本想拒绝签字收款，但禁不起家里柴米油盐的债务，也只好含着眼泪去签了字。

留用的职员暂时以周薪计，一来是表明与前任无涉，二来是以备发现谁有问题，随时就叫谁滚蛋。

朱旭华的副厂长是严俊介绍的，也只是个名义而已，毫无实权。用人行政，全由欧德尔签字，而欧德尔暗中却是遵照严俊的指示办理。

此一混乱的代管期间，由一九五四年的十月九日，到一九五五年的三月二十九日止，共是五个月零二十天。等到李先生二月底赴台，经十天的奔走，终于获得"台湾当局"的同情和支持，由"中央电影公司"代永华向银行借了港币五十万元之后，欧德尔又把原来的账单上加了一笔管理费，由五十万零四千，抬高到五十八万余元，目的还是想阻挠李氏收回产权的计划。

可是，代管期间，欧德尔曾以五万港币的代价，将《一刻春宵》的台湾版权，卖给了台湾志成影业社。但他不将此款还债，而以拍片需要的借口，用来钉制了两百块布景板，和修补了马路（修桥补路，功德无量）。李先生愿将这些生财折给他的时候，他还真有良心，布景板的收购价居然出到一元一块，您看看人家犹太人算盘多精，何况后边还有个绰号"犹大"的千面人在那儿撑腰！

事情愈来愈复杂。三月二十六日星期六，邵氏公司在一九五四年一月十一日控告永华公司，获香港高院按察司葛莱格判原告胜诉，判永华公司偿还欠款六万八千元零六毛。邵氏控告永华公司欠款，该款系他们预付永华三部影片的星马版权费，每部五万元。三部影片的名字是《巫山盟》《玫瑰玫瑰我爱你》和《天生一对》（后改名为《拜金的人》）。永华只交了一部《巫山盟》（其余两片转陆氏），扣除该片赚得三万一千九百九十元四角外，另由一九五四年一月十一日控告票发出日起，至判决日止，被告须付利息百分之八，兼付堂费。

该案原控诉人由邵邨人聘简悦强律师，转聘杰田士大律师代表出庭，被告永华公司未出庭，亦无律师代表。

我一直听说李祖永先生一稿双投，还有点疑惑，到此方信是实！您看他老先生糊涂不糊涂！

一天之后，又杀出了个程咬金，第三债权人欧阳莎菲也向法院提出控诉，说是李祖永欠她钱（什么钱，到现在也不大清楚，不过知道欧阳莎菲的原名叫钱舜英，反正也有点儿"钱"吧）。

结束了自拍自买的喜剧

如此一来，原本祖永先生想叫欧德尔向法院撤销拍卖的意思，也行不通了，于是法院宣布三月二十九日拍卖永华。

欧德尔的目的是自拍自买，但价钱越低，缴给政府的税银也就越少。万也想不到第二债权人邵氏父子公司扬言，要用七十万五千元投标，这一下子可令两位拜金的犹太人出了一身冷汗。不得已托王元龙向邵氏说项，二老板一口拒绝。李祖永亲自去求，也碰了个软钉子。不得已请出台湾的戴安国先生，二老板总算给了一点面子，但也没有肯定的答复。

一九五五年的三月二十九，祖永先生和两个犹太人整天派人监视法院的投票处，每隔三十分钟，即用电话向公司报告一次，还真是刺激、紧张，兼而有之。

中午十二时，投标截止，还好没有第三者参与，所以仍由李祖永以三十三万元得标，结束了自拍自买的喜剧。

新公司的董事会组织，原定董事三人，李祖永任董事长，陆运涛及张国兴均为董事（国兴老兄一向懂事，所以不费吹灰之力，不花一分一毫，在新公司中就得到了董事席位）。后来李先生一想，不大对劲，万一张董事为了亚洲影业公司的星马版权问题，向陆氏一面倒怎么办？在董事会上如有争执，岂不要变成二比一。害人之心不可有，防人之心不可无。因此提议改成五人。戴安国自告奋勇，愿任一席董事，李祖永当然欢迎，陆氏也无异议。另外一名是李祖永的亲戚担任。如此则李氏握二票，陆氏一票。倘张先生或有偏差，戴安国也会主持公道起决定性作用。在如此局势中，陆氏当然不可能利用董事会逼迫李祖永，李氏也不能欺骗陆运涛，因为中间戴安国的一票，可以左右形势的。

新公司不叫永华，而叫电影企业公司。还清陆氏债务，陆氏自当退出董事会，永华则可恢复原名。如今永华的制片业务，仍然存在。可以租用电影企业的片厂拍戏，据最低估计，厂租的收入约为每个月一万五千港元，一年可得十八万元，预计三年多，就可以完全还清。不过陆氏再不得像代管期间一样，每月收代管费两万元，否则永华岂不是永生永世不得翻身！

新公司一切筹备就绪，本想择吉开张，不料政府要收回九龙仔的租地，施行新的都市计划，如此一来，可真是人算不如天算了。

于是陆氏把拍卖所得的三十万，又借给李祖永，加上台湾借款所余的十七万，将原厂迁至牛池湾的斧山道，一共用了三十五万，还有十二万，以备永华制片之用。

至于永华向"台银"贷款的归还办法，是将现有的六部影片，交"中影"发行，不足之数将永华在港所有影片之世界发行权，亦交予"中影"，至还清贷款为止。

祖永先生满以为永华从此可以雨过天晴，鹏程万里，怎料拍完《飞虎将军》之后，更是毫无起色。在永华名义是董事长，一切权力全被架空，厂租当然有盈余，但也应付不了添置器材、修桥补路。

后来的国际影片公司，以钟启文为总经理，大展拳脚，严俊的国泰公司一连串地开拍了几部新片。

有一天，全电影界的人们都接到国际公司的请帖，因为他们为了新建的C棚，举行庆祝晚会。

还记得，新厂奠基的时候，由董事长李祖永亲自破土。看报上的照片他仿佛笑得见牙不见眼，其实，我猜想得他一定是广东人所谓的"冇眼睇"，只皆因，建厂当然要花钱，厂租的盈余也就当然不够，不够当然要向陆氏借，借钱当然要利钱，如此利滚利像滚雪球似的，还不越滚越大？总有一天把董事长压成董事短。难怪祖永先生到后来要戒烟了，不仅要戒烟，一切都要戒，最要紧的要戒掉热心送别人子弟到外国读书的念头。

总经理钟启文对祖永先生越来越像自己人了，以前叫李家伯伯，后来叫TY，再后来就踢都不踢了，干脆叫"喂"了。钟总经理后来也上了导演瘾，导了一部小丁皓的《一段情》。据说就为了这《一段情》，而被国际公司其他的女明星们向新加坡总公司联名告了一状，才使钟先生结束了一段情，也结束了一段总经理。后来，小丁皓也为这"一段情"在美国自杀了。

记得已故的名编导陶秦先生写过一首《不了情》，据说是为了杜娟写的。如今杜娟也自杀身故了，他也入土为安了。只有钟启文先生仍旧身强力壮，不知道有没有新的"一段情"，或者对旧的"一段情"忘不了。

依我说李家伯伯可以忘，那"一段情"可千万忘不得！

准备大展拳脚开拍新戏

永华改组之后，我领了三个半月的薪水，签了张保证书，就算失了业。以前虽然拿不到薪水，总还有职在身，如今可是正式地无业闲荡了。

当初离开配音间的时候，曾经夸下海口，"以后永不吃配音饭"，如今当然也不好再吃回头草。《嫦娥》虽然说是替别人补戏，可大小总是个导演，导演再去画海报，总觉得不大对劲。还真是曾经沧海难为水，除却巫山不是云。三个半月的薪水拿到家里付了欠租，还了债，也就差不多了，您看以后的日子怎么过。

我是个闲不得也静不下的人，没事总要找事做，实在没事，就看看书，或者对着镜子来张自画像，有时也去看看有名无实的电影企业公司的董事长李祖永先生。

他依然是满腹密圈，满脑门子计划，正准备大展拳脚地开拍新戏。所以他总叫我讲故事听，尤其喜欢在一筒烟之后，放下烟枪闭着眼睛听，往往我正讲得津津有味的时候，他已经鼾声大作了，我只好停下来，一停，他的鼾声马上止，虽然没睁眼，但却用他的宁波国语清清楚楚地说："讲落去，讲落去，蛮好，蛮好，以后怎么样啊！"

"啊？"我真不相信，他明明睡着了！

"侬讲，小白龙的那匹马空着鞍子跑到家门口的时候，仰天长啸一声之后，前蹄一扬，怎么样啊？"

想不到他在鼾声之中，竟然把我的故事，一字不漏地听了个真切。我只得咽口唾沫接说二本，不到半分钟他又接着鼾，这次我当然不敢停，接着往下讲，有时也试探地顿一顿，他的鼾声也就停一停，真是妙人妙事。

那时汪晓嵩，已经在加多利山道山景大厦的美国新闻处任职了。他的顶头上司正是现在嘉禾的邹文怀，不过他对旧上司仍是念念不忘，下了班，也常往李府上溜达。一进门，听我正在讲故事，再看看李先生沉睡如雷，他以为我讲得出神，没瞧见哪，所以蹑足行前，轻轻地拍了拍我的肩膀，指了指榻上的TY，好像告诉我："孙子，人家睡着了。"

我睬都不睬他，继续说我的《小白龙》，汪晓嵩实在忍不住了，在我耳边来了一句："你他妈的想做导演疯了？老板都睡着了，你讲给烟灯听啊！"

还没等他说完呢，祖永先生闭着眼就答了腔："汪晓嵩！弗要吵！讲落去，李翰祥讲落去，哪能了，格把刀是啥人喫？"

汪晓嵩还真吓了一跳，一捂嘴，一耸肩，马上溜之乎也。

说了一天评书，口干舌燥地还得回家吃饭去，因为李老板的习惯，跟常人不同，别人吃饭，他睡觉，别人睡觉他才用膳。我这个说评书的，倒有点像清末民初，唱单弦牌子曲的票友了，"车马自备，茶饭不扰"。日久天长，我们一听一讲的都成了习惯，张翠英以为我每天和老板研究剧本呢！所以家里柴米油盐的小事，她是该借的借，该当的当，倒从不叫我操心。

可圈可点的宣传口号

有一天，连她也奇怪起来了，怎么剧本老研究不完哪，所以跟我一齐去了趟"剧本研究所"，一看我们一老一少的两位李先生，疯疯癫癫地一说一鼻，差点没把鼻子气歪了，以后再不准我去了，她说我浪费时间，浪费点时间倒也没什么，简直就是费唾沫！

没想到，第三天李太太就打了个电话找我："李翰祥，侬哪能个啦，哪能两天没来啦，李先生等侬讲故事。"

我不得不扯谎："这两天李湄找我写剧本，所以忙一点儿。"那几天,李湄倒真的找过我,因为她租了间北斗影片公司,拍部类似《翠翠》和《金凤》一样题材的电影。郭纯亮(前雷电华经理,已故)向她建议找我导演,因为外边传说过《翠翠》和《金凤》都是我帮严俊拍的。所以,李湄到我家来过两次,不过还没到成熟的阶段。

李太太一听,还相当紧张:"不行啊,侬今朝一定要来,侬不来弗可以㗎,李先生不舒服㗎。"

"怎么了,李先生感冒了?"

"弗是㗎!现在李先生不听侬讲故事,困不着!"

"……"

好,拿我的故事当成催眠曲了!

李湄的《红红》,为了卖埠的关系,男主角聘请了过去的华南影帝王豪(不是什么影展选出的最佳男主角,只是胜利之初,刘琼、陶金、蓝马、舒适都在上海,香港只来了他一个小生,所以大家随便叫叫的,很有些吃豆腐的味道),王豪问李湄导演是谁。李湄告诉他准备找我,王豪一听差点没笑出来:"李翰祥?他怎么行!特约演员,画广告的,怎么可以导演!不成,他导我可没法演,你另请高明吧。"李湄一听,王豪的话入情入理,她也只是听郭纯亮说我有两下子而已,究竟哪两下子,她也摸不清楚。所以我把《红红》的故事交给她之后,也就石沉大海了,一直看到报纸上登着《红红》正式开拍了,导演是王豪的时候,才知道人家老早变了卦。那年头儿,想做个导演还真是势比登天,可不像如今这样便当。

我一点都不怪王豪,并不是为了他曾经借过我三十块钱,而是他的确比我在片商的眼里可靠得多。

记得李湄在一九五三年最出风头了,有一部何泽民导演的新片,女主角正是李湄。我还记得弥敦道上的普庆戏院,门口高挂着宽三尺,

横满门面的大红布,写道:

一九五三年是李湄的

虽然,一直到她退出影坛,在影界都没有大红大紫过,但那张红布可真是又长又红。

电影史上的宣传口号除了这句"一九五三年是李湄的"之外,还有一句也是可圈可点的,那就是在肉弹张仲文的名字上冠以:

最美丽的动物

古人形容女人是沉鱼、落雁、闭月、羞花,想不到今天居然标新立异,打破了旧框框,把美人比到动物身上去。当然,你不能否认人是动物,但植物园和动物园总有些分别的。凤凰、孔雀都是最美丽的,但那叫飞禽,一般的动物好像都是指走兽而言的,就算最美丽的白额母老虎,也够怕人的,虽然,以前也有人说女人是三十如狼,四十如虎,五十如金钱豹,不过那是指另一方面而言。不过,你不得不承认那是一句美的宣传句子,不信,你问问四十岁上下的人,谁是最美丽的动物?他一定回答你是张仲文,绝对不会扯到日本东京上野公园的"兰兰"身上去,尽管那只熊猫的黑眼圈比我们仲文大妹子还要深一些。

后来李湄和张仲文联合主演了一部《龙翔凤舞》,两位还都是玉腿修长、乳峰高耸,很有点梦露(Marilyn Monroe)和珍·罗素(Jane Russel)的意思。

杨柳没青,脸儿都青了

那年头儿,我们最美丽动物的秀发,总是一面倒的右倾,前后左右都只能看见一只耳朵。有人偷偷地告诉我,大妹子小时睡觉之前吃过葱油饼,不留神弄了一手油,无意之中抓了抓右耳,所以,叫耗子把耳边咬去了一块。

我当时还信以为真了,及至大妹子变了发型,才知那位老哥是无中生有。如今我们大妹子三十刚出点头,不过看她的打扮,还真像十八、二十二的小姑娘,走起路来柳腰款摆,婀娜多姿,又蹦又跳的,还真是充满了青春气息。

最近的一天晚上,请我和金铨夫妇到她的德王府吃饭(不是蒙古的那位德王,因为我们大妹夫是德国人,神高马大的活像个蒙古人,家里连他们老太太和弟弟妹妹,一共四位德国人,所以说张仲文自从招了番邦驸马之后,不仅从此不缺德,还是名正言顺的三从四德),只见她穿了件银灰色的夜礼服,紧裹着她的玉体,把乳波臀浪一览无遗,水亮亮的恰似一朵出水芙蓉,加上鬓间斜着的那朵粉红色的玫瑰(不是狗尾巴花),还真透着勾魂夺魄。在人群里,像白光唱的歌儿一样:"飘过来,飘过去,她就飘、飘的飘个不停。"真是不折不扣的动物——还是最美丽的。

如今她那身儿打扮,可把大老德摆弄得晕头转向,真够呛,我还真替她担心,说不定有一天会八国联军。

《红红》的导演做不成,李老板又三催四请地叫我去。这一次他没叫我讲故事,反而是他讲故事给我听了。愈听愈熟口熟面,听到结尾才知道是沉寂写的《红娃》。也就是严俊拍了一半而底片被烧了的《红娃》。原来祖永先生想叫我重新拍过,女主角想找台湾的穆虹。

好，又是红红，又是红娃，又是穆虹，那年头我仿佛跟红挺有缘的。其实，眼珠子都望红了，也没捞到导演，不是当红炸子鸡的李红红，还是黑仔的李黑黑。人不走运，喝凉水都塞牙，能叫豆腐给绊个大跟斗，信不信由你。

有一天，前永华的宣传主任黄也白兄来找我（有点起色了，不只红红了），说想搞个兄弟班，由《新闻天地》的卜少夫先生支持，尔光制片，叶枫主演《枫叶还是红的》，导演想找我帮忙，我一听叫我做导演，哪里是我帮忙啊，简直是帮忙我嘛，马上就一口答应下来，于是约好在尔爷家里开了个会。

我是第一次见卜先生，以前常看他的《新闻天地》，对他的不畏权贵，直言谈相的勇气很钦佩。见了面之后，才知道他的谈吐也是直爽得很，喝酒也很海量，大家计议了一下，决定拍一部类似《翠翠》型的戏，我说了个故事，也定了个片名叫——《杨柳青》。

杨柳青是离天津不远的小地方，以年画著称于世，据说大姑娘都是临街伏案描画，一点不以为耻（好画者，有女有子之春画也）。我把片名叫杨柳青的灵感一半得自于尔爷的一口天津话，一半是得自黄也白的名字，既然有红红、黑黑、黄也白，就再来个杨柳青吧。

戏是筹备好了，就等着密锣紧鼓地开拍了，没想到女主角叶枫大了肚子，兄弟班的各位兄弟一听，杨柳没青，脸儿都青了。

为樊樊山彩云曲添两句

有一天老宓替我介绍一位孙育亮先生，据说他和几位朋友，组织了一间亚东影业公司，已经和小咪（李丽华）讲好了一部戏。小咪推荐我编导。他的态度很诚恳，外加老宓跟小咪姐又走得很近，几乎成了她的跟包，所以我当即一口应承。因为那时李丽华刚拍了部民初的《红玫瑰》，又演了出《小凤仙》，都相当地卖座，所以我提议拍《赛金花》，孙先生也是满口赞成，就这样我就开始搜集有关《赛金花》的资料。

曾朴的《孽海花》正是以清末政坛逸事为经，傅彩云（赛金花）的故事为纬的说部，但我觉得范围太广，故事又复杂零乱，所以不想拿它做依样改编。

记得那时的《星岛周报》上，登过名记者柳堂先生写的一篇访问记，名字叫作《芦花霜叶记彩云》。在北平天桥附近的居仁里，访问了门口挂着魏寓的赛金花，还拍了两张她抱着北京哈巴狗的小照。从照片上一点也看不出她当年名倾公卿、风华绝代的样儿，只是一个鸡皮鹤发的老太太而已，自古美人如名将，不准人间见白头，真是一点都不假。

赛金花有一个跟随她多年的贴身女仆顾妈，一直对她忠心不二。顾妈有个弟弟蒋乾方，是替"赛二爷"拉洋车的，人也忠厚老实。姐姐顾蒋氏，跟了赛金花二十年，弟弟也服侍了她十一年，可见她对人处世，自有一番手段的。

那时，虽然每月八块大洋的房租都交不起了，可是仍养着五条狗和两只猫，经常有些文人墨客，慕名跑到她的居仁里，泡杯清茶，听听她年轻时的风流韵事。

尽管樊增祥的彩云曲把她写得和瓦德西如何如何，但据齐如山老先生写的《我所认识的赛金花》一文里说，赛根本就没有机会，也没资格和联军统帅瓦德西交谈，她那两句德文，说得实在稀松、平常，也只是和咸水妹一样，结交些下级军官而已。云门文士樊樊山先生居然在他的《后彩云曲》里写道：

徐娘虽老犹风致，
巧换西装称人意，
……（中略）
将军七十虬髯白，
四十秋娘盛钗泽，
普法战罢又今年，
枕席行师老无力，
女间中有女登徒，
笑扪虎须亲虎额，
……（中略）
谁知九庙神灵怒，
夜半瑶台生紫雾，
火马飞驰过凤楼，
金蛇飐䶮燔鸡树，
此时锦帐双鸳鸯，
皓躯惊起无襦袴……

这就是以讹传讹的"仪鸾殿夜半失火，赛金花狼狈不堪"的彩云曲，诗人笔下写来，历历如绘有如目睹，我真想替他补两句：

绣榻之下溺器旁，
乃是诗人藏身处。

和马君武博士的《哀沈阳》异曲而同工,全是信口开河,胡说八道。

我十九岁在北平艺专组综艺剧团的时候,在长安大戏院看过夏衍编剧、陈绵博士导演的《赛金花》,演出的好像是北平剧艺社,年深日久了,记不大清楚。看完了戏之后,曾经到天桥的居仁里的路口朝里看了看,和有二楼的大森里不同,全是平房,那时赛二爷的墓木已拱,当然看不见人面,更没有什么笑春风的桃花。

赛金花病死居仁里寓所

晚年到她那儿打茶围的客人中,多数想听听她和洪状元、曹瑞钟、孙三,以至瓦德西的艳史。假如她说:"从未和瓦德西交谈过,更攀不上什么交情,哪来的仪銮殿大火!"来访的客人一定很失望,临走给的盘子钱,也就随趣味的索然而大减了;若是她口若悬河地编一大套瞎话……瓦德西虽然七十出头,因为常吃牛扒,所以身强力健,胳膊怎么样地粗,胡子怎么样地硬,瓦德西真正是个好东西,实在好来兮,于是乎由中午可以聊到夕阳西,谈得访客笑嘻嘻,盘子钱给得也是多来兮。诗人是意淫,客人是耳淫,所以一本正经地说真话,当然不愿意,添枝加叶地花言巧语,才能满足。您看,多贱骨头!

赛金花的第一任丈夫是洪钧洪状元,清光绪十九年八月病卒。不久赛即以曹梦兰的芳名,张艳帜于上海二马路庆云里,和绰号"孙大麻子"的孙三姘居。孙三名舟字少棠,艺名杜瑞恒,天津人,家庭环境本来是不错的,在天津开银楼。他和他父亲都是津沽名票,和"老乡亲"孙菊仙是同族人。至于赛由傅彩云改名曹梦兰,也是有原因的,她在徐州曾经和津浦铁路驻徐州第三总段的收支委员曹瑞钟妍居过,因为赛的挥霍奢侈,招摇过市,而被局长疑心他舞弊,终于撤差。有人说她嫁过沪宁黄某,是错误的。

最后的一任丈夫是江西金溪的魏斯灵,他做过江西民政厅长、参议院议员,据说是做过台湾省主席的魏道明的父亲。

赛、魏是民国七年六月二十日在上海新旅社结婚的,不久就双双到了北京。民国十一年夏,闰五月魏斯灵病故,因魏家的不相容,赛才搬到天桥迤西的居仁里。

当年名画家李苦禅和木刻家王青芳,在报上得知她老景凄凉,曾联合徐悲鸿先生,替她开了一个画展,得款全部交给她。无奈她已经等不及那笔钱,而在民国二十二年(一说二十五年十二月三日),病死在居仁里的寓所里。

后来,在姚灵犀编的《采菲录》第四集的《菲菲续谈》里,看到一段很有戏剧性的报道,倒是刘半农教授和他的学生商鸿逵编《赛金花本事》前茫然不知的。

原来赛在民国十五十六年间,已经逝世了(我生于民国十五年农历三月初七,阳历是四月十八)。十二月三日午夜二时半(应为四日),死在居仁里的是赛的房侍。赛在的时候,人家都叫他小阿姨,为了冒充赛金花,和魏妈、蒋乾方三位一体地骗骗盘子钱而已。慕名而来的多是看了《孽海花》,或是樊樊山《彩云曲》的读者,连赛金花究竟什么模样都不知道,当然就以假当真。所以刘半农在访问她的时候,含糊脱节的事很多,后来刘教授发现这位赛二爷原是冒牌的,就把本事中辍了下来,且绝口不再谈这件事。半农先生故后,才由他的学生商鸿逵整理成书的。这段骗术奇谭可能是齐如山老先生说出来的,但文中并未直指,只是说:

  老辈今年七十有一，为故都硕德通儒，且夙与赛稔，谓小阿姨即冒名赛金花以谋衣食，予不忍揭其秘而使之迄今……

写《赛金花》剧本前前后后

  所谓硕德通儒，且夙与赛稔的七十一岁老者，不是齐如山还有谁？

  若这个说法属实，则如今所有的各名家著作，都是有问题的了。刘半农访问的是小阿姨，李苦禅、王青芳看见的也是小阿姨，柳堂笔下的《芦花霜叶记彩云》的彩云，也是小阿姨。给她拉车的蒋乾力，很可能是小阿姨的舅舅了！

  不过，刘半农访问赛金花的动机是因为听说有人要给她写法文的传，所以要先给她写个国文的。他认为赛金花在晚清史上和叶赫那拉氏（西太后）可谓一朝一野相对立的名女人！

  我之要拍《赛金花》，也是有见于此。

  晚清末年的两个名女人：一个是掌握大权四十余年的叶赫那拉氏；一个是风华绝代、色倾公卿的赛金花。一个是全国景仰、万人畏惧、至高无上的太后老佛爷；一个是"一条玉臂千人枕，半点朱唇万客尝"的小妓女。可是在八国联军攻进北京的时候，养尊处优的老佛爷，竟弃万民于不顾而逃之夭夭，卑下淫贱的小妓女反而利用几句洋泾浜的德国话，在联军的铁蹄下，救过不少的生命和财产。虽然小说家和诗人不断奚落她，遗老遗少们不断地指责她，她仍然不顾一切地我行我素。她这种叛逆性格，这种对国人的爱心，多姿多彩的人生过程，以及冒充她娓娓而谈的小阿姨，都是绝好的戏剧材料。

我用了整整一个星期的时间找寻资料，再用一星期的时间，消化这些内容，第三个星期构思完成开始动笔。有人说文是穷而后工，我的文虽然不工，但的确真穷，翠英见我每天努力地钻研剧本，根本不拿杂务来烦我。

那时，她的一切首饰都早已当卖一光，我的一个破手表，虽然当铺不想要，也勉强当了十五元，刚好够我在旧书店里买一本上海大通图书社印的《赛金花全传》(不是刘半农的《赛金花本事》，著者是虞农醉髯)。

一天晚上我赶完了预定的稿子，已经夜里三点半了，伸个懒腰打个呵欠要想睡觉的时候，发现翠英穿着晨褛睡在床上。我心里还在埋怨她为何不盖被子的时候，才发现结婚时买的那条棉被，已经不翼而飞了。我当然意会到是怎么回事，不过还不大相信，我们已经山穷水尽到如此地步。轻轻地打开她的皮包，第一眼就看见了那张当票，仅仅当了八块五毫而已，我相信那五毫子一定也是她费尽了吐沫争得来的。

有人说屋漏偏逢连阴雨，我们是行船净碰顶头儿风。第二天的早晨报上居然登着寒流到港的消息，不得不未雨绸缪，早点想办法。马上跑到永华片厂，找道具主任屠梅卿，借了两条道具用的军毡。晚上西北风刮得还真是飕飕山响，两条毡子根本不顶事，顾了头露了脚，一阵阵的寒风彻骨，禁不住直打冷哉。不过《赛金花》的剧本大纲马上写好了，有前程似锦的指望，一咬牙，把寒流硬挺过去了。

把大纲交给孙育亮，他看完了很满意，他的合伙人小倪（邵音音父）倪少麟，也是交口称赞，告诉大纲交出去，一个礼拜就有回音。

想不到半个月过去了，一点消息都没有，我打电话问孙育亮，把故事交给什么人了，他告诉我交给了欧德尔。我一听就凉了一半了，倒不是怕犹太人会怎么样，而是他的影子大有问题，若是那大纲落在另一个以犹大出名的严俊手上，可就凶多吉少了。我知道严二爷是个小气得很的人、唯我独尊的人，一向都以为他在主宰着一切，也就顺理成章地觉得"顺我者昌，逆我者亡"了，在他的眼里，我几乎是他的叛徒。军阀有一句话："是我的兵跟着我走"，如今我这个兵，不跟大帅走，一心想另起炉灶，他如何不恼？

严二爷约我谈谈《赛金花》

还真是哪壶不开提哪壶，有一天忽然接到严二爷的一个电话："翰祥吧，怎么样，很忙嘛！"

他明知我在家里孵豆芽，这不存心挖苦我嘛！我故作潇洒地："不忙，孔夫子的门生，大闲人一个。"

"那么，到我写字间来聊聊吧，就在乐宫楼。"

"怎么，有事嘛！"

"谈谈嘛，谈谈你的《赛金花》！"

"……"

那时的乐宫戏院，还没有改建成现在的美丽华购物中心。旧的乐宫楼京菜馆和现在的乐宫楼一样，是香港影人的汇集处，多数因为它的楼上有四家电影公司的关系。

胡晋康的联合影业公司，斜对电梯的出口处，再往里走就是邵邨人主持的邵氏父子公司、张国兴主持的亚洲影业公司和欧德尔主持的国际公司。严俊的写字间和欧德尔的那间总经理室遥遥相对，真假犹太各占一边，中间大堂是个大写字间。

我还是第一次走进这间写字楼,看见严二爷大大咧咧地坐在他的写字台后,威风凛凛的大有南面王不易也的气势(不是他不换,是南面王不换),连屁股都没欠一下,只是耗子娶媳妇,口儿上热闹的嘻嘻哈哈一番,那种做派,那份撒扯咧嘴的德行,比他唱《法门寺》的刘瑾还够瞧老大半天的!

"怎么样兄弟?听说最近挺忙啊!"

"忙也是穷忙,一事无成!"我还真是实话实说了。

"最近要开戏了?《赛金花》是不是?"

意料之中事,故作佩服他神通广大、消息灵通的样子,嘿嘿嘿地笑了几声,没否认,也没承认:"八字还没一撇呢!"

"故事大纲都写好了嘛!我看过,不错!写得很有新意,跟一般的《赛金花》不同。"一边说一边打开写字台中间的抽斗,把我那本故事大纲拿出来故意举得高高的,然后再使劲儿地朝台子上一摔,"啪"的一声山响。胆儿小的,真能叫他吓一跳。再看看他的脸色,不由得想起他在《琵琶巷》里演的地痞黑三儿来!

"要拍戏,跟哥哥讲嘛,还不是一句话!何苦拐弯抹角儿脱了裤子放屁呢!瞧,还不是要哥哥通过,怎么?是不是真的想拍?"

"……"

我心里直盘算把当了的那床被子赎回来,所以一声没响。

"真想拍的话,哥哥替你美言几句,对不对?良言一句三冬暖嘛!和他们打一声招呼,替你吹吹牛,谁叫你跟了我一场呢!就算明知道揠苗助长,也得帮你是不是?不过,你可想清楚了,这可不是小戏,到时候要是拿得起,放不下,我可跟你一块儿塌台!"

要放到现在,我也许就打落门牙和血吞了,可是那时年轻气盛,眼睛里一粒沙子都揉不进,哪容得起这种冷讽热嘲!不错,良言一句的确可使三冬暖,可他忘了还有一句:恶语伤人六月寒呢!我一时冲动,忘了翠英在家等米下锅,也忘了一个寒流刚去,一个寒流又来。因为寒流冷的是身,咬咬牙还可以熬得过去,可冷言冷语冷的是心,所以我马上朝起一站:"谢谢,谢谢,我要是早知道他们把星马版权卖给欧德尔的话,我根本就不会写这个剧本,谢谢你的好意,不必连累你日后塌台了,这本子我还是拿回去吧!"

《赛金花》胎死腹中

我说着把台子上的故事大纲拿在手里,推门要走,他连忙起身:"不行,你不能拿走,这本子是欧德尔转给我的,就算你不拍,也要交还给他。"我一听还真气,我辛辛苦苦写的本子,为什么不能拿走?好吧,不拿走,也不交给谁,两手一用力,三把二把撕了个粉碎,就像我当着他的面,撕毁导演合同一样,然后推门就走。虽然听见一个茶杯重重地摔在地上的声音,虽然大写字楼的人们都瞪着眼睛看着我,可我连一步也没停,就这样,《赛金花》胎死腹中。

回家,我没和翠英讲起撕剧本的事,但不能不告诉孙育亮和小倪。小倪是个短小精悍的家伙,一听缘由,两个小眼儿瞪得跟包子似的,直往外射蓝光,用一口四川官话发了几句牢骚之后:"龟儿子,有啥子了不起,看着好了,我们不但要找小咪搞部戏,还要找林黛搞部戏,然后再找李湄搞部戏。格老子,看你拿老子有什么办法!"

孙育亮听了直乐:"好吧,小倪,国际是吹了,你个(格)老子就拿出个老子的办法吧。"

"怕个屁,此处不留爷,自有留爷处,欧德尔谈不好,我们找邵老二去！"

我知道他说的是邵邨人先生，当时我对于拍片先卖版权的事还不大清楚，也不知道小倪和孙育亮是何方神圣，不过知道他们的环境并不比我好多少，但是听他们的口气，可都大得离谱儿，及至后来知道他们几位全是台湾六组的驻港人员，才相信他们的袖里乾坤大。另外他们合股的还有一位许先生，和集成书局的余先生。名字根本没往脑子里记，因为明知道他们用的都是假名儿，记也白搭，他们的名字大概都和我编剧本时的剧中人一样，部部戏不同。西湖美景八大片，看完了一片又一片，一会儿三潭印月，一会儿雷峰夕照，其实完全是云山雾罩，神秘莫测。照理讲第一部应该拍间谍斗智片，编剧就一客不烦二主了，请他们几位现身说法一下就成了。

他们几位除了小倪神神经经、老三老四地好说两句之外，其他人倒都谈吐文雅，修养有素，看起来也就稳重得多。不过，我喜欢小倪，倒不是因为他是邵音音的爸爸（那时她还没出世呢），而是因为他看起来像个"真小人"，有一句说一句，就差在脑门贴上特务两个字了。虽然俗语说干什么吆喝什么，可是干特务的可不能打锣敲鼓地乱喊乱叫，小倪不管，见面后几天，就和我故作神秘地咬了句耳朵："我是六组的！"

我当时还真不知道什么叫四组、六组，以为他说的是禅宗的六祖呢。

"噢，六祖我知道，菩提本无树，明镜亦非台，就是六祖惠能说的。"

小倪一听还真有点丈二和尚摸不着头脑："搞什么嘛？什么树不树台不台的，你是哪一组的？"

"我？我是绘画系西画组的。"我以为他问我在艺专是哪组的呢。

"真！标准的书呆子……"要不是孙育亮赶了来，他还接着数落呢。

后来我才知道，他的身份跟我一样，大家都是国特，不过我是国语特约演员，他则是国民党的特务而已。

第一部正名编导的电影

没多久，他们果然和邵氏父子公司的二老板谈好了星马版权，若不是严俊的一句话提醒我，我还想拍《赛金花》呢。仔细一想，《赛金花》的确不是部小戏，他们几位老板又限定我不得超出十九万五千元的预算，加上李丽华一个人的酬金就要七万五（经手人总有点好处吧！），还剩下十二万，怎么拍《赛金花》？虽然是黑白片，也不行啊！光制作服装就不得了，不说别的，八国联军的队伍，每一军就算二十套，也要一百六十套了。大戏小预算，准显寒酸相，跟天桥落地的改良评剧蹦蹦戏一样，穿西装，留着小辫就唱上了，那怎么成！干脆，改弦易辙，索性来一出大卡士[①]的小制作吧，于是我第一部正名编导的电影，就选定了八大头牌的《雪里红》。

《雪里红》的电影剧本，是改编自师陀的《大马戏团》。故事情节、人物桥段本来都差不多，不过越写越背道而驰，拍出来之后，和原著简直就两码子事了。

雪里红，不是做咸菜（又称雪菜）肉丝面的雪里蕻，而是民国初年活跃于东北长白山下的女强盗。两只纤足，一双红鞋，骑白马在雪地里驰骋，喜欢穿一件猩红的斗篷，在雪地里迎风飘摇，如大

---

① 卡士：英语 cast 的音译，演员阵容之谓。

鹏展翅一般，加上面目姣好，齿白唇红，所以当地的老百姓，就给她起了个"雪里红"的花名。

我当然没赶上看她的庐山真面，只是小时候听老奶奶在豆棚瓜架下，说她怎样的打家劫舍，如何的行侠仗义而已。说她手使双枪，骑马射金钱，百发百中，弹无虚发，还可以把三个金钱一丈远一个地扔在地下，然后一个镫里藏身，用嘴一一衔起。奶奶说时，手舞足蹈，恰如真的一般。如今想想多少有点神得慌，当然，这种乡野传说，一传十，十传百地传来传去，难免就夸大其词，神乎其神了。

我写的雪里红，不是女强盗，而是戏班里的女东家：性情泼辣暴躁，外形风骚冶荡，不过，内心却善良得很。李丽华演来倒是不温不火，恰到好处。那时都是现场收音的，没有她那口刮拉松脆的京片子，还真没法演。王四爷（元龙）演她的丈夫马啸天，年老力衰，一切事都是心有余而力不足，所以眼看着如狼似虎的老婆偷人，也只好眼睁眼闭，最后忍无可忍，在酒里下了药，要毒死她约来的情夫金虎（罗维饰），没想到金虎前一天已经和唱京韵大鼓的小荷花（葛兰饰）私奔了，欲火焚身的雪里红越等越心急，自酌自饮地喝闷酒而遇了害。罗维演的金虎是在天桥卖艺耍钢叉的，他有个小徒弟，由刚演完《金凤》小癞子的金铨饰演，洪波演小荷花的爸爸，吴家骧演追求小荷花的黄大少，粉菊花师傅演戏班的过气花旦。这份卡士在当时算是蛮大的了，所以号称"八大头牌"。

没想到他们八位里，除了四爷、洪波和小胡，以前在《金凤》里一块儿工作过，其他的几位，都是第一次合作。不过大家对我这个新导演，倒还相当地尊重。摄影师是绰号"天王"的何鹿影，因为把女主角的脸拍得特别漂亮，所以红得不得了。粤语片的芳艳芬、红线女，和国语片的李丽华部部戏都指定找他。所以片厂里看见李丽华一化装，准看得见"天王"健步如飞走来走去。天王喜欢赌马，对马匹，对骑师都有研究，一连赢上几场，就想连摄影师都不做了，很想一边写马经，一边小玩玩，赢朋友钱伤感情，赢女皇御准的马场钱，是理所当然的。不过，后来也斩手指戒赌了，据说输得不少。我第一部导演的《雪里红》，还真多亏他的帮忙，因为他的经验丰富，镜头效果，和镜位方向都滚瓜烂熟，拍起戏来绝不会出大毛病。如今他已经是半退休状态，喜欢的戏就接两部拍拍，不喜欢的宁愿和杨志卿一块儿挖花。

准备拍第一个镜头

常听小辈的摄影师学着"天王"的口吻讲笑话："想当年，阿叔手执开麦拉由三楼跳到平地，动都不动。"

旁边一定有人接下句："机器不动？"

"不是机器不动，是地不动，阿叔也不动；阿叔说不动就不动，把阿叔送到医院都好几天不能动！"

这当然是笑谈，不过"天王"掌机器之稳，在摄影师中还真是不多见。

《雪里红》的布景师，是设计《国魂》和《清宫秘史》布景的包天鸣先生，据说是导演方沛霖的学生（方导演以前是著名古装布景设计师，从事导演后，以拍歌舞片为主，一九四九年十二月二十四日，和朱九小姐同乘由沪飞港的空中霸王号航机，死于空难中）。我和包先生是永华的老同事，《嫦娥》的布景设计也是他，听说我第一次执导，很乐意帮帮我。我的假想环境，是北京天桥附近，第一堂要搭的景是座破关帝庙,我想它的位置大概在天坛和先农坛之间吧。佳人才子章回小说中,经常有后花园小姐赠金、关王庙私定终身的回目。小时候听白玉霜的蹦蹦戏(有人说是半班儿戏,京戏是生旦净末丑俱全,所以称全班;评剧多数是生旦就搞定,所以称半班儿),她除了最拿手的《杜十娘怒沉百宝箱》之外,就是《玉堂春》的关王庙赠金了,看她演的《玉堂春》,和已经要了饭的王三公子在供桌底下拿虱子风情,还真叫人脊梁沟儿发麻。再听她那几句带着浓厚鼻音的道白,就更够受的了:"啊!三郎,那虱子咬你的肉,比咬我的心……还难受——哇!"说完了梆子一敲,家伙点一响,她眼含秋水,目光冶荡地朝王金龙的身上一依偎,难怪王三公子要睡马路了。

《雪里红》的关帝庙就是罗维的金虎和葛兰的小荷花私会的地方,第一个镜头,准备拍的是雪里红知道了他们幽会的信儿,满怀嫉恨地蹑足潜踪跟了来。

那时,我的分镜剧本都印着和影片菲林大小的方格,每个镜头都在格里画得一清二楚,同位置顺光的镜头,都用红笔勾出来,以备跳拍之用。不过,由于当时年纪轻,记忆力强,到了场上根本不需要翻剧本,甚至连每个演员的对白,都记得一字不差。

原定的开镜时间是下午一点,我早上九点钟到荃湾的华达片厂看布景,以为美工人员一定在那布置道具呢,谁知进棚一看,棚里还打着灯光,拍红线女的粤语片呢!布景是一座华丽的洋古式大客厅,几十个临时演员,着民初的服装,正为主人拜寿呢。

我当时好不奇怪,以为改了期,到厂长室找许立斋,许厂长还没到,找经理张仲竹,张经理也没来,只好问场务主任陆培生:"怎么,《雪里红》改期了?"

"边个话改期?"他还蒙查查。

"B棚里搭的客厅都没拆，怎么拍关王庙！"

他若无其事地笑了笑："急乜嘢呀，你下午一点通告嘛，侬家只不过九点二十分嘛！真系，我都不急，你急！"

好嘛，大有皇上不急，急死太监的味道，看他大模大样、十拿九稳的样子，还不能不信，好吧，戏法人人会变，各有巧妙不同，看他怎样变吧。

我拍《雪里红》异常顺利

那时A棚正在拍一部菲律宾片，导演就是第三届亚洲影展的最佳导演。那时一连三届的亚洲影展，港台的电影都是捧个鸡蛋奖回来，所以一看见那位菲籍的最佳导演，还真有点肃然起敬。他和我一样也是下午一点通告，也是来看布景的，也急得像个热锅上的蚂蚁，在院子里直转磨。因为他的两位菲律宾男女主角，明天一定要回去，飞机票都已经订好了。他的布景是座古堡，不用说用泥搭，用纸糊都来不及，如何不急。陆培生看着我们两个人的德行，一边看报一边偷笑，喝着奶茶，咬着三文治，那种优哉游哉的派头，看看我们摇摇头，嘴里念念有词，虽然听不真切，但看在眼里也知道他说的一定是："哼，大乡里。"

华达院子里的空地不算大，那天坐满了四十几个木工、杂工、泥水匠，还真够挤的，每人手里都拿着家伙；肩上背着钉袋，目不转睛地等着AB两棚的两个戏收工。A棚是十点半拍完。我要用的B棚到十一点二十分才拍好最后一个镜头，等棚里的演职员刚一转移阵地，陆培生就指挥道具工友们把沙发、家具、窗帘布、吊灯、座灯、古玩架一眨眼地全部搬了出来。绝不夸张，用了还不够三分半钟，跟舞台剧换景的时间差不多。木工师傅一见道具搬清，一窝蜂地拥到厂里，拔钉起板，截长补短，锤敲斧砍，刻不容缓，不到四十分钟，不仅把一座大厅夷为平地，还搭好了关帝庙的地盘。

陆培生在小商店里叫我去看布景的时候，我还以为他开玩笑，及至到了棚里一看，就不得不佩服他的本事了。原来朱师爷已经在那儿雕塑，用泥塑上关老爷了。持刀的周仓和托印的关平是早晨在场地上塑的。如今是一边搭赤兔马的骨架，一边在老爷身上抹泥，和小时候在街边看吹糖人的一般，快速无比。只见他驾轻就熟地把泥一堆，一抹，一勾，一揉，蟒袍、玉带，刹那间显现在眼底，五绺髯三雕两塑就飘洒在胸前，卧蚕眉精神抖擞，丹凤眼大气凛然，左手托须，右手《春秋》翻卷。净顾了看朱师傅塑关公像，忘了看布景了，一回头还真吓了一跳，原来布景已经搭得七七八八了，庙里是梁摧柱倒，破瓦残垣，庙外是乱石砌路，古木参天，不到一个半钟头，差不多连衬景都画好了。那位菲律宾的最佳导演，一直站在我的身后，不仅叹为观止，简直傻了眼，难怪陆培生要睨斜着眼儿笑了。

事后那位菲籍的最佳导演逢人就赞不绝口，并且说假如这座关帝庙要在他们菲律宾的片场里搭，最快也要半个月。真想不到，香港片场里换景，和舞台上换布景的时间差不多，难怪他后来在香港又拍了一部戏。

制片王龙兄妙喻独立制片是"金鸡独立"，一切都要求爷爷告奶奶，打麻将倒可以全求人儿加一番了。不过，我拍《雪里红》的时候，倒是异常地顺利，二十天中拍了十九天半的戏，十九天场景。最后半天是在清水湾碧屋附近出的外景。

那时李丽华和罗维、王元龙，每人都是同时两三部戏在身。但都能准时到厂化装，准时进厂拍戏，从没有迟到早退的事情发生。

第一天的第一个镜头（一般叫开镜），是李丽华背影进入关帝庙外，轻轻地上了台阶，趴在圆窗上朝内偷看。我们是第一次合作，那时她早已是红透半边天的天皇巨星，我还是个默默无闻的新导演，所以我在喊第一声"开麦拉"的时候，还真有点惊慌。想不到小咪姐的第一句对白也有点颤颤悠悠的。大概我这个新导演恶名在外，脾气坏出了名的关系，不然就是我生得太黑，看着有点森人。不过几个镜头拍下来之后，大家说说讲讲的熟了，也就没有这种感觉了。不过我的工作过于紧张，脸上总显得特别严肃一点，自己不觉得，在别人眼里还真是老虎不吃人，可够吓人的。

天桥八大怪之一大金牙

记得《雪里红》第一幕开场的镜头，是千里冰封、万里雪飘的北方街道。镜头拉开来原是天桥八大怪之一的大金牙正站在一条长板凳上拉洋片。小时候在北京逛天桥的时候，看过八大怪中的云里飞、大兵黄，那时大金牙已经不拉洋片了，只是坐在地下拉着洋片的锣鼓绳子唱唱而已，我看到站在板凳上拉洋片的已经是小金牙了。不过也是滑稽突梯，唱腔怪异，唱词妙绝，所以坐下来看洋片的少，围在洋片架子前听他唱的人多。不过有时把洋片半隐半现地露出半边，嘴里说是大姑娘洗澡，纤毫毕现，或是用力一拍洋片架上小木板，说是康小八人头落了地。活灵活现的跟真的一样，你还不能不掏钱坐下来。

在《雪里红》里演大金牙的是名票友警官学校出身的唐迪，一口广西国语，说王班长帮帮忙，永远说成王班长班班忙。班班咁嘅声，大概就由那儿来的，他没向班班的老板要版权费，就算叶志铭好彩[①]。

《雪里红》里李丽华唱戏的草棚子，葛兰唱京韵大鼓的如意车，以及罗维带着小徒弟金铨耍叉卖药的场子，都是以北京天桥为蓝本写的。不过华达的A棚只长一百尺宽五十尺，实在没办法施展。

我常想，假如以天桥的变迁，拍一部电影还真不错，以劳苦大众的活动场合，娱乐景象为经，以改朝换代的历史衍变为纬，交织个有血有泪的故事，素材该是相当丰富的。

果然解放后，老舍就以天桥的龙须沟为背景写了一个话剧本子，名字就叫《龙须沟》。讲的是旧社会的穷人们，在臭水沟旁的苦况，进入了新社会之后如何地改进。

他也曾经以天桥的王八茶馆为蓝本，写了一出话剧，就叫《茶馆》。那掌柜的也姓王，由晚清到民初，由民初到他所谓的"惨胜"，老掌柜终于受不了旧社会的层层剥削、压迫而上了吊。

在《茶馆》的戏里看到人民的生活是越革命越坏，开幕的清末，人们穿着打扮，还都显得丰衣足食，由茶馆里挂着的鸟笼子，还可以看得出人们养花喂鸟的闲情逸致，十足的旧日王八茶馆的景况。

我说王八茶馆的王八，诸位可不要误会是妓馆里的大茶壶，或是窑姐儿的插杆儿（相好的姘头），而是因为王家茶馆的老板姓王行八的关系。其实王家茶馆本来的名字叫"海顺轩"，因为王掌柜的喜欢养鸟，更喜欢以鸟会友，所以房头里遍悬笼杆，以备茶客鸟友挂

[①] 此处指的是当时由叶志铭策划的香港热门电视节目《BANG BANG 咁嘅声》。

各种雀鸟用的，于是喜欢提笼架鹰的爷儿们，都风雨无阻地在他那儿约会。

提起天桥的茶馆，余生也晚，没赶上到那儿去挂鸟笼子。听老年人谈起，那儿的茶馆还真不少，有"六合茶楼""合顺轩""琳泉居"、"荣乐园""永海居""同合轩""雅园"、原名叫"红楼"的"西华轩"、"同乐轩""泰山泉""恩庆元""夹心园""长美轩"，兼唱落子的有"如意轩""二友轩""三友茶社""德昌茶社"，其中最著名的就是原名"海顺轩"的"王八茶馆"了。

在"王八茶馆"里喝茶的人，大概可以分成三种：一是营役官面上的，在外头缉犯访案，多在那儿聚集商议，后来的侦缉队，晒案说事，依然在那儿；二是跑合儿拉纤儿的，房地纤、官私纤全在他那儿不见不散；第三就是玩雀养鸟的大爷们了。本来养鸟的人都有一种特性，就是要显派自己的鸟哨音儿好，所以一见有人提笼子，就把笼罩打开，大家斗唱一番。一边是天上月亮照白河，一边是天上的明月光，照在那窗儿外。然后一边说短道长地聊上一气，可是又怕碰上个不会唱歌的左嗓子，荒腔走板不搭调的，把自己的鸟引坏喽，有此顾忌，大家提着笼子就都上王八茶馆去了，因为他那儿不准揭笼罩，谁一定要哨，提着笼子一块儿到外边去。

王八茶馆是天桥三王之一，其他的两王是烤肉王和豆汁王。烤肉王是在天桥市场西边的空地上福源大酒缸外边的一个摊子，夏境天卖各种酒菜和卤面爆肚，一立秋就添设烤涮牛羊肉和胜芳镇的螃蟹。

勾起了小时候的回忆

豆汁王在天桥西南的魁华戏院前边,一砂锅熬滚,不热不卖,喝到锅底都不兑水,摊子干干净净,咸菜又种类繁多,不像别的豆汁摊子只是独沽一味的大咸萝卜。

天桥的前边就是一个电车总站,由我们家(西城,新街口,前公用座椅子围二号)路口的"百花深处",上红牌一路车,可以直达天桥。所以经常地往天桥溜达。前几年看两位粤籍同行,拍张恨水的《啼笑因缘》,还真有点啼笑皆非之感,也难怪,没到过北京,当然不知道沈凤喜唱大鼓的先农坛在哪里,没把天桥拍出人行路的天桥已经蛮好了。

拍《雪里红》的时候,我顺便儿又找了些天桥的资料,勾起了小时候的回忆,还真是有得可聊的了。

天桥在北京的前门外,永定门里,前门又叫正阳门,在它前边隔不远的地方有座箭楼,老年间正阳门与箭楼之间,有一座瓮城,瓮城外边有一座五牌楼,我在北平念书的时候瓮城虽然拆了,那座五牌楼还巍然耸立,看起来壮观得很。

明清两朝的皇帝,每年都要到天坛的祈年殿祭天,先农坛祀神,所以由前门到永定门是条整洁的石板大道,大道中间有三座四栏汉白玉的高身拱桥,就是当年的天桥了。因为过了桥就是天坛,所以桥这边算人间,桥那边就算天上,加上它又是"天帝之子"的皇帝祭天必经之路,所以就叫天桥,不同于香港高搭的人行路——天桥。

在明朝永乐年间,天桥两边有穷汉市、日昃市。桥的南边是一片河塘,塘里种着莲花,直到先农坛和天坛的坛根儿地方,开了条沟,直通三里河。左边是三转桥、南湾桥。以前把这地方叫作南河塘、北河塘。塘旁有亭子,塘里有画舫游船。到光绪三十二年(一九〇六年)因为交通不便,把高桥拆了变成矮桥(像如今北京北海外的金鳌玉𬭚桥一样,为了交通方便的关系,把那座汉白玉的拱桥拆掉,改了个又蠢又难看的水泥桥,若是在意大利的罗马有这种破坏古迹的行为,主谋的人一定得重判)。到了一九三四年为了扩展正阳门大街的马路,连那座矮桥也给拆了,那年我才八岁,所以连那座矮桥都没赶上过。但我经常骑着自行车过北海的金鳌玉𬭚桥!

矮桥一拆,桥下龙须沟的水就给截断了。好,不要说胆大妄为,在老虎嘴边拔毛了,连龙须都给剪断了,要搁在有皇上的时候,不灭门九族也差不多。如此一来,龙须沟就成了臭沟了,苍蝇、蚊子也就越来越多,成了外城传染疾病的发源地!

元代有人写过《天桥词》,说这儿是元代妓舫游河必经之地。康熙年间,内城东华门一带的灯市曾经一度移到天桥。至道光、咸丰年间,由于两坛城根儿一带,不必纳地租,一般小贩就都到这儿来摆浮摊儿,渐渐就形成小市。桥西有各种艺人的游艺场,场内有茶馆、鸟市、说书、杂耍、估衣摊,百戏杂陈,好不热闹。清代学者王述祖的《天桥景物诗》曾说:

> 道旁有客说书忙,
> 独脚支棚矮几张。[①]

又说:

---

① 此二句出自王述祖的《天桥词》。

天桥桥畔夕阳微，

尽立摊边唱估衣。

这时的天桥，已经和我小时候逛的天桥儿差不多了。

天桥其实不止八怪

那时候的杂技场，说相声的有高德明、绪德贵，三弦拉戏的有卢成科，拉大弓卖大力丸的有张宝忠，变戏法的有快手卢和季凤翔，摔跤的有沈三、宝三，唱落子的有芙蓉花、李金顺（蹦蹦戏），唱河南坠子的有姚俊英、乔清秀，唱西河大鼓的有马增芳，唱琴书的有翟清山，说评书的有王杰魁、连阔如、王艳芳，唱滑稽戏的有云里飞和他的儿子飞不动，练杠子的有飞飞飞，还有卖药糖的大兵黄。其中给我印象最深的就是卖去油泥肥皂、蹭油的周绍棠，说的是一口东北话，有人经过他的面前，一拉人家袖子，马上朝身上有油泥的地方吐唾沫（口水），然后拿他手中蓝色的小肥皂一边用力蹭，一边唱着："蹭！蹭！蹭啊，蓝的是蹭油的，红的是治癣的。"还真怪，真能把那块油泥擦得无影无踪、一干二净，不过他在那时候的北平蹭油儿可以，到香港可就不行了。好嘛，随地吐口水都要"罚洋五百有可能"，朝人家身上吐怎么可以？要是刚好碰着一位便衣的卫生帮办，岂不是耗子舔猫鼻子，找死！

唐鲁孙先生在《大成》杂志写了一篇《天桥八大怪》，唐先生可比我早生了十几年，称得起是老北京了，不过我所知道的天桥八大怪是一时一时的，每时有每时的八怪，所以合算起来，前前后后可就不止八个人了。刚才说的那个蹭油的周绍棠也是其中之一。光绪年间专门学鸟叫的百鸟张（张昆山），唱单弦牌子曲的随缘乐（司瑞轩，汉军旗人），说相声尊之为穷先生的穷不怕，用白沙子写字的粉字颜，专学各种声音的人人乐，盘杠子的田瘸子，弄铁锤的怔米三，用洋铁筒塞在鼻子里，将破铁壶悬于腰间，两手拉梆子呼胡的呼胡李，唱杂曲的万人迷，说相声的韩麻子，还有什么花狗屁、醋溺高、管子张、周老幺、大老黑（姓聂，不是我）、空竹范、赵瘸子、盆二秃子、妈打锣。这里边值得描一描的是大兵黄，他姓黄名贵才，是搞复辟的江西老表张勋张大帅的辫子兵，专门骂人的，骂今人，骂古人，骂贪官污吏、土豪劣绅"贪财好色不治国，争置小老婆"是他常念叨的。他骂人的词可多得很，也村得很，不像孙宝琳女士的滚你的臭鸭蛋，连个娘字都不好意思提，他骂的不是臭鸭蛋，而是声声小舅子。七七事变的时候，他专骂日本人和汉奸，没几天就被抓进了宪兵队，狠狠地打了一顿之后，死死地关了他三个月。刚一放出来，当天又跑到天桥接着骂，再拉，再打，再关，再放又再骂，连日本人拿他也没办法。大伙儿听他骂得有理，骂得有哏，骂得有种，骂得痛快，就爱听他骂。他说听他骂人不要钱，要钱是孙子，但是骂完了，卖一轮药糖，药糖可要钱，卖完了接着骂。我看见他那年，都快八十了，穿着灰布长袍紫马褂，马褂外套着一件黄土布镶黑边的军机坎肩儿，足有八九寸长的花白胡子，说话五官乱动，头顶红疙瘩的瓜皮小帽，足蹬土黄布沿黑边的双脸洒鞋。每天三点钟到天桥卖药糖，五点钟就把一袋药糖卖光，换上一袋子的大铜子，掸掸鞋上土，拍拍袖口尘，打道回府去也，派头还真不小。香港王泽先生画的《老夫子》，是以天津的漫画家朋弟画的《老夫子》为蓝本，而朋弟的模特儿正是大兵黄，拍过《老夫子》电影的王风和小桂两位老弟不可不知。

另外还有云里飞、大金牙、田德禄、韩道金……总之，各人有各人的怪异处，但有一样是相同的，都怪得出人头地。

鼓姬先认干爹后上床

摊贩也是三百六十行，行行都有：旧货摊、杂货摊、估衣摊、布摊、绸片摊、旧鞋摊、木器摊。各式各样的吃食摊有：卖灌肠的，卖凉粉儿的，卖爆肚儿的，卖豆汁的，卖老豆腐的，卖烧酒的，卖香面的，卖酸梅汤和秋梨汤的，卖益母膏的、卖眼药、耗子药的，最怪就是卖蝎子药的，摆着几个铜盆，盆里全是活蝎子爬来爬去，看着好不肉麻得慌。

另外有电影屋子（不是电影院），在空场上搭个黑布棚子，用阳光照在一个小镜子上，把手摇放映机的画面反映在布棚里的白布上。

算命相面摊，剃头棚，坤书馆（也叫落子馆），民初有个唱大鼓的叫冯凤喜，因为易实甫（易哭厂先生）作的《天桥曲》而成名。

筝人去后独无聊，燕市吹残尺八箫，
自见天桥冯凤喜，不辞日日走天桥。

写到此总算把张恨水先生写《啼笑因缘》沈凤喜的模特儿给找到了。

天桥的西南，是经常枪毙要犯的地方，像以前的菜市口一样，专砍江洋大盗和贪官污吏人犯的脑袋，所以开玩笑时常说："他妈的，把你小子送天桥儿吃黑枣儿去。"

我小时候在前门看过一次押到天桥儿去枪毙的人犯,十字披红,五花大绑地站在没篷的货车上,嘴里还直唱《四郎探母》呢,偶尔也扯开嗓子喊两句:"二十年后又一条好汉。"

另外还有一句叫"天桥儿的把式光说不练",因为手拿双刀说了半天的武势,应该耍把式的时候,忽然放下手中刀,卖起大力丸来。

像我一样,写着写着《雪里红》,忽然扯到天桥那儿了,不过回忆回忆,吮吮以前北平的滋味儿也好。

据说如今的天桥这些都没有喽,都拆了,改了。

在《雪里红》里葛兰演的小荷花,是唱京韵大鼓的,假想的地点是天桥如意轩。小荷花不同于张恨水《啼笑因缘》的沈凤喜,沈是在先农坛的广场落地摊的,没有棚,没有座儿,也没有瓜子花生香片茶,听曲儿的众位佬们,都是站着听,唱完一段儿,由她的琴师沈三弦拿着柳条编的小簸箩,个顶个的零打钱。小荷花的如意轩是个茶馆,顾曲周郎们可以来个一盅两件,一边儿品茗,一边儿欣赏曲艺,更可以醉翁之意不在酒地和大鼓妞来个颜料铺的幌子——吊吊棒子。像如意轩这种曲艺场和落子馆,在天桥有十几二十处,其中鼓姬多是兼操副业,不完全以鬻曲为生。像如今的电影明星一样,每月薪水一千多块,可是手上戴的钻戒四卡半,开的车子是宾士四五〇,到了冬天皮大衣能有四五件,钱从哪里来?大家就心照不宣了。所以如意轩里每天都有如人意的事儿,要是台下的大爷和台上的小妞儿王八看绿豆对了眼了,先是风雨无阻地捧场,两句一叫好,三句一拍手,然后就花钱点曲儿,下帖子请吃饭,跟着就是买鞋面,做衣裳,先认干爹后上床,上床之前"入箔"(到鼓姬家认亲戚),然后天不留客人留客,酒不醉人人自醉地就做了入幕之宾。床上的节目叫"开摄"(是书场中的行话,开摄的摄不是拉弓射箭的射,也不是色眯瞪眼的色,而用我们影界的术语摄影的"摄"),"摄"的当然是香艳旖旎的床上戏。

开摄之后,这位掌过机器的摄影师,开销可就大发了,花费可比秦楼楚馆的姑娘要多得多了。因为不管石头胡同的清吟小班,和李铁拐斜街的二等茶室,以及天桥附近的三等下处,都是明买明卖的窑姐儿;窑姐儿总不能卖嘴不卖身,而大鼓妞儿正可以用这句话来作挡箭牌。根据妻不如妾,妾不如偷,偷不如偷不着的"色迷经",就是越难到手越值银子。所以那时天桥的大鼓妞儿,还都是个个衣履鲜明,丰姿艳丽;当然也有例外的,《雪里红》中的小荷花就是。尽管吴家骧演的黄大少,左一个金戒指,右一个金镯子地孝敬,也是无动于衷,因为她死心塌地地爱上了耍钢叉的金虎,所以有人形容这种小姑娘是:

小姑娘唱小曲假情假意,
大少爷花大钱真动真心!

像罗维演的金虎,在天桥也多得是。唱大鼓有唱大鼓的行话,卖武的也有卖武的术语(黑话)。练武术的行话叫"瓜子行"(如今的功夫片,可以称为"瓜子片"了),在本地撂场子叫"寸土",出门卖艺的叫"开码头",转码头叫"过眼",大枪叫"条子",大刀叫"海青子",花枪叫"花条子",单刀叫"片子戒",匕首叫"青子"。

譬如说:"成龙本来是寸土瓜子,如今到美国开码头去了。罗维的一部瓜子片还没杀青呢,赶到美国一找他,他就过了眼了,到别处耍花条子去了(不是耍花枪),气得罗维直耍海青子,差点没拿青子抹脖子,真打算从今以后不做瓜子导演改行卖花生去了。"(以上是武术行暗语的比喻，根本就没那么八宗事儿，成龙是罗维的契仔，义父义子的感情好得很，彼此都义气着哪。）

掼交是谐趣功夫片鼻祖

我和在《雪里红》里演马啸天的王元龙王四爷，还真蛮有缘分。记得我爸爸第一次带我看的电影就是他和金素琴主演的《楚霸王》，地点是在北平前门外大栅栏里的大观园戏院。他的"霸王举鼎"给我的印象还蛮好，遗憾的是没看见"霸王硬上弓"。

那年头在我来说正式而又看全套的电影，还真不容易，小时候自己带两大枚去逛西单临时商场，在民众电影院看一本两本的时候多。一大枚一张票，一张票看一本儿，当然你也可以一次买十张，不过我可是有心无力，所以经常是到喉不到胃的浅尝辄止，看完一本之后，灯光一亮，把门儿的就吆喝上了："没票补票，有票接看下场。"

虽然我手里还有一大枚，可是都攥出汗来了，怎么舍得花！还留着喝碗豆汁呢，是不是？只有一次，看了五本，还是因为过年的关系，口袋里的压岁钱多，也就阔气一番，所以对那张片子还有点印象，记得它的名字叫《新玉堂春》。到了香港看《电影发展史》，才知道是庄国钧导演（《清宫秘史》摄影师）、阮玲玉主演的，您看看，我居然还看过阮玲玉的电影，和我不相上下年龄的人，还不多见吧！

因此，对王四爷的楚霸王，印象也就深刻得很，想不到我二十九岁那年居然能够导演他的片子，您能说没缘嘛？

拍《雪里红》天桥布景的时候，他告诉我他以前在北平中电三厂拍过一部戏,名字就叫《天桥》。一下子也勾起我的记性,那是抗战胜利的第二年,中电三厂,在新街口蒋养房胡同过去一点点,跟我们住的地方——前公用库还不到一里地呢(也就由佐敦道到乐宫楼那么远),所以经常往三厂跑,一棚里串串,二棚里走走,有时候连放映间也进去瞜瞜,就看见王四爷在三厂后边搭的天桥儿。

说真格的,人家《天桥》的天桥可搭得比我们《雪里红》像样多了。当然了,一方面在北平搭天桥,比香港方便得多,不管怎么样,工作人员都逛过天桥,可在香港不行。包天鸣先生搭布景是名家了,可他还真没到过北京,加上管道具的林华三又是个道道地地的广东人。美术梁海山最远的地方也只到过广州,您看这个景怎么搭?怎么布?还亏我小的时候常逃学逛天桥,不然还真抓瞎,所以说逃学也有逃学的好处。

我记得三厂的天桥布景,靠后边是一排估衣铺,前边是卖扒糕凉粉的,卖豆汁的,卖梨膏糖的,卖灌肠的。另外把当时的天桥八大怪全请到了,那天给我印象最深的,就是宝三耍的中幡了。

宝三本姓善,叫善宝林,以前在天桥合意轩落子馆的后身,和沈三、张狗子、张宝忠一块儿掼交。宝三儿因为臂力智能都高人一等,所以除了掼交之外,也耍耍中幡。中幡是一根三层楼高的粗竹竿,尖儿上钉着圆圆的华盖,像北海白塔顶似的,周围有吊铃,吊铃下边有几条长条的布幔,写着"以武会友"的字句。

宝三儿可以把中幡一手举起,然后反手转身,只见那根儿中幡随着他的手势翻转,他口中念道:苏秦背剑。再朝空中一扔,一转身,躬腰伸手便把中幡接住,又念道:海底捞月。紧跟着头顶,牙咬,左膝弹起,右膝接住,右膝一扬又用右脚勾起。一个比七级浮屠还高的庞然大物,在他手中辗转翻腾,轻而易举,真是叹为观止。

摜交的身上有三种主要用物：褡裢衣、骆驼绒绳、螳螂靴子（螳字在北方读如"刀"音），都是护身用的。穿了这三件头的蒙古装，摔死没人偿命，不过在场中表演的时候，也不能老动真格的。场上一共才他们哥儿四五个，一天摔死俩，第四天便没得玩儿了。

目的既然是为了养家活口，向钱看，其中自有真假，真摔的时候固然多，但观众不一定看得过瘾。所以有时来点假的，要摔得漂亮，摔得边式，摔得火爆，好像是棋逢对手，将遇良材的样儿，哥儿两个摔得沙尘滚滚，摔得气喘声嘶，有时也来两下滑稽动作，惹众位佬们哈哈一笑。然后出其不意，双手一抓对方的褡裢，来一个进腿"德和勒"，只听啪哒一声，就把演下手的那位来一个大干掉儿。观众赏心悦目之余，大铜子儿真能一把把地朝场子里头扔。

所以他们摜交这一行的暗语，把摔真的叫"尖儿"，假的叫"里腥"，您若听他们说："孙子，来个里腥的！"那就是假招子。不过假也假得真，否则手脚未到，人已倒地，那看着多没劲，所以说摜交的行当，应该是谐趣功夫片的鼻祖。

王四爷聊天桥津津有味

那天，我在中电三厂看宝三的中幡，耍得还真不错，等到后来一看上演时的片子，可失望得很，原来摄影师的镜头，只拍了宝三很长很长的中景。只见他手中舞来舞去都是四五尺长的粗竹竿子，没有全景，也没有摇镜，如何看得出那条中幡的长短！好嘛，善宝林玩命了半天，竟弄了个瞎子点灯——白费蜡！

那天的八大怪中除了宝三，还有卖药糖骂人的大兵黄、蹭油的周绍棠、拉洋片的小金牙，没看见唱滑稽京戏的云里飞，也没看见盘杠子的飞飞飞，倒看见擦了一脸白粉的"大妖怪"。其实大妖怪，不管怎么怪，也怪不到八大怪一块儿去，所以说天桥八大怪，人言人殊，没有什么准稿子。

听王四爷聊天桥聊得津津有味，他说天桥其实是个总名称，真正的市场、商场还真不小，除了天桥市场，还有先农市场、城南商场、明星市场、华安市场、惠民商场、三和商场、天农商场、公平市场……

前门大街路东的天桥儿是古玩店、估衣铺、旧货摊子，路西就多是娱乐场所了。路东的叫东市场，路西的叫西市场。东市场共有七条巷子，东街、中街、西街、西二道街、六合公，和忠恕里一巷、忠恕里二巷。

提起天桥六合公，老北京大概都有点印象，因为那儿一条条小巷子，窄得只够两个人摩肩而过，一个小门口挨一个小门口，站的全是土娼，故意地撇开怀，露出了只下垂的口袋奶，描眉画鬓的，和来往行人打情骂俏，一见有人"沿此路过"，就扯袖子朝屋里拉。屋子和贡院的考场一样宽窄（两块三六尺的三夹板大小），一半是土炕，一半是空地，炕上一条炕席，炕前一盆凉水，除此之外一无所有。我拍《北地胭脂》时的序幕，就依此地做蓝本的，尽管墙上红红绿绿的告白条，写着触目惊心专治花柳梅毒的街招，什么五淋白浊，什么鱼口变毒，尽管巷子里藏污纳秽，臭气熏天，但是来找乐子的贩夫走卒们、光棍寡佬的劳苦大众们，都好像视而不见，闻而不知其味，花个三毛两毛，就可以解决人生之大欲，还管什么三七二十一，所以个顶个的色迷瞪眼地朝"考棚"里钻，大做其不亦乐乎的文章了。

至于在天桥做生意的，多数像"江湖异谈"和"社会黑幕"中的"骗术奇谭"一样，因为到天桥来闲游散逛的人们，以乡下新到京城里的客（读如切）当当（粤语大乡里）多，看见便宜谁都想贪，所以有人说北京城的民风朴实，人性忠厚，也许说天桥以外的，在天桥可用不上这几个字（当然卖艺唱曲的以本事赚钱，不在此限）。其他的古董店、估衣摊、卖旧鞋的就无一不讲骗了。尤其是相面算卦的、买钟表的、卖野药的，全是做好了活局子，等君入瓮。这些摊子，一般都叫老虎摊。您想想老虎摆摊子，送上门的人他能不吃吗？咱们先说说钟表摊吧！黄的叫金壳手表，白的叫银壳手表，其实是外表擦得锃光瓦亮，里边都是缺弦断条少螺丝的旧手表。凡是做这种买卖的，都有同伙，他们的行话叫"贴靴子的"！一看见土头土脑的客人，贴靴子的就举着金表向摆摊儿的联合主演一出骗术大观了。

天桥卖药的花样百出

"没法子，在王府井买了还不到一个礼拜呢，十六块八毛五，真正的十四开金，今天有点急用，你看能卖多少？"

摆摊的拿起表来一端详，把壳儿打开，戴上放大镜看了看，做派认真，表情细腻胜过周润发，不让柯俊雄："金确是金的，新也是新的，不过我看到不了十四开，我给你五块，怎么样？"

贴靴子的一定把表抢过来，气嘟嘟直叨唠："你可真行，十六七块的东西，你才给五块！"然后转脸向看热闹的乡下佬："我操他八大爷的，他们摆摊的，一向是买死人，卖死人，不买不卖气死人。您看这表是真正纯金的，您要给八块我就卖，若不是等钱用，才不干呢。这表您带上个七八年，照样能赚钱，不信您拿到当铺去当，要不当您五块，您把我枪毙了。"

要有贪便宜的，还他个六七块，他一咬牙，一跺脚，故作无可奈何状之后，一定忍痛牺牲地把表卖给你，等拿到家中找亲朋故旧一研究，别说十四开，一开也不开，简直就是个黄铜老表。

到当铺里，朝奉的看都不多看一眼，准朝柜外边推。别说当五块，一毛也当不了，站在柜台后边十几二十年，还能不认识那玩意儿。您瞧瞧，麻子不叫麻子，简直坑人！

至于在天桥卖野药儿的，更是花样百出，无奇不有。其中以卖花柳病的药居多，卖强精补肾大力丸和狗皮膏药的也不少。经常看见三五个人在膏药摊子旁，把膏药贴在腰眼上和腿肚子上，三分钟一呲牙，五分钟一咧嘴，等过往行人越聚越多，大概也就贴上二十来分钟的时候，他马上替病人把膏药揭开，叫病人动一动，走两圈。那病人马上做出立竿见影、药到病除的样子，像电视广告喷香港脚药水的那位老兄一式一样的，展目舒眉来一句："舒服哂！"

其实真舒服还是假舒服，那就哑巴吃扁食，心里有数了。

二十年前在二三流的戏院看电影，前边一定有一张何济公的广告，旁白曰："何济公，何济公，止痛唔使五分钟。"广告里一定有一个男士（或女士），用白开水把药一仰脖送下，吃的时候拧眉耸眼，大做其痛苦不堪状。药一下肚，即刻就眉开眼笑。看样子马上就可以参加世运的十项全能比赛，还真是"做戏咁么做！"

比起来，天桥药摊的演员可好得多了。

天桥布摊卖布不用尺

还有天桥的旧鞋摊，名字叫低头斋。当然了，您在地摊上买鞋能不低头看看嘛？有人给他们卖的鞋起名叫杆挑（老杆的大乡里才挑呢），又叫过街烂。原来他的旧鞋，都是由捡沟货、换洋取灯、换盆换碗的老太太那儿买来的，每双不过三五枚，由卖鞋人加以刷洗缝连，抹胶锥补，割帮换底，或是割底换帮，美其名曰整旧如新，其实完全是样子货，鞋帮子看着蛮挺，其实都是用胶水刷过的，一穿在脚上，马上就软得跟鼻涕似的，两三天之后底子就能来个大窟窿。

还有布摊，一般叫卖布头儿的。相声名演员侯宝林曾经说过一段儿《卖布头》，学的就是天桥布摊的情况，不过他只学他们怎么吆喝，还没揭穿他们的骗局呢。卖布头的量布不用尺，两臂一伸叫一讨，一讨五尺，两讨一丈，三讨一丈五，每块布头都是三讨挂点零，长袍可以做一件，短裤短袄可以做一身儿。他们一开价，就已经比北京八大祥的任何一样都便宜得多，然后又让五毛，去五毛，您给两块八，减三毛，去一块，您给一块五。简直就等于八大祥的半价，因为他们说得也有理，八大祥的买卖大，电灯又电话，每天的开销一大把，他们把这些开销全省了，当然就便宜了，可您买回家用尺一量，十二尺都不到，这就是他在两臂一伸一拉的中间做了手脚，不用说一丈五，拉来拉去的讨成个三五丈也不稀奇。有一种自作聪明的人，自己带着尺去买布，明明买妥十六尺，回家一量，就剩下十二尺半了，原来他量布的花样儿和讨布的手势完全一样，说穿了就因为尺码不够，才来假便宜呢，十足的老尺加一，叫他们卖布头儿的，喝西北风儿去？

除了卖布头儿，还有卖估衣的行当。他们的货源都是当铺里死号不赎的衣服。平均每月都有下号的旧衣,当商每月查清了销账拍卖,一批批地包好,卖给各路来的估衣商。虽然不能说隔山买老牛,可也不能一件件地挑选。估衣商们得到通知,大体上过过眼,然后每人分别投标,暗地里把银码写在预备好的纸单儿上,然后,当众揭标,价高者得。这种方式,他们的行话,叫"拉柳子"。

在估衣铺出钱掌柜的叫"估庄",把货标到手之后,他先把货上分成上中下三等,每等上标明暗码,然后再找人替他卖,这种人类似店伙,但又不同,称之为"助笔"(帮着写账),原因是他不必给助笔工资,助笔能够巧言善变、花嘴花舌地把他定两毛的估衣卖上两块,估庄的也只收两毛,多余的全归助笔。所以到天桥买东西没有不打价的,您可以在漫天要价的情况下,就地还钱,一看真不卖,就假意地朝别的估衣摊上走,那个助笔一定叫:"回来,回来,好商量。"

您若真回来了,他也不是马上就卖,总要来来去去地走上几趟,然后才能把生意谈成。买主一定打心眼里美,一想别人到天桥都上当了,只有自己占了便宜!便宜?世界上只有一个,还叫王华给买去了。(王华买老的故事,据说是宋时的王华,在街边买了个便宜爸爸,回到家茶来伸手,饭来张口,吃饭最少要八菜一汤,真是买爹容易,卖爹难!)

修理破瓶子找我也行

天桥还有一种磁器摊,卖的货分两种,一是"配活",一是"剔庄"。所谓配活,就是他们搜购的破茶壶、烂盖碗。壶盖儿坏了,配上个差不多花头儿的,盖碗也是或配碗底,或加碗盖,然后擦得干干净净,像新货一样的用棉纸包好，一样充新货卖，当然比大铺面儿便宜得多，可摊主的利润也相当可观了。若是碰见贪小便宜的主顾，还以为买了便宜货呢！到家仔细一看，才知道盖歪不合口，素壶五彩盖。

经常有人在天桥的磁器摊上，卖个乾隆款儿的青花瓶，完美无缺，给懂行的朋友看看，也认为货真价实，可是一年半载之后，就原形毕露了，才着出原来是个破瓶子粘的，再用蓝油彩画上去的，粘得好，画得妙，神仙不知道。

以前，在香港有个老黄，是福建人，就是专门修理古玩玉器的，大鱼缸、大花瓶、大块儿磁片、大果盘，越大越凉快，差不多香港古玩店的老板没一个不认识他的。他自己和他兄弟合开了一间铺子，专做福建的雕花漆器。我拍《杨贵妃》《武则天》的时候，仿唐的屏风和类似《韩熙载夜宴图》的凹字椅，全是经他手做的。有一次，管道具的马斐去古玩店租来一只白水晶的仿唐太宗李世民的八骏之一照月白，拍杨贵妃发脾气的时候，演贵妃娘娘的小咪姐以为是塑胶仿制品哪。正式拍的时候，她感情一激动，由古玩架子上拿起来用力一摔，砸了个粉碎。我忙跑上前看了看标价，八千六百七十五，吓得马斐差点儿没打吗啡针，当场魂飞魄散，手足无措地不知何以善其后。最后交给老黄，死马当作活马医，三天之后，老黄把那匹透明的水晶照月白，粘得纹丝儿都看不出，简直是神乎其技，还真不能不佩服他。归还古玩店的时候，那位老板给蒙了过去不说，居然还善价卖给美国博物院。据老黄讲，半年之内，神仙也看不出，半年之后可就不保险啦！从那时候我才知道，不仅北京天桥儿的古玩玉器都是回炉货，连香港摩罗街的也不保险，不信，您随便到哪家古玩店问问，可认得老黄？他们一定惋惜地唉声叹气，说他死得可惜。其实以后您有什么烂瓶子、破鱼缸要修理找我也行，我这个东北老李，因为跟福建老黄相交日久，也学了他一点本事，不能说保用半年，三个月之内还真能唬一气。

至于剔庄货，是窑里烧残了的，由厂里换出来贱价卖出的。天桥的磁器摊，趸回来一加工，全部照新的卖出去，因为他们扬言不卖旧货，您要买旧的，到古玩铺。

如今香港的无线电视台，每年都选香港小姐、世界小姐，其实这一套玩意，民国八年在天桥的落子馆里就有人兴起了。那时北京有个《燕风报》，发起了所谓鼓选。十一年夏境天，《小公报》又开鼓举。（《大公报》您知道，恐怕没听过《小公报》吧！）十三年冬天，又有人发起选合意轩鼓姬内阁（好嘛，窑姐大概马上就要结党了），选鼓界十二公主。这三个时期，是鼓姬的全盛时期。

民国八年《燕风报》选出了邓银桂、于瑞凤等十人。

民国十三年选出良小楼、桑蕙芳为才艺博士（我的朋友白景瑞远涉重洋地跑到意大利，才捞了个电影博士，人家大鼓妞，未出京门一步，就弄个才艺双全的博士，真是不可同日而语），其余还有博士学士一大群。

民国十三年，合意轩选鼓姬内阁"总理"伊惜兰、"内务总长"王惜兰、"外交总长"高玉兰、"交通总长"伊莲香、"财政部长"龚惜荣，底下还有陆军总长、海军总厂、农业总长、教育总长、司法总长、参谋总长。

算命相面的种类繁多

天桥的烧酒摊多得很，酒又价廉物美，比您在油盐店里买的二锅头，有劲道得多，喝上二两，包管您晕晕乎乎的有点酒意。可谁都不知道，他卖的是不打税的私酒，酒是真正的净流儿，可他们兑酒师傅的手艺差劲儿，兑水不匀，往往搀砒霜（当然是少之又少的）、鸽子粪之类的毒物，所以一喝就上头，轻者头痛眼花，重者呕吐不止。加上卖的驴肉，更是死后才宰的，名为驴肉，其实都是些骡马骆驼肉。哪有那么多驴呀，您以为黄胄的画儿哪，一群一伙的？有时一个死骆驼，够他卖七八天的了。喝私酒就驴肉的佬们，吃得津津有味，一不小心就能染上时疫。所以买便宜货可以，吃便宜东西可不成，图省点钱，把命都玩儿上，可犯不着！

天桥还有一种香烟阁子，兼钱银找换，像如今的两替店一样（可是如今的两替店，没卖香烟的）。他们的纸烟，多数是代烟草公司分销的，先拿烟，后结账，利钱有限。不过他们另有赚钱的方法，他们的烟一半是假货，像如今有人在XO里抽酒打针一样，在原装的烟盒里偷梁换柱，换的全是天桥快手公司的伙计们由地上捡来的烟头再加工改造的。另外换钱也有一种手法，他们叫金钱脱壳，整包的铜子儿，应该是一百枚，可他们全是九十八枚，换铜子儿不同于换大洋，所以多数拿了就走，数都不数。要有仔细一点的，一数少了两枚，告诉他之后，他接过来一数，果然少一个（一大枚等于两小枚），（他心知肚明）嘴里还直骂银行，然后清清楚楚地替您补上一个，不管您怎么细心，接到手中不会为两小枚再数一次吧？其实，在他数的时候，早已移山倒海，又遁在袖口儿里五个，仔细的人，当上得更大。

在天桥算命相面的更是比比皆是，多在西市场、公平市场、城南商场南面，和先农市场南边一带，有奇门遁甲、金钱六十四卦、六爻、梅花易数、黄鸟叼帖算灵卦……花样百出，种类繁多，虽然他们每位都曾说："要听直言来找我，要听奉承找他人。"

其实他们嘴里说的全是察言观色、见风使舵的恭维话。他们这一行叫"巾行"，占文王课的叫"圆头巾"，占六壬的叫"六黑巾"，批八字算命的叫"八黑巾"，弹弦子算命的叫"柳条巾"，测字的叫"小黑巾"，黄鸟叼帖的叫"佳巾"，用草根量手算命的叫"草巾"，敲木板、小锣儿算命的叫"湾巾"，不说话写字相面的叫"哑巾"，在地上测字的叫"砚上巾"，在庙里或屋中挂着个大人头，上写哪儿是天庭，哪儿是地格，然后何年行何运的叫"挂巾"。相面的总名叫"斩盘"。普通北方人把脸叫"盘儿"，譬如说形容人家脸红叫"烧盘儿"，您看看相面的叫"斩盘"，一个不留神能把您腮帮子削下一块儿去！不小心一点行嘛！

李丽华唱的都是流行曲

如今在星马港澳和台湾、泰国、菲律宾（全是我们的版权范围）所有的"巾行"，算命打卦、相面测字的全有科学根据，绝不会叫您上当的。（各位巾行的朋友，记得我导的电影上映时可要多多捧场啊，人敬人高嘛！）可以前在天桥的那些摆地摊的巾行可不行，民初城南游艺场里有十几档子算命打卦的，每替人家算命都告诉人家哪个月份当心，哪个时辰行运，可是游艺场里大火，都烧得这些赛诸葛、活神仙，屎滚尿流，抱头鼠窜，谁都没算出哪天要当心来！

"雪里红"登台唱戏的地方，是在天桥的草棚子里。在民国十年以前，天桥的戏园都是用席棚搭的，所以叫大棚。那年第一流的京朝大角儿当然在大园子里唱，次一点的二三路角儿多数在天桥唱，一般叫跑大棚。草棚易燃，经常着火，后来才渐渐地改用木架铅铁板，有的还加上个灰顶。民初，天桥东边有大棚三家，它们是歌舞台、燕舞台和乐舞台，天桥西边有吉祥风记舞台、升平茶园、福仙茶园、丹桂茶园、魁华舞台，多数是专门唱梆子（秦腔）的，另外还有小小茶园、万盛茶园、小桃园等十几家。开戏的时候，每人三十枚，唱到午后减收二十枚，再晚就十六枚、八枚。有一次我祖父带我到天桥看戏，庄稼人勤俭成性，总想省俩儿钱，一听价码家家不同，走了一上午都舍不得进去。到了下午走到丹桂茶园，把门儿的吆喝甩卖大牺牲四大枚一位，爷爷一边告诉我处人做事的道理，不论买东西、听戏，多打听几家总不会上当，然后交了八大枚进了戏园，再花两大枚泡了壶香片，茶刚冲好，还没等喝一口呢，台上已经散了戏，吹起了送客的喇叭。

李丽华在《雪里红》名为唱京戏的，可是在片子里只象征式地和王德昆来演了一出《小放牛》，另外每次登台唱的都是流行歌曲。词是李隽青写的，曲是姚敏谱的。如今经常还听见电台播送那段花鼓曲改编的："雪里红啊心太酸。"

天桥的大棚唱的不是京戏，就是评剧，最多还是唱梆子的，流行歌曲可没有。要是给大兵黄看见《雪里红》，一定说李翰祥这小子胡说八道。

作曲的姚敏是位好好先生，我和他在《金凤》里就曾经合作过。我写词，他谱曲，他很注重字句倒不倒音的问题，因为他自己也填词，经常告诉我一些作词方面的心得。那年我二十九岁，他已经四十好几了，对我的称呼总是老李、老李的。在香港，祖永先生连名带姓地叫我李翰祥，二老板（邵邨人）叫我黑仔，尔爷叫我兄弟，叫老李的就是姚大师一个。有时走在街边，听见别人彼此称谓老张、老李，我马上就想到这位老好人——姚敏。

姚敏提拔了很多歌星

姚敏的妹妹姚莉，有一个时期简直是红透半边天，如今的邓丽君、欧阳菲菲可都不是个儿。姚敏以前也唱，声音温温柔柔的，和周璇的前夫严华很像。

姚敏喜欢喝啤酒，有时坐在乐宫楼，由中午到晚饭前一个人自斟自饮，可以来上一打，要是碰见朋友就非一打半不可。

姚敏喝酒有一个毛病，每天第一瓶啤酒一打开，他老兄把酒满上之后，手一沾杯（请注意，是手，不是口）马上就有了三分酒意，喝两口，舌头就能绊蒜，可是，喝了一打之后，也不会酩酊大醉，见着熟朋友一定替别人满上一杯，然后一举手："来来来，干杯。"

别人要是只喝一半，他就说你不会喝啤酒，喝啤酒要一口一干才够意思。可是别人干了杯之后，他却把杯放下，替你又把酒斟满，你叫他喝酒时，他一定顾左右而言他。有一次我就叫他老李、老李地灌了四大杯，他可是滴酒未进，妙人，真是个妙人！

他提拔了很多歌星，也帮助过不少朋友，可惜好人不长命。他去世的时候，我刚好在台湾，没能参加他的丧礼，一直觉得很遗憾。听说出殡的时候，港台的大牌歌星，站在灵前一齐唱他写的《情人的眼泪》，唱到结尾，歌者、听者都泣不成声。她们之中没有一个是他的情人，可多数是领过他人情的人：

若不是有情人，

眼泪怎会掉下来,
掉下来!

当时流行在片子里加插曲,像如今片商拿着咪表看功夫片一样,一定要打够六千尺才算好片,打少喽就认为是偷工减料,制片人卖埠(各埠的版权,又叫卖花)的时候,片商先问他有几支歌?谁代唱?谁作曲?要答一支没有,他们连睬都不睬你,起码要八首歌以上,才可以谈合同。也奇怪,那年头没歌的片子就是不卖钱,低音歌后姚莉代钟情唱的《天上的明月光》和张仲文唱的《叉烧包》,还真是人人上口,个个会唱。有人说歌星动听是绕梁三日,不绝于耳,可我更特别,在街上碰见张仲文,还想起她唱的:

还有那个叉烧包,还有那个大肉包。

后来我拍了部《梁山伯与祝英台》,唱的是全部黄梅调,在台北上映的时候,一位老太太居然看了一百四十四遍。凌波到台湾的时候,她还特别打了一对足金的手镯和耳环送给她。那天我也在场,一看那位老太太头发都秃了,脑后一个干巴髻,脑前全部抹着乌里漆黑的墨汁,很像《三打白骨精》赶来吃唐僧肉的老太太。她一见凌波,攥着她的手半天不放,目不转睛地用广东话直骂她:"咔衰了,哈!咔衰了,哈!"

我开始还以为老太太听黄梅调,听得黐了线,后来一打听才明白过来,原来她说的是福建话,咔衰就是真漂亮,哈是台湾人的口头禅,跟美国华侨的"呀!呀!"是一样的。

每次找道具都特别着急

中国的方言还真复杂，大概以前交通不便的关系吧，北京离天津两百四十里，可是字音全不一样。在台湾拍《扬子江风云》的时候，我叫管道具的小林（台湾人）去借道具，好长时间都不见人，到了晚上才看见他一瘸一点地回来，我刚要发脾气，他朝我一鞠躬，苦口苦面地："对不此（起），导尹（演），报告导尹，不是我没有本事，哈！你不要发脾次（气）哈！狗有给我咬，真是妈妈的倒霉，哈，一进那家的门口！狗有给我咬！"

您看看我要不要生气，放着道具不去借，去咬狗？我一跺脚："唉！你不去借道具，咬狗干什么？"

他一听忙着解释，生恐我听不清，一字一板地："不是，是——狗、有、给、我、咬！"

最后还是程世英替我解释，原来他是福建话的文法，用国语表达，意思是狗把他给咬了。

您看要不要命！每次为了找道具都特别着急，《扬子江风云》的道具，预算少，租和买都不是办法，只好千方百计地去借。我们拍戏的地点是在鹿港，当地的老百姓还真是特别合作，借地方，借道具，分文不取，我去借，一提名报姓，他们听说我是李翰祥，不仅满口应承，还好茶好酒地招待。可小林不行，谁知道他是老几？小林正树[①]还差不多。所以我总认为他既笨又没有本事。其实小林不只人好，家里也很有钱。据说，父亲是个医生，家里的房子地皮多得吓坏人，所以有一次被我骂了之后，他在背后抹泪哭了一下午，最后，悻悻地

[①] 小林正树（1916—1996）：日本著名导演，代表作有《人间的条件》三部曲（1959—1961）、《切腹》（1962）、《怪谈》（1965）等。

对程世英说："他妈妈的，我叫我爸爸卖一块地，哈！也拍一部电影，哈！我来导演，哈！叫李翰祥这小子替我做道具，叫狗也给他咬！"

《雪里红》刚拍完最后一天外景，又接着开了一部社会歌唱悲剧《乌夜啼》（后改名《马路小天使》），是尔光的监制兼制片，主要的演员有欧阳莎菲、林翠、金铨和红薇的两个儿子——老三严昌（秦沛）、老四严伟（姜大卫）、一个最小的女儿严慧（鲍贝），故事是改自坊间的传说——《五元哭坟》。

严化原名姜克琪，一九一八年（民国七年）的五月（农历三月二十一日）生于苏州吴县，殁时只得三十三岁，距离他三十三岁的生日还有两个礼拜，所以应该说只有三十二岁。

红薇原姓罗，单名珍，是镶黄旗人，满清时正黄、镶黄、正白，各旗多数是皇亲国戚。

这些子弟辛亥革命之后，把爱新觉罗的姓氏改成金、罗、溥。难怪红薇替《倾国倾城》里演叶赫那拉氏的卢燕配音，不仅技巧一流，语气生动，还真有点旗人的味道。

红薇替严化生了五男一女，老大姜浩年（严诚），老二姜鸿年（严鸿，八岁时病故），老三姜昌年（严昌，如今艺名秦沛，还是在国联时期，我替他起的），老四姜伟年（严伟，如今正名姜大卫），老五是女儿姜慧敏（严慧），拍《乌夜啼》之后改侍尔光，生小宝尔冬升。

如今老大姜浩年在美国处女岛，学成建筑硕士，娶妻澳大利亚籍的碧琪，已经生了一子。女儿姜慧敏，也嫁给加拿大籍的理查·希莱士林，生了一子一女，帮夫教子既"贤慧"又聪敏，不愧爹爹替她起的名字——姜慧敏。

严化所有子女都学有专长

红薇能在严化故后，把他所有子女教养成人，又都能学有专长，名成利就，实不是一件简单的事。

想起严化初故，她一个新寡文君，又扯大带小，前途茫茫，像一下子在万丈高楼失脚，扬子江心断缆翻舟，天没边海没底儿，感情上的爽然若失，还不去说它，生活上的煎熬又如何忍受？如今事过境迁，花开子满枝不说，最难得的是子女们对她都百依百顺，孝顺得很，在如今的社会里，还真是难得而可敬。

记得我第一次看见严化，是他和顾也鲁、许良组上海南艺剧团到北平长安大戏院演《恨海》的时候，看完了戏之后，拿着签字簿到后台找明星签名。那时严诚只有五六岁，也在戏里演一角色，看到一窝蜂拥到后台的戏迷们，张牙舞爪地挡住去路，吓得哇哇地大哭大叫。

前文曾经说过，我到香港参加电影工作的第一天，就和严化同场演过戏，所以后来他见了我，总是兄弟长兄弟短的亲热异常。他是苏州人，一口吴侬软语的苏式京白，听着还真有点电影味儿，外形生得风流倜傥，态度又和蔼可亲，标准江南第一才子唐伯虎的样儿，银幕上下真不知疯狂了多少个秋香，可惜天不假年，三十三岁就得了肝癌弃世。

最后看见他，是在弥敦道上的北平兴中绸缎庄门外。他穿着一身浅灰的格子纺中装衫裤，手里拿着把洒金折扇，举止虽然飘逸潇洒如旧，人却已经骨瘦如柴得脱了形，见了我依旧笑眯眯地开几句玩笑，并且自我解嘲地说他减肥已大功告成！身旁的红薇也强打着精神附和着他，想不到，一个星期之后，就接到她发出的一张讣闻。

影界的同人都惊异严化的英年早逝，李隽青先生的挽联：

影界正需材，论时论年何可死！

就是代表了这一看法。不过如今他在天有知，也应该心满意足了，因为子女在夫人红薇的教养下，都已长大成人。老四姜大卫更是大红大紫的被选为亚洲影帝，老三秦沛也是演技精湛的影视明星，同时个个都有了既贤惠又漂亮的太太，严化总该含笑九泉了。

拍《乌夜啼》的时候，严化刚故去三四年，那时他电影界里的朋友们，对红薇和她的孩子们都很照顾，经常地找他们母子演演戏。其中尤以李英和尔光最热心，这也是尔爷点名要拍一部孩子戏的最大原因。红薇的三个孩子，加上十九岁的林翠和二十多岁的金铨，刚好凑成了《五元哭坟》的五元。

《乌夜啼》的故事是我提供的，剧本由程刚程寨主执笔。拍成之后因为《乌夜啼》的名字太文了，又加上星马港台一带根本没有乌鸦，大家对"慈乌思其母，夜夜夜半啼"的诗句又不大了然，所以尔爷建议改成《马路小天使》。戏拍得不算好，可生意还差强人意，不过我的导演费只付了一部分，底下的就毫无下文了。尔爷一直待我有如兄弟手足，我也根本无所谓，有时虽然也向他提一提，也是有意无意地开开玩笑而已，因为愿意听他那几句天津话："嘛！导演费？得了呗兄弟，对哥哥我还不放心吗？哥哥有人格，能差你钱嘛？"

"那您就给我吧！"

"说得那么容易？给你？你以为我不想给你呀！我不是没有嘛！等着吧！等结了账一定给你！"

可是直到如今，都没人跟他结过账。

二老板和二小开看试片

　　独立制片不只尔爷如是，差不多家家如此。因为所有影片代理发行的公司，都推三阻四地不肯结账，有时你听听星马卖得多好，台湾也打破了纪录，总以为可以分点可观的利润，才怪！你不催他算账还好，一催算账准糟糕，他的账单上除去了广告、宣传、公关等一切开支，你不差他们的，就算他有良心了。所以我不怪尔爷，等后来我自己组过国联公司之后，非但不怪尔爷，更同情尔爷，因为的确看清楚那些开当铺、卖布头儿、卖酸枣的孙子们的狼心狗肺，他们多是吃人肉喝人血，就是不拉人屎的家伙。其实所谓片商，多数是北方人说的"要人儿的"，片商者"骗伤"也，代理发行者，"代你发丧"也。骗商之余发丧完毕之后，不把你送到永久墓场毁尸灭迹已算万幸，还想算账？还想要底片？做梦！

　　《乌夜啼》的第一堂布景，预算拍十七天，可是刚拍到第五天，尔爷告诉我："停了，明天停拍，有要紧事，咱们明天停拍一天。"

　　当天晚上，我把尔爷的情况跟翠英讲了讲，她也直纳闷，那时我们都是患得患失的穷怕了，生恐又是什么人，在暗地里使劲，说了些什么坏话；但仔细分析尔爷的情况，还不像什么坏事。刚巧接到剪接大师王朝曦的电话，他说今天二老板和二小开一齐看了《雪里红》的试片，看过之后，父子爷儿俩的脸色，都很沉重。

　　"怎么样，片子不好！"我急不及待地问。

　　"不是啊，照我看片子相当好，A拷贝接起来，看着这样顺，这样舒服，还不多见。不过看完了试片之后，二老板和二小开交头接耳了半天，随后就叫马世根（二老板司机）把尔爷找到写字间来，关上房门说了一个多钟头，尔爷就匆匆忙忙地走了。"

我在电话里告诉他:"尔爷明天把《乌夜啼》停下来,说有要紧事,要我暂时不要拍戏,会不会二老板看了《雪里红》不满意?"

"不会,绝对不会,《雪里红》是部难得的片子,跟一般老导演的作品就是不同!"

尔爷的态度很神秘,带我到了旺角的邵氏大厦门口,左右望了望,朝旺角差馆一指,意思是叫我等他,然后前后左右地又看了个仔细,才像黄花鱼似的,一溜钻到邵氏大厦里边。

大概十几分钟的样儿,他又由大厦里走出来,仍旧前后左右地顾盼一周,才走到我的身边,一拉我袖口,又朝四周望了望,老实讲我叫他真弄得有点发毛,他一招手,拦了一辆的士,把车门一开,像老鹰捉小鸡般的,把我拖到车里,那司机好像认识他。

"点,帮办,去边处?"那司机笑着问他。

"尖沙咀码头。"尔爷的广东话,比我还蹩脚。我奇怪司机叫他帮办。瞧他一身雪白的衬衫、雪白的短裤、雪白的袜和雪白的皮鞋,含着个大烟斗,有型有款,不像个卫生帮办像什么?

车开到尖沙咀,他先打开车门望了望,付了车钱之后,才把我放了出来。

到了渡海轮上坐定之后,他用眼神儿朝周围一扫,然后低头跟我说了一句:"二老板看了《雪里红》毛片,认为好得不得了,所以叫我找你签合同。"我本来已经多少估计到一点,不过叫他神头鬼脑的给我弄糊涂了:"签合同,不在写字楼里,过海干嘛?"

"老板在合约签订之前,谁也不想叫他们知道,你跟严俊那么熟,要给国泰捷足先登了怎么办?"

到此他才明白过来,由昨天到今早,尔爷的态度,原是怕有人做奸细。

尔爷还直往我脸上贴金

以前在南洋拍戏的时候，见过几次二老板，他经常穿一件蓝绸的棉袍，身量儿不高，加上胖嘟嘟的，简直就是标准的北方大掌柜的。

今天他倒穿了笔挺的西装，他们爷儿俩一早就等在娱乐戏院二楼的京华餐厅。见我和尔爷进来，二小开站起身形，二老板只是欠了欠屁股，其实他是诚心要起身相迎的，不过人太胖，没等他站起来，尔爷已经按住了他。等着我们都坐好之后，叫我用茶，二老板替我斟了一杯，我本想用手敲敲台面，作为道谢，但想了想，也许太市井气，所以用手在碗边一伸，朝起欠了欠身子。

"讲讲，阿拉讲讲。"二老板声音不高，但听得很真切！

他一边说着一边把两只手平衡地左右分开，在西装的上衣里扯着他的背带。

讲什么呢？我都不知道他要讲什么，我怎么讲？只好满面堆笑，连连点头："是，是的。"

二老板大概也没想好合适的开场白，所以也随口附和："是格，是格！"

坐在一旁的尔爷，看看我又看看二老板，大概对我们的心有灵犀一点通还挺纳闷儿。二老板端起茶杯，朝里直吹气儿，两短一长之后，又把杯放下："不错，的确不错。"

这句我没搭茬儿，因为不知道他说的茶不错，还是茶杯不错，倒是他一旁的二小开（邵维瑛）答了腔："昨天我们看了你《雪里红》的A拷贝，不错，的确不错。"

"才学乍练，你多指教！"糟糕，我把天桥卖大力丸的那套词儿给搬过来了。

"不要客气,我们是外行。"二老板说得跟真的外行一样,不过,你要真以为他们外行,那你就一点都不内行了。因为三年以后,六老板到香港来的第一天,跟我开门见山的一句话,也是:"我对电影界是个外行。"

你想想看,邵邨人和邵逸夫两兄弟,电影做了几十年都算外行,那谁能说内行呢?

不过,当时我刚入电影圈,对邵氏公司的历史一点也不知道,还真以为二老板不怎么内行呢!其实他坐着像个米粮店的大掌柜的,站着像个当铺的朝奉,还真不像个电影公司的老板。

"听说你跟永华公司订了两年四部戏的导演合同?"这句话可就问得一点也不外行了,还没等我言语,尔爷就抢着替我答了一句:"没有了,撕了,一个钱都没拿过,根本就不生效。"

"李祖永不会把那张合同交给欧德尔?"二老板挺仔细。

"不会的,李先生不是这种人。"我认真地替李祖永分辩。二老板不加否认地笑着摇了摇头,介乎信与不信两可之间。二小开倒是颇以为然地:"不会格,李先生的确不会的,对伊又没啥个好处。严俊有没跟你谈过签合同的事?"

"跟谁签?"我反问了他一句。

"跟他的国泰呀,或者介绍给国泰的后台欧德尔啊!"

"没有,都没有。"

"不是没有,是翰祥不肯签。"尔爷还直往我脸上贴金。

一下子变得会说话了

二老板笑了笑,摇摇头,真有点莫测高深的味道:"如果我们想跟你签合同,侬哪能?"

"那是您给我学习的机会。"我一下子又变得会说话起来,二老板听我没有异议,接着说:"不过一年两年的我们可不签,要签就是八年。"我那年才三十岁,八年一点都不觉得长,老实讲不要说八年,八十年我都签,那年头只要有人肯出钱叫我做导演,怎么说怎么是。其实很多电影老板都明白这个道理,有很多人为了出风头,发泄表演欲,想当电影明星,倒贴俩钱也愿意。其实八年可不短哪,抗战八年不就挺够受的吗?订合同之后,我才想起刚来香港,住在青山道建国剧艺社的时候,蒋三流一天到晚唱的那句:

> 整整的八年哪,
> 我们流血、流泪、又流汗……

邵氏的合约内容,一向都写得相当刻薄,如今更是变本加厉,三十几条都是为甲方(公司)说话的。如果你是个捧不红的刘阿斗,他可以随便举出任何一条,说你违反合约,连大信封都不用给一个,就把你给炒了。相反的假如你走红了,那合约上的每一条都是齐天大圣的紧箍咒,你越跳越蹦,脑袋就越紧越疼。我在父子公司第一张合约除了八年之外,另外还有一条:

"甲方在本合约终止之后,有与乙方续约之优先权。"

后来大概觉得优先权,不大管用。因为如果有任何一间公司(甚至于乙方自己的公司),把酬劳提到高得顶了天,甲方就毫无办法。

所以后来加上了绝对两个字，变成：

"甲方在本合约终止之后，有与乙方续约之绝对优先权。"

后来又觉得不够明确，连年份也写了上去，演变到现在的兄弟公司，就更厉害了。

"乙方愿予甲方在本合约终了前之续约取决权，由甲方用书面通知乙方，以本合约之同样条件及待遇，继续为甲方担任演员（或编导）工作。"

好，假使您订了第一张合约是三年，那么只要甲方认为你还有利用的价值，那么一纸书面就可以前三年、后三年、左三年、右三年，十个三年之后，您就跟我一样了，也可以来一篇《三十年细说从头》了。

假使你认为这条不合适，方小姐一定很温柔地告诉你："这是随便写写的，你签了，我们不会拿这个做依据的，你看，谁的合同满了之后，我们都是重新谈过的，哪儿有用原条件的？你放心好了，签啦！"

话还是一点不错，不过你要记住，这就是一般人所谓的生约与死约，死约就是讲明年份及部数的，生约就是有活动余地的，不过那余地是留给甲方的，乙方不要说余地，连门儿都没有。

不过话又说回来了，三十年后的今天，我和大小电影公司的合约也签了不少，邵氏公司的合约，虽然尅一点，还能兑现，其他公司就更差劲了。记得我组国联之初，在半岛酒店和国泰公司的陆运涛先生谈合约，我提出十三个条件，陆先生就十三个OK，并且说："我们公司的账目绝对公开，你可以随时派人来查账。"

建议在香港加印拷贝

结果后来十三个OK全变成不K。查账？跟谁查？我给他们公司先后去了几十封信，就是给你来个不理不睬。账也不是没有，我在永华片厂配《状元及第》效果的时候，借过他们一张破竹帘子，假如买张新的，也用不了七块半，他们给我的账单上，居然写着七十五块；《七仙女》的账单上，居然有付给陶秦先生港币四万元。什么账？是编剧？作词？简直是天晓得，还就叫作死无对证的混账。可不是吗？和我谈合同的陆运涛先生由飞机上掉下来了，和我签合约的周海龙先生也同机失事了，替我写合同的王植波先生也见机而行了，和我订台湾代理发行合约的夏维堂也随机应变了，和我签《西施》合约的"台制"厂长龙方也画龙点睛、破壁飞腾了，接手的俞普庆先生寿终正寝了，只了解四分之一的杨曼怡先生也蒙主宠召了，其中只有一位连福民先生还多少知道点首尾，不过如今也早离开国泰了，不离开的时候，也是中国人不说中国话，和我谈事情的时候，总是找一个英文翻译。

我和国泰订的合约，只是把国联出品的影片星马四属的发行权，交给他们代理发行（前六部代理发行，以后所有的影片星马版权全部卖断）。为了保证我交足拷贝，所以把底片暂由国泰代向日本东洋现像所冲底片，然后送回香港剪接、配音，再寄到日本印拷贝。合约注明，一俟星马和香港的拷贝印足，底片保管权即刻交予乙方（国联）自理。后来《七仙女》和《状元及第》的底片存在日本已经超出年限，俞普庆还一再写信，要我找个存放底片的海关压税所规定的地方。国联一向不设片库，所以才把底片暂时存在香港斧山道亚洲片厂的国泰片仓里，以后因为国泰及国联的彩色影片改在香港科艺公司冲印，所以把一切存放在日本的底片，全部运回。根据以前《七》《状》两片底片的情况，也就顺理成章的，把国联的其他底片也暂时储存到国泰片库里（都是依约交足了星马及香港拷贝的），后来杨曼怡开了间长江冲印公司，国泰片库的底片又搬到了长江。香港暴动的时候，新加坡的总公司认为底片放在香港不保险，一个命令，叫香港国泰公司把所有的底片通通运到新加坡。国联的底片理应通知我自行保管的，但是活人不懂这件事，懂事的人又都死光了，所以不管三七二十一地全运到了新加坡，可这些底片，不包括《七仙女》。

因为《七仙女》的底片，俞普庆已经交给了我，那是因为他要印一个新拷贝。前边说过,日本冲印公司因为海关年限的关系,把《七仙女》的底片运回香港再寄回去觉得麻烦,那时香港冲印公司的主持人高谦祥和王永华都是我在邵氏公司的同事，他们合资搞了一间小型的冲印公司，开张以来还没接过一档子生意，当然了，谁会把底片交给一家毫无经验的公司冲印呢！所以他们都和我说项，请求把今后国联的底片给他们冲印，我也曾把这个意思转给俞普庆，俞老一听把脑袋摇得像拨浪鼓儿似的："不可以，不可以，冒险，太冒险，底片冲坏了怎么办？简直开玩笑！"

于是我也就作为罢论，如今要加印拷贝总不算太冒险了吧，印坏了底片总不坏吧！所以我又建议在香港加印拷贝，他无可无不可地把《七仙女》底片交给了我，所以如今生意兴隆的香港冲印公司第一件生意，就是印了一个《七仙女》的拷贝。俞普庆看过拷贝后虽然认为马马虎虎，但我相信以后他敢把底片交给香港的科艺冲印，《七仙女》的拷贝也不无影响的。

《七仙女》拷贝被移花接木

这之后,《七仙女》的底片就放在国联牛池湾的写字间里,没能和其他的底片放在一起,所以他们把底片寄到新加坡时,独缺《七仙女》。国联后期杨曼怡限我三个月把香港国联写字间搬出,因为他们要改为饭厅。那时我在台湾每天都忙着三点三刻的支票兑现问题,所以也就无暇兼顾。这位杨小开还是铁面无私,加上俞普庆新故,他是新官上任三把火,把我写字间的东西全当破烂给扔在亚洲小棚边上堆垃圾的仓库里。等我回到香港一看,那仓库里有一尺多深的积水,我存在写字楼的书籍,损坏了十分之六七,里边有七十盒写着《七仙女》的片盒。我知道其中一部分拷贝是联邦公司由台湾退回来的,也有《七仙女》的字幕片。当时我正为了那些被湿气弄烂的绝版书籍痛心,天塌下来都不想理了,所以也没细心追究《七仙女》底片的有无,我想这种心情,举凡爱书的人都懂得,想不到因此而铸成了大错。

等到我到了所谓片仓的门外一看,就傻了眼了,一间铁皮顶的木板房,不要说冷气,连通风设备都没有。还好是如今的片子,要换了以前的拷贝和底片,老早烧起来了,不要说底片,连拷贝也捣坏了,那只能算垃圾房,若一定叫它仓库的话,试问嘉禾的《死亡游戏》底片,会否放在此一所谓片库中呢?

一进门更是满目零乱,生了铁锈的拷贝盒子堆得歪七倒八。里边有《国魂》,也有《清宫秘史》,有严俊导演的《秦香莲》,也有袁秋枫导演的《嫦娥》,其他还有记不起名字的粤语片。《七仙女》的底片就东一盒,西一盒地乱掷在其中,片盒上的铁锈已经穿了洞,我一向喜欢古董,但看到这一批出土文物,差点没掉下眼泪来。

如果不是我导的《梁山伯与祝英台》在台湾重映，如果重映不是卖到盘满钵满的一千四百多万，也就什么事都没有了，既然黄梅调有人重弹，所以片商又想起了我的《七仙女》，第一公司的黄卓汉兄出我十万元购买台湾的二轮版权。我一想放着河水何必不洗船，于是大家签了张合同，要印拷贝的时候，我叫马斐去我茶果岭存储片子的地方拿底片，才知道只有《七仙女》的字幕片，和几盒台湾联邦公司退回的六部《七仙女》的旧拷贝。再把那些旧拷贝的片盒打开一看，糟！全部移花接木，寄来的没有一本《七仙女》，完全是乱七八糟的国泰旧拷贝。后来我才知道，有人把我的《七仙女》拷贝，偷偷地卖给了印尼的片商黄永华，并且已经在印尼上演过。因为我曾经委托萧瑶的丈夫吕保良替我调查过。黄永华曾经对他说他有一个《七仙女》的旧拷贝，要卖出来，要价七千元，不过是偷运进来的，不能公开的签合约。当时吕保良不敢无凭无据地替我做主，回港问过我，我说不要说七千，七万都和他买，因为我要知道是谁偷出去的！结果吕保良再回印尼问黄永华的时候，已是香港报纸登过《七仙女》的事件之后，他始而支吾以对，继而就避而不见了。我以前曾经办过去印尼旅游的手续，业经批准多时，但因没时间去而错过时间，为了此事，本想亲自去趟印尼，再申请的时候就久久不获批准了，什么理由，谁也不知道，大概黄永华知道吧！

黄卓汉知道国泰公司一直莫名其妙地扣着我的底片，所以说他可以和国泰公司的菲腊普刘去讲一讲，得到的答复是："根据合约，国联要加印拷贝当然没问题，不过查遍新加坡的片库，什么底片都有，就是没有《七仙女》，叫李翰祥在香港找一找吧！"

底片扔在片仓垃圾堆里

我问嘉禾，收发部也好，保管部也好，都没有《七仙女》底片的记录；问天工的雷震，答复我所有国联的底片都有寄往新加坡的记录，独缺《七仙女》；最后问到长江的潘厂长（以前永华厂长），小潘告诉我，永华厂里有一个旧仓库，是专门存放永华及其他公司的旧拷贝的，可以到那儿去查一查。我把这情况告诉当时的永华厂长薛志雄，他倒蛮热心的，又替我仔细地看了看记录，在电话里告诉我实在没有。我说希望能自己到片库里找一找，他倒也一口答应了，及至我跑到永华的旧仓库里真想找的时候，管片子的那位先生把脸拉得比驴还长："我们替你老兄查了好几次了，没有就是没有，你老兄一定不相信，老实讲我们打的是嘉禾的工，根本管不着国泰的事，我们藏着它有什么用，找到了你拿走好了，还省得占我们地方。"

我跟他不大熟，所以连理都没理他。屠梅卿是我在永华时期的老同事，家里没被盖的时候，还向他借过道具军毯呢，当然态度好得多了，他先告诉我这个仓库的来源："这些旧片子本来是堆在许冠文的写字间里的，公司为了替许冠文修写字间，本来预备把这些废片烧掉的，是我和他们死说活说，这些都是永华的旧拷贝，和其他不知名公司的东西，还是找个地方存起来吧，这才算保存了下来，你自己去看看，找到了告诉我一声。"（以上是屠兄的原声带，一字不易。）

我当时心情激动万分，愈想愈气，记得我几次三番地打电话向他们查询，得到的答复全是没有，没有，绝对没有，记忆中没有，记录上没有，新加坡没有，香港也没有，没有人经手，没有人负责，甚至连一个知道的人也没有。可是，如今我要找的《七仙女》的底片，一盒盒地、确确实实地被他们扔在这所谓片仓的垃圾堆里。是谁？是谁由我的写字间把它们扔在这里的？扔的人曾经盗印过多少个拷贝？空口白话说我欠他们的钱，多少？什么钱？即使欠钱也不应该把我的底片如此不负责任地抛掷，即使是抵押品也应该告诉我这个物主东西在哪里！"没有？""找不到啦！""你自己去找找吧！"像话吗？

我觉得那位管仓的先生说得对，找到了拿走，别占他们地方，一个冲动之下，没听屠梅卿的劝告，把底片搬到车上就走。

所以说处事做人一定要冷静，傻小子睡凉炕，全凭火力壮不行。如果我看见了要找的底片，假装没看见，继续朝里找，东翻翻，西看看，叫门口儿等着那位老兄，心里多骂两句，然后一出门口，拍拍手上土，两手一张，肩膀儿一耸，做一个美式的无可奈何状。他一定冷讽热嘲地来一句："老早告诉你没有了，怎么样？没说瞎话吧。"

然后再鞠躬道谢地退出，管片子的人一边锁门，一定朝着我的背影问候我舅舅一声，绝不会跟我一样地进仓再看一遍。然后我再开车到差馆登记报失，再带差人去永华查询，他们的收发簿上根本没《七仙女》的记录，也不一定不会承认有什么《七仙女》的底片存放一回事，然后再请他们报一报片仓里所存何片，他们当然也说不出个名堂，已经要焚毁报销的废片，谁去搭理它！然后再向新加坡查问一下，他们也一定说底片不知下落，请李翰祥先生找一找。于是我再要求把片仓打开，请差人一齐把底片名正言顺地拿走……那么，轰动一时的"李翰祥与《七仙女》底片事件"的新闻，要重新改写了吧！

电影界有过一桩奇案

以前有人尊称我李大导,经此《七仙女》事件之后,不明内情的人们见了我故意将导的去音念成入声,成为李大盗。我一点也不以为忤,因为我盗自己的《七仙女》,和跟自己的老婆偷情一样光明磊落,没什么可耻的。其实真正的大盗是不操戈矛的,不像我这样傻大黑粗,笨手笨脚的,也不像我一样草包般的容易激动,态度既和蔼可亲,举止又温文尔雅,待人恭而有礼,言语温柔可人,不过读者诸君要真碰见这种人,您可千万小心,说不定有一天老婆就能叫他给拐跑喽!老婆跑了事小,最怕赔了夫人又折兵,一家一当都叫他弄光了。要能给您留下个百八十万的,叫您在银行里生生利息,就算有良心的了;倘若铁公鸡一毛不拔,您又能把他怎么样?急了抓蝎子,饿了啃石头,咬不咬啊?你?像清末四大奇案之一的《杨乃武与小白菜》中县官刘锡彤告杨乃武的状词一样:

欲谋其夫,先占其妇,既夺其妇,又毒其夫。

电影界就有过这么一桩奇案,男女主角心肠之狠,手段之辣,刘锡彤、刘子和父子爷儿俩,加起来都不是个儿!

如若不信,也仿杨乃武欲谋其夫的状子,拟上几句:

合资开铺,早占其妇,影片连拍,广开财路,一龙升天,鬼胎满腹,分赃不匀,夫妻反目,一脚踢开,给钱走路!

这几句非诗非词,不是道情,也不是开篇,看起来又像哑谜,又像推背图。一定有人说李翰祥越写越不是玩意了,可不是嘛!本来就不是玩意嘛!这件事不是玩意的事,在电影圈里早都传遍了,当事人还以为他的周围都是死人呢,其实大家心照不宣而已,茅坑的盖子,掀它干嘛,不怕难闻得慌啊!

老古话说:"侵人财产占人田,荣华富贵不多年。"如今的人还管那个,您别瞧这事儿不是玩意,可内容还是曲折离奇、香艳肉感得很,明争暗斗,蚕食鲸吞,买凶嫁祸,水淹三军,热闹得不得了。若编一套长篇连续电视剧,演个一年半载的,绝不稀奇,我想用这个题目可以写一个长篇连载,名字是《银色三国志》,已经草拟了一个大纲,前五篇用《三国演义》的章回体,编了个目录,写出来让读者诸君先睹为快:

第一回:庆家和三分一统
　　　　祝国泰四维八德
第二回:既生瑜而何生亮
　　　　赔了夫人又折兵
第三回:周郎妙计安天下
　　　　大乔小乔齐折腰
第四回:跳龙门鹊巢鸠占
　　　　入凤窝金屋藏娇
第五回:大耳王双龙出衰(水)
　　　　小诸葛二龙戏猪(珠)

第六回还没想好,等正式写的时候再说吧!
咱们还是把话拉回来,说跟我签了八年合同的二老板邵邨人吧!

香港的邵氏父子公司,和新加坡的邵氏兄弟公司,前身都是上海天一公司。主持天一公司的邵醉翁先生也就是邨人、仁枚、逸夫三位先生的长兄,一般人都称之为大先生。大先生名仁杰,字人杰,别号醉翁,是浙江镇海县人,民国三年毕业于神州大学法科,做了几年律师,后与张小松、倪幼丹、卢子嘉、朱葆三等合资创办中法振业银行,推举醉翁先生做行长。

跟邵氏订了八年合同

中法振业银行一方面兼营商业,在上海、天津、宁波、镇江、嘉兴、湖州各地,与人合股开办颜料、糖、北货、钱庄、绸布、纸业等商号,大小三十余家。后来因为经营华友蛋厂失败,对经商忽而心灰意冷起来,于是与张石川、郑正秋合办笑舞台,进而与二弟邨人、三弟仁枚计议,于民国十四年六月创办天一影片公司,地址在上海闸北的横浜桥。

天一的创业巨作《立地成佛》就是由邵邨人先生编剧而由邵醉翁导演的。主角是高梨痕、吴素馨和后来在大中华当剧务的魏鹏飞。民国十四年六月,比我出生的一五年三月还大九个月呢,二老板已经开始写剧本了。无声的写过《立地成佛》《夫妻之秘密》《电影女明星》《珍珠塔》《孟姜女》《大侠白毛腿》《拳大王》《江洋大盗》《百花台》《大学皇后》《杨云友三嫁董其昌》《李三娘》《福尔摩斯》《亚森罗苹》《空门红泪》《夫妻之间》;有声的编过《一个女明星》等多部。您看邨人先生在我没出世的时候就是位多产的编剧家了,到我三十岁那年,居然跟我说,他对电影是外行,还真是虚怀若谷、可敬可佩!

我和邵氏父子公司订约的那年，香港还没有如今这么多的娱乐报纸，报道影剧新闻，比较详尽的只有两张海式的小报——《上海日报》和《罗宾汉》，当时《上海日报》的影剧版是张伦纯（冷人）编的，把我和邵氏订约的前后情况，报道得相当翔实。我想新闻的内容，多数是尔爷告诉他的，否则他没理由知道得比我还多。

那时还没有电视，国语片在香港也很少人注意，可以说百分之九十的观众是外省人，所以电影圈的朋友们多数都订有一份《上海日报》或者《罗宾汉》。记得《上海日报》的社长是沈秋雁先生，《罗宾汉》的社长是徐镇南先生，对我都相当支持。

当年想做导演，除了演而优则导的大明星们比较容易些之外，其他由副导演升为导演的就相当困难了。比多年媳妇熬成婆都难熬万分，不像如今一样，任你张三李四王老五，只要可以拉到老板，就可以做导演。不会叫开麦拉都可以，找个副导演在旁边叫一叫，派头显得更大一些，不懂方向也可以，找个老资格一点的摄影师就行，只要把你的要求说出来，他自会替你做得安安稳稳，所以就算有个新导演登场，大家也根本不当回子事儿。可是以前不同，出一个新导演，虽然不会像状元一样地来个独占鳌头的琼林宴，骑骏马游街十字披红及第，也够影人茶座上的各位仁兄仁姐聊上几天几夜的了。

所以当天下午，我就接到了启蒙老师严俊的电话，这一次不是约我到他的写字楼，而是请我到重庆饭店晚饭，好家伙，严二爷请吃饭可不是小事。

"我来碗炸酱面，你要什么，别客气。"他摆出个要请我吃燕翅席的谱儿，不过既然他先叫了炸酱面，我最多也只能叫两块钱一客的客饭了。我一想干脆再替他省一点儿吧，来十个韭黄猪肉加大虾的水饺，一个一毫两分，十个不过一块两毛。他有点过意不去。

"再来碗酸辣汤什么的,你喜欢喝两盅的,来个小瓶的玫瑰露,怎么样?"

"不用了,我一会儿还要拍戏,来碗饺子汤就行了,原汤化原食,既经济又实惠。"

"好,好,好,既然有工作那就最好别喝酒!"

倒有一个现成的剧本

就这么着,我们言归正传,还是严二爷先开口:"怎么,跟邵氏订了八年合同?这可是份长工啊!"

"可不,先安定一下吧,总比在外边打烂仗好一点。"

"也不见得,各有所长,打烂仗自由些,签长约发展不大,可也没什么大风险,邵氏的合约虽然尅一点,可总算是个长饭碗。来,兄弟咱们以茶当酒,意思意思,算我恭喜你。"

他一举杯豪情万千,我感激万分地以杯相撞,本想一饮而尽,无奈刚冲好的香片太热,只好点到为止。我知道严二爷是无事不设宴的,既然舍得花个块儿八毛地请客,总不会无的放矢的,果然:"翰祥,有件事想跟你商量商量。"

"别客气,有什么话只管吩咐,只要我做得到,自应尽力而为。"我还摸不清他葫芦里要卖什么药。

"倒也没什么大不了的,最近小林黛跟我有点过不去,老没碴找碴,肚子里总和我憋着一股劲儿。所以,我希望你进邵氏的第一部戏,最好别找她。"

我听了还没加可否,他又接着说:"昨天我们大吵了一架,她看了《上海日报》之后神气得不得了,她说:'用不着板脸,我给你拷刀也拷够了,大不了大家一拍两散,你过你的独木桥,我走我的阳关道,反正翰祥跟邵氏签了八年合同,我和邵氏也有约,不是一定非你不可,别以为没有鸡蛋做不了蛋糕。'"他一边说一边学着林黛的刁蛮样儿,真不愧是大明星,还真是惟妙惟肖、入木三分。

"你说,气不气人?我对她真是天地良心,还要怎么样?他妈的,臭××,翅膀还没长齐呢就想飞。翰祥,这一次算哥哥求你,答应也得答应,不答应也得答应,无论如何,你进邵氏公司的第一部戏,拍谁都行,就是别拍林黛,给哥哥一点面子。"

我当时还真有点不知道怎么答复他,因为谈合同的那一天,二老板就说明首先要拍一部翠翠型的歌唱片,他们的意思当然是林黛主演,作词的李隽青也谈过了。我把这计划告诉给严二爷之后,他还挺不以为然:"操!邵老二这不是成心叫我们散摊子吗?没关系,他那儿我去说,只要你投我一票,他们也不会不买账,别忘了我和他们也有合同!"

那时候的严俊,说话还真管用,一脚踩两大公司的写字楼,还真有点儿肝儿颤。第三天二老板果然叫尔爷把我约到他的写字楼,开始只是问我准备开什么戏,希望用那些演员?其实我倒有一个现成的剧本,以前尔爷和黄也白兄想组兄弟班的时候,不是要请叶枫主演一部《杨柳青》嘛,就是一部翠翠型的歌唱片,不过另外有一部写海上渔民生活的小说,叫作《伶仃洋恩仇记》的,故事倒也不错。我把两个故事都和二老板讲了讲,他略微寻思了一下之后:"《杨柳青》倒是蛮对林黛的戏路,不过我们先开《伶仃洋恩仇记》吧!"我一听就知道,严二爷已经和邨人先生打过招呼了。

"恩仇记的名字不大好,大家再想想看吧!"

我告诉他,已经想好了一个片名——《海茫茫》,二老板未加可否只说了句:"好吧,暂时就叫《海茫茫》吧!"

主张全部用外实景拍摄

我和尔爷研究了一下卡士,那时邵氏父子公司的当家小生是赵雷,当家花旦是玉女尤敏。尤敏当时正拍严二爷导演的新片没有空,有空的林黛又暂时不能用,您看严二爷多霸道,我这个刚出茅庐的小导演,只好改弦易辙了,女主角决定用刚出道的石英。

那时石英刚拍完了陶秦的《恋爱与义务》,正和赵雷卿卿我我地大谈恋爱,因为赵雷已经有妻有子,所以大家都以为他们两位只是逢场作戏而已。没想到尔爷请赵雷演《海茫茫》男主角的时候,他马上提出女主角最好找石英演,我也毫不在意地一口答应了。想不到后来他们两位还都认真起来,一个是恨不相逢未娶时,一个是除却巫山不是云,加上赵雷的原配夫人宝珍女士也是不肯让位,宝珍的父亲更是义正词严地每天到我拍戏的现场长洲来大兴问罪之师。好嘛,我加入父子公司的第一部社会奇情大悲剧,还没拍完,就每天上演一出家庭伦理的悲喜大闹剧了。可不是吗?宝珍悲,石英喜,赵雷的泰山泰水闹,每天拍完《海茫茫》,回到旅馆也是瞎忙忙,忙前忙后地给他们几位劝架还真够热闹的。

《海茫茫》拍摄之前,我主张全部用外实景拍摄,很多人认为不可能,结果,我除了在长洲的海边搭了一个船舱内景一角之外,的确没进入片厂一天。不过,可真是拍得天怒人怨,因为每天都要在大船上拍实景,船在伶仃洋中摇来摆去,无风三尺浪,弄得演职员们个个头晕眼花,又呕又吐。灯光师阮定邦最晕船,每天差不多连苦胆都要吐出来了,不要说打光,连人影都看不见了,还真是天苍苍,海茫茫,第三天就辞官归故里了。

《海茫茫》的原著——《伶仃洋恩仇记》,作者是杜纪柯。故事是写一群一向被贱称为"蛋家"①的水上居民的生活。开场的时间是一九四九年,南中国沿海飓风季节临近尾声的夏末秋初,也是伶仃洋外的鱼泛期,黄花鱼群正肥正美的时候。

原著没有写明故事发生地的渔业岛屿的名字,只写:"H港附近的C岛"。不过,照他所描写那个岛上的地理情况,我相信一定指的是香港附近的长洲。

有人把世界上故事情节的类型,分成三十六种(中国人喜欢用三十六这一数字来描写一切事物,类似瓦岗寨三十六友,三十六计……),《伶仃洋恩仇记》是属于罗密欧与朱丽叶型的悲剧,两家捕黄花鱼的船(布才和老阿发的),因为在捕鱼下网时把网纠缠在一起,引起了一场拼死拼活的械斗,双方在头破血出之余结下血海深仇,而偏偏布才的儿子布喜,和老阿发的女儿阿莲是从小一块儿长大的情侣,故事虽也老套,但素材却特别新鲜。

差不多每个人都吃过黄花鱼,但对黄花鱼的认识,恐怕都很糊涂吧!更谈不到了解捕黄花鱼的情况了。老实讲,我在拍《海茫茫》之前,还真不知道黄花鱼一离水面就死,当然更没听过黄花鱼响如蛙鸣的叫声。

没从事导演工作前,总觉得中国电影的局限性很大,尤其对景、时、人三方面,因为大家都不大肯拍外景,怕是既要受风吹日晒的

---

① 蛋家:又作"蜑家",指广东、广西、福建、海南一带,一种以船为家的渔民。

辛苦，又要担打雷下雨改期的风险，所以拍的多数是内搭景。为了节省预算，把布景缩减到跟话剧差不多，于是古装戏是：

大厅，花园，绣房。街道，古庙，公堂。

时装戏是：

楼上，楼下，厅房。酒吧，舞厅，教堂。

出海实地见习捕黄花鱼

季节也都是四季如春，为了节省服装嘛！古装戏犹然。暑热三伏，人们手挥折扇，依旧是里三层外三层的穿戴齐整；大雪纷飞、寒气彻骨的时候，也不见棉衣皮草。就算穿个皮袄，也是在袖口领口下摆上的周围镶一围羊毛而已，对质感、量感，毫不讲求。楚原老弟就曾经叫一位女演员，穿着贵妃出浴式的透明纱衣，拿着林黛玉葬花的花帚，在雪地里扫雪。后来他到韩国去拍真的雪景，大概就没有那么美丽的场面和有诗意的服装了，有也没法穿，穿起来演员也没法演，若真照扫如仪，大概不用三分钟就冻挺了，跟冰棍儿（雪条）差不多了，那位美如天仙的女士那套纱衣，岂不成了裹在雪条上的玻璃纸？

人物也是越简单越好，既省钱又省事，更免了撞期渡时的麻烦，所以尽管故事情节有所不同，看来看去都是那几个人、那几堂景、那几套服装。所以我对《伶仃洋恩仇记》里描写的渔民的生活，特别感到兴趣。

尽管许久以前有人拍过《渔光曲》《新渔光曲》《渔家乐》等题材的影片，但外景仍是在歌词中一扫而过而已，晾晾渔网，捕捕鱼，或是化着浓妆涂着蓝眼圈儿、粘着眼睫毛的女明星们，拿着桨作作摇船状罢了。可《海茫茫》不是，我要全部在长洲的海面上拍摄，我要真的拍出渔民们的生活气息，准备三个月都和渔民们生活在一起。很多人都劝我打消这个念头，说是最好把船搭在摄影棚里，否则在大海里难以调度不说，风里浪里的颠簸恐怕演职员们都受不了，劳民伤财，费事失时。可我这个初生的牛犊子不怕虎，不顾一切地一意孤行，好像明年的奥斯卡金像奖一定要给我一样。好嘛，果然是不听老人言，吃亏在眼前，乱子也就大了。

尔爷是《海茫茫》的制片，他虽然在电影界多年，是个很有经验的制片，明知真的在海里拍戏有困难，不过为了达成我的理想，仍旧一百二十分地支持我、鼓励我，经常用一口天津话说："嘛！别听他们瞎惹惹，咱们干咱们的！"

《海茫茫》的演员除了男女主角是赵雷的布喜、石英的阿莲之外，还有罗维的老阿发、刘亮华的阿娣、张翠英的阿细和杨志卿的老爹。那时的杨群、朱牧还都是刚拍电影的特约演员，都在戏里演一个听鱼的水手而已。

我没机会见过黄花鱼，当然更没机会看捕黄花鱼的实况，所以在《海茫茫》开镜之前，和制片尔爷、摄影师阮曾三、灯光师阮定邦，还有副导演、剧务、场务的一大帮，先到长洲租了条捕黄花鱼的大船，浩浩荡荡开出海，实地见习捕黄花鱼的实况。

捕黄花鱼的船，跟普通的不同，两旁各有两只可以推下海的舢板，听鱼的在舱底发现鱼踪的时候，一声号令，四条艇仔一齐迅速地推落海中，一边敲打着船板，一边撒网。

我们租的大船，正是这一种，一离开长洲港口，大伙儿都有一种说不出的兴奋，站在船头，左张右望，迎着海风，看着海里的白浪滔滔，还真像曹禺先生的《雷雨》周冲所说的："闻着海风有点腥有点咸的时候……"不过周冲是在海边，而我们是在海里——那种乘长风破万里浪的劲头儿，恐怕连万家宝也没尝试过。尔爷特别起劲，因为航出大海要两三个钟头，所以他亲自下厨在船边切菜、煮饭，准备给大家来一顿丰富的午餐。

表演推舢板下海的情况

尔爷先切小葱，后拌豆腐，再加点长洲的虾米皮儿，一边在碗里拌着豆腐，一边得意扬扬地："好嘛，小葱儿拌豆腐，一青二白，一会儿再来个咸鱼炒饭，弄一大锅果儿汤。"

有几个人不知道什么叫果儿汤，尔爷笑着解释："果儿汤就是鸡蛋汤。满清时候的北京城，宫里养着成千上万的太监，太监是忌讳提到鸡蛋的，不愿意听鸡蛋两个字儿，所以把煮鸡蛋叫卧果儿，炒鸡蛋叫摊黄菜，黄花木耳猪肉丝炒鸡蛋叫木樨肉，另外还有什么假螃蟹、芙蓉鸡片，都是因为忌讳鸡蛋两个字才起了这么多怪名字，所以说果儿汤就是鸡蛋汤。"

他刚解释完，剧务赵百川和副导演高立就都卧了果儿了，无精打采地躺在船板上，脸色都跟小葱拌豆腐差不多了，个个都是一青二白的，其实船还是刚出海不到二十分钟。

跟着接二连三地都坐的坐，躺的躺，本来的谈笑风生，变成了呲牙咧嘴，圆脸儿变成了长脸儿。本来尔爷是强打精神，故作镇定的，最后也忍无可忍了，果儿汤还没下锅呢，他老先生就瓜儿呛了，一个跟头倒在了船头，最后连早餐的荷包蛋都吐了出来。船上的"蛋家"人个个地在一旁窃笑，还好我和摄影师阮曾三因为喝了两杯双蒸，还凑合着没晕浪，但是胃里也有些辗辗转转地闹得慌了。所以我建议船家不要再把船往外海里开了，就在当地表演推舢板下海的情况吧！

于是船家先到舱底，把耳朵贴在底板上倾听，我问他可有鱼？他摇了摇头，我又问他若是有鱼怎么知道多少？他笑了笑："听声音嘛！"

"声音怎么会知道多少呢？"我还不大明白。

"好像小学生在课堂里念书一样，三五个人，跟三五百个人声音当然不一样！"

这话还真有点道理。我说："好吧，就当这儿有一群三五百条的鱼群吧！把舢板推下去好了，作作捕鱼状，叫我们看看就行了。"他应了一应，叫船上的人一齐动手，分头把四个舢板推下海，没想到居然有人反对。

推舢板落海之前，除了在舱底听鱼声之外，还要有人站在桅顶上看水色，因为黄花鱼成群结伙在海底移动的时候，他们根据历代相传的经验，依水色的变幻，就可以知道鱼群的正确位置，然后再依当时的风浪和潮汐，推舢板下海。

有时在听鱼声、辨水色之余，还要对着菩萨打个卦，求神问卜一番，把两块阖着的月牙板，朝上一扔，看跌在舢板上的是仰还是俯，仰是阳，俯是阴。要是卜三次都是阴的话，即使有大批鱼群经过，他们也会任之游去不理不睬的。他们把这种问卜的形式叫作"较杯"。

现在听说我要他们无缘无故地推舢板，船上的老奶奶怎么也不答应，一定要先向菩萨问卜一番，否则得罪了姑姑怎么得了。没想到"较杯"扔了三次，两块月牙都是阴。老奶奶坚持不肯推舢板，尔爷强打着精神向她哀告也是没用，最后还是我塞了她十块钱，她才点了头，看起来姑姑也是廉政公署黑名单上的。舢板推下，海上溅起了一丈多高的水花，像两匹白缎，在舢板尖处分左右撒开。

我和赵雷合作第一部戏

想不到大船周围一直跟着几条艇仔，都是盼望着大船发现鱼踪之后，跟着撒网，打点秋风的。如今一见舢板推下，几条艇上的人们一边用木条叮叮当当地敲打着船帮，一边将网撒下。舢板上的船家，禁不住心头暗笑，以为这次他们这些散兵游勇一定上了大当，想不到艇仔的渔网捞起之后，居然挂满了金光闪闪的黄花鱼，于是大船上的船家也用木板、铁锤不断地朝船板上敲打，四艘舢板上的汉子，也纷纷地将网撒下，等网捞上来之后，也一样挂满了金黄肥美的黄花鱼，一刹时似群蛙出水，呱呱乱叫。那是我第一次看见跳跃着的黄花鱼，也是第一次听见鱼叫，那声音活像在北方乡下红日初升时的乌鸦乱噪。扔"较板"的老奶奶，笑得见牙不见眼，孩子们也高兴得像花果山上水帘洞的猴子一样，纷纷地爬上桅杆。

事后他们告诉我，一尺多长的黄花鱼足有四五百条，是他们这一季成绩最好的一次，想不到没到公海，就有这么大的鱼群。我信口开河地告诉他们，我昨天已经求过姑姑，刚才在舱底听见鱼声，船头也看明水色，早算出这批鱼有八百多条，老奶奶将信将疑，对着那两块"较杯"直摇头。

上了岸，他们分给我们十六个人三十二条最大的黄花鱼，算好了是每人两条。我望着尔爷和赵百川把两箩黄花鱼捧上岸，好不得意扬扬，想起了单弦岔曲《风雨归舟》的最后两句：

一半鱼儿河水煮，一半到长街换酒钱。

也想起来郑板桥的渔翁乐陶然，然后拉着尔爷和一齐在船上"共苦"的哥儿们，到海鲜馆去"同甘"一番，开了几瓶双蒸，举杯同贺，还真有点与君一醉一陶然的味道！

《海茫茫》正式开拍的时候，先拍长洲的北帝庙，后拍阿娣、阿莲母女俩在海边的岩石上捞紫菜。我先带着摄影师和助手，扛着机器到船家指点的地方找紫菜，找来找去都找不到，最后还是把船家找了来，才知道岩石上像木耳一样的彩东西，就是紫菜。我们按日本餐厅的紫菜找，怎会找得到？

《海茫茫》是我和赵雷合作的第一部戏。他本名叫王育民，听说是小咪姐介绍到南洋公司拍片的。我看过他主演的《人鬼恋》。尤敏演鬼，他演人，导演是陶秦，原著是蒲松龄先生的《聊斋志异》中的《连琐》。戏的气氛营造得很不错。尤敏的连琐扮相也清新脱俗，那种艳如桃李、冷若冰霜的样儿，在当时的电影圈中不多见。赵雷这人，也把书生的敦厚、老诚、正直、勇敢的性格，表现得无懈可击，最难得的是演书生有十足的书卷气。其实赵雷本人还真像个生意人，说他是北京八大祥绸缎庄出身的，还真会有人相信。

赵雷当时的太太李宝珍，已经替他生了三个孩子，长子港港（王港林），女儿小妹（王俊铨），都生得聪敏明慧。本来是个美好的家庭，可是因为石友三的千金小姐石英的介入，而使他们夫妻离了婚。如今石英也替他生了一儿（燕生）一女（丽兰），夫妻俩倒也相敬如宾。事隔多年，大女儿已经嫁了人，大儿子也做了中国联合银行九龙城的分行襄理。现在赵雷也弃影从商，人也心广体胖，面团团俨然富家翁的样儿了。二十几年来真是世事如棋局局新。

我和罗维合作过不少

拍《海茫茫》的时候，也是他们三角恋爱正热闹的时候。我们在长洲拍戏还颇不寂寞，白天晚上都有戏看，有时他们几位甚至于上演中国功夫，真刀真枪地唱起三本铁公鸡来。晚上闹的家务纯是家务，虽然也影响精神，倒不至于耽误公事，可白天男女主角在外景地点，公开地打情骂俏，可有点不大对路，有一次惹得我忍无可忍地大发脾气。

我自己是演员出身，对演员拍戏时的紧张心情相当了解，所以经常的脾气都是为了工作人员对服装道具的延误而发，很少向演员们大声疾呼的，因为那是于戏毫无补益的，不只伤了演员们的自尊心，更增加了他们无谓的担惊害怕，对表演的成效一定大打折扣，可那次石英真把我惹火了。

我不怕演员笨，只要用心、用功，多笨都能达到导演的要求，就怕演员心不在焉；你跟他讲剧情，他跟你谈马经，你给她示范，她在那儿看报纸，那可就神仙都拍不好了。

那时的石英正是如此，她每天担戏都有点神不守舍的劲头儿，一脑门子还是她的处女作——《恋爱与义务》，只一心一意地恋爱，没尽到演员的义务。

赵雷和石英彼此都有个昵称，石英叫赵雷——雷，赵雷叫石英——秀。每天拍戏的现场不是雷找秀，就是秀找雷，听得耳朵都上了锈了，我真想找雷把他们劈喽！

有一天，就是拍阿莲和阿细在海边捞紫菜的外景，一个镜头摆了条长轨，石英的阿莲，行前到张翠英的阿细身边，试了几次，石英的脚步都走不准位置。我替她量好十三步，所以要先迈右脚，停止的时候也刚好右脚，侧对着摆在左边的镜头，恰到好处。可是试了几次她都是先迈左脚，而且每试一遍之后，她一定回头找雷，见不到雷，心慌慌意茫茫地喊雷，看见雷又嗲声嗲气地叫雷。一共试了十三次，我也就示范了十三次，她不仅每次都迈左脚，而且喊了五十多声雷，最后我耐心地替她再示范了一次，她刚要演的时候，忽然看见宝珍和赵雷在远处谈话，这一声雷是她叫得最响的，可是想不到我的声音比她响十倍："雷你×了×！"

她惊慌失色地看着我，我又连珠炮似的骂了她几句，她的眼泪围着眼圈转了半天，终于"哇"的一声喊了出来，您猜她叫什么，一个字："雷——"一点不假，十三就是不祥。

其实，《海茫茫》应该是个粤语片，如果剧中人说广东话，要更传神得多。水上人家的行话俚语，说起来更生活化得多。可我是国语片的导演，要顾到台湾及星马的市场，所以连原著中的蛋家歌也改为国语流行曲了，如今想想，实在失策。

从我第一部编导《雪里红》起，就开始和罗维合作。《海茫茫》应该是第二部了。接下来的还有《窈窕淑女》《春光无限好》《貂蝉》《儿女英雄传》《武则天》……还真合作过不少，所以我们彼此的交情不错。

我在永华训练班的时候，就认识罗维了。看过他演的《国魂》，也看过他演的《清宫秘史》里的袁世凯，最有印象的应该是他演的

《大凉山恩仇记》了。不管什么戏，总觉得他的演技比老一派的演员生动得多，最低限度没有话剧腔舞台味儿，也没有挤鼻子弄眼硬滑稽，起码看着要舒服一点。

罗维曾经到香港表演过

《国魂》虽然是永华号称百万金元的创业作，但导演卜万苍先生拍得既无风格，又无气魄，甚至演员们的表演也各自为政，杂乱无章，形成无导演状态。刘琼的表演算是好的了，不过演什么角色都是刘琼，念台词，做表情，完全是刘派，不像蓝马、谢添，装龙像龙，装虎像虎。《国魂》的其他演员更糟糕，尤光照满脸跑眉毛；姜明的一口尖团不分的东北话，举手投足，活像京戏的小花脸；高占非木口木面的纯像个日本大臣三木武夫；陶金应该算不错的演员了，《一江春水向东流》《八千里路云和月》都演得中规中矩，可是在《国魂》里他演的伯颜元帅，面无表情的哈哈、哈哈，到现在想想都够脊梁沟儿麻得慌的；加上乔奇的衰派老生，一步三摇颤颤悠悠的，简直如着舞台剧。所以罗维的自然朴实的演法，就给人一种特别舒服的感觉了。《国魂》和《清宫秘史》比较起来，那后者要好得多了。除了唐若青的慈禧拍台子瞪眼的表演太过火了一点，沙哑的声音不像个锦衣玉食的太后老佛爷之外，其他舒适的光绪、周璇的珍妃，演出都有相当的水准，洪波的李莲英虽然太油腔滑调了些，但却是一般观众所喜爱的。姑算他是娱乐性的表演吧。而罗维的袁世凯，戏虽不多，但分量却很重，演得也是不温不火的恰如其分。《大凉山恩仇记》他演一个少数民族的年轻人，配合他的外形，就更显得入木三分、有型有款了。这都是我第一部导演的《雪里红》请他演金虎的原因。

罗维的父亲姓张，母亲才姓罗。他的原名叫张忠林，是山东东平人，后来过继给湖北籍的舅舅罗之琴，才改名叫罗晶的，改为罗维是在上海和李丽华拍《春残梦断》之后。郑敏的太太薛刚耀会测字，懂得姓名学，认为别人一个日子已经难挨了，他三个日子落在一起怎么过？再说日字拉长了像个竹节儿，俗称竹节运，日子刚好过一点就要过节儿，算算三个日字，要有多少过节？所以建议罗晶改个名字。罗晶一想，四郎探母的杨延辉曾经"将杨（楊）字拆木易匹配良缘"，何不也把罗（羅）字拆成四维呢。古人云："礼义廉耻，国之四维，四维不张，国乃灭亡。"好吧！罗三日就改成罗四维吧。不过明星以两个字的名字居多，像赵丹、蓝马、刘琼、金焰……三个字就活像唱京戏的大老板了，譬如马连良、张君秋、梅兰芳、尚小云……既然要干电影，还是两个字的名字比较简单、明了、爽口、易记，所以胡金铨做演员的时候不要胡，钱蓉蓉不要钱，李子达叫李行，杨彦岐叫易文，于是罗四维也就一下五除四地把四字去掉，变成罗维了。

罗维是一九一九年出生的，今年是六十二岁。《海茫茫》是二十五年前拍的，当时罗维只不过三十七岁而已，一朵花开得正旺的时候。

罗维也是在北平念书的，是和平门里中华中学的学生。抗战前一年在汉口加入了青春歌舞团，团长是梅花五虎将之一的贾秋云。罗维随着歌舞团由湖北唱到湖南，由广西跳到广东，东西南北地又歌又舞之后，一九三六年也曾经跑到香港表演过，当时还适逢英王加冕，不久抗日战争爆发，青春歌舞团青春不再地流落广州，团员们东跑西奔，流离失所。

要到内地做巡回表演

当时的罗晶，正是寂寞的十七岁，日子可真是又寂寞又难过了，言语不通，举目无亲，肩不能担担，手不能提篮。青春歌舞团的男女主角，歌没处歌，舞没处舞，只剩下青春了，光杆牡丹，不用说跳舞，跳六也没有用。三天没吃饭，差点没在海珠桥上唱起新马仔的《万恶淫为首》来，可惜想高叫两声"修好积德的老爷太太"都缺乏勇气，只饿得他两眼发蓝，站在海珠桥上，不禁仰天长叹，真有天苍苍，海茫茫，归不了家乡，见不得爹娘的滋味儿。刚好碰见一位会说官话的党部人员，一看罗晶面有菜色，两眼发直地望着江水发愣，还以为他寻短见呢，忙过去一把拉住他："点么？细佬！有乜嘢睇唔开呀？"

那时罗晶的广东话只会一两句，很想告诉那位别误会，自己只是站在桥上看看海水而已，所以用不咸不淡的广东话说："想睇吓海。"

结果那位还是误会了，以为这位外省籍的花靓仔想找女人呢："海珠桥边处有海呀，睇×到沙面了。"

经过罗晶的再解释，那位才恍然大悟，非但热心替他还了旅馆账，还在家里设了张帆布床，叫他暂住了两三天之后，替他买了张到汉口的车票，他才安然地回到老家。

在家里，罗晶不止是独生子，还是过继舅舅的两房隔一子。老太太一看见宝贝儿子的狼狈相，怎能不悲从中来。原来罗晶在外边还弄了一身大疮（不是杨梅大疮，读者千祈别误会），他住在广州旅馆的时候，听说香港有一家电影公司的老板，因为看过他的表演，很想找他拍一部戏，所以他才在旅馆里耽搁了下来，不过左等不见人，右等也没有消息，房钱欠得不能欠了。《隋唐演义》里的山东好汉秦琼秦叔宝，还可以当锏卖马，这位山东罗晶既无锏当，也无马卖。还好店主东有好心肠，叫他把房间让出来，叫他白天坐在厅里，夜晚睡在天台上。几天之后，没想到天台上的太阳毒气，蒸入他的屁股里，弄了罗晶一屁股的坐板疮。回到家里，高堂老母看见罗晶摸着屁股直叫妈好不痛心，所以发誓不准罗晶再出远门。

抗战初期，罗晶也是一肚子国家民族的思想，很想参加抗日的队伍，刚巧那时陈风和沙露丝领导的艺化歌舞团，要到内地做巡回表演，知道青春歌舞团的罗晶，表演和外形都不错，所以请他加盟入艺化。那时汉口已经常有防空警报发出，老太太一听儿子去抗战，那还得了？由于上次广州流浪记的经验，老太太怎么也不肯放儿子出门，家里也有炕，一定要在炕上站着，就在家里炕站（抗战）吧！

结果还是陈风有办法，既然老太太怕抗战，怕警报，就说："四川有三峡、西陵峡、瞿塘峡、巫峡，峡两边的山都是高耸入云的，除了猴儿可以攀上高山之外，连老鹰都飞不过去，所以大诗人李白说：'两岸猿声啼不住，轻舟已过万重山。'轻舟才能过，重舟却不行，飞机更飞不过去，所以四川用不着防空设备，更没有空袭警报；飞机就算勉强地飞过西陵峡、瞿塘峡，也飞不过巫山、峨眉山。您没听说过吗？云雨巫山空断肠！您想想，云雨到了巫山都空断肠，不要说飞机了！"

罗晶桃色新闻层出不穷

老太太一听还信以为真了，三峡没听过，峨眉山可听了不少，常听说评书的说《蜀山剑侠传》嘛！既然飞机飞不过万重山，就叫儿子到四川避避难去吧！不过又一想，古人不是说"少不入广，老不入川"吗？儿子入了广，差点没跳海，如今一入川，还能回得来呀？《蜀山剑侠传》的第一句话，就是"蜀道之难，难于上青天"哪，加上四川离汉口又那么远，想来想去还是不答应！陈风又说了："四川离汉口才不远呢，李白那首诗还有前两句呢，'朝辞白帝彩云间，千里江陵一日还'，由四川回汉口只不过一天多一点的路程。"

陈风的嘴还真能见风使舵，死人都能叫他说活啰，《唐诗三百首》，他只用了一首就把罗晶从他们老太太手里由汉口说到四川。

在四川的艺化歌舞团里，罗晶仍是以小生的姿态出现，除了在台上又歌又舞之外，有时也演演文明戏。那时文明戏里有一种"言论正生"，就是能即兴地对观众说些义正词严的抗日八股，讲些国家民族的大道理。罗晶从小就聪明过人，什么事儿一学就会，把陈风跟他们老太太说的那一套本事，早就学得滚瓜烂熟了，不仅读会了《唐诗三百首》，连《论语》的"子曰学而时习之，不亦乐乎！"《孟子见梁惠王》的"王曰叟不远千里而来，亦将有利于吾国乎？"都乎呀乎地倒背如流。加上些抗战的口号，譬如蒋委员长说的什么"牺牲不到最后关头，绝不轻言牺牲，和平未到绝望时期，绝不放弃和平。"什么"一寸山河一寸血，十万青年十万军"，然后再唱两句《嘉陵江上》："那一天——敌人打到我的村庄，我便抛弃了我的家人、田舍和牛羊……"唬得台底下的老大爷、老大娘个顶个的热泪直流，异口同赞："格老子，罗晶个龟儿子，硬是要得！"

罗晶少年英俊，长得虎头虎脑，很得一般女人的欢心，所以桃色新闻还层出不穷。艺化里有一位叫周梦萍的女团员，一直在心里暗恋着他，不过她长得又矮又小，团里很多人都欺侮她，因为她也是湖北人，所以罗晶经常替她打抱不平，在五三、五四大轰炸的时候，兵荒马乱之下，剧团宣告瓦解，团员们四分五散，罗晶和周梦萍就同居在一起了。

周梦萍还是位子孙太太，替罗晶前后生了六个女儿，一直到罗晶改名罗维之后，又在香港替罗维生了个儿子，那已经是我和张翠英结婚之后的事了。那时我们住在九龙城太子道，他们住在衙前朗道，他的儿子的满月酒是在乐宫楼摆的，我们夫妇都参加了，不过没有多久，就传出周梦萍拖男带女地回了湖北，这之后我们就由罗维的介绍，认识了泰山新星刘亮华。

对罗维与刘亮华的同居，圈内的朋友不无微词，不过男女间的感情事，很难用恩义来衡量，旁观者清，当局者迷，"情"之为物，还不是局外人可以理解的。

刘亮华是泰山公司七姊妹之一。泰山是一九五二年的四月份，卜万苍导演和以前联华的老朋友罗明佑、黎民伟几位先生集资组成的。当时支持星马市场发行的是王道明，支持现金周转的是卜先生的侄子周松如。先拍了一部由李英编导的《神犬喋血记》，主演的就是罗明佑先生的女公子、声乐家林声翕教授的夫人罗婷女士，之后，就大张旗鼓地招考新人。

送儿子赴美国，泪洒机场

在钻石山惠和园五号，成立了泰山演员训练班，由卜万苍、王元龙任导师，林声翕教声乐，红薇教国语。学员之中考取了两男五女。男学员现在只有范丹还在从事电影工作，另一位早已改了行；女学员是李蔷、葛兰、钟情、容远菁和陈云。刘亮华和杜蝶都是经朋友介绍的，没经过考试。杜蝶参加了几天训练班之后，就兴趣索然地退了课。不过她的体型面貌和林黛有八九分相似，在林黛自杀后，代替林黛结束了未完成的《蓝与黑》和《宝莲灯》。

泰山的第二部戏，是李蔷主演的《恋春曲》，第三部是葛兰主演的《再春花》，第四部才是予人印象比较深刻的《七姊妹》。半年之后稳如泰山的泰山就因为经济的周转不灵，而宣布倒闭。七姊妹也就跟着七零八落的风消云散了。

之后，国际的《曼波女郎》跳红了葛兰；新华的《新桃花江》唱红了钟情；李蔷改投左派的长城公司，嫁给了导演胡小峰；刘亮华成了四维的当家花旦，也成了四维的老板娘。四维的老板正是原名张忠林的罗维。

刘亮华的国语虽然说得不错，但却是地地道道的广东人。而且是系出名门，受过相当不错的教育，在女拔萃念过书。父亲刘少侠曾是十九路军的军需处长，叔父刘福曾是香港华人总探长，还有一位伯父刘纪文，做过南京市长和审计处处长，姐夫汪玉庭更是《成报》的三位创办人之一。

她在没和罗维同居之前，已经结过一次婚。丈夫是任职银行界的罗广耀（刘小姐跟姓罗的倒蛮有缘）。结婚没有几个月，就因为意见不合而分开，连女儿也是在娘家生的。

罗维是经吴勉之、杨彦岐介绍而认识刘亮华的。那时的刘亮华正在青春年少，亭亭玉立，艳光照人，新闻界的朋友送了她个绰号"小肉弹"。她虽然经常演些风骚泼辣的反派角色，心地倒是相当善良的，对罗维也是千依百顺，体贴入微。当然，少年夫妻有时免不了因细故而口角，但也是床头打架床尾和而已。

刘亮华的父亲刘少侠先生，对女儿相当宠爱，据说给了她香港近湾仔的楼宇十几处。老实讲,电影圈的女明星,带着十几个冞巴拍电影的,还真是绝无仅有。

罗维是山东人的脾气,性子火爆得很,三天两头地动手动脚,一连两年的大年初二,都在我家演出过全武行,又掐、又打、又拧、又踹,不过北方人形容夫妻打架说:"打是疼,骂是爱,不打不骂用脚踹。"所以他们两位还是越打越亲热,越骂越恩爱。话虽如此,那可是没有第三者介入的时候,多了个人一劝架、一帮忙,可就得另说着了。

罗维在《海茫茫》里,演的老阿发,就是性情暴躁,容易冲动的人。对老婆阿细,也是动不动地就拳打脚踢。但也是个忠厚老实、心地善良的人,刀子口,豆腐心,别人两句好话一说,就算是杀父之仇、夺妻之恨,都忘得一干二净了。

这性格简直和罗维不相上下。不了解罗维的人,一定以为我维护他,替他说好话,其实你若看见罗维送他十六岁的儿子罗时雄到美国念书时,泪洒机场,依依不舍的情况,如果罗时雄也写一篇回忆父亲的爱心,像朱自清先生的《背影》一样,相信也是一样感人肺腑的。

新加坡对《水仙》批评好

如果你再知道他对既师又友的屠导演光启先生的照顾与怀念,就更加觉得我的话不错了。所以有很多人说香港的人情薄如纸,影圈的人情比纸薄,也不能一概而论的。

譬如说泰山出身的钟情,虽然在泰山只演了一部戏,前后待了不够六个月，但对卜老万苍生前，不仅经常嘘寒问暖，还按月依时送钱，直至卜老弃世之前，一直没有间断过。罗维对屠光启也是一样。所以屠老故世之后，他的女儿打出的第一封电报，是给罗维叔叔的。因为罗维的四维公司也好，罗维公司也好，每月都有一份编导顾问费给屠光启的。直到现在，电影圈在黄大仙慈云山举行的屠老追思会，也是罗维发起的。

和几个朋友背地里聊天，有时谈到罗维，大家对他都是毁誉参半。我想多数是由于他口直心快的关系吧，得罪了人自己却不知道。他也承认自己是草包，不过他自己也经常自豪，因为在香港坐得起劳斯罗斯的草包，还真不多见。

三十几年来他演过不少戏，导过不少戏，也监制过不少戏。李小龙的《唐山大兄》《精武门》，更令全世界瞩目。很多外国的制片家都想跟他合作，不过总没有谈成，不能直接和外国人谈话是最大的绊脚石，有人从中作梗也是主要原因。

罗维是电影界的福将，但福将也不是永久通行无阻的。有很多人研究姓名学，认为什么名字好，什么名字不好。不好的按姓名学的笔画改一改就好了，那岂不是大家都要既富且贵，封王拜相？所以我认为罗维仍脱不了罗晶的竹节运。不过既是福将，当会逢凶化吉，遇难成祥的。今后若能："见人只说三分话，不可全抛一片心。"总好一点，何不向周围看看，你的朋友中有多少只笑面虎？

我和父子公司订的合约中有一条：制片成本不得超过二十五万，底片不得超出两万五千尺。又《海茫茫》因为拍的是全部实景，船在海中又难以控制，有时又三部机器同时拍摄，消耗的底片，当然比一般在布景中拍摄的片子，难以掌握得多。所以为了抢拍，有时连拍板都来不及打，场号日期都没有，一个场记又没法兼顾三个机器，结果底片拍了四万还要挂点零。冲出拷贝一看，剪接的姜兴隆连看都没看完，一边皱眉一边摇着脑袋，告诉老板，他没有本事剪。我当然也不能怪他，还好我从做《翠翠》副导演起，一直就参与了剪接工作，我叫场务把四十多盒拷贝，全部搬到家里，另外拿了个倒盘和胶水接片机，埋头苦干了两个礼拜，总算把片子接起来了。

我记得《海茫茫》在香港上映的时候，改名叫《水仙》，是在九龙青山道的仙乐戏院。结果生意奇惨，大概一个礼拜的总收入是港币一万八千多块。我差点想削发为僧，或者改行做生意去。二老板听了笑笑，告诉我新加坡方面对《水仙》的批评很好，不管怎么样，这是一个新的开始。

影圈儿里有一个专门作缺脚诗的服装怪杰卢世侯，他送给我一首打油诗，当时传遍了影界：

　　长洲海茫茫，
　　导演李翰祥，
　　定要拍实景，
　　硬伤！

进父子公司的第二部戏

我进父子公司的第二部戏，是《黄花闺女》，也就是以前要拍而拍不成的《杨柳青》。剧本是由王西彦的《村野恋人》改编的。故事讲凤栖山凤尾屿的一个乡下姑娘，和同村庾虎的恋爱故事。

由于和严俊的君子协定（应该是"君臣协定"），我进邵氏的第一部戏不能用林黛，而《黄花闺女》是第二部戏了，公司当局和制片尔光，都认为小金兰的适当人选，以演《翠翠》成名的林黛最合适。于是我也不再犹豫地就和林黛通了个电话，电话里听到林黛的声音兴奋得不得了，并且还问我为什么《海茫茫》不找她演。我当然不能把严俊的话告诉他，只好说是公司的决定。她又问我男主角是谁，我告诉他是赵雷。她看过赵雷的《人鬼恋》，认为他是一个难得的英俊小生，演敦厚的乡下人，再合适也没有了。我又告诉她于素秋演暗恋庾虎的寡妇春五娘，杨志卿演小金兰的父亲，红薇演庾虎的老祖母，张翠英的大姨妈，吴家骧的表少爷，另外还有洪波、金铨……卡士和《金凤》差不多，只少了王四爷和严二爷。

第一堂布景小金兰家是在荃湾的华达片场搭的。是一座乡下的四合院儿。片中的插曲也是在华达片场的配音间收的。作曲姚敏，作词李隽青，幕后代唱的除了王若诗之外，多了个替春五娘代唱的席静婷。若我记忆不差的话，那好像是静婷的第一部幕后代唱，一切都准备好了，想不到为了严二爷的关系，差点又变了卦！

剪接大师王朝曦的太太余婉菲（程寨主刚兄的前妻，凤凰公司演员，曾反串过《王老虎抢亲》的王老虎），替大师生了个儿子，在弥敦道金殿舞厅改的金殿楼（如今的平安大厦楼下）摆满月酒。因为王朝曦的人缘不错，所以电影圈的朋友差不多都到齐了。严俊也一早就来道贺。

那时圈里一有喜庆寿事，主事的一定是尔光，因为他既懂行，又热心。管账的也一定是二哥刘恩甲，因为他以前当过几天账房先生，人又忠诚可靠。所以他们两位多数在礼堂的门口，尔爷笑容满面地招呼客人，二哥满头大汗地埋头记账。谁也想不到我在里面，差点和严二爷顶撞起来。

那时，我和严俊不常见面。除了那次他在重庆饭店隆重地请我吃了十个水饺之外，一直没有再见过面。所以看见他，我忙不迭地迎上前去，热情地叫了声严二爷，虔诚地伸出手，想不到碰了个硬钉子！严二爷居然冷冰冰地瞪了我一眼之后，就和别的朋友招呼上了。我当时还真是无地自容，伸出的手也不知道怎么收回来。照理我就应该识相地躲得远一点，那天大概是鬼迷心窍了，还以为严二爷在想心事，没看见我呐，或许有什么蜚短流长的闲话传到严二爷的耳边里，因而对我有了误会呢？冤家宜解不宜结，何况我们是朋友呢！所以我倒了一杯酒，跑到他坐着的台子上："严二爷，好久没见了。敬您一杯。"

他用眼角眇了我一下，嘴唇一撇："哟嗨！李大导演嘛，不敢当！"

然后又和旁边坐着的姜南嘻嘻哈哈起来。倒是姜南有些不好意思，向他说了句："你跟翰祥好久不见了，大家聊聊嘛？"

严二爷又睨斜了我一眼："我哪儿高攀得上啊！跟人家大导演有什么聊的，挖角都挖到我身边来了，还聊只卵。"（"聊只卵"是上海话，在北方说得文明点儿是"聊个山药"，不然就直言相谈地说"聊个鸡巴"！）

金殿楼里人们鸦雀无声

我当时真想一杯酒朝他脸上泼，不过转念一想，人家孩子满月，何苦来哉？于是把火压了下来，强颜欢笑地："我怎么挖你的角儿啦？小林黛是邵氏的演员，我是邵氏的导演，照理公司怎么安排我就应该怎么做，可是您叫我第一部别用林黛，我也照办了吗？"

没想到这句话令他老羞成怒了："什么，谁不叫你用林黛？哪个王八蛋不叫你用林黛？你说这话什么意思？"

他的声音越说越响。大家一下子都静下来了，眼睛都集中在我们两人身上。若不是姜南把我拉走，我还真不知道怎么下台。

门口的尔光跑过来问我怎么回事，我一五一十地跟他一说，尔爷也不大忿气："嘛？这算那一出，瞧我的！"

我看他脸红脖子粗的，倒了杯啤酒，然后拿着瓶子，举着杯朝里就走。我知道他已经有了几分酒意，想上前拉住他，谁知他三步两步地已经走到严俊的面前，把手中的啤酒朝严二爷的杯子就倒，严俊不知他什么路道："干嘛？干嘛？"

尔爷一举杯："咱们哥儿俩好久没见了，来，近呼，近呼，喝一杯。"

严俊把面前的杯子，朝旁边一推："操，搅什么嘛，你看我什么时候喝过酒来？"

"嘛，敬酒不吃吃罚酒？"

大概他们哥儿俩平时玩笑开惯了，所以严二爷的言语之间，竟带些小佐料。大家高兴的时候，本也无所谓，可那天尔爷心里憋了一肚子火，所以说者无心，听者有意了。不过严二爷的态度才真够瞧的："别他妈的起哄了。"

尔爷马上一板脸："嗳，你嘴里可别不干不净的，嘛妈啦妈啦的！"

严二爷跟尔爷说话，一向就是这种态度。尔爷也都是逆来顺受。现在一看尔爷的脸色由红转白，由白转青，也把脸一拉："怎么着，尔光！你今日个成心找茬是怎么的？"

"嘛？尔光？尔光是你叫的？你用得着我尔爷，用不着我尔光。妈拉臭×，我替你跑前跑后，替你背黑锅的时候忘了？小林黛自杀的时候，你他妈跪在地下求我尔爷的时候你忘了？……"

尔爷一阵连珠炮，说得整个金殿楼里的人们鸦雀无声，主人手足无措，客人目瞪口呆。有几个交情够得上的，刚要上前把他们哥儿俩拉开，没想到尔爷迅雷不及掩耳的，啪啪连声地打了严二爷两个大嘴巴子！照理尔爷身后的一堆特约演员，本可以把他拉住的，那天不但没人管，连想劝架的也被他们挡着，挤不到尔爷的身边，您看看严二爷的人缘有多好？

　　骂也骂了，打也打了，才有人说好说歹地把他们两位劝开。严二爷连脸都没摸一下，悻悻地走出金殿楼，主人王朝曦连送客都没敢送。

　　当时大家都以为风平浪静了，刚要入席喝酒，想不到一阵警车声之后，奔进四个中西帮办，在场里巡视一周之后，大概其中有一位山东老乡认得尔光："你叫尔光吗？"

　　"嘛？"

　　"严俊到油麻地差馆告你，说你打他。走吧，跟我们到差馆去一趟吧。没大关系，问几句话而已。好，你们电影界还真热闹，你叫尔光，严俊演过《吃耳光的人》，行，你真行！尔光打吃耳光的人的耳光！"

　　好，这位山东老乡还挺幽默。

电影圈就是这么一回事

　　油麻地差馆，就在金殿楼的后边不远。原告严俊带着两个目击证人，一是姜南，一是刘恩甲。被告是尔光。一时之间差馆里大明星、大制片齐集一堂。差馆在庙街和上海街之间。普通日子，华灯初上时，本就热闹非凡，如今更是挤得水泄不通，人山人海。

我站在老远的人群外,看着里三层、外三层围在差馆外的人们,交头接耳,议论纷纷。其实他们跟我一样,什么也看不见。有人更是吃饱了饭没事儿做,盲人骑瞎马的,看人家挤,也跟着挤,至于挤什么,他也不知道。有人问差馆门口的山东二哥:"乜嘢,睇乜嘢?"

山东二哥用一口纯正的威海国语告诉他们:"气已光的银!"(吃耳光的人)

我一听还蛮对,假如林黛是严二爷的银子,林黛去拍别人的戏,就等于已经差不多快用光了的银子,严二爷如何不气?

那年我整三十岁,严俊比我大八岁,三十八,尔光比我大一轮,四十二,刘恩甲三十六,姜南三十三,如果说四十岁以前算青年的话,大伙儿都是花儿正旺的时候,本来都是一起工作的好朋友,为了林黛的一夜之间成为万人瞩目的大明星,而弄得彼此之间,水火难容,如今追思起来,实在觉得可怜、可叹,又可笑。

尔爷已于七四年故世,刘二哥更早他几年(一九六八年)撒手西归。抚今追昔,还真有点人生如戏的感觉。但类此事件,在影圈中仍旧接二连三地上演不穷,好戏连场,还不止朋友反目、针锋相对的上演全武行,而是侵人妻子、夺人版权,混淆账目,盗用公款,更在暗中使劲,想入人以罪,置人于死而后快。影片本身质与量的进步,比起圈里人明争暗斗的内幕,日新月异、千变万化的要差得远呢!

他们几位在差馆里一个多钟头,大概也只是问了问当时的情况,酒后口角,言语冲动而引致一方动了手,也没什么大不了的,原告不起诉,也就不了了之了。不过等他们几位出来之后,严俊和尔爷在差馆门口,有说有笑地握着手不放,大有重修旧好,马上就要合作一部戏的意思。握完手之后,尔爷把姜南、刘恩甲大大地教训了一顿:"看见了吗?兄弟,电影圈就是这么一回事,以后别乱作证跟着瞎惹惹!"(瞎惹惹是天津话,大概是瞎起哄的意思吧。)

特别注意选择特约演员

《黄花闺女》拍摄之前,香港所有的片厂搭布景,即使是北方的四合院,房顶上也不管盖瓦的。说起来都好笑,那年头房上的瓦片不列入布景之内,而算是"景用道具"。

我在做布景师之前,也曾做过美术、陈设和道具。我怎么知道道具要负责买瓦,陈设要负责铺瓦呢?只顾了陈设大小道具,准备戏用道具,导演一看房顶上没有瓦,急着问我管什么的?我说道具啊!他的脸一板,粗声粗气地:"道具为什么不铺瓦?"

说给如今管道具的朋友听听,岂不要笑掉大牙。道具铺瓦?那泥水匠干什么?

于是,在拍《黄花闺女》的时候,我不仅要把房顶上单摆浮搁的瓦片,用泥抹好,还要叫泥工在瓦沿上装好瓦头。这可以说是我对港制电影布影的第一个改革。说给一些新入行的小老弟听,还真会有人不相信哩!

拍《黄花闺女》的时候,我对特约演员的选择,特别注意。这也是拍《海茫茫》得来的经验。

电影界的演员,一向分四流:头流的是基本演员,和公司订有合同,一年或三年不等,酬金以部头计,但是按月薪付给。二流是部头演员,没有固定的合约,有适合的角色,由制片约请商谈,双方议定价格,然后签部头合约。当然,也有有头有脸的大明星,或有足够号召力的名演员。等而下之就是特约演员了，拍戏以天计酬，只要会说国语（当时是现场录音），会做做戏就行了。我在长城画广告的时候，也兼做特约演员。那时的特约演员，又分几等：一等酬金港币五十元，二等四十元，三等三十五元，四等三十……刚入行的只拿二十。再下来要算临特演员，介乎临时、特约之间，不必开口说话，但要穿着整齐，西装要笔挺，皮鞋要擦亮，衬衫要雪白，领带要登样，演演舞厅中的舞伴呢，大宅门宴客的宾朋啊。最低的就是临时演员了，每天酬金五块钱，加上早饭一元，午饭两元，要是拍摄超时过钟，再加晚饭二元，一共十块钱。临时演员介绍所，从中收费二元五角，实得七块半，事实上能到手四块已经是好的了，因为剧务还要在里面揩点油水呢，领班也要孝敬孝敬呢！捞个临时也是黑幕重重的。

如今可就乱晒大笼了，不知道哪位兴起的，不论何等样的演员，不超过十天戏的，一律算半部。十天以上的才能按一部计酬。要是三天五天的，干脆就论天计酬。大明星成了大特约了。演变到最近，十五天、二十天也都作半部计，理由是工作天加长了，以前是五十天的，现在变成七十五天或九十天了。照他们的理由，应该是四十天以上才能算半部了。要是香港也有个日本的黑泽明就惨了，一部《影武者》，拍了二百九十多天，那岂不要拍上一百四十天也只能拿半部酬金！可程刚程寨主的《十四女英豪》，拍了也有一百多天，部头演员仍以部计，一毛钱也没加过。如今市场如此不景气，算盘珠儿打得不响还成？

拍《海茫茫》的时候，特约演员都没有合约。因为有一项不成文法的行规，特约演员有连戏的一定要给人尽完义务拍完。这也是演员应有的道德。可那时我是个初出道的导演，一切预料不到的事，都会发生。这也是影圈的一向作风——欺生！

一个新导第一天进厂，所有工作人员都冷眼旁观的，看看你的道行如何，修为怎样。稍有点洋盘相，就要闹笑话。摄影师的冷讽热嘲，灯光师的妈妈连声，你都得乖乖地听着。

这方面我倒是得天独厚，因为我启蒙的老师严俊在影界的地位高、声誉隆，所以我做《翠翠》副导演的时候，已经是指指点点地乱发脾气了。加上镜位熟，对编剧、剪接、布景、美术样样都会一点儿，虽不能说十八般武艺件件精通，但也都算拿得起放得下了。份属科班出身，所以也就通行无阻，顺手得多。

不料叫几位特约演员把我难住了。这几位特约，当初都是刚入行，如今可都是影圈里响叮当的人物了。谁呢？有凤鸣公司的老板兼导演、兼演员的杨群，有三羊公司的老板兼编、导、演一鸭三吃的朱牧朱三爷，还有如今在美国做寓公的杨文凯，另外一个是任浩。

杨群那时还没跟俞凤至结婚呢，凤未至也未鸣，但是羊群里跑骆驼，净出幺蛾子，也够受半天的了。加上朱三爷的三羊头，撞得我还真够呛！在一群羊里，我可开了洋荤了。

杨群、朱牧要离船上岸

朱牧和杨群在《海茫茫》里，都演蛋家。每天拍戏的时候，多数斜躺在舱里，把耳朵紧贴舱底听鱼，偶尔也跟着扯扯帆、整整缆什么的，没有什么对白，也没有什么戏。现在想想还真是糟蹋材料，因为他们两位不只是好戏之人，又都是配音能手，空有一身本事，无地施展，当然有些怀才不遇的感觉。加上邵氏的规定，阴雨改期不计酬,更使他们觉得不合理。在市区无所谓,长洲可就大不应该,往返坐船就要两个钟头,没有酬劳岂不是白白地浪费一天?所以情绪一直不稳定,不过苦无机会,不得不忍气吞声而已。

在长洲拍戏的特约演员,除了他们两位,还有杨文凯、任浩、白戈、李图、尔群、郝履仁……也都是扮演船上的蛋家。虽然在戏里只是跟出跟进的不怎么显眼,可少了他们又不行,因为船上有了他们这些假蛋家,才能把真蛋家的行动带入戏里。

想不到拍到一半的时候,杨群、朱牧他们二位忽然接了岳枫导演的彩色歌舞片《欢乐年年》的通告。大家都是日班,拍戏的地点,一个在钻石山的大观片厂,一个在长洲的船上,二者当然不可得兼。剧务劝,制片吵全都没用,他们还是要离船上岸,他们理由是:

一、《欢乐年年》拍场景,无阴雨顺延不计酬的情况。

二、他们在《欢乐年年》里演歌舞团的团员每人都有戏演,不是老躺着听鱼,跟活动道具差不多。工作天又有二十多天(其实《海茫茫》还不止二十多天呢)。

三、《欢乐年年》是当时最红的大明星林黛主演的第一部彩色片。

四、《欢乐年年》是名导演岳枫,正式东山复出的第一部影片。

第四点是他们最大的理由,我听他们和剧务讲:"怎么能比?人家那边是岳老爷导演,这边!……哼!"言下之意,这边初出茅庐的小导演,怎能比!

话虽不怎么入耳,但也是句老实话,人不能比,人比人气死人、何况那时岳枫的导演地位的确是他认第二没人敢认第一。

电影圈利害分得很清楚

严俊为了免得我拍《海茫茫》起用林黛,不仅加紧他《菊子姑娘》的拍摄(林黛主演),也把自己拍了一场歌舞的《欢乐年年》让给了岳老爷,还真是用心良苦。

这倒都没有关系,井水不犯河水,千不该,万不该,把我《海茫茫》连戏的四个特约演员,甘词厚币地拉了走。当然演员自己要负大部分的道义责任,但他也脱不了诱人做不道德行为的关系。

有一天我的剧务把这件事告诉给我,并且推开常州①旅馆的窗门给我看,他们四位每人都扛着行李,一边走一边回头张望,活像逃难一般奔向码头上停着的渡海小轮。

我马上挂了个电话找岳老爷,把情形和他一说,他老先生还真推了个干净:"这件事我不大清楚,你跟剧务蓝伟烈谈吧。"然后,"啪"的一声,就把电话挂断了,老爷就是老爷!

我当时还真有点手足无措,忽然想起任彭年先生枪毙演员的办法,不得已叫李图加了句对白:"杨五、朱三、杨大、任四,都摔在海里,叫鲨鱼给吃了!"

老郝接了一句:"离不离谱一点啊!鲨鱼一口吃四个?"

"杨五和朱三捕鱼拉网跌在水里,刚好碰见一条鲨鱼,把两个人咬得臂断、腿折。他们在水里抢地呼天,血染碧海,泪洒香江,杨大、

---

① 此处疑为作者笔误,或为"长洲"。

任四奋不顾身地跳下去救人，想不到……唉，真想不到……"

鲨鱼一口叼走四个大个子，不仅演员想不到，连我这个导演也想不到！

不过，我倒没有为了这件事，对他们小哥四个有什么不好的印象。相反地，倒觉得朱牧和杨群捞世界①不够醒目，人往高，水往低，六要说选导演，买鸡蛋都要挑个大点的，对不对？

有人说第一次是朱牧把杨群他们拉走的，离开邵氏，改进国际；第二次朱牧又把李翰祥拉出了邵氏，进了国泰。那可真有点冤枉朱三爷，他把司马克拉到新天地去写剧本倒是千真万确的。

电影圈是个很小的圈子，跟大圈子不同，绕来绕去都是那几个人儿，没什么大不了的恩怨，利害倒的确分得很清楚的，利越近，义越远也是一点都不假的。

情急智生，岳枫唱《武家坡》

导演岳枫先生本来也不姓岳，原名叫笪子春，今年七十二岁。好像二十四岁就从事导演工作了。第一部片拍的是《中国海的怒潮》，第二部《逃亡》，曾经远征张家口拍摄外景，在导演中算是相当老资格的了。对工作一直热诚认真，待人接物也和蔼可亲。从影近五十年，工作时从未迟到过一天。对演员的要求也格外严格，即使进行拍摄的镜头，没有戏的演员，也不可离场。他常说演员出场演戏连前因后果都不了然，怎样进入角色？

---

① 捞世界：广东话，闯荡、打拼的意思。

岳老爷生得短小精干，如今虽然进入古稀之年，但仍是健步如飞，精神抖擞，说他五十岁，也有人相信。

他自奉甚俭，二姑（岳太罗兰）又治家有方，前几年每个月只给他零用一百块，至二姑临终前，才因为物价高涨，一咬牙加了他两百。不过二姑也是省吃俭用下大注，人算不如天算，和岳老爷回大陆居住时损失了一笔，存款银行又倒了一笔，股票满天飞的时候，不见兔子不撒鹰的二姑居然把房子卖掉，全部买了股票，又绑了一笔，左一笔右一笔地还糟了不少。

岳老爷的长相，很像东洋人（日本人）。所以在抗战时间的沦陷区很吃香，不止一次被车站的日本宪兵误认他是大佐。于是立正的立正，敬礼的敬礼，他也只好提着皮包，略微把头一点，但脖子要挺得硬伸得直，脸也故作严肃状，全部要像日本士官学校毕业，受过严格军训的样子。不过据他说，一边走一边提心吊胆，走过宪兵二十余步之后，回转头再扫探一下，见没有人注意，撒丫子就跑，跑到家门口还心惊肉跳哪！不过后来惯了，那几个宪兵还真当他是大佐呢，不管在哪儿遇见都毕恭毕敬地行礼如仪。一次哥儿几个到"华影"片厂去看拍戏，无巧不成书，正碰上岳老爷和日本名导演稻垣浩联合导演的中日合作影片。龚秋霞的丈夫胡心灵做翻译，中国的演员是李丽华、王丹凤、严俊、梅熹、吕玉堃、姜明，日本的演员是阪东妻三郎、月形龙之介、石黑达也。几位宪兵一看，岳老爷正在用日本话喊着："摇一（预备），施它豆（开始）。"才知道他们一直认为的大佐先生，原来是日本名监督（导演）稻垣浩，所以后来车站再见到他的时候，更是恭敬的不得了，立正敬礼之余，还加了一句称谓："监督样！"

这情况一直维持到胜利前夕，等到日本无条件投降了，岳老爷可就麻烦了。中国人经过八年离乱的焦土抗战，个个都把日本人恨之入骨，所以在街上一看见日本人，就喊打喊杀。那几天岳老爷连屋门都不敢出一步，一看苗头不对，由上海躲到天津。有一天晚上在法国桥经过，已是夜晚十二点了。路静人稀，总觉得不会有什么事的，偏偏冤家路窄，碰见几个专门和日本人作对的人。一见岳老爷由远处行来，那身量和走路的祥子，就起了疑心，个个站定身形，摩拳擦掌，虎视眈眈。岳老爷一看不好，情急智生，马上唱起京戏《武家坡》来："一马离了西凉界，青是山，绿是水，花花世界，薛平贵好似一孤雁归来！"好嘛，岳鹏举一下子变成薛平贵了。

岳枫祖籍龙潭，生在上海

我第一次看见岳老爷，不在北京，也不在上海，而是在我东北的老家锦州。那年我十九岁，趁放暑假之便，回老家探望祖父母。刚巧岳老爷领着个文工团在锦州演出沈浮所编的话剧《重庆二十四小时》，团员有车轩、蒙纳夫妇，另外还有我一个同学苏祥。记得演剧中康泰的就叫康泰，苏祥在戏里演的是一个抗战期间意志不坚强的青年小丁。

第一次看《重庆二十四小时》，是在北京建国东堂。演康泰的是电影演员吕玉堃，因为是大家熟悉的明星，所以一举手一投足都能令观众忍俊不禁。沈浮先生所写的对白，幽默风趣，朴实生活，没有曹禺先生在《雷雨》里所写的："萍，你是萍，凭什么打我的儿子？"的那种十足话剧腔的对话。要是那演员再拉点长声，加点颤音，还真够人受的。

"重"剧的对白，比起来就生活的多了，譬如小丁和康泰说："你懂得屁！"康泰回答得妙："我若懂得屁，还是个化学家呢。"

由于演员配搭的关系，我不觉得岳老爷导演的"重"剧，比吕玉堃他们演得更出色，甚至有些不如，也许是先入为主的关系吧。不过有一天走在街上，看岳导演和车轩、蒙纳有说有笑地并肩散步，倒也觉得眼福非浅：他们都穿了草绿色的军装。三位的军阶都是三朵梅花，官拜上校之职，在当时的首都南京，虽然"少将满街走"，没有什么稀奇，但在锦州还不多见。

那时蒙纳很出风头，因为他演的《万世流芳》，前两年刚在锦州演过，他和严俊扮演一对洋人，都装了假鼻子，戴了黄头套，严俊的一句"你敢打我，你敢打洋人？"虽然比起谢添在《圣城记》里的神父说的："你为什么打我的个（鸽）子？"还差得多，但给人的印象也颇为深刻的了。蒙纳的打扮，活像法租界霞飞路一边看大路报一边接客的白俄野妓。所以，她在锦州街道一走，做卤虾小菜的工人，都拥到门口看她。

在香港见到岳老爷，是我在长城公司画广告兼特约演员的时候，经常在他导的戏里，做做特约演员。有一次还在《花街》里替他写过数来宝（见前文）。知道岳老爷不姓岳，还是在北平念书的时候。那时他好像还在上海艺华公司。早年的明星、新华、联华、艺华都发行过以公司为名的电影刊物，经常刊登一些明星与导演的花边新闻。忘了第几期的《艺华画报》，写着他原名叫笪（音妲）子春，生在上海，祖籍是南京附近的龙潭。

据他后来告诉我，龙潭县全部是笪姓的族人，有人考据笪姓原是关外的达姓旗人，因避兵乱而逃避到龙潭的。不过据《百家姓》的注释，又另有说法了："笪姓自古便繁衍我国江南的建州地区，建州是唐代所置的'郡'后来改称建安（今福建省建瓯县周围一带）。现在江苏省的句容县，笪姓也享有盛名。清朝初叶名满天下的书画大家笪重光，就是当时句容笪氏家族的杰出子弟。"龙潭也在江苏省，相信离句容也不远吧！

至于岳老爷因何由笪子春改名岳枫，说起来还有段古。

艺华公司准备大量拍片

笪子春小时候和王春元（王引）是一块玩泥沙的小朋友。大家都喜欢舞枪弄棒，也都会翻翻跟斗，或来个吊毛[①]什么的。有一天看见上海马历司招考学员，就一齐报名应考了。王春元耍了一趟单刀，笪子春来了一套少林拳。刀是缠头裹脑，拳是虎虎生风，耍完了，还都是气不喘，汗不流。所以马上录取不说，还即刻派到片场工作。王春元生得高大，所以经常替当时的大明星窜、蹦、闪、跳，大打出手一番；笪子春生得纤细短小，专门做女明星的替身。胡蝶的《火烧红莲寺》、邬丽珠的《关东大侠》，鹞子翻身，蹿房越脊，全是笪子春代的。那时不要说刘家良师傅，连袁小田都轮不到。

没多久王春元改名王引，正式当上小生了。笪子春也弃武习文，帮着吉星公司的老板吴文超，当起场记兼副导演来了。吴导演拍的戏叫《晨曦》，剧本是笪子春根据报纸上的连载小说改编的。上映之后，报上的评论相当好，都说想不到耍猴拳的吴文超导得还不错。其实

---

① 吊毛：又作"吊猫"。一种京剧演员的基本功，手不撑地，向上纵身做翻吊的筋斗。

有几个熟知内幕的，都知道是笪子春在幕后帮忙的关系。

抗日初期，艺华公司准备大量拍片，所以招兵买马，希望找个新导演，拍几部反映时代的影片。于是在外边的小公司里找了八个导演。严春堂以为其中一定有《晨曦》的导演，一问之下吴文超并不在内，当时在场的大力士查瑞龙讲起，《晨曦》实际是笪子春编导的，老板吴文超只是挂个名字而已。严老板一听，当即把笪子春找到公司，想和他签基本导演合同。问他要多少钱。他一听，真是喜出望外，有这么好的机会，不要钱都可以。老板一听哪有不要钱的道理，所以给他每月八十块。那时的八十块相当可观了，虽然史东山、卜万苍、田汉、阳翰生……在公司都是每月三百元，可初出道的小导演怎么可以和人家比呢？那时的洋白面每袋是二块半，北京的一所四合院也不过四百多块，雇一个三河县的小老妈儿每月才三块大洋，八十块比现在的八千块还管用。

什么都谈好了，老板严春堂认为他的名字要改，不是好不好的问题，而是笪子春一听就是小公司的副导演。既然到了大公司一定要改："笪子春，听起来像打瞌虫，打弗好个，打（洗）片子，打衣裳……打打杀杀个弗好！"

其实严老板最怕的打（洗）片子，他每次经过黑房，都想推门朝里就走，一定叫看门儿的拦住："老板，弗来事，里边打片子！"每次都打片子，惹起严老板的疑心了，有一次又被那小子拦住，他不管三七二十一地朝里就闯："操那去了，打片子，整天打片子，从来没买过肥皂，打啥个片子，是不是在里边打麻将？"推门一看，糟，两组所拍的底片全部报销！

所以，对笪子春的名字有意见。当时笪子春有一位好友曹松雪，是艺华的编剧，替笪子春起了个艺名——岳枫，严老板一听直乐。

"好个，姓岳好个，和精忠报国的岳老爷一个姓！"

就这么着笪子春不仅改名叫岳枫，还多了个外号——岳老爷，其实那时的"老爷"只有二十三岁！

《中国海的怒潮》获好评

岳老爷进艺华的第一部戏由严老板指定，剧本是田汉写的《病夫之啸》。有人说中国人是东亚病夫，所以田汉先生以"起来不愿意做奴隶的人们"的意思，写了部《病夫之啸》，不是病夫之吟。其实啸也好，吟也好，还脱不了病夫的称谓。加上戏里的人物众多，场面浩大，田老大的笔下不是"千军排山倒海"就是"万马咆哮奔腾"，不然就是"万民鼓舞"。岳家小老爷，越看越害怕，深恐第一部戏弄个大而不当，又劳民伤财；不拍吧，又怕得罪了田汉。好，"四条汉子"[①]之首，岂是可以轻易开罪的？还好他的好友曹松雪替他打气："不怕，就推翻他，蚂蚁撼大树，小鬼跌金刚，没关系！"

于是帮着一研究，提出了二十四条意见。岳老爷在编导会上一提出，弄得田老大铁青着脸闷声不响了好半天，差一点就来一声"病夫之啸"。第二天上海报纸大字标题地写道：

小鬼跌金刚，岳枫不导《病夫之啸》。
大编失铜钿，田汉险作困龙之吟。

[①] 四条汉子指田汉、阳翰笙、夏衍、周扬等四人，出自鲁迅的《答徐懋庸并关于抗日统一战线问题》一文。

新闻里报道了二十三岁的岳枫,对大编剧田汉所写的《病夫之啸》提了二十四条意见,批评得体无完肤,但却头头是道、条条有理。田汉当场气喘吁吁,险些旧病复发……

经此一役,岳枫之名不胫而走,岳老爷不只战败了金兀术的拐子马,还大破田单的火牛阵,怎能不名扬四海?

接下来阳翰笙替岳老爷写了一个《中国海的怒潮》,曹松雪一看此马来头大,暗示岳枫一定要拍的。于是定了由查瑞龙、王引、袁美云、秦桐、舒绣文等联合主演。

阳翰笙生于一九〇二年。是四川高县人。毕业于上海大学社会学系,一九二五年加入了中国共产党,一九二七年参加了八一南昌起义,他在上海参加了"五四"以来最有影响的文艺团体之一的创造社,所以是非同小可的。

《中国海的怒潮》主题是反帝反封建的,暴露了封建势力和高利贷者对渔民的残酷剥削。全部影片的外景是在海宁和宁波陶公山的东湖等处拍摄的。上映之后,颇获好评。凌鹤在一九三四年三月一日的《申报》上评《中国海的怒潮》说:"无论在故事的结构方面,或是画面的构图方面,都有新鲜而热烈有力的气氛……"

可能那时一般的文艺作家,都是抗日情绪高涨的关系,所以岳枫以笪子春为名的时候,帮吴文超编导的《晨曦》,也是以农村石矿工人抗日反帝为题材的。演员是王春元(王引)、王飞娟、张雨亭等。批评说:"……由于作者没有真实生活感受,以致把反抗侵略处理成武侠那样的大打出手了。"当然了,正导演吴文超是打猴拳的,副导演笪子春是打少林拳的,不大打出手等什么?

一九三五年,岳老爷开始了他第二部影片《逃亡》的拍摄工作,编剧仍是阳翰笙,吴蔚云摄影。由于派系的关系,阳翰笙没有正式出面，所以片头字幕上写了"岳枫编导"。主要演员是袁美云、王引、叶娟娟、秦桐。程季华所编的《中国电影发展史》上说《逃亡》是："影片保持着阳翰笙一向的革命热情，现实的生活内容，真实的情节描写，严密的结构，鲜明的形象，独具特色。岳枫的导演也不错。大部分的演员也都称职的。"

岳老爷的第三部影片，因为不再是共产党员阳翰笙的作品了，所以急转直下地变成了民间故事歌唱片，由李丽华、严化主演的《三笑》。

觉得《逃亡》还过得去

直至前几年，岳老爷脱离邵氏公司止，四十五年之内导演的影片虽然不足一百部，但也所差无几了，可其中重新拍摄的也不少。在邵氏的时候也曾以凌波、方盈主演拍摄过《三笑》，在第三届亚洲影展得最佳女主角奖（林黛）的《金莲花》，也是以前他导过的《春风回梦记》的再版。

《春风回梦记》是由刘云若的鸳鸯蝴蝶派的同名小说所改编的。以前是由童月娟、顾也鲁主演的，后来换了林黛和雷震。也因此使林、雷二人相处了一段时期。

和岳老爷聊天的时候问起他，一生当中所导的影片中，哪几部是觉得满意的，他说："谈不上什么满意，觉得还过得去的，也可以说是自己所喜欢的只有三部：一是最早期的《逃亡》，一是前期的《生死劫》，和中后期的《燕子盗》（林黛、赵雷主演）。"

他喜欢《生死劫》，是因为在沦陷的上海，他还有一份爱国热诚，所以写了一个久旱逢甘雨的故事。那时在沦陷区的百姓，盼中央、想中央的心情，有如大旱之望云霓。他描写的剧中人，在苦旱之下，也是天天盼雨（渝，重庆简称），雨来了群众欢欣鼓舞，焚香叩首。因而被拉到日本宪兵队，问了三次话，若不是川喜多先生的维护，恐怕也要关到七十六号严刑拷打去了！

和影界老一辈的朋友谈起来，大家都异口同声地赞扬如今东宝东和的巨头川喜多长政先生。前年我到日本，川喜多先生曾经单独约我在东京帝国酒店的楼下吃日本鱼生。他和我谈起上海"华影"时的旧事，也谈起李丽华认他作契爷的故事，他说："在酒席宴前，老咪说：'来吧，小咪，认干老儿吧，这就是你的干老儿！'于是我糊里糊涂地就成了李丽华的干老儿了……"

"我爱中国，也爱中国的朋友。有人问我，为什么那么爱中国和中国人，我说因为我更爱日本和日本人！"这句深藏哲理的话，也就是他替岳老爷在宪兵队说好话的原因吧！

有爱国热忱，但缺乏政治认识的岳老爷，看不惯"华影"只拍毫无意识的民间故事片的作风，所以毅然决然地脱离了"华影"，和白光、高占非、舒适、慕容婉儿、车轩、蒙纳，组织了艺友剧团，由山东演到天津，还颇受欢迎。当时川喜多正在北京，听岳枫在天津率团演出，马上叫人请他到北京，希望他能帮忙改革一下北京的华北电影制片厂。开始，岳枫以全团人数众多，自己并已脱离影圈，不想再加入电影界了。但川喜多认为影剧原是不可分的，并且说团里不论有多少人，都可以参加"华影"。岳老爷觉得盛意难却，所以把整个团体全部又重新投入影界。

那时"华影"的导演有王元龙、屠光启，和"满映"调来的张天赐和刘国权。本来阵容也算得坚强了，但以导演的牌子来讲，当然还是岳枫最响。所以一加入就开拍了一部《街檐下》，是以贩夫走卒的生活为题材的。里边有蹬三轮的、拉洋车的,加上北京的实景,理应是很不错的电影,可惜拍到一半,中途停顿了。

原来有一天,他们正在颐和园拍外景,无线电忽然传出日本无条件投降的消息,人们在欢腾雀跃之余,哪还顾得拍戏。岳老爷也赶忙拉队回厂,组织了一个"华影资材保管委员会",把动产不动产和一切器材,全部开列清册加上封条,等候接收。

岳老爷也穿上了军装

岳老爷由《生死劫》的时候就盼雨(渝),盼中央了,如今四川来的中央接收大员果然盼到了,怎么不高兴?可惜乐极生悲,接收大员给予他的不是奖励,而是一盆冷水!

接收"华影"的是徐昂千先生,一进厂就趾高气扬地威风八面,立即下令把"华影"改为"中央电影制片第三厂"[①]。岳枫拿着全厂的资产清册和演职员名单,双手呈给徐大员。徐厂长接过清单瞧也没瞧,就朝旁边一放,名单倒是看了看,问岳枫什么意思。

"这是'华影'的演职员名册,请您和财产名册一起点收。"

徐昂千用鼻子笑了一下:"哼哼,点收?汉奸有什么点不点收的,不查办已经算是格外开恩了,不过那是法院的事。"说罢把名册朝地下一扔,看都没再看他一眼。岳老爷一看苗头不对,回到宿舍和高占非、舒适等人一研究,干脆化整为零各自为政吧。于是岳老爷跑到天津,又组织了个话剧团,演出了以秋瑾故事为素材的《党人魂》,

---

[①] 即"中央电影摄影场第三厂"

但是生意普普通通。

有一天看见高占非忽然穿起国民党的军装，在街上大摇大摆地走过，岳枫赶上前去："老高，老高，哪儿去？"高占非回头看了看他，老大的不高兴，只说了一句："赶着去接收！"就和另两个穿着着黑呢子斗篷的大员上汽车了。原来高占非也搭上了重庆线，摇身一变也成了接收大员了。岳老爷说不出的酸苦辣咸，要不是那辆汽车喷出的一阵黑烟，呛了他的鼻子，他还真不知道身处何地呢！

没多久，看见报纸上的一则广告，十三军第八师的文工团招考演员和编导。岳老爷一想，弄个国民党的官儿当一当，也许能把汉奸的帽子摘下去，于是填了张报名单，写了份履历表去投考。第八师的石师长一看，名导演岳枫也来投考，那太好了，根本没有了解他的来龙去脉，马上就录取了；不止录取，还即刻任命他为第八师的上校团长，把整个文工团，全部交给了他。岳老爷也穿上了军装，还好后来没碰见高占非，若是碰见的话，哥儿俩一握手，一定用半咸不淡的四川话来一句："格老子，我们抗战八年了，怎么样老高，近来好不好啊！"

"没有啥子好噢，好久没有结婚了！"

格老子，那时候的接收大员，还就是这一副腔调。

我在锦州看见的岳老爷，正是他当第八师团长的时候。后来他们回天津演出的时候，接到了二姑由上海寄来的一封信，说他在上海的汉奸案子也没什么大不了的，只要能自己前来投案，就可以大事化小，小事化无了。他一想，自己又是国民党的上校团长了，理应不会有什么大问题，于是马上向石师长请假回上海。想不到石师长偷偷地带着一个日本的女俘虏大野五子到北京去作蜜月观光去了。那个大野五子和岳老爷也认识，原来石师长一直把她放在他们的剧团里，也穿起军装做掩护，当然惹得其他的女团员很不高兴。但岳老爷却对她照顾得无微不至，当然多数是为了石师长的关系。如今听说师长和她去了北京，就给副师长写了一封请假信，说是要请两个礼拜假到上海。副师长不敢批，说是一定要等师长回来。师长正在乐不思蜀的时候，若问归期未有期。岳老爷等不及就开了小差了，先乘火车到北京，找了个旅馆住下之后，就去泡澡堂子了，等回到旅馆一看，可真是大吃一惊！

去到上海后没回天津

原来门口站着师长的副官，带着四个卫兵，每人都挎了盒子炮，弓上弦，刀出鞘。岳老爷一看风紧，刚要扯胡①地溜之乎也，却被那副官一眼看到："岳老爷！"

好嘛，屠光启导演惯用的台词："天堂有路你不走，地狱无门闯进来！"

岳老爷一看，那副官原是剧团的团员小郭，因为长得白白净净，能说会道，所以师长把他调在身边。岳老爷马上笑脸迎前："嗳！小郭，我这份找你！怎么样？师长在哪儿？我要去见他！"想不到小郭笑眯眯地朝屋内一指："师长正恭候您的大驾呢。"

岳老爷一听，心知不妙，自己开小差的事，一定有人向师长打了报告。师长派人跟踪下来了。否则北平也不是个小地方，师长又不是神仙，怎么会知道他住在这儿。其实，还真是个巧合，岳老爷

---

① 又作"风紧扯呼"。江湖黑话，"情况不妙，快跑"的意思。

万也想不到瞎猫撞死耗子的，愣住到前门外和师长同一个旅馆，他的行踪，还是大野五子发现的。

岳老爷只好硬着头皮，在外边立正站好，用雄壮的声音喊了一声："报告！"

"进来。"门里沙哑的嗓子，不是石师长是谁？

岳老爷心惊胆战地推开门，石师长大摇大摆地坐在红木靠椅上，大野五子正在替他削萝卜呢！他一看两个人的面色都是笑眯眯，毫无恶意，加上他一向对五子不错，所以心里的石头早已落了地："报告师长，我一下火车就打听您的行辕……"

五子马上用京片子接了一句："我已经代您向师长报告过了，我说您知道师长去开会，所以出去洗个澡，马上回来。"

岳老爷一听马上随声附和："是啊，去洗个澡，礼貌一点。"

师长朝他笑了半天却没讲话，望了望五子，又望了望岳枫，看得老爷浑身直发毛。

"刚才我和天津师部，通了个电话，他们说你开了小差！"

"报告师长，我跟副师长请假，他说要等您回来。我因为上海有点急事，所以坐火车来见您，怎么说开小差呢？"

"好了，好了，你去上海还回不回来？"

"回来，当然回来，两个星期一定回来！"

"鬼话，简直是鬼话！"五子的萝卜刚削好，用叉子叉了一块，送到师长的嘴边，师长没用手接，一张嘴儿把整块萝卜吞在口里，一边嚼一边赞："好，北平的萝卜就是比天津的甜。"他瞟了五子一眼之后："若是日本人都像伊兹高（五子）这么甜，美国人就不往长崎广岛扔原子弹，扔北平萝卜了。"说罢哈哈一笑，五子也随着笑了笑，然后顺情说好话："就叫岳导演回上海去两个礼拜啦！他一定回来的！"

"好吧，他不回天津，你就不能回日本！"

就这么着，岳老爷为了成人之美回到上海之后，还真没回天津。至于五子有没有被石师长遣回日本就不得而知了。

组织独立制片公司

据说石师长如今仍在台湾。岳老爷讲石师长是个老粗，但是训话的时候干净利落，绝不拖泥带水。有一次队里抓到四个走私贩毒的下级军官，拉到操场上，准备枪毙之前，他的一段训话，叫人永生难忘："龟儿子，这四个龟儿子就好像我们锤子（四川人对男子生殖器的称谓）里的尿，格老子，硬是要把它们疴掉！"

其实石师长不是四川人，不过胜利之初说话不带点四川味儿，好像没参加过抗战似的。这句话倒令我想起一位上将防卫司令官，他也是豪爽粗犷的人，有一次对军官们训话，意思是他对大家不偏不倚，一视同仁。本来是句普通话，不过在他的嘴里就比喻得妙，听起来既叫人觉得亲切，又使人印象深刻："我告诉你们，我对谁都是一样，譬喻来说吧，我是个鸡巴，你们就是鸡巴毛，拔哪一根儿我不疼啊？"比文绉绉的"痛痒相关"要风趣得多。

岳老爷一到上海，马上穿了整套军装进法院报到。法官一看他是现任军官，汉奸案也就不了了之了。汉奸帽子一摘，就接二连三地在上海导了不少部电影。直到张善琨先生脱离永华自组长城的时候，才把他由上海请到香港。一部《荡妇心》，奠定了长城的基础，但也结了不少怨。没多久，岳老爷就一声不响地回了上海。

后来他和二姑又回到了纸醉金迷的东方，暂时在家里修心养性了一个时期，然后组织了一间独立制片公司，拍一部以自己的天地——小楼——为题材的电影，取名就叫《小楼春晓》！

男女主角是王豪、李湄，加上岳夫人二姑罗兰，和石磊、蓝青夫妇，吴景平、裘萍夫妇，都是长城公司的老搭档。制作的成本也是微乎其微，省而又省地只用了港币七万元。星马版权卖给了国泰公司，由欧德尔签的合同。香港和其他外埠，委由当时大观的厂长李化代理发行，没想到上了个大当！

《小楼春晓》的糊涂账

如今香港的影片发行，动辄十家八家戏院联映，最少也有五六家。但当初《小楼春晓》时期，上演国片的戏院，港九只有二三流的戏院两家而已。李化能够运用他的关系，签到首轮的大世界和利舞台的联映合同，已经算是难能可贵了。不过"小楼"的票房收入也只能说是马马虎虎。

忘记是哪位影片公司的老板，当自己的影片上映时，向朋友夸耀票房的成绩说："不错，不错，我的片子就是不同，别家的生意凄凄惨惨，门可罗雀，我们虽比不上外国片的生意，但也算'尚可罗雀'了。"好就好在那个"尚"字，《小楼春晓》的成绩也算"尚可罗雀"吧！

至于除了星马以外的地区卖了多少钱，岳老爷可就全被李化先生的障眼法，给蒙在鼓里了。台湾因为岳枫是长城的导演，又回过大陆，当然不会发给准演证。其他的泰国、印尼、菲律宾、越南、南北美，也一张合同没看见。向李化一打听，李先生就用太极拳给推开了。譬如说岳老爷的少林拳是百炼钢,那李化先生的太极拳就是绕指柔,四两搏千斤,李化还真能化,大钱化小,小钱化无,化到最后也就不了了之了。好朋友嘛,总不会因为一点小钱而伤感情,而惊官动府的吧!

《小楼春晓》的糊涂账,总收五万港币,前后一共赔了两万元。李化吞了多少,岳老爷不晓,二姑也不晓,只有《小楼春晓》和天晓了。岳老爷的导演费和二姑的演员费,全给李化先生泡了汤药了。

以后的好一段日子里,岳老爷都在家里当老爷。二姑虽还不至于挂牌去当二姑,也不得不抛头露面的,跟我和姜南、刘恩甲,关在黑咕隆咚的配音间里驴唇对马嘴地配起音来了。

二姑的戏演得朴实、生活。二姑的京白更是刮拉松脆。配音的时候,吐音清楚,感情丰富,绝没有一般配音员的装腔作势,或者五音不全,尖团和重音分不清楚的毛病。

一直到严俊带着林黛、姜南、刘恩甲到日本拍《菊子姑娘》外景的时候,大概严二爷在公余之暇去看了一回松竹歌舞团,一个心血来潮,就和松竹签了一份合作的合约,拍了三场伊斯曼彩色的歌舞片段,准备将来配一个故事,安插进去。可是回到香港,一直没有把故事想出来。虽然刘恩甲说了两个,严二爷也觉得不错,不过,经姜南一揭穿,原来是我们刚配完的日本片,当然只好放弃了。所以严俊天天愁眉苦脸。后来还是欧德尔出面,请岳老爷代他写了个故事,把三场歌舞也天衣无缝地放在戏中。严俊一看很满意,起片名的时候,他又愁起来了,最后灵感一来,想到个自以为空前绝后的好片名:

《天天发愁》!

岳老爷一听也笑了，建议他开朗一点，天天发愁，总不是办法，岂不很快就愁白了少年头。干脆乐吧，俗语说得好，笑一笑，少一少，于是就决定了《欢乐年年》。

严俊唯恐林黛空下来拍我的《海茫茫》，所以一客不烦二主，就请岳老爷替他完成《欢乐年年》，叫我"天天发愁"了！

欧德尔专程去一趟台湾

有一句俏皮话，叫作"猪八戒照镜子，里外不是人"，形容岳老爷那时的处境，最恰当没有了。他那部独立制片的《小楼春晓》在台湾不能通过，不是内容的问题，是岳某人曾是左派公司的编导，又曾回过大陆，所以片子也不必看，列为拒绝上演的老爷（不是"拒绝联考的小子"）。如此这般地看起来，《欢乐年年》也欢乐不起来了。

所以还没等片子拍完呢，欧德尔就专程地去了一趟台湾，他虽然是犹太人，可是一口国语说得字正腔圆，广东话比我地道得多，甚至于四川话比一些接收大员都够味儿。可是到了台北，一迈出飞机大门之后，他是一句中国话都不讲，全部英语对白。另外安排了一个只会广东话的翻译。四组也好，六组也好，"电检处"当然也不例外，要想听得懂，非再把广东话译成国语不可，因为他是一个中国通，所以了解中国人的崇洋、媚洋、惧洋的习性。

当年欧德尔的洋腔，果然令到台湾的那些大员，因敬而惧，因惧而唯唯诺诺。跟他一谈话，都对自己的不懂洋文，而自惭形秽，所以也就唯命是从。当时对话因为没有笔录，更没有录音，所以不能一一叙述。据岳老爷说的大意如下：

欧德尔：△○×★，×□★××※○！（洋文，非王泽先生所绘《老夫子》的道德经。）
粤译：岳枫导演有乜嘢问题！
国译：岳枫导演没什么问题！
官：当然，当然，我们从来也没说他有问题。
欧德尔：（心知肚明，但装孙子故作不解状。）
（国译粤后，再由粤译英给粤。）
奥德尔：……△○★！
粤译：我的公司保证佢冇问题。
国译：我们公司保证他没问题。
官：我们也相信他没问题。

如此这般的《欢乐年年》就没有问题了，以后岳老爷的片子也跟着通行无阻了。欧德尔回到香港，笑语岳老爷："○＊△——×！"这回他说的可是广东话，不过我没有义务代他翻译。

王冲有个最恰当的绰号

每个电影公司创业之初，都要招考新人，成立个演员训练班，国际公司当然也不例外。编剧导演们，也就都成了训练班的导师，岳老爷对训练国际的新人，狠下了一番功夫。

国际的新人正式录取了八位，他们是：丁皓、王冲、田青、林苍、张清、杨群、雷震、苏凤。雷震和丁皓都曾经做过男女主角。苏凤拍了没有几部片，就退出影坛了。另外，杨群和王冲虽然都做过特约演员，在外边拍了很多零星角色，也参加国际训练班，跟着练了一阵子。

张清参加的是粤语组，拍了几部粤语片之后，跟着钟启文加入了丽的映声，如今在美国洛杉矶开餐馆。我到美国动心脏手术的时候，对我还蛮关照。他们八位新人之中，以王冲做新人的资历最深。

王冲原名王克强，也在界限街一〇七号住过。因为在北京和文华影业公司的老板吴性栽的长公子吴熹升同学，所以到港之初，经吴公子的介绍加入了龙马公司为新人。后来又转入永华公司，在李应源拍《飞虎将军》的时候，又以永华的新人姿态在银幕上出现。可惜本想一飞冲天的《飞虎将军》，成绩平平。所以王克强虽然改了王冲也没跟着冲上去，接着就进了国际。后来我在台湾组国联公司的时候，王冲又成了国联新人，这就是我说他是"资历最深新人"的原因。

他第一次由港赴台，国联公司的宣传部，曾在机场替他举行了个记者招待会。当记者问他多大年纪的时候，他很坦率地说："我们男人不像女明星一样，要瞒岁数，我属耗子的，十二生肖的子鼠，今年整三十。"

其实他说的还真是实话，他是鼠年生一点都不假，因为在龙马公司拍《花姑娘》的时候，他和李丽华、蒋光超三位都是同岁，同属鼠的。不过他到台湾那年蒋李二位都已四十有二，王冲瞒得并不多，整整一轮，才十二岁！

如今王冲有时也写写剧本，是编剧中的新人；前两年也导了一部戏，又是导演中的新人；现在又用笔名，在报上写长篇连载，又成了文化界的新人。他应该是天津人，用江熙仁作笔名的原因，祖籍是江西老表也说不定。算起来今年他应该是五十七岁了，不过前几天在乐宫楼碰见他和刚由大陆来港的大儿子在一起，爷儿俩还真像小哥儿俩。

王冲在电影界的人缘不错，所以绰号也不少。三十年前胡金铨就称他为克老，所以令到马金铃还挺纳闷："他比你们都年轻，为什么叫他克老呢？"

其实那时克老就比我们都大个两三岁，他说话永远慢声慢语、阴阴湿湿的，所以小胡又叫他孙子王，也有人叫他白眼狼。我认为我替他起的绰号最恰当——大少爷，因为他的确是不折不扣的茶来伸手、饭来张口的大少爷。

有一个时期，他也参加了朱牧领班的配音组。和他一起配音的人，都自带茶叶，自带杯子。可他从来不带，口干的时候，不管生张熟魏，黑影子里随便抄起个杯子就喝。朱牧的杯子最大，所以他也用顺了手，朱牧每次把茶冲好，却要凉一凉才喝，自从王冲加入了配音间，就出了怪事！

《窈窕淑女》变成四不像

朱牧觉得茶的冷热差不多的时候，拿起来一喝，怎么也想不到水干茶净，就算剩点儿茶渣也不多了。开始三爷还挺纳闷，恍恍惚惚地以为是自己喝过又忘了，还疑神疑鬼地以为自己的记忆力有了问题，留神观察了几天之后，才发现是那位孙子王、白眼狼给截了和。有一天三爷忍无可忍的，拿着杯子跑到厕所足足朝里撒了一泡尿，趁热把杯子盖好拿到配音间，故意地放在王冲的身边儿，然后坐在一旁，冷眼旁观。没多久灯一暗开始试音的时候，果然见他顺手抄起茶杯一掀盖儿，仰脖儿就灌。三爷在旁一缩肩膀儿，差点没笑出声来，只见白眼狼直翻白眼儿，不住地吮磨滋味。一段配音过了后，王冲憋不住问了朱牧一句："怎么啦三爷，今日换了茶叶了，香片改了龙井了？"

"对！我这是真正的雨前！"

王冲听了还直替三爷纠正："雨前就雨前，还有什么真不真的。"

"刚才不是下过一阵雨嘛，这是我在这一阵雨的前边撒的，准备给医生去验小便的。"

"……"克老这才觉得舌头有点涩，牙齿有点咸，一阵反胃，差点没把刚才吃的扬州炒饭吐出来！

我拍完《黄花闺女》之后，紧接着又拍了一部《窈窕淑女》。剧本是根据李健吾先生的话剧本《以身作则》改的。因为各地片商的要求，也加了十几只插曲，本来是一部很不错的讽刺喜剧，为了迎合观众的口味，就变成四不像了。主要的演员是林黛、罗维、杨志卿和胡金铨。后来程刚把这个剧本又重拍了一次，他自己演杨志卿的老秀才，李菁演林黛的淑女，张帝演罗维的连长，名字叫《秀才遇见兵》。程寨主还强拉着我去客串了一个大兵，我这个兵碰见他这位秀才，还真是有理也讲不清了！

林黛在《窈窕淑女》里一人兼饰二角，一是风流俊俏的寡妇小张妈，一是贤淑端庄的小姐。记得小张妈唱的一首歌，是我把曹保禄的单弦岔曲《闺怨》原封未动地搬了过来，曲是綦湘棠作的，林黛穿着兜肚演戏，大概是生平只此一遭吧。歌词是小人辰辙，所以多带儿音：

怕到黄昏儿，寂寞无神儿，怕得是更阑人静，月冷花心儿，勾惹起万种的离情，最恼人儿，风摆竹声，摇翠叶儿，郎君一去无归信儿，空有那鸳鸯枕儿，翡翠衾儿，玉人何处是温存儿，趁着那更儿涌，夜儿深儿，银河耿耿月儿西儿，碧帘花影动，仿佛似郎君儿，忙下牙床来相问儿，依然还是幻中的人儿，恼得奴，峨眉蹙足，愁听鹦哥话，懒捻绣花儿，魇魇似入了迷魂阵儿，杀得了我的天儿呀，鬼病儿延缠害死个人儿。

本来我想这首小人臣辙口的词蛮新鲜的，应该惹人注意的，可惜綦湘棠学院派的曲作得平平无奇，人们看过也就忘得一干二净了。不过你如果是北方人，或者会说说国语、普通话，试着念念，还是蛮有意思的。

北京话重儿音，很多南方人一到北京，故意撇两句京腔，若是把"儿"字加的不恰当，听着还真不顺耳。譬如称呼人老张老李，一定不能加儿音，可是小刘儿、小赵儿，不加儿音又不够意思，不信您试试，老张儿老李儿，多不舒服，相反的小刘小赵又成了大舌头了。

不一定北京土话才加儿

所谓小辙，是十三道大辙的对称。戏曲界的朋友一般都说小中东儿、小言前儿，倒没有小辙这个名称。大概因为北方人说话，前边有小字的，末尾加儿字音的就比较多的关系吧。譬如：大钟、小钟儿，大碗、小碗儿，小盆儿、小罐儿、小锣儿、小鼓儿、小姑娘儿、小小子儿……

北方的民谣情歌，加儿音的也不少：

> 送郎送到七里屯儿，头上的金钗掉了一根儿，我有心回头把金钗舍哪，舍得了金钗，舍不了有情的人儿！

有几出玩笑的小戏儿的名字，说的时候，也是加了儿音才顺口，譬如：小放牛儿、小上坟儿、小磨坊儿、双钉儿记、双铃儿记！

可是整本大套的铁公鸡加儿字音就难听了，三本铁公鸡儿！多别扭！还有武家坡儿，连环套儿，三岔口儿……一听就是外省人说官话，即使是天不怕，地不怕，人听着也够害怕的！

另外有很多花旦的名字，也是加个儿字音，叫着分外显着娇滴滴的，脆滴滴，轻清娇嫩，悦耳动听。譬如：小翠花儿，喜彩莲儿，芙蓉花儿，粉菊花儿……

粉师傅虽然今年七十好几岁了，您要称呼她的艺名，还得叫粉菊花儿，一叫粉菊花，就跟胖大海、西藏青果、廿四味凉茶不远了。

还有以前在北京雇女佣人，通称老妈儿，年纪轻的就叫小老妈儿，因为多数都是三河县的人，所以连念三河县，都变成三河儿县儿了。您要说三河县的小老妈，别人一定以为您老太爷在三河县那儿又娶了位姨太太呢，所以说家有八十老母可以，家有八十老妈儿可不行。

倒也不一定北京土话才加儿，普通话把女人穿的高跟鞋，也叫高跟儿鞋，唱戏的小丑儿，漂亮的小妞儿，拉着的胡琴儿，喝的豆汁儿，不加儿却不好听。

还有写字也有很多名词是加了儿字音的，不过大家不注意，也就不觉了，譬如：亻叫单立人儿，彳叫双立人儿，氵叫三点水儿，衤叫布衣儿，忄叫竖心儿，宀叫宝盖儿，土叫土墩儿……

北方人逛窑子打茶围，对妓女的昵称，也是加儿音的多，譬如：小翠儿，小心肝儿，小金莲儿，小宝贝儿，小玉儿上洋劲儿。

尤敏脸型适宜演古装戏

拍完了《窈窕淑女》之后，本来想拍一部古装片的，以前在永华替但杜宇结束过《嫦娥》，总觉得意犹未尽，最主要的原因是觉得拍得不好，但是二老板坚决反对，一来是观众对古装片不大喜欢，二来是服装、布景、道具都要重新制作，毫无基础。那时最时髦的还是梳大辫子的乡下姑娘装，最流行的是《翠翠》《金凤》一类的歌唱电影，所以，他不主张我再冒险，还叫我拍了一部以尤敏、赵雷为主角的《丹凤街》。

《丹凤街》是张恨水先生的小说《秦淮世家》改编。剧本是黄枫写的。这个戏在一九四〇年的时候，上海金星影片公司曾经拍摄过，由张石川先生导演，编剧是范烟桥，演员是周曼华、舒适、夏霞、孙景璐、龚稼农、周起、慕容婉儿，舒适和黄汉分任副导，摄影是董克毅。

尤敏在戏里演一个秦淮河的歌女，这是我和尤敏的第一次合作，也是最后一次合作，因为没多久，她就离开了邵氏父子公司，投到国际去了。

尤敏的脸型体态，最适宜演古装戏了。人又忠厚善良得很。拍《丹凤街》的时候，大家都是首次接触，除了拍戏之外，很少在一起，倒是她到了国际之后，大家反而常一块儿喝喝茶，聊聊天儿什么的。

她一直到结婚之后，仍感到在电影圈多年，没有一部满意的作品，很想再和我合作一部古装戏，可是，现在看来，已经是不可能的事了。不过电影是日新月异的，不论编导演，一直到改了行，或收了山，都不会感到有成功或者自己认为满意的作品的；即使有，也只是很短时间的事，隔个一年半载的，就连重看一遍的勇气都没有了。

尤敏在邵氏六年，第一部演出是杨工良导演的《玉女怀春》。因为二老板认为成绩不理想，所以一直摆在片仓里，没有上映过。进了电懋之后，第一部戏也是以玉女为名的《玉女私情》。那年头儿是玉女的世界，无片不玉女，如今则是小子的天下，片片皆小子！

《丹凤街》拍到一半，有一部大陆公司出品的古装歌唱片《天仙配》，在九龙的新华戏院上映，票房纪录好得很，上演了一个月还天天满座哪！我也因为好奇，拍完了日班戏到新华去看了看，那时还是旧新华，只能算是三流头、二流尾的戏院，连楼座都没有。可是在戏院里我发现了一个怪现象，那就是一到歌唱的时候，音乐过门一完，银幕下的很多观众也低声地跟着银幕上的严凤英和王少舫一齐哼哼。如果是广东大戏，当然也没什么稀奇，可这是用国语唱的黄梅调，居然能如此地吸引观众，就不大简单了，再说能哼能唱的一定是看过几遍的人。第二天我在片厂把这种情形和大伙儿讲了讲，他们都认为我老土，因为他们之中也已有人看了七八遍，很多人也都会唱几句，当时有一个女特约叫高翔的，马上还学着严凤英的声音唱了一段："大哥休要泪涟涟，我有一言奉劝君，你好比杨柳遭霜打，单等明年又发春，小女子我也有伤心事……"她还是连唱带表，唱得跟严凤英还真有点像，尤其是高翔的长相，两个大腮帮子，配上两个包子大的金鱼眼，倒真有点七姐的意思。

那时跟凤凰公司的鲍方，因为都是永华同事，又一齐配音多年，所以时有往还,听他唱两句《天仙配》,还真有点番生王少舫的味道,尤其是:"空中掉下无情剑,斩断夫妻两离分!"简直就是活脱的王少舫。

掀起近二十年的黄梅浪潮

《天仙配》是石挥导演的舞台艺术片。全片的镜头不足三百个,可是调子一点都不慢,故事也相当感人,是黄梅戏的传统剧种,也是得过一等奖的舞台剧,改编电影后,仍由原班人马演出。

戏开始时,是严凤英的七姐,在天空中思凡的戏,一出场唱了一句:"天空岁月太凄凉。"幽幽怨怨的声调中,严凤英由远而近,乍看她的扮相真能把人吓一跳,大有程砚秋《荒山泪》的架势。程老板一出场真像个窦尔墩,身高丈二,头如麦斗,体重如山,肚大腰圆,手大如扇,脚大如船,可是越看越入戏,到后来你不止承认了他剧中人的身份,更能自然地随他入戏受他感染,他悲则悲,他喜则喜。严凤英也是一样,开始觉得她既丑且老,可没多久你就认可只有她才演得好玉帝的第七女,也只有她才像玉帝的第七女。

王少舫的出场也是远景,在一句:"含悲忍泪朝前——走。"之后,观众才能清楚地看到他的脸,当时戏院里也是一阵鼓噪。这位小生也真够瞧老半天的了,两只大眼眨了眨的真有点像外国明星爱德华·鲁滨逊(Edward Robinson),细看看又有点像袖珍小生顾也鲁。可是一段"家住丹阳姓董名永,父母双亡我孤身一人"唱下来之后,观众不仅仅入了戏,简直还越听越爱听,越看越好看。

我一直想拍部古装戏,苦无良策说服老板,因为他满脑子就是"古装戏不卖钱"！如今既有了卖钱的古装戏，当然是一个再把旧事重提的大理由，可是二老板依旧坚持他的见解："《天仙配》不同，虽然也是古装片，但是部由头唱到尾的歌唱片。"

"那我们也拍一部彻头彻尾的歌唱古装片好了。"我看他半天不言语，知道他有些心动。

"那，拍什么故事呢？"

我因为早有了腹稿，所以不假思索地脱口而出："《貂蝉》。四大美人的貂蝉。王司徒巧使连环计的故事，林黛演貂蝉，赵雷的吕布，罗维的董卓，杨志卿的王允！"我一口气把卡士全报了出来，他没等我说完，就把手一挥："好格，好格，侬去搞好了，不过一定要全部歌唱格！"

就这么着，我开始了《貂蝉》的筹备工作，也就这么着，掀起来香港电影近二十年的黄梅浪潮。到后来金汉先生和我争拍《红楼梦》的时候，曾在台湾的大小报章上指责我的《红楼梦》是全部抄袭。其实黄梅调已经不是我们之中哪一个创造的了。再说，他自己导演的第一部影片《十字路口》，就是申荣均主演的一部韩国影片的翻版，这是配音界的朋友们个个知道的事。他理应知道同一个故事，甚至同一个剧本，经过不同导演的处理，就会完全两样的，取舍不同，风格迥异，角度各异，气氛悬殊。同样故事的《四郎探母》，马连良就是没有谭富英唱得好，可是《借东风》谭富英就是唱不过马连良，尽管《罗密欧与朱丽叶》拍过了多少回，但都没有《殉情记》(*Romro and Juliet*, 1968) 拍得够味儿。艺术原没有什么抄不抄袭，有时抄袭本身就是一种艺术。大画家文征明也一样的临摹《韩熙载夜宴图》，宋徽宗也照抄周昉的《丽人行》，国画大帅张大千还以仿石涛八大而成名呢。

若说抄袭，远的不谈，金汉先生最近完成的《金枝玉叶》，也不见得是首创之作，因为我们早就看过上海越剧团演出的《打金枝》，老一辈的上海朋友一听《打金枝》马上就会脱口唱出："头载珠冠压鬓齐，身穿八宝锦绣衣，百褶罗裙腰中系，轻将莲步向前移。"

石挥第一个导黄梅调片

不要说越剧，在北方听过秦腔的朋友也都知道郭子仪绑子上殿的故事，难道金汉先生还创出一个郭子仪不成？

刚去世不久的日本名导演稻垣浩导过《风林火山》，如今黑泽明又以同一故事拍了一部《影武者》，在今届的康城影展[①]还得了奖。我相信得奖的原因，绝不是故事的好坏问题，而是他拍摄得认真，气氛营造得好。尽管日本推理小说家松本清张破例地写了一篇影评，认为黑泽明拍得不够理想，甚至于在他得了奖之后的第二天，又发表了一篇："即使《影武者》在康城得了奖，我也不认为它是成功的影片。"

这可能是日本本国人的独特看法，不过如今的黑泽明，已经是世界人的黑泽明，因为他的影片着眼点已经是全世界，而不只是狭隘的日本国人的。我在东京看过《影武者》之后，和邵氏驻东京的代表王立山兄还争执了好半天。我认为他不仅在康城可以得奖，更会得到影艺学院颁发的最佳外国片的金像奖。在康城发布消息之后，我还给立山兄打了个长途电话，松本清张的第二次发言，就是他在

---

① 即戛纳电影节（Festival de Cannes）。

电话里告诉我的。

所以我说：金汉先生，只要你抄袭得好，继续照方抓药吧。

金汉先生以为别人不应拍《红楼梦》的另一个理由，大概只认为他才有资格拍黄梅调，因为他有一位能唱能演的夫人——凌波女士。其实他应该知道凌波小姐以前的艺名是小娟，至于小娟怎样才变成了凌波的，这个过程也许金汉先生还不大了然，待我将来说到《梁山伯与祝英台》的时候再给他细说从头。不过我先告诉他，第一个导黄梅调影片的是石挥，第二个是李翰祥，第三个是王天林，然后才是袁秋枫、高立、岳枫……到金汉先生想起拍黄梅调的时候，已经是二十几位和二十几年之后的事了。如今，请金汉先生继续把黄梅调发扬光大吧，因为除了他还有谁去弹这种旧调！

看《红楼梦》表演愈看愈过瘾

其实，在我拍林青霞与张艾嘉的《金玉良缘红楼梦》之前，有两次可以导演《红楼梦》的机会，都叫我推掉了。第一次是上海越剧团到香港演出的时候，表演剧目中以徐玉兰、王文娟的《红楼梦》为主，金采风的《碧玉簪》及吕瑞英的《打金枝》（即《金枝玉叶》）为副。当时的演出相当轰动。我是标准戏迷，除了对广东大戏的粤曲听不大懂之外，其他任何剧种和曲艺，都是每演必到的。绍兴戏和评弹本来也听不大懂，不过有一位杭州老婆做翻译，听上几遍之后，也就全部了然了。看《红楼梦》的时候，对徐玉兰和王文娟她们两位的表演愈看愈过瘾，唱腔越听越入迷。本来对徐玉兰一出场还有些不能接受，总觉得宝玉胖了些，年龄也实在太大了些，可是一场摔玉表演下来，这些缺点全忘得一干二净，觉得她就是曹雪芹笔下的贾宝玉。她的唱腔旋律优美，有时刚劲、挺拔，有时委婉、柔和；哭灵时一声悲切而哀怨的"林妹妹我来迟了！"动人心弦，感人肺腑，底下的"想当初你初到我家来"的一大段清板，娓娓唱来，如珠落银盘，顿挫显著，明暗清晰。普庆台下，静得连隔邻观众的呼吸声都听得到。

王文娟的黛玉焚稿，唱腔清雅婉转，韵味醇厚。对黛玉的性格构思，逻辑严密，表演细腻准确，真可以说到了炉火纯青的地步。看她全心全意地投入角色的表演，几疑舞台即是潇湘馆。

黛玉葬花和焚稿时都有若隐若现的暗泣，紫鹃在黛玉归天后的一声"姑娘"，和宝玉哭灵时的一声"林妹妹"之后，都有喊地呼天地号啕大哭，她们几位都能表演得恰如其时、恰如其分。

生活中的哭，是从悲中来，难以抑制，很自然地就一把鼻涕一把眼泪地哭了起来，绝对想不到也顾不到姿态音韵美不美、妙不妙。可是舞台上的哭是通过了技巧的表演，非但要哭得真，更要哭得美，还要边哭边唱；唱又要阴阳分得清，轻重听得明，感情激动时，如江河一泻千里，但山回路转，当急则急，当缓则缓；调门儿也有时高可入云，有时又低沉海底，调门高，固然难度大，但调门低，有时更不好唱，徐玉兰哭灵时的"如今是，千呼万唤唤不归"的"归"字，和王文娟焚稿时的"我一生与诗书作了闺中伴"的"伴"字，一高一低，她们两位的抑扬顿挫，都恰到好处，不温不火。

黛玉归天前，耳闻喜乐，锣鼓喧天，迷蒙间仿佛看见宝玉前来，一句："宝玉……你好……"然后一个踉跄跌倒在地。"你好"的下面也许是千言万语道不尽的，如今省略处不嫌其简，正如中国画讲究，"藏"和"露"的道理一样。所谓"善藏者未始不露，善露者未始不藏"，省略是要表现更高的艺术境界。"竖画三寸，当千仞之高，横墨数尺，体百里之回",这余味是无穷无尽的!

看过戏回家,彻夜难眠,我真希望把这一台戏搬上银幕。那时我刚拍过《貂蝉》和《江山美人》,成绩都还差强人意,尤以《江山美人》,是打破了历来国片票房纪录的。那时新华戏院重建新张,票房的长龙居然由弥敦道绕过邵氏大厦的后身,整整围了一圈儿,是直至新华再拆除之前重未再有过的现象。所以很多人对我拍古装歌唱片还比较有信心,但怎么也想不到,凤凰公司的导演朱石麟先生,打电话给我,说是请我和翠英吃饭,并且知道我看过几遍越剧《红楼梦》,所以也约了徐玉兰和王文娟!

始终没参与拍《红楼梦》

和朱石麟先生在永华公司分手之后,多少年来因为左了右了的关系,一直就没有见过面。我和翠英商量了一下,她认为也许朱先生希望知道我对《红楼梦》(越剧)的观后感,只是大家对艺术方面交换交换意见而已,不会有任何政治成分在内的。尤其朱先生是老前辈,却之不恭,于是我们如期赴约。

遗憾的是那天徐玉兰因为感冒的关系未能和王文娟一道来,不过翠英认为看看台下的林妹妹也应该知足了。她丝毫没有化妆,看惯了香港女士的描眉画鬓,蓝眼圈,红嘴唇,反倒觉得她格外地淡雅宜人。王文娟一直不大讲话,我则是一向口没遮拦,发表欲强烈得很,朱石麟先生在恰当的时候也说些对越剧团的意见,怎么也想不到朱先生忽然问我:"有没有兴趣把《红楼梦》搬上银幕,来一个舞台艺术片怎么样?"

我乍听之下还真是一愕，半天不知如何对答才好。虽然知道那时凤凰公司出品的片子，星马版权大部分是邵氏兄弟公司发行的，但在制片方面，倒从来没有公开合作过。虽然说《红楼梦》是中国古典文学名著，本身没有什么政治成分，但凤凰总算一家左派公司，如果合作起来，不只台湾的上映有了问题，甚至于会牵一发动全身地引起其他不必要的麻烦。

　　也许朱先生明了我久久不出声的道理，他想出了个折中的办法，说是可以由我和胡小峰联合导演，我只是做幕后的策划工作。虽然如此，我仍因邵氏的合约关系，事前一定要取得六先生的同意，朱石麟先生倒也认为是应该的。

　　饭后王文娟先走，留下我们夫妇，和朱先生随便谈了些越剧团在港上演的盛况，然后也谈到徐玉兰和王文娟两位在舞台上的造诣。我忽然想到，刚才吃饭的时候，发现王文娟好像是镶了两个金牙齿，在舞台上，观众距离远，倒也看不清楚，但在银幕上的大特写，一定会看得一清二楚，林黛玉镶着两个金牙总不大对味儿。朱先生认为这是很容易处理的，最多重新装过。我把这次谈话和邵逸夫先生讲过之后，他没说什么，只是笑着摇了摇头。所以，虽然我也出席过廖一原、胡小峰和韩雄飞几位先生在普庆楼上的高华酒楼举行的初步研讨拍摄《红楼梦》的座谈，但我始终没参与红片的幕前幕后工作。

　　事后知道《红楼梦》在清水湾片厂搭景拍了一个多月，因为徐王两位对于布景、服装等等的不满意，就停了下来，回到上海之后又重新拍摄，导演也换了《清宫秘史》的副导演岑范。

　　这就是金汉在台湾对新闻界大声疾呼地说是抄袭的样本。至于这件事的内情他当然不知道，因为那时凌波还以小娟的名义，在演厦门戏。而金汉还没有参加电影界。

树大招风，他们乘虚而入

邵氏公司第一次筹备拍摄《红楼梦》的时候，举止很神秘，大概是当时的制片主任的意思吧。我到日本京都的今津区，拍摄《杨贵妃》《王昭君》《武则天》三部影片之前，只听说袁秋枫要拍一部古装歌唱片叫《秋风》的，并没有扬言要拍《红楼梦》，一直到我们的外景队出发了，才开始收唱歌，搭布景。我还是在日本看到由家中寄去的报纸，才知道乐蒂演林黛玉，任洁演贾宝玉，幕后代唱的是静婷和厦语片的小娟。

《红楼梦》的作者曹雪芹，故世近两百年，不会向任何人把它搬上银幕的制片公司追究版权，也没有任何公司和任何人取得专利，所以谁都可以把它改编成电影。虽然我曾向公司提出拍摄《红楼梦》的计划，但制片大可以名正言顺地告诉我其他影片尚未结束，已经交给别的导演拍摄，为什么如此这般的鬼鬼祟祟呢？实在令人费解！

一直到我离开邵氏公司之后才了然，原来这是有人长远计划的迫虎跳墙第一招。因为当时我在邵氏上得老板信任，下受同人爱戴，真是要风得风，要雨得雨，到后来几乎整个邵氏的摄影棚排期，都是由我策划（迄今的排期表，仍是我设计的那一张）。同时开拍的四组黄梅调影片（王月汀的《西厢记》、高立的《凤还巢》、何梦华的《杨乃武与小白菜》、胡金铨的《玉堂春》），都挂着我联合导演的名义。树大招风，所以，早有一小圈子人，在暗中使劲儿，伺机而动，所以我说《红楼梦》的开拍，是他们乘虚而入，声东击西的第一招。

我一向处人行事，都是明来明往，心里绝对存不下话，直言谈相，有一句说一句，没有什么夹带藏掖。两点之间，不是以直线为最短吗？那么何必曲曲弯弯？

等我由日本回来，袁秋枫的《红楼梦》已经开始拍摄。秋枫老弟倒是很虚心地到我住的加多利山道的山景大厦，来过几次，就个人对《红楼梦》的看法，提出一些问题来讨论，等戏拍完之后倒也约请看了毛片。据说六先生并不满意，所以由张彻兄提出一些补戏的意见，把金钏跳井的戏重新拍过（那时张彻只是邵氏的编剧，还没开始导演工作）。

小娟改艺名凌波的经过

乐蒂理应是个典型的林黛玉，可能因为戏的处理关系，没能令她有很好的发挥，尤其是焚稿一场，她龙精虎猛地拿起一厚叠诗稿，双手用力就扯，恐怕天桥拉弓卖大力丸的张宝忠都办不到。

影片的布景也拍得杂乱无章，一个大观园的模型，翻来覆去用了七八次。很多唱歌的处理方法，还有点像卜万苍先生拍《渔家女》时的格式。譬如说四季相思吧，就分四个镜头，春季到来绿满窗，大姑娘窗下绣鸳鸯……是一个镜，夏季又一个，然后是秋、冬各一个，拍得细腻一些的过门再加一个，我前边说的大观园模型，就是插在过门里的。

如果本身是戏曲演员，有十足的舞台经验，即使是一个镜头也不觉少。可是电影演员，没受过舞台上的基本训练，举手投足都是一身羊毛气，腰身挺硬，手脚满僵，顾得了歌词，顾不了身段，好容易身段做得差强人意，又忘了张嘴，不多分几个镜头，还真是马上就把西洋镜拆穿。

饰演贾宝玉的任洁，据说以前在大陆演过绍兴戏，但依我看即使演过，也是普通的角色，不像个训练有素的名角儿，扮相也太显得穷酸相，一点都没有世家子弟的雍容华贵样。唯一强一点的是小娟的幕后代唱。所以我认为秋枫老弟导演的《红楼梦》，最成功的也是小娟的幕后代唱。

我在大观为丽儿主演的《貂蝉》设计布景的时候，就常看到十一二岁的小娟了。那时她多数演厦门戏的丫鬟（妹仔），样子甜甜的，见了人总是笑眯眯地恭而有礼。但是她会唱黄梅调，而且又唱得声音醇厚韵味十足，倒的确不知道。也许秋枫以前拍过闽南语片，比较熟习一些吧！

我唯一不明白的是，小娟既然能唱，外形又比任洁好得多，为什么不用小娟演宝玉，而用任洁呢？我当时认为失策，可能也是小娟心里不平的时候，这可能是我坚持找小娟演梁山伯的原因，也是日后凌波要演贾宝玉的原因吧！

到后来我才知道没有找小娟演贾宝玉的原因，是新加坡方面坚决反对。他们认为用任何人都可以，就是不能用小娟，因为她在观众的眼中是厦语片的二三流明星，演国语片一定没有人看。六先生把这封信给我看，我坚持自己的看法，认为这论调是不合时宜的老土看法。我指出小娟的戏一定演得好，因为她幕后代唱时的感情浓郁，喜悦时轻松俏皮，悲切时沉浑激动，选演员只要他外形能适合，表演可胜任就可以了，英雄何论出处？宰相哪来品种？六先生当时也认为对的，用我的论调回了一封信给新加坡，得来的回信是坚决不可。不过这一回他用了"尚方宝剑"，告诉我："不要管他了，先拍了再说！"

就这样小娟才改了艺名凌波，拍了她第一部的黄梅调影片和乐蒂联合主演了《梁山伯与祝英台》。有很多人以为"凌波"的艺名是我起的，那是以讹传讹了。实际取这个名字的是当时和凌波感情不错的何冠昌。而我替小娟起的艺名是黄莺，但为她的养父母坚决反对。由她养父的口中我才知道小娟原名君海棠，他们坚决反对用黄莺为艺名的理由，是和姓黄的有仇。但我的第六感告诉我，可能小娟本来姓黄也不一定。

没有完美的《红楼梦》电影

我第二次推却拍《红楼梦》的机会是我由台返港，重新加入邵氏公司的时候。签好两年的导演合约之后，六先生希望我第一部戏先拍黄梅调的《红楼梦》，原因是岳老爷筹备了一阵，唱歌也收了一部分，饰演贾宝玉的人选也决定了凌波，他认为黄梅调是我的拿手好戏，凌波又是老搭档，驾轻就熟，理应事半功倍。但是我认为不然。

理由是我以前拍黄梅调影片，在收唱歌之前已经有了拍摄时的预想，别人收的唱歌，对我是不适用的；而凌波饰演宝玉的年龄，无论如何大了一些。而我那时刚看过《殉情记》，印象犹深，我说我如果拍《红楼梦》，也希望以《殉情记》的方法拍摄，所以剧中贾宝玉与林黛玉的年龄不应与原著脱离太远。

很多人的错觉，黛玉进府时已经是个亭亭玉立的少女，其实那时她只不过是六岁的孩子，与混迹在内帏的贾宝玉是儿时的伴侣，一个是贵族阶级的少女，一个是"诗礼簪缨之族"的公子哥儿。电影不像舞台剧，盖叫天八十多岁一样粉墨登场演二十多岁的武松，尽管功架如何了得，举手投足依然虎虎生风，可是通过银幕上的大特写，岂不要叫观众吓一跳，还以为哪里来了个老太监！

在曹雪芹虚构的大观园的艺术境界里，贾宝玉自幼就生活在父亲贾政和祖母的矛盾环境中。父亲希望他被教养成贵族阶级的忠臣孝子，立身扬名，不辜负皇恩祖德；祖母却一味地娇养、宠爱，一日不见都不欢心的心肝宝贝儿！所以把他娇养在内帏，以逃脱贾政的管教。于是宝玉在姐姐妹妹表姐表妹的一群少女和一群丫鬟婆子中间长大，使他产生了对所谓"世俗男子"的轻蔑和憎恨，得出了完全违反"男尊女卑"的封建秩序的结论："女儿是水做的骨肉，男人是泥做的骨肉。""山川日月之精秀钟于女儿，须眉男子不过是些渣滓浊沫。"这当然是一种十分含混的违背阶级观点的思想。

贾宝玉的这种愤慨和不满，导致他在思想和行动上对一系列封建制度的怀疑和否定：他厌恶贵族阶级的繁文缛节，厌恶僵死的礼教教条，厌恶他父亲迫使他努力追求的那种"仕途经济"；他把专门奔走功名、猎利禄的人们骂为"禄蠹"；他无心于封建文人向上爬的必定之路的科举制度。用现在的说法，那应该是一个不折不扣的叛逆性格。

所以，我认为演古典文学中的贾宝玉，和坊间传说的民间故事梁山伯完全是两回事。梁山伯只要演出他的憨直、诚恳就可以胜任了，而演贾宝玉就要复杂得多。虽然演员并不一定是红学专家，像周汝昌先生所说的去研究什么内学、外学，但起码要看过《红楼梦》，了解一下贾宝玉和贾宝玉的生活环境，这当然不算苛求，但已非一般演员所能做得到的了。

虽然如今在国内外出了千百位研究红学的专家，出过了多少部所谓"内学""外学"的专论，加上了各种版本，和以前的莫名其妙索隐，简直令人眼花缭乱。尽管有些还算不错的评弹、戏曲，但至今还没有一部完美的《红楼梦》电影。

我不喜欢一贯的扭扭捏捏地捂着半拉充整个的假道学式的《红楼梦》（一般舞台剧，以及袁秋枫和我所拍的形式），也不喜欢粗俗地描写大观园淫乱生活的《红楼梦》（像邵氏的《红楼春上春》）。我认为应该用真正忠实于原著的路子，拍一部属于曹雪芹笔下的《红楼梦》。

改拍《大军阀》的原因

当然一部影片的篇幅是有限的，可以分成："太虚幻境""王熙凤大闹宁国府""红楼二尤""晴雯""史湘云""妙玉"……

从来没有人拍这贾宝玉初试云雨情，也是因画中的"藏"和"露"的问题："藏"得太多到喉不到胃，"露"得太多又难免流于粗俗。也没有人拍过贾宝玉的同性恋的倾向。至于焦大口中的："爬灰的爬灰，养小叔子的养小叔子。"真情实景，更是很难直言谈相的。但是怎样才能把荣宁二府溃烂的道德面貌里，男女卑劣混乱的关系，通过电影语言描写出来呢？

因为贾宝玉、林黛玉是在这样环境中成长的，不细心准确地描写出他们周围的境况，怎样描写宝玉愤慨不满的叛逆性格？又何以解释黛玉的狭窄、小气、爱哭，无缘无故发小姐脾气，而令自己孤立，使别人反感？

这一切都因为他们看不惯荣宁二府在膏粱锦绣生活的外衣下，挥霍无度，荒淫无耻。大观园里的流水都是肮脏的，所以黛玉才要为落花安排一个花塚,才要在临死告诉紫鹃:"叫他们好歹送我回去,我的身子是干净的。"

这些话都是我不导《红楼梦》而改拍《大军阀》的原因。六先生和一起参与讨论的方逸华小姐,都同意了我的见解,暂时不拍《红楼梦》,但并没有放弃拍摄《红楼梦》的意愿。这也许就是后来同时拍了两部《红楼梦》(《金玉良缘红楼梦》和《红楼春上春》)的原因吧。也都不是我想象的《红楼梦》。如果说一部是非驴,另一部就叫非马吧。至于金导凌演的一部,因为没有看过,所以也不能妄加批评。不过后来因为我第三次的合约期满,有人想约我拍摄一部清末的文艺片,台湾一家公司委托江述凡先生和我谈台湾版权问题,因而知道了两部《红楼梦》在台湾打对台的内幕。

到现在还有人用"两部红楼梦,在台湾展开骂战",这是有意替金汉的《红楼梦》解释。以邵逸夫先生领导的邵氏公司宣传稿,一向倒是只宣传自己,即使别人家的宣传字眼直指着鼻子叫骂,他也不主张以牙还牙,以眼还眼的。对金导凌演的《红楼梦》,更是如此。他们不只在宣传方面混淆黑白,并且无所不用其极地争取同情票,登广告启事要求邵氏的《红楼梦》等他们一起上,运用各种关系达到此一目的。

江述凡先生是参与金导的《红楼梦》宣传的,他告诉我他看过邵氏的《金玉良缘红楼梦》之后(用他的原词):"我看完了就傻了眼了,愣住了,马上回去就开了个会,告诉他们以戏比戏谈都不要谈,连门儿都没有,赶紧想办法吧!"

所谓想办法也者,什么办法?难道还有工夫补戏不成?当然是想一些高招,什么桥最好?汲取"哀兵必胜"的道理,说李翰祥以大压小,说邵氏以强凌弱。广告的词句已经到了泼妇骂街的程度。

物极必反，单方面的骂街又怕引起观众反感，于是又做出来李翰祥骂金汉是"卖山东馒头的"，然后又博取山东人的同情，说了一些自编自导的话，也就使人觉得"双方骂阵"的原因。

当然无风不起浪，有一次在拍戏的时候，刚由台北回来的胡锦告诉我，刘维斌说："金汉怎么那么傻，那么不自量力，那么多朋友劝都不听，一定要以卵投石，跟邵氏比，跟李翰祥比，你见过卖馒头的忽然出版一本书吧？"我当时连笑都不敢笑，也不置可否，怎么传到别人的耳里，又怎么变成了我的话，就要问编剧先生或者是小姐了！

大家斗好斗快，争财争气

电影圈是个争名夺利最尖锐的场合，不必在这里面要求什么情和义，更不必觉得对谁有恩，而得到些许图报。我在这个圈子里多年以来还算一帆风顺，但骨子里的行情起跌，也称得起一波三折了，人情冷暖已经看到化。因为圈子里所有的编导演，都有出神入化的演技，人前一面，人后一面，见人说人话见鬼说鬼话的"各面"我看得多了，所以就见怪不怪了。

虽然反面无情的人看得多了，可是像这种为了一己之利，而无所不用其极地在报纸上发新闻来无中生有，卖告白①来混淆黑白，还实在少有。甚至连我一向尊重的陈蝶老为了拿几个编剧费也在《银色世界》上登些对我冷讽热嘲的文章，说什么我在澳门赌钱输了几

---

① 卖告白：做广告宣传的意思。

十万，大有幸灾乐祸的味道。还好我还没跟他老先生借钱（我想他也没有），否则还想做人？年纪一大把，何苦来哉！

陈先生本来在邵氏写写剧本，我重回邵氏的时候，他好像也在邵氏宣传部里写写文章，可能剧本儿写得太多了，曲高和寡，所以炒了邵氏公司的鱿鱼（这样说好听一点儿）。

陈先生除了编剧，写写评弹、歌词，文坛上早著盛名。可是写这种道听途说来的挖苦文章，也并不多见。我绝不会为些许小事怪他，拿人钱财与人消灾嘛！

类似这样的事情产生，我要检讨也是先埋怨自己。我真的后悔，我的《金玉良缘红楼梦》也请蝶老编剧就好。不过他的诗词，虽然照李白杜甫差之有限，可剧本编得太莫测高深了。他的诗我看不懂，还有他加的小注。可是剧本凭小注可不成，以前王月汀给我写的剧本经常在括弧里用红笔写道：（此处笑料甚多），（此处可加笑料），或（此处感人肺腑），（此处令人流泪），看至此我已泪流满面……

我真想片子上映的时候，叫王月老随片登台，向现众解说，观众看着不笑，他可以跑到台下用手胳肢；观众不哭，他可以给戏院来个催泪弹，不过就是怕人家戏院老板不答应！

有人一说笑话，就笑得上气不接下气，笑得一把鼻涕一把泪，然后话都没说清楚；当然现众也笑了，不过笑的不是他的笑话，是他说笑话的那份儿德行。

前些日子，因为有三位红学家，在美国威斯康辛大学举办的"首届国际《红楼梦》研讨会"后，经港返回大陆，所以引致各报章杂志上又一阵的红学热潮，连带着我也想到关于两年前的《红楼梦》四胞案。

其实，电影界的双胞案在"九一八"事变前就闹得如火如荼。

当时顾无为和明星公司的张石川为了抢拍张恨水的《啼笑因缘》，就在法庭打了很长时期的官司。敌伪时期艺华和新华又争着拍了一阵子民间故事歌唱片，《三笑》《西厢》《玉蜻蜓》，全是由苏州弹词改编过来的。再后来就是严俊在国泰的支持下拍的《梁祝哀史》和我在邵氏拍的《梁山伯与祝英台》了；等后来我离开邵氏在国联拍了《七仙女》，星马版权是卖给国泰的，于是严俊又和胡金铨、陈又新、何梦华四个打一个，也在邵氏拍了《七仙女》。再下来国泰已经拍了三四个月的彩色《啼笑姻缘》①，邵氏用十个导演十天时间开拍了同样故事的黑白片《故都春梦》，于是国泰以其人之道还治其身的，抢拍了邵氏因林黛自杀，而未能完成的《宝莲灯》，也是群导群演的一部黑白片，也是十天时间抢拍完成。不过大家斗快斗好，争财争气，还没有人哭爹喊妈地说谁欺侮了谁，为了原著版权打官司的有（民十四年的《啼笑姻缘》），为了音乐版权通过法院扣片子的有（国联的《七仙女》），就是没有人在报上不择手段地泼妇骂街，然后又用别人的口吻骂一阵，再反骂一阵；天桥管子张的独角戏，自说自话，把独骂变成了对骂，博取同情，手段之下流前所未见。

其实以《七仙女》的音乐版权来说，也已经很有问题了。很多大公司的配音所用的音乐声带，多是配音员们任意选出的，有的断章取义，有的整段全收。后来国联和"台制"在日本收的《西施》音乐，在如今邵氏的影片中十部倒有八部采用了的。如果我也依《七仙女》一样的画个葫芦，到法院中请求押扣，岂不麻烦？每部也依《七仙女》的罚款十万元港币照收，我岂不可以闲闲地收入几百万？

己所不欲，勿施于人。不要说音乐，我们把日本戏拿来照拍的

---

① 虽改编自张恨水的同名小说，但这一版的电影片名为"啼笑姻缘"。

也不止一部了。不过，像金汉先生一样，照韩国戏抄了一部《十字街头》（居然在台湾还得了金马奖），回过头来就指着别人抄袭的，也实在少见。

老友直称我为"红学家"

黛玉进府时，贾宝玉七岁，黛玉六岁，一直到海棠结社的那年，宝玉也只不过十三岁，黛玉才十二岁。

尽管胡适之先生根据甲戌本卷一正文开始时的脂批：

> 壬午（乾隆二十七年，一七六二年）除夕，书未成，芹为泪尽而逝。

说曹雪芹享年四十五岁，生于康熙五十七年（一七一八年），而周汝昌先生根据敦敏的《懋斋诗钞》中，癸未春天有一首小诗代简写曹雪芹约他去赏花，所以认为曹雪芹是死在壬午的后一年癸未的。

因此脂批的壬午除夕，应该是"癸未"除夕之误。赵冈先生又指出《懋斋诗钞》上的年号，不是原来的笔迹，好像是裱糊的时候另植的。总之红学越读越红。大伙儿却像瞎子摸象，摸到耳朵的叫蒲扇！摸到尾巴的喊鞭子！不管怎么样，借用周汝昌先生一句话，这都算外学，不必一定要把曹雪芹本人和《红楼梦》里的贾宝玉混为一谈。由于发现了《懋斋诗钞》，就一定指脂批笔误，难道不可以敦敏记错？

不管怎么样，黛玉进府时六岁是没错的，因为《红楼梦》第三回：

"……不上两个月，应天府缺出雨村赴任，黛玉出入荣府，众人见她'年貌虽小'……"袭人比宝玉大四岁，宝钗比宝玉大两三岁，王熙凤比宝玉大十来多，因为这些都是在"内学"的《红楼梦》原文里写得清清楚楚的，不必争论，也不必索隐。

虽然，很多人不一定看过《红楼梦》，但对林黛玉和贾宝玉，因为评弹的《宝玉夜探》《黛玉焚稿》和大戏的《情僧偷到潇湘馆》看得多了还是知道的。所以，我用张艾嘉饰演林黛玉，很多人认为不合，其实我相信知道黛玉进府的时候才六岁，还没有多少人吧。那么假使我用二十几年前的冯宝宝演林黛玉，大家一定都骂我黐线。若果依周汝昌先生的代入方程式，一定说曹雪芹就是贾宝玉的话，那我找一个"身广体胖"的大脑袋，矮胖子，跟我一样黑的人演贾宝玉，又有人说我胡搞了（写到此处想到故去的吴熹升兄，如果黑一点，还真像曹雨芹）。所以说拍《红楼梦》还真难，不说别的，一位林姑娘和一位贾公子就难尽如人意了。情人眼里出西施，到底西施什么样，大概回家去看着老婆就知道了！

由于最近一连写了几篇关于《红楼梦》影片的前前后后，难免要扯到《红楼梦》的原作的里里外外，所以有几位老友打电话直称我为"红学家"，这可不是闹着玩儿的，老实说我连江青的自称半个红学家的厚脸皮都没有。我跟我的朋友醉猫儿高阳挺谈得来，他倒可以称为"红学家"，因为他写了一篇《红楼一家言》。所以美国威斯康辛大学举办的"首届国际《红楼梦》研讨会"也约了他，可能他喝醉了，没赶上飞机，所以没去了。至于我的朋友宋淇教授（不是因为他是红学家，而套近乎，我们还真是二十多年的老友），也因了研究大脚和小脚的问题，而没有迈开脚步前去，因而"旧雨新知无法聚首，真是憾事"。其实这次研论会最大的憾事不是他们两位大作家、大教授没有参加,而是我们几位拍过《红楼梦》的名小生、大导演均未参加。我本来倒想去的,不过他们没有请我。并且我那几本在大陆书局买来的《红楼梦》连环图画,还没看完,去了也不知所云。不过相声艺员侯宝林说的谜语,我们倒可以一起研讨研讨:"一个人能做,两个人不能做,大伙儿都能做,不能看着别人做。"做什么?既不是吃的、使的,也不是用的,乃是黄粱一梦尔。一个人可以做梦,两个人不能约会做梦:"二哥,没事吧,咱们俩一块儿做个梦怎么样?"行嘛?大伙儿都能做,看别人做梦可看不到,您看这种梦我们还可研讨吧。

想拍一部《曹雪芹传》

虽然如此,我对宋淇兄的《大脚和小脚》一篇论调儿,倒实在欣赏得很。曹雪芹是正白旗包衣的所谓旗下人(八旗是正黄、正白、正蓝、正红、镶黄、镶白、镶蓝、镶红。以前我对于"正"字倒读得字"正"腔圆的,听过曹宝禄的单弦才知道正字应该读"整个"的"整"),既是包衣,一定是汉人投旗的。自从满清入关以来,洪承畴定下了十随十不随的规矩。有所谓"生随死不随","男随女不随",所以男人剃头留辫子,女人依旧缠足。于是汉女小脚,旗女大脚,曹雪芹写《红楼梦》的时代,却不注明年代,当然也就不分满汉。虽然不言大脚、小脚,有时总会露出马脚,不过有一点是肯定的,那时候一定没有香港脚,所以也就不知道舒服哟!

凌波要演《红楼梦》的贾宝玉的心情我是了解的,无可厚非的,因为邵氏的第一部袁秋枫导演的《红楼梦》,只能用小娟的名义在幕后代唱；一部《梁祝》使得凌波大红大紫之后，心中早就跃跃欲试地想再拍一次《红楼梦》。不过这个念头，恐怕还在我之后，因为我在组国联的期间，也曾筹拍过《红楼梦》影片，也因为"如何拍法"的主意拿不定，而迟迟未能动手。

岳老爷离开邵氏之前，《红楼梦》既然收了唱歌，凌波当然认为十拿九稳地可以演她的宝二爷了，无奈导演和公司的合约条件谈不好，又被搁下了。等到我重回邵氏，凌波一定知道老板和我谈过《红楼梦》的问题，不料我第一部戏开了《大军阀》，底下接二连三的也都没有重弹旧调的意思。也许她认为以前答应我一齐离开邵氏，忽而中途变卦，令我怀恨在心的关系吧？其实这种想法，对我来说还真是多余的，她有她的困难，我怎会怪她？（我离邵氏的一幕，当时是轰动港台影圈的大事，当时两地各报章都以头条新闻逐日报道，在我的《细说从头》当中，也是个重点。一切恩恩怨怨，来日当会详细道明。因为有剪报资料，不必令到我的女朋友林冰再怀疑我的记忆力，但给点维他命和《银色》老编所说的荷尔蒙，还是必要的。）一直到后来我找她饰演《倾国倾城》的皇后，她才也许释下这个想法。后来她在邵氏郁郁不得志地离开，自己想争唊气，组织公司拍几部自己喜欢的戏，当然都是理所当然的。可是发生《红楼梦》的双胞事件，还真是始料不及的，也许我们中间走得太远的关系，如果我早知道她和金汉在筹拍《红楼梦》，我连拍这个戏的念头都不会有。

可是她对邵氏的制片情况，仍不明白，虽然我未拍"红"片而改拍了《大军阀》，但邵氏公司和我拍摄《红楼梦》的念头，一直没有打消过，"自由公会"的片名登记也一直没有中断过，这都是有案可稽的事，不是空口说白话。

自重回邵氏以来,我不时地重阅《红楼梦》,研究版本,搜集资料。如今我家中关于《红楼梦》和研究红学的书籍不下两百本。地无分南北,作家也不论左右。甚至于为了参考一些《红楼梦》的戏曲名籍,跑遍了日本的神田书屋,查遍了日本的图书馆,倒不是为了拍《红楼梦》而如此地搜索枯肠、费尽心机,而是想拍一部《曹雪芹传》。

有一天和岳华谈起曹雪芹,他介绍《明报月刊》上登载的刘以鬯先生写的短篇小说——《除夕》,写的正是曹雪芹临死时的情景:

> 壬午年除夕,书未成,芹为泪尽而逝。

读后,颇为所感,以他这样伟大的作家,竟死得如此凄凉。

一件非局外人可知的事

曹雪芹死在壬午,正是所谓"乾隆盛世"的一七六二年。童谣唱乾隆年笑呵呵,一个制钱儿两饽饽,而我们的伟大作家竟冻饿而死,所以周汝昌先生说:

> ……其实那不是什么"盛世",而是看似极强而危机四伏的由盛至衰的转折点。再放大历史目光看一下,那其实也就是整个中国封建社会即将总崩溃的前夕,是新时代新社会天翻地覆大变动的序幕的开始……

读完《除夕》之后,曹雪芹的影子在我的脑子里转过好几天。

时常想起在北平念书时,骑自行车到万寿山画水彩画写生经过的海淀;出西直门往西北走,一路绿柳红桃,苍松翠柏,经三贝子花园,到海淀,大概要走二十分钟。我从没在海淀停留过,过燕京大学不久就是颐和园了,据说曹雪芹就住在西山八大处附近。

所谓西山八大处,是正西望的三山:翠微山、平坡山、庐狮山,都是名胜攒聚之处;偏北的三山,是瓮山(也称万寿山)、玉泉山、香山,在乾隆年间就是清漪园、静明园、静宜园。曹雪芹的住处虽然至今没有准确的地点,但他在家中可以一眼望见天下第一泉玉泉山上的塔是毫无疑问的。

据说他在写《红楼梦》期间,经常把纸笔带在衣边。因为穷困潦倒,纸是向人家要几本旧年皇历(历书、通胜),然后拆开,把有字的一面朝里折叠;笔是如今日本东京书店卖的一种,前边系着一个小竹筒,筒内丝棉、墨汁,然后放在腰带里系好。边走边想,偶有所得,即刻解下腰带,振笔疾书。

高阳兄第一次由台来港,多年未见,无话不谈。他不仅小说写得好,记忆力也特别强。不过那是喝酒之前的事,酒后就是醉猫一只,语无伦次。所以他原名许宴骈,笔名高阳,大概就是高阳酒徒之谓。

那次我请他写两个故事,一是《乾隆韵事》,一是《红楼梦断》。他答应我由他先写小说,由邵氏公司购下版权。我和六先生一谈,马上付了港币五千元。等到他的书写出之后,我的《乾隆》已经下了三次江南,《红楼梦》也已结了金玉良缘。如今旧事重提的目的,不是向金汉解释,是因为有人颠倒是非,使我不得不向台湾误解我的朋友解释,否则,他们总以为我和小孩子一般见识,争着跟他们放屁崩坑儿撒尿和泥玩儿。

这些事件不容我瞎造,因为有高阳兄的两部著作为证。还有一件事就更非局外人可知的了，在邹凤鸣替嘉禾拍《帝女花》之前，楚原老弟曾和任白二位谈过，希望拍一部舞台艺术片。而在《帝女花》拍完之后，六老板、方逸华小姐也曾和任白两位师傅谈起，希望由我编导一部以《红楼梦》故事为主的歌唱片，并且约了两位师傅和我在香港酒店的西餐厅晚餐。

和任剑辉、白雪仙两位女士，早在他们在南洋片厂和华达片厂拍戏的时候就认识了。但是在一起吃饭，还是第一次。

时间约定是七点整。我六点四十多分钟就到了香港六楼的咖啡厅了。七点整任白两位准时到场，六先生和方小姐也相继而来。没想到由于我的粗心大意，弄得大家都很尴尬。

原来那天足有三十四度，我只穿了一件夏威夷恤衫，偏是那家餐厅的规矩又来得个大，挂着"服装不整，恕难招待"的牌子，难怪老板一看我就啊了一声，要不是仆役送上一条领带，还真不知如何"出场"。不过夏威夷的领口系领带，也太像大乡里游香港，难怪白雪仙师傅不大敢正眼看我，而任师傅则是"一见我就笑"了。

那家餐厅是海鲜馆，六先生叫了鱼，方小姐和任白两位师傅都叫了虾，我还是吃牛扒。

两位师傅的舞台戏，我只看过一次，是唐涤生先生编的《红梅阁》。布景、灯光、服装、道具都讲究得很，唱作念表都予人以深刻印象。

拍黄梅调《红楼梦》始末

我在台湾拍摄《西施》期间，偶尔也回港接洽些片务，那时她们两位正在清水湾片厂拍摄李晨风导演的《李后主》。承黄域兄特别打电话，请我到清水湾片厂看他们的拍摄情况，布景道具比我在邵氏拍《武则天》《杨贵妃》时还要豪华，可见她们两位对艺术的态度认真，对制作的要求严谨。同时服装全部由画家孙养农夫人设计，也是格外地显得高贵大方、清雅别致，所以对她们两位师傅一直在心里敬佩。

也许彼此对《红楼梦》的主题、意识和表演方式的要求不统一，所以讨论并没有结果，大家都客客气气地留下一个尾巴，一方是考虑考虑，一方是研究研究。想不到正在且听下回分解的当儿，半路上又杀出一个程咬金来！

第一公司的黄卓汉兄，忽然通过朱牧邀我在鹿鸣春吃饭，他大概误会我的合约到期了，所以想请我导演一部影片：分红可以，合作也可以，拍的故事是歌唱《红楼梦》，最好用黄梅调。

他老哥一阵口沫横飞之后，才了解我又在邵氏续了合约。他要拍黄梅调的原因，当然不会因为他姓黄，而是由于我拍的那一部《江山美人》在台湾重映，又掀起了一阵黄梅热潮。朱牧也在旁边敲边鼓，说可以找林青霞演林黛玉，甄珍反串贾宝玉，林凤娇演薛宝钗。我说既然有此卡士，由谁导演都是一样，不如就由朱三爷导演，还是叫司马克编剧吧（很多人以为司马克是我，其实是谭炳文契爷，不信请读者问问他）。黄老板一听认为不行，不说我导，恐怕她们几位不肯演出。我说为了合约的关系，我只能在幕后帮帮忙，就这样决定全片到韩国拍实景，两个月之内拍完。希望我到时也可以到韩国旅行观光几天！

甄珍开始是答应了的，不过后来又变了卦。林凤娇为了排名的问题，也打了退堂鼓。如此就变成了林青霞的黛玉，张艾嘉的宝玉，都已经谈好，而且由第一公司付了酬金。宝钗还一时没有着落，准备边拍边想，甚或找个韩国明星。老实讲，假如没有我导的《江山美人》在台湾重映大收旺台，谁都举棋不定的。没多久朱牧接到了金汉的一个电话："怎么，听说李翰祥要拍黄梅调的《红楼梦》？"

"不清楚！"

"我和凌波早就要拍《红楼梦》，他不知道吗？"

"你告诉他了？"

"没有啊，他应该知道啊！"

"他为什么应该知道？"

"好，就算李翰祥不知道，如今他总应该知道了吧？"

"不知道！"三爷还透着幽默。

"什么不知道？"

"我不知道他知道不知道，你们又不是不认识他，有话为什么不直接打电话给他，李翰祥李翰祥的连名带姓地叫他，别人可以，你和凌波可不大应该，称呼他一声李先生、李导演也不会矮你半截啊。"三爷还挺火，啪嗒一响就把电话挂上了。

事后三爷告诉我，我也没置可否，并且告诉他如果是凌波就不会这么一脑门的浆子。

大概有人把这件事，原原本本地都告诉了方小姐，目的本来是阻止这件事的，没想到反而成全了这件事。本来是朱牧导演的《红楼梦》，变成了我导演，本来是第一公司出品，变成邵氏出品，因为方小姐出面由邵氏全面接收。

林青霞由黛玉变宝玉

开始黄卓汉的条件是台湾版权各半，六先生正在考虑期间，卓汉兄忽然在台湾打个电话给我："台湾版权我决定也放弃了，就把韩国版权给我吧。"

我把这话和六先生一讲，他连考虑都没说一句，即刻满口应承，于是邵氏就密锣紧鼓地筹备起来。

至于林青霞为什么由黛玉变成了宝玉了呢？那还是我见到她们两位站在一起的时候，才决定的。因为林青霞比张艾嘉高得多，宝哥哥比林妹妹矮上一头，总不大对路吧！

其实在这之前，还有一段小插曲，我推掉《红楼梦》的导演之后，公司一度有意叫程刚导演，并且和吴大江谈过了作曲的问题。后来是金汉把他拉了过去。真想不到，另外还有人同时拍了一部《红楼梦》，在星马演了几天之后，就摆在片库里啦，谁呢？提起此人也是大大的有名！

原来岳枫岳老爷，应制片家陆正行之邀，到新加坡筹备拍摄《红楼梦》。岳老爷在邵氏筹备了一阵子黄梅调的《红楼梦》，连歌唱都收一部分，可能和公司的合约条件谈不拢，把《红楼梦》搁下和邵氏分手了。

其实，早在长城公司的时候，岳老爷已经导演过一部《新红楼梦》。李丽华的林黛玉，严俊的贾宝玉（严二爷除了流气了一些，嘴歪一些之外，还真有点像贾宝玉，玉不玉的不说，宝气还有一点，最低限度够"贾"）。这一次是青年编剧家邱刚健编剧，片名叫《红楼梦醒》，也是一部时装片。邱刚健出身于台湾艺校，和归亚蕾、丁善玺都是同学，来港在邵氏也担任编剧，岳枫的《夺魂铃》、张彻的《死角》、楚原的《爱奴》都是他编的。在邵氏也导演了两部影片，一部是《我为情狂》，一部是《乾坤大醉侠》，可惜都没有拍完。原因是六先生看过《我为情狂》的毛片之后，差点就要发狂，认为这位愤怒青年的导演手法太新，简直观众无法接受（起码他老人家无法接受）。一想，再叫他试试古装武侠片吧，可是一看《乾坤大醉侠》的毛片，又是眼花缭乱地乾坤宇宙星辰动，不分南北与西东，看了两分钟，比喝两瓶茅台还头昏眼花，只好叫鲍学礼替他"埋尾"。等到开发公司在香港大量招兵买马，鲍学礼和邱刚健都跟开发公司老板陆正行签了约。

那时提起开发公司，还真是大大有名，陆老板经常和朋友们讲："香港的影界是不能全叫两大公司独吞，如今有了开发，成为鼎足而三的局面就好一点了。"所以开发在港大展宏图，签了好多位编导，也开了好多部影片。九龙一家银行的分行经理，由于朋友的介绍，借出了一两百万港币。可能是发展得太快，几部影片还没有拍完，陆老板就开发到越南去了。那位分行经理只收回几部底片作抵押品，愁还没"发"完呢，就叫总行给"开"了。陆正行先生，由于"越战"的关系，好久都行不得也，最后居然神通广大地安然抵港。据说在越南又"开"了几回船，又"发"了大财，所以陆正行先生由"海正航"又上了岸，怎么一下子又到了新加坡组织起新加坡××影业公司，就不得而知了。

据说陆正行和政治还有点儿关系，所以一度在香港还竞选过自由公会的主席。到了星马扬言创业作是由名导演岳枫导演的《红楼梦》，由名编剧家邱刚健先生编剧。

用大胆假设小心求证的手法忠实原著而不落窠臼，因为岳老爷导演，虽然准备全部起用新人，倒也是片商支持。

四个导演拍《红楼春梦》

谁知岳老爷久久不露面，陆老板又在台湾请了个杨道杨导演，片商一看陆老板言行不一致，要打退堂鼓，不得已又千方百计地在香港把岳老爷请了去。本来陆老板先答应邱刚健自编自导的，如今三头对面，等于一个姑娘吃了三家茶礼，当然搞得大家不愉快。岳老爷一研究，又听说有些缠不清的政治问题，所以老爷催马加鞭，星夜赶回香港，宁愿做寓公，也不跟着蹚浑水。杨道也扬鞭就道地回了台湾。如此一来，导演的担子就落在了邱刚健的肩上。于是正名《红楼梦醒》，拍了一部比曹雪芹前八十回更叛逆，比高鹗的后四十回更理想的《红楼梦》。黛玉终于把眼泪化为力量，鼓起勇气把宝玉从宝钗的手里夺了回来，正式地结成了"木石姻缘"。片子拍完之后，新加坡上映，轰动一时，电影圈编导人人自危，发行的片商个个担惊，大小制片奔走相告，原来影片演了两天，就因为生意太惨而"因片约关系"下了片。大概还是应了六老板的那句话，"手法太新，观众不能接受"。所以说六老板跟陆老板就是不同，差之毫厘，失之千里。据说新加坡的政治部还想请他谈谈话，不过，陆老板老早"电影梦醒"地溜之乎也了！

邱刚健在新加坡拍摄《红楼梦醒》的时候，是以明修栈道，暗度陈仓的方法，希望在邵氏和凌波的两部《红楼梦》未演之前先上画，来一个偷袭珍珠港。同时香港的金鑫也打着我学生的名号（其实他只在我导的戏中，拍过特约而已），在另一家大公司的幕后支持下，开拍了一部黄色《红楼梦》，片名叫《红楼春上春》，准备以小搏大，以快打慢地速战速决饮一碗"头啖汤"。

商场如战场，邵氏当然不肯执输。老实讲，影城的十个摄影棚里，八九搭的是古装布景，另外拍《倾国倾城》时的瀛台花园早已改好了大观园；二场地、四场地都有半永久性的古装街道，服装道具又样样齐备，拍一部古装片是轻而易举、驾轻就熟的事。所以制片部一声令下，两个星期中，由孙仲、何梦华、牟敦芾、华山四个导演完成了一部《红楼春梦》。第三个礼拜已经推出公映了。票房纪录是：158, 749, 520。其时邱刚健的红楼梦未醒，金鑫的《红楼春上春》连冬天还没过完。

周汝昌先生分红学为内学外学之前，早有人把《金瓶梅》和《红楼梦》分为明春暗春，同样的启人淫窦，导人邪机，所以，有一段时间同时列为禁书。如今《红楼春梦》，把骚在骨子里的暗春一一挑明，儿童不宜观看是一定的，连成年人看了也都有些飘飘然。牟敦芾的一段"秦可卿淫丧天香楼"，是曹雪芹听了脂砚斋的话，删去十三回一节。如今小牟老弟替秦可卿做了一番平反工作，仍叫她为情浓而死。主要的情节是得自醉猫高阳兄的《红楼梦断》小说中，高阳认为贾珍实际上的人物是李煦，所以这一段爬灰的公案，在他的笔下也就返本还真地写了出来，也就成了小牟老弟的剧本来源。这之前牟敦芾从未拍过古装戏，试片之后，六先生都对他另眼相看，认为他拍得相当理想，在检查制度的范围之内，乐而不淫的，满足了观众的欲望。

可惜牟敦芾得不偿失，为了这四分之一的春梦，打翻了他结婚的美梦。原来准备嫁给他的胡茵梦，说他的春梦太春，不忠实传统，有伤大雅，所以她"胡茵梦醒"，宣布和小牟"红楼梦断"，害得小牟长吁短叹地在"传统下独白"："小不忍则乱大谋"，其实他不知道我的朋友李敖早已熬了多时矣。

张翠英饰金钏记趣

孙仲导的"风月宝鉴"一段，也拍得中规中矩。不过是个肉弹明星演风骚戏，太新潮，香艳浪漫淫荡，卫生兼而有之，就是缺少《红楼梦》的风情，眼睛上黏着的长睫毛，涂着的蓝眼圈，袒裼裸裎地在床上大跳其"抵死够格（disco）"，还真够"抵死"。还好国际红学会开得晚，否则给最喜欢王熙凤的周汝昌先生看见，吓不死也要吓得晕头转向，一定要大叹"熙凤压倒东风"哉！

倒是田青演的贾天祥颇有喜感，华山的"红楼二尤"和何梦华的"司棋与潘又安"拍得平平稳稳，两位老弟都是好好先生，平时一谈到女人就面红，叫他们做"春梦"岂不是打鸭子上架？

谈到"红楼二尤"，倒想起两部以这题材拍成的电影，一部是由童芷苓演的彩色舞台艺术片，一部是舒适导演的黑白电影片，印象里都觉得平平常常。倒是沦陷时期的"华影"，拍的一部《红楼梦》给人印象颇深，并不是因为它是大导演卜万苍先生的作品，而是由于当时的卡士实在晓人。由袁美云反串贾宝玉，周璇的林黛玉，王丹凤的薛宝钗，白虹的王熙凤，梅熹的贾政。当时真是轰动一时，因为袁美云的时装片《化身姑娘》就是女扮男装，西装革履，风度翩翩，如今反串古装的贾宝玉，穿起"银红洒花袄，厚底大红鞋"，更是"玉树临风佳公子，面如脂粉一后生"，怎不令人着迷。

王丹凤的薛宝钗，倒的确当得起曹霑笔下的"肌肤莹润，举止娴雅"，读书识字的大家闺秀，但因为戏份不多，也就很难发挥。反倒是张帆的紫鹃非常抢戏，给人印象颇深（这个角色在几部《红楼梦》里都是一样喧宾夺主的）。白虹的王熙凤，风骚泼辣倒还做得差强人意，但总觉得稍微胖了些。其他欧阳莎菲的袭人，孙景璐的秦可卿、利青云、李云、余苹都因为无戏可演，只是跟来跟去。事隔多年，简直连点影子都没有了。倒是有两个导演的太太，颇值得一提，一个是这部《红楼梦》里饰演晴雯的卜导演太太郑玉如，一个是这部戏里饰演金钏的敝人在下的内子张翠英。

当年看戏的时候，只觉得晴雯的特写特别多，还不知道他就是卜大导演的太太，后来才恍然大悟。卜导演当时有两位太太，上海电影界所谓的一厂、二厂。郑玉如是得宠的二厂，所以镜头上得到特别的照顾，晴雯撕扇撕了一把又一把，晴雯补裘补了一针又一针。卜大导演有一句口头语，电影界的朋友都会用扬州话学他："慢慢仆（拍），总要仆完的。"大概情人眼里出晴雯的关系，扇子左撕右撕也撕不完。

张翠英的金钏，并不太惹人注意。不过她一出场就吓了我一跳，我以为晴雯又继续撕扇子来了，看下去才知道原来不是郑玉如的晴雯，而是张翠英的金钏。她们姐儿俩长的还真像。难怪有一年张翠英身在台湾，我去加连威老道的三阳买罐头，马老板告诉我："李导演，你太太刚刚来过。"当时还真吓了我一跳，明明刚才还通过长途电话，怎么一下子就闪电般的到了香港？后来才知道马老板错把冯京作马凉，把郑玉如看成张翠英了。不过有一点倒没错，两位都是导演的太太。

另外一九三九年岳枫导演过《王熙凤大闹宁国府》，主要演员是顾兰君、梅熹、白虹、李红、陆露明，在当时也算是一张大卡士了。

打消到韩国拍外景计划

除此之外，再想不起有什么人拍过《红楼梦》了。当然地区性的剧种尚未计算在内，譬如粤剧里何非凡的《情僧偷到潇湘馆》，就是相当脍炙人口的。何非凡扮的贾宝玉还真是美如冠玉，总算不是女扮男装。

一九七七年的竞拍《红楼梦》，居然有五部之多，这是影界对台戏唱得最热闹的时期，计开：

《金玉良缘红楼梦》

《新红楼梦》

《红楼春梦》

《红楼梦醒》

《红楼春上春》

加上邵氏旧有的一部《红楼梦》，也加入了战团，首先推出。徐玉兰和王文娟的一部，也因为"四人帮"的被打倒而解了禁。两部《红楼梦》在香港以迅雷不及掩耳的手段重映，在港台分饮了头啖汤。

我拍的《金玉良缘红楼梦》，一开始就准备到韩国去拍外景的，所以内搭景的一切样式，和雕梁画栋的色彩模样，全部照足了汉城秘园的形状，主要想拍的除了大观园的过场戏之外，就是原书的九十六回："瞒消息凤姐设奇谋，泄机关颦儿迷本性"。

黛玉听了傻丫头告诉她："就是宝二爷要娶宝姑娘的事。"

黛玉听了这句话，如同一个疾雷，心头乱跳……心里竟觉油、酱、糖、醋倒在一处，甜苦酸咸，竟不知什么滋味儿……自己想回潇湘馆去，那身子竟有千百斤重，两只脚却像踏着棉花一般，不知不觉顺着堤往回走起来。紫鹃取了绢子回来……只见黛玉在那东转西转……只得赶过来，轻轻问道："姑娘！你究竟要往哪里去？"

"我……我去问问宝玉去……"

这一段在傻丫头说完"宝二爷要娶宝姑娘的事",黛玉一惊,等问过仔细之后,有一幕后合唱,词是名小说家宋玉(王季友)先生写的:"乍闻消息,好一似晴天霹雳,只震得她四肢无力,鸟语人声,一时都寂。"词简意繁,干净利落,加上音乐的骤然而止,黛玉在没有效果,没有杂声的空白里,目茫茫,耳茫茫,心也茫茫,跟跟跄跄,漫无目地在园中走过来又荡过去。这一段的镜头,我在东京收好音乐的当晚,就在情绪跟着音符走的激动下,一一分好,大部是用主观的笔触,描写黛玉心灵的感受是魂飞魄散,目中的景象是天旋地转,身体的感觉是四肢酸软,像风筝断了线,帆船断了缆。我看中庆州附近的苍松翠柏,准备用长轨跟黛玉在树林中狂奔;我看中鹤岛的丘岩,预备在黛玉疯疯癫癫地狂奔之下,群鹤振翅齐飞,惊慌失色地在空中翻转……

可是,这一切都成了幻想,在我刚拍到大观园的外搭景时,南方公司忽然推出越剧舞台艺术片《红楼梦》,这使得在港的沪籍人士,如久旱逢甘雨般的欢跃。因为"四人帮"的统治下,把所有的传统剧种,摧毁殆尽,除了八个样板戏就一无所有。越剧《红楼梦》的上映,无异于一声春雷,令得我只好打消到韩国拍摄十天外景的计划,把分好的八十八个镜头,并成了八个,一个下午就草草结束,匆匆地赶在越剧的《红楼梦》之前上映。

我拍《红楼梦》由始至终只是为了个人的兴趣而我行我素,从未想过和任何人打对台,更讲不到谁抄谁;如果一定说抄袭的话,大家都抄袭自曹雪芹的《红楼梦》,只是各人的修养不同,也就格调迥异。越剧《红楼梦》的导演岑范和我同岁,大家都是永华的同事,我并不觉得他在导演上有何突出之处,大家在场景调动上、人物的安排上都有所不同,有何抄袭之有?

自问这些年在影圈中对工作还算认真，对后进也肯热心地提携，如果说中国电影是一座万里长城的话，我起码也为这长城搬过一块砖，决不为了增加票房的收入而六亲不认，屈心昧己地狂言乱语，不择手段地夸大宣传。因为一不小心恐怕风大闪了舌头！

　　听说有人在记者招待会上，大言不惭地说李某已经老了，手法旧了，要挑战一番。我真想送他两个核桃，等他玩儿亮喽，再指点他。如今有人主张一切向前看，为何不向年轻的、手法新的人挑战？跟成龙比比谐趣武侠片如何？跟许冠文较量较量轻松喜剧怎样？何必一边喝着涮锅水，一边还骂锅不热呢？

前往日本收音乐

　　在"红战"期间（并非红学），邵氏一直以大公司的风度，在商言商，绝不口出恶言，何况凌波、金汉都是邵氏出身的好伙计，对发行上也只有兵来将挡，水来土掩。

　　邵氏在"自由总会"[①]的片名登记册上，非止一次地继续缴费保留权利（总会规定每六个月为期），偏偏在我拍《金玉良缘红楼梦》期间，公司忘记了延期，金汉就趁邵氏疏忽的当儿，登了四个《红楼梦》的片名（金汉是总会的执行委员，常在总会中行走），邵氏的六先生和方小姐一直还蒙在鼓里。我的《金玉良缘红楼梦》是一九七七年七月二十八日开拍的，同年十月三十一日全部完成，其间共拍了工

---

① 自由总会：全称"港九电影戏剧事业自由总会"，前身为1953年由王元龙、张善琨等人发起成立的香港电影业右派工会组织——港九电影从业人员自由工会。后受台湾当局委任，负责审查香港电影在台湾地区上映资格。当时香港电影若要在台发行，必须先在"自由总会"登记，以获得证书。

作天六十八天。前文已经说过，本来预备到韩国拍外景的，也因为南方公司突然地推出徐玉兰、王文娟的《红楼梦》而放弃，草草拍完，匆匆上片。开始我无意于跟任何人打对台，我们只用一天的时间，就在日本收完了全部音乐（作曲王福龄，音乐是我在《杨贵妃》《武则天》《西施》《缇萦》《扬子江风云》里的老搭档齐藤一郎），也许读者们以为我在抢收，其实不然，以前的戏凡是在日本配音乐的，时间都是一天。

如若改在香港配音，耗费在录音间里的时间起码要四五天。我开始向公司建议到日本收音乐的时候，方小姐还有点不大相信这速度，所以也一同去了东京。那天虽然收工的时间已经超过午夜十二点，但这种速度还是惊人的了，原因是所有音乐师的技巧纯熟，工作力集中，谱一发到手试一遍已经可以正式录音了。这在港台两地都是不可能的。所以后来子达兄（李行）的《秋决》也到日本收音乐，配乐一样是我的老友齐藤一郎。

不过我们在日本耽搁的时间前后仍有两个礼拜之多，原来歌词是请宋玉先生作的，也许他每日写报上的连载太忙，到期只交了十二首，其中还有不适用的，于是只好我自己动手。所以一到东京，福龄兄先把在港谱好的部分歌曲交给齐藤先生，又在旅馆里他作曲、我作词的埋头苦干了四五天。然后又要一一地解释给齐藤先生，以前配音他只是看两次片子，量一量时间，一个星期就把音乐写好了。可是这次不同，叫老先生谱类似中国戏曲的东西，在他来讲不仅是艺高人胆大，简直就不敢动笔。加上我们之间的语言隔阂，什么话都要经过传译，有时我的不咸不淡的日文，和他不淡不咸的英语，还真如双星报喜的鸡同鸭讲，简直是糟糕一麻斯！

一同去日本的幕后代唱，是容蓉和刘蕴两位。容蓉原名是钱蓉蓉，还是为了拍《七仙女》我替她把钱字拿掉了,当时的王植波曾经以玩笑的口吻:"好吧,国联要容蓉,国泰要钱。"言犹在耳,《七仙女》刚一拍完,他和国泰的老板陆运涛、发行经理周海龙就一切都不要的要了命。刘韫的小调一直是很出名的。

她们两位去了东京几天,收音乐的时候,只唱了一首歌。为了时间的关系,其他的都是回到香港对着音乐再唱的,录音的地点是在又一村的百代公司。容蓉唱紫鹃,也唱反串的宝玉;刘韫唱黛玉,也代唱妞妞饰演的蒋玉菡。本来还有丁倩代反串刘姥姥的李昆唱酒令,因为片子过长,不止"酒令"的唱词全部删掉,连李昆的刘姥姥也没能迈入大观园一步。

林青霞很少拍古装片。一开始就是以拍琼瑶的《窗外》成名,下来拍的也多数是新潮文艺片,拍古装歌唱片还是第一次,所以她自己一直担心身段做不好。我告诉她们,只要跟张和铮老师学几个基本身段就可以了,因为我认为舞台动作钻研得太深,反而成了电影演员的包袱。想不到她们两位都是聪明绝顶,加上了用功、认真,表演起来倒也中规中矩。倒是有京戏根基的胡锦,表演王熙凤的"掉包计",反而满身羊毛气,大概就是背着包袱的关系吧。

记得有一天拍宝玉大婚的洞房,剧情是宝玉偷偷地掀开盖头,发现新娘子不是黛玉而是宝钗的时候,先是惊讶茫然,等问过母亲问过王熙凤,更问明了老祖宗之后,知道娶的正是宝钗,不由得心头一阵激动,顿足,捶胸,不顾一切地号啕大哭。下边是一段二百五十尺的唱词,为了情绪的连贯,全段我只用了一个镜头,由宝玉的特写痛心疾首地叫了两声林妹妹之后,一个跟跄险些跌倒。王熙凤、王夫人、丫鬟、婆子们吓得乱了笼,纷纷上前把他扶在椅上。他伏几痛哭,这些动作都要配合音乐节拍,过门儿完了之后,贾宝玉要蓦地抬起头来，泪流满面地唱道：

> 我以为今日洞房得团圆，
> 谁知道，
> 月老错把红钱牵。
> 什么人偷天把日换，
> 为什么鹊巢反被鸠来占……

前后示范了二十九次

这一节的身段设计，我要求全部放弃舞台式的表演，告诉青霞只要表现出宝玉心理过程和情绪起伏就可以了。于是，我依我的设想，由头到尾地示范了一次，以后青霞每做一回，我就再更正一次。我自己是演员出身，所以虽是示范，感情也一样随音乐的节拍而荡漾不已。我全部地投入工作里，几乎忘记了我曾经得过冠状动脉血栓塞的毛病，医生一再劝我多休息，少激动，而如今左一次步伐踉跄，右一次呼天抢地，前后一共示范了二十九次，每一示范都肌肉贲张，心跳不已。场上一起工作的朋友们，曾经不止一次地想劝止我，但看我在兴头儿上，谁都没敢出声。示范到最后两次，心口已经有些郁闷的阵痛。本来自从病后我身上总带着硝酸甘油片，每到胸口有些不舒服，就含一片在舌下。偏巧那天忘记带了，我也毫不在意地又示范了一次，这一次险些令我的血管又一次地栓塞，刚停下来，就呼吸急促，四肢酸软地躺在了导演椅上。

幸好我的司机阿文，及时把甘油片送到。但是已经惊动了我一家老少和公司上下，大家看着我慢慢地恢复了正常，才放下心。第二天在翠英的督促之下，到邬医生那儿照了个测心电图，也把发生的事情告诉给他。他笑着跟我说："你这部《红楼梦》真称得起呕心沥血，但请阁下注意，千万不要来个血洒疆场，马革裹尸才好！"

前文已经说过，电影界的双胞案层出不穷。不过大家都是在平心静气之下进行的，电影是艺术也是商品，双胞是竞争也是竞赛。看得好玩一点理应是大家楚河为界，两国交兵地下一盘棋、玩儿一场桥牌。既要参加这场比武较量，就不要说什么大小，论什么强弱，更说不上谁打了谁，谁欺侮了谁；玩得起就玩，玩不起就走人；下棋不要偷子，赛球不要使绊儿。给人家地上放沙子，称什么英雄好汉？

我的《金玉良缘红楼梦》开拍在一九七七年的七月二十三日，而那部《新红楼梦》在八月二十一日才在台北开镜，前后差了二十八天。明明是后者以卵投石，怎能说邵氏公司以大压小？我们在十月二十三日已经把全片拍好，十月二十六日推出在香港荷里活院线上映，十月二十八日把拷贝送到台湾"新闻局"的"电影检查处"送检。想不到他们居然不择手段地向有关当局投诉，说李翰祥抄袭大陆片，和大陆出品的《红楼梦》，场景一样，服饰一样，情节一样，对白唱词也一样。什么人？就是我前文说的江述凡，也就是看了我《红楼梦》的试片马上就傻了眼的那位江述凡。他曾经亲口告诉我："回去我们就开了个会，不行啊，一定要想个办法！"什么办法？卑鄙无耻，无中生有地写黑信，运用关系，造谣生事，并且双管齐下地在报上大登广告："要想打对台，就不要抢闸，咱们来一场公平的较量，等我们一齐上片。"（大意）

于是邵氏送检的拷贝，如石沉海底地没了下文。等邵氏台湾分公司的人去追问，"电检处"的人就说正在调查你们有无抄袭大陆片。

香港不得不把大陆《红楼梦》的对白、唱词抄一份呈上，甚至于买了绍兴戏的唱片一同送检。他们仍是左推右搪。这之间邵氏不得不先推出袁秋枫的旧红楼梦。

最欣赏蓝马的演技

这一招简直是低招，既惹起群众的反感，又使人误会了这就是邵氏的《金玉良缘红楼梦》，看后大有上了当的味道。比这低招的是先推出了我导的《梁祝》，虽然发行的结果在台北就收了台币一千四百多万，但也无形中替人家做了宣传。这都是主持台湾邵氏发行部多年的黄天桢先生的杰作。据说电影发行界的朋友都称他为"黄天霸"，因为他姓黄，作风也够霸。这两手屎棋亏他想得出！

"电检处"的老爷们一直等到十二月一号，才发下了邵氏《金玉良缘红楼梦》第一个拷贝的准演证，十二月二日才准演其他的拷贝。所以十二月三日两部《红楼梦》，在台北同一天推出。

有人说我以大欺小地打了他，把所有脏话都说尽了地骂了他。他还真抬举自己，老实讲我才没他那么多闲工夫去哄孩子玩儿呢！

我不厌其烦地用很多篇幅写这件事的目的，是告诉给我的观众、我的读者和关心我的朋友，电影圈虽小，肮脏气人的事还真不少！

在我的三十年里，时常提到严俊，我觉得他是老一辈的电影从业员的某一种典型，找女主角等于种摇钱树，聘副导演等于找一个长工。摇钱树最好是搬到家中，打长工的也要永远替他专心服务，鞠躬尽瘁，死而后已。包衣世世代代为包衣，奴隶子孙也永远都是他的家生子。不过他也只是自私而已，还没有用下流的手段给人使绊，写匿名信诬告人是"间谍"。尽管他算不得好导演，他的戏总还演得不错。

老一辈的电影演员里，我最欣赏蓝马、谢添、吴楚帆。石挥有时还不够扎实，赵丹也有些火爆，至于刘琼、金焰，都属架子小生，潇洒有余，功力不足。王引有别于以上几位的是粗犷、朴素，感情充沛，演文有气质，扮武够气魄。严俊比起他们几位就差一点了，但还不失为是一个好演员。比他们后一辈的我认为柯俊雄最出人头地了。还有许冠文的幽默，狄龙的英武，岳华的文雅，刘永的俊秀，田野的敦厚，岳阳的精灵，成龙的鬼马，也都是各具一格。李小龙虽称得起天王巨星，但戏路狭窄仅限于勇猛的武生。及至周润发的出现，简直使观众的眼睛为之一亮。

我没看过周润发主演的电影，也很少看电视，不过偶尔看到他一出场，我就放下一切工作，坐下来看一阵子，因为那确是件赏心悦目的事。如果我们的电影制作有好莱坞的水准，他应该可以取得最佳男主角的金像奖。

原因是他已经完全摆脱了历来中国电影演员的装腔作势，我之如此说，并非和他在汉宫四楼喝过茶，也并非被委托做他新戏的宣传，而是由衷赞赏。

拍《貂蝉》增加预算

俗语说"前人种树后人凉"。想当年我拍第一部古装歌唱片《貂蝉》的时候，不仅无树乘凉，曝晒在太阳底下还要听风凉话。那年头真是要什么没什么，邵氏父子公司的南洋片厂刚刚拆掉，自己连片厂都没有，遑论布景道具。我拍的第一堂景，是貂蝉拜月的花园，搭在钻石山大观片厂，布景师是和我合作多年的陈景琛的父亲陈其锐。那时陈景琛还只是帮助画画天片而已。除了布景板、地台板之外，门窗栏杆全需要重新做起，因为是第一次拍彩色片，所以对色彩也就特别注意。其实不注意反倒好，一刻意求工就五颜六色起来。其实三国时代的门窗、梁柱、栏杆斗栱，全部用木头原色就好了。大红柱子绿雕栏，该是明清的建筑样式，一定要显显颜色，反倒弄巧成拙，所以有一句至理名言：

拍彩色片要使人有看黑白片的味道，
拍黑白片要使人如看彩色片的感觉。

邵氏父子公司和导演签的合同，规定一部影片的总预算不得超过港币二十五万元（黑白片），底片不得超出两万五千尺。拍《貂蝉》之前，二老板和我谈到预算，因为是彩色片，所以增加了五万元。这数目字在他是有根据的，因为那时凤凰公司的出品，新加坡版权由邵氏公司代理，他们打出的预算是一部彩色片的制作成本二十九万元。

在永华拍《嫦娥》的时候，还有些古装的服饰布景、道具凑合用一用（依考据根本不可以）。邵氏的《貂蝉》连这些条件都没有了，只好全部重新制造。一般的服装还是包给黎珠，道具包给林华三，特别的要公司另外出钱制作，戏拍完之后，也要白白地送给包租人。因为这是包租的包约中双方同意的。

道具的设计就是布景师陈其锐，除了用泥塑了几个大瓶子，然后涂上黄黄绿绿的颜色之外，其他的大概依照旧有的汉代图案，做了些乐器。现在想想还真是不伦不类。

服装设计是卢世侯，也是《国魂》和《清宫秘史》的服装设计，是电影界的八大怪之首。俗谓一白遮三丑。他是又黑又麻又丑。所有的衣服、鞋子、袜子、帽子，甚至于底裤全是黑色，据说是为了纪念他故世的母亲。说话又女声女气，所以大家都叫他"黑寡妇"。

他们老太太也是一位画家，画过《刺客列传》，可惜在抗战的时候遗失了。老太爷是位著名的银行家，他却放弃了巨额的家产而浪迹天涯。可能为了婚姻不满意吧，平常有说有笑，不过千万别跟他挖根问底儿，一谈到家里事他马上闷闷不乐，如果和他用家里事儿开开玩笑，他马上就翻脸。

我看过他几张画，画的是工笔人物，但又像年画似的涂上调子，又像图案似的画得整整齐齐，虽然趣味不高，但也自成一家。一九五四年八月十五日在香港创刊的《良友》，登着他画的一幅《苦海慈航》，画得就相当工整别致。

服装设计抓到锅就是菜

为了《貂蝉》的服装设计，我曾经到他家里去过。那时他和今圣叹、曹聚仁住在一起。他的房间里简朴得很，一床一几一椅之外，别无长物，有的是堆得杂乱无章的画纸和水彩颜料。他的服装设计图三催四请地都交不出，还好我手中还拍着尤敏的《丹凤街》，若干等着一部戏的话，不急死也得饿死。好容易把图样交上来，公司也通过了预算，他要自己找裁缝，自己监督着做。又是左等没有消息，右等不见人影。他老先生又喜欢作缺腿儿的打油诗，《长州海茫茫》就是他的杰作，在电影界又是老资格，所以很多人都惧他一头。

那时我也没有现在的考古癖，对历史文物的认识肤浅得很，一切仰仗他人鼻息，所以一听专家就吓一跳，虽然对他的两笔画，认为也没什么了不起。不过既称得起专家，对古代服饰一定研究有素，何况他由"华影"之前的新华，就已经开始设计服装了，所以见面总要敬他三分。直到《貂蝉》的布景都开始搭了，他老先生的服装连一只袜子都没看见过呢，我还真有点沉不住气。

那时邵氏父子公司的写字间，在邵氏大厦的四楼全层，放映间外边是个会议室。忽然一天早晨有人告诉我，会议室里放着四套古服不知怎么回事。我推门一看，原来有人把貂蝉、吕布、董卓、王允的服装，一套套地穿在椅子上，摆在会议台的正中央。那位设计大师，连面都没照一下就上浴德池洗澡去了！您看怪也不怪！

卢世侯说自己设计的服装是"造谣言"，因为一般观众对古装的印象全部得自于年画、连环图和地方上的大戏。真正对历代服饰有些认识的，除了大学教授和专门研究历史文物的少数人之外，大多数都不知所以了。而教授和专家都做学问去了，根本很少看电影，所以卢世侯设计的服装就是公仔书加大戏。抓到锅里就是菜。戏法人人会变，各有巧妙不同，何况他是专家，所以谣言也就任着他造了。

譬如他说纣王的妲己是小脚，三寸金莲，也没人敢跟他辩。因为秦小梨演的广东大戏《肉山藏妲己》，就是扎了脚踩着跷上台的。如果你说缠足始于南唐的窅娘，他一定会引经据典地说服你一番。他会告诉你，《古今事物考》上说缠足始于妲己，因为妲己是狐狸精，脚和狐狸尾巴一样地变不了，故而"以帛裹之"，以致"宫中效焉"。还有民间神话说"禹王治水，娶涂山氏女而后之，生启，涂山氏女固狐也，其足甚小。"您听听，比满纸荒唐言的《红楼梦》还要荒唐。

如果你问他古人为什么永远一身夹衣裳，或者夏境天也是里中外的三条裙子，他会告诉你中国的古装和中国画一样，全是写意的，连中医开的药方子也是大写意。有君就有臣，有冷就有热，所以广东人不主张吃生油炸的东西，因为太热气；一热气就要喝"凉茶"，用不着太较真儿。唱京戏的时候，诸葛亮比周瑜年纪小，可是诸葛亮有胡子，是须生，周瑜光下巴，是小生。诸葛亮一出场，不管春夏秋冬总是身披鹤氅，头顶道冠，足踏云履，手摇羽扇；假如诸葛亮出场手里没有扇子，观众一定认为检场的误事，绝对不会说"冬天了，扇子收起来了"。没有办法，一切先入为主，曹操不涂大白脸，包公的脸上不抹黑炭勾月牙儿，看来就是不像样儿，您什么时候看见过张飞穿着套裤、大棉袄？那多闹得慌啊！

送给"阿姨"西江月

乍一听仿佛也有道理，可细一琢磨就不大对劲了。我认为服装总有一定的历史依据，总不能叫明朝人穿清装马蹄袖吧。虽然不能用朝代把服装的样式划分得一清二楚，唐就是唐，宋就是宋，但也一定有些分别，因为一切都不是突变，而是渐变的。

我常跟他抬杠："舞台上一切都是象征的，当然容许写意，动作是舞蹈，语言是歌唱，可是电影却不同。"

他一句话能把人鼻子都气歪喽："那你的《貂蝉》又唱黄梅调。"

"……那……歌唱片又当别论。"

"好，等你拍写实的古装片，我一样给你写实。"

话虽不错，等到日本大映和邵氏合作拍摄《杨贵妃》的时候，他又出了洋相。因为导演是沟口健二，主演是京町子，所以双方的制片都特别认真，专程由香港请了位服装专家，就是"黑寡妇"卢世侯先生。到了东京羽田机场，大映公司上自董事长永田雅一、监督沟口健二、女主角京町子……下至全体大小演职员，一看专家的打扮，就打心眼儿里佩服了，全部一字长蛇阵，雁列翅排列队欢迎。只见他身上是黑色的中国唐装衫裤，加上黑丝绒坎肩，脚下是黑丝袜，黑礼服呢黑皮鞋的双梁鞋，头顶黑呢子礼帽，手上戴着黑手套，左手拿了条黑手绢儿和右手的黑"斯的克"相映成趣。真把大和民族的电影从业员们，唬得一愣一愣的。所以专家只要一出声，他们由上到下都是绝对服从："黑衣——黑衣——"连声！

没想到不几天，就跟日本的美术师吵起来了，我们的专家一气之一下，把纱帽一掼，就钻到飞机里回了家，见到朋友开口就骂："小日本儿就是没有文化，不管男人女人进屋就脱裤子（日本话鞋的音有如裤子），愣叫高力士贴胡子！"

卢世侯是个不折不扣的艺术家，没有别的嗜好，就是一张嘴巴不饶人，抓着别人的小辫子，就来一首缺腿打油诗。东京的事虽说他是光荣撤退，总不是件体面事，导演屠光启也以其人之道还治其人之身地写了一首"诗"。

　　裁缝卢世侯（触心境，他最不愿意听，不说"画家"，也应称"设计家"），
　　东京触霉头，
　　一声开耶路（日语"走"的意思），
　　逗周（日语"请"的意思）。

气得卢世侯直用嗲声嗲气的苏白叫骂："老屠啊，侬个杀千刀，

侬弗得好死！"所以大家又给他起了个绰号——"阿姨"！

我也趁热闹，送给"阿姨"一首《西江月》：

> 不分春夏秋冬，
> 哪管唐宋元明，
> 士农工商一样缝，
> 凭他富贵贫穷，
> 无论男女老少，
> 不理将相公卿，
> 老夫妙手夺天工。
> 有张毡子就成。（一张灰色军毡，在他的手中可以做斗篷，可以做海青，可以做军人的绑腿。）

马蹄袖原叫"挖杭"

我拍完了《江山美人》之后，北京发表了地下宫殿的出土文物，里边有一个金丝皇冠，前有盘龙，后有双翅。他看了得意非凡，拿着照片指给我看："喏，翰祥，谁说我没有考据？你看，正德皇帝的帽子岂不跟它一模一样！"

我当时还真服了他，不过后来才知道，那就是京戏里的九龙冠。所以有时也和他开开玩笑，臭他两句，他一定老三老四地："侬晓得啥物事？"（你懂得什么？）

我的脾气就是好强，于是尽量搜购关于历史文物方面的美术书籍，读《三礼图》，看《车服志》和各朝会要的《舆服志》，临摹武梁祠的石刻,分析《清明上河图》的人物生活面貌,研究顾恺之的《女史箴》《韩熙载夜宴图》,周昉的《簪花仕女图》……没多久我再也不和"阿姨"抬杠了,因为知道他的设计全是根据舞台大戏的服装里套出来的。

有一次看书发现一个好玩的问题,我跟卢阿姨开玩笑道:"专家,您知道清装马蹄袖的来源吗?"

他嗤之以鼻地:"怎么不知道,洪承畴设计的,故意骂满人是畜生!"

"不对吧?洪承畴还没降清的时候,他们就早穿马蹄袖了。"

他听了翻了翻白眼:"怎么,你有什么独得之秘了?"

我神采飞扬地说:"也说不上什么独得之秘,普通典故嘛,喏,明朝的笔记小说写道:'满洲与明要好,求明朝颁赐一神,以及衣服制度。明臣献议朝廷,给了一位土地神,又把箭衣加了一对马蹄袖。土地是最下级的神,意是他们不配祀尊大的神,只配祈一小土地也;箭衣加马蹄袖者,意是人等于马也。满人初见大怒,继而一想反而大喜,因为觉得明朝已经把土地给了他们,所以不仅接收了土地,连马蹄袖也接受了下来。'还有你知道马蹄袖叫什么?"

"马蹄袖就是马蹄袖嘛,姓马名蹄袖,还会叫什么?"

"非也,马蹄袖是俗称,官场上叫'挖杭',挖杭是满洲话。"

《貂蝉》的作曲是王纯,音乐是林声翕。王纯原是我收音时的二胡演奏者,因为和我一样,对黄梅调很爱好,经常谈起黄梅调的起源,及各种调门的运用。所以开始筹拍《貂蝉》时,在李隽青先生把歌词写好之后,王纯兄就拿了把二胡到我家研究起来,有时我也扯着豆沙喉喊几句吕布,王纯也用他的潮州国语跟着哼出几句貂蝉。逢到这种时候,张翠英一定躲在房里,把门关得严丝合缝,大概我们一个李少舫,一个王凤英唱得太好听的关系吧。收唱歌的时候,音乐师多一半是菲律宾的朋友们,奏起黄梅调还真有滑稽感。鲍方那时已是左派公司的演员,不过我们一向都在姐姐的配音班里同事,知道他的黄梅调唱得相当不错,所以由二老板亲自出马,请他幕后代唱吕布。席静婷在《黄花闺女》的时候,代于素秋演的《春五娘》唱过插曲,所以请她代林黛唱貂蝉。收唱歌的时候,鲍方主张高八度的全部戏曲方式的土唱法,和静婷的改良时代曲味儿的黄梅调有些不大协调。所以影片在香港首轮上映的时候,吕布在凤仪亭的一段唱词,因为唱前没有过门的关系,引得观众哄堂大笑。

两只五彩缤纷大凤凰

那是王司徒把貂蝉明许吕布为婚配,暗送董卓为姬妾之后,凤仪亭凤去楼空,吕布黯然神伤步入亭前,触景生情,唱了一段:

凤仪亭——
还是旧时——样。

鲍方唱得凄凉凉、悲切切,感情充沛。无奈在万籁俱寂之下,突然干板剁字地一声大叫,倒的确令人脊梁沟儿发麻。所以片子在亚洲影展上虽然得了音乐奖,也在香港演了几天,还是又请了小江(江宏)把所有吕布的唱词,又重新收了一次。以后邵氏出品的黄梅调《江山美人》《花木兰》《杨乃武小白菜》《玉堂春》……全是静婷和江宏两位代男女主角唱的,一直到凌波反串的《梁祝》才又换了一个样式。

不过小江在《梁祝》里代英台老父唱的几句,还真有点昆曲的味道。后来的黄梅调愈唱愈改良,到如今的新潮黄梅调一定连严凤英和王少舫都没法唱了。

林黛天生娃娃脸,加上时代感极浓的两只闪亮发光、如漆似墨的眼睛,演古装戏实在令很多人替她担心。

记得在上海剧校听洪深先生讲课,他最憎演员圆脸(其实他自己的脸也是既圆且方),加上林黛又是两条重眉,所以连她自己的心里也七上八下。《貂蝉》是她第一部的彩色古装戏,特别去日本买了很多头饰,可能认为日本艺妓的头型就是中国的古装头,所以每换一堂布景或者是一场戏的时候,都换几种头饰。有时是小铃铛,有时是小洋伞(我的老天,三国时候恐怕还没有那么新型的洋伞呢),最绝的是拍凤仪亭的那天,她忽然在头上插了两只五彩缤纷的小凤凰。我虽然认为不大对路,可是看她兴高采烈、得意非凡的样子,也不便使她扫兴。她把服装穿好,跑到我的面前,一个大转身,做了一个见礼的姿势:"怎么样,翰祥,这两只凤凰插得好吧?拍凤仪亭么,嗻!有凤来仪。"她指了指头上颤悠悠的凤凰。

我笑着说:"对,证明你头上有宝!"

她还挺纳闷儿,"宝,什么宝?"

"凤凰不落无宝之地嘛!"

现在拍武侠片的时候,都要有武术指导,设计些拳打脚踢、刀来剑往的招式。《貂蝉》是部歌唱片,演员所以是"无声不歌,无动不舞"。黄梅调虽然是地方戏,一切表演形式也多数是根据京剧,而京剧又是由唐宋的歌舞队嬗变来的,一切动作都未脱离宋朝歌舞队的规矩。《天仙配》演董永的王少舫,原来就是位麒派老生,所以他的一句——"天上掉下无情剑,斩断鸳鸯啊……两离分",是十足的麒派味道。

我虽然喜爱京戏和任何地方剧种，但也只是个"听众""观众"之一而已。唱得好不好，身段够不够边式，当然懂得，但是要把演员一招一式的动作依唱词的韵律，用舞蹈姿势编排出来，又要合乎音乐的节拍，又要连贯美观，层次分明，可不是我这种粗手大脚的人可以办得到的。

袁美云负责舞术指导

我和尔制片一商量，他倒认为轻而易举："这简单，请个师傅嘛！"

"请谁呢？"

"请……"他一时半会儿也想不出来。我说请个京戏班的师傅，在香港倒也不难，但他一定要了解电影的拍摄方式，有别于舞台，所以最好是京剧界出身的电影演员。尔爷一听，略一寻思："行！我给你请去，不过人家肯不肯，可要看你的运气了。"

尔爷做事，老是故作神秘状，我看他十拿九稳的神气，知道他起码有了七八成把握，不由憋不住地问了一句："谁？"

"着嘛急呢，不是外人，你也认识，要是人家肯来，包你满意就是了。"

第二天大清早我就跑到邵氏大楼去了，想不到尔爷比我还早，剧务告诉我，尔爷带着一位女士进了二老板的总经理室里。

"谁？"

"只看了个背影，不大清楚。"

我本想推门到老板房去，一想，太冒失了，不大好，于是坐在我的隔间里等。想不到他们还真能聊,一个多钟头之后,才听见二老板嘻嘻哈哈的送客声音。我急忙跑出去。

"黑仔,来来来,侬认不认得?"

我这才看清楚尔爷和二老板中间的女士,原来是"老头儿"王引的夫人袁美云女士。我忙着招呼:"美云姐。"照理我应该称呼美云嫂的,不过张翠英一向叫王引姐夫,所以我也跟着叫。

"怎么样,翰祥,尔爷叫我给说《貂蝉》的身段,我行吗?"她一向客气惯了,说话也是温温柔柔地和蔼可亲。

"您肯帮忙太好了,我要给您磕头拜师傅啦。"我还真要跪下,美云姐笑着忙拉住我。就这么着,《貂蝉》有了"舞术指导"。

《天仙配》是唱、做、念、表俱全的黄梅戏。假使我们拍电影也叫演员的台词上韵,恐怕观众和演员们都不大习惯,如果依旧用电影对白,和普通说话一样,说不上几句就唱起来了,也有点别扭。几经思考,还是别上韵了,大家都没有舞台经验,僵手硬脚地"载歌载舞",已经够瞧老大半天了,要再一上韵,准叫人三天吃不下饭去。所以后来看到魏喜奎演的《小白菜》,在监狱和杨乃武见面的时候,先是用清脆悦耳的京白说道:"杨少武!我知道!你冤,你屈,你的心中明如日月!"然后轻轻地唱出:"却被那乌云遮……盖!"自然流畅,真是衷心感佩。

袁美云处女作《小女伶》

我在念书的时候,已经常看美云姐演的电影了。她是继阮玲玉、胡蝶之后崛起的女明星。那时电影界也和戏剧界一样,有所谓四大名旦、四大小生。我记得四大名旦是袁美云、顾兰君、陈燕燕、陈云裳;四大小生是刘琼、舒适、梅熹、高占非。另外还有四小名旦是周璇、王丹凤、欧阳莎菲、胡枫;四小小生是吕玉堃、严化、顾也鲁、黄河。另外,女明星还有"二华"周曼华、李丽华,加起来是十大女明星;男班里加上严俊、徐立,也成为十大男明星。女明星论外形、演技、道德、人品,袁美云应该是头流头的。

她的本名叫侯桂凤。义父袁树德,也是她教戏的师傅,所以拜师之后,就随袁家的"云"字排行,妹妹袁灵云、袁汉云……其实都是她的师妹。

她主演的第一部电影是天一公司出品的《小女伶》,所以和邵氏父子公司的二老板邨人,很早就有了宾主关系。

《小女伶》是一九三二年拍摄的,由裘艺香编导,另外的演员是王慧娟、魏鹏飞。当时袁美云只有十四岁。之后又拍了艺华公司《中国海的怒潮》《人间仙子》《凯歌》《逃亡》《牺牲者》。这些早期的电影,说实在的我都只看过剧照而已。我看到美云姐的早期电影只有一部,那就是她和周信芳先生一同主演的《麒麟乐府》之一的《斩经堂》。以前在北平看过一次,后来在香港国泰戏院上演的时候,又重看了一次。以后她主演的《化身姑娘》《西施》《红楼梦》……差不多就全部看过了。我来香港之初,她和"老头儿"王引,还合演过多部影片,他们夫妻倒是老搭档了,差不多一块儿主演了二三十部影片。

有一件事我记得蛮清楚,那是我还在长城公司宣传部画广告的时候,王引和四爷王元龙联合导演《王氏四侠》,女主角是王丹凤,他们两位导演都是自导自演,那天又是在烈日之下,光了膀子拍外景,那时的"老头儿"正当壮年,宽肩大背的好不雄武,不知道什么事儿令他不如意，光着晒得黑亮的背脊坐在宣传部里直皱眉，美云姐一边朝他背上擦药油，一边低声地劝解他。宣传部是友侨和世光两片厂之间的过道，走后门到世光是必经之地，我画两棚广告的地方，正好在这个后门的旁边，所以他们公母俩的举动，看得好不真切。觉得在电影圈像他们夫妻这样一直恩爱相处的，还真不多见，不仅影圈，连其他行业的算在一起，夫妻之间多年以来都是卿卿我我的又有多少呢？

想当年袁美云和王引谈恋爱，论嫁娶的时候，很多影迷还为袁美云抱不平呢，大家都觉得鲁莽的王引和温柔的袁美云根本毫不登对。其实他们看到的是银幕上的印象，人家夫妇温柔的时候，谁看到过？再说大男人娘娘腔又有什么好？

美云姐在《貂蝉》的"舞术指导"期间，工作态度真是一等一，每天准时到场不说，拍普通戏场用不到她组织动作，排练身段，也一样地坐在一旁观望，不声不响，聚精会神。因为她认为只有这样，才能依剧情安排演员的歌唱动作。演王司徒的杨志卿，拍戏之余，一向是上下纵横，古今中外，口沫横飞惯了的，谈到以前电影界的笑话，别人都是放开嗓子地哈哈连声，咧嘴大笑，美云姐也只是贤淑端庄地莞尔一笑。不认得她的，一定只知道她是位朴素贤德的家庭主妇，谁也不会相信她就是十大明星的群芳之首！

五项"最佳"莫名其妙

《貂蝉》的故事，是取自《三国演义》的"王司徒巧使连环计"的一回。司徒是官职的名称，等于以后的宰相。司徒王允，字子师，是山西太原人。《三国演义》上说貂蝉是王允的一个丫鬟,其实貂蝉也是官职名,并非姓貂名蝉。《古今注》上说:"皇帝从官黄武冠加貂羽金蝉,皆胡服也。"(貂羽在京戏里更夸大为雉鸡尾的翎子,金蝉也见于阎立体所绘《历代帝王图录》王冕上的玉蝉。)貂蝉是貂羽、金蝉的简称,也就是管理武冠饰物的女官。

这段故事是经演义作者重新加工渲染,夸大安排了的,其实根据历史的记载是:"吕布,字奉先,九原人。初事丁原,原见杀,继事董卓,誓为父子。尝小失卓意,几见杀,又通卓婢,不自安,因与王允共杀卓。"可见吕布通的是董卓婢女,并非王允的丫鬟。电影当然比演义更需要故事性,对历史的忠实性当然就大打折扣了。

这个戏虽然使我得到一九五八年第五届亚洲影展的最佳导演奖,我却觉得它是我作品中较糟的一部。既荒唐,又幼稚,电影不电影,戏曲片又非戏曲片,不伦不类,非驴非马。如今连重看一遍的勇气都没有,居然能得亚洲影展的最佳编剧、最佳导演、最佳女主角、最佳音乐、最佳剪接的五项大奖,简直是最佳的莫名其妙!

当时电影界是电影懋业公司(电懋,即国泰)的天下,邵氏父子公司一切都处下风。所以自从这次影展后,六老板邵逸夫就由新加坡到香港,接收了二哥邵邨人父子公司的制片业务,父子公司也就改成了兄弟公司,这是港台影业的一个新的里程碑。六老板坐镇香港之后,初是谨小慎微地观察,继是大刀阔斧地改革,没多久电懋制片业务已是望尘莫及。

我第一次和六老板见面是在一九五六年香港举行的第三届亚洲影展中。当时影展的名称,还是东南亚影展,在半岛举行的开幕典礼,港督葛量洪在致开幕词中很幽默地讲了一句:"如今,我才知道日本也在东南亚境内。"之后影展才改成"亚洲"的。

我是在邵氏做主人请客的场面上见到逸夫先生的，当时他只有五十三岁，神清气爽，走路永远是潇洒飘逸地健步如飞。我们很多邵氏的编导演，和男女职员们一早到齐，我刚要下电梯去买香烟，碰巧他由电梯里走出，有人介绍我和他认识，他看了看我，很惊讶的样子："李翰祥，你原来不是老头子啊？"

可能我拍《嫦娥》里月下老人给他的印象，也许我名字中老气横秋的翰林院的翰字，和吉祥如意的祥字，给他一种古老的印象吧！

在酒店中，他健谈活跃，一点架子也没有，人人打招呼，个个不落空。看他一会儿宁波官话，一会儿字正腔圆的广东话，一会儿流利的英语，一会儿又说起上海话，落落大方，平易近人，一下子就换得了大家对他的爱戴和尊重。

那年的亚洲影展，香港仅是由亚洲公司出品的《长巷》获得最佳编剧奖，获奖者是马徐维邦的入室弟子罗臻；"台湾电影制片厂"的新闻片《台湾农业》，得了"最能反映当地问题纪录片特别奖"（每届亚洲影展的巧立名目才真可以得个特别奖）。第四届影展在日本东京举行，林黛以电懋出品的《金莲花》获得最佳女主角金禾奖，这也是四届影展中，国片首次获得大奖。消息传来，港台欢腾，当时一般观众，对当时的亚洲影展，比起如今每下愈况的影展，要重视得多了。

丁宁原名叫邓琴心

第五届亚洲影展是一九五八年四月二十六日在马尼拉举行的。那年我三十三岁，由上海到香港之后，除了离岛长洲之外，最远的地方去过澳门,其他就什么地方都没去过,不算土包子,也是个大乡里。所以当日公司发表由我和丁宁代表参加菲律宾的亚洲影展,兴奋得几天都没睡好。

丁宁是名教授邓树勋的女儿,由吴勉之介绍进入邵氏父子公司,原名叫邓琴心,丁宁是我拍她的处女作《安琪儿》时替她起的艺名。虽然在电影界没有什么大红大紫,但如今是邵邨人第八公子邵维锡的夫人,相夫教子贤惠非常。

去菲律宾的那年,丁宁刚满十九岁,不过端庄贤淑,一点不像和她同年的女孩子。菲律宾有一位戏院小开吴文芳,对她追求甚力。吴文芳常来香港,和林黛跟我都是挺要好的朋友。那时国语片买菲律宾地区的片只有他和庄明福两位,庄先生为人不苟言笑,庄严肃穆;吴文芳跟他刚好相反,喜欢说说笑笑,所以颇得圈里人的欢心。我到了菲律宾,他当然要尽地主之谊,一见丁宁,他老兄就有点神不守舍起来,第二天一大早就叫酒店的仆役送给丁宁一个美丽名贵的花篮,全是各式各样的兰花。开始我还不知道,及至叫丁宁一起吃早餐的时候,才看见那只花篮,因为一看就知道价值不菲,走近了一看,粉红色绸子的蝴蝶结下有一张名片,写道:

丁宁小姐笑纳

吴文芳敬赠

我不看犹可,一看差点气炸了肺,这小子见色忘义,有了女朋友忘了男朋友。我和丁宁斜对门,不送兰花,狗尾巴花儿也应该送一朵吧,越想越气,在他名字上边加了一个"晚"字,成了晚吴文芳敬赠，叫小子矮半截。

大概丁宁把我生气的事告诉他了，第二天也送了我一只同样的花篮，我刚要笑，一看那张卡片，差点没把那花篮扔去，原来他写道：

翰祥清玩

父名不具

我知道他是报我一箭之仇，我们平常俚嬉惯了，下午捉到他，好好地罚了他一顿午餐。以后第三天、第四天，一直到我离开菲律宾，每天都有一只不同的花篮。我之所谓不同，是说和我前天的那一篮不同，但总和丁宁前一天的一样。我好不纳闷。有一天我在丁宁房里的花篮上，用原子笔划了一个记号——★，第二天早晨一看，仆役替我更换的新花篮，果然不出我所料，划着我昨天勾勒的一颗五星，这才证实，我每天所得的完全是他送给丁宁的剩余物资，二手货！

那一次比我们先去马尼拉的邵氏代表，还有上官清华。上官是上海艺华公司严春堂的小女儿，和长城厂长沈天荫是同母异父的兄妹。她早我和丁宁一个星期，先陪着六先生到了马尼拉。那届影展，香港的评判员是英文《虎报》的总编辑吴嘉棠先生，台湾则是张艾嘉的外祖父、后来的"新闻局"局长魏景蒙，他们两位在菲期间是焦不离孟，孟不离焦的。嘉棠那时候好像和上官在谈恋爱，所以和上官也是如影随形，上官又是每次外出都叫我和丁宁陪着她，于是无形中我们就变成了一个小圈子，有时加上吴文芳，和他的朋友蔡包子，整整是两个"四人帮"。

洋人大笑外二十七种笑

第一天刚到菲律宾,六老板就暗暗地塞给我一千披索[①]。晚上在吴文芳和蔡包子的陪同下,到赌场去观光,不到三个钟头,已经胜利愉快地完成任务,把老板给我的一千披索,分文未剩,全部移交给赌场!

在菲期间,与六先生接触的机会比较多,知道他每天六点一定起床,练功(以前是太极,如今是气功),吃早点,然后上班;有会开会,没有会看试片。每天看四部影片是家常便饭,一高兴看五部不稀奇。看片期间真可以说是废寝忘食(平常他中午一定休息片刻,打个中觉,一看片,中午吃过几片三文治之后继续再看)。有一次拉我和丁宁、上官陪他看片,菲律宾影片,算得上粗制滥造了,加上语言不通,越看越系鬼打架。偷眼看他,精神奕奕,津津有味。看不到两本我实在忍不了,左手一拉丁宁,右手一拽上官,像京戏舞台上的龙套一样,主角的西皮摇板一开始唱,打旗的就属黄花鱼的溜边,"暗下"了。照理摇板唱完之前,龙套又应该神不知鬼不觉地来个"站门上"两边侍立,等主角一声叱喝:"众将官!"

两边龙套异口同声地:"有"。

"兵发云南!"

然后龙套应了一声之后,来个"急急风"或者"风入松"举旗前往地下了场。

那天六先生看完试片之后,刚要叫众将官,一见没人接茬,回头一看,原来我们几个龙套都"将在外,君命有所不受",老早已经

[①] 披索:又作"比索",菲律宾的法定货币。

兵发云南了。

晚饭，是六先生的应酬时间，不是人请他，就是他请人；不管谁请，我们一小班龙套，一堂宫女总得跟在他的身后，满脸堆笑，作和善可亲状。英文、日文、马来文，我是一文不文，别人细诉我倾耳，别人微笑我开颜，你想想看别人都笑你不笑，多闷得慌。所以有一次大家都笑完了，我还笑个不停，笑得眼泪都出来了，上官给了我一张面纸，低声问我笑什么，我说："想起小时听的一张唱片叫《洋人大笑》，唱片一笑，我就跟着他们笑，不必问他们笑什么，听他们各式各样的笑声就够好笑的了，知道吗？"

齐如山老先生把笑分成二十七种：

正笑——喜由心发，

冷笑——心中不平，

气笑——满腹怨气，

故笑——表面作态，

强笑——心中不满，

骄笑——得意忘形。

亦有狂笑、假笑、佯笑、妒笑、惊笑、僵笑、傻笑、呆笑、惧笑、谄笑、媚笑、羞笑、奸笑、阴笑、哭笑、苦笑、讥笑、倩笑、疯笑、嗔笑、大笑等等。但是齐老先生没听过洋人大笑，即使和我一样听过那张唱片，也只是"闻其声，忖其情"，没有像我一样地亲目所睹。因为根据他的分析，一下子使我看到大老板们的狂笑、骄笑，秘书们的奸笑、阴笑，随从们的谄笑、媚笑，女明星们的羞笑、倩笑、妒笑、嗔笑，怎能不令我傻笑、疯笑！

六先生虽然起得早，但睡得并不早，因为影展期间应酬忙、饭局多，每天晚饭之后总是到夜总会去跳跳交际舞。他把工作跟娱乐分得好清楚，工作时尽力工作，娱乐时尽情娱乐，所以他跳起舞来的确轻松活跃，和白日里简直是两个人。

没想到获得最佳导演奖

四月二十六日下午四时，大会的评审委员们，在会场公布第五届亚洲影展得奖的名单，最佳影片是香港电懋的《四千金》（导演是陶秦，四千金分由穆虹、叶枫、林翠饰演）。以下的名次是：

最佳导演——李翰祥，《貂蝉》，香港。

最佳编剧——高立，《貂蝉》，香港。

最佳彩色摄影——《东京假期》，日本（东宝）。

最佳黑白摄影——《油鬼子》，马来亚。

最佳剪接——姜兴隆，《貂蝉》，香港。

最佳音乐——王纯，《貂蝉》，香港。

最佳录音——《东京假期》，日本。

最佳美术——《东京假期》，日本。

最佳男主角——罗密欧华斯克，菲律宾。

最佳女主角——林黛，《貂蝉》（二次蝉联影后），香港。

最佳男配角——中村锦之助，《梦里之妻》，日本。

最佳女配角——李鳌，《马尔华沙》，菲律宾。

最佳男童星——巴拉纳，《号角之日》，菲律宾。

最佳女童星——张小燕，《归来》，台湾（"中影"）。

司仪宣布我的名字时，我还在蒙查查，因为根本没想到最佳导演会轮到我头上。大家开始鼓掌了，我也跟着拍手，一只射灯照在我的头上，我还以为拍新闻片呢，继续热烈地鼓掌，要不是丁宁推了我一下，告诉我登台领奖，我还真不知道怎么回事！

奇怪的是，电懋公司除了一个最佳影片奖之外，又由公司自掏腰包，做了十二只小的金禾奖，发给他们的最佳导演、最佳编剧、最佳男主角、最佳女主角……大概是无声而有形地反对。亚洲影展的特殊规定，"最佳影片得主，不可兼得其他奖项"，大会的委员们大概觉得人人有彩更可以皆大欢喜些！

同行是冤家，看起来还真不假。电懋与邵氏一直都在明争暗斗，一九五八年的电懋如日中天，气焰极盛，的确是形势逼人，邵氏出品的影片，在质在量都比电懋低了一头。就争那次影展来说，邵氏虽然用尽办法，争到五个奖项，但依旧败在电懋的手下。看他们在影展中人手一奖的神采飞扬，邵氏的参展人员，真有些不是滋味。我暗地里望了望我们的代表团团长，他泰然的微笑和毫不关心的样子，好像和他毫无关系。其实我明白，台风吹过来之前，天气永远是晴空万里，一丝白云都没有的。

大会闭幕之前，各地区的代表团，都分别地在一起拍了照片，香港代表团当然也不例外，电懋和邵氏亲如一家地站在一起拍了照片。团员们每人手里都捧了个棒槌（那期的金禾奖的形状），不过电懋的是最佳影片金禾奖，所以棒槌的颜色是纯金的，我们的却是古铜色的，他们自己特制的十二个小金禾奖，也是纯金色的。不过在我的心里金色也好，古铜色也好，大的也好，小的也好，总之全是棒槌（北方土话的"棒槌"等于稀松，平常，二五眼）。

我陪在两个影坛大老板的身后，捧着棒槌对着记者们的闪光灯，好不是滋味儿，忽然想起一句北方的俗话："给你个棒槌你就当了针（真）了。"

我不只当了真，而且是认真地当了真，我在心里发了一个誓：明年，明年我们也要得个最佳影片金禾奖。

其实，连三届的东南亚影展，大家的确是当真地用体育精神，认真而诚恳地参加竞赛。其中虽然也有些"人情"似的小奖（譬如童星奖），发给港台两地，差不多所有大奖，全部由日本包奖了的；而日本提名参展的影片，在他们看来已经是次一流的货色，好一点的他们还保留参加康城或威尼斯影展呢；尽管如此，也依然在"东南亚"影展中一面倒地大获全胜。到后来为了要把日本影片推销到东南亚地区，所以对影片得奖与否，更看得无所谓，每一年只不过随便捡几张三四流的影片和小有名气的影星到大会上应应景，点缀点缀而已，只要新加坡的国泰和邵氏肯买片子就行了，反正日本人不重视这个影展，根本谈不上什么宣传价值。

欢迎荣归团，大吹大打

我到日本拍《杨贵妃》外景时，翻译向影界人士介绍我是亚洲影展中的最佳导演，他们都面憎憎不知所云，好像连这个影展的名字都没听说过。原来日本的报章杂志上，很少刊登此一影展的消息。那时我才知道，人家根本抱着哄孩子心情上阵的，给你们几块糖吃吃又怎么样！所以我很佩服那位设计棒槌金禾奖的朋友，不言而喻地告诉你们，"一大堆棒槌"。

尽管如此，两大公司还都把棒槌当了针（真），雀跃鼓舞，大事庆祝。电懋的代表团，先回了香港，全体演职员，包括临时、特约演员，演职员的老婆、孩子、七姑、八姨……总之八竿子打不着的亲戚、朋友都找来了，捧场，助威，管接管送带管饭，流水席开个没完，把启德机场挤得里三层，外三层。代表团的团员们一下飞机，全部被举在肩头上"骑膊马"。这一下子可难为了节省惯了的二老板和宣传部的大员们，他们不得不连夜计议，终于一咬牙，决定也花俩钱儿，谁叫咱们"家有喜事"来着！

那时掌邵氏父子宣传部的是吴勉之，抗战时期，他在后方《扫荡报》任职，所以认识很多新闻界的朋友。开始进入邵氏时，倒的确是八面玲珑，因而颇得二老板的欢心，对他言听计从。邵氏的交际费用一向是少之又少的，可是在吴勉之的任期中，饭茶宴客，送礼酬宾等等交际费用是任他报销的。于是，"时来风送滕王阁"，他把父子公司的宣传，搞得也算有声有色。平常，没有题目还要无中生有地想个点子呢，如今《貂蝉》得了五项最佳金禾奖，怎不大张旗鼓地吹打一番，何况又有电懋的例子在先！所以我们由飞机的门里一出来，还真吓了一跳！

飞机场上人山人海，万头攒动不说，还有几十幅高四尺长四丈的红布横条，写着什么"欢迎邵氏代表团荣归"啦，"庆贺邵氏代表团荣获五项大奖"啦，我也无暇一一细看。不知道吴勉之在哪儿找到那么多的"学校乐队"，总有七八伙之多，由我们一下飞机，就开始洋鼓洋号地吹吹打打。与我们同机的外国人看在眼里，脑子里直画问号，一个个左张右望地交头接耳，他们也许希望在旅客中找到麦克阿瑟吧，不过后来看见我们手中的五根棒槌，也就明而又白了。

一出机场的铁闸，倒的确吓了我一跳，只见我的拜弟金铨、大哥冯毅欢呼着我的名字，和李昆、小迷糊（骆奇）他们几个，一窝蜂似的跑到我的面前，拦腰的拦腰，抱腿的抱腿，然后一个一二三，猛地把我举到半天高，抱起来就走。回头看一看，六先生也和我一样的被人举了起来。一时震耳欲聋的喊声、掌声、洋鼓洋号声，夹杂着一万头的鞭炮声，我扶摇不定地被举在人群中前进，还真有点阿Q摸了小尼姑头之后的那种飘飘然！

我终于找到翠英了，她挺着大肚子（正怀着玛嘉烈），在老郝（郝履仁）和吴勉之的扶持下，挤在人群中，笑不拢嘴。我一看还真有点担心她肚子里的"龙蛋"（刘亮华把张翠英怀孕的肚子一直称呼"龙蛋"，希望生出的是一条龙，谁也没想到我们来了个五凤朝阳，一直到最后才下了个宝贝蛋）。

难免有些不可告人内幕

外面的欢迎车辆，由启德机场排到太子道还转了弯，大概再有个二三十辆就排到弥敦道的邵氏大厦了。每辆车上都有一个或大或小的花牌。到了邵氏大厦，直上二楼的花都酒店，近万尺的大厅里，不仅座无虚席，还站着好几百口子，于是先是一轮茶点，然后就摆上了流水宴。一桌吃完了又一桌，好像不要付钱的一样。

记者招待会上，庄元庸最为活跃，那时香港还没有电视，所以我们只能和庄大小姐一样地"在空中和众位听众见面了"。她访问了丁宁，也访问了六先生，最后访问了我。问的答的不外和我在菲律宾的记者招待会上一样。她忽然提出来，影展在菲律宾闭幕之前，香港就已经谣言、贴士满天飞了，说今年的日本退位贤让，所以完全是"香港"的天下，问我内幕到底如何？我得了奖的感想又如何？

我告诉她，谣言我在菲律宾时也曾经听过，但事后公布的名单，并不完全吻合，所以最佳导演落在我的头上，我不仅感到荣幸，也感到意外！

我不认为我在此次参展的影片中，真是所有导演中的最佳，但总有点小学生摹红模子，老师在"一去二三里，烟村四五家"的一字上画了个双圈，虽然只是一种鼓励，但是我会从心眼里高兴，我会不自满的（其实有一点），也不骄傲的（也有一点），要更努力从事我的导演工作，希望我们在明年的影展中得到最佳影片，并希望有一天能够得到康城、威尼斯以及美国影艺学院的金像奖……

牛是吹过了，以后《杨贵妃》也的确在康城得了个"最佳室内美术摄影奖"，大概也是"安慰式"的奖品。除此，至今毫无成绩，因而想起了一篇墓志铭：

余表兄，人也！少有壮志，文书上士终其生！

如今想想，全世界的大小影展，无论严肃的程度如何，认真的情况怎样，总不免或多或少地有些商业宣传和竞争的目的，于是也就难免有些不可告人的内幕，但是也有些无可否认的成绩，各国各地区的同业欢聚一堂地讨论些问题，交换些意见，同时奖励些后进的从业人员，总是好的。

记得小时候，母亲如果想让我帮她做些家务，总是当着人面，先夸奖我一番："我们祥子（我的小名）啊，就算扫地吧！也比别人干净！"

我听了这句话，好像高堂老母发给我一只"棒槌金禾奖"，当然不好意思马上拿起扫帚，但也不会过得太久，在客人不经意的时候，把地扫得一干二净。

又譬如受暑着凉，头痛脑热的，总要吃一碗又苦又难闻的汤药，母亲也一定会先鼓励我几句："我们祥子啊，喝药最本事了，连眉头都不带皱一下的。"

于是，我拿起碗，一仰脖儿，一口气儿喝了个碗底朝天。因为儿时的好强心性，所以拿了那根儿棒槌之后，的确特别用功了一阵，发奋图强了一阵。

当年谣传林黛在美待产

那天的晚宴开始之后，六先生登台讲了几句话，这几句话是香港电影事业的转折点，也是他来香港主持制片业务的宣言。所以有几句话，至今仍是影圈朋友的谈话资料，以前，我在本文中也介绍过。他说："天不怕，地不怕，就怕宁波人讲官话，我的官腔说得差，请大家别笑话！"其实他说得字正腔圆地道得很！

"我的哥哥邵人，从今天起开始退休了！"这几句话引起台下一阵窃窃私议，大家的眼就都不由得瞟了二老板一眼，他的脸上虽然笑眯眯，但看起来总有些不大自然。"今后，香港的制片业务，由我来主持，对电影我是个门外汉，希望大家多多帮忙，多多指教。"

这位"门外汉"说完之后，大家当然是一阵热烈的鼓掌，可是接下来的不是兴高采烈的猜拳行令，而是叽叽喳喳的交头接耳，不时地把视线扫射二老板和六老板的座位上，看他们兄友弟恭的样子，的确令人羡慕。二老板虽然有时也展颜笑，但总觉得有些勉强，也许是大家的心理作用吧！

我想，他当然不在乎电影制片可以替他赚多少钱，但他今后可能少了很多工作；换言之，对很多事也就无权过问了，这对他来说，是件相当不好玩儿的事情，因为我们有一句话："小丈夫，不可一日无钱；大丈夫，不可一日无权。"

蝉联亚洲影后的林黛，当时身在美国，所以未能参加《貂蝉》的庆功宴。据说她正在美国游埠，电影圈的人士都是特别敏感的，所以对林黛的行踪也就多方面猜测。时间越久，谣言越多，有人传说她在美国待产，腹内怀着的居然是某大老板的骨肉，要不是《国际画报》刊登了她在美国优哉游哉的"旅行照"，连我都信以为真了。

那时，只有王莱替她辩护，因为王莱在日本拍《红娃》时期，和林黛住在一间房里，所以知道的特别清楚，她说："她跟×××好过没有，我可不知道，也许，或者有可能，但是林黛怀了孕，我担保是胡说八道。我跟她住在一间房间里一百多天，拍完《红娃》，她就去了美国，我已经有了四个孩子，女人的事儿还瞒得过我。"虽然如此，还是有人口沫横飞地说个没完。还好三个半月之后，林黛由美国回来了，精神饱满，体态轻盈。那位造谣的二大爷，又向别人咬耳朵："你看，怎么样？打掉了不是？"

这就是电影圈，人嘴两片皮，唯恐天下不乱。

《貂蝉》在香港上映的总收入，是三十多万港币，打破了历年的国片纪录。林黛同期拍的《红娃》，收入也不错，但比《貂蝉》的一半都不到。

这部戏给了邵氏公司拍古装歌唱片的信心，所以后来拍摄《江山美人》的时候，制片的预算由三十万港币增加到五十万，在当时算得是大制作了。

如今事隔二十二年，《江山美人》的歌曲仍在各夜总会、舞厅中不时地演唱，歌星们最喜欢其中的《做皇帝》一首，因为可以像京剧的二进宫一样，可以一赶三，唱完了李凤姐，再唱正德皇，然后又来一段大牛的数板。以前张莱莱和庄雪芳都以唱《做皇帝》而成名。

六个男人追求林黛

这首歌词，实在写得雅俗共赏，既容易上口，又容易记。起初我先说明我的意图，一般人由于戏曲的影响，都以为皇帝是五绺长髯，我参考过历代帝王画像，正德皇朱厚照的脸上只有几根疏落的胡子，所以我向李先生提议用皇上的胡子做文章，于是李先生写道：

凤姐：呸，做皇帝，你在行，这话说得太荒唐，什么生意都听过，没听过皇帝这一行。

正德：做皇帝，要专长，我做皇帝比人强，世代祖传有名望，扮起来准像唐明皇。

凤姐：唐明皇，胡子长，你齿白唇红嘴上光，只有把假的装一装，装一装……

唱歌收好了，服装也由卢世侯设计之后一一做就，可是主角林黛还在美国，乐不思蜀，最后才知道，她在美国和龙五公子谈上恋爱倒是千真万确的。

对林黛的恋爱史，因为跟她一起工作日久，所以知道的也比一般人多。起初"空中霸王"时代的骑师陶伯林，曾经和她要好过一阵，据说那年头陶伯林骑牛都会跑第一；第二个追求林黛的是鲁男子黄河；第三位是千面人严俊；第四位是忧郁小生雷震；第五位是后来娶了胡锦又离了婚的张冲；第六位才是云南王龙云将军的第五公子——龙绳勋。

其实林黛还有一位从小就玩儿在一起的朋友，那就是四川省主席刘湘的公子。

亚洲影展由一九五四年五月八至二十日在日本东京举行迄今，已经足足的二十六届（前三届均为东南亚影展），能够蝉联亚洲最佳女主角金禾奖的，只有林黛一人而已。以后又在第八届、第九届获得亚洲影后的荣衔，前后不到七年而能四度获奖，实在不是简单的事。她第一次获奖是岳枫导演的《金莲花》，第二次是我的《貂蝉》，第三次是陶秦的《千娇百媚》，第四次也是陶秦导演的《不了情》。而在故世之后仍能在第十三届亚洲影展获特别纪念奖，可见影展大会的委员们，对她是多么样的偏爱了！

虽然说"自古美人如名将，不许人间见白头"。但在她来讲，的确死得太早了一点，或许正因为她在大红大紫如日中天时去世，使世人对她更怀念一些，更惋惜一些。但以她敦实、厚道的面貌看来，的确不应该如此寿夭的。

记得最好笑的事情，是林黛和乐蒂生前，在九龙的上海街和台北的西门町，不少算命、打卦、批八字的先生们，总会把她们两位的照片，贴在他们命馆的门口当眼处，写上她们两位的生辰八字，批上全世界最美的赞词，用朱笔加上三四个红圈，表示他们的眼光够独到，神术够灵验，看得准，批得妙；等到她们两位自杀之后，那些照片马上无影无踪，没几天虽然重新再挂上，但已变了什么红颜薄命了，什么前生注定了，还真能随机应变，翻云覆雨！

林黛自奉甚俭，也没有什么不良的嗜好，在日本拍《红娃》外景时期，衣服完全是自己洗自己熨。有一次到台湾去劳军，想做一件钉亮光片的黑旗袍，一打听手工吓死人，要港币两千多块，于是自裁、自剪。

林黛知悭识俭兼孝顺

旗袍缝好了之后，林黛一颗颗地把亮光片朝旗袍上钉，因为时间紧促，所以钉了一部分，用胶水粘了一部分。想不到台湾的影迷太热情，看见影后一下了台，就把她围在人群中间问长问短，你挤我撞之下，把我们影后旗袍上的亮片碰了个精光。据说事后有人发现地下的亮片，一一地捡了起来，包好之后，存在保险箱里，像马嵬坡的老妪拾到杨贵妃的袜子一样，视为珍宝。后来一听林黛自杀的消息，对着那些亮光片哭了好几鼻子，还不由得唱起《不了情》来！

林黛的身材不算太高，大概五尺三寸，腰腿都很细，手也生得很纤巧，可是脚巴丫子特别大，鞋的号码是七号半；如果身量五尺六七，也倒无所谓，像林黛似的身材，可就变成半截观音的赤脚大仙了。如果你对她的脚多看两眼，她会毫不讳言地告诉你："小时候，在桂林生活好苦，为了省鞋，经常光着脚，一来二去地把脚都跑大了。"

所以，她对钱重视得很。有时我跟她说："林黛，你吃蛋炒饭，干巴巴的，叫一碗汤嘛，才八毛钱。"

她会很认真地瞪着两只大眼辩论："哎啊，翰祥，你花钱真是大手大脚的，你也不算算，八毛钱好多钱啦。"

虽然如此，她对母亲还是孝顺非常，有一次太太（影界对林黛母亲的称谓）压牌九输了十几万，她一句话没讲，只说："赌钱嘛，总有输有赢的！"

其实，太太赌钱还真是输的时候多，赢的时候少，所以有人认为和她一起推牌九的谭将军（莫愁的丈夫），是个大老千。其实还真是冤哉枉也，谭将军也只是嗜赌而已，推牌九永远是长庄，推个一天一夜，都面不改色。太太输了，说他出老千，先是不准他洗牌，后是连骰子都不准他动，叫他把手放在台下，别人把牌送到他的面前。没想到越如此越糟，太太拿的不是瘪十，就是一二大道，将军不是天九，就是皇上。尽管如此，林黛从没有禁止妈妈赌钱，因为她知道太太别无他好，赌赌小钱儿有什么大不了。您比比那八毛钱在她自己心中的价值，就知道她多孝顺的了。

林黛虽然知悭识俭，但对严俊比犹太人还犹太的作风，也一样地看不顺眼；因为林黛还有为影界同仁的生、老、病、死而慷慨解囊的时候，严二爷则是铁公鸡一毛不拔。

服装设计卢世侯病故在广华医院，家中除了几卷水彩画纸和大堆水彩画颜料之外，其他一无所有；虽然有一位姐姐在港，但对他的丧葬费，也是无能为力。我估计打理他的后事要港币万元左右，我把情形和林黛一讲，她马上就开了张一万块钱的支票给我。之后一想，好事不能由她一个人去做，于是补充了一句："翰祥，咱们俩每人五千，你的我替你先垫上，等有了钱还我。"

严俊出洋相的故事

这笔账我早已忘得一干二净，倒不是我装蒜，因为向来对人欠我，我欠人，一概都不往脑子里记。结果，还是林黛故世之后，我才把这笔钱给了太太；要不是谭将军在马路上碰见我，提起了旧账，我还真忘到阴山背后去了。

若换了严俊可不行，亲兄弟，明算账，五千块钱一欠就是几年？姥姥鼻子也不成，依银行利息就是客气的，要按澳门娱乐公司那几位放出的高利贷的算法，我把老婆卖了也还不起！

林黛有一件最得意的事，逢人便讲，比鲁迅先生笔下祥林嫂嘴里的"狼"，还要说得起劲，因为每说一次，她就享受一次，前仰后合地大笑一次。倒不是她一剪刀毁了严二爷六套西装的事，也不是严二爷在她面前，骤然间矮了半截，跪在地下打耳光的事，而是严二爷出洋相的事。

一谈起来，她就眉飞色舞地先叫大家坐好，然后正式宣布："说一件又有趣，又好笑，又解恨的事！"

大家一听就知道她要说什么，不过，仍然把座位拉近一点，倾耳细听，假如你说听过了，她会马上索然无味，好像是别人故意地闪了她一板。

她总是自己先笑一阵，然后才上气不接下气地娓娓道来："好玩，真好玩，你们知道严俊看见片商那份奴颜婢膝的德行了？啊？是不是？那份德行，看着真是又好气又好笑，有时我说他太过分了，他会好不高兴地说：'衣食父母嘛！不联络着点儿，不客气着点儿，怎么行？'"

林黛接着说："有一天哪，在尖沙咀过海的码头上，碰见我的一位朋友，我看他西装革履的蛮登样，眼前一亮，不免替严俊介绍了一下：'这是新加坡的小王！'

"严俊一听新加坡的，当然是片商了。对他居然小王小王的称呼，马上就瞪了我一眼，然后慌忙地迎上前去，毕恭毕敬地把手伸出：

"'王先生,我是严俊。'于是把人家的手握紧不放,就像刚签好影片买卖的合约一样,久久不放。小王是扬州人,所以满口的扬州话:

"'严先生,我早就认得你,可惜你不认得我,我常看你的戏,不错,不错!'

"严俊一听,连连客气一番之后:'是,是,您恕我眼拙。我前两个月还去了趟新加坡,早认识您就好了,我可以到府上登门拜访一下,谈谈我的新计划。'

"小王一听有些莫名其妙:'府上?我每天都在新加坡,你一进门就会看见我。'

"严俊也挺纳闷儿:'噢?您府上离飞机场挺近?'

"'对,对,离飞机场不远,我就在九龙城联合道的新加坡美容院,您下一次来,找一号小王就行了。'严二爷这才恍然大悟,怪不得看着有些面熟。"

林黛说完就得意扬扬地大笑起来:"当然面熟了,拍戏的时候小王到化装间替我做过头发嘛!你们看他这点德行,听见新加坡的就想到卖片子!"

三十年细说从头 下

后浪

李翰祥 著

北京联合出版公司

上：赴台湾创建国联。左起朱牧、李翰祥、江青、郭清江。
下：国联时期。领口为国联标志的胸章。

上：前排左起郭清江、杨群、汪玲、李翰祥、江青、朱牧。

下：国联板桥片厂鸟瞰图，实际占地面积约一万四千平方米。

在国联片场。

上：在《扬子江风云》片场。
下：在《扬子江风云》片场给李丽华说戏。

上：在台湾获得十大杰出青年金手奖。
下：《喜怒哀乐》记者见面会。左起白景瑞、胡金铨、李行、李翰祥。

上：与狄龙（左）在泰国拍《武松》。
左下：与邵氏再次签约。左为邵逸夫。
右下：白小曼（中）与邵氏签约。左为方逸华。

上：在《北国胭脂》片场给演员说戏。右二为李允中。
下：在《风流韵事》片场给演员说戏。

上：在《倾国倾城》片场指导萧瑶与狄龙（中）演对手戏。
下：在《倾国倾城》片场给萧瑶（中）和恬妮说戏。

上：1977年初次回大陆。在龙门石窟。
下：在中山陵。

返乡。

上：在日本旅行。
中：在欧洲旅行。
下：在意大利旅行。

上：与夫人张翠英在欧洲旅行。
下：与夫人张翠英在长城。

上：与邓丽君一起。
中：与李香兰（山口淑子）
　　一起。
下：与李丽华（前排右一）
　　等老友重聚。

上：与潘虹（左一）、林青霞（左三）、白韵琴（左四）一起。
下：李连杰来《火龙》片场探班。

与宠物金丝猴在一起。

自画像。(创作于1993年)

契仔契女应运而生

很多人只记得林黛的契女是冯宝宝,其实李殿朗一出世就成了林黛的干女儿,不过我们从没向新闻界的朋友说起过而已。

殿朗是我和翠英的第三女,英文名是玛嘉烈,我在她的相簿首页写着:

> 殿朗生于九龙法国医院,邓锡恩医生为之接生,时在一九五八年十月二日(农历八月廿日)下午八时卅五分,体重七磅半。

如今很多人都知道我有不少契女和契仔,好像我对上契的瘾头挺大;还有人一听契女跟契爷的关系,就不免会心而暧昧地抿嘴一笑,大概认为契女一定会契上契爷的床。在我来讲,还真有点冤哉枉也。

我由三十三岁《貂蝉》得奖开始,三十四和三十五岁也接连得了两次亚洲影展的最佳影片奖,一部是黄梅调的《江山美人》,一部是由徐訏原著改编的《后门》。在我的一生来说,真可算如花似锦的年月,家里经常是"座上客常满,樽中酒不空"。那时还年轻,当然不会有人叫我契爷,于是就都做了我女儿的契妈。譬如李湄是我大女儿燕萍和五女殿音的干妈,刘亮华是我二女儿月雯的干妈,张仲文是我四女儿殿馨的干妈,林黛是我三女儿殿朗的干妈……诸位千万别以为我喜欢这种婆婆妈妈的事,老实讲那年头除了认我做契弟之外，契我什么我都不好意思推，人情难却嘛，是不是？

如今虽然上了几岁年纪，每年还勉强的有几部戏拍拍。国联下来之后，《骗术奇谭》《骗术大观》《骗术奇中奇》的骗了一阵之后，又骗回了邵氏，一部《大军阀》又重新"大"了起来，于是契仔契女也就应运而生。

我常说电影圈的事，一切都随着情变，今天称兄道弟，明日就形同陌路；你红他不红的时候，契哥、契爷、契祖宗，叫得跟真的一样；他红而你不红的时候，不叫你契弟已经算是客气得很的了。君不见四十多岁的金汉君没和凌波结婚之前，对我前恭后倨的样儿，和如今切齿咧嘴的要跟我这五十多多的老李比画比画的那份德行，前后岂不判若两人？还好我的心脏血管儿在美国搭过桥，否则不炸了肺，也爆了血管。

说真格的，我不喜欢契来契去的调调儿，无奈我太太的英文名因为子女的都是M字打头的关系，所以大家戏称她为妈咪（mother），这还是在凌波家中打牌时候的称谓。所以说我这契爷多了个契女和契女婿也是沾了老婆的光。我早就说过好来好散，君子之交淡如水，不必好的时候恨不得合起来穿一条裤子，坏起来就誓不两立。想不到言犹在耳，契女婿就已经妈妈连声了。

虽然如此，我对林黛做过玛嘉烈干妈的这点友情还是蛮珍惜的。她第二次去美国旅行，返港时特别带了一个真人一样高大的洋娃娃，拉着它的手不只会跟着走路，眼睛还会上下眨个不停，据说林黛生恐把它碰坏了，所以一路亲手抱回来的。

那时我们同住九龙加多利山道的山景大厦里，她五楼，我二楼，就算不同在一组戏工作，也差不多天天聚在一起，不是陪太太打牌，就是跟外婆聊天儿。不过，当我知道她要和龙五公子结婚的时候，我们就很少来往了，因为我的生肖属虎，龙从云，虎从风，风云变色的龙争虎斗，可不是闹着玩儿的。

有一天，她特别到我家里来，一本正经地告诉翠英："我要单独和翰祥谈谈。"

林黛掉下眼泪来

那时我卧室外面是一间小小的书房，和客厅只隔着一层玻璃门，由于还有几个朋友在，所以她认为书房都不够机密，一定要我和她在卧室里谈。当时我对她反常的态度，还有些奇怪，想不到进了房，我刚把门关好，她就哭了起来。

以前，我看见过林黛掉眼泪，但那是和严俊撒娇的时候。我们之间多数是客客气气的，永远保持着一段距离，偶尔的开个小玩笑，也是不伤大雅的。所以看见她在我面前越哭越伤心，眼泪一对对地往下掉的委屈样儿，还真有点手足无措："怎么了？小林黛。"

她看了看我，一边抽抽噎噎地："我知道你生我的气，所以好多天都不到我们家来。"

她既然开门见山地挑明，我也就无须乎挟带藏掖："倒也不是生不生气，我觉得在你和你的朋友之间我很难处，你不尴尬我却尴尬得慌，以前你和老严在一起，尽管大家不是很对劲，但有时也有说有笑的。当然，他年龄比你大得多，你离开他移情别恋，我一点都不反对，因为我觉得那是不正常的发展。"她要争辩，我拦住了她："你先听我说完了再插嘴。"她抿了抿嘴，咽了口唾沫，果然低头不响地听我接着说："等你因为拍《金莲花》的关系，和还是训练班的学生

××好起来，我就多少觉得你有些玩世不恭了。"

她把两只大眼睛，瞪得溜圆，对了，就是在潘姐（柳黛）笔下那对黑宝石的大眼，在我面前闪闪发光："为什么，为什么你说我玩世不恭？"

"因为我看得出，你或多或少地有点报复的心理，你把人家当孩子，因为老严就把你当孩子，你看过嘴里咬着耗子的猫吗？它才不马上就生吞活咽呢，像我们吃鲜虾一样，由碗里拿出来之后，总要在台子上摆弄摆弄，看着它'生虾咁跳'，才算'验明正身'，然后才用拇指和食指夹着它的钳子朝佐料里一放，蘸着五颜六色的酱油、麻油、红腐乳一块儿送入口中。最开心的时候，是嘎嘣一咬之后，它还在嘴里那么一跳动……"

她大声地叫了声翰祥，然后："你把我说得那么残忍？"

"不，我只是个譬方，猫也一样，把耗子在嘴叼了一会儿之后，一定放下看看它有气儿没气儿，然后眼睁睁地玩味着那只吓得浑身颤抖、体似筛糠的小家伙儿；故意地伸个懒腰，把头枕在爪子上装睡。那耗子知趣不动，还则罢了，否则，后腿一蹬，想趁机逃之夭夭，准定再多挨一爪子。我心里常想，好心吧，吃也罢，放也罢，别那么不死不活地摆弄人了。"我看看她，她揉了揉手绢儿："我不是放了吗？"

"那是后来了，还是我们在北角拍《无冕皇后》未拍成，另一个名字，就是《女记者》，金铨编的第一个剧本，不过后来胎死腹中之后的事了。那天也就是美腿小姐选举决赛的那天，我看见你第一眼望到××的神情，简直像哥伦布发现新大陆似的，我就知道你心里想干嘛？"

"我想干嘛？"她的黑宝石又光芒四射。

林黛送龙五公子回大陆

　　我没正面答复她："我当时就和翠英说，小林黛又在转××的念头了。果然，刚拍完戏，翠英就告诉我，你要请我们到浅水湾宵夜，然后游车河，翠英和我，你和××，有这种事没有？"

　　"可是你没有去呀。"

　　"难道我电灯胆做得还不够？我不是叫翠英陪你们去了吗？夜里两点多钟了翠英才回家，她告诉我：果然不出你山人所料！"

　　"……"

　　"你和××快如闪电般的就像糖黐豆①的形影不离，老实讲，我们都替你暗自高兴，尽管×老伯和我打牌的时候大叫：'我的儿子给人家嫖了！'我也不以为然，因为看得出那段日子，你过得好幸福，起码是我认识你以来从未有过的开心。

　　"可是你从美国回来，情绪又突然地不稳定起来，有一天拍戏的时候，你说：

　　"'翰祥，明天我请半天假，有要紧的事情！'我说：'怎么，要紧过拍戏？婚姻大事吗？'我是调侃开玩笑，而你却认真地说：'是，差不多……也就是吧。'我看你干板刹字的样儿，相信真是重要的事。于是我说：'好，我等你到十二点，你可要准时回来。'你答应我：'一定，一定在十二点以前回来。'可是，第二天我们全体工作人员，打好光由十二点等到一点，由一点又等到两点，你连个人影都没有，最低限度应该来个电话吧？可是没有。我只好宣布收工，想不到我的车刚开出大观片厂门口，你的卡迪拉克就迎面驶来，虽然我的司机回

---

① 糖黐豆：广东话，形容恋人间如胶似漆的关系。

头望望我，我还是挥了挥手叫他一往直前，只当没有看见你。因为我真的生了气，你不以为吗，这是我们合作以来的第一次。你对你的工作多热诚！从来没有迟到早退过，也从没见你说过一句不负责的话。如果时间拿不稳，没有把握，你大可以请一整天的假呀，何必打个对折甩卖大牺牲？

"后来我才知道，你是送龙五公子回大陆了，一直'送郎送到五里屯'，送到了罗湖，如果不是朋友的百般相劝，你也恨不得比翼双飞地一块儿去！你这种喜新厌旧、见异思迁的秉性，我看着真有点寒心。你知道，林黛！在我的眼里你应该比圣女贞德还贞德，所以当我听见别人说你嫖了人家的儿子的时候，心里好不是滋味儿。我觉得这句话，不只污辱了你，也污辱了我，甚至污辱了整个电影界。我希望不是你，我也相信不是你，可是……唉！"我一串连珠炮，反倒把她说得心平气和了。

她说："好吧，你说完了吗，该让我说了。你是××的好友，你替他不平，我没话说。可你误解了我，我对他的确是认真的，一直到昨天，都是认真的。嫁龙五，是太太的意思，我心里天秤上的分量，××这边儿重。好吧，让我打个譬喻吧！你看过猫逮耗子，你也看过《茶花女》吧？好了，我不做嫖客，宁愿做茶花女吧！我真想有人把撕碎了的钞票，撒在我的头上，摔在我的脸上！可是，那只是我的妄想，我这个茶花女遇见的不是阿芒，翰祥，你知道，我一心一意的想嫁给阿芒，你懂吗？"

我不懂，一直到今天都不懂，阿芒不是小仲马笔下的人物吗，有人还想嫁给曹雪芹笔下的贾宝玉呢！那行吗？藕线！

不过，那天之后，我总算或多或少地明白了一部分。我原谅了林黛，不再生她的气了，但是我仍旧没去参加她的结婚典礼。我就是这么一个人，不喜欢的人和不喜欢的事，绝对不敷衍！

林黛生了一条好命，虽然不能和刘胡兰一样地"死的伟大"，但"生的光荣"是当之无愧的。

的确，林黛生了一条好命，试看今日影坛中有谁还能够红得过她？有谁还能连获四届亚洲影后？

真的！林黛真的生了一条好命，死后这么多年，墓地上的鲜花还一直不断，世间有那么多人怀念她，而又怀念得那么久！

可是，林黛也生了一条坏命，生前俭俭省省、厚厚道道，却落得个自杀身亡的下场。鲁迅先生说他自己吃的是草，挤出的却是奶。林黛娱乐别人，却苦恼自己，好强的脾气使她人前笑，人后愁，打落门牙和血吞。

她去世的时候我正在台湾，我不遗憾未能参加她的婚礼、吃她的喜饼，也不遗憾未能吃到她儿子的满月酒；但我遗憾没能参加她的丧礼，和瞻仰她的遗容。所以由台湾回来，一下飞机，就跑到她的墓地上，在她坟前的花丛中，放下一束小花，然后用自动映机拍了张照留念，想着她跟我说："翰祥，你知道，我一心一意地想嫁给阿芒，可惜我没有那份命！你懂吗？"

林黛是明星中的明星，但不是演员中的演员；她演的有时虽然很"真"，但也有时造作，这种现象还是与日俱增，经验越丰富越明显。因为根据经验把嬉笑怒骂分成的号码，全部依样画葫芦地"做戏咁做"——这种毛病连长春树李丽华也是一样。不过既是明星，就有影迷，一"迷"就什么都是好的了。

林黛妈妈蒋秀华女士，是个不折不扣的好人，可不是个精明人，看样子年轻时的脾气也够呛。那时六老板刚由新加坡来香港主持制片业务，那时的职务名称，还不叫总裁，又要比总经理大（因为总经理是他的侄子、二老板的二小开邵维瑛），所以他暂称邵氏机构主持人。说起这位主持，刚到香港，还真有些寸步难行的味道，想请请大明星吃饭都要百般迁就，因为试请过几位大明星一块儿到他清水湾的别墅吃饭，结果大牌没到不说，连二牌三牌也请不齐。所以后来只好变个方式，譬如他请林黛，酒席摆在林黛的山景大厦；他请钟情，也要移樽就教一番。林黛既然身在番邦，就先请钟情吧。于是请我和厂长王新甫、太太蒋秀华作陪客，饭前还要陪太太打打小牌、散散心。邵逸夫之所以为邵逸夫，就是涵养有素，不温不火，到什么山拾什么柴，一切都按牌理出牌。

普通在家的时候，每顿晚饭之前他可能喝一小杯上好白兰地；在外边应酬的时候，多数是滴酒不进的。那天的蒋秀华女士忽然闹起酒来，无论如何都要六先生喝一杯，他就是笑眯眯地不肯举杯，最后太太觉得下不了台，于是说："好，你是老六，我喝六杯换你一杯。"然后用小杯子量好六杯酒，一一举起干了个净，然后双手叉腰地望着邵逸夫。好嘛，没想到我们的六老板还是笑眯眯地酒不沾唇，这下子可把我们太太惹翻儿了，拿起他面前的酒杯说道："好，邵老六，你敬酒不吃吃罚酒，你不喝也得喝！"

严俊财大气粗身子虚

蒋秀华女士说罢，把杯子举到头顶，在空中一翻个儿，一杯酒全部翻在六先生的脖子里。弄得在座的各位都有点不大好意思，再看六先生时，还不能不令人佩服，连头都没缩一下，脸上依旧是笑眯眯、眯眯笑。大概他的英文名字就是笑出来的，不然怎么叫"阴阴笑"呢？

不过，就从那次之后，他可有一阵子没请客了。有一天，邵氏大厦里他的写字楼刚装修好的那一天，他把我叫了去，问我："翰祥，你看我们招考些新人怎么样？江山代有人才出，电影界也是一样，没有新人不行啊！"

早晨八点钟，我忽然接到任天竞先生的电话，他说："翰祥，告诉你一个不好的消息，老严死了。"

我一下子想不起那个老严，其实哪儿还有第二个老严？

"严俊嘛！八月十八日，五点钟死在纽约。"

我拿着听筒，半晌说不出话，其实我早知他身体不大好。早在台湾和我一齐组和合公司的时候，已经有了颇为严重的糖尿病。当时我还跟他开玩笑，因为我有尿酸过多的毛病，所以变成难兄难弟。不过，由于性格的不同，他多糖，我多酸而已。我说他是财大气粗身子虚，我是穷星高照酸溜溜。想不到不久他又添了一种新毛病，心脏又有了问题，住进台北的宏恩医院，曾经休克过不止一次，病情相当地怕人。结果，在院里休养了一个不短的日子，总算脱离了险境。以后，我回香港，他去了美国，大家一直没见过面。后来，好像是一九七三年，忘了是几月份，也想不起是那一天，我乘车经过太子道的咖啡屋前，见他独自一人眉头深锁地低头行过。开始只是觉得那人很像他，等看清楚是他的时候，车子已经转了弯儿，想叫司机把车子停下来，已是不可能，于是在车里猛然想起他和小咪姐迷在股票金鱼缸里的事。

据说以前也是电影演员的许可，改行做了股票经纪，严二爷每天都带着严二奶奶泡在股票行里，恒生指数千七点的时候，当然也享受过那种富贵逼人来的滋味，但这情况盛极而衰，没多久就行云流水般的烟消云散了。可是，怎么也没想到咖啡屋前的一晃，却成了我在人世见他的最后一面。

放下听筒，许久不能平静，坐在餐台旁发愣，吃剩下的半顿早餐，什么时候叫菲律宾女佣收走了都不知道，本来早餐后习惯靠在沙发上看报纸的，也忘得一干二净。等翠英送四女儿到地下铁车站回来，看见我痴呆呆的样子，急忙问了一声："干嘛？不舒服啊？"

"啊？唉！想不到，这么快就走了。"

"谁走了？"

"严俊哪，在纽约去了！"

翠英看见我，莫名其妙地："到哪去了，不是拿到了居留证了嘛！"

"拿到了，永远的居留，永远永远！"

"什么呀？糊里八嘟的！"

"严俊死了，十八号早晨五点。"

"啊！怎么会？怎么会死的？"

"糖尿病加心脏病，据说在医院昏迷了五六天，后来接到家中死的。"

"干嘛不住在医院？"

"我怎么知道？大概住在医院里太浪费了吧！"

就这么着我们一声不响地低头闷坐起来。电话铃又响了，是汪晓嵩。

"翰祥，老严死了，在美国。"他大概以为是独得之秘呢，我故作惊讶地啊了一声。他说："听说看了你的《细说从头》气死的！"

严俊忽变了蒙古人

"胡说八道,听谁说老严看了我的《细说从头》便气死?"

"我还没说完呢,怎么样以后还接着写?"

"当然,还没写到我们哥儿俩分而复合呢,还没写到我们一起组和合公司呢!"

"得了吧,当初你们的公司起名'和合'就有问题!"

"什么问题?和合二仙嘛,寒山、拾得,有什么问题?"

"你们只知其一不知其二,香港的墓地就叫'和合石',行了,你们两位和合二仙到和合石去聚齐吧。"

这小子还真缺德,好吧,我去之前,先派他替我看看外景去!

看见报上的新闻报道,还真是丈二的和尚摸不着头,严俊怎么忽然变成蒙古人了呢?这倒真是一件值得怀疑的事。也许是寄籍在南京的蒙古人吧,就好像我们都不相信曹雪芹是满洲旗人一样,经周汝昌先生把曹家的族谱加以详细考证,他们的确是正白旗的包衣,即使是汉人投旗,也是几代以前的事了。由此看来,严俊真是蒙古人,也未可知;如果不是,那位信口开河不求甚解的二大爷,自己是蒙古人也未可知,最低限度蒙过人吧!

严俊是一九一八年(民国七年)旧历十二月十七日生在北平的,因为他从来不作生日,所以影圈中人很少知道他的生辰日期,这就是严俊独有的性格。别人家的喜庆寿事、生日满月有时他还到贺一番,对自己每年的生日,从来没有麻烦过亲友。

他去世的消息是小咪姐打电话给她在港的二姐李菁华的,再由二姐电告在港的各亲友们。下午我在家中剪片子的时候,连接了几个电话,都是负责各报影剧版的记者朋友打来的,和我打听严俊生前死后的情况。我和他已是十多年未见。虽然蛛丝马迹知道一点儿，也是道听途说而已，所以不要说详细的，连概况都说不出，反而是他们告诉我他的死时和地点。我奇怪于他死在家中，为什么不留在医院里呢？所以我又打电话问了问天竞先生，据他说因为病太严重了，医院里不肯收了。听上去好像不合逻辑，既然已经进住医院，哪有病入膏肓的时候，把病人往家推的道理？我想多数是认为危险期已过，回家休养，这情况以前是屡见不鲜的。

剪辑大师王朝曦心脏病第三次发作的时候，住进医院，几天后不仅精神复原，而且红光满面，于是叫小余（王夫人余婉菲）替他做了个红烧蹄膀送到医院。小余本来不肯替他做的，但是不愿扫他的兴，所以打了个折扣，做了半只。王大师风卷残云般的不到三个字，把半个肘子完全吞下，之后洗手换衫，想不到准备出院回家的当儿，病又发作，就此呜呼哀哉，蒙主宠召而去。

四大名旦之首的梅兰芳博士，据说也是因为心脏病住入了医院，几天之后也已复原，穿好衣服准备出院，临行之前到洗手间解手，不知怎么一来，好像是坐在马桶上一用力，就此返魂乏术。所以我的医生一直嘱咐我，解手之时，千万别憋气、用力。最特别的有一位大爷，也是心脏病医好之后，准备出院了，下床系鞋带，一低头之后，就算犯下了滔天大罪，从此再也不能抬头。

传严俊因股票亏损不确

严二爷是不是像那位大爷的情况，就不得而知了。不过据说是一口痰堵在喉咙里，因而不治身亡的。若真如此，留在医院里恐怕就绝无问题了,以美国医院设备之完善,哪会容病人给痰噎死的?

本想挂个电话给纽约的小咪姐,苦不知她家中号码,于是拨了个电话给卢燕。她讲的情况和传来香港的消息可就完全不对了。她说:"严俊是因为伤风而送入医院的,为了痰涎过多,所以医生替他在喉间装了个管子。当然会有些不舒服。严俊一直想除掉,但医生不肯;想回家休养,医生也不准。没两天严俊还是把那只管子取了下来,又因为胃不好,需要彻底检查。当然又要折腾一阵,结果还是因为心脏的血管栓塞在医院里去世的。"我问严俊是蒙古人吗?她听了也倒是一怔,反问我:"您跟他那么熟都不知道,我怎么晓得,蒙古人有姓严的吗?"还真一点不假,香港倒有个蒙古王爷,不过他是姓鲍的,姓严的蒙古人倒没听过。

据《正字通》的记载,汉明帝的名字叫刘庄,按照当时的习惯,为了避讳天子的名字,一些本来姓庄的人,都改姓严,这是一千九百多年以前的事了。我们经常说的庄严,原是有所本的。至于严俊是蒙古人,还真要请写新闻稿的朋友,把消息来源公布一下,否则不只蒙了古人,也唬了今人。

很多人传来传去,说严俊夫妇在股票上亏损不少,其实,以他们两位谨小慎微的性格看来,几乎是不大可能的。赔当然赔了一点,也只不过是港币十万左右而已。当然这十万元的老本儿,在恒生指数千七点的时候,替他们赚上个一两百万也不稀奇,本利算起来也就相当可观了。

甚至于有人传说他们把房子都赔在股票里,那是不确的。小咪姐何文田的房子,前两年才经任天竞先生以一百六十万港元替她卖出,原因只是他们不想再回香港,甚至于要在台湾开一家金阳银行的分行。

金阳银行是严俊一手创办的,虽然他们占的股份不多,虽然他只是银行的一个副经理,但他筹办时所花心血是不容抹煞的。弃影从商的几年里,居然能在番邦开间银行,也算是相当了不起的了。也许他开银行的念头,在早年的上海就已经想过,多年以来,努力不懈,终于能够达到目的,这毅力也是可钦可佩的了。

俗语说"人无远虑必有近忧。"他们夫妻俩可都是未雨绸缪的人,跟我临渴掘井的脾气,完全两样。小咪姐看我花钱如流水,总是苦口婆心地和我说:"兄弟,过日子不是老晴天大太阳的,总得防个阴天下雨的日子,你好像跟'钱'有仇似的,省着点嘛,有儿有女的!"

这话严俊也跟我说过不止一次,细心观察他们的日常生活,一举一动都是为将来打算的。其实他们即使不再做工,即使坐在家里吃,也可以丰衣足食地乐享天年了。我看他们两位辛辛苦苦地大钱小钱都要赚的时候,也不免多嘴说两句:"行了,还不够吗,那么累干嘛?"

小咪姐一定会说:"兄弟,你放心,叫我们六十岁以前,动老本儿绝对不干,活一天就干一天,有手有脚的不勤撼,多闷得慌!"倒也一点儿不假,人一告"老"还乡,或因"老"退休了,总会"老"得更快一点。

严俊曾想集资开餐馆

对定居美国的事,他们二位更是用心良苦。怀小女儿的时候,就带着肚子到美国,先使孩子生下来就顺理成章地成为美国公民;之前小咪姐又早以"难民"的身份,拿到绿卡。所以早期有人叫张仲文是"最美丽的动物",称小咪姐是"最美丽的难民"。跟着,严俊也在一九七三年的时候,到美国定居。

其时,刚好是股票大跌的时候,因此传出他们所有财产都成了被绑的大闸蟹,其实严俊只是为了取得在美国的永久居留权而不得不住在美国而已。

听说严俊到美国之后,也很想和朋友们集资开一间餐馆,这大概是所有中国人到海外都动过的念头。中国人并不一定个个都会煎、炒、烹、炸,但包饺子、煮面条可是家常便饭,人人都会来两下子。不信你在日本街头随便溜溜达达,就可以看见中华料理、中华饺子店、中华拉面大王……美国唐人街上中国餐馆也是遍地皆是。所以"到美国开餐馆去",一直到现在还有些朋友们整装待发,咱们中国人别的或许差一点,吃可是第一流的。

严二爷为了了解情况,在朋友的餐馆中管了一个时间柜面儿上的事,他是一个精打细算的人,不像我看见数目字就头痛。不过后来他把金阳银行创办成功了,也就到行里当副经理去了。后来不知为了何事,大概是股东们彼此意见不合,所以严二爷又和朋友们组了间"国际合众"银行。不过临故之前,他是在船王董浩云先生属下的纽约亚美银行官拜主任之职,替银行介绍些生意什么的,介乎经纪人与经理人之间的职务。

他故世的消息传到香港,不仅各报记者打电话向我打听他的消息,无线电视的编导也想派人到家来访问我。对电视台的访问,我是一向有求必应的。虽然有一次打烂了我一个乾隆珐琅彩的花瓶,踢了一脚扬长而去;虽然不久前又在电视台上借题发挥地叫谭炳文君扮我,丑化我一番(其实炳哥比我靓仔得多,实在并不丑样),我都早已忘到阴山背后,何况是关于严俊的生前身后事的,所以我一口答应下来。约定了第二天早上十点,他们外景队来我家访问。

于是晚上我在灯下,翻出有关严俊生前的一切资料,重新又把和他在一起工作的情况，温习了一阵。

他是南京人，但生长北平是一点也不错的，父亲在他成年的时候，刚由交大毕业，接着就匆匆忙忙去了日本深造，所以严俊从小是跟着祖父长大的。

祖父是一位耿直的学者，鉴于祖国科学后人，所以一生心血都花在研究科学上。当时受聘于北平农商部，担任第四科科长的职位，也兼西直门外三贝子花园、农事试验场的顾问。所以严俊对万牲园的里里外外格外地熟习。我还记得把门儿的两位身高丈二有余的长人，不过长得并不四称，挺高的身量，挺小的脑袋，活像长竹竿的顶上，多了一颗酸枣儿。

严俊演李秀成奠定地位

园里面除了一个猴山之外，还有一只大象，当然也有狮子、老虎、大狗熊。不过我印象最深的还有园外的一片响杨，小风一刮，哗啦啦地山响，如海门潮涌，似万马奔腾。每和严俊聊儿时的景况，他都会兴致勃勃地讲个不停，因为他小时候和我一样，也在那片响杨底下踢过足球！

七岁的时候，严俊入了北平师大附小，和四十年代著名的性格演员夏霞同学，在学校的晚会里一齐演过话剧，颇得老师同学的赞赏。

小学毕业之后，父亲由日本学成归国，加以祖父的农商部又更调人事，所以举家迁到青岛，住的是沿海小洋房，前门沿胶济铁路，后门是碧海青天，风景优美得很。

严俊因利就便地进入了青岛的胶济铁路中学，据他说初恋是邻居的一位姑娘，模样是介乎林黛与李丽华之间！

你瞧这份巧劲儿的！

十九岁那年，他又由青岛回到北平，考取了辅仁大学的化学系。由于七七事变爆发，家中的经济来源断绝，所以在辅仁上了几天课就到天津找他的叔父去了。于是由他叔父严华（周璇的第一任丈夫，绰号"桃花太子"）介绍，又到上海加入了国华公司。默默无闻地待了半年，既然闲着没事，不如充实充实自己，所以趁空又考入了大夏大学。不过也没读了多久，就由他的姑母严斐（刘琼的第一任太太，也是电影演员），介绍加入上海剧艺社，在璇宫戏院首次登台，演出《赛金花》中的解差。虽然是个闲角儿，但是行家一伸手，便知有没有，虽然只是三五句对白，但嗓音清脆动作边式，加上标准的北京话字正腔圆，所以虽然只是几个过场，也颇惹人注目；一出场观众的眼睛就为之一亮，把主角赛金花的戏都抢了个精光。想不到他这位解差，比起《苏三起解》的崇公道，还要讨俏。所以上艺的第二部戏——《陈圆圆》，就选他演主角吴三桂。第一次当上主角，当然要好心切，演戏跟写字画画一样，刻意求工反而会过犹不及。小时念私塾，老师常讲些写字的道理，听了虽觉粗俗不堪，但却很有道理，他说："写字别描，拉屎别瞧。"

王羲之的《兰亭序》初稿，在"惠风和畅，天朗气清"的兰亭中，喝了几杯"曲水流觞"之后，熏熏然、飘飘然地大笔一挥，虽然涂抹添改之处甚多，但仍不失为前无古人、后无来者的好字。不用说别人临摹，连王羲之自己回府重新誊了千百遍，也没有兰亭下写得好，原有的潇洒豪迈之气全部消失殆尽。从古到今大家常说"大笔一挥"，谁听过"小笔一挥"儿来？

所以《陈圆圆》中的吴三桂，在严俊的全神贯注之下，只演得"还不坏"而已，报纸上的批评也是"差强人意"四个字，可是接下来主演的《李秀成之死》（一名《李秀成殉国》），可就轰动一时了，观众捧场，舆论赞扬，因此奠定了他在话剧界的地位。

演了二十多部戏之后，上艺因故解散。严俊和黄佐临、石挥、张伐、韩非、徐立、乔奇等九个人另组上海职业剧团，在卡尔登演出曹禺的《蜕变》，石挥的专员，严俊的马登科；石挥那时被誉为话剧皇帝，严俊在观众的眼中至少也是九千岁，一人之下，万人之上，加上把马登科的性格刻画得活灵活现，举手投足都使人觉得恰如其分，所以演了三十七场，场场客满，这种盛况打破了当年话剧的卖座纪录；如果不是日本宪兵队喝令禁演，恐怕不会让伦敦市上演的《万世巨星》专美于后了。

严俊与第一位夫人梅邨女士结婚的时候，正在舞台上演出《阿Q正传》，结婚的地点是在地地司咖啡馆。本来新婚之夜，理应把戏停演一天的，可是严俊事业心重，行了婚礼之后，仍然即刻赶场，于是连吃喜酒的朋友，都跟着新郎新娘去看戏，把卡尔登挤了个满堂红。可惜三天之后，日本偷袭珍珠港，太平洋战争爆发，《阿Q》也就被迫停了下来。之后严俊由姑父刘琼的介绍加入了新华，本来要主演岳枫导演的《风雨同舟》的，不知为什么片子停拍，给了他很大的打击。事后新华改组"华影"，网罗了国内所有的大牌明星，严俊只能在一些戏里屈居配角，使他牺牲了舞台上的成就，埋没在"华影"里。

这时，他最要好的朋友是导演屠光启。两个有如《杨家将》中的焦赞、孟良，经常是出双入对，焦不离孟，孟不离焦；穿着打扮也是"孖公仔"一样：一样的西装，一样的皮鞋，一样的衬衫，一样的领带，连袜子底裤的牌子、花纹都是一样的。难怪老屠一离阳世，老严就跟着入了阴曹。前后脚儿还不到两个月。

所以屠导严演的电影也的确不少，不过严俊第一部演出的电影是李萍倩导演的《贵妇风流》，是粤籍明星李绮年和孙敏、杨志卿主演的，严俊在戏里只演一个敲诈李绮年的小流氓。在他做演员时所有的戏里，我对他饰演《万古流芳》外国人的记忆最深。那好像是一九四三年的"华影"出品，女主角是李香兰、陈云裳，男主角是王引，严俊的戏很少，但极为突出。所以在一九四四年里，他演出戏的部数是上海所有演员之冠，一年演出了七部：

《情海沧桑》，王引导，胡枫、王丹凤、严俊、黄河合演。
《天从人愿》，岳枫导，胡枫、严俊、凤凰合演。
《乐府烟云》，何兆璋导，李红、舒适、严俊合演。
《吸血魔鬼》，徐欣夫导，顾梅君、严俊、孙敏演。
《草木皆兵》，朱石麟导，严俊、陈琦演。
《奋斗》，屠光启导，童月娟、严俊、欧阳莎菲演。
《大富人家》，屠光启导，严俊、顾也鲁、王丹凤演。
一九四五年演出了《笑声泪痕》，李萍倩导，严俊、张帆演。

一九四六年没有记录，据说他又演了一个时期舞台剧，酬劳高达伪币四十万之多（徐立、顾也鲁都是二十万）。

一九四七年又演出了，《青青河边草》：方沛霖导，王丹凤、严俊演。
《湖上春痕》，李萍倩导，顾兰君、严俊演。
《月黑风高》，屠光启导，王丹凤、严俊演。
《母与子》，李萍倩导，卢碧云、张伐、严俊、蒋天流演。
《吉人天相》，何通导，林彬、严俊演。
《处处闻啼鸣》，屠光启导，欧阳莎菲、严俊合演。
《乱点鸳鸯》（一九四八年），陈铿然导，王丹凤、严俊演。

537

《珠光宝气》，唐绍华导、陈娟娟、严俊演。

《无语问苍天》，袁丛美导，王丹凤、严俊演。

《同是天涯沦落人》，何非光导，陈娟娟、严俊、衣雪艳、井淼演。

《何处不相逢》，李英导，路明、严俊演。

《夜来风雨声》（一九四九年），斐冲导，王丹凤、严俊合演。

《杀人夜》，岳枫导，白光、严俊、梅村、井淼合演。

《森林大血案》，岳枫导，严俊、项堃、罗兰、井淼合演。

《出卖影子的人》，何非光导，严俊、刘琦合演。

《玩火的女人》，屠光启导，欧阳莎菲、严俊、朱莎、杨志卿合演。

《再生年华》，唐绍华导，项堃、严俊、陈娟娟合演。

一九五〇年严俊到了香港，参加张善琨的长城公司，一连串主演了几部戏，都是轰动一时的。当时的严俊，几乎比如今的成龙、许冠文都红。当时他所演的戏不是岳枫就是李萍倩导演的：

《荡妇心》，岳枫导，白光、严俊主演。

《一代妖姬》，李萍倩导，白光、严俊主演。

《花街》，岳枫导，周璇、严俊主演。

《说谎世界》，李萍倩导，李丽华、严俊主演。

《血染海棠红》（一九五一年），岳枫导，白光、严俊、高占飞、韩非主演。

《新红楼梦》，岳枫导，夏梦、严俊主演。

《门》，李萍倩导，夏梦、严俊主演。

《枇杷巷》，陶秦导，严俊、孙景璐、陈娟主演。

《狂风之夜》，陶秦导，严俊、陈娟娟、孙景璐、陈娟主演。

《秋海棠》，王引导，严俊、韦伟、张翠英主演。

一九五一年的十一月份，开始执行导演工作，首部作品是永华公司的《巫山盟》。到他退出影坛止，前后共导演了影片四十部，这中间有时仍旧参加其他导演的演员工作，其他多数自导自演，所以，约略统计他主演的影片，不下百部之多。为了纪念他一生对中国影坛的贡献，我把他从事导演的年表，大略地记述如下[①]：

一九五一年，《巫山盟》，李丽华、严俊、罗维、洪波主演。（永华出品，下简称公司名）

一九五二年，《翠翠》，林黛、严俊、鲍方、王元龙、刘恩甲主演。（永华）

一九五三年，《吃耳光的人》，林黛、严俊主演。（永华）

一九五四年，《春天不是读书天》，林黛、严俊主演。（永华）

一九五五年，《金凤》，林黛、严俊主演。（永华）

一九五六年，《菊子姑娘》，林黛、严俊主演。（国泰）

《梅姑》，林黛、严俊主演。（邵氏父子）

《秋娘》，尤敏、严俊主演。（邵氏父子）

《风雨牛车水》，李丽华、严俊主演。（国泰）

《追》，林黛、严俊主演。（邵氏）

《娘惹与峇峇》，李丽华、严俊主演。（国泰）

《马戏春秋》，尤敏、严俊主演。（邵氏）

一九五七年，《月落乌啼霜满天》，尤敏、严俊主演。（邵氏）

[①] 根据现在的记录，严俊导演作品并非只有40部，作者在后文提及的《金叶子》等作品也未计入此导演年表。

《游龙戏凤》,李丽华、严俊主演。(金龙)

《亡魂谷》,林黛、严俊主演。(国泰)

《龙凤配》,尤敏、严俊主演。(邵氏)

一九五八年,《笑声泪影》,林黛、严俊主演。(金龙)

《元元红》,李丽华、严俊、朱牧主演。(金龙)

一九五九年,《贵妇风流》,李丽华、王引、严俊主演。(金龙)

《风雨归舟》,李丽华、严俊主演。(国泰)

《粉红色的凶手》,范丽、严俊主演。(邵氏)

《死亡的约会》,陈厚、丁红主演。(邵氏)

一九六〇年,《黑夜枪声》,李丽华、乔庄主演。(邵氏)

一九六一年,《我是杀人犯》,严俊、丁宁主演。(邵氏)

一九六二年,《花田错》,乐蒂、严俊、张仲文主演。(邵氏)

《黑狐狸》:李丽华、严俊主演。(邵氏)

一九六三年,《阎惜姣》,李丽华、严俊主演。(邵氏)

一九六四年,《梁山伯与祝英台》,李丽华、尤敏、严俊主演。(国泰)

《秦香莲》,李丽华、严俊、陈元龙(成龙)主演。(电懋)

《民族魂》,严俊、李丽华主演。(邵氏)

一九六五年,《万古流芳》,李丽华、严俊主演。(邵氏)

《七七敢死队》,李丽华、严俊主演。(邵氏)

一九六七年,《蒙面大侠》,金振奎、方盈主演。(邵氏)

《菁菁》,李菁、严俊主演。(邵氏)

《连锁》,李丽华、李菁主演。(邵氏)

一九六八年,《寒烟翠》,方盈、乔庄、井莉主演。(邵氏)

《红辣椒》:郑佩佩、陈亮主演。(邵氏)

一九七〇年,《铁罗汉》,凌云、方盈主演。(邵氏)

一九七一年,《玉面侠》,高远、何莉莉主演。(邵氏)

一九七二年,《一只凤凰一只鸡》(又名《金玉满堂》):李丽华、严俊主演。(和合)

由一九四三年始,至一九七三年他退出影坛为止,前后整整的三十年,以他演与导的量来讲,是相当可观的。至于哪一部演得好,哪一部导得好,可是见仁见智,各花入各眼了,要留给各位影评家们下定论了。

我认为萧铜兄对他的评语很中肯:

……长袖善舞,趋吉避凶……

他一生勤俭,好强,努力不懈,没有什么不良嗜好,不赌,不嫖,省吃,俭用。年轻的时候,唯一用钱不心疼的,是在穿衣服方面。他认为明星的服装,理应走在时代的前面,穿着不仅要摩登,更要有型有款,举止不只要大方,更要潇洒飘逸;买卖股票是正经生意,不能算赌;年轻时多交几个女朋友,是正常交际,也谈不上嫖。退出影坛后,转入商界,更是敬业乐业,安分守己地埋头苦干。

严俊虽然有时难免暴躁一点儿,但脾气总是朝自己人发,看见外人,不管心里多烦躁,也是面带笑容好言相向,尽量地不露痕迹。其实他的胆子很小,经过树底下,都会走快两步,生怕树叶掉下来砸着。俭朴是美德,当然是无可厚非的,不过他有时的确是过分了些。记得他第一次在台湾心脏病发的时候,住在敦化北路的宏恩医院里,本来已经昏迷不醒几回,甚至有一次连脉搏都停了下来,经过急救之后,总算安然无事。之后,医生要他打一种针,据说价钱相当可观,本来一针可以供六个人的用量,如果同时没有别的病人,药一打开就要一个人付钱了,其他的五针等于作废。严二爷一听,打一针花六针钱,怎么可以,一生都没干过这种傻事,所以无论如何要等够有了其他五个病人,才肯打开那只针药。结果一天不闻人声,两天也不见人影,好像那几天忽然健康起来,又不能像演义务戏的一般,找几个朋友踹踹红票什么的,等到第三天,连和颜悦色的医生也火了,严重警告他,只有两项选择:"省钱还是省命!"严二爷这才在亲友的劝解下一咬牙关,肯定地点了点头。

他的一生,视朱子治家格言为座右铭,所以:"一粥一饭当思来之不易,半丝半缕恒念物力为艰。"

胡金铨跟严俊做过副导

最美丽的女记者林冰,带着几位跑影剧新闻的朋友们到我的棚里看拍戏,聊天说地之余,忽然冒出一句:"你一向跟严俊不和,干嘛还要跟他一块儿搞和合公司?"

这句话问得很突然,我也不明白她怎会有这种想法,就回了她一句:"谁说我跟严俊不和?"

"你喽,你的三十年说的喽。"

"噢!"我这才明白过来。我说:"三十年到现在为止,连十年还没有说完,刚刚说完了我和他分手,还没得复合的时候哪!你看过罗贯中的《三国演义》吗?开宗明义的第一句就说:'话说天下大势,分久必合,合久必分'吗?"

接着又有人叫我谈严俊的威水史①,我说先谈谈跟过他的副导演吧!

第一个跟严俊做副导演的是我和姜南,底下到《红娃》和《春天不是读书天》的时期,就是姜南和胡金铨了。那天无线电视来访问我,我告诉他们,胡金铨曾经跟过严俊。他们都非常惊讶,简直认为有点不可能似的。我说怎么?难道胡导演是石头里跳出来的不成?老实讲,小胡还跟我做过《倩女幽魂》和《梁祝》的助导呢。

接着下来跟过严俊的是何梦华、黄枫、陈一新(原名陈又新)。除了陈一新之外,都做了导演。我拍过《貂蝉》和《江山美人》之后,本想以《倾国倾城》为片名,分拍历代四个名女人的故事,以一笑倾城,再笑倾国的褒姒为首,底下的西施、王昭君、杨贵妃,原预算分为上下两集的,每集写两个女人;内定乐蒂演褒姒,尤敏演西施,李丽华演杨贵妃,林黛演王昭君,当代的四大女星,演古代的四大美人。本来是个不错的设想,可惜因为王昭君和杨贵妃一拍上手,布景、服装、道具的成本都相当庞大,恨不得一分为二才合算,二归一岂不成本更高?所以就决定各成单元。之后我在邵氏完成了《杨贵妃》和《王昭君》,在自己的国联公司,与"台制"合作拍了《西施》,《妲己》则由邵氏的岳枫导演,由韩国影帝申荣均和林黛分饰纣王和妲己。

拍《杨贵妃》的时候,严俊已经和李丽华结为夫妇,所以风流倜傥的戏剧祖师唐明皇就请了严二爷饰演。我第一部导演《雪里红》时,曾和小咪姐合作过,做导演又是跟严俊出道的,所以大家都是老朋友了,脾气秉性彼此都相当熟习,合作起来也就驾轻就熟。他们夫妻俩对工作的态度,都是最模范的,从无迟到早退的事;不管

---

① 威水史:广东话,指了不起、显赫的历史。

多热的天,他们都是一早化好装坐在片场中等,除了去洗手间之外,永不离厂棚半步;看情况要拍到自己了,就把服装穿好,绝不等场务的三催四请。小咪姐尤其特别,一早进厂,就把服装穿戴整齐,坐在片场一角,轻轻地和同人们说说笑笑;气温三十五度的天气,片场里起码超过四十度,她仍然披挂整齐,全副装备地安然稳坐。最令人佩服的是滴汗不出,有道是心静自然凉也!

严俊本身是导演,但别人导他戏的时候,绝对服服帖帖,从不多一句口,导演怎么说,他就怎么演,绝无意见,也绝不批评;对白写得再绕脖子,也想办法把它念顺喽,绝不更改一个字;镜头地位摆得再别扭,他也一声不出,总把不顺的步伐想办法走熟喽:这样的工作态度,恐怕现在一个也找不到了吧?

日本的沟口健二(曾以《雨月物语》得奖)曾经导过京町子主演的《杨贵妃》,演唐明皇的是森雅之。严二爷和他比起来,总觉得欠缺些什么,开始我想不明白,有一天拍《杨贵妃》吊死在马嵬坡的场面,他大声疾呼"玉环、玉环"的时候,我才恍然大悟,那苍老沙哑的声音,几乎和他演《翠翠》的老祖父一模一样。这说明他的唐明皇还没脱开摆渡头老大爷的影子,而森雅之高贵的气质才像喜欢音乐、才情豪放的唐明皇。

严俊最后在邵氏拍的几部戏《铁罗汉》《红辣椒》,多数都是动作片。他是位演技派演员出身的导演,对动作片偶一为之,也许还有些兴趣,但叫他乐此不疲地一部连一部地拍下去,可就索然无味了。所以也就越拍越不理想起来,结果是拍到八九不离十的时候,交由当时专门替别人补戏的程刚,因此严俊和邵氏制片部彼此都有些不满。

其实严俊在永华时期,拍的黑白片《红娃》,其中大庙一场的打斗,还真是精彩万分，既紧张又刺激，比起后来岳老爷导的《红娃》，要好得多。可惜后来底片毁于片仓失火。

拉严俊一起合组公司

那时我在台湾，刚拍完"中制"①厂的《扬子江风云》（原名《一寸山河一寸血》），演卓寡妇的是小咪姐李丽华，她在片厂曾经吐露过严二爷在邵氏不大得意的内情。刚好我那时也为了国联的债务，搞到日思夜虑，想不到"扬"片拍好之后，又因故禁演，一年之后才能在台湾和观众们见面。也许禁演而增加了观众对这部影片注意的关系，上映后的盛况，居然是意料之外的。台北首轮的票房纪录，是新台币五百多万，打破了当时的纪录（不是《梁祝》的纪录，虽然如今台北市的首轮收入有三千多万的纪录，但以《梁祝》时的票价来比，仍是《梁祝》领先的）。所以我在片商们眼中的行情，又直线上升，有几位片商希望和我长期合作，条件最优厚的是锦华公司的杜桐荪先生所提出的。当时我就提出拉严俊一起合组公司的计划，杜先生也慨然应允，就这样，我们一对难兄难弟，又在香港的美丽华，举行了记者招待会，宣布合组"和合影业公司"。

当时的合伙人还有张善琨兄，可惜严俊到了台湾之后，很多人在他耳头根子底下乱嗡嗡，他们说："李翰祥欠了一屁股两肋债，跟他合作还得了！"有人说："李翰祥大手大脚地花惯用惯，何必受他连累！"严二爷一向小心，越听越怕，于是他刚拍完了《一只凤凰

---

① 全称为"中国电影制片厂"。

一只鸡》之后，和合既不和也不合了，凤去楼空，鸡飞蛋打。于是有人又说和合的名字本来就不吉祥，《一只凤凰一只鸡》又起得不好听，和合二仙中谁是凤凰，谁是鸡？

更想不到的,片子拍成之后，由于有抄袭大陆片《姊妹易嫁》之嫌，所以准演证迟迟未能发下，其实他们想搞的是我，严俊只是被殃及池鱼而已。原因我拍了一部《四季花开》，有人到"新闻局"告密，说是抄袭大陆片《花为媒》，于是明令禁演。其实要讲抄袭，我和邵氏的两部《七仙女》，全部歌词，全部曲调，几乎和大陆的《天仙配》，丝毫不差，说是周蓝萍作曲，简直是笑谈。怪就怪在《七仙女》毫无问题，因为代理我发行台湾版权的联邦公司，长袖善舞，办法多多，所以姜太公在此，百无禁忌，泰山石都敢当，何况小小的抄袭问题？可是《四季花开》不行，发行人易了位，有人从中作梗也。何人？读者诸君！公仔何必画出肠？司马昭之心，路人岂能不见？①

《一只凤凰一只鸡》结果还是通过上演了，不过中间的过程，可就不足以向外道了。小咪姐甚至于都去求夫人了，四季的花一朵都没开，可凤凰已经单展翅了，无奈生意也是小猫三只四只，锦华公司因而紧而不滑，我开始要和严二爷合作的一片好心，也变成了驴肝肺了！

可是我一点都不怪严俊，因为那些商人，吃肉啃骨头，连渣都不会吐一口的，何况严二爷又是个耳朵根子奇软无比的人。

就因为如此，金洋银行散伙，国际合众银行也有了意见，虽然在董浩云先生的亚美任职，也只是职业，而不是事业，郁郁寡欢的情况是可以想象得到的。否则的话，他虽然体弱多病，但以美国医药科技之发达、设备之完美，怎么会轻易丧生？无论如何，我希望

---

① 《四季花开》拍摄于1970年，后改名《富贵花开》于1974年在台湾公映。

不是又因为打一针而要花六针钱的故事重演。

严俊一向演小人物著称

严俊一向以演小人物著称（《蜕变》的马登科），当然演反派更拿手（《万古流芳》的洋人、《一代妖姬》的大帅和《枇杷巷》的黑三），演秋海棠可就不如吕玉堃了，演大学生或大少爷气质上不如刘琼，演花街型的小葫芦又不如石挥（《我这一辈子》）、谢添（《林家铺子》）了。当然蓝马更是什么角色都惟肖惟妙，但严俊的黑三，绝不在蓝马《群魔乱舞》的小刘三儿之下了。

老一辈的电影演员中，赵丹是专门演传记片的，《林则徐》《李时珍》《武训》《聂耳》……假使唐明皇由赵丹饰演，帝王的高贵气质和艺术家的风范，一定会胜过严俊的；但演一个卖硬面饽饽的老头，那严俊和石挥、谢添就各有所长了。

《杨贵妃》刚刚拍近尾声，我又开拍了一部李丽华主演的《武则天》，唐高宗由皇帝小生赵雷饰演，严俊在戏里客串耿直、倔强的大臣徐有功，倒也演得刚劲、强硬。因为严二爷票过京戏，所以说话都讲究"喷口"（那时还是现场录音）。的确，他在为导演方沛霖筹款的大义演戏里，演刘瑾还真是一绝。演出的地点，是在以前香港的中央戏院。他黄钟大吕的嗓子，把整个戏院都震得嗡嗡山响，还真是气死金少山，不让裘盛戎。比起石挥在北平长安戏院演的刘瑾可强上一百倍了。

电影界里程刚的京戏也唱得不错，但比起严二爷还差着一大截呢，不过唱来唱去就是一句《法门寺》，所以有人背地里叫他活刘瑾，又叫他严大胆，因为刘瑾有一句唱词："好一个大胆的郿坞知县……"

其实严俊的胆儿，可真不大；所以说，他擅于"趋吉避凶"，可圈可点，哪儿凉快哪躲着，何必惹麻烦。

严俊做演员时，大小公司都拍过，和他合作的电影公司，还真是多姿多彩；做导演时也因为他的长袖善舞，流动性很大，永华、轩辕、电懋、邵氏，自己的国泰、金龙和跟我两个人的和合。说起来也巧得很，他前后导了四十一部影片，第一部导了《巫山盟》之后。我就跟着他拍《翠翠》，倒数第二部我们又一起组公司拍了《一只凤凰一只鸡》，我们哥儿俩还真是小猫吃小鱼，有头有尾！

严俊死于"痰堵门儿"

严二爷还真是守身如执玉，公事私事都是按部就班的一步两脚窝儿。他绝少领别人的人情，因为人情债难还；也绝少施舍人情，因为善门难开。片厂的演员、导演，有时天气大热，大家都汗流浃背的，会彼此请喝汽水啤酒，或是苹果、柿子、大鸭梨之类的。影圈把这种请客的行为，叫作万岁。比较起来，大概如今也在"细说当年"的狄娜出手最豪放，有她戏的时候，经常会听见"狄娜小姐万岁"，陈萍也是以万岁出名的，恬妮虽然也是出名的犹太，但也会在每部戏里万岁几次。可是严二爷演了一百部影片，导了四十部电影，不用说万岁，千岁都没来过，因为他的确是"人无百岁好，常怀千岁忧"的！

昨天有人由美国返港，讲起严俊故世的医院，是离纽约两个钟头汽车路程的长岛一间医院里。医生完全依他的病情，心脏兼糖尿病治理，万想不到最后是一口痰卡在喉咙里，想咽咽不下，想吐又丹田无力。特别护士在十八日一时发现之后，即刻通知医生抢救，但已回天乏术，不死于心脏，也不死于糖尿，而是死于北方人所谓的"痰堵门儿"！

电影圈的人，多数都是鬼灵精，所以说出话来也经常是缺德带冒烟儿。有人替严俊、李丽华夫妇起了个绰号，个别的绰号易想，二位一体就比较难一点，《七侠五义》的丁兆兰、丁兆蕙人称"双侠"，老舍笔下李氏兄弟人称"黑白李"，三国有"大小乔"，南唐有"大小周后"，曹雪芹笔下的尤二姐、尤三姐人称"红楼二尤"，严氏夫妇的绰号就是"红楼二尤（犹）"，原来红楼上住着的两位犹太。

也许早年间娱乐界的角儿和明星，死后多是身后萧条的关系吧，所以他们两位都是既勤且俭的。不过小咪姐该花的钱，绝对不省。有人说会用钱的人把钱用在刀口上，不会使钱的人把钱花在刀背儿上，我就属于第二种。严俊是刀口刀背全不用，因为他的刀早已入了鞘。可是小咪姐不然，记得片厂一个电灯匠由天桥上摔了下来，小咪姐马上拿出一千块，叫制片把他送入医院，并且吩咐叫他安心静养，医药费多少由她一人包起；严二爷可不行，因为他还要防患未然呢，要自己有个三长两短，也是自摸，平和，不求人，不需要别人周济。

姜南想起严俊的往事

这两三月来，影视圈的朋友三长两短还真不少，屠光启带头，接着是电视艺员高岗、莎莎，紧跟着又是严俊、宗伯伯，还真叫人触目惊心，电影界的老人们都有点不寒而栗起来。

记得以前四川有五老七贤，五老中一个跟一个地入了地府，第

四老死的那天,消息传到第五老的耳中,他老太爷叫童子研墨展纸,提笔疾书了一副对联:

五老中仅余二人,惊君又去,
九泉下若逢三友,说我就来!

既工整又潇洒,其实超过耳顺之年,惊也不必惊了。

有人说我的笔下,对严俊极尽尖酸刻薄之能事,连挖苦带损,其实从听到他故去之后,还真想替他写些歌功颂德的文章,无奈挖空了心思,也想不起多少,昨天在片场中问姜南:"帮我想想,想几件老严生前得意露脸的事,人死不结怨,何况根本就没什么大不了的怨呢,想想,好好想想。"

姜南还真的马上点了根香烟,吸了一口之后,搜索枯肠了半响,说了几件我以前都写过的事,什么林黛不叫他坐汽车,他也起誓发愿的要买一辆了,结果买了一辆自行车,什么吃饭不喝咖啡,算是付小账了,什么……总之没一件新鲜的,三支烟都烧完了,他忽然想起一件来。

有一年,姜南、刘恩甲和我,一齐陪着严俊、林黛,到弥敦道佐敦道口的一家电器行买收音机,左挑右选之后,觉得不是价钱太高,就是样子不满意。有一套三用的电唱机,样子好,牌子也不错,就是价钱太高,小林黛刚要还价,严俊马上一拉她的衣襟:"别忙,等旁边那个老外走了,再还钱,老外跟我们两个价码,别叫经理为难!"

他说的老外原来是一对中年夫妇,没想到他刚一说完,那位外国男士上下那么一打量他,和身边的太太嘀咕了几句之后,到严俊面前,用字正腔圆的北京话说:"原来是严先生,我们俩老外都看过您演的《翠翠》，好，演得真好！"我们一看严二爷，好嘛！脸像块大红布，像喝了一瓶老外造的白兰地一样！

有一句俗话，"隔行如隔山"，所谓"行"者，就是经常说的"五行八作"，其实何止五行，三百六十行都未必包得全。电影圈就不止一行，发行、制片，以及片厂管理、戏院经营，都是单独成行，不是一码子事。

制片中的编导演还勉强算比较接近的，演而优则导的很多例子，导而优而制片、而发行的就微乎其微了；即使有，成功的机会也是凤毛麟角，就算暂时看着蛮风光，结果还是被发行的片商们，吃得连骨头儿都剩不下了。

我的国联和张彻的长弓都是很好的例子，其他的大家拿拿指头数一数，还真不少，尽管精打细算如严俊者，也被发行吃得哑巴吃黄连，有苦说不出。

就拿新加坡的国泰来说吧，表面看起来是个大机构，会计制度一定非常健全，可是他们代别人发行的账目，就是一塌糊涂，令人难以理解。

严俊卖片损失二十一万元

他们与我国联公司的关系，绝非合作，只是买我星马地区的版权。台湾地区是我另和联邦公司签的合约，其他泰国、菲律宾、越南、北美都跟他们毫无关系。开始的几部，《七仙女》、《状元及第》、《西施》（上、下集）、《几度夕阳红》（上、下集），还是交由他们代理的，其他全是十年为期卖断的。他们交钱，国联交片，谈不上谁欠谁！

前六部他们认为《几度夕阳红》是一集，所以只算交了五部，算我差一部片子未交，可是他们在星马上映的时候，仍是分为上下集的，他们的话就等于圣旨。不要以为代理发行就可以多分几个钱，他不说你欠他已经蛮客气了，宣传费就能算得你鼻青脸肿，交际费更是没底没边儿，说不定在台北北投吃裸体陪酒的"花"账也记在里边。你还想分账，那岂不是异想天开？于是他们就毫无理由地扣留国联的底片。

我之不厌其详地说了一大篇原因，还不是谈国联而是想到严俊与国泰之间的账目问题。严俊的影片一向交由新加坡的国泰机构发行，在和合公司拍《一只凤凰一只鸡》也一样（后改名《金玉满堂》，在香港则是以八十万港币，卖断给邵氏公司的），收山之前还拍了一部《金叶子》，也是一样交给他们的。前几年他们有一张账单寄给严俊，账面上的盈余是港币二十四万元，和严俊的算法已经有相当的距离了，本来还要争的，但在朋友们的劝解之下，也就算了，好容易三催四请地结了账，还能有几个馍馍，理应心满意足了。

账虽然结了，可是那笔钱一直未付，严俊函电交催，他们也是装聋作哑，就像寄给他们信件一样，都是肉包子打狗，有去无回，大概认为"睬你都傻嘅"！严俊终于又等到了他们一纸账单，一看之下，就傻了眼了。原来二十四万变成了八万，要收钱即刻签字。您想想严俊省吃俭用地一下子损失十六万港币肯干吗，十六万哪，就算红底都要数半天呢！但也在朋友相劝之下认了命，拧眉瞪眼地签了字，准备把钱寄给他，无奈至今石沉大海。这且不言，前两年经任天竞先生的介绍，把严俊的《秦香莲》卖到台湾，版权费是港币十三万元，因为底片和我一样"存"在国泰（非法的），所以由国泰把这笔钱也袋袋平安了，和那二十四万加在一起是三十七万元，就以国泰的算法，也该有二十一万元。任天竞先生告诉我，这笔钱至今未付，严俊也只好到天堂去算了。也许天堂里也有三百六十行。也是隔行如隔山，那么严二爷可能"上穷碧落下黄泉"地都找不到对象，何况，他是一口痰憋死的，就算冤有头，债有主的碰了面，也仍是哑巴吃黄连，有苦说不出。大老板们，请您们高抬贵手吧！

《江山美人》果然获奖

第五届亚展，我虽以《貂蝉》得了最佳导演奖，但电懋在获得最佳影片金禾奖之外，又囊括了十二项大奖，什么最佳导演、最佳男主角、最佳女主角、最佳编剧、最佳……不用说观众们一头雾水，连我也疑惑起来，最佳导演到底是我？还是陶秦？

也许亚展和其他世界各地的影展有所不同，因为要皆大欢喜，所以得了最佳影片的就不可以得其他奖项。矛盾处也就在此，既是最佳影片，当然是以积分最佳而得到的，不可能编、导、演一无可取而获得最佳影片的，但大会既然明文规定，电懋公司的十二小金禾奖，又由何而来呢？这个谜一直到《江山美人》获得最佳影片奖的那天，我才弄清楚。

第六届亚展的大会主席是邵逸夫先生，举行的地点是大马的吉隆坡。闭幕典礼的前一天，六老板忽然问我："假使我们得了最佳影片奖，也像上次电懋一样，自己也定做十二个金禾奖，不过你注意，我说的是假使，不是已经得了；假使得了的，那——你把编导演、男女主角、男女配角的名字写一份给我。"

当时还真有点受宠若惊，我忽然摇身一变成了亚展的评判委员了。于是像开导演单一样,填了一份表格,编、导、主演都容易,一写到男女配角可就稍费心机了,金铨、王元龙、洪波、杨志卿,全是男配角,给谁不给谁呢?唐若青、杜娟、梅月华、红薇又都是女配角,又如何分配呢?金铨的大牛,戏份较重,也演得很生动;女配角还是颁给资深的唐若青吧,反正大家的戏都不多。于是像点状元一样把名字填好,交给老板之后,我问一句:"《江山美人》能得到最佳影片吗?"

六先生答得很干脆:"假使得了,明天闭幕典礼,评审委员代表会宣布的。"好,问也白问,左一个假使,右一个假使,假使泄露了天机还得了。现在想想,我那时真笨(如今也不怎么聪明),假使画公仔的话又何必画出肠。

第二天假使的《江山美人》果然得了最佳影片奖;电懋《玉女私情》的尤敏,获得最佳女主角奖;最佳导演、编剧、彩色摄影、录音、艺术指导全由日本大映的《冰壁》获得;最佳剪辑是电懋的《玉女私情》;最佳音乐是电懋的《龙翔凤舞》;最佳女配角是台湾"中影"的《悬崖》,获奖人是崔小萍;男配角是日本东映的《小城英雄》,获奖人是中村锦之助。

开始还没留意,及至得奖名单一宣布,我才看到奖台上大金锣奖旁,摆着十二面小金锣。最佳影片打大锣,编、导、演们人手一面小锣,一时金光闪闪,金碧辉煌,大锣小锣的包罗万象。

回港之前,六先生特别和香港通了个长途电话。千叮咛万嘱咐到机场欢迎可以,可千万不要再和去年一样抱粗腿,把人捧上半天高;还有中西乐队能免则免,因为太像办红白喜事;最要紧的是流水席不能再摆,好嘛,花钱如流水的一般,怎么行!

记者招待会餐台上,摆满一台子大小金锣,记者们猛朝金锣拍照。

听见闪光灯噼啪山响，想起庙街落地摊的跑江湖的："伙计，（当当）慢打锣，（当当）打得锣多（当当），锣吵耳（当当）。"

《游龙戏凤》源于武宗遗事

蒲松龄曾经以明武宗为题材，写过《增补幸云曲》，故事是由武宗到大同嫖院，曲头先唱一曲《耍孩儿》：

> 武宗爷正德年，觜火猴来降凡，性情只像个猴儿变。无心料理朝纲事，只想天下去游玩，生来坐不住金銮殿，自即位北京三出，一遭遭四海阁传！

朱厚照第一次到大同是正德十二年（一五一七年），是听了左都督江彬夸耀宣府（察哈尔宣化在张家口东方五十里，此前为边关重镇）和大同的女人如何风情万千，如何重门叠户，所以出游宣府。于是江彬保驾同行，一路上搜罗民间美女进御，朱厚照当然龙心大悦，由宣化玩到大同，玩得他是晕头转向、昏天黑地，回到北京即刻封江彬为平虏伯。

有人说大同女人之重门叠户，完全跟缠足有关。许驼的《大同风俗麟爪》和徐哲的《香国春秋》，都有详细记载大同每年六月六日的"晾脚会"。是日也，荡妇淫娃打扮得花枝招展，个个凌波纤细，散麝薰香，争尖斗瘦，说短道长。这种奇风异俗由明到清，一直到民国的阎锡山下了禁止令，派军队到东关的关帝庙（赛足会会址）镇压，才算消停了下来。

据说大同淫风甚盛,绝没有李凤姐一流的人物,像林黛唱的"我们卖酒不卖身"一样,其实随便得很的。很多笔记小说上记载,大同婆娘有了相好的(男朋友),只要在院子里放两张一正一反的板凳儿,大门都不必关,绝不会有人打搅的。甚至于丈夫完工回家,一看院子里的板凳,也会马上转身回头,到挂着"车桥轿马"的菜馆里泡壶香片,下盘围棋,还深以为荣地向朋友们口沫横飞地夸赞自己老婆有办法:"嘻嘻,我们家里今天板凳又朝天!"

不过即使是李凤姐见朱厚照亮出滚龙袍,也忙唱道:"怪不得昨晚得一梦,五爪金龙卧房中,我这里上前忙跪定,尊声万岁将奴封。"

于是朱厚照大模大样地:"孤三宫六院俱封尽,封你闲游嬉耍宫。"

多亏编剧的二大爷想得好,居然想出个闲游嬉耍宫来,搁到如今亚洲影展大会,一定聘他为秘书长,专门巧立名目。

朱厚照十五岁登基,大概因为淫欲过度,所以在三十一岁就"万寿无疆"了。在大同调戏李凤姐的事,历史上没有记载,可是《明史·武宗本纪》上注明:

> 正德十三年(一五一八年,戊寅)冬十二月,至太原,大征女乐,纳晋王府乐工杨腾妻刘氏,江彬与近幸皆毋事之,称曰刘娘娘。

不过光绪季年,吴芍厈《武宗遗事五则》,其中一节是:

> 帝在宣化,有女子李凤者,年十四五,有殊姿。其父设酒肆,以凤姐当炉。是时父适在外,帝微行过之,见其丰神绰

约，国色无双，不禁迷眩。入肆沽饮，凤姐送酒来席，误以为娼妓之流，突起拥抱入室。凤姐惊喊，即掩其口曰："朕为天子，苟从我，富贵立至。"先是凤姐恒梦身变明珠，为苍龙攫取，骇化烟云而散，闻言顿悟，任帝阖户解襦狎之，落红殷褥，实处子也。①

京剧《游龙戏凤》大概本此。

最佳影片的最佳乌龙

京剧的《游龙戏凤》，唱到"今夜晚梅龙镇上承恩宠，一对金杯落金龙"之后，还有续集。是说正德皇封了李凤姐之后，携之入京，不料凤辇经居庸关时，乌云密布，急风骤至，沉雷滚滚之下，一个闪电射在洞口的石刻上，照耀得四大天王栩栩如生，个个双目圆睁，呲牙咧嘴，凤姐一惊，由辇上坠身下地，自认福薄命微，一恸而绝。朱厚照泣葬之于关台上，宠以殊礼，用黄土封茔。想不到一夜之间坟土变为白色，说凤姐的阴灵"不敢受也"。这出戏的名字，就叫《骊珠梦》。胡锦的妈妈，以此戏最著名，所以艺名就叫马骊珠（这是我的想当然耳，仿照研究红学的朋友，无妨加入大胆假设，小心求证一番）。

《江山美人》的故事骨干，前半部是梅龙镇上《游龙戏凤》，后半部就是《骊珠梦》，全是通俗演义式的评话电影，谈不到什么历史依据。当年能打破中西票房纪录，大概是黄梅调应时当令，林黛又

---

① 《明武宗遗事五则》为清代吴炽昌（字芗厅）所著笔记小说《客窗闲话》中一则。无法核实作者引用版本，此处根据道光原刻本进行了校订。

是红透了半边天，不用说《江山美人》，连罗维替林黛黐了一身毛的《猿女孟丽丝》（亏罗大导想得出），生意也不算坏。何况李隽青先生的歌词清新可喜、妙趣横生，加上邵逸夫先生刚开始到香港主持制片业务，雄心万丈，制片的费用和宣传的预算，都是大刀阔斧不惜工本，在当年的亚展又占尽天时、地利、人和的条件，轻而易举地获得最佳影片奖。种种条件使我也跟着走起运来。有道是运去黄金失色，时来铁也争光；那年我三十四岁，不仅飘飘然也，还真以为自己是什么亚洲最佳导演了，虽然嘴里不好意思像子达兄（李行）一样，举着手中最佳导演金马奖，高呼："这是公平的！"心里倒也有同感。

如今想想还真有些脸红，相信过两年子达兄也会甚以为然的。这样一部最佳影片里，居然有一件最不佳妙的事情。就是李凤姐和朱厚照一夜风流之后，居然珠胎暗结，十月怀胎后替皇上生了位太子（是编故事的程刚胡说八道），编剧王月汀也照方执药，我这个"最佳导演"也依样画葫芦地照拍不误，这且不言。太子降世之后，三年岁月转眼已过，朱厚照赵完松[①]，肉包子打狗，一去无回。李凤姐对着没爸爸的孩子，痛哭流涕地唱了一首哀怨的黄梅调。画面用了几个淡出淡入，算是代表了时间过程。林黛的李凤姐和床上的孩子倒都换了几套衣服，不过林黛依然是林黛，孩子也依然是那个孩子。三年前后的林黛当然不会有什么大变动，可是孩子总会长大的，当时我一疏忽，看见林黛换衣服，也叫孩子换衣服，就忘了换孩子。副导演不知我葫芦里卖什么药，不敢提意见，摄影师根本蒙查查，场记只记载戏服装和连戏的演员。于是片子放出来，三年前后的孩子分毫没长。人家说罐里养王八，越养越抽抽，我是床上养孩子，一辈子

---

① 赵完松：广东话，指男性对女性不负责任的行为。

也不大，这就是最佳影片的最佳乌龙。那一年的评审委员大概都是没儿没女的，不然就是花多眼乱，或者是刚在那一段的时候瞌睡了，上厕所了，要不是影展完了之后，六先生说了一句："唉！戏是拍得不错，只是孩子三年一寸都不长，不大对。"

这就是替邵氏打下"邵氏出品，必属佳片"的《江山美人》，现在想想，真想和子达兄一样的高举双手大叫："这是不公平的！"

乐蒂的乳名叫六弟

随《江山美人》到吉隆坡去的邵氏代表团中，仍然和第五届的《貂蝉》时一样，女主角林黛并未随队参加，一起去的只有张仲文、林凤、欧嘉慧和刚由长城公司转到邵氏的乐蒂。

乐蒂的原名叫奚重仪，因为行六，乳名就叫六弟。她的原籍是与上海一江之隔的浦东，浦东人叫六弟和乐蒂同音，所以一九五三年，加入长城演《绝代佳人》的时候，艺名就叫乐蒂。

乐蒂是个遗腹女，父亲在她出世之前的"八·一三"抗战时期，被日本飞机炸死在上海南京路先施公司东亚旅社的门前。她出世不久，母亲也因病去世。她的两个哥哥——奚重勤、奚重俭（雷震），都是由外婆抚养长大的。

她外祖父是上海天蟾舞台的老板顾竹轩。提起四老板无人不知，无人不晓，是上海滩的江北皇帝。一跺脚，黄浦江都能晃三晃，闲话一句，能叫上海的贩夫走卒罢市，一辆黄包车都找不到。

乐蒂进长城演戏的时候，我已经是永华的基本演员兼副导演，得以认识她，是经我的挚友苏诚寿介绍的。阿苏是王豪弟弟王震的内弟，毕业于辅仁大学，中英文的基础都很不错。我替李英导演做场记、道具、美术的时候，王震是剧务（等于如今的制片），阿苏是副导。因为我和王震妹妹王鸿纪在艺专同学，所以大家都很谈得来。他们两位都是天津人，而同在北京长大，聊起来九门八点一口钟。西四东单鼓楼前一些驴七马八的事，还都能接得上茬。

那时王震有儿有女有太太，我和阿苏都是光棍一条，所以同住大观片厂的"光华影业公司"的写字间里。"光华"在大观总写字间的后边，以前的配音间的楼下隔壁。房分内外两小间，外间是一张大写字台，里间就是一张碌架床，阿苏睡上铺，我睡下铺，前后同住了八个多月。等到光华的《雨夜歌声》和《玫瑰花开》拍完了，结束了业务，我们也就搬了出去。阿苏转到长城替岳枫做副导演，我就跑到外边的独立制片公司打游击，一边拍拍特约戏，一边做做美术工作，只不过将就着混口饭吃而已！

人在年轻的时候，才能交到知心朋友，尤其共过患难的朋友，我们彼此了解，互相敬重，加上我们都是独生子，无兄无弟，所以也就亲如手足。

有一个时期，他在替林黛进入电影圈首次试镜之后，曾和林黛过从甚密，及至林黛认识了严俊，才结束了他们之间的一段情。以后电影圈因为政治局势的微妙关系，忽然分起左右来（卖埠的关系，多于政治因素），于是我也无形中和阿苏分成了两个阵营，但我们彼此的往还从未间断过。

又有一个时期，传出他和长城女星石慧恋爱的消息。那时他因为诚恳、能干，非常得到上级的重视，不仅升为长城的编导，也成为长城公司仅有的几位高级负责人之一。和胡小峰联合编导了《大儿女经》《红灯笼》，一时意气风发，好不得意。就因为他的关系，我认识了乐蒂。也因为石慧忽然宣布了和傅奇结婚的消息，使他突然显得消极了。本来酒量不怎么样的他，忽然酒量大增，借酒浇愁起来。我们是好友，也是酒友，他多喝我只好陪着，没多久由我一个人陪他喝闷酒，变成多一个人陪他，那个人就是乐蒂，我们叫她小乐蒂，因为那时有首英文歌，听起来就像："噢！噢！噢！小乐蒂！"

大概是一九五七年吧，忘了是哪一天，总是小乐蒂生日的那一天吧，阿苏约了几个朋友，在沙田酒店为她祝贺，当然少不了我，那是我第一次和乐蒂正式的交谈。以前，虽然彼此知道，但因为没人介绍，所以见了两次面，都没有点过一下头，大概是左了右了的关系吧。

乐蒂生来是个丫头命

沙田酒店的楼下是个西餐馆，一切都挺洋化。喝过寿酒，唱了"快乐诞辰"以后，我也居然和大家跑到舞池跳起舞来，原因是小乐蒂要所有在场的朋友，都要跟她跳一支舞，所以连我这个只在舞厅里摆测字摊儿的朋友，也不得不下了舞池。还好酒长屃人胆，虽然我这鸡手鸭脚的鸦鸦舞，也跳得挺欢。一朝生，两朝熟，乐蒂大概有意叫我出丑，所以左一支、右一支地跳个没完，跳着跳着居然聊到电影上去，我说看过她的《绝代佳人》，她的古装扮相真是清新脱俗，气质高贵，想不到她忽然叹起气来。

原来那时的长城有所谓大公主、二公主。大公主指的是夏梦，二公主指的是石慧，本来论次序乐蒂可以轮到三公主的，想不到又来了个陈思思，好像乐蒂生来就是个丫头命，所以大有怀才不遇之感，这大概就是第二次见面时，暗示她与长城的合约即将期满的原因。

有一天在二老板的总经理室和他聊天,偶尔把乐蒂的情况告诉给他,二老板听了蛮有兴趣,告诉我,如果乐蒂有意加入邵氏的话,大开中门欢迎。我马上顺杆往上爬地问他:"如果乐蒂问我们公司可以出什么条件时,我怎么答复?"

他略一寻思:"我们新人的合约多数是订五年的。"

"可是乐蒂不能算新人哪!"

"那就定三年吧,不过要有两年生约,价钱也一道谈好,第一年六千到八千,以后每年多一千,你去谈谈看。"

我到底只是一个导演,谈起演员合约来,不知从何开口,所以回家把这件事告诉了翠英听,叫她先去试探试探:乐蒂满约之后,究竟做何打算?如果决定不续约,愿意不愿意加入邵氏?如果愿意,什么条件?

那时乐蒂和外婆住在加林边道,多数为了和厂离得近的关系吧。张翠英以前虽然也是电影演员,和公司签合同是有的,代表公司和演员签约还是第一次,进了门总不能开门见山就谈公事。还好,大家都可以用上海话交谈,乐蒂的外婆在上海又看过张翠英和关宏达主演的《学府风光》,也看过她和郑重主演的《黑衣盗》,大家"依以前哪能""阿拉现在哪能"地讲了半天"闲话"之后,才算谈到正题。

乐蒂肯定地告诉翠英,不管外边有没有公司和她签约,她约满之后绝不和长城再续约了。她有满腹牢骚,也有很多不满,最主要的还是觉得再待下去,也是明珠暗投,没有多大出息。谈到她的条件,倒也说得很诚恳,因为她在长城的片酬不高,所以开价比二老板想象的还要少,公司的应价是每部片酬六千到八千,她只认为能有五千一部,就很满足了。

我不像一般的剧务和制片一样,为了透着自己能干,拼命帮老板省钱，在明星身上杀价。既然公司肯出六千到八千，每年加一千，我就折中了一下，第一年由每部酬金七千开始，三年生约是每部酬金七千、八千、九千，每年四部；三年约满之后，照二老板的要求，给予公司两年的优先权，就这样谈定。第二天公司就把合约打好字，下午就由翠英出面，把合约和乐蒂签好。由始至终，没有一点政治成分，只是一个电影演员和一家电影公司约满之后，签约加入了另一家公司而已。

乐蒂加入邵氏的第一部影片，是我拍的歌唱喜剧《妙手回春》，男主角是胡金铨，另外合演的还有杜娟、梅月华、李英、李昆、苏祥等几位。

故事是说金铨和李昆几个年轻小伙子，追求一间大医院的几位俏护士的。于是金铨、李昆、苏祥、洛奇几个家伙，先是风雨无阻地在医院门外候驾，后是没病找病地到医院里轮班留医，搞到整间医院乌烟瘴气，一塌糊涂，金铨演的剧中人就叫胡图。

剧本是王月汀写的。由《江山美人》之后，我很多剧本都是他写的初稿。我说初稿的原因，是我把剧情大纲约略地向他说了一下之后，他可以七十二小时交卷，我也多数看都不看一下就交给剧务去油印，然后依分场打预算，找演员，直到布景搭得差不多的时候，我才在看过布景中的镜位之后，再依剧本的场次，重新分镜头，写对白，有时甚至连场次都有所增减。直至现在为止，我相信很少导演可以完全依照剧本拍摄的，所以一个剧本，由十个导演处理，连九样都不会，一定十样！

王月汀是快手编剧家

前不久为了看黑泽明的《影武者》，去了一趟日本。看完片子之后，买了几本宣传小册子。有几本却刊有黑泽明自己画的分镜头图样，画普通，但趣味盎然，不仅是简单的线条而已，还是涂了强烈的彩色的，和拍出来的影片色彩很接近。虽然算是仔细的了，但也只是一部影片拍摄之前，导演者的大略概念而已。

以前我的分镜纸上，也都印满了小方格，每个镜头也都在格子里约略地画出。不过，也只是自己的记号而已，正式拍摄的时候，无论如何不能做到照图行事，毫不更改。因为无论如何，剧本也只能等于画家在画布上勾勒的粗稿而已，再详细也只不过看出个轮廓明暗的大调子罢了，至于人的耳目神情，树的枝叶脉胳，总要一笔一画地增添上去的。所以，我以前的剧本完全是某个戏的幌子，印好之后专为打预算用的，因为更改得太多，当然也就经常超出预算。到后来老板也知道了我的脾气，所以根本连剧本都不看了，反正拍出来也不一样。

我看过桑弧导演，夏衍改编自鲁迅《祝福》的剧本，是片子完成上演之后出版的专集。上面刊有原作的全文，附有夏衍改编成的文学剧本，最后是桑弧的分镜本，再最后才是全片剪接、配乐之后的剧本。每个镜头都有详细的尺数，甚至于连多少尺起音乐、多少尺之后音乐淡出，或是骤然而止，都注得一清二楚。

由这本书里，你可以看得出编剧如何把原著的文字，形容成可拍的画面，导演又如何依据原著及编剧的意图，把镜头一一分出，有着很明显的层次变化，一而二，二而三，但万变不离其宗的仍要保持原作精神的面貌。

王月汀是个快手编剧家，他的干劲儿足可以令你瞠目结舌；他可以不眠不休地一连由序幕写到剧终，三日三夜不合眼，而且字的大小如一，工整如一。绝不像我一样，起是小楷，承是行书，转是大草（不是草书，而是一堆乱草），合是出了格的大字。有时替我抄剧本的人，把原稿拿来问我是什么字，我左看右看，横看竖看，也认不出是什么东东，说出来，恐怕还没人相信。

我和王月汀认识，还是他拿着个剧本毛遂自荐的，我看了之后认为不好，提了提意见，想不到第二天下午，他又重新写了一本送到公司来。开始我还不大相信，问他为何不改好再拿来，他说改好了。我翻了翻，果然是依我意见重写了的。问他写了多久，他说十八个钟头，到现在还没合眼呢。看他两眼通红，布满了血丝，还真有点怕人。这回我连意见都没敢讲，好家伙，再讲，明天他成吸血僵尸了！

王月汀原籍绍兴，一口憨格佬倌的绍兴官话，说得还真是官腔十足，大概因为他是黄埔军校炮兵科出身的关系吧。他毫不讳言地告诉我，在抗日期间，他是个有头有脸的炮兵连长。有一次和敌军大战了三昼夜之后，被他们团团围住，在里无粮草、外无救兵的情况之下，眼看就被敌人歼灭，不得不衡量轻重得失，有谓死有重于泰山，亦有轻于鸿毛，所以他就风紧扯呼地溜之乎也了。

回到后方之前，深恐被军事法庭给来个临阵脱逃的罪名，所以先用手枪在左腿上打了个洞眼，大概因为《孝经》上的"身体发肤，受之父母，不敢毁伤，孝之始也"的关系吧，那粒子弹射偏了一点，洞眼打不成，只伤了一点皮肉，想补一枪又缺乏勇气，所以在硬着头皮自请处分的时候，还是被判了个无期徒刑，收在监里。倘若不是大陆政局变化，他恐怕就要吃一辈子牢饭了。

神仙老虎狗的来历

王月汀给我写了不少剧本,在《貂蝉》之后,写过《安琪儿》《给我一个吻》《全家福》《江山美人》《妙手回春》《杀人的情书》……到后来由我的推荐编而优则导地也拍了《妙人妙事》和《神仙、老虎、狗》。

我开始以为《神仙、老虎、狗》是说戏班里的龙套,缺什么角色他就可以赶什么角色,生旦净末丑,神仙、老虎、狗样样来得。他说不然,那正是他当炮兵连连长时的写照。不打仗养兵千日之时,他美如神仙,用兵一时上阵之前,凶如老虎,兵败如山倒,夹着尾巴望风而逃之时,就是一条垂头丧气的狗了。

后来听见一位四川老乡告诉我,他们家乡的话,还多着几句,于是用四川话告诉我:

> 神仙、老虎、狗,
> 荷叶、莲花、藕,
> 芝麻、草籽、油,
> 鸡巴、卵子、球。

所以,后来王月汀写了一本《荷叶、莲花、藕》,幸好没有拍摄,不然他兴之所至地拍下去,还真能把卵子、球也拍到银幕上去。

《江山美人》参加亚洲影展的时候,他也以编剧名义出席。影展完毕之后,六先生和六婶坐车回新加坡,我们两个由吉隆坡乘飞机启程。那是架螺旋桨的小型旧式飞机,平常已是不大稳阵,那天偏遇疾风骤雨,一时空际闪电,小飞机在空中摇曳不定,蓦地一个下降就几百尺，乘客们个个有如万丈高楼失脚。我系紧安全带，仍觉得不妥，两手抓紧座椅两旁的扶手，一时很想得到身旁的王月汀安慰几句，问他："军校可有空军？"

"有，不过我加入了炮科。"

"空军的同学，现在还有很多吧！"我跟着问。

"哪里，全摔死了！"

一听之下，只好闭紧二目念观音经了，真想问他有舅舅没有！

以前人说"糟糠之妻不下堂"，可是王月汀刚由编剧升级到编导，就把一直跟在他身旁的小女人像沈三白笔下的青蛙一样，"鞭数十，驱之别院"了。我不反对老头儿（圈内对王月汀的称谓）嫖院，但我不赞成他休妻，何况王太太对他一直是千依百顺，更论不到什么七出之条，而且那小女人在他身处困境、一筹莫展的时候，到工厂打工来养活他。

《红娘》拍一半便出事

我称她小女人，倒并非因为她生得细小，而是跟着老头儿叫的。王月汀一直叫她街上的小女人，开始我还莫名其妙，后来他才告诉我那句话的出典，原来他们夫妻是在街边认识的（那条街在九龙是靠近上海街的），当时我还真惊讶老头儿的天真、坦率，也诧异王太的毫无风尘气，态度永远是端庄贤惠、温温柔柔的，虽然不认识字，但是由于少说话，也就显得斯斯文文。所以当王月汀告诉我："把她哄出去了！"我对他大为不满，张翠英知道她在香港无亲无故，忙问她到哪里去了？老头儿答得很轻松："谁知道？恐怕哪儿来的哪儿去了吧！"

没多久，他买了一辆二手车，也居然考到车牌，那时他已搬到清水湾道的邵氏宿舍。没辆车也的确不大方便。

黄梅调影片最风行的时候，邵氏公司一天里开了四部民间故事片，分由何梦华（《杨乃武与小白菜》）、高立（《凤还巢》）、胡金铨（《玉堂春》）、王月汀（《红娘》）执导，不过全部由我负责，所以都挂了和我联合导演的名义。想不到王月汀的《红娘》拍到一半就出了事。

《红娘》是由乔庄饰张生，凌波饰莺莺，杜娟饰红娘。老板看过毛片之后，很不满意，认为红娘带着莺莺探望张生的一场，拍得毫无情趣可言，所以下令暂停。

记得以前周璇主演的《西厢记》里，有一支歌叫作《拷红》的，在日治下的北平大为流行，连拉洋车的骆驼祥子和蹬三轮的二狗子们都朗朗上口：

> 夜深深，停了针绣，和小姐闲谈心，
> 她说哥哥病久，我俩背了夫人到西厢问候，
> 他说夫人恩做仇，我俩喜变忧，
> 他把门儿关了，我只好走……

歌词是李隽青先生写的，《红娘》里的歌词是李先生拟的，但拍出到西厢，张生扶着莺莺进房，把门儿关了的时候，惹得看试片的六老板哈哈大笑。"啥物事，啥物事，哪里是什么西厢，简直是官涌、红楼嘛。"

他形容得还真是恰到好处，《西厢记》里的妙词佳境，还真是难画难描，何况是拍电影？

大概因为心情不好吧，没多久王月汀就在大埔仔的村前驾车失

事。整辆车全部跌在道旁的沟里，爆炸失火，如果不是抢救及时，恐怕他也被烧在车里了。出了院之后，他的神志始终有点恍恍惚惚，勉强再写写剧本，也是前言不对后语。所以张翠英常说那个小女人有帮夫运，有了她王月汀可以由三餐不饱到名编剧，由名编剧变大导演；没了她不用说导演，连剧本也写不出。所以有时我也劝他把王太找回来，他总是两手一摊："哪儿去找，她又不是站在一个地方。"

听听还真令人心酸！

我到台湾拍《七仙女》的时候，王月汀也以编导的名义加入了国联公司，试过几次请他再写剧本，进度既慢，写出后又是思路紊乱，前言不对后语，但是字体依旧工工整整，猛一翻阅，外表上还是有模似样的，可是内容就一无可取了。请他改一改，一拖就是个把月，与开始入行时那种不眠不休的工作态度简直天渊之别了。不过炮兵连连长的秉性丝毫未改，经常到西门汀的黄色咖啡馆里泡"咖啡女郎"。

防人之心不可无

那时台北有位文化界的朋友，花名叫西门小王，又名咖啡姑爷，于是大家也替王月汀起了个"西门老王"的绰号。本来单身汉在外边玩玩，偶尔的拈花惹草一番，也是无伤大雅的，只要工作时工作，娱乐时娱乐，私生活因人而异，谁也不必干涉谁；可是西门老王不同，以前写剧本一写十八个钟头，埋头苦干，如今虽然也是十八个钟头，虽然也是埋头苦干，不过不是写字台，而是咖啡台。

多年的朋友，当然不能因为一个剧本交得迟了一点就反目，也不能因为剧本改得慢一点就翻脸；可是"咖啡"喝得太多，也总不大对劲。所以我有时以玩笑的口吻规劝他几句，他倒声言马上改过，并且说一个人在台北，实在也太苦闷了，有时为了找些灵感，构思几场戏，不得不去消遣一下，最后也诚恳而坚决地说："改，一定改，明天就改。"第二天倒也绝不食言，改是改了，由"黑天鹅"改到"苏茜黄"去了（两间都是一样的咖啡厅）。

有一天，我忽然接到香港寄来的一封无名信，告诉我有人专门把我的一举一动以及公司演职员的情况，按日就班地写了信告诉给香港的邵氏公司，并且附有照片，而且是我的左右手离我最近的人。这类信件我接得太多，根本没往脑子里去，不过一下子倒叫我想起一件奇怪的事来。

王月汀以前并不像最近那样，身上总背着个摄影机，什么时候开始的，倒也没有留意，要不是接到那封无名信，我也不会起疑，但我仍然不相信打小报告的人会是他。

有一天我到"台制"厂的临时竹棚外看布景，仿佛觉得有人若即若离地跟在后面。我站在竹棚外，借着和布景师阿锺讲话的时候，朝身后扫了一眼，只见那人一闪身，躲在墙角，好熟的身型，一时倒也没看清是谁。为什么如此的鬼鬼祟祟呢？我别转头故意地上下打量厂门口刚用泥塑好的狮子，看看耳朵，摸摸牙，然后骤然一个转身，身后那人正好把照相机对正了我要按开关，见我一回头，吓了一跳，一缩手相机脱手，不是带子挂在脖子上，一定跌在地下。他尴尬地朝我笑了笑："嘻嘻，看你这只老虎，正好站在两个狮子中间，好不威风，刚要……嘻嘻……你这一回头，吓了我一跳，来来来，拍一张，拍一张。"说罢举起相机就照。我把手扶在狮子头上，摆了个拍照的姿势，看他映完，笑了笑依旧回头和阿锺说话，可是心里在盘算，为什么自己那么不当意，小时候父亲不是常讲：

> 害人之心不可有，
> 防人之心不可无。

我为什么把他临阵脱逃的事忘得一干二净？想起他打在自己腿上的子弹，这回大概是射在我的心上了！

回到香港以后，我的拜弟金铨告诉我："雷蒙（邹文怀）说，翰祥交朋友太不当心！"

就因为如此，他离开国联之后，回到香港也是处处碰壁。影圈的消息传得最快，尽管见了面嘻嘻哈哈，称兄道弟的亲热无比，好像一日不见，如隔三秋的样子。其时人人对他都怀有戒心，我不认为是谁派他去卧底的，而是他自发的一种讨好于人的行为而已。可是他忘了，两国交兵的时候，彼此都会利用汉奸，可谁又看得起汉奸。

可恨之人也有可怜时

我回邵氏拍《大军阀》的时候，他又来看我，多年不见，我惊异于他的老弱不堪，他低声下气地希望我能不计前嫌地再帮他一次，不编不导，只想在我的片子里演演特约戏。

"十年人事几番新"，由我三十五岁认识他开始到我四十五岁由台返港为止，前后只不过短短的十年，可是沧海桑田，变化之大，实在令人难以想象。

十年前，当他送第一个剧本到我面前的时候，神清气爽，红光满面，衣履虽非鲜明，可是整整齐齐，干干净净；可是十年后的他，前后判若两人，神情沮丧，脸色晦暗，衣衫更是褴褛不堪，灰颓颓的眼和灰秃秃的头发，看着真令人心酸。如果说是人生如戏，倒不如说是戏如人生，有人说："可怜之人，必有可恨之处！"我说："可恨之人，也有可怜之时。"我不仅答应他的请求，也由袋里掏出一把钞票塞在他的口袋里。无论如何，他曾经一度是我并肩作战的亲密战友，以前为了临阵脱逃坐过牢，如今的卖友求荣也受了一定的惩罚，杀人不过头点地，何况一念之差？姜南告诉我："交朋友多记朋友的长处，尽量忘记朋友的短处。"想想倒真是至理名言。

于是由《大军阀》开始，一直到他自杀身亡为止，我的戏里，总是叫剧务特别关照他。或多或少地都派他几天通告，有戏无戏倒无所谓，最主要的是天数要多。譬如许冠文的《大军阀》，他演连长，跟出跟进的没有半个月，也有十几天。在其他的片子里，宾客如云的时候演绅士，缉私办案的时候演警员，街道上演掌柜的，妓馆里演嫖客，还真有点像他的作品《神仙、老虎、狗》，生旦净末丑的样样来得。

他第一次演戏，是在乐蒂的《倩女幽魂》里演一个替赵雷赶大车的脚夫，那只是为了好玩儿，因为当时赶车的特约演员连大车都没见过，如何赶法当然一无所知，所以他自告奋勇地客串了一番。那时他的身份是名编剧，而不是一般的特约，工作人员当然也就另眼相看；如今混在人群里跟来跟去，谁还注意到他。每每看见他在布景里跟着大伙儿出出入入，精神一天不如一天，心里真不知是什么滋味。想想影城的每个影棚里，他都导过戏。以前是坐在导演椅子上，指东指西，意气风发；如今却装聋扮哑地演着龙套。我想，如果是我怎么办，也能像他一样的能屈能伸吗？也能像他一般的勇气活下去吗？我想我不能，其实他也不能，没多久就再也看不见他了。

那大概是我去澳门拍《港澳传奇》的外景时的事，忽然我的助导马斐告诉我："王月汀死了，叫风扇给吹死的！"

乍一听还挺特别，只闻"大风吹倒梧桐树"，几见风扇吹死人？

细一打听，才知原委。

原来王太被王月汀赶出家门的原因，倒纯是为了家务。原来他有一个女儿，突然由上海到香港来投靠老父，可能由于和继母的性情不合吧，经常的拌嘴，女儿终于离家出走，老头儿一气之下就把太太休掉了。他撞车之后王太又闻风而至，在病榻前陪了他一个很长的时期，端汤送药，倒也体贴之至。想不到女儿因他的撞车也回了家。母女一见又水火不相容地纷纷离去，之后就都没了踪影。直到女儿结婚了，和父亲才又有联络。

他由台返港之初，大概为了生活的关系，也经常到女婿家里走动。去世的前一天，穿了一条短裤去看女儿。女婿一见这位衣衫不整的外父，甚为不满，就当着太太发了几句牢骚，女儿可能因此而说了父亲几句，倒也不是别的，只希望再来探她的时候，穿得整齐一点，就算不穿西装，打条领带也是可以的，不然，家中的朋友们出出入入，大家都没面子。老头儿一听，一声没响，回到家里冲了个凉，躺在床上把风扇一开，不管风从哪里来，他已乘风归去，大概觉得人间不胜寒吧。至于他有没有服毒，倒也没有公开发表，据洪太（洪仲豪夫人钱似莺女士，三十年代的武侠明星，如今仍在拍特约戏）语人，房东通知她的时候，在王月汀的房里捡到过一个空的安眠药瓶子。

我去澳门拍《港澳传奇》之前的两个礼拜，马斐告诉我，老头儿有厌世之念。我问他为什么，他说老头儿有一天拍戏的时间，坐在走廊的长凳上，向他唉声叹气地发牢骚，觉得活着没劲，并且告诉马斐，他已是当卖一空了，仅有的单吊西[①]也进了当辅！马斐当时就给了他一百块钱。我马上叫马斐把他请到我家，用话开导了他一阵。无奈他的精神恍惚，言语支离，我知道拍特约戏尽管有导演、制片照顾，也一样是三天打鱼，两天晒网，吃不饱、饿不死地将就活着。何况他过去是著名的编导，和他一块演戏的人，都曾经在他的吆喝指导下做过演员，如今混在一起，当然是别有一番滋味在心头。我一边叫剧务替他安排一下，带他一块儿去澳门拍外景——有了工作，心情总会好一些；一边又塞了一点钱，叫他赎赎当！

后来剧务一查，原来他在《港澳传奇》中已经拍了几天戏，和澳门外景毫无相连的，总不能叫一个特约演员，一人兼饰二角吧！所以只好等其他机会了，没想到他什么机会都不等了，就这样把他的风烛残年轻描淡写地在风扇之下风消云散了。

过去的导演之中，晚境凄凉的倒也不少，甚至于煊赫一时的大导演卜万苍和马徐维邦二位先生，都不能逃过此一命运。卜先生有钟情按月给些家用，马徐维邦在临死之前甚至要到"自由总会"领取微薄的救济金过年了。

王月汀替我编剧的那几年，邵氏父子公司在北帝街的南洋片厂刚刚拆卸，而如今的清水湾邵氏影城连山都未开，所以几个基本导演拍戏时，全部租用荃湾的华达和钻石山的大观两片厂。

[①] 单吊西：广东话，指唯一的西装。以前西装在香港是高档物品，但为工作或应酬人人必备，通常暗指没有钱。

电影界"道具大王"

至于拍戏所用的服装、道具等等，也全部是和梨珠、和林华三论部头租用的。

梨珠的花名叫沙涝猪（广东话是"笨猪"的意思，因为猪喜欢吃酒糟过的东西，有人把沙合在糟里喂猪，猪也就连沙吞下，用在梨珠的身上，可能有大小通吃之谓），一提沙涝猪，大概在香港的娱乐界里是尽人皆知的。

因为他一边租给舞台大戏用的戏服（行话叫大衣箱，管衣箱是他同煲同捞的兄弟李荣照），一边也租给各电影公司服装。那时每部片的服装租金只有港币一千五百元而已，可是如果指定新做的主角服饰，可要另外付钱，约合原价的一半；戏完之后，全部由沙涝猪收归己有，所以他的服装越积越多，唐宋元明清，古老加时兴，无一不备。

那时除了永华和长城两家公司有自备的服装间和服装保管间之外，其他独立制片的大小公司，甚至规模如邵氏者，也一律租用沙涝猪的服装。使沙涝猪猪笼入水，捞得风生水起，沙尘无比。

他是一九七四年五月五日午时到天台浇花而死的。乍一听挺滑稽，哪有浇花浇死人的？原来他老先生平时风雅得很，在天台养花喂鸟。那天刚拿喷壶在花盆里淋水，想不到风雨骤至，把淋花的沙涝猪，淋得有如落汤鸡，忽然心口儿一阵闷痛，一跤跌倒在地，就此人事不知。等家人发觉的时候，他已经魂归天国了。原来和我一样，也得了个冠状动脉血栓塞的心脏病，殁时六十二岁。

沙涝猪生得矮矮细细，一口豆沙喉，人倒是蛮和气的。珠嫂相夫教子，一直帮丈夫打理服装，修补浆熨，水洗日晒的，确实是个贤内助。

梨珠一死，珠嫂睹物思人，所以把服装全部卖出。全部清装的部分，是我拍《倾国倾城》时，以五万元的低价卖与邵氏的；其他服装，新新旧旧，包罗万象的全部以十五万元卖给了佳视，听说佳视又卖给丽视了。

电影界的道具一行，分大小道具以及戏用道具。在京班的名称统为"切末"，是凡门帘、台帐、大小帐子、桌围、椅披、山片、云片、柳树等等，都另行装箱，叫旗包箱。散戏的时候，管旗包箱的人，还带吹散戏的挑子。（午夜场的挑子不用他吹，观众自然会"挑"！）

另外一种是后场箱，也就是小道具（小切末），如鞭子、小刀、宝剑、龙形、虎形、酒壶、茶杯、笔砚、剪刀、彩头等等的小零碎，都归管后场箱的人管。在电影界的旗包箱也好，后场箱也好，统归"道具"负责。以前香港有名的道具王是林华三，那时邵氏父子公司的道具，每部戏都由他包起的，每部戏五千至八千不等。不过他包的也只是景用道具，至于戏用的特别道具，也要重新定做，也是制片公司和他的道具公司一人一半，用完之后，统统归他的道具间所有。

就因为如此，我拍《貂蝉》的乳猪，才是由师傅用泥塑出来的，一个特写，观众哗然大叫，搁到现在，管旗包箱的又要吹"挑"子了！

我拍《江山美人》的时候，做了全部的竹制桌椅，用在龙凤店里，全是由公司的木工做的，用完之后也全都搬入道具王的道具厂。因此我曾和当时的厂长王新甫大吵特吵。想不到因此而得罪了林华三，声言从此以后，李某的道具，由李某自理，林某概不负责。

电影界有千王之王

我不得不为此事去见当时刚到香港主持业务的邵逸夫先生，当时年纪轻，说话也是个二愣子（如今稍微好一点，大概三愣子吧！）一开口就问："邵氏公司是不是间独立制片公司？"六先生倒叫我问得一愣。他看我激动的样子，一定有些原因的，及至我把原委向他详细述说之后，他也认为必须大刀阔斧地改革，这就是如今邵氏影城有服装间及道具间的开始。开始当然是困难的，但时间越久越方便，越久储存的内容也就越丰富。当时道具间的负责人是马斐，服装间的负责人是刘贤辉。邵氏影城建厂之初，凡有远地的游客和老板的国际友人，一来参观片厂，六先生总是亲自陪同参观大小道具间和服装间。不过与现在影城的庞大服装间和丰富的道具间就不能比了，凡事都是起头难，所谓人无头不走，鸟无翅不飞！如果不是当初毅然决然地改革，恐怕到现在还不知怎样呢。

后来林华三（如今也已亡故多年）转到无线电视，接着出来个搞道具的怪才，如果说圈内真能知道点古代文物的，这位老兄认第二，还没人敢认第一！谁呢？提起此马来头大，和大制片家宁波的李祖永先生是本家，和我这位东北人的导演也是本家，反正一笔写不出两个李字，不管陇西李还是赵郡李，反正大家都是十八子的李。

开始永华公司光芒万丈的时候，他的名片印的是李祖迪，据说跟李祖永、李祖莱、李祖……各先生都是堂兄弟；我拍完《江山美人》之后，也算浪得个虚名，于是他的名片又改成李翰迪，说他是我的哥哥；大概现在又改成李逸迪，和邵逸夫、方逸华都是逸字辈的人马。其实他姓李倒也不假，不过单名一个迪字而已，但他能够活学活用，所以也就万事迪吉。

他以前为张大千先生裱过画，所以也能够临摹些名人书画。张大千的荷花、齐白石的螃蟹、程十发的人物、徐悲鸿的马，他还都能神描一气，提的下款儿和盖的圆章，猛一看还确有点乱真。一张嘴巴能说会道,决不夸张,真能叫死了的乐蒂唱黄梅调。杨群、谢贤演的《千万之王》,照我们李祖迪、李翰迪、李逸迪差着十万八千里呢。

以前有人称张善琨先生是电影界的"噱头大王",但和李迪比起来,还差几倍呢。不管张先生的嘴多么的能言善语,也总不能说通邵爵士把他的独立制片搬到邵氏影城拍戏吧,不信?试想,邵氏影城自启用迄今,有哪位独立制片可以向邵氏租借厂棚的?不是凤毛麟角,根本是绝无仅有,而李迪能在影城的摄影棚里一连开了两部影片,要是没有两把洋刷子,怎么行?所以我说李迪是电影界的千王王上王,噱头皇上皇!

李迪如今也是有车阶级,出入也有司机服侍,不过夏天总喜欢光着腿穿短裤,光着脚穿皮鞋。有一天我和他开玩笑:"李导演,袜子总要穿一双吧,光着脚算什么?"他用宁波国语回答:"光脚好,光脚不怕穿鞋的!"

电影圈有两位艳福齐天的人,一位是道具王林华三,另一个位是噱头大王李迪。两位虽然没有古代帝王一样的三宫六院九嫔七十二妃,也总算不错了,最少的时候是一妻二妾,有时一妻三妾、四妾也是有的。他们两位的妾侍,并非同居性质,全是正式行过礼敬过茶的。

如今林兄华三已经故去多年,李兄祖迪(亦称翰迪、逸迪)也风生水起地做起制片兼导演了,对"道具"的事也都不大过问了。

前年因为成龙、袁小田的《醉拳》非常卖座,所以醉这醉那的也就应运而生。李迪也和袁小田签了部合约,起名叫《醉猫》,在邵氏影城的第五棚举行开镜典礼。当时还有意请新马仔君主演,声势堂堂,还真煊赫一时。没想到《醉猫》醉到医院里,袁小田师傅因为过于劳累,不得不进院休息,李迪也就有头威无尾势地一醉不起。如今《醉猫》还搁在酒坛子里,又开拍了一部新片,叫作《祝枝山趣史》。无巧不成书，开镜的那一天刚好影城的五棚又空了出来，也刚好搭的是大厅连庭院的布景，制片主任黄家禧分派李迪在五厂开镜，拍严世蕃府内，李迪无论如何也不肯，鞠躬又作揖地希望转到二棚，因为生怕又像《醉猫》一样的胎死腹中吧。

原来的导演，是找我的大女婿方翔的，因为方翔刚签了第一公司黄卓汉先生的合约，所以对李迪的盛意，只好多谢了。于是黄家禧替他找到我以前的副导演王风，想不到拍了两天之后，又把他换下来了，原因为何，不得而知，换了何人，也没细打听（后来方知道，并非换了导演，只是王风又派他的副导演上阵而已）。倒真希望不要再像《醉猫》一样，家里常换换老婆倒是一件不错的事，可是一部戏里弄上几个导演，可不是好现象了。

听说李迪在影城拍戏的条件，相当优越，厂租加布景加大小道具，加服装、头饰，包括化装、梳头，每天才五千大元，假使拍个三十天的戏，统统算在一起也不过十五万港元。编剧、导演加上卡士费，再有个十五万元，也就全部搞掂了，要真能做到价廉物美，还真是一件不错的事。

港台电影圈的制片，有头有脸的总可以数出一百多位来，为什么别人没有办法租到邵氏影城的布景拍戏，只有李迪可以办得到呢？说起来内中自有情由，讲起来还真有一匹布那么长，听我慢慢道来！

大概是前八年吧，邵氏兄弟公司驻香港的总裁邵逸夫先生（那时还没有爵士的衔头），身体稍感不适，日渐消瘦，体弱易倦。算算年龄，刚好是中国人的一个大关口，六十六岁。俗有谓："人到六十六，不死也掉块肉。"所以六先生也多少有些嘀咕起来，看医生也检查不出什么毛病，据说又到美国换了血也没好多少。于是乎就想到偏门上去，中国的奇门遁甲可以起死回生，灵符咒语也可以延年益寿，不知道哪位仙风道骨的道长说的，总裁流年不利，最好想办法冲冲喜。可是如何冲法？他就天机不可泄露地一语不发了。公司里上下人等一研究，也无人精通冲喜之道，于是有人提议找李迪研究研究，因为李迪邪魔外道无一不晓，九行八作门门皆通。及至把我们本家请到了影城的总裁室，他不假思索地脱口而出说出冲喜的方法："老板要冲喜，马上做一副棺材！"

六先生一听，朝李迪先生没穿袜子的香港脚望了望，一时还不知是气是笑才好："棺材是触霉头的，怎么叫冲喜？"

他倒也答得妙："冲喜就是用一件最不吉利的事冲一冲，哪有用喜事冲喜的，我劝老板马上做口棺材！"

这话多亏艺高人胆大的李迪先生说，换了别人还真没办法开口。六先生听听倒也蛮有道理，问他棺材怎么做法？要多少钱？李迪即刻答道："三万块！"

六老板一听还真吓了一跳："啥物事？三万块？啥个铜钿？"

"不是美金，也不是英镑，港币三万块，是侬个棺材本要三万块；侬是有身价有地位的人，当然不同于一般人。我李迪的棺材也许三个铜板都不要，一块草席搞掂！"

六先生大江大浪过了多少，什么样的人物没看见过，什么样的事没经历过？可就没看见过李迪这样神神经经的人，而且话里有因，还颇合哲理的人。可是不管怎样，也不能无端端地用三万港币做一口棺材吧，何况是八年前的三万块。不过也总要问问清楚，譬如用什么木料啊，尺寸大小啊。李迪都成竹在胸地即刻答出，尺寸长是九寸九分九厘九，宽是三寸三分三厘三，取其三三不断、九九连绵之意，木料是最好的，一等一的木材。

三三不断，九九连绵

六先生忙问："什么木？"

李迪还真有一套，答道："天机不可泄露！"

六先生想了好半天，说了一句："好吧，让我考虑考虑。"

如果是我，听到这句话，一定永不再问，因为他的考虑就等于说不必考虑。李迪倒也非常潇洒地："好吧，大家考虑考虑吧，我也要好好算一算，三万块是老价钿，如今也许不大够呢！"

他走了之后，老板马上召集了一个小组会议，大家一听李迪的建议，都认为荒唐透顶，但是老板认为做口棺材冲冲喜，还是可行的。于是叫木工间的木工，用一块长九寸九分九厘九、宽三寸三分三厘三的实心酸枝木，雕刻了一口小棺材，把他的生辰八字，清清楚楚地刻在上边。虽然精益求精，用了也不过五千大元，做了之后，六先生马上把李迪召到公司，让他也见识见识，棺材尽管巧妙不同，可也是人人会做。李迪一看马上就问："啥人做格？"

"阿拉公司的木工。"

李迪指着棺材上的生辰八字："荒唐，荒唐，我说的棺材是无生无死的，谁叫他们把侬八字刻上去，无生无死，哪能可以生？"

老板一听他话里有话，琢磨琢磨滋味，还真是有些道理，无生就无死，有了生，那……对，一言惊醒梦中人，于是："好格，李迪，侬去做，不过价钿便宜一点。"

李迪倒也满客气："老板，我却说三万块是老价钿，回去一算没有三万三，还真过不去鬼门关。"

六先生一听，这小子又是话里有话：我们老板，岂是笨人，于是："好吧，就三万三，一定要过鬼门关！"

就这样李迪花了一个月的时间替邵逸夫爵士做了一口九九不断、三三连绵的寿材，送到总裁办公室去。

名为棺材，其实真像一件精致的艺术品，全身是一块檀香木雕成的。为了买这块木头他可费了不少心血，买回来又要浸桐油里三天三夜，然后又要晒在阳光下三个时辰。请来名手雕刻，棺前是松柏常青，棺后是龟鹤延年，然后找了一个最好的时辰，送到邵氏影城的总裁办公室，要在那个唯一的时辰里，说一句冲喜的好口彩，而事先又不能叫邵先生知道他要说的是句什么话！

原来那块檀香木，中间挖空，棺盖合得严丝合缝，本来也可以打开的，但要用一种巧劲儿，这个巧劲只有他李迪一人会用，除了他谁也打不开。

他把小棺材呈给六老板的时候，老板也对那精美的雕工加以赞扬，然后用手抽了抽棺盖，无论如何也打不开，用手搞了搞，以为里面是空心的，可为何打不开呢？于是："李迪，侬开一开！"

"不会开，侬六老板金山银山全能开，棺材永远不会开！"这正是他选的时刻。于是，由那一天起，六老板的身体一天强似一天，如今不仅成了爵士，也成了无线电视的董事长，气功也练到了好几段，一扬腿可以隔山踢死一头牛，这一切的一切，都是为了李迪的一句话："侬六老板金山银山都能开，棺材永远不会开！"如今李迪先生请六老板开开摄影场的大门，当然是闲话一句！

影城二宿舍闹鬼

有一天前任港督戴麟趾到邵氏影城参观，看罢各影棚之后，到总裁的办公室里小憩一番，忽然看见写字台上的一件东方艺术品，拿起来仔细地观赏了一阵，简直有点爱不释手。问我们老板做什么用的，六先生总不能告诉他是一口棺材吧，只好说是写字台上的装饰品。港督忙问哪儿可以买到，他也想买一个，放在写字台上，多少钱都无所谓。六先生当然不便告诉他是三万港币做的，那岂不让人觉着他敲竹杠，如果只为了摆设，花那么多钱也过于浪费，所以叫公司的木工依样画葫芦地雕了一个，也就不必麻烦李迪了。不过李迪还是接二连三地接了两档子生意：六老板娘看着这玩意实在神奇得很，花钱虽不少，但可以消灾免病，何乐而不为，于是也叫李迪雕了一个，之后果然精神饱满，万事遂心；所以新加坡的三老板也求李迪做了一口。好家伙三块檀香木，每块三万，三三见九，他凭空进账了九万大元。有一次我问他本钱若干？他一本正经地告诉我，三万块听着数目很大，其实他所赚也无几，因为每口小材的木料、雕工，总要五千多元，自己又东奔西跑地找檀香木，不用说别的，本钱花了不少，鞋也跑坏几双。

时到如今，六先生和六婶都是七十开外，三先生也已八十出头，还都是红光满面，福寿康宁，看起来这喜还真冲得不错。各位读者意欲延年益寿的，可以来信告诉我，当可将李迪先生的电话地址奉上，绝不收介绍费。至于李迪那方面，如果因此而发了财，多少对我应该意思意思吧！

从此之后，李迪在人们的眼中，有如天神降世的一般，邵氏同人，有些疑难之事，都找李迪帮忙破解。他倒也乐善好施，好此不疲。有一天，邵氏影城的第二宿舍忽然传出闹鬼的新闻，宿舍里的人们个个谈鬼色变，有几位女明星居然吓得几夜没回家（至于究竟因为家里闹鬼，还是外边闹鬼就不得而知了，反正多少有点"鬼儿"就是了）。

别人的以讹传讹，我绝不相信。可是我的大女儿陪我们老太太刚好也住在二宿舍的二楼；我五岁大的外孙女总不会说鬼话吧，她那几天经常由梦中惊醒，怪声尖叫，似有所见。此时也，多数听见楼下有敲门声，然后是女人的喘息声。有几位胆大的朋友，跑到楼下去看一看，刚好是死了的扫地阿婆住的房间，空了几个月了，怎会有人？难道……猛一推门朝里望了望，空空如也。关门上楼，楼下依旧敲门如故，喘息如故。这之后一连几夜，有几位龙虎武师，收了工回家，时常在二宿舍的楼下，看见一位穿白纱晨褛披头散发的女人，站在过道处，他们一走近，那女人就快步上楼，追到楼上瞬即踪影皆无。听着都有点汗毛凛凛，不要说是亲眼目睹的人了。

说起来也真巧，偏偏秦剑和李婷都是死在二宿舍的，而又是同样的吊颈而亡。于是更是事出有因，尽管查无实据，也不由你不信，就算疑心生暗鬼吧，也总要把这暗鬼除掉才好啊！可是如今的世道，谁又能驱魔降怪呢？不知哪位聪明人，一下子就想到李迪的身上了。李迪倒也非常热心，接到请帖即刻赶到，东张张西望望，楼上楼下，犄角旮旯全都看遍，马上点了点头，好像是说山人自有妙计。于是叫管宿舍的王小姐准备香烛纸马，以及供果一堂，凉水一碗，《金刚经》一部，单等第二天三更三点他亲自前来驱魔捉鬼！

影城捉鬼，妙人妙事

读者诸君看我写得活灵活现，一定觉得我有加枝添叶之嫌，不过俗语说得好：风水先生骗你十年八年，这可是千真万确，众耳所闻的事，绝不容我一个人造谣言。如今是时过境迁了，二宿舍的住户把这事也就当笑话一样说了。可是当时的几天,大家还真有点吃不好睡不足的,一听请来位李大法师驱魔,什么人不想看看?可是没想到,李迪还真有李迪的一套!

第二天,李大法师一早就去浴德池洗了个澡,据说前天晚上,已经清心寡欲地独枕而眠,叫四个太太都不准描眉画鬓,唯恐诱他做不道德行为。沐浴之后,换了一套内衣内裤,那天特别由服装间借了一双白布袜子,拿回家去洗了又洗,捶了又捶,才捡了个时辰穿上。

下午六点钟,到影城的服装间,把早已预备好的八卦道衣穿上,足登云履,手执羽扇,不知道的还以为他要演诸葛亮呢。装扮整齐,把舍监王小姐叫到身旁嘱咐了一番,告诉她作法驱魔,非同儿戏,所以除她舍监之外,任何人等一律不得偷看;如有故违,一切后果李某概不负责。舍监一听,兹事体大,马上到宿舍告诉大家,关紧房门静听李大法师施术则可,窥视万万不能,所以李迪驱魔听过的人很多,看见的人只有舍监王小姐一个。我听都是以后听的,更不用说看了。不过后来李迪把他的驱魔情况,还是原原本本地告诉给我了。

他的确是烧了一本《金刚经》,也烧了蜡烛,点了高香,供果是他自己吃了,那碗凉水他用来漱了口了;不过不是朝地上吐的,而是朝扫地婆的房门上喷的,一连喷了三口。他把凉水含在嘴里的时候,舍监王小姐以为他在念咒,其实他是把塞在牙缝上的供果涮涮干净。他老实告诉我,他要会驱魔他是孙子,不过他知道魔在大家的心里,一犬吠影,百犬吠声;人也是一样,有一个人听见敲门,就大家都听得见,小孩子也是听了大人的话才发呓症的。所以他烧了《金刚经》之后,马上叫舍监告诉所有的人,鬼已经叫李大法师就着凉水咽到肚子里。以后大家绝对再听不见敲门声,也再听不见女人的喘息声(他特别声明，有人住的房间可不保险）。说也奇怪，由那天到眼前为止，还真是安安静静，也没人敲门了，也没女人喘息了（没人住的房间里），也再也看不见那个穿白纱晨褛的长发女人了。因而所有邵氏宿舍的人，都奉李迪若神明（编导们除外）。只有他向我偷笑。他说他除了裱画是真本事之外，其他都是利用心理学蒙事的。讲完了他才想起我最近在报上写《细说从头》，连忙地补充了一句："帮帮忙，千万别写在报上，哪儿说哪儿了，写出去一穿煲，我的李大法师就做不成了！"可是在我来说，这样的妙人妙事，怎可不把他公诸于世，独乐乐总不如众乐乐吧！对不？（所以李迪兄千祈勿怪。）

除了宿舍有闹鬼的传说之外，摄影棚里也经常出事。其实邵氏拍的多数是武打动作片，彼此过招之时，刀枪无眼，当然免不了伤了碰了的。有时要表演高来高去、穿房越脊的本事，当然也难免失手失脚的情况。不过有时接二连三地出事，就又难免令人疑神疑鬼起来，所以六婶（邵爵士夫人）特别请人在影城A棚的转角处，立了一座山神庙。并且每天早午晚叫女工阿桂姐烧香上供，虽非"清晨三叩首，早晚一炉香"，也是每次烧好香，阿桂姐一定双手合十，虔诚地闭目祷告。除了全厂上下保平安之外，有没有请山神爷让自己中六合彩什么的，就不得而知了。

李迪能叫方小姐叩头

一年三百六十五天，天天不断上香礼拜，几年下来那个山神庙当然就有点烟熏火燎的样子；巧笔彩画，威风凛凛的山神，当然也有几分摩罗差的神情，不过日久天长的也就看惯了。想不到忽然有一天，阿桂姐把供果摆好，朝庙里一看，大吃一惊！

原来庙里的山神，忽然变成了周身雪白的石膏像，庙里庙外也是粉刷一新。阿桂姐马上把山神庙的"现代化"向六婶做了个详细的报告。六婶一听，恍然大悟，难怪这两天一直头痛，原来山神爷爷的家宅不安。等六老板由影城回家，六婶向他一五一十地说了个仔细，并且一定要查清是何人的主使。六先生忙不迭地打了个电话，给碧莎别墅的总务主任方逸华小姐；方小姐一听也吓了一跳，想了想的确曾经叫漆工循例把厂棚内外粉刷一新，但没叫他们惊动山神爷爷啊！第二天到厂里马上召集了一个紧急会议，才知道漆工师傅们原是出于一片好心，粉刷厂棚之时，看见山神爷爷实在太像摩罗差了，所以替他洗了个澡，想不到惹下了滔天大祸。方小姐马上下令，即刻将山神爷爷的名誉平反，衣冠恢复旧传统，否则老板娘头痛，就会传染到老板的头痛，老板一头痛，方小姐的头也不会清静；假使不马上把山神爷爷渐复原状，那大家想不头痛也办不到。其实替山神穿穿衣服，也是轻而易举的事，何况片厂的漆工师傅，个个都是能描能画的老手，于是不消两个钟头，山神爷已经浑身五颜六色，翡翠七彩。无奈阿桂姐上供的时候一看，山神爷爷由七品的蓝袍知县，一下子升到四品红袍知府，马上把头摆得像拨浪鼓一样。她一摇头，六婶就头痛，六婶一头痛，六叔就头大，六叔一头大，方小姐就满厂里找大头。于是漆工师傅又替山神爷脱了红袍换紫袍，都当朝一品了，总应该没问题了吧？油漆彩画完了之后，连工都不敢收，等着上供的阿桂姐；一看阿桂姐朝着山神一皱眉，马上又替山神爷爷更衣。简短截说吧，当初粉刷的时候，山神爷爷已经是黑咕隆咚，根本谁不知道他老先生是红是蓝，是左是右，如今是越描越糟，弄得几位漆工师傅直望"爷"兴叹，不知如何是好。

此其时也，又不知道哪位聪明的先生想起了李迪，于是方小姐用六先生的劳斯莱斯把李迪先生请到邵氏影城。李迪又是光了脚巴丫子，穿了双破皮鞋，到了总务主任的写字间。方小姐把来龙去脉一说，李迪马上到山神庙审查一下，他知道既是山神就和《水浒传》的赤发鬼刘唐的模样差不多。普通的人说"红眉毛绿眼睛"大概指的就是山神了，山神又和画上的神农氏、燧人氏差不多，都是穿着树叶儿的裙子，哪来的什么红袍紫袍？所以李迪一琢磨，用笔在山神的头上、脚上、身上、腿上随便那么一涂一改，不到十分钟，忽听一旁的阿桂姐大叫一声"系啰，就系咁个样啰。"说罢刚要叩头，却被李迪一手拦住："唔得，山神爷还没有开光，他没眼怎会看得见，所以叩头也白搭，明天要请一位高僧超度一下，然后要请公司的主持人，上香叩头一番，山神才会归位，全厂员工就可保平安。"

方小姐本来不是佛教徒，也不能不听李迪法师的法旨，第二天马上请来一位高僧，率领几位佛门弟子，在山神庙前后左右足足念了八个钟头的佛经，然后叫李迪指引方逸华小姐，亲自跪地上香，叩了三个头，为了全厂大小员工的安全，方小姐也就勉为其难了。

秦剑宿舍鬼话变笑话

所以我说电影圈要是真有高人的话，李迪可算是高人一等的，他不仅会冲喜，会驱魔，甚至能叫方小姐叩头，试问今日影圈中人谁能？谁敢？

如果不是李迪烧了一部《金刚经》，如果不是李迪似模似样地施过法术，也许影城第二宿舍闹鬼的传说，到现在还没完没了呢。

其实北方有句俗语话说："哪儿的黄土不埋人呢。"意思是说，人不一定落叶归根，死在哪儿就埋在哪儿；也可以解释成任何地方都死过人，也都埋过人。如果死过人的地方就闹鬼，那鬼比人还热闹了。

影城的宿舍大楼有好几栋，为什么偏偏二宿舍有闹鬼的传说呢？就因为无巧不成书，名导演秦剑自杀吊死在二宿舍，没多久，郁郁不得意的小明星李婷也同样死去。所以住在二宿舍的同事们，夜深回家，总觉得有些毛骨悚然地心惊肉跳，其实完全是心理作用。

以前秦剑住的房子，到如今仍是空着，过去是因为没人敢住，如今是有人想住，公司都不让住，因为空着有时拍个宿舍布景的戏，还可以派派用场。王风导演的《风水传奇》就曾经在里面拍过，而拍戏之间，在众目睽睽之下，灯光打得耀眼通明之下，秦剑的鬼魂居然出现，问你怕没？

原来那场戏的演员芦苇，试戏的时候，他正和几个朋友讲话，然后推门走进洗手间，他进了洗手间把门关好，其他人的戏还没完了，还要讲个三两句话，那个镜头才算完成。试了三四遍之后，都很正常，每次洗手间里都是空空的，偏偏在正试拍的时候，出了毛病。

导演看一切都准备好了，戏也差不多了，于是喊了一声"正式"，场务跟着叫了一声，"唔好吵！"摄影师掌正机器，导演一声"开麦拉"，摄影助手一按钮，片子开始转，戏开始进行：芦苇说完了几句话之后，推门进了洗手间，不进还好，这一进差点连尿都撒在裤子里！

原来空洞洞的洗手间里，秦剑双手贴墙，直挺挺地立在浴缸里，正是秦剑吊死的地方。只吓得芦苇一声尖叫之后，推开洗手间的门，朝外就跑。可是外边的戏还没拍完呢，大家一见他失常的样子，也都是一吓。他煞白的脸朝洗手间里一指："秦……秦剑，秦剑又上吊了。"

导演马上喊"卡",大家也都愣住,都瞪着眼朝洗手间里看,说也奇怪,秦剑居然由洗手间里走了出来。

大家一看,哄堂大笑,哪里是什么秦剑,原来一位灯光师,正式开拍之前在里边校正灯光的位置,听见导演喊了一声"开麦拉",来不及跑出来,只好把双手贴墙,直挺挺地站在浴缸里。无巧不成书,偏偏他又长得瘦瘦长长的中等身材,乍一看上去还真有点像秦剑,以致闹出来这么一出活见鬼的活剧,当场有几个工作人员笑得直流泪。其实,关于秦剑鬼魂的出现,传说了已不止一次了。

林翠恋秦剑时十九岁

提起秦剑,不免想起和他第一次见面的景况;那是一九四九年,我二十四岁,来香港的第二年,还是我考永华训练班之前的事。

那时,我经北河广告部主任梁君显先生的介绍,在窝打老道火车桥附近的一间广告公司里,替屈臣氏画画沙示、橙汁的汽水广告。老板是粤语片独立公司的制片朱丹,好像有时也演演戏。那间广告公司大概是他的副业。说是广告公司,其实只是我和阿区两个职员;阿区算是我的副手,替我在广告牌上打打底,画画颜色,勾勾边儿之类的。画也很简单,不是画一瓶沙示,就是画一瓶橙汁,没有任何人物,一个汽水瓶子而已。

那是火车桥下的一间铺面房,说是铺面,但毫无装修,里边也是空空如也,所以白天外边也是上了铺板的。我们工作的地方,就是把三六尺的广告牌横在地下,蹲着画,并非没有台子,只是台子太高了的缘故,大概是以前作柜面用的吧,所以作不得"写字台",

倒成了我和阿区夜晚睡觉的床铺。

阿区的思想相当前进的，有时晚间常到对面海轩尼诗道的一间工会里去唱唱歌，学学民间舞蹈之类的，偶尔也约我一块儿去，第一次去就碰见了秦剑。

当时他看起来只有十八九岁，长得中等身材，青靓白净，骨骼清秀，很像个文弱书生的样子。原来他是那间工会会员们的音乐指挥、合唱的教练，那天合唱的歌词我还记得几句："我啲工做咁劳碌，都应该剥下花生哟！"

当时我对广东话连听都听不真切，不过看大家唱得挺起劲，也跟着哼哼。秦剑一边指挥，一边也一句句地和大家一起唱。在回九龙的过海渡轮上，阿区告诉我秦剑是他的艺名，本姓陈，是粤语片导演胡鹏的学生。

第二次看见他是在荃湾的华达片厂，那时我已经是永华的基本演员，是帮严俊拍《翠翠》《金凤》之后的事了。他是黄卓汉兄主持的自由影业公司的导演，兼训练班的导师。林翠就是第一期的学员。经卓汉兄的介绍，彼此点了点头，今天天气哈哈哈地寒暄了几句之后，他就匆匆地走了，说是去上课，上课的地点就在华达片厂对面的一间木屋里。

我在华达拍《乌夜啼》的时候，正是他和林翠恋爱的时候。那年林翠好像只有十九岁，完全是个女学生的样子，所以宣传的句子上，说她是学生情人。拍戏的时候还有点羞答答的，很少说话，和后来被人称为"癫妹"的她判若两人。

"馄饨面导演"应运而生

秦剑一直是粤语片的名导演。其实，五十年代的香港电影界，国粤语影片的比重，分量是差不多的，当然，比起四十年代的粤语片一枝独秀的情况，国语片已略占优势了。但秦剑那时仍是票房纪录最高的电影导演，不仅在香港，在新加坡亦然。

开始，粤语影片由于有粤剧的舞台演员，普遍地受到观众们的爱戴，所以芳艳芬、红线女、任剑辉、白雪仙、新马仔、梁醒波……各位优秀的舞台艺术表演者们所拍的影片，无不受到欢迎。观众对影片的要求也简单得很，只要有可以听出耳油的粤曲，就心满意足了，何况还有各位大老倌们的舞台功架。于是制片人也就投其所好，有大牌明星就一切搞掂，对制作方面越来越因陋就简，所以才产了几位"馄饨面"导演。

并不是导演喜欢吃馄饨面,而是导演把一条"神仙轨"摆好之后，就任由机器推推拉拉（好像如今电视拍摄舞台实况一样，但现在的电视录影还用三个机器，而那时拍粤剧片，只用一部机器就OK），把光打好之后，等大明星赶场来（多数同时拍三四部影片），来到之后，马上把声带一放，任由大明星一边做功架，一边对嘴可也。那时拍戏都用大机器，用的片盒也都是一千尺菲林，导演喊完"开麦拉"之后，演员唱做念表的时间，足可以延续九分钟，也无所谓"NG"镜头，导演在场不在场也无所谓，由是马上走到片厂门口优哉游哉地吃碗馄饨面，绰绰有余，吃完之后拿根牙签入场喊"卡"，一定来得及。如今和我同行的老弟们，最多只知道有"打鼾导演"，"馄饨面导演"的名称，对来源就一无所知了，我还真看过这种情况。

那时拍戏最旺的地方，要算北帝街的南洋片厂和侯王庙的世光、友侨了。每家片厂门口都有卖馄饨面的。有一天我刚走到南洋的门口，就看见一位熟悉的导演（姑隐其名吧！）由厂内匆匆忙忙地小跑步到摊子旁："快啲，快啲，一碗馄饨面加底！"那时我还不知什么是加底，还是姜南告诉我的，等于一碗馄饨两碗面。然后见他狼吞虎咽猛擦一轮之后，一抹嘴又忙三迭四地跑进了厂。我为了好奇，也跟进去看看热闹，里边那位大老倌正在花园布景中唱道："月到中秋分外明，柳……丝……"

开麦拉果然摆在车轨上，推推拉拉地足有三四分钟，那声"卡"还不是导演喊的，而是机器旁的摄影助手喊的："卡，冇片。"然后马上把片盒换下，继续推拉。所以那时导演好做难当，想当个导演势比登天，尽管老导演们占着茅坑不拉屎，也没有一个新导演产生，因为片商们对新导演不信任也。如今的导演好当难做，所以虽然说西门町的招牌被风吹下，砸倒五个人里有仨导演，但观众真正耳熟能详的也没有几个人。

艺术表演者的妙人妙事

如今影圈里将近收工的时候，有一句行话："手足，夹手啲呀，没船过海呀！"

出典就是我们新马师曾兄的名句。原来他府上是在对面海，两点一过，渡轮停航了，所以更要快马加鞭了。另一句也是出在他老兄的口中的，大概他赶到厂之后，布景的门刚粉饰好，因为油漆未干，所以几个小工用喷枪对着吹。祥兄一见，好不耐烦："细佬，观众睇我㗎，你估睇布景咩？"

那时一部粤语片的制作成本，多数以港币四万元为限，因为超于此数目，就有收不回成本的危险，低于此数目，又比较太拆滥污了些。可是大锣大鼓的粤剧戏曲片，往往就在七日之间，因陋就简地赶拍而成，所以圈里的人称为七日鲜，甚至还有四日鲜、三日鲜的。

越速成则大牌粤曲大老倌们就越忙，越忙派头儿越大。大家为了排期各出奇谋，和如今台湾的或许不一样，制片们为了抢演员已经是无所不用其极，甚至动起武士刀来也在所难免；抢角儿等于抢银行，但绝没有抢银行的罪名，如何不抢？

经常听到的是新马仔和石燕子两位著名舞台艺术表演者的妙人妙事，祥兄和旧式伶人有同一嗜好，都习惯于夜生活，所以夜里睡不着，白天叫不醒，每逢拍早班戏，剧务可就麻烦大了，叫又不敢叫，等又不能等，于是只能有劳祥嫂帮忙了，宁愿送一笔"叫醒费"，久而久之变成了惯例，请祥兄拍戏就要送祥嫂一笔为数不小的叫醒费，反正羊毛出在羊身上，把服装、布景、道具的预算省上一笔也就是了，反正观众看的只是祥兄的唱、做、念、表："你估观众睇布景咩？"

另一位石燕子的笑话就更有趣。原来导演杨工良请他拍一套《方世玉》，由于日日迟到，使导演以及全体工作人员等得好不耐烦，有时等四五个钟头，已经算早班了。一部戏拍完之后，杨导演照样发了他一张通告，他大概认为即将煞尾了，所以一反常态地按时到达。杨导演摆了一条"神仙轨"，打好"世界光"（处处都亮，演员随便走在哪里都有光），看石燕子一入场，马上叫剧务，通知他"鬁须"，鬁"连毛大须"。石燕子一听莫名其妙，方世玉青靓白净，为何要鬁须？而且要鬁"大"须？导演告诉他，这是三十年后的戏，在片里是序幕和尾声，因为全戏就是方世玉的"三十年细说从头"。石燕子一听，以为杨导演特别照顾他，替他加了料了，所以还兴高采烈地把胡子贴好。一入厂杨工良叫他自由发挥，在机器前面任意地拳打脚踢辗转腾挪。石燕子看了看布景，原来是一块黑衬片，看看机器是摆在一条神仙轨上，于是自己把动作地位组织了一下，约略地试了一次。杨导演告诉他要拍得长一些，不听到"卡"声，千万不要停止，否则就要NG。石燕子一声"知了"，就此预算起来。在导演一声"开麦拉"之下，石燕子展出平生所学，第一拳蛟龙入水，第二拳泰山压顶，第三拳猛虎掏心，第四拳海底捞月，于是乎"神拳""怪拳""醉拳"不一而足，"猴拳""蛙脚拳""麻疯拳"相继而出，一路演来"南拳北脚""笑拳怪招"……一直打到他汗流浃背，气喘连声，还听不到导演喊"卡"，又不敢看机器，当然更不敢看导演，直到打到十五分钟，导演仍不叫"卡"，哪有如此长的片盒？他这才醒悟过来，莫非自己打的是"骗术奇拳"？于是马上停下，但是根据"惯性定律"，一下子想停却难，只见他踉踉跄跄地左摇右摆，一阵头昏眼花天旋地转，扑通一声栽倒在地。

石燕子闭目养神了片刻之后，睁眼看时，片厂中连个人影都无，连轨道的机器都已经搬出了片厂，大家趁他打得兴起，一个个全都溜边儿暗下了。石燕子一下子成了石人了，气得他用力拉下满嘴的山羊毛，朝空一扬，来了个真正的吹胡子瞪眼！

如此的儿戏，如此的粗制滥造，所以才引起一般有艺术良心的华南电影工作者喊出了粤语片救亡工作的口号，组织了中联公司。他们是吴楚帆、张瑛、张活游、白燕、卢敦、吴回……秦剑也是其中的主力。

秦剑教戏七情上面

秦剑是个遗腹子，原名叫陈子仪，原籍是广东新会的陈冲。生前的三个月，父亲因肇省渡轮失事，与同船的三百余人，齐遭灭顶之祸，无一生还。

他父亲是米行的水客，经常往来于广州与西南三水河口的肇庆，由于突然的海底暗流，而与全船共沉没。所以秦剑是由姐姐陈剑虹一手教育大的，他的艺名的剑字，也许是为了表示对姐姐的敬爱吧。

他在香港中环坚道的仿林中学毕业，之后就在德明中学任教，有时也在报上写写短篇小说，二十岁时加入电影界，追随胡鹏导演为助导。那时胡导演还没开始执导关德兴先生的黄飞鸿片集，仍在导演文艺片阶段。秦剑第一部助导的主演，就是小燕飞女士。她对秦剑的艺术天才特别赏识，所以逢人便赞，并且集资制片，请他编导，第一部影片就是改编自张恨水的章回小说——《满江红》。主演者之一是当时在影剧两界与芳艳芬并驾齐驱的红女伶红线女女士。那已是我在轩尼诗道认识他之后的事了。

片成之后，非常轰动。接着又拍了《人之初》，由当时还是童星的李小龙主演。我在姐姐李丹露的配音组里，还曾经为这部戏改配过国语。我们的工作地点在大观的配音间，秦剑拍摄《人之初》的厂棚也在大观的配音间，但我们见了面，只是彼此点头笑笑而已，从未交谈过。那时我还没有黑仔的花名，但确是不折不扣的黑仔一名，所以跟他青靓白净、五尺三寸的袖珍身材恰成对比：我高、黑、大，他矮、白、小，好像天成的一副对联。

有时进片厂看他拍戏，你几乎会怀疑他在跟女主角谈恋爱。有一次看他坐在床头，和躺在床上的红线女讲解剧情，他低声细语地用手轻比细划，脸上则是七情上面，有时微笑，有时蹙眉，有时悲愤填膺，有时又痛心疾首；再看看躺在床上的红线女女士，含情脉脉、目不转睛地看他细语、听他倾诉的神情，真像马上就答应嫁给他的样子。

秦剑就是这个样子，他说话永远不疾不徐的既柔且软，声音永远是美妙感人。记得新加坡国泰的总经理俞普庆曾经对我说过，秦剑为了宣传国艺公司的创业作《大马戏团》，亲自飞到新加坡，在电台上讲解剧情，听众在没有看戏之前，就已经入了迷。

他真正走红的岁月，恐怕还是在一九五六年与新加坡光艺公司合组"光艺"的时候。他编导谢贤的《花花公子》和《难兄难弟》，风靡一时，在星马一带创下了当时国粤语片的最高纪录，非但给星马片商赚了大钱，他自己也是猪笼入水的一般财源广进。谢贤的酬金更是创下影界有史以来的最高纪录，按月支酬，每月薪金港币两万元。千万注意，这是二十几年前的港币两万，而不是今天。

《大马戏团》卖座不佳

也许就因为如此吧，使秦剑一下子转了性，忽然地好赌起来，而且赌注惊人，经常带着满公事包装满五百元的大牛，到马场里孤注一掷；他曾经在一场马上赢过港币几十万，所以知味无甘地屡败屡战输个几十万也绝不心痛。小数却怕长计，何况并非小数，日久天长的引致新加坡方面对他的不信任，一切财务问题反倒相信了被他带携起来的制片陈文，因而引起双方在感情上的不愉快，秦剑愤而另组新艺公司，但已开始步入下坡了。

新艺公司的基本演员是周聪、嘉玲，第一部拍的是他们两位主演的《难得有情郎》。片成之后，成绩普普通通，比起秦剑在光艺时的风头就差得远了。

光艺公司依然存在，秦剑也仍是旧股东之一，但是大权旁落，虽然仍是光艺公司的总经理，已是变成有名无实了。原是光艺制片的陈文，执起导演筒，主演者却是谢贤，片子也和秦剑编导时一样卖座，相形之下，秦剑好不气馁。

新艺的第二部戏，是请吴回执导的，成绩也是平平无奇。拍了五六部戏之后，秦剑与光艺的感情愈来愈坏，所以他又和新加坡的国泰公司合组国艺公司。光艺的何家，在国艺中仍与秦剑共占一半股份。新艺的写字间虽然存在，等于名存实亡。

国艺的第一部创业作，是国语发音的《大马戏团》，也是秦剑由粤语的电影圈中转到国语片的第一部。制片是以前大中华的总经理、永华长城的宣传部主任朱旭华先生。

我正式和秦剑见面，谈了几句，就是在弥敦道的国艺公司写字间里。那是写字间刚刚装修好的时候，应朱旭华先生之邀，特别去向朱先生"温居贺喜"的。一进门是总写字间，坐着一位秘书小姐，靠窗口是朱先生的制片室，左首的一大间就是秦剑的办公室了，装修得相当豪华，地下满铺了地毯，比起光艺和新艺的写字间，气魄可就大得多了。

那是他和林翠结婚之后的事。俩人双双到欧洲蜜月旅行回港后，即刻开始拍摄彩色的《大马戏团》。女主角并非林翠，而是"一九五三年是李湄的"的李湄，离开一九五三刚好十年，男主角是林翠的哥哥曾江先生，另外还有刘恩甲演的小丑，沈常福的大马戏团。

那时林翠已经和我合作过第二部戏——《移花接木》(第一部是《乌夜啼》)。《移花接木》是话剧本《裙带风》改编的，由林翠、赵雷和王元龙、穆虹分饰两对夫妇,由于王元龙误会了替丈夫向他求情的林翠,以为她对他情有独钟,所以,又疑心太太和赵雷有染,突然兴起交换太太的喜剧。

由于拍戏的关系,林翠和秦剑经常到我家打打小沙蟹,同台的还有金庸夫妇。那时一台沙蟹很容易就凑成了,全部是夫妻档,罗维夫妇、金庸夫妇、秦剑夫妇,加上我们夫妇,已经是八个人了,二十块钱一底,下阵无父子,夫妻见面一样是分外眼红,不是你沙蟹我,就是我沙蟹你,照偷鸡不误。

那时我才发觉温文尔雅的秦剑,另有其幽默、风趣的一面。偶尔也谈到他的《大马戏团》,知道他经常用两个机器拍摄,菲林的消耗量相当惊人。拍成之后,全部是他亲自剪辑,往往通宵达旦地工作,因为是他第一次执导国语片,所以相当努力,制作是十分严格,要求也是一丝不苟。由于宣传老手朱旭华先生的制片兼宣传,所以声势的确是相当浩大。

艺术上赌本所余无几

也许是秦剑的运气不济吧,上映的时候,生意奇坏无比。可能观众看惯了西片的马戏片,相形之下,虽然秦剑已经尽了极大的努力,片子也拍得相当出色,就是引不起观众的兴趣。这对当时的秦剑打击不小,他之沉迷于马场,恐怕也是一种发泄吧!

国艺的第二部戏是黑白小方格的《糊涂女侦探》,由林翠主演。那时的林翠也的确被秦剑输得糊里糊涂的,大概经常扮侦探调查秦剑马场输钱的缘故吧。

两部戏拍完，秦剑在艺术上的赌本，虽然并未沙蟹，也是所余无几了；财务上也是一团糟，连林翠在太子道的房子也被他押在银行里，不得已向邵氏公司借了一笔为数可观的钱，签了三年的卖身契，每月的薪金，除了还债之外，所余的真正有限了。

本来国艺的第一期制片计划是相当多姿多彩的，除了《大马戏团》和《糊涂女侦探》之外，还准备拍摄由林翠主演的《木兰从军》，由葛兰主演的《奇女子》，由李丽华主演的《寒山夜雨》，由尤敏主演的《初吻》，由叶枫主演的《最后的微笑》等五部伊士曼七彩宽银幕的制作。既然有所谓"第一期"制片计划，在想象中，当然跟着会第二期、第三期的，可是没想到拍完《糊涂女侦探》之后，国艺也就糊里糊涂地结束了。

六先生对秦剑的才华及人品一向都是非常欣赏的，想不到他为了沉迷于赌博，而令到自己的大好前途变得兰摧玉拆疮痍满目；尽管如此，当林翠把秦剑的窘态向邵老板一提，他还是一口答应帮助秦剑渡过难关，并且认为在邵氏公司的环境下，秦剑一定会东山再起的。

于是秦剑由一九六五年起，和邵氏签了三年合约，预支了一笔相当可观的导演费，还了赌账。至于数目到底是多少，相信只有他和林翠晓得。邵氏的业务秘密，从不会给外人知道的。不过一件公开的秘密是大家全心里有数的，因为秦剑每月所拿的钱，仅是微不足道的生活费而已。所以他在拍戏中间，经常"万岁"（请工作人员饮茶之类），曾经引起一位电灯师的好奇，问道："导演，点解成日万岁？"他苦笑了笑："反正不用我给钱，公司扣数！"

他加入邵氏的第一部戏，是由叶枫、凌云主演的《痴情泪》。叶凌二位的结合，也是由这部戏促成的。接着他在邵氏拍了：

《何日君再来》，陈厚、胡燕妮主演。

《玫瑰我爱你》，丁红、关山、凌云、李婷主演。

《黛绿年华》，陈厚、胡燕妮、祝菁、李婷、冯宝宝主演。

《三燕迎春》，林嘉、陈依龄、李芝安、金峰、李昆主演。

《碧海青天夜夜心》，叶枫、关山、林嘉等主演。

《春蚕》，叶枫、胡燕妮、关山主演。

《双喜临门》，井莉、金峰、魏平澳、梁醒波主演。

《相思河畔》，胡燕妮、金汉主演。

一九六九年的六月十五日晨，《相思河畔》本来准备到九龙的飞鹅岭上拍外景的，工作人员预备出发的时候，独不见导演秦剑的到来。左等右等之下，由副导演植耀昌和剧务一块儿到秦剑住的二宿舍四楼去找他。敲了半天门，不见有人应声，植耀昌心知有异，想办法把门打开，室内也不见人影，推开洗手间的门一看，吓得他目瞪口呆。原来秦剑直挺挺地吊死在窗口。一代名导，居然落得如此下场，怎不令人痛心。

秦剑死前认对不起林翠

算起来他在邵氏一共拍了九部戏（《相思河畔》仅余两三日外景），加上国艺的《大马戏团》和《糊涂女侦探》，他一共拍了国语片十一部，粤语片可就多到数不胜数！

我如今的摄影师林超，是秦剑的亲表弟，一次谈起秦剑，他告诉我一件感人的故事！

秦剑在友邦保险公司保有五万美金的人寿保险，受益人的名字项下填的不是林翠,也不是他的儿子陈山河,而是他的表弟林超。

林超的父亲和秦剑的母亲是亲兄妹,所谓姑表亲。林超之加入电影界,是由秦剑一手带携。开始进华达为灯光师,因为他本身的好学不倦,工作态度又和蔼可亲,对上下人等一律地客客气气、恭恭敬敬,开口不是阿叔、阿伯,就是手足、大佬,所以很快地就由灯光师升为摄影师。我由台湾回港时,在华达拍摄的《骗术大观》,请他开了几天散工,由于彼此合作得十分愉快,所以我再入邵氏的时候,就请他也签了邵氏的基本摄影师。由《大军阀》开始,迄今的《武松》,次第完成的二十部影片全是由他摄影的。他告诉我,一九六九年五月二十号左右,秦剑曾经叫他把身份证交出,然后嘱咐了他一番话,他说:"阿超,我的身体最近很坏,精神恍惚、体力衰退,如果……假使有一天我去了,希望你替我办一件事:我一生做人处事,还算没有大缺欠;但我始终觉得对不起林翠。我差不多输尽她所有的钱,甚至把她最后的房子也押掉。所以,如果有那么一天,你帮我把保险费取出来,替我把林翠在太子道的房子赎回交给她,千万别忘记!别忘记!"

林超和我讲这件事的时候,却也热泪盈眶,他说:"当时秦剑拉着我的手,眼含热泪,脸色凄怆,一再重复'别忘记,千祈别忘记'。可惜当时绝没想到他会自杀。"我问他结果如何,秦剑死后,那笔保险费怎么处理了?自杀的,保险公司也赔钱吗?他说:"不知道,他死后,我姑母就把身份证交还给我,说我不是直系亲属,所以没资格作受益人。我当然不便再说什么,那笔钱有没有赔,赔了以后怎样处理的,我都不便再问了。"

我觉得林超太老实,照理他应该把秦剑临终前的嘱托,告诉给姑母的,否则秦剑地下有知,岂非死不瞑目?不过,无论如何,秦剑临死之前一定觉得把生前最放心不下的事弥补了一些,不能说心安理得，也总算泰然了些。

陶秦的死对秦剑影响大

我相信陶秦的死对秦剑的影响最大，所以，没几天就向林超嘱咐了赎房子的事。

我也忽然记起，秦剑执导的第一部国语片，应该是林翠主演的《女儿心》，加上他国艺的《大马戏团》和《糊涂女侦探》，和替邵氏导演的九部影片，不多不少地刚刚凑满一打——十二部。

本来不想把他执导的影片一一列出，因为那是太占篇幅、花费读者时间的事，但为了纪念一位对中国华南电影界贡献良多的优秀电影工作者的一生，还是把它们一一列出，年深日久，当然免不了有些错误，希望读友们看到了，能加以指正。

秦剑一生执导了以粤语发音的影片共四十六部，次序是：

1《满江红》，吴楚帆、小燕飞。

2《天涯歌女》，张活游、小燕飞、胡茄。

3《南海渔歌》，吴楚帆、白燕、容小意、张瑛。

4《泣残红》，张瑛、周坤玲、黄超武。

5《人之初》，张瑛、吴楚帆、黄曼梨、丽儿、李小龙。

6《五姊妹》，吴楚帆、红线女、小燕飞。

7《怨妇情歌》，红线女、小燕飞、吴楚帆、张瑛、黄曼梨。

8《秋坟》，何非凡、小燕飞、郑惠森。

9《姊妹花》，马师曾、红线女、黄曼梨、吴楚帆。

10《小明星传》,吴楚帆、梅珍、黄曼梨、小燕飞。

11《新姑娘劫》,新马仔、红线女、张瑛、小燕飞。

12《歌女红玫瑰》,红线女、小燕飞、张瑛、黄楚山。

13《歌声泪影》(上),吴楚帆、红线女、小燕飞。

14《歌声泪影》(下)。

15《贴错门神》,红线女、张活游。

16《客串夫人》,红线女、张瑛、小燕飞。

17《情劫姊妹花》,张瑛、小燕飞。

18《苦海明灯》,张瑛、容小意、林妹妹。

19《慈母泪》,红线女、张瑛、李小龙。

20《流水行云》(与红线女合导),小燕飞、马师曾、红线女。

21《锦绣人生》(与众合导),华南全体明星主演。

22《家家户户》,张瑛、红线女。

24《爱》(上下集),六人分导,中联全体明星主演。

25《一代名花》,红线女、吴楚帆。

26《胭脂虎》,红线女、吴楚帆、谢贤。

27《情僧偷到潇湘馆》,何非凡、郑碧影。

28《999命案》,冯珍、谢贤。

29《父母心》,马师曾、黄曼梨。

30《儿女债》,黄曼梨、张活游。

31《秋》,吴楚帆、红线女、张活游。

32《遗腹子》,小燕飞、南红、谢贤。

33《血染相思谷》(与楚原合导),谢贤、嘉玲。

34《椰林曲》,谢贤、嘉玲、南红。

35《鬼夜哭》,谢贤、南红。

36《有情人》，谢贤、江雪。

37《鲜花残泪》，谢贤、南红、嘉玲。

38《紫薇园的春天》，白燕、容小意、吴楚帆。

39《欢喜冤家》，谢贤、南红、嘉玲。

40《情天血泪》，谢贤、嘉玲、王爱明。

41《情狂》，谢贤、李清、江雪。

42《难兄难弟》

43《苦海明珠》

44《金石盟》

45《昨夜梦魂中》

46《郎心如铁》

（以上五部均为光艺出品，谢贤演。）

加上十二部国语发音的影片，一共是五十八部，由一九四九年到他去世的一九六九年，二十年中间，能有如此多的作品，可以算是多产了。①

秦剑日记诉衷情

秦剑没和林翠结婚之前，住在九龙城贾炳达道一四八号三楼，和小燕飞住的一四六号正对门。据说小燕飞相当好客，每天都有不少影剧圈的朋友在她家聚会，所以麻将、天九、沙蟹的，好不热闹。

---

① 根据现在的记录，秦剑导演作品约有70余部。

秦剑拍的文艺片里,男女间的爱情故事经常以日记为媒介,其实那也是他自己真实生活中的体验。

起初,他暗恋红线女,但人家已经是罗敷有夫,所以只好在日记上倾诉自己的情怀,满纸的恨不相逢未嫁时,把自己比成少年的维特,暗恋着他表妹夏绿蒂,不过他暗恋的不是夏绿蒂,而是有夫之妇的红线女而已。

有时也抄些《诗经》上的名句,譬如:

有美一人兮,见之不忘。
一日不见兮,思之如狂。
……
何日见许兮,慰我彷徨。

还好没给老马看见,否则一定扯开豆沙喉哎呀呀呀!……啊啊啊啊啊,啊啊啊啊。

有一天,也是无巧不成书,红线女日班戏拍完,应秦剑之邀,到他家中谈谈新戏的剧本,偏巧秦剑有一张紧急通告,到片厂为旧戏补拍几个镜头,所以半掩着房门,在写字台上留了一张字条,说是马上回来,请女姐来时先到对门小燕飞家中小坐片刻。大概是秦剑一时大意(有人说是故意),把那本日记簿刚好摆在新戏的剧本上,等红线女把剧本读完之后还不见秦剑回家,所以就顺手翻了翻那本日记,好嘛,不翻犹可,一翻可就翻出一段孽缘来。

没多久秦剑又碰上个绿的(林翠)。如果说秦剑第一次的日记攻势,是出于无意的,那第二次日记攻势怎么都是有心的了。也是约好了林翠谈剧本,也是他突然地接了一张紧急通告,也是在写字台上留了纸条，也是把剧本放在日记上。林翠有没有看完剧本之后和红线女一样地翻翻日记，就不得而知了。总之，林翠嫁给了秦剑是事实，红线女打了林翠一个耳光，也是事实。

最近我的同行桂老弟治洪拍了一部《邪》片，非常受观众欢迎，紧接着又拍了部《邪斗邪》，看起来"邪魔歪道""歪王之王"也要接踵地"邪门大开"了。

要说电影圈的邪事虽也多箩箩，但秦剑和陈厚在听涛村的住宅还真是"邪上邪"。我没到过秦剑的别墅，但陈厚约我到他家的时候，却经过了他家的门口。听涛村紧靠青山酒店后边的一条小路里边。陈厚和乐蒂的一所是最里边靠海的一幢，秦剑和林翠的在他们前边一点，都是精致的西班牙式的小楼，环境幽美，诗情画意地靠山面水。听涛村这个名字倒叫得非常恰当，不仅可以听海涛，也可以听松涛。

陈厚的一幢，一进门是一间大客厅，里面是一间书房，楼下是三间卧房，再楼下是运动室，桌球、乒乓球样样俱全；走出去就是一片白浪滔天的汪洋大海，海里摆着他们的游艇"艺妓号"，划船游水想怎么高兴，就怎么高兴。他们两对夫妇，郎才女貌地住在如此这般的环境，真不知羡煞多少人，真称得起"世上神仙府，人间锦绣宫"。可是曾几何时，两家都是一样地家破人亡：先是夫妻们各自东西地离了婚，紧接着遗腹子秦剑吊颈自杀，也是遗腹女的乐蒂服毒而亡，下来陈厚也因肠癌而死。还好林翠命大，虽然两次离婚，人倒健康美丽如故。如今在美国开了一间咖啡馆，除了雇了一名洗盘子的小厮之外，一切自己动手，冲咖啡、送咖啡，以及招呼客人，全部一脚踢；休息时间，和女朋友咪咪有说有笑的，好不自在逍遥。她曾经笑语朋友们，这是她一生最愉快的日子。

尽管如此，我仍以为一切都出之于巧合，还是不信风水这一套。

李婷穿红衣上吊

秦剑在邵氏二宿舍吊颈之前的三年，李婷早在一宿舍用同样方法结束自己的生命了（李婷是一九六六年八月二十八日星期天死的。那天公司放假，写字楼只有她一个人值班。她的爸爸李书唐是在一九六七年一月四日自杀的）。这里面还真是有点"邪"的，如果不邪的话，李婷就不会在临死之前，特别改换一件大红的衣裳了。穿着红衣服上吊，人人心知肚明是怎么回事，那是要报仇啊，要和仇人索命啊！至于报什么"仇"呢？仇人又是谁呢？可就非局外人所知了。

李婷和李菁、方盈同是邵氏训练班的学员，原和老母同留在大陆的，父亲李书唐按月寄钱回家，生活也还过得去。无奈李书唐一人在港，总希望与妻女早日相聚，所以几次三番地写信叫她们母女两个来港。无奈里边就是不批准。好容易李婷的路条下来了，可是母亲的没下来，李婷就只好只身前来了。谁知道不来犹可，一来可就遭了殃！

李婷原名李中婷，家中排行第四，所以熟朋友们都叫她小四儿而不叫名。她是一九六二年由内地到港的，来时完全是个北方所谓的黄毛丫头，身材倒是长得修长瘦削，虽是中人之姿，但也亭亭玉立。中婷的广东话好像是中等，既拍电影，就要出人头地，中中庸庸怎么成？故而把中字取消，艺名李婷。

小四儿开始在庄元庸主持的丽的呼声国语话剧组广播话剧，邵氏演员训练班报考学员的时候，由于李书唐和班主任顾文宗份属挚友，所以叫女儿也加入训练，成为第一期的学员，和她同期有冯午马、顾秋琴等多人。

那时李婷跟父亲住在沙田，和庄元庸、文石凌夫妇比邻（庄离婚后适《大成》主编沈苇窗君）。在训练班的同学里，她是比较斯文的一个，平时不是笑眯眯地闷声不响，就是心事重重地默然静坐。

她父亲李书唐，除了写写宣传稿，和以李唐的笔名写写历史人物小说之外，也是一位极出色的舞台演员，曾经和鲍方、李嫱一块儿演出过曹禺的《北京人》。他的曾老太爷演得还相当的出色，倒是使很多圈内人都赞服的。

李婷第一次参加我的戏，是在《梁祝》中客串杭州书馆的学生，和凌波的梁山伯、乐蒂的祝英台同窗。第二次是《七仙女》中替乐蒂的背影。

开始《七仙女》仍是《梁祝》的老搭档：凌波、乐蒂。因为《梁祝》在台北公映时，盛况空前，所以使很多片商眼红，有人没有办法请到她们两位共同演出，就千方百计地破坏她们的再合作。结果乐蒂拍了两天《七仙女》之后，就托病不接通告。大家都心知肚明，乐蒂跳槽电懋的可能性很大，所以我就替乐蒂找了个替身——李婷。她的身材和乐蒂在伯仲之间，可以替替背影，绝对可以乱真的。虽然看不见脸，她也相当努力，而且也做得中规中矩。大家千万不要小看了"替身"，如果一点戏都没有，站在那儿跟块木头一样，当然不行，但周身是戏，好像麒老牌一样，背上也会做戏，那又岂非喧宾夺主？

昨晚我世侄汪歧之父、晓嵩汪兄特别打了个电话给我，谈及李婷之死，并说秦剑是受了李婷的影响。我忙问他什么影响？他想了想还是不肯告诉我，说我口无遮拦，笔走龙蛇。不过还好，他多少总算透露了一些我不知道的事情。

有人说李婷死时已经怀孕两个多月，他认为无法证实，只说她临死之前和一位飞翼船的船长订了婚，却是千真万确的事实。好像他还跟那位准新郎饮过茶。订婚是李书唐的意思，李婷并不十分愿意，恐怕这也是使她提早结束生命的原因之一吧！

八月二十八日的清晨，那位准新郎由外边打了个电话给李婷，是由宿舍的女工阿凤姐接的。电话在第一宿舍的二楼，李婷住在楼下，阿凤叫李婷的时候，发现了她吊在洗手间门口，当即吓得她大喊大叫。准新郎还是在电话里听出了异状，马上会同准岳父赶到影城。当李书唐知道女儿已在送院途中毙命，只是含着眼泪说了两句："死了也好！死了也好！"

李婷是丁善玺由绳子上抱下来的。她原是面窗背吊在门口，身上穿了件红色的睡衣。据说刚抱下来平放在地的时候，有人把镜子放在她的鼻下，好像还有些微的呼吸，没多久就断了气。根据一般老年人的说法，解救上吊的人，一定要用手捂住臀部，两腿屈坐，绝不能放平，否则那口气由肛口一出，就回天乏术了。是否如此，就要请教医生了。开心脏我还知道一点，上吊可没经验，不能胡说乱道。

大家一看李婷的恐怖样，个个都手足无措，不知道哪位二大爷出的主意，马上叫车送医院急救。读者一定要问，已经断了气，还急救些什么？那就是诸位有所不知了，住在宿舍的人，谁也不希望有人上吊吧？就算"送院途中"也好听一点是不是？结果医院当然不肯收。当然了，谁愿意没事吃死猫玩儿？

电影界是七彩大染缸

据说李婷订婚之前，被一位圈外的"富佬"占了便宜。那位富佬也是一向玩惯了的，认为女明星多是一票货的烂桃，再也没想到小四儿是个黄花闺女。非但如此，这位北方大姐儿对他还是痴情一片，成了熟羊糕黏手，他想甩也甩不掉，自己家中又妻财子禄无一不全，所以只好陈以利害之后，送了一笔为数相当可观的港币，算是"遮羞费"，然后又移花接木地替她介绍了位男朋友。还好那位男朋友对她还算体贴，两个人也的确卿卿我我了一阵子，但那位男士也只是交际场中的逢场作戏而已。谁也想不到李婷居然怀了身孕，她自己对腹中块肉的经手人一时还没办法肯定，还是第一次那位八大爷呢？还是后来的那位舅舅呢？她和八大爷一讲，想不到八大爷马上翻脸，认为小四儿有意敲他竹杠；和舅舅一说，舅舅更是翻面无情，以后连面都不露了。

据说，那些时候的李婷，像藕了线的一般，经常两眼望着天发呆，有时在配音间里也会突然地哭笑无常起来。

据说，如果不是她爸爸叫她和那位船长订婚，她也许不至于那么想不开。所以有人说电影界是翡翠七彩的大染缸，其实说穿了，哪里又不是染缸？不过人的名儿，树的影儿，电影明星总惹人注意一些就是了，娱乐报纸上的影视新闻，不是连某些女明星放了个响屁都描写得一清二楚吗？（希望女明星们原谅。）

在影圈三十余年，除了三条腿的人没见过之外，红眉毛绿眼睛的还真见了不少。与李婷同样遭遇的女明星，真是不知凡几，不过她们都洞察世故人情地司空见惯，在这个笑贫不笑娼的社会里，换个男朋友还不等于换布景道具的一般，有什么所谓？我看过一本私人的电话簿，那上面注满了女明星们的芳名以及电话地址，甚至连她们所要求的条件都注得清清楚楚，大概就是所谓的"应召名册"吧！我更知道一些内幕：有一位四十年前的大明星，以前演的虽然都是大家闺秀、名门淑女，但私底下专门踢新明星入册（应召手册也是）。不过我不好意思在此地细说而已，所以写了整整一年的《细说从头》，也有些难以启齿的事，身为圈内人，难为情也。

一九六六年十月份的《香港影画》写道：

> 李婷，原名李中婷，原籍南京，一九四三年一月二十一日生于北平，一九六一年九月考入南国实验剧团第一期训练班，一九六三年晋身邵氏公司，一九六六年八月二十六日上午逝世，享年二十三岁，一生作品：(一)《山歌恋》，(二)《鳄鱼河》，(三)《三更冤》(笔者注，她自己是五更冤)，(四)《万古流芳》，(五)《菁菁》，(六)《欢乐青春》，(七)《玫瑰我爱你》，(八)《黛绿年华》。

李婷事件是我加入电影圈之后的最大惨剧，不仅她吊死影城，连她老父也相继地吊颈而亡，可能书唐兄自己也认为是"死了也好"吧！

一提起上吊，就会令人想到舌头伸到口外尺多长的黑白无常，也会联想到吊死鬼找替身的事。据说有一个小偷，藏到人家房里看到了一出吊死鬼找替身的活剧：那房里的女主人是个闺门怨妇，丈夫出门在外，久久不归，家中婆母对她又是百般的虐待，所以拿起了绳子，几次三番地想吊颈，略一犹疑，她身后一定有个披头散发、拉着舌头的吊死鬼出现，听得清清楚楚地在说："死了好，死了好，死了倒比活着好。"

姜南忆述上吊的滋味

书唐兄那句凄凄凉凉无可奈何的"死了也好"会不会受了哪个故事的影响呢？因为他去世之前，我正在台湾拍片，未能和他长谈过，所以一无所知。其实中国不是有一句"好死不如赖活着"的话吗？大陆在"文革"期间，多少人受过迫害？多少人在"四人帮"的作威作福之下过着非人生活？不也都含辛茹苦地活着吗？否则的话不只香港有人满之患，连阴曹地府也放不下了。

据说李婷的脖子上不仅前面有绳子的痕迹，连脖子后面也有个深深的印子。为了这条脑后绳痕，还劳动警方调查了好一阵，究竟是自杀还是他杀，还颇费了一番研讨。大概李婷唯恐吊之不死，所以用绳子整个在脖子上套了一个活扣。其实，脖子朝圈套里一伸，脚一踢板凳，马上就昏迷不醒了；等觉得难过，想伸手去拉绳子，可就势比登天难了，因为绳子在脖子上一勒，手就想举也举不起来了。

读者一定诧异，李翰祥莫非是过来人？非也，这些经验是姜南告诉给我的。有一次他在影城的后山拍戏，他演一个坏蛋，被施思把他高吊在树上，活活勒死。远景用的当然是假人，由女侠施思一用力，把穿了姜南衣服的假人朝树梢一拉；近景可要姜南亲自上阵了。因为是特写，当然看不见脚，所以他足登长凳，双手拉紧圈套，导演正式一喊"开麦拉"，他的头一钻，场务代施思将绳子一紧，也就是了。他想这是万无一失的事。可是真正拍戏的时候，他的头刚一套进圈套，场务小杨一紧绳子，他就觉得不大对劲，原来绳子一扯由耳前到了耳后，刚好勒在气管上，觉得一阵晕眩，马上想拉绳子，可是双手就是不听使唤，非但如此，两条脚不必使劲去踢开长凳，早已双腿朝后一弯地吊在半空，他马上双眼一瞪，口一张地死了过去。在场的工作人员还个个说："姜南真乃好戏之人，演活人活得生猛，演死人死得真实！"导演不喊"卡"，小杨还是死人不放，还好另一个工作人员看出不对，好戏哪有好到这般程度，于是马上奔上前去，一抱一举把姜南放了下来。

姜南说:"多亏那位老哥内行,否则我也就吹灯拔蜡了。"原来他左腿跪地,把姜南的腰放在他的右腿上,然后把姜南仰面朝天,用腿一顶腰眼儿,姜南闭着的一口气由口中吐出,"哎哟"一声活转过来;否则那口气由下身一出,姜南就到了江西了。所以北方人说人死了的土话,就要"哽儿屁着凉",不哽儿屁是永远不会着凉的!

李婷和秦剑的灵前,都写着"痛失良才"。而李婷只有二十三岁,俗谓"二十三,罗成关",想不到这个关口还男女莫论,阴阳不分。

李婷出殡的时候,邵氏公司总裁邵逸夫、总经理周杜文,以及全体编、导、演,全都参加了葬礼。其中以张燕、李菁、秦萍哭得最伤心。秦剑很严肃地鞠了个躬之后,就低头默坐一旁。有一个记者问他:"《黛绿年华》还拍吗?"他好像根本没有听见,望了望那个记者,哑口无言。

李婷安葬在柴湾的华人永远坟场,很多人对她的死惋惜不止,都不懂她事业正蒸蒸日上,何苦出此下策?何况刚把黄疸病医好,而又订了婚的时候!

传说纷乱不一,总之都是感情方面的纠纷,有的说她在公司内外的男女关系都很复杂,还传说公司也有一位八大爷和她发生了关系,然后又推给他手下的那位舅舅。

这说法和晓嵩兄告诉我的完全两样,说此话的还不是外人,而是李书唐亲口告诉姜南的。由于他是姜南和高宝树结婚时的介绍人,所以无话不谈。看起来也许晓嵩兄怕我在此地真言谈相,揭人隐私,其实我对这些乌七八糟的事也早有过耳闻。假使个人的隐私到了妨害社会安宁的时候,不揭穿岂不等于帮凶?看见一条饭铲头[①]爬进片

[①] 饭铲头:广东话,眼镜蛇之谓。

厂，只是你独自闷声不响地开溜吗？连叫一声的勇气都没有？

如今书唐父女的墓木已拱，善忘的人们连林黛、乐蒂那样的大明星都快不知道是谁了，何况是个一闪即逝的流星李婷？小时候听老人说看流星飞过，如果能马上扣好一粒衫纽，迟早可以发达。所以在李婷身上解过纽的八大爷和舅舅们，个个都捞得风生水起，这就叫"好人不长命，祸害几千年"。至于八大爷姓什名谁？舅舅的家住哪里？读者也就不必费神瞎猜，如果不解气的话，也像山东人一样"×他的八大爷"，或者"×他的舅舅"也可。

请明星喝酒要付钱

很多大制片、大片商，或者是名流大老板们，在一起宴客的时候，最时髦的就是找几个女明星陪陪酒，倒也不让她们白陪（当然并不是谁都请得起的），以前的公价是每位港币五百，如今黄金、股票的行情日日不同，这些黄毛丫头的身价当然也就水涨船高，总要一千元一位吧。不过也只是陪陪酒而已，想打别的念头可另当别论。倒并非哪个三贞五烈了，亲兄弟，明算账，车马费归车马费，交朋友归交朋友。

有一天在配音间里，李婷把手指伸在电线插头上问道："如果这样，死不死得了，这样死，是不是很痛快？"

当时大家只以为她说笑话，谁又料到她真的会想不开呢！也许那年头的风气使然吧，自林黛自杀之后，几乎每年都有一个照方执药的女明星，莫愁下来便是乐蒂，乐蒂下来李婷，李婷之后是丁皓，丁皓之后是杜娟，接二连三的好像不赶着自杀就不够大明星似的。

算起来女明星自杀而死的还真不少,虽然死法不同,遭遇各异,但都是花样的年华就结束了生命。阮玲玉、英茵、李绮年这些四十年代的明星,也许年轻人连听都没听说过。最令人难以忘怀的恐怕还是林黛吧,可是林黛从没陪过大老板们吃过"星酒"(有别于花酒)。

开始,我也不知道请明星还要付钱的,而明星们也就照收如仪,一点都不以为耻。记得第一次发现这种情况,是香港还没有廉政公署之前,有几位警司和我是很要好的朋友,当初并不觉得他们的结识我,是为了间接可以认识一些女明星,后来才知道,原来他们拿我和胡金铨做幌子,请一些新出道的明星和歌星,因为那些所谓明星的小姐们,一听说有我们两人在场,都认为并非全是吃豆腐的场合。想不到他们当着我们的面,仍旧老着面皮向隔壁的"明星"们上下其手,简直和在酒家里吃花酒没什么两样。最使人难堪的还不是他们掏出一叠美金,每位明星一人一百地分配,而是那些小姐们,居然还为了美金而争风吃醋起来,您看叫人难不难为情?

只有一次例外。有一位印尼朋友请我吃饭,希望我能找两位明星,凑凑热闹。谁都知道我的契女多箩箩,所以还不便推辞,于是找了那天一起拍《瀛台泣血》的陈萍和萧瑶。请客的地点忘了是什么地方,总之是一间高级的广东菜馆。席开两围,男士只有六位,其他都是小姐,我也分不出哪位是歌星,哪位是明星。总之酒过三巡、菜过五味之后,那位富商的秘书又取出大牛一大叠,公开在女星的座位前各派两张,萧瑶大概是第一次见过这种世面,急得眼泪都掉下来了。我忙叫那位秘书把钱收回。她后来急流勇退的念头,可能就是由那天兴起的也不一定。倒是陈萍落落大方,把那一千元放入皮包内。不过那天她的表演是最精彩的,因为饭后大家一窝蜂似的拥进了夜总会里,我还记得当时表演的乐队还是温拿五虎呢,结账的时候是四千三百六十五，那位富商刚要掏信用卡，经理告诉：陈萍小姐已经付过了。不仅那位阔佬发呆，连我也愣了半晌。

江青冷手执热煎堆

有很多人一眼就能看出台湾来的歌星、明星们都有些相像，原因都是一位姓林的女医生一手造成的。小不点尹怀文曾为作，对在下的长相刻意地描画了一番，并请我去美过容，这倒的确是千真万确的事。我虽然美过容，但看起来"依然故我"的原因，说起来还有一段古，那可要回溯到我在台湾拍《西施》的时候。

《西施》是我的国联公司和龙芳领导下的"台湾电影制片厂"①合作拍摄的。龙芳厂长之要拍这部片，完全是为了捧捧他旗下的张美瑶，这是人所共知而大家心照不宣的事，加上张美瑶也的确姿色出众，所以我和我的投资人也都默许了的。不料有一天龙厂长忽然坐着他的那部老爷车来到国联，开门见山的一句话就是："翰祥，'新闻处'开会决定，通过了《西施》的预算，也通过了西施由江青主演。"

说完之后，连二句话也没有，就登车而走。看他的态度，多少有些无可奈何的迫不得已的样子。后来才知道，原来当时的"新闻处"处长吴绍燧对张美瑶演西施有些微词，所以龙厂长才主动地提出更换主角。本以为张美瑶到底是"台制"厂的，而"台制"是"新闻处"直辖的，肥水当然不落外人田了；没想到吴处长顺水推舟地来了个通过照办，所以江青才冷手执了个热煎堆地演起西施来。

---

① 即"台湾省政府新闻处"电影摄影场。

江青演《七仙女》当然没人觉得什么不对，反正谁也没见过七仙女什么模样。可是西施就不同了，因为"情人眼里出西施"，西施也就在人们的脑子扎了根，就像有人说张艾嘉不像林黛玉一样，一发表了西施由江青饰演，大家都不免摇头。所以我和国联的几个高级职员，连夜开了个会，就江青容貌上的缺欠提出了补救的办法。我一直觉得江青的眉梢下吊，看起来总不大好，嘴也有些扁，下额也不够高，于是想起找林医生美容的事。第二个想到的是朱牧，三爷演刚愎自用的吴王夫差，多少欠些帝王的霸气，原因是前额似嫌太矮，鼻梁也不够高，所以大家也提议他去"翻翻脸子"。

"翻脸子"的笑话

"翻脸子"是北京说相声的一个段子，说北京城来了个"翻脸子"的德国大夫，如果谁认为容貌不好的，大可以找那位德国大夫，把脸子翻一翻，把里边比较好的一面翻到外边来。于是：

甲：我一听也去找那位德国大夫了。

乙：您也把脸子翻过来啦？（做左看右看状）。

甲：那位德国大夫，一听我要翻脸子，叫我挂了号，付了钱，然后把我请到了里间屋，叫我坐好，用X光朝我脸上足那么一照。

乙：太难看了，是要翻上一翻。

甲：那位德国大夫照罢之后，又把我请到外间屋的挂号处，把我付的钱，原封未动地交还给我。

乙：怎么了，不把您的里边翻到外边来吗？

甲：他说（外国味的中国话），不要翻了，你的里边，还不如外边呢！

这当然是笑谈，可是江青、朱牧去翻脸子，还真有一段趣事。

原来江青到林医生美容院后，日久天长地和她成了朋友。林医生一直和江青讲，叫我也去开开双眼皮，她说常在报上看我的照片，别的都好（可不是我自己朝脸上贴金，的确是林医生说的），就是眼睛太差劲了。原因是我的双眉太浓太重，眼睛太小，一笑起来真应了广东那句"见牙不见眼"的话，所以必定要开开双眼皮，倒不是为了美不美的关系，而是为了眼运的关系。（杨群和成龙都是开了双眼皮而走运的，石磊开了双眼皮之后也片运亨通，只是张冲开了双眼皮还不见转运。）

我听了大不以为然，不料陪朱牧去美容的时候，可险些来个画龙点睛。那次是我和国联的经理郭清江陪朱牧去的，朱牧是为了演吴王夫差，改改容只能算是为艺术牺牲而已。可是那林大夫却偏偏向我大卖广告，并且用一条骨头针朝我眼上划了一划，说也奇怪，眼睛当时就精神起来，的确比我的"猪眼"要强得多，当时我的确有些蠢蠢欲动，忙问道："动手术要多久？"林医生马上告诉我："只要十分钟，一点都不痛，照样可以工作，其实不是开刀，只是用线缝一缝。"

我回头望了望郭清江，他的眼是一只双，一只单，倒的确应该把单的一只缝一缝。他也说和我一起缝。长者先，幼者后，我比他痴长了几个月，当然由我先来。于是在推推让让之下，我就躺在了美容床上，只见林医师穿针引线，护士小姐拿起麻药针正朝着我的眼皮边注射，我忽然想起父亲八字上的批语："画龙已点睛，破壁已飞腾。"那是他三十九岁的流年批语，看起来大有飞黄腾达之意，没想到那年刚好是他的死期，事后才知"破壁已飞腾"的原意。我躺在美容床上一想，我的妈，那年我也不多不少三十九岁，要真是一点睛，也来个破壁飞腾，岂不是糟糕一麻斯？于是一个鲤鱼打挺，由床上跳下来，和郭清江讲："清江，还是你先来吧。"

于是他果然在三分钟内，把那只单眼变成双眼，看看的确前后判若两人，本来应该轮到我了，不过我想了想还是观观他的后效如何，再做道理吧。

艾黎美容出了毛病

当天晚上，郭清江果然不痛不痒，居然还在我家里打了八圈卫生麻将。临行之前，我特别留神看了看他，动过手术的眼睛不红不肿，这才相信林医生的神技，果然是名不虚传。

可是第二天就不对了，他的眼肿得像个桃儿一样，吃过消炎片也是无济于事。接连三四天，始终不见平复，吓得他马上去看外科医生。那位医生一问缘由，还训了他一顿，说他要脸不要命，然后替他把线拆除，恢复了本来面目。其实他也不想美什么容，完全是一时好玩儿而已，没想到差点儿玩出了命。这一来我的单眼皮也就不敢变双了。这件事除了林医生之外，只有我们三个人知道。没多久，《中华日报》的记者刘一民就以全版的篇幅，介绍男女明星美容的情况，其中居然有我，怎么会传开来的就不得而知了，我想总不会林医生对外宣传的吧？如果她的客户经她美容之后的尊容，依然和我一般，她又有何光彩？

另一个美容出了毛病的女明星，大概以演《贞节牌坊》的艾黎最为倒霉了。艾黎本来是经当时的"中制"厂长袁丛美的介绍而加入国联公司的。名字也是我替她起的。到国联的第一部戏，就是在江玲主演的《菟丝花》里当第二女主角。那时她还没去美容过，其实样子已经是蛮不错的了。拍戏的时候经常和汪玲比高比低，和男同事之间的桃色新闻也频频传出。《菟丝花》还没有拍完，就和我提出"解约"的要求，我也无可无不可地答应了她。之后就主演了李行兄导演的《贞节牌坊》，又主演了朱原福制片的《意难忘》。有一次在亚洲影展的开幕礼中看见她，简直是脱胎换骨般的美如天人，眼睛大了，鼻梁高了，下巴也尖了，胸部也高了。看她在人群中婀娜多姿地走来走去，引得男士们个个张口结舌、女士们既羡且妒的样子，真不得不佩服替她美容的那位医师。

按理讲她应该见好就收了，没想到不知道何处令她不满意，又去加工了一番，这一番可真变成了杠上开花，把如花似玉的脸蛋儿搞得七拧八歪。我由台湾回香港的那年，住在尖沙咀的恒星楼里，圣诞前夕，她带着她的新男友忽然闯到我家里来，两个人大概是喝得差不多了，一聊就是大半夜。我是个习惯早睡的人，可是他们两位就是不顾我的哈欠连天，一唱一和地在谈恋爱经，我看看艾黎的脸，心里好不替她难过。没多久，有人把她介绍给罗臻，想叫她做新戏的女主角，罗导演看过之后，低声地埋怨那位介绍人："干什么，介绍她干什么，我拍的又不是《天师捉妖》！"

所以直到现在也不敢再转什么美容的念头。看到几位影坛的老英雄，也开了双眼皮，不仅打心眼里佩服他们的勇气，对他们这种干到老学到老的精神，还挺羡慕，尽管那双眼睛看着又别扭又好笑！

《倾国倾城》在北京放映

最近出了一次门。这次出门的最大收获，是在飞机上碰到了李莲英的孙女李淑芬，知道了很多太监的秘密，是从历史、野史和笔记小说中无法知道的！

李淑芬是北京图书馆期刊组的负责人，为了考察而出国的。在飞机上，听见她们几个人说地道的京片子，觉得奇怪，不由得多打量了她们几眼。我当然不认识她，她却隔座向我问了一句："您是不是李翰祥先生？"在我来说，这倒是司空见惯的事，不过看她的穿着打扮，完全是"同志"的模样，根本不像我的影迷，可是既被人认出，也没理由不承认。然后她和她的朋友换了个座位，挨近我的身边，还给了我一张名片，并且告诉我，她在北京曾经看过我的《倾国倾城》。

《倾国倾城》是邵氏的出品，照理绝对不可能在北京公映的，她说那是在所谓"内部放映"的观摩会上看到的。以前也有艺专的同学来信告诉我《倾国倾城》在大陆放映的情况，起初我以为只是少数文艺界的人们看过，最多也不过是千把人而已，想不到有人告诉我最少要有几十万人看过。原来这部影片不仅在北京放过，也在上海放过，所以才有赵丹辗转托人约我导演《李白与杜甫》的事。

至于片子用什么方法进入大陆，或者由何处进入大陆的，恐怕是连邵氏兄弟有限公司的老兄弟和小兄弟们都没法知道的事。

最使人出乎意料之外的，就是北京故宫博物馆的馆员朱家溍先生居然还在香港《大公报》上写文，发表了一连五六篇的"观后感"。想不到"内部"放映的影片，居然有了"公开"的影评，而且说《倾国倾城》的导演是闹着玩的（其实我还真是玩了命的）。尽管我对一些清宫的礼节不够朱家溍同志研究得透彻，但也算下了一番心思的。邵氏在制作这部影片时，甚至将两座相连的影棚打通成了一座，哪有这么闹着玩儿的？让我们看看号称十亿人口的大陆影片，近三十年的出品，好像还没闹出一部《倾国倾城》的场面来呢！

据说这样被所谓"内部影片"放映过的，还有白景瑞的《新娘与我》《家在台北》，胡金铨的《侠女》和宋存寿的《绿色山庄》。名为内部放映，实际上大陆上的机关多的是，每个机关"内部放映"一场或两场，都可以发个六七千人的入场券（大的剧场甚至一场就可以容纳六七千人）。而每场的内部放映，门外都有非内部的人们在戏院门口等票，就像等飞机票和去澳门的船票一样，万一有哪位内部的人员绰余了几张票，都可以用香港黄牛票的方式卖出。国内的电影票是两毛五分人民币一张，内部放映的香港片，多数可以卖到一块钱一张。所以所谓的内部放映，也就变成了半公开的放映，因此大陆的同志们对台湾的甄珍和林青霞，也和邓丽君的名字一样的毫不陌生。据说，有一位首长看过《倾国倾城》之后说道："看，人家在香港没有故宫的，反而拍出了宏伟的、几可乱真的宫殿影片，我们有故宫的反而拍不出！"

李莲英曾救过光绪帝

不过，在我的记忆所及，也并非完全没有拍过，好像《林则徐》的外景，部分就是在北京故宫太和殿前面拍摄的，不过后搭的内景和外景的气势联不起来，看着根本是两码事。还有《甲午风云》也在故宫的御花园拍过外景，可是西太后临朝的场面，拍得活像个土地庙，那才真是闹着玩儿呢！

至于朱家潽先生指出，《倾国倾城》里早朝的王公大臣们穿着辅服马褂，在东华门外喝豆浆的情况是不可能的，那大概因为他没读过齐如山老先生著的《齐如山全集》吧，看了齐先生跟他们"先君"上朝的情况就不会这样说了。

李同志告诉我，《倾国倾城》里对于李莲英的描写，是以讹传讹的。她看出这戏是改编自德龄公主（其实她根本不是什么公主，大概是外国书商对她的宣传吧，叫着叫着连她自己都以为是公主了）所写的《瀛台泣血记》和《御香缥缈录》吧！我说那是改编自杨村彬先生的《清宫外史》，而杨先生的灵感可能由这两部书中得来的。听说杨村彬的《清宫外史》话剧，由于内部放映了《倾国倾城》而倍受赞扬，所以也在各大城市的舞台上重新上演了。姚克先生编剧、朱石麟先生导演的《清宫秘史》影片，也由大毒草的影片而平反了过来。

李同志还告诉我，她也拜读过台湾名作家高阳的清宫小说，认为他对李莲英的描写也是完全错了的。还有忽庵著的《西太后》对李莲英的描写也是不尽不实的。她说："其实李莲英是个很不错的人，也是极端聪明的人，有很多人怀疑光绪的死是李莲英害的，那是不明内情的一种猜测；李莲英非但没有害死光绪，反而在庚子年逃难的时候救过光绪，在路上慈禧已经几次三番地想把光绪活活地饿死了，是李莲英偷偷地送给他烙饼夹肉。

"把珍妃推到井里的是崔玉贵。那时候刚好李莲英为了安排走难的事出宫了，否则的话珍妃一定死不了，因为他会设法救她的。至于宫中收宫门费的更不是李莲英的主使，而是一个叫作李容的太监（人称回事李三）所为，和李莲英毫无关系。

"李莲英既然是聪明人，当然知道西太后驾崩之后，光绪一定重掌朝政，当然对光绪不会有丝毫的不敬。所以他在慈禧面前是红人，在光绪的眼中也是个老哥哥，因为光绪当着人面叫他'谙达'（对太监的称谓，是'奶妈'的意思），而背地叫他'老哥哥'的。"

这事我以前也听说过，因为一位在宫里修理钟表的老师傅，直到前几年才故去，生前曾经说光绪和李莲英的感情实在的不错，因为光绪和李莲英都喜欢玩钟表，皇上经常跑到李莲英的住处，和他一块儿把钟表拆了装，装了拆，有时俩人都装不上了，就把老师傅叫了来。

李莲英共有四个儿子

如果光绪像同治恨安德海一样地恨李莲英，拆他的骨头还来不及呢，哪儿还有闲情逸致和他一块儿拆表！

李同志又告诉我，很多大臣上折子，说李莲英卖官鬻爵，而西太后总是一笑置之，就因为李莲英从未在她面前推荐过任何外放的官员，或去说过任何人的好话。其实这也是李莲英聪明的地方。他的大儿子倒经常以他的名义收外放官员的贿赂，而李莲英也不是绝不知情，可就是一句好话不说，以免连累了自己。等外放的好缺刚好派上某人，某人自然欢喜，否则也会觉得自己的贿赂没有别人高，也就只好认命。

我听她说李莲英有儿子，倒是奇怪起来，以前听说李莲英是二十几岁才净身的，也许是娶过老婆吧？李同志说："不，李莲英是七岁进宫，九岁净身的。"

我一听这两句词儿好熟，像是在哪里听过，一下子想起京剧《法门寺》里刘瑾的道白："咱家姓刘名瑾,表字春华,我乃陕西延安府的人氏,自幼九岁净身,一十三岁侍候老皇,老皇驾崩,扶保正德皇帝登基……"

怪不得有人说《法门寺》是编来讨慈禧皇太后好的,看样子还真不错。咸丰在热河驾崩那年,李莲英也是不多不少十三岁。她说:"李莲英的原籍是山东济南人,闹饥荒那年,全家一边要饭,一边走到河北省的大城县,在京西青龙桥落了户。

"李莲英兄弟五人,他是老二,七岁进宫,拜安德海为师。跟了两年之后,安见他聪明伶俐,加以自愿净身,所以就把他送到厂子(太监净身处)里动了阉割的手术。十三岁时因为英法联军进了北京,火烧了圆明园,所以随咸丰皇帝到了热河。咸丰驾崩,同治登基,叶赫那拉氏母以子贵成为慈禧皇太后,因为和以肃顺为首的辅政八王争权,被肃顺将她和慈安以及她们的手下人全部监视起来,没有办法和北京的恭亲王联络。以前的传说是安德海逃出热河,跑到北京给恭亲王送了信,恭亲王才赶到避暑山庄,其实真正的送信人是十三岁的李莲英。因为肃顺对安德海的监视,更甚于两宫皇太后。李莲英是个小太监,也就不大惹人注意,所以他挑了两桶泔水,由庄后溜了出去,把两宫太后的手谕,夹在辫梢里,再用头绳紧紧缠裹之后,打了个死结,连夜跑到北京的。这档差事的主使人,当然是他的师父安德海。所以在两宫回銮之后,斩了为首的肃顺、载垣和端华,其余的五人革职,充军新疆发配。两宫太后垂帘听政之后,安德海和他的徒弟李莲英也就成了宫里的大红人了。

"至于李莲英的儿子,一共有四名之多,全是过继自他的兄弟们的,大哥的房下过继一人,三个兄弟的房下,每个一人。他们的名字是:老大李福海,老二李福恒,老三李福荫,老四李福田。其中他最喜欢的是第三子福荫,因为他生的那天,正是李莲英开始飞黄腾达的日子。李莲英的住宅在西城护国寺棉花胡同五十六号,如今被收为国有,改成西城区中医院。李莲英在世的时候,住的是外院南房。

"李莲英的妹妹也未曾参加过选妃的行列,而是经由西太后指婚嫁给了白寿山。袁世凯当直隶总督的时候,为了巴结李莲英,曾经派给白寿山一个保定府的厚缺,因为李莲英的反对,未果。白的孙子现在是黑龙江的县委书记,也算是黑省的负责人之一。"

太监生前不说高升

"倒是李莲英的侄女李淑芳,因为经常替西太后做鞋而得到老佛爷的欢心,所以赏了很多荷包钱给她,而她就用这笔钱供两个弟弟随顾维钧到美国读书。"

我奇异她对李家的事如数家珍般地详细,大胆问她跟李莲英可有关系,她坦白地告诉我,她是李莲英的孙女,她的爸爸叫李福厚,祖父是李莲英的三弟。

庚子年(一九〇〇年)八国联军进北京之前,李莲英和他的一兄三弟,还是全部住在一起的。之后,他的三弟李善堂因为为人耿直,看不惯家里人因了李莲英的关系而不可一世的样子,搬出另住。三弟媳吕氏也是非常善良的人,所以李莲英生前,把一些值钱的珠宝和封在锦盒中的命根子(身体一部分)全部交托给吕氏。据说吕氏缝了一个口袋,坐卧立行都不离体地系在腰间。李故后,吕氏一手为他发丧,把锦盒中的命根子又连在他的遗体上。这礼节在太监来讲谓之"高升",所以太监活着的时候,如果有什么升迁,谁可不能说:"恭喜公公高升,贺喜公公高升。"因为那比上海人骂"侬要死快哉"还严重。

据说慈禧临终之前,跟他说:"小李子,我再放你三年假,三年之后你再来服侍我吧。"果然慈禧死后的三年,李莲英也寿终正寝,享年六十三岁。

李莲英出宫的时候,全部家当只有十五万两银子,比起在京津有七千所房产的小德张来说,可就差得远了。据说李莲英离宫之时,还被小德张足足地敲了一笔。看起来恶名远扬的总管太监李莲英,与侍候裕隆皇后的小德张比起来,还算个大好人呢。

张勋的复辟失败之后,冯玉祥来了一个逼宫,把宫里的宣统和妃嫔、太监们赶出宫去。小德张跑到天津,居然作威作福地做起寓公来了,姨太太就搞了十几二十位,据说他经常在这些莺莺燕燕的身上又啃又咬地变态发泄,所以令到其中的一位由于不堪虐待而跑出府去,并且哭到天津警察总署去报案。想不到小德张神通广大,居然一个命令,警察局长就乖乖地把那个姨太太又送回府来。小德张一气之下,拳打脚踢,足那么一折腾,愣把她活活打死。这个五肢不全的家伙,还真是和尚打伞无法无天。

李莲英与金少山的父亲金秀山很要好,而且因为嗓音洪亮,所以小生戏也唱得格外出色。高庆奎十岁之前到宫里唱戏,演的是娃娃生。有一天在敬事房等候上戏的时候,看见李莲英忙请了安,说了声:"总管吉祥。"李莲英问了他几句话,他一时答不出,脸憋得红而又红,又说了一句:"总管吉祥。"李莲英笑笑之后,一一告诉他应该怎样回答,所以日后高庆奎常常念叨这件事。

李莲英每次由宫里回到家中,都向几个过房儿子苦口婆心地教导,告诉他们日用要节俭,因为一粥一饭、半丝半缕都是来之不易的。

他常说他是：

　　头在腰间系，
　　腿当脚来行，
　　一朝龙颜怒，
　　五体把尸分。

　　令到李莲英恶名在外的，多是因了他的长子李福海用他的名义，在外搞风搞雨、招摇撞骗的关系，所以，很多王公大臣都敢怒而不敢言地把李莲英恨之入骨。

　　一般的民间传说和一些历史笔记，记载着李莲英在宫中勾结白云观的老道，里应外合地收贿赂，替一般外放的官员打点，那只是不明所以的想当然耳。其实太监本身也等于出了家的道士，而且分为龙门和火山两派。李莲英就是龙门派。清朝进关以后由顺治到宣统，始终是龙门派掌权。

　　很多人以为李莲英是半路出家的，到三十岁才净身，并且先得了消息：西太后最珍惜头发和喜爱新式发型，所以先到八大胡同的妓馆里，去学了妓女们的新发型，然后才去掉命根子进宫的。高阳兄的《清宫外史》就是如此这般地一路写来。可是最近在北京的太监墓地上发现的李莲英墓碑，明明写着"七岁进宫，九岁净身"的字样。

　　再说李莲英就算真的在八大胡同里学过"发型设计"，恐怕也不适宜用在慈禧皇太后的头上吧。您以为"四人帮"的江青呢，跟石头胡同清吟小班的窑姐们，可以一样地穿着打扮？或者干脆戴个假发什么的？

　　大家别忘了，西太后是旗人哪！旗人梳的是两把头啊！您见过窑姐儿们梳着旗头，穿着花盆底接客吗？嫖客们当然高兴了，八旗子弟兵干吗？那些王公大臣和贝子果贝勒们肯吗？您以为逛窑子是四郎探母哪？大茶壶高声一喊"见——客了"，铁镜公主梳着个两把大旗头，中间插朵牡丹花儿，踩着花盆底拿着块大手绢儿就扭出来了？不过也难怪，我这位醉猫朋友连北京都没去过，当然没逛过八大胡同了，他大概以为百花楼里是汉满蒙回藏，各民族的姑娘们大会串呢。拿石头胡同当了民族文化宫了！天津人讲话："这不是糟改嘛！您嘞！"

饮下午茶时发现白小曼

最近有一个圈外的朋友，突然打了个电话给我，说是看到一部由白小曼主演的小电影，并且告诉我是可以由一间"公司"里买得到的录影带。我听了将信将疑，问了那间公司的地址之后，马上叫司机开车去看了看。

那是在旺角一间戏院对面的大厦里。店里的职员由柜桶里拿出一张目录表。我看了看目录表，上面打着的全是英文名，但其中却夹着一条中文——《龙凤配》。

我忙问道："怎样，还有中国片？"

他笑了笑一缩肩膀："就此一部，由电影明星白小曼主演的。"

"真是白小曼？以前也有人用她的名字招徕，结果是个冒牌货！"

"这是货真价实的'正嘢'，她契爷李大导着过都是真的"。我看得出我一进门他就认出我是谁了，所以故意地开玩笑，我说："你看过没有，真不真？"

"真！珍珠都没那么真，真不错，称得起珠圆玉润，勾魂摄魄！"

看他一本正经的样子，不信他十成十，也要信他九成九，我叫他拿给我看一看，他马上说："睇？我的冇机器睇个，买番去睇了。"

"有没有封面和照片什么的？"

"我们不是卖三十五毫米的大电影，没有什么海报和剧照，两百五十元一套，又唔系好贵，买番去睇下了。"他看我点了点头之后，忙和另外一个马仔说："去拿了白小曼主演的《龙凤配》。"

半天之后，那个去拿录影带的马仔还不见到来。

记得第一次在半岛酒店约晤白小曼，也是等了一个多钟头，才见她娜娜地行来。很多报上影剧版写专栏的记者们，都是捕风捉影地去写明星的出处，以及日常生活的花絮，只求娱乐读者也就是了，很少对某件事去有小心求证的。甄珍到国联公司的时候，只有十五岁，还是个说大不大、说小不小的半大孩子。很多报道说她是国联招考新人时从几千个人中选出来的，又有人说她的照片是同学们替她送给我的。其实这都不是确实的。她是女作家张淑涵女士带着来泉州街一号的国联公司的，淑涵女士向我介绍她叫章家珍，爸爸是杭州人，母亲张凤是东北人，以前也是"满映"的电影明星，和刘恩甲、周晓晔、张冰玉都是同事，讲起来大家都是熟人，所以也就一见如故了。由她们的嘴里，知道章家珍很喜欢电影，我也认为她是演员的好材料，可惜年纪太小，高不成低不就，但我仍是一口气答应张凤和她女儿签了五年合约，并且替她起名甄珍。我的广东话一直很蹩脚，以为甄珍的粤语和国语同样发音，经常听广东人讲"珍珠都冇这么真"，所以就用了这个字。后来知道"甄珍"在广东人嘴里是读阉珍的，甄珍原来的性格是天真烂漫的，叫着叫着也许真的阉阉尖尖起来。

白小曼的名字，也是我替她起的，她本来的名就叫胡芮梅的，是我和林鸿颖在半岛饮下午茶的时候发现她的。林鸿颖是我拍《杨贵妃》时候的化装助理,正化装师是陈濠。阿鸿和如今邵氏的化装师都算他的学生。后来我组国联,阿鸿跟我到了台湾,小胡(金铨)拍《龙门客栈》又把小青带到联邦。如今小青已经回邵氏多年,而阿鸿还留在台湾,由于影圈的朋友多,有时除了化装之外也做做制片,拍拍独立制片什么的。他每次回港,都还念旧地来看看我,那一次他也是为了与星马片商谈版权问题而特别来港的,所以说有些问题想和我讨论,还没坐下多久,就看见两个女人和三个中年男子走过。

白小曼母女形同姐妹

在说的两个女人,其中一个后来才知道是白小曼的妈妈,但看起来形同姐妹。母女二人的身材一样修长适中,肌肤一样莹白圆润,而且一举手一投足都显得格外的有型有款,既边式又"帅"。绝不像很多女士,只看脸是美丽过美丽,但讲腰身风度就土里土气一无可取了。所以,全半岛大堂的上下人等都为之侧目。

看她们和那三位落座之后,我和阿鸿说:"怎么样,你看穿绿衣服的小妞儿怎么样,拍电影挺上镜吧。"阿鸿其实也和我一样地朝她注视良久了,一听我一问,马上答道:"一流,开麦拉菲斯一流。"

我低声跟他说:"过去问她喜不喜欢拍电影,喜欢的话,我介绍她到邵氏公司去。"

阿鸿一听,把衣领拉了一拉,站起身形,刚要走上去,却见那个穿绿衣服的小妞,一拉身旁留平顶的中年人站了起来,和右手的中年妇人耳语了两句,就和那矮矮胖胖的中年人走了出去。

他们一阵风似的,经我们面前,匆匆走向半岛的后门。本来已经站起身的阿鸿，望他们的背影去远，看看我一摇头，肩膀儿一端笑着坐下。看他那副有辱使命的无可奈何状，倒使我想起在台湾西门町的一件事。

那是我和刘维斌、康白三个人在西门町附近的一条龙吃过午饭之后，安步当车地闲游散逛。忽然由对面走过一群穿着校服的女学生，其中有一个面貌清秀，骨骼停匀，气质高雅的女孩子，和后来由宋存寿发现的林青霞差不多，简直是拍电影的好材料。维斌和康白也和我一起驻足观望，维斌是个鬼精灵，向我一望，眼睛里已经知道我心里的意思，我说："好，好材料。"

他没等我说完，就三步并作两步地追上前去。我和康白远远地望着他，只见他和那几位同学指手画脚地口沫横飞一番，然后朝我指了指。大伙儿的眼光全部朝我这边扫来，倒令我有些局促不安起来，忙一拉康白，朝前走去。半响维斌歇歇喘喘地赶了上来。我忙问："怎么样？"

"好，纳底子不用锥子——针（真）好！"

康白看他得意洋洋的样子，马上说："没问题吧？维斌的嘴死人都能说活了。"

想不到维斌倒是干板剁字地说了句："这回是活人叫我说死了，我说得天花乱坠，她有一定之规，说大半天也不成，死人不肯。"

康白忙问："你没说出翰祥的名字。"

"说了，怎么没说，这几个小家伙刁得很，她们反问我一句，倒令我好窘，她们说：'李翰祥？谁是李翰祥？'"

"真是活见鬼，太妹（飞女），一定是太妹！"

可是在半岛中初见白小曼的印象，绝不像个太妹，由衣着举止看，当然也不是个书院女，脸部的化妆浓淡适中，落落大方的样子，倒有点像在航空公司服务的空中小姐。

总以为他们出去打打电话,或者叫那位绅士陪她到洗手间的,因为座上的二男一女好像在等他们回来,但等了一个多钟头,还不见她的人影儿,所以我和阿鸿埋了单走了出去。

也是无巧不成书,我们刚出半岛后门儿,一辆的士停在我们面前,首先下车的正是白小曼,那位男士跟在后面,步履维艰地直用手绢儿擦额头上的汗。

《声色犬马》布景早搭妥

白小曼在前匆匆地进了大堂,好像后面那位男士跟她毫无关系似的。看在我的眼里,倒也摸不出什么路道,但当时绝没往歪里想,本着三军容易得,一将最难求的心理,一拉阿鸿,又回到茶座上。我跟阿鸿说:"先问一问她喜不喜欢拍电影,不喜欢就算了,别勉强,也别提我的名字,我是怕她也来一句:'李翰祥,李翰祥是谁?'"

看阿鸿走到她的身边,我还真有点替他担心,生怕他又碰一鼻子灰,其实倒也无所谓,很多事都是可遇而不可求的,好莱坞的星探看上眼的人物,也不见得都喜欢拍电影的。

看阿鸿和她低语了两句,然后他们满台子人都朝我望了过来,白小曼大大方方地朝我点了点头,然后站起身和阿鸿坐到旁边的一张空台子上。

阿鸿谈毕归来,笑容满面,看样子是顺利地达成任务了。一问果然,并且已经约好明天三点钟,大家仍在半岛碰面,由我直接和她谈,因为她觉得阿鸿有点吃豆腐的意思。事隔很久才知道,原来她以前拍过一部电影的，那部戏的导演是我的老朋友杨世庆。我们早在永华期间就是同事，那时我是基本演员兼副导演，他是李伯（应源）和莫稽（康时）联合导演《拜金的人》的助导。可是白小曼拍过戏的事，直到《声色犬马》拍完之后我才晓得。听人说那部戏是和泰国合作的，拍到一半，杨导演为了她的不会演戏，差点没把鼻子气歪了，所以中途把她的角色换了，由第一女主角降到第二女主角，后来索性把戏又删又减地勉强拍完。在她来讲，这当然是件不体面的事，所以一直没和我提起，我也是知道了装不知道。

阿鸿告诉我她姓胡，叫芮梅，旁边坐着的那个女人是她的母亲。胡芮梅固然漂亮，但她的妈妈几乎比她还要漂亮得多，而且说话慢条斯理的，和善得很。

第二天我和阿鸿准三时到了半岛，可是这位小姐是左等不来，右等不来，眼看着已经快四点了，我看看阿鸿，笑着说："我看，这次不是你吃她的豆腐，而是她吃你的豆腐了。"看阿鸿噘着嘴，刚要口出不逊，忽然看见她由正门慌慌张张地跑了进来。阿鸿忙迎上前去，把她带到我的面前，介绍了一番之后，她看了看表说："还好，刚过三分钟。"

阿鸿倒被她说得一愣，不由也看了看表："三分钟？小姐！已经是四点三分了，不是三点三分！"

她还挺认真地说："是啊，我也没说三点三分哪，我们约的不是四点钟吗？"

阿鸿刚要分辩，我向他使了眼色，然后跟她说："是，约的是四点钟，我们也是刚到。"

等她叫了一杯鲜橙汁之后，我正式问她有没有兴趣拍戏，她倒也答得干脆："当然有啊，没有今天也就不会来了，不过我可不大会演戏，单有兴趣恐怕不行吧？"

"行！怎么不行？会演戏反而是演员的包袱，你没听说过'作戏咁么作'的话吗？"

她听了倒也笑了，其实，那两天我的新戏《声色犬马》的布景早已搭好，男主角当然是许冠文，诸事齐备，只欠东风，唯独缺一个女主角。那时和我合作的女演员，不是胡锦就是恬妮，六先生也希望我能够再找一两个新人，但是找新人谈何容易，又不是买青菜、萝卜，拣在篮子里就是菜！

光芒四射的白小曼

想不到踏破铁鞋无觅处，得来全不费功夫，所以我提议她马上和我到邵氏片厂拍拍定装照，试试镜头。她倒也爽快得很，而且兴致特别高，说走就走，马上一长身形，把皮包朝身后一搭，一把拉起阿鸿，忽然眨了眨眼："哎……对了，你昨天说你叫什么来着？"

"林鸿颖，大家都叫我阿鸿！"

"好，那我也叫你阿鸿吧，阿鸿哥，走！"然后拉起阿鸿的手就朝外走，看我招手叫了一声仆役，才知道还没算账，忙一缩肩膀，一吐舌头，一下子比昨天老喋喋的样子小了好几岁，简直像个孩子。其实那年她也的确不大，才十九岁，只是长得玉立亭亭，穿着又时髦了些，所以看起来像二十三四岁的样子。

坐在车里，她告诉我很多话，后来才知道，那全是乱话三千，美丽的谎言。

她告诉我家中还有两个姐姐一个哥哥，她最小。她们家原是在台北，她小的时候，母亲跟父亲就合不来，所以一个个地把他们带到香港。四兄妹之中，以她离台北的时间最晚，所以两个姐姐在大学毕了业，如今大姐在一间大公司做副经理，二姐在一家大学当助教，哥哥在香港大学念书，明年就毕业了，家里数她的学历最差，是××英文书院毕业的。（后来余莎莉也信口开河地告诉我她是××书院毕业的，我还信以为真地替她拍了一个介绍她的短片——《一个新星的诞生》，旁白把她的话全盘搬了上去，想不到那间学校的校长郑重其事地给我们的老板邵爵士来了封信，说他们学校的历届毕业生中，从来就没有什么莎莉余，或什么余莎莉的，所以他们学校不敢高攀，希望邵氏公司登报更正。所以白小曼告诉我的书院，如今只好用××代替了，因为我知道那也是她诌出来的。这些黄毛丫头还真大胆，居然和我编起骗术奇谭来，这不是圣人门前卖百家姓么！）

她说得很诚恳，我当然照单全收地信以为真，因为我不觉得她有必要和我说假话。到清水湾的邵氏影城时，已经是五点多了，是一般工作人员下班的时候了，所以化装师小青刚要开着他的车子回家，我忙叫住了他，把原委告诉他之后，马上把白小曼带到化装间去。一时之间，整个化装室像炸了营似的一阵骚动，一屋子的男男女女以及龙虎武师们都为白小曼的样子而交头接耳，议论纷纷。的确，她天生的就是明星材料，因为只有明星才会光芒四射，而白小曼的光芒射得更远，使所有第一眼看见她的人们，都会目光一亮。所以她后来到台湾参加亚洲影展的时候，是会场里风头最劲的一个，很多明星在她面前都黯然失色。《声色犬马》布景搭在影城的第九棚里，是许冠文饰演的吴大夫的诊疗室，布景把电梯、走廊、候诊室和吴医生的诊室搭在一起。这段故事原来是改编自高雄先生的《二十年目睹香港怪现象》上集中的一段。如今四五十岁的人，对于吴×坚医生的新闻，恐怕还不至于忘记吧。因为那是一件医生迷奸女病人的案件，而且公审的时候，报章杂志把迷奸的过程都报道得特别详尽。

白小曼所要饰演的角色，就是那位被迷奸了的女病人（据说那个女病人是一些吃了吴医生哑巴亏的太太、小姐们卖出来的，真相到底怎样，因为事隔多年，不大记得清楚了）。等她化好了装之后，摄影师和灯光师们把摄影机和灯光早已安排妥当。我叫她由电梯中走出，然后转走廊弯，推门走进吴医生的诊疗室。她照着我的指示试了一遍，在场的工作人员向我暗自点头称赞，所以只试了一次，就正式开始拍摄了。在副导演一声"开麦拉"之后，她由电梯中步出，非但毫不怯场，而且自自然然地仪态万千，绝不像是来试镜的新人。拍完之后，在场的人都替她鼓掌，也替我庆幸，想不到第二天正式开拍却出了毛病！

试镜的那一晚，她和我的心情一样，大家都很兴奋，我说的"大家"，当然包括"星探"阿鸿，也包括了"大军阀"马可许冠文和张冠李戴的我妻翠英，所以戏还没拍，大伙儿就在我家里来了一餐庆功宴。

最兴奋的当然是白小曼，她喝了好几杯白兰地，一饮胜，二干杯，三是先干为敬地喝得个两腮红润，醉态可掬，临行之时，一步三摇的，脚底下直有点绊蒜。

那时许冠文还住在太子道，白小曼住在恒星楼，于是我叫马可顺便送送她。想不到第二天马可告诉我，她醉得相当厉害，呕了两三次，然后依在他怀，狂搂着他的脖子直亲他，马可问她："真的？假的？是不是真醉了。"

想不到她居然唱起白光的《桃李争春》来；"你醉的是甜甜蜜蜜的酒，我醉的是你——翩翩的风采。"

他说："搞得我差点没撞在电线杆子上，回到家里一夜没睡好，当了一夜厅长。"

我忙问："为什么？"

"一进门佩琪（许太）就跟我翻儿了，指着我的脸问：'什么意思？在外边玩儿不够，还带着招牌回家？'当时我还真有点丈二的和尚摸不着头，照着镜子一看，真糟糕，一腮帮子的口红印。"

正式开拍仍要提词儿

听说白小曼一大清早就到了片厂。等片厂的灯光打好之后，已经是十点半了。满以为她的装已化好，因为第一个镜头，就是她昨天试镜时的镜头，所以叫场务小杨去催她，想不到小杨回来告诉我："胡小姐，还没化装。"

我听了倒是一愣："为什么，为什么不化装？"

"她喝醉了，走路都站不稳，一到化装间就在长凳上睡着了。"

我还真不相信她是宿酒未醒，昨夜固然喝了不少，但如今怎么都该清醒过来了。所以我马上起身到化装间，看个究竟。看到她的时候已经在镜前化装了，眼睛眯成了一条线，头还有些抬不稳，样子的确像喝了很多酒，但又跟喝醉酒的样子有点出入，一下子使我想到吃重了迷幻药致死的林道勤，经常也是这样子。我马上一阵不高兴，心里想："好好的女孩子怎么吃这玩意儿。"但我知道，当天劝她也没用，反正吃也吃了，留着以后慢慢劝她吧。于是我回到片厂，把机器位置由走廊搬到诊疗室内，拍女护士刘惠玲在忙替病人挂号的情形。一直到下午四点钟，她才算清醒过来，化好装，穿好衣服走到片厂，万分抱歉地和我说："导演，对不起，我喝醉了。"

我板着脸告诉她："以后拍戏不可以喝醉，也不可吃药，知道了吗？"

白小曼脸一红低声地应了一句；"是，我知道，以后什么都不吃！"

她把一个镜头拍好之后，接着是在诊室里和吴医生许冠文的一段戏。她一会儿告诉医生胸口痛，一会儿又说小肚子痛，疑心自己是心脏病，又好像是慢性盲肠炎，这是一段对白，又要暗含着有点诱惑性，引导着医生的手，在她的身体上旅游。副导演把对白交给她，把剧情也分析给她听，这几句对白，在一般的情况下，任何演员只要二十分钟，就可以记得滚瓜烂熟的，如果是许冠文和胡锦、恬妮她们，连一分钟的时间都不需要的。可是白小曼坐在一旁，抱着剧本读了差不多一个钟头了，还好像没什么把握一样的，要求副导演给她一点时间。好容易才见她很有信心的样子说："可以了，我们试一遍吧！"

于是马可坐好，让她由台角走到医生的对面，在医生的指示下，把外衣脱掉，然后坐下任医生的听筒在胸部和腹部探导病源。西医和中医一样的，也讲究望、闻、问、切，马可取下听筒，问道："你觉得什么地方不舒服？"

底下就应该是她的一段长词。由开始到她答话之前的动作，都做得自然而得体，想不到一该她答话的时候，说完第一句："开始我的胸口有些发闷……"底下就张口结舌起来。

我看她焦急地四处张望，好像话剧演员在台上突然忘了台词，希望幕后马上提词给她的样子。我马上喊了声"卡"，叫她把台词读熟之后，再重新试。如是者她在副导演的协助下，像小学生背书一样，一句一句地朝下念，一直到副导演认为差不多的时候，再重新试一次。

一切动作如前，到了她说话的时候，仍是："开始我觉得胸口有点闷……"

看样子她又闷住了，我马上试着提词儿："后来觉得这儿也有点疼……"

她跟着我："后来觉得这儿有点疼！"

"我想可能是盲肠炎吧！"她也随即很自然地读出。

底下该是马可的对白："不对，盲肠炎该在左边。"

想不到她也跟了一句："不对，盲肠炎该在左边！"

我一听糟了，忙告诉她："不对，那是马可的台词。"

她大概已经跟习惯了，居然也来了一句："不对，那是马可的台词。"

我一看只好又重新试，每次都需要我在一旁的提示，直到正式开拍，也是同样的方法：由她做动作，由我提词儿，而她很自然地读出。还好不像以前一样的现场录音，否则的话我也只好学杨世庆导演一样的换角儿了。

第二天下午，A拷贝印了出来，我在剪接机前看了看，想不到她演得相当自然，一点也不像有人在旁提示的样子。而她在银幕上的一举一动，也一点"戏味儿"都没有，完全跟真事儿一样。看起来通过银幕她的样子更加漂亮。

如果是京剧团的演员们，有一个最恰当的名词，就是："祖师爷赏饭吃！"一点也不假，她就是天生下来的"电影明星"材料，如果不忘词儿，就不仅是明星了，也应该说是好演员的材料了。

白小曼忘记台词哭出来

至于忘词的原因，可能第一天才接到剧本，对临时抱佛脚的方法，有些不习惯。我也知道虽然有些演员把剧本略微一看，就可以正式拍摄，任你随时增减对白，也是毫无影响，你怎样改，他怎样念；可有的演员就不行，一定要先把剧本发给他，然后他详细地研究语气，分析重音，甚至要把对白旁边用颜色铅笔划好记号：重音用红笔，次重音用绿笔，疾时用黄笔，慢时用蓝笔，一部戏拍完，剧本上绝对是翡翠七彩。可是如果临场改一个字，他也不行，到那个字的时候，一定NG。我想，白小曼也是这一种，所以第一天之后，叫她把剧本带回家中，一个字一个字地读熟了，也许就不会有问题了。

想不到第二天她仍是一样。我当初很不高兴，我当然以为她根本没有读过剧本，否则哪会如此？教演员演戏，我是很细心，也有耐心的，从来不会因为演员的戏演错了而对他们发脾气。但是演员笑场，或是不经心，不用功，我可就毫不客气了。因为如此，可能我的脸色相当难看，场上的工作人员也习惯于这种情况，所以大家都鸦雀无声地不敢言笑。这样更增加了白小曼的负担，每试一遍，到她忘词的时候，我就喊卡，卡完再试，试完又卡，不再像第一天一样地向她提词，几次试下来，她居然"哇"的一声哭了出来！

副导演和演护士的刘慧玲，马上把她扶到外边的候诊室去，场上的工作只好暂时停止。灯光师元伯和摄影师阿超都和我说，可能小曼真的记不住，而不是不用功。化装间的人说，她一大清早就到了，化装间还没有开门呢，看样子只有七点四十吧，小清替她化装的时候，还见她抱着剧本在念呢。虽然我不相信像她这样的女孩子记忆力竟会如此之差，但也不得不另图良策。我忽然想起，既然在A拷贝里看不出旁边有人提词的样子，就再试试提词的办法吧。我叫副导演告诉她我的想法，叫她马上擦擦眼泪，补一点粉，重新试过。

在她到化装间去的时候，刘慧玲也告诉我，她的确是念了一夜，可是她说脑子里就是空白一片，一个字也没有。

就这样，整部《声色犬马》，都是我在旁边一个镜头一个镜头地提示，而她就依样画葫芦地按着对白表演，一边从容不迫地像唱双簧一样地说着对白。试片的时候，非但观众们看不出，连配音员们都不相信是如此这般拍摄的。最难能可贵的是，居然有人赞她的演技生动自然，所以有人问杨世庆："你说胡芮梅不会演戏，怎么一到了李翰祥的手里，改名白小曼就演得这么好呢？"

他纳闷了半天只说了一句："开了窍了，开了窍了，没办法，什么钥匙开什么锁，名字改得好，十九划，上上大吉！"

其实既不上上，又不大吉，白小曼只拍了一部戏，就学林黛、乐蒂一样地驾返瑶池，主不召而自来了。有人说白小曼临死的时候，床头摆着四张扑克牌，牌面全是"K"，其中一张还用手撕了个粉碎；有人估计跟黑社会的组织有关，所以猜测她是被黑社会的人物逼死的。

当初，我替白小曼起名字的时候，第一个想到的就是"白"字，因为"白"字笔画少，字面好看，而她的皮肤也的确是莹白如雪。电影明星的艺名起得最好的女演员应该是白光，男演员是赵丹。赵丹的"赵"字笔画还显得繁复了一些，而"白光"两个字笔画差不多，摆在一起四平八稳，比我的绰号"黑仔"两个字，不知道要好看多少。

改艺名笔画少占上风

有一次我问白光："白姐，你怎么想起由史永芬改成白光的？"

她答得好妙："因为我演过话剧之后要拍电影嘛，电影是什么，不是一道白光射在银幕上么，好吧，我就叫白光吧！"

有很多演员为了争排名，经常和宣传部搞得不大愉快，所以排名不是"姓名笔画序"，就是"出场先后序"，于是很多刚入行的演员，起名字特别注意笔画，以致姓丁的明星特别多，丁好、丁浩、丁红、丁重、丁一、丁川……的丁个没完，这其中以丁川最有意思。

丁川原名叫侯景夫，应该算是四十年代的演员了，外形不错，高高大大，有型有款，一口京片子也是字正腔圆。只是一直都没有机会发挥演技，只好在日常耍耍贫嘴，晚会上说说相声。所以大伙儿给他起了个绰号——后台滑稽。也就是说台下的演技生龙活虎，到了台上就目瞪口呆。其实他倒是一位心田淳厚、忠实于艺术工作的演员，大概因为不懂"吹捧拍"的道理，不知道走后门"烟酒烟酒"（研究研究）的窍门儿，一心研究演员自我修养是没用的，眼看着后生晚辈一个个往上蹿，而自己依然故我，所以猛看姓名学，研究电影宣传术。第一次改名"金川"，大概是羡慕金山之意吧，既是以金山为本，理应金河才是，不过川字笔画少一点，反正川河一样。起好之后，刚要发表，忽然在一本电影杂志上看到"金川"二字，早已有人捷足先登。原名张佩儒的英俊小生的艺名，就叫金川。于是索性把笔画再减少一点，想起卜万苍大导演的"卜"字，笔画和"丁"字一样是两划，但是"卜""川"放在一起总不大好，一边补一边穿，日日裤穿窿，何日龙穿凤？

于是丁川决定改"卜"为"丁"，本以为就此片运亨通地川流不息，想不到"丁"字加在"川"上也是不好，挺完整的东西，丁穿了有什么好。再说当初的一念之差，"卜"字在心中总有一个暗影，卜丁者补丁也。好好的衣服补补丁丁地变成了京剧舞台上的富贵衣了，每天喊"修好积德的老爷太太"还来不及，何来发达之日？

所以替白小曼起名字还真是经过了一番思考，白雪太俗，白霜太冷，白冰有人叫了，如果是男人，起名叫白龙、白虎也不错，女人叫白虎，大吉利市！于是顺手翻了翻书，居然叫我看到诗人徐志摩的名字，由徐志摩想到他的夫人陆小曼。陆小曼不仅人品好，而且天生丽质，连胡适之先生见了她都直起痰，要是没有胡师母，我们胡校长也要胡思乱想起来，发乎情，止乎礼。

白小曼上契有段古

胡适把追求陆小曼的计划，让给了好友徐志摩，徐先生娶了陆小曼之后，胡校长有时也可到徐家"适之"一番，眼睛吃吃冰淇淋，灵魂坐坐沙发椅，不能真个也销魂。

据说，陆小曼宅心仁厚，义气热情，所以一般人对她的评语是："男有梅兰芳，女有陆小曼，这都是人缘极好的人！"

于是，我把"小曼"二字加在"白"字上，成了"白小曼"，希望她也宅心仁厚，前程远大，想不到一样的红颜薄命。

至于白小曼因何又成了我的契女，倒也是我想不到的事；那是我和许冠文游欧返港之后的事，因为我们合作的影片一直都有很不错的票房，所以想在一连串的紧张生活之后，抽一段时间轻松轻松。于是六先生特地由公司拨出一部分奖金，请我们去游埠。回来，我们联合宴请一直和我们合作的朋友，在庆相逢宴开二十围，开怀畅饮得好不快活。不知道什么时候，白小曼和汪禹双双地举了杯茶，走到我和翠英面前，扑通一声跪倒，叫了一声"干爹，干妈"，然后双手奉茶，倒弄得我一愣。

在座的同事们开始也是有点愕然，及至问明白了之后，全体鼓掌庆幸，我正在手足无措的时候，忽见人群中一阵骚动，又一位风流俊俏的小姐，一阵风儿似的飘到我们二老面前，也学样地扑通一声跪倒，叫了一声："导演，阿姨！"更弄得我莫名其妙起来，既称呼导演和阿姨，又何必行此大礼，细看之下，原来是本名朱隐英的恬妮。这当儿翠英开口道："不行，不行，三缺一，玛嘉烈，你也磕头，叫干爹、干妈！"玛嘉烈是我们亲生的女儿，叫干爹干妈干嘛？真是乱过八国联军。这真是人不说不知，木不钻不透，砂锅不打一辈子都不漏，原来胡锦回台湾之前，特别和翠英讲，如果有人上契，一定要算她一份，要磕头就找玛嘉烈替一替。好嘛，原来这突如其来的上契典礼，还早就有了预算的，我亲生的女儿也参加了"篡党夺权"的大典。

自此之后，大家好像以为我们夫妇有上契的瘾头，每逢家母寿辰，就有人跪在我们二老面前叫干爹干妈。怪不得把三十年前如花似玉、水水亮亮的张翠英越叫越干，眼看着就要鸡皮鹤发地成了人干了！

白小曼和邵氏公司的合同，是在拍了《声色犬马》之后才签的。由于演出的成绩优异，所以她的片酬，打破了邵氏新星的纪录，每个月可以支到港币五千元。

明星衔头带来金银

其实一般女明星们和影片公司签约的目的，多数只是为名的，所以千儿八百的薪金根本也就不在乎了；有了明星的衔头，在她们来讲比什么爵士、太平绅士的衔头还来得重要。说起来也像《警世通言》《拍案惊奇》差不多，入行不消一年半载，三言两拍地就能言之有物，不仅汽车洋楼、金银珠宝的应有尽有,说不定也到拍卖行里举举手,拍个几十万的钻戒也说不定。这就叫财来自有方,若问钱从哪里来,不禁又想起一个故事来。

据说有一位教四书五经的老学究,坐馆任教之前,在家中总是子曰、诗云地念个没完,念得老婆大人不耐烦起来,怪他一天到晚地"学而时习之"的毫无用处。想不到有一天接到了外县的一张聘书,并且还用八抬大轿把他抬了走,前呼后拥的,好不意气风发。坐馆三年之后,衣锦还乡,告诉老婆积攒了白银五十两,全是"学而时习之,不亦乐乎"来的钱。老婆闻言,也由大衣柜里取出一只百宝箱,里边是钻戒、钻表、金项链、蓝宝、红宝、翡翠镯、银票起码在千两之上,老学究一看,迭忙问道:"钱从哪里来?"

只见老婆大人千娇百媚地盈盈一笑:"这都是'有朋自远方来,不亦乐乎'来的钱!"

难怪女明星们没有片子拍的时候,就远征印尼、星马、菲律宾,远方的朋友不来,自己送上门也。

"明星自远方来,不亦乐乎!"

有一个姓陈的摄影记者,也画画漫画,笔名叫"肥叔叔"。白小曼生前曾经交给他一篇自传,他曾经给我看过,文章写得还算通顺,字可不见得清秀,我走马看花地看了看,如今也记不大清楚了(就算记得清楚,也不愿再说了),我问肥叔叔:"她为什么把这样一篇东西交给你。"他说:"有一天我访问她,她一直吞吞吐吐,只说她自己是个很脏很脏的人,同时她相信活不过二十岁。"

我听了很奇怪,忙问:"为什么?为什么她会有这种想法?"

"是相面的告诉她的,一个瞎子也曾经替她批过八字,也暗示过告诉她不能活到二十岁,属红颜薄命格"。

"怪，这些有眼睛的人，偏听没眼睛的话。"想不到相面和算命先生的话还都应了验。所以说不信邪，还真有点行不通，难怪愤怒青年小桂拍了多年电影,票房纪录都没有《邪》好,您看邪门不邪门？

她之所谓肮脏，和内心充满了罪恶的原因，可能是由于家庭的负担使然吧。其实英雄不论出处，只要一心上进，又何必耿耿于怀。不过说着便当，任何行当都不能一佛升天的，听说她当了明星之后，控制她的人就看得她更紧了。听说有一位自认是权威的影评人和专栏作家的家伙，也动上她的脑筋，一心想人财两得。这小子一向是个好色之徒，以前每到台北，都先到北投的炮兵阵地游览一番，金门的炮火还分单日双日，他可是二十四小时地努力不懈。自认为有笔如刀，生杀大权在手的一般，笔扫千军，任意横行，天天在他的小方块里打棍子、戴帽子、拉辫子。还好"四人帮"没他的份，否则他自以为比姚文元、张春桥还要厉害几倍;不过也只是自以为而已，其实他那两下子，给姚文元当勤务兵倒洗脚水都没有份。而且天生贱格，你抬举他，他马上趾高气扬，稍一怠慢，他就笔征口伐，蚊哨鼠咬起来。

看绍兴戏上了瘾

有时女明星们向我诉苦说他如何的下贱、无耻，给了脸，上鼻梁；给了钱，想上床。最可恨的是得了便宜还卖乖。有时一边说一边抹泪哭起来。我都叫她们能忍则忍，不要因小失大，宁得罪十个君子，不可得罪一个小人。有一次气得一位女明星写了封律师信给他，他居然说人家想借此出名，想得到最廉价的宣传效果。您看他脸皮厚也不厚?

白小曼可比余莎莉怕他,因为他臭余莎莉只能说她红不起来,可是他知道白小曼没入电影界前的一举一动。白小曼和我倾吐过她以前的遭遇,但是这小子威胁她,如果不能尽如人意,他会写她拍过小电影。说完又是一把鼻涕一把泪起来。我问她:"是否真的拍过什么呢?"她指天发誓说:"绝没有这种事!"虽然她斩钉截铁般地肯定未曾拍过,但不久外边还是有了这种风声。而在她死后不久,听说有很多架步①都有她的小电影演出,看过的朋友也加枝添叶地说得口沫横飞,这个谜一直到今天才打开。

那个取片子的人,上气不接下气地跑了回来,手里拿着一个胶袋,里面是一卷八毫米片子。我一看盒上清清楚楚地写着《龙凤配》,我因为要看越剧的《西园记》,只好等戏完场再辨分晓。

我自幼就喜欢曲艺和各式各样的地方戏,不过,看越剧还是到香港之后的事。那是我刚来香港不久,还没考入永华训练班之前的事,在湾仔铜锣湾的一个小剧场里看的,剧场叫什么名字,事隔多年可记不清楚了,不过记得第一次看的就是绍兴戏,第二次听的好像裘世戎的黑头,和他哥哥裘盛戎虽然只差了一个字,还真是一字值千金,完全没有裘派的味儿了。至于唱绍兴戏的艺员们,都是不见经传的,唱的好像是《借红灯》,记得有一句好像是:"骂侬油头小光棍,啥事体半夜敲侬的门。"当时只觉得怪怪的,所以印象还记得个真切。

第二次看绍兴戏就是这次来的上海越剧团了,当时演出的是《红楼梦》《西厢记》和《盘夫索夫》。他们演出的期间,我差不多每日必到,越看越爱看,越听越爱听,一下子忽然上起瘾来,所以连徐玉兰的《哭

---

① 架步:广东话,色情场所之谓。

灵》、王文娟的《焚稿》，都能哼上两哼，虽然不能说字正腔圆，自己听着多少总有些意思（读者请别误会，我说"自己"听着，不是别人）。

对一般星妈印象并不好

《西园记》的故事单调，布景设计也很糟，比以前《红楼梦》和《西厢记》的舞台设计都差得很远；徐玉兰的掌声虽然很多，但唱起来已经没有以前轻快，加上戏不捧人，所以演出也是平平常常；倒是王文娟别来无恙，在舞台好像更水亮过从前，可惜也没什么好的唱腔唱词，看起来也是失望得很。本来一连串买了七天的戏票，也全部让给了越剧迷尤情。

看完戏回到家已是十二点半了，把那卷《龙凤配》放在录影机里看看到底是不是白小曼！

开始是龙凤花烛的喜堂，贺客盈门，双方新人的亲朋以及二老高堂都长袍马褂，穿戴整齐地在礼堂中敬酒。看起来制作颇为严谨，场面也还真不算小。许久之后才见男女傧相陪着一对新人漫步行出。看新娘远远地行来，身材的高挑，体型的胖瘦，还真像是白小曼，不过披着婚纱，手捧鲜花，含羞带愧把头低得根本看不见脸。老实讲，我真希望不是她。

到了一拜天地，二拜高堂，夫妻交拜送到洞房之后，才算看清楚新娘的脸，心里的一块石头才算落了地。哪里是什么白小曼，连像都谈不到像，不过也是小曼一样的鸭蛋脸、尖下颚而已，眉目之间和白小曼可差得太远了。接下来的床戏，拍得也粗俗万分，戏假情不真，看了一半也就毫无兴趣，第二天拿到那家所谓的录音公司，他们倒一点都没有骗人的味道，钱是原封照退不说，连租金都没收我的。可见他们真把《龙凤配》的主角当成白小曼了。

拍《声色犬马》的时候，白小曼的生活逐渐正常起来，每天早晨都是八点多钟就到公司了，一到就往化装室一钻开始化装，九点钟已经穿好服装，坐在厂里等打光拍戏了。看样子也的确把吃迷幻药的毛病戒掉了，没化妆之前的脸色也健康了起来，不再像以前一样的苍白而缺少血色。人往高水往低的话还真不错。我想，假使我拍完《声色犬马》之后，紧跟着替她开部新戏，一定可以使她的生活继续正常下去。可惜因为剧本的关系，使她停了很久，一直到公司里想找她拍一部和外国公司合作的《女金刚大战狂龙》[①]的时候，想不到她刚把剧本拿回去两天就发生了自杀的事。一方面也许白小曼的妈妈对女儿的加入电影界并不十分热衷吧，所以也就不像一般星妈对女儿的陪出陪入。

以前，我对星妈的印象并不好，觉得什么事她们都要插一嘴，对女儿又是形影不离地跟来跟去，连女儿到洗手间都要守在门口。所以一提星妈，所有的制片、导演都有点心惊胆战。当然也不能一概而论，譬如何莉莉的妈妈就心地善良，对朋友热心非凡；李菁的妈妈也是经常笑眯眯的，和蔼可亲；甄珍的妈以前也是明星，表面上看来挺厉害，其实完全是东北人的刀子口，豆腐心；恬妞的妈妈以前是京剧班里出身，待人接物都有一定的分寸，礼貌周周到到；但和我最熟的星妈，要算林黛的母亲蒋秀华了。

---

① 即《女金刚斗狂龙》。

当年电影界有四大星妈

不过星妈尽管多厉害,一切都是基于女儿前程的关系,绝对是无可厚非的。当年电影界有四大星妈,好像以前京剧班的四大名妈一样,那可算是一个赛着一个的厉害。

四大星妈也像四大名旦、四小名旦一样,一时一时地不同。不过邵氏公司的四大星妈,却是以何妈妈、李妈妈、秦萍的妈妈和施思的妈妈四位论的。有一次程刚在片场里口沫横飞地说笑话,对各位星妈加以品评,说这四位星妈人缘一位赛着一位的,算盘也是一位赛着一位精,对女儿也是该严则严,该放则放,分寸都把握到毫厘不差。不过要说头脑最冷静的,他认为只有一位,于是他说了一个笑话:"有一年四位星妈和女儿们迷了路,流落在荒山野岭里,上不着村,下不着店,带的干粮却吃完了,不得不人吃人了,于是第一个被吃下肚的星妈是哪一位,请大家猜一猜!"

于是大家你一言,我一语,有的猜张三,有的猜李四,最后还是程寨主说的最令人心悦诚服,谁呢?他说第一个应该是秦萍的妈妈,因为秦妈妈最老实,经常是不声不响,似笑非笑,有道是人善被人欺,马善被人骑是也。

于是他又说出第二个被人吃的人,大家也举双手赞成。说到最后两位就更有意思了。说道两位星妈关在茅屋之内,三天三夜都未见动静,第四天的早晨,刚刚翠翠唱的"热烘烘的太阳往上爬,往上爬"的时候,只见柴扉启处走出一位手剔牙签儿的中年妇人,面团团笑容满面,慈祥纹在脸上隐约显现,用手绢拭去嘴角儿的血丝,然后念道:"狗肉香,驴肉甜,羊肉膻,人肉酸!"

还真是至理名言,读者看到此处,一定一头雾水,李翰祥说的是谁跟谁呀？其实这只不过是一句笑谈，程寨主信口胡言，我是有闻必录，香港哪有人吃人事？只不过譬喻一般影界朋友们对星妈的看法。

一直到白小曼关上房门服毒自杀的事件之后，人们对星妈的看法才一百八十度的大转弯。细一想，做个星妈还真不容易，因为既是明星，就比一般职业妇女的应酬多，剪彩、揭幕、酒会、舞会也就应接不暇。如果在好莱坞凡是明星就一定要聘请一位经理人，专门管理他（她）签合同，排档期，以及分配记录日常生活中的大小应酬。台港两地的明星，恐怕有经理人的还没有几个，没有妈妈的另当别论，有母亲的就多数由星妈兼任了。好莱坞的制片人，见到明星的经理人总有点头痛，大有阎王好见，小鬼难搪的感觉。港台两地的制片对星妈亦然，就好像女婿对丈母娘一样，一看见就打心里起腻。又有的星妈虽然也是明星的妈妈，并没有担起星妈的义务。所以我说有很多星妈是政治家，对女儿的事分析得清清楚楚，经营得条理分明；有的星妈是艺术家，虽然应酬得体，但难免粗心大意。林黛的妈妈蒋秀华也是艺术家，而白小曼的妈妈也是，两位都是古道热肠好相与的人。

胡太太（白母）对女儿更是任她发展。据说娘儿俩经常还拌拌嘴什么的，一方面恐怕也是小曼太任性的关系，令得母亲也无从管起，这才会发生她死去多时才被发现的情况，实在是件可惜而令人痛心的事。

这之后我非但赞成星妈的对于明星女儿之如影随形，更希望所有女明星的妈妈对女儿的一举一动都要特别注意，但愿星妈万岁，万岁，万万岁！

我一生所看到最尴尬的场面，恐怕要是白小曼灵堂上的一幕事。

邵氏的明星、导演以及工作人员，不能说全部参加了丧礼，恐怕也有一半以上的人了。方逸华小姐也一早就来到，灵堂上的影剧记者也特别多，他们都想采访到白小曼真正的死因，和她家人心中所要说的话。那天是我正式和白小曼的母亲见面的一天，由小曼入邵氏拍戏到整部《声色犬马》拍完，甚至于签完合约，我们都没见过一面，可见她对女儿加入电影界的不愿。据小曼讲，母亲怕遇见熟人，这话至今不解。那天她哭得双目红肿，见了面紧握我的手，半天不放，她说："谢谢，谢谢你，小曼告诉我您对她很好！"之后，我看了看小曼的遗容，倒也十分安详，一样鬼咁靓。等邵氏的方小姐率领演职员到来没多久，不知是哪位记者先生或是小姐问了一句不得体的话，白母忽然歇斯底里地大叫："滚，滚出去，你们全滚出去！"于是很多人纷纷外出，灵堂乱成一片。方小姐用眼光看了看我，然后起身走出灵堂，我和其他演职员也紧跟着离开。

洪波的脾气够怪

老北京都知道天桥八大怪，其实电影界的怪人也不少。如果也来个影坛八大怪，黑寡妇卢世侯和恩甲刘二哥准跑不了。另外，以演《清宫秘史》李莲英而名重一时的洪波，脾气也怪得可以。

洪波本姓王，地道的北京人，抗战初期是桂林广西省立艺术馆话剧团的团员。团长是"南欧北梅"的欧阳予倩。洪波本来是另一位诗人的笔名。当时在群众抗日气氛高昂之下，专门写些抗日的诗词、歌曲，颇得一般年轻人的爱戴。王七爷也特别喜欢"洪波"这两个字，所以演话剧时改艺名也叫洪波。当时很多人还都把他当作为那位诗人洪波了，所以一下了戏，艺术馆门口的观众都拿着纪念册请他签名，秃子跟着月亮走，还真沾光不少。

当时有位广东籍的月嫦姑娘，对洪波的诗词迷得不得了，一直把那位诗人当为梦中情人、心中的白马王子，苦于没有机会见面。有一天忽然看见报上刊登着《天国春秋》话剧广告，北王的饰演者正是洪波。于是一大早就去排队买了票，之后就徘徊在桂西路的广西剧场门外，总想和诗人来个喜相逢什么的。可根本和人家没见过面，并没见过照片，就算相逢也不相识啊！那天她连晚饭都没吃，只在戏院门口卖牛杂的小摊上吃了点牛杂而已。想不到身边有个吊儿郎当的年轻人，吃完牛杂之后，用手摸了摸口袋，左摸没有，右摸没有。月嫦姑娘一看，知道他一定忘了带钱包儿了，当即替他付了钱。那人用袖口一抹嘴，一本正经地："谢谢，谢谢，我回头一定还给您。"说完走进戏院里去。连人家姓甚名谁都没问，到哪里去还？显见是句敷衍话，反正几个小钱阿嫦倒也不在乎。想不到看戏的时候，看见演北王韦昌辉的正是那位吃牛杂的洪波先生。其实此洪波不是那洪波，想不到就此情海生波，月嫦姑娘就冯京当马凉地嫁给洪波，还替他生了一儿一女，至今女儿嫁到美国，儿子是香港一家公司里的高级职员。

这些事可不是亲眼目睹的，都是姜南告诉我的。那时姜南和朱牧的大姐夫王毓栋，还有另一位同学邵续平也一心参加抗战队伍，由北京流亡到桂林，住在环湖路的环湖旅馆里。刚巧洪波也住在那儿，大家都是北京下来的，所以一见如故。第一天见面是在旅馆对面一家专卖马肉米粉的饭馆里，他们三个尝完了桂林独有的美味之后，又叫了三客客饭。旁边的洪波一听他们几位说的是纯正的京片子，就自我介绍地坐了过来，知道他们是流亡学生之后，大加教训一番，既流亡在外，就要知悭识俭，三个人两个客饭足矣，何必浪费，于是说："今天我帮你们吃，替你们省一天，以后可要记住。"于是坐下狼吞虎咽、风卷残云地吃了一顿之后，一抹嘴溜之乎也，倒真是嘴上抹石灰，白吃侯！

另外姜南还告诉我，他也和易文导演一样是个情书圣手，一次为了一封情书，闹了很大的笑话。

洪波写情书的对象，是后来嫁给舞蹈家高第安的季禾子。对日抗战胜利之初，香港大中华影片公司的第一部国语片就是她和王豪主演的，片名叫《芦花翻白燕子飞》，公映的时候，票房纪录奇惨，观众席上经常是小猫三四只，所以有人笑改片名为《老板翻眼钞票飞》。

那时季禾子也是广西的艺术馆剧团的团员，洪波还没有和月嫦姑娘结婚，所以像个没头苍蝇似的乱钻，经常情话连篇，情花朵朵地用情书政策去打动女团员。无奈团里的女士们对他的歪戴帽、斜瞪眼儿的吊儿郎当的样子看不惯，所以虽然他天天投石问路，可是都成了石沉大海，想不到季禾子居然对他有了反应！

有一天洪波刚吃完马肉米粉回来，一看剧团的排演室的布告栏前，围得水泄不通的一圈人，等他挤进看时，才知道是自己的杰作，他写给季禾子的四封情书，全被贴在布告栏上。

洪波后来辗转到了重庆，由于大而化之的禀性，目无余子的傲气，使同业都敬而远之，所以在剧坛上一点都不得意。胜利后来到香港，刚好导演朱石麟也由上海到香港拍片，对他的演技倒相当欣赏，所以朱先生开戏，或多或少的都有他的份。

我和洪波认识，还是他在大中华拍戏的时候。后来他到永华拍了《清宫秘史》，我也考上了永华训练班，大家都同住在庙街的永华宿舍里。他经常以老大哥的口吻，向我讲些做人处事的大道理，还真说得头头是道，可惜他知行不能合一，玩世不恭的名士派比谁都厉害。

有一天夜里两点多钟，我正睡得迷迷瞪瞪，忽然有人敲我房间临街的窗户。那时我和梁达人同住在宿舍的头房，等开门看时，见洪波喝得酩酊大醉地倚着墙角，坐在地上。一见我们出来，他醉眼昏花地向我俩一招手，等我们把耳朵凑过去时，他才低声地耳语："我都给他们改了，明天你们有乐子看了。"

一时真不知道他改了什么，看他一耷拉脑袋，朝路边一斜，马上鼾声震耳起来，我马上和梁达人把他扶到他的房里。第二天才知道他把弥敦道、佐敦道十字路口地面的交通标志全部拦在佐敦道的一边，想转弯的车辆，都莫名其妙地改了道，把交通搞到乱七八糟！

后来他搬到九龙塘的一座花园洋房的三楼，除了演戏之外，也替《上海日报》写写专栏。

因误会而结合

有一天晚上都快清晨三点了，洪波正在文思潮涌地挥笔疾书，忽听窗下传来一阵奇怪的声音，而且是越来越高，越来越近，洪波慢慢推窗下望，正有一位梁上君子循水渠管朝上爬，他顺手拿起个鸡毛帚子，把台上的鸭舌帽朝上边一套，等那家伙刚爬到他的窗口，手上一搭窗台，他骤然间把帚子伸出，叫了一声："老友记，好耐唔见喽。"

水管上的家伙，本已做贼心虚，哪经起这一招，当即"啊呀"地大叫一声，手一松，跌在地面，连滚带爬地一瘸一拐地跑去，没摔死他已是万幸。没多久就传说他住的楼宇闹鬼，哪有什么鬼？洪波比鬼还鬼！不然怎么很多人都称他为"鬼才"！

在香港他除了演电影之外，经常还想演演话剧，演过陈白尘编的《升官图》，也演过郭沫若的《孔雀胆》。两次我都有参加演出，不过《孔雀胆》仅是参加排练，因为意见不合，弄得不欢而散。那一次演女主角阿盖公主是白光，认识林黛就是那时候开始的！

洪波本名叫王家骥，虽然寄籍在北京四代之久，可是祖籍却是和拜山的黄天霸一样，也是浙江绍兴府。他父亲在汉口开了一间运输公司，名字叫广生利。由于人缘好，经营佳，所以还真是生意兴隆通四海，财源茂盛达三江。因为他老人家以前是京汉、粤汉两铁路的高级职员，开起运输公司来，当然也就四通八达起来。

洪波有五个哥哥，一个姐姐，他最小，排行老七，所以在电影界人称七爷。电影界的爷字辈还真不少，尔光是天津人，所以大家都叫他尔爷。朱牧因为在一张片子里演个黑社会的头子"三爷"，所以大家也戏称他三爷。真正以家里排行称爷的，就只有四爷王元龙，七爷洪波，八爷姜修。胡金铨虽然行九，可没人称他九爷，只叫他小九儿，也称他小胡儿。其实小胡已过知命之年，早已成了老胡，我赞成以后称他为九爷。

七爷从小就没什么人缘，所谓猪不吃，狗不嚼，姥姥不疼，舅舅不爱的那一类，连父亲都不拿正眼看他，所以十六岁就跑到广西，十七岁就加入了剧团演话剧了。改名洪波之后，和诗人洪波迷的月嫦姑娘结了婚，生了女儿婷婷，儿子王成（如今改名叫王永成）。

洪波到了香港之后，还是和蔡月嫦离了婚。第二任太太是高佩，第三任太太是李湄。李湄之前，和刘琦在国际饭店同居过一个时期。洪波最得意的一年，是一九五三年，因为"一九五三年是李湄"的。

而李湄是洪波的!

他跟李湄倒的确是因误会而结合,再了解而分开。那也是搞剧运搞出来的桃花运,他们一块儿在利舞台演出《雷雨》,洪波的鲁贵,李湄的四凤,唐若青的鲁妈,王元龙的周朴园,黄河的周萍。排戏的时候,洪波对李湄的演技总是冷讽热嘲,说李湄一说话就手脚并用,活像个有绳子牵着的木头人。洪波那种吊儿郎当、玩世不恭的德行,是很多人看不惯的,加上油腔滑调的连挖苦带损,弄得好强的李湄下不了台,结果一跺脚"哇"的一声当众大哭起来,说什么也不肯演了。

洪波得到佳人青睐

令到在场的四爷直骂洪波兔崽子,连哄带骗地才算把她说得回心转意。事后洪波居然负荆请罪,到李湄家中跪在地上直打嘴巴,然后心甘情愿地替李湄说戏。洪波是个鬼灵精,戏也的确演得好,说得李湄不只心服口服,简直就五体投地俯首称臣起来,就此李湄也就开始"李霉"起来!

两位正式定情,倒也不是在李湄的闺房,而是比翼双飞在离岛"梅窝"的事。洪波常说演员演戏的时候,有八字箴言:"旁若无人,死不要脸。""梅窝"本是个清静所在,根本没什么人,于是洪波就在梅窝和李湄打起毛波来了,事后才知兹事体大。

原来那时高佩因为得了一种颇严重的皮肤病,正睡在医院里,倒也怪不得洪波,"久病床前无孝子",何况夫妻了。俗语说得好:"夫妻本是同林鸟,大难来时各自飞。"其实洪波为了高佩的病,和别人借了高利贷,由于本利都还不起,叫人捉将官去,坐了五天牢,不是童月娟、冯明远、王元龙几位替他凑钱还债，他的那部"铁窗红泪"还真不知上演多久呢！

洪波因祸得福，转危为安不说，还得到佳人的青睐，投怀送抱，当时真是羡煞不少人也。

记得那年刚好是李祖永先生四九华诞，永华厂替他举办了一个生日晚会，七爷、七奶奶（洪波、李湄）虽然是姗姗来迟，惊鸿一瞥，但那晚最使人注目的还是他们一对儿。还记得李湄穿着一件雪白的明克短大衣，黑色的拖地长裙，洪七爷是套头白毛衣，黑绒西裤，黑袜黑鞋黑腰带；七奶奶是明艳照人，七爷也被照得格外有型有款。可是曾几何时，就传出他们劳燕分飞的消息来。

原来李湄和洪波结婚之初，只提出一个条件——戒烟。戒鸦片烟、雪茄烟，甚至于香烟。开始洪波倒也一一遵守，可是后来就偶尔抽抽香烟，李湄看他大烟都戒了，香烟也就由他去，想不到七爷得寸进尺，由香烟而雪茄，由雪茄又把阿芙蓉的旧调重弹。当然还是偷偷摸摸的，经常拉着狗出去遛街，遛着遛着就遛到九龙城寨里去了，两筒呼毕再打道回府，以为神不知，鬼不觉，其实李湄早已心知肚明，只是不揭穿而已。

说起洪波染上阿芙蓉癖的经过，恐怕和大多数人一样，开始也只是玩玩而已，很多人都会觉得自己的意志坚定，玩儿两口没有关系，想不到越玩越深。虽然说苦海无边，回头是岸，但是，能回头的又有几人？

开始，洪七爷和吴五爷（幼权）经常泡在一起，五爷到李祖永家中，七爷也如影随形，祖永先生和五爷躺在罗汉榻上抽烟，七爷替他们打泡儿，打着打着也就试了起来，于是一口两口连口，越试越上瘾，云山雾罩，晕晕乎乎地还真有个意思。以前有钱的人家，怕子女吃喝嫖赌败家，所以千方百计地要子女抽大烟，因为大烟一抽，不仅国家事，管他娘，什么事都一概少理了。

洪波在《清宫秘史》之后，不仅意气风发，也一心想前进，毅然地返回大陆，想在新社会中有一番作为。他第一站先回汉口，刚好吕玉堃和杨志卿正在那儿演话剧，吕玉堃在大中华拍了好多部影片，当然认识洪波，杨志卿看过《清宫秘史》，但和洪波没见过面，经吕玉堃一介绍，也就成了朋友。不久七爷又辗转地到了上海，上海剧影协会的负责人李洛，把洪波叫到影协去。

洪波在街头卖钢笔

李洛跟洪波说："你在香港的《上海日报》上，经常写那些反对祖国的言论，我们对你的思想，以及出身很想了解一下，请你写份坦白书上来！"洪波开始也倒不以为然，随便地写了一篇自传，马马虎虎地一交卷，以为就可以过关了。

他那篇自传人家一过目就给打了回票，说他不诚实，叫他重写。于是日夜加工又写了一篇，仍是不够坦白；接二连三地写了四五篇，洪波的笔尖总是避重就轻，把当时的电影局局长于信也搞火儿了，告诉公安局的人们，洪波再耍花腔，就把他扣押起来！

那时七爷住在上海一个特约演员刘旭东的家里，是在斜土路的一个亭子间，刘旭东当时听见风声不妙，马上告诉七爷："风紧扯胡，住在斜土路不保险！"

洪波一听，还真吓了一身冷汗，身上又一文没有，住店要路条，吃饭要饭票，一时还真不知如何是好，只好去找杨志卿。志卿那时也没什么富余钱，家中只剩下老人民币两万元，换新人民币只是两块钱而已。于是每人一万地分掉，虽然听起来一块钱微乎其微，不过那时在上海吃一顿饭，也只不过几分钱而已。就这样白天在街上吃吃小摊儿，晚上就随便在马路上找个地方一眯，眼看着三天过后，钱又用得差不多了，不得不把一支派克钢笔，在沪光大戏院前边卖掉。后来小饭馆的天津卫老板娘告诉杨志卿："杨先生，我看见那天和你一块儿来的李莲英，站在沪光大戏院门口卖钢笔呢！"

陈英杰是洪波的表弟，刚由香港回到上海，一见七哥都睡了马路了，浑身上下污秽不堪，眼窝深陷，面有菜色，一见小陈差点没哭出来。于是小陈用他的路条买了两张到广州的车票，一路护送七哥南下。

住在广州三天，找到了边界的黄牛，洪波就由那人送着，爬山越岭地偷渡到九龙。

有一天，杨志卿又到了天津小饭铺，老板娘问他："怎么，李莲英好几天没来了？"

志卿一听，老板娘言下有意，一边告诉他洪波去了香港，一边问："他是不是有账啊？"

老板娘吞吞吐吐地："有是有一点，也不算多，才三十六万！"

那时志卿也打算到香港，而且路条也下来了，告诉老板娘，他一定负责代李莲英把账还清。

到了香港，志卿还马上寄了三十六块人民币到上海，总算替七爷还了账。而七爷对志卿也不错，在他自编自导的《欲魔》里，替他安排了一个主要角色。

孙敬绰号是牛奶导演

以前，在北京念书的时候，就看过杨志卿主演的电影。经常是扮演个白发苍苍的老头子，只有一次，是以小生面目出现的。女主角是陆露明，他饰一个画家，是她的爱人。有一场戏，是陆露明垂死的时候，杨志卿坐在床边，和她说了几句诗非诗、话非话的对白。因为和一般"人"的语言大有出入，所以至今记忆犹新，他悲切切地说道："你似一朵芙蓉，出淤泥而不染，你似一张明月，皎洁地照耀着地面。"

听起来还真浑身不自在，打脊梁沟发麻。据说那片子的编导正是"银海八怪"之一的孙敬。孙导演全年只有两件衣服，夏天阴丹士林的蓝布大褂，冬天是蓝缎子的丝绵袍，有时都春末夏初了，那件丝棉袍还穿在身上呢。到咖啡馆饮茶的时候，什么也不会叫，只叫牛奶。所以，大家送了他个绰号——牛奶导演。他暗恋陆露明，拍戏的第一天，彼此客客气气的，一个称呼陆小姐，一个称呼孙导演。渐渐地孙导演改了口吻，连名带姓地一块儿叫，由陆露明，到露明，最后嗲声嗲气地"明"；陆露明也相对地把称呼由生到熟，由熟到腻，由孙导演，到老孙，再到"敬"，最后连敬也不敬了，索性就"嗳"了起来。所以，杨志卿的那句诗意对白，大概是牛奶导演的由衷之言吧！

由于过去对杨志卿的印象深刻，所以一见面就认识了他。那时我是《欲魔》的布景师，第一次和志卿见面就在友侨片厂，那天他穿了一件灰色的干湿褛，很像个他经常演的探长。《欲魔》的女主角是刘琦。刘琦到香港的第一部戏，好像是在永华拍的，导演是程步高，片名叫《海葬》。

《海葬》由李丽华、陶金领衔主演，刘琦只不过是个配角。所以后来演来演去，都是二牌货色，所以经常埋怨，好像自己天生下来就是个丫头命。偏巧洪波对刘琦的演技相当欣赏，于是以开玩笑的口吻说："刘琦，别忙，等七哥做了导演，一定升你做夫人！"

所以洪波的《欲魔》还真的把刘琦由二牌货色的丫鬟配角，而升为头流的夫人。刘琦也喜出望外地以身相报，拍《欲魔》的时候，一直在国际饭店和洪波同居，做他的临时夫人。

友侨片厂是曹达华的姐夫梅友卓的物业。梅友卓后来娶了邵氏父子公司二老板邵邨人的大小姐，如今早已物故多时了。友侨片厂紧挨着世光片厂，比世光大之有限，各有两座小摄影棚。当初长城公司就同时租用这两家片厂拍戏，张善琨宣布破产之后，长城改组，由袁仰安接收，友侨也就转租给一般独立制片公司，所以洪波的《欲魔》和《天堂美女》都是在友侨拍摄的。

《天堂美女》请了些三十年代的大明星，张织云、杨耐梅、吴素馨等等。现在的年轻人听起来，比好莱坞的老明星还要陌生。场面是丽池舞厅似的夜总会，是选举天堂美女的豪华场面，临、特演员有一百多人，除了些老明星之外，连俞振飞俞五爷也参与了盛会。友侨场内，灯光打得锃光瓦亮，金碧辉煌，一时钗光鬓影，酒绿灯红，好不热闹。

洪波被踢昏达三小时

那时洪七爷的烟瘾已经不是开始的玩票性质，有也可、无也成的情况了；到了一定的时间，就鼻涕眼泪全流出来了。洪叔云导演指给他一条明路，原来布景板后面经常预备着道具，烟枪、烟灯一应俱全，专给瘾君子的大老倌们预备的，于是七爷经常往布景板后走动，去时垂头丧气，归来气爽神怡。那天因为演员众多，洪波联想到布景板后打打气都不成，原来临记中和他同道之人也不在少数，七爷只好强打精神，在场上导演选美。一般导演一进场就如关老爷上身一样，马上就情绪不佳起来，逢人多嘴杂的大场面更是变本加厉，洪七爷的脾气更是老尺加一，所以逢人就骂。临时演员在试戏的时候，根本不了解剧情，洪波又只顾了大明星，忽略了一般茄哩啡，临记们当然都是干瞪了两眼看戏，有的还不住地看向镜头。于是洪七爷肝火大旺骂了一声广东话的三字经之后，又来了一句北方土话："一群丫头养的，都是他妈臭要饭的！"

一般老资格的临记，听了忍气吞声地也就算了，可是其中有一位天津哥们儿，本来是在友侨后山打石头子儿的，在天津的时候，就一心想当明星，到了香港苦无门路，所以骑马找马，一边打石子，一边在临记公司报了个名，想开开洋荤，过过戏瘾。不料第一天就遇见了老爷上身的洪七爷，开始三字经没听懂，听到后来，臭要饭的也上来了，这句话在天津人一听，无疑等于上了大菜。当时就怒从心头起，恶向胆边生，左脚一蹬，右腿一抬，不亚于李小龙的连环三脚，脚脚都踢在七爷的祖宗祠堂上，只踢得七爷当场仰面朝天地昏倒在地。剧务老爷马上喊来了救护车，送到医院，昏迷了三个小时之后，才算活转过来。差官把闹事的临记拉到差馆，一问名字，才知他叫李心亮。如今提起李心亮当然没有几个人知道，但说出他现在用的艺名来，大家一定会笑不拢嘴，他就是在我导的《乾隆》片集里，饰演左都御史刘墉刘石庵的李昆是也。以前为了演《梁祝》中的四九，颇受欢迎，一句"我是个小笨牛"，还真风靡一时，是个很不错的喜剧人才。

我认识李昆是娄以哲在永华筹拍《飞虎将军》之前。林黛、严俊联合主演的《有口难言》，就是娄以哲处女导演作品。大概因为他也是天津人的关系，和李昆很谈得来。我是由严俊的介绍认识了娄以哲，再在他家中碰见了李昆，初见面倒也觉得斯斯文文的恭而有礼，想不到给洪七爷命根子一脚的就是他！

拍《天堂美女》惹火

友侨片厂年久失修，电灯房的电力早已负荷过重，加上电线也早就应换而未换，所以，一碰见大布景的群众场面，灯光师就牢骚满腹，灯打得不够，摄影师不肯拍，打得太多又危险万分，左右做人难之下，只好冒着危险顶硬上。不过总算好彩，天天难过天天过，但洪波拍《天堂美女》的时候，大概惹火女郎太多之故，火德真君也欲火中烧起来，他老太爷一动火儿，可就不得了喽！

整座友侨的A棚烧了个屋顶通天，火势一起，有几位小兄弟，忙把挨了李昆进步撩阴脚的七爷架了走，他没什么事了，可弄得我家宅不安起来。

那时我正在友侨下边的何家园住，离友侨还不到一百步的路程。有道是"城门失火，殃及池鱼"，友侨一着火，我岂能不受连累？忙三迭四地提箱子、卷铺盖。还好那时是孤家寡人一个，道具简单，放到现在，可就想搬都搬不动了。

姜明和童毅夫妇住在我的隔壁，搬完我自己的，又替他们搬。一时手忙脚乱，好不紧张。不过，住在何家园的居民，像这样逃火灾的情况，已是司空见惯的了。

记得第一次，走的是九龙城寨大火。何家园和城寨只隔中间一座侯王庙,所以那晚一起火,全何家园的居民和世光、友侨两厂的人们,就大眼瞪小眼地担上心了。不过开始刮的是西北风朝东南吹,所以人们还都泰然地隔岸观火,后来风向转成了东风吹向了西北,大家可就紧张起来了,观火就变成了跑火了。起初我和姜明都站在街上隔山观火,只听姜明用他纯正的东北口音说道:"哎呀,这场火可真是不得了,火仗风势,风助火势地真厉害,水火无情啊。你看,这真是一幅活的流亡图,扶老携幼,拖儿带女,惊惶失色,喊地呼天。嗯,怪不得诸葛亮要借东风,冬天一定刮西北风吗,西北风一刮,天干气燥,这西北风……"我见他突然张口结舌地不响了,才看出风向突变。有道是东风常向北,北风也有转南时;风向一转,马上就要火烧赤壁,火烧战船了。赤壁战船当然跟我们没关系,可要来个火烧侯王庙,火烧何家园,就要火烧眉毛了。姜老先生转身就朝家走,刚才那种悲天悯人的样子马上就变成气急败坏,接下来的是一阵急急风地跑回家去。我的人生经验当然没有他那么丰富,所以还站着没动。他跑了两步之后,一回头,一跺脚:"李翰祥,你还瞅什么,快回家搬东西啊,'东风压倒西风'了。"

我这才蒙查查地跟他一齐跑,刚由家里搬出第一批东西,已经觉得热风烘面了。两个片厂的人员,也忙着搬服装道具,抢灯光器材的乱成一片。

较安全的地方,是友侨的后山,所以大家把东西都杂乱地摆满了一地,坐在山顶上看火势:只见忽而一阵阵的黑烟直线升起,忽而一阵阵的光焰冲天。许久之后,才看到消防队的几条水喉,相继地开始喷水,原来一直没找到适当位置安装水喉,所以只好望火兴叹,倒不是有"水"有水,冇"水"冇水。水喉一开,还真是万众欢腾,众口齐声地哄了一声,不到片刻,火势已被遏止。姜明一边搬东西回家，一边摇头叹息："唉，世间本无事，庸人自扰之。"

一把火破旧立新

洪波拍《天堂美女》火烧友侨片厂的时候，我又帮着他庸人自扰了一次，但是洪波轻松得很，烟卷儿一叼，二郎腿一翘："我早就告诉他们，拿铜线作保险丝不成，不听老人言，吃亏在眼前嘛，不过也好，旧的不去，新的不来。"

果然，后来荃湾就起了一间新华达片厂，看起来洪波还是造反有理破旧立新的功臣了。

《天堂美女》的一把火，把友侨烧得一蹶不振，以后，再也没有重建过。或许因为无人打理的关系吧，一度住满了杂七马八的人，活像贫民窟的大杂院。不过邵氏父子公司的黑房和剪接室，一直在那个院中，直至邵氏影城建好为止。如今的友侨片厂，恐怕早已改成徙置区大厦了吧！洪波也早在一九七二年十一月份跳火车桥死在台北。[①]人世沧桑，真足够人唏嘘一阵的。

洪波天生的一副反派样儿，而处世为人也是与众不同另有一套。很多反派的演员，私底下都循规蹈矩，而洪波是把戏带到后台的人，台前幕后都是一样地玩世不恭，不负责任。

记得《翠翠》之后，林黛的第二部影片《金凤》，我是编剧兼副导演，而正导演在南洋公司兼男主角，所以实际从事分镜头及现场指挥工作的，都落在我的身上。《金凤》在永华片厂拍摄，可并非永华出品，

---

① 此处疑为作者笔误。无法查实洪波具体身亡日期，但据后文（见本书682页）死于1968年11月17日可能更为准确。

真正的老板是朱旭华先生。洪波在戏里演一个游手好闲的二流子。有一天拍外搭景的街道，临特演员来了两百多人，领衔主演的林黛、严俊，以及主演的王元龙、张翠英、贺宾全都在早晨八时入厂，九时化好装在场地上等了，就是不见二流子洪波到来。剧务打电话去催请，电话铃响而没有人接，急得老板朱旭华直转磨。都快十一点半了，接他的车子才回来。洪波拍戏从来不化装的，我看车子一到马上叫大家准备，谁知道车子里坐着的不是他，而是满世界敲锣打鼓去找洪波的剧务刘恩溥。

朱先生是位仁善长者，好好先生。由于他的制作认真，《金凤》早已超出预算，外面可以先卖版权的地方，能收的钱早已收过了头，这最后一天的街道本来老早就搭好准备拍的，无奈有钱没太阳，有太阳又把钱派了别的用场，就这样拖了一个半月。那天好容易等到太阳，也东拼西凑，高利贷、印子钱，加上当了几票当才把剧务费用凑足，想不到洪波又遍寻不到。看朱先生走来走去，真像个热锅上的蚂蚁，偶尔苦笑着脸，自言自语地："怎样办，唉！真！这可怎么办！"

那时的临时演员费每人连饭钱是七块，特约演员平均每人四十块，算起来总要两千块，加上交通费、杂费、机器灯光的租金，可就甚为可观了。十几二十年前的三几千块港币，可和现在不一样，何况那点钱来之不易呢！改期吧，十点钟之前，一场费用可以付一半，都十一点半了，改也要照单付钱，所以大家只好干等。于是决定先放吃饭。

那时洪波刚跟李湄结婚不久，所以正是如胶似漆般地打得火热；但李湄是个责任感很浓的人，决计不会在洪波有通告的日子和他满处瞎溜达。除非通告没有送到。问了问送通告的阿陈，他拿出洪波亲笔签名的回条,并且说他眼看洪波把通告一揉,放进晨楼的口袋中的。

吃完饭之后,四爷听见无线电的马经,才恍然大悟地叫了一声:"他妈的,这兔崽子一定去跑马了!"

四爷一言惊醒梦中人,大家这才想到,那天是星期六,大马票开奖的日子。没等朱先生吩咐,刘恩溥马上坐车,由佐敦道过海,到马场去拿人。等李湄送洪波和老刘一起回来的时候,已经是下午四点钟了。洪波一下车,活像凶神附体,横眉立目地叫一声:"阿陈,丢那妈,点解不发我通告!"

阿陈看了看我,又看了看朱旭华先生,只见朱先生朝他使了个眼色,忙向洪波说道:"对不起,对不起,耽误你跑马,帮帮忙,穿衣服吧!"

七爷这才一边骂骂咧咧的,一边把服装穿好。其他在场的人员,都不言不语地看他自我解嘲式地发脾气。只有四爷偷偷地把通告的事告诉给李湄,李湄听毕忙把朱先生请到办公室,连连道歉,并且说万一拍不完,第二天的制片费一定由她负责替洪波交出。朱先生当然不肯,还好我在一个半钟头内,把那天的镜头拍好。到最后太阳只剩了一线光芒,摄影师本来不肯拍了,看着朱先生苦笑的脸,也就将将就就地拍完算数。

洪波虽然放荡不羁,玩世不恭,却很少和别人开玩笑;就算偶尔地俚说多两句,也是只许州官放火,不准百姓点灯的。谁要和他说句笑话,他马上翻脸不认人。世界上和他一样没有幽默感的人,还真不在少数。

洪波是个好戏之人

洪波是个好戏之人，是众所公认的，但绝不是一个好演员。因为好演员不只演技好、外形好，服务态度更要好。而洪波却是标准的马浪荡，纸上谈兵的琐括括，言过其实的马谡，说时口沫横飞，做时一无是处。在他来讲，永远没有什么闲话一句，或一言为定的事；拿了钱不拍戏，接了通告不见人影，是司空见惯了的。

秦剑和林翠结婚之后，赶着到欧洲去度蜜月，姜南导演的一部影片，就剩下一天戏杀青。这一天的戏里，除了林翠，就是洪波。姜南本想三四个钟头就把戏赶好，好放林翠上飞机，可是一切齐备，又是不见洪波的踪影。上穷碧落下黄泉地都找遍了，也是毫无下落，最后不知道哪位聪明人提出来，忽然天外有仙山，到九龙城寨的燕子窠的仙窟里去找一找。果然，七爷一榻横陈，一管在握地吞云吐雾。剧务催他走，烟馆的老板却不放人，一打听，才知道七爷欠了三千七百多块钱的债务，今天不付钱，天王老子来也不能过门。剧务没有办法，只好回去向导演报告，向制片请示，连忙地把钱凑好，乖乖地送了过去，好容易把七爷请到片场。

谁知他那身连戏的西装又已当在大押店里，制片也只好又打落门牙和血吞地替他赎了出来。秦剑度蜜月，七爷吃甜头？后来才知道，他事先跟烟馆的老板掐好了窝窝儿，见面分一半，三千七他拿了一千三百五，听起来还真能把导演的鼻子都气歪喽！

其实影圈中的这些坏习气，都应该是三十年代演员们的事。那时因为多数拍夜戏，所以导演、演员们多数是瘾君子，到了片厂大家先横七竖八地来两口，精神体力都差，紧接着的道德观念也是跟着迷了马虎了。类似洪波的事件也就屡见不鲜了。

以前默片时代，上海有一位大明星朱飞，是中国的华伦天奴[①]，也是红极一时的。拍戏时也多数酬金用光之后，当了连戏的西装，反正连戏，导演不得不替他赎。有一天更变本加厉地向导演张石川提出借下部片酬的事，非但碰了个钉子，还被张石川痛骂了一顿。第二天朱飞一早赶到片厂，这次非但西装未当，头上还多了一顶礼帽，连化装时都没摘下来。及至试好戏正式拍的时候，才把帽子取下，令到全场上下人等全都张口结舌起来，原来大情人华伦天奴，一下子变成了尤·伯连纳[②]，牛山濯濯，光可鉴人。差一点没把导演张石川的肺气炸了，骂既没用，罚也不行，全世界的电影合同里，谁也不能限制演员理发呀！无可奈何之下，只好等上三个月，长到头发连戏时，朱飞又提出借酬金的问题。张石川连大气都不敢吭，如数奉上。所以有人说电影圈现实得很，他用到你时，打躬作揖叫祖宗都成；用不到你时，你给他磕头也没用。但不管怎么样，职业道德一定应当遵守的。

尽管如此，洪波生前在我导的戏中，十之七八都有他的份的。导演和画家一样，总是喜欢好笔、好纸、好颜色的。不管怎么样，洪波的戏都是一流的，尽管有时油了些，但导演控制得宜，还是可以中规中矩的。所以我加入邵氏之后的《黄花闺女》《窈窕淑女》《丹凤街》《春光无限好》《江山美人》《王昭君》《武则天》……差不多都有他参加演出。要不是拍《王昭君》时又犯了老毛病，还不会把老板邵逸夫先生惹火，而发誓对他永不录用呢。

洪波在我导的《王昭君》里，演画师毛延寿。这是后来曹禺先生编写的《王昭君》里被删去的角色。有人说曹先生成功地"创造"

[①] 华伦天奴（Rudolph Valentino，1895—1926）：又译作"鲁道夫·瓦伦蒂诺"，好莱坞默片时代的著名演员，因外貌俊俏而备受追捧，被喻为"拉丁情人"。
[②] 尤·伯连纳（Yul Brynner，1920—1985）：以光头形象著称的美国俄裔男演员，曾获奥斯卡金像奖最佳男演员奖，被喻为"光头影帝"。

了孙美人这个角色,恐怕"创造"二字,还需要再商榷的。因为早在我拍完这个戏的时候,已经有了孙美人这个角色。那剧本的原著人是以书法著称的王植波,演孙美人的就是我的爱人张翠英。因为那时曹先生的剧本还没发表,当然我不能说王植波抄袭。但我相信孙美人这个角色恐怕是有所本的,不过张翠英演的孙美人是双手捧着银两跪在画师毛延寿的面前,可怜兮兮地苦苦哀告,希望画师笔底加功,把容貌画得更艳丽些罢了。

那一天《王昭君》的通告上,只是洪波和张翠英两个人,可是洪波又是旧病复发遍寻不见人影。等到下午三点,我只好叫工作人员收工。谁知道第二天洪七爷仍是不知所踪。六先生本来不大过问这些小事的,但每天十个厂的工作报告单,一早就摆在他的写字台上的。他一看《王昭君》的改期理由,第一天写着"洪波未到",第二天又来了个"同前日"。叫总经理周杜文问清楚,不由得大动肝火,告诉我:"记住,这样的演员,以后千万别用!"类似这样的话,在他来讲是多年不一见的。我看他的脸色,实在是气得够呛。本想替洪波说两句好话,化解化解他的怒气,也话到舌尖留半句地咽到肚子里。

连开四部黄梅调影片

第三天洪波到片厂报到。原来他老先生去了四天澳门,本想当天即返,无奈输昏了头。他偷偷地跟我咬了句耳朵:"我要能回来而不来,我是孙子,他妈的,就差裤子没输掉了!"我对他的话,永远是三七开的。要真能有三成真话就算很对得起人了。我想他一定有什么别的原因,否则,为什么连个电话都不打回来?

《王昭君》是我所拍影片中日子拖得最长的一部，由头到尾整整三年。所以王昭君出塞之前的长亭送别一场戏，连来送她的弟妹已经由小小子变成个半大孩子。前后一个人，连替身也不必找，刚好配合王昭君的唱词：

三年苦，太凄楚，寂寞深宫向谁诉，若不是琵琶声，怎引得君王顾！

这之后，邵氏一连开了四部黄梅调的影片，全是我策划导演，实际负责导演工作的是：

《玉堂春》，胡金铨导，乐蒂、赵雷演。
《凤还巢》，高立导，李香君、蒋光超演。
《红娘》，王月汀导，凌波、杜娟、乔庄演。
《杨乃武与小白菜》，李丽华、关山、杨群演。

高立拍完了《凤还巢》，由于成绩相当的不错，所以又接连开了一部《宋宫秘史》。其实就是《包公案》中的"狸猫换太子"。

分配角色的时候，我觉得其中一个反派的太监郭槐，无论如何都是洪波最为适当。

甚至当初和六先生研究片名的时候，我也是由于"狸猫换太子"看起来全是个小型的地方戏，毫无气派可言，于是由《清宫秘史》才想出个《宋宫秘史》的片名，又怎会不想到以演李莲英著称一时的洪波呢？无奈六先生对他已有禁制令在先，想来想去都是难于启齿。把那角色空了几天，直到开拍前，都没做最后决定。

六先生把我叫到他的总裁室,和我提了几个名字,我都用很多理由推说不合适。六先生是何等样人,一看就完全明白了,马上和我说:"你可别好了疮疤忘了痛,谁都可以,洪波我绝对不用,我告诉你。"

我想了一夜,仍然不愿意放弃洪波演郭槐的念头。第二天早晨,我用烘云托月的方法,旁敲侧击地向六先生讲述我心目中的郭槐。我认为他就等于《清宫秘史》的李莲英。而演李莲英的人选,由一次同演《清宫怨》就看得清清楚楚了。

一失足成千古恨

那是为了九龙白田村大火的灾民而义演的话剧。尤敏、乐蒂、秦羽等四位分演珍妃;黄河、赵雷等分演光绪;唐若青、古寒等分演慈禧;演李莲英的则是导演屠光启、杨志卿和洪波等四位;饰演小太监的是当时的八位导演,我也有一份。这个戏六先生当然看过,当然也认为演李莲英最好的仍是洪波。那么以戏论戏找洪波有何不可?同时,我愿保证,以我和他的交情来讲,一定可以使他在拍《宋宫秘史》的时候,不仅一定要到,甚至不会迟到,或找个理由早退。结果,六先生摇了摇头,把手一挥说道:"好了,好了,洪波就洪波吧,不过你可要负责!"

就这样,洪波又一次地进入邵氏影城拍戏,结果不止洪波没把《宋宫秘史》拍完,连我这个保人也临阵逃脱了。不过,这可是小孩没娘,说起来话长的事,等我说到我离开邵氏,另组国联公司的事,再向大家一一道来吧。

小时候在北平听静街王王杰魁的《七侠五义》，总听他替包大人报名时候说道："在下，包文正。"

其实"文正"二字应该是死后的谥号，哪有在生前自道之理。譬如曾国藩的"曾文正公"，岂可在生前就印在拜贴上？那岂不是滑天下之大稽？再说包拯的谥号是孝肃，也不是文正。而当时的开封府府尹却是狸猫换太子的陈琳。说评书的先生们这个玩笑可开得太大了，愣把府尹大人送到厂子里净了身。而戏中的刘妃，其实是刘皇后，包公断太后的李太后，其实只是侍候刘太后的宫人而已。而在宋仁宗知道自己的亲生母不是刘后，而是李宸妃（生仁宗后的封号）的时候，李宸妃已经死了十几年了。所以说狸猫换太子，根本就没那么八宗事。郭槐当然也是说书人无中生有的了。可是这出戏倒是戏假情真，在民间也是家传户晓的。反正也不是上历史课，不信，您和老太太们说包文正是包孝肃，还真能令她老人家笑掉大牙的，何况陈琳不是太监，而是开封府尹？

等到国联和"台制"联合摄制《西施》的时候，我又想到洪波了。因为戏里和忠心耿耿的伍子胥唱对台的奸臣伯嚭，又是天造地设地为洪波安排的角色。当时我对台湾的演员不熟悉，所以觉得伯嚭除了洪波，不作二人想的。其实孙越、苗天、欧威……那几位都不见得比洪波演得坏，可是那时候他们几位都像明珠、美玉般地在土里埋着哪，还没出头露面哪！于是，我特别把洪波由香港请到台湾，于是也像李宓的《陈情表》一样，"臣无祖母无以至今日，祖母无臣无以终余年"，也是没我洪波不会到台湾，国联没洪波也不会关门大吉，这话怎么说，且听我慢慢道来。

洪波在《西施》中的表现不错，把伯嚭演得也真是入木三分，不温不火，不油不滑，有气质，有气魄；工作态度也算差强人意。拍完《西施》之后，又在宋存寿的《破晓时分》中，演一个清末小县份的县太爷，在官不修衙的破衙门里，哈赤连天、鼻涕眼泪地坐在堂上问案，一看就是烟瘾不小，贪心不少的德行。听小宋讲拍戏的工作态度也是与前判若两人，因之全公司的演职员，对他的评语都不错，于是令我产生请他导演一部戏的念头。这一念之差，使我的事业受到莫大的打击，还真是：

一失足成千古恨，再回首身已百年。

洪波执导惹风波

我到台湾不久，就经"台湾电影制片厂"厂长杨樵兄的介绍，买下了两部邹郎著的推理小说，一部是《死桥》（后拍成《一寸山河一寸血》，又名《扬子江风云》），一部是《地下司令》（后改名为《十万青年十万军》）。两部是脉络相连的，《死桥》中的张振国，也就是地下工作者的司令，按次序《死桥》应是第一集，《地下司令》应为第二集。

我为"中国电影制片厂"导了《扬子江风云》之后，因为在各地票房纪录都相当不错，所以有人聘请身为该片编剧的张永祥兄，又接着导了一部《一封情报百万兵》。这片名和《一寸山河一寸血》，都是对日抗战的宣传名句。也有人找原著邹郎导了一部《卓寡妇》，令他还闹了一件桃色新闻。拍外景的时候，随身还带着个姓白的舞女，弄得家中的大乔小乔（姐妹同侍邹郎一身），差点自杀身亡。

演张振国的杨群和演卓寡妇的李丽华，都接二连三地接了同类型的几部片约。唯独国联公司,却为了一部《地下司令》而周转不灵,而由"政府"成立辅导小组,一直扶倒为止。

原因只是为了个洪波,当然一方面也是我少年得志,刚愎自用所致。一次到港和国泰驻港经理俞普庆处谈公事,顺便谈到国联拍一部间谍斗智的推理小说,导演想请洪波担任。本来国联开拍什么戏,或什么人导演,我只要和与我签星马合约的国泰公司或台湾的联邦公司写个书面通知书就可以了。因为凡是国联公司的出品,都要加上我的策划导演名义的。虽然大家在合约中言明,故事和演员要得到三方的同意,但他们从来都没怎么过问过,可是这次一听导演是洪波,俞老马上把头摇得像拨浪鼓似的,嘴里连连道:"不行,不行,不行,谁都可以导演,就是洪波不行!"

我忙问他为什么,他说:"你还问我为什么?难道你不知道为什么?全电影界谁不知道为什么?"当时联邦公司的驻港代表张陶然先生也在座,他也附和了俞老的意思,建议我要重新考虑。

我当即将洪波最近的工作态度说了一遍,又说他是相当有才华的,何况以前也做过导演。

"就是因为他以前做过导演!"俞老不等我说完,就顶了一句,接着又说,"我们也买过他的片,交片日期左延右延不说,还是个拆滥污大王,戏拍得一团糟,你不要以为片子有胶水就接得上,接上连不上有什么用?你不常说画画有'意断'么?笔断意不断,他导的戏刚相反,意断笔不断,不用说外行看不懂,阿拉内行也不明白!"

陶然兄见俞老说得很坚决,向我直打眼色,连忙说了一句:"去,去,一道去吃饭去,大闸蟹上市了,我们到上海饭店吃大闸蟹去。"

一听吃大闸蟹,俞老铁青的脸,马上由长变圆,笑眯眯地:"好格,好格,大闸蟹好,比广东的羔蟹不知要好上几倍,去去去。"说完用他活像小蒲扇的肥手，朝我肩上一拍："翰祥，一道去。"我当然不便扫他的兴，和他们一起坐车到了大上海。

星马国泰总公司的人们，上上下下都称俞老为爹地，俞太为妈咪。我在新加坡的时候，和俞老同桌吃过饭，他不仅爱吃，而且会吃，比谁吃得都干净，都快，一整只炸鸡端上来，我的那只一条大腿还没吃完，他老先生已经是把骨头都啃得一干二净了。

债的雪球越滚越大

如果是红烧蹄髈端上台面，大家就连筷子也不敢下，因为他常说："豆腐是我的命，有了蹄髈就不要命。"如果不是俞太在一旁监督，他真能一顿吃俩。

我也是喜欢吃蟹之人，但最多的一次，也只不过吃四只而已。可是那天俞老一口气吃了九只。别人吃蟹喝黄酒，他连啤酒都不饮。喝茶有一盅两件，也有"净饮"，他老先生是"净吃"。绝不夸张，我们一个半还没吃完，他的九只已经完全下了肚，老早在泡好茶叶的盆里洗手了。

回到台湾之后，我不声不响地按原计划行事，开拍了《地下司令》，导演依旧用的是洪波。虽然谁也没能把我怎么样，但就此种下了祸根。联邦的合约，到《地下司令》为止，是最后一部；原合约是每年一结发行账目。联邦和国泰一样，都仅是代理我发行而已，但一催他们结账，就顾左右而言他地一延再延。我们甲乙丙三方开始有个四年期的总合约，但每年还要加签一次，每年都把结账期往后推；最后一张合约写明，交清十八部片合约的最后一部《地下司令》时，一次结算。可是在《地下司令》开拍至完成，国泰只寄了三万多尺底片，片款是一期也没寄过。而台湾的联邦更是片子拍完，也不出片。理由是不出片就不能结账。就这样我和台湾的朱宋涛和李道法签了国联出品的台湾代理权。国泰的俞老倒也没提什么意见，因为总合约为期四年，那时刚好第三个年头，他们也仍依约加签了一年。可是片款却不能依期付出，开戏也只是寄些底片而已。因为那时国泰在香港的制片公司，也是缺粮少水，经常把新加坡寄给国联的片款移用；而底片是可以向柯达签字的，一年后付钱也可以。就这样使得国联债台高筑了。

那时国联在台北板桥地方，已经兴建了片厂。演职员也有两百多人，每月薪金就要港币十几二十万。一眨眼就是一个月，开新戏没钱，不开戏更不是办法，于是以债养债，雪球越滚越大，以致滚到自己都推不动。

而洪波的《地下司令》，虽然拍得还算差强人意，但拍戏时的态度又是一天不如一天。因为有嗜好的关系，经常在拍片的现场中喝酒顶瘾。在台湾吸毒可没有那么方便，据说后期他完全买的一种类似小牙膏似的东西，前面是一个针头，不管在什么地方，只要隔着衣服朝身上哪个部位任意一扎，然后用力一挤，一筒牙膏全部注入皮肤之内。据说是军用的药品，可能是治理伤兵的麻醉剂，性质和吗啡差不多。

《地下司令》叫国联关门

《地下司令》拍到此时，国泰公司想出片，我因为他们片款未付清，所以不肯。台湾的联邦公司装聋作哑地不肯出片，因为他们说我欠他们一百多万新台币。其实就是《地下司令》的片款，一出片他们又要重新结账，岂不要露出马脚？我说此话，也有台北联邦的朋友还不愿意听。其实你们不必找些枪手，在报上攻击李某人有才无德，你们尽可把国联和你们的一本清账，在报上逐条地公布出来，岂不是检验真理的唯一标准？

所以至今为止，《地下司令》除了卖了香港的电视放映权之外，全世界任何地区都没过。洪波还真有两把洋刷子，一部《天堂美女》把友侨烧得个片瓦不存，一部《地下司令》叫国联关门大吉（其实国联是香港注册的有限公司，至今依然存在）。国联解体之后，他在台湾更是一筹莫展。最后连个住处也没有，白天在马路上无业闲荡，晚上就住在中华商场二楼的"吴抄手"的饭桌子上。"吴抄手"，听起来好像是哪个洋行的大写，其实是个四川小饭铺的名字；因为专卖担担面和红油抄手，老板姓吴，所以叫吴抄手。还好没叫吴担担，不然别人还以为是歌星吴莺莺的弟弟呢。洪波和吴抄手的老板在四川时就认识的了，所以先在他那儿挂单，吃吃抄手什么的，后来吃完了又伸手，借点零花什么的。好嘛，老吴抄手上赚两个小钱，全叫"洪伸手"给拿了走、到后来干脆就搬到他店里去了，不仅伸手，伸腰伸脚都在台子上了。晚上小饭铺一上板儿，七爷就把两张台子朝中一并，然后和衣而卧。身无长物，倒也无忧无虑，无牵无挂。

有一天我在中华商场的火车路边行走，看洪波匆匆忙忙地由火车桥上下来，见我点了头笑了笑，好像碰见影迷一样地连话都没说一句，就挨着我的身边走过了。我说挨着身边的原因，是那地方正在修路，两旁用木板夹成了一个小通道，刚够两个人并肩而过的。想不到这就是我和洪波生前的最后一面，虽然不是冤家路窄，还真是狭路相逢。一个礼拜之后，记得那天是一九六七年的十一月十七日，晚上八点二十分左右，我刚坐下来和孩子们吃饭，忽然接到了一个电话。

洪波跳火车自杀

"是李公馆吗？请李导演听电话……噢，李导演，我是《中国时报》的记者蒋杰，洪波在中华商场二楼的天台上跳下来，头正撞到刚开来的火车头上，弹到了地下，如今在台大医院里，你赶快来看看他吧！"

我一听马上放下酒杯，跑到房里把睡衣换下。张翠英端了最后一个菜出来，一见我穿衣服，奇怪地望望我。我说："快，跟我一块儿去，洪波跳火车了，现在躺在医院里。"

张翠英还没听明白："跳火车干什么！拍戏呀，找个替身嘛，何必自己冒险。"

我听了又好气又好笑："找替身？自杀有找替身的吗？他由吴抄手门前的火车桥上跳下来，撞在火车头上了。"她这才明白过来，马上解下围裙，开车到了台大医院。

台大医院的停车场在后门。我们停了车，由后门行入，看见走廊上坐满了缺胳膊少腿的病人，血淋淋的好不怕人，看样子一定是什么地方出了车祸吧！我忙向询问处打听了急诊室的地点，马上寻走廊转弯抹角地走了走，进了房一看，救护人员围在躺在床上的洪七爷身边输氧气。一看之下，洪波真成了名副其实的"红波"，头发也剪得活像个狗啃的，东一个包，西一个洞；看看他的脸灰灰的一点血色都没有，身上还穿着那天我碰见的那一套。护士们一边一开一禽地打着氧气筒,一边若无其事地和身边的同事聊天儿,好像手里正打着毛线衫一样。我们夫妇进到房里,她们连正眼都没看一眼,大概经常看死尸看惯了,看活人反倒不大愿意的样子。

我看看洪波的鼻孔,根本不像有呼吸的样子,忙进前把手伸在他的嘴边,哪儿还有什么气儿,呼吸早已停止了。我看看那位护士小姐的手还在上下禽动,告诉她:"没有气儿了!"

她还以为我说她手上的东西呢,瞪了我一眼之后:"谁说没有气?我的手都没有停过。"

我听了还真生气:"不是说你没有气,我说的是躺着的那个。"周围的医生护士们这才正眼地向洪七爷行了注目礼。一个年轻的医生走到洪波的身边,翻了翻他的眼皮,然后看了看表,在一张表格上签了个字,朝护士们一领首,一位护士把身上的白床单朝七爷的"红波"一盖,王家骧就此结束了一生!

看看他身上的白被单,想起黛玉归天前向紫娟唱的几句:

(白)紫娟我的身子是干净的,我死之后,好歹叫他们送我回去。

(唱)我质本洁来还洁去……

我默默地看着他们把洪七爷推走。七爷的一条胳膊还露在白布单外边,大概刚打过强心剂的关系吧。手腕上有七八条刀痕,据说是和李湄发誓时自己用刀在腕子上剌的;在上边隐隐约约的有个小字,是刺花的蓝绿色,我随在他的车后仔细看了看,原来是"艺文"二字。

直到今天,我都想不通这两个字的本意,难道也是他们老太太替他刺的不成?岳母刺的是"精忠报国",王母刺下"艺文"二字,叫七爷立志忠于艺术与文学？不然就是哪位女士的名字，七爷表示刻骨铭心的爱意，所以刺两字以留念？

七爷的灵前，《清宫怨》的作者姚克先生送了一副挽联：

讲演戏，那可没话说，
跳火车，这又何苦来。

情势已成骑虎难下

十年前在台北替"中制"编导了《缇萦》之后，就拍了一部集锦式的电影，是由写骗子的故事串连而成的，片名叫作《骗术奇谭》，想不到票房纪录还相当不错。当时香港近期上映的中国片，除了武侠动作片之外，票房纪录根本没有办法超过一百万，而《骗术奇谭》居然一枝独秀地卖到一百二十八万。这一数字在今天当然微不足道，可是当年在影圈里已是相当轰动了。所以接着拍了《骗术大观》《骗术奇中奇》。片商们在澳门赌场赌大小差不多，见大买大，见小买小，多是跟风，很少有人烧冷灶。

拍过第一部《骗术奇谭》，因为自己少年得志，在影圈中一帆风顺，所以被人转了念头还不知道。一方面挑拨离间，一方面加以利诱，当时年龄既轻又无社会经验，再加那时的邵氏也有人对我的要风得风，要雨得雨，既嫉且恨，巴不得我跟邵氏闹翻，而坐享渔人之利。我就在这样外边游说诱惑、内面排挤离间的情况之下，脱离了邵氏，自组国联公司。我和国泰的陆运涛先生订约之前，邵氏的合约尚未届满，但国泰说"愿意承担一切费用"。（陆先生以为我的合约已满，但他的底下人只求达到挖人的目的，不择手段地隐瞒了他。）所以由当时的制片主任王植波起稿，拟了一纸甲乙丙三方面的合约，甲方是周海龙代表新加坡国泰属下的（香港）电影贸易公司，乙方是夏维堂代表的台湾联合影业公司，丙方就是我李翰祥。合约内容是三方合作组织"××公司"（当时拟稿时尚未定名），一切盈亏均由三方面负担。签署之前，我曾一再想办法，希望能与邵氏六先生详谈一下，但是却被人奇妙地挡驾，是中间有人作梗，说六先生无意和我当面说话。直到如今，我也不明白。于是我就在气愤之余，不顾一切地签了约。想不到三方面正式签约之后，新加坡总公司的国泰副总经理连福民氏居然来了个全盘推翻。但那时我也和邵氏制片主任说明不惜赔款亦要离去的意愿，情势上已成骑虎难下，对连氏的毁改合约也只好勉强答应。当时我不明白，这原来是他们"骗术奇谭"的第一招，合约内容改得最多的是把"包底"改成"代理"，在当时我认为取消"包底"二字，事体不大，岂知差之毫厘失之千里。因有"包底"二字我可以量入为出，封掉蚀本之门；而完全代理，他们便可乱开花账，宣传费、广告费、公关的招待费、茶点费、车马费等等的乱开一通。不将你老婆孩子赔在里边已是蛮有良心了。

第二招是合约订了为期四年，但是每年都要加签一次；如此可等于他们负责的合约仅是一年，而我的丙方可要受四年的牵制。在我未跟邵氏闹翻之前，这样的条件我当然不会接受，可那时处在进退维谷的情况之下，只好硬着头皮，把合约签下。而这就叫"置之死地而后生"，可生的并不是我，是他们这些阴谋家。其实他们是有计划地拆散他们认为的邵氏"铁三角"——邵逸夫、邹文怀、李翰祥，然后好报我主张和他们打对台的一箭之仇。而我却把他们的狼心当成了好意。

第三招是合约上明明写明代理发行是每年一结账，甲乙双方仅把百分三十五作为代理发行费用，其他盈余全部归我丙方所有，但是由国联公司开始至收档，从未见甲乙两方的片纸只字。

中国人做事莫测高深

国泰公司倒是每月都寄一张他们对我的支出清单，不过只有他们付给国联的费用。台湾的联邦一直到和我对簿公堂，他们都没把代理发行账目交出，甚至于交给法院的也是一项支出和收入的总账（据说在台湾的电影生意人，多数是两本账，一本对内部的股东们的，一本对税局的），就如此糊里糊涂地说我欠他们多少多少。其实所有电影界的从业员们，都知道联邦吃了国联不少钱。有一次我去请教台湾的发行老行尊黄天帧先生（外号人称黄天霸），他第一句就很坦率地告诉我，联邦吃了国联起码两千多万。但当我把这些话提出，向联邦质询时，联邦的老板们个个责怪黄天帧"狗拿耗子不够朋友"。黄天帧先生一方面连口否认，一方面责怪我出卖了他。我不认为他是怕事，只是多一事不如少一事而已。当然啦，何必为别人的闲事而惹火上身呢？

我在邵氏的第一张合约是经尔光介绍和邵邨人先生签署的。其实邵氏是个笼统名称，详细分来应该是邵邨人先生和他的公子们维英、维镇们的"父子公司"，和邵仁枚、邵逸夫二位的"兄弟公司"，邵氏另外的老大醉翁、老二邨人是没有份的。我加入邵氏公司的时候，邵逸夫先生还在新加坡，所以在港的应该是邵氏的父子公司。

第一张合约，期限是五年，但五年之后，乙方要给甲方三年的优先权；就因为这优先权，我和父子公司的五年合约，无形中变成了八年（如果在一年之中，仍然毫无起色，他们随便安个罪名就可以把你的合约取消，相反永远地工字不出头了）。我的《貂蝉》拍到一半，六先生由新加坡到香港主持制片业务，原因是父子公司出品，被欧德尔领导的国泰公司打得鼻青眼肿，没有一部卖钱的。到后来外埠的片商们竟然把邵氏父子的商标拿掉，他们说："SS[①]完全是两条虫，有道是'行运一条龙，失运才一条虫'，物必腐而后虫生。开始就两条虫，好极有限。"开始的时候，我和二先生的关系，表面看起来还是一码事；其实也等于我们把片子卖出新加坡版权，始而一切自主，继而因所拍的片子质素越来越差，所以星马的片商们来到香港，像监制一样。实际上二老板已没有什么实权，但份属兄弟，所以暂时并没对外发表。一直等《貂蝉》在亚展得奖后，业务由邵逸夫先生主持，他在庆功宴会上才说"我的蝈蝈（哥哥）邨人"退休的消息，我们这些有合约的编导们，事先毫无所知。

邵氏兄弟公司突然代替了父子公司，并未正式向外界和公司同人声明过。反正就是这么一回事，大家心知肚明也就算了。

六先生主持制片业务之后，也曾大力地向国泰挖角，三下五去二地就把走红的导演岳枫、陶秦两位拉到门下。据说片酬都是他们在电懋的一倍。最妙的一招，莫过于把组织国泰的欧德尔拉到他的身边做他的副手。其实，名为副手，做的全是私人秘书的工作，大有韩信把落魄时让他受胯下之辱的少年找来牵马坠镫的一般。所以我看见那位一口国语、一口广东话、又一口四川话的外国人欧先生，对六先生低声下气的样子，就想笑！

[①] SS：当时邵氏父子公司英文名称"Shaw and Sons Ltd."的缩写。1958年邵氏兄弟（香港）公司［Shaw Brothers (HK) Ltd.］成立后，商标英文缩写随之改为"SB"。

如此一来，我这个原在邵氏忠心不贰之臣，反而被搁浅在一边；八千元的片酬比起岳枫、陶秦二位的三万元港币一部戏，也望尘莫及。老实讲，那时也是早萌去志，但是，也实在是自惭形秽，比起他们两位老前辈，也的确自叹不如。所以，也就忍了下来。

不过，有一天二小开对我又说，六先生想和我谈一谈，大家一起在楼上他的家里吃顿便饭，也许会把我的片酬调整调整也未可知。当时，六先生的身边还未见如今的邵氏大员方逸华小姐，经常是上官清华陪伴在侧，上官也有时代他约约人吃吃饭，联络联络关系。

饭后，果如二小开预言，替我调整了片酬，由每部酬金八千元，改成一万二。不过，以前是每年五部，总共四万，分十二个月支取，每月支取三千三百三十三；如今不必太辛苦，改成三部好了。

被骗了三百三十三元

我一听当然喜出望外，回家还兴高采烈地告诉翠英"我加了薪水"，由每部的导演费八千加到了一万二。翠英很高兴，还为我做了几个可口的小菜。吃饭的时候，差点没唱出："喝完了这杯，请进点小菜，何日君再来？"谁知等到了自己出粮，账面上忽然少了三百三十三块三毛三，只剩了三千元的整数。立即问会计主任甘先生，才知道我的新约已经开始了，每年不再是五部，改了三部，每部一万二，三部三万六；分十二个月支取，每月是三千大元。一元不多，一元不少。

当时，我拿了这张支票，却呆了半天。也许冥冥之中三十三对我有些缘分：由美国顺风牌汽车变为英国积加的时候，本来是××七〇〇一的车牌，可刚巧变了AB三三，一直用到如今。一看到车牌，就会想到被骗去的三百三十三块三毛三。

记得第一次，取了新车，也装好了AB三三之后，马上开到如今的邵氏影城。不过，那时的影城连个影子都没有呢，只有几辆铲土机在平地，清水湾也不像今日的车如流水。

影城的第一场布景，是《王昭君》的汉宫园外，就是现在所谓是通向二宿舍的地方，搭的是一片玉石栏杆。不过，刚搭好木架，还没等粉饰，一阵台风就把近千的树枝栏杆吹得东扭西歪、七颠八倒。所以后来改在平地搭建。

影城内里建好之初，我还是个受排挤的导演，没有份在影城棚里搭布景，把我《杨贵妃》和《王昭君》的布景，仍旧搭在钻石山的大观和牛池湾的亚洲片厂。

尽管我的《江山美人》票房纪录，打破历来的中国影片收入，但在六先生的心里，还是远来的和尚会念经，认为岳枫、陶秦两位导演的作品会更出色。

如果不是《江山美人》在各地的票房纪录，不断地继续增高，可能我要一直在大观和亚洲两个片厂打游击。

如果不是为了《梁山伯与祝英台》在台湾造成了空前的纪录，也许不会有人把脑神经动到我头上。

如果不是邵氏先向国泰挖了岳枫和陶秦两位导演，国泰也许不会千方百计向邵氏挖我。

如果一切战争都有远因、近因和导火线的话，那我的合约未满，离开邵氏而另组国联也是一样。外来的远因，正如我所说的，为了岳、陶二导改入邵氏的事，而内在远因便是我到日本拍《梁祝》特技外景的不愉快事件。

我们一起赴日的演职员一共七人，除了乐蒂、凌波、任洁、李昆四个演员之外,其余的三人是我和助导李权、制片主任邹文怀。

下了飞机之后,邵氏的驻日代表就有一个令人气愤的安排,他把乐蒂、凌波、邹文怀安排在一间头流的大酒店,而把我们另外四个人,却安排在离市区很远很远的小旅馆。

如果不是邹文怀到那间旅馆看了看,也认为不像样的时候,我们也许不会搬到和乐蒂、凌波同一间酒店。

分镜头交给特技导演

我们的布景,仅有一块蓝天片和坟墓一角,另外就是一些模型,一切都是因陋就简的。由于是拍特技,我只是把我的分镜头交给特技导演,并把我的意图向他说明,然后就全权交给他处理。

尾场话别的部分,因为有梁祝二人,分披蝶衣,在云端花间,双双翩翩起舞的场面,特别请了舞术指导,所以在拍摄的时候,身为导演的我,反为无所事事,只是瞪大了眼睛,看他们演出而已。

前后一共拍了四天,据说,一共用了港币二十多万元。如今听听倒也是小儿科得很,可那年头,成本不轻,拍一部普通的粤语片,只要港币四五万元,就可以全部搞掂。

但二十万,岂不令人咋舌!加上初初拍的镜头,并不理想。除了英台哭坟、还魂显身,到英台也投入坟墓里,四九和银心一把只拉到她的裙脚,而那裙脚一撒手,被风吹到空中,变成一双彩蝶,飞到空中还差强人意,但到了天上,就显现成人形的舞蹈,可就一无是处了。

所以,回到香港,我又坚决要把尾场重新拍摄。在影城的A棚搭了一个天幕布景,彩蝶飞到天空的后面,拍好之后,我在大配音间看试片的时候,遇见了六先生,他极端不满地和我说:"你知道,拍这点戏用了多少钱?二十多万!这是钱哪!不是闹着玩的,将来怎么收回来?"说完之后扭身就走。

还真弄得我一头雾水,后来才知道是那个日本代表又一次把一切过错推到我的头上。

我之所以说是又一次,是有原因的:早在这次之前,我第一次到日本拍摄《杨贵妃》《王昭君》《武则天》的三片外景,在日本主其事的也是那位日本代表。

这位代表,据说和新加坡三老板、六老板还有一些朋友关系。原来他是日治时期驻新加坡的文化参赞之类的人马,专管影戏及文化事业,而和当时的兄弟公司有些渊源。

直至抗日胜利以后,他坐了牢,邵氏对他也还照顾,所以他把日治时所封闭的外国影片交由兄弟公司发行。在久旱逢甘霖的环境底下,生意好得出奇。所以邵氏兄弟对这位日本朋友念念不忘。不过,这些仅是传闻,确否如此,尚待考证。

后来因为邵氏公司要在日本买片和拍制影片,就请了他做代表。我只知道他的账目不清,甚至到后来亏空公款,是《梁祝》之后,而传说他跳火山口自杀。不过,究竟怎样?我因为离开邵氏公司,就不得而知了。

那次外景,因为我一切都不肯马虎,他对我的印象当然是其坏无比。再加上他揩油的钱,又推到我的浪费上,所以一天一信地向公司报告。

我拍完外景回到香港的时候,六老板告诉我,他的信里称我是handsome boy,我还以为是"咸湿货",后来一问汪晓嵩,才知道他的本意是说我是"滚红滚绿的飞仔"。

有人趁机挑拨离间

那年我三十五岁。

由于十六天半的外景预算,因为天气的阴雨而拍了三个半月,很使六先生不满意。其实我的工作天,的确是不多不少拍了十六天半。

一方面也许那位代表对我们很将就,而加油加酱,也就更令到六先生觉得我一意孤行的,毫不为公司设想;直到后来的几部戏拍出来成绩还不错的时候,他又觉得我的坚持有些道理。

一次拍《杨贵妃》等片的外景,一次拍《梁祝》的外景,都令我有受了委屈的感觉,所以我早已等待机会他去。因为我觉得我可以因犯了错误被指责,但绝对不应该为认真工作而被处罚。

等到《梁祝》在台湾造成空前纪录的时候,这种念头就更容易产生。当然,有人趁机挑拨也是原因之一。

邵氏出品影片,一向都是台北联邦公司代理发行的,但后来,联邦一面倒地转向国泰,所以《梁祝》的代理权落在明华的手中。等到《梁祝》大为卖座,使得联邦的几位股东和国泰在港的主持人林永泰和刚兼任主任的王植波,都有点不是滋味。于是想出以其人之道还治其人之身的办法,有计划地向我进攻,进行挖角。

首先,向我的好朋友尔光进攻,再向整天和我在一起的朱三爷动手。没有几个回合,我就把持不住了。最主要的,还是朱牧告诉我,假如我真的离开邵氏,凌波一定跟我一致行动的消息。于是我开始和国泰的"泰哥"——林永泰,和制片新贵王植波进行谈判。

王植波所以得进国泰，执掌制片主任之职，是因为替我编过《杨贵妃》《王昭君》的剧本的关系。其实我在前文已讲过，我的剧本在分镜的时候，全部重新写过，这点直到后来替"中制"拍《一寸山河一寸血》（另名《扬子江风云》）的时候也是一样，连编剧的张永祥兄都极端清楚的。但在星马上映的时候，编剧的名字跟任何导演一样大小排列，因此引起陆运涛、连福民的注意。所以在钟启文因大牌明星的告御状而下台后不久，王植波也就时来运转地当上了国泰的制片主任，大有和邵氏的制片主任邹文怀别别瞄头的意思。以才具来言，王植波倒也不输邹，但以头脑的灵活来讲，王较邹可就望尘莫及了，再加上稍有成就，就不顾一切地傲慢非常，终非成大事者。

风水轮流转

有道是六十年风水轮流转。因为六十年是一甲子，周而复始地再回甲子、甲丑的重新轮过。

也许有人觉得六十年太久了，所以改成了"十年人事几番新"。其实，人生又能有几个十年呢？

电影界的两大公司：邵氏、国泰，倒的确有点风水轮流转的意思，和五台山的无线电视独占优势情况是不一样的。

国泰是新加坡总机构的名称，开始趁永华周转不灵，会同替新加坡买片子的欧德尔，说动了陆运涛氏，接受了永华片厂，改组国际影片公司，招兵买马大干一番，打着摄制严谨不计成本的招牌，当时的确声势煊赫一时。邵氏公司对制片业务因陋就简的作风，当即相形见绌，被他们打得落花流水；不要说还手之力，连招架之功也没有了。因此，才有欧德尔被挖到邵氏兄弟公司的事发生。

记得，我随香港代表团赴吉隆坡，参加第五届亚洲影展的时候，曾在新小作逗留，邵氏公司大员许世融兄，曾带我乘车参观市区，走马看花之下，仅对新加坡有个概念而已。

但每经过邵氏戏院时，许兄就指着SB的商标说："我们的。"经过国泰机构戏院时就指称："对方的。"可见彼此水火不容、势不两立的情况。

欧德尔走后，国际改为香港电影懋业有限公司，简称电懋。主持人是李祖永先生送到美国学彩色冲印的钟启文先生。在一般观众的眼中，很有点新人事新作风的样子。所以电懋的出品比邵氏兄弟公司的影片，在各地区上映的票房纪录都占了绝对的优势。

新加坡的兄弟公司鞭长莫及，干着急，白瞪眼，就是苦无对策。在不得已的情况下，邵逸夫先生就只好御驾亲征，接收了父子公司制片业务，几度"散手"把电懋打得溃不成军。十一年来，电懋辛苦血汗转眼星云流散；又改了国泰，也是每况愈下地关门大吉。转眼间已是二十多年的事。

十一年后，曾是邵氏旗下的制片主任邹文怀先生，已率领部属，另组嘉禾影业公司。因为李小龙影片发行的关系，与新加坡国泰公司携手合作，因而由邵氏国泰的对立，形成嘉禾与邵氏竞争。十年河东，十年河西的局面又重现眼前。

邵逸夫先生，今年已是七十四岁高龄。[①]尽管精神体态，两者皆佳，但斗志已大不如前；再加兼管香港电视台的董事局业务，以及时常参加社会上的慈善教育文化等筹划工作，所以对原来最感兴趣的制片

---

① 本篇文章写于1981年前后。邵逸夫1907年生人。

事业也感到兴趣索然起来，一切交由方逸华小姐处理。方小姐知悭识俭的程度，比父子公司时二老板邨人先生有过之无不及。所以，"邵氏出品，必属佳片"的招牌，也已不像过去的闪烁发光、鳌头独占了。

终于完成拍《西施》夙愿

想想六先生来港之初，壮志凌云，对电影事业兴趣浓郁，想把邵氏影片推展到世界的发行网上那种不计成本、制作严谨的态度，才是令人佩服。不过，比起现在来，可就浪费万分。

有一年，台湾的名画家高逸鸿兄，到港展览他的作品。和他一起展览的还有王植波兄的书法。承蒙他们看得起，也发给我一张帖子。我订了植波兄的一张字和逸鸿居士的一张相葫芦，另外还有一张鱼。可惜后来接到那张鱼不如原有那张栩栩如生，而像极了红烧之后的样子。虽嗅不到香，也尝不到味，但墨色也算上品了。想不到我抱怨一通之后，逸鸿兄又送给我幅荷花，倒令我"羞花闭月"，好一个难为情。

这之后，和王植波夫妇也就常来常往起来。渐渐地发觉植波兄不但书法好，对吃也讲究得很。如果你宴请朋友，或者有个喜讯寿事，请植波兄点菜，一定是物美价廉，众口交誉。他的女儿王旦旦也是一位食家。木兰女士也是一位优良的演员。一门三杰，当之无愧。

邵氏公司第一部武侠动作片，应该是我拍的《儿女英雄传》。女主角十三妹和张金凤，都由乐蒂饰演。男主角的安公子本来是赵雷最合适，但当时，赵雷同时有三部戏缠身，很难拍戏，所以，我想起文质彬彬的王植波来，我把意思和他说过之后，他突然哈哈大笑说我要他出丑。

第一次演出以后，大家都认为我的眼光独到。这之后，我想以中国古代"四大美人"为题材，拍四段不同朝代的影片，特以西施、褒姒、王昭君、杨贵妃为主，片名就叫作《倾国倾城》。这四大美人都是一笑倾城，再笑倾国的人物。

以前，在本文中也曾经写过，计划中尤敏演西施，乐蒂演褒姒，林黛演王昭君，李丽华演杨贵妃。以当时卡士来讲，恐怕要算是空前的，如果真的按计划拍制成功，也会绝后。

由于植波的文才盖世，博览名书，对历史人物都有相当的认识，所以剧本请他执笔。首先开拍的就是李丽华的《杨贵妃》和林黛的《王昭君》。

《杨贵妃》拍到一半，由于布景、服装预算等的超支，于是又来了一个"一盅两件"政策：同时开拍一部《武则天》。所以《倾国倾城》的拍制计划也就有所不同了。由于每朝每代的布景不同，但服装则照旧，拍一部四个背景不同的戏，等于拍四部影片的预算。所以，四大美人，只拍了两大美人，就没有继续了；而这两大美人，也是分成两部拍制的。

不过，后来我自组国联公司的时候，终于完成了拍《西施》的夙愿。但是《褒姒》可就胎死腹中，没有拍成了。

因为和植波兄有过合作拍制两部戏的纪录，和他谈起合约来，也就顺利得多。说起来，大家都是百无一用的书生，所以，他替我签合同，在连福民的眼里很不对路，再加上国泰用挖角来报复，恐怕植波兄事先或许也不知道吧？

究竟内情是怎样？因为死无对证，又事隔多年，我也用不着深究了。联邦公司在港的代表人张陶然先生，开始听名字时好像小说家高阳，都是好酒量之人；其实他倒是滴酒不沾，并非"一醉亦陶然"

的"陶然"。合同订了之后，台湾联邦公司夏维堂先生亲自来港签约，而新加坡总公司陆运涛先生也在后一天抵港，可见他们对这张合约还相当重视。

陆运涛一律答 OK

以前在永华训练班当学员的时候，见过陆运涛先生。当时听说李老板到飞机场接从新加坡来的大老板，而这位大老板对摄影是相当喜爱的；尤其是对拍摄鸟类的生活，特别感到兴趣。为了拍摄鸟儿生蛋，他在树林外，搭起一个高达十数丈的棚架，然后一个人爬到上面，用长镜头等候拍摄。有时等上两三天，两天三宿，也不见鸟儿下蛋，他依然耐着心，不眠不休地等待，这份瘾还真不小。

公司里演职员听说这位老板要同李祖永先生进厂参观拍戏，所以都在走廊上翘首以待。没多久，果然看到祖永先生的卡迪拉克车开进厂来，看着两位老板一前一后地下了车，大家都惊异于陆老板的年纪原来只有三十多岁。

李祖永先生穿了一件夏布长衫走在前面，肥肥胖胖的倒蛮像个老板；陆先生则是英国绅士派的西装，瘦瘦高高。也许因为颈子太长的关系吧，显得脑袋瓜奇小无比，有点像北方的酸枣，加上下巴奇短，有点像《史记》上所描写的秦始皇的长相"长颈鸟啄"。有人说下巴短，寿命也不长。陆先生在台北上空撞飞机的时候，只有四十九岁。

那次和我签合约的时候，他是住在半岛酒店的套房里。那时的日租好像是港币一千二百元左右。那次本来是尔光和夏维堂陪我一起去看他的。他一开门，看到他们两位，脸一板伸手一拦，就把他们二位摒在门外；然后，脸上好像落了雾的一般，和我微笑了一笑，举起右手，让我进屋。我倒有点不好意思地回头望了望夏维堂先生，只见他正用手绢抹着下巴底下的汗。照理应该说是脖子，可他老兄的脖子奇短无比，和陆运涛先生的匀一匀就好了。

我对陆先生提出十二个问题，他答得都很干脆，而且一律是英文："OK"；问了十二个问题，他也就十二个"OK"，半个"NO"字都没有。并且告诉我，将来大家合作之后，公司的账目是公开的；不明白的地方或者有疑问的地方，可以随时提出查询，任何时候都会马上把账目公开。后来才知道，公开倒也公开，不过只对他一人公开而已。当然啦，老板要查账，当然任何时间都可以。

谈完我的合约后，他就马上要我向凌波接头。在那时，凌波和雷蒙邹的副手何冠昌先生经常出双入对地在一起。

凌波的合约，自己不出面谈，只由何先生出面；而何先生也不跟我直接接洽，每次都由朱牧转话。别人对朱牧的称呼都是"三爷"，唯独凌波对朱牧的称呼始终是"朱大哥"。

凌波会同何冠昌二位与朱大哥谈过合同之后，开过不大不小的条件。他们提出如欲订约，先付港币十万元；而且第二天下午三点钟就要付出。并且言明一定要现款，支票免谈。在我看来，联邦和国泰两大公司，拿出十万元现款，还不等于探囊取物一般的易如反掌。结果，虽然合乎情理，但却出乎意料。

钱未送到，鸡飞蛋打！

两大公司的首脑们为了这十万港币的现款，交头接耳一阵之后，国泰的泰哥眉头深锁；联邦的夏维堂也是脸色低沉，原来都想推卸责任。国泰想要联邦出，联邦想要国泰出。照理本应二一添作五，一家拿出五万元才是。在麻雀桌子上的五万，都不轻易放手，中心五，二五八将，要派好多用场；何况是五万港币？所以到了期限，也只是一筹莫展，毫无着落。看起来，这可能全是如今嘉禾首脑、邵氏当年"不二之臣"的一招妙计：一方面叫凌波知难而退；一方面也是给我吹胀一阵西风，叫我早些明白他们两只纸老虎是空手套白狼，也好做打算。

无奈，我那时鬼迷心窍，把这阵风当作耳边风，任它吹过，不但毫无知觉，还一心一意地勇往直前。如今想想，还真有点"傻小子睡凉炕，全凭火力壮"的味道。

第二天下午三时，凌波在何冠昌的护侍之下，在青山道的嘉顿餐厅等候下文。邹文怀却约了我在宝勒巷的温泉浴室洗澡，他修脚按摩，表面上无忧无虑，乐也融融，优哉游哉地美在其中；其实，他是老早把一切安排妥当，等我入瓮而已。我还自以为棋高一着，等候朱牧电话，一待联邦和国泰把十万港币交给凌波手上，这一纸合约就已安然到手。除了朱三爷左一个电话，告诉我凌何二人已在餐厅；不到多时，右一个电话，告诉我"十万元尚无着落"。

夏维堂在酒店里跺脚捶胸，林永泰也是无可奈何地摇头叹息。都是因为新加坡国泰认为签个演员合约要预付港币十万元，是毫无道理的事。

凌波旋风虽然把台湾吹成了"狂人城"，但在星马地区并非一样了得。所以急煞了有心无力的夏维堂，泰哥也就装模作样，不安泰。

看样子，两位唱做念表的功夫，还真是十足到家。最妙的是我和邹文怀，躺在温泉的雅座里，忽而，一个电话找我，我跑到外面接听；继而，一个电话找他，他也奔到外面谈几声。还好电话离得远，到底说些什么，谁也听不清楚；否则还真有点不大方便。

一直到下午五点半，我们温泉里的两位，温泉水滑洗凝脂地不止洗了两三次，加上修脚、刮脚再捏脚，捶背、敲腿又摩腰，一套一套地全部做完。朱三爷终于来了电话："钱未送到！鸡飞蛋打！何冠昌笑了笑，一拍屁股走了。"我呆了半晌才回房。紧跟着雷蒙也去接了个电话，两三分钟之后，只见他笑着回到房里，透了口长气，好像不出他所料的样子，然后高叫伙计埋单。

如今虽然事隔多年，但一切宛如目前。还好雷蒙邹不会唱京剧，否则一定来两句："人说司马善用兵，到此不敢戏空城。"

事后见到夏维堂及泰哥两位，他们开玩笑似地互相推诿，绝无一点惋惜的样儿。看起来好像《苏三起解》里的崇公道，你说你公道，我说我公道。公道不公道，自有天知道。

王植波和张陶然两位，话倒也说得风凉："有了李翰祥，小娟可以变凌波；没有李翰祥，凌波只是个小娟。"这当然是自我解嘲的话。

电影是需要大家合作的，主角戏虽是独在舞台演唱，但也要有台、有幕、有灯光。牡丹虽好，也要绿叶陪衬；否则的话，光杆牡丹也徒然。

当然，我以为自己是一个不错的导演，但是，在这出戏里，我连个临时演员的角色都不如。

把乐蒂冷落在一边

他们不但人后有人，而且戏中有戏。所以"牛哥"（李费蒙）画了一幅漫画，左边陆运涛，右边邵逸夫，两个大人物中间加个小不点。这小不点就是我，痛苦地伸高脖子仰望，好像叫他们两位大老板高抬贵手的样子。大有两者之间，难为水。

当年的这出戏，比如今的公审"四人帮"还热闹。星马港台的报纸，都以头条新闻刊登，整版整版地报道。明争暗斗，此起彼落，步步为营，节节高，一直高耸入云，直到丰原上空陆运涛夫妇、王植波夫妇、夏维堂等人机毁人亡，才算演完了第一回合。

当年，我离开工作八年的邵氏公司，归纳起来，不外几个因素：

一、两次外景，被日本邵氏代表屡进谗言，他们浑水摸鱼而超出预算的事，全部移花接木地推到我的头上，说我一意孤行，使他们无法控制预算成本。

二、公司中，有人忌才妒能，对我的受公司爱顾、受同仁拥护的劲儿，看不惯，视我为眼中钉、肉中刺，不除不快。

三、因为《梁祝》双胞事件，我为邵氏公司打了个大获全胜的漂亮仗。非但在两个月期限内完成交片，在台湾上映，又轰动一时，居然有人连看一百四十一遍，因而使国泰的几位大员动了邪念。据说，他们帮助我组织国联公司，目的是要拆散邵氏公司的台。但这点并不足以使我坚决地离开邵氏，而另起炉灶。最大的原因还是为了凌波的一句话。朱牧告诉我，凌波曾和他斩钉截铁地说过："任何时间，任何情况，我都和李导演一致行动的。"朱牧问她："如果李导演离开邵氏公司呢？"她说："那我当然跟李导演一块儿走。"

后来事实证明，完全不是这么一回事。不过，国泰和联邦，如果真的把十万港币摆在台面上，历史会不会重新写过？那就不得而知了。

其实，国泰当时的用心，我应该在拍《七仙女》的时候就意识到。《七仙女》是邵氏继《梁祝》之后又一部由我导演，由乐蒂、凌波主演的影片。在台湾的发行权，联邦公司当然也是没有份，眼看着他人坐享其成，岂可甘心？北方的野孩子有句话："有我来，我不来；没我来，起哄台。"所谓的"起哄台"就是拍散；鸳鸯打散了，清水搅浑了，煮熟的鸭子也想办法把它弄飞了。于是首先向乐蒂下手，千方百计地散布谣言，说李翰祥有意捧凌波打击乐蒂。说来也怪，凌波的一声"远山含笑"，把片场烧茶倒水的女工们、梳头换衫的老姐妹们，个个都弄得神魂颠倒。

于是，只要凌波一进厂，搬椅子的搬椅子，拿靠垫的拿靠垫，扬风打扇的更是不一而足，更有人由家里煲了鸡汤来孝敬，无形中就把乐蒂给冷落在一边。有时，连我都看不过眼，于是马上上前跟她搭讪，也引不起她的笑容来。百病都乘虚而入，有心人看在眼中，再略施点小计，稍微地推波助澜一番，马上就引起了轩然大波。所以，《七仙女》才拍了两天，乐蒂演的玉帝七女，就借故回到天庭了。

开始由李婷代替乐蒂背影，但两天之后，背影的镜头拍完，也就只好停下来。后来，听说乐蒂已跳槽到了国泰，也就只好打消了凌、乐继《梁祝》后再度携手的念头。

想不到一波未平，一波又起，他的脑筋居然动到我的头上来。

硬着头皮签了约

联邦在港的代表人张陶然，因为找朱牧配日本片子的国语版，所以大家都很熟。知道当时朱牧和我焦不离孟地整天在一起，就由朱三爷身上下手，叫他告诉我四句格言："工字永远不出头，怎可一生做马牛，有风若不驶尽悝，无风有悝也发愁。"

工字固然不出头，但在电影界搅个独立制片公司什么的，一样等于替院商片商们打工；纵然出了头，也是个老土。耗子尾巴的脓流血也不多,所以有"制片王"之称的王龙说得好:"什么叫独立制片公司,就是金鸡独立,一脚站地,一脚悬空,前仰后合地晃晃悠悠,一个站不稳,就会来个大筋斗,摔个鼻青眼肿。"

但那时,我初生牛犊子不怕虎,对外面的行情一概不懂,对朱三爷的一席话,大有胜读十年书的茅塞顿开的感觉;再加上凌波答应助威,同捞同煲,思想起来,还真是美景当前,好不欢畅人心。想不到,我一骑上虎背,凌波就撤了后腿。

第一场球,就叫我来了个"〇波",而我身不由己地做了过河卒子,只好继续上前了。

签了第一张合约,和甲方的代表周海龙、乙方的代表夏维堂拉完手,第二天,王植波打了个电话给我,说是有要紧的事相商,泰哥和他马上要到我嘉多利山道山景大厦的家谈一谈。

我还以为他们两位会为我送开办费的支票,一直到他们二位驾到之后,才知道新加坡总公司副总裁连福民有意见,要把合作制片改为丙方制片,甲乙双方代理星马及"台湾全省"的发行,更要书明绝非合作制片的字样。

以前的所谓"包底代理",也是绝对不行的。底是不能包的。我当时是大姑娘入了洞房,衣服也脱了,枝儿叶儿的也给他们看见了,忽然男家要更改婚约,不答应吧,生米已煮成熟饭,进退两难,不按连福民的要求去做也不行了。所以,硬着头皮签了约。

第二张合约拟订之后,连福民也亲自来了香港一趟。我知道他的国语和广东话说得很不错。可就是除了英语之外,其他的一概装作耳聋。我和他谈话中间,一定要由周海龙先生传译,买办的味道十足,气势好不凌人;和陆运涛的文质彬彬可就不大相同。看起来好像古代的下聘礼一样,相亲的时候,来的是公公,娶亲的时候换了个婆婆。

有人说他是会计出身,只有看到盈余的账单才笑,可真的一点不假。他签了约,回到新加坡,联邦的账目又来了一个新花样,叫我又签了一张关于"日片配额"的转让合约。当时我还不知道什么叫"日片配额",经张陶然解释之后,才略知一二。

台湾"新闻局"为了奖励优良的制片,所以每一部国语片就分派四分之一日本片进口配额。如果是得奖的影片,可能有一部配额之多。

黑白的《七十二家房客》

我问每部配额是多少钱,他不肯清楚地告诉我:"零零碎碎啦!几万台币而已。"我想既然为数不大,何必斤斤计较呢?于是他们怎么说,我就怎么签好了。

后来到了台湾才知道,一部日本片配额,有时可以高到台币两百万元,比他们付给我的股权还要高得多。

一切合约都签署完毕,邵氏的制片主任雷蒙邹,又传来老板的命令,约我去商谈拍摄新片的事。他和当时的总经理周杜文,和我坐在会议室之中,很严肃地交给我一个剧本,说是公司要开拍一部小银幕的黑白片。

我一看剧本上的名字是《七十二家房客》,我知道这是过去王月汀根据话剧本改编的。

原是上海的话剧,当时已由王为一在珠江制片厂拍成了电影。我说:"为什么不叫我完成《七仙女》?"雷蒙邹冷冷地说:"《七仙女》的演员要重新安排,所以先开拍《七十二家房客》。"其实大家心知肚明,那时代乐蒂演《七仙女》的江青,已经和我签了约,拍也无从拍起。反正你有张良计,我有过墙梯,所以由七演变成七十二,也是毫不足奇的。

邵氏叫我拍《七十二家房客》的本意,是想难为我,并非是诚意的。所以提出来拍一部小银幕黑白片,连宽银幕的镜头都省掉了。

记得我们商谈的地方,不是在写字间,而是在二楼化验室隔壁的小会议室里。雷蒙和我都一本正经地板着面孔,和在温泉洗凝脂的时候,完全判若两人。那天大家都装着满面春风样,称兄道弟;如今则针锋相对地尔虞我诈。我们冷言冷语,一语双关,语中带刺,周杜文可是始终不发一言,笑眯眯地坐山观虎斗。

说到后来,我的脸色铁青,雷蒙的脸色发白。如果是两国相争,各为其主的话,也并不完全恰当。

如今想想,也不过是彼此的钩心斗角而已,否则的话,雷蒙也不会另起炉灶组织嘉禾公司。以前邵氏的宣传大员公关主任(这名字是我加上去的)蓝茵,她曾经说过:"李导演的笑都像发脾气,雷蒙发脾气都像笑。"可是那天的雷蒙可不算笑,最多只能说还算冷静而已。

这次会谈当然也是毫无结果,因为我坚持要拍完《七仙女》再开新戏。我说:"《七仙女》还没地方住呢,可哪儿去安顿《七十二家房客》?"就这样,我拿起他发给我的剧本,说了声:"我随时等制片公司的通告。"剧本一丢。

因为那时三堂布景还搭在A棚,是花匠李泉以真材实料布置了山石。原先布置的草都已经长出了两三寸了,而那些石头,都是李泉亲自坐船出海,在近海边的岛屿上,一块一块地选来的。

国联冒出三个发起人

李泉是个园林艺术家,虽然没念过什么书,但对布置园林颇有研究。所以,他的布景妙趣横生,而绝不显得矫揉造作。由于饮酒过多,四十岁因患肝癌逝世。

如今,邵氏片场中,他选来的石块仍在,但是缺人安装,也没有人肯在石头上花心思。

由这天起,公司就没有通告发给我。我就随其自然,大展拳脚地组起国联公司来。事前我曾经把一切告诉邵氏父子公司的二老板。他对我的自组公司,是毫无意见的,但也没有鼓励。不过,他一再告诉我:"千万不要把开支搞得太大,越小越好。不要写字间,不要基本演员,不要把自己的包袱加重。一切人员都是拍一部谈一部,大处着眼,小处着手。只做导演是个艺术家,自组公司就得处处打算盘。别以为小的不去大的不来,要记住小的不去,大的才会来。积少成多,如存一块钱,积到十块钱容易,十块钱到一百块钱亦不难,一百块到一千就难,一千到一万块更难,一万到十万,就难上难,十万到一百万更是势比登天;而一百万到一千万就容易得多,可能是三、五天的事,而千万到亿万,就不费吹灰之力了。钱像雪球般,越滚越大。"

如今想想,当初我如听他一点也是好;非但没有听,反而好大喜功地把公司的业务盲目扩张。结果,不是钱像雪球般的越滚越大,而是债越滚越大,大到难以负担。

朱牧有家三羊公司,那是国联公司之后的事了。因为他和其他的两位股东屠梅卿、王朝曦都肖羊的关系。而国联公司的原名,应该称作三虎公司。当然没有针对三羊公司的意思,想来个"羊入虎口",而是说当时发起的三个人都是属虎的关系。

读者一定有"丈二和尚摸不着头"之感，国联怎么跑出三个发起人呢？注意过往影剧新闻的人，记忆中也没有这件事，那当然是因为我从未对外发表过的关系。

三个发起人之中，当然我占其一，但属虎的还有另外二位。提起此二人，还正是"高山上点灯顶上亮，大海里栽花有根横"。其一是邵氏父子公司的三小开邵维镇，另外一位是菲律宾的侨领庄清泉。三小开当然是在我入邵氏之后认识的。我导演《海茫茫》之后改名为《水仙》的时候，他还在巴西。据说他去巴西的原因，与有"玉女"明星之称的尤敏有关系。至于内情究竟如何？我就不大清楚了。

不过，由于他的豪爽好客，在公司同仁的心目中，算是平易近人、和蔼可亲的。不像大小开的不苟言笑，高高在上；不像二小开的精明能干，离群出众。而是经常跟演职员们打成一片的。所以等到过去的事情平息了之后，他刚由巴西回到香港，我们就成了莫逆之交。当然也是为了和我同岁，大家都属虎的关系。

三人六只手紧握一起

虽然说"一山不能藏二虎"，可我们的"二虎"不同：同是电影界，他是属于资方的老板级，而我是属于劳方的编导而已。庄清泉虽然也同我俩同岁，但我们的行业根本风马牛不相及。如果一定要拉上点关系，他和圈子里的明星们很熟。

记得我第一次见他是在于素秋请客的那一天。于素秋是我早在父子公司导演的第二部黑白片《黄花闺女》的女主角之一。男主角是赵雷，另外一个女主角是林黛。她在片里饰演一个善良的寡妇，暗恋赵雷演的男主角，经常暗地里帮助他。有一天拍戏的时候，她郑重其事约我吃饭。开始我听说是她的小生日，一直到了酒家，才知另有原因。原来东道主是侨领庄清泉先生，而不是于素秋，当然和她脱不了关系。

虽未说明，看样子是把他们二位的关系明朗化。据说她为了他生了儿子。所以，大有摆酒庆祝一番之意。这一次寿酒，应该属于三喜临门。没见侨领之前，总以为他是个老头子；他来的时候，才知道是位年轻的公子哥儿。可能因为年纪太轻，有些不衬之意，在嘴边留了一个小胡子。才一进门，他就谈笑风生地大派雪茄。那时只以为雪茄是他们新加坡、菲律宾公司的出品，其实，也是暗含地告诉人这才算是儿子的满月酒。这之后，就很少机会看见这位名满影圈的侨领。

有一天，三小开的生日，他约我们夫妇到家里吃饭。席间有二老板夫妇，也有他们夫妇，夫人毕宝琼的姐姐和弟妹们，另一位就是这位大侨领。

当时他已可称为亿万富翁，但仍然是一点架子都没有，无论和谁都是称兄道弟的。也就是因为他"大哥、大哥"地叫我，我才问起他的年龄来。

一问之下，才知那年他也三十八岁，和我与三小开同岁同年，都是属虎的。论起出生的月份，果然我最大，三小开次之，而以他最小。于是我们三只老虎的手，握在一起。他跟真的一样，"大哥、二哥"地叫个不停。并且一本正经地说了一句："好！我们三只老虎组一间电影公司。"

当然，"三虎"公司并没因为这句玩笑话而组成。但在酒酣耳热之后，的确交换了许多意见。再一次地把三人六只手紧握在一起，共同地说了一句："好，闲话一句，就此决定！"

虽然如此，但闲话到后来，只不过是句闲话而已。并没有真个组起什么"三虎"公司来。不过，的确给我心中激起了一种私念。国联公司之所以叫国联，是因为和国禧、国丰，同属于国泰的卫星公司。而"联"字却取了台湾联邦公司的"联"字，本意是说国联是国泰与联邦大力支持下的公司。其实，这是我剃头挑子一头热，骨子里只是邵氏国泰挖角战的一场风波而已。大有田中奏折中，欲占中国先取东北之意，"欲拆邵氏，先挖李某"吧。

国联的商标，是汉代青铜器的花纹，看起来好像两只鸽子联在一起——"鸽联"。想不到这个商标后来倒触起袁秋枫组织金鹰公司的念头。因为他们说："对，我们就叫金鹰，商标就是一只金鹰专吃他们的鸽子！"好，目标针对我来了。那何不索性起名"佛跳楼"，红烧、清炖、一品锅好了。

对于替国联与国泰、联邦三者之间拟合约的王植波，我前文都略为介绍了一下。其实，在电影界有真才实学的除了王植波之外，还真数不出几个来。

两父子举行百岁寿诞

王植波十九岁就在上海的圣约翰和东吴两间大学毕业，所以中英文俱佳。在圣约翰学的是政治、经济；在东吴修的是法律。是当届毕业生中，最年轻的一位。

他原名砥中，一九二四年二月出生于上海。可惜英年早逝，台中丰原上空飞机失事的那一年，他只有四十岁，是太平盛世所谓"花儿盛放的年纪"。

砥中，是中流砥柱之意。谁也想不到，死时却应了地名，跟《三国志》的庞统庞凤雏一样死在"落凤坡"；而军统的戴笠更为相像，也同是飞机失事，也同是见克于地名。

戴笠撞死在笠山，王砥中毙在台中。飞机失事之前，他的好友紫微斗数大师名教授李均平，曾在日本写信给他，说他此去有陷阱，要他特别小心。

当时还以为是邵氏摆下什么圈套呢，反正大家明争暗斗，挖角抢拍的已经不止一百回合了。陷阱就由他陷吧，反正兵来将挡，水来土掩，不经一事不长一智，没什么关系。想不到这陷如此的大，一陷就机毁人亡。

据事后调查，有人在航机起飞之前，送上一个花篮，里边藏有一个炸弹。究竟如何？人言人殊，死无对证的事，谁也不能下定论。

王植波夫人翁木兰女士是演员，也是国泰公司的职员。而秦羽的妈妈朱五小姐为国泰《西太后与珍妃》及《董小宛》写的清装戏，都是他们设计的；邵氏《宝莲灯》《啼笑姻缘》的对台戏中，都有份参加。

翁木兰与王植波生有一男二女。长男熙链，如今已三十出头；次女旦旦，在美国嫁给一位建筑师，自己平时就画画写写；老三熙风，如今也是位会计师。翁木兰本人如今就在洛杉矶唐人街的"枫林餐厅"里，料理业务。无巧不巧，她的婆婆娘家也姓翁。老太太如今七十高龄，和长孙熙链住在一起。而这位画家曾以翁惠珍的名字，在台湾举行过画展。那是植波和他们老太爷刚刚去世的那一年。

有件巧事，他们父子同时举行过一次"百岁寿诞"。因为那年植波整四十，而老太爷整整六十，加起来正好一百岁。就在那一年，儿子也英年早逝，坠机死亡。事后有先见之明的人们说："糟！怎么可以做百岁寿诞。要知道'人无百岁好，花无千日红'，你看是不是，一了百了。"

另外还有一件巧事，植波的老太太姓翁，夫人姓翁，师父的名字也有个翁字，他是上海的名书法家邓粪翁老先生。用"粪"字在名字中的还是不多见。看字面"粪翁"二字，好像是挑大粪的老头子；谁也想不到是位鼎鼎大名的书法家及金石家。看起来，一定是个怪有趣的人。

王植波在大陆政局变化之前，曾来过香港一次，差不多住了一年。当时他在上海怡和洋行任职，经营一件大生意，据说成本在两百万美金以上，但是一切接洽妥当之后，老板忽然改了主意，说不想把所有资产都放在香港一个地方，并且说道："何必所有的鸡蛋都放在一个篮里呢？"想不到一阵之后，一切都变成空谈，不仅"蛋打"，而且鸡也飞了，飞得无影无踪。

剧本边拍边改

王植波为此事生了一肚子气，举家搬到香港，为人写写招牌，教教书，有时也以王树的笔名，在《星岛》《工商》等报纸写写散文和武侠小说之类，有时也和陶秦在幕后捉刀写写剧本。

植波的老太爷王履刚，是位土生土长的上海人，一直是做地产生意的。母亲是杭州人，所以脾气很耿直，大概也是一般人把杭州人叫作"杭铁头"的原因吧！

植波死后，婆媳有些不和，所以老太只以绘画度日，不愿与儿媳妇同住。他们曾经母子一道到台北泉州街一号国联公司来看我。有时也发发牢骚。家家有本难念的经，我当然只好听到不随声附和，不妄加可否。

有一次，她拿了很多画给我看，画得倒也中规中矩；不过，谈不到好。画展所以有人捧场也是托王植波的面子，就像老舍夫人胡絜青女士一样，如说欣赏胡师母的画，不如说欣赏老舍先生伟大的作家品质。尽管他死得糊里糊涂，但是他的人格却是清清白白，为世人所重。和他的被斗争，被打得头破血流无关，和他的被平反，骨灰送到"八宝山"也无关。

当时的邵氏有一个由我领导的编剧小组，成员是王卜一、萧铜、小宋（存寿）、王月汀。《梁祝》的剧本，就是他们四位在一天之中赶写完成；由早晨十点钟开始，我们共同计议，我把分场大纲约略地说了一下，四十场，每人十场，一边写，一边抄，抄写钢板、油印；下午五点钟，已经把写就的剧本印好，装订成册，交到六老板的写字台上。

第二天，开始收音乐；第三天拍摄。原为《西厢记》搭好的大庙景，改成《梁祝》的观音殿。当然剧本也是边拍边改；拍的场景，与原来的构思有出入。

在八个小时内赶出个剧本来，还要印好，那是破世界纪录的。

这个编剧组是我一手组成的，我一离开邵氏，也就烟消云散了。我只好请他们五位加入了国联。厂长王新甫，在邵氏公司也是郁郁不得意。他说："我也是父子公司的保皇党那派人马。"所以，我一走，他也愿意跟我一致行动。其时，他手下的一班木工、油工、泥工，也都要离开邵氏，加入国联。

周蓝萍不下于贝多芬

和我一起离开邵氏的还有一位作曲名家周蓝萍,他是我拍《梁祝》时的作曲者。其实《梁祝》是部黄梅调影片,黄梅戏本身随着剧情的进展,已有一定调子,就好像京戏一样,什么时候唱西皮,什么时候唱二黄,都是一定的。所以,谈不上什么作曲,不过行腔运调时,因为平上去入、抑扬顿挫的变化,也要把原来的调子略为更改一下。

不过,黄梅调演变成黄梅电影之后,大作曲家们各取所长,把个黄梅调越唱越像黄梅时代曲,听得还真是非骡非马;但开始时的周蓝萍还是改得不错的。虽然《梁祝》是黄梅调,但也不完全和《天仙配》的老调相同,因为,周蓝萍把《刘三姐》的山歌给灵活运用了一些,像课堂有秀才率导学生上课念书的调子,就是《刘三姐》里几个酸秀才带了整船书前来比歌的调子。可见周蓝萍的聪明处。

周蓝萍除了替我的《梁祝》作曲之外,也替罗臻导的《山歌恋》作曲。以后的《西厢记》《玉堂春》《凤还巢》《杨乃武与小白菜》全部由他一个人作曲。这一阵子,可真忙得他废寝忘食,经常在指挥的时候抱着肚子眉头深锁,起初是胃病,后来是个大毛病,累他丧了命。死亡证明书上,医生填的可不是什么胃病,而是心脏动脉栓塞。所以,肯定地说,以前的胃病完全是心绞痛。

周蓝萍是个不错的作曲家,虽然没有伟大的作品。他长相也跟贝多芬差不多,尤其他那对圆不溜秋的眼睛,和他鼻梁下的小蒜头鼻子,和贝多芬的石膏像对照一下,可真有点八九不离十的味道。

不过,我相信周蓝萍绝不下于贝多芬的聪明,因为他的聪明令我到"既悲且愤"的地步。

他听到我要离开邵氏的消息,马上来找我,许愿发誓地要跟我去:"我是你的兵,当然要跟你走。"我毫无考虑地答应了他:"当然啦,我能做光杆总司令吗?"不过,他向我提出两个条件:一、希望我先借他四万元港币,能叫他一偿在台湾买一幢日式楼宇的夙愿;二、公司出品的唱片,由他组一家唱片公司发行。我只略加思索一下就答应了他。

四万元港币,那时并不算小数,二十年前同样价值的日式楼宇,如今起码要值几百万台币。不过,国联公司的开办费用四十多万,四万元只不过是十分之一而已。至于唱片公司,更没有什么大不了,歌唱片的副产品而已,所以,我答应了他买了房子之后,曾经隆重地请我到他家里去,吃了一顿丰富的晚餐,和"最后的晚餐"也差不多,因为,他写了《七仙女》《状元及第》等片之后,又和我毁了约,重投邵氏。

最妙的是那四万元的贷款,他到了香港之后(是不告而别的),给我写了一封情词恳切的信,差不多就要声泪俱下了,最后,希望我把他的四万元贷款,在我欠邵氏的十万元中扣还。因为邵氏公司已经答应了他,就算我还了邵氏四万,而他转欠邵氏四万而已。

我想他应该附上邵氏的一张同意书啊!可是没有,就这么一说了事,对此,我也只是一笑置之,没有再追究。

第二年,周蓝萍和凌波一起到台北,特别在"国防部长"俞大维先生的家里请了一桌客,在座的有:俞部长俞大纲夫妇和北京大学教授傅斯年的遗孀俞大彩女士,当然也有凌波。席间他忽然举杯起来说道:"对不起!我做了一件对不起李导演的事,也对不起国联公司的事,我罚酒一杯。"说罢,举杯仰脖一饮而尽。俞氏兄妹们被他此一举动感动得两个巴掌都差点拍成一块。我也只好回敬一杯,起身说了句:"哪里!哪里!是我们小庙里请不起大菩萨,些许小事,何足挂齿。"这种场面上我也只好"咬落门牙和血吞",不装着满不在乎的样子,也是于事无补。

《七仙女》不叫江青演

如今想想,那年头我们国联公司还真热闹,不仅有"蓝苹",还有"江青",瞄头还真不是一点点;不过,江青不是艺名蓝苹的江青,也不是原名叫作李云鹤的江青,更不是叫过栾淑平的江青。

江青生下来就姓江,小时就原名一个青字,和赵丹的女儿赵菁同是北京舞蹈学院的同学。听说,前两年江青曾在北京做过艺术交流的演出,不过,海报上江青的名字,把"青"字加了个草头,变成了"江菁"。其实,这个"菁"字可不念"青",应该是念"精"字才对。

有一本书,专门记载绍兴师爷们的状子,叫作《刀笔菁华》,应该读如刀笔精华。所以李菁和赵菁,都应该是念"李精""赵精"才对。如果江青改成江菁,那么周蓝萍应该改称"人精"了。不过人算不如天算,蓝萍却英年早逝,作古多时了。

江青和李菁都是邵氏训练班的学员。起初在胡金铨导的《玉堂春》里演出过富春院姐儿们的戏,小胡对她们称赞不已。因乐蒂跳槽到了国泰,而把《七仙女》放在一边,来了个"猪八戒摔耙子不伺猴",只好想办法找人代替她。

开始,虽然有李婷代替拍背影,但李婷嘴唇太厚,不是个挑大梁的材料。所以,由小胡介绍,特别把《玉堂春》的片段放给我看。我把当时还叫李国英的李菁、倪芳凝的方盈和江青一起请到我山景大楼的家中，拿出一本曹禺编剧的《日出》，请她们按次序念了念。结果我认为倪芳凝的外形最好，江青的戏最佳，而李国英则是介乎两个人之间的，外形好过江青，戏好过方盈。就这样我就请她们三位以《七仙女》的造型，拍了几张照片。

六先生在相片中，选出了方盈，也叫我和她们三人都签了约。之后，李国英改成李菁，倪芳凝改成方盈，而江青则仍然叫江青。

方盈的《七仙女》演了没有两天，每天都是由江青替她设计度身段，而方盈连江青的十分之一都做不到。在场的工作人员，都和我心里想的一样。"为什么《七仙女》不叫江青演，而叫木口木面的方盈做？"

当然，更换角色对一位新人是很大的打击，但就此拍下去，不仅对戏要大打折扣，对拍戏的工作天也要增加不少。所以，有一天，我请六先生到我们厂里看看我们工作的情况，他奇怪地问了句："为什么？"我说："没什么，请您看看方盈的演技和江青的舞蹈设计。"就这样把老板请到片厂里。

傻小子睡凉炕

当时拍的一场戏是七仙女刚下天庭，和董永路遇的情形，这边唱的是："大哥休要泪涟涟，我有一言奉劝君，你好比杨柳遭霜打，单等那明年又逢春，小女子，我也有段伤心事，你我本是同根生。"

这整段的唱词，为了情绪连贯，我只用了一个摆在轨道上的长镜头，随着七仙女的表情而移动。开始时我把表演的范围告诉给江青和方盈，然后就由江青设计一下表演动作，试了试舞步、身段，然后一边放声带对嘴，一边用舞蹈身段加强唱词的戏剧内容。

江青边舞边唱，自然流畅，舞姿优美。换了方盈上场，可就鸡手鸭脚，全不是那回事了：顾了身段，忘了唱，记了唱，就忘记表情。

于是江青一遍又一遍地示范，方盈也就一次又一次地学习；四五遍之后，六先生毫无表情地起身出场，临行时望了望我。我知道他的意思，跟在他身后到厂外。

他看了看，左右无人，低声和我说："我知道你叫我看她拍戏的意思，好吧，就依你把方盈换下来，叫江青演吧，看会好得多吧。"

就这样，江青就从《七仙女》的舞术指导变成了《七仙女》的女主角。不过，到后来，方盈和江青都演了《七仙女》，只不过一个是邵氏出品，一个是国联公司出品而已。

电影界里谈不上恩怨，唯有利害，利越近而义越远，而我们这些编导演们，只不过是制片家的棋子而已，任意地搬来搬去，我们也就好像一出戏终了，再扮演另一出而已。

上一回你是君我是臣，下一回我是天皇你是兵；上几出红脸变白脸，下几出红袍换绿袍。没有什么一定的师徒，也没有什么一定的命儿。

严俊找尤敏跟李丽华合演黄梅调《梁祝》的时候，有人传言给我："严俊要把你一棒子打死，两后一王合唱黄梅调要叫你没得捞。"于是我"傻小子睡凉炕，全凭火力壮"，拼命地也赶出了一部《梁祝》，证明一下我不是一棒子可以打得死的。

后来，严俊和我合组和合公司的时候，告诉我一件事，他说："我拍《七仙女》之前，也有人传说，李翰祥要一棒子打死我。"我听了觉得真好笑，当年我们俩加在一起都差不多一百几岁了，还叫人家当小孩子一样地摆弄。

当然,《七仙女》并非严俊一个人导的,其他还有何梦华和陈又新,但最使我出乎意料的,就是我的拜弟胡金铨。后来想了想,他经常有一句口头语:"合于情理,出乎意料。"倒是心安理得起来了,"人生如戏,戏亦人生",就是这么回事。

自从严俊身故后,我本不想再一次提到他,免得使人觉得我和他仇深似海一般。所以,有人打赌说:"我不会去他的追思会。"只有马叔庸独排众议地说:"写写游戏文章,有什么大不了,朋友还是朋友嘛,翰祥怎会不来。"话未了,而我的人已到,大家也不再言语。

国联片厂说来话长

谈到国联片厂,也是一匹布那么长。我把国联出品的台湾版权,由联邦公司转移予朱宗涛和李道法的"中联",条件之一就是要朱宗涛把台北板桥的四千坪土地让出,使我能搭建一条颇具规模的古装街道和两个一百二十尺乘六十尺的摄影棚。

在我来说,当然是件不容易的事。可是由于"顺得哥情失嫂意",使联邦公司的几位合伙人相当不满;更有人向当时的国泰总理俞普庆大进谗言,说李翰祥把国泰给他的星马版权费不拍片而转购了土地,搭建了片厂。同时,又有人向"政府"告密说李某人是"匪谍""台独",经常跟某某人带信,总之无所不用其极。

记得有一次我由港返台,海关接获密告,"什么什么带了一批××"。海关关员在我的行囊中翻来覆去地大加搜索,有甚于伪满洲国时过山海关的警务段。使得在机场外接我的朋友和家人们,都翘首以待多等了一个多小时。

这般挑拨离间，造谣言的卑鄙手段终于使我强龙不敌地头蛇，国联公司就每况愈下。

一方面联邦代理发行国联的影片，拒不结账；国泰又迟迟不依约付账；最后朱宗涛也受了他们挑拨，而派人把国联片厂封闭了。连我外借租用国联的街道和厂棚都不准，弄得我束手无策，焦头烂额。这时刚好庄清泉因为统一业务来到台北，由于以前在三小开的府上，他曾鼓励我自己出来拍片，所以我把国联的情况跟他详细说了一下。他也不止一次地带着他的助手家人到片厂和泉州街一号写字楼参观。终于答应我担任了辅导小组的担保人，向银行贷款新台币六百万元。

这本来是"政府"对国联和我个人的大力支持，后来也变质。辅导小组成立之后，我对国联的业务根本无权过问，辅导小组也以庄清泉的名义购买了板桥片厂的大块土地。

一方面跟国泰、联邦清点账目，一方面又刊登广告，与国联所有的债权人来辅导小组登记，然后分别付款。

其实，我的国联是在香港注册的有限公司，根本应可依公司法处理，但他们不循此途，别有用心。策划我离开邵氏的国泰与联邦也在"按兵不动，坐山观虎斗"，好像国联公司与他们毫无关系。

六百万贷款中，还了公司的欠款欠薪，其余的用来拍了两部影片。虽然仍挂我的策划导演名义，但我既未策也未划。

他们收购了国联片厂的土地，把两个摄影棚和整条街道，未用一分一毫地"劫收"过手，那条古装街道和厂房的租金，也从未转到国联的账目底下。

文艺片无人问津

最后连泉州街一号国联写字楼、我搭建的厂棚、全部的服装道具以及摄影机录音器材等，也叫担保我向银行贷款的周剑峰先生全部"接收"了（这些事我会在以后细说，以为后来者的前车之鉴）。虽然，后来子达兄（李行）和白景瑞、胡金铨发起等于来了一出义务戏，每人拍了一段《喜怒哀乐》，也因为大家都太重视艺术价值，忽略了商业价值，曲高和寡，收入只能刚刚够本，但是连底片的冲印费还没有付清，还是我以后自己掏腰包把底片赎出来的。

听说板桥的片厂和街道早已拆除，地也早已经卖掉。搁到现在，如果"政府"的辅导不变质，就是那块地皮也够国联公司发展的了。

金铨老弟的本意是对国联绝对诚心支持的，"政府"也是大力指导的，朋友更是热心协助的；但是由于经办人的关系，而落得如此这般的下场，恐怕是大家都非始料所及的。

我在洛杉矶动心脏手术的时候，碰到很多位数年不见的老朋友，其中和我相聚较长的，就是《烟雨蒙蒙》和《贞节牌坊》的监制朱元福。元福兄所监制、发行的影片当然不仅此两部；因为这两部影片，都或多或少跟我有一点渊源，所以我就记得比较清楚。

我认识元福兄的老太爷朱梦梅先生远在认识他之前。那时我刚开导第一部影片，李丽华、葛兰、罗维、金铨几位主演的《雪里红》。制片人还有邵音音的爸爸倪少林，代理发行台湾版权的正是元福兄的尊翁梦梅先生。

梦梅先生比元福兄要胖得多，面圆圆，红光照脸，背后厚大，肚大腰圆，十足一个大老板的样儿；一口标准的南京国语，说出口声音洪亮，风趣幽默，所以我经常没大没小地和他老人家开开玩笑。

我说他第一个恋人,名字里一定有个"梅"字。他听了还真是一愕,反问我:"你怎么知道的?"我一看样子,才真教我给蒙到了。我说:"你叫朱梦梅嘛!日思夜梦的都是梅,也许有个像巴金写的《家》《春》《秋》一样的梅表姐吧!"

"表姐倒不是,是我的表妹,叫李湄。"说罢,哈哈大笑。我才知道,老先生又在说笑话。

认识元福兄,是我初组国联公司到台北拍片的时候。那时因为我和星马的国泰公司有约,所以很多位在台湾的制片都希望跟我合作,当然主要的目的,也只是托我代卖星马的版权而已。

首先王引兄拿了一本琼瑶的小说《烟雨蒙蒙》叫我看看,并说和作者买了版权,准备拍摄。星马地区希望能得到国泰的支持。我把那本小说拿回家中,当夜一口气看完。认为故事相当感人,所以特地写了封信,向驻香港的总经理俞普庆推荐。俞老一听是文艺片,马上就回了一封不受理的信,认为黄梅调是因时当令,文艺片无人问津。这大概是片商们一概的态度,只知道跟红顶绿,见大买大,见小买小,很少眼光独到,可以开风气之先的。

这之后,抗战的名将有"地下司令"之称的张少将振国,介绍了一位小姐给我,说是她很有兴趣拍戏,希望能够在我公司里有所发展。我看了看她,虽然面目清秀,但身材瘦削,欲语还羞的样子,根本不像是一个明星的材料,所以仅仅敷衍了一下,就没再表示什么了。

国联四凤变五凤

想不到那部小说终于由王引兄导演成功,女主角正是张少将介绍给我的归亚蕾，监制正是梦梅先生的公子朱元福。

这戏在台北首映，票房纪录倒也平平，可是归亚蕾却因此片脱颖而出，演技清新脱俗，朴实无华，一扫过去任何明星的矫揉造作、嗲声嗲气、搔首弄姿的惯态，树立一个新的风范。如此看来，元福兄堪称眼光独到。

之后，由当时的"中制"厂长袁丛美先生替我介绍了一位小姐，长圆脸，尖下巴，目秀眉长，身材也相当不错，肥瘦适中，高矮相宜。袁厂长告诉我，她叫王爱黎，母亲是位"国大"代表（也许是位议员，因为年深日久已记不清楚了）。

王小姐很会说话，只见她目含秋水，张朱唇，用银铃般的声音说道："久闻李导演的大名，如雷贯耳，今日得见，实在是三生有幸。我是您的忠实影迷，只梦想能够向您倾诉一下我的衷肠，愿意跟随在您的名下，当一个小小的演员……"

不管她的令寿堂是"国大"代表也好，议员也好，有这样一位好口才的女儿，她母亲一定是出类拔萃的。果然，后来见到王爱黎的妈妈，证明我的想法果然正确，她不仅口若悬河、滔滔不断，模样也和她女儿差不多，如果不是事先经人介绍，我还以为她是王爱黎的姐姐呢。

国联公司成立之初，签定了两个基本演员，一个是江青，一个是汪玲；拍《七仙女》的时候，经联邦公司夏维堂先生介绍，又签了一个李登惠；拍《状元及第》的时候，又签了一个钮方雨。这样形成了所谓"国联四凤"。后来，由于甄珍的加入，四凤变成了五凤，当年"国联五凤"的衔头，还真是相当响亮。

王爱黎的母亲第一次见面就向我提出："我们爱黎要参加国联，可不要跟着五凤的尾巴，可不要叫六凤七凤，最好另外宣传。"

我当时听了也只是笑笑。其实，她是听说评书落泪，替古人担忧了。我也并没有把"五凤"演变成"十二金钗"的意思；同时，我对王爱黎的看法，一直觉得她只是副将之材，独当一面地挂帅总像缺少了点什么。这当然是我个人的偏见，也是后来王爱黎签了国联又和国联解约的主要原因。

袁丛美先生不仅是当日的"中制"厂长，也是影界的老前辈，早在民国二十五年（一九三六年）出版的《中国电影年鉴》上，就已经有了他的照片，那时，他是以小生的姿态出现。

香港上了年纪的电影观众，对他恐怕也不会很陌生，因为他也是以前电懋明星夷光的丈夫。

夷光到了香港后，就决定不再回台湾，同时发表了很多他们夫妻之间不能再相处的原因。当然，夫妻之间"相骂无好口，相打无好手"，如果仍然共处一室，还可以有床头打架床尾和的机会，可是一个在港一个在台地天各一方，可就有些麻烦了。不过，袁厂长不管夷光的心变得怎么样，依然以不变应万变地爱情永固。

大爷们爱写女星介绍信

有一次，香港缺水，丛美先生还由台湾托朋友带给夷光夫人两桶凉水。不过，"有情才会饮水饱"，无情也就"剃头挑子一头热"了。夷光并未在接到凉水之后回转心意，回敬袁厂长的仍然是"一头凉水"；并且对记者说丈夫如何的虐待她，她不在的时候，就对下女如何如何……

袁丛美先生大概由于小时候没种过牛痘的关系，所以染上天花。

也许因为他生得浓眉大眼，鼻直口方的原因，老天爷替他在他脸上加点又加圈起来。所以影界的朋友玩麻将打九筒的时候，一定喊一声："袁丛美！"还好麻将台上只有"白板"而没有"黑板"，否则大家也会喊一声"李翰祥"了。

我不知道袁厂长跟王爱黎什么关系，也许是她母亲的关系吧。到后来，他又替我介绍了两位女演员，一个好像是陈菁，因为那时国联的基本演员已经太多了，所以没能签约；另一个印象模糊了，但看样子总跟袁厂长有点关系。至于什么关系，我因为不是夷光可就不大清楚了。

类似这样的情况，那时还是常见的。经常有些达官贵员们叫人送来一封介绍信和一位小姐，信上多数写的是"某某小姐丽质天生，实是影界不可多得的人才也"。

开始我还是真怕得罪人，反正国联有个演员训练班，我也只好照单全收，后来知道是怎么一回事了，也就好少理。由于那些影迷们一心一意想当大明星，于是就无所不用其极，没有门路乱闯，至于向有写介绍信资格的大爷先生们投怀送抱，叫干爹的大有人在。所以我接到的介绍信，也就绵绵不断。不过袁厂长的情形不同，他只不过是替影界造就人才而已。

有一位颇为著名的将领，骁勇善战忠诚可嘉，唯一的小缺点就是"寡人有疾，寡人好色"。他前后替我介绍了三位小姐，都想参加国联公司当明星，而且都是他亲自陪同前来的。

他上将可以饥不择食，做明星总要有足够的条件，不能像他大元帅一样地生冷不忌，所以我只勉强地收留一个，公司的编导们对我还提出了意见。

到后来，不管是何方神圣，我都朝下一推，制片部宣布名额已满，来年再说，因此也开罪了不少人，使国联公司增加了不少看不见的阻力。

王爱黎签了合约之后，我替她取了个艺名艾黎。一般来说姓艾的还不多，这之前电影倒真是有个姓艾的，叫作艾安，是长城在友联片厂时期的特约演员。

"艾"也只是用了她原来的"爱"，再改了姓氏"艾"而已。以前钱蓉蓉拍《七仙女》的时候，我把她的钱字拿掉，把第一个蓉字的草字头也拿掉，改为容小意、容玉意的"容"字，所以当时国泰制片主任王植波和我打趣道："好！你不要钱，你要容蓉，那我们国泰要钱吧！"当时只不过是一句戏言，想不到，他们还真是那么做了。国泰不仅要钱，不仅不结账，还毫无理由地把底片扣下。

张曾泽颇具才华

那时国联正在拍琼瑶的原著《菟丝花》。"菟丝"是一种寄生植物，和藤萝一样，是写一个孤苦无依的少女，以母亲遗书上的地址，寄生在一个老教授的家中，后来才知道这老教授原来就是她的生父。

这少女由汪玲饰演，还有一个和她年纪差不多的异母妹妹由艾黎饰演。这戏开始拍摄的时候，我本来是想找张曾泽导演的，那时我与张曾泽从未谋面，亦毫无认识，只看了一部他导演的黑白片，叫作《牧野恩仇》，给我的印象相当不错，觉得他应该是个很有潜力的导演。

这部片子是由我艺专时候的同学梁云坡制片的。他们和刘维斌几个年轻人，凑了新台币四十多万，在乡下搞了个牧场，就因陋就简地把这部戏拍完了。

他的制片费，可能比当时的台语片还要少，但看得出是部不错的国语片，绝没有台湾片粗制滥造的样子。

由于星马以及海外的版权全未出售，所以想通过我的介绍卖出。我一方面写了一封介绍信给国泰公司，一方面就想请张曾泽加入国联编导。

可是当我托刘维斌去找他的时候，几次三番地总是说找不到，又替我介绍了一位资深的导演宗由。我的确跟张曾泽不熟，戏又等着开镜，所以就完全同意了维斌的意见。想不到拍了一场戏之后，我觉得还是应该维持初衷，一定叫维斌把曾泽找了来。就这样张曾泽首次执导了宽银幕的彩色影片，而奠定了他导演的基础。当然并非我的眼光独到，只是证明他的确是个有才华的导演。

艾黎在片中的戏份当然比汪玲为少，每次两个人同场演出的时候，她都有些委屈之感，所以态度也就表现得有些不满，渐渐地和汪玲针锋相对冷讽热嘲起来。

有人说厚嘴笨腮的人不会说话；相反的，薄片子嘴儿一定是伶牙俐齿、能说会道的。汪玲和艾黎的嘴唇虽然都不很厚，可都说不上嘴尖舌利。但艾黎的妈妈却是位演讲比赛的冠军，不能说是得理不让人，起码不能眼看着女儿被欺侮。导演不能厚彼薄此，镜头一个劲地朝汪玲的脸上照，自己的女儿拍背影怎么成？也许她觉得汪玲是跟着我一块儿由香港去的，所以我和我的经理都特别偏心一点。一次她跑到经理的房中质问，制片的向她解释，导演也是依照剧情的发展和故事的需要，应该是女主角的特写，又怎能叫导演拍到女配角的脸上去！

这一主角配角问题，造成了艾黎离开国联的导火线。她们一直以为是双头牌，两头大的，怎么一下子变成了小姐的丫鬟？如果不是剧务说好说歹地求情，恐怕当天的戏就拍不成了。老实讲，人往高，水往低，哪个天生下来就应该替别人挎刀？所以有一天她母亲向我提出艾黎要提前解约的事，我不加考虑地一口答应了，但是告诉她，《菟丝花》一定要拍完的，她倒也非常合作地把戏拍完，之后不久就传出艾黎替元福兄拍《意难忘》。

艾黎裸照起风波

《意难忘》的导演好像是杨世庆，拍出来的成绩还相当不错。接下来子达（李行）又替她拍了一部《贞节牌坊》，导演好，宣传也做得不错，艾黎的名字也就跟着响亮起来。我没看过《意难忘》，但看了《贞节牌坊》，戏拍得很淳朴，乡土气息也很重，可惜艾黎演的乡妇还不够乡气；虽然装已经尽量化得淡了，但仍脱不了都市少女的味道。不过艾黎在子达兄的指导下，已经算演得相当不错了。

这之后在一次金马奖的会场看见了她，穿着粉红色带珠片的旗袍，打扮入时，艳光照人，她和我招呼了一下之后，就拉着元福兄走了过去，意气风发，好不得意。一时想起女大十八变，越变越好看那句话。不过艾黎的好看，不是自然衍变的，而是经过了美容师的加工。话虽是这么说，但是假使生下来一无是处，恐怕美容也是无济于事的。

没多久，艾黎忽然闹了个大新闻。不知何时，她替《花花公子》杂志的摄影记者做了模特儿，居然袒裼裸裎一丝不挂，赤条条纤毫毕现，光秃秃玉体横陈。书成之后，朝野震惊，举市哗然（并非举世）。

据说当时宣布了禁止令，市面上一本画报都买不到（也许被大家抢光也说不定）。据说，这件事险些使她的父母丢官罢职。不多久就听说艾黎离开了台湾，是她自己要离开的，还是逼着离开的，就不得而知了。

以后，又听说艾黎回了台北，但也只限于听说而已。没多久，又传出她和某某世家子订婚的消息，但转瞬间又传出了他们的婚变，之后就听说她去了美国。而梦梅老先生的公子元福兄也在不久之后去了美国，是否到美国发行《意难忘》和《贞节牌坊》，就不得而知了。总之，一切都扑朔迷离，"烟雨蒙蒙"，直到我到洛杉矶动心脏手术之前，我在香港已经先见到艾黎了。

那是我拍完了《缇萦》之后，由台湾到日本东京去配音乐，而转道回港的事。那天我记得好清楚，正是一九七○年的圣诞夜。我的家和孩子们都还在台北，未迁回香港，只是我一个人住在尖沙咀恒星楼的时候。

我差不多经常在夜里十点半就睡了。那天躺在床上，刚一合眼，就接了一个电话，告诉我她是艾黎，知道我一个人住在九龙，很想来看看我。开始我还真想不起她是哪个艾黎，到后来她说是我的老部下，我才恍然大悟。她的一番好意，我当然不便拒绝。放下电话，马上起身，没多久她就和一位姓冯的男士来到。一开门，差点吓了我一大跳：艾黎脸上东扭西歪，简直和她以前判若两人，如果不是她首先来过电话，我几乎认不出她是谁。

她替我介绍冯××时，说是冯公子，是好莱坞的男明星，《舢板》的男主角。冯公子开口就指着艾黎说："如今她是我太太，冯太太，我们一起由美国来，想在此地拍一部中美合作的影片，正式地打开国际市场。"

我看了看这位所谓的冯公子,生得倒也颇为英俊,比我们元福兄可高大得多,面目倒也不算十分可憎,但由于他趾高气扬,言语无味,看着就令人不大怎么舒服了。

冯公子倒也自来熟,一边说了些对我景仰的话,一边就自己拿起台上的XO,倒了三半杯,然后一举杯:"李兄,这是一次历史性的会面,预祝我们的合作成功,干杯。"说罢,把杯在我面前的杯上碰了碰,一饮而尽,然后又自己斟满。

我忽然想起阿姆斯壮(Neil Alden Armstrong)登陆月球时的第一句话:"这虽是我的一小步,却是人类的一大步!"于是我在他喝了一大口之后,也跟着喝了一小口,艾黎也陪了一口。他们两夫妻的话匣子就如此开始,有时也李兄李兄的称呼我,我当然也只好叫他冯兄,但愿他逢凶化吉才好!

开始他倒为当前的国片市场担忧一阵,然后又发表了一些改良国片前途的大道理,没多久又谈到他们的爱情上去,什么你爱我少、我爱你多之类的话。我看了看表,不知不觉的已经四点半了,我台上的大半瓶XO已经喝了个底儿朝天,又把小半瓶的威士忌也喝完,难怪冯公子的舌头也有些大了。那时我正在拍《骗术奇谭》,看看冯公子这种骗吃骗喝的劲头,还真是打心里佩服。

我看他们的爱情,越说越没完,到后来简直当我不存在一样,一下子变成了勾肩搭背起来,手拉手,头顶头,没打开国际市场之前,差点要打开床上市场。我看着艾黎的脸,好不替她惋惜,曾几何时,一个如花似玉、前程似锦的少女,忽然堕落得这般模样,我想那年她最多不过是二十五六岁吧!如果将女人比花的话,应该是花儿正旺的时候,白光和李丽华最红的那年,都已经是二十七八了,而二十五六岁的艾黎,却落得如此下场。说什么爱不爱黎了,简直都成了烂桃儿了。

那天如果不是我说他们应该回家了,他们还不会离开。事后才知道,他们那时根本没有家,如果有家的话也许在家中度他们甜蜜的圣诞夜了,可是没有家叫他们到哪儿去?难怪艾黎刚一出门,就唱了一句:"今天——不回家!"

看着艾黎踉踉跄跄的背影,把门关好,然后把台子上的两个空酒瓶,扔在桶里叹了口长气,我不心疼酒,我心疼艾黎,酒喝光可以再买,可是艾黎的青春不再。

被迫放假有因由

我是一九八〇年十二月二十四日应拉斯维加斯(Las Vegas)凯撒皇宫酒店之约,和翠英及朱牧夫妇同赴旧金山,转机到赌城的。谈起这次旅行,事前是全无计划的,只是在前一天(二十三日),到机场去送三爷和三奶奶赴美而临时决定的。开始,我还以为他们夫妇到美国是为了孩子们读书的问题而举家移民的前奏曲呢。他们临上机之前,才告诉我,除了谈一点小生意之外,顺便到赌城去小赌怡情一番。我一听马上告诉他,我也在被迫放假之中,马上和凯撒酒店的公关人员联络了一下,当即决定我们夫妇第二天启程。

我之所以说被迫放假,倒绝不是什么假借名义或巧立名目,的确是不得不休息的。

那时我刚拍完《徐老虎与白寡妇》,接着替《武松》和《乾隆皇》片集结尾。《武松》仅剩了打老虎的场面,而老虎尚无着落,本来预备到印度去打印度老虎,岂料在入境手续办好之后,制片当局又改变了计划，说是去印度移船就礮，倒不如把老虎接到香港来，也免劳师动众的远征。但一打听，所有的动植物入口到港，都要在农林处经过六个月的免役检查。最后把这一关也打通了，知道实际并不需要六个月那么久，只是一个多礼拜的事。于是我和布景师，把景阳冈的布景都研究好了，也已划好了图样，正在准备开始搭建的时候，制片部又传来通知，原来印度又有电话到港，老虎不准出口。在此情况之下，只好把《武松》暂时停下，准备拍《乾隆皇》的寒山寺布景。没想到人算不如天算，在片里准备和乾隆皇刘永大打出手的强盗谷峰，忽然在台湾扭断了两只香港脚。经医生仔细地一检查，说是小则要在床上休养三个月，大焉者起码要躺上个半年。如此一来，把我弄惨了，拍乾隆打强盗没了强盗，拍武松打老虎又没有老虎……

我的制片温伯南马上和我商议，希望我先开新戏，等谷二老爷的脚伤养好了，或者印度的老虎批准出口了，再来完成上两部戏。我一听连忙谢绝他的好意，同时问他，假使新戏又发生了问题怎么办，难道再开一部？每一部都来个半本本半没拍清，怎么得了？所以对他的建议，不大赞成。温伯南的绰号叫"温温笑"（不是我的波士[①]run run，也不是邵音音的音音邵），原来温制片人如其姓，不管见到什么人，总是未语先笑，谈问题永远是细声细语，温暖柔和，佛都有火的时候，他也不会有火；不过您不要觉得他好说话，就容易欺负，那您可就大错特错了。他的名字叫温伯南，您想揾"笨"还真是难上难了。以前，他是我这组戏的剧务，后来跟我去了两次韩国拍外景，都能紧掌制片预算，所以很快被公司当局升为我这组戏的制片。如今更是官运亨通，已经是方小姐手下的红人，四大金刚之一。

---

① 波士：广东话，英语boss的音译，老板之谓。

温制片好说歹说一定要我先拍老板已经批准了的《垂帘听政》，或者是《太监秘史》。我也只好勉强地点了头；无奈不仅找不到西太后，连太监也找不到，所以，也就没了下文了。恰如纪晓岚的笑话："从前有个太监——底下没了。"

强盗，不得出门；老虎，又不能出口；加上垂帘没有太后，秘史没有太监，真是巧妇难为无米炊，我总不能当一个光杆儿总司令吧。唱戏的有一句老词儿："光杆儿牡丹也罔然。"所以，就不得不被迫放大假了。

说起来也就无巧不成书，两年前我在洛杉矶做心脏血管动脉搭栓的手术，十二月二十四日正是我的出院日期，不过，当天忽然冷一阵、热一阵地感冒起来，所以，才把出院的日期延到二十五日，总好像只吃亏了一天。一九八〇年赴美离港是二十四日。二十四经过十几个小时之后，到了赌城依旧是二十四，就好像占了几个钟头的便宜。其实，人生也不过是过客而已，论什么成败得失。游罢赌城，当然，到洛杉矶看看老朋友，亦要我的医生看看我。验血和照X光，测量心电图之类之后，郎大夫大大地得意起来，认为我这个开膛剖心血管修桥补路的病人，是他近几年的得意杰作。身体不仅恢复快，脉搏跳得正常，血压也不高不低，脸色黑里透红，看样子比病前都要健康。我听了当然也是高兴万分。

"秀"雪都没有看到

朱三爷要经旧金山到另一赌城丽泰浩（Lake Tahoe）去玩，我也兴致勃勃起来。大概朱三爷最近做古董生意赚了一笔，所以带了夫人和四位公子游罢赌城又到洛杉矶迪士尼乐园逛了一整天。

我们在洛杉矶住了两天，看了看老朋友们，就去检查身体，等三爷的几位公子们游乐完之后，就坐飞机到了旧金山，马不停蹄地连夜分乘两部汽车，到了丽泰浩。

本来三爷和我说去丽泰浩的目的有二：一是看看雪景，踏雪寻乐一番；一是看看全世界最大的"秀"。说是有飞机上台，忽而从天而降，忽而无影无踪。

想不到"秀"的票子早已被订购一空了。结果，"秀"没有看到，雪也没有看到，舞台上的飞机当然更没有看到了。只好在"百家乐"的台上玩了一阵。

原打算乘两部来车回旧金山之后，停留三五日就要打道回港的，想不到卢燕在洛杉矶来了个电话，说是郎大夫详细看过我的心电图之后，希望我再回一次洛杉矶，再做一次心脏的特探手术，就是在腿跟处，插一条管子到心脏里面，然后注射一种液体，通过电视把心脏的血液运行全部录影下来，以便开刀的医生们了解开刀前后的不同，是否像预期一样地把血管依照计划地全部接通。

如果我肯在此次的游埠时期完成这一检查那是最好的，否则下次再照也可以，不过最好别超过半年。我一听，忙问手术费多少钱？卢燕说："大概要美金三千余元。"我想既然拍《武松》的老虎还是遥遥无期的，不知何时到港，而厂地的街道布景也是搭搭停停，立刻答应郎大夫的意思到洛杉矶接受心脏特探试验，所以和翠英及朱牧夫妇他们在丽泰浩湖分道扬镳：他们乘汽车回旧金山转香港，我则搭夜航班机到洛杉矶。

原来只准备在洛杉矶停留几天，但是这心脏导管的手术并没有我想象的那么简单。而且更要等候排期，并不是马上就可以进行的，大概同动心脏手术一样，每天只能同时进行四组。一等恐怕就是二十多天之后的事了。反正我在香港时等《武松》的老虎，也等了几个月了。

武松打虎景阳冈上，唯恐老虎出现，百姓们要成群结伙地过山，而我这个《武松》的导演等到望眼欲穿，公司的合同是以时不为限，并未书明日期。虽然订约的时候，是预付了一笔定金，分由十部片头里摊还，但没有工作就没有钱拿，等于留职停薪，公司不必负担我一毛钱，而我一家老小又不能瞪着眼睛喝西北风。

我叫翠英向制片部问了问，得到的答复是："李导演在美国，老虎来了，岂不等于白来？请转告李导演，他什么时候回来，老虎就什么时候到。"

听起来倒也合理，我想了想，如今自美到香港，朝发夕至。请翠英转告公司："我在香港时已经因为伸长了脖子等老虎，差不多已经变成长颈鹿了，所以，请公司等老虎入境手续办好之后，老虎启程之前，马上告诉我，老虎一到，我人一定同时抵香港。倘有延误，一切损失由我负责；否则，回到香港如傻老婆等汉子，大可不必。"

在洛杉矶见到朱元福

我在洛杉矶的时候见到元福兄，忽然谈起了艾黎，元福兄感慨万千地说道："唉，太任性，实在太任性，我也不知道她现在在哪里，如果有困难，只要说一声，我一定会帮忙她的。"看样子，似乎艾黎有些对不起朱老板了，也就是由于这句话，使我更深一层地认识了朱元福，知道他非但是个头脑精细、长袖善舞的商人，也是个努力向上、忠厚老诚的君子。

他的身材并不太高，最多也不过五尺七八，但走起路来，始终是高视阔步，雄赳赳，气昂昂，我说他如果穿起军装来，一定是个了不起的军人。他笑着说："我本来就是一个了不起的军人。"

于是他告诉我很多了不起的事：原来他是黄埔军校十七届的毕业生，抗战时是七十四军的警卫营营长。讲起打仗来，他还真是眉飞色舞，越讲越起劲；不过一谈到艾黎，他就好像万丈高楼失脚般的怅然起来。

有很多人说"人生如戏"，细细玩味一下元福兄由台来美的事，还真是一出喜怒哀乐、悲欢离合的好戏。他说他开始来，一个人住在一所大房子里，好不闷得慌，有时在游泳池畔来回来去地徘徊，真恨不得一闭眼，跳到池里了事。他说："翰祥兄，你不知道一个人闷起来是什么滋味，闷哪，真能闷死人，你不知道。"

我心里想，谁说我不知道，闷者心在门内之谓也，既然心在门内不能随心所欲，如何不闷。

记忆所及，朱元福在离开台北的时候，境况也大不佳妙，初到美国，人生地不熟的，更是一筹莫展，加上艾黎又是十分任性，所以他在那一阵子里，的确是够苦闷的。

朱元福的英文只能说是有一点点根底，会些单字也不算多，最多只是初中程度吧。听不懂等于聋子，说不通无异于哑巴；所以只好发奋图强地念书，甚至连开车的时候，都打开收音机听新闻报告。如今，他不仅说得一口流利的英语，而且早在四年前考取了卜鲁克（broker，经纪人）的执照，可以公开挂牌经营房地产专业，而且自己也买进卖出地赚了不少钱；三年前和两个朋友合伙在荷里活大道买了一幢大楼，如今脱手时，居然给他赚进美金两百多万，还真是富贵逼人来，面团团地做其富家翁了。当然也不会开着车子，东跑西颠地带人看房了。但是和我见了面之后，仍带着我比华利山、蒙德利泊地绕了一大轮，说叫我也开开洋荤，看看美国的房子。我只是好奇而已，当然也谈不上在美国买楼。但这次旧地重游，才知道房价也涨得吓人，前两年在比利华山卖四十万美金的房子，如今起码涨了一倍，没有八十万连问都别问。不过比起香港来，还算是小儿科的。

如今，元福兄的长公子和媳妇在洛杉矶开了一间制衣厂，生意兴隆，财源茂盛。所以有时车着小孩子和朋友们饮饮茶，或者和郑佩佩的家公原顺伯老先生，前台北"电检处"的处长杜先生一齐打打小麻将，倒也优哉游哉。不过有一天和我谈到艾黎，他还有些神色黯然地长吁短叹一番，并且说："唉，可惜这个女孩子实在太任性，听说情况不大好，不过，还是蛮有骨气的，从来没有写信向我张过口，其实，以我今天的环境，帮她一点忙还是可以的。"

除了元福兄之外，我在唐人街美丽华饮茶的时候，看见英文名也叫马可的张清，据说他也是美丽华的股东之一。由于我和他是邵氏父子公司的老同事，所以他无论如何都不叫我付账，说是早已替我签了字。想起不久之前，还在丽的映声看过他的节目，怎么一下子跑到美国来了。

看起来这个世界真是小，无怪华特迪士尼乐园会有一个"小小世界"，而且一进门就可以听到连声不断的歌声——"小小世界妙妙妙"。

交谈之下，才知道张清放弃了电视公司的职位，定居美国了，据说这是他太太的主意。本来，开始他是美国、香港两头住家的，所以有时还隔个三两月，回香港丽的主持一下节目，但想不到他们夫妻都不在美的期间，儿子忽然横遭灭顶之祸，两夫妻在丧明巨痛之余，才决心举家迁美的。这次赴美又到美丽华去看他，才知道他又在蒙德利泊开了一间枫林阁，也是间广东茶楼，当然也是和朋友合资的。于是和几个朋友开车前往，没想到又碰见了一位二十多年没见的老友。

一位二十多年未见的老朋友

在枫林阁碰到的这位老朋友，还真是有些认不得了，因而他看了看我，我也似曾相识地看了看他，彼此笑笑，点了点头，可就是一时想不起在何处见过。没多久，他忽然站起身，走到我的台子上，笑眯眯地说道："您是翰祥兄嘛，我认识您，您大概忘记我了，不过，我三姐跟您合作过很多戏，您一定不会忘记。"我这才恍然大悟，怪不得看着面熟，原来他跟姐姐长得一模一样。

他说："我们以前从没见过，可是我知道你。"

我忙纠正他说："不，我们见过，在你们九龙界限街的家中见过，我是为了练《雪里红》的插曲去的。那天姚敏也在，他弹琴，帮小咪姐练歌，刚练到一半，你穿了一件白色的中山装，由里间屋走出来，小咪姐替我们介绍：'这是我兄弟，小惠生。'"

"噢，对对对，您的记性真好，没多久我就在劳神父的介绍之下，到瑞士念书去了。"

我一边拉了张椅子，请他落座，一边替他向同台的元福介绍："这位是李惠生先生，李丽华小姐的弟弟……"还没等我说完，李惠生已经伸出手和元福兄热烈地握在一起："我们认识，朱先生，好久没见，你好！"

"好，好。"不知为什么，总觉元福兄的表情有些不大自然，所以李惠生只是略微地寒暄了一阵之后，就在我的电话簿上写下了他的地址和电话，并且说："可以随时来电话，如果要出门走走，在洛杉矶没个车子可不行，有需要，打电话给我，我有车，要到哪儿只要吩咐一声，好，你们聊聊，聊聊。"然后又笑着和大家招呼了一下，回到他自己的台子上。看他的背影和走路的姿态都与小咪一模一样，甚至于说话的语气和声调都有点像。虽然和他有二十六七年没见，可是年轻的影子仍恍在目前。当然，脸上缺少了稚气，眼下多了眼胆，但整个人看起来，仍是年轻而有活力的，大概为了他一直没有结婚的关系吧！

　　想到他的婚姻问题，一下子记起了元福兄面色尴尬的原因了，原来小惠生非但是艾黎的男朋友，更是她一心一意要下嫁的对象。这还是我在鹿港拍《一寸山河一寸血》的时候，听小咪姐说起的，不知道是惋惜，还是得意，她先叹了口长气，然后说道："唉！玩儿完小惠生的唐僧肉，叫人家给吃了！"

　　说这话的原因，大概是小惠生一直抱着独身主义吧。以前，听说他到瑞士攻"神学"，一心一意想当洋和尚；其实他在瑞士两年后，就改到美国读会计了。当然，那是他以后才告诉我的事。

　　使我特别记着小惠生的原因，倒不是因为他是李丽华的弟弟，而是由于他们老太太（张少泉女士）的一句话。这句话还不是我亲耳听到的，而是在电影圈人所共知的一句俏皮话。据说小惠生有个习惯，喜欢泡在浴室里看书，有一天大概泡的时间太长了，于是老太太在门外大声叫道："干嘛哪？小惠生？在里头数毛儿哪！小兔崽子！"就这么着，这句话就传遍了影坛。

小惠生与艾黎一段情

后来常听小惠生说:"我们可是戏骨夹戏肉的。"

原来他们老太太张少泉和老爷子李桂芳都是京剧舞台上的名角。老爷子的小生戏我没眼福,老太太的老旦我可在香港的利舞台听过。那年,她老人家虽然已是七十高龄了,一上场,乍亮相,还真有个样儿,唱工是唱工,做派是做派,差点没把同台的小咪姐给喝了。听说老太爷在惠生三岁的时候就故世了,那年小咪姐也不过七岁,一家大小全是老太太登台演戏拉扯大的,所以小咪姐告诉我:"我十四岁就向祖师爷发誓,我要代老太太养家!"

小惠生是加州有牌照的会计师,但他只任教授,绝不执行会计职务。我问他原因,他说:"一方面想悠闲一点儿,教教书满够我一个人生活的了,假使再当会计师,每年都要再考一次,麻烦!"

谈吐间知道小惠生不仅博学多才,而且幽默、风趣。坐在他的车子里,你永远不会寂寞,即使你一言不发,他也会滔滔不绝地和你说个没完,甚至每个路牌,都是他的话题。他会解释哪个是西班牙文,哪个是墨西哥人原住的地方。由于西班牙人信天主教,所以起的地名也多是《圣经》中的圣者们,圣母、圣父地"圣"个没完。我相信他是一位好教授,因为他对任何问题都分析得头头是道,历史性、趣味性,一清二楚,知渊识深,逻辑性强,加上口齿伶俐,声调柔和,难怪有很多位小姐都想嫁给他;当然有的纯为了他是美国公民,和他结婚可以固定了身份,但多数还是为了他的外表出众、品格超群的关系。

至于艾黎和他的一段情,究竟是怎么发生,又怎么结束的呢?他好像不大愿意多谈,听他的口气,最初恐怕还是艾黎先发动攻势的。据说艾黎的妈妈一直喜欢模仿李丽华的打扮,头发怎样梳,眉毛怎画,全部"李式",所以艾黎从小就是李丽华迷。不知道是谁告诉她,李丽华有一个弟弟,在美国教书,长得和姐姐很像,大概也是三生石上注定的吧,无巧不巧的居然在洛杉矶碰了头,一下子使艾黎转了性。

原来艾黎对男女关系看得好随便,也许和幽默大师林语堂笔下的《红牡丹》有些近似,生张熟魏,全都可以交朋友;刚到美国,更是变本加厉。这在她的老板朱元福的眼中,早已司空见惯,反正劝也没用,也只好任由她去。没想到一碰上小惠生,忽然爱情专一起来,难怪元福兄直到如今见了他,都有些面左左地不大自然。

艾黎和小惠生交往之后,的确有一阵子洗心革面,不仅断绝了外边一切关系,甚至连朱老板也永不朝面,一个人搬到李惠生住处的附近,朝夕相守。大概到后来,始终没办法说服他改变独身主义吧,于是又离船就埠地上了"舢板"也未可知。

小惠生闲暇无事的唯一嗜好,就是每逢周末和周日,驾车到处去看房子,因为这两天的下午,由两点至五点的三个钟头内,想卖房子的人家都把屋门打开,任由买主参观,不需要有什么介绍人的,美其名曰 open house。逢到地点适中的,价钱合适的,他就想办法买下来,略微地装修一下,再伺机卖出去。一买一卖之间,赚个几万美金,乃是等闲事耳。我既不想买也不想卖,但近朱者赤,也跟着他看房子看上了瘾。

佩佩的婚姻天缘巧合

小惠生一边陪你看房子,一边妙语连珠地替你介绍什么是西班牙式,什么是英国式,什么是小白宫式,什么是深藏不露、庭院深深,哪个又是亭台楼阁、鸟语花香……完全是卖砂锅的掌柜的,全是一套一套的。自己还客气说,自己并非内行,内行可要找郑佩佩夫妇,人家可是卖什么吆喝什么的,他则是"腰里吊着个死耗子——假充打猎的",您看他幽不幽默?

如果单说原文通,也许读者不大记得,但提起他的太太郑佩佩,恐怕是无人不知,无人不晓了吧!因为到今天为止,提起"武后"来,大家都一定会想起郑佩佩的,尤其在台湾。前不久她还在华视演过电视剧。

以前,我和佩佩并不太熟,只是见面时彼此笑笑点点头而已。最早她是邵氏演员训练班第二期的学员,和江青、李菁、方盈都是一班的。由于她和江青都是学舞蹈的,同台演过舞剧《牛郎织女》,六先生发现她是块好材料,所以首先和她签了约。也许因为她反串牛郎的关系吧,因为那时的凌波因《梁祝》而红极一时,公司里总想找多一个反串的女星,所以佩佩先江青、李菁等签了约,也果然在林黛主演的《宝莲灯》里当了"男"主角。但反串小生也还罢了,导演岳老爷居然叫她黏起五绺长髯来,看着真有些滑稽感。还好以后金铨导演的《大醉侠》,使她奠定了基础。她饰演的女侠金燕子,身手矫健,气势不凡,把一个女中豪杰表演到入木三分,因而赢得了"武后"的名衔。

之后,由于到台湾拍戏的时候,认识了原文通,也算是天缘巧合,千里姻缘一线牵吧!原来那时在邵氏出品的影片,台湾电影发行权,正是如今郑佩佩的家公原顺伯所组的明华影业公司。所以邵氏到台北拍片,原先生当然要照顾一二,女明星孤伶伶的一个人住在酒店里,当然不大怎么放心,所以顺理成章地就住进了原府,想不到就是侯门一入深如海,居然就成了原家的媳妇。

佩佩很小就死了父亲，倒真是"爹死娘嫁人，各人顾各人"了。母亲在父亲故世没多久，就往前走了一路，另外嫁了人家，所以佩佩从小就学会了吃苦耐劳的精神。十三岁和母亲由上海到了香港，住在舅舅家中，没几年就考进了邵氏训练班。班主任顾文宗对她很好，所以如今佩佩的口中，除了舅舅之外，总是顾伯伯长、顾伯伯短的。

大明星也光顾当铺

一九八一年三月二十八日，我终于在美国旧金山见到阔别多年的陶金。说到老一辈的明星当中，我倒都赶上跟他们打过连连，其中给我印象最深刻的，要算陶金了。第一次看陶金的电影，对他的印象并不好，觉得他比起刘琼、舒适来，实在不像个小生样儿；不过人总是有感情的，多看两遍，不惯也就惯了；再看下去，好像抗战以后的小生，还非他莫属了。大概是人同此心，心同此理，所以那一阵子，陶金还真红透了半边天。

我首次看陶金的电影，并非是在电影院中，而是在艺专的大礼堂里。学生会经常租些好电影看，那是我们看过迪士尼的《幻想曲》（*Fantasia*，1940）和另一部《居里夫人》（*Madame Curie*，1943）之后的一部电影，是陶金、白杨主演，由史东山导演的《八千里路云和月》。第二次虽然是在戏院看的《一江春水向东流》，但也是招待场的首映典礼，是在上海大光明的事了。想不到以后居然在香港和他碰了面，成了永华公司的同事，虽然那时他是大明星，我只是训练班的学员，但同事总是同事的。

第一次见面是到永华看他拍《国魂》。其实说看他，倒不如说看刘琼；因为总觉得刘琼的架子小生比他有些架子。那天陶金正在三十六度的天气下，穿皮裘、戴皮帽地穿挂整齐地演其伯颜元帅，一路哈哈、哈哈地不停。

第二次见他，已经是我加入了永华训练班之后的事。我们学员和他们大明星大导演们，都住在九龙庙街的永华宿舍里边。有一天晚上，看见宿舍的工友阿陈一手拿了四套西装，都是既新且挺地挂在衣架上，我不免好奇地问了句："边个㗎？"

阿陈举着西装，连看都没看我一眼就朝楼下跑，不过嘴里答了句："陶金先生㗎，拿去当的！"

我一听觉得好不奇怪，不免在心里画了个问号，红透半边天的大明星也当当？

有人说："小有小难，大有大难。"老陶虽然是大明星，酬金听起来吓人，可是由于永华的戏拍得慢，酬金按月计算起来，也就没有多少了；加上水涨船高，大明星难免有大开销；加上一帮围绕在身前身后的小朋友们，跟吃、跟喝、跟着一块儿凑热闹，看起来虽然是座上有鸿儒，往来无白丁的威风八面，可是这笔开销就不是小数了。即使是小数也怕长计，何况老陶又是大手大脚惯了，穷朋友一张口，一定是有求必应，所以月底发薪出粮之前，每每就捉襟见肘，不得不做个有当有赎的上等人家了。

那时弥敦道有间平安戏院，旁边有一个金碧辉煌的大舞厅，叫"金殿"，影剧界的朋友没戏拍的时候，经常去灯红酒绿一番。听说老陶也经常在一群小朋友和老朋友的陪伴下，到金銮宝殿奏上几本，因此而唱起"玫瑰、玫瑰我爱你"来。

陶金有点北人南相

原来那朵玫瑰正是肉丝况的英文名字。肉丝可不是韭菜炒肉丝和干烧牛肉丝的肉丝,而是当玫瑰解的rose。提起这位况小姐还是大大地有名,真是此马来头大。由于她是四川人的关系,所以和老陶在抗战的时候就认识了。况小姐的中文名叫况莉娟,长得高头大马,玉立亭亭,皮肤虽然不比我白上多少,但是名副其实的黑里俏。牡丹姚黄魏紫,仅是艳丽而已,看多几眼,总有几分俗气;倒是黑牡丹,反而别具姿色,另有一番风采。加上况莉娟在标准国语之外,偶尔地来两句"硬是要得"的四川话,在抗战之初人们的耳里听起来还真是要得。

一谈到跳舞,就很容易想起老陶在《一江春水向东流》里跳舞的样子。其实,老陶虽然是大明星,跳起舞来还真是鸭鸭舞,跶来跶去地不怎么登样,所以也和我一样,十年不进舞厅,进去也是摆摆测字摊而已。不过老陶的探戈可比我跳得好得多了,我的慢四步还凑合,可一听探戈的音乐就更摊而且搁了。

老陶跟况莉娟跳舞,不始于香港,而是始于上海的。那时老陶对阿况还不太熟,可是阿况对这位大明星可是心仪甚久了,不过苦无机会接近而已。到了香港,异地相逢,一下子把双方的关系由十万八千里拉到了毫无距离了。

如果说陶金是苏州人,一定有很多人不大相信,说起来,他还真是有点北人南相。另外一位像足了北方人的大画家,我的老师吴作人,也是不折不扣的苏州人,和陶金一样,也是矮矮胖胖的。想想"江南第一风流才子"唐伯虎的模样,跟他们两位的长相也许差不太多。

陶金和江青在山东省立戏剧学校同过学，不过那时还想不到她就是后来"四人帮"之首。

山东省立戏剧学校的校长是赵太年，据说著名的性格演员李景波也是这学校出身的。大概一九三三年的时候吧，陶金在北平后蓝马一步，和吴景平加入了唐槐秋领导的中国旅行剧团。那时团员除了唐若青之外，还有姜明、童毅夫妇、赵景琛的妹妹赵慧琛、凌萝、赵恕、王逻文，另外的就是和老陶一起演《一江春水向东流》的白杨！

陶金白杨成银幕情侣

开始中旅只是演出一些由外国舞台剧改编的剧本，像什么《少奶奶的扇子》等，之后，开始排练曹禺先生的《雷雨》，陶金饰周萍，章曼苹饰四凤，赵慧琛饰繁漪，唐若青饰鲁妈，吴景平饰周冲，唐槐秋饰周朴园，姜明饰鲁贵。演出之后，颇为轰动。于是中国旅行剧团就名副其实地一边旅行一边演剧地走起江湖来，由北京到武汉，经郑州、石家庄、开封……一九三五年到上海演出曹禺先生的第二本名剧《日出》，陶金演剧中的小生方达生。一直到"七七事变"，中旅社由北京转武汉的时候，陶金和章曼苹脱离中旅，参加由赵丹、叶露茜、白杨、王献斋等组织的影人剧团，辗转地到了内地，又在救亡剧团里演出了《塞上风云》。之后又参加了雪花剧团，由成都到重庆演出曹禺先生的第四本名剧《蜕变》，他饰剧中的梁专员。胜利之后，应导演史东山之聘，到上海和白杨演出《八千里路云和月》，开始了银幕上的生涯。演出《一江春水向东流》之后，来香港加入了永华公司，演出了卜万苍导演的《国魂》、张骏祥导演的《火葬》、吴祖光导演的《山河泪》以及程步高导演的《海誓》。

电影圈一直有所谓银幕情侣,譬如粤语片时代的白燕、张活游,和较后的林黛、赵雷。那时由于《八千里路云和月》和《一江春水向东流》都是白杨、陶金主演,也都能轰动一时,所以,后来几乎每部片子里,如果女主角是白杨,男主角就一定要陶金,换了别人,就好像不大登对,所以他们两位还真合作了不少部影片。只是《国魂》例外,因为《国魂》是永华公司的创业巨铸,卡士大得吓人,除了男主角刘琼、陶金、高占非、徐立、顾而已、王元龙之外,女主角也有了袁美云、王熙春、孙景璐。所以白杨也就没有什么角色可演了。《国魂》是和朱石麟导演的《清宫秘史》同时拍摄的。第三部就开拍了《火葬》,由当时白杨的丈夫张骏祥导演,由于戏里只是一生一旦,所以陶金又和白杨演起对手戏来。

那时我来香港还不到几个月,也还不是永华训练班的学员,因为在街边速写人像,叫山东老乡请去吃了一个礼拜的皇家饭,乍一出来,由香港才到九龙,就碰见《火葬》的助导吴家骧,他看我的头发剃得活像狗啃的一样,说长不长,说短不短,光头不光,平头不平,不明就里的,还以为我生了癫痫头了呢,大概对我的事也早有所闻,所以连问都没问一声,只说:"怎么,老李,听说你转行去画画了,还拍戏不拍呀?"

我连忙答道:"拍,怎么不拍!画画就是因为没通告才画的,有戏当然还是拍戏!"

他略一寻思,就说:"好吧,你今天就到永华来吧,拍张先生的《火葬》吧!"

导演大叫加重感情

以前虽然在上海见过白杨和陶金他们，可完全是影迷看明星的样儿，想不到会和他们两位同场演戏。我记得那堂布景摆的好像是一座大庙，多数演员的肩上都斜带着一个黄布袋，袋上写着"朝山进香"四个字。我一看就知道这庙应该是北平的金顶妙峰山，朝山多数是在春境天儿，是在每年的三月三，王母娘娘寿诞的前后。朝山进香的人们蜂拥而至，热闹非凡，都是由北平的东西南北城和四乡八镇来的，有坐大车、骑毛驴的，也有安步当车走了来的，还有三步一叩头还愿的人；有耍叉的，也有练把式的，三教九流，男女老幼，香火之盛，还真不多见。

那天陶金和白杨演朝山进香的香客，我和另两位特约演员在庙门口扮演数来宝乞讨要饭的"叫化子"。后来看了《火葬》才知道，原来白、陶二位，并非我心里认为的夫妻，陶金只是个长工，是白杨七岁小丈夫牛犇嘴里的大哥哥，他当然不知道这个大哥哥早已代他尽了做丈夫的责任，所以还手牵手地跟大哥哥挺亲热的。我拍完那天的戏之后，《火葬》的外景队就到北平去拍外景了，拍的就是朝山进香的戏，那时听说他们外景队去北平，心中好不羡慕！

张善琨离开永华，组织长城影业公司的时候，永华的演员和导演，差不多全部跟着他蝉曳别枝。陶金和顾而已、顾也鲁、高占非、黄宛苏等几位也另外组了间大光明影业公司，拍了部《血海仇》。陶金在戏里演一位老华侨。我也跟着拍过一天特约戏，外景的地点，是在九龙塘胡蝶的家里，那时她的先生潘有声还没有过世。

潘公馆是靠近九龙塘多宝街的一间花园洋房，楼下客厅、饭厅连书房，楼上则是四间卧室。我们拍戏的地方只在门口，虽然有时在厅里休息一下，但大部分是在院子里，所以楼上根本没上去过。第一个镜头摄影机摆在大门外，陶金穿了一身白卡叽布的西装，戴了顶白通帽，嘴上还黏了胡子，脸上也画满了皱纹，这种打扮，在他来说，恐怕还是第一次。那个镜头的剧情，是说他演的老华侨，到了家门口之后，按铃久无人应，于是自动地推门而入。大概是触景生情吧，所以导演顾而已叫他颤悠悠地由门外背影行入，然后在窗外看一看，回首四望，叹了口长气之后，热泪盈眶地转身步向后花园。试的时候，导演顾而已在机器后面不住地告诉陶金："老陶，要记住感情！感情！加重感情。"

我听导演的声音，还真是越来越感情。回头看了看他，顾导演还真是眼泪围着眼圈儿直转，清鼻涕也由鼻孔流到嘴边。试戏完毕他一声"卡"之后，非常满意地用手绢擦了擦眼泪，抹了抹鼻涕，然后得意非凡地叫了声"正式"。化装的小姐连忙上前替老陶补了补粉，之后，拿出一瓶眼药水，看了看导演，一点头，忙替老陶在左右的眼边各滴了几滴眼药，老陶仰着脸等导演喊"开麦拉"。顾而已几声预备之后，刚要喊，老陶忙用手止住他，原来刚滴的眼药水，已经由鼻孔中流出，又叫化装小姐补了补装，滴了几滴眼药，才正式开拍。

对白改成有血有肉

一声"开麦拉"之后，陶金老态龙钟地由机外推门入镜，颤悠悠地走向窗口，回首望了望，那几滴眼药水，刚好在他回身之后，流了下来。我回头看了看导演，顾导演还绝非顾顾而已，也跟着流下泪来，他眼望着陶金一步一步地走向后花园，也站起身形，一边颤悠悠地前进，一边在嘴里喊着："感情，感……情，感……情！"

如果不是摄影师曹进云一把拉住他，他也走进了镜头。

那天，我们没看见胡蝶和潘有声夫妇，只在吃饭的时候，在厅里翻了翻摆在台子上的照片簿，上面有一张和高占非合拍的剧照，我记得那是程步高导演的影片《兄弟墓》的剧照。其实，我看胡小姐的戏还不多。除了这部《兄弟墓》之外，还有两部《火烧红莲寺》，一部《啼笑姻缘》和一部与王元龙合演的《孔雀东南飞》。前几部都是上海明星公司的出品，拍摄的地点也都在上海。《孔雀东南飞》是香港公司出品，大概也是在香港拍摄的。记得里边有顾文宗，还有一位说广东话的老太太，因为我一懂都不懂，所以印象也特别深，到了香港之后才知道，那位就是鼎鼎大名的陶三姑。

另一部胡小姐和王引主演的，好像也是在香港拍摄的，是一部大型古装片，叫《绝代佳人》，写明末清初陈圆圆的故事。导演好像是王元龙。记忆所及，看过胡蝶主演的影片，仅此而已。以后，我转到长城公司画路牌广告，很久没再见过陶金了；大概是长城由袁仰安接管之后，演职员们都在长城公司的领导之下，组织起"读书会"的时候，才又开始和老陶见面了。因为大光明出品的第二部影片《诗礼传家》，是由陶金导演兼主演的，女主角是李丽华，也就由这部《诗礼传家》开始，老陶与小咪上演了另外一部"男欢女爱"。

《诗礼传家》是大光明影业公司继《野火春风》《水上人家》和《血海仇》之后的出品。这以后又拍了部《小二黑结婚》，就迁回了上海；在上海又拍了部《方珍珠》，就改成公私合营了。最后的一部影片，好像是陶金导演的，片名叫《和平鸽》，女主角周璇就是在这一部片里疯了的。

周璇在戏里演一个护士，陶金和顾而已分饰医生和院长。有一幕是周璇给病人打针的戏，试戏的时候，对白讲得蛮好，一到正式拍摄就完全变了样，周璇居然把一句普通的对白，改得"有血有肉"，她对着顾而已说："好吧，你验吧，真金不怕火炼，是你的骨肉，就是你的骨肉，你尽管验好了！"说罢又哭又喊，把在场的演职员都吓得目瞪口呆。导演陶金知道这是周璇自己的戏外戏，知道周璇因那两天和朱毛毛吵架，而精神受了刺激，马上把周璇送到精神病院。

周璇的命运苦到极点

原来朱毛毛这个家伙很坏，和周璇有了关系之后，一直不肯和她正式结婚，并且提出了一个条件，说除非周璇替他生了儿子才可以，否则"不孝有三，无后为大"，家里的人不愿意娶个电影明星的。无奈周璇的肚子就是不争气，后来居然叫她想到一个"借种"的办法，不知道和哪个年轻人发生了关系，居然一索得男，满以为这下子朱毛毛可以答应她结婚了；想不到把孩子抱到朱毛毛身边，居然挨了他一个大嘴巴，打得周璇头晕眼花，热泪盈眶。朱毛毛恶狠狠地问她："这个小王八蛋是谁家的野种？"

周璇万想不到他会知道"借种"的秘密，一口咬定是他的亲骨肉。想不到朱毛毛这才揭穿自己生理上的秘密，原来医生替他验过，由于先天的毛病，他根本不能生的；并且叫周璇把银行存款和保险箱的钥匙全部交给他，否则把这件见不得人的事向新闻界发表，叫周璇吃不了兜着走。

这件事其实发生在香港，远在拍《花街》的时候，同事们觉得周璇已经不大对了。那部戏里我刚好演歌女周璇的琴师，有一天看见她在化装间里又哭又喊，同场的女演员龚秋霞和裘萍在一旁低声细语地相劝，并且向其他的演员们使眼色，大家一看知道不对，纷纷溜到化装室外。听说朱毛毛人财两得之后，连个人影也找不到了。那个孩子就是由赵丹、黄宗英夫妇抚养大的周明。

最令人可气的还不是吃人饭不拉人屎的朱毛毛，而是演《我这一辈子》的石挥。据说他在演《夜店》的时候，已经动过周璇的念头，可能是剃头挑子一头热吧，也就知难而退地打了退堂鼓。千不该万不该，他不该乘人之危，在周璇神志不清的时候，占有了她的肉体；又据说另外一位搞美术的朋友，有样学样地在周璇身上照方抓药，也占了她的便宜。看起来周璇的命运，真是苦到极点。所以电影界的人物，给石挥取了个绰号——兔崽子，还真不冤枉他。这兔崽子还真够兔崽子的！

陶金拍《诗礼传家》的时候，是在长城的世光厂拍的。那时我还在长城画两棚广告，有时也放下画笔，看看拍戏。忽然觉得有点不大对，老陶的打扮越来越年轻起来，还不只老陶，连李丽华也和以前两样了：两位都做起牛仔的打扮来。出双入对地还真有点牛郎织女的意思。于是惹得圈内圈外纷纷议论，说陶金这下子可真淘到金了！

那时，李丽华刚跟张绪谱离婚不久，交个男朋友当然没什么了不起，可陶金是有儿有女的人，顾而已、高占非，都是章曼苹的好朋友，当然劝劝陶金，想不到不劝还好，一劝老陶却坚持要和章曼苹离婚。

其实，他们夫妻一直也没正式结过婚。不过子女都大了，不结婚也不能说章曼苹不是他老婆，朋友们可都不以为然，暗地里都帮助章曼苹使了一股子劲儿，所以那时老陶还真够为难的。

订婚文章令人莞尔

听说拍《艳阳天》的时候，兔崽子石挥也动过李丽华的念头，我们小咪姐好像也叫兔崽子占了点便宜。不过，那时还有个小山东张绪谱在，杨柳青的兔崽子多少要避讳一点，不敢明目张胆地胡来。

张绪谱是上海霞飞路泰丰百货公司的小开，据说是山东的首富，以卖火柴兴家的。一九四四年泰丰百货公司开幕，请了两位明星剪彩，一位是王丹凤，一位就是我们小咪姐李丽华。没多久就跟张绪谱讨论起家谱来，还跟小山东回了一次青岛老家，然后，又一块儿唱了出"小山东到上海"。一九四四年五月十四日，全上海的大小报上，都登着张绪谱、李丽华订婚的广告，当然是什么"……我俩情投意合，今经双方家长同意……"之类的词句，其实他们正式结婚的日子是前一天的十三号，仪式是在亚尔培路张宅举行的，据一九四三年六月十日出版的《上海影坛》报道称：

……"华影"的副总经理兼制片部经理张善琨也莅临张宅，道贺一番（笔者注："华影"的正总经理是小咪姐的干爹川喜多），丁福利部长、梅实业部长等均光临观礼，影星到的不多，仅仅胡枫、周曼华……

四时许正式举行订婚礼，由丁默邨部长证婚，介绍人不认识是谁，据说也是姓张的，他们的父亲都是司法界的有名人物（这里的"他们"不知何所指）。

仪式完成后，宾客们都包围了小咪，小咪平常老三老四的，那天居然也羞人答答起来，晚间，备了盛宴招待，宾主尽欢而散。

据说订婚后不久，就要结婚了。换句话说，这次订婚，只不过是结婚前的一件未了手续而已，现在，手续完毕，当然可以进行大事了（"大事"二字可圈可点）。

这次订婚的聘礼，据说相当浩大（居然浩大！），除金银首饰不详之外，余者如价值一百二十万之新汽车一辆，及九十万拍买之小洋房一幢，也是大有可观了。

《春江遗恨》是李丽华在银幕上最后一部作品，演毕《春江遗恨》后，正式息影。预算《春江遗恨》还有二月即可完成。所以据预测，李丽华的结婚时间大约是在八月中。

去年（一九四三年）八月十日，陈云裳举行结婚大典，今年李丽华亦将出阁之喜，八月正式是大明星的下嫁日！

天下文章一大抄，一路抄来，时时莞尔；弹指一算，已是三十七年前的陈年旧事，超过我的三十年细说还有七年；不过也蛮有意思，因为无巧不巧，写这篇细说从头的时候，刚好是五月十四日，正是张李订婚的三十七周年纪念！

小山东真的回了上海

抗战胜利之后，为了这张订婚宴上的名单，还真够小咪姐受一家伙的。好嘛，您看看！丁福利部长、梅实业部长，加上证婚的丁默邨，全是鼎鼎大名的汉奸，所以我们小咪姐也差点跟我一样，成了"翰"字辈的排行；张绪谱就更倒霉了，差点这个谱绪不下去，辗转和小咪姐到了香港，时移世易，"小山东到香港"可就没有"小山东到上海"吃香了。据说以前小山东在上海的时候，看不起李老太太，连家门都不准岳母进入一步，到了香港张冠李戴地住进李家，老太太能给他好颜色看？以前是小开，如今是大拖鞋，大小之间，失之毫厘，可就谬之千里了。据说有一天，小开吃饭不怎么得味，拿着筷子直咂舌头，要是以前在上海，我们小咪姐一定会马上来一出刘宝全的《大西厢》：

……您要嫌我们家的厨师傅，做的菜不大怎么得味儿，小丫鬟我呀，挽挽袖子，下趟厨房，给你哪，做上一碗，咸不嗞，淡不唧，又不咸又不淡的一碗八宝油酥汤……

可是彼一时也，此又一时也，不要说八宝油酥汤，连油豆腐细粉也没有。李老太冷眼旁观，可就冷言冷语地给他来上两句："您就将就一点吧，这是香港，不是上海，以前您是'吃什么有什么'，如今咱们是'要什么没什么'；以前您吃的是张家硬饭，爱怎么讲究，就怎么讲究，如今吃的是我们李家的软饭，该怎么将就，就得怎么将就……"还没等李老太太说完，小山东的小开脾气又犯了，一摔筷子，一瞪眼，我们老太太也不含糊，马上给他来了句："怎么着！不顺耳啊，回上海呀，上海有泰丰啊，回青岛啊，青岛你们首富啊！"

"好，回上海就回上海！"小山东还真犯了山东老乡的脾气，就此真的回了上海。

我倒有缘和张小开见过几面，经常在弥敦道上碰见他和小咪姐手拉着手逛马路，见了面总是和我笑着点点头，人倒长得相当敦厚、老诚,身量也就是五尺八九吧,谈不上漂亮,但也五官端正,眉清目秀,听说他和李丽华分开回了上海,还真替他好难过,想不到没多久又看见我们小咪姐手牵手地和他在弥敦道上逛了,还和以前一样亲热。我走过去刚要和他点点头,他忽然和我说起话来:"怎么,老李,一个人逛马路啊!"

我一看还真不好意思,原来是我们小咪姐口里的"陶大哥",我不自然地笑了笑:"哎……您,您俩位也逛马路啊!"

陶金演而优则导

"哎,逛逛,逛逛。"我看着他们两位的背影,仍旧手牵着手,肩并着肩,不禁想起小咪姐和贺宾演的《千里送京娘》的"柳叶青又青,妹坐马上哥步行",也想起刘文彬的大鼓《刘公案》:

哎哟老大人哪!走大门我们恨不得手儿拉着手,走二门我们恨不得肩靠着肩,到夜晚,三更天,我们安了眠,哎哟老大人哪!你是明白的官哪,谁家的烟筒不冒烟——啊——

老大人说我又不是泥瓦匠,管你们家的烟筒冒烟不冒烟——啊!

其实陶金的私生活,比起如今影视圈的小生来,可算严肃得多了。红到如他那样的程度,照理应该花哨得很,可他一直规规矩矩的,和李丽华的一段情也并非荒唐,那时的确是男欲婚而女欲嫁,不然老陶也就不会决然地回上海办离婚手续了。

是顾而已劝他回去的。顾的理由是老陶是有妇之夫,即使真与小咪动了真格的,也要回上海对章曼苹有个交代,大家好来好去,何况还有孩子的问题,如何处理,总要有个了结;可是骨子里顾而已已经和上海章曼苹搭上线,老陶一回上海,就绝不让他再回香港!老陶想想理由也对,所以打点行装,准备回沪。这事儿看在经常和老陶在一起的罗维、吴家骧眼里,真是旁观者清了。

据小咪姐在纽约的时候告诉我:"那时而已和章曼苹捏好了窝窝儿,阿罗哥看在眼里,心知肚明。临走的前一天,他在替老陶饯行之后,大家到阿根廷舞厅跳舞,阿罗哥和家骧都说出眼泪来了,劝老陶别回去,一到上海准回不来,最后阿罗哥都给老陶跪下了,可是……唉!"

还真是应该叹气的事,假使老陶真不回去,很多人的历史,都应该重新写过;老陶也不必经过什么十年浩劫,也就不会被红卫兵点什么"狗名"。不过,历史总是历史。你不相信命运也不行,因为一切都像冥冥之中有个主宰者,那主宰者不一定是上帝,有时也许是魔鬼。

《诗礼传家》是陶金第一部执导的片子,拍完之后,很多圈内人士一致赞好,据当时管宣传的黄墅兄说:"演而优则导的几位,以陶金的成绩最优越!"

之后,他们几位又组织了一间"五十年代影业公司",其中除了老陶和小咪之外,还有刘琼、韩雄飞等几位。第一部影片是王为一导演,刘琼、李丽华主演的《火凤凰》。戏拍成之后,负责制片的韩雄飞在老陶的介绍之下,找我替他画两棚广告,并且一次过地把钱付清给我。

那时我和跟我订了婚的周晓眸刚刚分手,活像一匹脱缰的野马,整天泡在平安戏院隔壁的银星舞厅里，所以答应韩雄飞两个星期交货的，已经过了十天了，还丝毫看不见我的动静。

赶工完成广告画

一天在回家的路上，碰见陶金，他把我拉在一旁："老李，《火凤凰》的广告，可是我介绍你画的，他们本来要找陈克纯的，认为你会拆滥污，我跟他们拍了胸膛，说一切我担保，你答应两个礼拜交货，如今连材料都不见你预备，他们对我可都有了怨言了，怎么样，不会叫哥哥塌台吧？"当时我还真有些难为情，连连向他保证，两个礼拜之内，一定如期交卷。

第二天我忙叫助手，买了四尺乘十二尺的六张快巴板。第三天送到南国片厂，当即叫两个木工，把高十二尺，宽二十四尺的板子搭在南国厂门里；算算已经是十二天了。第十三天叫助手在板子上打好了白粉底，不等它风干当然不能画。一直到限期的最后一天，我吃过晚饭，叫了一辆的士，到了南国片厂。那天李丽华、蒋光超他们一大堆人，正在拍凤凰公司的《花姑娘》。

南国片厂位于嘉林边道侯王庙下，那时凤凰、龙马和五十年代，都在那儿搭景拍戏。那晚《花姑娘》拍的是外搭景。其实所谓景，也只是一块长三十几尺的活动帆布天片，然后在天片前停了一辆由货车改装成的大卡车。拍的时候，演员坐在车里，把车发动起来，只上下颤动而不走，走的反而是背影的活动天片。他们等打光的时候，都围过来看我登在梯子上画广告。李丽华和蒋光超第一个跑过来，那时我和光超还不大认识，还是李丽华给我们介绍的。她说："这位是蒋光超,胡琴拉得比徐兰沅、杨宝忠还好;这位是大艺术家李翰祥,刚和未婚妻周晓晔打翻了的那位。"

她还真是哪壶不开提哪壶,然后看我正起稿子画她和刘琼的大头,笑着跟我说:"嘿,大画家,你要能把我画漂亮一点,我马上给你介绍个未婚妻。"

我也俚戏地说:"行,我一定把您画得跟李丽华一样漂亮。"

蒋光超叼着个演戏的长烟嘴问我:"听说你答应他们明天交卷儿,现在刚打草稿,这么一大片,不用说画,就算你把颜色涂满也要三四天吧。我表弟也画广告,一张三六尺的都要画两个礼拜。"

我一听他的表弟和我同行,马上问他表弟是哪一位?他说:"他也是北平国立艺专的,叫胡金铨。"

我一听和我不只同行而且同学,但一时怎么也想他不起,后来见了面才知道,他是在我离开艺专之后,去旁听过半年。我告诉光超说:"我画惯了,快得很,明天一早你们没收工我就画完了。"

他听了将信将疑地走过去拍戏了。

我还真挺露脸,果然在天蒙蒙亮的时候,把那张大广告画完。我收工的时候,《花姑娘》还真的未拍完。他们看着我收工,都跑过来替我鼓掌道贺。李丽华也闻声跑了过来。我刚要关灯,她忙止住我,朝广告上端详了半天:"行,真像李丽华,不过这位李丽华可没我漂亮,好吧,不管怎么样。就凭你这点本事,我赶明日个替你介绍个媳妇吧!"

说真格的,那张广告画得并不理想,甚至连黄永玉都认为太过商业化,不过我也总不能把火凤凰画成一只眼睁眼闭的猫头鹰吧!

无论如何,总算是依期交了卷,没令到介绍人兼保证人的陶金为难。由那时候起,总觉得自己欠他一份人情,所以这一次在纽约,一听他和张水华导演一齐到旧金山开影展,很早就想去看看他;可是不知道他们影展的时间地点，一直无法联络。

永不倒的长春树

本来预算在纽约住五天，二十九号由洛杉矶来，三十号参加金像奖颁奖典礼，四月一号回港；没想到第三天小咪姐在周先生的店里请吃晚饭的时候，全变了卦。

因为一位同桌的太太告诉我们，陶金和张水华已经到了旧金山，二十八号参加中国文化协会和旧金山影展联合举办的中国电影周酒会，中国文化协会的小奚知道我们在纽约，希望和小咪姐一起去参加，和老朋友见见面。我忙问小奚是不是以前在香港演话剧《秋海棠》的奚会璋？那位太太告诉我正是他。原来也是位老朋友，以前和我跟金铨本熟得很。所以我和三爷就怂恿小咪姐和我们一道前往，顺便也好到洛杉矶看看她多年不见的小惠生，因为我由洛杉矶来纽约的时候，小惠生还一再地嘱咐我："翰祥兄，到了纽约把小咪给拉过来，我们姐俩可好几年没见面了。"

小咪姐开始倒真有些为难，因为她干妹妹雅苓月底和她干弟弟结婚，她是他们的大媒，怎好不参加。我说干弟妹以后还有见面的机会，可是老陶也是难得一见了，过了这个村儿可就没有这个店了。小咪姐也是个好热闹的人儿，经我死说活说居然把她说活了心，开了句玩笑说道："好吧，以后我干弟弟不叫我契姐了，反过来叫我契弟了。"就这么着，我们姐儿三个，二十七号由纽约坐飞机到了旧金山。

机场上看见小奚，他是接小咪姐到他家住的。我和朱三爷仍住在梁兄哥的家中。小奚帮小咪姐刚把行李放在车上，她忽然问了一句：

"小奚，你娶媳妇儿了么？"

"没有，仍是孤家寡人一个。"

小咪姐朝他胸口推了一把："他妈的，晚上你可别强奸我。"

您看看，李丽华就是李丽华，笑口常开，所以是永不倒的长春树。

在纽约不仅看到小咪姐，还看到翠英和珠珠的牌友——刘本元和濮启文两位。她们如今一位是张太太，一位是叶太太，听说我和三爷驾到纽约，双双到巴拉莎酒店来。小咪姐也准时由纽泽西赶到，另外还有沈芝华的契爷，我的老友陈子超也和一位小姐来到。大家都是多年不见面，如今骤然间聚集一堂，一时国语、广东话、上海话，加上张、叶两位太太的四川话，还真是热闹非凡。

一番滋味在心头

我想，如果陶金这次到旧金山开完了影展之后，就单身在美国定居下来，那这次和李丽华的异地重逢，可能会改变他们俩位今后的生活方式。当然，这只是我个人瞎琢磨而已，事实上，陶金如今已经回到了广州，而李丽华也已回到了纽泽西。

这两位三十年代的大明星，都曾经有过光辉灿烂的日子，也都在银幕上红得发紫。当今四十岁上下的人们，都曾经是他们两位的影迷。可如今一切归于平静，他们两位虽然天各一方，但落寂的心情恐怕是一致的。

如果有朋友们在，李丽华永远是笑口常开，叽叽喳喳地讲个不停，一会儿京片子，一会儿上海话，也经常夹杂着纯正的广东话和英文，另外，高兴起来学两句扬州话，也是一流的。所以小惠生常说："小咪的法国话，说得是一等一。"开始我还真以为她可以跟戴高乐聊上个家长里短，后来才知道是"乖乖隆的冬，韭菜炒大葱"的家乡话。

可是，如果剩下她一个人儿，又怎么打发那孤冷的日子呢？我用孤冷两个字的原因，大概忽然想起白发鼓王刘宝全唱的《大西厢》来。当然，小咪姐已是坐五望六的年纪，再不是"二八的俏佳人"，可她会不会也和崔莺莺一样懒梳妆呢？会不会也"孤孤单单，冷冷清清，独自一个人儿，闷坐香闺，腰儿瘦损，手儿托着她的小腮帮"？我没有问过她。但在洛杉矶的时候，和卢燕以及娘娘坐在一辆车子去吃饭的时候，我倒听过她唱了这段《大西厢》，还真是字正腔圆，有板有眼。我记得那是她演《啼笑姻缘》的沈凤喜时候学的，但是至今仍能不忘，也的确是难得了。

京剧四团来港演出的时候，我曾经请过王晶华、俞大陆他们几位到我家里吃饭，饭后王晶华也唱了这段《大西厢》，也是吐字清晰、嗓音洪亮的韵味十足。想不到这位在我们小咪姐口中的"小老旦"，也是能者无所不能的。

不是我瞎猜，读者也会在陶李二位见面之前，寻思一番：三十多年之后，两位曾经论过嫁娶的有情人，乍一相逢是什么模样儿呢？如果当时只是他们两位单独相聚，可能别有一番滋味在心头。二三十岁到五六十岁，年龄上是平和加一番；心情、容貌当然都会两样，最少应有"恍如隔世"之感吧！当然，他们两位只是旧情人，而不是老夫妻，否则也会像王宝钏在武家坡外的破瓦寒窑前看见薛平贵一样吧！

王宝钏："我夫哪有五绺髯？"
薛平贵："三姐不信菱花照，不似当年彩楼前。"

陶金虽然没有五绺髯，可李丽华的确是三姐，虽然不是王三姐只是李三姐，虽然比在武家坡前剜苦麻菜的王宝钏雍容华贵些，会打扮一些，可也不似当年弥敦道前了。

见到陶金和张水华

一九八一年三月二十八日的下午五点半，我终于在美国的旧金山看见三十年前在香港九龙弥敦道上手拉手逛马路的两位大明星：老陶、小咪。

那是在靠近唐人街的假日酒店的二楼，中国文化协会和旧金山影展共同举办的"中国电影周"的酒会上。

中国电影周是六点整在假日酒店二楼中国文化协会举行酒会，八点钟在附近的戏院中，放映谢铁骊导演[①]的《舞台姐妹》，然后再回酒店吃晚饭，来回一折腾，吃饭的时候已经将近十点了。

我们不到六点就到了，倒是已经来了不少位了。六点整，陶金和张水华在一位姓陈的女士陪同之下，来到会场。因为他忙着招呼，一时还没看见我，倒是我注意地多看了他两眼：他穿了一套不大称身的灰色西装，张水华则是米色的，都是白衬衫，打了领带。老陶也真是名副其实的老陶了，看样子，比以前更木讷得多，张水华比老陶矮了一点也有限，两位都是胖胖的，一团和气的标准好好先生样儿，要改穿一件长袍马褂，还都有点像油盐店或者是瑞蚨祥的大掌柜的。老陶终于看见我，叫了一声老李，忙上前和我亲热地握手。我给他

[①] 实为谢晋导演。

介绍了李湄和朱牧、小陆，刚要介绍小惠生，一看他们二位比我还熟，原来他们在上海就认识了。之后，老陶替我们介绍了张水华导演。对他，香港人都相当的熟悉了。我没有机会看他的《白毛女》，但是颇为欣赏他导的《林家铺子》，朴实无华，算是相当不错的文艺片子；制作严谨，服装、布景、道具，无一不讲究。以前魏平澳在《天天日报》上，批评我在台湾拍的《冬暖》完全是抄袭《林家铺子》，他还真能瞪着大眼说瞎话。我拍的《冬暖》是罗兰女士的中篇小说改编的，编剧是宋项如，他根本没看过《林家铺子》。（后来才知道，魏平澳也没看过《林家铺子》，还真能闭着眼瞎哨。）那片子是夏衍根据茅盾的同名小说改编的，说的是大鱼吃小鱼，小鱼吃虾，虾喝水的层层剥削；而我拍的《冬暖》，只是说一个卖馒头的老吴和下女阿金的一段平实的爱情故事。两个片子根本风马牛不相及。原来香港上演《林家铺子》的时候，他还在台湾为了桃色新闻在坐牢，等他出狱之后，到了香港，《林家铺子》已经被"四人帮"打成大毒草，他到哪里去看？大概看见《冬暖》里边，有个"老吴馒头铺"，于是信口开河就把"馒头铺"当成了"林家铺子"了；他大概以为"林家铺子"不卖馒头，也是卖大饼油条的呢。最不应该是没机会看电影，也可以看看原著啊，可惜他连读书的时间也无，唉！这种人凭什么跟他怄气！

风华绝代艳光照人

我没有机会对水华导演多说些敬佩的话，他倒是也在"内部放映"中，看过我导的《倾国倾城》，认为在香港，能把北京的三宫六院、颐和园拍得似模似样，还真是不容易。之后就来了一大批新闻记者，正在忙着拍照片之时，忽然看见人群里一乱，电梯出口处灯光闪闪，原来是小奚陪着小咪姐到了。只见她穿了一袭深蓝色钉银光片的晚礼服，银色的半高跟鞋，淡扫娥眉，轻涂脂粉，一进场子像一团风，马上把场上的人众吹得眼睛大大，张口结舌，直勾勾地望着她。那种风华绝代、艳光照人的样子，谁信她已是五十八岁的人？我看了看老陶，他静静地望着小咪，脸上没有一点异样的感觉。及至李丽华见到老陶，也和看见我跟三爷一样，叫了声老陶，拉了拉手，马上就去招呼李湄了。如果我拍电影，遇见这么一场戏，最少要给他们两位来两个大特写，不只拍他们的脸，拍他们的眼，拍他们的眼神，更要拍他们握在一起的手。眼睛应该有点润吧，手也应该有些不自然地颤抖吧，呼吸呢，也应该急促一点吧，即使是一发即逝呢，多少总应该和别人的接触不同吧！如果是琼瑶小姐，一定把这一刹那写上个四五千字。我也想挖空了心思，多写几笔，可是他们的确是若无其事地拉拉手，招呼了一下而已。说两个电影明星的名字吧，平凡的顾而已！

这安排倒是别开生面的，来参加电影周的是陶金和张水华他们两位；可第一天的首映既不是陶金的《一江春水向东流》，或者是《八千里路云和月》，也不是水华的《林家铺子》，而先演谢铁骊的《舞台姐妹》。所以，我们和老陶讲好了，等他和水华导演在舞台上亮个相儿，灯一关，开始放电影的时候，大伙儿一块儿到附近的一家馄饨小铺去吃碗馄饨垫个底儿。否则十点钟吃晚饭，五脏庙的菩萨岂不要造反。大家一言为定之后，先举行开会仪式。

开始由主席致开会辞，然后是水华导演致辞，说的也不过是例牌的客气话，替他翻译的就是那位姓陈的女士。下来就是老陶讲话，也是她翻。老陶说了些感激主办单位的客套话之后，忽然介绍起我们几位来。他说:"来参加这个电影周的,还有来自香港、纽约、华盛顿的电影界朋友们,李丽华女士、李翰祥先生、朱牧先生、白湄小姐……"老陶每念到我们之中的名字,当然都要站起来回身向大家点点头儿。大家也照例地拍手捧场。

吃饭的时候,中国驻旧金山的总领事夫妇也到了。李丽华和李湄被安排在他们两位的身旁,我和朱牧、李惠生、小陆被安排在老陶和张水华一桌。不知道小陆和李湄忽然想起什么事来,告辞先走了。走时和我们约好了明儿见。

第二天,和老陶约好,大伙儿一块儿去看看林翠的咖啡屋,尝尝她烧的荷包蛋。

当年林翠是学生情人

最早看见林翠,是她拍秦剑导演的第一部国语片《女儿心》的时候。《女儿心》是自由影业公司的出品,监制人是如今第一影业公司的老板黄卓汉。那时的林翠刚出学校大门,以纯情少女姿态出现在银幕上,私底下也很沉默寡言,见了生面人,多数只是含笑颔首一番,比一般少女更显得矜持、娇羞一些。所以影片上映、发行公司对外宣传时,在她的名字上冠以"学生情人",以示与其他明星有别。

再一次见面,是在我执导《乌夜啼》的时候。编剧是程刚,由中天公司出品,尔光监制,是我执导《雪里红》之后的第二部作品。《乌夜啼》是根据一个通俗的民间故事《五元哭坟》所改编的。本来影片的命名,是据"慈乌失其母,夜夜夜半啼"的诗句而起的,可是片成之后,可能发行公司认为不够通俗的关系,由监制人尔光改名为《马路小天使》。女主角就是林翠，男主角是我的拜弟金铨，那是他参加演员行列的第三部作品。第一部是我编剧、严俊执导的《吃耳光的人》，第二部也是由我编剧、由严俊执导的《金凤》。由于金铨在《金凤》里演的"小癞子"给观众的印象特别深刻，所以当时的他已是影片"卖花"的卡士。其他还有欧阳莎菲饰演的母亲、秦沛（当时的名字叫严昌，秦沛是我在国联时替他改的）、姜大卫（当时的名字叫严伟）和他俩的妹妹严慧。那年秦沛八九岁，姜大卫六七岁，严慧最小，只有五岁，金铨二十三，林翠十七八岁，我比莎菲小两岁，她三十一，我二十九。如今算起来，是二十七年前的事了。

那时林翠拍戏，她妈妈曾太整天伴在侧。由于以前在天津住过的关系，她这位广东妈妈国语说得还相当不错。人也是和和气气地未语先笑，和整组的工作人员处得都格外融洽。

《乌夜啼》拍完之后，我和邵氏父子公司签了五年导演合同，一连拍了《海茫茫》（后改名《水仙》）、《黄花闺女》、《窈窕淑女》三部影片之后，第四部拍的是由洪漠编的舞台剧本《裙带风》改编的《移花接木》。女主角是林翠、周曼华，男主角是赵雷、王元龙，还有著名的风流小生白云。那时的林翠虽然仍由母亲伴着，看起来比《女儿心》的时候要成熟得多，说话也直来直去地无所顾忌，给人的印象是坦率、真诚，绝没有一般女星的矫揉造作，揩着半拉儿充整个的劲头。

之后，她投身国泰，我则一直在邵氏，由于两大公司势不两立，所以大家也就很少再有合作的机会，一直到她和秦剑、王羽的结而复离，弃影从商，只身到美国定居。

这之间，我们也时常见面，譬如在菲律宾和新加坡共同参加亚洲影展的时候，以及秦剑组公司拍《大马戏团》的时候……不过见了面也只是招呼招呼，讲几句无伤大雅的笑话而已，除了使我觉得她比以前更成熟之外，没有其他的印象。

林翠的花名叫癫妹

只有一次，使我觉得有些特别。那是在我组国联之后，特别由台湾赶到香港，和新加坡国泰总机构的副总经理连福民商谈合约的事。由驻港的总经理俞普庆出面，在九龙美丽华宴请连氏夫妇。宴开三围，国泰的女星当然全体参加，林翠也盛装出席，打扮得艳光照人。酒未过三巡、菜还不到五味的时候，就听她的嗓门儿越来越高，猜拳行令，妙语连珠，由低颦浅笑到放荡情怀旁若无人地大呼大叫，使连氏夫妇都不免对她侧目相望；在她身上几乎再也找不到"学生情人"的影子。由那时起，我知道了她在电影圈的另一个花名，见了面大家不叫她"林翠"，却叫她"癫妹"。我想，八大山人（朱耷）哑口无言的笑之笑之的举动，和林翠如醉如痴、若癫若疯的狂态，恐怕都有些难言之隐吧。朱耷为了宋室的沦亡，林翠呢？多半为了家庭的隐忧吧！

以前，我一连写了几篇关于秦剑生前死后的事。曾经接到一位女读者的来信，看样子她和秦剑很熟，在信中对林翠甚有微词，称呼林翠的时候，连名字都不愿写，只写"那个坏女人"。依我看，家家有本难念的经，夫妻之间的事，外人是很难能理解的，她并且说："……那个坏女人最不应该的是，就在他们结婚的床上，和另一个男人……"

我相信这种谣言是那位女读者道听途说的，因为她绝不可能藏在那张床下。类似的谣言在电影圈多得是，有的根本就是无中生有，多半是为了私人的恩怨吧！其实，就算是真的如何如何了，如今的人们对"贞操"二字的观念恐怕和古代的封建社会有所不同吧。

当然，秦剑绝不会对林翠有丝毫的不敬，但他有一阵子赌得昏天黑地的，也够使林翠头疼的了。倒的确一度传说她和陈厚怎样怎样了，不过也只是传说而已，至于真正怎么回事，谁也没看见。

李湄经营三温暖店

在香港就听说林翠在旧金山开了一间咖啡馆，经常和二老板邵邨人先生大小姐的女儿咪咪同在一起。据说日子过的很舒服，常和朋友说："这是一生最快乐的日子。"

就为此，到了洛杉矶，马上跟她通了个长途电话，说话依然是爽快得很，而且不时地夹着嘻嘻哈哈的笑声，想象中她还真是很快乐。

第一次和王莱、李惠生结伴到旧金山，在李湄的店里，打了个电话给林翠。由于我要到飞机场送朱旭华太太返港，所以约好大家在飞机场见面。她开了辆红色小跑车，已经先我们而至。她又像恢复了"学生情人"时代，不擦胭脂，不抹粉，穿条牛仔裤，白恤衫，脖子上交叉搭着一件毛衣，谁也看不出她是四个孩子的母亲。

中午，和李湄一块儿到中国餐馆吃饭，吃完饭之后，林翠陪王莱到她的咖啡馆，我和梁兄哥、李惠生在李湄的陪同下，到她合伙人李小姐的三温暖店里去坐了一下。这间店装修得相当华丽：墙壁、地毯，全部枣红色。一进门坐着三位雪肤花貌的"金丝猫"，看见我们进门，都笑脸相迎，大概与老板同来的关系吧，招呼特别地亲热。

个个都是玉腿修长，乳波臀浪，还真挺惹火儿的！

类似这样的所谓三温暖，或者土耳其的按摩院，多数是挂羊头，卖狗肉的。不过身为主人的李小姐特别予以申明，说到此处可是和"纯吃茶"的日本咖啡馆一样——纯按摩。同时带我们到门口，指了指对面的两家挂着"三温暖"牌子的浴室，果然因为违法而被警方在门上贴了封条。

李湄叫我们四位男士尽可到里边洗洗澡，解解乏，按摩一番，她和李小姐在外边厅中等我们。小惠生无论如何也不肯下海，我看三位"金丝猫"之中，有一位是会计小姐，专门记账的，所以叫陈忠鹏和梁兄哥做了先行官，我则陪小惠生和李湄他们坐在厅里。小惠生忽然心血来潮，说自己是指压圣手，正式拜师学习过"经穴按摩"。不等李湄同意，早已经绕到她的身后，把双手按在她的肩上，轻揉慢捻，顺按倒捏，但见李湄先是秋波流媚，梨涡红晕，继而是闭目宁神，口张舌颤，像似有一股热气，由她的涌泉穴直透丹田。想不到小惠生还真有两下子。怪不得艾黎爱而不离，吃得他死脱。

大概李小姐看见我也不甘寂寞的样子，所以叫会计小姐也临时改了行，陪着我去三温暖一番。大概那位番邦小姐，知道我是她们老板的朋友，所以侍候得相当落力，除了指压，还踩在我的背上脚压一番，踩得我几根老骨头咔嘣嘣地山响，一下子六根清净起来。

提到按摩，倒使我想起一桩片场的笑话来。据说以前由于拍夜班多的关系，男女明星都有按摩的习惯。其中女姐（红线女）、大碧全是此中的"瘾士"。早年粤语圈中有大碧、小碧，大碧是邓碧云，小碧则是郑碧影。经常替大碧按摩的是一位白粉道友，花名叫高佬四，据说手段高强，指法了得，一经按摩，浑身舒泰，骨软筋舒。所以大碧一有戏，一定会看见高佬四替她捶腿搞背，按穴摩经。有一天大碧的先生雷老十也到片场探班，一见高佬四的双手，由大碧的双脚一路按上，捏小腿，按大臂，由阳陵泉而阴陵泉，再由阴陵泉而曲线三经穴，眼见就升到大腿两侧的媚穴，雷先生不得不提醒高佬四："老四呀，就快到了。"

高佬四连眼皮都没抬一下，慢声慢语地答曰："咪住，总差一寸！"

想不到此语一出，惹得全场的工作人员哄堂大笑。以后辗转相传，几乎成了片场的术语，譬如问到年轻朋友结婚不曾，多数会答道："咪住，总差一寸。"问到合约谈的如何，也会回答："咪住，总差一寸。"

在旧金山再见到林翠，是参加电影周的第二天，我和三爷、小惠生乘李湄的车，小咪姐则是会同老陶乘李小姐的车，约好一同在林翠的店中聚齐。另外还有几个新闻界的新朋友们因为要采访陶金，所以也开着车子在后边。

车子开了足有四十分钟，每条街都是我第一回走，根本分不出南北东西，在车中就问起李湄关于她美国老公"软中硬"的事。

"焕然一新"有段古

他们是在台北正式结婚的，大家都叫她先生"Mr.软"，我戏称他是"Mr.软中硬"，大概由于他的名字叫罗拔的关系吧，所以李湄叫他"软萝卜"。

据说，开始由台北迁来美国，夫妻之间还算合美。李湄有一次到香港来，还常念叨他。那次她托我在香港买一辆洋车（香港人叫车仔，上海人叫黄包车，天津人叫胶皮的人力车），开始还不知道她要干嘛用，她说只是摆在她华盛顿的餐馆门外，唬唬洋人，以广招傈的。想不到这次到洛杉矶和李湄通电话的时候,她告诉我和"软萝卜"分开了。李湄在车中叹息道:"唉!人的确蛮好的,做朋友比做丈夫好。"接着她用开玩笑的口吻说:"都怪我不好,软萝卜软萝卜地给叫软了。"

我说:"叫他练练气功嘛!六老板都七十多了,练了气功之后,不止返老还童,还真是龙精虎猛……"

她忙拦住我:"看你扯到哪儿去了,我说他的性格太软,三脚都踹不出一个屁来,跟这种男人在一起,真没劲,活像块牛皮糖。"

车子开到林翠的咖啡馆前,老陶、小咪和几位年轻的记者朋友们已经先到了。我在门外望了望,这咖啡馆是一座三开间的门面,再进里边看了看,宽不足十尺,是一间长条形的建筑。林翠一个人正在柜台内忙得满头大汗,一边煮咖啡,煎荷包蛋,一边还在另一个锅里煎饺子,着见我们进门,咧开嘴大笑:"好,都来了,都来了,我这个鸡毛小店儿今天可真是蓬荜生辉,焕然一新了。"

我知道她说的"焕然一新"里面有段古的,这句话原是以前邵氏父子公司的宣传主任吴勉之自己说出来的笑话。他说:"有一天,和一位新结交的女朋友约好一块儿去看电影,看她来时,巧梳妆,俏打扮,穿了件当年最流行的旗袍,烫了当年最流行的夏萍式的发型。赞美女朋友应该是男人的礼貌,可我一下子想不出恰当的名词,脱口而出地说了一句:你今天真漂亮,简直是'焕然一新'。"

这句话以后成了电影圈里的一句名言。想起吴勉之,还真是笑话多箩箩。有一年圣诞节,他特别选了一张名贵的、精致的、最最大张的圣诞卡,送给二老板。几个小开一看,差点儿把肚子都笑痛了,原来卡上明明写着——"亲爱的爹地"的英文。无奈吴主任对英文一窍不通,由此之后,大家送了他一个绰号——八小开。原来二老板膝下一女七男，正好是八仙过海之数。上海人骂人，多数把右手的中指一伸，美其名曰"第八只"，其实指的是男人的生殖器。叫吴主任"八小开"的时候，一样伸一伸中指。但吴主任修养来得个好，非但不以为忤，反而逆来顺受，以为自己是真的"八小开"。连二老板和二老板娘看见他也不叫勉之，而叫八小开了。

自古美人如名将

林翠一边抹着汗，一边好不得意地跟我说："导演，你猜我今天做了多少生意？说出来你也未必相信，有两百七十多。"说着把钱柜打开，拿出一叠钞票，在我面前数了数："喏！你看，两百七十六块八，全是凭我一双手赚的，多棒，你羡慕还是嫉妒？"

我故作认真地说："我可不是既羡慕又嫉妒。"

看她的脸在油锅的前边，烤得两腮通红，香汗淋漓，那种喜悦的确是发自内心的。其实，这几个钱还不够她当明星时酬金的百分之一，但那时她经常苍白着脸，唉声叹气，深锁眉头。所以说，有钱固然能使鬼推磨，可并一定买得到真喜欢。

上一次她告诉我，星期六和星期天她一定休息，和咪咪开着车子到瑞诺去赌几手二十一点，而且是十赌九赢。她说有个教授传给她一个口诀，于是怎长、怎短，一五一十地向我解说，何时要牌，何时飞起，注码何时宜轻，何时要重，九点以上用左脚划一划，九点以下用右脚点一点，说时口沫横飞，津津有味。我则是左耳进，右耳出，一懂也未曾懂，若真能如此这般地就赢了钱，恐怕家家赌场都要关门。

林翠刚说完赌经，小咪姐偷偷地告诉我，老陶来时，那个陈小个子千叮咛，万嘱咐，一定要在四点钟以前把他送回假日酒店去，否则可不饶我。我回头看了看老陶，尽管他身边的几个年轻人，都在一边谈笑风生，一边品尝着林翠煎的荷包蛋和三文治，他却一个人目光呆滞地默默无言，半晌伸手在怀里掏出烟盒，由里边抽出一根香烟，刚要点火，小咪突然一阵风似地奔到他面前，不容分说地把香烟夺了过去，然后以责备的口吻说道："事不过三，你一会儿已经来了三支了，不能再抽了，真是七老八十了还跟孩子一样。"

老陶望着她，嘿嘿地笑了一阵，笑得真挚，笑得甜美。看他们的样子，一下子好像恢复到《诗礼传家》的年代，把中间的三十年仿佛消失得无影无踪。

林翠忽然朝着街上"咦"了一声，说道："我妈妈跟我爸爸来了。"

大伙儿顺着她的视线望过去，外边果然有一辆黑色的小轿车停在路边，看林翠迎了出去，我也跟到街边。

这些年来，我和林翠还偶尔见上一面，她的爹妈，可是有好些年没见了。先是曾先生下了车，看见了我，好不惊奇地说了一句："怎么，李导演也在？"

我说："不只我，还有好多人。"

他朝店里望了望，"哎呀，可不得了啦，贵客临门，热闹，热闹，难得，难得。"于是上前一一地和大家握手，外面的林翠已经扶着妈妈进来。我一看曾太太，差点没"呀"出声，真是应了"自古美人如名将，不许人间见白头"的那句话，十几年不见，曾太太几乎是换了一个人，看样子不仅发苍苍，目也茫茫，两条腿也好像是落了残疾，走起路来一瘸一点地不大方便。

最使我诧异的，是在她的左右眼皮上，各有一粒圆圆的白点，而且都在眼皮的正中，真好像是故意点上去的；因为距离相等，大小相同，相信是一种上了年纪的皮肤病吧。她倒是还记得我，一边和我打招呼，一边朝里走，看她步履维艰的样子，心里不觉一阵怅然。

嘉林边道上的李湄

尽管李湄和林翠从事电影演员工作的时间不算短，尽管她们都曾煊赫一时，甚至于有人大叫一九五三年是李湄的，但陶金在一九五一年已经返回上海，所以，对她们两位只是闻名，而从未见面。所以我前文写到，陶金在影展的开幕礼上的致辞会把李湄误为白湄。

或者，老陶在港之时与李湄见过一两次也说不定，可和林翠就绝对没有见过了。因为李湄很可能在一九五一年左右参加了长城影业公司，虽然没有什么戏拍，但也整天穿着件蓝布大褂，提了个书包样的手袋，到嘉林边道侯王庙后的长城影业公司报到。有时见她清水脸上脂粉不施、低头不语地独自行在嘉林边道上，还真令人发思古之幽情，想起抗日的名歌《嘉陵江上》：

> 那一天敌人打进了我家乡，
> 我便，抛弃了我的家人，
> 田舍，和牛羊，
> 如今，我徘徊在嘉陵江上，
> 一样的流水，
> 一样的月亮……

为什么会有这种想法呢？大概因为李湄的打扮像极了流亡的大

学生吧。后来看长城影画介绍她的学历,还真是北平中国大学的学生。

中国大学坐落在北平西城皮库胡同,是一间缴学费就可以上课的学校;普通初中二年级,不愿再念书,只想混个资格的,都进了中国大学了。当然,"师父引进门,修行在个人",哪个学校都出好学生,中大当然不会例外,李湄大概就是中大的高材生吧。

民国初年,政府把坐落在东长安街的"公理战胜"碑移到中央公园里,特别请当年参与其事的赛金花到中大演讲。据说,那碑是因义和团杀死了德国公使克林德所立的,因为赛金花会说两句德国话,所以李鸿章特别请她去和公使夫人商议,最后立了这块碑,以表示中国对公使的歉意。不过,据《齐如山全集》上说,赛金花的德文,也只是会说一些粗浅的单字和简单的生活用语而已,李伯爷有什么理由去求她通款曲?但名记者柳堂的《芦花红叶记彩云》中的确有这样的描写:

赛金花到了讲台上,目光呆滞,半天也说不出一句整话,半晌之后,终在台上泣不成声,最后才结结巴巴地说道:"那时候,连皇上跟太后老佛爷都离开北京了,我多少总算为四九城的老百姓做了点事,可是还有许多人不了解我,写小说歪曲我,作诗写词(指樊玉山的《前后彩云曲》)来奚落我,我⋯⋯"(以上并非原文,只是我记忆中的大意。)

为陶金画速写

想不到美人迟暮的一代名花,还有这么多的感慨。我没见过赛金花，可是我见过很多的迟暮美人，表面上仍是跳跳蹦蹦地青春常驻，其实已是年华老去，虽似"夕阳无限好"，确已"只是近黄昏"了。

因为四点钟必须送老陶回假日酒店，所以我们尽量地掌握时间，应林翠之邀，到她家中小坐。

美国的房子不是富丽堂皇，就是小巧玲珑。林翠的家属于第二种。面积不大，但布置得雅洁可爱，门口是一个日式的小花园，进了门是一座西班牙式的客厅，卧室反而在楼下，车间就更要下一层，所以表面看起来是一幢平房，真所谓"袖里乾坤大，壶中日月长"的"深藏不露"格。

那天，没看见咪咪，只是在看地下车房旁边新建的房间时，林翠提了一句，说道："这是我们自己加建的，我跟咪咪自搭、自建、自油漆，怎么样？有两下子吧？真的，咪咪是学室内装置的，弄点东西，还真是别具一格。"

这话我倒真的相信，以她替何莉莉设计的"艺舍"（海运二楼那间）来说，就真是与众不同：时装店，没有大玻璃窗，有的只是围城似的红砖墙，很有些神秘感，古人谓"欲穷千里目，更上一层楼"，它则是"欲识其中趣，入内看端详"。店里的面积不大，但因为在适当的地方装了镜子，使人有望之不尽，真假莫辨之感；有时以为是通路，却是镜花水月；有时以为是镜里乾坤，却又曲径通幽，真个是"山穷水尽疑无路，柳暗花明又一村"，令人不得不佩服设计者的巧思。那天，大小姐替我介绍她的女儿咪咪，她穿着一条长裙，完全是如花似玉的少女。（据说她的父亲是导演洪叔云，为了大小姐和洪叔云之间的事，三小开邵维镇在北帝街的南洋片厂门外，写过"洪叔云与狗不准入内"的招牌。）可是在旧金山看见咪咪时，几乎认她不出，有道是，"女大十八变"，信焉！

大家在室内东张西望的时候，我也偶尔看看夹在人群中的陶大哥，他好像到了另一个世界，只是盲目地跟这些人活动，别人说话他附和，别人大笑他哈哈。

开始我还有些奇怪，一九五一年以前的陶金，既中肯，又热诚，虽然也沉默寡言，但也爱憎分明，对看不惯的事一定会毫无保留地发表一些己见，加以谴责，对合意的事也会赞不绝口，予以表扬；可是，现在迥然不同了，没表情，没意见，只是一味地嘻嘻哈哈。忽然使我想到徐訏先生的短篇小说《过客》，虽然"光阴者，百代之过客"也，但同是"过客"也是有有幸有不幸的。记得前一天，在电影周的晚宴上，等人客到来之前，我替陶金画了一张速写，想起他经历十年"文革"的惨状，信笔在上边写了他主演过的两部电影片名：

八千里路云和月，
一江春水向东流。

不是当时被李湄抢了走，一定与本文同时刊登出来，以飨读者。
"八千里路云和月"是岳飞的《满江红》中的一句，前后连贯应该是："三十功名尘与土，八千里路云和月，莫等闲，白了少年头，空悲切……"写完之后，看看陶金头上的几茎白发，不禁怅然。
"一江春水向东流"是南唐后主李煜的词，词名是《虞美人》。制片人摘用《满江红》和《虞美人》这两句词做片名的原因，可能因为它们的家传户晓吧。可谁也想不到中国人的苦难与浩劫居然是接连不断的，由军阀割据、到抗战、到内战、到"文化大革命"、再到"四人帮"，一波未平，一波又起，还真是"春花秋月何时了，往事知多少"。

各人签名留念

一般住在美国的华侨，室内的布置仍以中式为主，酸枝台椅之外，配合一些古玩字画，格外显得东方色彩的古色古香。梁兄哥的客厅、饭厅和书房，就是这样的布置。可林翠的家比较新潮一些，如果不是在大厅正中的墙上，挂了一幅大可三四尺的中国扇面，几乎就猜不出主人是哪一国人士。

那扇面是粉红色的，上面既无山水人物，也无花卉翎毛，更无人在上舞文弄墨，所以我提议来者有份，每人都在上面签名留念。林翠当即鼓掌赞成。我在写字台上拿了支笔，交给小咪姐，她说叫我带头，我恭敬不如从命，想了想，在扇面中间写了一个吉祥的"祥"字，然后再横写了李翰两个字，并且念了一句喜歌"吉祥如意"。然后小咪姐接过笔，竖着签了"李丽华"三个字，笔走龙蛇，写得还真不错。小咪姐不仅学过画，也学过书法，颜、柳、欧、赵体体皆精，所以不仅笔锋有力，还格外显得秀丽。

据说，小咪姐学画的师父是人物画家曾××，学了三四次，就和师父闹翻了。原来师父开始是用嘴解说，再而是用手指点，继而是手把手地教练，一朝生，两朝熟，师父的手熟能生巧，忽而上，忽而下，那只手由画人物变成划人体，轻挑慢捻。小咪开始还尽量容忍，师父一看以为孺子可教也，岂不知画龙画虎难画骨，知人知面不知心，小咪姐不仅是电影演员，还是舞台上的刀马旦，骤然之间，杏眼圆睁，柳眉倒竖，回首就是一掌，打得老师鼻青脸肿，不必说远人无目，近人的双眼也成了水蜜桃，老师从此真的老实了！

等大家都签好了，老陶才慢慢地拿起笔，走到扇面前，望了望我签的那个"祥"字，说了句："哈！真是鼎鼎大名啊。"然后在靠边的地方签了"陶金"二字；写完之后，由袋里摸出香烟盒，刚要抽，骤然忆起用眼瞄了瞄小咪，摇了摇头一笑，又把那包烟装好。

李湄一定要约陶金到她渔人码头的店里看看，不过时间已是三点二十分，离开送老陶回酒店的时间，只差四十分钟，所以大家即刻快马加鞭地启程，紧赶慢赶地到了渔人码头，也已三点五十分了，所以陶金只在李湄的店里打了个圈，马上就赶往假日酒店。我和朱牧陪着小咪姐，把陶金送到目的地。临走时，老陶忙忙送出："小咪，记住啊，六点钟我和水华到小奚家，然后我们一块儿到他开的中国餐馆里吃饭。"

《秋海棠》上座差强人意

奚会璋以前和一位常先生同在香港的友联出版社，和金铨、小宋（存寿）都是好朋友，所以我也由小胡介绍，和他们两位成了好友。小奚经常写写文章，弹弹钢琴，另外也是个话剧发烧友，在新加坡演过秦瘦鸥的名剧《秋海棠》，大概他的样子有点像吕玉堃吧，所以演起《秋海棠》来，还真有点吕派的味道。

《秋海棠》首由上海的苦干剧团演出，由天津卫的黄佐临导演，演《秋海棠》的石挥，因演该剧而被封为话剧皇帝。沦陷时期他们这个剧团的全班人马曾经到北平公演过，演出的地点是在西长安街的长安戏院。

因为宣传得不错，所以上座还算差强人意，好像其间石挥和史原还参加过义务剧的演出，剧目好像是《法门寺》，石的刘瑾，史的贾桂，扶风社马连良的赵廉，李玉茹双演孙玉姣和宋巧姣，刘媒婆好像是马富禄吧！以后在香港也有类似的一台义务戏，是为飞机失事的电影导演方沛霖筹款。演出的地点是香港的中央大戏院，马连良仍饰赵廉，不过李玉茹换了张君秋，石挥换了严俊，史原换了洪波，饰刘媒婆的是当时在港的名丑王德昆。论演电影，石挥的演技可能略胜严俊一筹，但唱起京剧的刘瑾来，石挥可就不是个儿了，严俊的一声"好一个大胆的郿坞知县"嗓门洪亮，声震屋宇。洪波的贾桂，读状纸时的"具告状民女宋氏巧姣为夫伸冤事……"的一大段长白，也比史原的舌头要利落得多。

我没看过小奚演的《秋海棠》，但石挥的话剧、吕玉堃（马徐维邦导演，李丽华、仇铨合演）和严俊（王引导演，韦伟、韩瑛、张翠英主演）的电影《秋海棠》，我倒都看过。大概后两位都在不知不觉中，多少受了石挥的影响吧！所以都把剧终前四十多岁的秋海棠，演成了"手抖声颤一衰翁"，若不是有个徐娘半老的罗湘绮在那儿比着，您一定以为秋海棠已经是七老八十了，夸张得几乎离了谱，尽管秋海棠被划了脸之后，生活过得艰苦，也不会被折磨成那副德行吧？

小奚什么时候到了美国，我没有留意过，因为他在港时，我们也不常见，故而他什么时候到旧金山组织起中国文化基金会来，我连个影儿也摸不到。

我记不起他住在旧金山的什么街，总之是离市区不近的山顶上，地方还曲曲弯弯得挺难找。房子倒相当不错，不比林翠的那间大多少，但蛮够气派，楼下车房，二楼卧室，三楼才是客厅。因为地处山顶，所以由客厅的大玻璃窗望出去，风景奇佳；客厅的后边是一间书房，所以整个厅看起来不足五百尺，一个大壁炉，三张沙发，加上一个奇大无比的三角钢琴，已经布置得满而又满。听小咪姐讲，小奚的钢琴弹得还真不错。

六点十五分，老陶和水华在姓陈的陪同下来到。

向水华导演问起白桦的《苦恋》是否已经禁映？张导演连忙替他分辩说："没有，绝对没有；只是叫他们改一改，你知道啦，国内的电影婆婆多。"

我问："听说要改二十四处之多。"

水华想了想："改多少就不得而知了。"

小奚的餐馆，面积不算太大，但布置得相当别致。看样子，美术设计的头脑不错，花样不多，效果很大，一问之下，那设计原来就是小奚自己。

他说，他不常在店里，替他管理店务的，是由大陆出来不久的叔伯兄弟们，这个店赚不了很多钱，但足够店里的开销和供家人们的生活支出。如果说林翠的店是小型的咖啡馆，那小奚店就是颇具规模的中国餐馆了，不是日本人眼中的"高级中国料理"，也算得上中级了。照理林翠的店应该是小奚的那种，不必要亲自动手下厨房，最多熟朋友来时，上前招呼招呼也就是了，也不必坐在柜台上收账，因那是账房或会计的事。我认识很多中国菜馆的老板或老板娘，差不多都是我说的这一种；小奚和李湄的店也一样。他们用脑，林翠用力，也许体力的消耗可以使她疲以忘忧吧！

真是一生中最快乐的日子？

虽然林翠口口声声说："现在，是我一生最快乐的日子。"真的是由衷之言吗？恐怕不完全见得吧？

不管店的大小，小奚和林翠的餐馆有一样是共同的，那就是他们的主顾都是住在附近的邻居们,到他们的店里吃饭,喝咖啡,已经成了日常的习惯动作。所以,林翠在星期六和星期天自己放假的时候,有一位老食客,愿意替她开店、开工,只收她应得的工资,其他的盈余,全数交给林翠;反正林翠的咖啡馆是自己的物业,多做一天可以收多一天房租,又不使老主顾吃闭门羹,何乐而不为。

据说,林翠的店最近经二哥林云大师看过风水之后,照二哥的指点搬了搬冰箱的位置,居然出了意想不到的奇迹。有人居然租她的厨房,而且是在她下午两点多钟收工以后,租金却是全日照付,无形中使林翠多了一笔千元美金的月租,难怪二哥走遍天涯海角,都有前呼后拥的一大群学生。

我们刚坐下,水华导演和老陶和姓陈的同车来到,我说的"我们",包括李湄、李小姐、小咪姐、李惠生、小奚、小陆、朱牧和我,八个人之中倒五个姓李的,所以有人说"广东陈,天下李"。

我们来参加这个影展,的确只是想看看陶金而已。至于水华导演,虽然看过他的《林家铺子》,对他心仪已久,但始终没见过面,当然也想会会,顺便交换一下意见,也只是单纯艺术方面的。我知道张导演是共产党员,但陶金不是,同是搞艺术的,相信对政治谁都不会有太大的兴趣,何况水华导演的《林家铺子》也被视为有问题的影片,"十年浩劫"中也太平不了,所以见了面大家都是莫谈国事。

小咪姐的日本契爷

当晚,我们乘日航班机回洛杉矶,准备参加三月三十日的奥斯卡金像奖颁奖典礼。我说的"我们"是小咪、朱牧和我。到机场来接我们的是原文通和佩佩夫妇。

第二天早晨卢燕告诉我们：日本东和公司的董事长川喜多长政夫妇也在洛杉矶，也是来参加金像奖颁奖典礼的。小咪姐听了高兴得直拍手掌说："那我可真的要见见他了，好多年不见我这位干爸爸（契爷），说真格的，当年他还挺照顾我们大伙儿。"说着就请卢燕代我们联络。

我与这位川喜多先生也有交结之雅，认识他是我在日本拍《杨贵妃》的时候。川喜多说得一口中国话，在日本侵华时期，他属于日本伪组织在上海电影事业掌权派的大人物。

川喜多先生把上海原有的影剧电影公司全部合而为一，演员也集中管理。由于川喜多先生是北京大学毕业的，所以中国话说得相当标准，他对中国人的感情，也不同于当时一般侵华的日本人。

"华影"期间有几个演职员，不止一次地被拉到五十二号的特务机关里，每次都是川喜多出面担保出来的。他说："他们只是由于爱国，而言语激烈了些，并无任何不利当局的行动，爱自己国家是天经地义的事。"我在前文提过，他和我两个人在东京帝国饭店楼下的日本餐厅吃过饭，生鱼、日本酒，边饮边谈。

他语重情长地告诉我："我爱中国，因为我更爱日本，所以我始终赞成中日亲善。"他说："是真的亲善，不是日本人占领了中国，而口头上讲亲善的亲善。"

他还说："我喜欢北京，因为那是我第二故乡，我几次想回去，但是他们都不表示恳切的态度。上个月，只允许我们夫妇随旅行团去，可是你知道，我有很多老朋友，在北京，在上海，我想请他们吃饭话旧，但都没得到允许。

"这之前，我发出了的帖子，都因此作废。这其中有什么特别的缘故吗？可是我还是想到北京去，游览长城，然后转上海，游游苏杭，逛逛扬州，然后……"

他想了想，问我："你觉得中国什么地方最有特色？值得游览？"这倒的确是个难题。

我说："我是学画的，我觉得大同的云冈石窟、洛阳的龙门石窟、敦煌的壁画，都是我向往的地方，还有，新发现的秦始皇墓的兵马俑。"

他点了点头说："秦始皇墓的兵马俑倒是要看看的。敦煌嘛，可惜我年纪大了，听说那个地方交通很不方便，恐怕今生不能去了。"

想不到言犹在耳，他已在五月二十六日病逝在东京的家里，距离我们在洛杉矶见面吃饭的三月二十九日，只不过两个多月。真是天有不测风云，人有旦夕祸福。

人生分几个阶段

想起以前，国联公司的同仁对总经理俞普庆的称呼，就是爹地、妈咪而不名，当时我还觉得很奇怪，因为连福民也对他们如此称谓，好像邵爵士见到冯毅、李允中一样，也叫他们冯大哥、李大哥的。那年俞先生将近六十，我如今也五十有六，不是契爷、干爹的被叫老了，的确也是老之将至了！（人生若梦，为欢几何，由二十三岁到香港，转眼之间也过了三十三个年头了。）

小时候听"太平歌词"的《劝人歌》，把人生分成几个阶段，十年为一期，词曰：

    人到了十岁，父母月而过，人到二十，花又开了枝，人到了三十，花儿正旺，人到了四十，花又谢了枝，人到了五十容颜改，人到了六十白了须，七十八十争来了的寿，九十一百古来稀，那阎王爷好比打渔的汉，不知来早与来迟，今日脱去了鞋和袜，不知道明日清晨起不起……

活到九十、一百的人，还是少而又少。

川喜多和顾文宗两位先生都是猝然间无疾而终的。还真应了歌词里的："今天脱去了鞋和袜，不知明日清晨起不起。"

那天在"狮子林"吃饭的时候，看川喜多先生精神还好得很，和小咪姐见了面，格外显得亲热，见着小惠生更是拉着手不放。

原来小惠生到瑞士念书的时候，虽然劳神父帮了不少忙，川喜多先生也尽了不少力，经常写信关心他的情况。

以前和川喜多夫人见面，多是在亚洲影展，或者是公共场所，所以只是彼此笑笑，点点头而已。这天，坐在一个台子吃饭，才知道她的国语也说得字正腔圆。

听人家说，夫人的名字是川喜多禾子[1]，年轻的时候是川喜多先生的秘书。除了英文之外，法文也是好得很，中文跟川喜多先生差不多。

当然，由于川喜多先生是德国的留学生，比太太更多说了一种语言，难怪他们夫妇乘飞机好像搭巴士一样，经常在国外飞来飞去，一阵子又飞回来了。

川喜多先生的膝下一子一女。儿子是前妻所生，所以随母亲的

---

[1] 川喜多夫人的名字为日文平假名（かしこ），并无确认的对应汉字，按照日语发音多以"可诗子"译之。

姓氏，女儿是川喜多加禾子①，也是位法国留学生，本来和电影演员伊丹一三结婚，不过，没多久就离开了，如今和桑田骏住在一起。

听说，川喜多先生对女儿的婚事不满意。我听邵氏驻东京代表王丽珊说："嗨，就是这么一个女儿，还这样！"言下之意，好像父女之间，相处得并不好。

川喜多先生是一九〇三年，在东京出世的，除了在北京大学读过书之外，也在德国留过学。

我们在"狮子林"吃饭的时候，由于在用筷子，而说到他在德国留学的情况。他说："很多德国人听说有个小日本人来念书，都很好奇地来看我。开始，别人讲什么，我也听不懂，因为德文还一窍不通，只得用英语回答他们的问话。"

筷子比刀叉和平

看川喜多用筷子吃饭，大家交头接耳地议论一番，他觉得有些莫名其妙，但也没问他们讲什么。

日子久了，德国话也可以对付了。他们在吃饭的时候，又对着川喜多的筷子嘀咕起来。有一个女同学，指着筷子问道："你们东方人，为什么到现在还用原始的工具吃饭，为何不用刀叉呢？"

他笑了笑答道："我们用刀子交兵打仗，用叉子捕鱼打猎，吃饭用筷子，总比刀叉和平些吧！"

其实，筷子也是武器，张恨水写的《啼笑姻缘》，对筷子的运用，

---

① 此处疑为作者笔误，应为"川喜多和子"。

有一回书里写得相当精彩，对着樊家树到关秀姑家里吃饭，关寿峰用筷子夹苍蝇的故事。只见关寿峰一扬手，手到擒来，一只苍蝇已被他夹在筷子上。不过，后来老英雄有没有用筷子夹菜吃饭，书上就没有描写了。否则的话，卫生局首先要提出抗议。

另外，筷子也是蛮神秘的东西，有人用筷子扶乩。不过，我只听说，还没有试过，效果如何，因为人口一词，也不知道听谁的好。所以根本就当着耳边风了。

川喜多先生是东和的总裁，东宝的董事。东和是一家发行公司，创办迄今已经有五十三年的历史了。

前两年，川喜多先生特地送了我一本关于东和的小传，名为《东和五十年》。

以一间电影发行公司来讲，算得上历史悠久了。推算起来，东和应该是一九二八年创办的，只后我出生两年。

照算，那年川喜多先生只有二十五岁，成绩是相当可观的了。

东和可以说是隶属在东宝之下的发行公司，因为它自己不制片，仅是发行欧美的影片而已。其中尤以对法国影片的发行，其功绩是不可泯灭的。至今，日本人对法国影片都有一种独特的看法，不能不归功于川喜多夫妇。因为他们宣传介绍法国影片是不遗余力的，所以十多年前，法国政府还颁了一项"文化奖"给他们夫妇。

这个奖，至今在全世界上只有十几个人获得。而他们夫妇共同获得这个荣誉，更加难能可贵。

他们夫妇凡是世界上任何角落的影展都参加，不是为了出风头，也不一定是为了做生意，只是为了发扬电影事业。所以，我在几届亚洲影展见过他们，也在奥斯卡金像奖颁奖典礼见过他们。

据说，他们夫妇对于电影事业落后的国家，也大力地予以支持。

葡萄牙就是一个例子，他们在日本各大都市发行葡萄牙出品的影片，所得的盈余，全数寄给它们的导演或者制片人，以备他们继续努力，拍下部新颖的影片。

川喜多夫妇之所以跑遍全世界，除了他们精通多国语言的原因，也是因为他们对电影的热情，对人类的爱心。

参加川喜多先生葬礼

我认为，川喜多在这个浑浊不清的世界里，是超然的，超越一切区域文化，也超越了一切国家民族。

我知道戊戌政变的康有为曾经上给光绪皇帝载湉一本《大同书》。

孙中山先生也曾经写过"世界大同"的几个字。川喜多是否受了他们的影响，不得而知。不过，我这次（一九八一年五月三十日）在东京东大寺里他的灵堂中所见，川喜多先生是做到了"世界大同"了。因为来吊祭他的朋友来自世界各地。

大陆上有句口号，"我们的朋友遍天下"，用之于川喜多先生，名正而言顺。

日本东京的东大寺多数是对日本国家社会有过贡献的人们，才可以在此地举行葬礼的。正好像大陆只可以允许英雄烈士葬在八宝山一样，这荣誉等闲人不是随便可以享受得到的。川喜多先生的葬礼，就是在东大寺里举行的。[①]

参加典礼之前，邵氏代表王丽珊老弟到帝国饭店来接我和朱牧，

---

① 此处疑为作者记忆有误。据《东宝五十年史》（1982），川喜多长政葬礼于东京的青山葬仪所举行。日本知名人士的葬礼经常在青山葬仪所进行。

来前，替我买了两副黑领带及黑臂章。

原来，在日本喜讯盛事一定要打白领结、白领花和白领带；而丧事，一定要结黑领带和黑领花，外加黑臂章。

那天，参加东大寺的葬礼，来自世界各地的人士，超过了三千六百人，把东大寺门里门外挤得水泄不通。

东宝、东和的职员们一律黑西装、黑领带，庄严肃穆地招待来自世界各地的友人们。看起来，他们至少有二三百人之多。而且，对外国的友人特别优待，当然还是要排队进入礼堂，但已是优先于国内的同业们。

我的前面是中国大使馆的代表，另外一个是披着黑纱的日本女星司叶子，还有刚刚拜祭出来的日本名推理小说作家松本清张，他披着满头银发，由礼堂行出。

由香港专程去祭典的，除了我和朱牧之外，还有和我拍过《杨贵妃》《武则天》以及《梁祝》的摄影师西本正（我替他取的中国名字是贺兰山，也许是我的民族主义思想作祟吧，用到日本人，就想驾长车，踏破了贺兰山缺）。

另外，好像还有嘉禾的邹文怀。

我们是四个人为一行，鱼贯地行到礼堂，到了灵前，才看见灵堂正中，挂着一张川喜多先生和蔼可亲的照片，后面是黑色衬底，两旁是白色菊花布满了的图案。

相片底下，有十几个和尚在念经超度。等排到了灵前，每个人都虔诚地把盘中的香末洒在香炉里，然后三鞠躬。

一切仪式举行完毕之后，我看见他的家属中，站在中间的是夫人川喜多禾子，左边是川喜多的儿子和媳妇，右边是他的女儿川喜多加禾子和川喜多先生的妹妹。

他的新女婿桑田骏，可能因为名分上还不肯定，所以只站在前排的执事人的行列里。反正家家有本难念的经，我们也是不必追根问底了。

吊祭完毕，每人有一封利是封，里面都有一包盐。照日本的风俗，当你回到家门口之前，一定要把这包盐末洒在身上，以驱邪气。

看得出，这次来参加丧礼的朋友们，和参加政治性的丧礼完全不同，他们是完全出于真心诚意的，并非为了头上的乌纱和任何政治因素，只是为了打心眼里喜欢的朋友离群而去，从心里哀悼，真心诚意地吊唁。

回到香港不久，知道老陶的儿媳妇，经一年多时间的申请，已经获得批准，从广州到香港来，和她的丈夫陶令昌会面，同时带了一封信给我。她在电话中，说是要亲自送到我家。不过我为了拍戏，他们夫妇来是真来了，只可惜未见着面。老陶在信上当然提了些在旧金山时的情况，另外，关于令昌夫妇在港，也希望老朋友们多照应。

陶令昌在外形举止上，都和他父亲很像，只是性格更方正些，可能由于太太久久拿不到路条，而心情郁闷，闭塞了些，所以看他总像是心事重重的样子，这次太太孩子们都来了，可能会开朗些了吧！

到了美国谣言起

我去了美国，没想到前脚刚到，后脚就有人造我的谣言了，有人说我由日本转赴了大陆了，说去美国全是幌子。还好在美国碰见了柯俊雄，去大陆的谣言不攻自破。于是又有人说我在美国另起炉灶拍起戏来，说我找到美国读书的林青霞，联合柯俊雄合演林语堂博士的名著《红牡丹》，不过因为李大导和柯小生彼此的政见不合，在甄珍请客的酒席宴前吵得耳红脖子粗，弄得个不欢而散，所以柯俊雄拒演李翰祥的《红牡丹》。此消息传到香港，新闻记者们当然是有闻必录，而一般娱乐版读者们更是给个棒槌就当针（真）。无风不起浪嘛！不过，关于《红牡丹》的事，倒也的确不假，我以前是和柯俊雄谈过。那是我在邵氏旧约已满，认为工字不出头，不准备再续新约的时候，算起来已是一年多以前的事了。只是电影界多的是饱食终日、无所事事者流，专门兴风作浪，唯恐天下不乱。不过柯俊雄居然不否认，不替我加以澄清，倒也是令人费解。当然，我也不会怪他，因为柯小生虽然外表一派斯文，温文尔雅，其实是个极其冲动的直肠汉，有时心中有话口难言，有时虽然说了，但词不达意，也是毫无用处的。

至于说我们酒席宴前，吵得脸红脖子粗，倒也并非空穴来风，不过把片子接错了，酒后争吵不是在美国，而是在香港，争的也不是什么政见合不合。老实说我和小柯见了面，除了喝酒、聊天之外，绝对是不谈国事的。倒是因为他的私事，我的确说了他两句。不过分属老友，纵使是忠言逆耳，也不会有什么不愉快的。

结婚快离婚也快

那是卢燕刚由菲律宾拍完一部西片经港返美的时候，我们夫妇约了几个朋友，在香港的福临门给她接风，也兼送行。下午忽然接到小柯的电话，告诉我他来香港玩几天，绝不是为了拍片，不过如有新闻界的朋友问起他，就说是和我谈拍戏的事，事先告诉我一下，不要等别人向我求证之时，我推说不知道。这当然是没什么大不了的，我随即一口答应，并约他晚上一齐吃饭。他在不久之前也和卢燕合作过，也很想见见她，于是说好我到美丽华酒店接他一齐过海。他告诉我还有两个朋友，其中一个也是我的老朋友，曾在邵氏宣传部工作过一个时期的黄姗。听说她年前结了婚，不过是一见钟情似的，易如借火、快如闪电地就结了婚，所以事前我们这些朋友们都不知道（恐怕他们两位也不知道），事后也没听见关于他们新婚夫妇的消息，刚好见面好好聊一聊。

我准六时到了美丽华大堂，黄姗已经等在那儿了，见了我像一阵风似的迎上来招呼，我说结了婚也不请我喝喜酒，该不该罚？她倒也答得爽快："好了，现在离了婚，请你喝离婚酒吧。"

此言一出，倒令我大吃一惊。因为很多人都对他们的婚姻不看好，我还直代她抱不平，我说黄姗的婚姻之所以姗姗来迟，是为了条件太高，一旦选得东床快婿，一定是天长地久，百年好合的；想不到言犹在耳，黄小姐的婚事还真的黄了。来如闪电急如火，去似流星一阵风，恐怕连诸葛亮都要惊叹："司马懿的大兵来得好快呀。"

本来男女间的事也是瞬息万变的，合则留，不合则去。我和黄姗说："旧的不去，新的不来，凭咱们黄小姐沉鱼落雁之容，闭月羞花之貌，还怕找不到老公？"

正说之间，小柯和一个小妞儿勾肩搭背地步出电梯。乍一看那位小姐和黄淑仪有点相似，年纪只不过十八九岁，看样子两位的交情还非比寻常，难怪小柯在电话中要我替他圆谎了。

福临门的鱼翅的确与众不同，但价码也格外惊人，不到十个人，吃下来竟然港币四千多。小柯的酒量不错，饭后送他们回到酒店，居然余兴未尽，提议大家到兴隆楼宵夜。我一向没什么夜生活，睡得早，起得早，不过一年之中也难得有几次和朋友们宵宵夜，就像小柯这次一样，于是我和翠英陪着小柯、黄姗，和那个小女孩五个人到了兴隆楼。

点过了几样酒菜之后，又叫了一瓶XO。和小柯对饮，忽然想起了欧威，一晃他已过世多年。记得在台北的时候,也是碰见了小柯（那时有小柯的地方，一定有欧威，好像焦赞孟良一样），也是吃完了饭之后，觉得余兴未尽，三个人一块儿到台北的小酒吧间里喝酒去。

欧威小柯两个大不透

那时司马中原的《狂风沙》电影版权还在我的手里。我之所以要拍这个戏，还是刘维斌向我介绍的。我看了之后，的确觉得他写得不错，是一部大气磅礴的乡土气息极浓的作品。如果说我喜欢书中的关八爷，毋宁说我更喜欢强盗头子朱四判官。而我心中的演员人选，就是欧威（关八爷当然以小柯为首选），可惜，后来李朔花言巧语地去说动司马中原，并答应他除了付出高几倍的版权费之外，还另外许以百分之二十的股权。于是,也就没人再管我两年合约期满,再续合约的优先权了（我购时的版权费是新台币两万元,两年为一期,期满又续了一期，并已委邹郎写好了本子）。我当然希望李朔导演得好，而王羽也演得好，但片成之后，成绩很不理想。司马也大有悔不当初之意，因为拍出来的仍是一部普通的武侠片，并不是司马中原的《狂风沙》。

那天晚上，和欧威、小柯边饮边谈，我说出我处理《狂风沙》的初步构想。他们也把对角色的了解、分析，讲了又讲。有时欧威觉得小柯的见解错误，毫不客气地加以指正；有时小柯觉得欧威的意见不够成熟，一样地板着脸孔说教一番；有时争得面红耳赤，拧眉瞪眼。到后来，不知是哪一句说崩了，只见小柯忽地朝起一站："他妈妈的，欧威，干那娘，有种的出去！"

我开始以为他们说笑话，谁知欧威也抽冷子地站起身形，铁青着脸："小柯，我今天不教训教训你，我不姓欧！"说罢朝外就走。

我一看《狂风沙》还没拍成，关八爷和朱四判官就要比武，忙一把拉住小柯，一手拽回欧威，不然，那天两位一定打得头破血流。可是您放心，第二天仍然是焦不离孟地聚在一起。两个家伙真怪，一会儿"酒逢知己千杯少"，一会儿"话不投机半句多"，三四十了，还跟孩子一样，两个大不透！

回到酒吧，小柯气呼呼地坐下之后，不知想起了什么，突然笑了起来，自言自语地说了一句："他妈的，又一出《码头风云》（*On the Waterfront*，1954）。"他的话未了，欧威也跟着哈哈大笑起来。我一时倒叫他们给笑糊涂了，一问之下，才了解内情。

原来他们两个大不透经常一块儿看电影，然后由剧情，对编导，对演技，对音响效果，对服装布景、道具，各抒己见；也经常因意见相左而"妈妈"连声，而拳打脚踢。那一次一块儿去看马龙·白兰度（Marlon Brando）主演的《码头风云》，片未终场，两人已经打成一团，由楼上打到楼下，再由楼下一直打到戏院的大堂，把一出《码头风云》打成了"戏院风云"。观众不看戏却看他们两位了，不看犹可，一看原来是两位大明星：一位是《养鸭人家》的反派，一位是《哑女情深》的小生。两个人拳来脚往，越打越起劲儿，不亚于战长沙的关黄对刀，只杀得烟尘滚滚，日月无光，一直到警察来到，要把他们披枷带锁地拿问在监，抓到分局去，两人才算停了手。别人停手最多是握手言和，然后你东我西两分离；可他们两位不同，不打不相识，愈打愈相知，由地上爬起来之后，你替我掸一掸土，我替你挥一挥尘，然后双双嘻嘻哈哈，勾肩搭背地扬长而去。警察如果不认识他们是拍电影的，一定以为哪个疯人院里跑出来的两个神经病呢！

欧威死，小柯难受了很多天，当然了，少个朋友也没什么大不了，可以后和谁吵架去？

欧威大赞小柯

沈浮先生编的话剧《重庆二十四小时》有句对白写得好："朋友嘛！有快乐的事说出来，叫大家一块儿开开心；有难过的事讲上几句，叫大家也一起分分忧。"

如今欧威这小子一个人拍拍屁股先走了，他妈的，这算是哪门子的朋友？你躲在阴山背后偷笑吗？我们这些朋友呢？不要了？难怪小柯会红着眼圈儿骂山门："他妈的，干伊娘！"

好像就是眼前的事，欧威到港拍片，晚上到我家吃饭。并不是因为小柯不在，我们才猛谈小柯，其实在也是一样有赞有弹，尽管这小子多糊涂，可演戏总是一流的。欧威说："谁说小柯戏演得不好，我就跟他打架，真的，要是小柯演关八，我演朱四判官，李导演导，一定有个《狂风沙》样；单'狂'没有用，单'风'也不行，'沙'尘滚滚的没有戏也不够劲儿。当然了，谁都可以拍《狂风沙》，有大风扇风能不狂？沙能不飞吗？风扇的风不够大，咱们换飞机的螺旋桨，不要说沙飞，连石头都叫它满世界走。不过光风大也没有用，观众只是看风的话，到风眼儿里去好了，看过《笑林广记》吗？被窝风还大呢，管个屁用！"

我说："也不尽然，塞翁失马，焉知非福，也许我们也拍不好。戏太大，人物太多，情节又繁复得很，弄个吃力不讨好，也是常事。你以为李朔不想拍好吗？你以为王羽想拆滥污吗……"

"但起码小柯比王羽在外形上更接近关八一点儿。八爷总不是小脑袋瓜儿赵壁吧？"他猛喝了一口酒，其实他那时已经不能喝酒了。

我说："谁也没看过关八，原作上也没写着关八的脑袋有多大！"

他很不以为然地说："当然，没有人看见过张飞、李逵，可谁的脑子里都有他们一个模样儿。在舞台上抹了白脸儿的是曹操，画上黑脸儿是包公，这典型的形象，是经无数舞台表演，艺术家们的多次的修改、加工，所以这形象，是在观众的眼里生了根的，对不对？你总不能叫我去演贾宝玉吧？贾宝玉是曹雪芹创造的，关八是司马中原创造的，而你要演贾宝玉或者关八，就要在作者创造成果上再创造，我知道小柯在这上面下过苦功的。"他说话的声音低沉、沙哑而缓慢，大概是由于台湾人说国语的关系吧。但他的语气是坚决的，口气是诚恳的。演员是疯子，观众是傻子，欧威对他的工作，就这样茶思饭想地热衷。我相信没演成我导的朱四判官，在他来说是件终生遗憾的事。不过，也许如今他在阴曹地府，真的当了判官了。总之，小柯说得对，这小子不够朋友，一声不言语就走了，当了判官又有什么神气？判官就不要朋友了吗？

在兴隆楼宵夜台子上，小柯和我都喝得差不多了，舌头都有点不听使唤了，可是小柯仍旧喋喋不休地说个没完。见他身旁的小妞儿脉脉含情地望着他，还真有个意思。好家伙，不只哑女情深，连会说话的都叫他弄得哑口无言。小柯说得兴起，突然一拉小妞儿的手，向我说道："董养，我们掘坑好不好！"

好嘛，台湾国语，加上大舌头，好像嘴里含着什么没吐，我真听不出他说什么。

小柯心思思"掘坑"

我说："你把嘴里的东西吐出来，一个字一个字地说好不好？"
他用餐巾抹了抹嘴："我是说，导演，我们两个'掘坑'，好不好。"
此语一出，台上的五个人，愣了三个。我看看翠英，翠英看看黄姗："什么掘坑？掘坑干什么？"
黄姗大概懂得小柯的意思，忙加以注解："不是掘坑，是结婚。他问李导演，他和她结婚怎么样？"
我不假思索，干板剁字地说了一句："不行！掘坑可以，结婚不行！"然后向那个小妞儿讲："不要听他骗你，你不知道他有老婆吗？"
大概我说得太一本正经了，那小女孩抽咽了两下之后，肩颤，口抖，"哇"的一声哭了出来，热泪夺眶而出。
翠英忙一拉我衣襟，瞪了一眼之后说："你看你，你这个人，怎么这样？"
我说："当然了！"然后正眼看着小柯："你跟她结婚？那美瑶怎么办？孩子们呢？"
小柯脸一红，用手巾擦了擦额头上的汗珠，欲言又止地手足无措："我，我……对不起，我去洗手间。"
我调侃说："对，洗手吧，好好的洗手吧，小柯！"等小柯去后，我和那个小妞儿讲："逢场作戏可以，认真的话你就太吃亏了。他如果不是大明星还好一点，既是明星，一举一动都逃不过记者的眼睛，鸡毛蒜皮脚巴丫儿泥的事全是报上的头条新闻。你想,他真能不顾一切舆论和他太太离婚,和你结婚吗?如果能的话,也轮不到你了吧。不要傻,听我的,我们不会骗你的。"

那小女孩真的叫我说得止住了眼泪,冷静地点了点头:"谢谢您,谢谢您李导演!"

之后,大概足有二十多分钟,还不见小柯洗手回来。我还真怕他掉在茅坑里,刚起身要去看看他,他已经走回来。到了座位上,自我解嘲地说了一句:"喝多了,真有点喝多了!"

黄姗忙着打圆场:"喝多了,就早点睡吧,李导演明天还有早班呢!"就这样大家埋单起身。

翠英在车上还埋怨我:"总是这样,喝了酒就胡说八道,连个台阶儿都不给人家留。小柯也不过说说罢了,你以为他真会跟美瑶离婚娶那个小妞儿吗?子达、小白不打破他的头才怪!"

"所以我先给他个当头棒,朋友嘛!"

翠英白了我一眼:"朋友?劝赌不劝嫖,劝嫖两不交,说得跟圣人似的,好像你没嫖过似的。旁观者清,沾事者迷,有什么话明天打个电话跟小柯讲不行吗?你倒好,直言谈相……"

我忙拦住她:"好好好,明天打电话!"

"打你个头,说都说了!"没办法,女人就是碎嘴子,叨叨就让她叨叨两句吧。

片厂小工变成了明星

第一次对小柯有印象,还是由台中坐汽车回台北的时候。忘记是过哪一座大桥了,在桥头的路牌上看见他和白兰主演一部台语片的广告,他戴着项日本式的大学生帽子,在桥上和白兰手拉手互望。这姿态以及这两个人物的形象,甚至布景的样式,都仿佛似曾相识,可是一时就想不起哪里来的印象。问我当时的司机老举,画上的人物是谁?他用山东话答称:"男的是柯俊雄,女的是白兰嘛,台语片《魂断蓝桥》!"

怪不得我好像在哪里见过,原来这张大广告和《魂断蓝桥》(Waterloo Bridge,1940)的海报一模一样,而柯俊雄也有七八分像罗拔·泰莱[①]。我跟老举说:"这姓柯的外形好帅啊,挺上镜头的,不知道戏演得怎么样?"

"人倒是听人家说过,戏演得怎么样可就不得而知了。听说这小子以前是片厂小工,机器组的吧,推过车的,时来风送滕王阁,一下子当了大明星了。这片子的导演梁哲夫也是由香港来的广东人。听说'中影'公司的李行导演找他和王莫愁联合主演一部电影,就要开拍了。"

果然,没多久子达开了部琼瑶原著《第六个梦》改编的《哑女情深》。想不到他后来居然和我的国联签了演员合同。

那时国联公司接二连三地拍了不少部琼瑶原作改编的电影。第一部《菟丝花》,第二部《几度夕阳红》,第三部是《明月几时圆》,导演是郭南宏,女主角是刚拍完《天之娇女》的甄珍。男主角郭导演自己和小柯谈好了合约,由我公司的经理郭清江去签的合同,想不到开镜的第一天就不见了男主角。

那时小柯拍台语片红得发紫,一天能接八组通告。八个制片可

[①] 即罗伯特·泰勒(Robert Taylor)。

就夹扁了头，接演员拍戏，比挤户口米还难，于是千方百计地明争暗斗，八仙过海，各显奇能。小柯死人不理，谁的车子先到，就给谁先拍。有时几天几夜不睡觉，找个机会溜之乎也，躲到北投的旅馆里睡其大觉。天塌大家死，你们爱怎办就怎办，等他睡饱了再说。在这种情形下，《明月几时圆》也缠在里边争起长短来，不是换了人，明月还真不知几时圆了。

原来这次小柯倒不是为了撞期而找不到人，而是子达和小白把他找去痛骂一顿，认为李翰祥把香港影圈挖角的风气带到台北来，国联大不该挖角挖到"中影"公司里（后来"中影"倒真的挖了国联五凤之一的甄珍，演出小白导演的《新娘与我》，胡董事长和龚总经理还特为此事请我吃了一顿燕翅席）。小柯一挨骂就口吃，一个字也说不出，最后到我写字间，要求我放他一马，免得他为难。我没加思索就答应了他，不过要他赔偿我公司的损失。他听了瞪大了眼，张着嘴看我，生怕我狮子大开口。我说："我们大家争的是理，合约是你亲手签的，没任何人强迫你……"

象征式赔一块钱

"……而你也没告诉我们你'中影'公司的合约签了多久。我们和你签约，当然只相信你，你做错了要负责，所以如要解约，我们的损失是一定要赔偿的。"

小柯连连点头，嘴里说了几个"应该的"，然后是几个"不过"，不过一直说不出下句。我拦住他说："不过，我们也不会无理要求，你就赔这么多吧！"我说完伸出一个指头，在他面前晃了晃。

他怔了半天，说："我，我哪儿赔得起那么多，一百万，太多了一点吧！"

我说："一百万不是成了敲你竹杠了，就这么多。"我又把手指晃了晃。

他迟疑半晌说："十万我也拿不出！"

我说："谁说要你十万，你听着，就这么多，一个手指头，新台币一块钱。"他还以为我在开玩笑。我告诉他："我们大家都是同行，这次合作不成，以后总有合作的机会。但要表明这张合同错在你而不在国联，也就是说是你情愿签约，并非国联挖角，所以你要象征式地赔一块钱！"

为了此事，子达和小白对我有了充分地了解。小柯也对我深为感激，一直希望能有机会演我的戏。可是我拍完和"台制"厂合作的《西施》之后，一直没有执导过影片，到开拍《冬暖》的时候，那角色又不适合他，而不久他就被征召入伍去当兵受训了。

在军营中他第一次执笔给我写了封信，由于他听说我要替"中制"厂拍《一寸山河一寸血》，所以勤学恶补，努力加工地写了一封信，信里之乎者也地还直拽文，看样子他连吮奶的劲儿都使出来了，真可说是情词恳切声泪俱下。我越看越觉得好笑，柯小生一向是吊儿郎当惯了的人，忽然叫他受起严格而刻板的军训来，每天早睡早起操正步，整理内务练体强，大明星如何受得了？他在信里出点子，告诉我："只要给我个角色，闲角配角跑龙套，什么都愿意；神仙老虎狗，以至于衙役、店小、勤务兵，什么角色都可以。然后请'中制'出一封向军方借人的信，那我就可以暂时离开队伍，投到你们拍戏的行列里来。"

戏里演卓寡妇的女主角，已经定了李丽华，照理饰王凡的杨群应该算男主角，心想小柯演戏里的李铁生多少委屈他一点，但王凡的角色是先定的，也已和杨群签了合同，只好叫小柯屈就一下了。于是我向厂长梅长龄提议，他是一个极端尊敬导演意见的制片人，当即写信向军部借人。小柯接到命令之后，像笼鸟入林，龙归大海的一般，连夜赶到我们拍戏的鹿港。

我第一天拍小柯的戏是在鹿港的一个庙堂里。我们把实景布置成一个追悼会的灵堂，庙门口搭了个松柏枝叶插白花的牌坊，庙里左右院墙上摆满了花圈花牌，大殿前的走廊上也挂满了挽联，庄严肃穆中带着几分凄怆。第一个镜头是小柯饰演的李铁生在偏殿里焦急地等着卓寡妇的消息，他以手搓掌，神情不定地在殿内徘徊。他的表演不温不火，恰如其分，每次试戏和正式拍摄时的位置，都是分毫不差，尺寸掌握得准而又准，看出他是经验丰富而又极端用功的老手。他对角色很投入，一站在镜头前他就和自己分得很清楚，马上就成为他所饰演的角色。

小柯有演戏天才

小柯读书不多，受的教育有限，但他的演戏天才是与生俱来的。多年以来，我所见的演员当然不少，但没有第二个柯俊雄。与他同场的杨群很会演戏，但还是在"演"，不是真的剧中人，演的也还是"戏"，不是真的事；而柯俊雄不同，他朝镜前一站，就是不折不扣的李铁生。他没学过什么戏剧理论，但他的表演足够别人替他写几本理论书籍。就像曹雪芹一样，他只写了半本《红楼梦》，但如今却有千百本研究红学的书来研究他，研究他的作品，也研究他的家世，甚至有人像华君武画的漫画一样,研究他的辫子。

一场戏拍完,我对小柯的演技赞不绝口,想不到第二天就出了毛病。

第二天晚上,拍的是日本宪兵队的一场戏。我们借到鹿港辜振甫先生的住宅,布置成一间古堡式的日本宪兵司令部,在后院钉了几个木架子,上边钉了粗铁链,再摆几盆炭火,和真的刑场丝毫不差。演员有饰王凡的杨群,饰大佐的文逸民,饰女特工的华真真,还有些演日本宪兵的们,主角就是饰李铁生的柯俊雄。因为是王凡在日本大佐面前审问李铁生的戏,王凡表面是日本特务,其实是国民政府派在宪兵队里的死间,日本人对他早有怀疑,所以他要在这场戏里折磨李铁生,而取信于日本大佐。这是一场钩心斗角的主场戏。而主角李铁生却久久未见露面,我们原计划在下午五点钟开始打光,到六点半天蒙蒙黑的时候拍刑场全景。小柯不到,当然白费了灯光师的一片心。全体演职员等小柯一直到十一点,眼看着就要放宵夜了,还不见他到来,大家看着我铁青的脸,一点笑容都没有,全替小柯捏一把汗。

我看看钟,已经是十一点四十五分了,刚要叫工作人员放宵夜,小柯气急败坏地赶了来,他跑到我的面前,右腿靠左腿立定站好,毕恭毕敬地行个礼,然后像军人向长官一样地说:"报告导演,我迟到了!"

当时我真是又好气,又好笑,他不同其他演员一样,迟到了之后一定找些理由,派些别人的不是,而他站在面前,纹丝不动地等处罚。当时除了几十个演职员之外,加上看热闹的影迷和附近的居民们,起码有四五百人,大家都鸦雀无声地看着我,尤其是饰演日本大佐的文逸民先生,静静地坐在一旁,望着小柯的一举一动,含笑不语。我也久久没有出声,旁边当然也没人敢插嘴。我知道,一个导演等于一个带兵官，可是这支银色的艺术队伍，比步、骑、炮、工、辎任何兵种都难带，如果赏罚不明，就更难以服众。我拍戏一向对工作人员比演员要求得严谨，因为工作人员不积极不认真，导演发发脾气，总会把工作带得紧一点，可是演员的戏演不好，多数是因为怯场，或者对剧情不了解，不能全心全意地投入角色中，如果导演再横眉竖目地一发脾气，对戏是毫无补益的。如果大明星玩世不恭，迟到早退，我就毫不留情面了，尤其是正在军训期的小柯，更不该不守纪律，我板着脸说："全体演职员，等了你四五个钟头，为了你的迟到，我们预先打好的远景光，因为天色太黑，一定要改在明天拍摄，而我们此地只有一天的预算，为了你的迟到，势必要超出预算，而这部戏的预算是有限的，你不要忘记，你如今不是大明星的身份，而是军人，你这次拍戏是军事行动，是'中制'厂向军方借你来执行任务的，你是不是想厂里把你送到军事法庭啊？"

一块烙铁一块伤

我这句话当然不是认真的，只是随口而出罢了，可小柯的确当真了，脸色红一阵白一阵的，不知如何是好。

那时"中制"的剧务是李维章，他看我脾气发得差不多了，忙上前跟我说："报告导演，是我们接演员的车子搞错了地方，还以为小柯跟昨天一样，住在八卦山呢，其实小柯昨天就搬到鹿港来了，小柯倒是一直在旅馆里候着的。"我当然知道李维章在替小柯打圆场，我也就适可而止，把摄影机的位置重新安排了一下。工作人员一阵忙乱，把这件不愉快的事马上冲淡了。

那天的戏其实是一场戏中戏，日本大佐早已对我方的"死间"王凡有所怀疑，王凡不得不在他的面前和李铁生表演一场苦肉计。不过周瑜打黄盖，是愿打愿挨，周瑜心知，黄盖肚明，可王凡打李铁生却只有他自己肚内明白，小柯扮的李铁生可毫不知情。

开始，日本宪兵们把饰李铁生的小柯，五花大绑反锁在刑架上，拳打脚踢之后，一阵皮鞭，把李铁生打晕，然后一盆冷水，又把他浇醒。此时扮王凡的杨群，在火炉中取出烧红了的烙铁，走到小柯的面前，冷笑了两声说道："李铁生，我知道你是条硬汉，可是身体发肤受之父母，不敢毁伤，孝之始也……"

没等说完，小柯一口唾涎，吐在杨群的脸上，大气凛然地说道："像你这种寡廉鲜耻，认贼作父的东西，在我面前背什么《孝经》！"王凡一咬牙，一瞪眼，把手中的烙铁朝小柯的胸膛按下。这镜头我为了效果逼真，所以预先在小柯的胸前贴了块猪皮，岂不知猪皮太薄，烧得通红的烙铁烙上去之后，一阵浓烟冲天冒起，本来下个镜头才拍小柯晕倒，没想到小柯真的凄厉地大叫了一声，昏倒过去。事后才知道，小柯身上真的留下一道很大块的疤痕，真个是"一寸山河一寸血，一块烙铁一块伤"，一下子比军法处置还厉害！

小柯和张美瑶谈恋爱，正是我拍《一寸山河一寸血》的时候。说起来我们和美瑶认识，要比小柯早得多，那还是在吉隆坡参加第六届亚洲影展的时候，"台制"厂的龙头儿（大家对龙芳厂长的称谓）带着前一年的最佳童星张小燕，和张美瑶一齐参展。我们曾一起参加过很多次的宴会，那时的美瑶明艳照人，落落大方，完全是大家闺秀的派头，和一般性感冶艳的明星比起来，的确是别具一格。

本来，我在台湾组国联的时候，与"台制"合作的《西施》是龙头儿原定捧她这位宝岛玉女的作品，想不到因为和当时的"省新闻处"处长吴少燧将帅不和，龙头儿一赌气换了国联的江青。第二部合作片《风尘三侠》才派美瑶饰演和李靖私奔的红拂。

说起来电影界有很多奇怪的事，《风尘三侠》这一部戏，多年以来前后共拍了三次。第一次不记得是谁导演了，总之是拍到三分之一就扔在阴山背后了；第二次是永华公司出品，马徐维邦导演，李英演虬髯客，白云饰李靖，马金铃饰红拂女，也是拍到三分之一就半途而废了。

傻蛋上了聪明人的当

我和"台制"合作的《风尘三侠》，由洪波饰演虬髯客，杨群演李靖，张美瑶演红拂女，不巧不成书，也是拍到三分之一就搁浅了。一方面当然因为陆运涛、龙芳等乘的飞机在丰原上空失事，一方面也是《西施》越拍越大，把《风尘三侠》的成本，也拨到《西施》的预算里，故而《风尘三侠》也只好风消云散了。

《一寸山河一寸血》拍完没有多久，就传出小柯和张美瑶结婚的消息。他们宴客的地方，好像是在中泰宾馆吧，宴开百余席，好不热闹，大概影剧圈的朋友们，多数都到了。

在举行结婚典礼时，证婚人致辞完了之后，有一项嘉宾致辞，因为事前也没预定谁出席，在司仪报告这一项的时候，子达和小白居然把我的名字当众提出，大家一鼓掌，我也只好硬着头皮走上了礼台。我很明白，这种演讲是越短越好，所以两句赞美、三句祝贺之后，我说，我是做导演的，三句话不离本行，为新郎新娘的"百年好合""白首偕老"喊一声"开麦拉"。在大家的掌声中我鞠躬下台。

结婚之后，美瑶就很少拍戏了，一度传说小柯另外有了情人，美瑶也一声不响，不吵不闹由他自由发展，什么都行，一谈离婚是免开尊口。老实讲，嫁给像小柯这样的丈夫，婚前一定要做好准备：有了外遇，当他拍电影；三天两头不回家，当他出外景。丈夫者一丈以内之夫也，一丈之外由他去，越放任他他越没辙，越看得紧反而倒会砂锅砸蒜，一槌子买卖。

所以，兴隆楼宵夜那天，我明白小柯口不应心，当面灌人家小妞儿迷汤。我也不能跟他瞎打马虎眼，替他乱敲边鼓。所以，我直言谈相地说不可以。当然不可了！我非但做过他结婚礼堂前的嘉宾，而且还是众嘉宾的代表，在台上为他们的婚姻唱过喜歌儿，岂可看着他往歪道里走？

这就是我找小柯演《红牡丹》以及说我们为"政见不合"而在酒席宴前口角的因头，不过造谣生事的人，把时间地点都移在了美国洛杉矶而已。

李允中抱定了独身主义

久无消息的李允中，忽然在台北跳楼自杀身亡，乍闻消息，还令我好一阵不自在。

电影界有好多尊称，四爷是王元龙，二爷是严俊，三爷是朱牧，以前的八爷是姜修，五爷是吴幼权，七爷是洪波，二哥是刘恩甲，大哥有两位：一位冯大哥冯毅；一位李大哥就是李允中。叫以上的各位，都要说标准的北京话，才够味儿，但称呼尔爷和李大哥，就一定要说天津话，因为他们两个是纯粹的天津卫。

李大哥的祖籍是安徽省的石埭县，曾祖父的时候落籍保定。他们老太爷是名律师李思逊，因为在天津挂牌就业的关系，所以李大哥和他的弟弟李允武都生在天津。

本来他们上边还有两个哥哥，下边还有一个妹妹，但都在几岁大的时候夭折了，只剩下他们昆仲。他是一九三八年在辅仁大学教育系毕业的。李允武也在辅大，比他晚两年，是西洋文学语言系的（简称西语系），毕业那年，刚赶上七七事变，所以差那么一点，没戴上方帽子。

李大哥在辅仁毕业之后，就考上了开滦矿务局的会计之职，真正的应了那句"学非所用"的话。在天津李大哥开始了第一次恋爱（也是最后一次），对象是一位在天津女青年会任干事的力伯师女士。利人利己的"利"倒有，力大力小的"力"，这个姓真不多见。这位力女士是燕京大学的毕业生，名门淑女，大家闺秀，跟我们李大哥是一见钟情，再见更倾心，燕京对辅仁，真所谓门当户对。可惜好景不长，抗战一开始，力小姐就和家人们去了重庆，剩下我们李大哥一个人，开滦矿务局的会计怎么也干不下去了。没有了力伯师，李大哥还真是有气无力了，往往把二一添作五，当成了三一三十一；看见三个人结伴在眼前过，马上就悲从中来，因为照理"三人行，必有我师焉"，看了看没有"我的师"，如何不难过。于是投笔从戎，也参加了抗日的阵营，辗转到了大后方的重庆。

皇天不负苦心人，还真叫他把力伯师女士找到了。于是在力女士的大力介绍之下，当了某组织部的职员。本想入了组织部之后，马上组织小家庭。不知为了何事，力小姐忽然力不从心地打起退堂鼓来。曾经沧海难为水，除却巫山不是云，李大哥就此起愿发誓地"非卿不娶"起来。

一九四五年，抗战胜利之初，李大哥跟着救济总署到了香港，一心为联合国服务，把全世界的救济粮食，经香港分配到全国各省。于是在香港，认识了天津卫的老乡亲王引、王豪，以及舒适等大明星、大导演们，建立了日后加入了电影圈的友谊基础。其中更认识了创办期间的永华经理王耀堂，所以把兄弟李允武也叫到香港来，介绍他在永华公司担任棚长的职务。

一九四七年底，救济总署解散，李大哥就正式下了银海，也当起了电影明星。李大哥天生的一副挖心脸儿，一张薄片子嘴儿，瘪而又扁，所以大伙儿在背地里替他起了个绰号，人称"李老瘪"。但真能当面这样叫他的，大概只有一个王老引而已，其余的连他嘴里的大妹子海伦李（李湄）也只能暗地里叫叫，见了面还是李大哥长，李大哥短。有时也拿李大哥开开心，唱两句"千里送京娘"什么的，哥呀、哥呀的，把李大哥成家立业的念头又叫转回来。所以有一阵子李大哥忽然青春年少、活泼卫生起来，大概越看大妹子海伦李越像伯力师女士吧。不过，李湄嘴里虽然起哄，心里可从没把李大哥当外人看待，一直当成自己的娘家哥哥，既然是情同手足，李大哥也只好拿出个大哥样儿来，所以，在李湄没嫁"软萝卜"（她的外国先生姓软，名罗拔，所以她自己戏称他为"软萝卜"）的时候，李湄走到哪里，李大哥就如影随形地跟到哪里。自从海伦在台湾和"软萝卜"结了婚，我们李大哥就成了腊月的萝卜了，不过不是"动"了心，而是不折不扣地"冻"了心了，从此心如止水，抱定了独身主义。

有时我跟他说："怎么样，李大哥，老大不小的了，就把水平降低一点，凑合着替我们找个大嫂吧，不一定是燕京、辅仁的了，贝满、华光（两个女子中学）的也差不多了！"

他一定咧开扁嘴一笑:"得了吧,兄弟,别开逗了,一个人儿蛮好,走到四海无牵挂,咱们别嫂子了,倒着吧!"

"性格大明星"李允中

李大哥最欣赏的电影导演,可不是介绍他进电影界的"老头儿"王老引,也不是常在一起打小牌儿的岳老爷(岳枫),而是专拍文艺片的陶秦。以前老宓(宓仁青)活着的时候,经常说拍起戏来每个导演有每个导演的风格:陶秦离不开教堂,李翰祥离不开大庙。李大哥是辅仁教会学校出身的,所以对教堂也有同好吧,故而他人前人后大赞陶秦,和陶秦坐在一起的时候,当然赞得就更香一点。有一次他和陶秦、文石凌、杨志卿几位,坐在老乐宫喝茶,不知谈起了什么,忽然李大哥把大拇指头一挑,说道:"要说中国的电影导演,那可就……就……就属陶秦了!"刚一说完,回头一看,岳老爷笑眯眯地走了进来,他马上加了一句:"还……还有岳枫!"

以后,可了不得了,杨志卿一见到李大哥的面就挑大拇指头,然后一定学着李大哥结结巴巴的语气:"中国电影导演就……就……就属陶秦。"

然后,又故意地回头看了看:"还……还……还有岳枫。"

然后,又回头看了看:"还……还……还有李翰祥。"

李大哥马上故作横眉厉目地发脾气状,用天津话说道:"别……别说我没警告你,志卿,看……看我不拿大嘴巴抽你。"其实,他可从没和谁动过手,抽过什么人的大嘴巴子,倒是我们家的玛嘉烈(我的三女殿朗),可真抽过他一个大嘴巴子!

那年玛嘉烈只有两三岁，刚过了年没几天，所以玛嘉烈还穿了件袍子马褂，戴了一个小瓜皮帽，在她嘴里的妈妈仔（林黛）家里拍照片。当时李大哥也在场，看见她小脸蛋儿红红的，挺好玩的，于是上前伸手，摸了玛嘉烈一下。没想来李殿朗抽不冷子一张嘴，狠狠地咬了李大爷一口，他一哎哟，把手忙抽了回去："哎呀，这丫头，怎么咬人哪。"

话犹未了，说时迟，那时快，只见李殿朗小手一伸，迅雷不及掩耳地给李大哥来了一个大嘴巴子，所以，后来一见着殿朗，李大哥就先捂脸！

李大哥虽然没演过什么主角戏，可演什么像什么，所以我们戏称他是"性格大明星"。他还真是忠奸反正，无一不精，扮起大学教授来有个气质，扮起大流氓来也有个气派。上了场，神仙老虎狗，拧眉瞪眼，该凶则凶，该狠则狠；可是下了台，永远是笑口常开，风趣幽默，所以在圈子里的人缘特别好。

一九七六年的年尾，李大哥忽然在香港绝了迹，许久之后，才知道他去了台湾。有一度还听说他剃了个和尚头，乍闻之下，还真以为他看破红尘，出了家，细一打听才知道他是为了演戏而剃了光头，这之后就很少听见他的消息了。这次去美国，在旧金山碰见大妹子李湄，这才又谈起李大哥来，李湄还说："看见大哥了吗？这个李老瘪，这么久都不来一封信！"想不到回到香港，不到一个月，忽然传来他跳楼自杀的消息。

四月二十八的晚上，我由外边刚回到家，翠英第一句话就告诉我说："李大哥在台北跳楼死了。"

我一听还真吓了一跳："啊！跳楼？怎么样，摔着了没有！"

撞车后脾性大变

"摔着了？你以为跳平房啊？四楼的天台上跳下来的，发现的时候他已经颠儿了。"我听了怔了好半天说不出话，翠英接着说："刚才星磊来电话，说小宋在台北打长途电话告诉他，李大哥在他永和的家里跳楼的！"

我马上找到小宋的电话号码，拨了个长途电话给他。电话里小宋把李大哥生前死后的境况，约略地告诉了我。这才知道不久之前他曾经在夜晚被一辆小拖车撞倒过，当时被送到附近的中兴医院，住了没几天，他就不耐烦起来，没经医生的批准，就溜回家去了。

他的家住在台北，永和的中正路一二九巷六号三楼。那是一幢四层高的楼宇，二房东也是电影界的，是华梁公司的场务领班老齐，也是在一起拍戏。李大哥念叨住酒店太贵，又不方便，很想找一间房，老齐也是好意，说他家里刚好有一间空房，由于太太也是在电影界管服装的，大家都是同行，住在一起总有个照应，同时连伙食也可以包在一起，大伙一块儿吃会好一点，也可以省一点。就这么一拍即合的，李大哥搬到老齐的家里，做起三房客来。

可是，自从撞了车之后，他总觉得不大对，脾气也变了，动不动地就闹肝火，经常和小宋、任浩他们几个熟朋友发脾气。大伙儿都了解他的心情，又都拿他当亲哥哥一样，当然除了劝解，谁也不会怪他。

原来，他在家里养伤的时候，总觉得自己的老之将至，马上就要走不动，做不动了，年老力衰的没人找他拍戏了，再加上那两天老齐两口子都拍夜戏，不能替他做饭了，告诉他："李大哥，这个月的伙食钱你就别交了，我们也没空给您煮了，您就随便到外边吃吃吧！"

想不到这句话叫李大哥多了心，以为老齐要撵他搬家呢，所以一直耿耿于怀，闷闷不乐。一个人在家，足不出户，饿了就买两个面包啃一啃。小宋和任浩知道这情形，三天两头到他家坐一坐，陪他聊聊天儿，好言好语地开导他，劝他要看开一点，该乐就乐点，该吃就吃点。他听了依旧是唉声叹气的："唉！我知道你们说得对，不过我就是看不开，我在台北的华南银行有点存款，大概新台币十六万多一点，香港恒生银行还有一万多块钱港币，我把图章放在任浩那儿，香港那边，你们写信叫星磊把支票簿给我寄来，万一我有个三长两短的，死后也别麻烦朋友！"一边说一边老泪纵横起来，谁也想不到，像他那样乐天派的人，忽然会变成这个样子。

又过了几天，任浩听他老念叨腰酸了、背痛了，就好说歹说地劝他住进中兴医院去。医生替他检查了一下，觉得他一切还好，没什么大不了的病，血压也正常得很。他一听，马上要出院，说是一天两千块哪儿受得了。还把任浩骂了一通，说任浩有意叫他难堪，有意叫他死后现眼，不把他那点儿家当败光喽就不安心地闹得慌。任浩也只好嬉皮笑脸地送他回了家，告诉李大哥，说他五月份要回香港了。李大哥一听马上又翻儿了，即刻叫他把图章交给小宋，说任浩没良心，忍心扔下老大哥不管，"要搁前两年，哼！看我不啪嚓一下子抽你个大嘴巴子才怪呢！"说罢躺在床上一翻身，任他任浩怎么叫，他都一声不理。

李大哥终寻短见

二十六号一大清早，任浩和小宋到永和去看他，可能老齐夫妇俩都拍夜戏的关系,所以按了半天铃也没人开门,于是任浩在楼下扯嗓子大叫:"李大哥,李大哥。"

半天之后,只见李大哥直眉瞪眼地跑出天台上,朝下大声地说了两句:"叫嘛!叫嘛?李大哥死不了,这么扯开嗓子喊,跟叫魂似的,不知道人家老齐公母俩拍夜戏呀!"其实他的声儿比任浩大得多。

到了楼上,小宋和任浩一边忙着替大哥烧茶倒水,一边低声细语地劝解他。可是他仍是唉声叹气,愁眉苦脸。任浩说:"大哥,天塌下来有大伙儿扛着呢,甭说别人,兄弟就比你高,能叫您一个人受吗?"这句话可又把李大哥惹火了。

"怎么着,哥哥就应该矮半截?你替我扛着?你扛得起嘛你?你当你是什嘛,你扛天?美得你呀,要搁前两年……"任浩没等他说完,把脸朝上一凑:"您啪嚓一下子,就抽起我个大嘴巴!"

这下子还真不错,还真把李大哥给惹笑了,可是谁也想不到,没两天他会寻了短见,跑到四楼的天台上跳了楼。任浩赶到现场看着他的尸首直跺脚:"这是何苦的,你银行里又是港币,又是台币的,还老担心自己没饭吃,那我兄弟怎么样,不得老早抹脖子?"

如今听说演员工会的几位热心朋友,葛香亭和曹健他们在替他张罗后事,据说银行的存款因为他没有遗嘱不能提,除非他的亲人去代他领。

放下了台湾的电话,马上打电话给他兄弟李允武,李允武在电话里好一阵子长吁短叹。问他的近况如何?有没有戏拍?打算不打算到台湾去?他倒也答得挺干脆:"我回了,我告诉小宋,我不能去,如今,我是泥菩萨过江,自身难保,一年到头的也拍不上一天戏,不用说人,连耗子都饿瘪了,如今好容易找到一个代课的事儿,一走不是又玩儿完?"

我一听倒也奇怪,教育系的哥哥当了演员,西语系的弟弟反而做了教员!还真是蛮新鲜的。一问之下,才知道他在九龙油麻地的一间中学里,代朋友教学生们的地理,也难怪他。

他说:"前些日子大哥倒有封信,说他撞了车了,所以信也写得颠三倒四的,真是,凭嘛许的呢,还真是寿星佬儿上吊——嫌命长,跳的哪一门子楼啊!"

我忽然想起姚克教授送给洪波的挽联:

演戏,可真没话说!
跳车,这又何苦来?

电影界里可不都是成龙、成虎、许冠文,也有李文、李武!

《千王之王》与跟风

近半年以来,赌片大行其道,尤其在台湾,据说程刚的一部《赌王群英会》在台北上画的时候,打破了有史以来的国片票房纪录(不过以票价及观众的人次论,恐怕还打不破《梁山伯与祝英台》的纪录)。邵氏的《千王斗千霸》在香港首轮上映的收入,也超出了五百万。于是有人说,我将要随波逐流地也跟风一下,拍一套以"赌"为题材的影片。

真是,我倒的确想拍这样一部戏,但不是今天,那还是在无线的《千王之王》播映了不久的事。有一天和几个朋友,到避风塘吃艇仔的海鲜,着见船上的妹仔们,都放下了端粥送粉的工作,围在船尾的电视机旁目不转睛，全神贯注。那时放映的节目正是《千王之王》。

第二天早晨，六点半钟我就打电话给我的波士邵逸夫爵士，把我看到的情形向他报告了一番，并说出我想拍这个戏的意图，就用《千王之王》的原名可不可以？如果可以，希望他能代我向无线借《千王》的全部录影带，并希望知会制片部我将拍这戏的事。他当即一口应承，并在第二天叫温伯南把《千王》录影带的一二两本交给我，第三天全部录影带已经在我的手上。这是我去美国之前不久的事。

我自《大军阀》开始重入邵氏迄今，又整整十年。十年中三续合约，拍了也有二十多部影片，每一部影片摄制的过程，多是如此：只要我说出一个题材，或简单的故事，老板一声OK，制片部就和我联络，研究演员或布景的数量，然后就叫布景师设计好图样，开始搭建布景；我也就一边写剧本一边拍摄。我进场之前，总会有拍摄布景的分镜头，而不是"场上见"那种即兴表演的。可是这一次《千王之王》，却两三天都不见制片部的人和我联络。我问阿温，他也是顾左而言他。我思疑内中定有原因，果然第三天下午，林冰例行公事地带着做影剧版的记者们到场巡视，见了面就告诉我一个消息："导演哪，听说王晶也要拍《千王》了，你知不知道？如果王晶真的拍了，你拍不拍？"

我笑了笑说："是吗？恐怕不一样吧！如果是一个题材的话，那当然要听公司当局的处置了。"说尽管如此说，我仍不得不问个清楚。没多久我就走到方小姐的写字间里，她是邵氏公司的大忙人，事无巨细全要她问过。她好像对我要拍《千王之王》的事，一无所知。

"真的吗？噢！六先生没跟我说过嘛。"看她说话的神情，我没有理由不相信，但仔细一想，老板不会不和她谈起，就叫温伯南把录影带给我吧！

她马上接着说："王晶的《千王》，筹备很久了，我们跟他签合同时，就谈好开这部戏，如今剧本已经写好了，马上就要拍了。不过，没有关系，同样的题材李导演也可以拍嘛！没关系的！"

我当然是要拍的，但没人给我搭布景，我拍什么？再一琢磨，这里边还有些不连戏，如果王晶老早要拍《千王》，六先生不会毫无所知，那他就一定会听了我的电话之后，告诉我："王晶也要拍这个戏，你也要拍的话，大家研究研究吧！"而且也就不必再拿录影带给我了。当然，他也知道，我之想看录影带，只是参考而已，怕是拍出雷同而已！

在电影界真是称得起"制片家"的，没有几位，但是投机取巧的片蛇、片霸还真不少，他们完全是唯利是图、见利忘义、见大买大、见小买小的家伙，看什么戏卖钱，马上就一窝蜂地跟拍、抢拍、霸拍，无所不用其极。好像站在牌九台边旁捉苍蝇的家伙，看见哪门好，马上就押哪门，外搭见好就收，赢了就走，转个弯再来。黄梅调卖座，就片片皆黄梅，武侠片卖钱，就片片皆打斗。与香港电视《千王之王》同时在台北推出的邵氏出品、程刚导演的《赌王大骗局》也大收旺台之效，于是那些片蛇片商们，又都跟红顶白一番，你也千，我也赌。

识以防骗非教骗

我以前拍过《骗术奇谭》，也拍过《港澳传奇》和《一乐也》。戏里都有些赌博的场面，在《乾隆皇与三姑娘》里面也有一场"押宝"的赌场戏，并且介绍了古代的呼卢喝雉。拍赌拍骗，并非是教赌教骗，所以我特别在《骗术奇谭》的广告上写道：

识以防骗，非以教骗。

如今"赌"片一阵风业已吹过，加上台湾"新闻局"的禁止令，电影界的朋友们也可以找些别的题材，不必再在"赌"字上想噱头了，也不必再想什么堆砌麻将牌的花招，和把扑克牌变成杀人的利器了。

老实讲，一般人对"千"门的技术，实在没有办法登堂入室，知其玄妙。真正的老千也绝不肯承认自己的所作所为，当然更不会把一得之秘宣之于世。以前在台湾的时候，我倒曾经接过一个自称"老千"的一封信，他说积数十年经验，对千门之所作所为，深恶痛绝，很愿把这些年的一切行为，通过电影的手法向世人们揭发一下，以免大家再继续上当受骗。他说举凡牌九、麻将、沙蟹、十三张，都有一些世人无法得知的千术，很愿意把他的手法，他所知道的故事，向我详细地述说，然后通过我的编剧技巧，写成剧本，拍成电影，公诸于世。可惜我当时正处在经济的危机下，自己被人家骗得晕头转向，所以也就没有时间约他前来讨教了。否则的话，比起如今影坛的编剧们闭门造车的千术，起码要有个看头，也可以真正地知道些千门之秘。

我在想拍《千王之王》的时候，本想用原班人马，因为杨群、谢贤都是演技很到家的人，也都与我合作过。加上我自己搜集了一些千、赌、骗的书籍，以及对剧中的年代更熟悉一些，认为是可以拍得好的。不过，也许别人并不以为然，所以我在谷峰伤腿、老虎无着的情况下，落得放下赌片进赌场，小赌怡情一番。

不过，在美国传来我另起炉灶，在外拍戏的消息，倒令方小姐不满起来，一方面停止口头答应我的每月预付酬金，一方面打了封电报，说是公司为了我留美不返，受了很大的损失，要我即刻回港。其实我是部头合约,不拍片就没有酬劳,而我的合约规定,又不可为其他公司拍片,所以在无厂、无布景、无演员的情况下,我则等于停薪留职的失业,损失的当然是我,不知公司损失些什么?事实证明,我回到香港之后,停了一个多月才得以进厂拍戏,这中间也没有人再提"损失"二字。写到此处,忽然想起太后老佛爷用膳的时候,台上摆满了一百多样菜,她只吃面前的大头菜、咸蛋、小米粥,其他的全是摆设儿,但是缺一不可,少了哪样,太后老佛爷的眼睛就损失了。还好我是个有口气的活人,要是碗红烧大乌参摆上一个多月,不臭了才怪。

林青霞"垂帘听政"

回到香港的第二天上午,方逸华小姐在百忙中,带着制片主任黄家禧和温伯南一起来到我的家中,希望以后大家尽量配合,使我的导演工作不要中辍,保证今后不会再有我想拍戏而没有厂棚、演员的事;我也不要使制片部为难,有厂期、有布景,而找不到导演。至于过去的事,谁是谁非,大家都一笔带过,不要再去追究,一切向前看。

于是又谈到老虎的问题,公司里已经尽了力量在接洽,除了印度老虎,也动到台湾老虎和泰国老虎的念头上去。我说:"年前,那位印度电影大师来港,导演胡金铨请我吃饭时,就曾经告诉我,拍老虎最好到美国,因为那是正式受过拍戏训练的老虎,专门是拍戏用的,不同于动物园和马戏团的;至于台湾的老虎,听说是人家家里养着的,驯顺得已经不像个老虎样;泰国的老虎倒是有人拍过,不过听说也不够凶狠。我本来想把这情形告诉给公司,但一想劳师动众到美国出外景,与如今邵氏公司知悭识俭的制片态度不同,所以连提都不敢提。"

方小姐一听，马上说："我们也无妨问问看，预算如果适合，可以考虑。"底下接着告诉我："谷峰的脚伤，还没完全好，拍特写戏可以，拍武打场面，暂时还不能胜任，所以我们就此还是谈谈开一部什么样的新片？"

黄家禧马上发表他的意见："我认为李导演还是拍一部大型的古装片，比较合适。我们还是来研究《垂帘听政》吧！李导演看谁演年轻的慈禧最合适？"

我说："我在美国的时候，就已经和公司谈过了，我认为以目前影圈中人选来说，以林青霞最适合，无论在气质和外形上，都不作第二人想的。"

方小姐马上不表赞同："叫林青霞演西太后？那怎么可以，我认为不可以，大家都认为不可以。"

我看了看方小姐，不明白她说的大家是谁，所以直截了当地问道："你说的大家指哪些人？"

方小姐并没有直接答复我的问题，只跟我说："李导演，你可不要主见太深，《红楼梦》选张艾嘉演林黛玉不见得对。"我说："这是见仁见智的事，徐玉兰也不见得就长得和曹雪芹笔下的贾宝玉一样，我相信观众没有看过林青霞的贾宝玉，一定认为她演不好，但她毕竟赋予了宝玉一个新的面貌。"

方小姐对我的说法不再表示意见，问我："你不觉得林青霞演西太后太嫩吗？她适合演反派吗？"这倒是一般的想法，因为大家心里的西太后不是《清宫秘史》的唐若青，就是《倾国倾城》里的卢燕，最多也是《八国联军》中的李丽华。我说："咸丰驾崩在热河的那年，慈禧只有二十七岁，根据清宫档案西太后的照片和美国女画家为她的画像上看，林青霞的外貌也是最接近的。我听说有人认为她没有参加《皇天后土》的演出，而在杯葛她。我想邵氏公司应该站在公平的态度上，实事求是，因为一个演员有权拒演她不喜欢的角色的。"

方小姐没有再说什么原因，只说："我们想想其他的人选吧，汪明荃怎么样？"

黄家禧忽然提道："张天爱行不行？"

《垂帘听政》的计划

我曾经有过一个意愿，想通过慈禧太后的专权，把她四十三年昏聩、颟顸的胡作非为，祸国殃民、丧权辱国的罪行，一一搬上银幕。由于她的愚昧无知，使大清的帝国江河日下：内有太平天国、捻军、义和团对政府的反抗行动；外有英法联军、八国联军、甲午之战、日俄战争。此起彼伏，使得腐败的清统治者张皇失措，帝国主义列强更得寸进尺地不断侵吞，甚至有瓜分中国的野心。加上举国上下阶级矛盾和民族矛盾极其尖锐复杂的情况，革新与守旧的生死搏斗，还真是好戏连场。此外京津一带的风土人情，生活习俗和满清末年的政治风尚，也是趣味隽永的好素材。当然一部电影是容纳不下的，可以和美日合作的电视片集《大将军》（*Shogun*，1980）一样，分成几集拍摄，再剪辑成电影放映。

我心目中这个戏是由道光十八年（一八三八年，戊戌）湖广总督林则徐奏折上言，而引起鸦片战争开始的。奏折上的名句是：烟不禁绝，则"数十年后，中原几无可御敌之兵，且无可充饷之银。"使得清宣宗绵宁深以为然，即命林则徐为钦差大臣，赴广东查办海口禁烟事宜。接下来英女皇维多利亚向国会演说，态度强硬，决议用兵，遣海军二万五千人，军舰十六艘，由好望角东航，集澳门海面，展开了中国历史上著名的鸦片战争。到一八四一年战争结束，中国赔六百万两及割香港与英，是为全剧的序幕。

正戏开始则是咸丰七年（一八五七年，丁巳），清帝文宗奕詝因懿妃叶赫那拉氏生子载淳，封其为贵妃（即西太后），以及内有太平天国诸王自相残杀等事件，外有英法联军北进至天津，陷大沽炮台，再演变成直入北京，火烧圆明园，咸丰奕詝率皇后及懿贵妃逃热河，至驾崩之后的辅政八王与东、西太后的政治夺权斗争，而肃顺败，慈禧、慈安垂帘听政。以下，便是慈禧四十三年的专政，她独断独行，自傲自大，一直到辛亥革命，满清政府倒台，结束了五千年的帝王专制政体，也结束了立国二百九十六年的大清王朝。迄今，中国境内不论台湾与大陆，均无人再有吸食鸦片的恶习为止。

这当然是个大计划，最好能在北京的故宫三大殿，以及热河行宫、颐和园、景山、太庙、天坛等地实地拍摄。举凡西太后的坐卧起行全在实地拍摄。清宫的服饰、礼节，以及祭天、点元、皇帝结婚的大典，太后的垂帘听政，都认真地使其再现，使一般观众得以明了晚清王朝的生活面貌。不过由于《倾国倾城》和《瀛台泣血》的上映的票房成绩，仅只是差强人意而已，《瀛台泣血》在香港首映票房纪录甚至于比我拍的一般风月片还不如，连一百万都没有过关，所以大家对我的计划，都不看好。不过我的波士邵爵士还是通过了我摄制《垂帘听政》的计划，同时，希望我以太监为题材，写一出悲喜剧，因为同是宫殿布景，可以和《垂》片一齐拍摄。只是我由美返港之后，为了演员的人选，两部片的拍摄计划都被搁浅。

看上我这篇游戏文章

这之后,我提议拍摄明末清初的秀才王秀楚根据血淋淋的事实写的《扬州十日》。方小姐倒也没提出异议。演员除了王秀楚之外,也尽是些群戏。决定了刘永演男主角之外,其他的角色,大可搭好景之后再决定,所以马上叫布景师陈厚琛画图样。第三天就已经在邵氏片厂的A棚开始搭建。

在搭景期间,六先生和方小姐都曾一再和我谈起,公司当然尽量接纳导演的意见,但希望导演也能体谅公司的苦衷,尽量合作。譬如,对林青霞不宜演西太后的事,的确是多数朋友们都有意见(可能都把唐若青、卢燕作范本了),但绝不是对林青霞本身有任何成见,相反的还都是为她好。西太后再年轻,也是个阴险、恶毒的反派角色,不要使观众打破对林青霞的"玉女"印象。只要有别的戏和别的角色适合林青霞演的,制片部可以马上和林小姐联络,如果《扬州十日》有适合的角色也可以。我想《扬》片戏最重的女角是王秀楚的太太,但她是怀了八九个月身孕的妇人,而戏份又不是太重要,当然也就不必去麻烦林青霞来演了。

在《扬州十日》搭景期间,邵氏的制片经理蔡澜和我谈到他和老板的意见,他们认为过去邬敏雄在台湾拍了一部以"扬州十日"为题材的《史可法》,屠忠训也拍过一部与《扬州十日》名字差不多的《龙城十日》,将来很可能给人一种旧戏重映的味道,可否改拍《三十年细说从头》呢?

我听了倒觉得挺有意思,想不到邵爵士居然看上了我这篇打鸭子上架的游戏文章,可是整篇文字全是真人真事,又云山雾罩,天马行空,无头无尾,错综复杂得很,想到哪儿写到哪儿,是没有什么体系的故事，如何拍法？蔡澜说："想想吧，大家想想吧。"我们的谈话，虽然就这样不了了之，可是公司A棚的布景仍在加紧搭建，倒真是令人焦急的事。

说起《扬州十日》来，倒还真是小孩没娘，说起话长，原来这是已故的制片家吴性栽老先生曾经向六先生提出过的电影题材。他曾经建议邵氏拍两部戏，一个是找一个类似水泊梁山的地方，搭起聚义厅和整个山寨，连续地拍摄《水浒传》一百零八将的故事，一个就是王秀楚的《扬州十日》，这是吴老先生亲自告诉我的。不过，我不知道张彻拍《水浒传》有没有受过吴老先生的影响，我可是的确在国联时期筹拍过《扬州十日》的。那是在国联后期，经济危机四伏的时候，我想把国联的全体导演、全体演员集合在一起，分组分段地携手拍摄，剧本也由宋项如写好。可惜，有很多人唯恐国联之不亡，无所不用其极地阻碍，甚至发起扬州同乡会、理发师工会联名给政府、给国联、给我私人写信，说我有意挑起民族与民族之间的仇恨。有关方面也把原信转寄给我，虽然没有提出什么，但在国联屋漏偏逢连夜雨的情况之下，我不得不加以仔细地考虑了，就这样《扬州十日》胎死腹中。

吴性栽先生是上海文华、香港龙马影业公司的幕后支持人，也是北平长安戏院、华乐戏院的主人。曾经以"槛外人"的笔名写过《京剧见闻录》，是一位有学识、有修养、有见地的制片家。《小城之春》《大团圆》《我这一辈子》《江湖儿女》《一板之隔》都是在他策划下拍成的。

拿到秘本像取到真经

吴性栽在世的时候，很喜欢我和小胡跟他聊天儿，其实以他知识的渊博，人生经验之丰富，我们小哥儿俩，只有听的份儿，不过偶尔插上一句嘴，老先生就很高兴了。他好像觉得我们俩还可以搭得上，他常说，相声艺员刘宝瑞有首定场诗："难，难，难，道德玄，不对知音不可谈，对了知音谈几句，不对知音罔费舌尖。"

吴性栽老先生拍电影纯是为了兴趣，因为他另有生意，如今的一间北角冻房，就是他创办的。有一年，正当黄梅调流行的时候，邵氏公司在《梁祝》之后，一连开拍了四部黄梅调民间故事片：我和金铨联导的《玉堂春》，我和王月汀、高立联导的《红娘》《宋宫秘史》，以及我和何梦华联导的《杨乃武与小白菜》。名义上虽然我部部有份，但只是挂个名，替他们几位看看剧本以及服装、道具而已，说是导演，毋宁说是策划更恰当些。我知道吴老先生对评弹也很有兴趣，上海评弹团来港演出的时候，他场场都是座上客。大概以前在上海也听过严雪亭的《杨乃武与小白菜》吧，对他的说唱弹嗾赞不绝口。大概在香港因为表演时间的限制，只能表演了其中的几折。多年不听，也倒无所谓，一旦听了个到喉不到胃，反而把瘾头儿勾了上来，所以老先生特别委托上海的朋友，把严雪亭的私房秘本，逐页用蝇头小楷抄在宣纸上，然后装订成册，寄到香港来。有一次老先生约我到他府上聊天儿，很得意地把八册手抄本给我看。我马上说邵氏正在筹拍这部戏，剧本虽然已经写好了，总觉得戏还不够。他马上说："那你们拿去参考参考，弹词和一般坊间小说不同，对人物的心理状态描写得细腻、生动，情节也在错综复杂中妙趣横生，尤其对几次公堂上审人犯的情况，说得活灵活现，对拍电影很有用处。听说北京曲艺界也用单弦牌子曲拍了一部《杨乃武与小白菜》，好像也很不错。"

吴老先生新闻界的朋友很多，所以对一切消息都很灵通。我还是在邵氏的《杨》片拍完，才由南方公司海报上，看到曲艺电影的消息。演员有几个倒也是很熟悉的，在我念书的时候，他们都是无线电台上的表演者，譬如唱奉天大鼓的魏喜奎，唱京韵大鼓的联幼茹，唱八角鼓的曹保禄都是。

我拿到了秘本之后，好像唐僧取到了真经一样，马上交给梦华；同时把我的意见和他研究了一下，把戏丰富了不少，趣味性也增加了很多。为了答谢吴老先生，六老板还特别买了一只翠鸟，叫我送到吴府。在我的记忆里，那八册秘本我早已送还，谁知我由香港把家搬到台北的时候，有一天整理书柜，居然又看见了那几本《小白菜》，而且由于册页中糨糊里没有杀虫药的关系，叫蛀虫吃了个不亦乐乎。我望着书本，愣了半天，难怪司马中原要在他的书房写道："唯老婆与书不借也。"

我也常和朋友说："朋友借书，老虎借猪。"想不到我这个爱书如命的人，居然把吴老先生的《小白菜》喂了虫子了。当即叫人重新装裱一新，回港准备送还老先生，想不到他也到阴间去找杨乃武去了。我相信老先生去世之前，一定以为我扮猪食老虎呢。

拍电影像鬼上身一样

吴先生不仅喜欢听京戏、拍电影，还拍了不少部京戏的电影。他相当欣赏导演费穆，所以最早支持他拍摄麒麟童和袁美云的《斩经堂》，后来又拍了梅兰芳的《生死恨》，是所谓中国第一部五彩巨片。

这个本子是齐如山先生根据元曲《遗鞋记》改编的，是中国有声录音机"鹤鸣通"的制造者颜鹤鸣先生负责彩色摄影的。

文华出品的电影，除了费穆的《小城之春》和石挥自导自演的《我这一辈子》之外，还有桑弧导的《哀乐中年》、黄佐临导演的《夜店》、桑弧导演的《不了情》和《太太万岁》，另外还有石挥导演的《母亲》，都是很有分量的片子。

很多人知道吴性栽是上海文华电影公司的老板、香港龙马公司的支持者，而不知道他也是昆仑公司的大股东，说出来倒也是一件有趣的事。

说起抗战胜利之后的上海电影界来，昆仑公司比文华公司的名头可要响亮得多，一部《一江春水向东流》轰动了大江南北，《万家灯火》《希望在人间》又都是叫好叫座的好片子，所以提起昆仑公司就无人不知，无人不晓了。可是说到昆仑，一定就会想到监制人是夏云瑚，最多再加上任宗德，可谁也不知昆仑和吴性栽还有什么关系。

其实，《一江春水向东流》在九龙弥敦道胜利戏院（后改为利斯戏院，如今已拆除）连映了三个月的时候，该片的监制人夏云瑚正是欠了一屁股债的时候。就像《国魂》的监制李祖永一样，听名字都是"高山上点灯名头儿亮，大海里栽花有根横"，岂不知一拍了电影，却像鬼上身一样，惹了一身债。夏云瑚原是做胶片生意的，把所赚的美金全赔了进去还不够，所以才把总经理的位置让给了任宗德，自己当个空头董事长，而没有实权。原来昆仑公司有三位股东，夏云瑚占六十股，任宗德占三十股，另外持有十股的是蔡叔厚。任宗德取代了总经理的位置之后，就要求夏云瑚把手中的股权让二十股给他。如果真个照办如仪，则夏连董事长的名义也保不住了，所以夏云瑚一气之下，把手中的五十股全部卖给了吴性栽，自己只留了十股。如此一来，吴老先生一夜之间就成了昆仑公司的大老板，差点没叫任宗德气炸了肺。

其实，吴性栽之收购昆仑股权，大部分还是为了对电影的兴趣，赚钱与否，还真在其次。

他一生在影戏界中求才若渴，所以对好导演、好演员特别敬重。他喜欢费穆，喜欢佐临，也喜欢桑弧，对能编能导又能演的石挥，尤其推崇备至；女演员中，他对韦伟和《哀乐中年》的朱家琛都特别欣赏。另外剧作者曹禺导演的第一部作品《艳阳天》也是文华出品，由此可以看出文华的制片路线的与众不同了。

吴老先生听说我要自起炉灶，开起国联公司来，也约我谈了几次。他知道我喜欢拍一些大场面，大堆头的戏，所以劝了我几次。他认为以中国片现阶段的放映地区有限，所卖的版权费，比起西片来少得可怜，所以拍大片很容易由于制作成本之不足，而显露出寒酸相。

吴性栽老先生谈文艺

吴性栽老先生马上打了一个比方，就像天桥的小戏棚子唱京戏一样，《武家坡》的薛平贵穿了双破皮鞋就上场了，还真够瞧老大半天的。大戏小拍总不像样，反而倒是小戏大拍会事半功倍，人物不要太多，否则连介绍人物出场都要想大半天；情节也不要太复杂，弄得整出戏都在交代又交代。与其写情节，不如写人，有血有肉的人，不是肤浅的概念，要描写人物内心世界，要描写人与人之间的社会关系，因而产生的矛盾斗争，同样的事件，由于人物性格的不同而发展的情节，也会迥然两样。然后，他跟我说了一段单口相声，"急脾气与慢性子"的笑话。然后聊起典型环境产生典型性格，他说："中国有一句话，'穷山恶岭出刁民'，相反的'上有天堂，下有苏杭'，山明水秀，所以也多出美女。譬如张翠英是杭州人，眉清目秀；你是东北人，北方的风沙大，加上好吃大蒜，所以你的眼睛连眼白也看不见。"

说着说着，吴性栽老先生忽然问起我一位导演的近况，我也不大清楚，只听说他筹拍一个文艺片。

老先生微笑了笑说："这位导演没有什么文化，可是专门喜欢拍文艺片，自己不文艺，拍的片子如何文艺？"在这里我当然不便直书其名，但我绝对和老先生同感。

他又说："苏东坡论唐代大诗人兼画家王维（字摩诘）的《蓝田烟雨图》时说：'味摩诘之诗，诗中有画，观摩诘之画，画中有诗。'电影是以视觉形象为主要特点的综合艺术，没有了'画中有诗'的意境美，怎么文艺得起来，而这种意境，没有充分的文艺修养是达不到的。"

他又说："'士先器识而后文艺'，演戏就好比演员做文章，我觉得人比戏重要，而'戏'又比一枝一节的表演重要。"

他在他写的《京剧见闻录》中，书前的"小言"写道：

> 我文不懂弦管、曲牌和锣鼓经，武不懂开打套子和各种翻、摔名色。三十岁以前，居然上过几次台，那只是聋子不怕雷；三十岁以后，懂得自己照照镜子，不想再出乖露丑，便收了档，连个票友资格也论不上，所以对戏剧而言，我完全是槛外人。
>
> 看戏，我倒似乎有些年份，如果这也说得上是资格的话。我看了四十多年的戏，而且也爱谈谈戏，日子久了，朋友之间听

我谈得多，于是在他们看来，我似乎懂得戏的，虚名便是由此而来。

我也干过一个时期的戏院，这一来，和当代艺人多有接触，知道了些戏班子的组织，也和许多艺人有了私交，但这并不等于学到了戏，或懂得戏……①

这当然是吴老先生的自谦，看了四十年戏还能不懂得戏？其实，他非但精研京剧，对地方曲艺杂耍，以及电影，都由于爱好而甚有心得。他主持的电影公司的确是拍了些很有分量的片子，我之能在国联时期拍了《冬暖》和《破晓时分》，多少是受吴老先生影响的。

他的文华出品的《小城之春》当然算得上中国电影史中不错的文艺片，编剧是演过《乌鸦与麻雀》的李天济，导演就是吴老先生最器重的导演费穆先生。这个戏的演员只有五个人：女主角是韦伟，男主角李纬（影圈人称小李纬），演韦伟丈夫的是石羽（原名孙坚白），演石羽的妹妹的张鸣眉和演老仆老黄的崔超明。人物不多，情节简单，但拍得诗情画意，写出了淡淡的哀愁。不过，我个人比较喜欢文华出品的另一部戏，桑弧导演的《哀乐中年》，由石挥、韩非、李浣青等主演。

韩非是个好喜剧演员

《哀乐中年》另一个女主角是与黄宗江、黄宗英、丁力等同是燕京大学的朱嘉琛。以前，我没看过她的戏，甚至连她的名字都没听

---

① 此处根据1987年宝书店版进行了修订。槛外人也是吴性栽的笔名。

说过，但她演得非常好，你几乎不相信她是演员，好像就是那个剧中人，很像《烟雨蒙蒙》中的归亚蕾。石挥演韩非五十多岁的爸爸，爷儿俩在街边相遇，韩非正和身边的女朋友扮花花公子状，没想到老父在街边的剃头档理发。韩非一见，当然很尴尬，忙自我解嘲地问了一句："爹，您……您怎么忽然跑到这儿来理发？"

石挥倒也答得干脆："怎么啦，我一直在这剃头呀！"

韩非是个很不错的喜剧演员，而石挥更是说惯了单口相声的，两个人一搭档，还真是令人喷饭。

《哀乐中年》里的石挥，虽然没有曹禺笔下《北京人》里的曾老太爷年岁大，但彼此的脾气倒差不多：曾老太爷喜欢漆自己的棺材，而石挥则整天去看自己的坟地，希望死得其所，也希望能找个风水好一点的。

你想，一个人到了终朝，每日琢磨死后如何如何，这个人活着也就没有什么意思了。石挥在《哀乐中年》里就饰演了这么一个角色。想不到有一天忽然有一个年轻的女人朱嘉琛想嫁给他，你想想他又是什么滋味儿？这个戏在桑弧慢条斯理的处理下，还拍得相当有喜感，而且人情味极浓，也绝不夸张。越剧的《梁祝》，以及白杨、魏鹤龄主演的《祝福》，都是桑弧导演的。

其实电影圈中，有几位名人都是我的本家，可是多数人不知道。譬如桑弧就姓李，而香港的一位文艺片导演，马徐维邦的大弟子罗臻也姓李，就连邵氏公司的女强人方逸华也是姓李，叫李梦兰的。

吴性栽老先生谈起戏来，兴趣浓得很，时常分析应该拍些什么电影，和永华的李祖永先生以及六老板除非不见面，见了面之后是二话不谈，谈起来也是三句不离本行。所以，我知道《水浒传》和《扬州十日》都是他曾向六先生提过的。

邵氏A厂的《扬州十日》布景搭好之前,我在美丽华楼下的凯撒浴室洗三温暖,碰见很久未见的许冠文,我问他准备下一部拍什么戏的时候,他忽然来了一个洋动作,一端眉,双手一张,然后摇了摇头,笑了笑。

观众口味很难捉摸

许冠文说:"真不知道拍什么,好像观众的口味很难捉摸,以前的二黄时期就好办得多,制片人根本不要费什么脑筋,黄飞鸿可以拍到九十六,黄梅调也可以拍到六十九,甚至于武侠片,也可以拍上个十年不衰。可是现在不行,观众的口味变了,地区性越来越显著了:香港出品的片子,台湾星马并不卖钱;台湾出品的影片,星马还可以将就,到了香港根本没人看。台式的文艺片在港人的眼中不是太灰色,就是太老套;台式的武侠片,港人看来甚至觉得不如此地的电视武侠片集。相反的港式的噱头片,到了台湾又完全不是那么回事,不要说戏看不懂,甚至连名字也莫名其妙,譬如《出册》《山狗》《打蛇》《踩线》,还有什么《IQ零蛋》《IQ爆棚》,以及什么《赞先生与找钱华》《邪牌·捞家·大古惑》。"

我说:"不用说台湾,连我这个老香港也不知乜嘢咚咚,邵氏有一个导演拍了一部《食夹棍》,连六老板都食了麦冬,一懂也不懂。"

电影观众因地区不同而兴趣各异,多数是因为语言及风俗习惯的不同而引起的。譬如说:台湾是闽南语系,但由于被日人统治了五十多年,所以如今四十岁上下的本地人,都可以说很流利的日本话,甚至对日本的习惯也因日久而熟悉而爱好。所以日片在台被禁之前,广告一出，必定场场客满。因而政府每年为鼓励、辅导国产制片人而设的日片配额，一直是各影片发行公司的争夺对象。

据说，在泰国上演国语片的时候，一直有人在旁解画①，而解画的人也成了观众心目中的明星。同样一部戏张三解画和李三解画的票房纪录，可以差上一条街。以前的四川，上演外国片的时候，也有解画（在胜利后不久的北平和香港好像也有过解画这一行，不过是通过耳机的，一般叫作"译意风"）。四川人解画的特点除了亲切的家乡话之外，男主角的名字一定叫约翰，女主角的名字也一定叫玛莉。于是什么格老子约翰从军去了，玛莉硬是要得，她和约翰说："要记住，一寸山河一寸血，一封情报百万兵。"（哪里是玛莉说的，完全是蒋委员长说的。）记得我在北平念书的时候，在东单牌楼前的芮克戏院看差利·贾波林②的《淘金记》（*The Gold Rush*，1925），虽然是默片，但后来配上音乐，加上了旁白，所以戏院里也有译意风出租。因为那时还没发明在片子上打字幕，所以这玩意儿的收入也相当可观。

听说《倾国倾城》和《瀛台泣血》在泰国上映的时候，都是在片上配了泰语的，男有男声，女有女声，当然和一个人单口音讲比，要好得多，因此而大收旺台之效。这也是外语片一直不如本地的泰语片卖钱的原因，尽管泰国片拍得差。再由于香港早年的粤语片因陋就简，经常什么"日日鲜""七日鲜"，所以生意一落千丈，大家都改了看国语电影，很多大老倌也因此而光荣退休。但自从有了电视之后，观众的口味因而大变，所以一部以舞台剧改的《七十二家房客》，居然打破了当时票房纪录，卖到五百多万。

---

① 解画：电影院放映无声电影或者外语片时，雇专人在银幕旁用本地语言为电影进行解说。
② 即查理·卓别林（Charles Chaplin）。

究其实，多是为了配上了粤语发音的关系。本省人听国语，总像隔靴搔痒。加上片中的对白，冇水有水，冇水冇水，更是如鱼得水，生动有趣，不亚于久旱逢甘雨，他乡遇故知。

粤语有丰富趣味性

后来，跟红顶白者比比皆是，而且片片都配粤语，整个广东片世界。开始我导演的电影，由于北方的乡土气息较浓，所以仍以国语发音，但至《乾隆下江南》开始，也配了广东话。生在热河的弘历也变成广东大兄，也难怪光绪载湉要选中广东籍的珍、瑾二妃了。

这之后片名也全部变成了广东话，什么《天真有牙》，什么《忌廉沟鲜奶》。片内的地方性语言更是投观众之所好，连广告词句也夹杂在内，等于北方人说土话，什么"海了""盖了""姥姥的鼻子了"。也时常听见极端漂亮的小姐，学时髦，好摩登，经常在普通的国语片中加几句土话，最普通的要算"真棒""太棒""棒极了"的"棒"字，因为人云亦云，不求甚解。

其实"棒"不仅是土话，而且是句粗话。譬如有人说："这小子真棒！"有人答曰："算了吧，三天没撒尿，憋棒的！"你看看，三天没撒尿，什么地方会棒了？不是粗话是什么？所以我说，如今的电影，由于语言及习俗的关系，地区性也就越来越把界限分得清，画得明了。

谈到地区性的影片，以前仅香港一地，就有用三种语言发音的电影，所谓国语片、粤语片、厦门片（也称潮州片）。以后由于粤语片和潮州片越拍越因陋就简，而邵逸夫先生由新加坡来到香港主持制片业务，取代了二老板邨人先生的父子公司，增加了影片的制作成本，制作认真，服装、布景、道具都尽量考究，所以国语片在星马、台湾等地区，票房比之以前有显著的增加，不仅压倒了粤语及厦门片，连西片的发行公司都望而生畏。一直到粤语片的著名导演秦剑也参加了国片阵营，自组国艺公司，拍起国语片《大马戏团》来，粤语片就只剩下光艺一家拍摄了。也是因为谢贤主演的影片在星马及港澳还有相当叫座力的关系，所以谢贤、南红在楚原的导演之下，仍在一枝独秀地继续拍摄以粤语发音的影片，一直到楚原也导了国语片，谢贤也主演了国语片，粤语片才真的无人问津了。

后来，由楚原导演的《七十二家房客》配了粤语之后，迄今几乎无片不配粤语，甚至连台湾出品的影片，在香港上映的时候也用粤语发音。但是国语译粤语，总没有原来用粤语发音的片子生动，因为很多对白都是由日常生活中摘录下来，自有其丰富的趣味性。譬如许冠文的《鬼马双星》里，有一句对白："武则天的第十八代孙，冇得倾。"在此地上映时，此语一出，观众哄堂，但如改成国语，恐怕就要大打折扣了。如今想想，如果《大军阀》是用粤语发音的话，恐怕票房纪录一定会超出后来的《七十二家房客》，因为观众在《双星报喜》的电视节目中，听惯了许冠文的广东话，一旦改了山东土话，总有点儿怪怪的感觉。

有科学根据的预言

我所写的对白也是地区性很强的，难怪很多本省籍的观众对《大军阀》里的一句对白蒙查查，不知何解，自己毫不觉得可笑的事，听见外省籍的观众大笑,当然更是丈二的和尚,摸不着头。那就是许冠文在公堂审案时说的一句话:"你季伯常,我看你的命不长。"因为本省的观众,根本不明白季伯常的谐音趣味,当然也就笑不出来。

除了影片内容的语言趣味之外,连片名也和以前大不相同了。以前的片名不是唐诗,即是宋词,不然就是曲牌名,什么《月落乌啼霜满天》《六月六日断肠时》《一江春水向东流》《八千里路云和月》,什么《乌夜啼》《浪淘沙》,否则就是什么文绉绉的《小城之春》《松花江上》《浮生六记》《云雨巫山》。如今一律就简单明了,就拿有几部戏的戏名来说,就能一目了然:《单程路》《龙咁威》《忌廉沟鲜奶》。北京人当然不知道讲乜嘢咚咚了。

如果不是新加坡的限制,粤语片一定要配上"华"语的话,恐怕粤语发音影片的地区还要广泛些。如此一来,同是中国影片,你一定要用地区予以划分,大陆出品的"普通话片",台湾出品的"国语片",以及香港出品的"粤语片"。这三种影片,在台湾只能看到一种,因为大陆影片不能进口。而香港的粤语片,到台湾上映的时候,也改配了国语。所以大陆片和台湾片到香港不卖座,而在香港大收旺台的粤语片,在台湾及星马上映,票房的收入也是不能与香港同日而语的。

今年年初在美国,由于几个在美国学电影的年轻朋友们的介绍,我认识了几个美国的制片家和院商。有一家发行公司,在全美有五百二十几间戏院,他们最近也要组织制片部,专门拍摄以年轻人为对象的电影。因为据他们的调查,电影观众百分之七十五以上是十四岁至二十四岁的年轻人,不仅美国如是,全世界也差不多(不包括中国大陆)。而且危言耸听地说了个预言:"五年之后，戏院将逐渐地被淘汰，全部会被电视节目取而代之，录影带补其不足。"

说的人一本正经，好像比一加一等于二还准确，这也是他们要由发行公司改营制片的道理。他们还说，将来的电影就全是盒式录影带一类的东西，没人再用胶片，携带、放映、倒片、储存都方便，不再像如今的电影，动不动的八九千尺胶片，装备五个大铁盒。而且这种录影带，已经发明了出来，感光之快，根本连灯光都不需要，真真正正的一支蜡烛搞掂，两年之内即将全球供应。回程路经日本，邵氏驻东京的代表王立山证实了这件事，并且说他在日本已经看过，可见他们的预言不是车大炮，而是有科学根据的。

粤语片在电视生了根

租售卡式录影带，在美国旧金山也好，洛杉矶也好，当然纽约更甚，大街小巷，比比皆是。规模之大，片种之多，实在令人叹为观止。李小龙和成龙的拳脚片，甚至于港台两地出品的各式影片，还真不在少数，当然主要的还是欧美出品的三X春宫电影，翡翠七彩，玲珑透剔。你可以租，也可以买，看厌了之后更可以换，仅扣美金十元。我以为如此这般现象，仅是美国如是，想不到回到香港一看，所有电器摄影用品行，也都在窗橱和玻璃柜里摆满了各式各样的录影带，并且已经由租电视机发展到租电视录影机，如此一来，你能说他们五年之后的预言无可能？

据说台湾也是一样，中外影片的录影带，只要你说得出名字，他们就可以找得到（为了此事邵氏公司曾经为了版权问题，向法院提出，但至今没有下文）。一套全新而完美的色情录影带，租费只需二百五十元新台币，旧一点的二百元也就可以，而且租用的人，当然都是有录影机的人，两户人家凑在一起，就可以翻录了，如此把租费二一添作五，只有一百二十五元，三个朋友三一三十一，四个朋友四一二十五，辗转相传，比翻印《大英百科全书》还便当。

年轻人在家看电视，中年人在家翻录影带，老年人恐怕连他以前常去的戏院改了摩天大厦都不知道，你看看，将来谁去看电影？

香港的电视台，在我一九六三年十月去台湾组国联公司之前，还只是一家有线的丽的映声，一点也谈不上对电影的威胁性，可是我由台湾回港的一九七一年，可就完全不同了，不仅多了间无线电视，而且也有了彩色。粗制滥造的粤语片已经绝迹，因为后期的粤语片也发展到彩色宽银幕，制作成本与国语发音的电影已经差之有限。加上同时录音改成了后配音，随便请一般国语配音员，粤语片马上变成国语片，起码可以多卖个台湾的版权。所以本省籍的老年人，就很少到戏院去听日常不习惯的话，不论如何，总有些隔靴搔痒的感觉，所以宁愿在家里，看免费的《欢乐今宵》了。于是粤语片在戏院的大银幕绝了迹，但却在电视的小银幕上生了根。

我一贯地很少看电视，因为的确是太忙了的关系。不拍戏的时候要看书写剧本，拍戏的时候，由片厂回到家里还要剪片子。但是，在看了许氏兄弟的《双星报喜》之后，倒是每逢星期五，他们的节目登场的时候，我一定坐在电视机旁边的。

对许冠文的认识，倒是在这段时间之前。记得张帝、青山来香港，在老乐宫戏院表演的时候，每场登台介绍节目和演出者的司仪就是许冠文。我对他在台上的印象倒也甚为普通，只觉得他斯斯文文，并没发现他有什么幽默感和临场现抓的噱头，只是中规中矩而已。

838

张帝的表演，多数由观众即场提出问题，而他马上答出来，忽然有一个观众问道，司仪许冠文的西装背面为什么脏了一大块？只听张帝在音乐过门之后唱道：

> 米高的西装脏了一大块，
> 原因我和你说明白，
> 《双星报喜》他表演做菜，
> 柴米油盐都端出来，
> 半斤猪肉，两斤菜，
> 葱花、大料合起来，
> 麻油、砂糖准备好，
> 登上了讲台揭开了砂锅盖，
> 身一仰，脚一歪，
> 打碎了砂锅跌倒在电视台，
> 这才把西装脏了一大块。

观众永远是年轻人

张帝唱过后，座下听众当然又问些别的问题，张帝也一一唱答。等到张帝下台的时候，许冠文再登场，已经换了另一套西装。我当时对他的服务态度认真的确佩服，不过无论如何，在我没看过他的《双星报喜》之前，决不会想到请他饰演《大军阀》里的庞大虎的。

我想，在我请许冠文拍《大军阀》之前，嘉禾公司绝不会想到和米高订合同，因为他们只看到了比哥哥靓仔的许冠杰，看不到冷面滑稽、潜质深厚的许冠文,所以他们只和文、武、英、杰中的老四订了合约,而忽略了老大。

《大军阀》上映之后,算是相当轰动,这是小银幕的电视艺员在大银幕上成功的开始。也许有人看出许冠文改配国语对白总有点到喉不到胃,所以才有了用粤语发音的《七十二家房客》,以迄今日,无片不粤语,而真正卖座的影片,多和电视艺员,和编导分不开。

许冠文和我聊天的时候,也认为电影难拍。他认为电影编导当然会随年龄的增长、经验的丰富而有所进步,但越进步,反而离观众越远,因为观众永远是十四到二十四岁的年轻人。

他说:"你能在的士够格的夜总会待上多久?"

我想了想,告诉他:"大概勉强可以忍上个五分钟吧,再久可不行,因为我试过一次,和女儿以及她的朋友去坐了一会儿,大概就是五分钟吧,那响的音乐已经震得我脑瓜子疼了。"

他说:"我也不行,所以我时常旅行,找资料,也时常想改行做生意。你不能否认,这是年轻人的世界,听说台湾的导演李行,准备休息一年,观望一年,不拍片,等看明白了再来。我想一年之后,电影题材也许不是《忌廉沟鲜奶》,可能是《火水加DDT》,不管怎么样,在香港,永不会再有北方人的'韭菜炒大葱'的那支歌唱了。"

一九五二年的二月份,英国女皇在伦敦西敏寺(Westminster Abbey)举行加冕典礼,还没有人造卫星向全世界传播,虽然也拍了纪录片,但要隔了很久,才能在戏院的银幕上看到;可是这次威尔士王子和王妃的结婚大典,估计全世界有七亿人口都可以在电视机的荧光幕上同时看到圣保罗教堂内外的婚礼实况,以及绿荫大道上王子王妃坐在花车上的风采,和白金汉宫外千千万万的观礼群众蜂拥而至的伟大场面。因而直接影响了当天港九五点二十分和七点半的影院生意。也正可说明了我这几天的话题——五年之内，戏院受电视和录影带的影响而逐渐减少，以至消灭于无形。

其实，以今日暑期的电影生意，算得是相当热闹的了，很多戏动辄收入三四百万港元以上。但请大家不要忘记，这只是地区性的方言电影，到了台湾星马改配了国语（华语、普通话）收入可能大打折扣。换了北方话，就是"耗子娶媳妇，口儿上热闹了"。

这话，也许有人不以为然，以为我和与我一般的老导演们，看着新导演的异军突起，手足无措，只好在旁边倚老卖老地说些风凉话，为自己老之将至，盛名难保唏嘘不止。

发誓要帮助被踩的人

像日本著名的推理小说作家松本清张一样，在看了黑泽明的《影武者》之后，评说黑泽明老了，作品灰色了；他忘了黑泽明在拍他的第一部彩色片《没有季节的小墟》时，就有人说他"开始出现老年的情怀"了。不仅如此，他更因拍片而借了高利贷，利滚利如滚雪球般地把他压得喘不过气来，最后终于割腕自杀，还好拯救及时，不至于就此结束了生命。那一阵子，很多忘了他的日本观众们，和一些自以为新进的导演们，为他叹息，为他哀祷。

也许黑泽明也和大家一样，觉得自己真的老了，想不到苏联政府却选中了他，邀请他导演一部《德苏乌扎拉》（*Dersu Uzala*，1975），而在参加第四十八届（一九七五年）奥斯卡金像奖的时候，获得了最佳外国语影片奖。不管松本清张如何评论，《影武者》仍在今年的康城影展中获得了最佳影片奖。在今届奥斯卡金像奖中，也在五部外国影片中获得了提名。

电影的好坏和大小没有关系，电影导演的优异与否，也不是用新旧来衡量的。人才辈出，总是一个可喜的现象。如今，不再像我刚入影界的时候，电影导演永远把持在几位老先生的手中，有些新导演出来，也多是演而优则导的大明星们，如刘琼、石挥、陶金、严俊、舒适等人，由于他们在全国和星马一带都有观众们拥护，所以才能勉强地获得片商和制片老板的信任。他们倒不是以为这几位小生真的会演而优则导，只是认为是一种噱头，即使片子拍得不好，也不会血本无归，多少总会摸两个钱的。

但是，由科班出身的导演可就少之又少了，很多人由场记升到助导为止，想更上一层楼可就势比登天了。因为片商们不信任，导演又怕自己的利润被后来居上的新人们分薄了，当然也就不会有什么老导演去推荐新导演的事。以我个人来说，就被压了许多年。"多年的媳妇熬成婆"，应该是天经地义的，但在那时的电影界可不行，并不是多年的助导可以升任导演。所以，我曾经在开始导演第一部影片的时候发过一个誓，有朝一日我成名了，一定要帮助像我一样被踩在脚底下的人。

多年以来，我向我的波士及片商们推荐的导演差不多有十几位。以今天的年轻导演的数量来讲，十几人算是微乎其微了。但是，根据市政局一九七八年六月一日所出版的《五十年代，粤语电影回顾展》一书中，余慕云的《谈谈编写香港电影史的有关问题》中的分类，香港电影史的分期是：

（一）启蒙期：一八八九至一九〇八年

（二）萌芽期：一九〇九至一九三一年

（三）成芽期：一九三二至一九三六年

（四）发展期：一九三七至一九四一年

（五）中止期：一九四二至一九四五年

（六）复苏期：一九四六至一九四九年

（七）繁荣期：一九五〇至一九六九年

（八）倒退期：一九七〇年至现在

（九）中兴期：（不久将来）

帮助了很多新导演成长

这个所谓繁荣期的一九五〇至一九六九年，比较著名的导演只不过二十名左右。而由一九五九年到一九六九年的十年中更形成了邵氏、国泰两大制片机构分享其成的天下。

当时国泰的导演有：唐煌、易文、王天林、袁秋枫等四位（汪榴照、钟启文也偶尔拍拍）。邵氏的导演有：岳枫、陶秦、严俊、何梦华、罗臻和我，到了后几年才多了秦剑、张彻、高立、徐增宏、胡金铨等。

影坛的大批新导演还的确是我组国联公司之后兴起的。当然，我在邵氏的时候，已经先后推荐了高立、王月汀、胡金铨等三位，他们都是我的助导和编剧，在《梁祝》一片中又同是我的副导演。组国联之后，在我的策划、导演的名义下，执行导演有：宋存寿、朱牧、杨甦、林福地、郭南宏、张曾泽、王星磊、刘维斌、丁善玺。

另外由国联编剧出身而任导演的有：姚凤磐、邹郎、康白、宋项如，以及美术出身的张佩成。

所以，这么多年以来，我不认为在导演上有多大成就，但因为我在导演上的小成就，而帮助了很多新导演的成长，倒觉得还对得起当初入行的誓愿的。

有人说我在台湾的八年中，对台湾电影事业起了很大的启发作用，其实也只是通过了我的制片样式，大家知道了如何卖埠卖花。在这之前，大部分的制片人，连国语片的市场究竟有多少埠可以卖花都不知道，当然更不知道如何卖法。但在这方面，很多位后起的制片家如今都胜过我多多，因为我到现在还是替人打工而已，甚至当初替我打工的朋友们，起码数得出十位以上都做了老板。其中有一位，已经放弃了制片，而改业发行，也开了间小型工厂，专门翻印录影带。有一次见着我的面，告诉我根据他的计算，不久的将来，他的财产将会用天文数字统计的了。听了还真觉得他长袖善舞。不过圈里圈外的朋友们都对他的行径颇有微词，尤其在外国，提起他的大名倒也叮当山响，不过是"好事不出门，坏事行千里"的坏名声而已。

另外，还有一位，从事制片工作也已经十有余年，制片业的投机取巧，见风使舵，全部一一学会。前些时候，一位香港的女明星应他的邀请到台湾拍戏，言明尾期片酬在杀青之前付清，因为到期他不遵守诺言，所以那位小姐宁愿尾期款不收，也不替他完成最后两天戏，一气跑回香港。谁知正中他的下怀，因为他把她的戏早拍完，故意把她激火，然后一走了之，好像错不在他，而是那位女明星不遵守演员道德，落得把尾期片款放在他自己的袋中。

"影"迷如今成"视"迷

早在十四五年以前，美国就有了电视电影，全世界的首映礼不是在什么大戏院举行的,而是在电视中传播出去。如今香港两台的连续剧,虽然不是电视电影,但是足以影响电影趋向及电影生意的。据说新加坡每星期三由电视台转播香港的连续剧(改配华语),所以一般人连喜庆寿事、欢宴亲友的时间都改在另一天,以免和连续剧撞期。到了播映的时间,更是路静人稀,戏院的带位员连拍苍蝇的兴趣也无,和一般人一样,也围在电视机前了。

除此之外,很多外地的华侨也联合在一起,向香港直接租用录影带。有专人把香港的电视剧录好,马上寄出,虽不能和香港人一样先睹为快,也是差之有限的。所以从前大家都是"影"迷,而如今改成了"视"迷。星马一带的夜总会宁愿付出很高的代价,聘请当时得令的电视艺员去登台,也就是这个道理。假使岳华不在丽的电视演《浮生六劫》的祥叔,尽管他的《大醉侠》醉到如何程度,也不会有人请他登台的。开始我也以为他和一般电视艺员一样,临上轿现扎耳朵眼儿,随便学个三两支歌,到台上摆摆样子,卖卖野人头的,不过最近看沙翁在专栏上大赞特赞,倒不能不对梁乐华另眼相看了。其实我早知道岳华的音乐修养不错,不过想不到他也能"身背着花鼓走四方"而已。

由于电视剧的风行,而使得编、导、演各方面的人才辈出,以前是十年出得了一个状元,但未见出得了一个导演,可如今十天就可以有一个新导演出现。

以前曾楚林和我说过,有的明星是背票,有的明星是背机;所谓背票是指有电影院的票房,背机就是有电视台上的号召力。可是现在已经逐渐变了,背机者也能背票矣。所以常常听说独立制片公司,聘请一位不见经传的小生和花旦,一开口要价十几二十万港币的酬劳,而制片商连眉头都不皱一下就照付如仪。始而不解,继而方知,该小生和花旦都是在外埠因为某出连续剧而大红大紫的新贵,某地院商肯出高价买花的关系也。

这当然是好现象,但凡编、导、演各方面人才,只要你是有料的,就不怕出不了头。不过将来也可能花多眼乱,大家竞争得太白热化,每人在观众的眼中有如走马灯,全是过眼云烟,好花却不常开,只是昙花一现。如若不信,前些时大家每天谈论的周润发、郑裕玲,曾几何时,又争相议论起汪明荃和冯宝宝来,前边的两位一下子变成了昨日黄花,岂不惊人?

以前看胡金铨的《龙门客栈》《侠女》,对他的武打招式的干净利落脆,很是惊讶了一阵子。可不久就被楚原的古龙式小说的新派武侠动作片的动作取而代之,不再是一招一式的你拳我脚,而是动不动就找武行做替身,来个翻、跳、蹦、滚、吊威也,看起来还真是够紧张刺激的,可是如今再也没有什么出奇制胜的了。看看《杨门女将》里,已经把这两位导演在电影中的独得之秘——飞天跃树,花拳绣腿,全都经过提炼加工搬上了小银幕,更显得花里胡哨起来。

《杨门女将》的服饰

有一天,我看杨排风上轿,马上就把身旁的女儿、儿子都叫过来,问他们知不知道以前的人怎样上轿?其实,我知道问也是多余的,这些小家伙们根本连轿子都没看见过,叫他们如何说得出?

以前能乘轿子和坐轿车的,都是有身份的老爷、少爷、夫人、小姐们,一定有随从和丫鬟、老妈子侍候着。所以上轿之前,下人们早把轿帘揭起,如果夫人、千金用头朝轿子里钻,当然又难看,又没有派头，一定以背向内，退身坐下；如果是身穿朝服，头戴顶翎的老爷们，在低头入轿时，翎子免不了上翘，此时跟班的便顺手将翎子轻轻一按，使之下垂，否则戳破了轿子事小，伤了三眼花翎可不是玩儿的。

大家都知道《杨门女将》中有个西夏王辽，可多数不知道西夏是中国的什么地方。原来西夏是羌族的一支，占领了宁夏、甘肃、陕西一带，号称"西夏"。谈起西夏人的装束来，恐怕《杨门女将》开始以京剧形式在舞台表演的时候，就已经没有仔细去研究了。如果认真地考据考据，倒也是蛮有趣儿的事。

以前辽金人剃发结辫，而蒙古人则环剃其顶发而结三搭辫。至于西夏，又有很大的差别了。司马光《涑水纪闻》卷二："曹玮知秦州，西蕃犯塞，上马出城，望见房阵有僧，奔马径来，于阵前检校。玮问左右曰：'彼布阵乃用僧耶？'对曰：'不然，此房之贵人也。'"由此可知宋朝的西夏人，多是剃发光秃如僧，耳加重环的，倒很像《佛山赞先生》里面刘丹饰演的和尚。原因是西夏人信奉佛教，不但官吏秃发如僧，如今发现的西夏文字，也以佛经为多。如此看来，西夏王辽和西夏飞龙王子都应该剃个大光头，戴个大耳环才是。不过如此一考究，关聪的打扮换了和尚，九妹也许失身不成了。

至于谈到服饰方面，看《杨门女将》各位演员们的打扮只是"戏装"而已，也就是京剧界的所谓"行头"。行头并非写实的服装，而是所谓"舞衣"，当然也就不能以考据历史的尺寸来量了。不过如今《杨门女将》的服装，倒也不全是京朝大角的"行头"，而是经过改良加工的，大部分接近粤剧大衣箱里的东西，所以件件都有机器彩绣的花纹，粗针大线，图案不古，加上折皱不堪，也就更显得像草台班儿的神功戏了。

五颜六色随便涂

如果是大锣大鼓的歌唱片倒也无所谓，但如今景是写实的（甚至有外实景，真山真水），穿着这种象征似的"行头"，就更显得不伦不类了。其实这也难怪，以一个电视片集能有这样的服装和阵势，已经很不容易的了。即使如今的邵氏公司，对服装设计也马虎得很，一样没什么专门人才，会画画连环图的"小人儿"，就算蛮不错的设计师了。用铅笔任意勾个稿子，然后用五颜六色随便涂一涂，做起来红红绿绿，穿起来花里胡哨也就行了。拍清装戏把假辫子一戴，头也不剃，谁还管得了是哪一朝、哪一代的？楚原老弟就叫小妞儿们在雪地里穿着透体的纱衣，满院子溜达，还真应了"早穿棉，午穿纱，围着火炉吃西瓜"那句话。

以前，我拍《江山美人》的时候，有一个文臣武将在朝上呼万岁的场面。根据说评书唱大戏的老行尊的说法，当然是文站东、武列西地两厢站好，等龙凤鼓响，景阳钟撞，皇上临朝之时，山呼万岁三拜九叩地一齐跪倒，所以文官腰横玉带紫罗袍，武官则顶盔、贯甲、罩袍、束带，这种装扮在已故服装专家卢世侯老兄的嘴里就叫半袍半甲。其实这是大错特错，不发兵打仗穿几十斤重的盔甲干嘛？走起路来寸步难行，多闹得慌？不用说三拜九叩，连蹲都蹲不下。

"恕臣甲胄在身，不能大礼参拜。"这是演义上和说评书的先生们常用的句子。是说大将军在阵前骑马见驾之时，因为顶盔、贯甲，上马要人扶，下马要人拽，当着皇上的面，理应威风八面才是，叫几个勤务兵往马下一扶一拽，成何体统？岂不是要多难看有多难看？

所以说，武将除了打仗之外，也和常人一样，总不能吃饭睡觉都顶盔、贯甲。当然，现在《杨门女将》的盔甲都是象征式的，甲片儿也不是生铁铸成的,全是机器绣出来的,最多钉几个银色的塑胶钉子,不过看着也挺累得慌的。若是杨门"男"将,还可以将就着穿穿,女将老顶着盔,贯着甲,外带扎着大靠,还不给累趴下?

还有湘绮的佘太君,发际上老扎着条带子,大概怕头套穿帮吧!其实在舞台上,唱大戏装病人的时候,才如此打扮呢。看起来老太君一定是对金刀老令公念念不忘,得了相思病了。不过周璇害了病相思,也不过是:"我这心里一大块,左推右推推不开……"想不到湘绮是:"我这头上一条带,左解右解解不开!"

以前,小时候在北平听评书,知道杨家枪和罗家枪都是令人闻风丧胆的。所谓杨家枪当然是杨家将的枪法,但一般对令公杨继业却称为"金刀老令公",看起来杨继业一定是用刀的了。至于罗家枪,说的是罗成的枪法,据说罗成最厉害的莫过于回马枪了。其实,也只是说评书的神聊,二马一错镫之时,其快如飞,回马枪如何回法,我看也只是说说罢了。所以,老舍写了一篇短篇小说《五虎断魂枪》,把这种枪法,说得神乎其神,不过由故事开始到故事终,始终没见老英雄玩过一手儿。"五虎断魂枪"只是摆在院子里唬唬人而已!

北方的戏曲、评话,使几位史无可考的男男女女都成了名,在听众的心里生了根。在山东一提起打虎英雄武松武二郎,人们马上就在心里有一个彪形大汉的影子;一提大破天门的穆桂英,马上在心中也涌上一位威风凛凛、不可一世的女英豪。其实他们两位还都是没有历史根据的,有也是捕风捉影式的。

杨家将当然是有历史根据的,《宋史》二百七十卷的列传三十一,就有杨业的传略,说道:"杨业,并州太原人,父信,为汉麟州刺史。"原来金刀令公还是个好喝醋的老西儿。史上说他和契丹打仗——"身被数十创,士卒殆尽,业犹手刃数十百人,马重伤不能进,遂为契丹所掳，其子延玉亦殁焉，业因太息曰：'上遇我厚，期讨贼捍边以报，而反为奸臣所迫，致王师败绩，何面目求活耶！'乃不食，三日死。"

他所说的奸臣，指的就是大将军潘美。因为他"俄闻业败，即麾兵却走。"所以，皇帝闻业绝食致死，马上把潘美降官三级，监军王侁除名。这位王侁就是《杨门女将》的小花脸王丞相。

至于杨业究竟有几个儿子呢？倒也有明文记载："业既殁，朝廷录其子供奉官延朗为崇仪副使，次子殿直延浦、延训并为供奉官，延怀、延贵并为殿直。"

延昭本名延朗，也就是演义小说中的杨六郎，在正史上六郎杨延昭的儿子就是杨文广，字仲容。至于杨文广的爸爸杨宗保怎么来的，就不知道了。没有杨宗保，当然也就没有穆桂英，当然更没有丐帮的石帮主了，因为那年头连创造丐帮帮主的金庸还没有生出来的关系吧。所以，什么事都不可能太较真儿，较起真儿来还真是越较越乱！我赞成请老太君喝一杯"忌廉沟鲜奶"之后，和西夏王辽联手跳跳"的士高格"，管他什么民族意识，道德传统，更遑论什么历史依据了。正是：

历史人人会造，各有巧妙不同。

《中国怪谈》与王菊金

最新作品的《天云山传奇》和《巴山夜雨》，拍摄的手法一如"文革"前的《林家铺子》。大陆上虽然也有些新导演，但比之港台两地新导演的数量可就差得太远了，多数还是些老导演在把持着。和卜万苍同时期的汤晓丹、陈鲤庭都在拍戏。据说汤晓丹的《傲蕾一兰》拍得场面很大,成本很高,但是吃力不讨好,成绩甚不理想;陈鲤庭本来筹拍陈白尘的《大风歌》,原定演吕后的居然是我在永华训练班的同学冷仪,久无消息,在上海出版的戏曲杂志上才看到,原来她回了上海之后一直用严丽秋的名字在上海人艺演出话剧,是一位颇有成绩的话剧演员,否则也不会被选为《大风歌》的女主角了。不过据说筹拍期间导演和编剧有些意见,加上预算太高,上影厂怕和北影的《大河奔流》一样,吃力不讨好,所以宣布停拍了。据我看,这真是上影厂的明智之举,不信大家买本《大风歌》的剧本看看,不要说在香港没有人看,恐怕在大陆上看的人也不多。所以,我认为大陆现阶段的电影,可称为一个"老"字。虽然听说女导演凌子拍的《原野》手法很新,但曹禺先生的《原野》用什么手法可以把那种观念新起来呢?

  台湾的新起导演多得连我也没办法叫得出他们的名字。这一次我在洛杉矶看到一部代表台湾参加奥斯卡最佳外国影片的《中国怪谈》,导演者是王菊金。放映的地点是影艺学院三楼的放映室。这多数是他们学院的评审委员们看的。我因为听说是一部中国片,特别请卢燕带我去看了一场。他们这些人看片子有个很怪的习惯,就是看了一两本之后,觉得不好的影片,马上纷纷离座,宁愿走到大堂上吸烟,聊天等下一场。不过《中国怪谈》放映的时候还好,一直到第三本第一节完了,还没有一个人离座,不过在第二段故事放映了一半不到,大家就开始抽烟了。

  《中国怪谈》的原名叫《神驹古刹》,形式和日本的《怪谈》一样,也是几个小故事组成的。日本《怪谈》是"雪女""黑发""无耳芳一""镜中人"等四段,不过上演的时候,因为片子太长,经常是把"镜中人"删掉了的。所以《中国怪谈》只拍了三段,"神驹""古刹""镜中人"。导演是我不大熟悉的王菊金。反而第一段的女主角胡茵梦倒和我有过两面之缘:一次是她们母女同到香港的时候,特别到我家来看我,聊起天儿来,才知道她们是正红旗的满洲人(是不是正红旗和别的旗就记不大清楚了)。

和胡茵梦见的第二面,是在汉城的巴拉莎酒店。那时我正在拍《乾隆下江南》的外景,一方面也筹备拍摄《红楼梦》。原先预备找胡小姐演薛宝钗的,事前也曾经委托邵氏的驻台经理马芳踪兄联络过,好像原则上没有多大问题,只不过胡小姐想看看剧本,所以才有我和她在汉城见面的事。

那时胡小姐还没跟李敖结婚,只是和牟敦芾恋爱。我们谈得很好,胡茵梦也毫无异议,谁知道在我回港正式开拍《红楼梦》的时候,她忽然提出说,在台的片约太忙,无法分身,所以我不得不临阵易将,改请米雪饰演薛宝钗。其实,在此之前,我根本不知道胡小姐的演技如何,直到洛杉矶的影艺学院,才正式地欣赏到胡小姐的演技。

据说《中国怪谈》在台湾曾获得金马奖最佳影片奖。这一次市政局主办的台湾影展中,也选了这部影片。影片是在很少的成本下进行拍摄的,据说只有新台币七十万元(约合港币十万元)。所以片中的布景因陋就简,服装也将将就就,但是看得出导演王菊金颇为用心,也颇有兴趣和禅味。在自己的国内本应对这样有理想、肯认真但无实力的电影从业员们予以鼓励,但选拔出去代表台湾参加国际影展,就未免太存奢望了些。

第一段"神驹",是说胡茵梦扮演的少女忽然许下一个誓言,要下嫁给家中的一匹白马,结果梦幻成了真。这一段故事倒也很别致,胡茵梦也有些微的暴露镜头,但只是一个大远景,又是通过电影的叠印技巧进行的,所以只给观众一个模糊的概念而已。胡小姐的眼睛不大,属于东方式的丹凤眼,妩媚有余,但演起戏来没有办法充分的利用这所谓灵魂的窗子,所以显得表情呆滞了些。用我们内行的说法,就是太温了些,不过她的东方美倒也相当吸引人。

节奏如文章没有逗点

观众们倒也静静地把《中国怪谈》第一段看完,可是到了第二段的"古刹",一开始观众还想看看另外一位东方小姐,可是看来看去,都是那些强盗、公差,所以也就耐不住性子了,纷纷离座,跑到大厅里去喝咖啡,吸烟仔去了。

事实上三段故事中,也是以第二段"古刹"最差。我倒是挺喜欢第三段"镜中人",讲起禅味好像比我拜弟金铨的《空山灵雨》还有灵气儿。不过等到终场的时候,场上除了前面有两个中国人之外,就是后排的我与卢燕夫妇了,倒的确是中国人看中国片了。另外有三个外国佬,一直到我们离场,他们还在里边鼾声震天,倒的确是影艺学院的"怪谈"。

虽然如此,我对导演王菊金还是相当看好的,无论如何他是位有理想、肯创新,又有斗志的导演。假以时日,能有足够的制片费,他一定会拍出很好的影片。以我来说,要我看《巴山夜雨》或者是《天云山传奇》的话,我宁愿看《中国怪谈》了,尽管前两部影片的制作费超过后者十几二十倍。因为《陋室铭》起首写道:"山不在高,有仙则名。"电影导演也要讲神采和灵性,那王菊金比之前两位导演要有灵性得多了。也许是框框太多,婆婆太多的关系吧,你看有几个童养媳不面黄肌肉,不无精打采的?

谈到神采和灵性,那在香港的几位新制片、新导演身上,就更表现得生动异常了。最近上映的《鬼马智多星》的"鬼马"二字,大概可以说明我所谓的神采和灵性了,不仅戏的内容鬼马,导演的手法以及制片人的头脑都是鬼马精灵得厉害。这类的影片也足以代表香港式的影片吧!老实讲这种影片拿到大陆去放映,恐怕没有人能接受,节奏快得令人喘不过气来,连我这老香港进了戏院,都好比进到的士高格的夜总会里一样。大佢女白韵琴在电话里谈到这部戏,问我看后的意见。我说,好像文章里没有逗点,音乐里没有休止符号,只有动若脱兔的"动",而没有静如处子的"静",所以动久了也就麻木了。开机关枪都有停止的时候,可是它没有。说笑话到抖包袱的时候要给人笑的时间,演讲到了情绪激昂的时候,也要给观众鼓掌的空档,连这种间歇都没有,观众想笑,笑不痛快,想拍手,两个巴掌也拍不到一块儿!大佢女听后恍然大悟:"哇,我还以为我太迟钝,节奏跟不上,原来人人如此!"

这就是我说的老、中、青。至于什么时候才能三结合,恐怕由于生活方式及社会形式的不同,合在一起也是水沟油,而不是忌廉沟鲜奶。

武松打的是母老虎

以前,在北京的庙会或天桥市场里,都有一种变戏法的,师父口说手变,什么"仙人摘豆",什么"萝圈儿当当",应有尽有,小徒弟在一旁敲打铜锣,和师父一答一对。似乎香港大笪地也有类似的走江湖卖艺的。

一个敲锣一个搭腔：

伙计，慢打锣，

（当当）

打得锣多，

（当当）

锣吵耳。

（当当）

北京变戏法的也是大同小异，不过换了套词儿而已：

"一二三四五（当当），金木水火土（当当），要得戏法成（当当），还得加点土（当当）。"然后由地上抓起一把黄土一撒之后，即刻鱼龙变化。有的词句不同一些，不过也大同小异："一二三四五（当当），上山打老虎（当当），老虎没打着（当当），吓我一身毛（当当）。"我卖咸盐的捋胡子，闲扯淡了半天，主要的就是这句"上山打老虎"。原来我拍的《武松》里面要打的老虎，终于千呼万唤始出来，只不过"虎仔在肚未出面"而已。原来那只准备给武松打死的山中王，是不折不扣的母大虫，非但是母老虎，还是个待产的孕妇。

虽然《水浒传》里，从未标明景阳冈上的老虎是雌是雄，不过想象之中，总应该是只雄赳赳、气昂昂的白额老虎。如果说武松打的是母老虎，总觉得有些滑稽突梯。不过仔细想想，倒也没有什么不合理之处，既然十字坡武松打店，对手是母夜叉，景阳冈武松打虎，也理应是母老虎。

在我们全体外景队出发之前，公司的制片经理蔡澜已经去了泰国一次。据他告诉我，那只母老虎的名字叫"柳娘"（名字还真像个大明星），他曾经攥紧拳头，送到柳娘的嘴里。他形容当时的心理多少总有些怕，所以送到虎口的是左手，心想万一不幸给柳娘一口咬掉，留下右手还可以照样写字、刻图章。还好柳娘对他这位小白脸嘴下留情，容他将来在墓志铭上威番一阵：

  蔡公者生前胆识过人，虎嘴边捋须，虎口内拔牙，视如等闲事尔……

  蔡澜心惊胆战地露了一手之后，老虎的主人朴容聘（Prompon）特别给他放映了一场电影，是柳娘以前拍的泰国片。据他说柳娘在片中的表现凶猛无比，所以认为她非常适合在《武松》的景阳冈上演出。回到香港，把情形向老板报告了一下之后，六先生一定要我亲自再去一趟，因为除了老虎之外，还要找找外景的地点；有没有适合景阳冈的地点还不一定，大队人马开了去再去找外景总不大好。所以把《扬州十日》搭好的布景先搁下，离别了家中的母老虎，到泰国去会会柳娘，找找景阳冈。

  以前自己组国联公司的时候，倒也去过曼谷一次。由于国联公司的影片是买给西舞台的陈成，所以也由他属下的发行公司招待我。因为是过境，停留了七十二小时，所以只到市区观光一周，到几个著名的庙宇里参拜了一下而已。

三绝诗书画

  由于是走马看花，对曼谷的印象当然也就模糊得很，唯一不能忘怀的是，天气真热，马路上都直冒热气，坐在车中看远处的马路，清似水明如镜，还以为前面下过雨，及至走近一看，什么也没有，问问当地人，才知道是地气。

和蔡澜、陈景琛两位出门看外景，这已经是第二次了，几年前到韩国汉城去拍《捉奸趣史》之时，就已经同煲同捞过，所以，这一次奉旨免费游埠，倒也是件蛮开心的事。所以飞机一上天，我们都像长了翅膀一样，把心里的闷气全吐个精光。

蔡澜是电影圈中少有的文人。大概完全是世代相传的关系吧，他的老太爷是邵氏公司的"开国元勋"蔡文玄（字石门）老先生，诗词歌赋、琴棋书画无一不精，经常以柳北岸的笔名，在报章杂志上发表散文和诗词。没退休之前在邵氏公司的时候，香港要拍些什么片，剧本一定要蔡公先过目。他自己也写写剧本。夫人洪芳娉女士是新加坡南安学校的校长，从事教育事业三十余年，可称得桃李满天下。石门先生七十五岁，夫人七十一岁，本年刚刚度过了结婚五十周年的金婚纪念。前三年老夫妻双双退休在家纳福，有时也携手旅游一番，经常写写书画，与子女和朋友们谈笑，既幽默又随和，乐享天年，与世无争，倒也自在逍遥。他老先生真可以和扬州八怪的郑板桥媲美：

一官归去来，
三绝诗书画。

他们生有一女三男，长女蔡亮，如今是南洋女子中学的校长；长子蔡丹，是新加坡邵氏中文部经理；老二就是蔡澜，是香港邵氏的制片经理；老三蔡萱，是新加坡广播局的高级导播。他们三兄弟都是南洋大学毕业的。蔡澜毕业了之后，又到日本大学读了四年艺术科的电影系，蔡萱跟哥哥一样毕了业也到日本读电视学校。蔡澜正式学过编导，如今却学非所用的做了制片，表面看来虽然都是电影界，编导和制片还就是不大相同。蔡澜是不折不扣的艺术家，制片必须要会精打细算，而蔡澜大手大脚惯了，所以不是生意经。

蔡澜的中、英文修养都很不错，所以他的写字间里跟别人的迥然不同，不认识他的，进了他的写字间，还以为走到什么博雅斋、集古斋了呢！图书字画，琳琅满目，加上他是金石名家冯康候老先生的得意弟子，所以非但字写得好，图章也刻得不错。

一个影圈中的怪人

蔡澜人又长得瘦瘦高高，很有点像阿伦·狄龙[①]的神气。讲得一口咸湿古仔，既风趣又幽默，外搭英语、日语都说得好，年纪又是花儿正旺的三十郎当岁儿，这种男人打着灯笼都没地方找，所以尽管结婚了很多年，还有很多英、法、德、意、日的小姐们，坐二望一地等着他。据说有一位法国的金丝猫和一位日本的什么幸子，为了他不远千里而来，在香港的什么山什么庙落发修行，剃去了三千烦恼丝，披起袈裟入了空门。想不到"不披袈裟太多事，披起袈裟事更多"，难怪蔡澜老弟有一阵子面有菜色，波澜不兴了，正是：

　　学贯中、英、日，
　　情通海、陆、空。

---

① 即阿兰·德龙（Alain Delon）。

蔡澜不仅是影圈中的文人，也是影圈中的怪人，不管走到世界各地，声色犬马，全都入境问俗，随遇而安。譬如到了汉城，他就带着我拐弯抹角地钻到一个地方色彩浓郁得很的高丽饭馆子里，里面烟雾腾腾的，很像公共食堂。我们刚席地盘腿坐好（他盘腿，我则只是坐好），就上来一位六十岁上下的妈妈桑，标准高丽棒子的又圆又扁的身材，和又圆又扁的大扁脸。蔡澜看见她，马上满面堆笑地立起身形，双手一张，真情流露地叫了一声"妈妈"，和台湾歌星方正唱的"妈妈、妈妈"一样。那位老太太也和他一样，张开双手，一个拦腰就把他紧紧抱住，两个人的头靠在一起，把脖子左拧右靠一番，完全像和苏联的赫鲁晓夫行见面礼的架势。还好我知道蔡老太太是洪芳娉校长，否则的话，还真当蔡澜是那位韩国老太太生的混血儿呢。他们娘儿俩行完了拥抱礼之后，老太太一一向我们招呼。原来蔡澜能和老太太亲如母子，完全是为了大家都能说日本话的关系。普通我们到高丽馆子吃韩国烤肉，左一碟子右一碟子的韩国泡菜都能端上七大碟子八大碗，这下子到了汉城，吃到了正式的韩国菜，老太太又以妈妈的心情招待儿子，你想这前菜还能少得了？对，不夸张，一盘子一碗的，大小足有四十多盅，喝的又是韩国米酒，加上蔡老弟饮起酒来，又是豪迈得很，大有李白《将进酒》的气势，谈笑风生，低吟浅喝，居然扯开嗓子嚷嚷起来，乍一听还以为是什么"与君歌一曲，请君为我倾耳听"呢。可是仔细一琢磨，又不是那么回事，原来他老弟唱的是韩国民谣："阿里郎，阿里郎……"

他这一唱不打紧，那位又圆又扁的妈妈桑一边拍手，一边扭了过来，还真有点像酒缸搬家，居然也跟着扯开嗓子"阿里郎"起来。接着此起彼伏，满屋子里的客人都"阿里郎""阿里郎""阿拉白眼狼"。我冷眼旁观，这位潮州能（人），不得不写个"服"字，我也不能干坐着不动，也只好跟着哼上两句："潮州能，潮州能，你是能上能。"

到了高丽是如此，到了泰国呢，他更像到了家一样，因为韩国他说日本话，到底还隔了一层，到了泰国他说潮州话，更像如鱼得水。

到曼谷喝泰国五味汤

在汉城他带着我吃妈妈桑的高丽泡饭，到了曼谷，他又带我们到街边的大排档上去喝酸甜苦辣咸的泰国五味汤。别人呲牙咧嘴，辣得倒吸凉气儿，他却吃得津津有味，热汗直流。最怪是他不管生冷，有什么吃什么，他吃东西好像别人抽烟卷一样，不管什么时候，也不管什么地方，只要看见有卖粥、粉、饭、面的，就来上一碗或者一碟。人家说少食多滋味，他是多吃味更香。这都不算怪，别人是越吃越胖，他是越吃越瘦越腿长，肚儿扁，脖儿扬，二目圆睁放豪光。他有一个毛病，工作的时候工作，不工作的时候，提起电影就心烦。最妙的是他有一句名言，你如果和他一起饮酒吃饭，忽然兴起，谈起电影，他马上会一板脸，把筷子使劲朝台上一放："你看你，吃饭的时候，提这种扫兴的事儿干嘛。"你看妙也不妙？

他的酒量不错，所以一上飞机，什么东西也没吃，就和空中小姐左一杯、右一杯地要酒喝。直到空中小姐报告飞机就要抵达曼谷并已开始降落了，别的客人都要整理行装准备落机的时候，他反而把酒杯一放，倒头便睡，居然给他鼾声大作地睡了足足的十五分钟。别的客人还没落完，他已黄粱梦醒，慢条斯理地整整衣襟，一提旅行袋，开始起步，一下飞机，神清气爽。这种忙里偷闲的潇洒劲儿，比之古人的"吾醉欲眠君且去"，还真是不遑多让。

第一次和蔡澜见面，是他在台湾拍《梅山收七怪》的时候，还是他现在的夫人张琼文女士替我们介绍的。他第一次给我的印象，就是腿好长，脖子也好长，整个人的感觉活像个螳螂。没谈上两句话，他就晃晃悠悠地走了。那部戏好像是香港邵氏和台湾日茂公司合作的，蔡澜是邵氏的制片，张琼文是日茂的老板，《梅山收七怪》刚一拍完，张老板就叫这位影坛一怪收到蔡家，成了蔡老板娘了。

　　那时蔡澜刚由日本东京回来不久。他在日本读了两年电影之后，又在东京替邵氏公司的写字间帮忙了四年，主理一切和日本的合作制片事宜。因为那时香港的邵氏影城还没有彩色冲印设备，所以一切出品都在日本冲底片，印拷贝，地点是坐落在五反田的东洋现像所，所以总要有人打理。那时国泰也在日本冲印片子，地点是调布区的东京现像所。两大公司在香港、星马都势如水火，在日本也是势不两立。

　　除了冲印、剪接的事务之外，有一阵子邵氏也聘请日本导演拍了些合作片，不过把日本导演的名字都改成了中国人的味道，譬如《金色夜叉》和《相逢有乐町》的日本名导演岛耕二，就曾经改名叫史马山，拍过陈厚、丁红、王侠等主演的《裸尸痕》。这些影片都是蔡澜制作的，名字也是蔡澜替他们起的。譬如岛耕二改名为史马山，就完全是他的独出心裁，因为中国有个电影导演叫史东山，他一想，算了马马虎虎吧，就史马山得了，死马当成活马医吧。如果是我就不给他叫史马山了，干脆史西山，反正东山一把青，西山也是一把青嘛！

　　本来、我在台湾的时候，日茂的老板张琼文女士也常到国联来串门子，也曾经想和我合作，要拍一部《三笑》，以唱黄梅调为主的。她的人选是国联的五凤老幺甄珍和当时在台湾红得发紫的邵氏明星凌波。她倒想得真妙，她的日茂加国联，加邵氏合拍一部凌波、甄珍主演的《三笑》，由我导演，不只三家都笑了，她的日茂也就更日茂了。不过香港的六老板一听笑了,新加坡的三老板一听也笑了,这才是一言惊醒梦中人,马上告诉张琼文女士:"好格,好格,《三笑》交关好格,阿拉邵氏'三笑'好了,侬两家头弗要笑了,免得闹双胞。"

蔡澜和琼文女士结婚之前,当然要征求双方家长同意。张家对这位乘龙快婿当然是心满意足,文玄夫妇看过琼文小姐之后也是心花怒放,因为她不仅贤淑端庄,美貌大方,还真是气质文雅,本事高强。如果结婚后蔡澜夫人仍继续制片的话,相信一定是位很不错的制片家,可是谁也不相信,一迈进蔡家的门口,电影圈的事她绝口不提,好像跟电影这一行当从来没有接触过。

天一创业作《立地成佛》

我和文玄先生初次见面,还是二十一年前的事。那年我三十五岁,随邵氏代表团到吉隆坡参加第六届亚洲影展,回程在新加坡停留了几天,才见到久闻大名的文玄蔡石门先生,算起来,那年他五十四岁吧。

我说久闻大名,倒是一点都不夸张的。我开始与邵氏父子公司定约的时候,就听说新加坡兄弟公司的两位老板,有一位"文胆"石门先生了。当时香港的电影剧本全要新加坡方面通过了之后,才可以开拍,而在新加坡看剧本的人,就是蔡石门先生。石门先生的"石门",正像康有为的康"南海",李鸿章的李"合肥"一样,也是个地名,因为他的原籍是潮州石门也。

好像新加坡方面除了三、六两位老板之外,就是石门先生话事了。有时候两位老板都认为不行的事,只要石门先生点点头,认为还可以,不可以也就变成可以了；相反，石门先生一摇头，一摆手，两位老板就连看都不看一眼了。

据说邵氏兄弟首先到南洋的，是三老板。开始只是租了辆小卡车，拿着皮包机，到四乡八镇去放映，很像军队里的电影放映队，后来才在怡保租了间小戏院，有时连放片子、贴广告都要自己动手。那时六老板还在上海帮大哥醉翁先生做些天一公司的杂务事体，帮助剧务送送通告和接接演员什么的。那时期胡蝶是天一公司的明星，逸夫先生时常开着车子去接她拍戏。胡小姐在拍我导的《后门》的时候，曾经和我聊起六老板。她说："我们大家都叫他小阿弟，他在公司宿舍里，跟王厂长（新甫）睡上下铺，住在一个房间的还有以前在南洋公司开小商店的王老板，听说他们还是姑表亲哪。小阿弟替公司送通告，也接送演员，后来还帮助在黑房里倒倒片子什么的，对了，小阿弟还当过摄影师呢。"

你看，如今的邵爵士还真是电影界的三考出身呢。他去了新加坡不久，蔡石门先生就开始帮他们两兄弟做事了，所以说蔡先生是邵氏兄弟公司的元老重臣，应该是正确的。兄弟公司的"兄"是三老板仁枚，"弟"是六老板逸夫，而石门先生是兄弟公司的异姓兄弟，和两位老板情同手足。

上海的天一公司是民国十四年（一九二五年）六月成立的。大老板邵醉翁先生原是律师出身，因为经营生意失败，所以改行搞文明戏，办了一个和平新剧社。天一公司的创业作《立地成佛》，多数演员就是和平剧社出身的，由高梨痕编剧，邵醉翁导演。第二部影片是《女侠李飞飞》，由高梨痕、邵邨人联合编剧，仍由邵醉翁导演，主演者是吴素馨女士。那时邵氏兄弟的分工是：老大导演，老二编剧，老三管发行，小阿弟老六那年十八岁，当然只能派派通告，接接演员了。

我是民国十五年四月出世（旧历三月初七），而天一公司的成立刚好大我十个月。我今年五十六，三老板到南洋的时候，也就是天一公司成立的民国十四年，说起来是五十七年前的事了。

他到南洋发展的原因，开始是为了明星公司的周剑云和新加坡的一间曼舞罗戏院订有合约，双方言明，除了天一公司的出品，任何公司的影片都可以放映。如此一来，天一在南洋的发行就永远受抵制而无法展开，所以老大醉翁先生，才派老三仁枚出南洋打开局面，带去的影片就是《立地成佛》。可是他到了新加坡也是一筹莫展，立地有份，成佛未必，只能站在街边，看着曼舞罗戏院门前，挤满了看明星公司出品的观众们，两眼发愣。他当即立下了一个志愿："终有一天，我把这间戏院拿下来！"

读者不可不知，如今新加坡的邵氏大厦，正是曼舞罗戏院的所在地。一二三楼都是兄弟公司的写字楼。当然了，拿督邵仁枚先生早已"立地成佛"，点止拿间戏院咁简单。

职业与事业的分别

一九二八年底，三老板得到槟城王景城先生的支持，主持了一间"海星影片公司"。开始租了怡保的戏院，由于要人手帮忙，所以把小阿弟六老板由上海调到南洋。一九二九年租下了新加坡的华英戏院，天一公司的影片才能正式和明星分庭抗礼，在南洋立足。蔡石门先生也就是这年加入兄弟公司的，开始他以书记之名，也兼影片宣传事宜，一直升到华语片场经理。

可是，只有三年光景，由于市面的不景，也带来海星影片公司的噩运。石门先生也就回到汕头，一方面教书，一方面在报上发表文章度日。一九三七年，卢沟桥事变，邵氏兄弟公司正式在新加坡成立，所以两位老板又写信给石门先生，请他再来携手合作，并肩作战。他又返新，直到一九七三年退休为止，在邵氏整整的做了四十年。

三老板初到南洋的时候，英文也只会写ABCD的字母而已，他的老友胡阿六认为应该娶一个当地的小姐，学习学习英文才是道理，于是三先生就和怡保的潮州郑小姐结了婚，不过没有几年就分手了，后经沈吉诚先生的介绍，和苏薇冰女士结合迄今。

那时新加坡新世界娱乐场的王文达、王平福两兄弟对仁枚先生也大力支持，所以天一公司的出品，也在新世界的电影院中放映。新世界和上海的大世界一样，除了电影院，也有戏院、歌厅、舞榭，每天也是人山人海，热闹得很。

一九七三年石门先生退休之前，三老板开始怎么也不答应，认为他一直和自己并肩作战，也理应和自己同进退，如果不是蔡夫人和三老板说项，恐怕石门先生到现在还退役不下呢。洪芳娉校长说："你们两兄弟和石门不同，你们是事业，而石门是职业。你们的事业由怡保而新加坡，而吉隆坡，而香港，而全世界发扬光大，蒸蒸日上；可是石门呢，至今两袖清风，仍是公司里的一位小职员。不只他是，我们的两个儿子蔡丹、蔡澜都是。如今既然子承父业了，你就命令这条老牛休息吧。当然公司付与石门的待遇不薄，你们贤昆仲也很器重他，我不能说他吃的是草，挤的是奶。就算他吃奶挤奶吧，年纪大了，一切机能都衰退了，恐怕也挤不出什么来了。今后公司里需要他效什么犬马之劳的，就由我们小辈们顶上吧。"就这样情词恳切地说了几次，三老板才算勉强点头放行。

说真的，人不到退休的年龄不会了解"职业"和"事业"的分别。

尽管归根结底都是一样，不管你是公侯将相，一样离不开生老病死，就算你有生之年富可敌国，死后一样是臭皮囊一个，白骨一堆，或是骨灰一罐。

我三十八岁的时候，经国先生约我谈话（那时的"国防部长"是俞大维，他只是"国防部"的副部长），在他的写字间有幅于右老写的对联：

　　计利当计天下利，
　　求名应求万世名。

这才是真正的名，共享的利，所谓"先天下之忧而忧，后天下之乐而乐"。

蔡石门先生在主理邵氏"华文部经理"的时候，曾经做了一件了不起的事，就是把当年邵氏出口的剧本，一一合订成册，然后用浅蓝书面精装，本本都烫上银色的"影剧"二字，这就是当年父子公司的油印剧本由普通的八开本改为十六开本的原因。这形式一直维持了十几二十年，所以石门先生的四个书架里整整齐齐地摆满了"影剧"的合订本。

老虎待产要延期

泰国是个佛教国家，所以乍一到曼谷，还真有满天神佛之感。订好酒店，把住处安排好了之后，就和蔡澜、陈景琛两位去参观一下准备替我们拍内景的片厂。本来武松在景阳冈上打虎应该是晚间的事,在外景地点拍摄,当时可以在摄影机加"菲而特"①拍日光夜景。但是老虎的主人认为有问题,因为他的老虎都是自小在家中养大的,万一放虎归山,它的野性一发,六亲不认,全世界一通乱闯乱撞地跑走了,那他就得不偿失了。所以坚决主张在片厂内搭布景拍摄。

那是一间家庭式的片厂,一间写字楼和一间两百四十尺长的片厂,中间一分为二,A棚供拍戏或电视之用,B棚租给了一间造纸厂,日夜不息地开工,机器声像机关枪一样的连发连放。我进入片厂内不到十五分钟,已经震耳欲聋,两眼直冒金星儿。片厂倒是够宽够大,只可惜太矮,景阳冈的布景要搭三四尺的高台,才显出是高低不平的山冈样子,那武老二站在山冈之上,倒名正言顺地顶天立地了。布景师和我都表示了相同的意见,只好外出找适合的外景拍岗,否则老虎一窜一跳,就上了天桥。

到厂主的写字间坐了坐,看见他的老婆孩子就坐在里面的玻璃房内吃榴莲,虽然隔了两层玻璃,但一推开写字间的门,还是一阵熏人欲醉的榴莲香味。这是出产在南洋一带的奇香异果,我这个东北人喝喝豆汁儿还可以,对榴莲的香味还是一点都不流连,但又不得不强颜欢笑地坐一阵,否则把打布景的计划打消了,连回都不回人家一声,岂不太失礼。

接下来是开了将近一个钟头车,去拜访老虎的主人。先到他开的一间森林咖啡馆,院子里的笼子养了两头老虎和两个狮子,咖啡馆内更是奇禽异兽,琳琅满目。主人朴容聘长得还黑黑胖胖,有点像二十年前的李昆,但比李昆要矮半个头。他听说我们准备到外面的山林处拍摄,先是皱了半天眉,及至我们将困难解说了一下之后,

---

① 菲而特:英文 filter 的音译,滤光片之谓。

他也只好勉强答应，说是只好拍摄之前，先把地点和范围告诉他，他好事先把场地用铁丝网围起来，但这笔额外支出要公司负担的。蔡澜当即答应，因为省去了租厂及搭景的费用，里外相抵，也就差之有限了。

然后再到他家中看了看，据说他家中大小老虎还有十几头之多，不过却是凶猛有余，而没有拍片经验的；有经验的那头柳娘又在待产期间。不过他再三声明，两个星期即可以生产，产后再休息两个星期就可以拍片。我一听心又凉了半截，本以为看过外景和老虎之后，马上可以兵发曼谷，武松打虎一番；如今一听，恐怕最快也要等一个月之后，才能上得景阳冈。问主人可否换一只老虎？他说当然可以，不过你们恐怕要损失一个演员。看他边说边笑的样子，我马上想起抱着大白胖儿子的陶敏明，再说狄龙恐怕还有其他戏没拍完，所么只好打消了这个念头。当天晚上，只好借酒消愁，和陈、蔡二位痛饮一番，因为不要说三杯不过岗，一杯不喝也是无岗可过，所以不喝岂不是白不喝？

在泰国找到了景阳冈

既然不能拍内搭景，当然要出去找找景阳冈的外景。曼谷市内，除了接二连三的金碧辉煌的庙宇之外，连棵大树都没有，一望无际的平原，连个小小坡也没有，哪里去找景阳冈？

邵氏的代表刘辉兄说："在曼谷要见山，起码要搭两个钟头的车。我们先到北标府去看看吧。"于是由他开车，越过飞机场，在高速公路上开了足足有一个钟头，才看见山的影子。有一句话是"望山跑死马",又走了一个钟头,才算走入山谷,在公路上兜来转去的老半天,没看见一处合适的地点。刘辉忽然想到"小西天",马上转向直奔抱木寺的"小西天"。

凡在北京住过的人,一听"小西天",马上就会想到北海公园,五龙亭旁边的"小西天"。不过在我念小学的时候,那儿就已经残破不堪了。抱木山雷音寺的"小西天"和北海的可完全不同。

起初,我还以为"小西天"有什么景阳冈可寻呢!及至到了雷音寺一看,才知道完全不是那么回事,只是一座香火鼎盛的庙宇而已。我心中不禁对刘辉兄不满起来,上海佬讲话:"大热天,寻啥个开心!"

雷音寺里最著名的地方,是古时候遗留下的佛脚印,如今刚好在这只脚印上,盖了一座雄伟庄严的琉璃塔。我们进殿看了看,在殿的正中央,金雕玉砌的围绕之下,有一个两尺半长,一尺多宽,深七八寸的石坑,前圆后方,的确像很一只大脚印。其实也只是说说罢了,佛法管无边,佛脚也不会如此之大,也许叫临时抱佛脚的善男信女们抱大的,捧大脚的捧大的,放印子钱的人放大的吧!

我和陈景琛不仅参拜了佛脚印,也买了条敲钟的禅枝(这是我瞎诌的名词,贪其写着"热闹过瘾"而已,反正这年头行家看门路,力笨头看热闹),然后在塔院的钟林里,叮叮当当地敲了一阵。我在前边敲,景琛在后边跟着打,一下子惊动了卖花、卖供果的孩子们,还以为来了两位贵客呢,忙着捧着花串、供果跑到塔院里。我虽然是个佛教徒,但早已忘记了上供拜神的仪式,所以笑了笑溜之乎也。

蔡澜坐在宾士车里,连动都没有动,问他大远地来了,为何不进庙里拜一拜?他答得倒也干脆:"我是与佛无缘的人。"

看了看时间已经将近下午四点半,回曼谷要两个半钟头的路程,所以赶忙上了车,开往后山,经另一座庙宇回曼谷。那座庙前,有一座中国式的牌楼,柱子上写着上下对联,看样子很像北京阜成门外的白云观,当然规模要小得多。回望对面的山头,有一条羊肠小路,曲延婉转,而且断断续续的有些石阶。我马上想到,既有石阶,一定可以由此上山,如果对面也有路下山的话,正符合景阳冈的"冈",如果上面也能有片大青板石的平地,可真是天帮忙,佛保佑了。我马上循阶而上,想不到越上越高,路越窄,一路行来,口中忽然念起观世音的大悲咒来:"南无佛,南无法,南无大慈大悲广大灵感观世音菩萨……"

正走之间看见了横可丈二的一块大青板石,啊呀,天哪!这岂不和刘继卤所画的《武松打虎》里的景阳冈一个样子?眼一亮,心一明,马上走快了几步。果然,山上一片平整的草地,怪石嶙峋,古木参天,最妙的是旁边也有座山神庙,这不是景阳冈是什么?

我马上回头望了望,陈景琛在半山腰,而蔡澜比他更后几十步,看起来这些后生仔还真不大管用,跳起的士高格比活虾还生猛,一到爬山就腰酸背疼,十二个时辰占了仨——申(身)、子、戌(虚)。

经我一催一叫,他们两位都气喘吁吁地爬上了山。蔡澜前后左右地看了看,摇头苦笑了一阵,说道:"地方是很理想,可每天拍戏,机器和灯光器材怎么上来?上山下山的,岂不要把工作人员累死?"

我一听倒也言之有理,正在为难之际,忽然听见了雷音寺的钟声,朝后一看,不由得喜出望外,原来下边正是"小西天",有一条平整的石板路通到山上。我望了望蔡澜说道:"你还是与佛有缘的。"

回到香港,蔡澜马上刻了一块印:"与佛有缘。"据说后来叫张琼文看见了,夫妻还大吵一通,原来是为了那个什么和幸子:"别人不做尼姑,你就与佛无缘?"还真是冤哉枉也。

由我选好的外景地点下山到雷音寺的大门口,只要五分钟,上山的时候多一点，大概八分到十分钟的样子。最主要的是电力问题，如果是个荒山野岭，为了拍戏，抬着发电机到山顶，那就太麻烦了。如今山下不远处就有电源，真所谓易如借火。要说不是神佛保佑，还真的很难解释。

我问刘辉兄："是不是以前就知道'小西天'上边有这么一块平地？"他说以前来都没有来过，只听说此地有个"佛脚印"而已，开了两个钟头车，外景也找不到，口干舌燥，忽然想起附近的"小西天"来，不如带你们几位观光参禅一番，顺便喝点汽水罢了。

以前，只知道唐朝的三藏法师玄奘到西天取过真经，想不到武松也会跑到小西天来打虎。下了山之后，蔡澜因为找到了外景地点，所以一块石头落了地。出了庙门口，马上来了一碗鱼蛋粉，喝了两罐冰冻啤酒，又在庙外的小摊上，买了十筒用竹节煮的糯米饭，这才满载而归地上了车。

一手抱三虎

香港的电影制片人都不大愿意出很远地区的外景，由于预算太难掌握，又要支出演职员的旅费、膳费和零用钱等等；加上一到了外地，每个人都像观光客一样的满处溜达，精神太不容易集中，所以邵氏的制片部一听导演要出外景就头大。这也是《武松》外景一延再延的主要原因，最后居然在无可奈何的情况下，找到一头大腹便便的母老虎，还真应了"不入虎穴焉得虎子"的那句话。

据说这只母大虫柳娘女士，以前也曾拍过泰语片。所以我满以为它总是受过训练的，好像马戏班里的驯兽师，鞭子一响，狮子老虎都指挥自如，叫立就立，叫坐就坐。我在赌城看大型表演，一个女驯师，鞭子一响，狮子老虎围着她团团转，一声号令满台的狮子老虎都不翼而飞，化为乌有，把观众看得一愣一愣的。

所以，在我们外景队到达曼谷的当天，就马不停蹄地再开两个钟头的旅游车，进了北标的一间小旅馆里。放下行李之后，又连忙搭半个钟点车到了雷音寺。老虎的主人已在现场的周围立好铁丝网。柳娘和刚出世的小老虎，也已抬到山顶。大老虎倒是在动物园里看过，小老虎可是第一次见，看见它们其形似虎，而大小似猫，还真有个意思。大老虎样子凶猛无比，在动物园的笼子外面看着都怀得慌，可小老虎就不同，连牙都没生齐，当然不怕它咬人。所以我把它们一手三个，统统抱在怀里，捋捋虎须，摸摸虎口，英雄感油然而生。

有人说老虎生儿子，一定是一胎三子，并且是两虎一豹。但是如今看在眼中的，分明是三只不折不扣的小老虎，真不知这种传说是怎么来的！

工作人员忙乱了一阵，摄影机、反光板都布置好之后，遵老虎的主人吩咐，早晨尽量抢拍老虎的戏，因为太阳升得越高天气越热，穿着虎皮大衣的柳娘也就越加懒洋洋。所以第一个镜头，就安排了武松一个空翻落地之后，老虎一扑上前。狄龙的翻身练了几次，地位姿势全部合乎摄影师的要求，武术指导唐佳认为一切满意之后，马上叫虎场的工作人员抬柳娘到现场。

那只装老虎的笼子虽不是太大，但加上柳娘的分量也就不轻了，前前后后十五六条大汉，才算把柳娘女士抬到了摄影机旁边。虽然大家都知柳娘的性情温驯，绝不咬人，但是看它由笼子里慢步行出，每人都不自觉地退后几步，有道是："老虎不咬人（本来应该是猴子，照我看老虎更恰当），吃相难看"是也！

据说"云从龙,风从虎",所以有一个形容词叫"虎虎生风"。可是柳娘女士婀娜多姿地步出笼外,懒散散一步三摇,如果在它的头上戴一支"步摇"或什么花枝的话,一定有如朱自清先生笔下的形容:"照见了我的朱颜,比什么花枝都美丽"。

如果我是中医,会诊诊脉的话,一定会诊断出它是"产后失调",但见它走了两三步之后,就前腿直,后腿弯地趴在地下,完全把对面丁字步立定的武松,当成了伏虎罗汉。开始我还不明白,虎厂的主人一定要把三只小老虎放在狄龙身后,叫人抱着隐在草丛中的道理,到此时方知他先见之明。柳娘一伏地,草丛中的虎仔就哇哇乱叫,这叫声活像一针强心剂,柳娘马上柳眉倒竖地抬头起身,向武松的身后行去。

狄龙与老虎

开始,狄龙对着这只雄赳赳、气昂昂的大虫,还真有点害怕,乍着胆子,离它丈远之外,蹲裆式站好,举拳相向,柳娘睬也不睬他,懒洋洋地一步三摇,走向狄龙身后的三个虎仔身边,与狄龙贴身而过,居然连眼皮也没抬。所以两天戏拍下来,狄龙的武松还真成了"五松"了:拳松、脚松、耳松、目松,外加心情放松,把个柳娘完全当成了纸老虎。

拍摄期中,急得两位制片蔡澜和温伯南都是心焦如掏,在青板石上直转磨。蔡澜还好,阿温还要和他的公事皮包形影不离,帮助搬机器也好,抬老虎也好,总要紧紧地抱着他那只公事皮包,结果出了毛病。

第二天收了工，我刚到旅馆房间里，就听隔壁的蔡澜在大叫："糟了，我们门上的锁被人撬掉了。"

我也马上看看我的门锁，因为我房里摆着三件刚买回来的古董，一件嘉庆的青花瓷片，一件宋钧窑的大罐，另外一件汝窑的仿铜器小瓶，还好门锁无恙，古物仍在。我忽然想起了阿温的皮包，如果他的皮包有失，那我们外景的钱粮全部玩儿完。于是马上把我的想法告诉蔡澜，和他一齐跑到阿温的房间，到了门口一看，大吃一惊，门锁果然不出所料地被撬开，推开屋门进到房里一看，阿温可能和老虎的主人结账，可他偏偏一时大意，把那只公事皮包放在床前的台子上，皮包虽在，但已被撬得破碎不堪。蔡澜忙上前，打开箱子望了望，里面除了一些单据之外，一文泰币也无，港币美金更是无影无踪，只吓得我和蔡澜目瞪口呆，不知如何是好。

等场务找到阿温，和他歇歇喘喘地跑到房间里时，阿温倒也不慌不忙，里里外外地看着他的破烂公事包："糟，返屋企又要叫老婆闹。"

蔡澜急得直跳脚，马上说道："哼，岂止老婆闹，方小姐炒你鱿鱼都有份。"阿温仍旧不温不火、不汤不水地问了一句："方小姐干嘛炒我鱿鱼？"

我说："你把制片费都丢了，还不炒你？"

"制片费？谁说制片费丢了！我的制片费一向贴肝贴肺地带在我的内衣口袋里，放在皮包里还敢出门？"

到此我们不得不佩服阿温是猴骑骆驼——高人。所以名字叫温伯南，揾笨还真难也，连个公事包都要声东击西地用上三十六计。所以黄家禧一离开邵氏，温伯南马上就公侯伯子男地直线上升。不过阿温的为人一向和和气气，绝不会得意忘形地两脚朝天。

柳娘这头老虎

拍到第三天，柳娘的脾气仍和温制片一样。我只好要求虎主另换一只凶猛一点的老虎，他倒也颇为同意地说道："我换只老虎倒很方便，只要装笼运上卡车就行，只不过我要问问，你们一共有几位演员？"

我说："只是狄龙一个。"

他笑着说："好吧，那你就准备牺牲一位演员吧！"

曼谷的天气，经常是三十二三度，我们穿着恤衫，戴着草帽，还热得透不过气儿来。柳娘女士每天穿着件虎皮大衣，心烦意燥的，哪有心情拍戏？加上刚刚生下一胎三虎尚未满月，怎可又跳又蹦？所以，每天虎场的老板，都希望我们九点钟以前就开拍，因为旭日初升，热度不高，否则太阳儿上了三竿，那柳娘就更懒得动了。

有一天，我要拍摄一个虎跃龙门的镜头，是描写武松醉卧景阳冈的青板石上，突然一阵风起，鸟飞兽走，武松惊起，望见一只白额老虎立于山石之上。他一个鲤鱼打挺，立起身来，将哨棒持在手中，目不转睛地望着那只大虫；大虫一声怒吼，由山石上跃下，朝武松张牙舞爪地迎面扑来，武松一闪，大虫扑了个空，这英雄，回身站立搂头盖顶一棒打下。这一镜头准备到此为止，但是清晨早起，我们一切都准备好，演武松的狄龙也已穿挂整齐，虎场的工作人员将柳娘由笼内放出，它懒洋洋地一步三摇，好像刚打完二十四圈麻将，还没睡醒的样子，意兴阑珊，一百个不愿意的样子。好容易把它请到山石之上，它朝下望了望，扭头就跑，工作人员四个人也拉它不住，只好半拉半就地眼看它进了笼子。于是唐佳师傅和我说了个办法，他认为那块山石足有一丈五六的高度，不是月子里的柳娘可以跳得下的，建议先在地下铺上几层纸皮盒，然后再在纸盒上盖上一层草皮，再把三个小老虎抱在机器后边，如此这般的布置，估计柳娘爱子心切，或许能够由上扑下。但愿它一声虎啸之后，前爪一悬，后足一蹬，窜到数丈之外，狄龙一矮身形，朝旁一闪，柳娘由他头顶越过。

可惜，事与愿违，柳娘朝下望了望，见狄龙扮的武松，把哨棒一举，它就一个转身，朝笼子处跑去。后来才知道，任何驯兽师都是拿着棍子训练老虎的，所以老虎一看见棍子就走。但是武松又不能把哨棒放下，否则唐佳师傅设计的打虎棍，岂不是白费了心机？但是想尽了办法也是没用，最后只有把柳娘再抬到山石之上，由几下当地的泰国顽童们一边抱着小老虎，一边大力地咬着它们的耳朵，咬得三个小家伙叽哩咕啦地乱叫。柳娘这一下子可真的光火了，柳眉倒竖，虎眼圆睁，迅雷不及掩耳的一声怒吼，跳了下来，狄龙一闪，柳娘果然由他头顶越过，高兴得工作人员都鼓掌祝贺。可惜两部机器的摄影师都没来得及开机器，弄得两位都哭笑不得地直摇脑袋。

老虎有三威

扬州评书名家王少堂，和北京说评书的王杰魁老先生一样，南北二王，一位说了一辈子《武松》，一位说了一辈子的《七侠五义》。王少堂说到武松打虎时的那只老虎时，用前人的《虎赋》来描写它：

远望它，没角魁牛；近觑它，斑斓猛兽。眉横一王字，好像巡山郭太保。腾身一长啸，顿教泥路起腥风。二十四根胡须，如芒针铁线；四大牙，八小齿，像锯铁钢钉。眼若铜铃光闪电，尾似钢鞭能扫人。前为爪，后为足。前爪低，爬山越岭，后脚高，跳涧窜溪。抬头呼风，天上飞禽皆丧胆；抵头饮水，水内鱼虾尽亡魂。走兽之中独显贵，深山野岭是它家。三天不吃人身肉，摆尾摇首自锉牙。

你看把个大虫说得多么的凶猛，可惜狄龙打的柳娘和武松打的猛虎，就差了那么一点点。因为一个吃惯了人喂的生牛肉，所以"三天不吃人身肉"，也绝不会"摆尾摇头自锉牙"！

王少堂说武松打虎评语，形容老虎有"三威"：

第一威是虎啸。你这人没有英雄骨，没有英雄胆，听它这一啸，就骨软筋酥，只好听它摆布。

第二威是虎爪。对着人左右肩头一扑，任谁都会骨断筋崩。

第三威是虎尾，与钢鞭相似，扫腰腰断，扫腿腿折。

这"三威"有如家中的母老虎的一哭、二闹、三上吊，你要是没种，就只好举双手投降了。可是，我在泰国遇见的柳娘，却是一威也不威，也许是刚生下三个虎子的关系吧。所以也只好将将就就草草地拍了几场，倒名实相符"武松打虎"，因为柳娘驯顺得很，任打不嬲之故也。

最后的一个工作天，是要将柳娘打了针，令它昏迷不醒，然后好供狄龙扮的武松骑在它的身上拳打脚踢。老虎主人因为柳娘尚未满月，注射麻醉剂怕影响它的复原，所以愿意用另一只重五百磅的老虎代它上阵。由于它的凶猛，他特地叫人预备了两层铁丝网，只留两个机器的摄影师在网内，以供打了麻药针之后的十五分钟内，可以拍拍它呲牙咧嘴的虎样子，来两声"虎啸"，表演两个"虎困"什么的。这种情形下，我当然要身先士卒，所以把在泰国临时请的摄影师换了下来，由我和阿超掌机，叫其他人等全退到安全线去。

于是，我和阿超把高台用的钢架搭在机器前，然后又用铁丝网加树叶等伪装，仅仅露出机器上的长镜头。一切准备好，由兽医替大老虎打针，等把那只老虎连笼子一齐抬到网内，由虎主带领着兽医前来。我们一看之下，他带来一位五十上下，有山羊胡子的外国人，另外还有一位如花似玉，袅娜多姿的女士，柳腰款摆地跟在那位山羊胡子的老外身后。虎主向蔡澜和我介绍，原来那位女士才是兽医，老外只是个德国的麻醉师而已。只见那女士进前，在药箱内把药针取出，这支针还真挺吓人的，粗如儿臂，长有尺二。只见那女士把针药调好之后，朝着笼内的老虎，迎头就是一针，老虎一声长啸，前爪一挥，把女兽医雪白的玉腕上划了一条血路。

景阳冈上打醉虎

只见那女士立定身形，连眉头都没皱上一下，再看针内，已是半针药水不见了。她略微地喘息了一下，想了想，又把针药补足，然后要虎场的工作人员，把笼子掉了个身，把虎头朝前虎尾朝后，出其不意地又把药针朝内一送，只见大老虎在笼内又啸了一声，身形一耸动，女兽医已把药针抽出。你还不得不佩服她的本事，一眨眼的工夫，一针药水，全注到虎身。然后才见她用药棉花擦了擦腕上的血痕，用手绢擦了擦额头上的香汗。这两针看似容易，其实要下好几年的功夫，不然随便扎两下就要一千美元的酬金，谁肯付？

等了一会儿，虎主一声令下，叫人把笼子打了开来。本以为老虎会一个耸身扑出笼去，谁知它像喝醉了酒一样，一步三摇地晃了出来。我们本想抢拍几个猛虎的姿态，想不到居然来了一只大醉猫，前爪后脚一如踏在软绵绵的棉花上，刚一出笼，就直打饱嗝，看样子完全像老酒喝多了，找地方要吐一样。难怪店小二要大叫三碗不过岗，不是人不过岗，而是那只大虫喝了三碗也不得过岗。正是：

景阳冈上打醉虎，
紫石街中美名扬。

原来女兽医的麻药分量下得太重，也是虎主人暗地里千叮咛、万嘱咐的关系。他根本知道是一只毫无训练的老虎，万一有个三长两短的如何是好？想不到成龙有醉拳，少林寺有醉棍、醉剑，我拍的武松也绝不后人，来了一个不折不扣的醉虎。一套醉八仙的拳脚，刚用了三招两式，只见它"噗啪"一声就栽倒在地。有人说百足之虫，死而不僵，纸老虎也能唬人一气，这只大虫虽然醉得不省人事，但也无人敢进前一步。

还是虎主人胆子大，上前摸了摸虎鼻，捻了捻虎须，知道它已酣睡如雷，于是告诉我，起码要一个半钟头之后，才能醒转过来。我马上叫工友们把醉虎扛在一块门板之上，抬到前边草丛里的木青石板上，然后在地下洒了一瓶血浆，把两架摄影机摆好，叫狄龙骑在虎背上，倒不是骑虎势难下的那种姿势，因为醉虎已经烂如泥地卧在地下，说上虎就单腿一迈上虎，说下虎单脚一抬，也就轻而易举地离开虎背。我喊了一声"开麦拉"之后，狄龙左手抓着虎头，右手高举重放，连捶带打的，大做其打虎英雄之状。看样子，狄龙还是有些担心，万一把醉虎打醒可不是玩儿的，真上演一出龙虎斗，把他一口给啃了如何是好？所以把拳高高举起，轻轻放下，每一拳都像做戏咁做，直看得老虎主人也觉得不大对路起来，用英语高声告诉狄龙："重一点打吧，兽医说一个半钟头，也醒不了的。"

狄龙一听真的重重打了起来，一直打得筋疲力尽，才慢慢地站起身形，用脚把醉虎一踢，老虎浑身颤动了一下，悠然死去。（当然不是真死，而是暂时的醉死罢了。）

汪萍毛遂自荐

这场戏结束后，已是日近黄昏。我宣布收工的时候，虎主人无精打彩地和我拉了拉手，告诉我，一只小老虎因为耳朵被连咬了三四天，所以一整天都不肯吃东西，看样子是受了惊吓了，已经随兽医一同去了医院，万一有个好歹的，那他这次可是得不偿失了。还好第二天，他电告我们，那只小老虎安然无事，否则的话，不要说虎主人不高兴，连我这个属虎的人，也会打心眼里不舒服。

电影制片和电影导演永远是最亲密的敌人，而并非是亲密的战友。因为在一部戏的拍摄期间，制片人和老板们都一样的希望越省越好，他们都是又要马儿好，又要马儿不吃草的。所以每一部影片拍摄期间，每天的镜头都要像大陆人喊的口号一样"多、快、好、省"。及至片成之后，他们的希望是既叫好，又叫座；稍微一个不称心，不合意，马上会三字经随口而出，责怪导演太马虎，太不负责任，太拆滥污。所以做导演的也要先小人，后君子。拍的时候，宁愿制片老板呱呱叫，你只要一心一意把片子拍好（当然也并非是一意孤行地乱搞一通），尽管气得老板鼻青脸绿，恨不得马上对你永不录用，但等他看过片子之后笑逐颜开的时候，马上又会和你要下一个戏的剧本。所以，我第一次和蔡澜到曼谷去看老虎时，一看它其小无比，而且毫不凶猛，外加大了个肚子，我随即和香港的六先生通了个电话，告诉他老虎不合格，照我的理想差得远，最好能够到美国去拍，因为美国的老虎是受过训练的，专门供拍戏的。他当时大概很忙，只说了一句："想办法拍了吧！这部戏拖得太久了，你看怎么样？如果我年轻个七八岁，也许会坚持一点，如今嘛，没有傻小子睡凉炕的精神了，再说这部戏也的确是拍得太久了。"

我说："我当然尊重你的意见，你说吧？"

"我说就在泰国拍。"没等我搭腔，电话已经挂了。

等到《武松》的剪接工作完成了，音配好了，黑白的B拷贝印好了，首先过目的当然是老板。六先生看后，甚为满意，他认为《武松》中的五个主要演员人人演得好，尤其以谷峰的武大郎演得格外出色，把一个容貌丑陋而心地善良的小人物演得出神入化。他更认为汪萍演的潘金莲是她从影以来的最佳演出。说起来我和汪萍的缘分也是有始有终的，她从影的第一部作品是在我导的《扬子江风云》中饰演一个女特工人员，外表是个纯朴天真无邪的女学生；而她离开影坛的最后一部影片，就是在这部《武松》里饰演的潘金莲了。以前欧阳予倩先生曾在舞台上替潘金莲翻案。其实，看过《水浒传》和《金瓶梅》的读者们，谁都知道潘金莲是个被侮辱、被损害的无知妇女。如果说她淫邪，毋宁说是社会环境造成的，所以根本用不着替她翻案。《金瓶双艳》的潘金莲，由胡锦饰演，她的演出够放，也够荡，那股眼含秋水，骚在骨子里的样儿，的确是潘金莲再世。汪萍和胡锦的戏路，根本是两回事，可是她听说我要拍《武松》的时候，毛遂自荐地打了电话给我，说是她很喜欢这个角色，希望我能给她这个机会。

再把武松的老虎打一打

这倒和谷峰有点儿相似，他也是自告奋勇要演武大郎的。他过去演过多种角色，有的是公侯将相，有的是霸主枭雄，而忽然要争着来演这样一个猥猥琐琐的小人物，倒也是件新鲜事。

我和他们两位一样，都具有一个争强好胜的性格，我接受了他们两位的挑战，居然也有了意想不到的成绩。至于王莱的王婆，也是驾轻就熟的角色，也许作《水浒》的施耐庵和写《金瓶梅》的兰陵笑笑生本来就照着王莱写的王婆子，否则这个老淫婆赵钱孙李周吴郑不姓，单单姓个第八号的"王"字，和我们本年度金马奖最佳女配角的王莱同姓，岂非偶然？

刘永的西门庆应该是不作第二人想的。以前杨群也演过西门庆；他的演技当然无懈可击，但外形比起刘永来，多少总有些不足之处，否则也不必在化装时替他黏眼睫毛了。刘永的外表英气勃勃，演起西门庆来，骨子里多了一种淫邪之气，加上身手矫健，演起潘、驴、邓、小、闲五德俱全的西门庆，恐怕在港台以及大陆的演员中，都是第一人选。

狄龙的武松当然更是最佳人选。《武松》不是《最佳拍档》式的闹戏，但这五位演员的精心合作，倒的确是最佳拍档。一定有读者笑我老王卖瓜，但《武松》也的确是我一生中最得意的作品之一，所以邵逸夫先生看后大加赞赏。由于全片的故事情节虽旧，但我拍摄的角度与以前所拍的武松与潘金莲等片迥异。我不大注重情节，只注重写人物性格，我不重武打的招式，只重武打时的气氛，如果说片中有些差劲的地方，就是景阳冈打虎的场面了。所以六先生看过片子之后，一个时期总是耿耿于怀，每次碰见我，总是在大赞特赞《武松》和各位演员之后，好像还有些话搁在心里，有点话到舌尖留半句的味道，不是在话尾巴上加上一句"不过……"就是来一句"唉！"然后摇摇头，笑着走去。

有一天蔡澜告诉我："李导演，老板说你空了去看看他，他想和你聊聊。"

我马上到总裁办公室去见他，他见了我，直截了当地说："好吧，翰祥，就依你，我们到美国去，再把武松的老虎打一打。"

我乍一听六先生说的"把虎再打一打"，还以为是句上海话呢！上海人把"洗一洗"，叫"汰一汰"。侯宝林说的相声里面，有一段《戏剧与方言》，学起上海话来，把"汰一汰"，就听成了"打一打"。他开始说他到理发馆剃头，剃完之后，理发师指了指他的头发，说道："侬汰一汰哦？"

他一听"打一打"，心里想，解放以后，不是不准打人了吗？于是奇怪地问道："是不是大家全要打呀？"

"汰格，才要（都要）汰格。"

他说："我一愣，既然都要打的，我也不能破坏规矩呀，好吧，打呗！"

这当然是笑话，不过六老板也说"打一打"，我还真有些误会了。以前，听杨志卿说丰海艺华影业公司老板严春堂的笑话，也有一段关于"打一打"的。

"白相人"严春堂

据说严春堂原也是"白相人"出身的，不过人倒爽快得很。开始自己总怕本身是个外行人,会被演职员们欺骗,所以格外小心。

有一次,严春堂信步走到黑房门外,顺便想看看印片子的情况,虽然他当了好几年电影公司的老板,黑房可是一步也没迈进过。想不到第一次进门,就碰了一个硬钉子,原来把门的小六子,是个新来的职员,根本没见过老板,所以双手一拦,双眼一瞪,非常不客气地问了一句:"啥体?"

严春堂倒也大人不见小人过,他知道公司的职员有好几百,连他自己也认不全,当然也会有人不认识他,所以只轻描淡写地说了一句"我到里厢看看。"说罢就想迈步前进,想不到小六子是个愣头青,马上双手一推,问了一声:"侬啥人?"

"严春堂!"

小六子刚上班两天,不仅没有见过严春堂,甚至连这个名字也没有听说过,因为前天上班的时候,是小六子的娘舅带他来的,只替他介绍了一下黑房主任,并且告诉他,"小六子,来来来,见一见,这位就是你的老板,你的顶头上司,以后要乖乖地听他的话。好好学本事。"所以,小六子心中的老板,只是黑房主任而已。如今看严春堂老气横秋的德行,就有点不顺眼,马上来了一句:"啥个盐串糖,糖串盐格,我问侬是啥人?"

严春堂看看他,又好气又好笑,不过倒也觉得他蛮负责的,所以慢条斯理地一个字一个字地告诉他:"我是侬格—老—板。"

这下子小六子可火了,乱闯还不说,居然敢冒充黑房主任,马上用力朝严春堂的身上一推,如果严老板不是个太极拳的高手,还真能叫他推个大乾掉儿!只见小六子摆了个大茶壶的姿势,一手叉腰,一手朝他的鼻子上一指:"操那去了,侬是我个老板?我还是侬个老板嘞!阿拉老板在里厢汰(洗)片子,关照过格,里厢见不得光格,啥人都不可以进去格!"

严春堂一听汰片子,当然见不得光,于是只好笑了笑转身走去。回到写字间,越想越不是滋味,仔细一推敲,这"见不得光",是否另有别情呢?因为前几天,有人向他打小报告,说是打灯光的工友,居然在天桥板上赌起十三张来。会不会黑房里也有些什么见不得光的事?于是,第二天又溜到黑房门口,还好小六子刚去送片子,换了另一个老职员看门口,他当然认识老板,忙着笑脸相迎,不过也用手一拦:"老板,里厢汰片子,见不得光的。"

这严春堂可火儿了,马上把脸一板:"操那去了,汰片子,汰片子,黑房里一块肥皂也没买过,拿啥物事汰片子?"说罢不管三七二十一,把黑房门一推,闯了进去。好,刚上机器的两部新戏底片全部跑了光。

杨志卿说的时候,指手画脚,口沫横飞,一会儿上海话,一会儿江北话,真是活灵活现。其实仔细想想,全是他们自编自导的活剧,严春堂怎会连汰片都不懂?不过杨志卿和梭亚道的叶先生一样,都是积片厂五十年经验的人,说起片厂里的笑话来,当然是口水多过茶的成筐成箩了。不过,我接二连三地打老虎,笑话也够说老半天的!

读《水浒传》如看电影剧本

以前,只在动物园看见过老虎,那些大虫不是懒洋洋地在笼子里走来走去,就是趴在地上打盹儿,一点也没有山中王的那种威风威势。所以看《水浒传》描写的武松打虎,还真是津津有味。

以前,名导演张骏祥曾经为文赞过《水浒传》。他说,读《水浒》

有如看电影剧本,因为字里行间有明显的镜头感,哪个是远景,哪个是特写,一望而知,他举了李逵闹江州在水中斗浪里白条的一段。

这次我在拍《武松》之前,看过王少堂的扬州评话《武松》,也看过山东快书《武老二》,当然也要看一看《水浒》,倒的确是温故知新。重读书中文字,写情写景,文理细腻,如果把它分段读来,还真有镜头感。譬如:

武松走了一直,酒力发作,焦热起来,一只手提着哨棒,一只手把胸膛袒开。(远景跟PAN推近中景,见武松的"一只手把胸膛袒开"。)

踉踉跄跄,直奔过树林来。(大远景,武松由远行近。)

见……(是武松看见,当然是武松的特写。)

……一块光挞挞大青石。(武松的视线,大青石的中景。)

把那哨棒倚在一边,放翻身体。(武松近景拉成远景。)

却待要睡,只见……(特写,武松欲睡,忽见……)

……发起一阵狂风。(武松视线,草低树曳,群鸟惊飞。)

那阵风过了,只听得……(武松特写,回头张望。)

……树后扑地一响,跳出一只白额大虫来。(远景急推成特写。)

武松见了,叫了一声:"啊呀。"(武松大特写,翻身出镜。)

……从青板石上翻将下来,便拿那条哨棒,闪在青石边……(远景。)

你看,这段文字,如果一字不易地改编起剧本来,岂不都是作者已经分好了的镜头?

在我没到泰国和美国两地拍过武松打虎之前,的确很相信《水

886

浒传》对这只大虫的描写,因为它写道:

……那大虫又饥又渴,把两只爪在地下略按了按,和身望上一扑,从半空里窜将下来。武松被那一惊,酒都做冷汗出了。说时迟,那时快,武松见大虫扑来,只一闪,闪在大虫背后。那大虫背后看人难,便把前爪搭在地下,把腰胯一掀,掀将起来。武松只一闪,闪在一边。大虫见掀他不着,吼一声,却似半天里起个霹雳,震得那山冈也动,把这铁棒也似虎尾倒竖起来只一剪。武松却又闪在一边。原来那大虫拿人只是一扑、一掀、一剪,三般提不着时,气力先自没了一半……

在泰国,我当然没办法要求一只没受过训练的柳娘,做这一扑、一掀、一剪的三个动作。总以为美国的老虎,一定可以和《水浒传》中的描写一样,扑、掀、剪做得尽善尽美。

尽信书不如无书

想不到我和驯兽师一讲,他笑着摇了摇头,说:"我们的老虎,都是训练了很久的,已经成了我们的基本演员,所以个个都可以演戏。但这几个动作,我们除了见过虎扑之外,从没看过虎掀、虎剪。只听说,马可以掀,牛可以剪。叫老虎摇尾巴,我们可没那个本事。"可不是吗,摇尾乞怜的是狗,老虎摇尾巴,几曾见来?《水浒传》的作者,把老虎尾巴当鞭子使唤,当然是闭门造车,信笔胡诌的。所以古人说,尽信书,不如无书。

到美国拍老虎之前，六先生先问我需要拍几个工作天？我告诉他总要三四天吧。于是他叫制片部的经理蔡澜，先和美国方面联络一下，打听打听在美国拍四个工作天的预算是多少？当然包括租老虎，用替身，以及租机器和雇用摄影及灯光人员的费用。

这一问，如石沉大海，一直隔了两个礼拜都没有下文。问的时候是十月二十八，一直到十一月中才有了消息：全部预算，包括租用两部机器，以及全部工作人员等等，一共约为美金三万元，代为筹划及雇用人员的公司还要抽百分之十五的佣金。也就是说除了三万美金之外，还要四千五百美元。当日美金的牌价是5.77，三万四千五百美金合起港币来是二十一万九千零六十五元，仅仅是补拍几个打虎的镜头而已。这数目，在好莱坞的制片家看来，当然没什么大不了；但他们的发行地区，比我们多上千百倍，当然无所谓，可是以我们的发行市场来计算，那的确是一笔可观的费用。就拿香港一地来讲，二十多万几乎是十几家戏院一天的票房收入了。于是我只好自己给洛杉矶的卢燕打电话，希望由她出面再到别一家养老虎的地方打探一下。同时，不必委托什么公司代为筹划，因为那最少可以省下中间百分之十五的费用。

卢燕在好莱坞的片场拍过戏，同时也是美国影艺学院的会员，兼每年金像奖影片的评审委员，对当地的制片界当然很熟悉。一天之后，她回电话告诉我，另外一家规模比较小一点的驯兽场，价钱的确比前一家便宜。前一家是两只老虎，首日租金是每只七百五十元美金，两只一千五，第二天开始是每只六百元，两只是一千二百元，三、四日相同。驯兽师两名每名每日酬金五百，替身每日酬金也是五百，加上其他的工作人员，四天是美金八千元。第二家的价钱比较公道些，四天是六千元，另外两部机的摄影师、灯光师以及助手、小工等人员的费用也比前一家少得多。加上全部器材的租金，一共是美金两万三千元。我把此一新情况和温伯南讲了一下，方小姐认为最好能在两万美金里，把全部外景拍好。我只好再打了个长途电话给卢燕，并且希望她把全部预算的细节直接打Telex（电报）给公司。结果卢燕在电话里告诉我，两万三千美元的预算还忘了保险费。我一听，心马上凉了半截，因为保险费是没谱儿的事，又不知道要加多少钱，她说最少要五千块，如此一来和前一次的三万块，也就所差无几了。忙了半天，弄了个瞎子点灯白费蜡。我把方小姐的原则告诉她，请她尽量想办法。

人算不如天算

第二天等了一天没有回音，一直到了第四天公司才接到卢燕的一封电报。她在电报中写道：想尽了办法，也不能少于两万一千块。并且把原本要付的制片及翻译费，也当省则省了。说一切都由她一脚踢地包办了。她在邵氏拍过几部戏，六先生、方小姐都对她不错，这次无论如何，要帮助我完成任务。方小姐叫温伯南告诉我，她还是希望在两万元的原则下，完成这次的外景。我想了想之后，一口答应了她。

因为，只有我知道要拍些什么，再说四天的预算，我是多打了的。其实，如果天公作美，老虎也配合得好，两个工作天，就绰绰有余了。我预算补拍的镜头是四十三个，老实讲不是因为有老虎的话，一个工作天拍完也是轻而易举的。我们在韩国拍《乾隆下江南》的外景，每天拍的镜头，都不少于四十个，而且是在不慌不忙不赶拍的情况下，并且多数是每天四点钟以前就收工了的。我想，到了美国，把情况先了解一下，预先筹备好，计划周详一点，两个工作天一定可以完成的。岂不知到了美国，人算不如天算，差点连人都回不来。

外景的预算既然已经通过，当然要密锣紧鼓地进行。所以，在准备启程之前，先和在美国费城念大学的女儿玛丽莎通了个电话。她计划利用圣诞节和新年的假期，到旧金山阿姨处（林黛的表妹靳丽如）。我告诉她，我将在圣诞节前后到洛杉矶。她听了几乎不大相信。我告诉她是补拍武松打虎的镜头。她听了先用英文叫了声"上帝"，然后说："这只老虎还没有打完哪，真伟大，由印度打到泰国，又由泰国打到美国。"

我说："要把戏拍好嘛！"

她忙问我："妈咪来不来？"

本来翠英是不大愿意出门的。前几天，准备到英国看看二女儿，然后由英国到纽约，和玛丽莎会同到旧金山的。不过因为二女来信说伦敦的气候有些异常，几乎比往年要冷得多。天气又总是阴沉沉的，到了也没有什么好玩的。所以，翠英把英美之行都移后了。我听玛丽莎问起，马上顺口说了一句："妈咪也许会来的。"

她听了欢呼了一声，好像在电话里跳了起来。

玛丽莎这次到美国念书，是第一次离家。虽然我们和翠英经常在外边东跑西颠的惯了，孩子们也都习以为常了，但玛丽莎自己独自在外，总还是想家的，何况是逢年过节呢！我马上把电话交给翠英，翠英听我告诉玛丽莎她也去，回头瞪了我一眼，但为了不扫女儿的兴，只好勉强地说："好，我也许来，我也许跟爸爸一块儿来……啊……好吧，我'一定'来……对……一定。"

就这样，我又和卢燕通了个电话，同时问她美国的电影工作人员在圣诞节过后，新年之前，会不会照常工作，她说："二十四、

二十五、二十六是圣诞假期,二十七可以开工一直做到三十一号。"

于是我们约定,我在二十一号由香港动身到美国,二十二、二十三两天筹备,然后等他们假期一过,由二十八开始,工作四天,她说她会依计划去安排。

饱汉不知饿汉饥

说这话的时候,已经是十二月十六日。我和翠英的美国签证都是四年期的,只是听说狄龙的签证就要满了。那几天狄龙还在台湾拍戏,不知道二十二号以前可否回得来。不过他倒也不一定和我们一齐走,甚至于过了圣诞也无所谓,只要二十七号到洛杉矶就行了。于是我把我的计划告诉给温伯南,并且叫他早日订飞机票,因为圣诞前后的机票是很难订到的。阿温倒也一口应承。谁知等到狄龙回港,我和六先生通了个电话,一切计划又全被推翻了。他一听我要在二十一号去美国,二十八号一连四天拍完预定的镜头,不以为然地说:"怎么可以,圣诞节呀,紧接着是元旦哪,你又不是没去过美国?难道不知道他们很重视这个假期?他们一般人都习惯过了圣诞不工作的,一直要到开年。不行,元旦以前无论如何不能去,过了年再说,最早不能早过一月四号。"

我一听,糟,我和邵氏的合约是部头制的,不拍戏等于失业,一个仙也拿不到。为了没棚搭布景,我这两年已是经常地晒网多过打渔了,但又不能替别家公司工作。如果是月薪制的也好,公司把我朝雪柜里一关,我乐得吃闲饭,何乐而不为?可如今不成,没工作就没钱拿,又被合约绑得不能动。有道是饱汉不知饿汉饥,我上有老下有小的，还真不知如何是好？

由一九八一年的十月，拍了五天《乾隆皇》之后，一直投闲置散，走到街上，或到商店去买东西，经常有人会在客气话中随便问两句："李大导，有什么新作呀？"

"有，《三十年细说从头》和《武松》，另外还有两部《乾隆》。"

听起来倒也挺不错的，其实完全是耗子娶媳妇——口儿上热闹。可是由年初说到年尾，自己也不好意思说了，所以有人再问起来，索性说："不拍了，改行到美国开餐馆去了。"

问的人分两种：一种只不过是随口而出的客套话，所以听了也只是随口"噢"一声算数；可是有一种是真的对我关心，一听要改行，还真的信以为真了，马上睁大了眼，惊奇地追根问底："啊？真的？"然后好像记起什么似的："噢，对，李太的杭州菜做得不错，在美国来一间'楼外楼'，也不错。"

我说："不，纯东北菜，名字也想好了，叫'我的家'。使人一听就想起'我的家在东北松花江上'，专门卖东北的酸菜火锅、白肉、血肠，另外还有老虎肉。"

"啊？老虎肉？驴肉、马肉、鹿肉都听过，吃老虎肉倒是头一回！"

我笑着说："另外还有熊心豹胆。酒也分两种：一种是长白山下的高粱酒，一种就是虎骨木瓜酒。吃虎肉没听过，喝虎骨木瓜酒总听过吧！"说得那人还真信以为真了。拍了两年老虎，再下去，老虎不吃我，我一定要吃它了。有道是急了抓耗子，饿了啃石头是也。

一九八一年的十一月二十一号，温伯南约我和方小姐、六先生一齐在总裁办公室开了个四人小组的会议。其实，我最不主张开会的，因为中国人的会一向是会而不议，议而不决，决而不行的。不过，因为我的工作一直不能顺利地展开，不得不三头对面地谈一谈。会里议决了几件事，由六先生亲口宣布：

一、办理赴美国补拍《武松》的事。
二、办理赴韩国拍《乾隆皇》外景的手续。
三、搭建《乾隆皇》片中的布景，以供拍摄《太监》和另一部新戏。

在这决议之前，方小姐除了对赴美国补拍老虎没有异议之外，对韩国外景一再反对，认为演员们都各有戏在身，很难分出身来到韩国。并且两个多月后就要过旧历年了，工作人员们都不愿在他乡过年，所以一定要旧历年过后才能去。对于新戏，她先说没意见，不过随即跟着说了一句："这两部行吗？观众能接受吗？会卖钱吗？"

六先生说："管不了那么多了，戏终归要拍的。"

于是就下了决定，当然，这中间还有很多言语是不容我细说的。

"二华"胜过"才华"

有一天，我在黑房剪完《三十年细说从头》的片头之后，又在配音室看着配《武松》的音乐，制片蔡澜告诉我，老板不主张我二十一日赴美，希望我给他打个电话，电话的内容，我在前文已经说过了。六先生主张我最早在元月四日才拍，另外好像对我久久不拍戏很有些烦言，他说："你为什么不开戏？为什么投闲置散的每天不动？你是有才华的人哪，你自己想想。"

没容我说话，电话已经挂断了。想不到爵士的气功练到了这般地步，不仅隔山可以打牛，电话里也可以打虎啦。自从那次开会之后，我就没和他见过面，会议之时，他倒百般地帮我，甚至于连方小姐也忍不住了，瞪了他一眼说道："你老帮他，这事怎么往下谈？"

可是隔了个把月之后，忽然转了语气，他老人家大概公事、私事、社会的事太忙了，不知道布景一根钉子都没动过，手续也没办过。巧妇难为无米炊，就算是英雄也无用武之地，才华又值几个大？不过我还暗自欢欣，因为老板还认为我是"有才华"的。其实这年头"才华"一点都没用，以前敌伪的影界中有过"二华"年。那年头的李丽华、周曼华，都比"才华"还"才华"。前几年肥佬罗维也有过"二华"年，去了刘亮华，来了许丽华。"二华"都是顶尖儿的制片人才，不过比起邵氏的方逸华小姐，可还差着一万八千里呢，你看如今邵氏的业务蒸蒸日上的情况，就一目了然了。

既然老板决定一月四号拍老虎，我这个身为导演的当然要早几天到。公司里的办事人员都大忙特忙，也不便再麻烦别人了，于是我先和洛杉矶的卢燕通了个电话，说是把拍摄的日期移后了，到明年一月四日才拍。卢燕一听，马上"哎呀"了一声："哎呀，李导演，你怎么朝令夕改呀，我都给你联络好了。本来我二十八号要拍另外一部戏的，我也已经推掉了，移到一月四号去了。你这么一来，哎呀，怎么得了啊，全乱了笼了。"

我说："真抱歉，如今邵氏公司实行新政啊，导演拿不了主意了，你要骂，骂我吧！我准备十二月二十八号来！"

卢燕一听，忙道："哎呀，你不能早两天吗？二十八号太紧了，一月四号之前，此地一切人员全部放年假，所以一定要把一切手续都办好，而且必须把钱先付喽，否则，他们谁都不肯动，机器啊、交通工具啊，也都要先拿出来，这样才能四号开工。"

我说："你尽力量帮忙吧，一切等我二十八号到了再说，我相信一定来得及的。邵爵士虽然没对我说'你办事，我放心'，但也蛮喜欢我的，因为我在他老人家的心目中，也占了一个'华'字，虽然不是什么一华二华的，也总算有个才华的'华'字。"

美国老虎够凶猛

到了洛杉矶，原想卢燕会到机场来接我们的，偏巧那天她正为一部影片录音，所以临时拉夫地把李惠生找了来接机。本来泛美客机规定每位旅客的行李不得超过两件，但我们另外带了一大皮箱《武松》的服装，一共是五大件。我知道李惠生开的是一辆小型跑车，装不下这么多行李的，正在发愁，忽然看见人群中玛丽莎和靳丽如的女儿葛瑞丝也来接我们了。原来她俩是昨晚开汽车由旧金山赶来的。玛丽莎一见翠英，马上拉着手叫了声"妈咪"，然后只是一阵傻笑，什么也没说。翠英看着离开半年多的女儿，虽然也是满脸笑容，但眼睛有些湿湿的，用手摸着她的头，半晌只说了一句："傻丫头！"

和前几次到洛杉矶一样，卢燕仍安排我们住在离她家不远的瑞金西酒店。

第二天，卢燕就开车接我到租老虎的地方。看起来这是专门租野兽给电影制片人的地方，写字间里摆满了各式各样的野兽片的照片。据说这家公司，已经有五十多年的历史了，大部分好莱坞的动物片，都是向他们租用野兽的。

那位老板大概五十四五岁，他听说我是香港邵氏兄弟公司的导演，埋怨说，不该麻烦他们打了预算，又改变了主意。我一听，原来就是蔡澜打听的第一家，他们的预算是美金三万元。我看了看卢燕，心想，怎么又把我带到这儿来？卢燕马上告诉我，另一家便宜一点的要开一个半小时的车，所以先带我到这儿来谈谈。那个老板也不晓得我们在嘀咕什么，所以走到电视机旁边，选了一盘录影带给我看，说是他们的"演员"拍的。我一看之下，原来是狮子、老虎由马戏团的笼子里跑到市区的人家里，弄得鸡飞狗走，最后老虎把守门的看更佬叼起就跑。他告诉我所有的狮子、老虎都是他们的"基本演员"（不知订了几年合同，有没有生约、死约和优先权什么的）。那被叼着满地滚的就是他们的驯兽师。说真格的，那只老虎比起泰国的柳娘来，要凶猛得多。我很喜欢它叼着人跑了半条街的镜头，我问他像这样的拍法要多少钱？他一听马上摇头，说你想在四五天之内，拍这样的镜头，根本不可能，除非先要排练很多天，才可以拍到和录影带上一样的精彩。

租老虎讨价还价

同时，这种特技的镜头，人和老虎都要另算的。看他眼珠子滴溜溜乱转的样子，只想一口把我吞下去，大概也许先听了邵氏兄弟公司是间大公司，这回羊入虎口，不大吃大嚼一顿，怎么对得起上帝。我马上拉着卢燕要走。他问卢燕为什么？卢燕说另一家公司已经答应李导演，只要他提得出的要求，他们完全可以做到。说罢也作状要跟我一同离去。他听了马上一拍胸脯说："好吧,他们可以做得到的,我们也一样做得到,但是价钱不能少,老虎和驯兽师,以及一个替身,一定要原说的八千美元,一分钱都不能少。"

卢燕告诉他,李导演说希望在两天内赶完预定的镜头,所以租价一定要减半,否则一定要找另一家去。他说："他们?他们是一间新开的小公司,怎么可以和我们相提并论。好吧,他们拍四天要多少钱?"

卢燕马上就实答复他："两只老虎,两个驯兽师,一个替身,四天一共六千块!"

他听了连考虑都不考虑,马上说："好吧,只要导演两天可以拍完,我们三只老虎,四个驯兽师,一个替身,也收六千元。如果两天拍不完,两只老虎,可以继续拍,只是驯兽师和替身就要另付酬金了。"

看起来,天下的乌鸦一般黑,美国人争起生意来,也是六亲不认的。

我看他答应得太爽快了,开始有些犹豫。他说："你尽管放心,我们的老虎是五百磅重的,演起戏来凶猛无比。我们的替身替过好莱坞的天皇巨星,身手是一流的。六千块,一口价,还要马上决定,即刻签字,马上付定金,两千块。"

卢燕真是最好的翻译,他说一句,卢燕翻译一句,听起来完全像北京天桥卖大力丸的,和九龙的榕树头、大笪地也差不多,句句江湖口吻,口沫横飞："伙计,慢打锣!打得锣多锣吵耳!"

我一想他的话也对,大公司的确可靠一点,于是马上答应了他,但是不能马上付钱,因为我来的时候,公司虽然答应我,钱随后寄到,总也不会那么快的。但是他说一定不行,不付钱,他们不能安排,那就在一月四号没人肯返工。说着,把台上的东西整理了一下,好像就要出门的样子。我一想自己皮包里还有两千美金支票，但也不能全给了他，所以答应他先付一千五。他假意地为难了一下，摇了摇头，叹息一声："好吧，一千五就一千五吧，谁叫我们是老朋友呢。"他居然冒出句"老朋友"来。他看我望了望卢燕，把肩膀一耸，笑着说道："可不是老朋友吗，我们都谈论了两个钟头了。"

如今事后想想，他那天最得意之事，是能说得我马上签了一千五百元的美金支票给他。签完之后，我忽然想到保险费的问题。

他说："如果在我们的场地范围之内拍，那我们的演员和工作人员，都常年买有保险，不需另外再买。只是你们带来的演员、导演以及摄影师、灯光师们，由你们负责。"想想这样也省了一笔开支，所以，双方在合约书上签字之后，讲好明天到他们瑞屋寨（Riverside）的场地看一看，如果可以和泰国的雷音寺的山顶上连戏最好，否则所差无几，也尽量用镜头将就一下吧。

中午，随便在麦当奴（McDonalds）吃了点东西之后，又到租摄影器材的地方订机器和反光板。美国的电影事业的确比我们发达得多，租机器的厂家，简直大得吓坏人，而且类别很清楚，租开麦拉和灯光器材都不是一个厂。他们有一个不成文法的规定，起码要租两天，也就是说租一天也要付两天钱，但是超过四天，反倒可以占些便宜了，因为租四天和租一个星期是同样的价钱。我们的预算是四天，绝不会因爱贪几天便宜，把工作天多几个。所以选好要用的东西，算好账之后，他说三十一号，要派摄影师和助手们来取机器，因为一月三号还是他们的假期，想在四号就开始拍戏的话，就一定要照办。我一听岂不又要多出租金？因为一号到四号这空档里，怎么办？卢燕马上告诉我，这几天是他们的假期，是不算钱的。所以入境必须问俗，否则还真成了大乡里了。

898

等他逐件地登录在案，然后用计算机打了打银码，最后把打好的合约交给我们，说："拿机器的时候，要把租金预付清楚，并且要先到保险公司，按件填好保单，否则，机器也是拿不走的。"

刚离开那间厂，马上拿着租单到好莱坞的一间保险公司去。我以为又要很多钱，结果还好，保费只有一百二十元。不过刚出了保险公司，就恍然大悟，怪不得那么便宜，乍一听，还以为是港币呢。

两家公司争生意

晚上，卢燕打电话告诉我，本来还约了第二家租老虎的地方，因为久候我们未至，很不高兴。说真格的，也是我们不对，既然在第一家说好了，也付了钱，理应打个电话回了人家才对。不过，一忙一乱地把那家公司忘到脑袋后边去了。

那家主人听说我们和第一家谈好了，和他们的价钱一样，同是美金六千元，不过人家是三只老虎，而且都是巨型的，每只又都五百磅重的，那主人听了更气，说："简直是信口胡说，他家只有一只五百磅重的老虎，不过已经染成了黑色，正在拍摄另一部影片。其余的五只老虎中，三只都是三百多磅重，和我们的一模一样，一个品种；最大的一只倒有六百磅，不过只是只做种的母老虎，从来不拍戏的。"

我一听倒蛮有意思，马上在电话里和卢燕说："那是兽中王上王了，蜂巢的女王蜂，清末的太后老佛爷了。"

卢燕听了一点也没笑，大概那家伙言语之中，一定很不客气。她说："你还有心情开玩笑，我叫他好一通臭骂，他甚至说有人和他租老虎，他都一口回绝了，只等我们去拍了。并且说抢生意不是这样抢法的，好吧，他们宁愿半租半送，拍四天戏只算我们四千美金。"

我一听，还真的蛮后悔。这叫一赶三不买，一赶三不卖，早知道我倒可以吊起来卖了，说不定最后一个钱不要，就替我们白拍了，争气不争财嘛！

丽莎在电话里说："导演哪，咱们明天还真得去看着那些老虎究竟是不是五百磅重的。如果不够磅数，别和泰国的老虎不连戏，同时，也看看现场行不行，照泰国的外景地点太离谱儿也不行！"

我说："如果真是五百磅的老虎，还真的不连戏了。依我看那只柳娘不窈窕得像柳青娘，也差之不多了，最重也不会超过两百磅，我看虎头虎脑儿的，差不多也就行了。至于场地，当然要看一看，不过，看也是白看，不能拍也得想办法。反正，演戏的是疯子，看戏的是傻子，那导演就是变魔术的嘛。戏法人人会变，各有巧妙不同。"写到此处，忽然想起有人因为我一连拍了《骗术奇谭》《骗术大观》《骗术奇中奇》，说我是在影界中骗东骗西，如此说来拍过《大小通吃》的岂不是不忌生冷？

减了磅的老虎

第二天，本来约好早晨九点，租老虎的场地会来车子接我们的。不过因为昨晚的一场雨，至今未停，一个劲儿地沥沥啦啦不止，虽然是毛毛雨，但在美国已有很多人把约会取消了。原来跑在高速公路上，雨天路滑，容易出事。所以八点钟，场地上的人就打电话问卢燕，卢燕知道我的脾气，所以告诉他们风雨无阻。如此一来，接我们的车子晚了一个钟头。那位司机是一位女士，白白胖胖约三十多岁，据说也是驯兽师之一。还好老虎不吃人，如果野性一发，六亲不认地想要咬人一口，看她雪白粉嫩、吹弹得破的脸蛋儿，不啃她一口才怪。她开的是一辆两扇车门的小霍士车，我坐在前面还好，卢燕是一位长脚大仙，窝在后边一个多钟头，还真够她呛的。瑞屋寨和去赌城拉斯维加斯一个方向，没到沙漠也差之有限。据说太阳一出来，热得难受，一个阴天下雨，又马上冷风习习。到了场地上，一下车，还真有点寒风彻骨的味道，卢燕一眼看见个大老虎，马上用手一指："哎呀，李导演，你看，可真够大的。"

一问那位女士，她说，"当然大，它是我们的母后。"

我知道那就是六百多磅的太后老佛爷了。还好新马祥哥不在，否则一定唱两声："怨恨哪母啊后，几番保奏不能为我分呀忧！"

由狮子老虎的铁笼子后面，走出一个高高大大的男人。车我们的安妮替我们介绍，他就是驯兽师邹，也将会是狄龙打虎时的替身。邹伸出一只长满黑毛的大手，和我紧紧地握了半天，我想起鹿鸣春的熊掌。

邹带我们在养兽场巡视一周：狮子、老虎、大狗熊、猴子、鸵鸟、金钱豹，还真是应有尽有。不过除了那只做种的母老虎之外，其余的老虎真的不算大，比起泰国的柳娘，还真是大之有限。卢燕问阿邹，哪只老虎是准备替我们拍戏的？阿邹指了指四个笼子，里面各有一只白额大虫。如果说那只母老虎是六百磅的话，它们哥儿四个最多是母后的一半大小。卢燕说："那经理人说，替我们拍戏的都是五百磅的。"

阿邹笑了笑说："不错，以前拍戏的老虎是五百磅的，不过最近已经为好莱坞另一家公司拍戏了。"

卢燕当即很不高兴地问他："是不是染成了黑色的那只？"

阿邹还很奇怪地望了望卢燕，不过跟着就明白过来："噢！对了，我知道什么人告诉你的。"

"谁告诉我们的并不要紧，最主要的你们的经理人不应该骗我们。"

阿邹看卢燕有些不相信，马上笑着替他们的经理人辩护："其实，染黑了的老虎又凶又恶，他们的明星早两个礼拜就来了，和那只老虎玩了十几天，总算彼此混熟了。要知道动物、植物，都有个人性。有的人用手碰碰花草，尽管是一株奇花异草，活得好好的，也会死掉；但相反的，有人对它们轻轻地爱抚，小心地移植，一朵即将枯死的野花，也会欣欣向荣起来。老虎也是一样，它知道你对它是善意还是恶意，所以，也看得明谁是敌人，哪个是朋友。有时，我和它们一块儿演戏，纠缠在一起，拳打脚踢也不要紧，因为它觉得我是和它们一起玩耍、嬉戏。不过，有一个原则，一上来它必须是战胜者，因为它好强。五百磅的老虎只有一只，拍起戏来没有副手可以替换，而这四只大小相同，毛色相似，可以交替着拍摄，有什么不好？至于你说经理人骗人，倒也不是只对你一个。你知道了，经理人总比我驯兽师要能说会道一些。他不能面对老虎，因为老虎不听他的花言巧语，我也不能面对客人，客人见了我，不吓跑了才怪。"说罢哈哈大笑，旁若无人。我不能形容他的笑声震耳欲聋，但起码笑得那四只老虎跟着他大啸。

看样子，邹是个爽朗的人，也是个正直的人，我不相信客人见了他会吓跑，相反的会很容易跟他交上朋友。我们的戏还没拍完，他和狄龙已经成了莫逆，他送给狄龙一条系了十几年的腰带，狄龙也送他一副心爱的黑漆的皮手套。如果是一对男女恋人的话，倒也蛮有意思，一个要系住对方的心，一个要套住对方的情，看起来，两位孔武有力的大男人，还都不含糊。

邹的额头高，鼻头大，面圆，口方，加上留了一腮帮子的大胡子，和英俊的狄龙比起来，显然是两个人。我说："狄龙扮演的武松是没有胡子的。"

他听了，说道："我会剃掉，虽然甄妮会不高兴，但是，我会剃掉。"
我不知道甄妮是谁，但相信不是他的太太，就是他的情妇。

在美国过三次圣诞

人间事，真是很难预料。这一次在洛杉矶度圣诞，已经是第三次了。如果前几年有人给我算卦，说我一连三年在美国度圣诞，我不一定相信。

第一次是五年前开膛破肚做心脏手术的那一年，依医生的预算，我应该是十二月二十四日的圣诞夜出院。满以为可以和专程来探我的三个女儿同进圣诞大餐，吃吃火鸡的，可惜，偏偏在那天的早上，忽冷忽热地发起高烧来，惊动医生们又打针又吃药地忙了半天，当然也就不会让我当天出院了。

还好，第二天已经恢复正常，医生也断定，这次的寒热与心脏手术无关，在下午三点钟办理好出院的手续，搬回瑞金西酒店。

不过由于昨天不正常的情况，翠英连我想到外边去吃顿中国菜的提议都给否决了，只在酒店里随便吃了点东西就算了。

说真格的，我们家原是信佛的，只是自从到了香港之后，不用说烧香供佛，连旧历年由腊月二十九开始，到大年初一的斋戒吃素都没例行过。反而到了圣诞节，也寄寄圣诞卡，买棵圣诞树什么的。

那次由医院刚出来，当然不会再有这种"雅兴"。所以，在美国的第一个圣诞就这样糊里糊涂地过去了。

第二次，是一九八〇年的圣诞，应赌城的凯撒皇宫酒店之约，和翠英、朱牧夫妇以及他们的四位公子一块儿去的。另外，连朱牧的岳父韩老先生也去了，浩浩荡荡的，倒的确很热闹。

凯撒皇宫的圣诞气氛当然是相当够意思的，据说那次被约请的香港人客有一百多位，连邓肇坚爵士也在被约请之列。整台子的百家乐，全是港客的天下。一会儿庄啊，一会儿闲啊地叫个没完。因为台子上有个百家乐的专家，以前是澳门葡京酒店的职员，专门在赌场的荷官，专门在百家乐台上派牌的，所以大家都跟他下注。他买庄没人买闲，运气好的时候，真能十打九中。那天一连开了十四个庄，他就一连打了十五个，一直到爆了才停手。每次庄赢的牌子一亮，整台子的人就异口同声地来一句"收银哪"，喊到第五次的时候，连邓肇坚爵士也大声地附和起来。据说那天大家都赢到盘满钵满。不过，到除夕过后，都倒吐给了凯撒大帝，"收银"的还是皇宫，连那位专家也输得鼻青脸肿，最后直和朱三爷套近乎，原来他看见三爷出手比爵士还阔，一给小费就是一百，以为三爷中了六合彩了呢，所以很想和三爷借点赌本儿。三爷为人的原则是"朋友可以交，谈钱伤感情。"所以，那次的圣诞和除夕，除了凯撒皇宫酒店的老板、股东之外，属三爷三奶奶最乐呵了，因为真正"收银"的，只有他们两位。邓肇坚爵士开始虽然也赢了不少，不过都输在"和"上了！

第三次的圣诞就是打老虎的这次了。由于公事在身，当然也就提不起什么游兴。圣诞夜玛丽莎又约了一群她年轻的朋友到夜总会去了，我和翠英在酒店里连看电视的兴趣也提不起来，随便吃了点东西就睡了。

如果说中国的"年"是孩子们的,那美国的圣诞就是年轻人的。小孩子过年,穿新鞋,戴新帽,收压岁钱,放二踢脚,无忧无虑,当然最乐。年轻人在圣诞夜里跳跳蹦蹦,畅快开怀,也是嘻嘻哈哈的好不愉快。可是真正做事的人,过了圣诞之后,在新年之前,仍是照常上班,依时工作的。香港如此,美国也如此,并非如一般人想象中的"没人开工"了。所以,我原定的二十八日到三十一日的四个工作天,应该是可以顺利完成工作的,因为那四天都是万里无云的好天气。

本来,洛杉矶是沙漠性气候,差不多常年都是晴空万里,即使是阴天下雨,也是所谓"间中有骤雨"或"晴到多云"的。所以在香港启程之前,制片阿温问我会不会受天气影响,我连思虑一下都没有就告诉他:"不会的,绝不会受天气影响的,洛杉矶的天气,我熟悉得多,就算下雨也是一会儿就过去。"

方小姐临行也一再地嘱咐,但她担心的不是天气,只是怕我超出预算,她说:"李导演,这次外景,两万块美金的预算,可千万不能超过啊!"我很有信心地答应了她。可能我搞国联在经济上失败的关系吧,她对我真的是很不放心。我虽不能说经过什么大江大浪,但大钱倒也用过,国联在台四年,每天的开支都不少于两万美金。不过,败军之将不可言勇,还有什么好说的呢?看样子就差点让我立"军令状"了。

之后,我问方小姐:"《乾隆皇》的布景什么时候搭好?"方小姐转问温伯南:"李导演的布景什么时候可以搭好?"阿温回答说:"恐怕最少要两个礼拜吧。"那天是十二月二十日,计算起来,应该是一九八二年一月四号,可以搭好了。我说:"一月十四号以前一定会把布景搭好了吗？那我十四号一定回来。"方小姐倒也答得干脆："好吧，一月十五号给你拍戏！"

我倒也很露脸，一没超出预算，二没耽误时间，在一月十四日准时回公司报到。本想第二天紧接着就到厂里拍戏的，一问布景师陈景琛才知道，布景连一根钉子也没动过。我当时还有些不信，马上打了个电话给方小姐，她听到了也好奇怪，忙在电话里说了声："李导演，请你等一等。"然后高声地叫道："阿温，阿温哪！……快，同我叫温伯南人来。"然后向我说道："真系，点解不搭呢？"

我当然没法答复她，本想说一句："你问我，我问边个？"一想又不大对，忽然想起一句小孩子的玩笑话："点解？一毫钱解一解。"当然也不好照此直言，因为我们谈得是正正经经的公事，岂可如此儿戏？

在电话里听见阿温歇歇喘喘地跑来："方……方小姐。"

"阿温哪，点解李翰祥个布景，不同佢搭呀？"半天听不见阿温说话，方小姐又追问了一句："啊？点解呀？"

"冇材料呀吗！"

"冇材料？边个话冇材料？边个话冇材料？我应承佢个吗，你不同李导演搭布景，佢点么拍戏呀？"我一听，还打心眼里感动，总算方小姐能体谅下情，替我说两句不平的话。我是个心肠软的人，一想自己上有八十三岁老母，下有未成年的幼子，不拍戏就等于失业，一失业一家大小如何处之？还好上苍不负苦心人，终于有人仗义执言，替我大声疾呼了，我岂能不感动？马上眼圈儿一红，差点儿没在电话中痛哭失声，或者一甩袖子，唱两句二黄："天呀，天……"

一时又不知用何等样的词句感激才好，只好先背两句《三字经》舒舒肝气："人之初，性本善，性相近，习相远，苟不教，性乃迁……"

如此一来，电话里方小姐再和温伯南说了些什么话，就因为心不在焉听而不闻了。不过当即相信起姓名学来，温伯南的名字就是起得好"温伯南"，乍一听很像"搵笨难"，还真一点不假，你想搵他笨真难。但他搵起我的"笨"来，还真是轻而易举，因为我是"有志不在年高，无志空活百岁"的那一类，满脑袋的浆子不说，还是给个棒槌就当针（真）的实心眼儿。所以，谁像哄孩子一样的给我块糖吃，我就感恩匪浅了矣。

不过，这个电话还挺有效，果然《乾隆皇》的"太和殿"布景在十四号打光，十六号正式拍摄了。不过不是一月十四号，而是二月十四号。这一个月的空档，我们一家大小又只好勒紧裤腰带，喝喝西风了。怪不得书柜后边忽然发出一阵臭味儿，移开书柜看时，原来饿死了两只耗子。艰难期间，一切从简，也没能替它们二位发讣闻，举行什么仪式，叫菲律宾工人朝垃圾堆一扔，就算"呜呼哀哉，尚飨"了事。

"看不见的钱"

一九八一年十二月三十一日，我会同卢燕和摄影师马沙及两位摄影助理，到租机器的地方，把两个摄影机以及一切拍戏需要的附件，全部按单清点之后，签了支票，并付上保险公司对该批器材的保单。办好手续之后，摄影师们要马上试验及检查机器，所以卢燕送我先回酒店。

一直到下午六点多钟，马沙才把机器等物车到我的酒店。原来以为两部机器简单得很，谁知道居然把我房里的客厅，堆得连走路的地方也无。其中四块反光板就装了一个大木箱。高低大小的木箱有十几二十个。最令我费解的是那些一尺长、半尺宽的沙袋,中间有一个类似马蹄铁的东西,用手一提,沙袋就在中间一折为二。数了数,足有二十四五个。拍了近三十年的电影,从来没有使用过这种东西,甚至连那些木箱都觉得累赘得慌。当时又不好问,一问岂不显得外行,反正拍戏的时候,一看便知分晓,所以先把这闷葫芦放在心里。

开始,卢燕和我打预算的时候,尾巴上有一条,她叫"看不见的钱"。我问她:"什么钱看不见?"她说:"打预算的时候,尽管再细心,总有些想不周到的地方,临时增加出来的费用,就是看不见、想不到的钱。"

我说:"一共拍四天外景,打两天老虎,又不是整部戏,还有什么想到与想不到的。"于是我把这笔"看不到"的预算一笔划掉。卢燕只好笑了笑,想不到戏还没拍呢,第一笔钱就是"看不到"的。

原来我们只预备拍四个工作天,工作人员的酬金当然也就预算四天的,三十一号拉机器的车费和检查机器的人工,根本没想到。当然,人家是短工,以日计酬的,有什么理由自带干粮自带水地给你白做?他们三位和卢燕要求每人付一天的酬金,运机器的车子他们还算义务帮忙了。

卢燕说:"喏,导演,这就叫'看不见的钱'。"

我一想摄影助手五十块美金一天,倒也无所谓,摄影师一天要两百五十元,可不是闹着玩的。好嘛,拿拿机器,干掉了港币二千多块,那还得了?马上求卢燕和他们说说好话,付他们三位一百块美金,吃顿丰富的晚餐也就算了。卢燕虽然面有难色,但也勉为其难地和他们说了,卢燕以为一定会碰钉子呢,想不到马沙笑了笑,说了声"无所谓啦",就把钱收下了。

我们拍戏的现场瑞屋寨本应是个河边,但我们走了一个钟头,也看不到河的影子。由于离洛杉矶有一个半钟头的路程,每日往返几乎要三个多小时,汽油费的消耗也够大的。所以,我和卢燕一商量,决定全体工作人员,由一月三号的晚上,开车到瑞屋寨,住在附近的假日酒店。我和狄龙,市里市外都一样要住酒店,只不过多了四间房,卢燕一间,两位摄影师一间,四位助手每二人一间,这样免了往返之苦,也可以将工作时间加长。于是,我们在一月三日的下午四点钟,到租车子的地方,租了两辆九人座位的小巴,和同样大小的货车。租车子的地方,连支票也不相信,一定要我的信用卡作保证,因为万一车子有什么损害,他们会把空白信用卡填好损失的数目。卢燕朝我笑了笑,刚要说话,我先开了口:"我知道,这也是看不见的钱。"

狄龙依预定时间,在一月二日的下午四时,乘中华航机抵达洛杉矶。第二天一大清早,就和我跟卢燕了解一下外景的地点,和准备拍摄的镜头。下午把两辆小巴士租回来之后,帮着把摄影器材,由我的房间一件一件地搬到车上。他和我一样,对着那些大小木箱,以及二十几个沙袋直纳闷儿,看了看我,笑着摇了摇头,他知道那些沙袋一定有用,但我们不用那么费事,也拍了无尽其数的外景。

与狄龙第二次合作

狄龙拍《倾国倾城》的时候,和我第一次合作,他总是依时化好装进场,绝不用场务三催四请。进了场穿好服装,没有戏就坐在一旁研究对白。以前他所拍的多数是动作片，对白只是点到为止。《倾国倾城》他演光绪，完全是文戏，虽然不是现场收音，但他希望自己完全用京腔讲对白。那时他的国语还不太好，但他对自己要求相当严格，所以定下来就躲在片场一角死啃剧本。戏里的动作并不多，但他对一举一动都特别注意。第一场戏，叩见皇爹爹的跪拜礼，他的动作就与众不同，不仅干净利落脆，还格外显得风度翩翩，斯文大方。

《武松》是我和他合作的第二部戏，他演的角色和《倾国倾城》中的光绪截然不同：一个是懦弱文雅，一个是勇猛粗犷。而他却能演得中规中矩。

以前在场上拍戏，工作人员众多，各司职守，他只要把戏演好就行了。可在美国，由香港去的一共是我们两个人，卢燕当然也是分外卖力，但一碰到搬东西，抬道具的事，也只好大眼瞪小眼地看热闹了。一直到我们俩把机器与附件搬得差不多了，那些在美国雇请的工作人员才到。并非是他们迟到，而是我希望在他们到来之前，把一切准备工作都弄好，不必去劳动他们。

狄龙的英语说得不错，比我总是强得多。本来玛丽莎要陪翠英一块儿到旧金山去探望老娘（靳丽如的母亲，林黛妈妈蒋月华女士的亲妹妹），是我强把她留下，叫她帮忙做做场记，兼兼翻译，多个人总可以方便些。她听了倒也想看看武松打虎，所以留了下来。不过一大清早就到同学家去玩了，她同学家是在瑞屋寨再过去半个小时的路程，说当天晚上会到假日酒店来找我们，然后同卢燕阿姨住一间房。这样，翠英在下午六点半我们的车子出发之后，在两个干女儿的陪伴下去了机场。

我们只租空车，因为在美国差不多人人都会开车，否则等于没有脚。于是由摄影助手大老俄开车（我忘了他叫什么，只知道他以前是俄大鼻子），刚一上车，他就把暖气开了。其实那天并不太冷，可能是他的习惯吧。我是北方人，不怕冷，但最怕热，所以他一开暖气，我就浑身不自在。卢燕说这是他们的习惯。所以我在马路上闲游散逛，不觉得什么，一进了商店，就一阵暖气袭人，还真不大自在。进了门不仅脱大衣，有时连西装外套也要脱掉，这样进门脱，出门穿的，时常会伤风感冒。我真希望大老俄把暖气关掉，开一点窗也就是了。狄龙听罢马上把窗子打开了一条缝，但见卢燕忽然打了一个冷战，又忙着把窗子关上了。真想不到，没等下车呢，卢燕已经阿嚏连天，一把鼻涕一把泪地伤风起来。

"沙包"的巧妙用途

每次到洛杉矶，都免不了和过去影界的朋友聚一聚，但这次因时间仓促，而且又有公务在身，所以只在电话联络了一下。

第一个电话，打给《贞节牌坊》和《意难忘》的制片人朱元福兄。

跟着又打了个电话给家孝兄，并且告诉他我拍外景的地点，想不到他在电话里大叫了一声："哎呀，那么巧，刚好是我们家门口。"

其实后来才知道，瑞屋寨的地方已不小，由洛杉矶到那儿要一个半钟头的路程。由家孝兄的家门口开汽车到我们外景地，也要二三十分钟。如果在香港，也算是老远的了，但在洛杉矶来讲，的确可以算是家门口。

电影界拍外景，完全是靠天吃饭。有时，拍日景还比较容易，天阴时或晴到多云的天气，还可以将就地拍下去；如果是拍日光夜景，就要严格一些，因为必须是在大太阳底下，利用反光来拍摄，而且要尽量避开天空，否则天太亮，一样不像夜景。武松在景阳冈上打虎，正是夜黑风高的晚上，当然不需要一个阳光普照的大晴天。

但是，今年的元月四号，我们预定好的拍摄日期，天气却不大佳妙，早晨就有些阴云密布的样子，这是有反洛杉矶天气常理的。也许因为前两天晚上一直阴雨连绵的关系吧，但多数在早上九点就会天朗气清的。可那天不然，一直到中午都没露过太阳。

玛丽莎昨天晚上在我房里向我问了问"场记"的工作情况，就拿了那块临时准备好的场记夹子，兴奋地走出去，由同学送她到我们暂住的假日酒店，回到和卢燕阿姨同住的一个房间里。卢燕在电话里问我她早晨几点起床，我说："你告诉她，我们外景队六点钟在楼下餐厅吃早点好了，她一定会依时准备好的，因为她一向责任感好浓。"第二天早晨我到楼下餐厅的时候，她已经在那儿等我们了！

她虽然生在爸爸是电影导演、母亲是电影演员的家中，可很少到片场去，也许由于翠英老早就改了行的关系吧，至于我在厂拍戏的时候，也少见她们有看拍戏的兴趣。这次肯帮助我们当翻译和场记，纯粹是为了看看老虎和有酬劳可拿，谈到拍戏，她可没有扔铁饼有劲儿！所以，她乘车到现场，在看到摄影助手们帮助搬摄影器材的时候，对堆在车上的二十几个"沙包"特别感兴趣，也帮着由车上一一搬下。看她一手提起一只沙包，轻轻地一撑一放，六尺三的摄影师大卫，故作目瞪口呆地用中国话说了一句："啊呀！我的天哪！"

原来大卫是小丁（善玺）在美国拍戏时候的摄影师助手，也跟他们外景队去过台湾两三个月，所以很能够说几句字正腔圆的中国话。

刚才我又提到那些沙包，记得几天前，由器材公司把那些沙包、摄影机、反光板一起搬到我住的瑞金西酒店时，我曾对这些沙包和那十几个高高低低的小木箱打过问号，对它们的用途不明所以。一直到我选定了第一个镜位，把摄影机摆在小卡车顶上，把高三脚架拉尽，想拍一个俯摄的镜头时，才知道它们的妙用。

一套一勒驯虎法

车顶的中间，多数是略为高翘于两旁的，所以支脚架的三脚板放在上面的时候，两个脚总有些不平。只见大卫把三个沙包分别放到三脚板下，用手压了压，沙包内的沙子是流动的，很快把它所负荷的三脚板在车顶上平衡起来，严丝合缝，四平八稳。那只高脚架，扯得越高，当然也就越有些晃晃悠悠，只见大卫在那块三脚板上，压了五六个沙包，那三脚架一下子好像钉在车顶的一般。然后把那些高矮不等的小木箱，交错地摆在脚架旁，活像个楼梯一样把摄影机的水平摆好，一伸手叫我循"梯"而上。不由得不佩服他们的无微不至。

一切准备好，代替狄龙演武松远景的驯兽师邹也在狄龙为他黏好头套，穿好服装之下，再一次紧了紧腰带，站在机器前的大树下，对正我们摆好的一高一低的摄影机，把我告诉他的活动范围走了一遍。然后叫卢燕、玛丽莎躲在老远的九人座位的小卡车里，最后连狄龙也被勒令上了车，才一声令下，叫另两个驯兽师，把预先运来而摆在几丈之外的老虎由卡车上的笼子里拉出。我看见车子里的玛丽莎打开车门，探身外望，忙一挥手，她才把身子缩回，把车门关好。

尽管我们知道那只老虎不是他们场里最大的，但在驯兽人员把它拉出笼子的时候，它把身子在笼边一长一缩地伸了个懒腰之后，朝着天际一声怒吼，还是有些虎虎生风、山摇地动的味道，令人不由不一阵脊梁沟儿发麻，起了一身鸡皮疙瘩。然后看它前爪一按，后脚一蹬地跳下车来，还真有些打心眼儿里怵得慌。

我仔细地打量周围的二男二女驯兽师，每人都是左手棍，右手绳地分站东西南北的角落，另有两个也是同样的姿势，手中也是同样的道具，分护在车下的摄影机旁。他们都一边目不转睛地看着另两位同事手中拉着老虎项下链子的双手，一边听着邹的吩咐。我看看两位摄影师大卫和马沙，又看看机器旁的四个助手，都在专心一意地准备他们的工作，完全当那只老虎是假的，不得不佩服他们的勇气。忽然看见狄龙也拿了条手杖，站在车下另一个机器旁边，朝我笑了笑，摆了摆手，指了指他身前的驯兽师们，表示了毫无可惧的样子，我才想起早上和那个保险公司的小胡子赌气的事。

当初兽场的经理人，在订约的时候答应我们，如果在他们的场地上拍摄，一切的保险都可以节省一些，起码场地上的工作人员不需要我们另外保了，因为他们长年累月的都有保险。此外我们保器材的全部和我们外景队工作人员的一半就可以了，因为是在他们的场地内，任何人出了意外，保险公司都要负责赔偿的，但只是他们场里工作人员的一半，所以只用了美金一千元的保险费。但我们在泰国拍老虎的时候，连这一千元也没花，真是撑死胆大的，饿死胆小的。说真的，在泰国尽管也有兽场的人员保护，但并没有美国的阵势，也不见他们手中拿绳子棍子。原来驯虎的时候，就是一手绳套一手棍，老虎不听话就用棍子打它鼻梁，略一不驯，就把绳套朝它脖子上一套一勒，还真是立竿见影，万无一失。

保险公司敲竹杠

可偏偏是他们兽场的保险公司，一大清早就派了个小胡子前来。那时我正看着大卫摆沙袋，拼木箱，远远地看见那家伙左手夹了个公事包，右手拿了几张纸头，和卢燕在争些什么。我忙走了过去，了解情况。经卢燕一说，才知道是保险公司的。

原来，他认为我们应该为我们的工作人员着想，保险费必须加到美金两千元，否则，他们是不负责的。卢燕说这是兽场经理答应的，同时拿出合约书来给他看。偏偏她当时忽略了这一项，因为那只是经理人的口头答应而已，合约并未写明。这下子那个小胡子更得到理了，一口咬定必须要两千元，一毛钱也不能少。我听了也火儿了，告诉卢燕，我们也是一毛钱也不肯加，随他去，实在不行，我们另外找人担保。因为我知道，替我们担保器材的那间公司，也虎视眈眈地等着我们呢。所以，一大早儿也派了个"黑人牙膏"商标长相的家伙，拿了个公事包站在我们的机器旁边，名义是了解一下那些器材的情况，其实他比谁都清楚。俗语说得好："人是急了抓蝎子，饿了啃石头。"不过不管怎么样，老虎急了也好，饿了也好，总不会抓机器，啃反光板吧！所以他站在一旁，注意地伸着耳朵听小胡子和卢燕的对白。卢燕也明白我的意思，把我的话翻译完了之后，马上转身朝那个"黑人牙膏"走去。这一下子还真见效，只见小胡子马上"哎"了一声，紧上两步赶到卢燕的前面，朝我和狄龙一指："好吧，一千元可以，可是不包括他们两位，因为他们一个导演，一个大明星，片酬当然不在小数，由于身价不同，所以保费必须加多。"

我马上告诉卢燕，请她翻译，我这个导演虽然是肖老虎的，可没有老虎那么值钱，所以不保我无所谓。他听后白了我一眼，回身一指:"那么他呢?"

我一看狄龙早已站在我的身后。还没等我说话,狄龙已经用英语和他谈上了。只见那个小胡子听了之后,冷笑着哼了一声,耸了耸肩,打开左手的公事包,把右手的几张保单,用力地朝里一塞,扭身走去。我问狄龙怎么说,他说:"我告诉他,我们中国演员由三层楼朝地下跳是常事,从来不保险的。我们在泰国拍了两个多礼拜,谁也没保险过,还不是平安无事!"

其实,我们都知道,他那张保单当然包括狄龙和我,因为明明写着外景队的全部人数和名字、名分,只不过想敲敲竹杠而已。

老虎嘴下留情

站在摄影焦点下的邹朝我摆手示意,表示一切准备就绪。我叫了一声,两部机器同时转动,拉着老虎的两位把铁链子打开,那只老虎展胫舒筋地把虎头虎脑摇了摇,朝它面前的邹望了望。邹学着布碌士·李(Bruce Lee)的架势,双脚互错,两手交叉前伸,口中呀呀呀地大叫,引得狄龙直乐,因为他还真是似模似样的有些"李三脚"的味道。说时迟,那时快,只见那只老虎把两只前爪在地上蹬了蹬,一个箭步,扑到邹的面前。邹也不含糊,辗转腾窜,一扭身形,跑到镜位的中心点。一看便知是片场老手,位置十拿九稳,不差分毫。老虎朝他身上一扑,双脚笔直地站起,两只虎爪朝着邹的脸部上下舞动。

邹也把两手快速地遮来挡去,机器左右的驯兽师们都目不转睛地看着那只老虎。突然听见邹在场中大叫一声,原来那只老虎一口咬在他的手腕上，撕撕掳掳地不停。场外的驯兽师们马上蜂拥而前，纷纷朝老虎把棒子举起，老虎才算嘴下留情地放开口。一旁的女驯兽师迅雷不及掩耳地把手中绳圈朝虎头一套，另一个场外人员，已经拿着药箱上前。原来邹的手上已经被虎爪划了一条血痕，狄龙马上上前，向邹安慰了几句。只见邹咧开大嘴笑着摇了摇头，看样子这是件稀松平常的事。我这才吁了一口气，把心放下。

邹对他的表演并不满意，所以尽管我们都赞他很好，他还是坚持要求再来一次。于是大家又纷纷各就各位。等我喊了"开麦拉"，老虎再一次被放出，又一个箭步扑到邹的身边时，我才发现玛丽莎不知何时，也左手拿了个棒子，右手拿了个绳套，站在狄龙的旁边，不由得使我大吃一惊。但是人虎正在大力纠缠中，当时不能向她大声吆喝，直到一个镜头拍完，老虎也被重新套起，我才捏着一把汗向她吆喝了一声："玛丽莎，你为什么不在车里？"

她顽皮地问我："你为什么不在车里？"

"我是导演，应该站在机器后边。"

"我是场记，应该站在导演的旁边，不是昨天晚上你教的？"

我一听，只好瞪了她一眼，警告她说："你要知道，你是临时雇员，保险单上没有你的名字，老虎咬死了白咬。"

她朝我做了个鬼脸之后，学着我的口吻："你要知道，你是肖老虎的，我是老虎的女儿。你常说虎毒不吃子，再说，我有这个。"她朝我亮了亮手中的棒子，出其不意地把绳子朝狄龙头上一套。狄龙还真吓了一跳，想不到刚到美国半年，她已经比美国的孩子还美国化！

化装不用留洋

今年三四月间,由洛杉矶返港,一下飞机,就听司机阿文告诉我,邵氏公司的化装室主任小清大年初一得了脑充血,如今半身不遂,在家中休养。

我听了愣了半天,真有点不相信自己的耳朵,因为小清不吸烟,不饮酒,平日生活检点得很,虽然近年有些发胖,但年纪总算还轻,也不过四十刚出一点头,怎么一下子就中了风,爆起血管来?

小清的全名叫吴绪清,是我在邵氏拍《杨贵妃》《武则天》的时候,招考进来的两位化装助手之一。另一个叫林鸿颖,大家都称他阿鸿,就是我前文说的,和我在半岛碰见白小曼的那个。说起来是二十二三年前的事了,那时邵氏公司的化装师还是陈濠呢。

陈濠原是和我同期的特约演员,也是一九四八年由上海到香港的,样子有些像演《我这一辈子》的石挥,戏也演得不错,当然和石挥就没法比了。一九五一年张翠英和杨柳(杨志卿的妹妹,和李丽华、上官云珠同期是上海艺华的演员)由上海刚到香港,不久张翠英和我结了婚,杨柳也因为拍戏的关系,认识了陈濠,而同居了一阵子。后来因为两个人的脾气合不来,整天吵吵闹闹,杨柳一气之下,带着女儿贝蒂(不是台湾的那位影歌星贝蒂小姐,大家不要误会)回了上海。不久,他们二位都男婚女嫁了。

本来邵氏的化装师是宋小江。宋先生是《夜半歌声》时,上海名化装师辛汉文的学生,是李祖永先生成立永华的时候,特别由上海重金礼聘来港的。《国魂》《清宫秘史》以及《大凉山恩仇记》都是宋先生化装的。后来也兼理邵氏父子公司在南洋片厂的化装。一直到我拍《貂蝉》和《江山美人》的时候,也都是由宋先生化装的。

拍过《江山美人》之后，他就进了长城、凤凰。邵氏的化装暂由他的两位助手阿先（冯先）和小叶（叶一鸣）上阵，工作起来可照他们的师父就差着一大截儿了。

那时，陈濠忽然由演员改任了化装师，一下子担任起美国影片《江湖客》（*Soldier of Fortune*，1955）到香港拍外景的化装助手。正手是好莱坞的一位名化装师。一部戏跟下来，陈濠不仅把彩色片的化装术学得七七八八，也由那位洋师父的手上接收了一整批化装用品。《乔太守乱点鸳鸯谱》里有一句"搂处子不用逾墙"，陈濠是"学化装不用留洋"。远道会念经的洋和尚带着本真经双手奉献给他，因而使陈濠的声名大起，独立制片公司争相聘雇。所以我拍《杨贵妃》的时候，特别把这位新成名的化装大师聘请到邵氏。没多久又因为一景两用的关系，开拍了《武则天》。那时陈濠向我建议，采取《江湖客》拍戏的办法，找几个跟场的化装助手。于是由他介绍他的两个学生吴绪清和林鸿颖跟场。记得当时还真有个样儿，小清和阿鸿每人都带着和厨师傅一样的白围裙，围裙上还有好几个口袋，装着眉笔、粉扑、梳子和小刷子，另外，每人手里提着个化装箱，聚精会神地站在开麦拉旁边，一听导演喊"正式"的时候，马上进前为演员们补粉、理发、整髯。不像如今的"跟场"，经常看不见人，演员需要补粉的时候，还要带动场务在片场外大叫"补粉""补粉"不已。

嗲声嗲气叫小清哥

那时的吴绪清还是一个眉清目秀的小孩子，化起装来手脚伶俐，说起话来口齿清晰，上海话、广东话、国语都说得挺地道。因为林鸿颖是个瘦高挑,所以大伙儿都叫他阿鸿,吴绪清的身量儿不高,所以大伙儿都叫他小清。

我组国联公司的时候,阿鸿跟着我到了台湾。后来胡金铨离开邵氏到台北的联邦公司拍《龙门客栈》,又把小清带了去。他们两位的化装技巧倒是青出于蓝而胜于蓝的,比起他们的师父陈濠来,可要高明得多了。也许因为陈濠和公司闹了意见,拂袖而去了之后,邵氏又聘请了方圆的关系吧。

方圆其实也不是什么化装师,我刚到香港时,他只在大中华影片公司的黑房里印黑白剧照,大概修照片修出兴趣来了,也就改任了化装师。由于当时的大明星林黛叫他"爷爷"的关系,于是乎他就成了电影界的众家爷爷。尤其是女明星们,一见着他都学着林黛在《翠翠》里叫严俊的声音——"爷爷"!好像这么一叫,自己也马上成了林黛似的。

电影界里尽管有很多位"大哥",但总没有"爷爷"过瘾。虽然有很多位"大哥"跟"爷爷"的年纪差不多,可是林黛、李丽华、尤敏、林翠,当着他们的面一叫"爷爷",几位"大哥"马上都矮了半截,低了两辈。

方圆的儿子、儿媳妇也都是电影演员。不过儿子不姓方,起了个艺名叫金峰,儿媳妇叫沈云。林黛叫金峰大哥,李丽华叫金峰兄弟,当着方圆的面也是这么叫。和儿子称兄道弟,把儿子的老子叫"爷爷",甚至有时在化装间里,当着"爷爷"的面和金峰俚嬉两句,学着四川话叫两声"龟儿子","爷爷"还是"爷爷",听着一点也不生气,好像金峰就是金峰,方圆就是方圆。

小清和阿鸿离开邵氏之前,和"爷爷"也学了几手,名师出高徒,所以两位的化装术还真有几把洋刷子。

金铨在开拍《龙门客栈》之前，先招考了十位新星，男的是石隽、田鹏、白鹰、万重山，女的就是上官灵凤、徐枫、韩湘琴、赵瑛瑛、严菊菊（后改名燕南希），另外就是如今小清的太太杨梦华。

杨梦华第一部戏是郭南宏导演的《一代剑王》，和上官灵凤、田鹏联合主演的，第二部独挑大梁的戏是《虎侠》，和李行导演的《情人的眼泪》。因为演出优异，还得了十五届亚洲影展的最佳新人特别奖。另外还演了《台湾客游香港》等几部喜剧。和小清结了婚之后，也就退出影坛，在家中做贤妻良母了。

杨梦华倒也是位美人胚子，也许因为生了两个女儿的关系，稍微发胖了一点。虽然在我的游说之下，曾经客串过我导演的《风流韵事》中的一个角色，但后来就怎么也不肯演出了。联邦解体之后，金铨由台返港，又拍了《迎春阁之风波》和《忠烈图》，所以小清也带着太太和孩子返港。之后，又重回邵氏公司。

以前离邵氏的时候，公司都把他看成孩子、学徒，如今重回邵氏，可是位大师傅了，所以职位和酬金也比以前高得多了，以前是"跟场"、助理，如今是化装室主任了。以前叫他小清的，如今都改口叫他小清哥了。我听见很多女明星嗲声嗲气地叫他小清哥，真比听叫方圆爷爷还舒服。

吴绪清是江苏常熟人

有一次杨梦华到公司去找小清，一推化装室就听见一位女明星嗲声嗲气地叫吴绪清小清哥，当时也没言语，可是晚上小清一收工可就麻烦了，一进门就看见太太两手叉腰，柳眉倒竖，杏眼圆睁地问他:"什么意思?"

小清愣了半晌,也问了一句:"什么意思?"

这下可把太太激火了。"我问你,××叫你小情哥是什么意思?"

"谁叫我小情哥了?人家叫我小清哥,不是小情哥。又不是她一个人叫我小清哥,连王莱阿姨都叫我小清哥。"这话还真不假,我拍《金瓶双艳》的时候,就听见王莱化好了王婆子的装,叫吴绪清"小清哥"。看见她老帮子的德行,我不知道吴绪清有没有情绪,反正我是由脊梁沟儿上发麻,一点情绪也没有!

小清的父亲是吴静远先生,江苏省常熟人,家里就靠近大闸蟹的产地阳澄湖,生有二女一子。小清行二,上有姐下有妹。姐夫张永康,原是上海三家铁工厂的小开,不过解放之后小开也只好变成工人了;妹夫叫陈耀希,和小清同岁,今年也是四十三,如今自己在香港开了一间服装公司。

小清是一九五六年才由上海的九江中学毕业,随即来了香港。那时他父亲早在香港的湾仔轩尼诗道三○四号开了一间新中华刀剪厂,专门经营杭州张小泉的刀剪,代理外国双剪牌的剃刀、剪刀、切菜刀,以及吃他们阳澄湖大闸蟹的钳子。小清到了香港,没多久就进了邵氏影城,当起化装学徒来!

我说学徒,还真是一点也不假,因为他和阿鸿除了跟场给大明星们补装之外,还要打理化装间的一切杂务,包括了扫地、倒茶、擦桌子,所以干了没几个月,他就想打退堂鼓了。那时李丽华和林黛都相当鼓励他,认为他聪明伶俐,将来一定会出人头地的。

他最近中风刚好一点,就一瘸一点地到片厂来看我,他说:"李小姐待我可真不错,经常叫我小阿弟,看着我斟茶倒水的委屈样儿,就安慰我,说她以前没拍电影的时候,也是什么活儿都干,还给老太太洗过马桶呢。其实我知道那不是真的，但我心里的自卑感马上会因之而消失殆尽。林黛小姐对我也好得不得了，她从日本回来，还送了我一个化装箱，说：'小清，留着你升了化装师的时候用。'还有'爷爷'也待我不错，他一直只承认我这么一个学生，所以，他关上房门做头套的时候，别人连探个头儿都不行，可他准许我站在身边。如今我会做头套，全是他教的，还有'爷爷'是两个手化装，我也是，一直到现在港台两地只有我一个人化装用两只手。"说着把左手扬得老高，横竖比画了半天，可惜右手还不大听他使唤。我知道他的意思，即使右手暂时恢复不了，他也可以工作。真的，他是想马上开工，但公司还是劝他多休养些时候。他说："医生已经写了证明，说我可以照常工作了，真的，李导演，我没有什么嗜好，如果一定说有，那工作就是我的嗜好，可是如今连这嗜好都不能有，唉，好闷哪！"

小清也许是用脑过度

我由美国回港迄今，始终没和小清见过面，只是在片场听说他得病的情况，一度还听说他去了台湾，几时回到香港的也不知道。前天我在拍《乾隆》片集，一个化装助理突然扶进一个行动不便的人来，他很亲热地叫了声"李导演"，我才看清楚了他是我十个月都没见面的小清。我原本和林冰带进厂的几位新闻界朋友们摆龙门阵，一见他进场大家都目瞪口呆地傻了眼，大概他们也和我一样，很久没看见他了吧。小清原是一百六十二磅重的矮胖子，忽然瘦得和他二十年前一样，右手耷拉在腰间，五指弯曲地来回乱晃，右脚走路要先抬起，然后颤悠悠地画一个半圆才起步，那样子和黑泽明导演的《没有季节的小墟》里那个残废的演员一模一样。场务小杨替他搬了张椅子，他好不方便地挨身坐下。看见这位年轻的一代化装大师忽然变成了这个样子，我心里一阵发酸，说不出是什么滋味，忙问他道："怎么样，完全恢复了吗？"

其实我已经看见他并没有完全恢复，但连自己都莫名其妙，为什么会问了这样一句口不从心的话。想不到他马上挣扎着站起，强把右手举到胸前，然后很不自然地来回晃了几次："好了，差不多完全好了。"

我呆呆地看着他，林冰和影剧记者们何时离开了现场，我都毫无所知。

以前有副对联写得真绝，上联是"月月月圆逢月半"，下联是"年年年尾接年头"。小清脑充血的时间刚巧是庚申年尾，辛酉年头的旧历十二月三十晚上，时间刚刚过了午夜十二点。

那天也是小清的岳母杨梦华妈妈的生日，所以小公母俩一早就带着两个宝贝女儿一块儿到金巴利新街金巴利大厦三楼G座的杨家吃年夜饭，也是喝杨太太的喜酒。吃饭的时候，小清还和平时一样，不吸烟，不喝酒，所以恭祝岳母生日快乐的时候，也是以茶代酒。饭后虽然有些轻微的偏头痛，也不以为意，因为那也是他近一年来的老毛病。其实他不知道，头痛等于人体的温度表，电灯的保险线，一痛已经是烧断了保险线，发出了警报，可是多数人和小清一样都不以为意的。

当时，他正琢磨一个孙仲导演给他出的难题，他说："孙导演的新戏《人皮灯笼》需要拍一个恐怖镜头，要在一个镜头内，眼看着把活生生的人皮切开一个小口儿，然后倒进水银；所谓水银泻地，无孔不入，水银在皮肉之间下沉，要看见它把皮与肉分开，要看清楚皮上的筋胳，就是所谓的抽筋剥皮吧。本来公司要委托日本的专家做，但经驻日代表王立山一打听，专家狮子大开口，价钱太贵。我答应孙导演一定替他把这个任务完成，所以吃了饭之后，坐在一旁苦心孤诣地呆想，也许是用脑过度吧，所以觉得偏头痛越来越厉害，到后来简直有些昏昏欲睡，想着到房里去躺一下，谁知就一躺不起，底下的事我叫梦华来告诉你。"

人有旦夕祸福

那天杨梦华刚刚接到公司的三天拍戏通告，在杨权导演的新戏里，饰演一个护士。本来已经退出影坛的她，为了丈夫的停薪留职，在家休养，只好又重做冯妇，粉墨登场。这也是小清到我片场来看我的主要原因。他告诉我："邵氏公司待我不错，我已经在家休养了将近八个月了，住着公司的免费房不算，方小姐还每月借给我两千块家用，可是，如今的生活程度日高，加上还有两个孩子，两千块是怎么也不够的。我本想和方小姐请求一下，希望能暂时在公司里给梦华找点事做。张丽珠说既然梦华是演员，就出来演演戏吧。如果不争戏也不争钱的话，收入还是相当可观的，公司可以按最高的特约演员薪金付给她。起初，我真不想委屈梦华，她退出影坛之前，大小也是块牌子，如今为了我叫她勉为其难……"他忽然咽了口唾沫，哽咽得说不下去了。

我安慰他说："也没有什么嘛！人总要适应环境是不是，陈燕燕、欧阳莎菲、唐若青、谈瑛……过去都是煊赫一时、独当一面的大明星，后来都肯于降尊纡贵地演演不重要的角色。还有以前的电影界大老板，为了《啼笑姻缘》闹双胞，和明星公司打官司的顾无为，本来是文明戏时期大红大紫的名角儿，也在我导的《江山美人》里做过特约演员，到什么山拾什么柴嘛，对不对？"

他听了稍微地释然了些，苦笑了笑说道："梦华也是这样表示：上山擒虎易，开口告人难。用劳力赚钱有什么难为情的？所以希望李导演以后多关照，有戏给她演演，演什么都行，一天、两天都可以……"正说着，杨梦华由厂外走了来，看她的脸上已经是化好装的。小清说："是我替她化的装，你看怎么样？我右手不方便，但左手丝毫无损。如今，我每天替梦华化装，倒不是她要扮靓，而是我要不断地练习。"然后对杨梦华说："梦华，你和李导演说说，那天晚上的事，我爆血管那天晚上的事！"

我马上叫场务小杨替她搬了张椅子，她刚一坐下就说："哎呀，真是人有旦夕祸福，年三十晚上的，又是我妈妈的生日，不过，总算不幸之中的大幸，把命保住了。当天晚上可真吓人哪，他吃过饭后，说是到客房里躺一下，等妈妈叫他出来吃蛋糕的时候，半天也没人搭腔。我推门一看，哎呀，差点没把我吓死，他的头耷拉在床沿上，床上床下都吐了一世界。我进前推了推他，他昏迷不醒，我也不知道是什么毛病，马上打九九九，五分钟不到救护车就开到了，马上把他送到九龙的伊利沙伯医院。大年夜医生们多数是休假的休假，游埠的游埠，剩下的多数是见习医生。排了半天队，第七个才轮到我们，又等了半天，才看见一个年轻医生进前翻了翻小清的眼皮，不耐烦地摇了摇头：'不行了，他已经不行了，还抬来干什么？'说着把他放在一边，走去看别的病人。我和爸爸妈妈在小清的鼻孔听了听，他虽然呼吸急促，但还有口气儿啊，怎么就断定他不行了呢！"

救人要紧！

杨梦华继续说："我忙去问那个年轻医生：'你不能把他摆在那儿不管呀，死马都要当成活马医，何况他还没有断气呢？'那医生好不耐烦，脸板得铁青，好像欠他多少钱一样，粗声粗气地问我：

"'他是你什么人？'

"我说：'老公。'

"他上下打量了我一下，然后冷冷地一笑：'我告诉你，这里不只你老公是病人，个个都是病人。我总要先救有希望的。我不是吓你，你老公爆了血管，叫他静静地躺在那儿等死吧，今天神仙都不得闲，就算神仙得闲也不能起死回生。'说完又去看别的病人。说真的，我手上那时没有刀，要有真想插他一刀子，看看他的血是冷的还是热的。妈妈看我要发脾气的样子，用手拉了拉我，低声说了句：'救人要紧，换一家私人医院吧。'

"我向护士表明态度之后，她冷冷地说：'没有医生的证明，病人不能随便抬来抬去的。你以为殡仪馆呢，抬进来摆摆再抬出去，除非你先找到了私家医院的医生。'我想说也是多余的，马上叫了辆的士，到九龙塘的浸信会医院。我向挂号处的人员说明来历，他倒是很热心地马上替我打电话。真急死人，打一个没人听，打两个人不在，第三个说医生全家游埠去了，一直打到第八个，才说有位张医生。我接过电话，说了几句，张医生说马上就来，叫我把病人先送了来。我当即坐车回伊利沙伯，和护士说明张医生说叫把病人送到浸信会

医院去。那护士白了我一眼问道：'哪位张医生?'

"我说：'张××医生。'

"她向我一伸手：'有证明文件吗？'

"我一听愕了，告诉她千真万确是张医生叫我来接病人的。她冷笑了笑：

"'我们一切都要证据，病人是爆血管，你们把他一搬动，死了谁负责？没有医生证明不行！'

"我急得都快要哭出来了，可是她连理都没理我，和旁边的年轻医生打情骂俏起来。我无可奈何地又赶到浸信会，张医生已经在那儿等了，知道电话是我打的之后，马上焦急地问我病人呢？我把那护士的话告诉他之后，他叹了口气，摇了摇头，说：

"'你去吧，我给他们打个电话。'我怀疑地看了看他。他差点叫了出来：

"'快去呀，救人要紧，没问题的，我会打电话去的。'"

等到杨梦华把小清接到浸信会医院的时候，已经是大年初一的清晨三时半了。把他放在急诊室的病榻上，心脏早已经停止跳动。杨梦华欲哭无泪，紧张万分，手足无措。医生马上抢救，用电震器在他胸前震了几下，还好吉人天相，心脏又恢复跳动，但是心律失常，忽快忽慢。医生替他打了一针之后，忙替他照X光，做心电图，然后又在他的腿上刺了一针，虽然关节不能举动，但见他眉目略微耸动了一下，知道他仍有知觉。医生随即断言他运动神经已经失灵，但感觉神经仍未受损。马上再替他打了一针之后，叫他静养。同时告诉杨梦华和她的父母说，由于病人年纪尚轻，所爆的血管又非主支，料应不该有什么生命危险。

他不是我们亲生骨肉

除夕原是除旧更新的日子，中国各地尽管风俗习惯不同，但这一天总是举家欢乐的日子。在北方吃完年夜饭之后，全家大小，不分长幼，都在一起包饺子，和面的和面，擀皮儿的擀皮儿，一边说说笑笑，一边一五一十地把煮饽饽包好，美其名曰包"元宝"。有时还在其中一只里，包上一枚小制钱儿，说是谁吃着谁就一年吉庆有余。据说前清末年的宫里，也流行这一套，不过每年都是西太后吉星高照，把带制钱的元宝吃到口，不然大家怎么叫她太后老佛爷呢！说穿了其实一个子儿都不值，太监们老早就在元宝上边做了记号，有意无意地放在老佛爷的碗里。

小清的岳母杨太太是除夕生日，想当年也够吃年夜饭的家人们手忙脚乱的了，但添丁发财，虽然生了个女儿，也是件大喜事。想不到她在若干年后的除夕，又跟她的家人为她的女婿担惊受怕了一阵，倒也是件非常巧合的事。

大年初一的早晨，小清的父母才接到杨梦华的电话，知道独养儿子的不幸消息，在下午三点钟，老夫妻俩双双赶到医院里。电话里已经知道小清要动手术，同时知道著名的脑科医生在香港只有三几位，其中以一位邬大夫的手术最高明，但价钱也高的不得了，据说起码要港币十几二十万。所以医院替小清介绍了张××医生；至于张医生开脑的手术费用要多少，就连介绍人也语焉不详了。总之，也便宜不到哪儿去吧。小清在邵氏的薪水有限，每月的开支，加上两个孩子的费用又相当可观，不说寅食卯粮吧，也不会有什么剩余了。那这笔手术费用哪里来呢？当然就落在小清父母身上了。所以当他们两位老人家一到，杨梦华马上把情况仔细地又说了一遍，满以为他们一定拍胸而起,闲话一句的。想不到公婆连躺在床上昏迷不醒的儿子看都没看一眼,就沉着个脸,双双坐在沙发之上,半响一语不发。杨梦华的父母也不知道两位亲家何以如此,就算小清平时忙了一点,不能给父母每天请安问好,但每月都奉上五百港币,作为父母的零用钱,当然这也是瓜子儿不饱,略表心意而已,但总不至于使他们两位对儿子毫不关心吧!

就这样静了半响,吴老先生才开了口,他说:"老实讲,小清不姓吴,也不是我们亲生的儿子。甚至于他的姐姐和他的妹妹,也不是我们亲生的骨肉。他们姐儿三个,全是我们领养的。小清是一岁大的时候,我由一个姓杨的家里抱养来的,所以,小清其实和你们同姓杨……"还没等他说完,杨梦华"啊"了一声,眼前一阵全黑,气血上撞,险些跌倒在地。她不相信这是真的,四十三年的父子情,为了动手术的费用,一下子全部化为乌有,就算是拍电影,也会觉得编剧太荒唐了些,但,这是真的,百分之百!

四十三年的家庭秘密

任何人也说不出吴静远老先生是什么想法。他今年已是七十六岁高龄,尽管如今医学昌明,活到七十六岁仍能身体健康,一点毛病都没有,还是少见的,为什么在小清昏迷不醒的时候,揭穿四十三年的家庭秘密呢?杨梦华当时真不知道说什么好。

小清爸爸接着说:"新中华刀剪厂也不是我独资的,大部分资本都是大陆上一位同乡的。当时,他的路条打不出,把钱交给我,替他在香港开了这个刀剪铺,年前他本人到港,我已经把铺子交给了他。

老实讲,我也没有什么钱;虽然有层楼,也是分期付款的,将来最多只能作我们老公母俩的棺材本儿。所以小清的医药费,我们是有心无力的。"说来说去,还是为了小清的手术费。杨梦华心想,即使他父母不出一个仙,也要想办法找钱替他开刀的,也不需把四十三年的养育之恩一笔勾销吧!

以前听蒋月泉唱评弹,说玉蜻蜓的《厅堂夺子》,徐元宰中了解元之后,因为发现了他亲母留下的一封血书,才知道自己原是金贵申的儿子,如今的父亲原来是养父,所以在金大娘娘要求他复姓归宗的时候,他只好答应。当时把徐氏二老难过得心如刀割。蒋月泉分析当时徐公的心情,有一段唱词,把当年普庆戏院全场楼上楼下一千七百多位听众唱得鸦雀无声,个个落泪。可惜我只记得一句唱词:"徐公,不觉泪汪汪……"底下是叙述自从把元宰领回家门,如何在辛苦的岁月中把他养大,供他读书,早晚把着手儿教他读文章。听起来父母对子女的养育之恩,要比十月怀胎而生下了地还要大千百倍。

记得,七八年前到过跑马地简而清先生的家里,看见他在入门处贴了一首打油诗,实在妙得很,那是一张白纸黑字的便条,字写得清秀得很,笔走龙蛇,还真有点王羲之醉写兰亭的味道,他写曰:

父母生我不为我,
先有快乐后有我……

底下的两句,因为年深日久的忘了。不过,就是前两句,已经不止简而清,简直就是简而明了。想不到不仅"助人为快乐之本",造人也是快乐之本也!

或许，吴老先生看养子小清的样子已经九死一生了，原先领养他的意思可能是"养儿防老"，以备日后坟头上有人逢节逢年的上坟烧纸，祭奠一番。既然这个儿子先己而死，那一切指望也就落了空，干脆把来龙去脉交代清楚，一了百了。万也想不到小清动了手术之后，又渐渐地恢复了，也许老先生很后悔吧，今年三月，突然得了心脏血栓塞的毛病，没等送到医院，已经不治身亡了。

小清说："难怪梦华到香港见到公婆的时候，就很奇怪地问我，为什么我和妹妹一点不像，和父母也无一似处？当时我也不明白，如今虽然明白了，但仍愿糊涂一世，这也许是郑板桥写'难得糊涂'的原因吧。"

小清港台多学生

小清叹了口气接着说："父亲去世的那天，我仍在半昏迷的状态中，否则，我一定去打幡送殡的。他不当我是亲生骨肉，我还当他们是我亲生的父母。"

小清的手术费先是蔡澜和黄家禧、温伯南他们凑了九千元，其余的两万元，是方小姐私人掏腰包替他付的，并且告诉他不要告诉别人。我听了很感动，因为"善欲人知不是真善，恶恐人知才是大恶。"所以方小姐对邵氏员工的爱心，还是可钦可佩。

为了手术费用，小清一直昏昏迷迷地等在病床上十七天。我好奇怪，为什么医生们不本着仁心仁术的道理，替病人开了刀之后再收钱。小清夫妇俩也都说不出所以然，只说医生也不知道确实的费用，一切都是医院负责的，手续不办好，当然不会贸然地替病人开刀，不用说医药费，即使没有家人签字，也不会轻易动手术的。

替小清动手术的是张××医生，手术之后，一切良好。但医生在手术后也相当惋惜地说："如果开始就动手术，要好得多，起码恢复起来要快得多！"

那是自然的，好像我们拍电影一样，刚拍好的底片马上冲印，较隔日冲印的彩色效果都要差好多，何况过了十七天。

动过手术之后，他还是忽而清醒，忽而迷惑，右半身也毫无知觉。即使清醒的时候，也是两眼迷瞪瞪的，和他说话也许心里明白，但嘴里咿咿啊啊的不知说些什么话。一直三四个月，杨梦华就这样衣不解带地日夜不息在床边侍候，还真是不容易。有道是久病床前无孝子，三四个月的日子，加起来要一百多天，每天面对着神情恍惚到几近白痴的人，怎么受？还好渐渐地小清可以说话了，也完全清醒了，但是仍不能下地走路，右手也仍是毫无知觉。还好有朋友替他介绍了一位新加坡来的中医陈大夫，给他开了一味中药，保证他服过三贴之后，可以下地走路。小清当时还有些不大相信，也只是有病乱投医而已。照方抓了几剂,想不到果然可以逐渐地下床走路了，于是乎增加了他的信心。他每天早晨都挣扎着爬起来，强打着精神做晨运，因为他相信自己会完全恢复正常的，也必须要恢复正常；因为很多人都认为他活不了，即使活得了，也是个废物，所以他不仅要活着，而且要和以前一样正常地活着！

小清说他的学生估计在港台两地最少有六十人，甚至于学生的学生都已经不计其数，在片场里独当一面地担任化装工作。

一般化装术分为两种

小清的大弟子叫江美如，如今是台北华视的化装部主任。这职位原是小清在台北联邦时的兼职，他返港后，把这职位让给了徒弟。

小清第二次重返邵氏，正是张彻和鲍学礼两位导演联导《马永贞》的时候。是张导演代邵氏公司聘请他的。因为那时"爷爷"（方圆）已经到了告老还乡的退休年龄，所以邵氏的化装室必须有个主任，研究了很久，都认为小清是适当的人才。那时小清也很愿意回港发展，所以双方一拍即合，就这样一直工作到庚申年的除夕。

如今，小清唯一的希望是早日恢复工作，其实公司也应该帮助他早日开始工作，因为那样可以增加他的信心，免得日闷夜烦。我想那样他的身体马上会好起来的。

我到香港之初，和剧校的同学范宝文在九龙北帝街的大中华影业公司拍特约戏，那时不用说化装师，连化装助理也没空理会我们这些茄哩啡的，所以只好照猫画虎地乱抹一气，把浓妆艳抹的白云，当成了样板戏，有样学样地又擦胭脂又抹粉，不是碰见姜南，叫我们改头换面，还真会笑掉了导演的大牙。

其实，那时拍的是黑白片，普遍的角色只要扑些粉，不让脸上反光也就可以了。依他们化装的行当说，一般的化装术分为正面化装和反面化装两种。所谓的正面，也就是唱大戏的所谓俊扮，是把本人尽量地打扮得漂亮一点。女的描眉画鬓，太胖的在两腮边多擦些胭脂，甚至于像京戏的旦角一样，贴贴片子；太瘦了改变改变发型，看起来可丰润一点。男的也画画眼线，给所谓的"灵魂的窗子"增加几分风采。反面化装就是把俊的化丑喽，譬如舞台上的小花脸、丑婆子，不是抹个大白脸，就是在眉眼之间来个三块瓦，画个豆腐块。

严俊为了演《琵琶巷》(《日出》改编）的黑三，特别定了一排比西瓜刨还西瓜刨的假牙，套在真牙之上，面目马上显得既凶又狠的讨人厌。胡金铨和乐蒂演了一出《畸人艳妇》，也把自己打扮得像钟楼怪人一样，前装鸡胸，后接罗锅儿，更显得他既矮且矬，嘴里也装了副龅牙，脸上还加圈加点地画了大麻子。"畸人"经过了反面化装之后要奇形怪状，"艳妇"经过了正面化装之后就更要艳光照人。不过由俊化丑易，由丑化俊难，所以也就和为人处世一样，锦上添花的多，雪里送炭的少。

没入电影界之前，也经常买些电影杂志，上面也经常谈些电影化装术。由于马徐维邦先生导演的《夜半歌声》轰动一时，所以化装师辛汉文也就声名突起。接下来马徐先生又拍了《冷月浮魂》《麻疯女》《夜半歌声续集》等一系列的恐怖片，把剧中的角色一个个都打扮成科学怪人和吸血僵尸的模样，看着还真有些怕人的。

我没见过辛汉文先生，倒和他的学生宋小江先生很熟，永华初期的《国魂》《清宫秘史》《大凉山恩仇记》等片全是宋先生化装的。宋先生看起来温文尔雅，说话慢声慢语，完全像个大学教授，他每接一部戏，对戏中角色的造型都要经过深思熟虑，像以前的演员接到剧本之后，都要写一篇《角色的诞生》一样，先翻翻参考书，然后详细地逐条笔记。

拍《清宫秘史》的时候，光绪载湉的师父翁同龢，由王斑饰演。为了造型，宋先生把宣传部的翁灵文，请到家中吃了好几餐饭。开始，大家都不知道为什么，后来才知道，原来老翁是翁师父的侄孙子。还好是清朝的翁同龢，可以找他的孙子翁灵文做模特儿，若拍宋朝的潘金莲可就麻烦了，难道也设法查一查潘冰嫦是不是潘金莲的十八代孙女？即使查得清问得明，也不敢找潘小姐做模特儿吧！

大学生出身的胡芝风

北京"人艺剧团"有我三个艺专的同学，上次到香港演出曹禺先生的《王昭君》时，来了两位，一位是该团的副团长苏民，一是演呼韩邪单于的蓝天野。另一位是在团里搞美术工作的韩希愈，大概随人艺的另一队，到德国演出老舍先生的《茶馆》了。

上海人艺也有一位我在剧校以及永华训练班的同学——严丽秋（冷仪），如今是著名的话剧演员了。一九五六年严丽秋由演出应云卫导演的《日出》里的陈白露起，二十几年中，前后演出二十几出戏，都是担任了主要的角色。除了搞美术的韩希愈之外，其他三位在念书的时候就是戏剧爱好者，有今日的成就，当是意料中事。可是怎么也想不到，此次到香港演出《李慧娘》的苏州京剧团里，居然也有一位我小学的同学，他就是该团的副团长金煦。我们同学的地方，是北平市立第二十九小学，因为坐落在北平西城北沟沿的北魏胡同。所以一般都叫北魏胡同小学。四十多年后，和小学的同学在异地相逢，还真有恍如隔世之感。这是我看《李慧娘》之前，怎么也没想到的事。

《李慧娘》也就是以前白雪仙和任剑辉两位演出的《红梅阁》，饰演贾似道的是丑生王梁醒波，编剧写词的是唐涤生先生。这个戏在普庆上演的时候，唐先生已经作古，由于搞舞台布景的陈其锐也是我电影的布景师，所以破例看了一次我不大懂的粤剧。

我不觉得布景有何突出之处，因为多数承袭了上海越剧团演出的《红楼梦》的舞台形式，没有什么独特的风格不说，比起《红楼梦》的布景来也显见不如。倒是服装搞得不错，因为是孙养农夫人胡瑛女士设计的，比较一般粤剧团演出时的服装要考究得多，也不是亮片满身、五颜六色、耀眼精光的俗气得吓人。不过整出戏和苏州京剧团的《李慧娘》比起来，可要"温"得多了，大概是唱得多，动得少的关系吧。

据说演李慧娘的胡芝风女士是清华大学的学生，演戏还是半路出家的。京剧演员大多数是科班出身的，由大学跑到舞台上而正式下海的还真不多见，就算偶然有个票友唱么一两出，也只不过是《武家坡》《凤还巢》一类的唱工戏而已，在台上又跳、又蹦、又打出手的武戏可就没听说过。

台湾大鹏剧团的徐露（青衣）和郭小庄（花旦）也接受过相当不错的教育，都是"中国文化学院"毕业的吧，两位的文学修养也不错。她们也都来香港演唱过，个人的艺技都算得上是一等一的，可惜同场演戏的配角，全是临场现抓，文武场面也是临时凑起。所谓牡丹虽好，也要绿叶扶持，《杨门女将》的王大人唱得好："光杆牡丹也罔然哪！"

所以她们两位使出全身的力气，总的成绩也只能算"过得去"而已。可这次苏州京剧团不同，不只胡芝风的《李慧娘》演得好，唱、做、念、表的快慢徐疾，抑扬顿挫，顶叠垛换、萦纡牵结都能做到炉火纯青的地步；打出手也干净利落脆；身段之美，无以复加，真能把人看傻了、听愣了！

《李慧娘》当然不是历史,但也像一般戏曲一样,有个假定的朝代、时间、地点，所以也通过了宋朝末年的一个历史人物——贾似道来贯串全剧。

贾似道字师宪，宋台州人，父亲贾涉是制置使，所以他也因为父亲的关系补了个嘉兴司仓。以后突然官运亨通，是他的姐姐被理宗赵昀选为贵妃的关系，而且相当得宠。贾似道更是声色犬马，狎妓夜游。有一天理宗看见西湖灯光异常，语左右曰："此必似道也。"

一打听果然，大概理宗对这位小舅子，也是一点辙没有吧！

根据《李慧娘》的第一场，翁应龙向贾似道报告，元军攻打襄阳、樊城。据作者的假定时间，可能是宋度宗（赵禥）的咸淳四年，戊辰（公元一二六八年），宋亡前十一年。而权倾当朝被度宗称为"师臣"的贾似道，仍与群妾踞地斗蟋蟀，取宫人娼尼有美色者为妾，游山玩水于西湖之上。这是属于《李慧娘》一剧的历史背景。

以前所看的《红梅阁》第一场多数是从"游湖"开始，而如今九场京剧的《李慧娘》的第一场分为两景：第一景是贾府内堂；第二景是灵隐寺。如果把第三场"杀姬"的大厅叫"半闲堂"的话，第一景的内堂也应挂上匾额，写上"一言堂"三个字。因为贾似道有句词是："居宰相，论朝政，大权执掌。今日里，老夫我说圆就圆，说方就是方。"你听听这不是"一言堂"是什么？

鬼是这个模样的

第二景的灵隐寺外，是说李慧娘和爹爹李义仁到灵隐寺庙会中去卖唱，想不到遇见了刚由"一言堂"出来的贾似道，见慧娘貌美如花，心中大喜，哈哈了一阵之后，唱了两句"西皮摇板"："这女子可算得绝色佳丽，唯嫦娥与西施堪与伦比。"然后叫了一声："翁应龙，哈哈哈。"翁应龙察言观色，早已会意，马上答应了一声："相爷，哈哈哈。"

说真格的,胡芝风的《李慧娘》还真是纳鞋不用锥子——针（真）好，狗撵鸭子——呱呱叫。尤其在第四场的"见判"里，更是表演得淋漓尽致，精彩绝伦。听她在上场门里，凄厉尖锐地喊了一声

"冤——枉"之后，唱了一句（高拨子的倒板）"怨气冲天……"紧接着一阵彩火如电光夺目般的平地升起，胡芝风扮演的李慧娘鬼魂，穿了一身银白衬银绿色里子的衫裙，翩若惊鸿，宛若游龙地飘将出来，阴气森森，鬼气十足，那阵彩火，是鬼火，也是怒火。由于她的舞姿优美，舞步佳妙，看起来真像个魂灵飘到眼前。因她急如箭，快如风，所以更显得形神飘逸，神采如生。她站定身形之后，仍是前后摆动，摇曳不止，相信台下的观众谁都没见过鬼，但谁都会相信，鬼就是这个模样的。

紧接着见她既怒且愤地唱了一句"三千丈"，然后把调门儿提高，高到响彻入云，又重复了一句"三——千——丈"，感情上是"恨"到极点，"怨"到巅峰，所以要瞪目直呼，表现慧娘的声嘶力竭。但在胡芝风唱来，因为中气十足，音色优美，所以听起来真够劲！就难怪台下的掌声雷动了。

这两句"三千丈"，其实是和前一句"怨气冲天"紧紧相连的，虽有间断，但仍能一气呵成。因为说时迟，那时快，加上她的舞姿，她的心态，都专心一致地为那句唱词儿服务。看在眼中，听在耳里，那种舒服的劲儿，真像三伏天儿喝下一杯井拔凉，既醒脑，又提神！

不说假话，观众真会为她的满面戚容，一身幽怨，而替慧娘不平，为慧娘抱愤，也一定会跟着她那句响遏云霄的"三千丈"，跌在云点儿里，跟着她怨气冲天，怒火中烧起来。谁要说他的脊梁沟儿不发麻，一定是违心之论。

紧接着她又如怨如诉地唱道："恨奸贼，丧天良，擅杀无辜，伤天害理，屈死的冤魂怒满腔。"行腔婉转，吐字真切，加上字字发自丹田，铿锵有力，所以听起来怨如排山倒海，汹涌澎湃，愤似猛龙过江，辗转翻腾！

承袭梅兰芳的神髓

演员演戏，正如画家写画一样，无论画山水、人物，或花鸟鱼虫，只要几个简单的笔触，就能把质感、量感、美感一一表现无遗。这几笔看似简单，其实一笔一画儿都要经过千锤百炼，苦心地研究体验，不断地熟悉琢磨，才能达到心意相通，意到笔到的效果。

胡芝风是梅派传人，但她唱的可不是梅派戏，不过他们虽然戏路不同，风格迥异，但胡芝风还是承袭了梅兰芳的神髓的。何以见得？喏，我们听听梅博士怎么说？

梅兰芳在他《表演艺术》的一段话里说过：

……每个角色都有一定的表演法则，大约可分为五类：口、眼、手、步、身。

口——唱和说白，都要求清晰准确，包含丰富的情感和音乐性。（胡芝风完全做到）。

眼——是传达思想感情的主帅，一个有本领的演员往往能使全场几千只眼睛随着自己的眼睛转动。（胡芝风正是如此，观众不仅跟着她的眼睛移动，而且连大气也不敢出，生怕哪个动作看不清，瞧不明。）

手——运用的姿势，表达喜、怒、哀、乐的复杂感情和各种生活动作，而成为优美的舞姿。（这一点胡芝风恐怕是青出于蓝而胜于蓝了。）

步——戏曲界走台步为百练之祖，是身段的基本功，动作的好看与否，决定于步法的是否稳重、准确。（胡芝风的"步"正是如此。）

身——包括腰、腿、肩、肘等部分,腰、腿尤为重要,凡演员都知道形体锻炼,要求肌肉松弛,但这句话极易误解为松懈不使劲,好像一件衣服挂在衣架上那样松弛就糟了。中国戏的体形锻炼,要求劲道在全身各部畅通无阻,能提能放。有经验的表演家常说不能使"劲",其实应该说不要使"浊劲",要用"巧劲"。因此,必须把全身的肌肉、关节都锻炼到能灵活操纵,且有松懈自如的弹性,才能随心所欲地变化无穷地发挥巧妙的劲道。

看过胡芝风表演的《李慧娘》之后,再看看梅博士关于《表演艺术》的话,就知道她不只是真的得过梅先生的真传,而且是把这一"表演艺术"发扬光大了的。

几句倒板唱过之后,接下来是原板:"仰面我把苍天怨,我把苍天怨,天哪,天!因何人间苦断肠。"这几句在胡芝风唱来,听得人凄楚楚,悲切切,也会跟她一块儿无可奈何地怨天尤人起来。

看《李慧娘》的时候,有一个地方颇受感动,眼泪围着眼圈直转,差点儿没抹一鼻子。那就是明镜判官在听了李慧娘的冤情之后,非但答应把她的鬼魂放回人间,搭救裴生,并且怜惜她是个懦弱女子,救人不易,所以临行之时,赠予她阴阳宝扇一把,告诉她:"若遇险阻,一挥即除。"李慧娘欣喜异常地把宝扇接到手中,跪地向判官连连叩头行礼:"多谢判爷!"

"不用!"

"多谢判爷!"

"不用,不用。"

判官一路后退,李慧娘也就一路爬行叩首,多谢,多谢,再多谢。

源于唐朝的"判舞"

以前,看过上海越剧团演出的《行路》,是《情探》中的一折,给我的印象也特别深刻。台上也是黑丝绒的衬幕,桂英也是一身银白色的服装,判官也是一身大红袍,小鬼则只有一个,却穿着黑色衣服,所以看起来若隐若现,反而他手中的那盏绿色"孤灯",倒是特别款目。这孤灯比之李慧娘的那一盏要亮得多,所以"白衫、红袍、绿孤灯",加上优美的舞姿,每一变化,都是三位一体,没有《李慧娘》的"鬼趣",却有另一种阴森森的境界。

如果说《李慧娘》的鬼趣,有如杨柳青的年画,五鬼闹判,鲜明,火炽,那《行路》的鬼趣大有吴道子所画的钟馗般的意境了。

据替梅兰芳编剧的齐如山老先生讲:"明镜判官的舞姿,与舞台上其他人员的身段完全不同。一般谓之'跳判',是来源于唐朝的'判舞',这种舞多数是大架子,小身段,美观异常。唐以后成了神的周仓、巨灵神,也多数仿效这种特定的身段。"

《李慧娘》中的明镜判官和《钟馗嫁妹》的钟馗一样,也跟了四个小鬼,也就是经常说的"五鬼闹判"。不过嫁妹时每个小鬼手中却拿着"切末"(影圈叫小道具):大鬼拿着"瓶戟",代表了"平安吉庆",其实也并不是什么瓶,只是签筒子里插了三支令箭而已;二鬼拿着一把没有伞衣的伞架子,代表"破伞";三鬼拿一个小帐竿儿,上面绑一个小横竿,系个绿灯,即是"孤灯";四鬼担了个横竿,一头担琴板,一头担宝剑,上覆椅披,这就代表了"琴剑书箱"。李苦禅父子来港开画展的时候,李燕画了一张六尺横幅,就是《钟馗嫁妹》,有"破伞""孤灯""琴剑书箱",也有"平安吉庆"。而《李慧娘》除了大鬼手持孤灯之外,其他的四个小鬼两手空空。

这几个小鬼个个机灵邪怪，抓耳挠腮，但也个个活蹦乱跳、翻辗腾挪，真是鬼咁么可爱，尤其在李慧娘说："我就赞了他一句！"

"哪一句？"

"美哉呀——少年。"

慧娘说时不免有些羞答答，难以启齿的样子，而各小鬼们也个个跟着含羞带愧，好像慧娘这一句赞词，都是对他们这些个丑八怪说的。那种低首娇羞，自作多情的鬼样子，还真是鬼咁有意思。

《李慧娘》的演出，正是所谓"梅派"，都是所谓"京朝大角"们不屑为，也不能为的。你什么时候听说四大名旦和四大须生在台上吹火、喷火地连翻带滚？

戏界的"七科"

但京剧如想继往开来的话，就非要跟着潮流改良不可，只是在台上"千斤话白四两唱"，而缺少动作和美感的话，可绝对不行了。单只叫观众闭着眼睛听戏可办不到了。即使是听时代曲的话，在主角的背后也要加上一群红红绿绿的少男少女舞蹈。太单调总是看着乏味，听着也跟着不带劲起来。

《李慧娘》剧中，对于火的运用真是多姿多彩的了。明镜判官口鼻吹的两条火花，名为"吹火"，需要在口内含两条"火筒"。而李慧娘口中喷出一阵又一阵的火光叫"喷火"，口内要含满嘴的"松香"，稍不留神，呼吸运用得不好，就能把松香由鼻孔里喷出来，呛一鼻子，或者咽了下肚。所以这种"活儿"没两把洋刷子，还真使唤不了。

另外李慧娘鬼魂在一声"冤枉"之后，紧跟着一句"闷帘儿""怨气冲天"之后，台前一阵火光，既不是吹的，也不是喷的，而是由检场人扔出来的。

舞台上所谓检场的，也叫监场的，是戏界"七科"的剧通科。所谓七科者是：一是音乐科，普通称为场面，分文武场；二是盔箱科，管理大衣箱、二衣箱、盔甲箱、旗袍箱、把子匣子等，也就是我们影圈的服装和道具管理；第三科叫剧装科，专门替演员们扎靠、穿衣、束腰、勒带，也就是我们电影圈跟场的服装；第四科叫容装科，普通名字叫"梳头的"，在电影圈里分为化装师和梳头师；第五科就是检场的剧通科了，在我们影圈里算是场务吧。不过检场比场务的学问可大多了，场务只是管些片厂里的杂务，或代剧务派派通告什么的，可戏班的检场不同，绝不止提个小茶壶，替角儿"饮场"这么简单（这种场面，如今看不到了，早取消了）。

身为剧通科的检场人，在台上搬搬椅子，摆摆布城（如《空城计》里的诸葛亮饮酒抚琴的所在），或者布布山石片（如《挑滑车》里挑车时所用）什么的，看似简单，好像什么人都可以胜任愉快，实际上非但是外行办不了的"活儿"，连个稀松平常、二五眼的内行也玩儿不转。因为剧通者，乃是无剧不通之意也。你别看京剧的舞台上，只有一台两椅，但因剧情的需要，摆法也就各异。譬如说《武家坡》中把一张椅子朝前一移，就能当破瓦寒窑。《封神榜》中把一张椅子朝台上一搬，就成了姜子牙的点将台。三张桌子搭在一起，也可以当山坡，也可以当高楼。以前没有所谓样板戏的时候，京朝派的舞台上绝对没有布景，而都一定有上下场门，门上也一定挂有"出将""入相"的门帘。戏行的规矩，没人给打门帘，角儿是不准出场的。所以剧通科的检场人一般都是三位一体的，一位管上场门，一位管下场门，另一位管理台上的一切事务，有时候还接过角儿跟包的手巾和小茶壶,替角儿饮饮场。这是以前唱戏的老板们最讲究的排场,倒也不是嘴里真干的慌,不饮饮场,好像就不够"大角儿"的味道。其中检场人有一种绝活,就是放彩火。

自从有了像神话剧似的前后两道幕之后,检场人也就无形中取消了。其实只是由台前退到幕后,成了"幕后工作者"而已。像《李慧娘》的彩火,还是由剧通科的检场人放的。

以前上演《小上坟》的时候,台上的萧淑贞把手中托着的盘子,朝下场柱子边上一放,将身形朝后一退,检场的从上场门脸儿朝盘子放一把彩火,要不偏不倚刚好落在盘子中间,把盘子里摆着的锡铂纸钱儿一点而着,这名词叫"吊鱼"。还有从前演《混元盆》的时候,到火炼人皮纸一场,戏台中央放一个盛满烧酒的盘,女鬼在台帘内唱一句倒板之后,检场人由上场门放一把彩火,正落在台中的盆里,火焰在盆中"砰"的一声喷起一条火柱,在观众一散神的情况下,女鬼已经神不知鬼不觉地立在台中央。这种技术也非只一日之功,没两下子也是玩儿不转的。《李慧娘》中的"见判",鬼魂出场和《混元盆》中就大同小异。

七科之中,除了这五科之外,还有交通科和经励科。交通科顾名思义当然跟邵氏影城的交通组差不多,负责接送演职员,购买大小道具,以及一切运输等事宜;经励科也就和经理人差不多,专门负责角儿们的排期,和电影的制片部很是接近。

《李慧娘》另外一个改革的地方也是不错的,那就是在场面上减少了敲击乐器,把开场前的大锣大鼓尽量地改成另外一种方式,笙、管、笛、箫、琵琶、月琴的声音飘然而至,所以听着也就不再觉得"锣吵耳""鼓震心"。

有人说,影片彩色设计应该是彩色片要有"黑白感",而黑白片又要有"彩色感"。对于电影的配乐也有类似的说法，好的电影配乐，是没有"音乐感"的，它完全在不知不觉的情况下，附和在剧戏进行中，它加强了戏剧效果，而绝不能单独存在；一有了"音乐感"，就喧宾夺主地影响了戏。京剧舞台上的文武场面也是一样。以前，经常在听京剧的时候，在角儿们一段唱词过后，琴师为了露两手，一定在过门中间尽量别出心裁地耍两下花招，讨个"好胡琴儿"的彩声。上次京剧四团来港演出《杨门女将》的时候，还有这种现象。而《李慧娘》中就特别加以改良，胡琴儿托得再好，绝没有跳出来的感觉，所以我和同场观剧的朱三爷，准备叫声"好胡琴儿"显显内行也苦无机会了。

黄梅戏剧团在港演出

苏州京剧团、胡芝风等到港演出《李慧娘》的时候，听随团来演出的团长侯甸告诉我，今年（一九八一年）的十一月下旬，安徽省黄梅戏剧团也要到港演出。在《天仙配》里饰演董永的王少舫也来。提起王少舫马上令我想起和他同台演出多年的搭档严凤英来，忙向朋友们打听她在"文革"被迫而死的情况。大伙儿不是顾左右而言他，就是摇头叹息地说道："唉，过去的事不要提了，我们朝前看吧！"

这句"朝前看"勾我想起"文革"以前的事！

一九五七年有一部大陆影片居然在九龙的新华戏院连续上演了一个多月，而盛况依然不衰，那就是由石挥导演的舞台艺术片《天仙配》。

《天仙配》原是由黄梅戏的舞台剧改编的，据说这个戏在北京上演的时候,曾经得过奖。男女主角王少舫和严凤英也都得了一等演员奖。甚至于演傅员外的老演员张云风也得了二等演员奖,所以轰动一时。由名导演桑弧改编成电影剧本,由演而优则导的名演员石挥做导演,原舞台剧导演李力平和技术导演乔志良、孙怀仁,都参加过拍摄的意见。

据说《天仙配》的全部电影镜头只有二百七十多个,但看起来节奏不觉其慢。那年严凤英二十五岁,外形一点都不漂亮,甚至一出场,丑得会引致观众哄堂,但由于演技的优异,表演的细腻,使人越看越爱看,越看越觉得她美过天仙,简直比玉帝的七女还七女,加上她的唱腔优美,悦耳动听,所以大部分的观众都看上两三次。

演董永的王少舫九岁入科开始学京戏。据说学的是麒派老生,所以一句迈腔"空中掉下无情剑,斩断夫妻两分离",声音凄怆,韵味十足,还真有点麒老牌的味道。不过扮相也够吓人的,两只大蛤蟆眼滴溜溜在眼眶子里乱转,带上髯口活像个钟馗。不过一上手几句平词一唱,配上潇洒的台风,一举手,一投足,都中节中拍,对他的两只蛤蟆眼也觉得别有风格起来,于是认定他就是七女眼里忠厚老实长得好的董永。不过据传闻,他私底下非但长得不怎么样,也并不忠厚老实。"文革"期间,为了维护自己,贴了好几张严凤英的大字报,令到批斗升级,以致严凤英服下了两百多颗安眠药,含恨而死。

在记忆里忘不了王少舫贴出的大字报。听说他今年到港演出之前的十月份,在北京也演出过不少场,尽管他的技艺不减当年,可是人们对他仍毫无好感。据说,剧终之后,吴祖光、新凤霞曾到后台向演员们道贺,他们都把王少舫看成了陌生人,视而不见地连头都没点一下。

所以安徽黄梅戏剧团到港演出的第一场《女驸马》,承蒙演出团长侯甸致电给我，说特地为我留了两张票，我也推说有事而婉辞了。其实有事倒也不假，因为制片阿温突然间打了个电话给我，说是六老板和方小姐要在总裁办公室一起谈谈新戏的剧本问题。

第二天早上，侯团长又来了电话，说是又替我准备好两张票子，希望我们夫妇一齐光临。我想再推辞太不好意思，所以提出请他多预备两张票，我和朱牧夫妇一块儿来。他听了好像很为难，我忙说这另外的两张我出钱买好了。他说倒不是钱的问题，恐怕没有好的座位，叫我打电话找联艺的负责人谢益之先生试试看。我放下电话之后，马上往联艺打了个电话，因为还不到十点，答称谢先生还没到，叫我十点后再打来。翠英知道这情况之后，说是她和珠珠都不想看，就叫我和朱牧去吧，也省得再麻烦别人，所以也就没再打电话。六点钟会同三爷过海，在票房取了票之后，到新光附近的北海渔村，随便把肚子填饱，就准七点九分赶到了新光。

《女驸马》是七点九分开演，我和三爷准时入座，想不到侯甸和该团的于耘团长已经候在座位旁招呼我们了。也许于团长知道我导过几出黄梅调的电影吧，所以特别抽出时间来陪我们。等我们坐好，才知道身旁的两个位子一直空着。侯甸说，是特为我们留出来的。

故事简单唱得精彩

《女驸马》以前曾经拍过电影，演员仍是《天仙配》的老搭档严凤英和王少舫。只不过上映的时候我正在台湾组国联公司，所以未曾看过。后来邵氏公司也曾照方抓药地拍了一部《女驸马》，好像是由凌波主演的，因为片务太忙也没机会欣赏过。想不到如今居然看到舞台上安徽省剧团演出的《女驸马》。

《女驸马》的故事很简单，三言两语就可以说完了：冯素珍和李兆延自幼定亲，后来李家没落，素珍的继母将她另嫁给豪门刘文举的公子，冯素珍因而离家出走，用李兆延的名字赶考，想不到居然得中头名状元。皇帝见其人品出众，故叫朝臣刘文举做媒，降旨招冯素珍为驸马。洞房之夜，冯素珍只得将真情实话对公主言明，第二天公主向父王禀明。刘文举又移花接木将冯素珍兄长冯益民替妹与公主结为夫妇，冯素珍仍与李兆延匹配，双生双旦，皆大欢喜。

故事虽然熟口熟面，但这台戏却是唱得精彩异常，其中尤以王少舫饰演的刘文举更是嗓音洪亮，唱腔苍劲，动作又潇洒边式，表情又细腻入微，的确不愧是一等奖的演员。像这样一位终生在舞台上成长的艺员，居然也在"文革"期间，被迫做出一些对不起朋友的事，的确可惜。

我曾直言谈相地问于耘团长，关于严凤英受迫害，和王少舫贴大字报的内幕。于耘团长倒也说得非常坦率，他说："'文革'期间，'四人帮'和他们的爪牙们，专一挑拨人与人之间的仇恨，混淆黑白，颠倒是非，严凤英面前说两句王少舫的坏话，王少舫面前又讲两句严凤英的闲话，又威迫利诱叫他们彼此揭发隐私，相互指责长短，然后他们再在中间推波助澜，火上浇油，使人间永无宁日。王少舫是个表演艺术家，一时不辨真伪，说了两句不着边际的话，就被他们拿着鸡毛当令箭地向严凤英去狠批恶斗。其实王少舫是被冤枉了的，大家都知道错不在他，只是错在那个时代，否则的话，此次的上京和来港演出，都不会有他份的。"

我相信于团长说的全是实话，但也相信"疾风知劲草"的那句格言，同时也想起"孔老二"的一句话："君子而不仁者有矣夫，未有小人而仁者也。"翻译成白话，应该是：有道德的人，因一时错误而做了"不仁"（没有良心）的事，间或有之，但那些没有道德的人（大概就是"四人帮"吧），绝不会有良心的。以王少舫在舞台上的表演艺术看，他应该是个非常用功，也非常有修养的艺人，当然也会是个有良心有道德的人，只是被迫一时"不仁"而已，理应是值得同情和谅解的。

不见乐队的闷葫芦

《女驸马》的舞台布景，设计得不错，比起上海越剧团的《西园记》来，要强得多了。基本上前景的几条柱子不变，而将衬景略一移动，道具稍一更改，就可以客厅变花园，洞房变金殿，还真是颇具巧思。

饰演女驸马的冯素珍是十九岁的团员马兰，因为以前我组国联公司也有个女演员叫马兰，所以对她好像很熟悉。由于年纪轻，当然扮相也就比严凤英秀丽得多。幕启之后的几句合唱，真是清脆悦耳。马兰在歌声中背影慢慢转正之后，紧接幕后的合唱，唱了几句闺怨是叙事体的平词，乍听起来还真有些严凤英的味道。第二个出场是扮演丫鬟春红的杨俊，据说只有十六岁，扮相的甜美俊秀真像她的名字一样，加上口齿伶俐，动作活泼，一上场就把观众的视线全勾到她的身上。倒也不是她故意抢戏，而是由于她特别打眼，既俏皮又调皮的缘故。

前些时候北京的京剧四团和上海京剧团来港演出，文武场面全在下场门处遮了一块纱屏风，观众仅可隐隐约约地看见琴师和打鼓佬们。有时候，拉胡琴儿的同志一高兴耍个花腔什么的，还会引起台下的观众佬们来一嗓子"好胡琴儿"。只是他们不能像台湾歌星似的，和观众鞠一个躬，说两句："谢谢，谢谢观众的鼓励，谢谢，谢谢观众的'掌'声。"最妙的是好像所有的歌星都全是一个师父传授的，掌声的"掌"字一定高八度，连邓丽君都不能例外。

不过，这次黄梅剧团的下场门可看不见乐队，听起音乐的声音又相当厚，绝非三五人可比，倒使我好一阵纳闷。后来想，可能由于开销太大，又是布景，又是道具，加上十几二十个衣箱，虽然只是《天仙配》《女驸马》《罗帕记》三出戏，演职员也得几十口子了，再加上个大乐队，开销还得了，算盘怎么打得通？不过后来听听又不像录音带，想问问身旁的团长，见他正聚精会神地监视着台上的演出，把要问的话又咽了下去，一直到中间休息的时候，才把这个闷葫芦打开。

乍一休息，见很多观众都围着台口往下看。本来，一般演舞台剧，或者歌星们登台演唱的时候，台口与观众席中间，是隔着七八尺宽、深入台下的音乐池以供乐队表演的地方。不过一般大陆来港演出的京剧团、越剧团，都不会用这个地方的，所以有时供电视台摆摆录影机，或者摄影记者跳下去拍拍剧照什么的。但我总不相信黄梅剧团会劳师动众地带个大乐队来。看见大伙儿都挤在台口，我也在去洗手间的时候，顺便地朝台口下瞟了两眼，好家伙，不是个大乐队是什么！

全团共五十九人

回到座位上，和于团长打听了一下，才知道他们此次来港的人数，全团一共是五十九人，乐队就占了十八位，笙管笛箫，二胡琵琶，唢呐喇叭，大小提琴，总之是中西乐器齐备。想不到原本在乡村集镇上演的土台子戏，几十年来居然进步得如此神速。

算起黄梅戏的历史来，至今还不足一百年。开始的表演地点，多数在乡村的广场，或者是赶集、赶庙会的野台子上。全班不会超过十个人，美其名曰"三打""七唱"。"三打"是打击乐器的一板、一鼓、一锣，一共三个人，也兼吹唢呐、持铙钹什么的；"七唱"是生旦净末丑，神仙老虎狗，最多是七个人搞掂。此之谓"三打""七唱"是也。

黄梅戏的起源，是在安徽省的合肥、安庆一带，传统的剧目有三十六本大戏和七十二本小戏。小戏如今又称折子戏。演员们演唱的时候，逢到描写感情重点的唱词，场面上的三个人，也以合唱的形式帮腔。这帮腔也有一定的规矩，打鼓佬帮三个字，打锣的帮两个字，铙钹帮一个字。譬如《天仙配》里七仙女唱仙腔：

飘飘荡荡天河来，天河来。

在第二句的"天河来"的时候，场面上的帮腔是：

鼓："……天河来。"
锣："……河来。"
钹："……来。"

听起来声音越来越厚，也仿佛七仙女由云中飘飘荡荡地由远而近。如今音乐加以改良之后，帮腔的全是后台的男女演员们，听起来就更显得悠美、壮观、悦耳动听了。

至于所说的三十六本大戏和七十二折小戏，我一直以为是个不尽不实的数字。因为中国人的习惯，一向都用这两个数字代替些什么的，譬如字花的三十六位古人名啦，三十六计啦，孙悟空七十二变啦，等等都是。所以，我说黄梅戏大小剧目都不一定局限在这两个数字之中，不过尽管剧目多如繁星，经常演出的还是数得出的几个，不外乎《天仙配》《女驸马》《牛郎织女》《夫妻观灯》《罗帕记》《打猪草》等而已。

黄梅调的基本唱腔，分两种：一种是平词类；一种是花腔类（也叫彩腔）。平词类又分平词、八板、火攻、迈腔、二行、三行等，好像京剧的西皮、二黄、摇板、倒板、快板……一样地根据戏剧内容的喜怒哀乐，疾徐快慢而编排的。

一般的所谓平词多数以叙事为主。譬如《天仙配》里董永唱的：

家住丹阳姓董名永，父母双亡，孤单一人，只因爹死无棺木，卖身为奴葬父亲……

至于八板，节奏就比较轻快一些，譬如董永所唱的：

大姐说话欠思忖，陌路相逢怎成亲……

火攻比八板就更快一些，有如京剧中的快板。迈腔是由快板转入节奏更快的二行、三行时的间调。二行等于京剧的"二六"，不管多快，还是有板有眼的，三行就是更快的数板，有板而无眼了，譬如《女驸马》中冯素珍向公主唱的：

误你终身不是我。

公主问了一句"是哪个"之后,唱腔就由二行转了有板无眼的三行:

当今皇帝你父亲,
不是君主传圣旨,
不是刘大人做媒人,
素珍纵有天大胆,
也不敢冒昧进宫门……

至于转板的迈腔,等于京剧中的散板,譬如董永唱的:

大路不走——走小路……

唱到"路"字时,音调拖长一转,下接他再在小路见到七女之后的切板:

你为何耽误我——穷、人、工——夫——

在"穷人工夫"四字中把唱腔切住,然后道了句对白:

大姐这就是你的不是了。

所谓花腔类,多数是七十二个小戏中用的,譬如《夫妻观灯》的"花灯调",和《打猪草》的"打猪草调",都是由头到尾用一个调门,这些调门多是由民间小调形成的。另外也有"仙腔""道腔""阴司腔"。前边说的"飘飘荡荡天河来"就是"阴司腔"。"道腔"由字面看应该是和尚道士们唱的腔调,好像《韩湘子化斋》等剧目就是。"仙腔"就是《天仙配》开始时,众仙女们唱的几句:

　　人间天上不一般……

音乐方面的改革

　　黄梅调由三打七唱的打击乐器进入管弦乐的时期,是在一九三七年到一九四五年的对日抗战期,也就是所谓京黄合演期。黄梅戏由乡村的广场,走到城市的小戏院中,与京剧班会演,每天共演四个钟头,京、黄各两小时。合作日久,两班不知不觉中自然形成了艺术交流,京班的艺员们可以哼两句黄梅调,黄班也可以唱两句京腔,于是三打之中加入了一把京胡,不过一直感觉京胡拉起黄梅戏来,有些格格不入,所以又改成了京二胡。到一九四五年抗战胜利以后,黄梅戏已经逐渐进入了中等城市,乐队的规模也逐渐完备,由三打变成了四打,也变成了专业化,不兼职,也不帮腔,除了两把二胡之外,也加入了笛子和拨弹乐器的月琴。其中以严凤英和小生查瑞和在胜利戏院演出的文武场面最为齐整,王少舫、丁翠霞、张云风的民众剧院次之。丁翠霞是比严凤英还要早一辈的旦角,至今仍然健在,由于年近七旬,早已不大演出了,严凤英如果还活着的话,应该是五十二岁,肖马的。王少舫比她大了十一岁,六十三岁,肖羊。

一九五三年，安徽省黄梅剧团正式成立，把各县市优秀的黄梅戏表演者都调到合肥，另外也招了一批学生，聘请了一部分专业的音乐作曲家们。再由当时的文工团、演戏队，调来一些编导和舞蹈、美工人员。于是对黄梅调大规模的加以改革。首先把传统剧加以删节、改写，也有了舞台布景、照明。其中最大的改革还是在乐队方面，不仅有了完整的乐器，也加入了部分的西洋乐器，把所有的腔调都重新加以整理，一一谱成乐谱，不再是胡琴跟着角儿走（角儿怎么唱，胡琴怎么托），而是角儿跟着一定的曲谱唱。也有了舞蹈导演、武术导演。对白也有一定的规范，不像京戏那样可以临场抓眼，即兴地耍两句贫嘴。所以，这次在香港演出的三出戏，出出都有一定的水平，乐队、布景、服装、切末，都各有优点。所以我原本并没抱着太大希望，只想看一场《女驸马》，应酬应酬演出团长侯甸送票的好意，想不到这一场却把我的戏瘾勾上来了，好像许久不打麻将的人，偶尔地打了一次，不管输赢，都想多打一场一样！因为输了想翻本儿，赢了想再赢，于是我接着把《天仙配》《罗帕记》都看了个够。而且《罗帕记》看了两次，原因也许是我以前拍过几部黄梅调影片的关系吧，或多或少总算懂得一点皮毛，所以兴趣也就越看越浓。

韩非与王丹凤

和张鑫炎认识，还是长城公司在嘉林边道世光片厂的时候，那时我的好友苏城寿还任制片主任的时候。认识张鑫炎是阿苏介绍的，那时他只是公司的剪接，不过二十几岁吧。阿苏说他不错，很有头脑，不同于一般的剪接师。他客气地说"请多批评，多指教"。这句话说起来一眨眼已经有二十多年了，这之后由于彼此公司的立场不同，所以一直没有再来往过。这次为了《少林寺》的先睹为快，我打了个电话给长凤新的美术设计师王季平兄，请他向张鑫炎导演打探一下，可有《少林寺》的拷贝在港？然后我放下电话等他的回音。老朋友到底不同，不到五分钟，他已经回电话给我，说已经和张导演说过，明天下午二时在清水湾片厂的试片间放给我看，同时把张导演的电话也告诉了给我。我打电话谢他的时候，他很客气地说："看后请多批评，多指教。"谦虚如前。

提到王季平，读者如果不健忘的话，一定记得我前文曾经提起过他。那还是我刚来香港，住在青山道中国剧社的时候，他是后来和我一起配音的郭眉眉的爱侣。那时流行飞机头，头上抹满了锃光瓦亮的生发油，穿宽膀垫肩的西装，王季平兄就是这种打扮。众位还记得猫王的打扮么？就是那种品格，虽不近亦不远矣。不过猫王的飞机是七〇七的话，那季平兄的就是七四七，不只宽，还有二楼，不折不扣地高人一等。

虽然如今我和他同住清水湾道，相差都不够一个巴士站的距离，但见面的机会仍是少而又少，一如他住在莫斯科，我住在非洲的一般。有一天忽然接到他一个电话："翰祥，小韩来了，你知道吗？"

还真弄得我一头雾水，忙问他："小韩？哪个小韩？"

"哎呀，小韩还有哪个小韩，韩非嘛！"

我这才恍然大悟。他接着说："小韩说想见见老朋友，明天，韦伟请客，有小韩的太太李浣青，小韩的儿子小小韩（还好小小韩没有儿子，否则的话一定会带着小小小韩一起赴宴的）。另外还有王丹凤、柳和清夫妇。他们都提到你，韦伟说如果你有空，希望你来，因为另一个主人也是你的好朋友，以前一块儿当特约演员的杨诚。"

杨诚不只是我的老朋友，也是我半个老乡，因为他是乐亭人，而我的祖籍也是乐亭，山海关里的乐亭，关外的锦西，中间只是隔了一个兴城火车站而已。不过乐亭人很少说自己是乐亭人，都说唐山。就像扬州人报籍贯的时候，说苏北是一样的。因为乐亭和扬州都是修脚的和剃头师傅的发源地，虽然不是什么小三子、小六子的也差不多。

有很多人，好像生成就是小字辈的，就算七老八十了，朋友们见了面还是小这个，小那个的。譬如我的拜弟小胡（金铨），如今已经是男大三十六变了，娃娃孩脸上添了不少皱纹，看起来像老顽童了，但朋友们一定叫他小胡，说老胡一定不是他。所以小韩尽管六十出头，朋友们仍叫他小韩，就像方龙骧先生一样，谁都叫他小方，大方绝不是他，大方是卢溢芳。我生成得傻大黑粗，所以从没人叫我小李，不是李大导，就是李老黑。看样子我是既老且大，如果是个母的，容也易"老大嫁作商人妇"啊！

一根伞把子的故事

和小韩乍一见面，是觉得他比以前老了些，但说起话来仍是天真、活泼、卫生、可爱，幽默得很。

至于王丹凤，就简直令人不相信自己的眼睛，远看起来也就是三十多一点的样子。当然，面对面的时候，眼角儿上也多了几条鱼尾纹。以前没见过她的先生柳和清，只知道他是上海国华影业公司的小开而已。

认识王丹凤，还是她在香港拍摄长城公司马徐维邦先生导演的

《琼楼恨》的时候。那时我在友侨片厂和世光片厂的夹道中，搭了一个铅铁皮的棚顶，在画《琼楼恨》的两棚广告。有时王丹凤由世光片厂的化装间化好装走到友侨拍戏的时候，总会停身止步的，朝我的广告画板上望几眼，有时也会和我聊两句，那多数是画到她的头像的时候。有一次她大概是等打光拍戏，站着和我有说有笑地聊了半天，我倒也没觉得什么，想不到都被我那时的未婚妻周晓晔看见了，等王丹凤走后她拿了把洋伞走到我身边，铁青着脸问我："你笑？有什么好笑！"

我还不知道她讲什么："谁说我笑？"

"你没笑？你还说你没笑，看你就一肚子坏水儿，瞧你看王丹凤那种眉开眼笑的样子，你打什么主意？"

我听了还真有点儿火朝上撞，也把脸一板："你说我打什么主意？"

想不到她把手中的伞把子一举，砰的一声打了下来。我恨不得把手中的油漆筒朝她脸上泼下去，给她点颜色看看。不过左右望了望，刚好夹道处无人经过，也就把气按了下来。所以那天一看见王丹凤，马上又想起那伞把子来了。

那天，主人韦伟叽里呱啦的话最多，聊起她以前拍《江湖儿女》的事，还真是耸人听闻。

读者们一定记着一首电影插曲，名字叫作《哑子背疯》的，开头的两句是：

  一人扮作二人样，
  老头子背着个大姑娘……

这首歌就是《江湖儿女》的插曲。

朱石麟导戏铁石心肠

《江湖儿女》原是吴性栽老先生和名导演费穆合组的龙马公司的创业作，不过费导演壮志未酬身先死，没等戏开拍，就得了心脏血栓的毛病，弃世而去了。剩下的任务，只好交由龙马公司的另一位导演朱石麟先生接手了。韦伟原是费穆最赏识的演员，在上海的时候，就曾经演过费穆导演的一出文艺巨铸《小城之春》。

但跟朱石麟先生可是初次合作，她说："朱先生拍戏认真得离了谱，李清在戏里演一个飞刀手，我是他的刀靶子，贴身站在木板前，等他一刀一刀地朝我身上飞。所谓刀枪无眼，再说李清又是临上轿现扎耳朵眼儿地才学乍练，不怕一万，就怕万一，万一他老兄一个失手，我韦伟的小命儿不是玩儿完？当场死喽，倒也罢了，要是一刀扎在眼睛上，就是个独眼龙；扎在脸上就成了花面猫，那下半世怎么过？照理拍这种镜头，一定要用特技的，可朱导演就要忠实于观众，一定要我站在木板前，一刀刀地等着李清的飞刀。还好天保佑，没有出事，可是那个镜头拍完了，我站在木板前动都不会动了。"

韩非马上接了一句："对，当时我在场，不是她不动，是动不了啦，原来她尿了一裤子！"

没等大家笑完，韦伟就杏眼圆睁地大叫一声："小韩，你小子胡说八道，甭吹牛，有种你跟姑奶奶学学，不要说六刀，一刀你也没种。"

小韩笑了笑："都像你似的，傻丫头睡凉炕，全凭火力壮（'傻小子睡凉炕'听过，'傻丫头'倒是头一回听说），如果朱导演叫我真刀真枪地唱铁公鸡,我一定请他示范一下,他等六刀,我等七刀。"

韦伟马上接了过去:"你以为没有第七刀呢？我演的角色当时大了肚子,所以李清怜一个香惜玉的一二愣,把第七刀扔斜了,本来应该扔在我大腿根儿上,却扔在我的头顶上。李清听了导演的要求之后,差点没给朱导演跪下,他说:

"'你叫我扔得准,我练了三个多月,倒还可以。扔不准,我,我就真扔不准了,你把镜头分一分吧？'朱导演连正眼都没看他,只向摄影师说了一声正式之后,就叫起预备来了。我一看,好吧,横竖横了,伸头一刀,缩头也是一刀。李清也知道朱导演的脾气,认真起来六亲不认,只好站好指定的位置。听导演一声"开麦拉"之后,机器一动,拍板过后,全场工作人员鸦雀无声,人人都替我捏了把汗,我反而倒没事儿人似的。李清拿刀比了比,手越来越抖,脸上的汗珠子足有黄豆大小,最后还是不敢扔出手,看了看朱导演,希望导演能够珍惜演员一下,喊个卡。可朱导演还是见死不救,像吃了秤砣,铁了心了。我听片子一个劲儿地走,李清又不敢扔,我说:

"'李清,你扔吧,我韦伟要是畏一畏,就不是韦伟！'"

韦伟突觉额头一凉

李清听韦伟一叫,也就心一横把手中的刀用力地飞出。只见那刀嗖的一响,砰然一声,贴着韦伟的头皮,钉在了木板之上。朱导演满意地喊了声卡,片场的工作人员们,不觉为了李清的这一刀叫起好来。大家都以为我平安地躲过了这一刀,连我自己也觉得菩萨保佑,谁知道忽然觉得额头上一凉,旁边的副导演忽然大叫了一声,大家这才看见我头皮受了伤。当场把李清都吓哭了。连朱导演也悔不当初直跺脚，大家还以为他老人家忽然大发慈悲起来，不料他忽然来了一句，这一句还真绝……"

杨诚马上问："朱先生来了一句什么？"

韦伟学着朱导演的口吻："'唉，我不好，我不好，都是我不好，卡得太早了，不然一个镜头下，看见小缪的血流下来就好了。'"

我听了，觉得韦伟一定夸大其词。哪有这么不顾人死活的导演？又哪来这么傻的演员？想不到韦伟双手一抬，把额头上的头发一分，向大家说了一句："喏，我要说一句瞎话，就是孙子！你们瞧瞧这道疤，有诗为证，对不对？"我一看，还真是长长的一条刀疤印。

韦伟把头发朝后一拢："他妈的，直到今天我一听罗文唱《小李飞刀》，就觉得这条刀疤有点发痒。他妈的，罗文这小子偏唱《小李飞刀》，难道唱《小韩飞刀》就不行？"

我忙接了一句："当然《小李飞刀》才对，我们姓李的吃香嘛。"

小韩马上也接着唱二本，把《江湖儿女》第一天上映的情形说了一下，他说："观众看见李清飞刀的时候，真是心惊胆战的。最后一刀，我前边的一个女观众'哎呀'了一声，把眼睛用双手一蒙，看都不敢看。她旁边的男士，忙着跟她说道，'假个嘛，拍电影嘛，特技来格，你以为韦伟真咁么傻乜？'"

小韩学的广东话，差点没把我刚吃下的一块鱼喷了出来。接着小韩学着韦伟的样子，双手把头发一分："边个话假个，你睇，珍珠有咁么真！"他的表情现在想想都好笑。

韦伟说："好多朋友都说我傻，万一出了事，谁管？连吴性栽知道了，都连连摇头，'荒唐，荒唐'的说了好几声。"

我说："要真的把一只眼打瞎了，一定会把你折腾疯了，说不定如今还住在青山的疯人院里呢。"

小韩嘴快，马上接上一句："对，那韦伟就跟祥林嫂一样了，见着人就捂着一只瞎眼说道：'我以为有狼的时候，才会有这一刀，想不到，唉！'"他这回学得不是韦伟，而是一个瞎老太太，活像《原野》里的焦大妈。

那晚最文静也最有意思的是王丹凤。她听了小韩、韦伟一对一口地唱双簧，有时瞪着大眼睛说一句："哎呀，真格？"有时也会格格地笑几声。所以小韩在学完焦大妈的时候，回头和她说了一句："不过这回可不是真的。"

模样不同的亲兄弟

整晚最不大出声的是柳和清、王季平，他们两位只是跟着大伙儿一块儿笑。小小韩忙着拍照，有韦伟扒着头发的，有他老子小韩学焦大妈的。真想跟他要一张，登在这儿。

听说王丹凤、柳和清夫妇，到香港已经两三个月了，所以定了十二月八号一定要回上海。韦伟和杨诚两位主人请的一顿燕翅席，一是欢迎小韩伉俪来港，二是欢送柳氏夫妇回沪。

忘了听谁说起，他们两对夫妇都是以探亲的名义申请来港的。这在打倒"四人帮"之前，恐怕是连想都不敢想的事。另外听说柳和清也是顺便到香港看看脑科医生的，因为在上海经医生检查，认为他脑里好像生了"东西"。不过，那天酒席之前，觉得柳和清和颜悦色、神清气爽的，健康得很，相信已经安然无事了。对于小韩探的亲戚，我倒也知道一二。是他的哥哥，原是凤凰的制片韩雄飞，虽然如今已经故世了，但是侄男侄女的一大帮，全在香港。加上小小韩也在两年之前申请批准来港，也在侄女婿的一间工厂里帮忙，所以在港的亲人们还真不少，申请"赴港探亲"的理由是冠冕堂皇、名正言顺的。

韩雄飞和韩非虽是亲兄弟，两位的模样儿可完全两样：小韩是清清秀秀的袖珍小生型，而大韩却是气宇轩昂的鲁男子格，皮肤也比小韩黑得多，脑袋也仿佛大了不少，如果形容他是"头如麦斗""眼似铜铃"，还没有敢说不恰当的，个头儿虽然也不算大，但是宽肩大背的也挺厚实的。如果说兄弟小韩是小生的话，那哥哥大韩就是个大黑头、铜锤、架子花，不像郝寿臣，也像袁世海。他以前的太太孙景璐也是电影界的名演员，提起来也是鼎鼎大名的。一口刮拉松脆的京片子，专门演些"花旦"式的角色，所以广告上的头衔经常是"风骚艳旦"，相信四十岁以上的读者们都会记得她的柳眉凤眼！

不过，孙景璐和韩雄飞很早就各自分飞地离了婚，所以本想向小韩问问她的现况，话到舌边，也咽了回去。

因为有这么一顿饭的过程，所以我想先看看《少林寺》，就打了个电话给王季平。

假作真时真亦假

那天到清水湾片厂去看《少林寺》的时候，对那两扇厂门倒毫不陌生。不过这回等在门口的，不再是王季平的儿子，而是儿子的老豆，亲自笑脸相迎而已。

清水湾片厂启建之初，邵氏影城也刚刚启用。那时邵氏的导演只是拍国语片的岳枫、陶秦和我三个，加上拍粤语的众家师父周诗禄，国粤两组也不过四人而已。而那时邵氏的摄影棚，也只是大小六个，除了AB两棚之外，其他的四个都是六十尺上下。开始的时候，最先进入影城拍戏的是陶秦，其次是岳枫。我仍旧一直租用大观片厂，交替拍摄《杨贵妃》《武则天》和《王昭君》。

虽然最早在清水湾搭建布景的，是我拍的《王昭君》，但那时摄影棚一间也无，只是刚把厂地由山头推平而已，除了建筑工人用的工房之外，地面上还没有一间建筑物。那堂布景搭的是《汉宫春晓》的汉宫，从今天影城的守卫室起，一直延伸到如今的第二宿舍，布景搭得和真的宫殿几乎一样大小。绘制设计图样的是如今邵氏布景师陈景琛的父亲陈其锐。不过在木工刚刚完工之后，泥工只做了一半，就给一阵台风把整个布景吹得七荤八素，东倒西歪。开始连拆都舍不得拆，但重新搭建预算又成问题，不用说公司认为算盘打不通，连布景师和工人们都提不起精神。虽然大伙儿都是为他人作嫁衣裳地打工而已，可是谁都有些争强好胜的心理。不管布景师的图样设计得多好，可总要能工巧匠们用心思去搭建。如果重修一堂布景，总像锯锅、锯碗、锯大缸一样，谁也提不起精神来。所以那堂布景的残骸在场地上一直搁置了几个月，直到摄影棚开始搭建的时候，才拆清的。

可能因为邵氏和大观片厂签的租厂合约期满的关系，所以我这组戏暂时搬到牛池湾的亚洲片厂。部分《杨贵妃》和《武则天》的场景，都是在那儿拍摄的。华清池就是搭建在亚洲片厂的大棚里，当时整座华清池全部用真的云石堆砌而成。当时圈里很多人都说李翰祥抽风，如今说起来都有些担心风大会闪了舌头。但是重睹旧时影片中的布景，质感、量感、美感都是今天做不到的。倒也不是什么怀旧，只是觉得如今的人们比过去聪明得多，更懂得投机取巧些，不再像过去真刀真枪地笨做下去。其实电影本来应该像《红楼梦》的作者曹雪芹所说的——"假作真时，真亦假"。要把假的拍成真的，不是把真的拍成假的，因为戏剧本身就是"戏假情真"。以前圈里人常说："李翰祥拍戏的时候，布景里的草皮都是一根根种出来的，杨贵妃和唐明皇生气发脾气的时候，扔的都是真古董，真正唐三彩的骆驼就摔破了八个。"

其实这不是臭我，而是抬举我，替我宣传。八个唐三彩的骆驼，那还得了？一个也够考古学家和收藏家钩心斗角的了。就算是摔破了，用万能胶黏一黏，也一样值银子的。还好说的是唐朝的骆驼，要是大明宣德的青花瓶子，就更大发了。话尽管如此说，过去邵氏道具间的古董还真不在少数，不过拍功夫片都给砸了，如今知道值钱了，想再买也不可能，并非说公司没钱买，而是有钱也买不到了。

后来大概亚洲和大观片厂与邵氏的租约都相继期满了，影城的摄影棚又不够分配，所以我导的《儿女英雄传》的第一堂布景就租用清水湾片厂搭建的。

那时清水湾片厂只有一个大棚和一个小棚，不过大棚比大观片厂的A棚还要大（大观A棚长一百六十尺，清水湾长两百尺），比起如今邵氏影城的七八厂打通了还要大一些。我在那儿搭了一堂"悦来客栈"内外布景，拍了十二天戏，所以我对清水湾片厂一点都不陌生。

默片时代与武侠片

中国电影仍在默片的时代，神怪武侠片就已经大行其道了。徐琴芳主演的《荒江女侠》，邬丽珠主演的《关东大侠》，以及胡蝶主演的《火烧红莲寺》，都因卖座鼎盛而连续拍摄了很多集的。

记得有一集《火烧红莲寺》中，导演张石川还别出心裁地叫美工人员将片中饰演红姑的胡蝶的斗篷染成了朱红的颜色。因为是在拷贝上逐格着色，稍不留意，就会把颜色画出了界，放映起来就会闪闪发光。尽管如此，仍招来不少好奇的观众，场场客满大收卖座之效，使明星公司赚了不少红红绿绿的钞票。

到后来由王元龙、王征信等主演的《王氏四侠》，也轰动一时。于是乎南侠、北侠、男侠、女侠的影片层出不穷。但比起外国人拍的动作片还差得很远。所以邵逸夫先生来港主持邵氏兄弟公司的制片业务之初，一直希望拍摄一种新的武侠片，除了有美国牛仔片的激烈、逼真的打斗之外，加上中国的武术招式，如果动作设计得好的话，一定会超过当时已经拍了几十部的粤语动作片《黄飞鸿》。所以在我拍完了乐蒂、金铨主演的《妙手回春》之后，六先生就叫我拍了一部《儿女英雄传》。

那时《独臂刀》的导演张彻仍在台湾，尚未重新参加电影工作者的行列。《龙门客栈》的导演胡金铨仍以大童星的姿态拍《擦鞋童》。所以讲起拍武侠动作片来，我还是个先行官哪。倒真是应了"蜀中无大将，廖化作先锋"那句话了。

那时，还没有什么正式的武术指导，只是请北派的龙虎武师们听完了导演说出的意图之后，大家套套招数而已，不在乎什么拳打脚踢，刀来剑往，只求打得热闹、火炽，也就算了。经常在《黄飞鸿》影片中做做龙虎武师的袁小田师傅，以及他的师兄弟周小来等几位，那时都是忙得不可开交的红人，每天都要赶三关似的赶场，一会儿荃湾的华达，一会儿钻石山的大观。因为那时除了关德兴师傅的《黄飞鸿》之外，邬丽珠和于素秋的武侠片也是他们这一伙人。那年头儿，唐佳和刘家良两位师傅，还在做徒弟呢，"七小福"也还没给于占元老师叩头拜师呢，连徒弟的名分也无。

《儿女英雄传》一直是京剧舞台上名戏。乐蒂分饰张玉凤和十三妹，她虽然不会什么武功，背弓持剑地站出来，也挺有个样儿。书法家王植波饰演的安公子倒也风度翩翩，温文尔雅。前文已经表过，第一堂的"悦来客栈"景，就是搭在清水湾片厂的。

片中的两个头陀分别由罗维和我的结拜大哥冯毅演出。那时的罗维仍是演比导多，好像导演仅是兴之所至，偶一客串而已。片中两位头陀都有和十三妹交手的镜头，我虽然也费了九牛二虎之力，可拍出来的成绩只是平平而已。比起后来罗维拍的第一部李小龙影片《唐山大兄》来，可真是天渊之别了；加上冯大哥的柔道三段，配合了哥儿替（韩英杰）的武术指导，和李小龙过起招来还真是龙精虎猛，不像在《儿女英雄传》里的英雄无用武之地了。所以我拍完了《儿女英雄传》之后，仍回到老本行拍起历史古装来。

打开新武侠片的大门

但邵老板对拍制新武侠片仍然跃跃欲试，所以我推荐当时仍以何观为笔名的张彻，进入邵氏审阅剧本之后，就研究和筹备拍摄起新式武侠片。

开始，招考了一群年轻好动、孔武有力的孩子们，在邵氏的后山上拍起武侠试验片来。据说，完全放弃了龙虎武师的套招方式，缠头裹脑的花拳绣腿全部不要，一上来就是三本铁公鸡，真刀真枪，拳拳见肉。所以每天都把小哥儿几个打得鼻青脸肿，每天都打伤七八个。后来一看拍出来的拷贝，个个都傻了眼了：全部镜头都是一字长蛇阵，雁别翅排开的乱打一锅粥；不是中景，就是大远景。傻小子睡凉炕，全凭火力壮，还是不行。所以闹哄了一阵之后，也就不了了之了。

这之后，张彻在邹文怀的大力推荐之下，拍了他在邵氏的处女作——《蝴蝶杯》。可能是片场经验的关系吧，看过毛片之后，大家都不大满意。所以公司又指定绰号"毛毛"的徐增宏，除了摄影之外也帮帮导演工作，马徐维邦的得意门生袁秋枫也帮忙补戏，才将这部《蝴蝶杯》完成。

这之后，胡金铨拍了部《大醉侠》，成绩不错；张彻也拍了部《独臂刀》，一下子达到了邵逸夫先生的理想，打开了"新式武侠片"的大门，不再是《黄飞鸿》时代的天下了。

我看过《大醉侠》，也看过《独臂刀》，以制作来讲，《大醉侠》是胜过《独臂刀》的，但以故事的完整，情节的感人来论，那《大醉侠》可就望尘莫及了。尽管张导演在以后也拍过无数的动作片，但以整出戏的完整性来论，我还是比较喜欢《独臂刀》的。

之后的《龙门客栈》《唐山大兄》《精武门》，以至楚原、古龙式的推理武侠片，刘家良的《少林三十六房》，成龙的《醉拳》《笑拳怪招》等，都是越打越激烈，越打越新奇，确实是难度越来越高，招数也越来越怪。但我看了张鑫炎导演的《少林寺》之后，和很多看过该片的人有同感：不同，的确不同。

记得以前张彻导演了一部《南少林与北少林》，因为没看过片子，不知道内容。但中国的少林寺其实不止南北两座，根据史料查证，有迹可循的至少有六处之多。当然最著名的还是河南的嵩山少林寺，也就是张导演片中的北少林吧。另一个是位于福建省泉州市东关门外的泉州少林寺,建于唐肃宗年间(公元七五六年),比嵩山少林寺晚建了二百六十一年。传说明朝的时候,一法禅师由嵩山少林寺到泉州少林寺中挂单,后来任了主持,扩建寺院,传授拳术。清朝的雍正年间,怕寺僧反清复明,所以派兵逐僧毁寺,至今只保留山门一座而已。据说那些和尚流落两粤,才形成了南派少林寺。

第三个是位于河北省蓟县西北紫盖峰下的红龙少林寺,建于元代至正年间(公元一三四一至一三六八年)。因为紫盖峰下的石壁上,天然地形成一只腾云驾雾的神龙,所以池叫红龙池,寺叫红龙寺。

泉州和红龙两寺都是嵩山少林寺的分支。除此之外,福建省莆田县、广东省佛山县和四川成都市西南也都有少林寺,不过,至今也都荡然无存了。

前年,和张鑫炎导演的《少林寺》同时,原是印尼片商的杨吉艾也拍了部以少林寺为题材的影片,好像就是在福建莆田县拍的。拍摄之前,曾把他在台湾制的《绿色山庄》(林青霞主演,宋存寿导演),送与大陆的中国电影发行公司,据说还半公开地上映过,地点好像是西长安街的长安大戏院。据艺专的同学们告诉我,那戏院的对面就是以前的民主墙。虽然林青霞没去过北京,但北京的电影观众们对她还颇不陌生,虽然红不过邓丽君,也差之有限了。

中岳嵩山横亘于河南省的西部,东通开封,西邻洛阳。开封古称"五代京都",洛阳也有"九朝都会"之名。嵩山扼锁西都通途,所以是古代兵家必争之地。

嵩山是由两座群山组成,东是太室山,西是少室山,连亘相隔十七华里,连崖接石,起伏如浪,据说远望嵩山,很像个美人春睡的样子。

少林寺创建者是弥陀佛

我在谈黄梅戏的三十六本大戏和七十二折小戏的时候，曾说过中国人喜欢用这两位数字形容一切。嵩山上也合有七十二峰，而且无巧无不巧，太室山和少室山各占了三十六峰，而且是峰峰有名，峰峰有典。少林寺的得名，就因为坐落在少室山的山林之中。创建于公元四九五年。有很多人以为少林寺是达摩老祖创建的，其实不是。也许由于少林寺北的山丘上有座"初祖庵"的关系吧。因为寺门两侧有一副砖刻的对联：

　　　　在西天二十八祖，
　　　　过东土初开少林。

说的就是达摩，因为他原来是天竺（印度之另一音译）佛教禅宗的第二十八代传人，来到中国，成为中国佛教禅宗的开山始祖，但并非"初开"少林，极易被人误会。

至于创建少林的是谁呢？说起来谁都知道，他的塑像比起达摩来又要多得多了，每到一个寺院山门里，一定有位笑脸相迎的大肚子弥陀佛，名叫跋陀，也称佛陀，初建少林寺的就是他老人家了。在《史记》上，他被认为是来自印度的第一位僧人，所以如今银行门口和珠宝店外，多数会站着位拿鸟枪的印度红头阿三，大概就是大肚弥陀佛传下来的！

跋陀"初开少林"之后的孝明帝考昌三年（公元五二七年），达摩才到中国传教。初到南海，后到江北，止于嵩山少林寺。跋陀到中国的时候，是"佛教热"的时候，受到皇帝的礼遇，吃公饷，有特权，所以笑口常开，肥头大耳。达摩可跟他没法比，一来就碰了梁武帝一鼻子灰，大概也像孟子见梁惠王一样，王曰："叟！不远千里而来，亦将有以利吾国乎？"孟子还能对答如流，可达摩一听就翻儿了。可不是嘛，多俗气的皇帝，只见利而不见害，好像鱼见食而不见钩的劲头儿差不多。于是和梁武帝打了几句似懂非懂的"禅"语，梁武帝当然龙心不悦起来，于是达摩只好到嵩山少林寺喝小米粥去了。那时大概还没有什么"河南坠子"，所以他老人家，瞪着豹子眼，满面胡子地在面壁洞面壁了八九年，直到公元五三六年，才把禅宗传给了二祖慧可和尚，悄然西归了。所以直到今日，老人家故世，吃了伸腿瞪眼儿丸子，不能说"死"，都说"归西了""归天了"。"天"者天竺是也，"西"者西方正路是也，是达摩老祖去的佛地是也！

少林寺的练武坑

以前，我拍了部《风花雪月》，"风"的一段里是由饰演高僧的岳华与徒弟们传道，说过二祖慧可的故事。因为慧可想得到达摩的"衣钵传真"，所以长立在达摩亭外，等候问道于面壁中的达摩。可是，达摩连睬都不睬他。慧可不死心，跟老祖死缠到底，居然来了个口外的蘑菇——泡了，愣站在院子里不走。天下大雪了，雪深过膝了，他还不动窝儿。达摩听小和尚一报告，心想："好小子，跟我泡上了，行。"于是让小和尚传话给慧可说，要相见，除非雪变成了红的。慧可真有两把洋刷子，马上一咬牙，一狠心，抽刀断臂，血染雪阶。这故事中不仅有我拍的《雪里红》，还有张彻导演的《独臂刀》。达摩也只好日本人吃高粱米——没法子，洞门大开，见了慧可，于是达摩问慧可，如此死缠乱泡的什么意思，慧可说："我的心不安，所以想问问安心之道。"

达摩倒也答得爽快，一伸手说："好吧，把你的心拿出来，我替你安一安吧！"

慧可一听，大悟禅机，所以如今嵩山少林中，有"立雪亭"，就是二祖慧可接受"衣钵法器"的地方。少林寺西南的钵盂峰上有"养臂台"，就是二祖慧可断臂养伤之处。

在张鑫炎导演的《少林寺》中，除了可以看到一些身手不凡的武术名家的表演之外，还可以看到如卧的嵩山，以及历代的碑石和塔林。

塔林是少林寺历代主持的葬地，每个佛塔中都埋葬着高僧死后的"佛骨"和"舍利子"。所谓舍利子者，就是高僧火化了的骨灰中，剩余的一些发磷光的结晶体。塔林位于少林寺西三百公尺的地方，共有墓塔二百二十二座，造型各异，种类繁多，给后人提供了许多古代建筑和雕刻艺术的宝贵资料。

以前，刘家良师傅拍过《少林三十六房》，因为没看过，所以不知说的是哪些房，倒是在《少林寺》中看到了少林寺僧的练功房。

所谓的练功房，是在达摩亭北的千佛殿里。千佛殿是少林寺最大的一个殿，也是少林寺中最主要的建筑物，十二根木柱，高可数十丈，建于明万历十六年（戊子，公元一五八八年，前一年《海瑞罢官》的海瑞卒），到乾隆年间重修，所以佛龛上悬有乾隆御笔的"法印高提"匾额一块。殿的后壁和东西两壁画有"五百罗汉朝毗卢"的大壁画；殿内的青砖地上，有四十八个低洼不平的深坑，共分四排。每个陷坑深约二十厘米，坑与坑之间，距离约两米。据说这是少林寺僧们练武"站桩"的脚窝，又称"练武坑"。

"站桩"是少林寺基本功的一种，它的特点是外静而内动，和尚平静地站在那儿，但他的脚跟用力，所以年深日久的，使砖地陷裂，成了深窝。《少林寺》影片中的武僧们就实地地在坑中练武，踢、打、摔、拿、扑、撞、推，个个宽肩大背，人人身手轻、灵、稳、固，既有刚劲的外功，又有柔和的内功，把这些深坑下陷的缘由，诠释得清清楚楚，难怪看过影片的人个个说与众不同。

火烧少林寺

《少林寺》影片的故事是根据少林寺的白衣殿（也称观音殿）内"十三棍僧救驾唐皇"的壁画故事改编的。所谓的唐皇就是当时仍是秦王的李世民。如今寺内还有一块"唐太宗赐少林寺主教碑"，是唐武德四年（公元六二一年）建立的，内容就是奖谕少林寺昙宗等十三僧众参加攻取洛阳（古雒城）的战斗过程，共二百四十字，上有李世民亲笔签名。年前河南籍的名剧作家李准到香港讲学，还特别送了我一本《嵩山少林寺的碑林拓本》，上面就拓有这块"唐太宗少林寺主教碑"。《少林寺》影片中，对这块碑文也有特别介绍，以证明这故事不是子虚乌有的。

片中还介绍了一块达摩面壁影石，相传是达摩面壁九年，因为日夜不移地打坐，影子印在了石壁上。徒子徒孙们认为是寺中的瑰宝，唯恐有失，所以从达摩洞中，将影石挖凿下来，先挪入初祖庵，后搬入藏经阁。不过如今影片中显现的，只是那块影石的仿制品，原件已经毁于一九二八年的大火里。

谈起那次的大火，还跟我们香港的电影界有点关系呢。原来放火是由于军阀的混战，那位放火的军阀石友三，就是我进入邵氏执导的第一部影片中的女主角石英的爸爸。石英在长洲主演《海茫茫》，她父亲在少林寺主演"火光光"，烧了藏经阁，毁了面壁影石，所以说"少林寺有三庵，就怕碰见石友三"。石友三的一把火，不仅烧了少林寺的大雄宝殿，连殿周围的秦槐、汉柏也俱成了灰烬。"六祖堂"也烧得一干二净，连东库堂、东客堂、祖堂、西库堂、西客堂都烧了个精光。至于刘师傅导演的《少林三十六房》，或者是三十六堂，可能也烧了个无影无踪，所以史无可考。看起来石英的老豆，不仅有两下子，还真有三下子。

据说日人宗道臣，一九二八年来中国，在沈阳的一所宗教学校里，结识了中国白莲教的拳师，后又结识了曾在嵩山少林寺当过和尚的文太禅师，向他学习了少林拳的流派"义和拳"。一九四七年在日本建立了"日本正统北派少林拳法会"，一九五一年正式做了宗教法人的代理人，创建了"金刚禅总本山少林寺"，从一个很小的组织，发展为拥有两千六百多个国内支部，并在世界十七个国家中建立了三百多个欧美支部，拳士达九十二万之多。

《少林寺》影片中，有宗道臣《归山还乡》的纪录片。据说他前后率团六次访华，一九八〇年还在嵩山少林寺碑林里立了一块碑，正面写道：

日本少林拳法初禅宗道臣大和尚归山纪念碑。

背面写道：

少林武术缘起中州，名冠天下，日本国僧人宗道臣入嵩山碑林，修得少林拳，归国开创日本少林拳法，饬兴三法二十五系六百数十支，使中国之传统文化得以在日本生根、开花、结果。

着起袈裟事更多

宗道臣在六次访华之后，返回日本不久就去世了。如今他的女儿宗道臣二世宗田贵继承父业，任社团法人日本少林拳法联盟会长，宗教人金刚总本山少林寺管长，并将会在拳士中选婿，待生下儿子后，再传第三代。比少林寺里大和尚传小和尚的方式又进了一步。看宗田贵小姐貌美如花，仪态万千的样子，少林拳法联盟会的拳士们恐怕要有人满之患了，想做宗道臣三世的老豆的，一定多到数不胜数了。

《少林寺》影片中，还说了一件鲜为外人所知的事，那就是秦王李世民当了唐朝第二位皇帝时，由于少林寺里的昙大师率领众武僧帮他活捉了自称郑帝的王世充的侄子王仁则，逼降了王世充，立下了大功，所以把功勋卓著的武僧昙宗、志操、惠玚等十三人封官赐爵，也特准少林寺僧人喝酒吃肉，使禅宗的五戒（杀、盗、淫、妄、酒），从此破戒，正式地成了酒肉和尚。

少林故事中，还有一个颇为紧张刺激的故事，那就是达摩老祖到中国的时候，带来了一件棉衣袈裟，说是天竺二十八代历代相传的法证，得了它便是真传弟子。于是这袈裟传到六祖慧能的时候，演出了一场南北宗分家的袈裟争夺战。

达摩传法给二祖慧可，便"归西"去了。此去传到三祖僧灿，四祖道信，五祖弘忍都相安无事，但是到了"六祖乱传法"的年代，却起了惊天动地的禅宗大革命。

有一天五祖叫他的门人各持所见写些禅宗的偈语，以备选出他的继续人六祖。弟子们没有一个敢写的,因为都尊重五祖的大弟子神秀,都认为只有神秀才有继续五祖的资格。神秀也就大笔一挥地写了一个偈:

　　身是菩提树,
　　心似明镜台,
　　时时勤拂拭,
　　勿使惹尘埃。

五祖弘忍看罢,本有叫他继承之意,不料有一个未曾剃度,也不识文字的行者慧能,忽然也说了一个偈语,把神秀的偈根本推翻,他说:

　　菩提本无树,
　　明镜亦非台,
　　本来无一物,
　　何处惹尘埃。

五祖认为他的"空无观"比神秀彻底,于是选定他做继承人,秘密给他讲《金刚般若经》,指示他带着袈裟奔回新州(广东新兴县)原籍。神秀眼看袈裟到了手,又突然落在一个舂米烧火的行者手上,怎肯善罢甘休?于是拦途截劫袈裟,和六祖慧能火并了一场。但文史上对这事没有确凿的证据而已,但自此以后禅宗就分为南北两宗,神秀和慧能都自称禅宗的正统。

弘忍忽然地改变了主意,传衣钵给一个舂米的文盲,又叫他速回原籍，这其中究竟有何不可告人之事呢？后人一直不明所以。不过后来神秀的成就是颇为惊人的，在盛唐之时被尊为国师，武则天恭请他到长安，亲行跪拜大礼。所到之处，王公庶民望尘拜伏，是少林寺僧前所未有的。

据说，六祖慧能废弃了以袈裟传位的方式，因为他说："为了保存这件袈裟，甚至连性命也丢了。"大概指的就是神秀对他暗杀的事吧，看起来"未着袈裟嫌多事，着起袈裟事更多"的话，还是一点都不假的。

新式武侠片的演变

在这部《少林寺》影片之前，北影也拍过一部港式的功夫片，片名是《神秘的大佛》，据说有人看了甚不以为然。尽管票房纪录不错，但评语却不大好。北影的汪洋厂长，很想再接再厉把真正的中国功夫影片搬上银幕。看如今《少林寺》的成绩，还是有希望的事。

正像南方公司的许敦乐兄所说，《少林寺》是有些不同，但也不是毫无缺点的。我看过片子之后，很同意他的说法。起码觉得故事太繁复，太老套了些。导演胸怀大志，非但要拍一部前所未有的功夫技击电影，也要拍一部前所未有的千军万马厮杀在疆场的电影。如此一来则人物众多，顾此失彼，令到身手了得的男主角李连杰不能太突出；山东武术队的教练于海师傅也未展所长；片头片尾的合唱太公式化，也太港台电视片集样式化；女主角的《牧羊曲》也把剧情拖慢，剧力拖软，软得像她身旁的绵羊，和《少林寺》中硬邦邦的拳脚，太不协调，其实片身已经太长，这几处都是导演应该割爱的。

相信，片中的教头们在演出本片之前，一定也参考了些港台的武侠片，所以在交手当中也学李小龙式的大叫大啸，好像不出声就不会出拳伸腿一样。还好都是小伙子，如果两位白发银髯的帮主交起手来也像个小丑似地大喊大叫，活蹦乱跳，岂不有失身份？

总之，如不苛求的话，《少林寺》是一部可看的影片，也是和港台式的功夫片有别的影片。尽管导演和演员们都或多或少地受了港台功夫片的影响，但由于他们的身手都是真材实料，还是不尽相同的。

阿姆斯壮在登陆月球第一步时说道："这是我的一小步，但却是人类的一大步。"如果我们说张彻、胡金铨启蒙了邵逸夫先生所理想的新式武侠片，罗维和吴思远将之发扬光大，至楚原和古龙的合作为之一转，洪金宝和成龙更上了一层楼的话，那我们希望从这部香港和大陆武师合作的《少林寺》开始，将侠情技击片更推进一步。所以张鑫炎也可以说："这是我的一小步，但是，希望是电影界的一大步！"

《牧马人》与《邻居》

有一位编剧跟着六先生、方小姐一块儿到日本买片子。据那位编剧说，那是他第一次去日本东京，但东京什么模样，至今仍是蒙查查。原来当晚飞机抵达之后，他们一行三众就到酒店里休息，第二天一早就由酒店到××公司的试片间开始看试片，中午吃了一客三文治，继续看到晚上，又吃了客三文治，只多喝了杯咖啡而已，继续接着下一本。那天一共看完了四部。间中方小姐有时还闭目养神一番，六先生则是聚精会神，一直看到收场，然后搭的士回酒店睡觉。一连三天，天天如此。最后一晚看罢，第二天一大清早搭的士到机场,然后乘飞机回港。最糟糕的是,到了家里连睡里梦里还在看试片,你看瘾头大不大。

六先生是有试片就看,我则是选而又选之后,才看上个一部半部的。最近一连看了五部影片,有三部是大陆出品,两部是香港制作。第一部是西安电影制片厂的《西安事变》,第二部是上海电影制片厂的《牧马人》,第三部是北京青年电影制片厂的《邻居》。这三部是一部比一部好,编导、演员以及制作都是无一不佳的。

《西安事变》是《南征北战》的导演成荫最新的作品。全部在事件发生的实地实景拍摄。演员也是个个逼真,与真人的举止、态度神似。编剧简练,导演平实。对事件的报道还算公允。加上场面伟大,制作认真,和以往的大陆片不同的地方,是没喊一句口号。演张学良、杨虎城、周恩来、毛泽东、蒋介石的诸位演员,都可以一眼看出毕真毕肖,简直可以到了乱真的程度。

第二部《牧马人》是谢晋导演的,比他导的《天云山传奇》要好得多。李准的编剧也是格调清新,不落俗套,想不出长得跟大老粗一样的李准,编起剧来大有洪金宝演戏的灵巧。新疆的马群在草原上驰骋,风吹草低见牛羊的景色,在谢晋如吟诗一般的手法处理之下,真是美妙绝伦。其中久已不见演出的刘琼饰演七十高龄的美国归侨,在中国演员中,那种气质是仅此一家,别无分号的。

第三部《邻居》是北京青年电影制片厂继《沙鸥》之后的作品,是一部面对现实的作品。影片对大陆的房屋政策,有毫不保留地指责与控诉。饰老干部的冯连元,演技真是无懈可击。看影片之前,有人向我介绍《邻居》如何如何好,我还有些不大相信,但看了之后,真令我心口折服,想不到大陆影片在两三年之间进步得如此神速。这三部影片的表现手法,以秩序而论,恰如共产党的"老、中、青三结合"的老、中、青，《西安事变》朴实，《牧马人》清新，《邻居》则是发人深省的写实作品。由于《西安事变》不尽是事实，《牧马人》的说服力也略有问题，因此就更显得《邻居》的剧力万钧，编导的手法干净、利落、清脆。由于社会制度的不同，除了《西安事变》在海外可以被观众接受之外，《牧马人》和《邻居》很难有太好的票房纪录，但我郑重地向我的读者介绍，这都是必须要看的影片。

至于看到香港出品的两部影片，都是两位在电影界出身的编导所制作的第一部电影：一部是萧若元加入邵氏公司后的第一部策划之作——《卒仔抽车》，一部是麦当雄的第一部电影制作的《靓妹仔》。

两部电影同时看

《卒仔抽车》的导演是江龙，据说也是一位电影发烧友。前两年石磊还没去加拿大，在海洋夜总会饮上午茶时替我介绍过。小伙子长得有点像年轻时候的袁秋枫，他说他很喜欢我拍的《冬暖》，说话的时候倒也很诚恳，一副虚怀若谷的样子，给我的印象很深刻。

那天看戏的除了我和白韵琴、萧若元两位之外，还有姜南和韩培珠。因为朱三爷去了美国，所以三奶奶也特别清闲。另外是一位出版界的朋友。一进场，萧才子"哎呀"一声，原来他认为拍得最好的一段刚刚演完，所以甚为我看不到而替我惋惜。

港式的闹剧，我看了《鬼马智多星》之后，就没再欣赏过。

看《鬼马》的时候，我的左邻右舍经常发出断断续续的笑声，可是我并不觉得有何好笑，可能我太过迟钝的关系吧！看《卒仔抽车》也是一样，我座位前后左右都有人嘻嘻哈哈地大笑，尤以我右邻的一位先生笑得声音最大。听那笑声又有些耳熟，我回头看了他一眼之后，才意识到自己的记忆力已经是一年不如一年了，原来那位哈哈大笑的先生正是陪我一齐前来看戏的萧才子若元老弟。我当即觉得有些过意不去，因为小时候国华叔告诉我三样处世的窍门儿：第一，猜人家岁数的时候，要比自己认为的年龄起码减十岁，以赞美人家的年轻力健；第二，问别人买的东西的价格时，也要把自己认为的价码提高，以赞美别人够眼光；第三，听人家讲笑话的时候，一定要拣适当的时候，大笑几声，以表示那笑话好笑至极，否则岂不令那说笑话的人很尴尬？

如今说笑话的朋友就在我身边，而我半天不笑，老听他一个人笑，那人家多干得慌。忽然想起一首歌："一个人唱歌，多寂寞，多寂寞，大家来唱歌，多快活，多快活。"所以马上"嘻嘻"了三声，"哈哈"了两阵，以免令萧才子笑得太寂寞。

电视人与电影人

其实，说真格的，江龙的镜头还运用得真不错，节奏明快，细腻详尽。也许我的年龄大了些，《卒仔抽车》也正是年轻的小伙子抽我们这些老家伙后腿的故事，年轻人当然觉得好笑，不过奉劝小伙子们也要切记一句格言：

少年休笑白头翁，
花开能有几时红。

以前，看过单慧珠导演的《江湖再见》，觉得她拍得实在不错，只不过是个电视片集，制作的费用少而又少，拍摄的时间只不过十几个工作天，当然有些碍手碍脚地不能尽展所长；但能有如此成绩，已经令我这干了几十年电影的老家伙汗颜了。

在报章上，看见张彻导演又在大发宏论，说什么电影人如何，电视人又如何。又说什么电视艺人加入了电影界，使电影界的新人无法再抬头。乍一听倒也似乎有些道理，不过仔细一琢磨又有些难明其意，到后来更是越想越糊涂，居然得出两个答案来，如果不是他糊涂，就是我糊涂了。好吧，说出来让大家评评理吧！

我想即使我们把在电视上播映的电影旧片称为电视上的电影，但总不能把电视从业员们（包括编、导、演、制）所拍制成的电影，在影院中放映，叫作电影院中的电视片集吧？那这些由电视界移入电影界的新血们不都是电影界的新人吗？难道只有张导演训练的新人才算电影人？那以前张导演由台湾选来的京剧龙虎武师们呢？不也都是捞过界的京剧人吗？至于张导演本人也不是生长在电影世家的电影人，参加电影界之前也只是在报上以何观笔名写写影评的文化人而已，照张导演的逻辑来说，他也算不了电影人，而只能算文化人喽。

以前电影从业员们多是来自各个角度的。中国第一部电影是一九〇五年由北京照相馆拍的，是京剧艺员谭鑫培主演的《定军山》，拍摄的地点也不是电影片厂，我们不叫它电影，难道叫它是京剧人拍的连续照片？

抗战的时候，"大后方"没有电影拍，只好演演话剧，胜利后都由舞台转上了电影，难道我们叫他们作舞台人？

如今，有很多人都想一脚就踏入电影公司，可惜苦无机会，不得不在电视界里打一个滚儿，这难道有什么不对？说实在的，电影人应该感谢电视台才对,因为他们日以继夜替我们训练人才,好像替我们孵小鸡一样,长大了叫我们收蛋,有什么不好?中国电影长此以往地不进步,我们身为电影人应该好好检讨一下才对,如果不能迎头赶上,那我们这些老家伙,就索性退位让国,把棒子交给年轻人干。以前的老导演不是被我们淘汰到局外去吗?这是社会发展的规律嘛,有什么不对的。不必强词夺理,也不必占着茅坑不拉屎。再说人们注意新人的作品有什么不对?那也是自然现象嘛!不看"靓妹仔",看"糟老头子"?有什么好看?都七老八十的老掉了牙了。走在马路上也一样啊,碰见位袅娜多姿的小姑娘,十七十八好年华,谁都会侧目回头多看两眼;鸡皮鹤发、步履维艰的老太太谁看?看来干嘛?怕她掉筋斗啊?

唯有合作才能生存

所以,当我看了单慧珠的《江湖再见》,马上就兴起"电影再见"的念头,想改行开个古董店或者饭店什么的,甚至连名字也都起好——"我的家"!

不过这回可不是什么打回老家去,而是被这些少年少女们在影界的成就吓得目瞪口呆,不得不由第一线撤回老家去。反正我是打定主意了,胡金铨、白景瑞他们撤不撤的没关系,反正他们撤也是胡撤、白撤,我可是撤定了,老张不撤,老李撤。

说到此处,就不难明白邵氏影城的方小姐为什么整天装修写字间了,把原来的大办公室化整为零,一间挨一间的,活像个白鸽笼。若问要那么多写字间干嘛?唉,还非要我画公仔画出肠,还不是为了接受电视台替我们孵的小鸡,养成了大鸡,一只只地带入我们电影人的笼子里,替我们下蛋哪!

谁也不能说电视不影响电影。以前制片人选电影剧本总要看看小说,搜集搜集材料什么的,那多费事劳神哪。再说,你以为个个老板都会看书认字哪?如今打开电视就行了,观众喜欢看什么,咱们就拍什么,对不对?

以前选新人,还要登报招考,然后面试、口试,起码要训练两三年;如今打开电视,拣大的挑,任选不觍!所以连白痴也懂得这个窍门儿,想当明星、导演的先进电视台,想当策划的要先报告新闻。尽管萧若元老弟报新闻时的断句和关师傅演的黄飞鸿差不多:"我的兄弟两人死着,老母之后……"如今也是邵氏公司剧本桥段的策划人。所以说来说去一句话,什么电影人电视人的,其实是大水冲了龙王庙,一家人不认识一家人。

君不见,邵爵士既是影城的城主,又是无线的董事局主席吗?听说最近有人想把电视剧的录影带拿到美国去翻印成三十五毫米的底片,印成拷贝之后在各地放映,那才是电影人和电视人都应该注意的事呢!

据说由录影带翻出的底片印出的拷贝还很不错,费用是每分钟二百美金,一百分钟二万美金,折成港币只不过十万,其他的费用一概可免,花点宣传费,就可以上戏院发行。你看这如意算盘打得多好!到那时候电影人、电视人再不合作可不成了。记得以前新华公司拍了一部《博爱》[①],主题曲的歌词是:

[①]《博爱》的制作方是新华、艺华、国华等12家公司合并成立的"中华电影联合股份有限公司"(即"华影")。

我们是人应该爱人。（当然不管电影人电视人。）

　　底下"唯有博爱"一句，应该改为："唯有合作才能生存。"不然一鸭三吃不说，鸭架子也要拿回家去熬汤喝，谁受得了？

　　看完了麦当雄的《靓妹仔》，更觉得没什么电影人电视人之分，因为编、导、演、制，全是如假包换的新人，甚至连片中的特约、临时演员，都没一张似曾相识的旧面孔，但他们不论主角、配角、闲角、群众都能把剧中人表演得淋漓尽致，恰如其分，与其说看戏，不如说看一场真的人生。银幕等于现实社会的缩影，是那么样的逼真，那么样的引人入胜，令人共鸣。这些演员不仅从未演过电影，也从未上过电视，我们又怎能说他们不是电影新人，而称他们为电视人呢？或许张导演所讲，与记者的略有出入，否则，他的话就有些费解了。

最优秀的中国电影

　　《靓妹仔》开始的几场戏很像单慧珠的《江湖再见》，但由于电影的制作费较高，看起来当然比电视剧的气魄来得大一些。因为电影的编剧较电视剧长一些，所以人物的性格也就描写得更为细腻，更为逼真。演员们的演技倒和《江湖再见》不相上下，但也因为编剧的关系，编导者能畅所欲言，所以觉得《靓妹仔》的演员们更朴实深入一些。我无意把这两部片放在一起比长短，论高低，只是觉得两片的题材有些类似，所以拉在一起谈谈而已。

　　看完《靓妹仔》之后，我由衷地拍了几下手掌。我说由衷，是因为看其他试片时，虽然觉得平平无奇，或者根本就乏味得很，但也不能不礼貌地拍两记手掌。可是《靓妹仔》不同,不仅是由衷地,甚至于可以说是激动地,尤其当我看了几部大陆片之后。我说过《西安事变》《牧马人》和《邻居》都是近年难得看到的好电影,但比起《靓妹仔》的成就来,仍有一段不短的距离。如果说前三部影片的手法与风格是老、中、青,那《靓妹仔》的艺术成就的确当得起一个"新"字。是创新的"新",也是清新的"新",最难得是全是一班新手的"新",也可以说"靓妹仔"无一不"靓",无一不"新"。

尽管以前我们也用过现场录音来拍电影,尽管世界其他各国的影片制作都是现场录音,但我们的电影已经差不多有二十年来都是后对嘴的了,这习惯可以说已经是根深蒂固了,没有什么张导演所谓的电影人想改革什么,因为没有什么人觉得不对嘛。所以,你就不能不佩服麦当雄这小伙子的主张,因为《靓妹仔》的对白,听起来就是比后对嘴的舒服得多,感情要真挚得多,声音也自然得多。老实讲,尽管配音员的技巧再好,嘴形对得再吻合,再贴切,也不如演员自己在现场发出的声音更舒服更顺耳。所以,我曾经戏言,配音员的工作是驴唇对马嘴。

所以,《靓妹仔》一开场,我就特别注意银幕上演员的发音,当然也注意导演的镜头以及衔接的方法,摄影师的角度,以及他擎机的技巧,灯光师的照明设计,以及他投影和光源的准确与否。看着看着,忽然什么都看不见了,因为我和演员们一样,也入了戏!

以前,我一连写了几篇介绍《少林寺》的文章,居然有人说我收了他们的宣传费,甚至有人说我在《少林寺》中也占有多少股份。因此之故,有人以为我的立场不够坚贞,于是才有了台湾《民生报》影剧版孟莉萍的造谣生事,以图破坏我的名誉。其实这种手段,我早已司空见惯,大江大浪全经过了,难道还怕它个小小河沟儿?这回,我可又要替《靓妹仔》说好话了。好就是好,不仅我一个说,相信看过《靓妹仔》的观众都会说,这就是所谓的"口碑载道"了!

说真格的,至今为止,我还仅见过《靓妹仔》的制片人麦当雄和编剧人,其他的连导演黎大炜的鼻子什么样也不知道,出品人梁李少霞更无一面之缘。虽然麦当雄在我看完试片之后,请白韵琴带话给我,想大家一块儿吃顿便饭聊聊,听取我一些意见,但截至如今,我连他一杯咖啡都没叨扰过。但我要郑重地说一句,《靓妹仔》是我个人看到的中国电影里最优秀的一部。

林碧琪演她自己

如果提名到美国影艺学院去参加明年的奥斯卡外国影片金像奖,它应该是最有机会获奖的作品。在意识形态上,在编、导、演、摄影、录音的技巧上,《靓妹仔》都不比《普通人》(Ordinary People, 1980)[1]失色。说得再明确一点,我不喜欢《普通人》,但我喜欢《靓妹仔》!在我的眼光里,《靓妹仔》如果是九十分的话,那《普通人》也不过刚好及格。

我的话很可能引起一般人的嫉妒和一小撮人的反对。我也像缪雨老弟一样地告诉他们:"尽管有人不同意我的论点,但我还是这样说了。同时,我也不要求别人同意!"

如今在美国研究电影的但汉章曾经写过一篇关于他对中国电影导演的期望,题目是《等待大师》。文中提到胡金铨、白景瑞、李行

---

[1]《普通人》在1981年的奥斯卡金像奖上获得了包括最佳影片(Best Picture)在内的四项奖项及两项最佳提名。

和我，他也许期望我们都能百尺竿头，更进一步吧！可惜，我们都令他失望了，因为我们每人都抱着自己的无字天书，以为那就是我们独得的秘籍，于是我们都老僧入定似的面起壁来，可是再睁眼看时，已经恍如隔世，电影界早已桃红柳绿，又一番景象。

看了麦当雄制作的《靓妹仔》之后，如果要我说些什么，那么我说：但汉章终于就要等到了。我们也终于就要等到了。中国的电影大师，即将产生。看到这班年轻人，居然搞出这么令人兴奋的作品，怎能不为他们大声疾呼，怎能不为他们敲锣打鼓？

我刚看完了《卒仔抽车》的麦德罗，几十分钟之后，又看了《靓妹仔》的麦德和，想不到小哥儿俩居然都演得不错。不过，因为前者是轻松的夸张的闹剧，后者是沉重的写实的社会剧，所以表现与成就有了显然的分别：后者沉重得有如泰山；而前者轻巧、灵活得有如鸿毛。可能是两个剧中人的性格迥异，而导演要求又不同的关系吧。麦德和一出场，就令你觉得他是个问题青年，一肚子的幽怨，满腔子的仇恨，那双忧郁的眼睛注视着"靓妹仔"林碧琪，是同情她的遭遇，是佩服她的倔强，于是由同情、佩服而产生爱意。那层次是多么的鲜明。忽然，我越看他越觉得似曾相识，好像在哪里见过的一般，但绝不是《卒仔抽车》的麦德罗；终于我恍然大悟了，那是《荡母痴儿》(*East of Eden*, 1955)中的占士甸[①]，对，他像极了占士甸，不仅外面，包括内涵。

有人说《靓妹仔》里的林碧琪是中国的山口百惠，我说，总有一天，日本人会说山口百惠是日本的林碧琪。假使《靓妹仔》真的去参加奥斯卡影展，又得了最佳外国片金像奖，那林碧琪将会光芒万丈，

[①] 即詹姆斯·迪恩（James Dean）。

享受全世界影迷们的爱戴，那也是不足为奇的。她深深地掌握了剧中人的性格，准确的程度已约到了百分之百的人神合一的境界。有人说那有什么稀奇，因为林碧琪演的就是她自己。乍一听也不无道理，不过我倒认为演一个与自己不同的人物还容易，因为只要忘我就行了，可是演自己必须先忘我，再去演一个别人认同的"我"，情绪上更绕脖子：因为谁都不能百分之百地了解自己，尽管画家照着镜子画的自画像，也只是固定的某一个角度而已。

听说林碧琪对拍戏毫无兴趣，因为她根本不想成为一个大明星。听麦当雄讲每次记者招待会都找不到她，即使找到了，也千方百计请她参加了，也会闹得很不愉快，因为她曾多次拒绝记者们拍照。这和很多小姐一见摄影记者的相机朝自己一举，马上就故作自然地摆个什么姿势不同。

另外，有两三次记者招待会，她竟不辞而别，所以麦当雄只好把招待会改成在游艇上举行，只要林碧琪上了船，总不会半途中朝海里跳吧？

另外给人印象最深的还有温碧霞，她希望得到援手，使她离开沉沦已久的罪恶深渊，而能重新做人的时候，却被爱人抛弃了她，一下子使她有如万丈高楼失脚，扬子江中断缆翻舟，一个筋斗由三十三丈的云眼儿里摔到十层地狱。她和林碧琪在地铁站上的一场戏，演得淋漓尽致，把那情景演得丝丝入扣，放荡的形骸，似游魂飘扬，每一脚都像失去了重心，一如踩在了棉花上；她无拘无束地狂歌乱舞，她无视人间的一切，因为人间遗弃了她，终于，她也遗弃了人间。一阵隆隆的铁车声掠过，像恶兽一般吞噬了她，这震人心弦的一刹那，使观众们茫然若失，谁都会为她惋惜，为她慨叹："唉！真系！咁么个靓妹仔，又咁后生！"

接着你会了解编导者的意图："唉！呢个世界！"

《靓妹仔》提出了问题，但没有告诉观众们解决的方法，完全是暴露社会的黑暗面于观众的面前，发人深省，令人沉思。国内拍的《邻居》，提出了问题，也提出了解决的方法。在编剧的安排上，也更使人觉得一气呵成而剧力万钧，但在摄制的技巧上，无疑是略差于《靓妹仔》的。

《靓妹仔》的辩论

《江湖再见》还提到了一个问题，对我来讲可就更陌生了。原来打胎在港九既违法又危险，而在深圳，不仅是快捷廉宜，保证安全，还是合法的行为。虽然不像什么何济公，止痛唔使五分钟，也是如探囊取物，手到擒来。

看过《江湖再见》之后，我倒的确深思了一阵，深恐年轻的小朋友们有样学样地照方抓药，果真如此，和编导们暴露社会黑暗面的目的可就事与愿违了。本来写一点社会问题，发人深省，望大家提高警觉，且莫重蹈剧中人的覆辙，却反而得到相反的效果，成了少男少女们的迷津指南针了。

所以，有很多人对《靓妹仔》也有同样的论调。因为尽管有很多情节是社会环境所造成，但也并非是人力不可抗拒的。譬如结尾悲剧产生之前，林碧琪可以能忍则忍，不必好勇斗狠地打个明白，也就不会有人对麦德和的寻仇事件。不过，话又说回来，典型人物必须有典型性格，正所谓"江山易改，品性难移"，难怪李司祺看了《靓妹仔》之后，要大声疾呼，今后一定要慎重小心女儿们的教育问题了。如果为人父母者都能和李司祺小姐一样的看法，那《靓妹仔》的主题还是明显正确的。因为多少年以前《三字经》里就已经有"养不教，父之过，教不严，师之惰"。难怪《靓妹仔》里有一位老师经常愁锁双眉，不了解那些女孩子们的行为："点解？点解不好好读书呢？"

《靓妹仔》的摄影、照明以及镜头角度，就国际水准看都是一等一的。当然，这与灯光师、导演都有不可分割的密切关系，但最主要的还是摄影师。

以前看《乱世儿女》（*Barry Lyudon*，1975）的时候，曾经和几个圈内的朋友们争论过，因为看得出，他们尽量利用自然光，甚至一只烛火在银幕上发的光度，也与自然情况下绝无两样，这当然在普通的镜头、一般的底片摄制下，是办不到的。听说这次《靓妹仔》也是，他们用富士的二百五十度菲林，用最快速的镜头，而且要把光圈放到最大。如此，不仅摄影师要掌握得好，连摄影助手也不能马虎，否则最容易犯的毛病，是焦距不清，差之毫厘，失之千里。但如今《靓妹仔》的摄影，不仅层次分明，还更加玲珑剔透，把真实环境下的现场气氛表现得百分之百。

譬如那场石板街午夜寻仇的夜景，就真正拍出了摄人心魄的压力，几个被拉来助战的家伙们在石板街的大远景里，由极远处的街心叼着烟屁股走来！那种逼人的气势，不仅在国片中，甚至在西片里也很少见。

千里马与伯乐

也许读者们会问，既然说的大远景，又是夜景，怎么连烟屁股也看得出来？事实上当然看不出香烟的长短，但当那几位烂仔先生们由远远的打着反光的台阶处行来，喷了几口烟，而那口烟在镜头里都起了相当大的作用，那走路的姿态，那喷烟的德行，都清楚地告诉观众们这些人物的不寻常。他们态度的傲慢，举止的轻浮，都在那口烟里表现无遗。再三层台阶一下，把手中的烟蒂一弹，那种歪戴帽、斜瞪眼的劲头儿，好像叫你连他们的面部表情都看得清清楚楚，真而且切。其实，他们仅是个剪影而已，但，尽管是远人无目大远景，也可使人看到这些人外在的形象和他们的心理过程。你看神不神？所以我说由这些大远景中，不仅看得出摄影师的功力、灯光师的准确以及导演的匠心独运，甚至可以看出，这支银色队伍是多么样的同心协力。于是，你会想到幕后操全片大局的人物是多么的重要。谁呢？他就是年甫三十岁的麦当雄。在我这篇嘢的从头时，他还刚露个脑袋，如今却如山似地站在我们面前了。

这个大远景中，据说只用了两只射灯。正如鲁迅的笔简意赅，没一个多余的字，八大山人的花鸟，没有半个多余的笔触是一样的。

一张画里，最难得的要在暗面里看得出东西，而不是黑乎乎的一大片，张飞夜晚在黑森林里捉乌鸦，什么也看不见可不行。摄影也是一样，尽管这镜头只用了两支灯，但暗面依然可以看得明。这个"明"是透明的"明"，不是由暗里跳出来的"明"。相信看过《靓妹仔》的朋友们都会和我有同感，也都会对这镜头有很深的印象，尤其是石板街尽头的那几口烟，那气势是相当咄咄逼人的！

如果说麦当雄是千里马，那梁李少霞就是伯乐。梁李并非复姓，正像恐怖大师马徐维邦的马徐一样。小时候一看见银幕或广告上有马徐维邦的名字出现，就觉得很伟大，四个字四平八稳。如今，看见梁李少霞，好像也能知道那影片的素质是一样的。尽管她到如今的出品还只有数得出的几部，但吃鲜桃一口，总比吃烂桃一筐要好得多。今后她出品的影片不必标什么最佳贡献和最佳影片，只要写梁李少霞就代表了。

是由麦当雄的介绍，我才认识了《靓妹仔》的出品人梁李少霞女士和娃娃脸型的导演黎大炜。如果不是介绍的时候，把他们的名字告诉我，我几乎以为李少霞是位新星，而黎大炜是个书院仔，因为他们的确都后生得令人吃惊。

梁李少霞女士很健谈，麦当雄更是能说会道，两人一搭一档的，还真是合作愉快，只是坐在李女士旁边的一位斯文靓仔，一直笑眯眯地一声不响。好久之后，麦当雄才发现还未曾替我们介绍，原来那位就是李女士的丈夫梁先生，他说他太太选剧本题材和选制作导演都是一流的，麦当雄忙搭着说了一句："她选丈夫的本事更是一等一的。"

影坛新贵雨后春笋

导演黎大炜说话的机会不多，据说他是麦当雄的学生，拍摄《靓妹仔》的时候，事先大家一起讨论剧本，然后由黎大炜率领演职员到现场拍摄。镜头的多寡、角度的高低远近，全部任由黎大炜自由发挥。拷贝冲印好，再由麦当雄负责剪接。《靓妹仔》准备了半年，选演员和排练了三个月，拍摄的工作天只有四十个，摄制的直接费用不超过一百二十万。有如此的成绩实是值得骄傲的。谁说电影没有前途？

如果不是黎大炜告诉我，他已经二十八岁了，我还以为他只是十八九。想想我二十八岁也开始了导演工作，但也和黎大炜一样，并非是独当一面，只是替但杜宇先生导演的《嫦娥》结尾而已。虽然说结尾，也等于是重拍。明知是件既吃力又不讨好的工作，但为了尊重李祖永先生的意旨，也只好明知山有虎，偏向虎山行地硬顶上而已。所谓初生的牛犊子不怕虎，所以跟着拍了《雪里红》之后，也被当时的一些电影界元老重臣们认为是莫大的威胁。如今看影坛新贵有如雨后春笋，新潮派的编导们更似过江之鲫，排山倒海而来，和电视台上的一般新入行的师弟师妹们，各展所长，互争胜负，一边是拳打南山猛虎；一边是脚踢北海蛟龙，使影视两界，形成了一种新气象。我们这些老一辈的导演好像除了坐山观虎斗之外，就只有喝喝西北风的份，一般无识的制片家们更认为是应该淘汰的一群。其实真正讲起来，艺术并没有什么新旧，尽管我把最近所看到的几部电影分成了老、中、青、新，但也只是在艺术的外在形式上划分一下而已，若以内涵来说，酒是陈年的醇，姜也是老的辣。从根本上来说，形式不同的作品，是不能做比较的。譬如我们硬把八大山人的写意山水和毕加索的立体派人物放在一起论个高低，哪能得出什么结论来？所以我说了"电影再见"之后，仔细地想了想，还是有些不服老的劲头儿，倒也很想卷卷袖子，紧紧腰带，然后罩袍束带，头盔贯甲地再搬鞍认蹬上马，战他几个回合。好像《杨门女将》的采药老人一样，也来句："……抖啊一呀抖……啊……我的老精神，来呀把路引。"然后摇头晃脑地一甩胡子，也不见得就叫人逼得没有路走。

黑泽明在拍完他的第一部彩色影片《没有季节的小墟》后，又被《虎虎虎》的制片强指他有精神病而把他的导演换了下来，再加上因为拍片时借下了黑社会的高利贷，而被迫一度要寻短见，割腕自杀。那时，全世界的影坛一片叹息声，和他同等年纪的老导演们也都大兴不能不服老的感慨。谁也想不到，不出两年，他老先生又在美国影艺学院得了最佳外国影片的金像奖，这又是多么令人兴奋的事。尽管他在拍完《影武者》之后，在日本毁誉参半，尤其是推理小说作家松本清张，在杂志上公然写道："黑泽明老矣！"其实，依我看松木清张之所以不能成为川端康成，原因也就在此。黑泽明的作品岂是可以用推理的眼光来看的？

老年的吴昌硕、齐白石，以及傅抱石、黄宾虹等大师们，到如今都还后无来者，那种既苍劲又豪迈的笔触，下笔如有神助的一般，又岂是新入行的画家们可望其项背的？

侯宝林是语言学教授

最近侯宝林教授到香港来说了趟相声，还真是惊动了不少人，据说天南地北的，为了听听"幺鸡"的相声的，还真是群"闲"毕至。我之称侯公是教授，因为他是名正言顺的北京大学的语言学教授，"幺鸡"则是他早年和郭启儒一同登台时，自嘲的绰号。他自称"幺鸡"，因为那时他大师的身材既瘦且窈窕，很像麻将牌里的幺鸡。同时他戏称捧哏的郭启儒是"土豆"，说这话还真是超出了三十年的范围，起码有四十多年了。

我小时候，侯宝林在相声界还算是后起之秀，他虽然也在西单商场撂过地摊儿，但那时还不大出名儿，所以也就不太惹人注意。

如今，电视艺员比电影演员要吃香得多，因为差不多天天和人们在荧光幕见面。那时，没有电视，只有无线电台，所以艺员们也多是由电台红起的。开始相声艺员里，以高德明、陶相如最出名，到后来高陶二人不知因何拆档，所以高的下手，变成了绪德贵。本来绪德贵跟汤瞎子是一伙的，绪给高当了下手，汤瞎子就自己说单口相声，以口技为主，学起蚊子和斗蛐蛐的声音，还真几可乱真，惟肖惟妙。另外有一位说单口相声的吉评三，专门说一些小笑话，听起来雅致得很。此外就是常连安率领他的几个儿子的一拨子。常连安的"连"字，据说跟马连良老板的"连"字是一笔写不出两"连"字的"连"。原来常老板从小也是坐过科，也是富连成科班的学生，所以是"连"字辈的。至于为什么改行说了相声，就不得而知了。有人说是因为倒呛。他的几个儿子都以蘑菇排行，大儿子常宝堃叫小蘑菇，二儿子常宝霖叫二蘑菇，三儿子常宝霆叫三蘑菇，四儿子常宝华叫四蘑菇。可能常连安还有两个女儿，因为他经常戏谓他们一家是四块蘑菇，两块狗尿苔。

开始，常连安一一地把儿子拉扯大，先跟小蘑菇一块儿登台，不过那时可能我还没到会听相声的年龄呢，所以并没留意。我知道小蘑菇，还是在先听了他弟弟二蘑菇的相声之后。既然是二蘑菇，他的顶上就一定有个一蘑菇，或者大蘑菇，想不到是位小蘑菇。

一句北京土话

"蘑菇"除了代表真的口蘑之外，也是北京的一句土话，大概说一种难缠的人物吧。所以北京的歇后语有一句："口外的蘑菇——我跟你泡了。"

"泡"的意思就有点儿没完没了的味道，所以"蘑菇"也有点儿磨磨叨叨、嘀嘀咕咕的意思。碰见这种人，经常会："他妈的，你跟我蘑菇什么呀你！""嘿！我说，别在这儿泡蘑菇好不好？"倒也真不假，你吃口蘑之前，还一定要先拿水泡一泡；泡的时间短了，还真不能吃。

"上台无大小，下台立规矩"就是由常连安那儿发明出来的。他们父子同台说相声，父亲永远是捧哏的，逗哏的上手永远是儿子的活儿。所以经常儿子在台上占老子的便宜，左一声"儿子"、右一声"孙子"地挖苦老子，看起来下手捧哏的，不仅是儿子孙子，简直就是傻子，吃亏的永远是他。

常连安陪二蘑菇宝霖在电台上说了一阵之后，又陪三蘑菇常宝霆、四蘑菇常宝华说了一阵子。那时小蘑菇常宝堃一直在天津的劝业场说，下手是赵蔼如[①]。

小蘑菇除了说相声之外，也演演文明戏。同台的还有吉评三的女儿荷花女。据说他们一块儿演过《秋海棠》，小蘑菇演大帅。这几位滑稽专家一上了台，当然临场抓哏，谁也不会按着台词一本正经地演话剧，所以把一出大悲剧演成了一场满台飞的大闹剧。小蘑菇的大帅叫起他的副官来，永远是神气活现地："季兆雄，雄，你奶奶的雄。"

任何一个小地方，在他们的嘴里，都可以变成既丰富又现成的笑料。和卜万苍导演所谓的"三分钟一个笑料，五分钟一个高潮"可是完全不同。因为他们必须半分钟一次小笑，一分钟一次大笑才行。小蘑菇红遍天津的时候，侯宝林大师才刚露头角。

听侯宝林的相声也是由无线电台开始，而且不是北京电台，是天津的传播。他的杂学唱、卖布头，一下子就把听众给镇住了。因为他口齿清晰，声音动听，加上学什么像什么。尽管小蘑菇的沙嗓子也有沙嗓子的趣味，但比起侯宝林清脆悦耳的声音来，倒的确没

---

① 疑为作者笔误，应为"赵佩茹"，后文亦会有提及。

那么开胃。所以侯宝林重临故都，在东安市场门口二楼的上海杂技社表演，还真的轰动了四九城，把什么高德明、绪德贵、郭荣启什么的，都扔在脑袋后头去了。

也提郭荣启的关系，是因为他和侯宝林的路子差不多，也经常说说杂学唱，而且也唱得不错。但是和侯大师比起来，他就只好扫扫边儿，当个龙套了，连二师也轮不到了。

相声艺员也和京剧演员一样，都有个共同的排行。一听排行，马上就会知道什么辈分的，是正规军，还是杂牌军。像戏曲学校的排行德、和、金、玉一样，譬如宋德珠的"德"，王和霖、张和铮的"和"，王金璐的"金"，季玉菇、白玉薇、侯玉兰的"玉"都是，所以一听"宝"字辈的，当然和刘宝瑞、常宝堃、宝华、宝霆、宝霖是一个辈分的。

说相声的学问

开始刘宝瑞本来不叫刘宝瑞，在西单商场启明茶社说相声的时候，用的是另外的名字，后来认了"尘"字辈的侯一尘为师，才算正式拿到了文凭，否则永远算票友下海。

"相声"这两个字最早见于宋朝，但早在周朝已有语言艺术出现，秦汉时代的"俳优"说唱、滑稽表演，已有今日"相声"的味道，有些笑料一直传到今天还在应用。

"相声"最直接的定义就是模拟各种声音的一种艺术，同时也是一种笑的艺术，而讽刺是相声的功能之一。凡是不合理或者不协调的事物都可以成为讽刺的对象，因为不合理的事物通常都是可笑的。

以前说相声的永远自己挖苦自己没什么学问，说自己的两把洋刷子全是"记问之学"。不懂得的或不知道的,就"敏而好学,不耻下问",和高人一打听,然后问在嘴里,听在耳里,记在心里,所以叫"记问之学"。说从来没有哪一位大学毕业,在外国得了博士学位,然后到启明茶社说相声的。其实也不尽然,譬如说老舍先生,就经常自己编相声,也登台客串说相声;那不仅是博士说相声,而且是大学教授说相声了。不过,说相声的当了大学教授,还真是自侯老师开始的。侯老师在《戏剧与方言》里有一段"戏剧与水利的关系",其中谈到:"我就是研究水利的专家,所以您一听专家来了,那就是说我呢。"

其实如今侯教授真成了专家,语言的专家。他所谓语言要美,要精简,要逻辑性强。所以如今提倡的"五讲四美",有一种美叫"语言美",侯教授大概就是专门教人语言美的专家。绿化大地是环境美,使人看着舒坦;美化语言则是令人听着顺耳,如浴春风。正所谓"良言一句三冬暖,恶语伤人六月寒",不像小人得势,一朝权在手,便把令来行,粗言秽语、财大气粗地一句话就想把人压死。一个国家搞不好,或一间公司出了问题,都跟领导人的修养有关系。所以我劝他们,既然书没念好,就不如去听听相声,学学美化语言,起码知道叫人笑,比整得人家哭要好得多。

搭地摊演相声

侯宝林大师的自传里,好像有一段说他在西单商场地摊上说单口相声的事。那场子本来不是他的,大概原主儿因为天气不好,所以没出来。早半晌儿,倒的确掉过几个雨点儿,不过没袋烟的功夫,就雨过天晴了,所以幼年的侯大师就把场子周围的板凳放下,自己在里边唱起二黄来，唱、做、念、表，外加上指手画脚，一下子就围满了一圈子人，于是紧接着说起相声来。

看他描写的地点，我马上就知道他说的是西单商场的什么地方，可能我对西单商场比天桥还熟的关系吧。

在抗战的敌伪期间，西单商场朝南走几步就是一间日本人开的大百货公司，叫高岛屋的。后来西单商场大火，一夜之间把商场的里里外外，烧了个干干净净，连在商场里摆卦摊的张铁嘴，批八字的小神仙，测字的赛诸葛都烧得活蹦乱跳，光着眼子就跑出来了。这些位社会的明灯，指点他人迷津的人，泥菩萨过江——自身难保都不知道。

幼年侯大师搭地摊儿的地方，肯定是火神爷光顾之前的旧商场，因为他说旁边的场子，就是汤瞎子他们那一档。跟汤瞎子合作的，还有大面包、高德明，绪德贵偶尔也在。那附近有一间民众电影院，看一本门票是一大枚，所以每本演完之后，马上停机开灯，旁边那一位带票员马上扯开嗓子哇哇大叫："没票补票，有票接看下场。"

小时候经常在民众电影院看戏，记得看了一出《新玉堂春》，没头没尾地看了两大枚的，谁主演也没注意。后来才知道，女主角就是当代的影后阮玲玉，她自杀香消玉殒之后，出殡的行列比林黛、乐蒂还要轰动一时。导演是摄影师庄国军，朱石麟先生导演的《清宫秘史》，就是由他摄影的。

侯大师所说的场子，好像有一位胡老道在那儿耍把式卖过野药的，至于当时是变戏法还是卖大力丸的，就不得而知了。

西单商场烧了之后，在高岛屋后身，很快地就形成了一座临时商场。常连安带他一群蘑菇儿子，就在临时商场中搭了间临时的棚子，那就是著名一时的启明茶社，表演的是清一色相声。除了他们蘑菇世家之外，刘宝瑞和三蘑菇的老师侯一尘，除了替徒弟们把把场之外，有时也帮助捧捧嘴。另外老一辈的艺人刘德智也有时来上一段儿《妓女打电话》，郭荣启说上一段儿《杂学唱》，以及刘宝瑞的《君臣斗智》，都是挺受欢迎的。

启明茶社不卖门票，什么时候来都可以，有座儿坐一会儿，没座儿就站在一旁，反正是一场说完他们全体艺员，每人拿个小篮子，由台上下来，分向观众"打钱"。他们不怕你不给钱，最忌讳一段相声说到结尾之前，你站起来走路，因为一班老听众，每段相声都听过好几遍了，当然滚瓜烂熟了。

小蘑菇的相声

假使他们的包袱没抖，你领头一走，带走了一大片，那还真够他们生气的。凡是有这种情形，打完了钱之后，常连安一定在旁来上两句，他说："如果搁在地摊上，能把那位先生的祖宗八代都骂遍喽，有道是'有钱的扔个一把两把，帮个钱场，没钱的站脚助威，帮个人场'。这一走算什么？不过我们启明茶社是文明地方，不骂人，骂也不骂他，因为他也的确有他的苦衷，他爸爸在床上病得要死要活的，老婆又在家里养汉，拦也拦不住！"

小蘑菇常宝堃，是一九二一年四月，出生在张家口的，当时是民国十年，他如果不死，算起来今年也只不过六十一岁。

常连安因为坐科倒了呛，所以改行到张家口去变戏法儿。宝堃六岁就帮老子的场，十九寒冬的光着个脊梁在场子里翻膀子，两手攥着根小木棍儿，从前胸硬掰到后背，身上冻得发紫，两眼冷得发蓝。

所以看得在场的观众都纷纷议论起来,谁都不相信常连安是他亲爸爸,有道是自己的孩子是孩子,拿人家的孩子当王八蛋。经常有人问常宝堃"常连安是你亲爸爸吗?"

常宝堃一定一拍胸脯道:"没错,当然是我的亲爸爸,只此一家,别无分号,外带不掺假,不兑水。"小家伙牙尖嘴利,滑稽突梯。日久天长的大家对他们父子都熟悉了,就送了常宝堃一个掉号——小蘑菇。所以常宝堃这块蘑菇是如假包换的口外蘑菇。

常连安变戏法本来是现买现卖的几下子,一看儿子小蘑菇在场上随便来上两句,就逗得观众乐不拢嘴,干脆就投明师,访高友,叫儿子学起相声来。他的启蒙老师就是著名的相声艺人张寿臣。于是在小蘑菇十岁那年,爷儿俩放弃了变戏法的行业,正式下海说起相声来。

他十七岁的时候,因为常连安又在训练第二块蘑菇,所以他找了个下手赵佩茹搭档。至于他什么时候到天津的,因为那时候我比小蘑菇还小得多,所以根本没研究过。第一次听小蘑菇的相声,是在启明茶社里,大概偶尔回京探亲,顺便客串几场,帮帮老子和兄弟们的场吧!

敌伪时期,小蘑菇不止一次被拉到日本宪兵队。第一次是一九四四年,因为日本人发起全北平市的市民"献铜"。所谓献者就是贡献,一般的学日本话的人,除了"大大的""小小的"之外,还有一句"心交,心交"。倒也不是什么交心运动,只是和人家要东西而已,譬如说要支香烟吧,叫:"他巴菇的心交,心交。"

要铜就不只"心交"了,那可就大发了:"你的铜的大大的给。"

于是,小蘑菇说了一场相声——《耍猴》,其实也是传统的段子,只不过他即兴地加了几句新词。因为猴一定要敲锣的,他说:"如今,我只能用嘴敲锣了。"

捧哏的问他,"你的锣呢?"

"我的锣献了铜了。"

北京的土话

第二天他就叫日本宪兵队给弄走了。不过还好，没几天就给放出来了。可是没几天，又因为讽刺时政被抓了起来。记得好像是第四次治安强化运动吧，那时物价天天上涨，所以小蘑菇说道："第一次治安强化运动，复兴牌的白面卖三块六毛钱一袋；第二次运动就加了一倍，一袋儿七块二；第三次治安强化运动更厉害，自摸平和加一番，居然卖到二十八块八。不过，请各位大佬们放心，第四次治安强化运动可就好了，所以什么事都不能着急，冰冻三尺非一日之寒，国家大事，哪有立竿见影的呢。第四次治安强化运动，不仅恢复以前的价钱，而且还便宜了八毛，只卖两块八。"

捧哏的问："两块八？一袋啊？"

"当然是一袋，不过口袋不同了。"

"什么啊？"

"牙粉袋！"

一九五一年的朝鲜战争期间，小蘑菇自愿参加了慰问团，到朝鲜去劳军。任务完成，由朝鲜回国的时候，半路途中遇见空袭，不幸中弹牺牲，死时只有三十岁，那是一九五一年四月二十三日的事。

侯宝林有一段相声叫作《戏剧与方言》，小蘑菇也有一段《方言土语》。中国地广人多，各省有各省的语言，为了定出一种全国通用的话，所以把北京话定为国语。如今台湾仍叫国语，大陆则叫普通话。国语也好，普通话也好，和北京的土话还有一大段的距离。所以小蘑菇的《方言土语》里就有了被抓"哏"的材料：

甲：相声是群众喜闻乐见的形式，无论哪一省的人，都可以听得懂。

乙：因为我们说的是普通话。

甲：什么叫普通话？

乙：北京话就是普通话。

甲：不，标准普通话是以北方语言为基础，以北京语言为标准，北京的方言、土语不能算标准的普通话。

乙：北京也有方言。

甲：（指乙头）这叫什么？

乙：脑袋，也叫脑袋瓜儿。

甲：脑袋就脑袋好了，还出来个瓜儿，这就是土语。

乙：普通话怎么说？

甲："头"。到理发馆都说"头"。"掌柜的，我推个头。"人家也得说头："请坐，你是留分头，还是留背头？"

乙：说脑袋也可以吧？

甲：脑袋？"掌柜的，我推个脑袋。""噢！请坐，你留分脑袋，还是来个背脑袋？"

乙：啊？

甲：背着脑袋上哪儿啊？

乙：是不好听！

甲：什么"溜溜儿的""压根儿的""今儿个""明儿个""死乞白赖的""不然那碴儿"都是北京的方言。土话就更不好懂了，走不叫走。

乙：叫什么？

甲：叫"颠儿"，"呆着你的，我颠儿了嗨！"走叫颠儿了，跑就不叫颠儿了。

不跟气与外祖母

乙：叫大颠儿？
甲：没听说过。跑叫"孱鸭子"。两只脚是鸭子，"孱鸭子了嗨"！
乙：就是跑了！
甲：看见不叫看见。
乙：叫什么
甲："睒见了"。事情失败了叫"裰子了"。我不答应……
乙：土话叫？
甲：跟你泡了。
乙："泡了"？
甲：傍晚的时候，土话叫"擦黑儿"。出去散步叫"迈单儿"。两个人谈点秘密的事情叫"闷得儿密"。工作态度不好，叫"汤泡饭"。
乙：就是马虎眼，糊弄事儿！
甲：还有一句话，我一直不理解。
乙：什么话？
甲："姥姥！"
乙：对，我也听说过，也不懂什么意思！
甲：比如两个人争论一个问题："得了，你呀，姥姥！"你说怎么讲？
乙：就是不服气的意思。

甲：不服气就不服气得了，提外祖母什么意思？

乙：是啊，姥姥就是外祖母。

甲：可是非得说姥姥，说外祖母可不行："得了吧你，外祖母。"

乙：那更不像话了。

甲：现在又发现些不三不四的言语，什么"官的""震了""海了""盖了""盖了帽儿了"。

乙：更不好听了。

甲：演话剧，拍电影，都得用普通话，不但要经过提炼，字简意繁，还要美丽动听。

乙：美丽动听？

甲：咱们俩学一学，××姑娘，你真美丽。

乙：我还美丽哪？

甲：见到了你，我的灵魂早就离开了我的肉体！

乙：啊？我呀？

甲：我们能不能好好谈一谈，我约你傍晚散散步吧。

乙：我不。

甲：不然，我是不会答应的。

乙：糟了！我怎么又见到他了，谁不知道你是一个不长进的人，见到姑娘就要流口涎！答应？哼，你马上给我走！

甲：这台词都听得懂么？

乙：说的都是加了工的普通话。

甲：要都改成了土话可不好听。

乙：咱俩学一学。

侯老师吃涮羊肉

甲：北京话管姑娘叫"妞儿"。噢！妞儿！你长得可真盖了帽了。

乙：咳。

甲：瞜见你，我的魂儿都出了窍儿了，压根儿没回来过，我们能不能闷得儿密一番？要不咱们擦黑儿迈迈单儿，你对我这点儿意愿要不门儿清，我可就跟你泡了！

乙：噢！褶子了，我怎么又瞜见他了，谁不知道你一直是汤泡饭的，瞜见妞儿就流哈喇子。答应？哼，姥姥！你马上给我颠儿。

甲：颠儿！

这段相声是发表在一九八〇年《曲艺》杂志第一期第三十到三十一页上，作者的名字是常宝堃遗作，常宝华整理。内容和侯宝林大师的《戏剧与方言》有异曲同工之妙，但是后者用的语言较为现成，而前者却有点儿硬桥硬马硬滑稽之感，这也是大师之"大"和小蘑菇之"小"的原因吧！

我从小就喜欢戏曲，九腔十八调，没一种不喜欢的，单弦、大鼓、梆子腔、昆曲、越剧带皮簧，包罗万象，什么都一知半解，一瓶子不满，半瓶子晃荡，也因此对我编导工作帮了不少忙。譬如听评话、弹词，极其普通的一个故事，他们都能说得津津有味，唱得出神入化，对人物刻画之细腻，桥段结构之严谨，真是编剧者的好教材。有些相声也编得相当好，最近相声后起之秀姜昆，就有几段写得相当不错，不仅叫人一笑了之，还发人深省，讽刺时政，一针见血。如果他演电影也会是不可多得的喜剧演员。

如今，很多人都叫侯宝林是侯老师，叫他教授的也大有人在。有一次我见到他，我说："侯老师，最近还露吗？"

"不了，很少露了，大部分时间在家中著书了。"好嘛，原来侯老师还是个大作家（好像已经出了两本大作了）。有一次和侯老师吃涮羊肉，才真正知道了怎么涮，并非一块一块地放在锅里不撒筷子，他是一盘一筷子，朝锅里一放，然后喝一杯酒，再用筷子往上捞。涮羊肉和喝咖啡一样，那勺只是给你搅和咖啡的，不是叫你一勺一勺地喝，羊肉也不能一块一块地"涮"，否则一样是大乡里。

此次侯宝林大师到香港表演，本应天天都去捧场的，偏巧在他们演出的期间，我去了日本，等我回来，他们已是曲终人散。只好怨自己既无耳福，更无眼福了。

这次曲艺团表演的节目，据看过的朋友们讲，都认为精彩万分。除了相声之外，还有河南坠子、京韵大鼓、单弦牌子曲等。这些节目之中，真正可以被土生土长的香港人接受的，恐怕只有相声了。不过因为相声里多方言土话，所以乍听起来，恐怕粤籍人士还不见得全懂，只是比河南坠子和京韵大鼓等容易了解一些。至于单弦牌子曲，恐怕就很难懂了。

侯宝林论相声

两年前，一位朋友去北京探亲，据说是因为他一位叔叔去世了，所以三十多年第一次回老家去看了看。当然主要的目的是给叔叔送殡，他去的时候，带了全套的录影设备，除了拍一些故宫三大殿、长城居庸关、北海、颐和园之类的风景，居然也拍了些京戏和曲艺的现场表演。其中我认为最宝贵的还是曹保禄老先生的单弦岔曲，和侯宝林教授的访问。

侯大师的家好像住在北海后门的钱串儿胡同，曲曲弯弯的小胡同里，路北的一个小口门，几间瓦房，但不是什么规则的四合院。一进门儿，可以看见五间北房，东边二间的屋子前边，还搭了一大间违章建筑（据说这种建筑在北京并不违章，因为建筑材料全是房管科供给的），西房两间，南房三间。侯宝林教授（可能有很多名教授见了对侯宝林的称谓，左一声教授、右一声教授的打心里不舒服，其实认真讲起来，还真有些大教授浪得虚名，讲起成就来比侯大师还差着八丈远呢！）就住在南屋里。红遍全国，甚至全球的候大师，仅仅住了这么个地方，实在是够委屈的，不过难得的是侯大师安之若素，不改其乐，没几年道行，还真不行。

一进屋门的两间，算是客厅兼书房，因为靠东墙摆了一张红木书桌。书桌后并排摆了两个红木古玩架，架上有一个颇为显眼的定州窑的大瓶，拿到香港给苏士比拍卖拍卖，起码要值几百万。其他林林总总的青花瓶子、青花碗看样子也是所值不菲的。书桌前一只红陶彩瓷的大缸，更是罕见之物。经过十年浩劫，能剩下这些东西，还真不简单。靠西墙是老舍夫人胡絜青女士送给他的六十大寿的生日礼物，六只红嘴的大寿桃在宣纸上争芳吐艳，看得人直流口水儿。画底下临时搭了一块木板床，靠墙的门口，挂了一幅蓝花布的门帘儿，大概里边就是侯老师和侯师母的卧房了。

墙上有一张侯师母早年的剧照，好像是《三堂会审》里玉堂春苏三的打扮，不经说明，还以为是四小名旦的李世芳哪。

可能室内光线太暗的关系，录影带的彩色模糊不清。主客寒暄了一阵之后,侯老师坐在书桌后接受访问,他先问了一句:"要台词吗?"

我的朋友说:"你随便谈两句吧。"

"好,我刚好写了一段给学生们的演讲稿,我读一读吧。"于是他在台子上拿起几张稿纸,正襟危坐地读了起来。

算起来,听侯大师相声的次数还真不少。南来香港之后,侯大师的相声是许久没看见了,但"声"还是时常听到,由于录音带有他的几段相声,要听时只要一按开关,侯大师清脆甜美的声音马上灌入耳里。只是所说的项目仅是《戏剧与方言》和《夜行记》等三几种而已。但听侯大师演讲,这倒是头一次。只见他端坐在那张红木椅上,拿着讲稿就着昏黄的灯光读道:

> 相声是一门独立的艺术,它属于民间文学、讽刺文学和民间说唱文学等等。一般讲,它是语言艺术、民间说唱艺术。总的来说,它是中国土生土长的土地文章。相声这门艺术,归到"曲艺"的范畴之内,统称都叫曲艺。"曲艺"这两个字,来源于十样杂耍。十样杂耍里面,包括说、唱、变、练。说的就是相声、说书。唱的就是各种大鼓、单弦,也包括莲花落、什不闲儿。像最近我们看香港的电影《春雷》,里面不是有京韵大鼓吗?它也包括在曲艺里边,是民间说唱。相声这个名词,据说唐代已经有了。它包括"明春"和"暗春"。"春",是一种术语,就是我们同行话"说"的意思。
>
> "明春"就是我们现在表演的单口相声、对口相声,或者三个人或三个人以上的多口相声,都叫作"明春"。那么"暗春"呢,就是它当初有个帐子,在小帐子里边学说故事,里边包括"口技",这是相声最老的表演形式,它跟口技是分不开的。一般来讲,曲艺就指这些东西。

说书，也是在曲艺中的一个大项。在北方叫评书，或者叫大书，也有的叫竹板书、大鼓书；说书在南方叫评话，像扬州评话、苏州评话，其实和说书是一个意思，只是方言不同而已。扬州评话用扬州话，苏州评话用苏州话，上海还有浦东说书。扬州评话中，我能赶上的就是前几年逝世的王少堂王老先生，那说书是非常高明的。他说过《武松传》，说武十回（武松）、宋十回（宋江）、石十回（石秀）、卢十回（卢俊义）。光只一个《武松传》，他能说到七十三天。如今他老人家逝世了，他儿子王小堂和孙女王立堂继承了他的传授接着说。据说他们家说书已经是五辈了。他们的传统可能受明代的说书人柳敬亭的影响。王少堂的《武松传》我们认为已经不是施耐庵的《水浒》，已经变成为王少堂的《水浒》了，要比书本上的故事情节，多了不少倍。

我们北方也有这样的说书人，那就是专说《聊斋》的陈士和先生。我听过他很多的段子。有一年他由天津到北京开文代会，我就把他请到语言研究所，说了一次《梦狼》。这一折故事，在《聊斋》的书本儿上不过一千多点儿字，他能说九个小时。后来他录音的时候说："我把一些在书场说的东西去掉一些，精炼一些，说了五个小时。这个本子，语言研究所留下来了，成为一个很好的活的资料。后来天津也录了一次，都很好，说书在我们国家是有代表性的民间艺术……"

读到此处，他把演讲稿一放，问了一声："好吧？"我的朋友当然应了声"好"，那还不好？类似这样的录影，恐怕连语言研究所也没有。然后是宾主重新落座，继续聊天儿。不是电话铃响，还真不知道侯大师家中有电话。照理说家里装个电话，在全世界来讲，都是等闲事耳，但在大陆家里有个电话，可真不容易。那时最多每个胡同安一个传呼电话，电话一来，要劳动专听电话的婶子大妈们连跑带颠儿的又传又呼，搁在大清宣统年间，倒也算"现代化"了。

侯宝林演过话剧和京剧

记得还是在三中念书的时候，曾经看过侯宝林教授的话剧和京剧。话剧是在长安大戏院演出的《日出》，演顾八奶奶的是车轩（外号小车子）的太太蒙纳，演胡四的就是侯大师。说也奇怪，胡四在《日出》之中，只不过是个女声女气的二刈子之类的人物，并非是什么滑稽角色，可是侯大师不出场则已，一出场准惹得台下哄堂大笑，到后来笑得连他的台词也听不到了，真个变成"一见你就笑"了。看起来侯大师的魔力还真不是一点点！

至于那出京剧，也是在长安戏院的事，好像是大义务戏吧，演出的是《法门寺》，侯大师演贾桂儿，马连良老板演郿邬县赵廉，李玉茹演前孙玉姣、后宋巧姣。

拍一部《侯派相声》

照一般的习惯，演贾桂儿的不是萧长华老先生，就是马富禄老板了，想不到侯大师的贾桂儿比他们两位名丑的表演不仅毫不逊色，还真是锉子剃头，另有一功。一段"据告诉民女宋氏巧姣为夫申冤事……"的状子读子来，台下像炸了营一般的掌声雷动，好声震天，那风头真是一等一的。

据说后来侯大师还演了很多部电影，不过，我由二十三岁就到了香港，所以没福分欣赏过。在那录影里，他也谈到关于演电影的问题，他说：

> 电影是拍了几部，总觉得不大灵光，一是我们演技太差，二是导演太客气（众笑，因为明知大师自谦之外，有些认为导演差劲，但他却用了"太客气"一语轻轻带过，也算是一种"语言的艺术"吧）。我拍过《方珍珠》《游园惊梦》，跟最近正在上映的《笑》，另外还有《恭贺新喜》《春节大联欢》，以及一九五一年底在上海拍的《杜鲁门的画像》，是在石挥所导演的《美国之窗》中的一折。不过五二年电影片厂开始搞合营，工作也就停下来了，两三年内净搞合营了，都没怎么拍片，后来杜鲁门也下台了，失去了时代的意义，石挥的《美国之窗》也不能演了，所以我演的那段《杜鲁门的画像》，现在也就成了资料馆里睡觉的东西了。

他抽了口烟，不堪回首话当年地唏嘘了一阵之后，他说：

> 我很想再拍部理想的电影，搞那么两三部相声，属于侯派的相声，能够有独特性和代表性的相声，真正是侯宝林的相声。侯宝林的相声和别人的相声究竟有什么不同？是不？我们现在倒不是想当电影明星（侯师母在一旁大笑），也不可能，是吧？当然了，艺术价值是谈不到的，但相信有票房价值，包管卖票。

这话倒的确不假，听了这段话，和看了侯大师到香港演出的情况，相信拍一部《侯派相声》的电影,还真会轰动一时。譬如侯老师说,而由许冠文的冷面滑稽来演,还真是一种新噱头。

之后,侯大师又谈起相声演员应该如何锻炼自己说话的技能,他说:

> 说相声的,平时要注意唇、齿、舌、喉各部发音器官的训练。根据我们的经验,每天要抽出一定的时间练习绕口令,例如:"一平盆面,烙一平盆饼,饼平盆,盆平饼。"是练习唇音的。开始当然比较难说,不过经常练习一定可以使嘴皮子利落。再例如:"隔(读如街)着窗户撕字纸,不知字纸多少字,字纸里头包着细银丝,细银丝上头爬着四十四个似死似不死的死虱子皮。"齿音多,常说常练可以使口齿清楚。

这段绕口令可要了俺们东北老乡的命了,因为东北人十、四、死、似、虱经常分不大清楚的,可以经常把"四十四"读成"是实事","死虱子"读成"史诗纸"。连我这个在北京长大的东北人,稍不留神仍会犯这种错误。

相声要稳准狠

跟着,侯大师又说了一段绕口令:

> "从(读如且)南边来了个喇嘛,提(读如堤)拉着五斤鳎鳎。从北边来了一个哑巴,腰里别着个喇叭。提拉鳎鳎的喇嘛,

要拿鳑鲏换哑巴别着的喇叭。别着喇叭的哑巴，不愿意拿别着的喇叭换提拉着鳑鲏的喇嘛的鳑鲏。提拉鳑鲏的喇嘛，拿鳎目打了别喇叭的哑巴一鳑鲏，别喇叭的哑巴拿喇叭打了提拉鳑鲏的喇嘛一喇叭。也不知别喇叭的哑巴拿喇叭打坏了提拉鳑鲏喇嘛的鳑鲏，还是提拉鳑鲏的喇嘛打坏了别喇叭哑巴的喇叭，到后来提拉鳑鲏的喇嘛炖鳑鲏，别喇叭的哑巴吹喇叭。"（笔者注：此一绕口令，不仅读者难读，恐怕字房排字的大师也执到头晕眼花。）这一段的舌音较多，经常练习，可使舌部运动灵活。至于喉部的训练，主要是为了声音脆，发音美，音质重，声音送得远。声音的完美除了需要一些生理条件，主观上的努力也能收到一定的效果。喉音还没什么"绕口令"，我想学一学地方戏曲的唱腔，会有一定好处的。有一些前辈先生，因为过去奔生活弄坏了嗓子，同时自己对嗓子也不够爱护，说话声音嘶哑，使人听着不美，不舒服，这是一个缺点，千万不要学。

侯大师的这番话倒令我想起很多学麒派唱腔的先生们，明明自己有一条甜美清脆的喉咙，一学起"追韩信"来，马上把喉咙憋得又沙又哑，把脸蛋儿憋得又紫又红，真是何苦来哉。人家麒老牌是因为嗓子倒了呛，不得不秃子当和尚，将就材料，经过了勤修苦练，才琢磨出麒派的唱腔。有条好嗓子，又何必硬憋？

侯大师进一步又说了相声的窍门儿：

说相声要沉着自然，要谦虚亲切，有三个字要记住，就是稳、准、狠。一般说打乒乓球要稳、准、狠，其实这个三字经，用到什么地方都是百试不爽的。因为说相声的先要"稳"，才能使表演准确，稳，才能使情绪轻松。有些老艺人身上有一种江湖气，这种江湖气，形式和"稳"很相似，但它的实质是倚老卖老的态度，这是"赖"和"稳"并不尽同。第二个"准"字，是准备的"准"。有了预先的准备，才能胸有成竹，才能有恃无恐。所以有了事前的准备，才能不慌不忙地"稳"。说白喽就叫"心里有底"。"狠"的意思是演员在表演的时候，要撒开腰，根据节目的要求，该"变像"的时候就"变像"，声音该上升的时候，就提高。不能把轻松自如解释成平淡无味，把演员表演给绑死！

成功人士有他的道理

一般相声演员的表演风格，可以分成四派：率、坏、卖、怪。"率"不是轻率的"率"，而是潇洒、漂亮、边式，给人一种轻松自如的美感。"坏"是精明、俏皮，对事物的含沙影射，旁敲侧击，显得学识渊博，使人觉得话里有话，意味深长；虽然是讽刺、讥讽，但又处处表现得精明、强悍。小姑娘、小小子儿谈恋爱，小小子儿忽然说几句一语双关的俏皮话儿，小姑娘一咬下唇，伸手在小小子儿的大腿根儿轻轻一拧，然后说一声"你真坏"，就是这意思了。

看侯大师小眼睛一眯糊，学小姑娘拧小小子儿大腿根儿的神情，你马上就明白他说的坏是哪种坏了。那绝不是成事不足，败事有余的那种坏，而是还得恰如其分，坏得可喜而又坏得可爱。

至于"卖"，是指艺员们的表演。说相声的肚子有如杂货铺，您买嘛,我就卖嘛。要得人前显贵,就必须背地里受罪,学得的玩意多,卖起来才能惟妙惟肖。《玉堂春》里的崇公道说过:"这些小娘儿们,太阳一压山儿,门口一卖单儿(有人写卖呆,但我还认为卖单合适)。这卖单的'卖',正和我说的'卖'差不多。小娘儿们卖单是卖得风骚俊俏的模样,过往的行人,多看她两眼,一定会美在眼里,甜在心里,所以绝不能蓬头垢面,一定要擦胭脂抹粉儿,描眉画鬓,使人一看要有由头望到脚,风流往下跑,由脚看到头,越看越风流的味道才成。卖也要卖得恰到好处,不温不火,不是倚小卖小,或倚老卖老的那种'卖'。"

"怪",虽然也是标新立异,以博观众一笑,但并非是一条好路。早年的云里飞、大妖怪,不是戴着个纸帽子唱二黄,就是摸着个大白脸拉二胡,把自己的形象加以丑化,所说的事物也加以歪曲。这种不严肃的表演最好是点到即止,否则会弄巧反拙,使观众厌弃!

由于相声经常引起观众的笑声,所以有些相声演员就错误地认为"笑"是相声表演中所追求的目的,因而,有时故意挤眉弄眼、油腔滑调、怪声怪气、贫嘴滑舌地来博取舞台的效果,或者专以奇特的面型、荒谬的动作出奇制胜,而损害乐所表达的内容。

相声的"笑"不是目的,而是作为一种表现事物的手段,使观众在笑声中了解社会上奇形怪状的、缺乏逻辑的事物。所以"笑"应是嘲笑、讥笑,笑后应知对这些不合理的事物如何谴责。所以相声演员在稳、准、狠的表演方法,以及率、坏、卖、怪的不同风格之外,应注意树立认真、严肃的态度。

根据侯大师的这一番剖白、讲解,谁也不会相信他是幼而失学的人。所以说一位成功人士一定有他的道理。跟着侯大师的一段话之后，有人提出"化装相声"的表演。因为最近在大陆的曲艺界有几种情况，曲艺演员们都时兴化装表演，排成了所谓曲剧。像以前的《杨乃武与小白菜》《啼笑姻缘》，最近的《珍妃泪》等都是。听说最近《珍妃泪》已经在拍摄电影，虽然是舞台艺术片，但也完全用实景拍摄，颐和园、三大殿、慈宁宫、乐春堂，以及珍妃井，均将一一搬上银幕。太后老佛爷，说着说着唱起京韵大鼓来，倒也是格外新鲜的事儿。

河南坠子曾是靡靡之音

经常在北京广和楼表演的化装相声，也是有简单布景道具的，相声艺员也化上妆，穿上服装。也和三十几年前天津劝业场小蘑菇、荷花女表演的《秋海棠》差不多，都属于文明滑稽戏一类的玩意儿。只不过《秋海棠》是全本大套的几幕几景连续剧，如今的化装相声是小段儿的折子戏而已。

倒并非侯大师守旧，他总觉得这种化装相声多少有些不伦不类，他说：

> 这是由上海滑稽戏演变而来的，以前的《七十二家房客》《小山东到上海》都是。

侯大师讲北京的化装相声，开始是学上海"滑稽"的两个小段儿，一是《拉洋车》（洋车沪语是黄包车，天津话叫胶皮，学名是人力车或东洋车），一是《看电影》。他说：

> 化装相声应该偏重于动，或者说是台词与动作并重，也多要些形象的。你想，要在动作里表演出戏来，是要有点功夫才行的。像卓别林在电影中出场一亮相儿，就能叫你喷饭；走两步路，就能来个哄堂。那不是简单的事。所以说，化装相声并非只是穿上服装，打扮成剧中人的模样，来演文明戏那么简单。

听小胡（金铨）讲，这次侯大师来港表演，以他个人的成绩说，比年轻的时候似乎差了那么一点儿，中气有些不足了。当然了，年近六十六岁的人，加上多时不在舞台上表演，多少会打个折扣的。比较起来好像是马季更抢镜头一些，因为他能临场抓哏，讲几句不咸不淡的广东话。他说他来得正是时候，因为他马季刚赶上香港的"马"季。其余比较最受欢迎的是唱河南坠子的那个小妞儿，说她在台上活得很，非常惹人好感。

以前，河南坠子曾被列为靡靡之音，嗯嗯哼哼地唱起来有些淫荡之感，所以一度曾被禁过。最近上映的影片《知音》，袁世凯府中的小舞台上，就唱了一场河南坠子，声如黄莺出谷，娇滴滴，脆滴滴，乍一听起来还真精神为之一振，真有点儿醒脑提神的味道。

小时候听的河南坠子，不是乔清秀，就是姚俊英。她们的打扮多数是旗袍一件，绣花鞋一双，如墨染就的乌丝云发，梳着个长过腰眼儿的大辫子。一唱一哼哼，咿咿呀呀的还真有点火轮船打滚儿——浪催的劲头儿。所以姚俊英一到天津劝业场表演，台下的天津卫怪声叫好中，一定都是："劲儿啊！"大概就是"带劲儿"或者"给劲儿"的意思，至于是哪一种劲儿，人们也就心照了。

《倾国倾城》内部放映

前些时候，曾经专心地研究了一阵子清史，目的是想拍几部清装的历史片，或者是通过历史拍喜剧片。我说的前者，是已经喧嚷了一阵子的《垂帘听政》，后者是《太监秘史》。

有关《垂帘听政》的主要人物慈禧皇太后的一生，最早朱石麟先生曾在永华拍过《清宫秘史》。我也曾经拍过《倾国倾城》和《瀛台泣血》两部，都是根据杨村彬先生的话剧本《清宫外史》所改编的。杨先生的《清》剧共分三部，第一部是《光绪亲政记》，第二部是《光绪变政记》；这两部剧本都曾印刷出版过。至于第三部写的是光绪什么记就不大清楚了，只是听王莱说，她曾经在哈尔滨演出过，好像是有关袁世凯的，但肯定不是如今刚刚上画的《倒袁秘史》一类型的故事，仍是以宫闱的矛盾与斗争为主的。

《倾国倾城》曾经在大陆的所谓"内部放映"中，放映过很多场，据说大陆的电影从业员以及文艺工作者们十之八九都看过，而且都颇为欣赏，认为在香港的地区环境中能把宫殿以及颐和园的布景搭得几可乱真，还是件不容易的事。所以有人希望我能利用真山、真水、真宫、真殿、真园林，把西太后的一生，到北京的故宫三大殿和西郊的颐和园及承德的避暑山庄，分集分部地连续拍摄。也和意大利拍的《马可·波罗》(*Marco Polo*，1981)、美日合作的《大将军》一样，既可以在电视上连续放映，又可在影院分剪成几集公映。对我来说，拍古装历史剧，能够拍到那些历史人物真的走过或住过的有关环境，在实景中再现当然是件好事。譬如说慈禧何时何地选秀女，何时何地被封为兰贵人，何时何地生载淳，又在何时何地被封为懿妃、懿贵妃、母后皇太后，一直封到慈禧皇太后等。何"时"虽然无法捕捉，但也有历史档案可查，何"地"如今仍在，拍摄起来就更具真实感。加上她生前用过的东西、喜好的饰物，以及她的陵寝和她被军阀大麻子孙殿英盗过的地下宫殿……拍历史古装片，能有如此条件，当然是不容放弃的机会。但三思之后，北上拍片免不了政治上的牵连；一场国际垒球比赛还搞到满天神佛呢，真是要拍太后老佛爷，还不弄到天下大乱？所以，我也曾经把这个题材和在邵氏影城坐镇的逸夫先生谈过，无奈他老人家对邵氏的制片大计不是有力无心，就是有心无力。原因是他太过忙碌，身为爵士，每天的社交活动、演讲、宴客，以及参加各类的慈善活动、教育事业……就已经分身不暇，拍那类影片自然交由制片小组负责，像我提的老题材当然不为年轻的制片编剧们所喜，所以这两部影片的拍摄计划，也就石沉大海了，不了了之了。

但我对这两部戏所做的考据工作，以及所搜集的资料，很多是相当珍贵的，不能说什么独得之秘，但的确是和一般坊间传说有别的。

譬如说慈禧的家庭背景啊，是如一般传说的家贫如洗呢，还是官宦之家呢？是随父亲惠征在南方长大的呢，还是一直在北京出生长成？她的父亲惠征是在安徽任上，而由她们姐妹护灵柩归里，在清江浦遇见送错赙仪三百两的县令吴棠吗？有的书上写慈禧是镶蓝旗的满洲人，又有的记载她是镶黄旗的满洲人，究竟何者为对呢？

国孝与红萝卜

很多部小说都说她的小名是"兰儿"，甚至有人说她姓叶赫那拉，名叫玉兰，又是否正确呢？随便提几个小问题，就够咱们聊上几天的。当然，我相信也有些读者喜欢看，但又怕一研究起历史问题，要引经据典的过于严肃，过于乏味。不过咱们有时也加上段语言大师侯宝林的相声，多刻板严肃的事经过他的嘴里一形容马上就变成风趣幽默的笑话了。譬如说太后老佛爷万万年之后，宾了天了，晏了驾了之后，二十七天之内是国孝期，举国上下，都要穿白戴孝，不准唱戏，也不准办什么喜庆寿事，同时也不能露一点红的颜色，国孝期内点根儿红蜡烛也不行，不仅红烛，连红萝卜、胡萝卜都不准卖。街上专门有卫兵巡视着，看见卖青菜萝卜的特别注意，一看篮子里有胡萝卜，用手一指，厉声问道："怎么回事，这个，什么颜色，这胡萝卜怎么是红的啊？"

卖菜的一听，好，多新鲜哪："啊？这……胡萝卜都是这颜色，没蓝的！"

"不行！国孝嘛，不知道吗？"

"那怎么办哪？"

"怎么办？……那什么，用蓝布做个套儿，把它一个一个地套起来。"

卖菜的一听，不照办不行啊。没别的说的，花钱做套儿吧。没想到那位大爷又看见红辣椒了，又一瞪眼用手一指："那红辣椒也不行，国孝嘛，每个也都做个套儿。"卖菜的一想，不行，赶快改行卖烤白薯吧，因为卖了辣椒还不够套儿钱呢。

另外，他说："我有个二大爷是酒糟鼻子，那年头就硬碰硬地在家里待了三个月，因为一出门，就碰见了卫兵了。"

"怎么回事？这鼻子，怎么是红的？"

我二大爷一听，酒糟鼻子也犯法吗？所以理直气壮地说道："天生的，酒糟鼻子，这就叫老天爷赏脸！"

"怎么红的呢，不知道国孝吗？"

"啊，谁的酒糟鼻子都是红的，有什么办法呢，又不是我自己染的。"

"不行，国孝期，染蓝了。"

哟！那像话嘛，把鼻子染蓝了，走在街上不成了怪物了，所以我二大爷仨月没敢出门！

有关西太后

但有关西太后的问题，也有些妙趣横生的事，所以仍旧不厌其烦地在此谈一谈。因为她是清朝统治集团中最重要的人物，由一八六一年的"辛酉政变"，一直以"垂帘听政"、训政等名义，统治中国达四十七年之久。对内镇压，对外投降，给中国带来了深重的灾害。所以，清末以来，有关慈禧的著作层出不穷，屡见不鲜。蔡东藩的《慈禧太后演义》，藕香室主人的《西太后史》，苗培时的《慈禧外传》，德龄的《瀛台泣血》《御香飘缈录》，恽毓鼎的《崇陵传言录》，忽庵的《西太后》，以至我的朋友高阳的《慈禧前传》《玉座珠帘》《君臣母子》以及《清宫外史》等，真是数不胜数，录不胜录。

谈西太后应该先由她的姓氏和名字谈起，很多人都知道她姓叶赫那拉，但对这四个字却不甚了了。这当然是句满语，但并不完全是姓，正像我们陇西李、赵郡李一样，陇西和赵郡都是地名，李才是正姓。"叶赫"也是个地名，是吉林长白山麓的一条河，名叫叶赫河，"那拉"翻译成汉语是"太阳"。丁玲有一本小说，名字叫作《太阳照在桑干河上》，西太后的姓氏，正是"叶赫河的太阳"。

叶赫那拉的故事

在传说中,大清皇室的祖制对于姓叶赫那拉的是"不备宫闱之选的",就是说姓这个姓氏的,想选妃选后连门儿也没有,原因是开国时的一段传说:

清太祖努尔哈赤杀死了叶赫那拉仅剩下的金台石和贝勒布扬古的时候,布扬古曾经大声疾呼过:"我叶赫那拉,就算仅留下一个女人,也会报仇雪恨,亡你的国,灭你的家。"

所以,有清一朝,才立下这么个祖制。其实还真没那么八宗事儿,因为清太宗皇太极的母亲,孝慈高皇后(正是努尔哈赤的妻子),就是叶赫那拉氏。所以说爱新觉罗("爱新"释成汉语——是"金","觉罗"是"姓",其实爱新觉罗就是姓金的意思)和叶赫那拉不仅沾亲带故,还是密切的娘舅亲,姑表亲,数不清的亲,并且是清代的满洲八大家族之一。在《八旗满洲氏族通谱》《清史列传》《清史稿》等书籍之中,都可以看出叶赫那拉一族在清代的威水史。

并且,也不像传说的那样,努尔哈赤将叶赫一族斩尽杀绝,事实上金台石和布扬古的许多亲属不仅没有被杀害,有的亲属还得到了军队的保护,并非像《清太祖高皇帝实录》所谓的"颇行杀戮,男丁罕免"的。因为清王朝建立之后,金台石的儿子德尔格勒封三等男,尼雅哈授骑都尉,任郎中;孙子索尔和加至一等男,兼一云骑尉,历任吏部侍郎;鄂色任内大臣;明珠历任内府总管;金台石的族弟阿什达尔汉,授一等轻车都尉,县任理藩院尚书,因为他是孝慈高皇后的弟弟,所以在天聪六年(一六三二年)皇太极赐给他"舅舅"的称号;金台石的族人苏纳,是努尔哈赤的女婿,屡立战功,是清朝的第一任兵部尚书,顺治十八年(一六六一年)与索尼、遏必隆、鳌拜等同受顾命为辅政大臣。光绪十五年（一八八九年）二月，册封叶赫那拉氏为皇后的册文中说她"教秉名宗，瑞钟巩国"，正是就叶赫那拉族在清一代的地位而言。

既然叶赫那拉的子孙可以担任清王朝的要职，成为清皇室的额驸，也就不可能有什么叶赫那拉的女人不备宫闱之选的祖制了。

根据《清实录》《清史稿》《清皇四谱》《清列朝后妃传稿》等书的记载，在慈禧之前，历朝皇妃嫔中姓叶赫那拉的，除孝慈高皇后之外，还有努尔哈赤的侧妃、皇太极的侧妃、乾隆的舒妃。姓那拉氏的有努尔哈赤的大妃和另一侧妃，皇太极的继妃和一位庶妃，顺治的一位庶妃，康熙的惠妃、通嫔和两位贵人，雍正的孝敬宪皇后，乾隆的皇后，道光的和妃等。

文宗奕詝的一生，共有皇后妃嫔十九人，过去我们只知道慈禧姓叶赫那拉，最近，在中国第一历史档案馆保存的档案中发现，原来被《清史稿》《清皇室四谱》《清列朝后妃传稿》称为"不知何氏"或不详何氏的璷妃、璹嫔、玉嫔，都姓叶赫那拉。可见，叶赫那拉的女儿"不备宫闱之选"的祖制是绝不存在的。慈禧的被选入宫，只是叶赫那拉氏与爱新觉罗这两个家族之间的历史婚姻关系的继续而已。

慈禧父亲有各种说法

以前，所有的慈禧传里，包括了高阳的著作里，一谈到她的家世，只谈她的父亲惠征，对其他的人多是语焉不详。而对她父亲惠征又有各种不同的说法：德龄的《御香飘缈录》说他是"挂冠归林"的大将军；《清朝野史大观》说他是"因事褫职的正黄旗参领"，和"带印脱逃"革职的安徽徽宁池太广道；更有一种最流行的说法，说他死在任上了。恽毓鼎的《崇陵传言录》说：

> 孝钦父任湖南副将，卒于官。姊妹归丧，贫甚，几不能办装。舟过清江浦，时吴勤惠公棠宰清江。适有故人官副将者，丧舟亦舣河畔，棠致赙三百两，持命者误送孝钦舟。复命，棠怒，欲迫还，一幕客曰：闻舟中为满洲闺秀，入京选秀女，安知非贵人？姑结好焉，于公或有利。棠从之，且登舟行吊。孝钦感之甚，以名刺置奁具中。语妹曰："吾姊妹他日倘得志，无忘此令也！"既而孝钦得入宫，被宠幸，诞穆宗。妹亦为醇郡亲王福晋，诞得宗。孝钦垂帘日，棠已任知府，累擢至方伯，不数年，督四川。棠实无他才能，言官屡劾之，皆不听。殁于位，谥名曰惠，犹志前事也。

以上情节，在许多有关慈禧的著作中都可以看到。只是惠征官职，蔡东藩说他是安徽侯盐道，裕龄的《清宫琐记》说他是漳汀龙道，又有说他是芜湖海关道。至于惠征究竟是一个什么道员呢？

据咸丰二年（一八五二年）安徽巡抚苏文庆在给咸丰的"密折"中的一段：

> 安徽道惠征，满洲镶蓝旗进士，年四十八岁（慈禧是道光十五年，也就是一八三五年十月初十日生，那年他父亲惠征是三十岁），本年七月内到任。该员识见通明，办事详审，近委督率巡船，缉拿土匪，不遗余力。（据中国第一历史档案馆藏《朱批奏折》。）

在清代，各省的总督于每年年终都要对自己所在地区的布政使、按察使、道、府等官员的才能和工作表现进行考察，具折密陈。这件奏折上的首页有朱批"二年蒋文庆"的字样，可见，这是当时的原件。

根据蒋文庆的密折，惠征是进士。但在清代进士题名碑中，并没有惠征的名字，很可能是皇帝因慈禧的关系而赏赐的。这里说的安徽道，并不是安徽省的道员，也不是《慈禧外传》中所写的安徽徽宁池太广道，而应是安（安庆）、徽（徽州）、宁（宁国）、池（池州）、太（太平）、广（广德）六府州县的道员。

他到任的时间是咸丰二年七月（一八五二年八月），这就是说，惠征到安徽做道员是慈禧入宫以后的事，因此，惠征死在任上，慈禧姐妹扶柩回京的说法就不能成立了。

至于惠征的官衔，档案的记载有安徽道、安徽宁池太广道、安徽徽宁池太广道，或芜湖海关道，究竟何者属实呢？

慈禧的家庭背景

原来，在咸丰三年（一八五三年）以前，安徽一向分设南北两道：北道分凤、庐、颖、滁、六、泗等处，兼管凤阳关；南道分安、徽、宁、池、太、广等处，兼管芜湖关。所以称他为安徽道，或称安徽池宁太广道，或称芜湖道。他的职权比兵备道、海关道要大得多。我们不能因他曾"督率巡船，缉拿土匪"，就说他是兵备道，更不能因他兼管芜湖关，就说他是芜湖关道。

既然慈禧入宫选秀女在前（咸丰二年五月初九），惠征任安徽池宁太广道在后（咸丰二年七月），一般说部中的吴棠赠赙仪三百两的事，就绝不存在了。那么我们再看看慈禧的家庭是否像传说中的家贫如洗呢？甚至有人说慈禧在入宫之前，因为家境窘困而出任号娘（也叫哭娘），就是人家办丧事，帮着用哭声来加强悲哀气氛。说句不好听的话，这些创造"历史"的老先生们，还真会糟蹋人。

慈禧入宫前的生活，据濮兰德（John O. Bland）、白克好司（E. Backhouse）的《慈禧外纪》（China Under The Empress Dowager）说，是"赖她的亲戚穆扬阿的'提挈'"。《清朝野史大观》说她是靠义父（原来慈禧也有契爷）的"周恤"。藕香室主人的《西太后全传》说她是恃为人家哭丧的收入糊口，同书上还说因她出身贫贱，东城一间油盐店的老板经常以粗莽之手挟其鼻，甚至向她提出："我正要娶个小妻，你肯屈就，保你享福。"

中国第一历史档案馆保存的《宫中杂件》中有一件用大红纸折写的材料：

> 镶蓝族满洲，恩祥佐领下，原任道员惠征之女，年十岁，辛丑年七月二十八日戌时生，纳拉氏，原任员外郎吉郎阿之曾孙女，闲散景瑞之孙女，原任副都统惠显之外孙女，住西四牌楼劈柴胡同。

辛丑，是道光二十一年，即公元一八四一年，以辛丑算起的十五年，应是咸丰五年（一八五五年）。选阅秀女档案中的纳拉氏，就是那拉氏，当然不是慈禧，而是慈禧的妹妹，也就是后来成为醇亲王奕環的福晋的那位叶赫那拉氏了。这档案的材料还告诉我们，慈禧的父亲原任道员，祖父闲散，没有做官，曾祖父原任员外郎，外祖父原任副都统，她们家当时住在西四牌楼劈柴胡同。

至于我们以前说慈禧是上三旗的镶黄旗，怎么一下子又变成下五旗的镶蓝了呢？原来旗籍是可以改变的。如果由下五旗升入上三旗，或由内务府三旗升入满洲八旗，就称为"抬旗"，根据吴振棫的《养吉斋丛录》卷一说：

……室于建立功勋或上承恩眷者，则由内务府五旗下抬入满洲八旗者，有由满洲下五旗抬入上三旗者，谓之"抬旗"，惟本支子孙方准抬，其胞弟仍隶原旗，又皇太后、皇后丹阐在下五旗者皆抬旗。（丹阐者，译成汉语为"母家"。）

这抬旗的"抬"字用得好，花花轿子人抬人嘛！

慈禧的兄弟姊妹

至于惠征一家的旗籍，是在什么时候发生变化的呢？根据《清穆宗毅皇帝实录》卷十三，于咸丰十一年十二月十八日（公元一八六二年一月十七日）发布的上谕："慈禧皇太后母家著抬入镶黄旗满洲。"从此惠征一家由下五旗的镶蓝旗，一抬便抬入了上三旗的镶黄旗。祖父的"闲散"，也抬成了"原任郎中"。正像如今有人一旦发达，则先来个光宗耀祖，把卖烤白薯的祖父和捡破烂、换洋取灯的祖母都叫人画个清装的一品大员、一品夫人的祖宗像是一样的。

尽管如此，我们说慈禧未入宫选秀女之前，"家贫如洗"以及哭娘等等的事，都是绝不可能的。因为宫女是一年一选，参加选举的全是内务府包衣旗人的女儿们。而秀女是三年一选，参加选举者的资格,父亲必须是三品大员以上。换言之,慈禧正是三品大员的千金小姐,"哭娘"也者,胡说八道耳。

根据以前的历史资料(包括《清史稿》在内),对于慈禧的家庭背景,出身环境,以及兄弟姊妹究竟若干人,都是语焉不详。大多说部中都说慈禧有两个弟弟,一名桂祥(光绪裕隆后的父亲),一名照祥。妹妹就是咸丰五年(一八五五年)选了秀女之后,成为醇郡王奕環福晋的那位。除此之外,中国第一历史档案馆保存的一份档案里,还有如下的记载:

仅将本届京旗应行备选秀女大概数目,明年年岁,暨三代衔名,先行缮其清单,恭呈

御览。

镶黄旗满洲,原任公爵照祥之女,年十四岁。

据该旗册报系:

慈禧端佑康颐昭豫庄诚皇太后胞弟之女,叶赫那拉氏,原任郎中景瑞之曾孙女,原任道员惠征之孙女。

头等侍卫桂祥之女,年十五岁。

据该旗册报系:

慈禧端佑康颐寿恭昭豫庄诚皇太后胞弟之女。

叶赫那拉。(下同前)

三等侍卫惠春之女,年十七岁。

据该旗册报系:

慈禧(中略)皇太后胞叔之女,叶赫那拉氏,原任郎中吉郎阿之曾孙女,原任郎中景瑞之孙女。

此外，在另一份档案里，出现了慈禧的另一位胞弟佛佑。原记载是：

> 镶黄旗满洲，头等侍卫佛佑之女，年十三岁，嵩昆佐钦，叶赫那拉氏。慈禧（中略）皇太后胞弟之女，原任郎中景瑞之曾孙女，原任道员惠征之孙女。

据此看来，我所拍的《倾国倾城》中光绪选妃的一节，慈禧这位姑母不仅把她三个弟弟的女儿全体出动，另外连她胞叔惠春的女儿也手拉来助阵，等于叶赫那拉氏的"靓妹仔"对爱新觉罗子孙的一个大包围。如此看来，光绪后不姓叶赫那拉恐怕是誓不甘休的了。不过姑表亲倒也有之，把她老人家叔叔的女儿也拉来炒埋一堆，岂不有些荒唐？光绪帝载湉是她妹妹醇亲王福晋的儿子，娶个表妹还可以，娶个阿姨岂不乱了套？

慈禧的档案

根据这个档案，我们知道慈禧的曾祖父是原任郎中吉郎的，祖父是原任闲散景瑞，父亲是安徽宁池太广道惠征，叔父是三等侍卫惠春，她们亲姐妹两个，堂妹一个（就是叔叔惠春的女儿，光绪真的选了她，无形中成了慈禧的堂妹夫，实是滑天下之大稽的事），胞弟三人，原任公爵照祥、头等侍卫桂祥、头等侍卫佛佑（大概这位老疙瘩体弱多病，没有神佛保佑，恐怕还养不大呢）。如果说唐朝的杨贵妃是什么"姊妹弟兄皆列土"，是什么"光彩生门户"，使得"遂令天下父母心，不重生男重生女"，那慈禧皇太后这位老帮子，可比"侍儿扶起娇无力"的杨贵妃要有力得多。讲起手段来，杨玉环还差着十万八千里呢。我们不要说老帮子晚年的飞扬跋扈，不可一世吧，看看她乍一进宫露的几手儿，就够瞧老大半天了！

根据档案，她是咸丰二年五月初九日（一八五二年六月二十四日）进宫的，因为内务府有一封奏折说道：

> 咸丰二年二月十日（一八五二年三月三十一日），由敬事房口传奉旨。
> 贞嫔、云嫔于本年四月二十七日进内。
> 兰贵人、丽贵人著五月初九日进内……钦此。

一进内就显出她和武则天一样的"狐媚偏能惑主"的本事来了。因为她们老太爷惠征（那年四十八岁）原是个候补道，不是朝里有人好做官的话，他终其生也不过是个候补道而已。女儿一进宫，两个月后，他就高官得做、骏马得骑的来了。而且，还是个肥缺，弄了个安庆、徽州、宁国、池州、太平、广德六府州县的道员（简称"安徽宁池太广道"），你看看慈禧比武则天是否更有两下子。

不过，"塞翁失马，焉知非福"，惠征到任还不到五个月，太平天国的长毛军就势如破竹地自九江顺流而下，把安庆给占了。安徽巡抚蒋文庆身死，惠征老先生就携家带眷，拿着印信、库银溜之乎也。因为继任的安徽巡抚李嘉端，在咸丰三年的三月二十六日（五月三日）的一封奏折夹片中言道：

> 安徽宁池太广道惠征，驻扎芜湖县，先闻其携带银两印信避

至江苏镇江府,今又闻其在宁国府属之萍县。

又说:

惠征分巡江南六属,地方一切事务,责无旁贷。何以所属被贼踩蹭,该道竟置之不理?即使拥饷东下,而四月之久,大江南北并非文报不通,乃迄今并无片纸禀函,其为避居别境,已可概见。除由臣另行查办外,所有芜湖道员缺紧要,相应请旨,迅赐简放,以重职守。

原来慈禧的老太爷,闻太平军而丧胆,避居了四个多月不敢露面不说,竟然还连个信息也无,可见老太爷的有恃无恐,不管正的副的,他大小总是皇上的老丈人。

咸丰接到奏章,当然要跟慈禧商量,于是想了个万全之策,既然安庆太平军造反,就不如叫老丈人先躲一躲,于是下来了一道上谕:

该二员(笔者注:李嘉端在夹片中还参劾了安徽学政锡龄)究竟在何处,该抚所闻逃(女婿不好意思说"避居",说"逃避"好像大公无私一点)避处是否确实?仍著查明据实具奏,惠征业已开缺,著即饬令听候查办。

这道上谕,从表面上看是严肃法纪,不徇私情,实际上是对惠征格外开恩,网开一面。因为这"听候查办"四个字,起码得把他好好保护起来,然后进京查办。一进京不就脱离险地了吗?

但这对惠征而言,无论如何是件没面子的事。父亲没面子,女儿的脸上岂不也失光彩？所以，一定要设法"平反"，于是千方百计地下了一番功夫，解铃还须系铃人，干脆就一客不烦二主了，运动李嘉端再来个夹片解释解释吧。于是四月二十日，李嘉端在奏折夹片中又谈了些惠征的情况：

> 查三月三十日，准署两江总督臣杨文定咨称：安徽宁池太广道惠征，前经陆督院调赴东西梁山办理台粮（并非避居，乃是奉命调遣），嗣因梁山失险，江宁城闭，该道解银两来至镇江，经本署督部堂奏明留办粮台在案（请注意奏明在案，并非带印逃脱）。四月十三日，泾县知县崔琳禀称：正月间，该县西城处河下，来有宣船二只，内带火枪器械等物。问系本道眷属，现在城内王家巷居住，因外间谣传，皆云假冒，所存盘费（是自家身带之盘川之费）银四千两，恐有疏失，现存该县库内候示等语，除由臣咨复署督，饬令惠征听候查办外……

既然早已奏明在案，当然就不是脱逃；既然住在城内王家巷的是惠征的眷属，也就不是什么不正当的行为。兵荒马乱的不躲一躲避一避，难道还迎头赶上叫长毛给长毛喽？所以也就没什么不对的了，这种事儿只要皇上不追究，也就不了了之了。

慈禧的真名成谜

慈禧因为住在西六宫的储秀宫，所以又被人称为西太后。同治初两宫垂帘，慈安也被称为东太后。一般大臣背地里叫慈禧是"西边的"。她是道光十五年十月初十生的,所以咸丰二年五月初九进宫时,只不过刚刚十七岁。以后封过懿嫔、懿妃、懿贵妃,死后谥了十九个字:

慈禧端佑康颐昭豫庄诚寿恭钦献崇熙皇太后。

可是她生前究竟叫什么名字到如今还是个谜。很多说部都说她叫兰儿,也有的在兰字上冠个"玉"字,叫玉兰。其实根据档案来看,选秀女的名册上,只有三代的姓名,本人的名号,从未记载过。据说满洲人在家里也是大姐二姐的叫叫而已,女孩子赔钱货,起名字干嘛,嫁了人也不过把丈夫的姓氏冠在上头,张王氏、李赵氏,像梁李少霞这么连名带姓叫的那年头可不多,所以听起来就知道是位女制片。

《清史稿》也多错误

由于慈禧太后历经咸丰、同治、光绪三朝,甚至临死之前,还选定了宣统,前后统治中国达四十八年之久(同治十三年,光绪三十四年,加上前咸丰,后宣统),而清朝开国以来的十个皇帝,有四个是和她有关的,所以有关她的野史、传闻,也就特别多。这中间有三位和她接近过的人,都曾经以她的生活细节、宫廷礼法等,写过有关慈禧的"内传""外传"之类的文章。无巧不巧,她们几位都是小姐,两位是清代的外交家裕庚公爵的女公子,德龄和裕龄,后一位是给慈禧画过像的美国人卡尔小姐。

其中尤以德龄的著述特别多。裕龄好像只写过一部《清宫琐记》,

而德龄却写过《御香缥缈录》《瀛台泣血记》《清宫二年记》《光绪血泪史》……不下六七部之多，写到后来，连她妹妹裕龄都说她为了赚几文稿费，越来越言过其实的"车大炮"了。反正她真正在清宫里住过两年，她怎么说大家总以为是真的，也就因为如此，所以写着写着就信口开河起来。

很多人已经习惯称德龄为德龄公主，甚至有很多人以为德龄公主和写《大地》（The Good Earth）、《龙种》（Dragon Seed）的赛珍珠（Pearl S. Buck）一样，也是美国人。其实德龄根本不是爱新觉罗努尔哈赤的嫡裔，充其量也只能被封过郡主什么的。她妹妹裕龄就被封"山寿郡主"。据翻译她《御香缥缈录》的秦瘦鸥先生说：

> 这一个错误，是第一位翻译她作品的先生铸下的，她只草草地译出了princess这一个字，并没有考据在中国有公主郡主之分。其后德龄在上海演戏（民国十六年，她在上海和李时敏君、伍爱莲女士等演出过《清宫秘史》一类的剧本，由德龄扮演西太后，地点是博物院路时代的兰心大戏院），广告里少不得要写她的大名，她也自落得"自高身份"的以公主自居了……

德龄对以后著过有关"慈禧"传记的作家们影响还真是上海人讲闲话——"弗是一点点"。王栻的《慈禧太后传》、吴湫溟的《慈禧外传》、忽庵的《西太后》、高阳的《慈禧前传》，甚至于蔡东藩的《慈禧太后演义》，都或多或少受过她的影响。这之中高阳对清史是颇有研究的（我也知道他在著述之前，非常严格地遍阅史集，在台湾"国史馆"做研究工作的苏同炳兄，就曾经专门替他搜集些史料。因为苏兄也曾为我编著过一些历史名词的考据工作。高阳兄也曾在我主持国联公司业务的时候,做过我的主任秘书,对这些我是比较清楚的),当然比之其他作者要负责得多。但看他的大作中,蛛丝马迹间总有些受德龄影响的痕迹。其中尤以慈禧的名字影响最大,差不多所有说部中,都称慈禧是兰儿,或者兰姑娘、小兰等。当然,也许德龄的写法与慈禧入宫之后被封为"兰贵人"有关。正像"吴棠赠赙仪三百两"的传说一样,是根据《清朝野史大观》而来的。作者既然自己都标明是"野史",大家理应经过考证才作准的。但这也没有用,真正的号称清史的《清史稿》,也还是错误多多的。

清朝重视避讳

最近人民大学清史研究所的王道成君,写了一篇《慈禧的家族、家庭和入宫之初的身份》,对于慈禧是否叫什么兰姑娘,有了非常正确的调查和研究,因为,我是读过原稿的人(至今尚未发表),所以我提前在此地向读者朋友们介绍一下。

首先,王道成君提到慈禧入宫的封号——"兰贵人"的由来。他说:

> 兰贵人这个"兰"字,是怎样来的,有人说是因为慈禧小字兰儿,这种解释是很难成立的。

这原因当然是他遍查历史档案,发现选秀女的名册上除了旗籍、住址以及三代的名姓官职之外,全是没有名字的。所以他认为满洲旗人的姑娘,在家是没有什么名字的,多数是以大姐、二姐的次序称呼的(是否如此,我有些存疑,所以只能待考)。他说兰贵人的"兰"

字,和刘贵人、王贵人等一样,不是名字,而是姓氏,因为他说:

  清代的统治者是十分重视避讳的(是凡皇帝的名讳,臣下人等都要拐弯抹角离得远远的,甚至写到相同的字眼时,也要缺个一笔、二笔的,以示恭敬),乾隆四十二年(一七七七年)江西举人王锡侯,因在所著的《字贯》一书的凡例中,开列了康、雍两朝的庙讳和乾隆的名字,就被乾隆视为大逆不道,将王锡侯及其子孙处以重刑。给《字贯》题诗、作序甚至原来处理这一案的官员,都受到严厉的处分。在封建专制主义的淫威之下,人们不仅要避御名,而且要避嫌名。康熙名玄烨,于是以"元"字代"玄"字;紫禁城的玄武门(左青龙、右白虎、前朱雀、后玄武),改名为神武门。雍正名胤禛,诗人王世禛改名士正,又改士祯。江苏的仪真,改名仪征。乾隆名弘历,大学士陈弘谋改名宏谋,《时宪历》改为《时宪书》。嘉庆名颙琰,思想家李颙改名为李容。道光名旻宁,北京的广宁门改为广安门。溥仪上台的时候,清王朝已经风雨飘摇,朝不保夕,对于避讳,仍很重视。因为他的缘故,唐绍仪改名绍怡,銮仪卫改为銮舆卫,全国各官署的仪门,改为宜门。但是,慈禧的时代,同治的师父李鸿藻名兰荪,慈禧身边的太监有张兰德,为慈禧演出的演员有乔蕙兰,颐和园谐趣园中有"兰亭",升平署"月戏档"中有《盂兰会》,如果慈禧真的小字兰儿,为什么这些和慈禧接近的大臣、太监、演员以及游乐的处所,欣赏的戏剧,还用"兰"字命名呢?

  有人认为"兰"字是封号,但是仔细研究一下有关材料,就会感到这种说法也是值得商榷的。

  咸丰四年二月(一八五四年三月)的《上谕档》中,有这样一件材料：

> "贵人那拉氏，著晋封为懿嫔"，写清字上谕，将封号字拟数字清文，候朕圈定，发抄时，将封号汉文一并交阁，嗣后永照此例行。

这道上谕是咸丰四年二月十六日（一八五四年三月二十四日）咸丰为慈禧由贵人封懿嫔而发的。

《国朝宫史》的记载

中国历史档案馆保存的军机处籍册《花翎勇号档》记载：

> 四年二月二十六日，有朱笔，当时缴内，拟清字四个，用黄面红里纸。

只是，当时拟定的四个字之中，除了咸丰圈定的"懿"字之外，其他三个是什么字，到现在尚未发现。

为什么慈禧由贵人晋封为嫔，咸丰要以内阁拟具封号字样呢？不外有两种可能：一种是原来封号"兰"字意头不好，必须改封；另一种是"兰"字本来就不是封号，所以由贵人晋封为嫔时，必须给予封号。从现存的资料看，我认为应当是后者而不是前者。

《国朝宫史》根据"钦定宫中现行规例""开载编录"的"宫规"，在谈到皇贵妃、贵妃、妃、嫔的时候说："封号俱由内阁恭拟进呈，钦定册封。"对于贵人、常在、答应，则没有谈到封号。

从历史文献和档案资料看，康熙、雍正、乾隆三朝，贵人、常在、答应等内廷主位，基本上都称贵人某某氏，常在某某氏，答应某某氏，个别在位号前有字的则是她们的姓。其中最明显的是雍正的刘贵人。雍正十一年六月十二日（一七三三年七月二十二日）谕大学士等："刘贵人晋封为嫔，其应封字样，著选拟具奏。"不久，这个刘贵人就封为谦嫔。据《清朝文献通考》卷二百四十一的记载："（世宗）谦嫔刘氏，管领刘满女。雍正十一年六月封。"这就清楚地说明，刘贵人的"刘"字，是她的姓，而不是她的封号。

嘉庆以后，出现了新的情况：一方面仍然称贵人某某氏、常在某某氏、答应某某氏，或者将她们的姓冠于位号之首，如嘉庆的贵人王佳氏、贵人钮祜禄氏、贵人董佳氏、贵人刘佳氏，道光的贵人郭佳氏、蔡常在、尚常在、李常在、那常在；同时也出现了一些并非姓氏的字样：如嘉庆的恩贵人、荣贵人、安常在，道光的珍贵人、秀常在、顺常在。到了咸丰的时候，他的贵人、常在等位号之前，都已经有字了。其中丽贵人、玫贵人、云贵人、璷贵人、容贵人、璹贵人、玉贵人、吉贵人、禧贵人、庆贵人、婉常在等，后来晋封，位号前的字样都没有改变。有改变的，只有慈禧和伊贵人。

伊贵人，伊尔根觉罗氏。咸丰二年（一八五二年）封英嫔。咸丰三年九月初三日（一八五三年十月五日），敬事房太监孙禄传旨："英嫔降为伊贵人，在贵人之次。"而咸丰四年二月（一八五四年三月），慈禧由贵人晋封为嫔的时候，却谕令内阁："将封号字拟数字，清文，候联圈定。"这两件档案材料，从不同的角度说明这种变化和她们的姓氏有关。英嫔的"英"字是封号，当她降为贵人的时候，封号被撤销，于是在她的位号前冠以她的姓伊尔根觉罗的省略"伊"。兰贵人的"兰"

字，也不是她的封号，而是她姓的省略。因为那拉，一作纳拉，或纳兰，清代大诗人纳兰性德，就是叶赫贝勒金台石的曾孙。那拉，也有译为"勒"的。乾隆六年十一月（一七四一年十二月），册封叶赫贝勒金台石的元孙，兵部侍郎、副都统永绶的女儿为舒嫔的册文中，就将叶赫那拉氏说成"叶赫勒氏"。"勒"和"兰"是一声之转。濮兰德、白克好司在《慈禧外纪》中说"慈禧初入宫时，其母家姓叶赫那拉氏，人皆称其氏"，是很有道理的。

从以上情况看，咸丰位下的贵人、常在位号前的字，仍然和嘉庆、道光时一样，有的是姓，有的虽然不是姓，但也绝非封号。因为，同是贵人、常在和答应，不可能这一部分人有封号，另一部分人没有封号。慈禧是咸丰二年（一八五二年）选阅的秀女中第一个由贵人晋封为嫔的。尽管在封建社会"兰"享有"花中君子""王者之香"的美誉，意义未尝不好，咸丰还是要内阁"将封号字拟数字，清文，候朕圈定，发抄时，将封号汉文一并交阁。嗣后永照此例行"。但是，后来咸丰并没有按自己说的做，即以后贵人晋封为嫔，都由内阁拟具封号，经他圈定发抄。咸丰四年十二月（一八五五年二月），丽贵人晋封丽嫔，婉贵人晋封婉嫔；咸丰八年十二月（一八五九年一月），玫贵人普封玫嫔；同治即位之后，璘贵人、吉贵人、禧贵人、庆贵人、容贵人、璹贵人、玉贵人晋封为嫔时，都沿用了原有的字。有的人由贵人而嫔、而妃、而贵妃，原有的字都没有改变。慈禧反而成了唯一的例外。《清史稿》的作者，没有做深入的考察，把其他一些人的情况视为定例，据此类推，于是兰贵人就误作懿贵人了。

附录

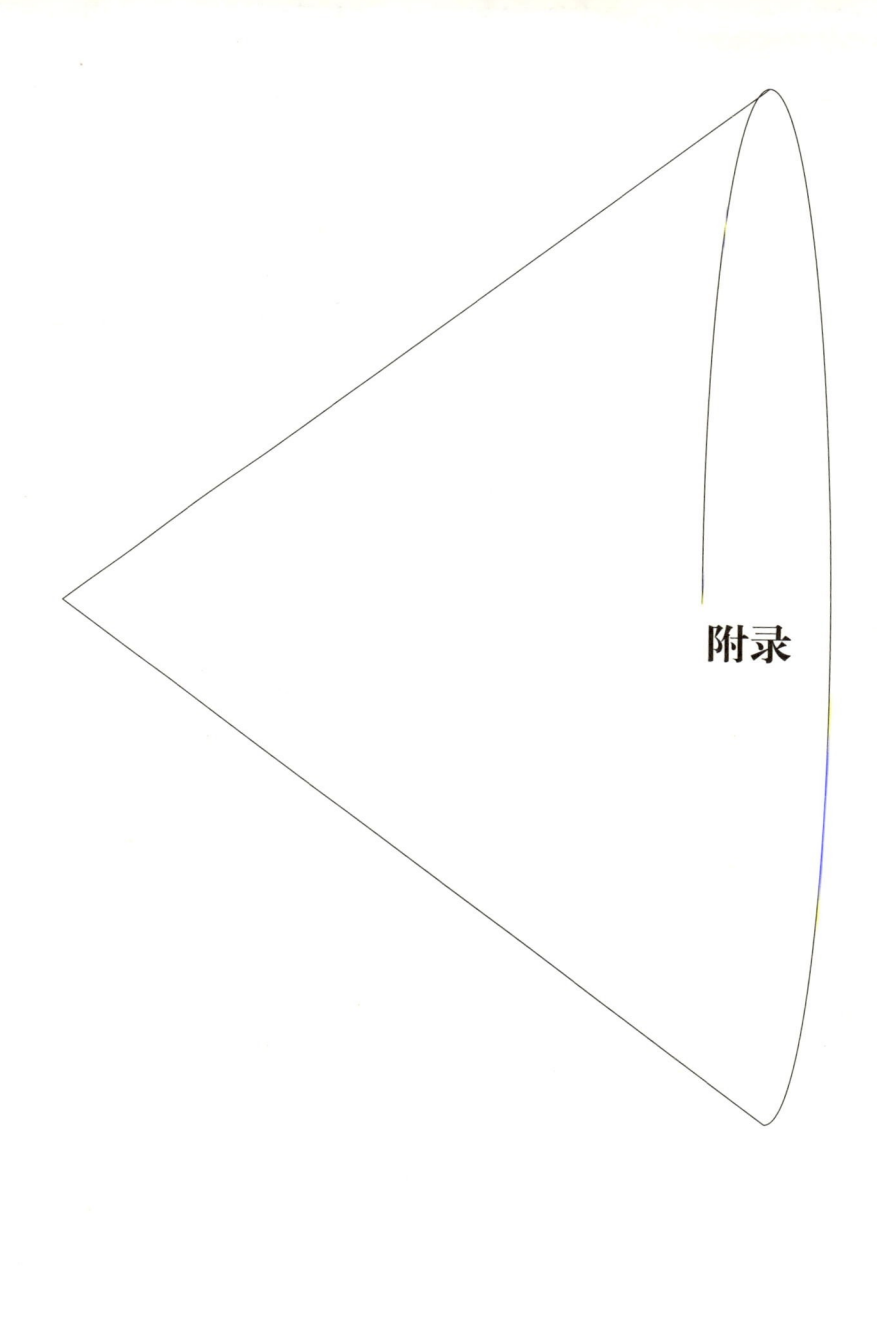

我与林黛

窗橱里的迷人照片

二十七年前,我还一边从事电影美术工作,一边拍特约戏的时候,有大把机会经常看明星,也经常对着明星的照片画广告,看来看去,所有女明星的照片都没有挂在连威老道沙龙照相馆楼下窗橱里的那张大眼睛漂亮。照片上梳的是当时最流行的奥黛莉·赫本(Audrey Hepburn)式短发,圆圆的脸,两只大而有神的眼睛,嘴角上翘,笑得好不迷人。每次走过,我都站在窗橱前看好半天,心里想,这么好的明星材料,为什么不拍电影?是谁呢?住在哪儿?有一次,冒着最大的勇气,跑到二楼的沙龙问了问。柜台上的小姐,看见我冒冒失失、鬼鬼祟祟的德行,以为我癞蛤蟆想吃天鹅肉呢,朝我笑了笑,把头摇得跟拨浪鼓似的,不过答得倒蛮客气,细声细语,简单明了的两个字——"唔知"。

下了楼,再朝照片望了望,愈看愈顺眼,真的,这小妞儿要是拍了电影,一定鹤立鸡群,压倒群芳。有一天拍戏的时候,洪波和

---

* 原文发表于香港《今日电影》26期(1977年7月号)。

我跟姜南、刘恩甲聊天，说是要搅台话剧，有老板投资，找白光演《孔雀胆》。我们都以为他吹牛，因为当时的白光大红大紫，她一个人的包银就海了去了，没想到后来他真搅成了。男主角忘了是谁，也忘了我演个什么，当然大不了只是跑跑龙套而已。跟我们一块儿排戏的，都是些电影圈的熟朋友，其中只有一个清秀脱俗的女孩子叫靳丽如，是以前没见过的。

第二天有个穿着粉红色小白花旗袍的小妞儿跟她一起来看排戏，她们一进门，所有在场的演职员，包括白光在内，都觉得眼睛蓦地一亮。大家都不免多看上两眼，尤其是我，觉得好面熟啊！一时又想不起在哪儿见过，直到靳丽如替我们介绍，才知道是她的表姐程月如，也使我想到程月如就是沙龙窗橱里的那张照片，但是没想到的是，她后来真的拍了电影，更没想到她第一部电影是由我改编的剧本，是由我喊的第一声"开麦拉"（也是我的第一声"开麦拉"），那部电影叫《翠翠》，她就是鹤立鸡群，压倒群芳的程月如——林黛。

我当黑市导演

我说《翠翠》是由我喊"开麦拉"，由我改写剧本，可是我并不是导演，也不是编剧，我只是《翠翠》的副导演而已。不过由于当时正导演严俊先生太忙了，既导且演，演又大小通吃，既演"翠翠"的爷爷，又演"翠翠"的爱人，私底下又忙着跟"翠翠"谈恋爱，又忙着买股票，忙着存钱……所以把改编剧本啊、分镜头啊……等等小事，通通交给我这个副导演做。

严俊先生演爷爷的时候，因为粘了胡子的关系，所以火气来得个大，动不动就吹胡子瞪眼，一声"妈啦个臭×"，全场鸦雀无声，我当然也不敢言语，不过心里在想："你忙我也不闲哪。"当时我觉得既窝囊，又可怜，因为严先生忙，忙得既有名且有利，比"翠翠"的爷爷还像爷爷。我忙，忙得像孙子，孙子就是孙子，什么也落不着，不信请看看《翠翠》上演时的广告词句——

"辉煌巨铸"的是永华公司。
"呕心沥血"的编导是严俊先生。

其实，广告以外的词句应该是："晕头转向，一身臭汗"的是我。酬劳吗，说起来好可怜，港币五百大元，跟评剧里薛平贵留给王宝钏的"十八担干柴、八斗老米"差不多，一年多啊，不要说吃，就是数也把它数光了。不过饮水思源，我不能不感激严俊先生，因为没有他的磨炼，我还没有今天，一日为师，终生为师，虽然后来"翠翠"不爱"爷爷"了，但是"我爱爷爷"，因为"我爱我师"，所以，我奶奶常夸我"好孙子"了。

性子太火爆

林黛心地忠厚，对人热心诚恳，一点也没有大明星架子，可惜性子太火爆，时常发脾气，但是在拍《翠翠》发脾气的对象只有"爷爷"一个人，我看得太多了，因为他们两位脸红颈子粗的时候，我都在场。严二爷勤俭起家，所以一分一毫都算得很清楚，林黛也是个精打细算的人，为了"你的""我的",经常吵架。譬如林黛买了部"摩利士"牌小汽车,严二爷经常搭个便车什么的。反正一个人也是坐,两个人也是坐么!他没想到林黛心里可不高兴:"我花钱买的车,为什么你白坐?"

"谁说你买的?车是我代你付钱买的。"

"可是你在我酬劳里分期扣了不说,每天五块钱的饭钱,你还扣了当利钱。"

"你跟银行贷款,白贷的吗?"

"那你坐我的车,也不能白坐,最低限度要替我加油。"

"加油?美得你,还加醋呢!"于是严二爷一气之下,买了辆车,不过是两个轮子的——"单车",自己骑,哼!你想搭便车,坐在屁股后头抱着我,否则,哼!谈都不要谈。

为了"打麻将"两个人吵得最多,严二爷坐上家,林黛不要想吃一张牌;林黛坐上家,想吃张牌,严二爷就"碰"。有一次气得林黛无名火起三千丈,跑到秀竹园道严二爷的家里,拿起剪刀,怒目横视,严二爷当时就矮了半截儿,扑通一声跪倒地上,声泪俱下,苦苦哀求,林黛正在气头上,说出大天儿来也不成,打开柜门,两剪刀剪了严二爷六套西装。我当时真佩服的五体投地,的确是聪明人办的聪明事。只见她左手把六只袖子拉在一起,右手剪起刀落,"咔咔"两声,每件西装的袖子上都是一个三角洞,严二爷忍声吞气,哭笑不得。我当时幽了他一默,我问他:"祖宗可曾故去?"他说:"死了多年啦,问他干嘛?"我说:"那好办,你在袖子上挂一条小黑布,把洞眼儿给遮住,有人问起你,就说祖宗虽远,祭祀不可不诚,替祖宗戴孝,不就行了。"他狠狠地给了我一拳,把气全出在我身上。

林黛是自杀死的。据我知道,她前后自杀了三次,第一次是为了跟严先生赌气,因为那时候报纸上的花边新闻多数称她为"纸上明星",所以她天天缠着严俊先生开戏。严二爷为了她由"长城"转来"永华",本来第一部《巫山盟》是林黛主演的,不知怎地换了李丽华。在林黛大哭大闹之余,严俊先生不得不设法敷衍一下,刚巧我在太子道上的影城酒店替谢家骅的哥哥谢家驹写"千里公司"的创业巨献《偷龙转凤》。严先生跟我住同一楼,问起我在干嘛,我告诉了他,他即刻叫我替他写一部叫《龙女》的剧本。之后,每天他都陪林黛来看我,证明真的是要给她开戏了,并且说两个礼拜之后一定开,可是剧本写好,交给李祖永先生看过之后,就石沉大海,没有了下文。于是林黛第一次自杀了,还好有惊无险,出院之后,我说以后万万使不得,可一不可再,旁边的严二爷偷偷地告诉我:"这是第二次了!"万没想到还有第三次,事不过三,一代巨星终于长眠黄土堆中。

林黛生前拍了几十部戏,差不多三分之一是跟我合作的。虽然亚洲影展不被人所重视,但连任四届亚洲影后,也是得来非易。林黛是真正的大明星,无须自我宣传,我知道,当时的电影杂志和一般的娱乐刊物要登林黛的封面,是要给林黛钱的。除了林黛,当时别的女明星也是一样,不像现在,想在报纸上登点消息,要请记者们饮茶,登张封面,就更不必说了,不仅要自己出钱,有时还要出点别的东西,所以我说林黛是鹤立鸡群、压倒群芳的。

外婆蒙在鼓里

一代星沉,银坛光辉尽敛,在林黛的亲戚、朋友及东南亚各地的影迷都在哀痛、惋惜的时候,只有一个最疼爱林黛的人被蒙在鼓里，那就是当时住在台北的她的八十多岁的外婆,月如(林黛)是她的心肝儿,是她的宝贝儿。老人家不认识字,可是每天看报纸,因为她认得出外孙女儿的照片,看见照片也就笑得见牙不见眼,问家里的人们写些什么?家里的人们会告诉她:"是影评,说月如新的片子什么演得好!"或者说:"是宣传稿,月如又开拍什么新戏啦!"要是有什么关于林黛好笑的花边新闻,靳丽如或是张愚山(丽如的丈夫)会一字不漏地念给她听。老人家会笑得上气不接下气、眼水直流。可是,突然间老人家在房里找不到报纸了,问什么原因?家里人总是瞎三话四的编些似通非通的理由,她虽然不认识字,可是认识家里人们的脸哪!那里往日发自他们心里的笑容呢?那些常来打牌的朋友们呢?愚山好喝酒、好应酬,那些酒友呢?那些猜拳行令的声音呢?没了,全没了!有的是愚山夫妇的低声细语。丽如妈(林黛的姨妈)的唉声叹气!为什么,为什么呢?隔几天她在家里又看见报纸了,满以为自己多心,忙打开报纸看看,翻来覆去看不见月如的照片,当然以前也不是天天看见的,等着吧!隔个两天家里又找不到报纸了,她知道有些不对,会不会有月如消息的报纸他们都藏起来了呢?为什么藏呢?"哼!他们在搅什么鬼?八十多岁的人了,什么没见过,就欺负我老太太不认识字?在香港月如就从来不瞒我什么!"她不止一次的跟张翠英讲,翠英也附和着她埋怨他们,并且答应她:"哪天家里没报纸,我会送过来,反正我们家里什么报纸都有!"

真的吗?翠英会送给她吗?不会,当然不会!一天,老人家突然由街边拿着一张报纸回家,有林黛照片,有殡仪馆门外的照片,也有人山人海的影迷们送殡的照片,她指着照片,问家里人报上写些什么啊?愚山夫妇先是一愣,还是丽如的脑子快!

"哦！这是月如新戏的剧照嘛！"

"新戏的剧照？场面可不小啊！那宗瀚（林黛的儿子）为什么穿白戴孝啊？"

"啊！这个、这个……是导演叫宗瀚客串嘛！"

"唉！这些鬼导演，真会动鬼脑筋！"

她笑，但不是见牙不见眼的笑，愚山夫妇们也跟着笑，当然笑得好不自然。突然老人家把脸一板："哼！还是月如的戏演得好，你们笑都不会笑！"她拿着报纸进了房。之后，老人家本来红润的脸上，渐渐地失去光彩，走路也愈来愈慢，头发也愈来愈白，大门不出、二门不迈，最多是由卧房走到厅里，坐在沙发上对着林黛的照片发愣。

一天，翠英由外边回来，手里拿着一顶毛绒织的帽子："不对啊！"她说。"什么？"我真是丈二和尚摸不着头。她把手中的毛线帽子给我看了看。"大了！每年都是一样的尺码，怎么今天会大了呢？"我这才明白过来，林黛的外婆正月初八生日，每年翠英都会织一顶新的毛绒帽子给她，她也每年必在大寿的日子很高兴地戴给亲友们看，可是今年她的头突然小了，叫翠英拿回来重织，赶给她生日那天戴。

正月初八是老人家的寿诞，戴着翠英连夜替她织好的帽子，接受亲友们的道贺。她笑了，笑得好勉强。吃过晚饭后，她忽然晕倒在厕所里。等她在床上醒过来的时候，看着周围的朋友："我就会见到月如了！"

"怎么，你要去香港？"

"唉！别瞒我了！西门町那个卖报纸的都念给我听了。你们哪，你们的戏哪有月如做得好啊！"她笑了，笑得见牙不见眼，笑得流泪了,但!那是每人只流一次的泪——辞家泪!真的,她死在她生的那天,死在她生的时刻,至于她有没有见到她的外孙女月如,就不得而知了。

《街头巷尾》观后

回到台湾已有一个多月了,我的整个时间可说是都在忙于筹拍国联公司的《七仙女》,迨香港邵氏宣布重拍该片后,迫使我不得不小心翼翼,以最审慎的工作态度,来完成我的《七仙女》。在社会各界及影剧人的支持与协助之下,我相信我们国联的全体同仁已付出最大的努力,使这部创业影片达到,甚至超过观众的要求。按照目前情形推测,国联的《七仙女》似不及邵氏摄制得快,而我个人为了担任策划与导演的事务,只有放弃休息,美丽的台北市街景,至今无暇仔细观光,更遑论到戏院欣赏海内外出产的电影。

近日,报载自立电影公司推出创业第二部国语写实剧情片《街头巷尾》,其摄制水准、演员的成功,已开创国产片的新纪元,这消息对我们从事影剧人员来说,不无沾沾自喜,而与有荣焉,剧评人对李冠章、罗宛琳等的卓越演技,亦称赞不已。由于李冠章现为国联的基本演员,说句老实话,我迄未看过李冠章的戏,仅闻他是一个颇用功的演员,也许为了这点私心,为了想进一步地认识他,及众口铄金的情形下,我于日前特抽空往新世界看了一场《街头巷尾》。

---

* 原文发表于台北《中央日报》(1963年12月5日刊)。

自立公司与国联公司同为电影公司,按照我们习惯说法是"同行",又说"同行是冤家",以我的立场,至少应该不论其好或坏,都该为"同行"三缄其口,保持既不捧场,又不必贬责的态度才是;但是,我撇开这些传统不分是非的因循习气,愿在百忙中甘愿大不韪地向观众推荐,《街头巷尾》委实是一部水准很高的国语片,也是我从影十余年来难得看到的一部紧紧掌握现实,表达中华民族善良特性的佳片。

《街头巷尾》影片的主题意识,国内外报章杂志已登载了很多,那些主客观的评介,也都非常得体,正如我个人的感受雷同。像这部主题正确而富于人情味的电影,固然在港、台所摄制的国语片中不乏类似作品,却缺乏《街头巷尾》如此写实的动人故事。今后,我们电影事业如能朝此制片路线拍片,必将获得广大的观众拥护,亦极可能很快地叩开国际电影市场之门,殆是不争的事实。

除了主题意识外,《街头巷尾》的编剧、导演、摄影及演员都有不凡的成就,虽有少许尚待加强之处,但对整个电影的荣誉,并不受太大的影响。编剧姚凤磐先生的手笔,颇能掌握剧中主角的发展,运用简洁笔法,细腻描绘出生活在苦难奋斗中的小市民,使观众自然而然地对他们怜悯与敬佩。导演李行先生,我们仅有一面之缘,他给予我的印象是年轻,十足标准的书生,俟我欣赏他导演的《街头巷尾》,我对他的印象愈加深刻;他是我今天所见到的华人导演中最优秀的一位,他处理《街》片的手法,不难发现他吸收和消化了外国导演值得可取的法则,并且巧妙而灵活地运用在国产电影画面上,没有一丝勉强拼凑的破绽,这种手法,也可说是属于他自己所创造的风格,犹如意片《单车失窃记》(The Bicycle Thieves,1948)一样令人有清新的感觉。恕我偏爱地说:我们正需要像李行先生这类的导演，以提高国语片摄制的水准。

　　《街头巷尾》的成就，不仅如此，如同我个人的观点：一部优秀的电影是集合所有参加摄制工作人员的心血与功劳，她的荣誉是属于大家的；所以说《街》片的成功，当有赖其他工作人员的努力，如她的布景搭制已经乱真，摄影师镜头灵活，画面美妙，音响效果配制适宜，增强气氛的力量；演员之中李冠章、罗宛琳、曹健、游娟、雷鸣、崔小萍、蒋骋、何玉华等的表现，均已发挥了剧中角色的特性，颇能使观众忘记在看电影，而置身在这现实环境里的人物生活堆里，领受他们的真实情感。这些非凡的集体成就，也鼓舞我在台湾设厂，继续大量拍片的雄心，并坚定了国联公司在台湾有辉煌前途的信心。而这些雄心和信心，也就是"街头巷尾"一群台湾年轻的从事影剧工作者，给予我的最大启示。

细说从头

《火烧圆明园》《垂帘听政》的台前幕后

"李翰祥正在大陆拍片!"

这条从北京传出的电讯像原子核聚变般地震撼着中外影坛。一九八二年九月一日,香港《东方日报》在影剧版上,以通栏标题,证实了这条传闻已久的消息。顿时,港台轰动,议论纷纷,一下子成了电影界的头条新闻。有人说:"《少林寺》卖钱,李翰祥眼热,马上跟进。纯粹是投机取巧,向钱看!"有人说:"李某某江郎才尽,邵氏炒了他鱿鱼,如今走投无路,不得不向前看了。"还有人说:"李翰祥挥霍无度,债务累累,大陆当局替他还债,因而被迫回去拍片。"又有人说:"李翰祥晚节不保……"更有人说:"李翰祥不忠不孝,是个叛逆……"总之,众说纷纭,传闻尚多,这里毋须一一多表。

真相究竟如何?

港台以及世界关心李翰祥的热心观众都希望得到确切的回答。作为"新闻主角"的李翰祥,很愿意提起他那支流畅之笔,向千千万万爱护他的观众写出自己的心里话。无奈,《火》《垂》两片自去年八月十日开镜以来,他的全部时间、全副精力,都投进摄制

---

* 本文作者系时任新昆仑影业有限公司经理的苏诚寿,原收录于《三十年细说从头》初版第四册(香港天地图书公司,1984)。

工作之中，忙得他"食不知味，席不暇暖"，哪里还能像往时那样逍遥自在，大写其"三十年细说从头"呢！可是，《特刊》要出版了，如果对亲爱的观众没个交代，李翰祥本人不安心，广大观众也不会满意。怎么办呢？"新闻主角"几经思考之下，"细说从头"的担子就落在笔者肩上了。

笔者与李翰祥相识至今，已有三十个寒暑。其间，由于"人各有志"，我俩一度分道扬镳，各奔前程。可是，世界真是小，一九七八年秋，我们两个又在上海"喜相逢"。天下之事，合久必分，分久必合，往往就这么神奇微妙。关于李翰祥回来拍片的事，就由这里"细说从头"吧！

探亲访友，畅饮故乡情

一九七八年十月底，我在上海锦江饭店遇见阔别已久的李翰祥，与其同行的，有香港凤凰电影公司演员石磊、中旅社梁荣元先生。（石磊本姓李，也是锦州市人，和李翰祥同乡、同族。）

香港一别，竟在上海相会，彼此都是喜出望外，两个人的双手紧紧地握在一起了！我们哥儿俩，往常是"无话不谈"，如今重逢，更是"有话就讲"！

李翰祥告诉我，他有冠心病，三年前发过一次，险些被阎王爷叫走。为了根治此症，过几天就到美国洛杉矶去动心脏开刀手术。一刀下去，是安，是危？难以预料……生在白山黑水，长在文化古城的李翰祥，离乡背井三十年了，他怀念亲朋师友，向往名胜古迹，眷恋故乡的一草一木。他表示，这次手术，成败不知，生死未卜，作为一个炎黄子孙，中华儿女，若不及早回乡一游，亲眼看看大陆的变化，将会死不瞑目……就是这个缘故，李翰祥在朋友们的巧妙安排下，进行了这次"秘密的旅游"。

李翰祥说，他畅游了北京、天津、大同、承德、西安、洛阳、镇江、苏杭二州、广州以及上海等地。黄河上下、大江南北、长城内外，都留下了他的足迹。所到之处，既有盛大的官式宴会，又有三五亲朋的随意小酌，还有无拘无束的家常聚餐。李翰祥觉得，对他的接待，很隆重，很热情，又轻松，又随便，确有宾至如归的亲切感、温暖感。

李翰祥津津有味地说，他在京、沪两地，主要是拜望师友，探访亲朋，会晤电影界的同行。他参观了北京电影厂、上海电影厂，见到许多影坛的老前辈、旧相识和新朋友，如北影的汪洋、谢添、谢铁骊、成荫、水华、凌子风、黄宗江；上影的徐桑楚、齐闻韶、白杨、沈浮、赵丹、韩非、舒适、刘琼、岑范、王丹凤、沈寂；上海京剧院的殷功普；京沪两地的名画家吴作人、侯一民、钱绍武、程十发、刘旦宅；诗人白桦、作家李准等。

在与各界朋友交谈时，常有一个共同的话题：盛赞李翰祥执导的《倾国倾城》。大家异口同声地说："在香港片场搭出北京紫禁城的布景，拍出一流水平的清宫片，真是很了不起。"李翰祥听了十分诧异，为什么所到之处，大谈他的《倾国倾城》？原来事有凑巧，就在不久前，北京、上海刚刚在内部映过这部影片，给大家留下十分深刻的良好印象。许许多多旧雨新知都对李翰祥说："有你这样的魄力，有你这样的才华，如果在故宫实景拍摄，岂不是更可大显身手！"

对于朋友们的夸奖，李翰祥总认为盛誉之下，其实难副，但我知道，暗地里在艺术上，他有着新的向往，更高的追求！

李翰祥说，在过去，他以为自己回大陆拍片，根本是不可能的事。因此，当设于台湾的"国联"收档之后，他只想在香港太平山下做个导演，太太平平，悠闲自在，拍几部像样的影片也就算了。

然而，多年来只能奉老板之命拍摄商业影片，除了少数略有可取之外，多是些香艳喜剧，或者拼盘式嬉笑怒骂的小品，他苦闷、彷徨，总想开创个新局面……

通过这次探亲访友，李翰祥觉得，从官方到民间，对他都很友好，都很热诚。在朋友们的鼓励和敦促下，李翰祥发觉自己回来拍片，并非不可能的事！这里特别值得提出的是：

其一，与廖公（全国人大副委员长）的一席谈。这一谈，在廖公的亲切叮嘱下，增强了李翰祥回来拍片的信念，给李翰祥头脑里播下了一粒回来拍片的良种，使各有关方面奠定了欢迎李翰祥回来拍片的基础！

其二，与港澳名流何贤先生在北京故宫的巧遇。这一遇，在何贤先生的倡议下，提高了李翰祥回来拍片的勇气和力量——有了威望很高、财力雄厚的支持者！

李翰祥告诉我，他与邵氏的合同只剩下两部片子。为了不受束缚，早已下定决心，不与邵氏续约。李翰祥说，动心脏手术，调换心脏血管，在生理上等于"除旧更新"，如果这次手术成功，效果良好，上帝给了他新的生命，他就誓要在艺术上也来个"除旧更新"，抖擞精神，勤奋不息，做出一番新的事业！

有一天，我们从报纸上看到"天安门事件"平反的报道，李翰祥话匣子由此大开，大谈周总理的崇高、伟大，他很想拍一部周总理的影片。我听了，非常赞成，建议他就以"天安门事件"为背景。我说，这个题材世界独一无二，富有中国特色，保证不会雷同。我还说，久仰你擅长处理大场面，但是过去最大的场面不过三千来人，"天安门事件"几十万人参加，若能再现这个壮丽场景，在中外故事影片的全部画卷中将是"史无前例"的！李翰祥听得入神，向往不已！

一九七八年十一月尾，李翰祥从上海飞东京转往洛杉矶进行心脏手术。在上海虹桥机场，我们又畅谈了周总理、"天安门事件"的题材如何编写剧本，怎样拍成影片。大家越想越兴奋，越说越起劲。这时，送行的中旅社梁先生也听得津津有味，点头不已。李翰祥是个急性子，马上就委托甘先生把这个意图赶快向有关方面反映。

远洋电话，宏图欲大展

一九七九年一月某日，李翰祥从洛杉矶来了电话。他告诉我，心脏手术已动，情况良好。在休养期间，他不甘寂寞，已与美国某制片家及著名演员交谈了在沪议论的拍片设想。嘱我速找上海电影厂接洽，并且约定第二天下午三时再挂电话到上影厂，听候回音。

我和上影厂副厂长齐闻韶是老相识，放下电话，立即直奔老齐家中，转达了李翰祥电话所讲的意念。正厂长徐桑楚的家与老齐同楼同层，面对面，我与徐也不陌生，老齐乃把老徐约来，举行了紧急的非正式的三人碰头会。徐、齐异口同声地表示："欢迎李翰祥先生回来拍片，更欢迎与上影厂合作。不过，上影厂做不了主，要向上级报告，要听取指示。"我对徐、齐两位厂长说："明天下午三点钟，李翰祥电话挂到上影厂，希望得到回音。"老齐不加思索地就做出了答复:"不可能——那是美国速度!"老徐则婉转地说:"明天,先向上海电影局和市委汇报,我们积极办就是了。"

事有凑巧,第二天,新华社颁布了北京官方欢迎台湾电影界回来拍片的讲话。这对我而言,鼓舞极大,打消了我的疑虑,增强了促成此事的信心。这一天下午,我提前来到上影厂厂长室。老齐笑着对我说:"李翰祥一个电话,忙得我跑东跑西,把这两条老腿都跑痛了!"我向老齐道声辛苦之后,连忙追问回音怎么样?老齐说:"别急,先坐下来,等一会儿,会有消息的。"

我遵命坐下。屁股下面明明是柔软的沙发,却如坐针毡!叮铃铃,叮铃铃……电话铃响了,老齐拿起听筒,全神贯注地听着。坐在旁边的我,听到的只是老齐"好,好,好……是,是,是"连连应诺之声,不过,从其脸上看得出带有喜色。

老齐放下电话,喜滋滋地告诉我:"上海市很欢迎,赞成上影厂与李翰祥先生合作。"

"今天新华社的北京消息大概起了作用?"我兴奋地插了一句。

"对,有关系,很有关系。"老齐毫不掩饰地同意这个看法,接着,他又说:"不过,这种事,地方无权决定,上海不能做主,要问中央,要找文化部。"

当天晚上,李翰祥又打了电话给我,申述了一番,表明自己是听从廖公叮嘱,真心接受朋友们的建议,真心实意想回国内拍些好片子给十亿同胞看,因而才在动了心脏大手术之后,不顾休养,积极洽商此事。李翰祥激动地说:"我爱故乡,我爱国家,我爱同胞,我爱电影艺术,我愿意为国产片进军世界影坛尽些绵薄之力!"齐闻韶一再表示完全理解,并且向李重申,对其回来拍片,国内是欢迎的、诚恳的、积极的,只因国内体制不同,办事程序两样,不免需要多些时间。最后，李同意以最快速度将书面资料寄到北京，要求北京尽快做出"Yes or No"的决定。

这次的越洋电话结束时，我看了看手表，好家伙，讲了四十五分钟，以人民币计，电话费约为四百五十元，折合港币，一千五百出头。类似的越洋电话，李翰祥又来过多次，求成心切，于此可见。

再度赴京，"茶馆"要开张

李翰祥从美国飞回香港，报纸争相报道的只是李大导在洛杉矶开膛破肚安然无恙的消息，谁晓得李翰祥另有秘密活动的一功，不让美国前国务卿基辛格（Kissinger）专美于前呢！

这时，李翰祥是人在香港，心在北京，继续策划着周总理、"天安门事件"的拍片事宜。为了避人耳目，李翰祥佯称动过心脏大手术后不宜工作，尚需静养。其实，他根本"静"不下来，他正不知疲倦地在幕后进行一件很有意义的新活动！

就在这个期间，香港—上海、香港—北京、上海—北京、香港—美国之间的电话不断。李翰祥雄心勃勃，已经开始招兵买马，准备以超越当年"国联"入台的声势，大举进军北京，大展他那精于拍摄大场面的身手，实现他多年来梦寐以求的夙愿。

在此期间，笔者采纳友好人士的高见，曾不揣冒昧给当时主持中央宣传部的胡耀邦部长寄去一封专函，如实汇报了几个月来的种种情况，恳请胡耀邦在万忙当中过问此事，早日给予批复。

过了两个多月，北京传来了信息：周总理、"天安门事件"已有国内电影厂列入选题计划，建议李翰祥放弃这一设想，邀请李翰祥拨冗北上，当面洽商，另选其他题材，国内一定热烈欢迎，积极促成，密切合作。

不久，在朋友们的安排下，李翰祥再次应邀赴京，笔者则应李翰祥之邀，从上海赶至北京。热心此事的北京赵局长、梁先生以及其他负责人既很关怀李翰祥的"开膛破肚"，又很支持李翰祥的壮志雄心。

这时，有人推荐北京人民艺术剧院的话剧《茶馆》（老舍编剧，焦菊隐导演）。北京赵局长在百忙中亲自陪同李翰祥观看《茶馆》的舞台演出。散场后，并与北京人艺的著名演员于是之、蓝天野等人亲切交谈，商讨把《茶馆》搬上银幕的设想。北京人艺看过李翰祥的某些影片，已经久仰其名；李翰祥对北京人艺也不生疏，几位《茶馆》中的主要演员，曾是李翰祥的同学。在首都剧场的后台，大家谈笑风生，一直到次日凌晨才回到他的住地。

李翰祥在北京土生土长，富有浓郁的中国风格和中国气派，他对老舍先生的作品特别欣赏推崇，像脍炙人口的《骆驼祥子》《四世同堂》等早就在他头脑里生了根，多次想让它在银幕上开出光辉灿烂的花朵。但是，导演希望精心拍摄的巨片，作为在商言商的老板却毫无兴趣。英雄无用武之地。长期以来，李翰祥都陷入这样的苦闷中。李翰祥不肯安于现状，在电影艺术方面他企图突破，他渴望飞翔……

选拍《茶馆》，在朋友中间有着不同看法。李翰祥的要好同学、著名画家侯一民就是一位反对派。侯一民认为，《茶馆》是一出成功的话剧，但由于对话太多，很难拍成一部成功的电影，因为编、导、演在舞台上展示给观众的许多精彩内容，在银幕上往往得不到同样良好的效果。很明显，侯一民对李翰祥开《茶馆》，并不乐观。

李翰祥觉得侯一民言之有理。但是，李翰祥从小热爱老舍先生的作品，羡慕话剧大师们精湛圆熟的表演，欣赏北京人艺特有的艺术风格，故对《茶馆》依依不舍。在一时找不到其他更好的题材之前，丁峤建议先把《茶馆》开起来，李翰祥欣然接受了。当时，汪洋表示支持，决定在北京电影厂拍摄。经过半年的辛勤奔走，合拍的事终于有了清楚的眉目。

李翰祥十分兴奋，笔者和他一起坐着车子，兴致勃勃地在新北京中寻找犹有旧北京风貌的街道，为外景场地进行细致的选择。李翰祥名副其实是老北京人，风貌依稀的旧北京街道，居然让他发现了，原来就在鼓楼与钟楼之间。李翰祥说："这个地方太好了，只要稍微加些工，清末民初的模样就出来了。"

"行啦！你的《茶馆》就开在这儿。"我说。

"对，就是这个主意！"李斩钉截铁地回答。

另选题材，好事常多磨

李翰祥返回香港，张罗《茶馆》的开张，笔者回到上海，等候消息。

一天，听到日本东京的长途电话，是李翰祥的声音。他告诉我，各地片商对《茶馆》都不看好，朋友们也认为地方色彩太浓，对白多，动作少，估计有较大的局限性，很难吸引中外观众的兴趣。李翰祥表示，他回来拍片，希望有声有势，一炮打响，只许成功，不能失败，一定要拍出既叫好又叫座的片子来，故需慎重考虑片商和朋友们的反应。李翰祥嘱咐笔者马上和北京联系，征询主管方面的态度。

此时，掌管此事的中央电影局副局长丁峤（现任中央文化部副部长）正在上海，住于衡山饭店。我立即赶往衡山，拜望了丁峤局长。丁峤平易近人，诚恳朴实。他听了李翰祥的电话内容之后，亲切地对我说："这个问题，应该重视，李翰祥先生的反映很重要，必须慎重考虑。李先生首次回来拍片，国内一定积极配合，力争拍出'双叫'影片。"

我对丁峤说："李导演有些担心，恐怕《茶馆》不开，对不起北京人艺的支持，对不起许多热心赞助的友好人士。"

"不成问题，请你转告李导演尽管放心，更换题材，在国内，在国外，都是常有的事，不必介意。如果决定不拍《茶馆》，我们会对北京人艺讲清楚，北京人艺会谅解的。"

接着，丁峤希望李翰祥提出替代的题材，再行具体磋商。

当天晚上，李翰祥又来电话，我把拜访丁峤的情形说了一遍。李对丁峤局长的谅解与支持非常感谢。至于选择什么题材，李翰祥提出了《我的前半生》（末代皇帝溥仪所写），拟请国内考虑决定。

次日中午，丁峤应邀去其老战友严励、张瑞芳家中。我闻风而至，在严励家，与丁峤谈了半个多小时，一方面转达了李翰祥对他的谢意，一方面漫谈了"末代皇帝"的改编与拍摄的问题。丁峤表示，他日内返京，回去以后就与有关方面研讨此事，有了消息，当即通知。

丁峤离沪之后，我受李翰祥之托，又与徐桑楚、齐闻韶接触多次。这是因为，李翰祥从北京经过上海返港时，跟上影的老徐、老齐谈起过《我的前半生》。老徐说，上影已列入选题计划，欢迎与李合作，请李执导。李翰祥当即欣然接受。由于以前有过这样一段渊源，故与上影进行非正式的接洽。

徐、齐两位厂长听说停开《茶馆》，改拍《我的前半生》，均表赞同，都希望中央把这次合拍任务交给上影,使上影有机会与李翰祥携手合作。老徐并且接受倡议,立即选派该厂一位编剧高手,开始改编电影剧本的准备工作。

原来以为,《我的前半生》将可紧锣密鼓地动起来。岂料北京方面表示,《前半生》出现的某些人有的今天还在,尚未盖棺定论,影片不易准确处理,建议暂不考虑《前半生》,另选其他题材。

另选什么呢?这下子可大伤脑筋!

关于李翰祥放弃《茶馆》,尚有一些从未表露过的"隐情",姑妄写出,以飨读者。

李翰祥在第三次北上时向我吐露,《茶馆》他看了三次,每次看过之后,心里都有压抑郁闷之感,给人感觉是"一代不如一代"——国民党不如军阀,军阀不如大清帝国。观众从舞台上看到的是:满清统治时,人们的服装很光彩,生活很悠闲,养花喂鸟,丰衣足食;演变到民国,帝制虽已推翻,老百姓的日子却不好过;到了国民党时期,更是每况日下,民不聊生。我们在漫谈中觉得,老舍先生应该在《茶馆》中多写一幕,即第四幕,表现出解放后的天,是明朗的天,解放后的人民好喜欢……有了这第四幕,观众才会心情舒畅,精神振奋。若改编电影,就得加上第四幕!

然而仔细一想,解放后的种种成就经过十年"文革",受到了极大破坏,连《茶馆》的作者,人民敬爱的作家老舍先生都含冤而死了。这第四幕,竟是国家元气大伤,百废待举,如何"续貂"呢!

李翰祥深信,随着"四人帮"的垮台,中华民族必将会出现国强民富的今天。李翰祥像发誓般地对我说,到了那一天,他要拍《茶馆》,他要与我一起,"续貂"《茶馆》的第四幕,以及以后真正繁荣富强的第五幕!

目前，选拍什么题材呢？李翰祥在找，北京在找，上海在找……

李翰祥拍过不少历史片，对清史尤有比较扎实的基础。他对一百年前丧权辱国、毁我中华的"反面女强人"——西太后，深恶痛绝，很想系统而深刻地通过这个反面典型，揭示我国这段惨痛的近代史。

李翰祥阅读了大量资料，深钻苦研，如许笑天的《满清十三朝》、忽庵的《西太后》、蔡东藩的《清宫历史演义》、德龄的《御香缥缈录》、李慈铭的《越漫草堂笔记》《清史》……他因为忙于拍片，特委托上海电影厂编剧沈寂先生与我合作，帮他编写《垂帘听政》的电影剧本。

沈寂和我很快写出《垂帘听政》剧本的第一稿。接着，又参照李翰祥的意见，加以修改，完成了《垂》剧本的第二稿。

这时，传来了北京的信息——同意合拍《垂帘听政》。

"合拍"成立，迈步从头越

一九七九年七月，北京为了适应"开放政策"的需要，成立了中国电影合作制片公司。香港电影演员兼导演姜南先生，受李翰祥之托，曾北上联系。不久，李翰祥又应邀飞京——这是第四次了。

在李翰祥抵京之前，我已先期而至。合拍公司的滕洪升先生把我接到北京饭店。中国合拍公司的史宽先生与我交换了情况，为落实《垂帘听政》的合拍事宜，举行了预备会议。

根据中央文化部的安排，由长春电影厂与李翰祥合作。在合拍公司的赵伟、史宽两位先生主持下，李翰祥与长春电影厂座谈两次，在友好互利的气氛中，顺利达成合作摄制《垂帘听政》的协议，双方签署了正式合约，并且初步规定了李与邵氏合约一满，即进行筹备工作的具体日程。

为了庆祝合约的签定，合拍公司特在北京饭店设宴致贺。出席这次晚宴的有：司徒慧敏、丁峤、王滔江、赵冠琪、赵伟、史宽以及长影厂三位谈判代表。席间，谈笑风生，十分活跃，大家频频向李翰祥举杯敬酒，预祝成功！

意外变化，拍片又搁浅

在此期间，邵氏公司一再催促李翰祥续签导演合约，李翰祥因为另有壮志，那张合同在李手中九个月也未签署。

李翰祥一回到香港，马上积极筹划资金，挑选演员，洽购器材。未满一个月，李翰祥第五次飞到北京，为的是与长影厂进一步磋商合拍的有关细节。这次，笔者另外有事，未去北京，不知其详。后来，李翰祥由京飞沪，只见他神情沮丧，很不愉快。一问之下，才知道长影厂由于经济核算关系，无法抽出大量资金，拍摄历史巨片。不过合拍公司已经表示，无论如何，一定负责把《垂帘听政》推上去！原来，李翰祥执导的这部影片，中央主管部门于一九七九年十一月就正式批准了。

李翰祥告诉我，他在邵氏的未了影片还在拍，没时间在北京久留。合拍的事究竟能不能搞？怎么搞法？只得委托笔者代劳，再去北京走一趟。

功败垂成，自然心有不甘，我愿意竭尽绵力，继续奔走。那是个春寒季节，笔者肩负着重托，只身入京。合拍公司的史宽先生出面接待，他对于长影的意外变化，深表遗憾和歉意。史宽嘱我转告李翰祥先生放心，合拍公司一定负责到底，另想办法，促成此事。

合拍公司与长影的交涉毫无进展。合拍公司决定放弃努力，改与电影学院的青年电影厂接洽。

我把这些情况以长途电话告诉了李翰祥。他听了很高兴，很欢迎。他说，他很喜欢和青年人在一起共事，希望合拍公司朝着这个方向加快步伐。

为了从旁促进，我每天都找史宽，一天数次催问，真是不厌其烦。

我还找了赵冠琪局长，请其大力推进。赵局长一直是位热心人，对于促成此事，真是不遗余力。

史宽频频进行活动。青年厂的答复是：愿意与李翰祥先生合作，愿意向经验丰富的李导演学习。但是，青年厂本身是电影学院的教学厂，人力有限，资金缺乏，挑不起古装巨片的担子，所以……

触礁了！我心急如焚，李翰祥更是急不可待！这时，李翰祥面临着最后抉择的关键时刻，邵氏再三催其续约，李翰祥总是设法推诿，如今已经到了不能再拖的局面：要么回到大陆拍片；要么就与邵氏续约。何去何从，二者必居其一。

我把这个火急的信息，连夜转告史宽、赵伟、赵冠琪，企盼切莫功亏一篑！

然而，尽管各有关方面尽了很大的努力，合拍的具体问题仍旧迟迟未能落实。

李翰祥等得好心焦！苦心经营了一年有余，实在不能继续久等了。他为了生活，不能不工作，要工作，就不能不与邵氏续约……

一九八〇年四月二十八日，李翰祥在别无选择的情况下，不得不与邵氏公司续签了推脱多次的导演合约。

李翰祥以长途电话讲起这个遗憾时表示：来日方长，但愿不久的将来，能够实现这一美好的夙愿！

好事多磨，果真不假吗？我惋惜，我惆怅，我……

柳暗花明，出现新局面

以负责合拍工作为己任的中国电影合作制片公司，没有由于李翰祥续约邵氏而停止《垂帘听政》的推进。赵伟、史宽两位先生还在动脑筋，想办法，开掘新的合作途径。每有一些进展，赵、史两位，或直接告诉李翰祥，或通过我这个媒介来传递信息。总之，依然保持着友好密切的接触。事情正在逐步地向前进……

李翰祥觉得，既然合拍的事不是一蹴而就，时间还很宽裕，正好利用这些日子，把《垂帘听政》的剧本搞得好上加好。为此，李翰祥建议约请老剧作家杨村彬先生重写一稿。合拍公司支持李的建议，由史宽和我向杨村彬表达了此意。我把某些材料以及沈寂与我合写的电影剧本都交给杨村彬供作改写的参考。

俗话说：心不二用。李翰祥可不然，他一方面为邵氏执导，一方面思考着《垂帘听政》的一切。

经过半年多，杨村彬搞成一个改编提纲，想请李翰祥回来面谈。当时，李翰祥人在邵氏，有片在身，跑不开。

一九八〇年十月底十一月初，李翰祥应邀赴京，参加荣宝斋三十周年纪念，有机会详读了杨村彬先生的改编提纲。李翰祥通过合拍公司，向杨村彬先生提出了一些看法和想法，希望把剧本改得更精炼、更生动、更电影化，把他的故事大纲，写成适合拍摄的电影剧本。

一九八一年底，李翰祥趁拍片空隙，第六次应邀飞京，与合拍公司的赵伟先生经过坦率恳切的交谈，签署了新的协议书。

台历翻到一九八二年春节，李翰祥去澳门拜会何贤先生，面陈拟返大陆拍摄《垂帘听政》的宏伟计划。三年前，何贤先生在北京故宫巧遇李翰祥时早已倡议在先，承诺在先。所以，不待李翰祥多表，何贤先生就立即说出："冇问题，毫无条件，全力支持！"

不久，在春暖花开的北京，笔者来京洽谈贸易，又见到了李翰祥。这一次，经过友好磋商，李翰祥以新昆仑影业有限公司的名义，与合拍公司的赵伟经理签订了合作拍片的新合约。

行啦！如今顺风顺水，李翰祥可以在新的艺术航道上，扬帆启程了。

亲改剧本，更上一层楼

剧本、剧本，一剧之本。李翰祥深知剧本优劣决定着影片的成败。为此，李翰祥在北京饭店闭门谢客，翻阅资料，根据历史事实，参照沈、苏、杨先后所写的剧本，重新构思，亲自动笔，日夜奋战。

李翰祥思潮泉涌，落笔如飞，兴之所至，把慈禧入宫之前的大量材料也编入剧本之中。由于内容丰富多彩，越写越多，结果发展成了两部——《火烧圆明园》与《垂帘听政》。据说，这两部共有七万字的剧本，李翰祥仅仅用了十四天就大功告成了。

李翰祥亲自动笔，重新改写的本子送给各有关方面审阅，得到一致的肯定，普遍的好评。中央电影局老局长陈播先生，是一位很热诚、很踏实、富有经验、勤于钻研、十分出色的领导人。他在繁忙的工作中，阅读了中国近代史及两次鸦片战争的有关资料，对剧本逐场逐镜地进行研究之后，给李翰祥写了一封言之有物、洋洋万言、热情洋溢的信。下面，不妨摘录信中的一些原话："经过你再次修改后，很高兴地看到了你对原作的进一步发挥……不仅使具体内容更加丰富，而且在艺术构思、人物形象诸方面都有了很大的提高，甚至可以说，从分镜头本上，我们就已经能想象到活跃在未来银幕上的那些生动的、成功的艺术形象。

"我们真诚地希望，《火烧圆明园》《垂帘听政》能成为李先生电影艺术创作史上的又一座新的里程碑！"

李翰祥在阳光灿烂的康庄大道上阔步前进着。

有关李翰祥秘密返回大陆洽谈拍片的事，港台记者争相刺探真情，妄图破坏作梗者也不乏其人。在常被追踪、屡受盘问的情况下，李翰祥一直稳如泰山，守口如瓶，因为他与合拍公司早已订下默契：为了在道义上对邵逸夫先生负责，维护邵氏公司应有的利益，在其为邵氏执导的影片尚未发行放映之前，坚决不向报界发表任何消息。

剧本确定了，资金备足了，由全国六十多个单位组成的庞大摄制组动起来了。《火烧圆明园》《垂帘听政》二片，在上下关怀、八方支援的热潮中，响起攀登电影高峰的进军号。

一九八二年八月十日，李翰祥带领全组人马在河北省承德市的避暑山庄，以无限兴奋的语调，喊出第一声"预备，预备，开始！"

正是：

　　平地一声雷，
　　流言任它吹，
　　事实胜雄辩，
　　鲲鹏展翅飞！

苏诚寿

出版后记

李翰祥导演在中国电影史上的地位无需太多赘述，从影四五十年，几乎每十年都会引领华语影坛风潮。20世纪50年代在香港拍摄黄梅调电影，名誉东南亚，成为当时香港电影业的中流砥柱；60年代前往台湾创立国联公司，为台湾电影产业拓荒，被知名学者焦雄屏评价为"港台影坛风云第一人"；70年代重返香港拍摄的骗术片与风月片，成为后来不少华语电影类型的始作俑者，加上考据精细的清宫戏《倾国倾城》《瀛台泣血》，让人不得不叹服这位背井离乡的浪子的电影创造力；80年代北上内地，故宫实地取景拍摄的慈禧传记，实现了自己在祖国大陆拍片的心愿，再创事业高峰。

《三十年细说从头》本是李翰祥先生在香港《东方日报》上的专栏，从1979年开始一直连载到其准备回内地拍摄《火烧圆明园》《垂帘听政》前夕，洋洋洒洒写了近千余篇、百万字。作为中国当代电影发展史的重要见证者，内容自然少不了其从影以来的心得与杂感、两岸三地的影坛诸多掌故与见闻，同时却也穿插着不少诸如论考老北京天桥文化和相声曲艺的小品。作者笔走龙蛇，嬉笑怒骂皆成文章，语言生动，令广大读者笑不可仰、回味无穷，所以在香港连载的同时，就已经被台湾、甚至东南亚、北美的华文报纸竞相转载，在当时来说可以说是一个不大不小的文化事件。其后，连载文章于1983年由香港的天地图书公司结集成册，陆陆续续出版了四册；台湾的联经出版社紧跟着出版了其中一册；内地的农村读物出版社也于80年代末，改名为《影海生涯》，出版了分为上下两册的80万字浓缩本。

今年恰逢李翰祥导演诞辰90周年暨逝世20周年，我们特意再版此书，一是作为对这位华语大导演的纪念；二是希望更多读者重新发现《三十年细说从头》的文学与历史价值。虽然本书在两岸三地都有过出版，但由于中国南北文化的差异，之前版本或多或少都有些缺憾。比如港台版因对北方文化陌生造成了个别谬误，而内地版又几乎将全书的广东话段落删得一干二净，这些都让这样一位学贯南北的大导演的文字失色不少。编辑过程中，我们以香港天地图书公司出版的四册繁体中文版为底本，极力保留了作者原有的文字表达方式，例如生动活泼的南北方言、哭笑不得的中式外语，同时也修正了些许因当时资料难寻而造成的笔误并加以注释。并且特意追加、增补了促成本书的名记者谢家孝先生的前言作为导读及作者本人两篇文章《我与林黛》《〈街头巷尾〉观后》，使读者能够更为全面地了解作者及其文采。李翰祥导演家人对于本书的编辑工作也给予了很大的帮助，提供了大量珍贵的家庭照、工作照，我们精选了一部分收录在书中，以飨读者。此外，我们特意制作了纪念网页（请参见http://www.pmovie.com/author/lihanhsiang/），内含李殿朗女士回忆父亲的访谈视频和本书相关图片资料库。希望读罢此书意犹未尽的读者，可以有更多收获。由于客观条件的限制，书中作者提及的部分文化风俗及江湖黑话无法详细查证，也因能力与时间上的不足，本书或许还存在着其他未能发现的讹误，欢迎诸位读者指正。

在本书编辑过程中，我们特别感谢李翰祥导演家人，以及就职于中国电影资料馆的沙丹先生、曾在60年代将《倩女幽魂》《杨贵妃》推荐至戛纳电影节的亚洲电影专家皮埃尔·里斯安（Pierre Rissient）先生及其助手王穆岩先生。本书续篇《天上人间》的出版工作也已提上日程，敬请各位读者期待。

服务热线：133-6631-2326　188-1142-1266

服务信箱：reader@hinabook.com

"电影学院"编辑部

拍电影网（www.pmovie.com）

后浪出版公司

2016年11月

图书在版编目（CIP）数据

三十年细说从头 / 李翰祥著 . -- 北京：北京联合出版公司，2016.11（2017.6重印）
ISBN 978-7-5502-9010-5

Ⅰ.①三… Ⅱ.①李… Ⅲ.①回忆录—中国—当代Ⅳ.①I251

中国版本图书馆CIP数据核字(2016)第257749号

Copyright © 2017 Ginkgo (Beijing) Book Co., Ltd.
All rights reserved.
本书版权归属于银杏树下（北京）图书有限责任公司。

三十年细说从头

著　　者：李翰祥
选题策划：后浪出版公司
出版统筹：吴兴元
编辑统筹：陈草心
特约编辑：陈一凡
责任编辑：李　征
营销推广：ONEBOOK
装帧制造：墨白空间·陈威伸

北京联合出版公司出版
（北京市西城区德外大街83号楼9层　100088）
北京富达印务有限公司印刷　新华书店经销
字数1100千字　889毫米×1194毫米　1/32　35.5印张　插页12
2017年2月第1版　2017年6月第2次印刷
ISBN 978-7-5502-9010-5
定价：118.00元（上下册）

后浪出版咨询(北京)有限责任公司 常年法律顾问：北京大成律师事务所　周天晖 copyright@hinabook.com
未经许可，不得以任何形式复制或抄袭本书部分或全部内容
版权所有，侵权必究
本书若有质量问题，请与本公司图书销售中心联系调换。电话：010-64010019